U0103000

僞君子

達歌 著

上冊

上冊目錄

下冊目錄

這年代，百分之九十九的書都是垃圾，我僅希望諸位看完了，再將它丟進垃圾桶。

——自序

「……人生是殘酷的，一個有著熱烈的、慷慨的，天生多情的人，也許容易受他的比較聰明同伴之愚。那些天生慷慨的人，常因慷慨而錯了主意，常常因對付仇敵過於寬大，或對於朋友過於信任，而走了失著。慷慨的人有時會感到幻滅，因而跑回家中寫出一首悲苦的詩。」

——林語堂

第一部　少年行

（一）

昨晚，十二歲的海生很興奮，直到入夢前最後一秒，還在心裡默默念叨：明天我要起大早，要出遠門……

這個決定是媽媽昨天下班回家後突然宣佈的。「為了躲避城裡混亂的局面，明天全家疏散。我帶小燕去郊區的湯山療養院，滬生和海生，你們倆個到你爸爸那去。」

爸爸在的地方非常遠，遠在千裡之外的大別山。突然有這麼一天，要去遙遠的地方與爸爸相見，對一個男孩來說，凌晨四點半起床不再是件痛苦的事，當他在朦朧中，聽見有人在敲門：起床了，海生！一骨碌就坐了起來，那是老阿姨的聲音，往日最煩人的聲音，今天卻猶如號角，沒等兩眼睜開他就衝進了衛生間，拉開了褲子正要尿尿，耳朵裡傳來了尿尿的聲音，睜眼一看，是二哥滬生擋在自己的面前，他往側面一站，立刻就飆上了。直到排放結束，兩人沒吭一聲，不知是都沒睡醒呢，還是心裡都攥著勁呢。

在有許多孩子的大家庭裡，令年級小的倍感得意的事，就是能與哥哥姐姐幹相同的事，這天凌晨的海生，左有出遠門的喜悅，右有與二哥同行的得意，美得他不用「屁顛顛」這三個字來形容都不過癮。尤其是他看到老爸的駕駛員小蘇叔叔上樓來拿行李時，激動地一路跟著他到了小車上，嘴裡不停的問：「小蘇叔叔，金寨很遠嗎？大別山很高嗎？要開多長時間才能到？」

然而，1967 年初夏的中國，並非這個孩子眼裡那般美好。去年開始，九百六十萬平方公裡上每一個角落，每個有人住的地方，都被籠罩在驚天動地的紅色恐怖中。繼大批判、大抄家、大串聯、就地鬧革命、遊街批鬥一浪接一浪的滾滾洪流之後，從紅色首都北京又傳出一個新名詞：文攻武衛。於是，武鬥成了革命新寵兒，一時間，文革初期成立的無數造反組織，為了爭奪各自的正統地位，開始兵戎相見。

人類是一種煽情動物，也許我們需要煽情來改變自己，不幸的是，每一次煽情，必定以血腥的方式結束。

這個初夏，血腥味彌漫著整個中國，同樣也彌漫著海生一家居住的城市——南京。大街上到處都是紮著武裝帶，手裡拎著傢伙的造反派。每天，市面上傳得最快的消息是某某地方又發生了武鬥，死傷了多少人。

早飯的桌上，海生聽著母親和同行的保衛幹事在商量出城的事。

「聽說所有出城的路都有造反派的關卡？」母親的語氣不帶色彩，但是問的話無法掩蓋她的擔心。

「是的，不過他們不會不讓軍車通行。」保衛幹事姓呂，雖然戴著眼鏡，看上去像個文化人，但大院裡的孩子都知道他的槍法很好。他一連說了三個「不」字，好讓母親劉延平放心。

「怕什麼，造反派只有大刀長矛」。海生看著呂叔叔腰間的槍盒和露出的槍把興奮的說。

「孩子交給你們我很放心，不過一路上還是要小心，聽說守在挹江門的造反派有機槍。」劉延平說著捋了捋海生額前的亂髮。海生的記憶裡，長這麼大父母都沒有親過他，捋捋頭髮已經很是讓他受寵若驚。

呂叔叔帶著輕鬆的笑容說：「我也聽說了，佔領挹江門的造反派是華電的，華電是本市最大的軍工廠，工廠裡有一個民兵師的火力裝備，現在都在造反派手裡。但是，我們有軍管會發的特別通行證，他們不敢為難我們。」

小車駛離家時，天邊露出了魚肚白，空蕩蕩的大街上，偶而能聽見自行車的鈴聲，白日裡轟轟烈烈的造反派尚在酣睡，唯有標誌他們存在的大字報和大標語貼滿了街頭巷尾，白紙上的黑字三歲童都能背誦：打到江渭清，火燒惠浴宇，槍斃許大馬棒……，＊這些大官的名字如今被打上了紅色的XX，狠狠地映進眼睛裡。海生已經懂得看落款上的造反派署名，它會告訴你風向，立場和潮流。

突然，海生捅一捅滬生的胳膊說：「看，你的學校到了。」

滬生從容地「嗯」了一聲，連頭都沒回，繼續和坐在前排的呂幹事說著另一個級別的話，母校一晃而過。

車過了山西路廣場，直奔下關而去，到了挹江門，很遠就看見城門下的道路被鐵絲網攔著，兩個手持紅纓槍，帶著紅袖章的造反派揮手示意停車。

呂幹事讓小蘇把車靠邊停下，解下身上的槍套，把槍塞進褲子口袋，輕聲地對小哥倆說：「記著我的話，別下車關好車窗，不要把頭伸到車外。」然後又對小蘇說：「千萬不要熄火」。

囑咐完畢，他開了車門走出去，車子裡一下變得靜靜的，三個人6只眼睛都在盯著和對方越走越近的呂幹事，海生實在憋不住了，問：「小蘇叔叔，你帶槍了嗎？」

「帶了。」小蘇叔叔說著拉開一旁的小抽屜，裡面有一把精緻的左輪手槍。

滬生見了立即問他：「你的槍怎麼和我爸爸的槍一樣？」、「我們駕駛員不配槍，這次來接你們，首長特地讓我把他的槍帶上。」

「原來真的是老爸的。」滬生一臉得意地說。

「手槍厲害還是機槍厲害？」海生突然無厘頭地問車裡所有人。

「這還用問，當然是機槍厲害。」滬生張口就把他堵回去了，他覺得海生這個問題太幼稚。

海生沒有辯解，但他心裡想，如果一槍就能把對方撂倒，那還是手槍厲害，書上不都這麼寫得嗎。

南京有多少城門，海生從來沒數清過，但是挹江門卻大大有名，去下關坐火車、上輪船，必定要出入此門。小學三年級時，他已經上挹江門、登獅子山、看大江東去了。這會，他兩眼緊盯城樓每個部位，一心想找到機槍的位置。

「怎麼看不到機槍啊？」正念叨著，呂叔叔回來了。

呂幹事進了車，從容地關上門說：「沒事了，開車吧。過關卡時，你們倆把頭低下去。」

車過城門時，海生把身子縮在座位下，仰著頭透過車窗極力想發現傳說中的機槍，直到離開城門很遠，他還在回頭追望。

鬆了口氣的呂幹事笑著問他：「看什麼呢？老三。」

「我在找機槍。」

海生在家排行老三，大院裡的人都習慣了這樣叫他，也有叫梁老三的。他老爸叫梁袤書，梁副司令，是大院的首長之一。

「呵呵，找到了嗎？聽說軍管會正在找那批槍的下落。」

「沒有，」望著遠去的城門，海生掃興的說。

車到了下關碼頭，排一會隊，然後隨著人車混雜的潮流開上了去浦口的擺渡輪船。在焦急地等待之後，船總算緩緩地動了，巨大的船體橫著離開碼頭後，又費力的轉了個身，筆直向遙遠的對岸駛去。

船到江心時，金色的朝霞鋪滿了天空，也映亮了江水，閃亮的江面上，另一艘鋪著鐵軌的輪船載著幾節長長的火車車廂，正和他們並排向江北駛去。再遠一點，正在施工中的長江大橋，吸引了所有人的目光，巨大的鋼樑架在堅實矗立的橋墩上，從兩岸向江心延伸，還有一個孔，就能對接上了。

「聽說下個月，鋼樑就能合攏了？」滬生說。

「那是計畫，據說大橋指揮部裡也分好派和屁派*，鬥得很厲害。」小蘇叔叔好像知道的更詳細。

「這可是個了不起的工程，是我們國家自己設計，自己建造的，建成了，它就是世界上最長的大橋了。」呂叔叔動容的說。

小蘇叔叔笑著問道：「小三子，考考你，一共有幾個橋墩？」

「9 個，我剛才就數過了」海生得意的回答。

過了江，就算正式開始長途旅行了。南京到金寨 400 多公裡，按呂叔叔和小蘇叔叔的計畫，8 小時內開到金寨，從金寨到老爸的軍營裡還要開 2 個小時的山路。

他們的座駕是今年初才分到大院裡的北京吉普。六十年代在中國的道路上，吉普車最神氣了，它不怕顛，什麼樣的路都能開，馬力也夠強。

「小蘇叔叔，北京吉普和 GAZ-69 ＊哪個好？」滬生雖然只比小蘇小 6 歲，但還是按規矩稱他為「叔叔」。

「你爸爸喜歡北京吉普，但聽許老頭的駕駛員說，許老頭還是喜歡 GAZ-69。」

「毛主席在北京檢閱紅衛兵，坐的就是北京吉普。」呂叔叔報了個更大的人物。

「是嗎？那不是敞篷車嗎？」海生像是發現了新大陸似的急問。

小蘇叔叔繞過一個驢車後，嘿嘿一笑：「我把車棚拿掉，就是敞篷車了。」

「老土了吧，這都不知道。」滬生隨即用南京話譏笑他。

滬生從小說話就結巴，唯有說南京話時，一點都不結巴。

海生被說的傻呵呵地亂笑，笑罷又問：「我們住的地方有山嗎？」

「當然有，前後左右都是山，大別山怎麼能沒山。」

出門就能見山，太好了！不像紫金山，走了 1 個小時，還到不了山腳。海生高興的想。

「金寨有地方游泳嗎？」這是滬生的問題。南京是赫赫有名的火爐，夏天唯一能消暑的地方就是游泳池，在山西路廣場旁邊有個著名的軍人俱樂部，大院的子弟每天都想方設法混進去游泳。

「有個梅山水庫，水很乾淨。前幾天陪許老頭打兔子路過，還去游泳了。」小蘇叔叔隨口說道。

呂叔叔馬上打斷他的話說：「小蘇，來得時候首長怎麼交待的？

這是秘密！」

小蘇叔叔被他說的一時語塞，臉漲得通紅。他嘴裡說的這個許老頭，就是南京城大人小孩都知道的，大名鼎鼎的南京軍區司令員許世友。

滬生聽了可來勁了：「原來許世友就躲在大別山啊，怪不得南京的造反派找不到他。」

「老二，老三，」呂叔叔神色一頓，嚴厲地說：「你們不能和任何人說許司令在大別山的事，走露了消息，就連梁司令也擔當不起。」

「哦。」兄弟倆齊聲回答，他們的老爸是南京軍區下屬的部門首長，許司令是老爸頂頭上司，這種厲害關係，他們從小就懂。說誇張點，在他們懂得肚子餓要吃飯之前，就已經懂了。

車到六安市，正是一天最熱的時候，馬路上空空蕩蕩的，連個造反派的影子都沒有，只有一些賣西瓜的攤販。呂叔叔擔心的最後一個危險點，就像這夏日的午後一樣平靜。不平靜的是海生和滬生的胃，瞅著一堆一堆的西瓜從窗前晃過，兩個口水直往肚裡咽。六安是個小城市。綠油油的稻田一直種到城市邊上。出了城，在稻田旁邊找了個僻靜的瓜棚，四個人敞開肚子猛吃一頓。多少年後，海生能記得六安，全靠這頓西瓜大餐留下的印象。

過了六安，路越來越不好走，稍微開快一點，頭就能和車頂碰到一起，每到一段平坦的路上，小蘇叔叔一加油門，海生心裡就一陣開心。直到太陽被連綿的山峰擋住，天色轉暗，車子開進了一個大山坳裡，路突然變得平整開闊，兩側筆直排列著翠綠高大的楊樹，像似要把天劈開似的。路的盡頭是一片整齊的房舍。

「我們到了，是嗎？」海生焦急地猜著。

「對，這是 361 醫院，我們就住在這。」呂叔叔有些得意的介紹。

「嗨，還有女兵呢。」車進了營區，一直在打瞌睡的滬生也來勁了。

海生還不到對女兵有興趣的年齡，他兩眼直勾勾地盯著高高的楊樹樹梢上碩大的鳥巢，盤算著自己爬上去樹枝會不會斷。

小蘇叔叔熟練的把車停在一座兩層的辦公大樓前，呂幹事叫來幾個兵忙著卸下從六安買來的西瓜，再把倆兄弟帶去早已安排好的房間。房間裡很簡單，兩張床，兩個床頭櫃，還有一個臉盆架，臉盆裡放著嶄新的毛巾和杯子，全是軍用品。

1949 年後的中國社會這個大舞臺，一直是被軍事共產主義統領著，這時的家在人們的生活中並不重要。無論高官還是貧民，家裡幾乎都是一貧如洗，夫妻各居一地司空見慣，孩子們也很少得到父愛和母愛。家，也就是個避風遮雨的地方。這種長年戰爭留下的習性，雖然很難被富裕的年代嘗識，但至少沒有讓小哥倆對簡單的新家，感覺有什麼不適應。

窗外是一溜山坡，坡上長滿了樹木，這太對海生的胃口了。看著小蘇叔叔提著兄弟倆的行李進來，他著急地問道：「我爸爸呢？」

「在樓上，呂幹事已經去彙報了。」

「老頭子就住在樓上是嗎？」滬生模仿大人的口氣問。

許世友是南京這個各軍兵種聚集地的最高指揮官，儘管劉帥早期也在南京工作，但憑一方諸侯的權力和許世友本人一生叱吒的脾性，老頭子這個尊稱當然非他莫屬。能開口閉口把「老頭子」掛在嘴上的，一定是圍在他身邊的人，或者就是南京軍區所轄三省一市軍界有級別的人，再往下，就是軍隊大院裡年齡稍大一些，見識多一些，父親又是高官的孩子們，他們往往模仿大人的口氣來顯示自己的身份，就像滬生現在的腔調。

「在這裡千萬不能這樣叫，給他聽到可不得了。」小蘇叔叔趕緊壓低嗓子說。

「那你們叫他什麼，司令員同志？」海生好奇地問。

「叫首長，你們應該叫許伯伯。」

喜歡亂想亂問的海生繼續問：「聽說他很喜歡罵人，那他罵過我爸爸嗎？」

「我沒見過，聽說他身邊被罵得最少的就是你爸爸了。」

海生顯然很滿意這個答覆。

許世友是共產黨內公認的猛將，也是出了名的炮筒子，不高興就罵娘，甚至拔槍，他身邊從政委到副職再到一般下屬，幾乎都被他罵過。對他來說，罵是痛快並活著的象徵。

這時候，走廊遠處傳來紛亂的腳步聲，海生立刻從中捕捉到了一個熟悉的聲音，說道：「老爸來了。」

「那麼多腳步聲，你怎麼知道有你爸爸的？」小蘇存心逗他。

「向毛主席發誓。」海生肯定的說。從記事起，他已經無數次等待這個聲音出現在家裡的樓梯上。

父親準確地出現在門口，後面還跟著呂幹事和另一個海生熟的不得了的林參謀。梁袞書笑著把小哥倆從頭到腳看了一遍，這就算示過父愛了。接著問道：「你們一路沒有給小蘇叔叔添煩吧？」

「沒有，一路上很聽話。」小蘇站得筆直地說。

打記事起，每次見到父親，海生總是很興奮，他不像滬生那樣敢在大人面前吹牛。在大人面前，總是怯生生地往一邊躲，但父親從來都記得問他一些話。在這種場合被父親問話，他常常會緊張得不知所措，而又自豪不已。

「你們倆個書本都帶來了嗎？」

兄弟倆慌忙把各自書包裡的東西倒出來讓老爸檢查。兩人包裡的東西都差不多：毛主席語錄、老三篇、新華字典和數學課本。除此之外，各有一個小布包，海生的布包裡是一副硯臺、墨和毛筆。

梁副司令是軍區高級將領中少數幾個大知識份子，從「趙、錢、孫、李」學到「A、B、C、D」，從私塾讀到大學，年輕時學業一直是拔尖的。他沿襲自幼的習慣，要求子女每天一小時練毛筆字，直到小學畢業為止。即使在全國大、中、小學停課所有人參加無產階級文化大革命的今天也不例外，只是把三字經換成了最高指示。

已經上初中的滬生，自然就不要每天研墨寫字了，他的布包裡是各式各樣的毛主席像章和紅紅綠綠的傳單。

「你哪來那麼多毛主席像章？」老爸拿起一枚，瞇著眼問。

「這都是我串聯時從別人手上換來的。」滬生得意加賣弄的說。

這個年代，最時髦的事就是收集毛主席像章，每個家庭，每個人都熱衷於此，全中國有能力生產像章的單位，都自己製造發行偉大領袖的紀念章，可想而知，像章的品種何止成千上萬。能擁有別人沒有的像章，是非常自豪的事。包括高級幹部開會見面，也以交換各自胸前的領袖像為時尚。所以，當滬生打開布包後，立刻引來眾人羨慕的目光。

「我帶著幾十個南京各軍隊大院造的像章去串聯，不但能換像章，吃住都解決了。」

梁袤書一貫反感滬生那副得意洋洋的樣子，皺著眉頭說：「你呀，拿著毛主席像章換飯吃，不擔心人家把你當反革命抓起來。」然後他話鋒一轉：「先給你們兩個宣佈一下紀律，第一，你們只能在樓下活動，不准上樓；第二，你們倆個不許吵架打架。」

海生生怕老爸要失蹤似地，迫不及待地問：「你住哪，我們可以去你那嗎？」

「不行，我住在樓上，你們不能上去，有事找小林叔叔。還有，從今天起，小林叔叔就是你們的老師，負責檢查你們的作業，不懂就問他，聽到了嗎？」

送走了來去匆匆的父親，房間裡的氣氛立即鬆馳了，大家一起圍上去看滬生帶來的像章，尤其是幾枚沒見過的，引來了一番議論。唯有海生很失望，跟著車輪子轉了一整天，一直默默在心裡念叨能見到老爸，好不容易見到了，感覺依舊空空蕩蕩的，好在還有林叔叔。

「林叔叔，我有好幾個月沒見到你，沒想到你在這。」他拽著正在翻紅紅綠綠的傳單的林叔叔的衣襟說。

「是啊，陪你爸爸一塊來的。你怎麼樣，這段時間有沒有和別人打架？」林參謀親熱地摸了摸他的頭。

林參謀叫林志航，上海人，大學生，聰明能幹，很得梁袤書賞識。也住在大院裡。軍隊大院雖然分辦公區和家屬區，但大人和家屬區的孩子們經常接觸，電影院、游泳池、飯堂、球場，這些場所都是無法分割的。時間長了，那個孩子好、那個孩子壞、那家的孩子怎麼樣，早已被眾人編上了號碼。海生屬於調皮搗蛋一類，大人眼裡的壞孩子。他也自知臭名在外，見了大人就躲得遠遠的。唯有這個林叔叔例外，遠遠的看見他，海生都會跑過去和他說幾句話，而且，林志航的開場白必定是問他有沒有和人打架，海生聽了反倒很開心。「我向毛主席保證，這個月沒打架。」

林參謀摟著海生一笑，「你們兄弟倆一定餓了，我們去食堂吃飯。」

海生被他一摟，心裡幸福無比，蹦蹦跳跳跟他走出了住所。

外面，夕陽早已落下，夏日的餘輝染紅了擠在山峰上的浮雲，不遠處的白楊樹上，傳來鳥兒歸巢的喧嘩，新的生活開始了。

＊GAZ69 是蘇式吉普車。

＊江渭清是當時的省委書記，惠浴宇是省長，許大馬棒是紅衛兵給許世友起的綽號。

＊此時南京的造反派主要分為「紅總」和「八・二七」前者又叫「好派」後者叫「屁派」。

（二）

大別山的夏夜，陌生而寧靜。8 點半必定上床睡覺的海生躺在蚊帳裡怎麼也睡不著。早上，他還在千裡之外的家裡吃油條，喝豆漿，晚上已經睡在大山深處的軍營裡，路途上的每一分鐘，每一張陌生的面孔，他現在還能在腦子裡放映出來。尤其是這裡的所見所遇，令他興奮的要死。他一直夢想有一天，能到一個和家不一樣的地方生活，沒想到新生活突然就降臨了。這裡和家比起來，有太多的不同，他記得進大門時，門外豎著一個很大的牌子，上面寫著「軍事重地，閒人莫入」，一想起它，心裡就有 12 分的神氣。

不知胡思亂想了多久，大樓徹底安靜了，忙了一天的大人們也休息了。他豎起耳朵，好奇地聽著窗外忽來忽去的山風，發出各種奇怪的響聲。風來時，遠遠就能聽見它的沙沙聲，仿佛有無數的鬼神在樹林裡不停地穿梭、越走越急、越來越近、越近越可怕，然後呼地一聲竄進窗內。所有的聲音一下子又消失了，要不是有燈，和在另一頂蚊帳裡寫日記的滬生，他以為鬼一定就站在蚊帳外面。

他壯著膽子問滬生：「醫院也算軍事重地嗎？」

「當然算，凡是軍隊的地盤，都是軍事重地。」滬生的口氣活像個兵油子。

海生對他的解釋並不滿意，在他看來，只有那種滿地飛機大炮，到處是彈藥庫，人人身上都背著槍的地方，才稱得上「軍事重地。」把可愛的白大褂歸入到威嚴的軍事重地之內，怎麼看都不相配。不過想想，在人跡稀少的深山裡，藏著諾大的醫院，其中的秘密，也足夠讓他長見識了。

就在他胡思亂想的時候，走廊裡傳來嘈雜的腳步聲，雖然聲音不大，卻一下把安靜的走廊塞得滿滿的。剛剛經過山風驚嚇的海生，嗖得一下從床上竄到了門口，他把眼睛貼在門洞上看出去，當先走過的是兩個全付武裝的的戰士，接著過去的兩個晚上吃飯時見過的高主任，胡參謀。之後出現的是個沉穩又壯實的老頭，黑黝黝的臉龐，長著威嚴的下巴和緊繃的雙齶，看上去倔強而兇狠。緊跟其後的是個魁梧英俊的軍人。一連串身影過後，腳步聲隨之消失了，海生躡手躡腳回到自己床上。

一直注視著老三一舉一動的老二，很氣憤他一聲不吭就躺下了，高聲問他：「你看到了什麼？」

剛躺下去的老三又被嚇得一挺身坐起來，說道：「有一群人，我好像看到許世友了。」

「噢？說說看，長得什麼樣子。」

「黑黑的臉，很凶的樣子，走在一群人中間。」老三專門強調了中間，顯示自己的判斷是有道理的。

「個子高嗎？」

「不高」

「對了，就是他，帶了槍嗎。」老二的眼睛此時放出了光。

「沒帶，但是前面有兩個人揹著雙筒獵槍，和我們家那隻差不多。」

「深更半夜揹著獵槍出去，一定是打獵去了。」老二得出一個強大的結論。

「晚上出去打獵，太過癮了！」海生興奮地揮起拳頭猛擊自己的枕頭，妄想著能有一天和他們一道去。他又問滬生：「外面這麼黑，他們怎麼打啊？」

「這不用你擔心。」滬生也說不清楚，但他好歹參加過文革之初的大辯論，打岔的本事還是有的，說：「你知道嗎？許老頭槍打得很准，有一次他老婆進他的房間沒敲門，他頭也不抬，反手一槍就把她打死了。」

這個故事，海生聽過很多次了，還有的版本說被打死的是他的秘書。他沒有接滬生的話茬，躺在那繼續幻想著打獵的場景。大別山很大，一定有很多動物，有老虎嗎？或者有狼、野豬、豹子，對了，豹子應該比狼和野豬厲害。他拼命搜索自己能想得出來的飛禽走獸，最後不知怎麼地，所有的動物全跑到了白天看到的那個大鳥窩裡去了。

第二天早上起來後，海生心裡一直惦記夢中的那個大鳥窩。吃完早飯，乘沒人注意，就溜到了昨日進來時看中的那棵大樹下，三下兩下就上了樹。原先他估計，這個鳥窩也就和自己住的兩層大樓的屋頂那麼高，可是當他爬到一半時，回頭看房子，屋頂已經在自己腳下，鳥窩卻還遠得很。他的勇氣開始和樹幹一起晃動，心想，難道山裡的樹比城裡的樹高嗎？其實，這山裡的樹有高大的山影襯著，自然顯不出高來。海生雖然在大院裡猴模猴樣，畢竟不是猴，再往上爬了幾個樹杈，一陣山風呼嘯而過，樹幹擺得像鞦韆一樣，整個樹到處發生「嘎吱嘎吱」地聲音，而鳥窩還是那麼遙遠。就在他上下兩難之際，風聲中忽然傳來人的喊聲：「小三子，你快點下來，太危險了。」

有誰會知道他在樹上？又有誰會叫得出他的小名呢？

原來，這棵大樹正對著二樓向南的窗口，海生爬樹的一舉一動全被正在窗口眺望的人看到了。此人正是昨晚海生在門洞裡看到的大名鼎鼎的許世友。他叫來貼身保衛的王幹事問，這是誰家的孩子？王幹事也搞不清，到樓下打聽了一圈，沒人能給個準確的答覆，最後還是老頭子的駕駛員小夏推測，很可能是昨天來的梁副司令兩個兒子中的一個。王幹事直接推開老二，老三住的房門，正躺在床上看小報＊的老二連忙站起喊了聲：叔叔好。

「你是老幾？」

「老二。」

「外面樹上的那個是你弟弟？」

「沒錯，就是他。」

「你不看怎麼知道是他？」王幹事覺得這個老二比樹上那個還沒譜。

「不用看，閉著眼我就知道是他。」滬生一看王幹事轉身欲走，隨即大聲說：「我……」。

滬生小時候學說話時，家裡用了個結巴保姆。得了她的口吃真傳，直到十歲以後才改了過來，但是每逢心急還會犯。他這裡「我」呀「我」的，王幹事也不知道他要說什麼，收住腳，等了好一會，滬生才把後面的字憋出來。「我向毛主席保證」，王幹事聽罷，搖著頭拔腿就走。

被人閉著眼就猜到的小三子，聽到樹下大人喊他，正好順竿子下溜，不用硬撐好漢。下了樹待站穩一看，眼前這個人正是昨晚跟在許老頭身後的那個魁梧的叔叔，趕緊低著頭說了聲，:「叔叔好。」心裡卻在飛快的盤算著，對方看上去挺面善的，但願不會挨剋。

「你是小三子？」

「是的。」

王幹事看著害羞的小三子笑著說：「你爬這麼高很危險，下次不能這樣。」

「對不起，我下次不會了。」這幾個字，海生從小講到現在，走到哪講到哪，背得比毛主席語錄還順溜。

其實，王幹事絲毫沒想責備他，他自己小時候做得冒險事不比小三子少，他給小三子整了整衣服，又上下打一番，似乎滿意了，才回去向老頭子彙報。

許老頭一直沒離開窗戶，樹上樹下的一幕全見到了，倒是很希望樹上那孩子能把鳥窩端了，結果被大人一吆喝，期待也結束了，多少有些掃興。聽完王幹事彙報，他有些怏怏地說：「這個梁袞書，自己是個臭老九，兒子卻是不怕死的。」

＊文革初期所有的造反派都有自己印的小報，各種小道消息都有。

（三）

1967 年春夏之交，驚心動魄的文革洪水開始衝向新中國最後一道長城——軍隊。以江青為首的文革弄潮兒們，在鬥垮了掌管國家機構的老傢伙們後，立即把箭頭對準了穿軍裝的老傢伙們。而她的盟友，已經成為副統帥的林彪，樂得江青先去把堅冰敲開，他可以伺機清除異己。兩人之間的不同之處是：第一夫人想把軍隊也鬧個底朝天，而林副主席並不想大動干戈傷及自己的羽毛。

且不管文革的操縱者們心裡如何打算，當中共文革小組煽動軍隊造反之初，中南海和毛家灣都沒有出面干涉這場最後的毀滅。而阻止這場毀滅的力量，來自軍隊內部。這支被喻為鋼鐵長城的軍隊，是由許多堅強的磐石聯繫在一起的。這些磐石就是軍隊中那些曾經出生入死的老將們，他們和這支軍隊一起成長，早已把自己的血肉根植在這座長城之中。這座長城中的每一塊磚都埋著他們死去的戰友的靈魂，豈能任人毀滅。

少林和尚，開國上將，南京軍區司令—許世友，就是這些磐石之一。就在今年春天，周恩來為了保護這些老將，以集中學習為名，把全國各大軍區一、二把手召集到北京京西賓館開會。哪知中央文革小組立即把消息傳給了造反派。第二天，上千名軍隊造反派和北京的紅衛兵包圍了京西賓館，指名道姓要抓許世友和其他「穿軍裝的走資派。」好個許和尚，指揮各大軍區負責人和他們的貼身警衛。收集了上百個熱水瓶做「水彈」，封鎖了所有的樓梯通道。他自己搬了把椅子，往二樓大廳中間一坐，兩眼一瞪，殺氣騰騰地喝道：「哪個造反派要來抓老子，來呀！那幫吃共和國糧食長大的造反派，誰見過這架式，在樓下喊著鬧著，沒一個往上衝，連背後的指揮者，權傾一時的中央文革也束手無策，生怕驚動了偉大領袖，怪罪下來誰也擔當不起，只得草草收兵。

許和尚就此成了中央文革的眼中釘。沒多久，倒許運動在南京愈演愈烈，造反派直接把「批許指揮部」設立在軍區司令部大門口，許世友的名字被打上了黑「X」，張貼在大街小巷。南京軍區黨委亦被告知，要堅決站在無產階級革命派一邊。被逼無奈的許世友只好以視察部隊為名，進了大別山避風躲雨。

大別山是許世友的老家，也是他當年打遊擊的根據地，更是他現在管轄的轄區。他早把華東地區的戰時指揮部設在這兒，經過多年的經營，這裡已經是洞道縱橫，各兵種齊全的軍事重地。倘若有一天，把許和尚逼急了真的上山打遊擊，這裡是易守難攻的最佳選擇。所以，許世友選擇大別山避難，造反派不懂，相信林彪懂，毛澤東也懂。

許世友挑選的避難隨從中，梁袞書是必選的將領，不僅因為現在駐紮在大別山的部隊是他的部屬，還有個軍區內部人人都知道的原因，梁袞書是許司令走到哪都必須帶著的「洋拐杖。」他是軍區所有軍以上幹部中唯一一個大學生，多年的炮火洗禮早已把他磨煉成了一個忠誠堅強的指揮員。同時他豐富的知識使他在國防建設中大顯身手。身為大老粗的許和尚，一生最喜歡拿知識份子「尋開心」，不久前當上南京軍區第一政委的張春橋，許世友就不止一次在公開場合稱他「四眼」，身為文革紅人的張春橋也只能尷尬地笑納。而對梁袞書，許司令卻是另眼相看，這個兩位數乘法也不會的黑臉和尚，深知梁袞書這樣的才幹在身邊，方能彌補自己的缺陷。當南京另一個上將——王平，多次向他要梁袞書去軍事學院工作時，他把黑臉唬得更黑地說：「不給，你叫天王老子來也不給！」

粗中有細，這或許就是毛澤東在50多個上將中，偏偏選許和尚做華東這個中國經濟命脈之地最高軍事指揮官的原因之一。

再說梁袞書，此番隨許司令上山的風險，心裡一清可楚。自文化大革命開始以來，中央文革的勢力所向披靡，從國家主席到軍中老帥，沒有他們撂不倒的人物，一個個被打成了落水狗。許司令雖然還沒落在水裡，但已經是被逼到了懸崖邊上。軍區內部的高級幹部也開始分崩離析。棄舊附新的、裝聾作啞的、伺機奪權的大有人在，而梁袤書跟了許世友進大別山，走的是條沒有退路的路。他這一生經歷了許多戰爭，更經歷了各種各樣的黨內鬥爭。黨內鬥爭的常態化，令每一個老黨員都無法回避。面對它，有人選擇投機、有人選擇退縮、有人選擇堅守。梁袤書就是後一種人。他的選擇很可能葬送已有的一切：政治生命，權力待遇以及美滿的家庭。可是，人一旦有了人格就無法去做沒人格的事。他唯一能做的是疏散家室，防止家人因自己遭殃。東海艦隊司令陶勇被造反派打死後，子女流落街頭的悲劇，恍如昨夜的事縈繞著他。

剛滿 12 歲的海生，根本無法懂得大別山之行的兇險。但是，將門的遺傳因數，使他很快就把一個地方全偵察清楚了。它就是這個掛著「軍事重地」牌子的醫院。幾天裡他轉遍了所有的角落，連太平間他都去轉了一圈，裡面沒有一個死人，只有一個活人在值班。那是一個老職工，見了探頭探腦的海生，嘿嘿一笑：「小朋友，你這麼小來這幹什麼？」海生不懂他的意思，說：「想看看死人是什麼樣的。」對方聽了，哈哈大笑：「你來的不是時候，這裡一年多沒來過死人了。」海生站在門口沒敢進，不是怕死人，而是怕那股藥水味。

整個醫院唯一不能去的地方，就是自己住的這棟樓的樓上。來這兒第一天，所有的大人都告誡兄弟倆：樓上不能去！他曾試著混上去，才走到樓梯的拐角處，就被哨兵住信了。許世友，這個連老爸見了都要敬禮的人物，令他散漫的心理，產生了實實在在的敬畏。

海生最喜歡去的地方，在這棟樓旁的小土坡上。光禿禿的坡上蓋著一排平房，那是專門為他們做飯的廚房，管廚房的是一老一小兩個人，老的叫老王師傅，小的叫小王師傅，老的尖臉，小的圓臉，卻有一個共同之處，任何時候兩人臉上都是笑咪咪的，以至於海生在聞到香味時，總想鬧個明白，廚房裡有什麼東西那麼值得笑。

然而有個大饞貓身手比他還快。兄弟倆來了沒幾天，老二滬生就憑那包毛主席像章和老王小王混熟了，常常嘴上油乎乎地從廚房裡出來，見到醌腆的海生在外面晃來晃去，一臉得意地說：「這裡你不好進的，許老頭吃得東西都是專門有人看守的。」被滬生那張油嘴噎得半死的老三，氣得一扭頭，走得遠遠的。直到有一天，午飯吃蒸蛋，廚房多蒸了幾盆，剩下了沒人吃，蒸蛋又不能存放，小王師傅端了一盆放在兩兄弟面前說：「你們要嗎？」老二老三搶著說：「要。」一旁吃飯的大人見狀，就說開了。先是被稱為「高參」的瘦子胡參謀說：「你們小哥倆有沒有本事一人吃一盆？」隨即門診部的高主任說：「小王，再拿一盆來，比比看誰吃得多。」

兄弟倆美滋滋地看著小王師傅在每人面前放了一盆蒸蛋，那個盆有小一號的洗臉盆大小，一盆蒸蛋，怎麼也有兩三斤吧，兄弟倆就這麼你一口我一勺的比上了。前面半盆進肚很快，後面半盆，兩人就不是吃了，而是塞了，越塞兩人的臉色越難看，滬生很快就認輸了，只有海生，硬挺著把最後一口塞進嘴裡，鼓著腮幫，半天也嚥不下去，他望著一圈笑得開心的大人們，自己也想笑，卻怎麼也笑不出來，因為一笑肚子就撐得難受，只好順著桌子腿，一屁股坐在地上，哼呀哼地起不來了。林參謀一看不對頭，急忙去找大夫。

很快，他領著一個老軍醫來了。這人海生見過，同住一層樓，人稱陳院長，閑來也會和參謀幹事一塊下棋，令海生好奇的是，他拿東西的手總是抖個不停，這樣的醫生，怎麼給人看病，還能當院長，豈不是不可思議。現在，這顫抖的手放在了他的額頭上，老人端詳了一陣，和藹地叫他把褲帶解開說道：「原地坐半小時，千萬別做劇烈運動。」然後他又數落一旁的大人們：「這孩子是吃多了，看看，臉色都變了，你們不能讓孩子吃那多，吃出病來誰負責。」

提著顫抖的手，陳院長慢條斯理地走了，一撥人被他訓得面面相覷。原來，這個陳院長實是大有來頭，他是民國時期首都南京陸軍總醫院的主任醫生，1949 年南京解放，他和陸軍總醫院一道成了解放軍的戰利品，並一道被留用。由於醫術高明，很快就出任軍區總醫院的副院長，後來因為小中風，留下了右手顫抖的病根。有趣的是，這個喝了一肚子洋墨水，昔日敵人陣營裡的大夫，卻深得許老頭的賞識，諾大的南京城，許老頭信任的醫生只有他一人。南京人有句口頭禪叫「作怪」，這兩個字扣在許和尚頭上，倒也蠻配的。

陳院長前腳剛走，飯堂裡大搖大擺走進一個人來，此人是軍區的李副參謀長。他也是聞訊而來的，看見老三坐在地上的狼狽樣了，笑著說：「小三子，你真沒出息，一盆蒸蛋算是什麼好東西，值得拼命嗎。」他一句話，把提心吊膽的眾人又逗樂了。

蒸蛋的風波，終於使老三成了大樓裡人人皆知的人物，海生因此也有了可以自由進出廚房的資格。原來，老王師傅做的飯菜是往樓上送的，樓上用餐的除了許世友，還有後勤部的管部長和梁袤書等人陪著。令海生奇怪的是，比老爸官大的李伯伯為什麼不在樓上吃飯，而跟他們混在一起吃，他背後去問林參謀，林參謀告訴他，李副參謀長最怕許老頭灌酒，就躲到樓下來了。許老頭愛喝酒聞名天下，灌別人酒的本事也差不多天下聞名。反正老爸每次喝醉了回家，海生就會聽到老媽數落許老頭。

再說老王師傅，他是華東飯店的一級廚師，他手上的活，海生是絕對不能碰的，其他人的飯菜，則由小王師傅負責，海生可以在他的灶頭自由轉悠。別看梁老三是個搗蛋孩子，卻天生喜歡幫人做事。他和老二不一樣，老二進廚房從不做事，憑幾句好話就能混得兩嘴油光光地出來。老三靦腆，幹了再多的活，也說不出「哇，這菜真香！」之類的話來，如果大人疏忽了，他只能乖乖地嚥著口水走了。

這天，海生一溜進廚房，就看見地下擺著五六隻死野兔，兩個警衛班戰士正在小王的指揮下剝皮清潔，他見了，興奮地嚷嚷：「哪來這麼多野兔啊？」

「是昨晚王幹事和胡高參去打的。」小王師傅一邊擺弄兔子屍體，一邊說：「老三，會挑鐵砂嗎？」跟著他抓起一隻剝了皮的兔子放到海生面前說：「來，把兔子身上的鐵砂都挑出來。仔細看啊，每個出血點都有鐵砂。」

前面說了，海生從小就是個不會說話喜歡做事的孩子，叫他在生人面前說句話，比爬樹上房難得多。但凡誰叫他做事，答應得可快了，幹得又麻利又好。用南京話說，天生是個勞碌命。只是這個廚房裡，還有比他更快的，海生手上一隻兔子還沒解剖完，裡間的老王師傅已經端著香噴噴的紅燒兔塊走出來了。「來小三子，嘗一塊。」他夾起一塊放在海生的手心裡，乘機一把伸到他的兩腿之間，笑咪咪地說：「看小雞雞還在不在。」海生一轉身，躲得遠遠的。

弄完了兔肉，老三抹著油嘴，興衝衝地走到前院的樹蔭底下，這裡圍著一幫人，他從人縫中鑽進去一看，瘦子胡高參正和高主任下象棋。他一打量，發現兩人的棋下的好怪，前者只顧衝鋒不顧家，後者死守半壁江山就是不進攻，結果，誰也弄不死誰。

中國歷史上有一對最狗血的對聯，曰：觀棋不言真君子，落子無悔大丈夫。凡會下棋的，沒有不會念叨這副對子的。因為千百年來，凡會下棋的大都身兼多嘴和悔棋的惡名。象棋恰恰又是個從文人雅士到田頭百姓都會玩得遊戲，常常街頭巷尾就是戰場，眾人一圍七嘴八舌那才有味道。眼下胡高參和高主任要的就是這種味道。看得人越多，他倆鬥嘴越狠。一個說：「胡高參，你快走啊，當了那麼多年兵，還改不了怕死的習慣。」另一個回道：「大主任啊，你以為送我個馬吃，我就會上當啊，你那點陰謀詭計，還不如造反派呢。」一旁看棋的人笑得七橫八豎，只有海生一個人在琢磨兩人的棋。

他剛到時人生地不熟，只能自己找節目玩，不好意思擠到大人堆裡去，生怕被別人說：「去，你這個小傢伙湊什麼熱鬧。」現在人都熟了，也就沒了顧忌。他衡量了局勢，覺得高主任要輸，立即選擇了幫他。當高主任準備出車攔炮時，他忍不住小聲說了句，不能走，當心他拉炮將軍抽車。高主任一看，果然不錯，趕緊改走跳馬。凡事開了頭，膽子就大了，海生一看高主任按他所說沒有動車，就指揮他跳馬先吃炮，再踩車，乘機搶得臥槽馬的位置，把胡高參將死。

嘿！這小子厲害。海生令幾個大人吃了一驚。

「來，來，來，小三子。」胡高參請高主任讓座，自己要和小三子下一盤。胡高參是個很幽默的人，最喜歡說笑話，海生一點也不懼他，才來幾天就和他混熟了，因此，他乘機大著膽子說：「贏了有什麼獎勵？」

「你說吧，要什麼獎勵？」胡高參一邊擺棋一邊說：「再來一盆蒸蛋？」說得眾人都笑了。

沒想到海生出乎意料地說：「我贏了晚上帶我去打兔子。」

「這個我說了不算，你得問他。」胡高參狡猾地指了指高主任。

「行，你贏了他，就帶你去。」高主任的目的很明確，一個小孩子贏了老胡那才是他想要的結果。

（四）

說起海生的棋藝，不得不從他偷書說起。文革初起時，全國所有的圖書館都被尊為「封、資、修」的滋生地而被封閉，就連大院裡那個小小的圖書館也被貼上了封條。不過，整齊排列在書架上的書，還是能從窗外一目了然，每次打它面前經過，海生心裡就多了一份想要進去看看的欲望。沒多久，他就找到了進去的辦法，在關的嚴嚴的高大的玻璃窗上，還有一對小小的氣窗，他攀到窗上試了試，居然可以打開。氣窗寬約 20 公分，正好夠他鑽進去，於是這氣窗成了他的秘密通道。第一次進去，他從裡面帶出了三本書，一本是《復活》，一本是傑克 · 倫敦的短篇小說集，拿它是因為封面上印著一個手執左輪手槍，戴著牛仔帽很帥的男子，他滿心以為它和《復活》都是講英雄好漢的書，結果兩本書都很失望，他用它們從滬生那換回了一包咸金棗，自己則留下了一本楊官鱗的《中國象棋》上冊，他拿著這冊書在家裡照葫蘆畫瓢和自己下了一個多月，出關後，居然已經打遍同齡無敵手了，再過一陣，他已經能贏老爸和其他來家裡下棋的大人了。於此同時，他也沒興趣去看棋譜了。

因此，當老三在人群中坐下，就又一次出了名。下了三盤，連贏胡參謀三盤，還都是中盤獲勝，惹急了人群中會下棋的，大夥輪番上陣，想把他宰下馬來，結果都不是他的對手。

正當海生殺得興起，人群中有人說：「耿院長來了。」他一抬頭，果然是耿院長。害羞地說：「耿叔叔好。」

耿叔叔是軍區總醫院的正院長，也是梁家的常客，每次來，都要和老爸下三盤棋，耿叔叔棋藝很高，常常是海生和老爸聯手才能贏他。

「耿院長，這小子可厲害了，和他幹一盤。」胡高參總算找到一個為他報仇的人了。

「好啊，小三子，很長時間沒下棋了，殺一盤。」耿院長高興地坐下。

「你們交過手？」高主任有些明白了，原來他們都不是小三子的對手。

「哈哈，這小子不簡單，憑你們那兩下，怎麼會是他的對手。」

海生用當頭炮開局，耿院長馬八進七，周圍的人全都摒住了呼吸，棋到中盤，兩人殺得難分難解時，人群外響起一個宏亮的聲音：「小三子，你怎麼敢和你耿叔叔下棋！」

眾人讓開，走進來的是梁袤書，他面帶笑容地訓斥兒子：「你呀，一點禮貌都不懂。」小三子一縮脖子，老老實實地站了起來。梁袤書當仁不讓地坐下來。問：「該誰走了？」耿院長一笑：「好啊，你兒子給你布好了陣，你占為己有。」

下棋的真沒有一個嘴上饒人的。

這情景海生早已司空見慣了，他對跟在老爸身後的林參謀會心一笑，悄悄地溜出了人群中。他沒生氣，更不用擔心，因為林叔叔棋藝比自己高，有他在，大可以放心去玩了。

小三子不知道今日這一戰，竟然在大別山裡揚了名，立了腕。他這個年齡，什麼事都不過是一個玩字，不愁吃穿，不用幹活，還不用上學，可不就剩下了一個玩字了嗎。可是，和他一起躲在深山裡的大人們，百般無聊，就把他贏棋的事編得繪聲繪色，說給樓上的老頭子聽了，正好，許老頭也是個棋迷，天天和身邊這些老面孔下棋，早就厭了，一聽還有這麼個新鮮事，衝著梁袤書就嚷開了：「梁副司令，聽說你家的老三棋下的好，叫他上樓來，我要看看他的本事。」

梁袞書忙搖著手說：「不行，不行。小孩子都是鬧著玩的，他那兩步臭棋，怎麼能到這兒來下。」

「他娘的！你不去，我找人去。李秘書！」許老頭亮著嗓門衝著在房子一角伏案工作的李秘書喊：「快去把梁副司令的老三找來。」

此時的梁老三，正拿著個巨大的注射器當水槍，向一棵大樹下的螞蟻窩裡飆水。這個注射器與擀麵杖一般粗，灌滿了水可以飆到五米以外，前天他溜進了醫院的清潔間，一眼就相中了它。乘沒人順手就偷了出來。正當他和螞蟻大戰，猛一抬頭，發現林叔叔和樓上的李秘書站在面前，臉都嚇白了，以為他們是衝著注射器來的，急忙把手背在身後，緊張地看著他們，生怕他們把自己的新武器繳了去。

「小三子，你躲在這幹麻呢？快走，有事找你。」李秘書笑著拍了拍他的肩膀。

長籲了一口氣的海生，隨著李秘書上了樓，走進一間寬大的房間，一見眼前的架式，又是一陣緊張，站在門口不敢再向前。房間裡，老爸和幾個熟悉的叔叔站的站，坐的坐，中間威風凜凜坐著的，正是他曾在門洞裡窺見的黑臉司令許世友。

「還不叫許伯伯好。」梁袞書一發指令，海生立即跟著說：「許伯伯好。」

許老頭看著他，咧嘴一笑，和藹地說：「過來，小三子。」

都說許老頭笑裡都帶著三分殺氣，難得今天笑容裡連一分殺氣也看不到。

「不要怕，小三子。」說話的是許老頭的保健護士小徐阿姨，她過來領著海生走到許老頭跟前。

老頭子指著茶几上的棋盤說：「小三子，和耿院長下盤棋，只准贏，不准輸。」

這廂海生戰戰兢兢坐下，那邊耿叔叔叫屈了：「為什麼是我下，首長把小三子叫來，還是首長下吧。」

「不行，你是院長，他下的好也是你說的。」許老頭才不和他講理。

「這和院長有什麼關係。」耿院長嘟嚕著坐下。

「小三子，別害怕，有我呢，殺他！」在許老頭嘴裡，下棋叫「殺一盤」，吃子叫「殺一個」，將軍叫「殺你」。這個沒仗打的將軍，只好拿下棋出一口「殺」氣。

說來也怪，平素穩穩當當的耿院長，這盤棋卻是昏招疊出。倒是小三子走的有板有眼，不一會就已兵臨城下。最起勁的是許老頭，不停地說：「打他的馬，踩他的炮，為什麼不將軍！」還嫌不過癮，手都伸上了棋盤。當耿院長無法招架時，他轉而又幫耿院長出主意，等到耿院長棄子認輸時，他嘴裡的話就更不好聽了：「我的大院長，平時看你挺厲害的，怎麼連個小孩子也下不過。」

「我認輸，我讓位，請首長上座。」耿院長快快地站起來說。

「對了，首長來一盤。」李副參謀長等人一邊起哄，一邊把企圖阻止的梁袤書硬生生推出門外去。

小徐知道老頭子要下棋呢，哄著他說：「好呀，首長和小三子，你們老少下棋不用講規矩。

「你們下不過，我可是不怕他。」許老頭被哄得煞有介事坐下。原來，許和尚下棋，也是要端足了架子讓人抬。可見不管什麼人，一旦高高在上，面子就成了心病。

海生還沒到揣摸別人心思的年紀，他拿起棋就橫衝直撞，弄得許老頭的棋一點便宜也占不到，眼見一個馬成了甕中之鼈，老頭子一急，硬要把蹩了腳的馬跳出來。

「不能跳。」小三子說著把馬放回原處。

「誰說不能跳，別人的不能跳，我的就能跳。」老頭子凶巴巴地說。

「不行，你這叫賴皮。」小三子從來沒見過這樣下棋的，毫不客氣地說。他哪知道，自己的話一出口，把旁邊觀棋的都嚇了一跳。

「好，好，這個馬老子不要了。」堂堂的許世友和別人下棋時，跳蹩腳馬，隔兩個子打炮，是常有的事，今天在小孩子面前，卻不好耍賴了。

一看首長要輸，一群參謀幹事都圍著出主意，到最後，還是被小三子的馬後炮將死。老頭子不服輸，嚷著三局兩勝，又下了一盤，還是贏不了小三子。他一句話不說，黑著臉擺好了第三盤。小三子心裡想好了這一盤只讓他進攻，自己只守不攻。守著守著，還是忍不住走了一步將軍抽車。許老頭棋下的一般，但回棋的方式足以傳世，請諸位拭目：眼瞅著大好形勢一下就扭轉了，他臉上開始掛不住了，嘴裡不停地說，你偷吃我的車，你耍賴。小三子當然不願背黑鍋，回道：我沒賴。你沒賴怎麼會把我的車吃了，你重新走一遍給我看看。小三子把棋擺回到將軍前，老頭子就從這步開始重走。小三子跟著下，走完才發現，老頭子偷偷已經回了棋。只是這步棋是小三子三步之前就算好的，除非回到三步之前，否則是解不開的。小三子得意洋洋地看著抓耳撓腮的老頭子，渾然不覺旁觀的叔叔阿姨在給他遞眼色。幸好這時林參謀一聲報告，走了進來說：去梅山水庫游泳的人都已上車了，就等小徐和小三子了。高主任忙說：你們快去吧，我來下。硬是把小三子趕走了。

下了樓，上了車，林參謀立刻說：「你怎麼能贏老頭子的棋呢，樓上那些人從來不敢贏棋，誰贏，誰挨罵，直到下次輸給他，才不罵。」

「那麼剛才耿叔叔輸了怎麼也挨罵？」

「哈哈。」小徐阿姨笑著說：「那算不上罵，那是挖苦，臉都沒黑呢。」

海生眼前出現許老頭黝黑的臉，心想，再黑還能黑成什麼樣呢。

打這以後，許老頭再也不和小三子下棋了，變成每次下棋，就叫他站在旁邊當參謀，這樣，海生就可以自由在樓上通行了。不下棋的時候，他就去警衛排的宿舍玩。許世友的警衛排，恐怕是中國軍隊裡最特殊的一群戰士，每個人佩帶四件武器：一把折疊式自動步槍，一把六四式手槍，一把戰刀，一把德國匕首。清晨，當大多數人還在睡夢中時，他們已經站在晨風裡開始練武。不論春夏秋冬，絲毫不敢懈怠，因為他們的總教頭——許和尚，起得比他們還早，親自督操。從拳術、棍術、刀術直練到耍板凳，樣樣都要學。小道消息傳許世友的衛隊人人都是以一抵十、以一擋百的高手，如今海生親眼所見，絕不會有假。其中海生最佩服的是一班長大郭。大郭人如其名，高大健碩，徒手擒拿功夫了得，排裡無人可比。碰上特殊情況，他往那裡一站，真像城廓一般，他在海生眼裡，就和三國裡諸葛亮身後的趙雲一般英雄。更怪的是，和大郭叔叔在一起時，海生心裡完全沒有與大人交往時的膽怯和小心，總是放得開開的，並且一點也不會做那些調皮搗蛋的事。

沒多久，早晨習武的陣容中多了一個矮小的身影，手腳雖然生澀，卻有板有眼，他自然就是海生。這個時代，武鬥盛行，一個男孩最時髦的追求，就是有一身武藝，能征服所有的人。就像已經去當兵的海生的大哥津生，當兵之前他和一幫大院子弟個個練的膀大腰圓，走出去誰也不敢惹他們，而大院的孩子們有了他們保護，自然沒人敢欺負。現在，習武的機會意外來到面前，激發了他全身的熱情。他破天荒自覺自願早起，每當早操者的腳步聲從走廊中傳來，他就一骨碌從床上爬起，揉著眼睛，拖遝著鞋子跟了出去。弄得睡在另一張床上的滬生牢騷滿腹：「你瘋啦，放著好好的覺不睡，吃飽了撐的！」

海生跟著警衛排練武，許老頭看了喜在心裡。他親自找來一截竹子給他當棍使。練刀術時，允許他拿著刀鞘比劃。用小徐阿姨的話說：老頭子自己的孩子也從來沒有這個待遇。此話不假，海生見過許伯伯的女兒，就在這個 361 醫院當兵，和父親長得很像，來看父親時，總是一副犯了錯的樣子。

正當海生在他的小世界裡初嘗許多新鮮事時，外面的大世界卻是危機四伏，尤其是震驚全國的 7‧20 事件，直接影響到蟄伏在大別山的許世友。

（五）

1967 年 7 月 20 日，華中名城武漢，發生了造反派和部分解放軍揪鬥中央文革小組成員王力的事件。約有十萬軍民參加了揪鬥大會，會後還舉行了聲勢浩大的示威遊行。該事件真正可怕的不是幕前，而是背後。神秘的毛澤東此時正下榻在武漢東湖，聲討中央文革的遊行示威，直接震撼著他的窗戶。作為 1936 年西安事變的最大受益者，文化大革命的最高統帥，他此刻的心情可想而知。事發當天，在全國視察中從不坐飛機的毛澤東，坐著飛機匆匆離開了武漢。

7・20 事件後，時任武漢軍區司令員，和許世友一塊參加紅軍，數十年風雨同舟的老戰友——陳再道，立即被中央文革指為幕後黑手。陳再道不服氣，隻身前往北京述職，他一進京城就被軟禁了起來。隨即，一場更可怕的風暴席捲著神州大地，全國各地到處在抓「李再道」，「張再道」，「穿著軍裝的走資派」。各種壞消息頻頻傳進大別山，先是南京的造反派抄了許世友的家，接著造反派得知許世友藏在大別山裡，醞釀著衝進大別山，活捉許世友。心情惡劣的許世友在梁袤書等人反覆勸說下，才同意轉移駐地，住進了某軍營的一個山坳裡。

山坳向南的坡地上，原來是部隊的生產地。現在，生產地上臨時搭建了一排茅屋，茅屋看上去和別的部隊營房一模一樣。粗大的毛竹充當屋樑，屋頂上鋪的是山上的茅草，外牆用泥土夯成，裡面的隔牆用剝了皮的麻杆編成的，兩麵糊上報紙就算是牆了。窗戶上沒有玻璃，用細小的樹枝編成方框形，掛在窗戶上，打開時，用個竹杆往外一撐就行。海生很喜歡這種窗戶，因為上面長滿半綠半枯的樹葉，樹葉中還掛著各種果子，果子和樹葉散發著不同的清香。

但是，老二滬生卻無法忍受這麼簡陋的住所。兄弟倆雖然是一個屋簷下長大的，習性喜好，卻是各不相同。滬生喜歡享受飯來張口、衣來伸手的生活，凡吃苦費力的事絕不幹。自從住進這泥巴地的草棚裡，就沒有一天不發牢騷的。

和膽大包天的海生相反，滬生膽小、脆弱，在他身上幾乎找不到剛強的影子，與將門之子的名頭反差太大。記得兄弟倆一塊去打預防針，針頭還沒進去，他就「哎喲，哎喲」亂叫喚，叫得跟在後面的海生一看見針就起雞皮疙瘩。

滬生如此膽小，和他幼年時一場事故有很大關係。在滬生兩歲時，有一天帶他的保姆把一罐剛燒好的雞湯放在桌上，去忙別的事，在桌底下轉悠的小滬生聞到雞湯香，被肚裡的饞蟲指引，先從地上爬到椅子上，再站在椅子上去搬那一罐雞湯。對一個兩歲的孩子來說，其難度不亞於紅軍爬雪山過草地，可見兩歲時他還是很能吃苦的。結果，滾燙的雞湯倒翻下來，衝著小滬生還沒發育的胸肌而去……。據說滬生被燙到之後，整整嚎了四天。第一天嚎啕不止；第二天感覺累了，大哭中夾著幹嚎，所謂幹嚎，就是有一搭沒一搭，間中略帶起伏的那一種；第三天，是幹嚎夾著乾哭，哭雖成了陪襯，嚎卻讓人揪心；第四天是哽咽裡夾著幹嚎，常讓人有斷氣之感；到了第五天，所有的嚎和咽總算停止了，正懷著海生的劉延平，心裡比 1949 年 10 月 1 日還高興。只是滬生這一輩子的元氣全在這四天裡耗盡了，只留下胸前好大一塊疤。

此後，一歲又一歲，人長大了，膽子卻越來越小。他膽子雖說小了，嘴巴倒是練甜了，成了梁家第一甜嘴。嘴甜是世上膽小者必備的武器，膽小嘴又臭的人，如何在這世上活下去？嘴甜是必須的，嘴上吃點虧，實惠卻得了，膽小也就間接成了優點。上下幾千年，中國的老百姓不就是這樣活下來的嗎？相反，那些嘴硬的，幾個有好下場！

搬到草棚沒多久，海生盼到了一個好日子——中秋節。老王和小王兩人為了調劑這裡無聊又焦慮的生活，土制了一個烘箱做月餅，有廣式的，蘇式的，甜的，鹹的，可把海生高興壞了，天天跟著他們忙活，等到月餅出爐那一天，香噴噴的味道彌漫著整個草棚。更想不到的是別的人每人四個，滬生和海生一個人八個，原因很簡單，草棚裡就他們兩個孩子。一個人有這麼多月餅，海生做夢也沒做到過，他守著一堆月餅開心的不知如何是好。雖然他們是響噹噹的高幹子弟，吃，穿，用的卻和平民百姓的孩子一般，海生身上穿的衣服全是兩個哥哥穿不下傳給他的，年年吃月餅，那也是兄弟幾個分著吃，哪見過這許多。

過了中秋，梁袤書奉命回甯辦事，臨行時特別叮囑兩個兒子要聽話，不許吵架打架。老爸前腳剛走，老二就瞅著機會，跟著採購車去六安玩了，直到第二天下午才回來。在回來的路上，經不住顛簸，中午在六安館子裡吃的好東西全吐了。吐完了，又餓得慌，心裡便一直惦記著還剩下的兩個月餅。回到了草棚一看，放月餅的盒子早已空空如也，不禁火冒三丈。

他找到了正在外面操場上閒蕩的海生，氣呼呼地問：「盒子裡的月餅呢？」

「吃了。」海生底氣十足地說。因為他事先請示了林叔叔才吃的，林志航當時還覺得老三有些大驚小怪的。

「誰讓你吃的！」滬生抓住海生的衣領氣急敗壞地問。

「為什麼不能吃！」海生也急了，反手去抓他的衣領沒抓到。

這時的老二，已經比老三高出一頭，看到老三想反抗，身高臂長的他，照著老三的腦門就是一拳，打得老三生疼。吃了虧的老三見打不到老二，轉身揀起一塊大石頭，不由分說朝老二衝去。一看老三要拼命，老二撒腿往草棚裡跑，警衛班的大郭叔叔聞聲出來，趕緊上去繳了老三的械。挨了一拳的海生滿腹怨氣，一個人坐在操場邊啪嗒啪嗒掉眼淚。

小兄弟的打鬥，驚動了草棚裡的許老頭，他聽大郭把事情的原委說完，虎著臉說：「大的怎麼能欺負小的。去跟老二說，再欺負弟弟，就關他禁閉！」大郭前腳走，他又對李秘書說：「去把小三子叫來，給我當參謀。

小三子一聽老頭子招他進去，委屈的小臉上頓時雲開霧散，氣也不生了，高高興興地跟著李秘書進了屋。其實，發嗲和發倔，原本就是一對孿生。

海生雖然深得許老頭喜歡，大多數時間還是不敢造次。沒經大人招呼，他從不敢進許伯伯的房間，碰上老頭子生氣，更是連聲都不敢出。就說此刻，海生正陪著老頭子和陳院長下棋，李秘書過來說：「首長，張春橋同志來電話，請你去接一下。」許老頭一聽就唬下了臉，過去拿起電話說：「我的大政委，你找我是想請我喝酒呢，還是想請我吃藥。」聽對方說了一會，他乾脆地回道：「不去。我身體不好。」隨即把電話掛上了，一個人氣呼呼地在房間裡來回走動，嘴裡不停地說：「叫我去上海，肯定不安好心，要抓老子，老子才不上當。」海生嚇得站在棋盤前一動不敢動，過了一會，沿著桌邊悄悄溜到門口，出了門，撒腿就往警衛排跑。

逃進警衛排煞有介事地在大郭叔叔一幫人面前拍著胸脯說：「嚇死我了，老頭子發火了。」

警衛排的戰士都見過老頭子發火，也最怕他發火，如今看到小三子這種級別的也嚇得屁滾尿流，個個興災樂禍。

笑完了，大郭問他：「小三子，你見過你爸爸發火嗎？」

這群警衛員，公認梁副司令是最沒架子的首長，從來沒見過他發火。

「見過，他一發火，就把牙咬得緊緊的。」

二班的沈班長問他：「他發火你害怕嗎？」

「當然怕，我就找個藉口，有時拎起熱水瓶去打水，有時去倒煙灰，乘機溜走。」

跟著，海生講了一個故事，這是他迄今為止記得最清楚的一件事。事情發生在 1964 年暑假裡。一天，按計劃，海生要跟津生、滬生去看電影。臨出門時，天空下起了大雨，三個人只找到一把傘，津生和滬生嫌不方便，就叫海生待在家裡。海生才不願意呢，盼了幾天的電影怎能因為下雨就泡湯呢。他堅持要跟他們去，老大、老二沒辦法，只好三人擠在一把傘下出了門。路過老爸辦公室時，津生、滬生說要上廁所，就帶著海生進了辦公樓，他們叫海生在前廳的沙發上坐著等，倆人卻借小便的名義，從另一個門溜走了，等到海生去找他們，早就沒了人影，門外又是大雨瓢潑，只好一個人縮在沙發裡生氣。

近中午時分，梁袤書從會議室出來，路過前廳，發現小三子坐在那發呆，原本開會開得不順心的他，立刻不高興了。等小三子把事情經過一講，兩個腮幫早已緊緊地咬在了一起。一句話也沒說，叫來勤務兵，把海生帶回了家。

中午開飯時，津生和滬生回來了，兩人坐上飯桌，一看老爸黑著臉，只顧自己吃飯，就知道要倒楣了。老爸一直不出聲，他倆就一直不敢碰筷子，剩下海生自己，僅憑飯廳裡凝固的空氣，就把他嚇得一動不動地坐著。好不容易捱到老爸起身去盛湯，滬生趕緊抓起桌上的饅頭，惡狠狠地就是一口！你說你餓了，吃相好看一些總是可以吧，偏偏這難看相又被轉身回來的梁袤書看見，這下可把他肚子裡的火點著了，隔著桌子就把碗裡的湯潑出去了，滬生瞬間就成了真正的落湯雞。接著，梁袤書抓起面前的饅頭，一個個砸過去，口裡還不停地罵：「我叫你吃，你這個混蛋！」滬生嚇得趕緊往桌底下鑽。梁袤書把一盤饅頭砸完了，心裡還不解氣，一巴掌就打在一旁坐著的津生頭上，打得津生抱頭鼠竄，拔腿就往外跑，他這一跑，提醒了躲在桌底下渾身發抖的滬生，跟著他就往外跑。梁袤書放棄了追殺，飯也不吃上樓去了，只剩海生一個人，嚇得不知如何是好，想了想還是離開是非之地好，冒雨跑進了院角的雜屋裡，那裡有個他用稻草鋪的小窩。未幾，透過門縫他看到滬生淋著雨在院子裡轉悠不敢回家，就趕緊把他叫進來。滬生進來後，往草堆裡一坐，抹乾臉上的雨水，竟然當著餓壞了的海生面，從懷裡摸出兩個饅頭，一人一個！原來，老爸用饅頭砸他時，砸一個，他接一個，砸兩個，他接一雙，一點也沒耽誤。

發完脾氣的老爸，叫來警衛員小楊，去把三兄弟一個個找回來。最慘的是津生，躲在放煤的棚子裡，又冷又沒饅頭吃，小楊找到他時，滿臉都是煤灰，只剩兩個眼圈那兒還有一圈白。

海生嘴裡的故事，遠沒有我們看到的文字精彩，但他總算講完了這個故事，恐怕這是他迄今講得最精彩的故事。

軍隊大院裡的孩子，雖是時下中國唯一能夠昂首挺胸，天不怕地不怕的寵兒，但在父輩面前，絲毫不敢放縱。原因很簡單，這些建國功臣雖然不會教育孩子，卻不是不管孩子。「棍棒底下出孝子，」這幾個古老的漢字，革命還沒革到它頭上呢。所以，這群寵兒也就是在外人眼裡風光而已。這世上任何代溝，都是當父母的自己挖出來的，包括受過大學教育的梁袤書，雖然甚少打孩子，但也很少和他們有親密的溝通。家裡的照像薄中僅有一張他抱孩子的照片，那孩子還是被全家人人寵愛的小燕。很得父親喜愛的海生迄今沒有留下被父親擁抱或親吻的印象，也許，他這一輩子都不會有這個福氣。

言歸正傳，月餅風波在小哥倆之間沒幾天便煙消雲散了。是老二搶在老爸回來之前主動找海生，求他不要在老爸面前告狀。其實，海生的脾氣，受了欺負是從不告狀的，反倒是滬生，告狀是他的武器。喜歡告狀的人，自然是怕別人告他的狀。當哥哥的現在主動示弱，當弟弟的樂得做好人，連個條件都沒提就答應了，省了滬生已經放在兜裡的兩塊糖。

在南京就已風聞此事的梁袤書，回到大別山後，一看兄弟和好如初，批評了幾句，就算揭過去了。他正忙著應付一件更重要的事，他帶回來一個壞消息，南京的造反組織「五湖四海」已經到了合肥，正和安徽的「五湖四海」商議到大別山抓許司令。

聽了梁袤書的彙報，老頭子袖子一捋說：「狗日的，來吧，老子正等著呢。」

（六）

第二天，許世友下令，草棚裡所有的人都去打靶。

「造反派來了，槍都打不准，還不當俘虜。」老頭子如是說，結果，連圍著白圍裙的老王、小王與梁家小兄弟也上了靶場。

打槍對男孩子來說，是件足以狂喜的事。到了靶場，總算讓海生大大地開了一次眼界。首先是警衛排展示臥、跪、立三種姿勢射擊。聽得一聲令下，槍聲陣陣，硝煙飄起，真有到了戰場的感覺。然後是李秘書、王幹事、胡高參、駕駛員小夏上場。說起王幹事的槍法，海生在跟他去打兔子時就已經見識過。最新的記憶是兩天前，有兩隻斑鳩飛到草棚外的林子裡「咕咕」地叫個不停，叫得老頭子心煩，下令王幹事：「打它！」王幹事提著獵槍出門，海生緊跟其後還沒等他找到斑鳩位置，只見王幹事手舉槍響，樹上丟下一對斑鳩來，頓時王幹事成了那晚他夢中揮之不去的英雄。

今天在靶場上，他又有了一個新發現，原來戴著眼鏡，很儒雅的李秘書，槍法也非常了得。果真印證了另一個傳說，許老頭身邊的人，個個都是神槍手。

在一片掌聲中，許司令上場了，他長槍短槍輪流演示，非九即十，環環相扣，周圍一片叫好。高主任在人群中說：「首長，聽說你閉著眼也能打中，我不相信。」

許老頭被他一激，雄心高昂，對王幹事說：「拿我的槍來。」王幹事從揹在身上的槍盒裡拔出把德式駁殼槍遞了過去，好個年過六旬的許司令，站在五十米開外，端起槍向著靶子，然後閉上雙目，連開6槍，打完後，小三子飛快地跑去看靶，乖乖，6發子彈全在靶上！最差的也是6環，那個古老的傳說，此刻又一次在他上氣不接下氣的胸膛裡膨脹著：有人進了許老頭的房間沒報告，他拿起槍頭沒抬，回手一槍，就把那人打死了。

久未玩槍的許老頭一高興，發了話：「今天每個人都要打，不管是女人還是小孩子。」小三子總算等到這句話，急著去找王幹事。相反，滬生則不想打槍，害怕槍聲震壞了耳朵，一聽老頭子如是說，趕緊混在那些打完靶回去的人群中溜了。

海生上去挑了把和許伯伯一模一樣的駁殼槍，沒想它很沉，一隻手怎麼也舉不起來，更別說瞄準了。

小徐阿姨拿出一把很小的手槍說：「小三子，用我的吧。」

「不行，」老頭子很認真地說：「那是女人用的，不能給他用。」

最後還是王幹事上來，把駁殼槍的槍把卡在槍套上，延長了槍身，再讓海生趴下，教他用左手和右肩合力抵住槍，然後瞄準射擊。海生看老頭子拿駁殼槍像玩似的，沒想到一扣扳機「乓」的一聲後座力這麼大，差點就把他掀翻了。6發子彈打完，肩膀已經不是他的了，報靶的一看，一發也沒打中，許老頭反而咧著嘴笑了：「很好，全部打到地球上去了。」

第一次打槍的海生，事後更佩服槍打得好的人，同時心裡一直有個結：許老頭，王幹事，究竟誰打的更准？兩天後，這個猜測被驗證了。

離草棚一百米處，有一棵高大的白楊樹，常常有一隻黑老鴉在樹上「呱呱」亂叫，本來就心煩意亂的許老頭，被它叫得更煩，便把除害的任務交給了王幹事。草棚和楊樹之間，是一片開闊的田地，人一出現，烏鴉就飛了，等人回去了，它又飛來了，繼續唱著討厭的歌。王幹事換了支射程遠的步槍，倚在門口瞄它，槍響了，老鴉卻沒掉下來，驚得飛起，天上轉了一圈又回到枝頭上，大有奈我幾何的神氣。海生雖然沒玩過槍，但憑打彈弓的經驗，懂得神槍手也會有失手的時候。他這邊為王幹事可惜，那邊老頭子卻罵開了：「沒用的東西，把槍給我！」他操起槍，槍響鴉落，把王幹事囧得滿臉通紅。海生心裡誰是第一的爭論，也隨著短命的老鴉一同落了地。

和這麼多有本事的大人生活在同一屋簷下，是海生記憶中最幸福的時光，至於造反派何時來抓許世友，他才不擔心，或者說，他正等著一場好戲上演呢。

幾天後的清晨，海生陪著小蘇叔叔去洗車，回來的路上，正碰上老爸帶著林參謀沿著通向草棚的路，匆匆走下來。小蘇趕緊停車，老爸上車後，陰著臉說了四個字「去東大門。」按習慣，老爸去部隊，海生是不能跟去的，但他見老爸和林叔叔都不同他說話，也不知是下去好，還是不下去好，只好坐在角落裡一聲不吱。車到東大門，梁袤書厲聲喝道：「停！」又衝著大門口的哨兵說：「叫你們連長，營長跑步過來。」接著一擺手，叫小蘇繼續往前開。開出去不到100米，路兩邊各有一個掩體，空的，沒人，再往前開，第二處掩體也是空的。海生悄悄瞟了一眼老爸，見他的牙關已經咬得緊緊的，感覺不妙，拼命往角落裡縮著身體。

梁袤書之所以生氣，是因為他親自督陣挖好的掩體，裡面連個人影都沒有，唱得是空城計，造反派來了，就靠門口兩個哨兵，還不被一鍋端了。

他和林參謀一前一後下了車，走到掩體前停住，這時身後跑來一胖一瘦兩個軍官，邊喘著氣邊行軍禮。梁袤書手指著他們的鼻子說：「誰叫你們把這兒的哨兵撤了？」

「報告首長，現在是天天讀的時間。」那瘦的小心翼翼地解釋。

「我不管什麼天天讀，立即派人把哨位補上。」老爸說話時，海生能清楚看見他腮幫上隆起的肌肉。

「首長，天天讀是雷打不動的呀。」胖一點的顯然官階高一些，他可沒膽量取消林副主席號召的事。

「你們懂什麼叫天天讀，全停了！現在起，站崗就是天天讀！」最後句話，梁袤書幾乎是吼出來的，連坐在車裡的海生都聽得清清楚楚。

「天天讀」在 1967 年是 7 億中國人的頭等大事，誰敢反對誰就是現行反革命！這個道理，連農村裡放牛娃都懂，海生豈能不知，他很擔心地看了看面無表情的小蘇叔叔。

車外，梁副司令在繼續下命令：「派一個班，去岔路口設置障礙，架上機槍，並豎個大標語牌寫上「軍事重地，禁止入內」。把電話也拉過去，再架上探照燈，今天開始，幹部 24 小時值班，發現地方和非本部的車輛過來，一律停車檢查，不准他們靠近營區，並直接向我報告。明白了嗎？」

兩個軍官一看梁副司令下令取消「天天讀」，上面責怪下與己無關，便齊聲回答：「明白！」

梁袤書臉上稍有緩和地說：「再問你們一遍，遇到有人硬衝怎麼辦？」

「朝天鳴槍。」軍官們背誦到。

朝天鳴槍，這是最後的辦法了，總不能向造反派開槍吧，梁袤書心中暗自歎了口氣，回到車上，對小蘇說：「回去」。這個參加過一二・九運動的將軍，此刻最擔心的是如何防止和造反派兵戎相見。他心裡很清楚，果真出現那一幕，就是把天捅破了。

回到草棚，老三用最快的速度溜回了房間，他害怕和老爸陰沉的臉走在一起。沒一會，滬生也回來了。這一陣，他老是貓在陳院長的房間裡，好像對醫學很有興趣似的。

他一進門就神秘兮兮地說「聽說五湖四海到了六安。」

海生方才恍然地說：「怪不得老爸叫他們把機槍架起來。」

「機槍架在哪了？老爸帶你出去了？」滬生不無妒意的問。

「架在大門外的岔路口，我剛和老爸還有林叔叔從那兒回來。」

海生得意的說。

兩人正說著，小蘇叔叔進來了，「老二，老三，現在開始哪都不能去，只能在房間裡。」

「為什麼？」兄弟倆不約而同地問。

「五湖四海就要來了，隨時可能轉移。」小蘇叔叔很少有這麼認真地說。

這個「五湖四海，」是個新冒起來的造反組織，號稱百萬大軍，覆蓋蘇皖兩省。如果已經到了六安，只消兩小時就能到金寨縣，雖然梁袞書手上的部隊，在金寨有好幾處營房，造反派不一定能找到這兒，但是，對一群經歷過無數次戰鬥的將領們來說，絕不敢有任何疏忽。隔著茅草的縫隙，海生可以感到大人的腳步今天格外匆忙和沉重，他問滬生：「會打起來嗎？」

「沒這麼早，聽說五湖四海總是夜間行動。」

「真打起來，我們能打得過他們嗎？」海生的問題歷來有些妖怪。

滬生今天似乎不厭煩他的提問，答道：「就我們十幾個人，怎麼能打得過五湖四海。」

「外面不是還有一個加強營嗎？」

「你懂什麼，造反派是左派，許老頭是右派，毛主席說，解放軍要支持左派廣大革命群眾。到時候他們和造反派聯手打我們也不一定。」

「他們不是聽老爸指揮嗎？」海生腦子裡出現早上見到那兩個畢恭畢敬的軍官。

「你好一點吧，還是想想萬一被造反派抓住怎麼辦吧？」滬生覺得這個弟弟的想法總是太離譜。

說真的，海生還有一個更不靠譜的想法一直憋在肚裡沒問：朝天開槍，子彈掉下來會打死人嗎？

滬生這時從自己書包裡摸出兩個紅袖章，上面印著四個蒼勁大字「南京紅總。」他把一個交給海生說：「藏好了，萬一被造反派抓住，我們就說是南京紅總的人，是來查找許世友的。」

「這個管用嗎？」海生遲疑的接過來說。其實他心裡隱約覺得：這不是背叛嗎？

「管他呢，就算他們不信，也不會對我們兩個老百姓怎麼樣。」

整個白天就在惶惶中過去了，除了上廁所，兄弟倆都沒離開過草棚，屋外的天徹底黑下來後，海生心裡煩燥無比，莫名其妙的在心裡不停地顛來倒去念叨滬生的話：五湖四海喜歡夜裡行動，喜歡夜裡行動的五湖四海，五湖四海的行動喜歡在夜裡。無聊中，他隱約聽到有人在下棋，於是溜到走道上，順著聲音找去，證實了自己的耳朵沒聽錯，棋聲是從許伯伯的房間裡傳出來的。好怪，馬上要打仗了，他們還在下棋，他小腦瓜裡滿是疑惑。

不錯，梁衺書，高主任，胡高參等人此刻正陪著許司令下棋。從初夏到初秋，三個月來，所有跟隨許司令身邊的人，最擔心的就是老頭子的脾氣。他們不是怕自己被老頭子罵，這些人早已被罵慣了，他們是擔心萬一老頭子倔脾氣上來，公開和中央文革翻臉，一切就無法挽回了。梁衺書，李秘書等人的策略是，每天都想方設法讓老頭子過的開心一點。今晚，雖然周邊局勢一觸即發，但梁衺書他們首先要做的，依然是安撫老頭子的心情。

沒有大人的招呼，海生自然不敢進許伯伯的房間，他又竄到最前頭林參謀的房間，那裡有說話聲，也有笑聲，從門縫裡看進去，滬生也在裡面，他把門推開一半，正要溜進去，發現滬生正用凶巴巴的目光制止他，正猶豫著要不要進去，李秘書在他身後說話了：「小三子，進去呀。」他便得意地跟著李秘書進了房間。

裡面坐了一屋子人，有小徐阿姨，小蘇，小夏兩個司機叔叔，還有王幹事等人，正聽林叔叔講笑話，一看李秘書進來，都站了起來。李秘書忙說：「沒事，都坐下吧，我也是出來透口氣，小林，你繼續講。」

「老二，我剛才說到什麼地方了？」林參謀一時間忘了自己說到哪了。

「講到南京城外的明孝陵。」滬生喜歡聽故事，這方面的記性當然也好。

「對了，你們知道明孝陵為什麼沒有朱元璋的像呢？」

「不知道」滬生答得飛快。不僅他不知道，在坐的都是一副不知道的樣子。

「因為給他畫像的畫師都被他殺光了。」

「為什麼，」海生搶在第一個問。

滬生討厭他打岔，衝他狠狠地說：「不許插嘴！」

「他為什麼要殺畫師，不是畫師畫的不好，而是他長得太醜了，他天生一張瓦刀臉，」林參謀一看小徐，老二，老三都不懂瓦刀臉是什麼，就解釋道：「瓦刀臉就是額頭突出，下巴前伸那種臉型。朱元璋不僅是個塌鼻子，兩個鼻孔還是朝天長的，臉上有 36 顆大麻子，72 顆小麻子。」

屋裡人聽了無一不笑的，林參謀則繼續說「朱元璋當了皇帝後，招來了全國 88 個有名的畫師，可是這麼醜的相貌，再有本事的畫師也畫不好。結果朱元璋一氣之下，把他們全殺了。」

「完了？」老三嚥著口水問。

「還沒完，」林參謀笑著說：「朱元璋長得醜，他老婆長得更醜。有一年正月十五元宵節，朝廷規定，各家各院的元宵燈上，都要畫皇帝或皇后的像。換句話說這條街掛了皇帝的像，下一條街就要掛皇后的像。有一條街上住了 70 戶人家，輪到他們，該掛皇后的像。其中 63 戶有錢人家，請了見過皇后的畫師把皇后的尊榮畫在燈上。另外 7 戶窮人呢，請不起畫師，就找了個美人像貼在燈籠上。結果，朱元璋來視察時，那 63 家被滿門抄斬，因為他們燈籠上的皇后像太醜，只有那 7 戶窮人逃過殺身之禍。後來，這條街就被叫做七家灣。」

「看來朱元璋這個皇帝夠壞的。」聽得入迷的小徐很感觸地說。

「皇帝怎麼會有好人。」王幹事笑她。

老三則眼巴巴地望著林叔叔說：「還有嗎？」

「你還想聽，」林參謀瞅了一眼老三說：「這樣，我們請李秘書講一個打仗的故事好不好？」老三第一個拍巴掌說：「太好了！」其他人亦期盼地看著李秘書。

李秘書想了想說：「好吧，我講一個許司令的故事。先考考你們，許司令參加革命之前是做什麼的？」

「少林寺的和尚。」老頭子的司機小夏搶著說，說完自己咯咯地笑了。

「不對，當和尚是更早的事，參加革命前，他在大軍閥吳佩孚手下當兵。」李秘書一句話，說得人人都豎起了耳朵。「有一次，吳佩孚到許司令所在的團裡視察，他登上演講臺，把軍裝袖子一捋，說道：台下的兄弟們，有誰能上來掰下我的胳膊，讓他官升一級。他的話一說完，下面一陣騷動，但沒人敢上去。誰都知道堂堂的吳大帥，雙臂有千鈞之力。吳佩孚一看，又說：我讓他官升兩級！還是沒人敢上。他又伸出三個手指頭說：官升三級！這下，還是大頭兵的許司令按捺不住了了，他挺身而出，向吳佩孚敬了個禮說：報告老總，俺來領教！吳佩孚見了問道：你叫什麼名字？許黑醜。」滿屋的人聽到這，全笑開了。李秘書則一本正經地說：「當時許司令就叫這個名字，許世友這個名字，是後來在延安毛主席給起的。話說回去，許司令身高只有 1 米 65，吳佩孚根本沒把他放在眼裡，只用眼角看著他說：「行，你來吧。許司令繞著吳佩孚轉了三圈，在場的人都被轉懵了，不知他葫蘆裡賣得什麼藥，吳佩孚也急了，說:小子，你兜什麼圈子？話音未落，許司令腰一彎，猛地貼地竄出，直取吳佩孚的下盤，吳佩孚連忙垂臂防範，沒想到許司令早已換成泰山壓頂的招式，乾脆利索地就把他雙臂按了下去，整個過程只用了一秒鐘。場上場下頓時一片叫好。吳佩孚倒也說話算話，當場宣佈，即日起，給許黑醜官升三級，由大頭兵直接升到副連長。」

故事講完了，聽得人可都意猶未盡，算是見識多廣的林參謀，也是第一次聽到這個故事。老三在一旁小聲地叫了聲：「李叔叔。」李秘書嗯了一聲，看著小臉漲得紅紅地老三說：「你說吧。」

「聽說進許伯伯房間，不報告就會被他一槍打死？」

他這一句，引得全屋子人哄堂大笑。

李秘書摸著海生的小腦袋，呵呵地笑著說：「不報告進去，他會罵人，但不會開槍。」

他說到這，看了看錶對眾人說：「好了，大家都回去休息吧。

記住，遇到情況不要慌，也不要獨自行動，迅速到飯堂集合。」

他一句話，使大夥又想起了眼前的風險，個個收起了笑容。

草棚裡的人，一夜警醒著，直到天亮雞叫，「五湖四海」都沒出現。中午時分，警報解除了。老二、老三從林參謀嘴裡得知，這幫烏合之眾還沒走到金寨縣城，聽說解放軍架好了機槍大炮等著他們，並且由許司令親自指揮，嚇得半道上打道回府了。

歷史常有許多偶然性。如果這一天，「五湖四海」中有個膽大的頭領，帶著人衝進了許世友避難的軍營，雙方勢必要發生衝突，衝突之中必然會開槍，一旦開了槍，就會有傷亡，一旦死了人，不管是造反派還是軍隊，都將把許世友逼向極端。一旦許世友上了山打遊擊，再請他下山就難了。文化大革命或許會出現軍隊與中央文革攤牌的局面。儘管偉大領袖一直說：相信軍隊不會跟著別人走。但是他老人家還有一句更有名的語錄：歷史是不以個人意志為轉移的！果真如此，歷史是否會重寫呢？

（七）

說來也怪，被造反派這麼一鬧，草棚反而太平了許多，大人臉上的笑容也多了。海生更沒料到，幾天後，幸福的草棚生活突然結束了。

9 月 26 日那天上午，早飯後，海生像往常一樣鑽到警衛排的房間裡，幫大郭叔叔他們擦槍、擦刀。忽然，李秘書走進來，煞有介事地說：「首長今天有行動，一班立即整裝跟首長出發，二班，到林參謀那報到，由他帶隊，去準備飛機降落信號。」

海生聽了，一溜煙地找到林參謀，求他帶著一塊去看飛機降落。忙得不可開交的林叔叔說了句要請示梁副司令，就走了。海生一聽，心就涼了。正沮喪著，林叔叔回來說，老爸同意了。他高興地一蹦老高，真以為太陽從西邊出來了，後來他才知道，今天是草棚大喜的日子。

在林參謀的指揮下，一行人駕車來到一片玉米地，正是玉米接穗的季節，高大翠綠的玉米一覽無際，林參謀帶著戰士們把砍下來的玉米秸子堆成三堆，按計劃在 11 點 15 分準時點燃，田野裡頓時滾起三道濃煙，高高地竄向天空。沒一會，天空中傳來巨大的轟鳴聲，一架直升飛機掠過山頭，出現在東方，在人們頭頂上盤旋了一圈後，直接降落在三個火堆中央。機頂巨大的螺旋槳，把周圍的玉米杆打得粉粹，混在灰塵裡，一直飛到幾十米外站著的人群身上。剛才還因親眼目睹飛機降落興奮無比的海生，此刻被巨大的氣浪掀得直往後退。

這時，許老頭到了，隨行的還有李秘書、王幹事、小徐阿姨和大郭叔叔一個班的戰士。老頭子一眼瞅見了站在人群前面的海生，咧開嘴一笑：「小三子，坐過飛機嗎？」

「沒有。」

「來吧，和我一塊坐飛機。」許老頭難得這樣好心情，海生卻愣著不知如何是好。

李秘書向他招手：「許伯伯叫你上，你就上嘛。」

海生這才高興地跑了過去，大郭叔叔用臂膀給他擋著強烈的氣旋，一群人走到飛機下，風一下就消失了，原來是這樣，海生懷揣驚奇跨進了飛機。

一會，直升飛機載著眾人升入空中，地上的物體越來越小，樹木像是簇擁的小草，湖泊如同碎了的玻璃，折射出不同的光芒，當白雲從機窗外掠過時，海生驚愕地發現，原來它們不是在地上看到的那樣，在天上悠然地飄浮著，而是像浪花那般，急遽在天空中翻滾。

直升飛機和其他飛機不一樣，機身小，噪音大，一遇到氣流就顛簸的厲害。剛才還開心不已的一群人，幾分鐘後就有人開始頭昏，嘔吐，到了後來，除了老頭子和小三子這一老一少，其餘的全吐了。不知道什麼原因，許老頭今天心情格外好，他生氣的時候喜歡罵人，高興的時候就要挖苦人。這會，他逮著了機會，端著小三子遞來的茶水，對著東倒西歪的屬下們好一頓挖苦：「瞧你們這熊樣，一群大人還不如一個孩子，讓他給你們端茶倒水。」

總算時間不長，飛機開始降落了，出了艙門，海生才知道到了合肥。進了貴賓休息室，老頭子被安排在裡間小休息室休息，其餘的人在四周的沙發上疲倦地坐下，唯有海生一個人在豪華的休息室裡東摸摸西看看。緩過了氣的小徐問他：「小三子，知道我們要去哪嗎？」

「不知道。」他並不關心往哪兒去，只要有好玩的事，他就心滿意足了。

小徐阿姨抑制不住內心的興奮說：「首長要去北京參加國慶觀禮，上天安門，去見偉大的領袖毛主席，我們幾個都去，跟我們一起去吧。」

海生眼睛瞪得比球還大，他再愚鈍，也知道國慶觀禮是怎麼回事，那不僅是一般的好玩，而是大大的好玩。但他不敢奢望地說：「我爸爸不會同意的。」說實話能坐上飛機，他已經覺得自己夠幸運的了。

「到時候，真能見到毛主席嗎？」大郭叔叔也加入了他們的談話。

「肯定有機會的。」王幹事似乎不容許有懷疑的猜測。

正說著，有位空軍走過來問：「哪位是李秘書？大別山來電。」

李秘書應聲去接電話，海生預感一準是老爸打來的，它將決定自己是否能去北京。

不一會，李秘書回來了，還領著幾個首長模樣的人進了小休息室。裝著若無其事的海生，此刻一顆心早已跳到了嗓子眼，心想，如果飛機剛才不降落，直接飛北京多好啊。李秘書再次出現時，向大家宣佈：「首長馬上要坐另一架飛機去北京，小徐，王幹事還有我隨同，大郭，你帶著警衛班坐這架飛機回南京。小三子，你爸爸不同意你去北京，你就跟大郭叔叔一塊回南京吧。」

海生眼巴巴地看著小徐阿姨他們跟著老頭子走了。雖然有些遺憾，但是能回家，回大院，見到分別許久的小夥伴，也是件令人興奮的事。何況，一個孩子的遺憾絕不會是沉甸甸的。或許他真去了北京，有機會見到偉大領袖，那興奮也只是孩子的興奮。

第二部　外面下大雨

（一）

1949 年後，「大院」這個地方（包括軍隊大院，地方大院），成了中國最有當代特色的產物。當人們去尋找當代中國政治，文化根源時，你會發現，大院是你無法繞過的城堡。生活在這個時代的人們，如果你想鯉魚跳龍門，在官場裡嶄露頭角，或者你天生麗質，想釣個「金龜婿」回來，「大院」就是你不得不進出的地方。

對有幸生活在大院裡的人來說，這裡所有的生活元素，都與當時的政治氣息糾纏在一起。尤其是軍隊大院，作為軍事化的殘留物，它順理成章地被併入共產主義圈養模式。它的封閉，密集和同業的特性，使它具備了一個「子宮」的功能，並誕生出怪異的「大院文化」和「大院人」。它囊括了特定的大院政治，大院語言等等，甚至還有特殊的大院肢體動作，比如，在大院比馬路還多的南京，你很容易從走路的姿態上，判斷出誰是大院的孩子。當然，大院的神秘，成了新當權者們炫耀自己身分的重要方式，它的特權使它在諸多方面能獨立社會之外，就算是公安，要想從軍隊大院帶走他們認定要帶的人，也絕非容易。

同業高度集中的大院，最合適流言菲語的傳播，一方面是封閉造成資訊管道的阻塞，另一方面，工作生活在同一個區域，凡是夠得上津津樂道的雞零狗碎的事，往往憑幾個人的碎嘴，就能以幾何級數向所有的角落迅速擴散。再者，大院絕對是官場政治的滋生地。想像一下：夜幕下，小人們只需抬腳走一圈，獻媚、拍馬屁、跑官、

打小報告就都完成了。另一邊呢，那些深惡苛且行為的君子們，兩眼卻是瞅得明白。俗話說：眼不見，心不煩，如今下作的人成天在眼皮底下轉悠，君子們焉能不煩。心煩就要表達出來，於是，溜舆拍馬者身後，少不了無數的唾沫星子。不過這些唾沫星子總擋不住攀登權力的腳步，到頭來，反倒是小人坦蕩蕩，君子悲戚戚。

當然政治三昧，梁老三再長十歲也不一定能懂，但是他的小腦袋裡曾經有個很接近政治的發現：外面的社會，人們會問孩子，你喜歡爸爸，還是喜歡媽媽？而在大院裡，人們問他：你怕爸爸，還是怕媽媽？

海生的家就座落在一個大院裡。這個大院在 1949 年以前叫「國民黨中央黨部」。再早一些，1910 年，大院裡那幢標誌性的大鐘樓剛落成時，被稱為江蘇省諮詢局大廈。這座大廈可算是中國近代史上最著名的建築之一，是當時著名的實業家張謇完全按西方議會大廈的模式籌資建造。整個建築氣勢宏大，威嚴莊重。它一生最光彩的時期是辛亥革命後，1911 年 12 月 10 日，全國 17 省在此共同決定建立臨時中央政府，並於 12 月 29 日推薦孫中山為臨時大總統。宣佈改國號為中華民國，從此，這幢大廈和院落，就與中華民國史綁在了一起。奉安大典孫中山的遺體停櫃於此，舉行公祭，大漢奸汪精衛，也是在這兒吃得槍子。

在歷史的光環效應保護下，大院在那些戰亂的年代裡沒有受到損壞。到了海生父輩遷進大院時，這兒已經成了綠蔭環抱，曲徑通幽的大花園。高大的梧桐樹覆蓋了整個院落，道路兩側盡是修剪整齊的冬青，主樓的前方，有兩個巨大的車行環島，這兒是海生和小夥伴玩遊戲，學騎自行車的地方，每個環島的中央各有一棵百年樹齡的雪松，每棵雪松都長著許多粗大的枝杈，平展著，像是無數個巨臂，一直排列到了頂端。它們自然就成了孩子們上竄下跳的階梯，高興的時候，甚至可以在上面攤開書本做作業。在主樓的東西兩側，各有一個修築雅致的池塘環持，這兩汪碧水，令大院的景致最終完美無缺。

在大院東面的一角，另有一個小院。幾幢別樣的洋房散落在小院的綠蔭叢中，看上去隱蔽又安靜。梁袤書和另外兩個大院首長，顧鬆林副司令，田振明副政委就住這個院內。海生的小腦袋裡清楚地記得，剛從上海搬來時，這個院子還有一個自己的門牌號碼，號碼的銘牌就釘在自家院子的後門上，叫「塘灣 12 號。」因為那個「號」字是個繁體字，這個門牌就深深地留在了他的心底。那時，後門外面有一條荒廢的馬路橫過，6、7 歲大的老三常常會望著它，做一些無聊的猜想：它通向哪裡？為什麼荒廢？再後來雜草越長越多，直至完全覆蓋了它，路就徹底消失了。

海生的家，是幢三層英式小樓，紅瓦青磚，錯落的屋頂，雖算不上豪華，自有一番樸實恬靜的畫意。房子正面，有寬大的門廊，中間是雙開的正門，門廊的平頂便是二樓的陽臺，陽臺四周由鏤空的小圓柱隔成，很是好看。房子朝南的一側，還有一個落地大陽臺與一樓的客廳連接，供賓主在此享受午後的陽光，在主樓的周圍，散落小巧的警務室和車庫。主樓上下三層，有十來間房子，大人不在時，海生常常會得意地帶著小朋友到家裡來玩「躲摸摸」，好大一個家會被這幫孩子弄得烏煙瘴氣，等到老阿姨在廚房裡聽到動靜，搖晃著一雙小腳上得樓來，海生早已帶著小夥伴從二樓陽臺遁去。剛坐著飛機從大人的世界回到自己的天地，海生急著要把心裡的得意向小夥伴們顯示。進了家門後，他的屁股來不及和沙發親熱，趁老阿姨一轉身，他就竄到後院，爬上圍牆，在牆上一溜小跑，直奔大操場。那兒是大院孩子玩耍的集散地，只要陽光明媚，總能在那兒找到玩伴。

在操場的邊上，他看到顧家姐妹和田家千金坐在青草地上，摘了許多長長的馬尾巴草，配上各種顏色的小花，編成一個個花環戴在頭上。她們看見突然從圍牆上跳下來的海生，試圖叫他停下，海生衝她們笑笑，也不搭話，就往操場中央跑去，急得顧家的姐姐顧青衝著他的後腦勺喊：「小燕回來了嗎？」

顧家和田家這幾個女孩，和他住在一個小院裡，私下玩得很好，但是此刻，操場正中央有一幫男孩在踢球，他若停下來和她們說話，等一下必會被踢球的男孩們盡情的挖苦，於是，他頭也沒回地答道：

「沒有。」飛快地消失在踢球的人群裡。

正在踢球的田家三公子朝陽，一看到他出現，就使勁喊道：「嗨，7號，你終於出現了，快到我們這一邊。」

海生和朝陽自衛崗小學起就是同班同學，衛崗小學解散後，又一同進了家門口的學校上學，兩人又同是學校足球隊的，一個是7號，一個是4號。在學校裡，兩人不叫名字，只叫號，以顯示與眾不同的關係。聽到4號的呼喚，海生二話沒說，換下一個年級小的就衝了上去。

當年的衛崗小學，與杭州的西湖小學，北京的八一小學等，都是顯赫一時的幹部子弟學校。雖然衛崗小學從建校到解散不到十年，南京的軍隊高幹家庭的孩子，幾乎都在它的教室裡念過書。梁家的四個孩子，挨個進了衛崗小學，等小燕進去讀一年級時，津生已經畢業了。朝陽的哥哥、姐姐加上他也都是這個中山門外世外桃源裡的讀書郎。

衛崗的男孩們，有個與眾不同的標誌，鮮有不會踢球的。校園裡僅足球場就有好幾個，這在其他學校是無法可比的。唯一例外的是梁滬生，平腳板，鴨子步，永遠攆不上球，又如何去踢球。論讀書，大院子弟算不上尖子，但是論踢球，倒是一點不含糊，就拿許老頭的小兒子來說，他比津生高一年級，等到津生畢業，他還沒畢業，可一上場踢球，還真乃父本色。

踢完了球，一群小夥伴方才把海生圍住，問他為何失蹤了這麼久？

「我去你家找你幾次，你都不在，只剩下一個老阿姨看門，連我爸都不知道你們家的動向。」說話的叫羅曉軍，和海生、朝陽一般大，他爸爸是大院的政治部主任。

海生不無得意的說：「我爸爸怕我們到外面去參加武鬥，帶我們去了大別山。」

「大別山好玩嗎？」朝陽一邊甩著頭上的汗珠，一邊羨慕地問。

「好玩，知道嗎？我們和許世友住在一起，天天跟他練拳耍刀。」海生恨不得把這幾個月的事，一咕腦兒都拿出來吹噓一番。

曉軍的老爸在威風一時的省軍軍管會任副主任，所以他有板有眼地說：「聽說許世友被定性為反動軍閥、土匪，已經被打倒了，你們家怎麼還敢和他在一起。」

「那是小道消息。就在今天上午，他坐飛機去北京參加國慶觀禮了。」

「不可能，他現在是『許大馬棒了』，怎麼可能讓他上天安門。」朝陽力挺曉軍的說法。

「小狗騙你們，我今天和他坐一架直升飛機從大別山飛到合肥，然後他從合肥坐另一架飛機去了北京。」海生如此一說，小夥伴們才有了幾分相信。

外號叫「大個」的，一直惦記著他吹噓的功夫，說：「先別吹，把你學的功夫露一手給我們看看。」

朝陽更絕，立即找來一根破拖把棍：「是騾子是馬，出來溜溜。」

海生當仁不讓，從頭到尾把許老頭的棍術十八式演示了一遍。當下有幾個心急地就找來樹棒之類讓他現教現賣。大個還是不服氣，說：「你擺的是花架子，真打起來肯定不管用。」

海生還真沒想過這個問題，當初一看到別人耍起來虎虎生威，自己就愛得要死，聽大個如此一說，不敢稱能，答道：「我可沒試過。」

朝陽立即說：「要不你倆試試？」

大個才不會上他的當，反擊道：「你小子就喜歡挑撥，有本事你來啊。」

一說到打架，曉軍突然想起來說：「對了，你回來正好。前兩天我們院和隔壁大院的孩子交換了戰書，正好你回來了，到時候打架就看你的了。」

海生瞪大了眼睛問：「下什麼戰書？」

在這個烽火連天的年代，為了顯示自己是真正的革命派，兩派武鬥之前往往會互下戰書，根正苗紅的大院子弟，在和別人動手之前，當然也不能丟份。曉軍和朝陽一人一句把事情的原委說給了海生聽。

不久前的一天，輪到我們院的人在軍人俱樂部的游泳池游泳，隔壁大院的正好在我們前面游，到時間了他們就是不起來，害得我們少游了15分鐘。結果兩邊的人在更衣室門口吵了起來，差點動手，被管游泳池的當兵的拉開了，紅軍當時給他們下了戰書，要找時間練一練。

紅軍是曉軍的大哥，比津生還要大一歲，是大院孩子公認的頭，胳膊有40公分粗，練過拳擊和摔跤，周圍幾條街沒有不知道他的。大院裡有人在外面被欺負了，都由他出面擺平。在沒遇到大郭叔叔之前，海生最是佩服他，學他的樣用舊石磨做成杠鈴天天練膀子。整個大院比海生大的男孩子沒有一百也有五十，但真能打架的沒幾個。梁老三算一個，他不是不要命，而是經不起別人慫恿，生怕別人說他膽小。

（二）

十月一日，許世友果真出現在天安門上，一夜之間他又成了革命路線的代表。這件事對海生的直接影響是，老爸帶著滬生從大別山回來了，第二天，老媽、小燕和警衛員小楊叔叔也從湯山回來了。為慶祝一家人團聚，當天晚上，老媽和老阿姨弄了一桌子好吃的，美得兄妹三人嘴都合不攏，連很少在家喝酒的梁袞書，也破例開了一瓶茅台，並允許兄弟倆就著他的杯子一人抿一口。劉延平才拿起筷子，又想起了遠在異地當兵的老大津生，放下筷子說：「津生在，全家人都到齊了。」

正說著，有人敲響了大門。海生第一個聽到，拔腿就去開門。他天生就是那種一有風吹草動，立刻會豎起耳朵的精靈。他跑的同時，還能聽到老媽在背後嘀咕：「前腳到家，後腳就有人找上門來了。」老爸沒作聲只是嘿嘿一笑，飛快地把碗裡最後一點飯扒進嘴裡。

前面說了，大院有其獨特的官場文化，有人喜歡走家串戶，有人喜歡指指點點，這走家串戶的既然已經走開了，誰還在乎背後有人說，索性厚著臉皮走下去。那些背後挖苦嘲笑的，何曾不想走動走動，只是自己把話說死了，想走，這臉卻沒地方擱了。

更多的人，本來不想靠「走」走出什麼好處，只想去看看老首長，老戰友，敘個友情，但是，被前面兩種人弄得左右為難，只好待在家裡，所謂「足不出戶，禍不當頭」。因此，許多一輩子待在大院裡的人，把他丟到大院外，就像個傻子。

在下屬的眼裡，一般把領導分成好說話的和不好說話的兩種。那些不好說話的領導，也儘量避著下屬，不住在大院裡，而是在頤和路一帶花園洋房裡住著，留在大院不搬出去的，多半是好說話的領導。梁袞書就是這一類，儘管他也有嚴厲的時候，但是心軟，也不擺架子，沒事絕不會板著面孔示人。所以下屬也喜歡往他這跑。

大院這些無聊的事說的差不多了，還是讓我們看看誰在外面敲門吧。

海生開門一看，不是老媽擔心的那種人，而是朝陽的爸爸，是他希望看到的長輩，親熱地叫了聲：「田叔叔好。」回答他的是一隻大手落在頭上，以及連續地：「好、好。」

田振明跨進大門，衝著飯廳裡面的人就亮開嗓子道：「老梁，吃什麼好東西，在馬路上就能聞到香味。」

隔著飯廳的門，梁袞書雙手一拍說：「我的大政委，快過來喝一杯。」劉延平也滿臉笑容地說：「田政委，坐下來隨便吃一點。」

田振明忙不迭地搖手說：「不吃，不吃，聽說老梁回來了，過來看看。」

「那好，我們上樓。」梁袞書趕忙離開座位，拉著田振明，兩人笑著上了樓。

飯廳裡，老二、老三一看老爸走了，馬上原形畢露，飛快地往嘴裡，碗裡夾好吃的。才鬆了口氣的劉延平見狀，急忙嚷著：「沒人和你們搶，都是豬！」

海生做了個鬼臉，一臉得意地說：「他們肯定去說許世友了。」

「你懂什麼？」劉延平狠狠地白了他一眼。

田振明今天來，不僅僅是禮節性地看望，另有一個重要原因，梁袤書是從大別山回來的。三個多月前，梁袤書突然去大別山時，大院裡的頭頭只有一個周司令員知道原委，連田振明，顧鬆林這些副職都不知道他的去向。慢慢才得到風聲，梁袤書在大別山陪許司令。在那個風口浪尖的夏天，很多人背後推測梁袤書這個洋拐杖，這次要變成許老頭的殉葬品了。如今，許老頭在天安門城樓一露面，梁袤書保許有功，一下又成了炙手可熱的人物。他還沒回到大院，就有不少人在打探，連海生也被「走動」過。

那是他回到大院第二天，曉軍來找他，約他去他家玩。海生聽了又驚又寵，因為羅家歷來家規很嚴，不允許子女把外人帶到家裡來。儘管曉軍的父親羅晨和梁中書關係不錯，曉軍從沒把海生帶回家，海生也自知名聲不好，生怕進了羅家被曉軍那個從沒笑臉的老媽趕出來。因此，兩人到了羅家門前，海生還在問：「你媽不會怪我吧？」曉軍拉著他邊往裡走邊說：「是我爸要問你一些事。」海生被推到羅叔叔面前時，還在戰戰兢兢。羅叔叔一看他來了，丟開手上的文件，從桌上的糖盒裡抓了一把糖給他，笑瞇瞇地問：「小三子，聽說你和許司令坐同一架飛機離開大別山，你能確定許司令去北京參加國慶觀禮嗎？」海生不假思索地告訴他，自己在合肥機場看見許伯伯上了北京來接他的專機，還看見飛機起飛了。

原來，羅晨此時正在南京市參加「支左」工作，此時的南京「保許」還是「反許」是關乎革命與反革命的生死之爭，如果許世友被北京打倒，「保許」的一派就成了反革命，反革命的下場就是被批鬥，遊街，抄家，關進大牢。而誰又知道許世友倒還是不倒，連劉少奇都倒了。夾在兩派中間天天被逼著表態的羅晨，聽到小兒子說起梁老三從大別山回來，就急著把他找來問個明白。

所以，梁袤書一回家和梁家只相距幾十米的田振明當然第一個到，在以後的幾天裡，梁家的門檻幾乎都被踩爛了。

往梁家走動的人中，還有一些是想通過梁袤書找劉延平的，這也是劉延平最怕的一種人。這個時代，許多大院工作的軍官，都過著夫妻分居兩地的生活，而南京又是一個很不錯的省城，能將自己的家屬遷進南京，是軍官們的夢想。劉延平正好在省委組織部幹部調動部門工作。因此，這梁家的樓梯，每天晚上響多少回都不見怪，不響，才是意外。

然而，劉延平也有難得請大院裡的人來做客的時候，而且請的還是海生的好朋友。幾個月後一個寒冷的冬日，午後，天空突然飄起了大雪，不一會，雪就要覆蓋了屋頂，樹梢和骯髒的地面。無處不在的白色，仿佛讓活在混亂時代的人，觸摸到了世界另一極。晚飯後，家裡來了個年輕的阿姨，別看海生成天瘋瘋顛顛，每一個人進門，他都少不了在心裡把對方掃描一遍。憑著對她進門時匆匆一瞥，海生覺得這個阿姨人不錯，長得不錯，待人也不錯，文靜大方，讓人有親近感。

正當他瞎琢磨時，老媽例外地把他叫了過去。他進了客廳，向年輕的阿姨表演了一番禮儀後，老媽對他說：「去，把林志航叔叔找來。」海生一聽，高興地領了軍令出門。

林叔叔住在大院的單身宿舍，離海生家並不遠，他深一腳，淺一腳從雪地裡衝過去，卻撲了個空。他又跑到林叔叔上班的地方，那裡黑燈瞎火。無奈之下，他只好退守宿舍門前，來個守株待兔。不一會，落在身上的雪濕了棉衣，腳下化開的雪水浸濕了球鞋，海生卻不敢走開，林叔叔是他在大院裡最好的大朋友，看媽媽的表情，八成是給林叔叔介紹對象呢。他一邊跺著腳，一邊伸頭四處張望，不知過了多長時間，林叔叔還沒出現，他實在熬不住了，溜回家一看，年輕的阿姨還坐在那呢。老媽看見他露了半張臉，知道還沒找到人，立即過來對他說，再去看看，這個阿姨是媽媽給你林叔叔找的對象。

海生一看老媽今晚如此倚重自己，二話不說，穿上快要凍住的球鞋，回到雪地裡繼續等待。就在他被凍得在雪地裡不停地練彈跳時，數百米外出現了一個身影，一看那走路的姿勢，海生就知道自己等的人來了。他像個獵人一樣，按捺著千辛萬苦後的興奮，等到那人一步一步走到面前，用顫抖的聲音叫道：「林叔叔。」

正在雪地裡小心蹚著步子的林志航怎麼也想不到海生會竄出來，驚訝的問：「小三子，這麼晚了，你在這幹什麼？」

「我媽媽讓我等你。」海生如釋重負地把在心裡憋了幾個小時的話吐了出來。

「是嗎？那趕快走吧。」兩人並肩走了幾步，林志航發現海生身上濕漉漉的，問他：「你一直在等我？」

「是的，我七點多一點就來了。」海生在他身邊一蹦一跳的地回答。

林志航一看錶，還有10分鐘11點，驚愕地問：「你站在這快4個小時？」

「對呀，我怕站在你家門口，萬一你走過，去了其他地方怎麼辦。站在這，我可以看到所有路過的人。」海生很得意地把自己想出來的聰明法子告訴他。

林志航聽了，不知說什麼是好，他無法用成人方式向一個孩子表示感謝，只能把他緊緊地摟在懷裡埋怨地說：「你看你，衣服全濕了，凍出病來了怎麼辦？」

第二天，海生還唸唸不忘去問林志航：「你們後來怎麼樣了？」

林志航告訴他，兩人一起壓馬路，從大院一直走到下關碼頭的江邊，回來已是半夜兩點多了。

在海生的小腦袋瓜裡，半夜兩點不睡覺是件很刺激的事，他興奮地通報老媽：林叔叔和那個阿姨，壓馬路壓到半夜兩點。他很想知道再後來的怎麼樣，但是，元旦之前，林叔叔突然和老爸去了上海。

1967年冬天，上海的造反派製造了震驚全國的「安亭事件，」致使上海到北京的鐵路全線癱瘓。京滬線是全國的經濟命脈，它的癱瘓直接震動了中南海，許世友根據周恩來的指示，火線命令自己的心腹梁袤書去上海鐵路局任軍管會主任，確保京滬線暢道無阻。海生記得很清楚，老爸是在一個北風呼嘯的晚上，帶著林叔叔，匆匆驅車去了上海。那件事也就斷了線了。

開春後的一天，大院的象徵建築，那幢曾經名遐中國的大廈裡，突然出現了許多大字報，張貼者是大院屬下的軍工企業造反派，大院裡凡夠得上首長級別的人人榜上有名。大院裡的男女老少聞訊全跑去看熱鬧，這種事哪能少了海生和朝陽，兩人才走到大樓前，就被鋪天蓋地的大字報嚇住了。

這幢大樓，是中國最早的西洋議會建築，主樓的正面採用西洋宮廷式建築造型，長約 100 米，雖只有上下兩層，卻有十幾米高，淡黃色的外牆堅固中透著幾分優雅，寬大的朱紅窗戶，配上大跨度的弧形窗框，凸顯整個建築的美感。主樓的正門採用巨柱式的敞廊，兩側有弧形的車道像橋一般優美地彎入門廳。主樓的中央高聳著巨大的鐘塔樓，撐起了整個建築莊嚴恢宏的氣勢。

此刻，門廳的巨柱和兩扇三米高的大門，皆被巨幅標語糊得嚴嚴實實。整個門廊仿佛穿了件紙衣，歪歪斜斜地矗在那，感覺隨時會倒下來。

兩個老三穿過人群，走進主樓，很快就找到了彼此老爸的名字。梁袤書的名字後面冠以「反動學術權威」，「臭老九」的名號，而田振清卻成了「大軍閥」、「大漢奸」，相比之下，海生覺得自己老爸的頭銜比朝陽老爸的要好聽。

他滿臉壞笑地問朝陽：「田振清同志怎麼就成了大漢奸了呢？」

「去你的，你爸才是漢奸呢。那是他在抗戰時，化裝成一個大夫，混到一個偽軍的團裡策反，結果沒成功，還差一點被幹掉，這算什麼漢奸。」朝陽氣不過地說。

「原來真有其事，怨不得老聽我爸喊你爸蒙古大夫。」

「那又怎麼樣，我爸還喊你爸『地主老財』呢。每年春節，我爸爸見了你爸都說給地主拜年。」

兩人一邊拌嘴，一邊沿著主樓的回廊津津有味尋找那些「揭老底」大字報。沒幾，朝陽像發現了新大陸，對著海生嚷嚷：「原來曉軍的老爸和顧青的老爸都是富農出生啊。」海生聽了暗想，富農比地主小一級，還是自己老爸厲害。他的小腦袋裡對「反動學術權威」，「大地主」這些詞兒都不感冒。這時朝陽又衝著說：「快看這兒，說大個的老爸立場不穩娶了個資本家的女兒。」海生早聽說大個的老媽是資本家的的女兒，卻從來沒想過這叫「立場不穩」，只覺得這個阿姨挺會打扮的。

兩人出了主樓，外面正是陽光明媚，春意融融，牆邊一排夾竹桃樹叢中，有幾隻鳥兒在開心地歌唱。海生不無擔憂地問朝陽：「你說，造反派怎麼會知道這麼多秘密？我們的老爸會倒楣嗎？」

「不會吧」，朝陽的政治嗅覺遠比海生敏銳，他一本正經地說：「現在不像前兩年了，抄家和批鬥都不允許了。偉大領袖不是說了嗎，要文鬥不要武鬥。

海生耳朵在聽朝陽說話，眼睛卻緊盯著夾竹桃上一隻肥大的白頭翁，它越跳離自己越近，當它跳到離自己五米不到的枝頭上時，他掏出彈弓，舉手就射。鳥沒打到，卻聽到「噹啷」一聲，二樓的玻璃窗被打碎了。這下完了，海生頓時一臉懊惱，回頭看看朝陽，他的臉色更難看。

「誰幹的！」該來的比他預料的還快，破碎的玻璃窗上一下出現了好幾個人頭。「是我。」海生慢慢地從樹叢中站出來說。一個腦袋從另一扇窗戶伸出來說：「梁老三，又是你啊。」這座樓裡有幾百人上班，沒有不知道梁老三的。

「叔叔，我錯了，對不起。」海生一臉惶惶加誠懇的樣子，因為他認識這顆有點謝頂的腦袋，他是這扇窗戶裡的處長，也是最有可能去家裡告狀的人。

果然，那顆腦袋無情地說：「你別以為認錯就算了，這事我一定要告訴你媽媽。」

小孩子就是這樣，一分鐘前還是開開心心，嘰嘰喳喳的海生和朝陽，一下就像被霜打了似的，耷拉著腦袋往回走。快到家時，海生還在對朝陽說：「我怎麼這麼笨，這麼近都打不到。」

晚飯時，從坐上飯桌起，海生就在觀察老媽的臉色，一頓飯吃得中規中矩，全沒有往日狼吞虎嚥的吃相。直到一頓飯結束，老媽都沒什麼表示，他才放了一半的心，還有一半的心，懸到了 8 點半，等他的頭碰到枕頭，也隨之放下了。

睡的正香時，忽然覺得有人扯著自己的耳朵說：「你說，今天幹了什麼壞事了！」

「把辦公室大樓的玻璃打壞了。」海生眼睛還沒完全睜開，腦子已經醒了。

見老三疼得呲牙咧嘴的，劉延平鬆開手說：「把彈弓交出來！」

海生生怕耳朵再次遭殃，磨磨蹭蹭穿上衣服，很不情願地找出彈弓交給了老媽。

原來，機關的管理處長剛剛來過，向劉延平通報了老三的「罪行」。劉延平在地方上也是個處級幹部，被人家找上門來，這臉當時就沒地方擱了，處長前腳走，她後腳就衝進了海生的房間。現在看到「犯罪工具」，怒火再次衝上心頭，揮手就是一巴掌打過去，被打疼的海生還沒來得及掉眼淚，眼看下一巴掌要落下，一貓腰從老媽身旁竄了出去。劉延平巴掌落空，追出來還想打，海生見狀，一口氣衝下樓，開了大門就往外跑，只聽老媽在身後咆哮：「滾出去，永遠不要回來！」

南京的春夜此時還有幾分寒意，海生一個人在黑乎乎的大院裡東遊西蕩，想找一個落腳睡覺的地方。他是一個不會生大人氣的孩子，但卻是個極其認真的孩子，大人說了不許回家，他就以為自己沒人要了。何況，被打的滋味，還在被打的部位刺激著他。當然，他最心疼的還是那把人見人羨慕的彈弓，它曾是大哥津生的貼身武器，臨當兵時留給了他。做工非常講究，粗鐵絲的弓架，上面用閃亮的細銅線纏繞，一拿出來，能照亮人的眼，彈射用的皮筋，是上好的牛筋，可以把石子打到五六十米遠。為今它落在老媽手上，只怕再也回不來了。

走著想著，他感到又困又乏，想到了大廈中間的大禮堂，在那兒的長椅上睡覺，應該不錯。來到主樓下，所有的大門都緊閉著，只有貼在門廊上的大字報，還在冷風中沙沙作響。他順手扯下那張寫著「打倒反動學術權威梁袞書」的大標語，往胳膊下一夾，走到院牆邊的公共廁所裡，這裡無論如何還亮著一盞昏暗的燈，他把一半標語鋪在地上，一半蓋在身上，就算給自己做的床單和被褥了。

躺在又冷又硬的地上他還在猜想，明天早上誰會第一個發現他，是大門口站崗的戰士吧，因為他們起得最早，但願他們不要一腳踩在自己的頭上。他跟著又想到了遠在上海的老爸，如果他知道自己把罵他的大字報撕了，會不會高興呢？接著他又想到了餓，隨後又變成了又冷又餓。他想起這一生吃得最美的一頓飯，那是三年「自然災害」時，爸爸的老戰友石伯伯和伯母把養了四個月的小豬殺了，燉了好大一鍋肉，專門叫他們全家去吃飯，那鍋肉真香啊，三兄弟撇開肚子狂吃，怎麼也吃不完，正當他拼命往嘴裡塞肉時，偏偏有人要拉他走，他掙扎著，躲閃著，拉他的人就是不鬆手，仔細一看，拉他的是滬生，而自己還躺在廁所的地上。

原來，海生跑出去後，氣呼呼的老媽開始擔心了，她叫醒老二和勤務兵小楊，趕快去把他找回來。兩人找遍了整個大院，也不見老三的蹤影，滬生找不到人，急得直想上茅房，沒想到進了廁所，嚇得他差點尿褲子！一個東西渾身裹著明晃晃的紙橫在地上，在昏暗的燈光反襯下白森森的，和他不久前看的《聊齋志異》裡描寫的鬼一模一樣。他扶著牆站了好一陣，看看那玩意沒動靜，壯著膽子上去拉開紙一看，原來是海生倦縮在那，一顆心才兩頭落了地。如果不是這泡尿，找到天亮也找不到他呀。後來，滬生每每講起這段革命家史，總要把自己那泡尿吹得如有神助。

後來，這個故事傳到了上海梁袞書的耳朵裡，演成了另一場風波。那是老爸被派去上海「滅火」三個月後，一天，老媽臨上班前給了海生五塊錢，說道：「去買半隻鹽水鴨，你爸爸今晚回來吃飯。」

一聽老爸要回來，海生高興極了，出門的時候，都沒有走樓下大門，而是從二樓的陽臺上抱著一根竹竿滑下。除了能見到老爸，買鴨子剩下的找零歸自己，那才是最高興的。

南京的鹽水鴨，絕對是那種讓人一想起來就會嘸口水的美食。正宗的鹽水鴨，在國營飯店是吃不到的，只有去那藏在小街小巷裡的小作坊，才能吃到香而不膩，酥而不木，皮薄肉嫩的地道鴨子。

從大院出來，過了丁家橋是獅子橋。這裡小巷密佈，大多數人到了這就犯迷糊，海生卻能弄清每條巷子的來龍去脈。那些看上去都差不多的巷口，只有一個巷口有個白鐵皮鋪子，隨著「叮噹，叮噹」的敲打聲拐進來，有個小裁縫鋪，鋪子的窗戶上終年掛著紅窗簾，順著鋪子再向裡一拐，就能聞到誘人的鴨香了。巷子的盡頭，正對著的就是賣鹽水鴨的小店。每天上午 10 點半，是鴨子出鍋的時間，早早的，就有人拿著大碗小盆排隊了。海生數了數，自己排在第 7 個，心裡就踏實了。這兒的老闆，每天就做一鍋，賣完就關門，來晚了，常常會買不到。

傍晚時分，海生終於聽到北京吉普駛到家門口的引擎聲，他和小燕歡呼著，一前一後衝出了門，他接下老爸手中的公事包，老爸牽著小燕的手，三人高高興興上了樓。

梁袤書在上海已經知道了小三子半夜出走，睡在又臭又髒的廁所裡的事。三個兒子中，他偏偏喜歡這個又倔又調皮的老三，所以，等到孩子們離開書房，立刻責問劉延平：「你怎麼能把孩子趕出去呢，現在外面這麼亂，出了事怎麼辦？」

被孩子的事弄得筋疲力盡的劉延平，正想向丈夫訴苦，未想到先被教訓了一番，當即就丟話給他：「有本事你來管，你一年到頭在家沒三天，說得倒輕鬆。」

梁袤書最忌女人不講理，碰到不講理的女人，既不能和她理論，也不願教訓她，一口氣只能憋在自己肚皮裡。於是，他生氣地說：「胡鬧，我來管，還要你幹什麼。」

「孩子不聽話，我有什麼辦法。小三子現在是臭名遠揚，大院裡誰不知道，凡是壞事都少不了他的份，一天到晚，不是打架，就是上房頂，跟個壞蛋一模一樣。」劉延平越說火氣越大，訴苦成了發洩，梁袤書卻是越聽越不耐煩，躲在隔壁房間偷聽的海生，聽到老媽如此評價自己，非常無地自容地看著臉對著臉的小燕。

當劉延平咬著牙，切著齒，把「跟壞蛋一模一樣」這幾個字一個一個吐出來後，梁袤書看著她變形的臉，實在忍無可忍，一揮手就把手中的茶水潑了過去，被澆了一身水的劉延平怎麼受得了，她早已不是二十年前把梁袤書當英雄崇拜的北平女學生了，當即把手邊能還擊的東西統統摔了過去，茶杯、煙缸、香煙、甚至花瓶，一時間「叮叮咣咣」的，嚇得海生和小燕躲在隔壁大氣不敢出。勤務兵小楊叔叔想以喊首長吃飯的名義進去化解一下，剛推開門，差點被飛來的煙缸擊中，他急忙伸手接住，沒等他放下，就看見梁副司令氣急敗壞地從身邊走過，發火地說：「不吃了，回上海去！」

（三）

文革開始後，全中國所有的學校，包括幼稚園都停課了。這恐怕是地球上有學校以來第一次。換句話說，全中國有兩億以上坐在教室裡的學生，讀書生涯突然被中斷，除了一部分年齡稍大的成了文革的皎皎者－紅衛兵之外，大部分失學者或無所事事，混跡街頭，滋釁鬧事，或躲在屋簷下，虛渡大好時光。雖然他們的學業被停了，卻沒人能停止他們的興趣生長和蔓延。他們不斷地翻新玩的花樣，用來充實無聊的年華。女孩子們從跳繩、跳橡皮筋，跳格子，到跳樣板戲……，一路跳下去，就怕要跳樓了。男孩子玩的花頭幾乎是無窮無盡的，從打彈弓、鬥蟋蟀到造收音機，造滑輪車、造土槍、土炮……，估計休個十年學，他們能把世界重造一遍。

這年頭，城裡的孩子不僅被學校拋棄，連他們的父母都無力照看他們，因為父母們不是在幹革命，就是被革命了。孩子們更多的時候是處在一種自生自滅的狀態，就像春天裡的小樹，沒人修剪，就會瘋長。他們各憑自己的遺傳基因肆意成長，在不斷發育身體的同時，不斷膨脹自己的頭腦。沒人指導他們，也沒人惋惜他們，當他們自己懂得痛惜時，十年已經過去。也許一切並不晚，因為他們註定會有下一代，只是他們自己呢？

和別的孩子不一樣，海生喜歡和小動物打交道，他侍候小動物的興趣和他獵殺小動物的興趣一樣大，至少超過了他對人的興趣，他在後院裡養了小雞、小鴨、小狗、小貓還有一大缸金魚，在三樓的屋頂上，還養了一群鴿子，海陸空三軍，一個都不少。雖然沒學上，日子一樣挺忙碌的。有一年春天，他弄了一些蠶卵來，放在兩個空的雪花膏盒子裡，自己一個，小燕一個，放在內衣裡捂著。結果，等到黑黑的小蠶寶寶們破籽而出，多得數都數不清。看著發愁的兄妹倆，劉延平也參與了養蠶業，她專門搭了一張雙人床，讓所有的蠶寶寶睡在上面，所幸家門口就有一棵大桑樹，海生負責每天上樹採桑葉，當最高一個樹枝上的桑葉採完時，蠶結繭了，白花花的蠶繭結了兩籮筐。這時，小腳老阿姨出馬了，她居然會抽絲。許多年後，老媽的抽屜裡還放著當年蠶絲繞成的線坨，但是，老阿姨已經不在了。

這天，海生正在三樓屋頂上給鴿子餵食，曉軍來了，扯著他那正在發育的山羊嗓子，在樓下喊他。

「什麼事啊？你個破鑼。」他騎在屋角的拱頂上，兩腳懸在空中問他。

「快走，大個他們在操場上和隔壁大院的人開戰了。」

「是嗎，你等著。」話音剛落地，剛才還在屋頂的海生，已經站在曉軍面前，躍躍欲試地說：「走啊。」

兩個大院之間曾經有一場約戰，由於曉軍的哥哥紅軍等一批大孩子去當兵，就沒了下文。今天曉軍，大個幾個正在打籃球，大個的弟弟小個抹著眼淚來說，隔壁大院的孩子翻牆過來，搶他的足球，他不給，就動手打他，大個一見弟弟被欺負，當然嚥不下這口氣，再說，他也是個狠角色，身邊常常跟著幾個小嘍囉，當即幾個人嚷嚷著要去揍那些混蛋。曉軍問小個對方有幾個人，小個告訴他，一個大的帶著幾個小的，曉軍一聽，覺得有便宜可占，摘下腰間的軍用皮帶，喲呵一聲：走！一幫人就往操場趕。

曉軍和他的哥哥紅軍不一樣，屬於光說不練的一類，這也不怪他，有個胳膊粗到 40 公分的哥哥，誰還擔心別人敢動他身上一根汗毛。一幫人路過梁家的小院時，曉軍自告奮勇去叫上不怕死的海生，乘機脫離了隊伍。照他的估計，對方只有一人，等他們趕去，戰爭也結束了。

沒想到他倆走到操場上一看，來犯之敵並非已經打翻在地。大個等十來個人正把一個人圍在中間，此人比海生高半頭，手上不停地揮舞著一把短柄工兵鏟，嘴裡還不停地吆喝：「來啊，來啊！」圍著他的人沒一個敢衝上去，工兵鏟雖不鋒利，一旦揮到腦袋上，小命照樣去了半條。

海生看了一會，走到包圍圈的邊上，雙手一抱，像是個看熱鬧的局外人，等那人轉到脊背朝他的時候，他突然啟動了，毫無生息地衝到那人背後，乘對方還沒轉身，一個揹背，就將他撂倒在地上，圍著的人一擁而上，七手八腳就把那傢伙給治服了。

當大家拳腳待候時，海生早已打道回府，伺候自己心愛的鴿子去了。這就是他的德性，沒興趣炫耀勝利，只享受制勝的過程。當然，這些怪怪的念頭他現在都不懂，他只是按自己懵懂的想法行事，這些想法都是筆直的不帶拐彎的，或許讓大人頭疼，讓自己吃虧，也或許成了別人的替死鬼，他從不在意。就像今天，最後的英雄成了大個，海生毫不在乎，能把那傢伙撂倒，才是值得回味的。事後，曉軍告訴他，那傢伙第二天拿了兩把菜刀翻牆過來，要找昨天偷襲他的人算帳，可他連對方的臉都沒看清，找誰算帳啊，嚷嚷了半天，走了。

時隔不久，任性不羈的海生，再一次被人們討厭的嘴巴和不屑的目光盯在了恥辱掛上。

事情的起因是在籃球場上，當時海生從對方一個比他高一頭的大孩子背後截走了籃球，被激怒的對方追上來想把球反搶回去，海生把球緊緊地抱在懷裡，拼搶中對方拉壞了海生的衣領，這下海生不幹了，也不管對方人高馬大，衝上去兩人就扭在了一起。這次他虧大了，交手後沒兩下就被對方按在地下痛打。之後，那個大塊頭又騎在他的身上得意地問，你服不服氣！海生被壓在下面一聲不吭，對方以為他服了，鬆手放開他，他慢慢地爬起來，一貓腰抓起一塊早已看中的大磚頭，高舉著怒視對方。海生原本並沒想摔出去，只是想，你若是再動手，我就用它砸你。對方見了不買帳，嘴裡不停地吆喝：你敢，你敢！到了這一刻不敢就是認輸，怒火中燒的梁老三，沒有什麼不敢的，狠狠地把半塊磚扔出去，不偏不倚地砸在對方腦門上，隨著一聲慘叫，對方捂住臉，鮮紅的血順著手指縫淌了下來，在場的人都驚呆了。海生更像個木樁，楞楞地站著，不知所措地看著瞬間由兇神惡煞變成嚎啕大哭的對方。稍後，打球的，看球的全跑了，嚎啕者也被攙著去了門診部，球場上只剩下海生一人，沒有理他，也沒人敢理他。

像梁老三這類男孩子的任性，可真不是鬧著玩的，只是這個年代裡，有幾個父母懂得心理治療呢。關鍵時候，還是梁老二聰明，在大別山時，看到老弟拿石頭，撒腿跑得比兔子還快，平腳板瞬間就變成了鐵腳板，否則，保不准那塊石頭就落在自己頭上。

雖然這是個文功武衛的年代，但大院孩子互相之間濺血還是第一次，闖了大禍的海生，獨自在球場上楞了好一會，見沒有大人來找自己算帳，才拖著沉重的腳步往回走，同時心裡不停地重複：誰叫你撕壞了我的衣服，誰叫你撕壞……。唯獨不願重複：誰叫你把我壓在屁股下面。

滬生出現在通向小院的那條專用車道上，後面跟著小燕小小的身軀，他倆是聞訊跑來的。「你把人家的眼睛打瞎了？」滬生緊張兮兮地問。

總算有個人和他說話了，任何一種問話，在此時都是最好的安慰，一直憋著的淚水，終於從沾滿灰塵的臉上滑落。

「不知道，反正是他先動手，把我的衣領撕破了。」

站在他身邊的小燕，見到一慣勇敢的海生哭了，也跟著哭了起來，滬生才不管海生的眼淚，數落著他：「老媽馬上就要回來了，你還是想想怎麼和她說吧。」

「我怎麼和她說呢？」海生用乞求的眼神望著滬生。

「反正是瞞不住的，老媽一回來，你趕緊先認錯，千萬不要嘴硬。」

滬生是個說軟話的專家，不像海生，總是一根筋，不懂得討便宜。比如，這兩兄弟打架，語言挑釁的總是老二，激怒動手的卻是老三，打起來既打不過老二，還要被指責先動手，成為大人訓斥的對象。什麼叫吃小虧佔大便宜，滬生早在國家主席打倒之前，就對他的名言爛熟於胸。

話說回來，闖了大禍的海生，按滬生的點撥，此刻正坐在家門口的臺階上，候著老媽的出現，全然沒了下午在球場上兇狠的樣子，不認識的，一定以為這是那家的乖孩子呢。做好飯的老阿姨，幾次邁著小腳從邊門走出來，站在樓前的矮冬青旁，看看發呆的老三，又心疼地進去。老三雖然是家裡的調皮蛋，但也是幾個孩子中唯一會幫自己做事的，今天犯了這麼大的錯，她十分擔心劉同志知道了又會打這可憐的孩子。

終於，院子裡響起了老媽那輛足夠老的自行車輪的滾動聲，接著，它馱著老媽出現在樹蔭下，再接著，車和人停在了家門口。往常，海生見老媽回來，會接過他的自行車，騎上去溜一圈，過過癮再回來，現在兒子一動不動地坐著，劉延平擔心地問：「你怎麼了？無精打采的。」

「我和別人打架了。」海生小聲嘟嚕著。

「又打架了！」剛才還一臉慈祥的劉延平頓時變了臉。「和誰打架，為什麼打架！」她重重地架好自行車，又重重地發出一串質問。

「是他先把我的衣領撕壞的。」老三把扯壞的衣領給老媽看。

這時，滬生、小燕、老阿姨都冒了出來，滬生直接奔主題，說：「他把人家的頭打破了。」

劉延平一聽，已經不是生氣，而是吃驚了。

「聽門診部的醫生說。縫了五針，眼睛瞎不瞎還不知道呢。」滬生並不是想告狀，他只是覺得這麼重要的新聞，當然要由自己的嘴來發佈。

此時的劉延平，滿腦子只有眼睛瞎，縫針這些字，她渾身發抖地問：「你用什麼把人家打成這樣？」

「磚頭砸的。」

「磚頭砸的！」

前者說的吞吞吐吐，後者反問的咬牙切齒。

一旁的老阿姨戰戰兢兢地想打圓場，說：「劉同志，飯菜都涼了，先進去吃吃飯吧。」

「行了，我們吃飯去，讓他一個人坐在這好好想想！」不准兒子吃飯也是一種懲罰，劉延平強忍著氣，恨恨地進了屋。

老阿姨走在最後一個，她還想拉老三進屋，海生甩開她的手，他不想回去討罵，何況老媽的意思很明白，不允許他吃飯。以他的脾氣，少吃一頓飯沒什麼了不起，厚著臉皮求一口飯吃，他永遠做不到。

天色越來越暗，聚起的晚風掠過，幾片驚惶的落葉飛到他的腳下，又四下散開了去，海生把身子縮在臺階一角，像一個等待審判的囚徒。心，早已不再沉重，只是空蕩蕩的，因為他已經沒有權力去決定剩下的事。這會，他空曠的心裡只有一個念頭，自己跟著許老頭學了幾個月的武功，打起架怎麼一點派不上用場……。

耳邊又響起自行車聲，是小楊叔叔回來了。他順著聲音望去，果然一個高大的身影出現在他面前。「小三子，怎麼不去吃飯？」對方問。

「媽媽不許我進去吃飯。」不看重老阿姨憐憫的海生，卻希望得到小楊叔叔的同情。

小楊叔叔在他頭頂輕輕地按了一下，什麼也沒說，進了樓裡。不一會，他走出來說，「小三子，你媽媽同意你進去吃飯了。」

坐下吃飯的時候，他才聽小楊叔叔告訴他，對方的眼睛並沒有受傷，只是眉骨外的皮肉被砸開了一條裂口，縫了五針。「記住這個教訓吧，多危險，差一點就把人家的眼睛打瞎了。」

小楊也不知道如何能讓眼前這半大小子不再捅婁子。其實，海生這類脾氣的半大小子一旦到了青春期，最容易惹事生非，並常常把事情弄得一發不可拾的地步。指望他們自己控制自己，就跟幻想苦瓜藤上結出甜瓜一般。本來還有一個學校可以馴化他們，現在學校沒了，中國父母對青春期教育的知識又幾乎等於零，在革命代替一切的年代，革命解決不了的問題，父母也束手無策。於是，海生註定只能揹著這種缺陷一同長大。

吃完飯，他坐在老媽自行車後座上，去向受害者道歉。一路上，騎車的老媽一聲不吭，後面的海生更是不敢出聲，一個人暗想：老媽今天為什麼沒有打他。

各位說說，都這個份上了，趕緊想想怎麼做檢查吧，他偏偏還惦記著為什麼不揍他。

從對方家裡出來，海生全然忘記自己是如何道歉的，他只記住了一個偉大的發現，對方的老媽，居然也是一個小腳老太。這太稀罕了，幹部家屬是小腳老太，他還是第一次看到。他坐在那時越看越想笑，又不敢笑出聲來，只好用手把兩個嘴唇捏住。誰家有這樣的孩子，真要活活被氣死。

從下班回家到現在，劉延平一直憋著一肚子火，幾次想要教訓這個惹事生非的兒子，都忍住了沒下手。自從上次海生離家出走，劉延平就意識到這孩子長大了，不能再打了。可是她和梁袤書都沒時間來管教孩子，尤其是學校停課後，這些精力過盛的孩子，少了個可以發洩精力的地方，每天闖蕩在外，三天兩頭招惹是非，絲毫不體諒做父母的心情。最氣人的是，時不時她會被大院裡的人畢恭畢敬地通知，你兒子又做了什麼壞事。誰能忍受這種奚落，但是在馬列主義和中外成熟的無產階級革命理論裡，找不到丁點教育孩子的指南，習慣了大步流星幹革命的職業女性，怎麼可能去做細緻入微引導孩子的鎖事。再說，所有細緻入微的教育方式早已貼上資產階級標籤，被打入了冷宮。

自五十年代開始，當年和男人們一塊打江山的女人們，陸陸續續選擇了留在家侍候丈夫和孩子。這些人中，許多人來自窮鄉僻壤，那有足夠的文化來參加新中國的建設和管理，如今丈夫都是身居要職的「高幹」，她們樂得在家做「首長夫人」。然而，劉延平從沒想過要做這樣的女人，她是北平城裡長大的女孩，日本人來了後，跑去晉察冀邊區參加了八路軍。解放後，她脫下軍裝走進大學，上完學後又分到省級機關，走得是職業女性的道路，和那些熱衷做首長夫人的她們，就此分道揚鑣。但是，在這個大院裡，她們是大多數，風也好，浪也罷，總是操縱在她們手裡。所以，劉延平這個「首長夫人」只能低調客氣，在這種環境裡，涵養就是傲慢，知識更是刺眼的器物。就說今晚，她必須在第一時間趕去向那位「小腳夫人」道歉，去承認不好好的管教孩子的過錯，否則，明天這個大院，不定會掀起什麼風浪呢。更何況，眼下是文革，是視權力為糞土，也是糞土想奪權的年代。

她一言不發地帶著老三回到家後，召集了滬生、小燕、小楊和老阿姨所有的家庭成員宣佈：一個月內，海生不能下樓！並特別關照老阿姨，不准偷偷放他出去。

（四）

一個月的禁閉，只把海生的腿拴住了三天。第四天，看守者滬生自己鎖了樓梯門，出去玩了，海生當仁不讓地從他的「秘密通道」出去了。這個「秘密通道」就在二樓的陽臺上，那兒有個用粗大的毛竹搭建的涼棚架，順著毛竹，他「哧溜」就到了地上，揚長而去。按他的小腦袋的想法，只要趕在老媽回來之前爬上樓，就萬事大吉了，可是，他常常被執法者滬生抓到，這種時候，他只有一條路，和老二談判，任憑他榨幹身上有價值的東西，換取他不向老媽「二報」的許諾。看來，妥協這門功夫，是不教自會的。

有一天他翻上陽臺，進到家裡，意外看到滬生用起子把老媽放點心、餅乾等食物的櫥櫃掛鎖的鉸鏈給下了，正大把大把往口袋裡放各種好吃的。這下，輪到海生做貓了，把他抓個正著，滬生只好把口袋裡的東西分給他一半，另外答應海生的要求，每天放他出去半天，這才封住了他的口。其實，海生早在津生的示範下，學會用起子開櫥櫃偷東西吃了，只是沒想到滬生也會這一手。

終結海生禁閉的是老爸。

剛把上海鐵路局爛攤子收拾好的梁袤書，突然又被許世友急召回家，叫他負責南京長江大橋的建設。當上江蘇省革命委員會主任的許世友，在北京拍了胸脯，保證長江大橋在黨的「九大」前通車。這是個能引起世界注目的禮物，許和尚豈能不知。所以，梁袤書再次成為他手上的法寶。老頭子擺了一桌子酒菜，把梁袤書召回來，邊灌酒邊下軍令，三下五除二，既搞定了任務，也搞定了酒。當晚，梁袤書回到家，人已經是東倒西歪，滿口酒氣地對海生說：「李秘書，王幹事，小徐，還有大郭都叫你去玩呢。」

海生高興地跳了起來，轉身向劉延平：「媽媽，我可以去嗎？」

「行啊，去吧。」劉延平今晚也格外爽快，梁袤書從上海回來，令她心情好了許多，再說，兒子去那兒，總比在外面瞎混要好。

週末總算盼來了，海生像個追風少年，騎著自行車。一口氣蹬上了鼓樓廣場，再迎著初夏的涼風，直衝而下，出了中山門，沿著前湖直奔中山陵 8 號。

中山陵 8 號，比鄰明孝陵，建於 1948 年，是民國太子孫科的寓所，又稱延暉館，未曾想才蓋好，王朝傾覆，山河易幟，孫科逃到了臺灣，此處成了人民的財產，1967 年，許世友在薩家灣的家被紅衛兵抄了後，便入住了中山陵 8 號，從此它就成了許宅的別稱。8 號主樓為兩層西式洋房，面積 1000 多平方米，庭院面積有 3 公頃，園內種滿各種植物，更有一池碧波，攜小橋亭榭，與主樓相互輝映。

海生興奮地敲開 8 號的大門，院裡所見每張面孔，皆是昔日大別山避難的戰友，小三子的出現，著實令他們開心，紛紛圍著他問長問短。最開心的還是海生自己，在大院，所有的大人都懶得理他，在這兒，他享受到了大人的禮遇，每個人都來和他說說笑笑。吃晚飯時，他就拿個大碗，跟在警衛排戰士身後去打飯，睡覺時就睡在大郭叔叔身邊，半夜裡，大郭叔叔起來站崗，他也跟在後面，儼然像個士兵。

第二天下午，駕駛員小夏叔叔得到準確的情報，老頭子要去打獵，幾個大人商量好，讓小三子預先在前院玩耍，等老頭子一出來，李秘書順便就告訴首長：小三子來了。果然如眾人所料許老頭見了他，頓時一笑：「小三子，走，跟我打獵去。」

如此一來，眾人的計畫就成功了，最開心的當然是海生，在他十四歲的年級裡，還有什麼比打獵更開心的呢。當然，獵人是輪不到海生的，他只是扮演一個槍響之後，衝下去撿獵物的角色，就這個角色有多少人想搶還搶不到呢。

最刺激的是初冬的時候，去長江上打野鴨子。一撥人坐著軍隊的巡邏艇，開到野鴨子棲身處，那裡有成千上萬隻野鴨子，黑壓壓的一大片，隨著江水的起伏，忽高忽低，忽快忽慢地飄浮著，令獵殺者的欲望脹滿了心頭。前甲板上，許老頭居中，直接把獵槍架在護欄上，左邊是李秘書，右邊是王幹事，當船慢慢駛進射程範圍，只聽老頭子一聲喊：「打！」三槍齊射，受驚的鴨群展翅欲飛之際，槍聲跟著再響，兩排槍聲之後，江面上到處是浮屍，海生和戰士們的任務就是把打死的或半死不活的鴨子，一隻隻打撈上來。待到夕陽斜照，他們才滿載而歸。回家的路上，老頭子總讓小車停在靠近大院的某個路段上，開心地說：「小三子，帶兩隻鴨子給你爸爸。」每逢這一天，海生總是挺著胸脯，一手一隻鴨，得意地從大門口堂皇而入，一路上招來無數羨慕的目光，令他好不驕傲。

去 8 號的日子，成為海生生活中的另一條軌線，他渴望著下個週末的到來，去那裡和大人們在一起，感受許多新奇而誘人的事物。說來也奇怪，他一走進這個世界，就不再是「小惡人」，自然就變成了一個規規矩矩的懂事的孩子。不久，一次不期而遇，更令他終身難忘。

這天，他正跟著警衛們巡邏到池塘邊的亭子裡，王幹事忽然出現在小路上，他看到海生也在，吃了一驚，說：「小三子，你怎麼在這？」

看到王幹事，海生欣喜地說：「王叔叔好，我昨天就來了。」

「算了，來不及了。」王幹事做了個決定，他先吩咐警衛們：「你們立即回去集合，準備一級警衛，有重要首長要來。」說罷，他再回頭對海生嚴肅的說：「馬上有個北京的首長要來，你立即去警衛排的屋裡待著，不通知你不准出來，聽到嗎？」

「聽到了！」海生把小胸脯一挺，像個戰士似的回答。

警衛排宿舍在大門右側的一排平房裡，就著窗戶，能掃視大門和主樓之間任何來往車輛和人。海生剛躲進去，就從窗戶縫裡看到許多小車駛了進來，李秘書把車上下來的人一一迎進了主樓裡。最後，一輛寬大的紅旗牌轎車在前後兩輛車的保駕下駛了進來。他極力想看清從車上下來看人是誰，結果，眼睛都瞅酸了，也只看見一個背影在許老頭等人的簇擁下進了主樓。正當失望之際，又看見大郭叔叔等人在主樓前的臺階下鋪起了地毯，隨後又搬出兩把椅子，

椅子的對面又架起了照相機，見了這些，剛剛有些洩氣的海生又來勁了。果真，一會兒許伯伯陪著那位北京來的首長走了出來，後面跟了一群高級別的將領。待兩人並肩坐下，海生的心跳一下加快了，他認出那人是誰了，他是全中國七億人每天要祝他身體健康的林副主席。初冬的陽光，緩緩地落在他安詳的臉上，看不到一點他當年叱吒戰場的霸氣。此刻，許伯伯和他並肩坐著，後面的將領一批一批走上前來向他敬禮，握手後站在兩人身後，輪番拍照。其中有海生見過的，更多的沒見過。突然，他看到了老爸，也是畢恭畢敬地敬禮，握手，站在兩人身後。

那晚，先行到家的海生，心裡藏著個大秘密等著老爸回來，老爸微醺著到家後，什麼都沒說，獨自上床睡覺去了。海生記得離開8號時，王幹事告誡他，今天看到的不能說出去，所以也不敢在別人面前提一個字。過了幾天，他發現老爸巨大的照相薄裡，悄悄地多了一張他和林彪、許世友的合影。

（五）

1968年的秋天，偉大領袖又在游泳池裡發出最新指示：複課鬧革命。於是廣大放養在家孩子，結束了狂歡兩年多的長假，重返校園。有趣的是，小學還沒上完的海生，糊裡糊途成了中學生，居然還進了一個文革前的重點中學。記得這所中學曾經是滬生考中學時，報的第一志願，結果因臨場發揮失誤，沒考進，不曾想，如今毛主席一句話教育要革命，他不費吹灰之力就進來了。

學校是個什麼東西？進門讀書的孩子不懂，出了門的畢業生，估計過了很多年才能懂，用一句很掉份的話表達：學校是人通向社會的第一站。一個人對世界的認識與參與，往往是從學校開始的。不管喜歡學校也好，不喜歡學校也好，只要你來了，它留給你的，絕不僅僅是讀書。大多數人在學校裡得到的最寶貴的東西是友誼，友誼是一種命運，它帶給你藍天，朋友和愛、或者是陷阱，災難和敵人。它能改變你一身的軌跡，也是開啟你記憶的閘門。

第一天上課，教室裡亂得比一鍋粥還亂。老師點名，凡點到互相認識的，下面就「哄」的一陣笑，點到漂亮的，必然有口哨和尖叫相伴，男生被點到，總是懶洋洋的，半天才伸直腰腿，女生被點到，還沒等你聚焦呢，人已經坐下了。當老師點到「韓東林」這個名字時，下面立即有人喊「東洋崽子！」人還沒看到，笑聲先爆了棚。

喧嘩聲中，站起來一個皮膚白皙，長得有幾分香甜的男生。一看他低眉含首，澀澀的樣子，連班上的女生都跟著起哄。放學時，眼尖的海生發現韓東林和他們走在同一條回家的路上，趕緊招呼曉軍、朝陽和大個：「看，那不是東洋崽子嗎？」

「知道為什麼叫他東洋崽子嗎？」大個得意地嚷嚷。

大個嘴裡也會有新聞，這本身就是新鮮事。海生，朝陽，曉軍三人半是嘲笑，半是懷疑地等著從他嘴裡吐出個象牙來。

「聽說他爸爸媽媽都是從美國回來的教授，母親還是日本人呢。所以，他有一半的東洋血統。文革開始時，查出來他們是裡通外國的特務，就都抓了起來，據說現在還關在老虎橋監獄呢。」

早已準備好的海生他們，見大個說完，一同裝模作樣地說：「原來如此啊！」

隨後，他們又衝著韓東林的背影一起大聲喊到：「東洋崽子！」

韓東林聽到了，頭都不敢回，走得更快了。幾個大院子弟在後面開懷大笑。

「文革」無疑是人類歷史上最愚昧的文明摧毀運動。由於它的愚昧，被冠以「黑五類」頭銜的子女們成了最沒有地位的一群人，他們常常成為其他孩子們發洩，解悶的對象，動不動就被拳腳相加。動手的和一旁助威的，還自以為這是革命行為，誰都沒有罪惡感。所以，海生他們喊兩聲綽號，簡直是小菜一碟。

這幾個革命軍人子弟怎麼也沒想到，幾天後，老師把「東洋崽子」與他們四人分為一個學習小組。把一個「黑五類」子弟和一群「紅五類」子弟分在一個組，橫看豎看都不倫不類，剛被選上班幹部的曉軍，一本正經地重複老師的口喻：第一，他和我們往得近；

第二，正是他的家庭成分，需要我們來幫助改造。這番話，是給他們帶高帽子，讓他們沒理由不收，曉軍自己的注釋是：韓東林人不錯，總比分一個小痞子來要好。

大院的子女和社會上的小痞子是絕不往來的，雖然大院子弟打架、鬥毆一點不比小痞子們少，但不同的社會地位，打小就在他們之間拉開了距離。素來盛產的漢字文化特地為他們創造了一個詞「軍痞」，有別于「痞子」和「兵痞」。自古以來，門弟是社會自理的玄機，它雖然遭人恨，卻更令人仰慕。

就這樣，韓東林成了五人學習小組成員之一。他一入夥，就享受到兩個意外的待遇，首先，組裡再也沒人叫他東洋崽子，改口叫他東林。這下，輪到大個不高興了，「憑什麼你們都叫名字，就我一個叫外號。」

「大個，多好聽的名字，又神氣，又順口，要不轉讓我得了。」個子長的最慢的海生調侃他。

東林則很認真地問他：「你的學名叫什麼？」

「秦浩。秦始皇的秦，浩浩蕩蕩的浩。」

「不行，只許叫大個。」朝陽強烈反對的說：「這個名字都叫了7、8年了，容易嗎！」

韓東林第二個意想不到的待遇，是放學的時候，可以和他們一道，從大院的南大門進去，直接穿出北大門，這樣，不用繞很遠的路就能回家了。這個待遇也標誌著海生他們把他視為自己人。海生每天領著他，從警備森嚴的崗哨面前大搖大擺地走過，令東林大有重新做人的感覺。從東林的嘴裡，海生知道他住在醫學院宿舍，也是個大院。那兒不是東林的家，而是他姑姑的家。這個大院裡住的多半是「臭老九」，他姑姑，姑父都在醫學院教書，兩人沒孩子，平日就把東林當作自己的孩子養。自從東林父母被打成「特務」進入監獄後，東林和姐姐就搬到姑姑家住了。

相處了一段時日，四個大院的孩子發現，他們撿到寶了。原來東林的數學和英語好的出奇，還會彈鋼琴，人又安靜，不像他們幾個，成天喳喳呼呼的。當然，這幫大院子弟，讀書也算湊合，至少在小學時，每個新學期開學，男女生配座位時，老師總在海生身邊配一個成績差的女生。東林還有一個好，從不生氣，每當海生火爆脾氣上來時，只要看到他淡定的臉，自己先就不好意思了。反之，班上有人欺負東林，海生都會為他出頭，一個人應付不了，後面還有朝陽，大個和班幹部曉軍，所以，秀才遇到兵，不一定不是好事。

由於教育革命取消了報考重點中學，按家庭住址，統一就近讀書，所以，大院在這所中學上學的孩子有四、五十個，這麼多人每天走在上學路上很是拉風。光是海生住的院中院裡，就有顧青，顧紅姐妹，朝陽和他姐姐麗娜，加上海生共五人，顧青和麗娜比他們高一年級，顧紅比他們低一年級。這個時期的中學生，時興男女生不說話。上學去的時候，每每走在大院裡，幾個女孩還和他們走在一起嘰嘰喳喳的，一出了大院就分開了，男的和男的走，女的和女的走，這叫分男女界線。

有一天上課路上，幾個小痞子張揚地從顧青、麗娜等幾個女孩子身邊走過，一邊吹著口哨，一邊朝她們說些不乾淨的話。大院裡長大的女孩怎麼受得了如此輕薄，平日裡最厲害的顧青當即回道：「流氓！」

那幾個小痞子一聽，回頭就攔住了她們，嬉皮笑臉地說：「流氓怎麼了？我們幾個流氓還想和你們交朋友呢。」

姑娘們嘴上雖凶，心裡卻很虛，眼看招架不住，年齡最小的顧紅趕緊去喊走在前面的海生。海生聞道，回頭一看，這還了得，第一個跑過來，擋在那幾個小痞子面前說：「你們想幹什麼！」他邊說邊把書包拎在手裡，對幾個姐妹說：「你們先走吧。」他打架，最怕的就是有女孩子在旁邊。

幾個小痞子初見海生只有一個人，還想教訓教訓他，沒想到眨眼間，又上來七、八個人，每人手執一條軍用皮帶，趕緊留了句：走著瞧！灰溜溜地走了。

一場虛驚煙消雲散後，朝陽見海生手裡拎著書包，便揚了揚手裡的皮帶嘲笑他：「連個裝備都沒有，你打什麼架！」

軍用武裝帶的頭上有個很大的銅扣，文革時軍隊幹部子女每人腰間紮一根，碰到打架，它就成了武器，那個銅扣要是打到頭上，定能皮開肉綻。

海生沒吭生氣，神秘地從書包裡拿出一個鋁皮飯盒，打開給眾人一看，裡面赫然放了一塊磚。試想這樣的書包，如果揮到別人的頭上，雖然不見血，留下個腦震盪後遺症什麼的不是難事。

朝陽摸了摸自己的腦袋說：「你這是往死裡打啊！」

「我這是跟朋友學的，對方想不到我的書包裡有名堂，我一下就能把他打趴下。」

海生說完，在一圈大眼和小眼亂瞪中得意地挎上書包往學校走去。好一會，朝陽他們才從後面趕上來。

沒想到，海生很快自己也有大眼瞪小眼的時候。就第一節課休息時，顧紅昂著頭，挺著小胸脯走進他的教室，當著全班人的面，嗲嗲地喊：「梁海生，你出來一下。」

第一次在班上有女生如此親密地叫他，海生的臉漲得通紅，老老實實在一聲哄笑中跟著她走到外面。

「今天早上謝謝你了。」看著海生窘迫的樣子，顧紅掩著小嘴說。

海生很害怕她用在大院裡的方式跟自己說話，忙吐了兩個字：「不用」。

梁家與顧家，田家 50 年代在上海時同住武康大樓裡，三家的孩子都是一個接一個輪流出生，後來到南京，又住在一個院子裡，孩子們在一起仿佛兄弟姐妹，所以顧紅還是用從小就習慣的語氣問他：「你們沒打起來吧？」

「沒有。」海生邊回答，邊去看自己的教室。

顧紅看出海生始終放不開，聊了兩句，知趣地走了。

海生一回到教室，男生們一塊起哄他：「嘿，這是你的馬子嗎？哪個班的？長得不錯噢……。」從此，海生和顧紅在別人的嘴裡就成了一對。

其實，這時的海生，還是個沒開竅的青澀少年，他只是受外界影響，感到男孩子和女孩子混在一起，會被其他男孩子看不起，所以，也像別人裝著矜持的樣子。在私底下，他和顧家姐妹、麗娜幾乎天天混在一起玩。春天裡，他們一道在院子裡種篦麻，冬天裡一起曬桔子皮、曬乾了和篦麻籽一起拿去賣，換回來的錢全部給女孩子們買一些編織用的玻璃線，編一些漂亮的小人、小鳥、小動物什麼的。有人會奇怪，成天惹事生非的梁老三，怎麼會和安安靜靜的女孩子玩到一起？原因要從妹妹小燕說起。天不怕、地不怕的梁老三，在小燕面前，特別想表現一個好哥哥的樣子。每逢他在外面打架撒野，只要小燕一叫他立馬就會停手，靈得比裁判的哨子還靈。小燕生性隨和，討人喜歡，很少有生氣的時候，因為生氣的事全讓三個哥哥給包了。和大院那些齒尖牙利，動輒像個男孩子般潑口大罵的女孩子比起來，她又乖又聽話，什麼人都和她玩得來，她和顧青、顧紅三個人，好得就像姐妹，甚至顧青和顧紅吵了架，都由她做調解人。

再有，海生若在外面闖了禍，顧青和麗娜像是和她們有很大關係似的少不了教訓他一番。他呢，也會乖乖地聽憑她們翹著蘭花指，點著他的腦門數落。尤其是每回都少不了那句：「你再這樣，我們就不帶你玩了，」說得海生真以為自己成了棄物似的。這個膽大包天，到處惹事的梁老三，心裡很在乎這些女孩和自己的私交。其中被大院孩子們公認愛擺公主架子的顧紅，更不忌諱和海生來往。

所以，當大院裡百分之九十以上的父母都告誡自己的孩子，不要和梁老三來往時，他絲毫也不在意。在他的小世界裡，外有中山陵 8 號，內有小院裡樂融融的少男少女，足夠他每晚無憂無慮地進入夢鄉。

一日，越來越以大人自居的滬生，神秘地帶回來三本一套的書，躲在自己的房間裡看的入了迷，把每天和海生在飯桌上搶菜吃的人生大事都擱到一邊。海生乘他去上廁所之際，從他的被子底下找出來一看，封面上三個大字《紅樓夢》。此書在文革時被列為神州第一號禁書，同時也是人們最想看到的書。海生看到它，自然是饞得不得了。軟纏硬磨之下才得到滬生的同意，接在他後面看。為了防止被父母發現，兄弟兩個插了門，躲在房間裡看了三天三夜，總算把它看完了。

初讀《紅樓夢》海生和那賈寶玉一樣，全不知「淫」為何意，更不懂寶哥哥和秦可卿，花襲人的「巫山之會，雲雨之歡」所指何事，他實在是年少，還沒到「從那裡流出那些東西」的年齡。他唯一記住的是：「男人是泥做的女人是水做的」十二個字。他認真地扳著手指數過來，自己認識的女孩子，的確一個水水靈靈的，衣服也是乾乾淨淨的，看不到一絲塵土。而他呢，常常是灰頭土臉，指甲縫裡全是黑的，衣服褲子哪裡都去蹭，記得有一次去東林家，第一個就被東林的姑姑攔住不給進，為什麼？太髒了唄。那個教醫學的老太太怕他站著把地弄髒了，坐下把沙發弄髒了。尤其是他那雙腳，每天早上往留滿汗漬的球鞋裡一伸，二者就開始「和稀泥」了。球場的塵土，爬牆的灰粉，草地裡的枯枝碎葉，和時刻不停地腳汗攪拌在一起，其味能有多臭就多臭。如果有一天，這雙腳把人熏死了，絕對不會是假新聞。海生也知道自己的腳不受待見，好不容易學會了回家就洗腳的好習慣，可是沒用，通常是他人在一樓，三樓都能聞到他尊足的氣味，熏得劉延平常常是摒著呼吸，聲嘶力竭地喊到：「再給我去洗十遍！」

所以，當海生把那十二字箴言，和自己的臭腳放在一起琢磨，覺得曹雪芹講得太對了，男人可不都是泥做的嗎。從此，他常常會發癡，自己為什麼不是女孩子？連帶著潛意識裡也學那賈寶玉，把女孩子都視為冰清玉潔之人。

（六）

這年冬天來臨時，手腳閒不住的海生在自家車庫和院牆之間的牆角搭建了一個窩棚。除了原有的兩堵牆外，另外兩堵牆是用毛竹，木條，就著草繩編紮成的，十分牢固。也不知他用了什麼手段弄了幾張鐵皮瓦楞鋪了個屋頂，上面再壓了幾塊城牆上的磚，倒是不漏雨，不透風。窩棚裡鋪著稻草，擺了幾個木墩，也不管外面有沒有風雪，他就喜歡待在裡面。旁邊就是自家的三層洋房，他偏偏不願待。他特別喜歡下雨下雪時躲在裡面看著雨水和雪花從窩棚裡縫隙間擠進來，此時，它們已經沒有了在曠野裡的兇狠，乖乖地在自己面前落下，他成了最後接納它們的主人。

喜歡窩棚的不僅是他自己，那幾個死黨常常窩在這裡打牌下棋。這兒雖然簡陋，卻有一個最大的好處，沒大人管。天冷時，海生擺弄起一個爐子，烘手烘腳之外，常常還有好吃的果腹，更是令朝陽等人樂不思蜀。到後來，連周圍的女孩子也來光臨他的領地。因為進入寒冬後，海生的窩棚裡不斷飄出誘人的香味，那些清水一般的女孩子，總是無法不食人間煙火，香味飄進她們的鼻孔裡，饞的個個咽口水。最讓她們氣不過的是，窩棚裡那幾個破鑼還會唱「朋友來了，有老酒，若是那豺狼來了，迎接他的有那獵槍……」這不是存心氣她們嗎。終於有一天，小燕領著顧青，麗娜走進海生的窩棚。

海生和朝陽正擺弄著一個廢油筒做的爐子，一看她們出現，朝陽忙做出要暈過去的樣子，其實小燕早就告訴他們，她們要來。

「請進，請進，真是蓬蓽生輝啊！」朝陽很得意的有機會賣弄一下，當然不是為他姐姐，而是衝著顧青說的。這時的顧青已經被大院的男孩子公認為第一美女，既然第一美女光臨，油嘴滑舌也在情理之中。

「去你的，我們可不是來生輝的，我們是來吃烤紅薯的。」麗娜說完拉著顧青進了窩棚。

一直在拾掇爐子的海生，儼然像個大師傅地說：「還有三分鐘，就可以吃了。」

見海生搗固了這麼大個爐子，顧青很是佩服，問他：「你怎麼弄了這麼個大傢伙。」

「大別山時，我看過許老頭的廚師做過一個烘月餅的爐子，照他的方法做的。」海生有板有眼地說。他的口才遠不如朝陽，話語中聽不出賣弄的痕跡，但是他拿大別山為背景的語言，則更讓人信服。

麗娜這時擺出姐姐的架子問：「老實坦白，你們從哪裡弄來的紅薯？」

海生看看小燕，見她沒有任何暗示，就答道:「從家裡拿來的。」

「我有個故事你們要不要聽？」麗娜故作神秘地說，見大家也故作神秘地看著她，煞有介事地繼續說道：「你們知道嗎？今年冬天，警衛連的紅薯地裡出了件怪事，地上的紅薯藤看上去好好的，可是長在地下的紅薯不見了一多半。有人說是老鼠幹的，大多數人懷疑是人偷的，最後根據泥土的痕跡，跟蹤到了我們三家住的小院門口，」說到這，麗娜停住不說了，一臉壞笑地看著海生。

「後來怎麼樣？」海生臉上有些掛不住了。

「還能怎麼樣，警衛連長說不查了。但是那幾個種紅薯的戰士火氣很大喲。」麗娜的語氣裡充滿了威脅。

顧青總算聽明白了，擺出為自家人說話的姿態說：「那又怎麼樣，吃幾個紅薯有什麼了不起。」

「何止幾個，聽說有上百斤呢。」

顧青聽麗娜這麼一說，俏麗的臉立即變了色，「你們挖幾個也就算了，上百斤，那還得了。」

顧青可不是膽小鬼，而是誰對就支持誰，這也算是文革開的新風。這年頭，一分鐘前在臺上領導革命的，一分鐘後很可能成了反革命。台下剛剛還支持他的人們，腦筋轉的慢的或者不好意思，扭扭捏捏的，很可能自己就成了反革命走狗。誰叫你不時刻牢記偉大領袖的教導：「革命不是請客吃飯呢。」

「你聽誰說的？」海生幹這事，自以為瞞過了天下人，除了朝陽和小燕，這個兩人，一個是同夥，一個幫他放哨。

「我們家的勤務兵。」麗娜已經對自己的故事沒了興趣，越來越香的紅薯味刺激著她的口腔神經。

海生索性把牆角的稻草扒開，露出一塊木板，挪開它，竟然是個小地窯。她們伸頭一看，乖乖，裡面全是紅薯！

朝陽第一個就不幹了，說：「你怎麼把老底都給他們看了，她們二報去怎麼辦？」

「誰要二報你呀。」顧青氣呼呼地說。

「就是，吃人嘴軟，只要保證我們天天有烤紅薯，誰會二報。」麗娜也白了弟弟一眼。

轉眼，香噴噴的紅薯出爐了，再愛清潔的女孩子，也抵抗不了眼前的誘惑。幾分鐘後，她們的臉上已是芳容盡失，嘴角周圍都是紅薯的殘跡，最離譜的小燕，連眉毛上都沾了紅薯屑。

就在這幫革命後代躲在美麗的小院裡的窩棚天天吃烤紅薯時，在世界革命的心臟——北京，偉大領袖又發動了轟轟烈烈的上山下鄉運動。全中國中學畢業以上的學生，都要響應他老人家的號召，到廣闊天地去接受貧下中農再教育，這批人，史上俗稱「老三屆」。

此時紅得發紫的軍隊幹部家庭，暗地裡趕緊把孩子往軍隊裡送。讓他們為偉大祖國站崗，總比去廣闊天地修地球好，於是，平腳板的滬生去了部隊當兵，而東林的姐姐，一個音樂才女，只能去農村接受教育。社會上議論軍隊幹部開後門送子女當兵的聲音此起彼伏，然而，妒嫉從來都是留給遲到者的苦果，誰叫人家拋頭腦，灑熱血了，無論誰換在他們的位置，還不一樣行事。

老三屆離校後，學校取消了高中部，大學也依舊停辦。也就是說，初三是讀書生活的最後一年，之後就走向社會了。剛讀了不到半年書的顧青，海生這些 69 屆、70 屆的初中生，要不了多久，就將是自食其力的成人了。這真是現代教育史上最荒唐的時期，學校還被稱為學校，進來的，依然是肩揹書包的學生，但是，「讀書」這兩個字，從形式到內容，從課本到課堂，都和原來的意思分割開了。老師不知道如何上課，學生更不知道在學什麼，懂事的老師和不懂事的孩子，只能等待更不懂事的人來指引。

暑假第一天，小院幾個不用去上學的在顧家的葡萄架下擺上小桌子，小凳子，圍在一起打撲克。朝陽一邊摸牌，一邊問顧青：「聽說你們 69 屆已經開始動員上山下鄉了？」

「他們動員他們的，我才不去呢。」

「我還聽說，大個的老爸要帶頭把大個和小個送到農村去。」朝陽耳朵裡的聽說，比耳屎都多。

「就大個那個傻樣去了農村能養活自己嗎？」海生一想起大個

被押著去農村的慘樣，就想放聲大笑。

「有什麼好笑的，好朋友要下農村了，就值得你如此笑啊。」

如此說話不饒人的，是從葡萄架外走進來的麗娜，她扭著腰身，踏著大步，手裡拎著一個手絹紮成的小布包，邊走邊用兩根纖細的手指從包裡夾出一顆瓜子丟進嘴裡。從脫了冬裝算起，這半年，海生每見一次麗娜，就覺得她身上多了一些異樣，胸脯越來越高，和大女人們的胸脯差不多了。

她把瓜子往大夥中間一放，就：「來，吃瓜子，我媽剛炒好的，還熱的呢。」

幾個人把牌一丟，就開始圍剿那一堆小瓜子，顧青邊嗑邊說：「我才不去農村呢，我要當兵去。」

很喜歡接話的朝陽立即說：「招兵要到明年春天才開始，上山下鄉年底就要開始了，恐怕來不及。」

「怕什麼，反正他們也不敢到大院裡來找人。顧青白了朝陽一眼說。

「千萬別去農村，聽東林說，他姐姐插隊的地方又窮又落後，泥巴的房，泥巴的地，泥巴的鍋臺，泥巴的水。」海生難得說一回順溜的話，說完了臉一紅，心裡卻挺得意。

麗娜聽了，誇張著臉蛋說：「連自來水，抽水馬桶都沒有，去了怎麼活啊。」

幾個人正說著，葡萄架外又走來一個人，此人是大院直工處的曲幹事，專職管大院的孩子。看到他們高興地說：「正好，全在這兒，不用我挨家挨戶找你們了。我來通知一下，下週一，大院組織中、小學生去郊區十月人民公社參觀勞動，自帶乾糧和水，要去的現在報名。」

幾個人當場報了名。早聽說十月人民公社是南京地區的模範公社，偉大領袖也視察過，能親眼去看看，也不枉去玩過了。

到了週一，大院裡的孩子們分坐兩輛大客車，熱熱鬧鬧開往十月人民公社。曲幹事是活動總指揮，每輛車上由一名警衛連的戰士領隊。一大幫孩子從上車開始，喧鬧就沒停過，海生帶的幾個麵包，早早就成了朝陽，大個等人的腹中物，只剩下被揉成一團的麵包紙，在奔跑的車廂裡飛來飛去。帶隊的戰士幾次三番想制止他們吵鬧，非但沒人理會，空中飛來飛去的紙團還盡往他身上落下，氣得他想找人算帳，可還沒容他看清紙團飛來的方向，別的方向的紙團又偷襲而來，隨著被擊中，車廂裡立刻掀起一陣轟笑。

幹這種惡作劇的當然是梁老三這幫男孩子，他們如此捉弄這個戰士是有原因的，事情起于在外人眼裡守衛森嚴的大門口。大門口雖然有兩個荷槍實彈的哨兵把守，但對每天要從這兒進出的大院子女們來說，根本不把它當回事。孩子們三五成群從這裡走過，免不了嬉笑打鬧的情景，大多數哨兵都睜隻眼閉隻眼，他們知道這些孩子中，官位最小的父親，也夠格把他們連長訓一頓，他們連被訓的資格都不夠。唯有今天做領隊的這個戰士，每逢他站崗，都要訓斥那些自己眼皮底下玩耍的孩子。這幫孩子又怎麼聽的進他的訓斥，尤其是梁老三背地裡給他起了個外號，叫「二崗」。因為南京人稱鄉下人為「二哥二嫂」，在上海長到5歲的他，只記得一句罵人的話「戇大」。他把「二」和「戇」合在一起，就變成了「二崗」，一個又順口又能過嘴癮的名字立刻在孩子們中間傳開了。到後來，甚至「二崗」的戰友，開玩笑時也會用這個稱呼叫他。

所以「二崗」心裡對梁老三這夥人恨得咬牙切齒，本想利用今天這個機會好好管教他們，偏偏沒一個人聽他的，他越管，一群人鬧的越凶，尤其是在那幫女孩子面前，他又不能發火，只好板著臉氣歪歪地坐到最前面去了。

亂哄哄中，車子開到了目的地。一群少男少女從十月公社展覽館的正門魚貫而入，又從側門魚貫而出，一圈看下來，海生什麼也沒記住，卻有一個驚人的發現，屹立在展覽館正面的巨幅領袖照片上，偉大領袖戴得草帽，竟然和自己戴得一模一樣。他像發現新大陸一樣地說：「同志們，我有一個偉大的發現！」看見大家把目光轉向他，得意地宣佈：「我的草帽和毛主席戴的一模一樣。」

聽他如此一說，所有的人忙著查看自己的草帽，居然百分之九十都和領袖像上的一樣，感到被愚弄的顧紅撅著嘴說：「有什麼

好神氣的，我們不也一樣。」

他們在這邊嘰嘰喳喳，又惹惱了那邊的二崗，大聲命令大家站成兩隊，男的一隊，女的一隊，女隊去撿稻穗，男隊跟著二崗去菜地裡鋤草。

近中午時分，這幫大院裡的孩子，被夏日的太陽曬得吃不消，紛紛坐在樹蔭下歇著，喝水吃乾糧，只有二崗一人，顯示出貧下中農本色，繼續在菜田裡工作。這時小燕和顧紅一路尋了過來，倆人滿臉興奮地告訴海生，她們在那邊發現很多小西瓜，是農民不要的。

「真的不要了？」海生起身問道。

「真的，我親口問他們的，去晚了就被別人撿去了。」顧紅著急地說。

兩個女孩子顯然喜歡上了小模小樣，綠油油討人喜愛的小西瓜，當然她們是不會去摘的，這種事歷來是海生代勞。

「喂，誰跟我去？」他對朝陽和曉軍說。

「我不去。」曉軍懶洋洋地說。

海生放過了他，曉軍最近心情不好，眾所周知。即刻，他與朝陽一道，在小燕她倆帶領下，直奔瓜田。

到了地頭，果然已經有人翻騰找瓜呢，海生趕緊找沒人去的地塊下手，一會兒，上下四個口袋裝滿了逗人喜愛的小西瓜。正當他興高采烈想去找顧紅領取口頭表揚，二崗突然冒了出來，厲聲叫道：「都停下，把你們偷的西瓜交出來！」

一幫孩子哄得一下四散而走，只剩下海生大模大樣地說：「不是偷的，是他們不要的。」

二崗一看，又是專和他作對的梁老三，氣就不打一處來。「撿的也不行，把西瓜交出來。」

「憑什麼給你？」海生不屑一顧地反問。

「這是農民伯伯不要的，為什麼不能摘。」顧紅和小燕站在遠處的田坡上幫海生說話。

「不能拿就是不能拿！」

二崗伸手就來抓海生，海生並沒有躲閃，心想這事自己沒錯，用不著怕。可二崗卻得寸進尺，一手扣著海生的衣領，另一隻手不由分說去掏海生的口袋。海生怎肯容他擺佈，蹲下身，用身體將四個口袋捂得嚴嚴實實的。二崗見這招不行，就索性在口袋外面使勁捏那些西瓜，一時間，西瓜綻破，汁水從口袋裡溢出，慘不能睹。

各位或許很難明白一個軍人為何如此粗野，14 歲的海生就更不明白了。原來，這二崗就是去年冬天辛勤種紅薯的戰士之一，為紅薯失蹤的事，心裡早就憋了一口氣，今天正好有了發洩的機會。

看著西瓜從四個口袋裡滲出，海生心疼極了，拼命掙脫了二崗的手，掏出口袋裡的爛西瓜，統統砸向二崗，四個口袋裡的小西瓜全部扔完後，趁著二崗在抹臉上的瓜汁，順著田埂逃為上。打不過就逃，是海生一貫戰術，但是，今天的對手是大人，他逃不掉了。當他從一個兩米高的田埂上跳下時，二崗同時趕到了，他像一頭兇殘的野獸，一把就把海生按倒在泥土上，跟著就是一頓拳腳。此時高埂之下，一個人影也沒有，二崗胸中一口惡氣，盡情發洩出來，直到打累了才停下，被打趴在地上的梁老三，早已滿臉是血。二崗甩甩手，什麼也沒說，轉身離開了。

半晌，鼻青臉腫的海生坐起來，他感覺有粘糊糊的東西從額頭流到面頰上，伸手一摸，是血。這個逞強好鬥的大院子弟，從來沒有被打得這麼慘，等緩過氣來，他起身拍了拍身上的土，走到水溝邊洗了洗臉，頭也不回地向遠方走去。

他沒有回到集散地，而是直接走出了村子，走上了通向村外的大道上。

海生雖然不認得路，但他的腦子裡天生有個羅盤，方向感忒好，在他很小的時候，就有一次一個人摸了七、八里路，獨自回到家的光榮歷史。

那年他 8 歲，在衛崗小學上三年級。衛崗小學是專收幹部子弟的寄宿學校，一到星期六下午，南京各部隊大院都會用大客車來接自己大院的孩子，到了星期一早上，再一塊送來。有一個星期六上午，最後一節是體育課，班上的男生安排在足球場上踢球。這幫男孩子玩得興致勃勃，直到下課鈴響過五分鐘，才結束了比賽。等負責借球的海生去還球時，早已超過了時間。等得上火的年輕女教師不容分說，就罰他站木樁。海生此時一心想著趕緊地吃飯，早點趕到大客車的停車點，好給剛剛上一年級的小燕占個好座位。他沒有聽漂亮女老師的命令，轉身想走，女老師立即抓住他衣領不許他走，他掙扎之後依然脫不了身，抬腳就踢。照他的脾氣，有可能的話，還會張嘴就咬。這一腳踢過去可闖了禍，來了一群老師，硬生生把他拖進了緊閉室，直到下午 2 點，開車時間到了，才把他放出來。他拼命跑到停車點，自己大院的車子早已開走，失望之際，他看到另一個停車點上還有一輛大客車，硬著頭皮求司機叔叔，還好車上有一個同班同學幫他說話，才勉強讓他上了車，但是車是開往五臺山方向的，離他家少說也有七、八里路，中間大小馬路不知有多少，他下了車，也不願問人，只憑稀的記憶，居然摸回了家。

十月人民公社可沒有七、八里路那麼近，少說也有二、三十里。心裡憋了一口氣的海生，不管三七二十一，上了大道就往西邊去。他僅知道公社在南京的東面，往西走就能回到市裡。他東拐西拐走了近 3 個小時，總算到了市郊結合部的邁皋橋鎮，這時的南京郊區很少有公車，海生身上也沒有錢。他記得昨晚老媽給了他五分錢冷飲費，他在口袋裡翻了半天，才確定在剛才的西瓜大戰中，把硬幣和西瓜一塊當武器用了。他只能忍著饑渴，逐街逐巷辨別回家的路。當他停留在一個十字路口時，發現大院的大客車遠遠地從另一條街駛來。車上的人似乎看到了他，將車停在馬路對面，曲幹事等人從車上跳下，向他跑來，海生掉頭竄進了小巷子裡，東躲西藏就把找他的人甩掉了，然後又得意地出現在另一條馬路上。

原來，海生失蹤後，小燕找不到，就開始哭了。她和顧紅把經過告訴了曲幹事，大人們在當地搜尋了一小時後，只好放棄，採取沿途搜索的辦法，這辦法終於在進城之前見效了，但也只看見了梁老三的背影。

（七）

夏季裡，路燈亮起時，往往比黃昏還要昏暗。在大院外的林蔭道下，一個幽靈般的身影在遊走，接著，身影竄上了院牆外的梧桐樹上，再從樹枝上跳到了牆頭上，最後跳進了院內，這個身影當然是梁老三，他才不想給那些警衛看到挨了揍的自己走進大院，必須神不知鬼不覺地踏上自家的臺階。照他的想法，還想避開在一樓吃飯的家人，悄悄地上樓去睡一會，讓所有的大人為他著急去吧。

但是，可恨的門軸立即出賣了他，小燕第一個跑出來，看到靠在走廊上的他，高興地抹著眼淚跑回去說：「海生回來了。」

小燕的話音才落，出來一個高大的身影，一把就摟住了他，海生仔細一看，原來是當兵的大哥津生回來了，穿了一身軍裝，威風凜凜，差一點認不出來。

剛才還很高興的津生，一見海生的臉，轉而吃驚地問：「你臉上是怎麼回事？」

劉延平聞聲過來，不看還好，一看不禁大吃一驚。此時，海生額頭上血跡猶在，左眼窩又青又腫，嘴唇也腫了半邊。她早已知道海生沒有和大院的孩子一塊回來的事，只因突然見到津生，高興地把這事給忘了。再說，她根本不擔心小兒子會找不到家。此刻一見海生這副模樣，著急去看他的傷口。

小燕趕緊告訴她：「就是那個當兵的打的。」

聽說被當兵打的，津生一下就火了。「告訴我，哪一個當兵的。」

「警衛連的二崗。」海生總算找到一個可以訴苦的親人了。

小燕則還是在說她的故事：「是我叫海生幫我撿幾個沒人要的小西瓜，警衛連那個叔叔硬說是他偷的，叫海生交出來，海生不交出來，他就打他。」

「走，告訴我哪一個人，我非要好好地教訓他一頓。」津生拉起海生欲走。

劉延平立即制止了他。「行了，你別再添亂了，趕緊帶他去門診部看看。」看著面目全非的兒子，她終於說了句令海生倍感親切地話：「這個戰士也太不像話了。」

從門診部回來，海生的臉上又是紗布，又是紅藥水，紫藥水，一下就讓劉延平想到 20 年前打仗掛彩的傷兵，她二話不說，拉著兒子就去了朝陽家。朝陽的老爸田副政委是管機關的，早已聽直工處曲幹事彙報了此事，眼下見到小三子像個傷患一樣站在面前，一臉笑容全僵在了臉上，當下就說：「老劉，你放心回去，這件事我一定會嚴肅處理的。」

身心疲憊的海生回家後狠狠地睡了一覺，第二天醒來，早已忘了疼痛和屈辱，也忘了對二崗的仇恨。這世上有種人，恨著恨著，仇恨就消失了，海生就是這種人。但是，津生卻一直耿耿於懷。在早餐的桌子上，他看著用還沒消腫的嘴艱難地喝著稀飯的海生，火氣一下子又竄了上來。兄弟三人中，津生和海生關係最好，強頭倔腦的海生，總是很聽津生的話，在津生沒當兵之前，從來沒人敢這樣欺負海生。他想知道二崗打海生的細節，問海生，他卻不願說，被人打成這樣，還要描述如何被打的過程，太傷自尊了。他不說，津生心裡的火氣就越大，等到吃完飯上了樓，他還在嘴裡唸叨：「這個混蛋，還是當兵的，怎麼可以打人！」

正在這時，樓下有人敲門，接著聽到老阿姨一雙小腳去開門的聲音，來人一開口耳尖的海生聽出是誰了，對津生說：「他來了。」

「誰來了？」

「就是那個二崗。」

樓下的老阿姨朝樓上喊了聲：「老大，有人來了。」隨後，兩人就看到二崗出現在樓梯拐彎處，他一邊往上走，一邊唸唸有詞地說：「對不起，我是來首長家道歉的，對不起我是……。」他沒看站在樓梯口上等他的是誰，津生卻清清楚楚地看著他，然後扭頭問海生：「就是他？」海生點頭。說時遲，那時快，二崗的腳剛踏上二樓，津生一個箭步衝上去，大喝一聲：「我操你媽！」一拳就揮了上去。緊跟在他身後的海生，沒來得及看清那一拳是打到還是沒打到，二崗已經跟著拳頭滾下了樓，津生飛速跟下去，那二崗也是屬兔子的，爬起來，掉頭就跑。隨著一陣乒乒乓乓開門關門聲，房子裡一下又安靜下來。

少傾，津生回到樓上，望著一臉驚愕地海生，不禁自己笑了起來，說：「這小子，跑得真快。」他隨即拿起電話，接通了警衛連，找到了連長說：「我是梁津生，非常不好意思，剛才你的戰士來道歉，被我趕走了。」掛上電話，他又叮囑海生不要把剛才的事告訴老爸老媽，說完，自己出去避風頭了。

西瓜風波後，海生成了大院裡真正人見人厭的壞孩子了。就連朝陽的老媽也不准他和海生來往，自己也把自己當壞孩子的海生，要想見朝陽一面，還得用上暗號，才能把他約出來。

「喂，待在家幹麻呢？」他倆躲在朝陽家的後院說話。

「學畫畫，老媽給我找個老師，每週上兩次課。」

朝陽出來還不忘帶上枝油畫筆，說話時不停地擺弄它。海生見了，既羨慕又失落。其實，他也很想學個東西什麼的，卻沒有勇氣和家裡說，生怕大人說他，你表現這麼差，有什麼資格學東西。

暑假就這樣一天天過去了。值得安慰的是，顧青、顧紅還像以前一樣待他，絲毫沒有嫌棄他，相反，由於小燕的關係，他和她們在一起的時間反而多了。另外，這也和她們的老爸顧松林進了學習班有關係。

自從許世友當上了江蘇省革命委員會主任後，就開始清算當年反許亂軍的軍內人物。這場清算還冠以一個和黨中央保持一致的口號，叫做「清查五・一六分子」，如此一來，就算師出有名了。南京軍區下屬的各個機關部隊裡頓時揪出了許多五・一六分子」。梁袤書所在的機關大院裡，進學習班審查的有顧松林，曉軍的爸爸羅晨等五、六個當年一塊到地方「左支」的人。顧青、顧紅的老媽譚阿姨，是個見慣了黨內鬥爭的老革命，她很從容地應付突如其來的風波，也不會忘記用顧松林的關係來穩固處在風雨中的家庭，其中梁袤書就是顧家信任的人之一，所以，梁老三雖然臭名在外，卻不會被顧家怠慢。

但是，海生卻突然不像以前總是在顧家的葡萄架下和她們一塊玩耍了。暑假快結束時，一個秘密徹底震撼了他，也永遠刻在了他心底。

那是一個炙熱的晚上，海生躺在納涼的躺椅上，正無聊地和蚊子戰鬥著，忽然看到朝陽的身影神秘兮兮地從黑暗中一晃而過，他立即跟蹤過去，在朝陽自家後院的拐角處，海生悄無聲息地上去勒住他的脖子，把朝陽嚇得雙腿直打顫，直到看清了海生的臉，才鬆了口氣說：「你要嚇死我啊。」

「你小子鬼鬼祟祟幹什麼？」

「噓，」朝陽小心地用手向黑暗的院內指了指，海生跟著他一前一後走到他家浴室的窗臺下，窗裡傳出時下流行的歌曲《情深意長》，聽歌聲就知道那是麗娜的聲音，她是大院裡毛澤東思想宣傳隊的領唱，唱歌當然好聽，再看朝陽，踩在外牆的凹凸部位上，兩手扒著浴室的窗沿，悄悄地爬上了窗臺，他用一隻腳踩在窗臺上，全身像只壁虎，緊貼在窗外的牆上，然後再慢慢把頭伸向窗戶。過了一會，他跳下來興奮地對海生說：「你上去看看。」

海生照葫蘆畫瓢爬上去，探頭一看，天哪，赤身裸體的麗娜正在沐浴！她雖然只比海生大一歲，身體早已發育成熟，豐滿的胸脯，成熟的圓臀和神秘的腹溝一覽無餘。第一次看見，並且如此近的看見袒露的女性胴體，海生的心不可遏止瘋狂起來，跟著麗娜轉動的身體，他陷入一種生命停頓的空間裡，他從來未想到發育了的女性身體，會如此勾人魂魄，直到那吃重的腳實在撐不住了，才回到地面上。

「怎麼樣！」看著靈魂出竅的海生，朝陽得意地說：「走，再帶你去一個地方。」

海生跟著他來到顧家的後院，此刻，顧家浴室的燈也亮著，只是顧家房子地基高，一個人無法夠到窗沿。

「我一個人試了好幾次，沒辦法上去，你來了就好辦了。」

朝陽說著讓海生蹲下，自己踩著他的肩膀，兩人搭起了人梯，這樣上面的人正好能看到窗戶裡面。好個朝陽，一踩上去就忘了下來，這下可苦了在下面硬扛著的海生，一邊扛，他一邊想，幸好自己家的浴室在二樓，不然也給這小子偷看過了。這時，浴室裡傳來了放水的聲音，朝陽在上面手忙腳亂，竟把一隻腳踩到了海生的頭上，這下海生怎麼受得了，趕緊往下蹲，上面的朝陽腳下落空，身子一仰摔到了草叢裡。

他爬起來揉著屁股不停地抱怨：「你再堅持一會，我看到顧紅進來，正脫衣服呢。」

「誰叫你腳往我頭上踩。」看著他那狼狽樣子，海生真想放聲大笑。

「好吧，我來頂你，說好了，一分鐘，換我上去。」

朝陽說著蹲下去，海生在他的肩上站好，拍了拍他的頭頂，朝陽賣力地把他頂上了窗臺。海生悄悄地抬頭一望，果然，裡面正是顧紅。此時的顧紅正褪下身上最後一件內衣，光著身子往浴缸裡跨，她雪白玲瓏的身體剛開始展現女性的特徵，小小的乳房像兩朵待放的花蕾，嫩滑的小腹，散發著少女的迷香。如果說，麗娜的胴體讓人迷亂的話，裸露的顧紅則像一座完美極致的雕塑，任何褻瀆的欲念都不敢在心裡停留。

就在這時，海生的目光和顧紅的雙眸碰了個正著，瞬間的對視，嚇得海生從朝陽的肩膀上滑到了地上，人就像被電擊似地，站在那一動不動。

「你怎麼了，看到什麼了？」朝陽著急地問。

「我看到她了，她也看到我了。」海生剛說完，只聽得頭上的窗戶「怦」的一聲關上了，剩下他倆面面相覷地站著。

「她真的看到你了？」

「我想是的。」

「應該看不到你，你在暗處，她在明處。中間還隔著紗窗。」朝陽很有經驗地說。

海生懵懵地立在那，腦子裡全是顧紅少女的裸體，還有她那吃驚的一瞥。

那一夜，海生一直在不停地做夢，夢到的全部是顧紅，遠的，近的，一絲不掛的，低頭不語的……，醒來後，他就在想，為什麼夢裡的她不正眼看他，是不是在恨他，隨後又跌回夢鄉。

最初幾天裡，全是那一晚留給他的心驚膽戰，他認為自己又犯了大錯，時刻擔心會在熟睡時被掀開被子，拎著他的耳朵，大聲宣佈：「你是個流氓！」這個年代，全中國最痛恨的人，除了劉少奇以外，就是「流氓」了。「流氓」這個詞和另一個萬惡的詞「性」緊緊地捆在一起，被6億人咬牙切齒地仇恨著，如果閹割不影響傳宗接代，所有的人都會像執行最高指示一樣，自覺自願把「閹割」落實到實處。

海生還有一個難為情的心結，不知道如何再面對顧紅，他只有選擇逃避，不敢再去葡萄架下嬉笑打鬧。偉大的東方文明裡，沒有青春期教育這個概念，最多是關上門私下相授。私下不相授的呢？那些不被相授的後代們，必將渡過一個愚昧的、畸形的青春期。到了革命年代，整個社會唯革命家庭為瞻首，而革命家庭是絕對不能傳授「性」這類腐朽的東西，所以，「性」這玩意在中國想不神秘都難。包括深宅大院裡的新貴們，也只能依靠荒誕的方法，去獲取「性」的密碼。

（八）

新學期開學不久，學校組織學農，班上的人都在抱怨，唯有海生像個另類，開心的不得了。能和一群狐朋狗黨到陌生的農村去，每天住在一起，吃在一起，玩在一起，這是多麼好玩的事啊。至於農村的苦累，他才不在乎呢。他從心底裡感謝偉大領袖發出的「學生要學農」的號召，等於給了他名正言順離家出去一陣的機會。

下鄉那天，十輛大客車滿載70屆，71屆兩個年級同學，浩浩蕩蕩開到郊區的祿口公社。海生他們全班住進了某大隊的倉庫，一牆之隔，一邊是男生，一邊是女生。白天參加秋收秋種，晚上就是無止境地嬉笑吵鬧。雖然很累，也很苦，但這種開心是前所未有的，更有趣的是，高傲的男女界線，這一刻就像馬其諾防線，突然就被衝破了，白天，男生把地裡的重活都包了，收工後，女生則到男生宿舍裡把髒衣服全收去了洗。

有一天，班裡從老鄉那裡買了五隻雞改善伙食，五隻雞應付四十來張嘴，實在是少了點。第二天正好輪到海生這組伙房值勤。任何時候都不消停的海生，施展壞男孩的手段，半夜出去溜了一圈，硬是把五隻雞變成了十隻雞，第二天，殺雞、撥毛、剁成塊，往鍋裡一丟，誰也不問為什麼五個雞頭變成了十個，只有海生這組人知道是誰的傑作。全班從同學到老師不僅紅燒雞吃了個飽，晚上例外還有一大鍋雞湯面做夜宵，把四十個少男少女吃得不亦樂乎，尤其是那些女生，專程跑進男生宿舍道謝，還順帶把海生的臭鞋臭襪子都收去了，令他一時間風光得意。更意想不到的是，帶隊老師一高興，給他派了個美差，負責送腹瀉不止的曉軍回家，恨得朝陽，東林等人牙癢癢地說：「偷雞賊也有狗屎運啊。」

曉軍的病，多半是由情緒引起的，早在暑假時，曉軍就因老爸進了清查「5・16 分子」學習班，一直萎靡不振。他老爸羅晨是大院裡的政治部主任，參加革命前上過師範，很喜歡以知識份子模樣示人，不像梁袤書，從不敢以大學生自居。羅晨的作派，當然會令那班大老粗將領們混身不舒服，現在趕上上面叫清查「5・16分子」，交差也好，整人也罷，誰叫你曾經說過許世友有軍閥作風的話呢，黨委會上，橫豎把他按在了砧板上。進了學習班的羅晨，深感自己比海瑞還怨，情緒極其惡劣，把調查組罵了個狗血噴頭。調查組又到曉軍家裡，試圖說服他媽媽配合組織做丈夫的思想工作，結果，四川的女人比男人還倔，她逼著調查組拿出羅晨是「5・16 分子」的證據。如此一來，雙方撕破了臉皮，羅家因此被整得更厲害。受到驚嚇的曉軍自感自己成了「准黑五類」子弟，處處抬不起頭來。這次來學農，海生等幾個死黨一直在他身邊照顧他，連分給他的活都包了，可是他還是因為水土不服患上了腹瀉，原本就蒼白的臉變得慘白慘白的，成了班裡的累贅。

第二天，海生陪著病歪歪的曉軍，坐上大隊的拖拉機到長途汽車站，改乘長途汽車回市裡，一路上，海生的肩膀就成了曉軍的枕頭。

「你放心，你老爸很快就會沒事的，你看顧青、顧紅，一點也不在乎，人家還是女的呢。」

「你不知道，我大哥紅軍從部隊來信說，調查組去了他們部隊，看來很嚴重。」

「這年頭進學習班的人太多了。我媽前一陣還進了學習班呢，調查她 66 年參加南京大學工作組的事，現在不是回家了嗎。」

「那不一樣，你爸現在是許世友的紅人，許世友又是偉大領袖的紅人，誰敢和你們家過不去啊。」曉軍怏怏地說。

「你小子，什麼時候也懂政治了。」

「是人都知道，當今政治就在你的中山陵 8 號裡。」這個曾經被一致公認的乖孩子，突遭變故後，只剩下一肚子幽怨。

「去你的！」海生用肩膀輕點他的頭。

把曉軍送到家後海生就走了，想不到「去你的」三個字，竟成了他對曉軍的最後一罵。

梁家這時只剩老媽、小燕、老阿姨三個人，一看小三子回來，自然高興壞了，劉延平立即騎車出去給他買好吃的，老阿姨忙著為他燒菜做飯，小燕則寸步不離地陪他視察自己的領地，從三樓的鴿子房到後院的金魚缸，她一邊跟著一邊把大院，小院裡的新聞說給他聽。看來海生不在的日子，她也過的很沒勁。當晚的飯桌上，海生惡狠狠地吃了一頓，吃完飯，朝陽和顧紅的老媽都來打聽自己的孩子的情況，海生頭一次覺得，被當作好孩子的感覺真好。

第二天中午臨走時，老媽特地給他裝了一書包的蘋果和梨，他肩上挎著水果，心裡揣著高興，得意地離開了家。坐車到了縣裡，再等公社開來的班車，看著高興的日頭，他心裡盤算能趕在吃晚飯前回到學農點，迫不及待將此番回城的得意告訴朝陽和東林他們。

不一會，班車來了，車停穩後，上面的人陸陸續續往下走，突然，他在人群中發現一個熟悉的面孔，此人誰也不看，埋頭含首獨自走在最後，海生立刻竄到車門處，衝著一隻腳跨出車門的她喊道：「嗨，顧紅。」

剛才還是冷面公主模樣的顧紅，一看到海生，立即露出了笑容。「是你啊，海生。」待她落地站穩後，跟著再問：「你怎麼會在這兒？」

這種地方見到顧紅，真是太意外了。自從那天晚上尷尬一幕後，海生還是第一次單獨和顧紅面對面說話，見她毫無芥蒂的表情，隱藏在心中的種種擔心頓時一掃而光，興奮地說：「我剛從家裡回來。」

顧紅一臉驚喜地說：「你回過家了啦，我正要回去呢。」

「你晚了一步，回城的車子剛走，下一班要過一個小時才到。」

「真倒楣，」顧紅聽了撅起了嘴。「都是這輛破車，一共十幾里路，開到一半還要加水加油，耽誤了半個小時，不然早到了。」

「要不我陪你吧？」海生試探地問她。

看顧紅沒有嫌棄的樣子，便跟在她身後，兩人找了一排乾淨的長椅坐下。

「你不是要回學農點嗎？」

「沒關係，等你走了我再走。」

「那好吧。」表示了謝意後，顧紅好奇地問：「學校怎麼同意你回家的？」

「羅曉軍病了，老師派我送他回去。我就順便在家住了一晚，對了，還見到你媽媽呢，她擔心你的身體，問了一大堆問題，我們兩個班離得那麼遠，我也答不上來，你回去就好了，自己親口告訴她。對了，我這裡還有蘋果和梨，都給你吧。」

海生從來沒有一口氣對顧紅說過這麼多的話，說完了，急著去拿水果。

顧紅露出兩個圓圓的酒窩，笑著說：「我不要，我是回家，又不是回學農點。」

海生一想，對呀，她回到家，還愁沒吃的，他摸了摸腦門，憨笑著說：「我都忘了，我去洗幾個給你吃。」

海生洗好了水果，拿出一塊疊的整整齊齊的手帕，擦乾淨了水果遞給顧紅。海生口袋裡難得有些乾淨的東西，恰恰今天例外，早上臨出門前，老阿姨特地在他的口袋裡放了塊乾淨的手絹。眼看著她放進嘴裡咬了一口，海生心裡像完成了一件大事似的，舒暢無比，也說出了一直想問的話：「你為什麼回去呀？」

「不為什麼，就是想回家了唄。我去請假，老師就同意了。

顧紅是大院裡出了名的嗲妹妹，小姐脾氣上來時，沒人攔得住，估計學校的老師也拿她沒辦法。兩人邊吃邊聊，直到太陽西沉，天色轉暗，市區的班車才進站。海生把顧紅送上車，自己就在車窗下站著，看著車門關上，車身動了，顧紅在窗內向他輕輕地揚了揚手，兩人很默契地一笑，隨後，她的身影和汽車一道消失在暮色裡，海生才若有所失地踏上了回學農基地的路。

這個時間，已經不可能有任何班車帶他回去，好在有路，有晚霞，有好心情。

坑坑窪窪的土路，在漸漸暗去的暮色中，像一條黑色的光帶，一直平鋪向前，他踩在光帶上，一會兒跑，一會兒走，混身有用不完的勁。過了一會，月亮升上來了，前後左右，無論是晃悠的雜草，還是陰森的大樹，都灑滿了柔和的月光。就連遠處的狗吠，也因穿過了月光，顯得美妙動聽。晚風來了，涼涼地掠過耳畔，他索性脫下外套，任憑它襲進熾熱的胸膛。

人生有多少個意外？誰也不知道，初涉世事的海生第一次感到意外是如此的幸福，幸福的令他有衝向天空的幻覺！在一個毫不經意的地方，毫不經意的時間，遇到了他想見卻又怕見的顧紅，還竟然單獨和她度過了一刻，那是多麼值得銘記的一刻啊！

然而，初涉世事的海生是否懂得：在恰當的時間，恰當的地方，遇到恰當的人，這只是月亮上的童話。

一個月的學農生活很快結束了，海生剛回到家，小燕立即告訴他一個爆炸新聞，曉軍的老爸，羅晨叔叔自殺了。

聽完「自殺」二字，海生心裡完全沒有人們常常描繪的「嘎蹦」一下，而是同時跳出了好幾種自殺方式：在房梁上掛一根繩子，繞個圈，把脖子套進去，或者拿一把飛快的刀，把手腕上的血管割開，鮮血四濺，當然還有日本鬼子用刀戳進自己肚子裡……。

當這些映射在腦子裡不停地旋轉時，他猛然想起一個人，急問小燕：「曉軍怎麼樣？」

「不知道。聽說要叫他們全家搬出大院，前兩天曉軍的媽媽還來找過老爸，哭了好長時間。」

海生丟下手中的行李就往外跑，當他跑到曉軍的家時，看到一群戰士正在往大卡車上搬家具，緊閉的大門上貼著封條，上前一打聽，曉軍的全家已經在昨天一大早被遣返回羅晨的老家，四川某地。

原來，羅晨自殺後，被定性為自絕於人民，自絕於黨的反革命分子，其家庭也從高幹家庭，一夜之間淪為反革命家庭，原有的高幹待遇取消了不算，還要掃地出門，送回原籍，接受當地政府監督改造。

文革以來，短短的三年時間內，在小小年級的海生周圍發生此類事件太多了，老爸老媽不少戰友，一夜之間成為叛徒、特務、走資派、被批鬥，抄家、下獄。還有不少從外地跑到他們家，希望借軍隊的牌子躲避紅衛兵和造反派的抓捕，其中有北京的，廣州的，哈爾濱的，最遠的是烏魯木齊。為此，老媽常在他們幾個面前感歎：你爸爸最英明的就是沒有脫掉這身軍裝。

的確，解放之後，梁袤書的工作就是帶著部隊參加地方上的建設，他的老戰友馬天水幾次勸他脫了軍裝在上海工作，都被他笑著拒絕了。在他心裡，始終有個家庭出身的陰影。1946 年，延安的搶救運動蔓延到了晉察冀邊區，當時身為某軍分區副司令的梁袤書，一夜之間成了審查對象，被下放到縣武工隊隔離審查，直到 1948 年才恢復了職務。那段日子讓他看明白了許多東西，在此後的歲月裡，他死抱一個信念：幹什麼工作都可以，就是不能脫軍裝。也正是這份堅持，讓他和全家躲過了許多劫難，否則，以他大地主出身和一絲不苟的工作方式，在地方上早就不知被打翻在地多少回了。

撲了空的海生，垂頭喪氣回到家裡，整個下午，曉軍那張蒼白的臉始終定格在他心靈的某處，時不時在眼前一閃，令他恍惚。這個秋天，恍惚這個詞多次叩響他的心門，起先讓他恍惚的是顧紅，那是一種欲望，充滿新奇和憧憬。現在讓他恍惚的是曉軍，那是一種遺憾和牽掛。「政治是殘酷的」，這句文革中最流行的悄悄話，第一次因為曉軍，而離他很近很近。

學農結束的這一天恰好是週末，週末也是在挖煤第一線的梁袤書回來的日子。梁家的飯桌上好不容易湊足了四個成員。吃過晚飯，老爸照例削了一盤水果，叫海生、小燕到書房裡吃水果。削水果，是梁袞書在家做的唯一家務勞動。只要他在家，第一個離開飯桌的他就會削上一盤水果，從樓上高聲吆喝還在樓下飯桌上搶食的兒女們上樓吃水果。

在老爸的書房裡，海生邊吃邊壯著膽子對他講下午去曉軍家的所見所聞，正說著，被隨後進來的老媽聽到了，當即就說他：「你上他家去幹什麼，別人躲還來有及呢。」

梁袞書則放下手中的報紙問：「這麼快，你看到門口的封條了？」

「是的，我特地跑到跟前去看了，漿糊還沒乾呢。」

梁袞書「哼」了一聲，繼續看他手中的《大參考》。

從老爸的一聲「哼」中，海生感到他和自己是一邊的，於是他大著膽子問：「爸爸，你說羅叔叔是反革命嗎？」

「從來沒有人說他是反革命，他自己給自己挖了個坑，把事情全搞砸了。」梁袞書變得忿忿地說。

這句話顯然在他心裡憋了很久，一說出口不免有些後悔，隨即關照海生，不許在外面議論羅家的事。海生嘴上答應著，心裡全明白了，如果曉軍的爸爸不自殺，就不會成為「自絕於人民，自絕於黨」的反革命，曉軍一家也就不會被掃地出門。

「哎，羅晨是怎麼自殺的？」老媽和老爸之間的對話，總是用「哎」開頭，這總是困擾著海生，因為他知道書上不這樣，書上用親愛的開頭。

「服用過量安眠藥，等發現已經來不及了。」

不是上吊，也不是割腕，怎麼會沒想到是服安眠藥呢，真笨！海生聽了大大地自嘲著。

「那麼顧青的爸爸也會是反革命嗎？」一直在為朋友擔心的小燕，細聲細氣地問。

「他倆都被定為『5.16 分子』，羅晨死了，顧松林肯定要受牽連。」劉延平如此判斷。

「老顧這個人不像老羅，他是老運動分子，沉得住氣。」老爸在糾正老媽的聯想。

所謂「老運動分子」，是指每逢大大小小的黨內運動，都會沾上邊的那些人。顧叔叔是個心直口快的老革命，再大的官，只要做的不對，他都會有所表示。為此，處分、降級的事他都經歷過。這次把他請進清查「5.16 分子」學習班，正是因為他平日裡看不慣許司令好罵人的習慣，說了些什麼，被好事者拿住了把柄，彙報到了軍區黨委。

要不是曉軍一家的變故，海生平日裡很難聽到老爸這類談話，雖然他還不懂一個老革命變成反革命，中間有多少誘因，但至少從老爸的口氣中，他多少領悟到，曉軍的「反革命子女」的帽子，戴得不公平。

（九）

1969 年初，中蘇邊境爆發了激烈的衝突，兩國關係遭遇了史上最嚴重的危機，雙方張弓拔弩，重兵屯守邊境。「準備打仗」的最高指示，頓時又深入到了民心、軍心、黨心裡。中國軍隊一年一度的春季招兵因戰備需要，改為每年冬季招兵。

和國家大事離得很遠的海生，這天去找狐朋狗黨玩耍，突然發現這幫傢伙集體失蹤了，好不容易在秋草沒膝的大操場上，看到大個的弟弟小個，才知道他們全部參加徵兵體檢去了。海生聽了，差點沒暈過去，這麼大的事，我梁海生怎麼沒聽到半點風聲。他急得跟熱鍋上的螞蟻似的，在家門口亂轉一氣，好不容易等到老媽下班回來，殷勤地把她的自行車放好，再提著她的包陪她上樓。

「說吧，什麼事？」劉延平哪能看不出小三子的異樣，挑明瞭問。

「我要當兵去。」

在旁人眼裡，像海生這樣人見人厭的孩子，早點送到軍隊去管束，是再好不過的事，但梁家夫婦並不這樣想。自詡從「趙、錢、孫、李」學到「A、B、C、D」的梁袞書，和當年挺著大肚子去上大學的劉延平，眼看老大、老二的學業都荒廢了，令頭上著讀書人帽子的他們，心理難以平衡。滬生參軍後，兩人私下商量過，剩下海生和小燕，無論如何也要把書讀完。到那時如果大學複學，進大學學習最好。最低限度也要把眼前的學業完成。

當然，兩人的小算盤，又豈能撥動國家大勢。這半年多來，不僅大學的校門還貼著封條，連中學的高中都取消了，上完了初中，就得去當農民、工人。小三子明年夏天就面臨著畢業分配，兩人面對時局，竟也一籌莫展。四十年前，在梁袞書讀書的年代，想上學是沒錢就沒路，到了他兒子讀書的年代，上學成了有錢沒錢都沒路。

「你連 15 歲都沒滿，太小了，我和你爸爸商量過，等你把最後一年學上完再說。」劉延平很溫和地說，她希望溫情能讓兒子放棄念頭。

「這個學有什麼好上的，大院裡和我一樣大的小孩都去檢查身體了，晚了就來不及了。」海生一聽老媽不同意，急得直跳腳。

「別人家是別人家，我們家是我們家，」劉延平立刻不耐煩了，她最討厭和別人家互比。「這事，你要聽大人的安排。」

海生見說服不了老媽，一個人氣呼呼地跑到陽臺上生氣去了。當兵，是此時中國最時髦的事，既政治又神氣，一個將軍的兒子如果當不上兵，那還不被人笑掉大牙！

初冬時節，陽臺上的冷風橫掃過他的小腦袋瓜。他不覺得冷，感到可怕，他看著光禿禿的梧桐，想像著荒涼的大院裡，只剩下自己一個人隨著四處的落葉毫無方向地飄蕩，那情景能不可怕嗎。必須得想辦法！他第一次認真給自己設計起未來。

他挖空心思，想了兩條自認為不錯的妙計。第一計，他先給遠在福建當兵的大哥打了個電話，向他訴說自己一定要當兵的心意和大院裡的形勢，求他無論如何給老媽打個電話，說服她同意自己去當兵。果然，就在他倆通話的第二天晚上，老媽就接到津生從部隊裡打來的電話，兩個人在電話上嘀咕了半天，躲在客廳外面偷聽的海生，一等老媽放下電話，就走了進去，兩眼毫不掩飾地盯著老媽。

「你啊，想當兵都想瘋了！行了，你的事我做不了主，只要你爸爸同意，你就去吧。」其實，劉延平變了主意也是為了卸下另一個心病，這海生是家裡最皮的，沒人能降服他，讓他去部隊嚴加管束未必不好。

海生有老媽這句話，已經是以花怒放了，來了句樣板戲《紅燈記》裡的臺詞：「謝謝媽！」高興地去找小燕分享成功的喜悅。

小燕這裡也有消息要告訴他，麗娜、顧青、顧紅等十幾個和他年齡差不多的女孩子都去檢查身體了，這消息更讓他堅定了要去當兵的信心。然而，後面老爸這一關，才是關鍵。

自從長江大橋建成後，梁袞書又被許世友拉去幹上了挖煤的差事。今年上半年，在黨的第九次代表大會上，被選上政治局委員的許老頭，又向黨中央拍了胸脯：要扭轉北煤南運的局面，誓把蘇南無煤的謬論，丟到太平洋裡！他從北京回來後，立即成立了蘇南煤田指揮部，他親自掛帥，自封為「名譽總指揮」，任命梁袞書為總指揮。這個任命，是梁袞書遇到的最沒頭緒的差事，沒有班底，沒有技術人員，沒有設備，沒有勘探目標，甚至指揮部連個辦公室地點都沒有，完全是白手起家，為了完成這個「拍胸脯」的任務，梁袞書索性卷起鋪蓋，住進遠離市區的臨時指揮所裡。這樣，工作是方便了，兒子找父親，可就難了。海生想的第二計是迂回戰術，去中山陵 8 號。

正值初冬，霜降過後的紫金山分外妖嬈。連綿無盡的山林交錯著紅、黃、綠的色彩，或簇擁、或成片，紅的似火，黃的像乳，綠得如蒼穹。海生騎車路過石像路時，鵝黃的銀杏葉落滿了山坡，如同醇厚的蜜汁傾瀉下來，無心做畫中人的海生，只是匆匆地瞥了一眼，將它鎖進心裡，繼續奔向 8 號。

進了 8 號該怎麼說，他也不清楚，他只是覺得這裡是唯一能幫助他實現當兵願望的地方。

看到小三子來了，8 號裡的大人照例圍過來問候一番，誰也沒注意他有什麼異樣，因為在他們眼裡，小三子永遠是個無憂無慮的孩子，一個這樣的孩子，本不該有什麼心事的。

眼看大人們打完招呼又要去忙自己的事，海生急了，鼓足勇氣

叫了聲：「李叔叔。」

李秘書透過鏡片發現了他的異常，問道：「有事嗎？說出來讓我們聽聽。」

「我想去當兵。」

小徐阿姨聽了，第一個說好，周圍的人，有附和的，也有驚奇的，小夏叔叔就很驚奇地問他：「你今年多大了？」

「15歲了，我們大院和我一樣大的都體檢了。」海生著急地說。

只有李秘書很認真地問：「是不是你爸爸不同意，所以你來這裡，希望我們能幫你？」

李秘書說出了他難以啟齒的要求，他感激地點了點頭。眾人聽了，一時沉吟不語，弄得海生以為自己是不是太魯莽了，站在中間不知所措。

王幹事先開口，他說：「我看這事還得首長說話，他一開口，梁副司令不同意也得同意。」

「誰去和首長說呢？」小徐看著李秘書說。

這確實是個難題，難的不是誰去說，而是如何說。正當大家為難時，小夏在一旁說：「首長午後要去機場打兔子，我們還是用老辦法，讓小三子一塊去，到時候小三子自己和首長說。」

這個辦法雖然老套，卻是屢用不爽，只是海生自己顯得很害怕的樣子，小徐見了說：「別怕，老頭子最喜歡你了，見了他，你就直接說你的想法。」

王幹事則輕輕一笑，「馬上就是解放軍了，這點膽子都沒有。」

眾人跟著一陣轟笑，然後就散了，海生卻始終不敢相信自己的事就這樣解決了。

午後，許老頭照常抱著獵槍去打獵，正待跨上他的戰馬—嘎斯69時，一聽警衛員大郭說小三子來了，立即說：「去，叫他來，跟我打獵去。」

第一步順利實現，海生如意上了許老頭的車，剩下，就看他怎麼開口了。

小車直奔光華門飛機場，機場沒有起飛任務，許司令一到，機場就成了他的狩獵場。機場的戰士們從西邊驅趕獵物，老頭子的車從東面緩緩駛來，等待被驚嚇野兔，野雞之類進入射程範圍。今天也不知道出了什麼邪，任憑戰士們吆喝，就是不見野雞飛，兔子跑，隨著時間一分一分的過去，老頭子的臉越繃越緊，海生的心越來越慌，好不容易在轉悠了二十分鐘後，有兩隻野雞伸頭縮腦地從茅草叢中鑽了出來，隨著一聲槍響雙雙丟了小命。隨後，餘興未盡的許老頭，又襲擊了一大群麻雀。海生跟著大郭叔叔身後，飛快地跑去撿，兩人撿了五十多隻，四隻手抓得滿滿地回來。許老頭喜歡吃麻雀是出了名的，請人吃飯，必有油炸麻雀，看見這一槍如此豐厚，終於咧著嘴笑了。

回去的路上，王幹事一個勁地給海生使眼色，平日裡膽大包天的梁老三，硬是不知該如何向許伯伯開口。別看這些平日很拉風的高幹子弟，從小就被立了規矩，大人不說話，就沒有你開口的權利。所以看著正在閉目養神的老頭子，海生竟不敢開口了。

這時，平日甚少開口的小夏叔叔突然說了句：「小三子，聽說你要當兵去了？」

「是嗎？」閉目養神的老頭子睜開眼問。

「我想去當兵。」海生小心地解釋。

「好啊，以後就叫你小三子解放軍了。」老頭子這個稱謂說得車裡人都笑了。

「但是我爸爸不同意我去。」

老頭子一聽就火了，問：「他憑什麼不讓你當兵去？」

「他要我繼續讀書去。」

「大學都關門了，還讀什麼書。他不讓你當兵，你就到我這來當兵！」

文革開始後不久，許和尚不僅把自己的孩子都送進了部隊，1967 年，還把一大批被打倒或迫害致死的老幹部，老戰友的孩子送進了部隊，這些孩子全都不是按正常招兵手續穿上軍裝的，按理說，他是走後門當兵的祖宗。

想來也怪，把海生想去當兵的信息傳給老頭子的居然是小夏，海生那一刻覺得小夏叔叔是世界上最好的人了。其實這和他平時常幫著小夏洗車擦車有關係，小三子好歹也是堂堂的梁公子，能和農村來的小夏混在一起，幫他幹活，這才讓小夏有了為小三子豁出去的勇氣。

從中山陵 8 號回來，海生天天在等消息，按 8 號的大朋友們分析，老頭子見了老爸，一定不會放過挖苦奚落他的機會，然後他們乘機再勸勸，這事就能成了。但是，眼見的時間一天天過去，連一點動靜都沒有。

這天早上，正上課呢，朝陽和大個穿著一身嶄新的軍裝到了學校。兩人存心似地在操場上東遊西逛，吸引了所有人的眼球。連朝陽平常死皮賴臉想巴結都巴結不上的「校花」，校廣播站的播音員，外號「黃鶯」的女孩子，也放下身段，當著眾人的面，兩人聊得那叫熱乎，令海生不爽極了。

他強裝著懶散模樣走過去，一臉羡慕嫉妒恨地神色看他倆，不死不活地對大個說：「好啊，新軍裝都穿上了。」

「怎麼樣，像那麼回事吧？」大個把脖子縮在衣領裡說著，看上去和國民黨的俘虜兵沒二樣。

「我看你和『二崗』很像。」海生總算想起一個可以挖苦的名字。

朝陽剛和「黃鶯」搭訕結束走過來，聽他們的對話，就插進來說：「最新消息，二崗被宣佈退伍回家了。」

「你這消息是從校廣播站批發來的吧。」海生衝著「黃鶯」的背影奸笑著說。

「去你的，向毛主席發誓，千真萬確。」朝陽一臉經樣地說道。說完又問海生：「你這次真得不和我們一塊去當兵了。」

「沒希望了，老爸不鬆口。」海生沮喪地將腳邊一塊石頭踢得遠遠的。

「那好啊，否則就剩我一個，多沒勁啊。」一旁的東林高興地說。

「聽說了嗎，王勇也當兵了，他比還我還小半年呢，據說現在還在尿床。」大個繼續當兵的話題。

朝陽聽了，一臉得意地說：「你們不知道原因吧，他爸爸把他的年齡改了。」

「行了，就你是墨索裡尼，總是有理。」今天海生算是和朝陽較上勁了，往常這個角色總是由大個擔任。

「好，好，你就準備做未來的科學家吧。」穿了一身軍裝就抖起來的朝陽，死命挖苦海生。

這時上課鈴響了，圍著的人一轟而散。大個提議別去上課了，陪他們一起去逛逛。此刻的海生，哪有心思上課，揹起書包，拉上還有些猶豫的東林，四個人一塊出了校門。

東林高興不起來，一臉憂鬱地說：「先是曉軍，現在又是你們兩個，我們這個組，就剩下我們倆個了。記得給我們寫信。」

東林的情緒也傳染給了其他幾個人，大個甩了甩新軍裝的袖子說：「說真的，不知道曉軍在哪修地球呢，怪想他的。」

「他要是還在，這次肯定也和我們一起當兵去了。」一向沒心沒肺的朝陽，總算說了句像樣的話。

不過就這句話，也讓海生抓住不放。「我看不一定，如果他老爸還在學習班，他一樣當不了兵。」

「誰說的，」朝陽早準備好了反駁彈藥：「你看人家顧青不也當上了。」

這下輪到海生詞窮了，他沒想到顧青也能當上兵，反問道：「不可能，她老爸不是在審查嗎？」

「不信你問大個，今天她和我們一起領了新軍裝。」

看到大個點頭附舍，不由海生不信，他脫口問道：「那顧紅呢？」

「聽說沒當上。」大個的樣子很認真。

「為什麼？」海生刨根問底地問。

「沒什麼為什麼，她走了，你留下，那多沒勁。」朝陽一臉壞笑地說。

正當幾個人拼命地打嘴仗，一輛小車急駛過來，匆匆地在他們身邊停下，只聽得車上人喊：「老三！」海生抬頭一看，正是老爸的車，喊他的是駕駛員小蘇叔叔。

「正要到學校去找你，快點上車，跟我走。」原來他是特地來接海生的。

海生糊裡糊塗上了車，向朝陽他們大聲喊了聲：「再見！」人和車飛快地消失了。

（十）

上了車海生才知道，小蘇叔叔要帶他去辦參軍手續。聽到這個消息他恨不得跳到車頂上去，最後，還是選擇把腳伸到窗外亂擺動一陣。他又激動又慶倖，激動的是自己朝思暮想的願望總算在最後一刻實現了，慶倖是因為按平常的習慣，他們從學校出來，總是穿小巷子回家，唯有今天走了一趟大街，偏偏給小蘇叔叔碰上了，多幸運啊。只有激動和幸運加在一起的喜悅，才是完美的。

在海生手舞足蹈的時候，劉延平卻高興不起來。她給海生整理了一些簡單的衣物行李，親手做了幾個他喜歡吃的小菜，等著小兒子回來。記得年初的時候，也是做了一桌好吃的，送走了滬生，現在又輪到了海生。回想這二十年，就像一個轉身，一閃就過去了。還沒有把孩子們在手裡攥熱，沒來得及嘗嘗當母親的幸福，就一個個都飛走了。

海生回來了，一進門看到坐在飯廳沙發上發呆的老媽，興衝衝地來到她面前，伸開雙臂說：「媽媽，我穿上軍裝了。」

看著換上了一身軍裝的老三，劉延平眼裡閃動著淚光問：「手續辦完了？」

「辦完了。」海生重重地往沙發上一坐。「可麻煩了，填表、體檢、還要到派出所開證明、政審，我都忘了過了多少關。」

「從一個孩子變成了一個大人，能不麻煩嗎。」劉延平寬慰地數落著海生。

接著，她又把放進行李袋裡的物品一件件拿出來，一一給海生看了，再一件件入進去。然後再從錢包裡拿出五塊錢，親手放進海生的軍上衣口袋裡。這時，小燕從樓上衝下來，圍著穿上新軍裝的海生，東瞅瞅，西看看，就像賣衣服店裡的營業員。

海生問她：「聽說顧紅沒當上兵？」

「是的，只有顧青當上了，顧紅氣得要死，在家裡又哭又鬧。」

「行了，別管別人的事了，趕快去看看還有什麼東西要帶的，收拾到包裡，我去炒菜。」

兄妹倆到了樓上，海生把心愛的集郵冊留給她，再告訴她如何餵養金魚，小燕像個接受大員，把海生所有的家當都收下來。一下子擁有這麼多好東西，並沒能讓她高興，畢竟最後一個哥哥要走了，心裡空蕩蕩的。

交待完畢，海生一個人溜出家門，先到自己的窩棚做最後一次視察，然後乘著暮色，竄到了顧紅家門口，在她家門前的路上，裝作若無其事的樣子，走了幾個來回，鼓了幾次勁，想去和譚阿姨道個別，可走到臺階下，又沒有膽子上去，生怕被人識破他來的本意。於是，就這樣吊著心，來回徘徊著，最終，那點想見顧紅一面的欲望，在夜幕降臨時耗盡了，他一轉身，人和欲望都消失在夜色中。

當天晚上，小蘇叔叔把海生送到新兵臨時集中點，一個在大院外面的招待所。大院幾十號應徵入伍的男男女女全拴在這兒，分了幾個班，眼下正一本正經學習呢。這幫子弟兵，軍裝是穿上了，可人還是昨天那些個人，一看到梁海生出現，轟得一下全跑出來了。

「梁海生！你不是說你不當兵了嗎？」第一個上來欲撕他耳朵的是田朝陽。

「我不來，萬一你有個三長兩短，誰給你收屍啊。」這兩個老三，鬥嘴的功夫和他們老爸一樣。

大個過來拿起他的行李就往自己房間走，邊走邊說：「看到你家司機把你接走，我就猜到一定為了當兵的事，果然。」

房間裡已經住了 8 個人，全是一幫要好的住在一起，現在再加一個梁老三，這一夜，在這兒，註定是世界上無數個不眠夜之一。

第二天下午開始，招待所裡來和孩子告別的父母絡繹不絕。海生盼望在走前能見到老爸，一直等到晚上都沒盼到他的身影。沒想到熄燈之前，最後一刻，自己的老爸和朝陽的老爸一塊來了。

他先是看見小燕衝著他快步跑來，一臉興奮地說：「我們來看你了。」海生無須去猜這個「我們」都包括了誰，小燕這麼晚出現在這裡，只有一種可以能，她是和老爸一起來的。果然，老爸的身影出現在最東面的樓道，一間一間地視察過來，最後走進了他們的房間。

老爸和前面的孩子挨個說著話，來到他面前時，他腆著臉喊了聲：「爸爸。」

梁袤書繃著臉看著自己的兒子說：「到了部隊，一定要服從命令聽指揮。」

「聽到了。」海生一本正經地回答。

「我同意你當兵是有條件的，要好好學習，搞好團結，不准搗蛋。」

這樣的父送子別，看上去冷淡的不可思議，但在海生心裡，老爸能專程回來送他，他已經很開心了。至於那些大道理，他根本也聽不進。

此刻，這個房間，整個招待所，父親是最矚目的人，作為他的兒子，站在他身邊，那就是一種享受。

這時，朝陽的爸爸田叔叔過來，拍著海生的頭說：「老梁啊，你們海生還沒槍高，怎麼能扛槍打仗。」

梁袤書嘿嘿一笑，說道：「別看這孩子長得二五眼，倒是個扛槍打仗的料子，他呀，能吃苦。你忘了我們打仗那會，就希望個子矮一些，子彈打不到。」

一陣笑聲後，梁袤書問身邊的隨行：「聽說孩子們去兩個單位？」

「是的，首長，大部分去軍區直屬單位，一部分去上海警備區。」

「每個人的去向定了嗎？」

「定了，梁海生去軍區直屬單位。」

「不行，讓他去連隊。」梁中書立即說道：「去警備區好好鍛煉。」

對海生來說，上警就上警，到哪都是穿軍裝，唯一遺憾的是不能和朝陽，大個他們在一起。好在他是個容易滿足的人，這次能當上兵，全憑老爸開恩，何況得寸進尺的事，他也不會做。

一旁的田叔叔開口問道：「田朝陽去哪個部隊？」

「報告首長，也是軍區直屬單位。」

「把他換過來，也去上海警備區。」

人群中的朝陽，臉色就像霜打了似的。軍區直屬單位，是男兵女兵混編的單位，大院好些個女孩都分在那兒，朝陽在最後一刻被換出來，他的小心臟怎麼也受不了。

第二天，天格外地冷，在清晨的寒風中，還差一個星期滿 15 歲的梁海生，一身戎裝離開了家、親人、大院，匆匆結束了自己少年時代。

那個曾經留下許多大人物足跡的大院，絕不會在意這幫孩子的足印，許多年後，誰還會想起這裡有過個攀牆爬樹的梁老三，除非他自己，他會記住這個大院，與每個他熟悉的人物，偶而會把他們從內心某個角落翻出來，並希望別人的回憶裡也會有個他。

第三部　相信是一首歌

（一）

1921 年深秋的洛陽城，公雞剛打鳴，軍閥吳佩孚的軍隊，就已經在街上招兵征夫。此刻，正好有個流浪少年路過，他心想當兵管吃管喝，還有軍餉，便大大咧咧地走上前說：「長官，俺願意當兵。」於是這個剛滿十六歲的少年，穿上「號子皮」扛起「東洋槍」，成了一名大頭兵。他就是後來威風凜凜的解放軍上將——許世友。

時間到了 1969 年冬，這時的中國，年輕人最好的選擇依然是當兵（儘管此兵不是彼兵），不管是城裡的，還是農村的，是夢想成為毛主席好戰士的，還是盼望能吃上一口軍餉的，是為解放全人類甘灑熱血的，還是逃避上山下鄉的，只要穿上了軍裝，他們的世界就會改變。

清晨，南京火車站，離候車大樓最遠的月臺上，緩緩地駛進了列髒兮兮的貨車，大約它也為自己灰不溜瞅的身形有些害羞，丟下了一節悶罐車皮，就悄悄地開溜了。隔著一道道月臺和月臺上重重疊疊，綠白相間的水泥柱，沒有人會留意那節悶罐車的存在，只有裡面的人才在意自己的存在。

靠在車廂裡一角的瞿中倫，睜開疲憊的眼睛，看到一線白光從門縫裡透進，才知道天亮了，從離開家鄉新沂到現在，火車行駛了足足一個漫長的冬夜，記不清中間停了多少站，疲憊的身體唆使他盼望這就是終點站—上海。

「哐當」一聲，沉重的車門被打開了，帶隊的軍官大聲說道：

「帶好各自的行李，按順序下車！」頓時，車廂裡「嘩啦啦」站起來近百號人。所有的人心裡想的和他是同一個問題：「上海到了嗎？」等下了車，排好隊，才被告知，這兒是南京站，他們要在這換車去上海。

瞿中倫從來沒有出過遠門，他揉著酸痛的太陽穴，冰冷的晨風掠過，他伸手拉了拉嶄新的軍裝，想想自己已經是個不愁吃穿的解放軍戰士了，心裡再次擁起幸福的喜悅。他雖然沒到過南京，但知道它是家鄉的省會，他的家鄉——新沂，是江蘇最窮的縣之一，每年到了開春季節，就吃不上糧食，儘管沒有人餓死，但是那種被饑餓折磨的感覺，對於把思維活動用於抑制饑餓的人群來說，如同災難一般沉重。

他是家裡的老大，下面有三個弟弟，兩個妹妹。他自幼體弱多病，父母把他供到初中畢業，碰上文革，就輟學了。由於無法勝任農活，當大隊支部書記的舅舅就安排他在村裡的小學做代課老師，沒有工資，按一個全勞力記工分。年初，他第一次參加徵兵，因為身體不合格，沒當上。這一次，徵兵小組就往學校裡，他費盡了口舌，舅舅又出面求情，再加上帶兵的喜歡有文化的人，三方的勁使在一起，當兵的門就被擠開了，和全國所有的農村一樣，在他的家鄉，能當上了兵，就算脫離了苦海，如果在軍隊裡入黨提幹，那就是不得了的事，家裡人出門都帶三分笑。因此，現在的他，一隻腳已經跨出了苦海。

在寒風裡吹了沒多久，瞿中倫這對人馬就被調到一號月臺，和另一隊新兵合編在一起。這隊新兵和他們農村兵有明顯的不同，不僅說話的腔調，走路的姿勢，混身上下每個動作都有種高高在上的感覺，就連他們戴在頭上的軍帽，後簷都比別人故意頂高一些。雙方站在一起除了身上的衣服顏色一樣，再難找到相同之處。

不一會，一列客車駛入一號月臺，整支隊伍上了最後兩節車廂。瞿中倫被安排和一個比自己矮半個頭，滿臉孩子氣的城市兵坐在一起，他十分驚訝，居然還有這麼小的兵，和自己教的學生年領差不多。車輪剛動，小兵就站起來，四處張望著，末了，才把視線落在

他身上。

「喂，你們從哪裡來的？」對方直截了當地問。

「從新沂。」

「沒聽說過，遠嗎？」

「靠近徐州。」

「徐州，就是彭城，對嗎？」別看對方小，卻一點也不怯。

「對了，古代叫彭城。你們從哪來？」瞿中倫對眼前這個大孩子有了興趣，因為他居然知道彭城。

「我們這一批都是南京的，我叫梁海生，你呢？」

「我叫瞿中倫，來，握個手。」

梁海生握著他的手問：「瞿是兩個『目』，還是羽毛的『羽』？這兩個字，我從來弄不清。」

「是雙目。」

原來這批城市兵，正是今天早上開拔的海生那一撥大院子弟。接兵部隊為了照顧自家的子弟兵，特地申請兩節客車廂送他們到上海。說起來，瞿中倫這批農村兵還是沾了他們的光，享受了一次特殊待遇。

兩人正聊著，朝陽出現了，很遠就聽到他的聲音：「梁海生，原來你躲在這兒，害得我找了你半個地球。給你介紹一下，」他一拉身後的人說：「這是軍院的趙凱，我姐的同學。」

還沒等兩人打招呼，他就把趙凱按在對面的座位上，弄得原本坐在那的兩個新兵，摸不清什麼情況，急忙站起來躲了出去。

朝陽這一番動作，讓海生很尷尬，他天生怕大動作，偏偏朝陽總是喜歡大動作，他只能轉向趙凱：「你也是衛崗的吧？我見過你。」

原來海生這批南京兵中，不光是他們一個大院的，還有一批老軍事學院的子弟，趙凱便是其中一個，他答道：「沒錯，我和田麗娜一個班，比你大一屆，就住你們宿舍後面的新三樓。」

南京的大院子弟，只要說到是衛崗小學的，就算是朋友了，因為他們相互間認識的人太多。

「知道嗎？我們這兩節車廂的新兵，全部分到『南京路上好八連』所在團。」朝陽總算把屁股放在座位上說話了。

海生頓時對這則新聞來了興趣，這年頭，就算不知道「好八連」，誰會不知道「霓紅燈下的哨兵」呢。他說：「那麼，我們是在市區當兵了？」

「別做夢，帶隊的幹部說了，離市區十公裡遠，是吧，趙凱？」朝陽說完了，才想著問趙凱，一看就知道這消息是他剛批發來的。

「對，在郊區，那地方叫大場，和南京江浦的大廠音同字不同。」

「那也不錯，能和『好八連』一個團，多神氣啊。」榮譽在這一代人心裡高於一切，海生理所當然地說。

「神氣個屁呀，肯定會管得很嚴。」朝陽到現在都懊惱他老爸把他放到步兵裡當兵。

「你知道南京路上好八連嗎？」海生問旁邊的新朋友。

「知道啊，不都上電影了嗎。」瞿中倫微笑著說。

「行啊，老鄉，那南京路你也知道嘍？」朝陽向這個臉色菜黃的農村兵問了個低級問題。

「是不是上海最有名的十里洋場啊？」

朝陽到這會兒才正眼看了看坐在對面的瞿中倫。這一看，竟然大驚失色地叫道：「梁海生！」

「怎麼了？火車還沒出軌呢！」海生被他叫得幾乎靈魂出竅。

「快看，這傢伙還是個團員呢。」

三個人都把腦袋湊到瞿中倫胸前，果然，他胸前的毛主席像章旁，還有一個小小的團徽。這一下，幾個城市兵對他肅然起敬。海生問道：「你們那還有團員？」

「有啊，我是 1965 年入團的。」瞿中倫沒有被對方想當然的話噎著。

「哇，那是老團員了，你今年多大了？」趙凱插了一句問。

1966 年後，共青團作為一個組織，除了軍隊裡，其他的都癱瘓了。瞿中倫的團組織關係是暫時放在大隊黨支部，已經有三年多沒過組織生活了。

「19 歲，你們呢？」老團員客氣地說。

「他 16 歲，我們倆 15 歲。」朝陽一個個點過來。

「都還不到參軍年齡呢。」

「那不影響我們穿軍裝。」趙凱像是戲裡念臺詞般地說。

農村來的瞿中倫，根本無法想像城市中大院子弟的生活，如果他聽了海生最後一刻當兵的故事，只怕要目瞪口呆。

火車停在蘇州車站時，帶隊的幹部依然不允許任何一個人下車，他們只好坐在車廂裡看風景。朝陽從挎包裡拿出一個巨大的麵包，剝開外面的紙，往桌上一放，說：「來，團員同志，吃麵包。」

焦黃外殼的麵包很誘人，瞿中倫還是拒絕了，從自己的挎包裡掏出個褐色饅頭，海生見了，不容分說從他手裡拿走了褐色饅頭，又從自己包裡掏出一個麵包塞到他手裡。城裡的麵包果真好吃，鬆鬆的，香香的，鹹中帶甜、入口即化。瞿中倫一邊謝梁海生，一邊心疼地看著他把自己的饅頭掰散了，放在小桌上玩弄著。

「這就是你的乾糧啊，咬都咬不動。」海生難以置信地說。

他哪裡知道，這饅頭，是瞿中倫家裡最好的食物了。

離開蘇州，又開了一個多小時，火車在一個小站停了，新兵們被命令下車，梁海生四處尋找，才找到一個很小的站牌。

「真如車站。不是說到上海了嗎？」他自然要質問新聞發佈官田朝陽。

「你看到箭頭方向兩個小字嗎，」朝陽得意地說：「上—海！豬！」

（二）

「南京路上好八連」所在團，是支終年在上海灘擔負守衛和警衛任務的部隊，紀律森嚴，作風硬朗。從新兵連開始，甭管你是農村的，還是城市的，都將嘗到非常嚴格的軍人生活。梁海生所在的新兵連共四個排，等訓練結束，他們將分到一營四個連裡，田朝陽在一排，自然會分到一連，海生、趙凱和另一個軍院子弟李一帆在二排，日後會分到二連，還包括火車上認識的瞿中倫。

「我們，是祖國的鋼鐵長城！我們，擔負著保衛大上海的重任！我們要時時刻刻捍衛南京路上好八連的榮譽！……」新兵連第一天上課，連長一番豪言壯語，點燃起 100 多個年輕戰士心中的火焰，所有的人隨著連長一塊振臂呼喊口號，從沒經歷這種場面的海生，小心臟立馬變得強壯無比，他站在隊伍裡為自己能成為其中一員而興奮。會後的討論會上，當場就有人咬破手指寫了血書，消息傳到海生所在的班，班長立即坐不住了，要求大家效仿，表示自己對偉大領袖的忠心。可憐梁海生，暗地裡使勁咬了咬自己的手指，活生生地疼痛，令他怎麼也咬不下去，再看周圍的人，沒見誰咬破了自己的手指，他心裡萬分佩服那個寫血書的人，推測他一定有什麼竅門，於是把手上每個可以下口的部位都咬了一遍，還是下不了口。最後，還是瞿中倫想起驗血時醫生的方法，拿個縫衣針，在每個人的中指上紮一下，擠出血，按在自己的簽名上，頓時斑斑血跡躍然手絹上，算是印證了他們的決心，樂得班長屁顛屁顛去交差了。

緊急集合，是新兵訓練最不好玩的事。連部總是揀早晨起床之前，突然吹響緊急集合哨音，聽到哨音，所有的人員都必須在最短的時間內穿好衣服，打好背包，扛上槍，跑到指定集合地點。其中最難的是打背包，第一次緊急集合，手腳麻利的梁海生，三下五除二就打好了背包，率先衝了出去，手腳慢得什麼洋相都有，有的把三橫二豎的背包打成了麻花，也有的鞋沒穿好就光腳跑了出去，最慘得的是瞿中倫，怎麼也打不好背包，乾脆抱著被子跑到集合的操場上，原本緊張無比的隊伍，「哄」得一聲全笑開了，海生更是笑到肚子疼。

和天天在笑的海生相反，田朝陽則是無一日不在抱怨：「你喝了中午的菜湯沒有，連涮鍋水都不如，輪到我打湯時，連一片白菜葉子都沒留下。」

海生一點也不覺得這有什麼，但他喜歡朝陽時不時沒心沒肺地嚷嚷，於是，笑呵呵地說：「那你還算好的，等我去打湯，連湯桶都收了。」

其實，朝陽也不是不能吃苦，他是那種吃了苦必須嚷嚷心裡才舒服的人。而海生則是那種只要是刺激，無論苦和甜都能讓他興奮的人。喜歡刺激的孩子，通常活得很累，當然也活得更深刻一些。這世上總有些人喜歡活得累一些，否則生活對他們來說，毫無趣味。就像海生，此刻他喜歡上了軍隊裡的任何新鮮事，他夢想用最快的速度成為王幹事，郭班長那樣的人物。他從沒想過什麼叫一腔熱血，但當他把領章帽徽縫在軍裝上那一刻起，就暗下決心，要做個像他們一樣厲害的軍人。

然而，一件從天而降的倒楣事件，硬生生的砸得他暈頭轉向。

到達軍營的第六天，是偉大領袖的生日，為了慶祝老人家生日，晚飯全連吃菜肉麵。新兵連難得吃一頓葷，飯桌上，梁海生一高興，隨口說了句：今天我也過生日。此話一出口，飯桌上立刻鴉雀無聲，所有的人都被他的話嚇壞了。一看這架式，海生伸了伸舌頭，不再吭聲，繼續吃「壽麵」。

他沒料到自己捅了個大簍子，晚點名時，表情嚴肅的連長對著100 多人說：「今天，準確地說，就在晚飯時間，我們連出了起反革命事件，當全連上下紀念偉大領袖誕辰時，」他說到這，下面一陣騷動，原來他把「誕」唸成了「延」音。他對著騷動的聲音一瞪眼，提高嗓音說：「有人，居然說他也過生日，這是非常嚴重的事件，嚴重到什麼地步呢？是現行反革命行為！說這句話的人，不要以為自己年紀小，是幹部子女，就可以不負責任。他必須做深刻的檢查，並把檢查送到連部，檢查不好，不准睡覺！他所在的班，回去後立即開個批判會，要肅清流毒不過夜！」

站在人群中的海生，這時才意識到事情的嚴重性，雖然他才 15歲，又躲在大院深處，但「現行反革命」這幾個字的印象，他多少能找出一些：胸前掛著牌子，頭上戴著高帽，被人押著在大街上批鬥。他往四處一看，彷彿所有吃了壽麵的人，這會都在摩拳擦掌地看著他，那些目光就像無數把利劍刺向自己，他感到自己快要爆炸了。一解散，別人都往回走，唯有他往前走。

他快步走到正欲離去的連長面前，先敬禮報告，連長一看是他，

「嗯」了一聲，連禮都沒還，背著雙手，臉轉向他，算是等著他說下去。

「我要求給我平反，我確實是 12 月 26 日出生的，你可以查一下我的出生年／月／日。」當他說出最後幾個字時，語音已經哽咽。

「你的事，我們會調查的，你先回去做深刻的檢查。」

從連長冷漠而又威嚴的面孔上，他看不到一點希望。

回到宿舍，全班早已圍成一個圈，等著他入坐。縱然他從小聽慣了大小官員的喝斥，此刻空氣中凝結的兇險，還是令他混身不安，他下意識地把兩隻手攥得緊緊的坐下。

班長鄭重宣佈；現在開會。他話音剛落，梁海生迫不及待地說：「我向毛主席保證，我的生日就是 12 月 26 日。」

向一個過生日的人發誓今天也是他的生日，坐在一旁的趙凱聽了，差一點要將肚子裡的壽麵噴了出來。這時，海生身旁一個穿著肥大軍裝的小個子，猛地站起來，用一種侉侉的方言說：「你保證有什麼用，難道連長會說錯嗎！」另一個又高又壯的山東兵接著說：「就你這話，在俺家鄉就是現行反革命分子。」趙凱一看，不服氣地說：「你別亂扣帽子，萬一今天就是他的生日呢。」他話沒說完，就被副班長打斷了。副班長是浙江蘭溪人，鄉音特重地說：「你不要包庇他噢，你們城市兵就喜歡穿一條褲子。」趙凱一聽，立刻不高興了，瞪著眼睛問班副：「你說說清楚，什麼叫穿一條褲子？」

七嘴八舌之後，全班依然分成了兩派，一派是城市兵，只有兩人，一派是農村兵，五湖四海都有。這時，一直沒說話的瞿中倫細聲細氣地說：「我相信小梁說的是真的，如果他是胡說，也不會到現在還不認錯，還是請班長到連部查一查他的出生年月。」他這麼一說，幾個農村兵全楞住了，他們沒想到他會替城市兵說話，這一下，雙方的力量立即發生了變化，他們只好把目光投向班長。此時的班長，心裡也明白瞿中倫講的在理，只是今晚的壽麵，是為偉大領袖的，豈能讓這黃毛小子沾光。於是他說：「就算你是今天生的，你也不能說『今天你也過生日這句話』。所以，無論從哪個角度說，你都要嚴格地檢討自己的錯誤。」其實，他心裡想說的是：你不配

說今天你也過生日。

文革的時候，有一種風氣，用打倒別人的手段，來證明自己才是最革命的，對於那些不容易打倒的人，就採用偽推理的手段：先用革命的權力，把對手綁在反革命的絞架上，然後再做推斷，這樣一來，焉有打不倒的。今天的事，從一開始梁海生就被認定是該送上絞架上的人。即使他現在保持沉默，繩索也將套在他的脖子上，不需辯護，不需要證據，有公憤就足夠了。中國有句老話很管用：一人一口唾沫就能把你淹死！

人多的那一派，聽了班長的話，心裡頓時明亮了，紛紛開口應合，今晚，他們鐵定要拿這個城裡小子出氣。梁海生呢，此時心裡反倒是一陣輕鬆，他覺得班長給自己定的罪，還夠不到「現反」的級別，在他單純又豁達的心裡，只要不是「現反」，這事就沒什麼了不起。

就在這時，排長進來了。他一到，亂轟轟的班務會頓時安靜下來了。他看了一眼低著頭的梁海生，說道：「經查核，梁海生的生日確定是 12 月 26 日，黨支部決定，這件事到此為止，不再追究，但是，梁海生同志要接受教訓，不該說的話，今後不要亂說。」

排長的話，仿佛解下了套在脖子上的繩索，海生陡然輕鬆下來了，立即十二分真誠地說：「我保證今後一定克服隨心所欲的壞習慣，不該說的話，絕對不說。」

穿了七天軍裝，耳朵裡聽到的對他們這幫子弟兵的指責不下一籮筐，用的最多的批評詞，就是「隨心所欲」四個字，因此，他毫不猶豫給自己用上了。

散會後，海生跑到冰冷的夜裡，對著星空長長地舒了口氣，他慶倖自己躲過了一劫，他甚至覺得整個過程好玩刺激，仿佛有人拿一個套子想把自己套進去，結果是自己成功逃脫。逃脫就是勝利，勝利了就能揚眉吐氣。他根本不去想萬一被套牢怎麼辦？當然，對那些想套住自己的人，他還是氣憤不過，想置我於死地，沒門！對著身後魅影重重的營區他在心裡大聲說。

接著，他又得意地對自己說：「你不是常常找不到寫日記的內容嗎？這麼好玩的事可以寫一篇很好的日記，題目就叫『一個驚險的生日』。」海生從12歲起就被要求天天寫日記。不常在家的老爸，每次回來第一件事就是檢查他們的日記本。一開始，他的日記只有一句話，一行字，稍大一點，一句話變成兩三句話，並且經常是補記，最野蠻的一次，他把一件和別人打架的檢查，分了7天才寫完。

相信很多人都有從小被逼寫日記的經歷。有的堅持下來，有的半途而廢，半途而廢的或許會羡慕堅持下來的，然則那些堅持下來的，亦不是天天去記，補記是常有的事，只是在形式上，日記是完成了。等到這個形式成為習慣，每天不寫日記反而會難受。好比梁海生，參了軍，沒人約束他，反而喜歡寫日記，因為他會在其中找到家的影子。

回到宿舍前面的走廊上，他發現瞿中倫正坐在臺階上。

「你坐在這不冷嗎？」他往他身邊一坐，跟著大大咧咧地說：「謝謝你在會上說得那些話。」

瞿中倫什麼也沒說，只是淡淡地一笑，算是笑納了。海生驚詫地看著他慘然的笑容，對方攤開手掌讓海生握住，手心裡盡是汗。

「你又犯病了？」

「腦子又脹又痛，出來吹吹好多了。」

「你一定要去看醫生。」海生也記不得第幾次叫他去看病了。

瞿中倫依然搖了搖頭。海生知道他的苦楚，因為在新兵連期間，如果發現身體有疾病，或者本人家裡有政治問題等。隨時可以退回原籍，瞿中倫生怕自己被退回去，就硬忍著疼不去看醫生。海生不知道自己能為他做些什麼，但是又覺得自己必須做些什麼，乾脆就陪著他一塊在寒風中坐著。

和瞿中倫分手時，海生感到心裡很充實，不為別的，就為自己是唯一能和瞿中倫說心裡話的人。

自打穿上軍裝後，在形式上，海生就從一個中學生轉換為成人。確實，童年的一切：大院，髮小們，所有玩耍的節目，迅速遺失在遙遠的家鄉。但是，在他那顆被扣在軍帽下的小腦袋裡，還是用15歲少年好奇天真和無拘無束的眼睛去掃描剛剛踏進的世界。和瞿中倫不一樣，他不需要考慮未來，也沒有責任的包袱，軍隊對他來說，無非是踩著父輩的腳印進來看看。然而，社會是一個一旦踏進來就甭想脫身的泥潭。今晚發生的「壽麵」事件和眼前這個病痛纏身的農村兵，令他無意中掂到了生命的份量。

六十年代後期，中國不知怎麼就成了世界革命中心，而解放軍又是這個中心的鋼鐵長城。所有能成為這座長城一員的新人們，都希望自己能飛快趕上別人或者超過別人，成為真正的鋼鐵戰士。所以，有些很平常的小事，在這裡做到了極致。比如新兵幫老兵洗衣服，就是新兵成長必須經歷的事。但卻把梁海生為難死了，儘管革命隊伍裡天天教育他，這裡沒有高低貴賤之分，他卻怎麼也下不了決心去幫老兵洗衣服，更讓他看不明白的是，給老兵洗衣服都是偷偷地去洗，他在心裡瞎琢磨了好幾天，後來還是李一帆施捨般地點撥了他：「你傻啊，當著老兵的面拿他的衣服，他能讓你拿嗎，就算他心裡樂的有人給他洗衣服，大庭廣眾之下，也不會同意，你偷偷拿了，他裝著什麼都不知道，這事才算漂亮。」比趙凱還大一歲的李一帆，見識就是不一樣。

甚至還有這種情景，老兵泡在盆裡的衣服，一轉身就被早看在眼裡的新兵，連盆都端走了。洗衣的結果，新兵將會得到老兵各種形式的表揚，老兵呢，被別人馬屁拍到爽。這樣的事既然兩全其美，也就流傳了下來。

新兵要做的第二件事，就是打掃廁所。這事海生願意幹，雖然很髒，卻比去搶老兵的衣服，少了許多彆扭。打掃廁所的時間，總是在早晨大家起床之前，他或他們悄悄起來，挑著水，拿著掃帚，盆和桶等傢伙，把廁所打掃的乾乾淨淨。這時，別人起床了，走進衝洗乾淨的廁所，一定會想是誰做的好人好事。

於是海生自告奮勇約了瞿中倫起早打掃廁所，大清早天還沒亮，他倆拿上工具，挑著水，走進廁所一看，田朝陽幾個人已經在裡面幹上了。

「朝陽，你小子可惡，搶了我們的活。」海生恨不得上去抽他。

「誰叫你們起的這麼晚，對不住了。」朝陽捏著鼻子說。

「沒見過你這麼搗蛋的，我們水都挑來了。」

「好啊，那就留下給我們用。」朝陽說完，他那邊的人全樂了。

結果第二天，他倆五點鐘不到就起床，總算搶到了第一。新兵連有兩個公廁，偏偏這個廁所有人搶，因為它是與連部的首長共同使用的，所以特別吃香。你想啊，如果你夠運氣，剛掃完，人還沒走，連首長就進來了，當面誇你兩句，這個印象分，高了去了。

好八連所在的軍營，是當年日本人佔領上海後建的標準化軍營，軍營中間是一個巨大的操練場，大到什麼地步呢？新兵們場邊練習瞄準，100 米遠的靶子，僅到操練的三分之一。據說日本人造這麼大的操場，是做臨時機場用。因此它不僅大，還堅硬平整，它的四周是統一格式的營房，紅磚灰瓦，排列整齊，連每排營房之間的草地都一樣大小。整個營區周圍有一道兩米深的人工河環繞，和外界嚴格區分開，營區的最北面，還配有一個寬 50 米，長 200 米的射擊場。梁海生常常被射擊場不斷傳來的槍聲弄得心癢癢的，時不時地去問班長，什麼時候能去打靶。

然而，他第一次踏進射擊場，並不是去打槍，而是去看槍斃犯人。那天早上，新兵連接到通知有政治任務，全連隨著大部隊早早坐在靶場四周，進了靶場，才知道這裡今天要舉行公開槍決反革命犯大會。除了上千名軍人，又陸續來了幾千名民兵，一時間，紅旗標語，隨風獵獵，歌聲，口號聲此起彼伏，靶場恍如成了革命的海洋。記得在中學時，學校裡時常組織半夜收聽偉大領袖的最新指示，也是人山人海，燈火通明。但是怎麼也比不上看槍斃人讓人興奮。

時近中午，一輛架著大喇叭的卡車，首先進了靶場，全場在大喇叭的帶領下，一起高呼口號，口號聲震得靶場中間的池塘都泛起了微波。緊隨著廣播車的是四輛敞篷大卡車，每輛車上有兩名被持槍民兵押著的死刑犯，每個犯人胸前掛著大牌子，牌子上寫著他的名字，名字被打上巨大的紅「×」。最後一輛車上還有一名女犯人。她的出現，引起現場內一陣騷動，飛亂的頭髮蓋住了她的臉，看不清她的模樣，只看見一張白皙的臉龐。八個犯人下車時，腿腳早已不聽使喚，被人硬生生地拽下來，再被人架起繞場一周，最後押到了長長的靶臺上，跪成一排，每個人身後站著一個行刑者。

此時，口號聲停了，全場突然變得格外安靜，遠遠地傳來行刑準備完畢的報告聲，報告結束後，四周更加靜謐，所有的人都迸住了呼吸，急待中，響起一聲命令。只見第一個行刑者，上前一步，舉起戴著白手套的手，白手套裡是一把烏黑的手槍，對準了跪著的人的後腦勺。瞬間，槍響了，那顆腦袋像球一樣彈起，又迅速聾拉下去，四肢開始掙扎，漸漸地，抽搐越來越慢，直到不再動彈。海生從小負責殺雞，割斷雞的喉管後，雞也會撲騰，等到它把爪子伸直，就是死了，眼前的場景，和殺雞有幾分相似。這時，行刑者老練地拿出一根細長的鋼絲，從死者的後腦的彈孔穿進去，然後來回捅著，坐在海生旁邊的浙江兵王銅再也忍不住，當即嘔吐起來，坐在另一端的班長，甩過來一記嚴厲的目光，迎著目光，海生趕緊一聳肩，表示「不是我。」

那一邊，槍決儀式依進行，最後一個是那女的，槍響之後，她向前一撲，倒在靶台的土坡下，身子仍在不停地扭動。

「打偏了」人群開始不停的議論，所有的眼睛盯著那將死未死的女人，只見行刑者走上去對著那女人再補一槍。槍響之後，所有的議論消失了，天空中連風聲也消失了，而那身體也不再扭動。

這時，民兵隊伍中突然騷動起來，一群人圍在了一起，然後有人從人群中擠出來，再然後，停在場外備用的救護車開進了場內。原來，有個女民兵昏了過去，這消息從靠近現場的人群中迅速散發，已經被刺激的不知所措的海生，聽到這消息更興奮了，原來，人真是可以嚇昏的！

中午午休時，梁海生、趙凱，還有李一帆湊到了一起，趙凱餘興未盡地說：「我看到最後那個員警開槍時，姿勢和別人不一樣，這小子，瞄準時頭是偏的，我當時就猜他打不死她，果然給我猜中了。」

「我不行，到現在還有些噁心，中飯我們班飯桌上的菜剩了一半，王銅一口都沒吃。」海生很不願意回想當時的場景。

李一帆不緊不慢地說了一句令人意外的話：「你們有沒有想過，

他們拉我們去，是殺雞給猴看。」

誰小時候沒見過路邊耍猴的人呢？聽了他的話，海生心裡一怔，雖然這話聽上去怪怪的，還有些反動，但是感覺有些與眾不同的道理。新兵連的幹部子弟中，李一帆就是個怪人。不僅因為他的軍帽不是戴在頭上而是扣在頭上，還因為他一開口總說些與眾不同的理。特別是他在新兵連的新年晚會上，朗誦了一首自己寫的詩，令梁海生佩服的要死。那可不是什麼人都能編的口號詩，一聽那句子就是有功底的，與他相比，海生的內心是一片荒蕪。在少年時代，差兩歲就有了代溝，大的不屑一顧，小的誠惶誠恐。兩年在學業上的差距，很可能有天壤之別，李一帆正好比他大兩歲，令海生有了誠惶誠恐的資格。

槍斃反革命現場會結束沒多久，梁海生又一次進入射擊場。這一次是實彈射擊，每個人 6 發子彈，他打了 57 環，趙凱比他多了一環，拿到了全連第一。這次是新兵訓練結束前的實彈考核，在這之後，他們就要去真正的連隊了。直到此時，他們才知道，一營的四個連隊全在上海市區執行偉大領袖的指示：「支持左派廣大革命群眾」，又簡稱「支左。」梁海生、趙凱、李一帆、瞿中倫分在二連，二連駐紮在市中心，離繁華的南京路幾乎一步之遙。

當兵當到南京路，海生沒理由不高興，在去連隊，也是去市中心的行軍路上，他像個快活的小鳥，不停地有問題要問來帶隊的老兵，把老兵問煩了，凶巴巴地說：「行軍不准說話，你不懂嗎！」

海生把嘴緊緊閉了三十秒，又張開，這次是對自己說：「這南京路應該是『好八連』連駐紮，怎麼是我們二連呢？」

過了一會兒，還是那老兵憋不住了，說了段令新兵梁海生永遠記住的話：「南京路是香花毒草叢生的地方，最容易被資產階級腐蝕，『好八連』在那，萬一出了思想作風問題，那不是給光榮稱號抹黑嗎。」

打小他就一直認為「好八連」和「南京路」，二者是連在一起的，現在才知道自己很傻，傻到兩個明明可以分開的東西，卻在自己心裡分不開來。緊接著，他盯著老兵的後脊樑又犯了一回傻，他懷疑這個老兵，就是人們說的那種部隊裡的落後分子。

（三）

分兵儀式是在一幢洋房的花園裡舉行的，據說這是一個資本家的房子，文革後，全家掃地出門，正好給「支左」部隊使用，這是幢俄式洋房，奶黃色的外牆，半圓形的紅瓦，窗門都好別致，院子很小，只有200多平方米，全連100多人站進去，就把它撐得滿滿的。分兵儀式又快又簡單，趙凱分到二排六班，李一帆分到三排七班，他們三個城市兵自然不能分在一起。梁海生就被分到了一排二班，總算他還有一點可以高興的，瞿中倫和他分在一個班。

「嗨，從火車上分座位開始，我們倆就註定拴在一起了。」海生朝他眨眨眼。

「我是沾了你的光，跟著你一直到大上海。」瞿中倫還是一慣不緊不慢地微笑。

二連的支左對象，是區裡的教育系統，也就是中小學校，瞿中倫和副班長一個組，到培新中學，梁海生和班長及另一個老兵一個組，去明光中學支左。

班長蔡光勇，江蘇武進人，和大哥津生同年，也確實像個大哥管著他，連每個月6元的津貼，都控制起來不許他亂花。

當他第一天跟著班長走進明光中學大門時，竟然聽到一排整齊的聲音對著他叫「解放軍叔叔好！」他整個人幾乎都蒙了，尤其是站在人群中的那些女生，一邊甜甜地叫「叔叔好」，一邊又交頭接耳地說：「怎麼這麼小？」羞得他都記不清怎麼走完從大門到辦公室這段路的。

文革開始後，根據偉大領袖的指示：「工人階級要佔領上層建築。」大批工人和軍隊組成的隊伍，開進了大、中、小學和科研單位，宣傳馬列主義，毛澤東思想，監督知識份子接受工人階級改造，這批人，史稱「工宣隊」，「軍宣隊」。

轉眼間，昨天還是中學生的海生，今天搖身一變成為一名參與學校領導工作的「軍宣隊」員。更有趣的是，在「工宣隊」，「軍宣隊」聯合工作會議上，很嚴肅地分配他去管紅衛兵團工作。紅衛兵團裡的一幫負責人，全是應屆畢業生，正好和他是同屆的，70屆。不久前的他，還是個調皮搗蛋的落後學生，現在呢，用他在給東林的信上的話形容，就憑這一身軍裝，混成了一個「人模狗樣」的領導。打小就害怕領導，更害怕當領導的海生，只能硬著頭皮去接受一個領導的頭銜。且不管梁海生之輩懂不懂馬列主義，毛澤東思想，對他來說，支左生活和枯燥的軍營生活比起來，當然是好玩的不知有多少倍。僅僅是每天兩次從「大世界」門口走過，他心裡就有一種跳躍般的衝動。因為這是上海唯一留在他幼年記憶中「白相」的地方，由於文革，它現在被貼上「封、資、修」的標籤而關閉了，每次路過它，他都會用手去撫摸它粗糙的外牆，或者跳起來，透過緊閉的窗戶向裡探望。為此，他不知被走在身後的班長批評了多少次。

沒多久，他已經和一幫紅衛兵團的學生幹部混熟了，為了讓他們接納自己，他毫無保留地交待了自己和他們不僅是同齡，同屆，還同樣是上海出生的人。他一有空就混到團部小小的辦公室裡，門一關，大家都是一般大的，他們叫他小梁或者小解放軍，他都不在意，他喜歡看這幫紅男綠女爭吵，打嘴仗，說著脆脆的、酸酸的上海話。比起大院裡的孩子，他們更有趣，懂得也多。在這個小世界裡，他們是表演者，他只是旁觀者。有時，他也會跟著他們一起溜到隔壁寧海路上，吃五分一碗的陽春麵，一毛一碗的小餛飩，他壓根兒沒想過要建立什麼威信，在他年輕的心裡，威嚴是個毫無趣味的字眼，怎麼比得上開心重要。在「自尊」這個對東方人無比重要的字眼面前，他還是個很遲鈍的孩子，也許等到將來腦子裡裝得東西多了，遲鈍少了，他會對威嚴另眼看待。

青春初臨的人們，最喜歡給周圍的人配對，其實是因為他們私下常常給自己配對所致。團部這群男女把最安靜，最「木兮兮」的女孩子和梁海生配成了一對。起因是這女孩有一天說，小梁人老好的，從來不板面孔。兩人的關係就此被大家定了。每當大夥拿他倆開玩笑時，梁海生就裝作很大度的樣子，坦然一笑。這個昔日在大院被女孩子瞧不起的梁老三，現在能被人配對，怎麼也算烏鴉變鳳凰了，人一得意就會大度。偏偏是那女孩子對這個好欺負的小解放軍真有了幾分好感，每當他來到團部，她都忙著給他端茶倒水，弄得他好不尷尬，不是因為他害怕違反紀律，而是此時，在他心裡悄悄喜歡上了另一個女孩子。

他第一次遇見她是初到學校不久，人生地不熟的他正好在團部門口和她打了個照面，憑多年壞孩子的直覺告訴他，眼前這個優雅，沉穩的女生，一定是個學生幹部，他笨拙地，卻又裝作很有禮貌地問她：「你好，你們團長在嗎？」

「你找她呀，到那一間問問。」她一開口，一種很甜美的聲音瞬間化入他的心裡。

海生的臉一下就紅了，急忙說：「不好意思，我以為你也是紅衛兵團的。」

「沒關係。」她優雅地一轉身，擰開了另一邊播音室的門，臨進去時，悄悄地朝他抿嘴一笑。那乍現即逝的頑皮，當時就把海生釘在了那扇門上，這個貌似拒人千裡之外的女孩身上，隱藏著一種親切的，仿佛是他一直在想往的東西，令他突然有了想和她接近的欲望。

明光中學有兩個名氣很響的女生，一個是風風火火的紅衛兵女團長，還有一個就是把海生電的神魂顛倒的學校播音員－丁蕾。每個學校的播音員，幾乎都是校花，丁蕾就是明光中學的校花。她是那種不豔麗，卻天生能攝住人心的美人胚子。除了長得標緻，她身上還散發著一種清澈，純靜的氣息，這種氣息能讓人的內心隨之一塊明亮，後來，海生才知道這種氣息叫做「優雅」。

人就是這樣怪，如果海生還是個 70 屆的在校生，一個塵埃般的人物，丁蕾那一笑，是絕對電不到他的，然而，他現在有了一身的光彩，自信心也隨之膨脹，竟有了膽對優秀的女生動心思。一連幾天，他都難忘那一瞥中的偷笑，她那「頑皮的一笑」就像一組密碼，他無法破解它，卻又深深的癡迷它。如果每一個人的青春期都是被喚醒的，那麼丁蕾就是喚醒他青春的使者。她使海生突然發現生活中的另一個視窗，另一類陽光從那照了進來，雖然只是一抹，卻通透了全身。

丁蕾雖然身處重要崗位，但她卻不是紅衛兵，更不能成為學生幹部，原因很簡單，家庭出身不好，她父親是資本家的兒子。在紅色年代，紅衛兵組織不允許黑五類分子的子女加入。但是，丁蕾小時候是少年宮的報幕員，論嗓音和普通話，全校幾千人沒人比得上，播音員自然非她莫屬。此外，能讓學校革命委員會的革命意識出現小小的短路，讓她通過政審成為播音員，也許和她甜美，文靜的氣質有關。

梁海生沒費什麼力氣，就把丁蕾的身世弄得清清楚楚，自此，他最喜歡做的工作就是把校革委會的稿件拿去廣播室交給她唸。每當有這種機會出現，他就可以冠冕堂皇地站在她身旁，一直等到她唸完。因為，校革委會的稿件，好歹也沾了政治的邊，萬一唸錯了，他可以立即糾正，否則就是政治事故，甚至會是反革命事件。

聽丁蕾唸稿件，實在是件妙不可言的事，那柔和的聲音既悅耳，又有韻律，輕輕地從海生心上滑過，又消失在一個遙遠的不可知的地方，與它一同消失的，還有他的靈魂。這時的海生，還沒什麼「邪唸」，也沒學會如何和女生搭訕。是那種一和女生說話就會臉紅，對熟悉的女孩又口無遮攔的男孩。不攀談也無妨，能有機會聽她唸稿，他就很滿足。當然，他也很想和她套近乎，把憋在心裡那些沒頭腦的話說給她聽，只是他張不了口，又是解放軍身份，又是異性，他肚子想說的，又盡是些端不上檯面的東西。

軍宣隊裡有個規定，監督播音時，必須把播音室的門打開，免得關上門，裡面發生什麼事會被別人誤解。這個規矩，反倒幫了他的大忙，那天，海生在監督丁蕾唸稿件，樓道裡一陣疾風吹進，把放在桌上的稿件掀落了一地，無法停止唸稿的丁蕾只好用眼睛示意他，海生一見，閃動身形，左高右低飛快地把散落在地上的稿件都撿了起來，一數，獨獨缺了第三頁，他看了一圈，才發現那一頁正好被丁蕾踩住了，他蹲下身去撿，卻被下一個動作難住了，因為播音的時候，旁邊的人不能說話，他不知道怎樣告訴她把腳挪開，不知是該敲她的腳呢，還是拉她的腿，這事要是站著的是顧青，顧紅，他一把就把她們推開了，可眼下，偏偏是不敢造次的丁蕾，三思之後，只好拽了拽她的褲腳，等她把腳抬起，趕緊拾起那張紙。丁蕾這時正好唸完第二頁，急忙去拿他手上的第三頁，不知怎地就抓住了他的手，她慌忙丟開，隨後又害羞地看了他一眼，海生見了，心裡忙不迭地說了無數個「沒關係」。

稿件唸完後，海生默默地按程式收好文件，正準備離開，丁蕾叫住了他：「剛才麻煩你了，謝謝。」

「沒關係。」被表揚的海生，靦腆又強裝瀟灑地離開了。有件事，說出來也不坍檯面，這麼多天了，他都不知道如何把自己的名字告訴她。

反倒是這天以後，丁蕾在梁海生面前拆除了矜持的籬笆，總是主動的和他打招呼，兩人之間的話也多了起來。

「梁同志，」丁蕾很坳口地稱呼他。

「你叫我小梁就好了，或者直接叫梁海生也行。」總算完成了告訴她名字的重大任務，海生心裡如釋重負。

「為什麼叫海生，難道你生在上海？」

丁蕾曉得了他的名字後，繼而曉得了他是生在上海的城市兵，並且，是個和自己同屆的小解放軍。女孩子到了她這個年齡，身邊總少不了獻殷勤的，尤其像丁蕾這樣的，從同學到老師，到工宣隊，想和她套近乎的大有人在，既使在這個禁欲的年代，也無法阻止愛美之心人人有之。見過各種臉面的丁蕾，面對走近的海生，心裡一點都不怵，反倒是對他靦腆的氣質有幾分著迷。

禁欲年代的男孩子呢，一半以上是靦腆的，但靦腆又各有千秋，有的是茫然的，有的是做作的，有的是不知所措的，有的是想的太多的。而海生的靦腆是天生的，是一眼就能清澈見底的那種。這樣的男孩子是無須防範的，兩人熟了後，丁蕾會大大方方地叫著：「小梁，麻煩你一下……，」看著他屁顛屁顛去辦了，回來時，給他一個燦爛的笑臉。有時兩人碰上了，會並肩走上一段，像老朋友似地說幾句無關緊要的體己話，這個狀態下的海生，美感四溢。

然而他沒想到，他和丁蕾這點小小的友誼，早已被同伴們捕捉在眼裡，在軍宣隊的內部會議上，那個老兵明確的批評他往廣播室跑得太勤，並冠以「有思想問題苗子」的帽子。這時，所有參加「支左」的軍人，內部第一戒律就是「拒腐蝕，永不沾」，嚴防被資產階級的「糖衣炮彈」打倒，嚴防的第一步，就是把「思想問題的苗子」消滅在萌芽之中。

班長蔡光勇也一改往日的笑臉，嚴肅地說：「小梁，你年級雖小，又出生紅色家庭，還是要防止被資產階級的香花毒草熏倒。」

多年後，海生才懂得「花不迷人人自迷」的道理，可眼下，他被兩個老兵講得臉紅心燥，似乎自己已經成了一個階級立場不穩的人，如此大是大非問題面前，他豈敢怠慢，當即挺著胸脯保證，自己決不會被資產階級的「糖衣炮彈」打倒。

文革是個群體瘋狂的年代，當你處在一個群體裡時，個人的情緒就會隨著群體水漲船高，當群體有人指責你時，你就會竭力改變自己，生怕成為群體的落後分子，被群體拋棄。

（四）

轉眼到了四月底，為了迎接紅五月的到來，全市展開「刮紅色颱風」行動。簡而言之，「刮紅色颱風」就是打擊流氓阿飛等一切妨礙社會治安的行動。上海這個城市就是怪，你說全國人民都在忙著參與把無產階級文化大革命進行到底的光輝運動，偏偏在上海灘有些人逍遙自在，無事生非地愛穿喇叭褲、小腳褲、高跟鞋、燙著飛機頭、大包頭，乘著夜幕，成雙成對在外灘、人民公園、南京路……等無產階級土地上，摟摟抱抱，更有甚者在公園的角落裡做出苟且的事來，這些人，當然要讓他們嘗嘗無產階級的鐵拳。

行動定在四月三十日晚上九點正式開始，全市所有的工宣隊，軍宣隊，員警和基層幹部聯合出擊。明光中學地處大世界和八仙橋之間，1949 年以前，這裡是著名的紅燈區，至今還有暗娼出沒，因此，區裡的「紅色颱風」指揮部，就設在學校裡。到了九時整，參加「紅色颱風」行動的數千人，浩浩蕩蕩從這裡出發，奔向大街小巷。

當晚，凡是穿著奇裝異服行走在街上的男男女女，都會被押送到指揮中心來，手拿剪刀或剃頭推子的工宣隊員，會毫不客氣的把燙成各式各樣髮型的頭顱們，直接推成光頭或陰陽頭，高跟鞋底統統被敲掉，最慘的是穿著喇叭褲、小腳褲的男女們。大剪刀毫不客氣就從褲腳處一直剪到大腿。尤其是那些女的，一剪子上去，露出雪白的大腿，令圍觀的人個個眼裡放出光來，就快到了神魂顛倒的地步，還好大家都是革命隊伍裡最堅定的一群人，換了國民黨、小日本、場面早已兩樣了。

這種火爆的場面，軍宣隊是不允許參加的，他們只負責在旁邊登記身份和批評教育工作。當一個年輕妖嬈的女人被剃了陰陽頭，剪開褲腿後，索性露出大腿坐在地上嚎啕大哭，海生在一旁怦然心動，他不知道該往哪看，此時眼睛已經不聽使，還好有街道阿姨在場，上去把那女人拖了起來。

「紅色颱風」一直刮到半夜兩點才結束。送走了指揮中心的頭頭們，回到辦公室，興奮無比的工宣隊師傅和軍宣隊戰士還在談論各自遇到的精采故事，蔡光勇乘機教育梁海生：你看到了吧，資產階級腐朽思想就藏在我們身邊，所以，我們一定要提高革命警惕。說者無心，聽者卻是有意，此時的海生，腦子裡還盤旋著那女人雪白的大腿，被班長一說，臉上不禁一紅，他以為自己的心思被別人逮到了。

正在這時，丁蕾興衝衝的出現在辦公室門口，一見滿屋子都是人，急忙退了一步，站在門口朝海生眨眨眼，示意他出來。今晚她在廣播室負責廣播找人工作，所以，一直忙到現在沒回家。海生看見她的眼色，立即抬腿往門口走，才走了半步，又停了下來，他本能地感到班長和那個老兵都在背後注視著他。這時，和海生一塊分管紅衛兵團的年輕工宣隊師傅說：「丁蕾，你進來吧。」丁蕾雙手背在身後沒動，只是用眼神急急地看著海生，海生臉上掛著幾分窘迫微笑走了過去，丁蕾急忙把背著的手拿出來，只見兩隻小手，一手抓了個熱乎乎的大包子，她往海生手裡一塞說：「燙死我了，」跟著就想走。海生懵裡懵懂接下兩個包子，猛然想起自己才向班長他們做的保證，覺得這兩個包子不能收，一句半真半假，半開玩笑，卻是要命的話飛出了口。

「這是糖衣炮彈，我不要。」

轉身欲走的丁蕾，臉色刷地一下由腓紅變得慘白，她恨恨地看了一眼還在乾笑的海生，掉頭狂奔而去，生怕被那些人看見自己不爭氣的淚水。海生在門口楞了好一會才回到屋裡，手裡兩個包子像被貼上壞東西的標籤一樣，死氣沉沉被拿捏著。

「我不要，她一定要給我。」海生表情委屈地向班長解釋，心裡卻空蕩蕩的。

工宣隊長老姚師傅笑呵呵地說：「小梁，你的警惕性太高了，這是街道裡送來的夜宵，是專門犒勞我們的。」

海生一聽，心裡更難受了。在說那句話之前，他只想到自己的處境，話一出口，他就知道傷害了丁蕾。在革命年代，每個人都得承受革命的壓力，而表現革命的方式，往往靠比別人更革命的表演，這種表演的結果，必定會傷害到他人。

梁海生，這個半年前還不問政治，不懂人情世故的 16 歲大院子弟，自從跨進革命隊伍，就被革命潮流引領著往前走。在這個隊伍裡，他一直是被指責角色，這些指責使他不敢怠慢自己身上的壞毛病。每當新一天開始，他都希望自己的行為不再被別人指責，在這樣的壓力之下，一個初出茅廬的孩子，只能用幼稚的頭腦，指揮他去做「偉大的行動。」

如今，當他為自己的行為後悔時，沒人會告訴他如何才能抹平對她的傷害。在一個私人傷害只是微不足道的偉大時代，人性已經成為流浪漢，被冰冷地拒之門外。幸好，在海生浮淺的內心，還隱藏著一個他獨有情鐘的座右銘，那就是初讀《紅樓夢》後，留在他腦子裡的唯一一句話：「男人是泥做的，女人是水做的。」

隨後的幾天裡，他天天都去播音室，用了很多方法，希望能換來她一個笑臉，那怕像兩人初次見面那樣，偷偷地一笑也行，然而，丁蕾始終面若冰霜。可憐他一個站在岸上的革命公子，又怎能理解掙扎在水中的她對世事的敏感和忿恨。他竭盡了全力也無法把她封閉的心門再次打開，到後來，他已經不期待她的原諒，只希望她能給他一個機會，讓他真心說一聲：「對不起。」這樣他就能放下心裡無法承受的沉重，答案卻依然是絕望。丁蕾用完全視而不見的方法對待他，以致於他後來都不敢進播音室的門。

在差不多認識丁蕾的同時，海生還結時了明光中學的另一人「怪人」，一個患過小兒麻痹症，走路需要柱著單拐，戴了一副鏡片厚厚的眼鏡，背走家庭出生不好的十字架的音樂老師。每天 7：30 分，他穿著一身永遠不變的藍中山裝，一拐一拐地走進學校，再一拐一拐地從一樓走上三樓的音樂室，音樂室的門總是在他佝僂的背影後又緊緊地關上，幾分鐘後，悠揚的琴聲在期待中響起，飄蕩在樓道裡，直至整個大樓。

他姓謝，30 多歲了，還是單身，沒成家不光是腿的原因，更多的是家庭的原因。謝老師總是把自己關在音樂教室裡，除了關不住的琴聲，和外界沒有更多的接觸。讓海生著迷的最先不是他的琴聲，而是他的殘疾和他的孤僻。每當他從海生眼前走過，海生都會想，這謝老師一定是個有很多故事的人。

最初，他嘗試著每次見面時都和他打招呼，好在他現在有底氣和別人打招呼了。甚至在樓梯遇見到，主動去扶他一把，雖然被他笑著拒絕了，但兩人之間互相有了好感。後來，他去聽他的音樂課，坐在最後一排聽他講解音樂樂理，謝老師總會給他一個親切的微笑。

海生曾私下推測謝老師彈的都是被批判的東西，所以才把門關得那麼緊，因為文革開始後，除了少數革命歌曲，其餘的曲目全都列入「封、資、修」行列。包括曾經的革命歌曲。如膾炙人口的「洪湖水，浪打浪」，所以，除了耳熟能詳的那幾十首革命歌曲之外，任何陌生的曲子都會讓人起疑。後來，他才知道謝老師彈的都是練習曲，顧名思義，為練習所用。資產階級要練習，無產階級也要練習，因此沒人干涉。其實，海生知道了其一，並不知道其二，練習曲裡依然有許多世界名曲。

梁海生屬於那種由於隔絕製造出來的音盲，一旦謝老師的琴聲流進了他的心裡，他的心扉一下就打開了。和丁蕾鬧僵後，終日迷茫的他每當謝老師練琴時，悄悄地坐在琴室的一角，去感受從另一個角落裡傳來的音符的洗滌。也只有這恍若隔世的琴聲，才能使他忘卻淤積在胸中的憂鬱。

（五）

就在海生沉浸在音樂洗滌的日子裡，傳來一個壞消息，瞿中倫突然在工作中暈倒了。經醫院檢查，證實他患的是顱內積水，他和瞿中倫雖然同在一個班裡，但各自早出晚歸，見面也只有打個招呼的功夫，處在粗糙人生階段的海生，壓根忘了他的病，晚上回到班裡，發現他的鋪位空了，才知道人已經送進了醫院。第二天是週末，班長蔡光勇叫上梁海生，一同去醫院看瞿中倫。

一路上「顱內積水」四個字，一直在海生心裡煩著他。記得自己過去常常被大人們指責「腦子裡進水」，就是和顱內積水有關係嗎？他越想越恐懼，便問旁邊的蔡光勇：「顱內進水就是腦子裡進水，對嗎？」

「對，」班長乾脆的回答。說完又覺得不妥，補充道：「也不全對，因為還可以形容一個人很笨。」

聽了他的補充，海生總算舒了一口氣，又問：「這個病嚴重嗎？」

「據說暫時還沒辦法根治。」

進了病房，剛抽完積水的瞿中倫臉色蒼白的躺在床上，看見他們來了，臉上露出勉強地一笑，張嘴說了些什麼，海生全沒聽清，總是感謝之類的話吧，寒暄過後，班長突然問他：「你這個病，在家時就得上了，是嗎？」

「是的，但不知道是顱內積水。」瞿中倫略帶羞澀地回答。

蔡光勇繼續問：「那麼，你怎麼能通過體檢呢？」顯然，他今天來，是帶著任務來的。

「體檢時，我沒說我有這個病，他們也沒查出來。」瞿中倫蒼白的臉窘得起了紅潮。

「按規定，你這個病是不能當兵的，」班長深深地歎了口氣說：「你先好好養病。身體第一，有什麼事，等病好了回來再說。」

一直沒說話的海生，聽到這裡，也聽出些端倪來，原來，連裡已經懷疑瞿中倫是隱瞞病情才當上兵的。作為瞿中倫病情最早的知情者，他自然同情瞿中倫的處境，也為他的前程擔心。就在他胡思亂想時，班長已經起身，準備告別了，海生這才想起什麼都還沒問沒說呢，他傻兮兮地跟著班長走到門口，瞿中倫叫住了他，從枕頭底下摸出一封信，有氣無力地說：「這封信剛寫好，我身邊沒郵票也沒信封，麻煩你按上面的地址幫我寄出去。」

「小事一樁，包在我身上了。聽說醫院伙食很好，真羨慕你能天天吃好東西。對了，好好把身體養好，你瘦多了。」海生扒在他床邊，一口氣說了好幾個意思，也不管對方聽明白了沒有，一聲「再見」時，人已經走到門外了。

回去的路上，蔡光勇突然煞有介事地問：「你有沒有寫入團申請書？」

「寫了，半個月前交給團小組長了。」

「好好表現，做出點成績來，爭取早日入團。」

「是，我會努力的。」海生乾巴巴地應了一句，就沒了下文。

如果換了一個人，這種情況下一定會說：「請班長給我提寶貴意見之類的話，」到了他這呢，壓根想不起來說。大院子弟，永遠也養不成見風使舵的好習慣。

即使這樣，沒接上話茬的班長還是自己說了對他的看法：「小梁，你要注意克服幹部子弟為所欲為的壞習慣，虛心接受別人的批評，尊重老同志，搞好團結……。」

蔡光勇是團支部的副書記，豈能不知道海生有沒有寫過入團申請書，他這番談話，是代表團支部考核梁海生。他在團支部會議上力薦梁海生入團，甚至把他如何處理與女學生的關係，來證明他是如何自覺抵制外界的香花毒草誘惑的。為此，團支部將在下個月的大會上討論梁海生的入團申請，如果通過，他將是三個幹部子弟中第一個入團的。

「是，我一定做到。」海生的回答還是一句話。他接受教育的態度，永遠停留在對付老爸老媽的水準上，左耳朵進，右耳朵出。

如果他知道班長此番談話的意圖，肯定會多說兩句，當然，如果他知道自己被推薦入團是得益于他對丁蕾的無禮，他真希望能用不入團來換回丁蕾的友情。

回到駐地，梁海生拿出瞿中倫交待的信，找出信封、郵票、寫好地址，臨把信塞進信封時，好奇地把信打開念了一遍。信是寫給他的大弟弟的，一封普通的家信，唯一引起海生注意的是，他問上次給家裡寄的一套新軍裝收到沒有，海生這才恍然，怨不得這傢伙老是穿一套軍裝，換洗的時候很彆扭地把冬裝穿在身上。他把信重新折好放進信封，正要封口，腦子裡忽然冒出個念頭，他掏出自己的皮夾，找出兩張折的整整齊齊的五塊錢，放進了信封裡。這兩張五塊錢，一張是臨參軍前老媽給他的，另一張是小腳老阿姨悄悄塞在他手上的，他一直沒捨得花，藏到現在。

他把信封好，高高興興地交給連部通訊員，正要走時，通訊員叫住了他：先別走，這裡有你的一封信和一個包裹。他連忙領了，蹦蹦跳跳跑回宿舍，打開一看，信是大個寫的，撕開信，裡面竟掉出 20 塊錢，仔細讀信才知道，大個托他買一雙白色的回力球鞋。回力球鞋是全國最有名的運動鞋，上海生產的，厚厚的鞋底，高高的鞋幫，穿上它打球，感覺忒棒。尤其是全白色的，男生穿在腳上又帥又有型，很招女生青睞。因此，有個別名叫「大白」。大個還在信上說，看到顧紅了，她參加了某軍的毛澤東思想演出隊，到他們營區來演《智取威虎山》，她在裡面演小常寶。

「你的百靈鳥很招人喜歡，你可得把她看緊了，別讓她飛了。」大個在信上不忘戲弄地說。再看包裹，上面的字蒼勁有力，猜不出誰寫的，他疑惑地打開，裡面是一個精美的筆記本，菲頁上寫著：

送給小三子解放軍。下面的簽名是：中山陵 8 號全體大朋友。裡面還夾著李秘書的親筆信，雖然也是套話，但讀來令海生興奮不已。

寫信和等待回信，對初離家門的人是最溫馨的事情。記得剛到部隊，海生一口氣寫了七封信，然後就天天盼著誰是第一個回信的人。結果第一個回信的是距離最遠的大哥，第二個是孤零零的韓東林，最後一個回信的是大個，這個懶蟲，在一封信上寫了他和朝陽兩個人的名字。一個人到陌生環境，最溫暖的一刻就是收到來自故鄉、故人的書信，記得幾個月前，海生突然收到顧紅媽媽譚阿姨的一封信，也像今天一樣，令他感動了好一陣子。

話說回來，為了大個的「大白」，他專門請假去了趟「一百」，很容易找到了「大白」，可一看價格，要 27 元，而他口袋裡只有大個寄來的 20 元錢，心裡不由得犯愁了。心想，這小子，早一天寄信，自己就無需發愁了。

海生天生是個為朋友兩肋插刀的脾氣，他想到大個拿到由他寄來的「大白」那副得意洋洋的樣子，自己先得意起來。連著幾天，心都被這事拴著。一天，在辦公室抹桌子時，無意中看到桌上有個敞開的錢包，包是同屋辦公的學校裡管人事工作的張老師的，包口處可看到一個紅色的皮夾子，它是那麼顯眼，海生忍不住就把它打開了，一看，裡面的幾張拾元的大鈔，他不加思索地就抽出一張，再把皮夾子原封不動地放了回去。

當天晚上熄燈後他躺在床上怎麼也睡不著了，對「偷」這個字，他並不陌生，也不反感，相反，很刺激。以前，他掏過老媽口袋裡的皮夾子，從裡面悄悄地拿些零錢去買東西吃，但從沒拿過 10 塊錢，這個數額太大了些，而且還是陌生人的，他躺在那，苦苦地泡制了一個明天如何把錢放回去的計畫，才昏昏睡去。

第二天，一到學校他就躲進紅衛兵團團部裡的小屋裡，等待著張老師上班後，不著痕跡地把錢放回去。這時，班長匆匆走來，把他叫到樓道的僻靜處，問他昨天的活動過程。他這一問，把海生驚出一身汗來，他胡亂編了一套說給蔡光勇聽，對方竟然全信了，隨後，還神秘地把昨天辦公室丟錢的事告訴了他，並叮囑他：很可能是有人乘辦公室裡沒人時，偷偷進來做的案，今後千萬要提高警惕性。在蔡光勇心裡，根本就沒懷疑過梁海生，這個幹部家庭出生的小兵，平日裡大大咧咧的，怎麼也不應該是他。

班長走了，海生倒是沒軸了，事到如今，錢已經不可能放回去了，他索性把心一橫，買了一雙鞋給大個寄了過去。這樣，好心情和壞心情可以摻和一下，免得自己太沉重。從來就以壞孩子出名的他，也不是第一次做壞事，再說，他們也沒有懷疑到自己頭上。他每天照例去聽謝老師彈琴，稍有不同的是，在鋼琴的旋律中，常常會飄浮著一隻紅色的錢包，或遠或近、若隱若現，每當這時，他就用一聲冷笑將它驅走。

但是，事情並沒有結束。不久後，連隊按上級規定，返回大本營一周，開展「兩憶三查」運動。部隊請來了老工人，老貧下中農回憶 1949 年之前的苦難生活，和當年地主資本家如何欺榨他們的親身經歷。期間，幾個城市兵第一次吃了用糠和豆腐渣捏成的憶苦飯團，海生和趙凱硬著頭皮吃了下去，李一帆咬了一小口，怎麼都嚥不下去，只好乘人不注意丟掉了。運動到了最後階段，叫做聯繫實際「狠鬥私字一閃念」。通過前幾天全方位轟炸式的教育，此時所有的人腦袋都被清洗了一遍，每一小時，每一分鐘都有人一把眼淚，一把鼻涕地深挖自己頭腦中的私心雜念。班裡有個河南兵，叫胡連營，流著淚挖出了自己被資產階級思想腐蝕的故事。

他說，自從到了大上海，覺得城市處處美麗，姑娘個個長得像仙女似的，他開始討厭自己的土氣，尤其是自己兩個門牙，不僅齜到了嘴唇外面很難看，並且上面長著很顯眼的黃斑。為了去掉黃斑，他買來各種牙膏，一天刷四、五次，依然無法改變。後來想了個辦法，用刀刮。說到這，他應別人的要求，露出門牙展示給大家看，結果是黃斑還在門牙上，但門牙離開牙床的日子，似乎已經不遠了。

就這樣，連部覺得他的對照檢查能觸及靈魂，讓他在全連大會上再說了一遍，算是神氣了一回。班上還有個戰士，揭發自己私心雜念嚴重，愛占小便宜，偷偷拿梁海生的肥皂洗自己的衣服。其實，海生早就察覺有人用了自己的肥皂，只是沒往心裡去。此刻說了出來，海生也無暇追究，因為，他自己正處在難熬的矛盾中。

「兩憶三查」運動，在後人看來，一定覺得很土，很逗，像個廣場劇。但是，當你身臨其境，眼看所有的人一絲不苟地，非常虔誠地登上這個舞臺批判自己，你就不會覺得可笑了。相反，充斥在你四周的「悔恨」，「自責」的氣氛，會引導你自動尋找內心的醜惡。此時的梁海生就是這種心情，原來躲在記憶角落裡的紅色皮夾子，現在無時無刻不在眼前晃動，到了最後一天，他終於崩潰了。

最後一天，班務會剛開始，他就要求發言，班長同意後，他又半天不開口，反倒是眼淚止不住往下淌。這些天，大家見怪了眼淚，蔡光勇以為他被憶苦大會上的階級仇、民族恨感動了，便叫副班長主持會議，自己把梁海生叫到儲藏室裡個別安慰。沒想到他一安慰，梁海生反而嚎啕大哭起來。好一會平復了，這個還不到 16 歲的小兵從口袋裡拿出了 10 塊錢，一五一十把偷張老師錢的事全交待了。

蔡光勇沒想到這個 16 歲的小兵心裡還藏著這麼大的秘密！辦公室丟錢的事，他曾經向黨支部彙報過，黨支部也討論過會不會是內部人員作案，並把懷疑重點放在另一個老兵身上，唯獨沒把梁海生考慮進去，誰會想到是他呢！海生這會一坦白，反倒是蔡光勇慌了手腳，他讓海生回去寫一份檢查，把事情從頭到尾寫下來，自己匆匆到連部彙報去了。

海生垂著頭回到班裡，連有人叫他都沒聽到，直到對方拍了拍他的肩膀，他才從恍惚中抬起頭，一看，是瞿中倫。他勉強地笑了笑說：「你怎麼回來了，好了嗎？」「暫時沒事了，你看我精神不是很好嗎。」瞿中倫也是勉強一笑，笑得比海生還慘然。

這個時代，每個人都在飛快地進步，住在醫院就意味著和時代脫節，五好戰士、入黨，這些都不會有份。躺在病床上的瞿中倫，忘不掉自己肩負著全家人的希望，一天也不願意在醫院多待，病情剛有些好轉，就要求回連隊了。

「你還好嗎？」他發現平日裡從不發愁的梁海生，今天的情緒不對。

「班長叫我寫檢查呢。」

瞿中倫一回到連隊，就發現人人都在寫檢查，所以也沒在意梁海生的話。

這時，班長回來了，看見瞿中倫，他不禁一愣，匆匆問了他的病情，就叫上樑海生，一同去了連部。走進連部，排長，連長，指導員全部一臉嚴肅地坐在那，預想的場面總算見到了，麻木的海生反而有一些輕鬆。他按吩咐坐下，機械地回答著對面幾個人的提問，然後再機械地聽著他們對自己的批判。其實，從他把偷錢的事從肚子裡倒出來的那一刻起，他和「偷」就再也不會沾邊了，批判教育除了能讓他臉紅，沒有任何實際意義，此刻的他，還是那個老毛病，一個耳朵進，一個耳朵出。幸好他手上還有一個筆記本做掩飾。

「你要有思想準備，接受組織上給你的處分。」

指導員最後的這句話，他總算聽進去了，他一直害怕聽到這句話，現在聽到了，心裡的恐懼反而消失了，他又想起，自己這張白紙上總算有了污點，這個污點應該點在哪兒更合適呢？最好還是角落裡吧，不顯眼，最要緊的是不要給丁蕾看到。

當天下午，班裡專門為他開了個非常嚴肅的思想幫助會。指導員親自坐陣，所有的人表情嚴峻，令他想起那次「生日事件」，空氣也是這般凝固，唯一不同的是，這一次，沒人冤枉他。

他再次把自己偷錢的事複述了一遍，每一次複述產生的化學作用，都在他腦子裡落下強烈的印記。一直都不知道發生了什麼事的同志們，這才恍然大悟，原來梁海生是個「小偷」，不管是初犯，還是屢犯，小偷就是小偷，有這種行為的人，離階級敵人的陣營就不遠了。這種事情發生在二班，當然「士可忍，孰不可忍」。班裡的人輪流向梁海生的行為和思想根源開火，有的是輕武器，有的是重武器，能用的彈藥全用上了。全班 10 個人，除了他，從第一到第八個都明確表示他必須接受處分，當第一個人嘴裡蹦出「處分」兩個字後，他就豎起了耳朵，說的人越多，心裡越發毛，他開始覺得，「處分」絕不是白紙上的一個小小的污點，而是一灘大大的污漬。

最後一個發言的是今天剛回來的瞿中倫，他有些膽怯地望了眼指導員，然後鼓足了勇氣說：「今天以前，我一直認為梁海生同志是個善良單純、助人為樂的好同志，我住院之前，團小組專門指定我考察他，沒想到在他身上發生了這樣的事情，這是他的恥辱，同時也給我們班裡抹了黑，但是，我還是希望組織上不要處分他。我這裡有一封信，」說到這，他從口袋裡掏出一封信交給了班長，然後繼續說：「這是我剛剛收到的一封家信，信上說，收到了我隨信寄回去的 10 塊錢。實際上我沒寄錢回去，當時我正住院，那天班長和小梁來看我，我請小梁幫我把信寄出去，如果我猜得不錯，是他放了 10 塊錢在裡面，他從來沒有和我說，大概班長也不知道。雖然他現在犯了錯，我還是非常感謝他的幫助，這就是我請求連隊領導不要處分他的理由。」

他說完，房間裡一片死寂，大家都不知所措，坐在中間的指導員問梁海生：「小梁，你自己說，這錢是你寄的嗎？」

海生被瞿中倫的發言鬧了個大紅臉，他是那種受了表揚比挨了批評還難受的人，低著頭，吞吞吐吐地說：「那天，他讓我幫他寄信，我想起他說過家裡很窮，經常斷糧，現在他又生病了，我想幫幫他，就放了 10 塊錢進去。」

「這事我作證，當時瞿中倫給他信時，我也在場，只有一張信紙，連信封都沒有。」班長蔡光勇補充道。

指導員最後做了總結性講話，他說：「一個寄錢，一個偷錢，同時發生在梁海生身上，令人又愛又恨。小梁啊，你真糊塗，這說明你是個很不成熟的戰士，無產階級世界觀還沒形成……。至於給不給處分，要等黨支部開會研究後再決定。另外，今天的會議內容，二班同志不許到外面亂說，誰說誰負責。

第二天，趙凱來了，把海生叫到營房外的小河旁，當面數落他：「你小子犯傻啊，前天問我借了 10 塊錢，就為了這事啊，你當時若告訴我原因，我怎麼也不會讓你去交待。」

「你都知道了？」海生驚奇地問。「昨天在會上，指導員專門說了不許到處亂說。」

「說你傻，你還真傻，這種事還能瞞得住嗎，這下我們幾個幹部子弟的臉都沒地方擱了。」

「沒想到那麼嚴重，李一帆也知道了？」海生很想知道李一帆的評論。

「肯定知道了，」趙凱接著又說：「我們班裡幾個河南兵在議論，說連隊領導肯定不敢處分你，因為幹部子弟上面都有人罩著，我聽了直想笑。」

本來就被處分弄得提心吊膽的海生，聽了趙凱的話，更是六神無主。他知道老爸在警備區有老戰友，但從來沒主動聯繫過。

「兩憶三查」很快結束了，說來也怪，成了被別人戳戳點點的人物後，海生憑生第一次有了一種大徹大悟的感覺，他覺得自己彷彿從一個原始的盒子裡走了出來。在這個盒子裡時，他可以為所欲為，打鬧嬉笑，惹事生非，甚至更出格的，如偷紅薯，偷看女孩子洗澡，一旦走出來，外面的世界光光亮亮地照著他的每一寸肌膚，讓他無處可藏。羞恥不再是種生理反應，而是對自己行為的約束。他很堅定地相信，自己再也不會做偷東西的事了，榮譽於他第一次顯得如此重要。換言之，他再也不是那個「少年不知愁滋味」的梁老三了，也許將來他還會犯「渾」，但是，他已經開始懂得，人生並不是一條隨心所欲的路。

排長代表黨支部在二班宣佈了對梁海生的處理意見：「由於梁海生同志能夠主動承認錯誤，認真檢討，從靈魂深處狠挖思想根流，也是為了對一個同志的政治前途負責，黨支部決定暫不給預處分。」

海生聽了，心裡如釋重負，這些天的壓力，令他嘗夠了做錯事的擔當。同時，他還在不停地揣摸，為什麼又不處分他了？依他估計，多半是因為給瞿中倫家裡寄錢的事。他由衷地感謝瞿中倫在關鍵的時候救了他一把，他甚至相信，那天他突然回來，就是個奇跡。

（六）

回到明光中學之前，梁海生問過班長，張老師那兒怎麼辦？班長回答的很乾脆：這事連裡會處理的，你不用擔心。可是，每天在辦公室和張老師面對面，一見到她那慈祥的臉，心裡就覺得堵得慌，

總是想在她臉上找到不尋常的變化。就這樣過了一星期，他實在憋不住了，乘辦公室就他倆人時，他關上門，紅著臉誠懇地對她說：「張老師，我向你承認錯誤，那天我翻了你的包，看到裡面有錢，心裡一動就偷了 10 塊錢。這次部隊搞學習教育運動，我認識到自己的行為是非常可恥的，今天，我專門向你道歉，並願意接受你的批評指責。」

張老師驚愕地望著淚水已經在眼眶裡打轉的梁海生，她萬萬沒想到這個平日裡勤快麻利，熱情活潑的小兵會做這種事，更想不到，他會大膽地當面向她認錯，一時間，心裡只有憐惜和關愛，毫無責怪的意思。

「小梁，能有勇氣承認錯誤就是件好事，以後就知道怎麼做了。我也不缺錢，你就拿去用吧。」

海生聽了，既感動，又疑惑，問道：「難道部隊沒有把錢還你？」

張老師亦有些疑惑了，「沒有人和我談起這件事，你把錢交給你們領導了？」

「是啊，他們說會把錢轉交給你的。」

張老師的愛人是海軍幹部，她對部隊的狀況大致清楚，皺著眉頭想了想說：「小梁啊，你千萬不要去問蔡班長了，那樣反而會有麻煩。我很高興接受你的認錯，這件事到此為止，從現在開始，讓我們都把它忘了。」

張老師這番話，總算讓梁海生內疚的心得以平復，他不知道如何來感謝她的大度，唯一能做的就是，一定要把錢還給她。

於此同時，他百思不得其解：連裡怎麼還不把錢交給張老師呢？張老師所說的「麻煩」又是怎麼回事呢？晚上回到駐地，在那幢俄式洋房的樓梯上碰到一個人，一下子解開了他心裡的疑團。那人就是海生從新兵連分到二連那天，一路上被他纏著問了許多問題的那個老兵，看見他，海生猛然想起他關於「好八連」為什麼不在南京路的經典解釋。

難道他們是怕這件事給連隊抹黑，所以就向校方隱瞞了這個件事？靈光乍現之間，海生立即把整個事情貫通了！原來，他偷錢的事，連裡領導既沒有向上級彙報，也沒有向支左單位—明光中學通報。因為，如果向上面彙報，此事算一次政治事故，影響連隊年終評「四好連隊」，既然不向上面彙報，更沒有必要通知學校，傳出去，丟的是解放軍的臉，影響更壞。選擇瞞下來，是最好的方法。一個有力的佐證就是為什麼不處分他，因為一旦處分，就要向上面彙報，想瞞也瞞不住了。

原來都是計畫好的！哈哈……，一聲長笑穿過胸間，跟著是一聲歎息：原來純潔的革命隊伍裡，也需要如此瞞來瞞去。突然開竅的海生用突然冒出的輕蔑審視著他追隨的隊伍。

對海生來說，最難受的是那 10 塊錢，好似如鯁在喉，天天和張老師見面問候，心裡能不難受嗎，換誰都受不了，他想起了「髮小兼死黨」的田朝陽，他支左的學校離明光中學很近，就在淮海路上，叫什麼「比樂中學」，一個好怪的名字。

乘午休時間，他急匆匆沿著淮海路找到了比樂中學，門口的老師傅很熱情地把他帶到軍宣隊辦公室，朝陽正趴在桌上打盹呢，見到海生，一點也不激動，懶洋洋地站起來說：「你真會找時間啊，我剛想瞇一會，你就來搗亂。」

看到還有兩個軍人伏案小憩，海生急忙把他喚出來，到了走道上才面露猙獰地說：「你這小子，我千裡迢迢來看你，你一點都不興奮，階級感情上哪去了。」

朝陽生怕走廊上來來往往的女生看到自己被教訓的慘狀，把海生一直拉到校門外說：「好，好，我請客，請你去吃冰淇淋。」

「本該如此。」海生大言不慚地說。只有此刻，他心裡方找回從前輕鬆無比的感覺。

兩人進了冷飲店，一人要了一塊中冰磚，一杯刨冰，邊吃邊聊著。

「說吧，找我有什麼事？」在大院時朝陽察言觀色的本事就排第一。

「你也知道了？」海生自以為他那丟人的事，已經傳遍五湖四海了。

「我知道什麼？」

「先別問，先借我 10 塊錢」。

這下輪到朝陽過敏了，一雙小眼睛瞪得其大無比。「你是不是和我媽串通好了，昨天我才收到老媽寄來的 20 塊錢，今天你就找上門了。」

「多好啊，放在我這裡，就等於放進銀行裡，省得你亂花錢。」

朝陽心疼地拿出 10 塊錢給他，問道：「現在可以坦白了吧，派什麼用場？」

海生這才從大個買鞋的事說起，一五一十地把偷錢的經過都告訴了他。

朝陽像聽故事一般，聽完了才歎著氣問：「你告訴你爸爸媽媽了？」

「我已經給他們寫信了。」

「要我說啊，這事全怪你媽，平常管得那麼緊，一分錢都不給你們，結果出紕漏了吧。你看我多好啊，沒錢，一要就給了，犯得著去偷嗎。」

「去你的，這哪跟哪啊。」

住在大院的人家，有事沒事就喜歡比，比誰家管孩子管得嚴，誰家的孩子缺少管束，比著比著，那些當父母的較上勁了，拼命約束孩子，就害怕孩子給自己抹黑。

「本來就是。」朝陽不想多辯，語氣一轉問道：「這下會不會處分你呢？」

「算我運氣好，沒給我處分。你知道什麼原因吧？」

「讓我猜啊，准是你爸找了警備區哪個領導了。」

「你爸才去找人呢，我爸是那種人嗎。」海生氣得揮起拳頭就打了過去，朝陽早有防備，笑著躲開了。然後聽海生把為什麼不給他處分的原因講了一遍。

「你小子狗屎運啊，居然給你躲過一劫。不過要我說，你也太傻了，錢都裝進口袋裡了，還要交待出來，不怕丟人啊。家裡面不知道，你還要寫信去告訴他們，還嫌丟人沒丟夠是吧，真不知你腦袋裡是否進水了。」

「要是換了你呢？」海生好奇地問。

「換我嘛，才不會說，再說，我也沒有你那麼大膽子，想到就做。」

是的，朝陽說的不錯，人和人不一樣。反之，海生也不像很多人那樣，把面子看得比天大，他對這個看不見，摸不著的東西沒感覺。

「對了說起腦子進水，你還記得和我們一起坐火車到上海的那個蘇北兵嗎？」

「你說的是那個團員？」

「對了，叫瞿中倫。他在醫院查出來顱內積水，是個不治之症。」

「沒想到這個世界上還有比你慘的。」朝陽打趣地說，他根本不在意那個蘇北兵。

海生看看店裡的鐘，站起來說：「我得回去了，要趕在午休結束前回學校。」

兩人分手時，走過馬路的朝陽突然轉身朝他大聲說道：「哥們，而今邁步從頭越！」

海生聽了，鼻子一酸，差點就衝過去熊抱他。回去的那段路上，腦子像被打了強心針似的，反覆著念叨偉大領袖的那句詩，這倒不是領袖詩詞有多大魔力，而是朝陽隔著車來人往的淮海路發出的肺腑之聲，有特別不同的情意。和朝陽短暫一聚，把這些天壓在身上的鬱悶全掃淨了，海生的精神為之一振，身上那股無憂無慮的勁又回來了。

朋友就是開心果，反之它沒有任何意義！

海生給家裡的信寄出不久，就收到了回信。那天，連隊文書拿著信來找他。「小梁，這兒有你的一封信，能告訴我誰寫的嗎？信封上的字非常有氣勢。」原來，他專門送信就是為了求證誰的字寫的這麼好。海生一看，不無得意的說：「是我爸爸寫來的信。」「你爸爸一定是個有文化的人？」「他是三十年代的大學生。」海生自

豪地回答。

只是，在一個荒蕪的世界裡，即使是生長在社會頂層的海生，對知識的理解也僅僅是仰慕一手好字而已。

海生：

你好！你給我們的信與檢查都收到了，我們認為你的錯誤屬於嚴重的思想品德問題，是與一個革命軍人的光榮稱號極不相符的，我們希望你能認真查找思想根源，舉一反三，吸取教訓，變壞事為好事……。

另外你的信裡有 13 個錯別字，7 個地方句子不通，同時你的字也寫得很難看。毛主席說：「沒有文化的軍隊是愚蠢的軍隊，而愚蠢的軍隊是不能打勝仗的。」希望你努力學習，提高文化水準。

祝你：「做一個毛主席的好戰士！」

爸爸

周圍沒有一個人，海生的臉卻通紅，不是因為老爸對他偷錢的批評，當他寫這封信時，就預訂了他們所有的批評。他臉紅是因為父親對他的文字的批評。做父母的總能在一般人看不到的地方，揭露孩子內心的薄弱。此刻父親的話，正好刺中了他內心的焦慮，沒有文化，才是這半年積累在他心裡的自卑之源。當他面對李一帆、謝老師、丁蕾等人時，深感自己的卑劣和低微。活到 16 歲，什麼都不懂，真像個傻瓜。唯一能炫耀的，就是混到了這身沾別人的光才穿上的軍裝，反而它更令自己汗顏。

他忘不了第一次在明光中學師生員工大會上發言，緊張的要死，幾乎是被班長用槍逼上了講臺，上臺後兩腿一直在發抖，從頭到尾連頭都不敢抬，用小學生背書的節奏念完了講稿。緊跟著他後面發言的是紅衛兵團的紅團長，她連稿子都不看，對著上千人慷慨激昂地說了十分鐘，贏得了全場的掌聲，散會後，在紅衛兵團那間小小的團部裡，大家毫無顧忌地嘲笑「小解放軍」的窘態。令向來寬容的海生難堪的差點翻臉，後來還是女團長誠心誠意說了幾句體己話，才解了他的圍。

看上去一無是處的梁海生，幸好還有一個致命的缺點——倔強。倔強的人雖然與這個時代格格不入，好在他的血總是熱的，只要前面還有別人的足印，他就不會甘心落後。所以，當海生長成世說新語裡的高幹子弟時，倔強使他沒有成為金玉其外，敗絮其中的公子哥兒。

幾天後，海生鄭重地把錢還給了張老師，同時也接受了她的告誡，沒有把這事向班長彙報。如此一來，那塊壓在心上的討厭的石頭，總算請走了，雖然在記憶某個說不清的地方留下了陰影，他總算回到了無憂無慮的世界思考著憂慮，回到了謝老師的琴聲裡聽潮起潮落，唯一回不去的是丁蕾的心裡，她至今見了他，還是那副目光穿越了他身體的神態，而每當他想起她時，會不知不覺地用一塊遮羞布拉黑自己的臉，多了一個小偷名聲的他，只能遠遠地看著她和別人說說甚至笑笑。

（七）

就在癩蛤蟆為吃不到天鵝肉而憂愁的時候，連裡抽調梁海生回大本營，到留守的生產班種菜一個月，同去的還有趙凱、李一帆。已有半年兵齡的他們，一下子就明白怎麼回事了，海生一個勁地向他倆打招呼，全因為自己才讓他們跟著受罪。

「這不怨你」趙凱說：「我們幾個在他們眼裡本來就是重點照顧對象，這次不來，下次也得來。」

年長兩歲的李一帆一邊用一塊木頭片把床腳墊好，一邊悠然地說：「算了吧，全當是『天將降大任於斯人也，必先苦其心智，勞其筋骨，餓其體膚……。』」

活到 16 歲的海生第一次聽到這段前面的古人，後面的來者都知道的話，喜歡得要死，立刻把內疚拋到了爪哇國，雀躍地說：「這麼好的話我怎麼就沒聽過。」

軍隊歷來有搞副業的傳統，每個連隊都會養些豬，種些菜，改善部隊的伙食，就說二連，即使去了市區「支左」，還須留一個班在營區搞副業。除了班長外，其餘的戰士都是定期從全連各班抽調回來的。

回到大本營的第二天早上，生產班長就分配三個人打掃豬圈。在新兵連，人人都打掃過豬圈，不就髒一點嗎，三人也不覺得有什麼了不起，沒想到到了豬圈，班長一分配工作，三個人全傻了。

「今天的工作是打掃糞池，你們三人要把糞池的豬糞全撈出來，放進糞車裡，再把糞車推到生產地去。」班長說完，跨著羅環腿，一搖一晃去跟豬說話去了。別小看這位羅環腿班長，他可是連隊學習毛主席著作積極分子，五好戰士，用此時時髦的話說，是榜樣來的。

李一帆、趙凱、梁海生三人站在糞池邊，臉色比豬糞還難看。乖乖隆的咚！不要說下去撈糞，就是站在它邊上，保你三分鐘之內就被熏倒。三個人你看我，我看你，再一起瞅那池子，那池子安靜極了，穢物和著稻草撐得滿滿一池，正旁若無人地慢慢地泛著泡泡。

「動手吧，哥們。」趙凱用手掩面，只說不動。

海生當仁不讓地找了一根竹，插進糞池試了試，約摸一米多深，他抓起膠鞋膠褲說：「我下去，你們在上面。」

「別急，我們先在上面用糞勺舀，等舀不到的時候你再下去。」李一帆說罷，姿態優雅地拿起一把長長的糞勺，尋找一個乾淨的位置將其握住。

見海生把最髒的活都攬了，趙凱也不在猶豫，一邊挽袖子，一邊唸唸有詞地說：「古人雲：『如入鮑魚之肆，久而不聞其臭也。』」古人又雲：「我不下地獄，誰下地獄。」

「你小子，掏糞池也有那麼多屁話，你說趕緊著吧。」海生對大他一歲的趙凱遠沒有對大他兩歲的李一帆客氣。

說來也怪，真和這糞池較上勁了，反而覺得沒那麼臭。一直憋著氣不敢開口的趙凱，過了一會終於開口說道：「你們說，這打掃糞池的事，是連隊有意安排的，還是班長這傢伙自己想出來的？」

「二者兼有，這年頭整人的辦法多如牛毛。」李一帆邊說邊把胳膊伸得長長的，抬起滿滿的糞勺，叉了氣地喊到：「各位小心濺到，本人概不負責。」正當他把穢物倒進糞車，往回抽糞勺時，趙凱的糞勺正好到達，一出一進，兩個糞勺碰到一起，空中立即濺起無數金黃色斑點，兩人大驚失色，忙丟開各自手中之物疾閃，其狼狽相，笑得站在池底的海生差點滑倒。

中午收工前，海生把池底最後一點穢物舀進桶裡，提起交給趙凱，趙凱再給李一帆，三人相識一笑，正想輕鬆一下，班長不知從哪鑽出來，扯著啞啞的嗓子說：「回去吃飯，吃完飯再把糞車拉到生產地去。」

午休之後，三人再次出動，推糞車這活兒，看起來容易，實則不然，不是車不好推，而是車中之物不好伺候。雖然有蓋子，稍有顛簸，那穢物還是會溢出來。想像它們濺到身上的情景，令三人恐怖萬分。海生曾經組織學生挖過防空洞，當時每天要從很遠的市郊把裝滿磚塊的大板車拉到學校，練出了些車把式的功夫，便自告奮勇要拉車。

「這恐怕不合適吧，我們三個人，你年齡最小，個子也小，別人看了，以為我們欺負你呢。」趙凱擺出心疼的樣子說。

個子最高的李一帆自然聽得出話外音，快快地說：「行啊，我拉車。但有言在先，拉翻了我不負責。」

海生沒心思參與他倆的唇槍舌戰，把背帶往身上一套說：「還是我來吧，沒聽說過嗎，個子小，底盤重。」

二連的生產地在一個叫「大場公墓」的墓地裡，離營房 1.5 公裡遠，沿途要經過大場鎮，那兒人車混雜，最是熱鬧。對三個城市兵來說，大庭廣眾之下拉著糞車從那裡經過，感覺如同被戴了高帽，拉到街上遊街一般。還好走在前面的是無知無畏的梁海生，沒人會注意掩面推車的趙凱和李一帆。

「我怎麼覺得所有的人都在看我們。」經過街口時，趙凱頭也不抬地說。

「你美得不行，誰要看你，這是農村，不是南京路。」藏在另一側的李一帆，嘴可沒閑著。

三人押著臭烘烘的龐然大物，戰戰兢兢地走過鎮口，來道了鐵道旁，過鐵軌時，三人一使勁，沒想到用力過猛，在兩條鐵軌間上下一顛，穢物頓時溢出，李一帆與趙凱一見，趕緊棄車躲得遠遠的。這下可苦了海生，後面突然沒了推力，兩個胳膊無法壓住車把，眼見車頭慢慢翹起，那樣的結果，就將黃金灑滿人間了。梁海生急得一聲狂吼，驚醒了兩個同伴，衝上來壓住已經懸起的車頭，這才逃過了一劫。誰知這一壓，致使車身前衝過猛，還是令不少豬糞從蓋口溢出。三人無一倖免，全部中彈！

這輩子如此近距離和大糞親密接觸後，趙凱氣得就想踹那糞車，一腳踢出去，便覺不對，趕緊收回來，火冒三丈地說：「此乃憑生最大糗事！」

平日裡最愛乾淨也最臭美的李一帆，索性把上衣全脫了，赤裸著白白的上身，痛惜地說：「可惜我這雪白的肌膚，本來是給意中人欣賞的，沒想到暴露在這窮鄉僻壤之中。」

只有海生坐在車把上長笑不止：「二位前來救駕，總得有點嘗頭吧。」三人中只有他不在乎濺到身上、手上、甚至鼻尖上的穢物，相反，他覺得臭似乎也挺刺激。

糞車到了生產地頭時，班長早已等得不耐煩了，老遠就扯著嗓子喊：「城市兵，把車推到這來。」

三人合力把糞車推到他指定的地方，然後就看著他快速熟練地把大糞澆在菜地裡。海生清楚地看見糞勺上的髒水成串地落在他的鞋子上，衣褲子，還有手上，他毫不在意。難道這就是一個標兵的行為嗎？如果這樣也能成為標兵，他相信自己也行。

上完一塊地的肥後，班長又命令他們把剩餘的穢物倒進不遠處的糞池裡，三人想著趕緊完事後回去洗一洗，急忙推著糞車過去，一看那糞池，全傻了。

前面說了，這片生產地是在公墓裡，從倒在田頭半塊民國十二年立的碑推測，少說已經有四、五十年的歷史了。據說當時這兒還是塊很有檔次的墓地，文革之初公墓裡所有的墓都被紅衛兵當四舊搗毀了，成了一片荒蕪。後來部隊從地方手裡借來開荒種地，又成了菜園子。在墓地上種菜，那菜能長多大，各位看官可以把想像力發揮到極致，這裡能透露的是，地瓜有南瓜那麼大，胡蘿蔔有白蘿蔔那麼粗。

再說三個人為什麼都傻了，原來，班長所說的糞池，是個去了蓋的石棺。更可怕的是石棺裡還有一大塊被爛布裹著的腐屍，半浮半沉在那！趙凱見了倒退三步說：「那是什麼？」膽子大的海生拿著糞勺將其挑出污水，這才看清楚是一截人的大腿。

「快放下！」身後的李一帆臉色蠟黃地叫道。

早已退的遠遠的趙凱，還在不停地問：「是什麼？快說呀。」

「一條人腿。」海生雖然也是第一次看見腐屍，但裝作若無其事地說。

「不敢想像，我們每天吃得菜，是不是長在這裡？」李一帆如此一說，三人心裡同時「咯噔」一下，不敢再往一想。

（八）

在二連，李一帆、趙凱、梁海生是100多人中的「異已分子」，因為他們無論做什麼事，在別人腦子裡都會產生異樣的想法，如此氛圍下，反倒促使他們更加抱團取暖。就說這次三人一塊被調回大本營種菜，沒人認為是正常輪換，都認為這是他們的「改造之行」，可是這一來，三人間的交流更多，臭味更相投。

如果說李一帆是個書生，海生則像個勇士，趙凱呢，是二者都搭一點。書生通常是看不上勇士的，偏偏這勇士心誠悅服地跟著書生有樣學樣，任憑李一帆再清高，也端不起架子來。反觀趙凱，他對李一帆屁股上的屎知道的一清二楚，海生對李一帆崇拜的樣子，令他很不以為然。

這天，連部送來幾封信，其中有一封李一帆的，他還沒拆開信，就手舞足蹈起來。海生問他是誰寫的，他得意地說，一個很不一般的朋友。然後坐在自己的床沿上，一邊看信，一邊搖頭晃腦地嚅動雙唇。海生被他的神色弄得心癢癢的，急不可耐地說：「李一帆，求你唸大聲點，讓我也聽聽。」李一帆原是不屑在這種環境裡外露自己的感情的，現在卻因為有了個喜歡聽他的話的人，就想著弄出點聲音來，所以，海生一求他，他破例清了清嗓子，端起架式，有模有樣地念了起來，原來，那是一首詩。

別了，自由的原素！
這是最後一次在我面前
你翻滾藍色的波濤，
和閃耀驕傲美麗容顏。
好朋友憂鬱的絮語，
好像告別時刻的叮嚀，
你沉鬱的喧響，你呼喚的喧響，
在我，已是最後一次的傾聽。

我的心裡充滿了你
我將把你的峭岩，你的港灣，
還有閃光，陰影和波浪的絮語，
都帶到森林，帶到那沉默的荒原。

唸完了最後一句，屋子裡靜靜的，一點聲音都沒有，三個人的思緒都被那博大的詩句包裹了，半晌，海生才說：「太好了，我激動地想哭。」

「你知道是誰寫的嗎？」李一帆問他，他只能搖頭。

「普希金，我最喜歡的詩人，這是他最著名的一首詩，叫《致大海》。」

海生嘴上在說著佩服李一帆的話，心卻依然沉浸在莫名的激動中，他覺得那些詩句像一道閃電貫通了他的心靈，跟隨著它們，他彷彿看到了真正的海洋，那兒，才是他一生要去遊戲的地方。

不期然地，這個世界上又有一個莽撞的少年開竅了，他用天真撞開了隔絕的高牆，一切來的那麼偶然，又那麼及時。

他問李一帆借來那封信，將《致大海》恭恭敬敬地抄在自己的筆記本上，然後又將它寄給所有的朋友。他最想寄給丁蕾，希望能和她一道分享心靈被滋潤的喜悅，當然，那隻是夢。

生產班的日子，就是每天扛著工具去澆水，鋤草、種菜、那個班長有幹不完的活讓他們做。有一天，三個人在地裡鋤草，一邊鋤草一邊海聊。趙凱此時意外地說出了一個海生熟悉的名字。

「李一帆，你知道嗎？馮佳就在警備區的八五醫院當兵。」

「你怎麼知道的？李一帆問得不緊不慢，但趙凱知道他一定很想知道。」

「她和我妹妹在一個護訓隊，結束後分到了八五醫院。」

海生這時插進來問：「馮佳是不是你們軍院馮部長家的，瘦瘦高高，長得很漂亮的？」

「你怎麼會認識？」

趙凱這兒話音沒落，李一帆就接上了口：「她也算漂亮？你真是老土，你大概還不知道吧，她是個大破鞋。」

海生被偶像嗆紅了臉，結結巴巴地說：「她媽媽和我媽媽在一個單位工作，67 年初，她爸爸因歷史問題被隔離審查，媽媽又生病住院，她就暫時在我們家住了一陣子。」

「哎？李一帆，」趙凱存心地問：「你不是還追過馮佳嗎？怎麼她又成了破鞋？」

「破鞋」是這個時代的流行語，意指有不正當男女關係中的女方，帶有侮辱的意味。這詞從他們嘴裡飛出來也不奇怪，因為整個社會都在用這種語言攻擊人。「xxx 是個大破鞋」的大標語大街上隨處可見。吵起架來，女人被罵，最常見的就是這兩個字。

「向毛主席保證，我沒追過她，是她想追我。」李一帆有些底氣不足地辯解，連海生都看出了端倪，不禁莞爾一笑。

「嗨，你們看，這是什麼東西？」趙凱突然一驚一乍地叫道。

他從鋤頭下揀起一個發亮的玩意在手上搓揉著，梁海生和李一帆也好奇地圍上去，原來是個戒指，中間還鑲有一顆小小的鑽石。海生一把搶過來，邊把玩著邊問：「這是真的，還是假的？」

還沒容他看清楚，趙凱就拿了回來說：「你懂不懂啊，關鍵是看是不是金的。」

「你們倆個別老土，最值錢的是上面的鑽石。」李一帆拿過戒指，用衣角擦了擦，再放在嘴上一咬，認真地說：「是金的。」

海生看了，在一旁咯咯亂笑：「你也不怕是死人的東西了。」

李一帆不接他的碴，把戒指還給趙凱說：「你發了，少說值300元。」

一聽300元，海生的眼睛睜得如同牛眼一般，趙凱的眼睛瞪得比牛眼還大。300元在此時是什麼概念呢，簡單地說吧，可以買兩輛自行車，相當於一個戰士四年的工資，足夠他討一個媳婦，在農村，這些錢就夠蓋房了。

趙凱小心翼翼地把戒指放進口袋裡，跟著又拿了出來，再放回去，再拿出來，終於對兩人說：「三大紀律八項注意，一切繳獲要歸公，我這算不算違反紀律？」

「也算也不算，沒人說就不算。」李一帆嘻嘻一笑。

海生急忙表態：「我保證不說，不過你小子一定要請客。」

「當然，你交上去算是拾金不昧，表揚會有的，嘉獎就不敢說了。」李一帆像個幹部似的說。

李一帆這一說，倒讓海生有了聯想：如果我拾到的，交上去年底或許會評上「五好戰士」呢，入團也不在話下，想想自己大半年的努力，都因10塊錢付之東流，真是白忙活了。此時的趙凱心裡和梁海生想得差不多，大院的子弟，對錢的欲望很浮淺，能評上「五好戰士」的誘惑要比錢大的多。他當即橫下心來說：「拿去上交！」

這一刻趙凱臉上那凝重的表情如果在舞臺上，肯定會贏得無數的掌聲，可惜李一帆，梁海生既沒有鼓掌，也沒激動。李一帆吐了一句：「再想想，肯定要上交嗎？」

「走，找班長去，你們一塊給我當證人。」趙凱義無反顧地說。

幾個人來到班長面前，趙凱鄭重地說：「報告班長，我撿到個金戒指，上交給連隊。」

平日裡和幾個城市兵尿不到一個壺裡的生產班長，突然就親熱了許多，拿著戒指研究了一會說：「你們怎麼知道是金戒指，也許是銅的，鍍金的呢。」

「你掂掂，那麼沉，不相信你再用牙咬咬，我向毛主席保證是金的。」敢向偉大領袖保證的是李一帆。

「你們說了不算，交給連裡，讓領導研究後再說。」班長把戒指小心翼翼地放進上衣左上方的小口袋裡，口袋的上方，就是一尊領袖像，他放好了，又說：「好了，你們都回去幹活吧。」

一聲沒吭的梁海生，心裡卻對班長剛才突然顯示的熱情琢磨開了，他憑直覺感到那熱情深處還有一絲驚喜，仿佛是說，我天天在這裡種菜，怎麼就沒揀到它。而且從他的話裡，這個農村兵對金和鍍金、銅、不是一點不懂，他會不會……？海生沒有想下去。因為自己曾經是小偷，就懷疑別人的行為，有些不厚道，何況人家還是學習毛主席著作積極分子，黨員呢。他親眼見到夜深人靜的時候，班長還昏暗的油燈下學習「毛著」。

三個人不是滋味地走回菜地，只有趙凱一個人楞楞地說：「怎麼連句表揚的話都沒聽到。」

（九）

過了兩天，戒指的事沒有任何回音，連裡卻突然來了通知要他們立即返回。原來，為了全力以赴落實偉大領袖的戰略部署，動員知識青年上山下鄉，連裡調他們回支左第一線。

回到明光中學後，海生與一個工宣隊員，一個革命教師組成一個組，負責本校住在金陵街道的 70 屆畢業生插隊落戶的思想工作。簡單地說，就是每天晚上，挨家挨戶走訪學生家庭，動員他們到農村去。別看大馬路上每天敲鑼打鼓，紅旗招展地歡送知識青年去廣闊天地大有作為，真實情況遠沒有那麼風光。全上海每天不知有多少像梁海生他們這樣的小組，費盡口舌去說服面如石像的父母同意把自己的孩子送到遙遠的農村去。

動員小組對每個學生都要事先編好進攻策略，從他們的家庭背景，本人表現，親屬關係中找到談判的突破口，三人還要分工明確，誰先說，誰後說，怎麼說，說僵了怎麼辦。常常會有家長與動員小組吵起來的場面，這時候，代表解放軍的梁海生就要出面安撫對方，揀好聽的大道理說。當然，吵架畢竟是極少數情況，大多數時候，他這個「解放軍同志」只是廟裡的一尊菩薩，擺擺樣子。海生每次踏進一個門檻，都默默祈禱，不要出現「極少數情況」，哄人的事，他真做不來。

那晚，按名單排列，最後一個家訪學生是丁蕾。丁蕾的家在金陵路上的一條弄堂裡，走進弄堂，是清一色的石庫門房子。同去的老師指著最後一個門洞介紹，以前這個門洞裡只住著她一家，文革來了，造反派把他們全家三代人趕進樓上東廂房裡住，其餘的房子全分給工人階級們住了。這種事在文革中太普遍了，梁海生的連隊，現在住的就是一個資本家的花園洋房，據說那對資本家老夫妻，現在就住在旁邊弄堂一間亭子間裡。

踩著「吱吱」作響的樓板往上去，海生的心在往下沉，他極力想鎮靜，腿卻有些不聽使喚，一個勁地打顫。敲開了門，迎接他們的是一張中年女性的臉，和丁蕾像極了，走在前面的老師客氣地說：「你是丁蕾的媽媽吧？」聽完了來意，那張麻木的臉上顯出些許不以為然的表情，然後，不卑不亢地把他們讓進了房間。

十來個平方大的房間，中間放了張方桌，桌子一圈，坐了老老少少六、七個人，丁蕾從他們中間站起來，說了聲老師好。一個貌似她弟弟的男孩拿來了三張小凳給他們坐，一下子多了三個人，把僅有的空間擠得滿滿，走在最後的海生，幾乎坐到了門外，好在除了丁蕾之外，這家人都不會在意這個縮在後面的小兵。

他們怎麼睡覺呢？望著只有一張床的房間，海生在心裡琢磨祖孫三代採用什麼方法，在放滿桌子，櫥子的空間裡安排每天的睡覺。

幾句寒暄之後，學校老師把話引入了正題，她簡單地介紹了市裡和學校對今年上山下鄉工作的要求和去向安排，又說了些上山下鄉的偉大戰略意義，接著就請丁蕾的家長表個態。一直低頭不語的丁蕾父親，小聲地對丁蕾的母親說：「儂說，儂說。」這是文革中「黑五類」典型的舉止，沉重的社會壓力，使他們無法承受，只能退縮到家庭最後的角落裡苟且。這一幕，使海生想起了躲在另一個角落裡的謝老師。

丁蕾的媽媽清了清嗓子說：「我們丁蕾一定響應偉大領袖的號召，到廣闊天地裡接受貧下中農的再教育。丁蕾在家是乖女，在學校是好學生，作為家長，我們要求學校能安排她去軍墾農場。」

軍墾農場是半軍事化的國家單位，去那的人是職工待遇，不是農民，住集體宿舍，吃大鍋飯，平日裡要好的同學一塊去了，還能住在一起相互有個照應。所以，去軍墾農場，是上山下鄉的上選。按丁蕾在學校裡的表現和人緣，去軍墾農場沒問題，但是，去軍墾農場要通過政審，家庭出身不好的，去不了。

當工宣隊師傅把這個政策向丁蕾的家人一解釋，房間裡的空氣就和海生預感的一樣，完全凝固了。丁蕾的爸爸身形似乎縮得更小了，而一直躲在陰影裡的另外兩個老人，丁蕾的爺爺奶奶，幾乎看不到了身形。沉寂之後，還是做母親的開口問道：「我們家小囡，能不能去浙江嘉善她外公家落戶呢？」

「原則上可以，但必須經當地人民公社革委會同意，由他們寫接受證明給學校或街道裡，」工宣隊師傅解釋道：「其實除了軍墾農場，這次插隊落戶方向裡，還有安徽、江西，都是靠近上海的地方。丁蕾在學校表現一直很好，只要符合政策，我們會儘量滿足你們家長的要求。」

離開丁蕾家時，雙方的關係已經融洽了許多，很會做人的丁蕾媽媽，千謝萬謝地把他們送到門口，海生從頭到尾除了陪笑和點頭，沒有說一句話。直到出了弄堂口，另外兩個同伴還在討論如何安置丁蕾。一個說：「去她外婆家很困難，她外公是當地的大地主，當地革委會不會開這個證明。」另一個說：「那就安排她去皖南，離上海近，也比較富裕。」海生一聽立刻介面：「皖南肯定比皖北好，聽說皖北很窮的。」三個人就這樣在丁家的弄堂口把丁蕾的去向給定了。

道別同事，海生獨自一人穿過華燈閃亮的人民廣場，此時已是深秋，冷瑟的夜風從身後吹來，令他縮緊了脖子。今晚又看見她了，在一個狹小的空間裡，那是她每日蝸居的地方。他不知道她心裡是否仍然不願看到自己，或者還是視而不見，而他是多麼希望在一屋子人中能捕捉到她的眼神，哪怕是不經意地看他一眼也好。對他來說，丁蕾是他走上社會碰到的第一個特別想取悅的女孩，雖然他還不懂得愛，但是她令他著迷，她的矜持和微笑，她的眼神和下巴，她的肩膀和胳膊，還有那每個動作都恰如其份的雙手，向他展示著另一種生活的魅力，無奈，引導他和異性交往的，是他那天真加閉塞的腦袋，這樣的腦袋在兩性世界裡，只夠格扮演一個傻瓜，而且是個無法忍受的傻瓜。就像今晚，他冀盼能有機會和她說話，可他連一個巴結的微笑都無法送給她，因為她自始至終都沒看他一眼。最後，她低著頭送他們出來時，他當著眾人的面鼓足了勇氣想對她說兩句安慰話，可話到嘴邊，又覺得這種空洞的大道理她肯定不愛聽，結果，說了句「再見」就倍感狼狽地離開了，面對丁蕾，他身上那點大院子弟的勇氣和矜持，如同夏季的浮萍，秋風一起，就全蔫了。

廣場已經移到了身後，寒風也不再肆意，他已經嘗到了梧桐樹下的滋味，雖然滿是悲傷，但他喜歡悲傷，他能從中一遍遍品味和丁蕾在一起的時光。他有一個很可憐的心願，只希望她能給自己一個當面向她道歉的機會，然後能看到她報以一個寬容的微笑，可是，她彷佛猜透了他的心思似的，就是不給他這樣的機會。

可憐的海生，直到丁蕾上火車那天，都無法得到她的寬恕。

那些年，送知識青年上山下鄉，搞得比送孩子當兵還隆重。那一天，先是街道組織把人送上紅旗招展的彩車上，接著彩車一路鑼鼓喧天開到火車站，這時的火車站，比節日的天安門不差上下，鞭炮、鑼鼓、口號和著大喇叭裡的廣播調度聲真衝雲霄，地球上再冷血的動物，都會被鼓動的熱血沸騰。

在車站負責安排本校同學上車的梁海生，忙到最後一刻才見到丁蕾，她和幾個紅衛兵團幹部擠過紛亂的人群走過來，一齊向學校領導告別。輪到他倆握手時，海生的臉又紅了，他只是笨拙地說了兩個字：「再見，」同時，似乎聽到她輕輕地「嗯」了一聲，她細小的手在他的手心上一碰即收。兩人之間第一次，也是最後一次握手，竟是這般匆匆而過。

猛然間，汽笛轟鳴，整個彭浦車站籠罩在它的響聲裡，海生從悵然中驚醒，火車要開了，最後時刻到了，歡送的和被歡送的人們在巨大的響聲中寂靜下來，幾秒鐘後，汽笛聲漸弱，一個母親歇斯底裡的哭嚎傳徹在月臺上空，跟著，哭聲四起，淹沒了所有的鑼鼓聲、口號聲，亦或是：沒有人再敲鼓，沒有人還有心思喊口號。人情在最後一刻總爆發了，父母流著淚水，所有的車窗從裡到外擠滿了哭泣的人們，眼淚在熟悉和陌生的目光注視下，毫不害羞地流淌著，淹沒了意志，淹沒了羞恥，也淹沒了莊嚴。

數千人在一分鐘之內產生的巨大的情感反差，也淹沒了海生心底對丁蕾的惦念，他被巨大的反差驚呆，他無法把這種反差放進同一個地點和相同的人群身上。巨大的車輪在他面前滾動起來，它分離了擁抱，淚水，分離了車上車下難舍的目光，他想最後再看一眼丁蕾，目光裡只剩下空空如也的月臺，唯有兩人初識時，她那含笑的一瞥，像是片雲，飄蕩在心底。

（十）

1970 年 12 月在全國中小學支左的解放軍，光榮地完成了偉大領袖交給的政治任務後，退出了革命鬥爭第一線，回到軍營裡。明光中學的一切，突然就結束了。臨離開學校那天，海生去向謝老師告別，他不在，音樂室裡空寂無聲，身處一角的鋼琴安靜地望著他，時間彷彿凝固在呆滯的目光中。他遺憾地離開了學校，那個厚厚鏡片下勉強的笑容和用掙扎的雙手奏出的琴聲，一起封存在他迷茫的心裡。

回到軍營生活的節奏裡，只剩下兩個字「枯燥」。枯燥是軍人生活中不爭的標誌，誰也無法否認它，尤其是剛從支左第一線回來的部隊，官兵們曾經無限制地接觸到大上海，他們的心至今還依附在揮之不去的大千世界裡。

一回到駐地，海生就興衝衝地去找隔壁一連的田朝陽，沒想到這傢伙一副愛理不理的樣子，海生以為自己有什麼地方得罪了他，滿臉疑惑地看著臉上長滿青春痘的他。這小子神叨叨地把他拉到一旁說：「我們連很忌諱幹部子弟在一起，馬上就要開始評五好戰士了，我們班長已經被我搞定，就看我這段時間表現了，你不要在關鍵的時候來添亂。」海生聽了，心裡有100個不舒服，又不能讓朋友不高興，只好怏怏地溜回來，還好他相繼收到東林和大個的信。東林在信上說了個新聞，南京槍斃了一批知青，其中有一個是他姐姐的同學，罪名是破壞上山下鄉。東林曾經在家裡見到過這個人，人不錯，也是玩音樂的，對他姐姐特殷勤，看上去像個書呆子。「你說，這種人怎麼會破壞上山下鄉呢？聽說就是說了些農村幹部不好的話。你知道嗎？下令槍斃的就是你的許伯伯。」

海生曾在給東林的信裡，說起自己在火車站送同學上山下鄉時的情景，所以才有了兩人在信裡談論知青的話題，東林姐姐的同學的生死，對海生的震動並不大，只是下令人是許伯伯，對他這個許的崇拜者來說，很有些殘酷的意味。

大個的來信，更是把他挖苦的不淺。他上次給大個的信，把李一帆那封信中普希金的《致大海》以及自己的崇拜都寫了上去，本想對大個炫耀一下自己已經接觸新思想了，沒想到大個毫不領情，狠狠地嘲笑了他一通，說真的，寫信的時候，海生就有些心虛，他對普希金的詩，原來就是崇拜多於理解，它向他撩開了另一個未知卻又存在的世界，讓他浸染在啟蒙的興奮裡。至於這個世界究竟是什麼，只怕他要用一輩子來讀完。現在被大個戳破了臉皮，真有些無地自容的感覺。不過，在他的心底，他不會改變，也無法阻止自己對那些新東西的追求。

回到軍營沒多久，又傳來了偉大領袖的最新指示。他老人家好像吃透了這幫開了洋葷的軍人們的心思，這個最新指示，是專門說給他們聽的，指示只有一句話：部隊要野營拉練。這七個字，卻叫海生和他的戰友們嘗到了艱苦的滋味。

所謂「拉練」，就是長途行軍。一個全副武裝的戰士，負重量是多少呢？約 50 斤上下。一支 7 斤半重的半自動步槍，再加上一個子彈袋，四顆手榴彈，5 斤重的米袋、水壺、被褥……，包括到那都必須隨身攜帶的《毛選》。而這時的梁海生混身上下連骨頭帶肉才 107 斤。全連 100 多人，他年齡最小骨骼還在發育，每天負重 50 斤，走 100 多里路，全班人都擔心他會拖班裡後腿，出發前班的動員會上，他和瞿中倫一起被例為重點照顧對象，他倆聽了相視苦笑：怎麼又是我們。

第一天是適應性訓練，走了不到七十里路，他一步不落地走完全程，第二天不對了，是一百二十里的強行軍，走到下午，全班只剩下他和班長走在七零八落的隊伍裡，其餘的人掉隊的掉隊，上收容車的上收容車，早已不知所蹤。

冬天的土地，一到中午就開始化凍，化開的凍土濕漉漉的沾在鞋子上，甩也甩不掉，海生只覺得腳越走越沉重，每走幾分鐘，就要到路坎的長草上，把鞋上的泥擦乾淨再走。雖然是冬天，汗水早已濕透了棉襖，連背包上都印上了汗漬。他緊跟在班長身後，拖著腳，一個字，一個字，斷斷續續地說：「班長，你說當年老紅軍兩萬五千裡長征，每天要走多少里呀？」

「不知道。你沒有問過你爸爸？」蔡光勇朝他慘然一笑，看來他也好不到哪裡。

「他沒有參加過長征，他是地下黨，搞學生運動，聽說過『一二・九』運動嗎？」

「聽說過，那麼他是學生兵嘍。」

「大學生。」海生飛快地糾正著。

兩人邊聊邊走，總算暫時忘記了累。這時，又有幾個掉隊的戰士，東倒西歪地坐在路邊的稻草堆土，其中一個居然是田朝陽，海生樂得大呼：「田朝陽！」

對方勉強抬起了頭，搖了搖斷了似的胳膊，算是答應了。

「你小子這麼沒用，你們一連都被我們二連超過了。」

朝陽沒給他好臉地說：「梁老三，別嚷嚷的像個戰鬥英雄似的，我他媽的腳上起了無數個泡，我投降了，還是你小子腳功好，像沒事一樣。」

「我就是有點痛，沒起泡。」海生減慢步，得意地從朝陽面前走過忽然從口袋裡摸出一樣東西，回轉來說：「兄弟，我還有最後一塊椰子糖，接著了。」說完，準確地把糖拋到對方的懷裡。

「兩毛一斤的破糖還送人，你就不能送點高檔的嗎。」看著走遠的海生。朝陽一邊嚷嚷，一邊迅速把糖塞進嘴裡。

當冬日的太陽在暮靄裡勉強撐著半張紅臉，二連總算走到了宿營地，一點名，只剩下 29 個人，連部的指導員和副指導員都不見了終影。二班的宿營地，設在生產隊的豬棚裡，一道矮牆之隔，那邊是幾十頭豬吃、喝、拉、撒的地方，這邊原是堆飼料的地方，臨時騰出來給他們住一晚。宿營地的雜活全落在沒掉隊的班長和梁海生身上，兩人在地上鋪滿厚厚的乾稻草，再用稻草編了個長長的圓柱，檔在鋪草的外沿，這樣，10 來個人的通鋪就算完成了。海生又跟著班長在屋外的田埂上挖了一個坑，坑的上半部放一個鋁盆當鍋，一圈用濕泥封好，只在前段留了一個煙道，坑的底部與田埂的外側挖通，就可以投柴燒火，剩下，就等著淌口水吧。

「我一聞這味，就知道是咱班的大米飯熟了。」這是胡連營歸隊的聲音。

「你的鼻子比狗鼻子還靈，能分得出班、排來。」蔡光勇使勁挖苦他。

隨後，掉隊的都一個個找了過來，最後一個到這的是副班長，蔡光勇問他：「你怎麼一個人回來了，瞿中倫呢？」

「他被團衛生隊接走了，病的不輕，恐怕不能參加野營拉練了」。

連續 6 天拉練之後，二連人人還剩下一口元氣在支撐著，晚點名時，連長首先宣佈明天休整一天。話音才落，滿屋子爆發出熱烈的掌聲，海生還是頭一回聽到不帶虛情假意的掌聲，大夥太需要這一天了，連長也被這掌聲逗得嘿嘿笑了起來，他接著說：「明天是1971年元旦，法定休息日，否則，就你們這慫樣，我不會讓你們休息的。」海生這才記起，今天是1970年最後一天。連長點評了一周的拉練訓練後，又唸了一串表揚人員名單，其中居然出現了梁海生的名字。

「我尤其要提一下樑海生，這個城市兵只有16歲，6天行軍中沒有一天掉隊，也沒有比任何人少走一步。為什麼他能做到，而很多人做不到呢？」連長說著，目光犀利地橫掃全場，敢情這表揚還帶著尾碼呢。

然而被表揚的海生，此刻正靠在王銅的肩上打瞌睡呢。100多人擠在50多平方米的屋子裡，其製造出來的溫暖，令他昏昏欲睡。還是王銅用肩膀頂了頂他，對著他耳朵說，正表揚你呢。他勉強聽了個尾巴，心想，應該表揚自己的腳，這傢伙走了6天，竟然一個泡沒起。

連長繼續訓話，海生繼續靠在王銅的肩上打盹，昏昏然中，他感到自己的下體被輕柔的撫摸著……，撫摸中，它膨脹起來，膨脹的它，有些瘋狂，又有些舒暢，他睜眼瞄了一下那兒，一隻手不知什麼時候插進了自己的褲子裡，此刻正在那來回蠕動著，順著軍袖，他看到一雙眼睛閃著異樣地笑著看他，他趕緊拽出那隻噁心的手，拼命挪開身子。那張臉還在笑，只是變換了笑的意味，半是安慰，半是得手後的興奮。這是他第一次被別人侵入自己身體最隱秘的部位，並讓對方撩起了自己的情欲，他完全沒想到自己的下體會在如此尷尬的狀態下興奮，他不知道該如何回擊對方，明明被欺負了，卻無法還手，他只能選擇在心裡氣憤。

（十一）

第二天，一覺醒來，早忘了昨晚的事，處理完個人衛生，他找到趙凱、李一帆一起去逛附近鎮上的百貨商店。

「你們說，今天想吃什麼？我請客。」海生面帶得意地說。

「你不是請假去買電筒嗎？怎麼改請客了？」趙凱喜形於色地問。

「我要是請假去吃館子，他們會批嗎？」海生說罷，喜孜地掏出一個存摺說：「我有錢了。」

李一帆搶先拿過去打開一看：「哇，50塊！你小子是地主啊。」

「第一次發津貼時，班長給我存的，每月5元，剛到期。」

「你是該請客，剛得到連長表揚。」趙凱一邊齜牙咧嘴把起滿泡的腳小心落在地上，一邊還不忘奚落別人。

連續6天走下來，他腳上已經是泡連泡了，一雙手也被凍爛了，用厚厚的紗布包裹著，和電影裡國民黨傷兵沒兩樣。三人中只有李一帆最輕鬆，他參加了營裡的宣傳隊，每天只消站在路旁，拉開嗓子喊:苦不苦，想想紅軍兩萬五，累不累，學習革命老前輩！喊完了，再來一段現編的快板書，然後坐上卡車就跑了，又風光，又不要走路。

「表揚的不光是我一個，還有李一帆呢。」

「我想請客，可惜兜裡空空」。會抽煙的李一帆，口袋裡當然沒錢。接著，他不忘提醒海生：「你小心啊，他昨天可是拿你當槍使呢。」

海生好歹也是一年老兵了，什麼都見識過，對李一帆的提醒不以為然，可是他又不想反駁他，那樣顯得自己太正統，他反問：「你是說表揚的事？」

「別說了，前面有我們連隊的人。」趙凱伸著舌頭提醒二位。

三人來到小鎮，鎮上只有一家百貨店，一家儲蓄所，一個郵局，一個小飯店。不過正好，取錢，買好電筒，再進飯店，該有的都有了。三個人不敢坐下堂吃，生怕被連隊的人發現了，說他們搞特殊，點了些豬頭肉、熏魚、花生米，再加一瓶洋河大麯，用了不到5塊錢，三人選了個大草垛子背人向陽的一面，東西往地上一攤，乃大吃大喝起來。

海生把酒瓶遞給李一帆，說:「你先來，為了新的一年喝一口。」後者也不客氣，接過酒瓶說：「我這一口，為了過去一年的創傷，為我們的成長。」說完一口酒灌進喉嚨，再把酒瓶遞給趙凱，趙凱先一仰脖子，一大口酒下肚，帶著酒氣說：「我這一口，為我們天各一方的家平安無事。」然後他扯著嗓子向遠處喊道：「老爸，你多保重！」

趙凱的父親在文革期間曾被軍院的造反派扣上「叛徒」的帽子打倒，母親一看大廈將傾，立即劃清界線，拋下趙凱兄妹倆走了。後來政審結束，他父親不是叛徒，又恢復了工作，但是，家從此破碎了。

他這一喊，把躲在稻草垛裡避寒的麻雀嚇得四處亂飛，也令三個人一時間悲壯起來，家在他們的心裡突然有了份量，海生更是想起了毫無音訊的丁蕾，到了農村的她，依舊優雅自信嗎？今天，兩人雖天各一方，卻同樣身處寒冷的鄉村，思戀的憂傷令他為之一振，他拿起酒瓶說：「這一口，為了遠方的朋友。」

一陣狼吞虎嚥之後，李一帆扯起了一個不相干的話題：「我聽營裡的書記說，你們班的瞿中倫要提前退伍了。」

「是嗎？」海生很是震驚的問。「這下他慘了，連個黨員都沒混上就回去了。」

「你瞎操什麼心，你擔心管用嗎？」李一帆一邊嚼著豬頭肉，一邊操京腔說。

海生天生喜歡瞎操心，被他捅到了短處，先是矮了半截，但還是為了自己辯解道：「他人蠻好的，這下前途全毀了。」

在這幫子弟兵的頭腦裡，一個幹部子弟和一個農村子弟關係密切，等於是自降身份。相信沒人告訴他們要保持身份，因為這是革命時代，革命提倡的是人人平等，但是在這個表面上平等，實際上處處都看重等級的社會裡，從小的耳聞目染足夠讓他們知道自己高人一等的地位。

一直在一旁擺弄手上紗布的趙凱忽然開口說：「我聽說，上次我交上去的那個金戒指，生產班長沒有交到連部。」

「是嗎？我當初就覺得他會私自侵吞，你們記得他當時的表情吧，兩眼盯著戒指就像拔不出來似的。我看，我們告到連裡領導那

兒去。」海生說。

「你說呢？」趙凱想聽聽李一帆的說法。

李一帆沉吟道：「你讓我想想。」

「這事可關係到我今年能不能評上五好戰士。」趙帆又補充一句。

野營拉練一結束，連隊就要開始年終評比，包括評五好戰士。五好戰士的占比是 40% 上下，本來表現平平的趙凱，只有靠拾金不昧的特殊表現才能有希望評上，結果那個班長把戒指給黑了，他豈不是兩頭落空。

「還不如當初不上交呢，把它賣了，下館子也夠吃個幾十次。」海生心疼地說。

「去你的，你就知道吃！」此時的趙凱恨不得把他臭得遠遠的。

其實，海生話一出口，自己也忘了說了什麼，被他一臭，自己反而開心地笑成一團。

「要告，並且不能通過班排一級一級告上去，他不是黨員嗎？直接告到黨支部。」李一帆總算開口了。

「他要是不承認有這回事呢？」

「怕什麼，我們給你作證。」海生灌了口大麴，堅定地說。

「這樣不好，別人會說我們是小團體主義。最好你寫封書面報告交上去，把整個過程和當時的證人，包括生產班其他人都寫上，他們收到就一定會辦。」

「你的意思，你不出面作證了？」趙凱一語道破地問，他就怕李一帆做縮頭烏龜。

李一帆急忙申辯：「你放心，只要他們找到我，我一定為你作證。」

「那好，你幫我寫報告，這總可以吧，你知道我的文筆很爛的。」趙凱一步不鬆地說。

「行啊，我來寫，但是最好要你自己抄一遍交上去。如果連裡看出是我的筆跡，對你我都不利。」

連傻乎乎的海生也看明白了，李一帆八成是在為自己的「五好戰士」擔心呢。三人中只有自己不用去爭「五好戰士」，他突然覺得，置身世外的感覺真好。

以後的日子裡，海生最關心的就是關於金戒指一事的進展，他有時候比趙凱本人還急。原因只有一個，他痛恨那個班長。他甚至暗暗責怪黨部，怎麼會把這種人發展成黨員的，還樹為標兵。

野營拉練結束後，回到營房，趙凱有一天垂頭喪氣地找到他說，排長代表黨支部和他談了，那個生產班長承認有那麼回事，可是他說後來把戒指放在抽屜裡，不知道怎麼就不見，所以就沒上報到連裡。

「你信了？」海生望著氣餒的趙凱說。

「小狗才信，這麼貴重的東西，他會隨手放在抽屜裡！」

「你跟排長也這樣說？」

「當然，排長說連裡領導也不相信他的話，但是他堅持說丟了，況且時間太長，東西恐怕早已轉移了，就是搜也搜不到了。」

「那麼，你拾金不昧總是事實吧？」

「哼，是事實，但無法公開表揚。如果公開表揚，別人會問戒指的下落，下落不明，關係到連裡工作不力，反映到上級那裡，會影響評『四好連隊』。」

海生聽完，氣得口無遮攔地說：「不僅會影響評四好連隊，還會影響他們的升遷吧。」

到了這個地步，人是什麼話都說的出來的。何況，這事的操作方式和自己當初偷錢一事的處理方式，何其相似。

三天後，指導員在全連大會上宣佈 1970 年「五好戰士」評選結果，果然趙凱不在名單之內，三個幹部子弟，只有李一帆榜上有名。散會後，趙凱當著眾人的面攔下那個生產班長，劈頭蓋臉地把他臭罵了一通。新兵罵老兵，本來就鮮有，何況被罵得還是黨員班長，那場面足夠刺激。生產班長被趙凱指著鼻子說得臉色慘白，為了幾百元的東西，他硬是忍氣吞聲，連個屁都不敢放。雖然無法改變什麼，站在趙凱身邊的梁海生，還是覺得暢快淋漓。生性不喜歡為自己辯護，喜歡為朋友出頭的他，不失時機地向班裡班外的人解釋戒

指的來龍去脈。

一個連隊，100 多人擠在一個鍋裡吃飯，每雙筷子上都有無數的故事，這種爆炸新聞，都不需要外力推動，自己長著腿，跑得飛快。當它一圈再回到梁海生的耳朵裡，這枚戒指上鑲得已經不是鑽石，而是寶石，不是一顆，而是五顆。弄得新來得排長也把他拖到沒人處問，到底是鑽石，還是寶石，是一顆還是五顆？

「一顆！」海生就像捍衛革命原則一般堅定地說。至於是鑽石還是寶石，他也弄不清楚，他請排長去找李一帆。於是最後的解釋權又到了李一帆那。稍後，李一帆氣急敗壞地跑進二班宿舍，衝著梁海生說：「你怎麼連鑽石和寶石都分不清楚，鑽石只值三位數，寶石就價值連城了！」

海生聽完，笑翻了肚皮，他第一次發現，大才子李一帆生氣的時候和常人一樣。

又過了幾天，那個生產班長的名字出現在老兵退伍的名單裡，這等於證明實了趙凱所罵屬實。出現在退伍名單裡的，還有瞿中倫。這時的他還躺在醫院裡，接受第二次抽腦積水的治療。

也不知道有沒有人通知他？望著他空著的床鋪，海生憑空生出許多感慨，其中有看得清的，也有看不清的。看得清的，就是四個很不好聽的字「中途退伍」。回到家裡，別人會指著他說，瞧，部隊裡不要他了，給送回來了。看不清的，是他的將來，那是個無情的，會淹沒生命的將來。

當了一年兵退伍回去，不算服滿兵役，所以叫「中途退伍」。這四個字的意思是半道上被部隊送回來了。在農村裡，這是件很丟人的事，海生對其中滋味體會不到，他心裡擔憂的是瞿中倫的不治之症，部隊裡起碼還有好的醫療條件，回到農村，不就是等死嗎？他才剛剛 20 歲呀。

早春二月，複老迎新結束不久，瞿中倫從醫院回來了。這天正好是海生入團的日子，心情本來就好，意外看到瞿中倫坐在宿舍裡，簡直讓他狂喜。

他一把抓住對方的兩隻手，高興地說：「你的病好了嗎？」

「好多了。」瞿中倫笑得顯然有些勉強。

海生感到他的兩隻手軟綿綿的，心裡的高興勁一下子全消失了。

「你應該再住一陣，誰知道你以後還有沒有機會住？」

「特地趕回來祝賀你入團的。」瞿中倫並不在乎他的口無遮攔，半開玩笑地說。

「別開玩笑了，我們這一批兵裡，我是最後一個入團的，說起來都丟人。」

「不丟人，我入團都 20 歲了。」坐在另一邊的胡連營齜著他標誌性的黃牙說。

「班裡的變化多大呀，我像個陌生人似的。」瞿中倫感慨地說。

一年前和他倆一同分到二班的王銅說：「是啊，班長、副班全退了，二班連你只剩下五個老兵，一半是新面孔。你知道嗎？我們一塊入伍的，已經有人當上副班長了。」

其實，一年前他們剛分到連隊時，瞿中倫是新兵中重點培養對象，因為他是家裡帶來的團員，又是教師，政治條件比其他人好，沒想到身體條件不好，連累他連軍裝也穿不成了。

「什麼時候走？」海生傷感地問。

「後天。明天連部還要舉行個歡送儀式。」瞿中倫抹了抹光頭，輕輕地說。

「什麼歡送儀式，他們還不是要找藉口吃一頓。」海生本不是一個刻薄的人，但是，說話刻薄才能顯示一個人的成熟，這種怪癖是社會的賦於，他也無法倖免。

第二天晚上，海生上完第一班崗回到宿舍，已經是 11 點多鐘，遠遠地看到昏暗的路燈下坐著一個人，熟悉的身影，熟悉的選擇，他輕輕地走到他身旁，又輕輕地「嗨」了一聲，對方用等待已久的眼神回望了他一眼。

他慢慢地坐下問：「吃了幾個菜？」

「四菜一湯，沒喝酒，他們喝了，我沒喝。」瞿中倫補充了一句。

海生不再問，打量著已經摘掉紅領章、紅帽徽的對方，感覺好奇怪。

「沒想到就這樣回去了。」對方首先打破了沉默。

「是啊，我正在想火車上第一次見面的情景，還記得你從家鄉帶來的大饅頭嗎？我要丟掉，你卻捨不得。」

「嘿嘿，怎麼也想不到，那天和你往一塊一坐，就是一年多的友情。」

「你知道嗎？有一件事最讓我迷惑，」海生衝他頑皮一笑，說：「每當我和別人發生爭吵，跟班長班副頂撞，只要你在場，和你的目光一碰，我就會停下來。你眼裡有一種悲天憫人的目光，一看到它，我就害怕會傷害它。」

「有這麼神嗎？」瞿中倫聽他這麼一說，也不覺笑了起來。「其實，看到你經常會讓我想到幸福，尤其是你天真的笑容，在別人的臉上是無法找到的。住院時，我常常會想起你，羨慕你能生在那麼好的家庭。」

瞿中倫的這番讚揚，有種讓人心酸的感覺，海生眼睛一熱，趕緊轉移話題去問他：「你的病究竟怎麼樣了？」

「一年之內不會有什麼問題。」

「一年以後呢？」

「繼續抽水吧，如果不抽水，腦袋就會腫大，最後……。」瞿中倫給他一個死亡的眼神。

「你家鄉的醫院能做抽水治療嗎？」

「不知道，就是有，也要花不少錢。醫生說了，每次抽水的間隔會越來越短，即使能抽水，那一天也會很快到來。」

「還有多長時間？」話一出口，海生就後悔不該這麼問。「兩年。」

說到這，兩人都沉默了。才滿 16 歲的梁海生，對生死全然沒有概念。兩年，730 天後，他身邊這個熟悉的人就將在世界上消失，這幾乎無法讓人相信。730 天，中間會有多少變化啊，難道就眼睜睜地數著日子過？說不定出了某種新藥，或者發生了奇跡……。他眼望蒼穹，希望能穿過時空，看到兩年後的此刻，瞿中倫的身影還在世間，平靜地給他一個微笑。

（十二）

二月底，連隊又奉命回到了市中心執行任務。這次不是「支左」，「支左」這個詞永遠過去了。但駐紮的位置幾乎和支左在同一個地點。新任務是在人民廣場站崗。上海人民廣場，就像北京天安門廣場，是全市集會遊行的中心，大得幾乎看不到邊。向南走，出了廣場，穿過兩條馬路，就是去年支左的明光中學。廣場的北側，是幢五層樓高的巨型建築，它即是辦公，也是召集檢閱的中心，梁海生每天就在它的下面站崗，只要一抬頭就能看到矗立在廣場另一端的大世界的塔樓，看到塔樓，就使他想起明光中學，想起謝老師的琴聲，琴聲最深處，朦朧可見丁蕾的身影。

在人民廣場站崗，可算是真正的霓虹燈下的哨兵。除了每天看車水馬龍之外，還有一道非常別致的風景線，每當入夜，廣場的華燈下，坐滿了談情說愛的情侶，站崗的時候不允許東張西望，但瞟一眼的功夫總是有的。要知道，最近的華燈離哨位的距離不過五六米，那些坐在華燈下親吻，摟抱的男女們，根本視哨兵為木樁，可哨兵又豈是真正無情，海生相信，其他的哨兵瞟一眼的時間不會少於自己。因為大家飯後茶餘聊得最多的就是晚上站崗見到了什麼「西洋景」。

有一天，這種刺激直接「刺激」到了哨兵的眼皮下。初夏的一天，風和日麗，哨位前迤迤然走來一個妙齡少女，衝著一本正經的哨兵說，要找梁海生。

此刻，梁海生正在大樓後面的操場上列隊練習正步走。就是那種兩條腿繃得直直的，挺胸抬臂往前走的操練。正當他的雙腿麻木不堪時，連隊的通訊員出現在佇列前：梁海生，到連部去，有人來看你了。這種時候，這種場合，突然被叫走，還不讓所有繼續拔正步的人嫉妒死了。反倒是海生懷疑耳朵是不是出了問題，怔怔地看著通訊員。

「你看什麼，趕緊走呀！」經對方一推，他才如夢初醒。

「什麼人找我？」他跟在通訊員後面邊走邊問。

「一個漂亮的女孩子，說是你爸爸老戰友的女兒，是不是你家屬啊？」

在軍隊裡，家屬就是妻子的意思，通訊員這一問，可把還不夠法定結婚年齡的海生樂壞了，趕緊隨了一句：「我想有啊，可惜黨紀國法不允許。」

說完，他在心裡使勁地猜這個「老戰友的女兒」究竟是誰？在這個稱謂之下的女孩子有一大把，誰會跑到上海來看他呢？他第一個想到的是顧紅，因為她沒有當兵，可以到處遊玩。他自忖這世界上如果能有一個女孩心裡會有梁老三，也只有顧紅了。另外，他夢裡出現頻率最高的女孩，除了丁蕾就是她。

他滿懷希望走進連部會議室，一看，眼前是個從沒見過面的女孩子。她穿著一件飄逸的白上衣和墨綠色的褲子，隔著長長的會議桌，開口就喊：「海生，你好！」

海生被問懵了，紅著臉望著這個從沒見過，但又非常熱情的女孩。

「我叫李寧，我父親是李雙。58 年在上海武康大樓時，我們兩家是鄰居，後來，你們家搬去南京，我們家搬到福州，我爸現在是福州軍區炮兵副司令。」

按常理，軍隊幹部子女見面，若互不相識，只要報出父親的職務或戰爭年代所屬的序列，比如三野、四野，就算是自家人了。這好像武林中自報家門，報不清家門師承，就有冒名嫌疑，李寧既能報出當年上海的住址，又能報出父親的職務，肯定是自家人。如果她說她父親是福建軍區炮兵副司令，那就不對了。因為福建軍區是省軍區，受福州軍區管轄，福建省軍區下面不設炮兵司令或副司令。這些東西在外人看來摸不清頭腦，對這些將門子弟來說則是門清。

對海生來說，只要有人來探望，就開心的不得了，至少可以短暫離開苦海，何況眼前是個秀色可餐的女孩子呢。

這時通訊員拎了暖水瓶進來，對著他的耳朵悄悄地說：「裡面是冰鎮酸梅湯，專門打給你的。」

海生千謝萬謝之後，倒了一杯給李寧，問道：「你怎麼會找到這的？」

「我之前在你家住了半個月，要回福州了，經過上海，想看看玩玩，劉阿姨把你的地址給我，讓我順便看看你。」

聽說是老媽讓她來看自己，海生心裡更熱乎了，急急地問：「我們家還好吧？」

「很好的，」李寧一副乖巧的樣子說：「你爸爸媽媽對我可好了，還有小燕，我們天天在一起玩。」

聽膩了男人粗線條的嗓音忽然耳邊有一個甜甜糯糯的聲音，海生感覺好得一塌糊塗。

「我還去了顧叔叔家，他還在學習班沒回來，我見到了顧紅和她媽媽。」

經她一提醒，海生想起來了，「對呀，她們家當年也住武康大樓。」

兩人越說越熟絡，說到開心處，一起無拘無束的笑著，根本就不像才認識 10 分鐘的樣子。海生很哥們地問她：「你在上海有什麼打算？」

「我準備去警備區張副政委家住兩天再回福州。」

張副政委也是父親的老戰友，老爸曾經讓他有機會去看看，海生一直找不到機會，眼前正好有了機會，便自告奮勇地說：「你等一下，我去請個假，送你過去，順便帶你逛逛南京路。」

聽說去見張副政委，連裡很爽快就批了假，規定他下午兩點半前歸隊。

兩人肩並肩走出了廣場大廈，惹得在操場訓練的戰士們議論紛紛。

「他們在說什麼呀？」李寧面帶羞色地問。

她臉這一紅，反讓海生覺得自己有必要勇敢一些，趕緊胸脯一挺說道：「別管他們，我帶你從後面穿過人民公園，出了公園就是南京路。」

上了南京路，他倆沿著人民公園這一側，一路逛到外灘，再從另一側往回逛，走著走著李寧說：「我走不動了。」順勢用手勾住了海生的胳膊。

海生有些遲疑地說：「部隊裡不允許這樣。」

「這裡又不是營房，誰來管你啊。」李寧撅起了嘴。

海生生怕她不高興，便任憑她挽著，心裡卻一直很緊張，一來是第一次被女孩子勾住胳膊，二來他總覺得四周的人都在盯著他倆。在中國第一繁華的馬路上，一個軍人勾著一個女生，這太什麼了吧。所以，一路上他被李寧的小手拽著混身彆扭，直到上了公共汽車，他才長長地吐了口氣。

他抹了抹頭上的汗問她：「現在幾點了？」

「你自己看。」李寧把腕上錶放到了他的鼻子下面。

「一點半了，」海生心裡一驚，說道：「我只能送你到警備區司令部大門口，因為我要在兩點半前趕回去報到。」

「你不能把我送到他家嗎？」李寧又撅起了小嘴，一臉可憐地說。

「來不及了，連裡能批我的假，已經是開恩了，我必須按時歸隊。你只要和大門口的值班室說，你找張副政委家，他們會派人送你過去。」

「好吧，想不到你還是個很聽話的戰士呢。」她嗔怪地說。

海生被說得臉紅一陣白一陣，在他們的世界裡，「聽話」就意味著膽小，是個可笑、雛雞般的優點，沒有一點造反精神，當然也沒有幹部子弟的氣質，無論是用文革的眼光衡量，還是幹部子弟自己的標準衡量，「聽話」都是軟弱的象徵。

見梁海生目光漂向別處不說話，李寧咯咯一笑：「你生氣了，我逗你玩呢。」

海生不想讓她難堪，立刻收起了心裡的不快說：「沒事，我們到站了，下車吧。」

兩人下了電車，沒走多遠，就到了警備區大院，海生在大門外收住腳步。

「你要回去了？」李寧兩眼緊緊盯著他問。

「對，有什麼事，你來找我，或者打電話。」

「謝謝你了，我回到福州會給你寫信的，你會回信嗎？」

被她異樣的目光盯得不知所措的海生，一個勁地說：「會的，會的。」

「來，握個手。」李寧大方地把手伸給他，他趕緊伸出手，與其說倆人握手，還不如說是她握住了他，那柔軟的手掌中帶著某種暗示。

回到連隊，還不到兩點半，午休還沒結束，他往床上一躺，長長地伸展開身子，身心俱感逛街是件苦差事。班上幾個好事的，絲毫沒有讓他輕鬆的意思。王銅搶先問他：「是你的女朋友，還是未婚妻？」「去你的，我還不滿 17 歲，哪來女朋友和未婚妻。」王銅不信，說：「你騙人，你們倆有說有笑的，關係肯定不一般。」海生躺在那沒說話，他懶得回答，因為在農村，男女之間稍有私密舉止，就不是一般關係，而在城裡，尤其在上海灘，這些舉止什麼都不是。這時，副班長咽著口水說：「長得很好看，就是黑了些，沒有上海女人白。」胡連營接著他的話說：「你沒看過《霓虹燈下哨兵》嗎？趙大大說，黑是健康。」王銅抓住他的話，不依不撓地說：「你還有臉說，大熱天的還每天往臉上塗雪花膏，還不是嫌自己太黑。」

結果，一個女人引起的話題，成了他倆之間的爭執，直到集合哨響起才罷手。

其實，李寧在海生心裡留下的印象很怪很怪，她那超乎尋常的熱情背後，似乎藏著某種引誘和暗示，雖然他對引誘有一種本能的衝動，可暗示卻令他混身不舒服。在其後的幾天裡，他一直在等她的音訊，結果，人、電話和信都沒有出現。

就在他對她的興趣淡去時，李寧兩個字又出現了。這天，他收到一封地址很陌生的信，從浙江金華寄來的，字跡清秀，難道是她？

海生腦子一轉，心裡閃過了李寧的影子。打開後先看落款，竟然是顧青寫來的。這是所有可能中，最意想不到的事。他急急忙忙唸完信，更多的想不到令他出了一身冷汗！

原來，李寧跑到顧青當兵的醫院去了，也是以她爸爸老戰友女兒的身份去找她。顧青多了個心眼，給南京的家裡打了個電話，這才知道，大院的保衛處正在滿世界找這個人呢。這個叫李寧的女孩用相同的方式在大院騙了好幾家，其中有梁家，也有顧家。顧青在信上告訴他，李寧在他家住得時候，偷走了小燕 50 塊私房錢和通訊錄。怨不得她能找到我和顧青，海生方才恍然大悟。

顧青故事的結尾，當然是她通知了醫院保收部門，把李寧抓了起來。

乖乖！這個人原來是個女騙子，我怎麼就沒能看出來呢，居然讓她從眼皮底下溜走了。海生從小在家就是個找東西的高手，誰有什麼東西找不到了，告訴他，一定有辦法給你找出來。此時此刻，他覺得自己笨得像頭豬，同時，他也太佩服顧青了。這年頭，能抓住一個壞人，可是很光榮的事呢，說不定還能立功授獎呢。

可他還是不明白，這個李寧怎麼就能住進自己家裡的？想想都可怕。

沒過幾天，又有一個女人走到廣場門口，對哨兵說要見梁海生。這次不是小姑娘，而是老媽劉延平。一別南京，海生已經一年多沒見到媽媽了，看到她，自然高興的不得了。「媽媽，你怎麼來了？」

「我怎麼不能來。」劉延平擺出老革命的架式說：「我到上海出差，順便來看看你。」

「原……來……如……此，啊！」海生拉著京劇裡的腔調，調皮地說。

「和你說正經話呢，油腔滑調的。」劉延平看著長高長大的老三，心裡高興，嘴上卻認真地說：「我剛才已經和你們連裡領導談過了，總得來說表現不錯，聽說上半年初評，你還評上五好戰士了，怎麼也不告訴我們？」

「是初評，又不是年終評比。」梁海生緊接著問：「你找他們調查我幹麻？」

海生討厭母親像個領導似的打聽他的所作所為，可是這個社會當父母的都這樣。你哪怕討厭一萬次，也改變不了他們，如果你想改變，還是等你當了父母吧。

「我為什麼不能問。」老媽擺出老革命老黨員的架式說：「連裡幹部說了，你平時作風稀拉，滿不在乎，這都是幹部子弟身上的壞習慣，你一定要認真克服。」

劉延平和她的同伴——「首長愛人們」，從來都沒想過，如果這些壞習慣都克服了，他們還是幹部子女嗎。

「聽到了！」海生恨不得趕緊結束這類談話，於是煞有介事地問：「對了，那個李寧是怎麼回事？」

「我正要問你呢，你沒有被她騙吧？」劉延平說完，像醫生檢查身體似的，把兒子從頭到腳打量了一番。

「沒有，她到連隊來找我，說是從我們家來，聊了一會又說要去找警備區張叔叔家，我把她送到警備區司令部大門口就走了。」海生覺得老媽話裡有話，就隱去了兩人去逛南京路那一段。

「沒上當就好，這個女孩子在大院裡騙了許多人。她父親只是福州軍區炮兵的一個處長，文革前過世了，她媽媽又是個農村婦女，管不了她，隨她胡來。她打聽到她父親在上海時，曾在你爸爸手下工作過，就從福州跑到南京，找你爸爸要當兵，在我們家一住就是十幾天，結果兵沒當上，偷了小燕藏在日記本裡的 50 塊錢就失蹤了。」

「還好啊，她算不上真正的騙子，」海生覺得「騙子」這頂帽子給李寧戴似乎太大了些。

「這還不算騙子，你怎麼一點警惕性都沒有，你看人家顧青，一下子就識破了。」

正說著，連長進來了，執意要留老媽吃飯，劉延平怎麼也不答應，連長看留不住，就對梁海生說：「這樣吧，你母親這麼遠來看你，你陪你母親去逛逛南京路，午休結束前歸隊。」

劉延平左謝右謝地帶著海生出了人民廣場，兒子卻在一旁不停地亂笑。

「你笑什麼？」

「他們以為你沒到過上海呢。」

「不要背後議論連裡幹部。」

海生在背後悄悄地吐了吐舌頭，心想誰要是在她手下當兵，四面牆上一定貼得都是規距。

劉延平這次來上海其實是專門看兒子的，處裡有個上海外調工作，本來是由下面的同志辦的，但李寧的事讓她坐立不安，就乾脆公事私事攪在一塊了。當年海生在家時，胡天胡地，恨不得把他趕出去，一旦人不在了，又引來無數牽掛。

人民公園對面有個國際飯店，文革開始後，就少有人進出了，在它旁邊有個人民飯店，倒是對人民開著，劉延平領著兒子進去，點了幾個兒子喜歡吃的菜，自己只是動了動筷子，心意滿滿地看著兒子，長高了，長大了，身上到處都是結實的肉疙瘩。

「記得走的時候，還沒我高，現在比我高了一個頭了。」

「上個月參加區飛行員體檢，身高 1 米 72。」海生得意地說。

「那就多吃點，把魚和肉都吃了。」抗戰時就參加革命的老媽，豈能不知道軍隊的艱苦。

這頓飯，娘兒倆說得話比前 16 年加起來都多，海生第一次感到原來老媽心裡還是很掛念他的。

（十三）

自 1949 年之後，每年一度的國慶閱兵，都是軍隊的主要政治任務，閱兵儀式不只僅限於首都，在上海等大城市都有。離 10 月 1 日還有一個多月，梁海生所在連隊就開始閱兵式排練。其實排練很簡單，只有兩項內容：第一是正步走。正步走是軍隊佇列訓練中最難的，前面說過，每一步不是走出去的，而是踢出去的，要想踢得標準，必須經過艱苦訓練，打小走路就喜歡和馬路上的石子過不去的梁老三，自正步訓練開始，就忘記了踢石子的絕技，每天的魔鬼訓練，就是改變習慣的苦口良藥。第二項是立正站立。對正常的人來說，站立是再簡單不過的事了。然而此一項卻是最艱難的，任何人挺胸收腹，一動不動連續站 4-6 小時，都會嘗到如同上刑一般的滋味。過了這一關，人就會有脫胎換骨的變化，就像梁海生，以前是站不直，走不穩的晃蕩少年，經過這一番折磨，往那一站，儼然一個標準的軍人。

然而，就在全連緊張訓練時，九百六十萬平方公裡的大地上，出了件天大的事。9 月 13 日晚飯後，天邊還留著一抹晚霞，平靜的大樓裡突然響起了急驟的緊急集合哨音，聽到了哨音，所有的人都亂成了一團，大家一邊快速整理行裝，一邊互相猜測，從來，緊急集合都是在凌晨，今天怎麼在晚飯後了，問班長邵群，他也沒有這種經歷，正在不知所措時，排長匆匆走了進來，簡短地宣佈：連隊要立即開拔，去執行重要任務，每個人要按戰時要求配製好，三分鐘之內在樓下集合！

「要打仗了！」排長剛轉身出去，梁海生就一跳多高地喊道，當他雙腳落地時，卻頓覺萬般地無趣，因為周圍的人沒一個有興奮的感覺。在他心裡，當兵不打仗，這個兵當得太沒勁了。這些大院子弟對戰爭的渴望遠遠超過那些既聽話又能吃苦的農村兵。前者是衝著打仗，衝著父輩的榮譽來的，後者卻是為了改變生活來的。「上戰場」這三個字，說在嘴上可以，寫成文章也可以，真正戰爭來臨了，全沒心理準備。因此海生的一腔熱情，唯一能引來的是有人在肚子詛咒他。

平時，連裡的槍和彈藥是分開保管的，槍由個人保管，彈藥由連隊保管，只有戰時狀態，彈藥才發到個人手中。副班長很快領來了彈藥發給每個人，三分鐘後，所有的人身佩真槍實彈，整齊地站在大樓下的操場上，大家的心都頂到了嗓子眼。

連長站在佇列前，嚴肅地說：「接到上級下發的一級戰鬥命令，從現在開始，全連進入臨戰狀態，每個排，每個班，每個人都必須做到一切行動聽指揮，誰不服從命令，就處分誰，聽到了沒有？」

「聽到了！」100 多人扯著嗓子回答。這一吼，有個說法，那

吊在嗓子眼上的心就能歸位了。

「現在各排聽令，上車！」

全連上了早已停在一旁的四輛大卡車，又是一聲令下，卡車一輛接一輛駛出了人民廣場。望著人民大道上一排排遠去的華燈，戰場的召喚在海生心裡燃燒著，這一刻，他才覺得自己像個真正的戰士。

十幾分鐘後，卡車駛進了一道大門裡。這是什麼地方？有人在小聲嘀咕。

「上海警備區司令部。」梁海生從喉嚨深處低聲回答。這本是條件反射地應答，卻立即招來無數的目光，他知道自己又犯賤了。有人緊接著問：「你怎麼知道的？」這次他緊緊閉上了嘴。

全連按命令悄無聲息地下了車，然後按佈置進入了戰鬥崗位，所有的火力配製都朝著大門口，連隊的重機槍就架在射角最大，離大門只有幾十米的陽臺上，看著它，誰的心都沉甸甸的。

進入射擊位置前的最後一道命令是：「如果有人衝進來，不論是空軍，還是海軍，立即開槍射擊！」

開槍射擊？抱著槍坐在窗戶下的海生，心裡不斷念叨這四個字，另一個窗戶下坐著的王銅，憋不住問了一句：「那老百姓衝進來打不打？」

「你笨啊，連空軍、海軍衝進來都打，不穿軍裝當然要打。」胡連營回了一句

時間在守候中一點點過去，直到趙凱所在的二排來換他們，也沒見一個人影從大門外進來。

兩人擦肩而過時，海生壓低嗓門對他說：「一點動靜都沒有。」

「沒有動靜就是快了。」趙凱一臉得意地說，好像戰鬥會在他手裡解決一樣。

臨時宿營地在一個小禮堂裡，回到那裡，屁股還沒坐穩，就來了一道命令：睡覺時槍不能離身，要抱著槍睡。這又是一樁新鮮事，在海生的眼裡，今晚任何一件事都充滿了刺激。他抱著槍躺下，望著遠處的門口，那兒有一盞昏暗的燈，給深夜憑填了一束神秘，他

死死盯著門口，直覺告訴他，那兒是出狀況的第一地點。

果然，就在鼾聲四起時，燈光下出現了一個黑影，一個聲音從黑影立身之處傳來「凡是黨員的正副班長，到這裡集合。」

和衣而睡的人群中迅速站起來幾個人，在昏暗的燈光下，身形顯得異常高大，海生羨慕地看著他們消失在門口，躺在地板上使勁琢磨他們此去為何？

緊張的一夜很快就過去了，黎明是在半夢半醒之間來臨的。一陣雜亂的腳步驚醒了海生，睜眼一看，是趙凱他們回來了，兩人對上眼後，趙凱兩手一攤，那是期待落空的意思。盥洗完畢，乘著班長以上的黨員都不在的空隙，兩人湊到了一起。他們此時心是最大的謎團是到底發生了什麼！為什麼連空軍、海軍進來都要開槍？

「聽到了什麼風聲嗎？」海生小聲地問他。

「什麼也沒聽到，就看到十幾個班長，副班長，跟在井備區首長後面，上了卡車出去了。」

「這架勢看上去像兵變？」梁海生憋了一夜的推測，總算有機會說了出來。

「不可能，」趙凱很堅定地否認:「如果是兵變，到底誰是壞人，空軍、海軍？還是陸軍？

梁海生承認趙凱否認的有理，說：「那麼唯一能解釋的就是，衝警備區的人，很可能是冒充空軍、海軍的造反派。」

這時的造反派，已經不像四年前那麼光輝了，這個名稱已經和打、砸、搶淪落在一起，被整個社會敵視。

「管他呢，誰敢衝，老子就開槍打，正好讓我試試槍法。」趙凱邊說邊扭動著手腕。

「是啊，總算等到這一天了。」

整個白天，司令部大門關得嚴嚴的，大院裡如死一般的沉寂。偶而有人進出，也是行色匆匆。架在陽臺上的機槍被雨衣遮掩著，只要一有風吹草動，拉開雨衣就能射擊，每個窗戶下，依然坐著嚴陣以待的戰士，到傍晚為止，每個人只吃了兩塊壓縮餅乾，沒人抱怨，甚至連一息煩躁都看不到，因為，這兒是戰場，他們是戰士。

班長邵群回來時，已經是第二天午夜，看上去非常疲勞。

「我以為見不到你們了。」一直被刺激地無法入睡的海生，舌頭又開始不聽話了。

「瞎說！」班長一笑而過。

「透露點情況吧？」海生躡手躡腳地跟在他身後問。

「情況很嚴重，但是不能說。」班長幾乎一口氣喝完了一壺水，然後一抹嘴說：「我還要去地下室站崗，記住，好好聽副班長指揮。」

班長又消失了，海生心裡的疑團依然無法消失，從來站崗都是站在外面，怎麼站到地下室呢？

1971 年 9 月 13 凌晨，中國軍隊和黨的副統帥——林彪，在外逃時機毀人亡，人民解放軍面臨從沒有的危機。此時國家的重臣：總參謀長、空軍司令、海軍政委等，都是林彪的心腹，為防止軍隊嘩變，毛澤東、周恩來立即派陸軍進駐空軍海軍轄下的所有機場、軍港，並緊急佈防所有的軍事指揮機關，防止被林彪死黨趁亂攻佔。其時，上海空四軍政委王維國，就是林彪的死黨之一，在沒有抓捕到他之前，任何不測都可能發生，所以，鎮守在警備區司令部的二連接到了向其他軍種開槍的鐵血命令，班長邵群等十幾個黨員骨幹這一天一夜，就是參加了由南京軍區副司令親自率領的逮捕王維國的行動。幾個小時前，剛剛在錦江飯店逮捕了王維國，並立即押送去了南京，現在關在地下室的，正是王維國的隨行人員。直到此刻，上海軍方高層才鬆了口氣。

與戰爭擦肩而過的梁海生，和周圍大多數戰士一樣，都蒙在鼓裡，就像上了膛的子彈，躺在黑洞洞的槍膛裡，等待被擊發的那一刻，結果，被退膛了。

當然，還有七億人比他們更無知。一個如日中天的軍隊統帥，瞬間墜落，國破家亡的災難差一點就吞噬了他們，他們卻一無所知，等煙消雲散之後，又全然以為是偉大領袖翻手之間，就把劫難化解了。

接下來的日子，緊張的氣氛日漸緩和，持槍待命的命令撤銷了，換成了射擊訓練令，就在訓練的第一天，發生一件莫名其妙的事。

第一天訓練的課目是一百米立姿瞄準，連隊在司令部辦公大樓前草坪的一端輪番練習，練習用的靶子放在草坪另一端的車庫前，車庫的後面就是大院的圍牆，圍牆之外，就是熱鬧的大馬路，高大的梧桐樹，一半遮蓋街道，一半伸到了院內。

在這種四面是建築，狹小別窄的環境裡練習瞄準，令海生好有新鮮感。順著槍上的缺口瞄出去，有樓房、汽車、高大的樹梢、平矮的灌木，這哪裡是瞄準訓練啊，像是在玩遊戲，以至於副班長把教練彈發到他手上時，他連看都沒看就壓進了槍膛裡。教練彈，顧名思義是訓練用的子彈，屁股上沒有火藥，只是一小塊橡皮，打不響的。

海生熟練地用胳膊支好槍，通過瞄準具找到靶子中心，慢慢屏住了呼吸，習慣地在扳機上壓下第一把火，突然，視線裡出現了一個身影，停了一下，等那個身影在瞄準線裡消失，才扣動扳機。剎那間，「怦」的一聲槍響在他耳邊炸開了，肩膀感到巨大的衝擊力，他一楞，呆呆地盯著手中的槍，遠處監訓的副連長摸不著頭腦地問：「二班，怎麼回事？」

這時，對面車庫傳來更大的喝斥聲：「喂，誰開的槍！」

海生抬頭看過去，對面連個人影都沒有，來回掃了兩遍，才發現吆喝的人已經趴在了地上，露出半個腦袋，聲斯力竭地咆哮著，海生見了，笑容和冷汗幾乎同時湧上了臉龐。他再側目一看，心想完了，趕緊低下頭迎接迅速走來的班長和副連長。

「聽令，槍放下！」副連長首先下令所有的人把槍放下，然後逐一問道：「誰開的槍？」

「報告，是從我的槍打出去的。」驚魂未定的海生舉起手說。

副連長氣衝衝地走上來，先檢查了槍，確信裡央沒有子彈後，再嚴厲地說：「什麼叫從你的槍打出去的，詭辯！你怎麼會有實彈的？」

海生很討厭自己和詭辯沾上關係，竭力解釋道：「是副班長發的教練彈，我沒檢查就壓進槍膛了。」

「副班長呢，你過來！」副連長喝令班副過來，問道：「子彈是你發的嗎？」

部隊嚴令不許私藏有子彈，你想想看，一個士兵在保管武器的同時，又私藏子彈，那危險多大啊！尤其是今時今地，9.13 事件的關鍵時刻，在警備司令部發生了槍擊事件，此事若在新聞敏感的國家，還不上頭版頭條嗎？

班副本就是個慫人，被副連長一訓，話都不會說了，鬥鬥索索半天，也沒講出個「子午寅醜」來。正在這時，車庫方向走來幾個人，梁海生一下就從舉止上認出有一個正是剛才趴在地上的，他邊走邊向其他人指手畫腳地描述著，幾個人走到隊伍前，副連長趕緊立正敬禮，才說了聲報告首長，話就被打斷了。

「誰開的槍，多危險啊，子彈就從我後面飛過去。」剛才那人不停地用手在屁股後面比劃著說，頭上的軍帽大約是趴下時太急，迄今還歪在一邊。

「小張，怎麼回事？」走在中間的軍官顯然認識副連長。

「報告處長，是槍走火，是他錯把實彈當作教練彈了。」副連長指了指梁海生，畢恭畢敬地說。

問話的是司令部作訓處的王處長，他平和地看著海生說：「小同志，叫什麼，多大了？」

「報告首長，我叫梁海生，今年 17 歲。」海生挺著胸脯回答。

「立姿射擊，100 米能打十環，不錯啊。」他又轉身問副連長：「小張啊，你當年也沒這個把握吧？」

曾經參加過警備區大比武比賽的副連長答道：「沒有。」挺著胸脯，心裡卻在打顫的海生，也弄不清這個首長會怎麼處理他，但一聽說自己居然蒙到個十環，心裡還是好不得意。

「訓練停止吧，回去開會檢查，尤其是你們幹部，子彈是怎麼保管的，差一點就出人命啊！檢查完了，立即把事故報告交到司令部值班室。」

王處長臨走時，笑著拍了拍海生的肩膀說：「小傢伙，還好你瞄得是靶子，你要是瞄著他的屁股，那他的屁股就報銷了。」

梁海生聽了，心裡更是一驚，如果剛才那個首長走進瞄準線時，自己不停下，現在還不知道是屁股沒了，還是人沒了。

按王處長的指示，全連立即組織了大檢查，尤其是肇事的二班，由副連長親自坐鎮，從源頭查起，班副老老實實交待了真子彈的來龍去脈。原來，9.13那天晚上，連隊緊急調防，他負責去連部領子彈，忙亂中多領了一發，他沒上交，藏在了裝教練彈的彈盒裡，這些天一緊張，就把它忘了，今天訓練，這顆真子彈就和教練彈混在一起發了出去。

「不幸中的萬幸，梁海生打中了靶心，如果打中了人，你這個副班長領章帽徽就得扒了，我這個副連長也當不成了。」

海生對副連長這句「不幸中的萬幸」非常受用，儘管他還是被列入了批評者的名單，卻又一次讓他逃脫了處分。

不知是走火事件震動了上面，還是二連的保衛任務已經結束，幾天後，全連撤出了司令部大院，沒有返回人民廣場，而是回到了大本營，負責看管部份隔離審查的空四軍軍官。同時，林彪出逃事件無法避免地傳開了。

梁海生聽到的是來自班長邵群的版本。邵群神秘地告訴他，中央出大事了，第二號、第四號人物都完蛋了！海生聽了，心驚肉跳地找到李一帆、趙凱，急於要把這個天大的秘密與他們分享。沒想到李一帆沉著地說：「我早知道了。」「誰告訴你的？」海生有些不甘心地問。

「這個你別管，不過我可以告訴你，除了第二、第四號人物，還有五個政治局委員也完蛋了。」

海生一聽他的版本比自己還多出五個人來，也就信了。

但是，在他心裡依然無法相信，被奉為敬愛的副統帥，怎麼就叛逃了呢？曾藏在記憶最深處的那個影像連續幾天定格在大腦最活躍的層面：中山陵8號。午後，陽光灑在他安詳的臉上，出現在身前身後的個個都是紅軍時期的老革命。

一個被七億人狂熱地擁為最高權力的接班人，傾刻之間成為野心家、陰謀家，這種強大的衝擊，對生活在政治漩渦裡的國人的震撼是可怕的。曾經是他天才地把領袖的宏文巨著中的經典名言，編成小冊子人手一冊，讓七億人迅速成為領袖思想的忠實信徒，也是他在 1966 年，協助偉大領袖打倒了大大小小的睡在我們身邊的正在走資本主義道路的當權派。現在，他成了歷史的罪人，被一人一口唾沫就能匯成的大海吞沒了。人們不得不開始思考，因為任何怪異留下的必定是思考，儘管這種思考是無聲的，歷史正是在無聲中積累能量。

當海生作為看守者，走進關押某軍官的房間時，立刻就有一種被窒息的感覺，在這不到十平方米的空間裡，被規定不准和被關押者說話、不准和被關押者接觸、不准走動，只能站著或坐著，牢牢盯著對方一舉一動，尤其要防止對方企圖自殺。這種看守，不帶槍，大部分時間像個木頭人，看著對方吃、喝、拉、撒、睡，還不到 120 分鐘，梁海生就崩潰了。剛開始，他還饒有興趣研究這個反黨亂軍的參與者：胖而鬆弛的臉上，架著一副度數不淺的眼鏡，藏在鏡片後的眼睛，無力地睜著，很長時間才轉動一下，轉到兩人相視的瞬間，它變得不安和躲閃。海生猜他是政工幹部，因為他的目光裡沒有一絲殺氣，他很想問他，為什麼有膽參與如此大逆不道的政變陰謀，但是他不能。

入夜，他坐著，對方躺著，無聊可想而知。他先是把白色的屋頂與四面牆上的斑點都數了一遍，共數出了 1073 個斑點，漏掉的不算，一看鐘，才過了一小時。於是，他開始背誦隨身帶來的魯迅詩詞，第一晚就這樣混過去了。第二晚開始背《成語小詞典》，後來，他索性將要背的東西事先抄好，什麼高爾基的《海燕》、普希金的《致大海》、唐詩宋詞什麼的，凡是能搜刮到的，都囫圇吞棗地背一遍。一個月後，看守結束，他最大的收穫就是嚴重明白了，青春是怎麼浪費的。

（十四）

林彪轟然倒下後，受影響最大的就是軍隊，每年一度的國慶閱兵式，從此無限期取消。1971 年度的復員招兵停止了，中國軍隊從此沒有 72 年的兵，軍隊的提幹工作也被凍結。這個對許多人性命攸關的門檻被關閉了。林彪留在軍隊裡的痕跡，必須在短時間內抹去，許多話又不能說了，許多歌又不能唱了，許多事也不能做了。「四好連隊」、「五好戰士」的評比全部被停止，梁海生上半年初評時好不容易混到手的「五好戰士」也像水蒸汽一樣，說消失就消失了。曾經盛極一時的「政治掛帥」、「活學活用」等政治形式統統被廢棄。相反，一些原先被停止的東西，又開始恢復。其中最重要的是軍事訓練重新成為軍隊工作之首。這個轉變，卻讓梁海生小小的輝煌了一下。

結束看守任務的二連，是全團率先投入訓練的連隊。開訓那天，團裡新來的團長，專門到那個巨大的操場上檢查二連訓練的情況。正在投彈訓練的海生，站在佇列裡偷偷一看，走在連長、副連長中間的不就是那個王處長嗎。

驚奇之際，身邊傳來連長一聲吼：「梁海生，出列！」

海生一步跨出佇列，筆直地站在那，腦子裡卻一片空白。

王處長搖身一變，如今已經成了王團長，他愛惜地看著海生說：「小傢伙，還認識我嗎？」

海生哪敢接他的話碴，只是害羞地笑了笑，算是回答。

「槍打得准，手榴彈不知道行不行，來摔兩個給我看看。」

張副連長聽了，在一旁發令：「梁海生，投彈！」

此時，全連人都屏住了呼吸，關注梁海生在團長面前的表演。海生依令上前，從整齊排在地上的教練彈中拿起一顆，輕吸一口氣，向前助跑了兩步，一個鷂子翻身，手榴彈呼嘯而出，落在最後一個標誌旗附近，真是又遠又准，佇列裡不少人發出低低的讚歎。王團長問連裡幹部，最後一個小旗是多少米？「五十米。」副連長回答。

「好，小傢伙，17 歲投 50 米。不錯，我今天跟你說好了，半年訓練考核時，我還來二連，你必須投過 60 米。」王團長顯然對這個小兵喜愛有加。

「沒問題！」海生腳跟一併，大聲回答。

梁海生一句「沒問題」，令團長滿意地走了，卻惹得連裡不少人在心裡冷笑：你小子，使勁吹吧！ 60 米不是一口氣能吹出來的。

戰士之間在軍事技術上互不服氣，本來是正常的事，心裡不是滋味，才會有競爭，但是，這一次不是滋味的人中間，多了一個與眾不同的人，他就是身高 1 米 85，魁梧高大的二連連長吳發鈞。

連長吳發鈞，一個來自淮南農村的漢子，長得人高馬大，說話卻是一口娘娘腔。還有一個很有底蘊的優點，出奇的愛面子。不知是娘娘腔帶出了愛面子的習慣，還是愛面子愛到極致就催生了娘娘腔。比如說吧，他喜歡下象棋，卻從不與梁海生下棋，二連的官兵和梁海生下棋叫「群毆」，每每是一幫人圍著他戰的昏天黑地，因為單挑都不是他的對手。海生也喜歡對方的人海戰術，待他們七嘴八舌搞定後，自己不動聲色走出一步妙著，看他們目瞪口呆的神情，那才叫過癮。吳發鈞從不去觀戰或參戰，即使路過，也裝著沒看見似的走過，原因只有一個，他不是那個小兵的對手。

吳發鈞還有個經常掛在嘴上的話題，是他曾經給警備區首長當過警衛員的光榮歷史。這段歷史也成了他經常挖苦幹部子弟的本錢。按常理，幹部在批評戰士時，不會刻意挖苦，那樣會顯得刻薄，沒水準。但吳發鈞正好相反，常常在大會上尋開心這幾個幹部子弟，並自詡喜歡摸老虎屁股。在傳達中共中央關於林彪反革命集團罪行時，其中有一個情節：林立果的小艦隊有一條紀律，禁止幹部子女加入。吳發鈞對面前 100 多號人自恃地解釋：禁止幹部子女加入，不是因為他們覺悟比別人高，而是這些人嘴巴不牢，怕把他們的反革命勾當洩露出去。然後又說了許多他在給首長當警衛時，首長家的公子哥兒是如何信口開河的事。

全連一共只有三個幹部子弟，被他一說，會場上所有目光都落到三個人身上，這個老虎屁股，摸得可真叫爽啊。

不過，這個吳發鈞也有出洋相的時候，有一次上軍容風紀課時，他告訴戰士們，外出走在馬路上，要遵守交通規則，去的時候靠馬路的右手走，回來的時候呢要靠左手走。話音落地，引起哄堂大笑，他居然沒有明白過來，抬起左手繼續比劃著，待他想明白了，還煞有解釋地說，不錯啊，回來時，當然走在我的左邊。惹得李一帆在下面寫了個小紙條丟給海生，打開一看，上面只寫了五個字。

海生看完，正向李一帆咧嘴一笑呢，耳邊傳來連長的聲音：「梁海生，站起來。」

「把你手裡的東西給我！」分不清左右的吳發鈞，眼神卻夠好。

海生站起來時，已經把紙條揉成一團丟到了地上，他雙手一攤，什麼也沒有。

沒想到坐在他身後的胡連營，撿起他丟掉的紙團，舉手報告：「在這裡。」

「打開來，唸！」吳發鈞臉上怒氣一閃，厲聲說道。

胡連營盯著紙條看了半晌才唸到：「棺材裡抹粉。」這五個字是他用河南話念的，唸完了，又是一陣哄堂大笑。

「還有呢？」吳發鈞不耐煩地追問。

「沒有了。」胡連營嚅嚅地說。

「就這個五個字？」吳發鈞在他臉上找不到答案，掉頭說：「李一帆，什麼意思？」

「沒什麼意思啊。」李一帆懶洋洋地站起來回答。

三個幹部子弟中唯有李一帆令吳發鈞凶不起來，因為這小子眼裡有一種傲慢，很刺人。何況，論口才，他在李一帆面前也討不到便宜，只好順著提綱繼續講他的課。

要不了幾天，吳發鈞就知道了「棺材裡抹粉」的意思，為此，很要面子的他很受傷。這次開訓，新團長對梁海生的讚賞，自然又讓他很不是滋味，心想，你小子就吹吧，60 米，恐怕全團也找不到幾個人能扔到。

政治讓位軍事的一個直接效應，就是那些靠真本事吃飯的人，一下子有了嶄露頭角的機會。和政治相比，軍事是一門技術，靠真刀真槍的功夫，而不是靠吹牛拍馬看風使舵的手段。具有競技天賦的海生，正好搭上了這艘順風船。

年輕氣盛的海生哪想得到這許多道理，他只是覺得射擊、投彈、刺殺，包括摸、爬、滾、打，所有的軍事項目加起來就兩個字：「好玩」，他又是一個玩起來會瘋玩的人。所謂「瘋玩」，就是全神貫注，全部精力在一件事情上。同樣一個動作，別人做十遍百遍也過不了關，他三下兩下就學得像模像樣，並且還能揣摸出其中的要領。

其實，海生就是通常所說的學理工的料子，這種人看上去木兮兮，卻有很強的專注力，這種專注力可以把他所喜歡的學識過濾的很細，很有條理，以至於站在任一個入口，他都能窺視到事物的核心。當然，也有人認為梁海生只是小聰明罷了。李一帆就是嘲笑者之一，不過他的嘲笑對海生無濟於事，因為任何一種聰明都會令人陶醉。

陽春三月的一天，一排三個班正在操場上進行投彈訓練。小夥子們練得興起，脫掉了棉上衣，嚷嚷著要分班進行比賽。鬼靈精的一班長說，梁海生，你去負責看彈著點，不准任何人耍賴。他這看似公平的一招，其實把投得最遠的梁海生排除在比賽之外了。二班長邵群也不在乎，大方地叫梁海生到對面去報彈看點，然後對一班長說，怎麼樣，我們班長對班長，班副對班副，戰士對戰士，誰輸了做 40 個俯臥撐。他這一招後發制人，逼得一班長下不了臺，只能討價還價地說：「20 個，好吧？」邵群只要能讓對方出洋相就心滿意足了，於是說：「20 就 20。」

果然，兩個班比賽結果：3 比 5，一班有班副和兩個戰士贏，二班這邊四個戰士和班長贏。「請吧，」邵群得意地伸手向煤渣地上一揮。這下，任憑一班長找什麼藉口，也架不住二班和三班看熱鬧起哄的陣式，只好帶著全班往煤渣地上一趴，老老實實地受罰。那兩個班的人興高采烈地齊聲數數，間中還有人不依不饒地說：「一班長，你的屁股撅得太高了，不算。」

做到一半，有人說連長來了。一班長一聽，「嗖」得一下就站起來了，氣得邵群兩眼瞪著他，又不能說什麼。

剛剛開完會的吳發鈞和一排長雙雙來到了訓練場，吳發鈞心情不錯地說：「你們這是比賽俯臥撐嗎？」

「報告連長，我們比賽投彈，哪個班輸了罰做俯臥撐。」邵群得意地回答。

「一班長，你們班就這麼沒出息。」吳發鈞邊說邊扭動自己的手腕。

排長在邊上一看，跟著就說：「歡迎連長做示範表演。」大夥一聽，齊聲叫好。

吳發鈞欲拒還迎地做了個手勢，然後在一片掌聲中拿起一顆手榴彈說：「老了，很長時間不投了。」跟著後撤幾步，拉開架式助跑，投彈，手榴彈正好落在 50 米線外側，負責報彈著點的梁海生又加了兩米，報了個 52 米，人群中又是一片掌聲。

吳發鈞謙虛地說：「不行了，64 年參加大比武時，投得比現在遠多了。」「大比武」，一直是令後來的軍人敬畏的一個詞。凡是經歷者，就好像經歷過「大串連」的紅衛兵一樣，一提起來就有自豪感。

這邊吳發鈞在曬自己的光榮歷史，那邊梁海生已經看出連長投彈，至少有兩大毛病，一是助跑到最後揮臂那一刻，屁股卻沉下去了，全身的勁有三分之一被它卸掉了。其二，揮臂時，是小臂帶動大臂，而要想投得遠，正好相反，需要大臂帶動小臂。所以，連長只是靠他人高馬大的蠻力，才投到 50 米。習武的或玩投擲的人都知道看似簡的一招一式，都和一個人的悟性深淺有莫大的關係，稍有一點瑕疵，你就做不到極致。可惜了連長這副身架，如果海生有這副身架，投 70 米也沒問題。

正當海胡思亂想之際，吳發鈞在點他的名：「小梁，你過來，看看你這一個多月訓練的成績。」雖然在訓練場上，梁海生像個明星，但他還是改不了很怵被領導點名的習慣。他乖乖地跑回來，筆直地在連長和全排面前站著。

「來，投三個彈，看看有沒有到 60 米。」吳發鈞背著手，雙腿叉開站著，寬容地笑著說，似乎就準備著看他的笑話了。

海生彎腰拿起一顆手榴彈，一個助跑，跟著轉體，輕舒猿臂，整個身體就像一個優美的發射口，手榴彈帶著呼嘯聲飛了出去，掠過 50 米標誌後方才落下。第二個，第三個，一個比一個遠。佇列裡的人都在議論他到底投了有多遠，有說 60 米，有說 65 米的，還是連長一錘定音地說：「不錯，有進步了，接近了 60 米了。」接著他順勢給戰士們講解了梁海生投彈的技巧，然後從容離開了。

海生意外得到一通表揚，自然高興，心想，之前是不是把連長看得太小器了。

（十五）

晚飯後，有短暫的空間，海生和趙凱，李一帆湊到了一起。明天，李一帆要去團寫作組報到，這麼高興的事，怎能不在一起聚聚。今年開春時節，李一帆的一篇詩在報上發表了，雖然在四開的版面上只占了半個巴掌大小的一塊，卻是件大事，表揚從團裡、營裡、連一級級下來，用南京話形容：李一帆一下「騷」了起來。現在他又要到團寫作組，自然是美滋滋的，連梁海生和趙帆也沾了幾分得意。尤其是海生，就好像自己被選上似的，高興的眉飛色舞。

「到團寫作組，是不是就要提幹了？」他沒頭沒腦地問。

「那是自然的，能進寫作組的都是幹部苗子。」趙凱說話的口氣，仿佛組織部是他家開的。

海生聽了，一臉羨慕地說：「那就是說很快你就要穿上四個兜了。」

一貫鎮定的李一帆，也受海生的感染，脆巴巴地一笑：「這個夢交給你去做了。說不定去了沒兩天，就把我踢回來了。」

能在報上發表文章，在海生目所能及的四周，可是了不起的事。你想想看，全國公開發行報紙，這年頭不會超過500份，雜誌更是少的可憐，何況它們一半的版面都是一樣的面孔。團裡寫作組忙活了一年也沒幾篇稿子見報，可想而知有多難。穿了軍裝後梁海生也開始寫宣傳稿，但寫了兩年多，那宣傳稿也只是班上發表，最大的進步是到連隊裡黑板報上，就這點進步，還是負責黑板報的李一帆，開了後門給登上的。只有小學文化的梁海生，此刻正皮厚地幻想，有一天能像李一帆那樣在報上發表自己的文章。

趙凱在一旁無情地打斷了他的夢想：「嗨，聽說吳發鈞今天去考察你了？」

「有這麼回事，但不是考察，好像是來較量的。」他們三人在私下，習慣直呼連長的名字。

「是嗎？他能投多遠？」

「50 米。」

「他不是成天吹噓他參加過大比武嗎，才投 50 米，比你差遠了。」趙凱早已知道海生已經超過了 60 米。

「他該不會還為上次那個紙條的事耿耿於懷吧？」

「好像看不出來，不會到現在還記著吧？怎麼說他是連長。」海生不敢肯定的說。

趙凱毫不客氣地回道：「你以為人人都像你啊，睡一覺什麼都忘了。」

「沒聽說嗎，大個子總是小心眼，我覺得他是個記仇的人，不信走著瞧。」李一帆斷言。

「管他呢。」這是梁海生的口頭禪，遇到理不清的事，他就丟到一邊去。再說，他也無法左右一個連長的想法。

其實，吳發鈞那天還真是有些鬱悶，1 米 85 的大個子，投不過 1 米 7 的小兵，還是那種家庭裡的小兵，怎麼能不鬱悶，所以心裡總想著要讓那小子出出醜。

軍人三項基本功：射擊、投彈、刺殺。還剩兩項，射擊在第一時間就被他否定了，梁海生參加過團校槍隊，長槍短槍，輕機槍重機槍都玩得溜溜的，剩下的就是刺殺了。不久，還真給他碰到了一個好機會，團司令部的洪參謀到二連檢查訓練工作。這個洪參謀在大比武那陣，是警備區的刺殺冠軍，吳發鈞陪他檢查二班的訓練成果，這時提出請他和戰士們對刺演練。

「老洪，你這個當年的刺殺冠軍，今天要給年輕人露一手。」

吳發鈞的激將法立即得到了回應，洪參謀爽快地穿上防護服，拿起了木槍，往二班佇列前一站，一看架式就是練過的。

第一個出場是班長部群，兩人才對峙了幾秒鐘，就被洪參謀一個猛虎下山，「當」得一聲，結結實實刺中前胸。

「梁海生，你來。」連長直接點名。

海生上了場，站好馬步，兩眼緊盯著對方，對方動，他立即跟著動，畢竟對方曾經是刺殺冠軍，他不敢妄動，兩人在場地上轉了一圈，洪參謀終於耐不住寂寞，又是一個猛虎下山，想以壓帶刺一槍完勝，沒想到海生一貓腰退了半步，躲過上方刺來的槍尖，跟著一跨步，由下而上出槍，刺中了對方的腹部。

「好！」洪參謀大聲贊道，繼而又說：「再來一次。」

兩人重新拉開了架式，這一回，洪參謀擺了個守勢，海生向左邊去了半圈，突然向右急跨一個虛步，趁過方移動露出空檔之際，一個墊步向前，先是猛擊對方的槍身，緊跟著手中槍一個滑刺，不偏不倚刺到對方右胸。

這一次洪參謀輸得心服口服，摘下頭套，笑著說：「這一槍借勢打勢，用得好。」

他這一誇，倒讓最怕表揚的海生站在那混身彆扭。

「小傢伙，」洪對謀繼續說：「我在機關聽到一則笑話，說你們二連有個戰士在警備區司令部大院練習瞄準時，槍走火，卻打了個 10 環，還差點把車隊隊長的屁股打爛，是不是你啊？」

被他這麼一說，海生就更不自在了，其實他的毛病不僅是怕表揚，還怕周圍無數雙眼睛，他只能囁嚅地表示就是自己。

在一旁的排長，生怕洪參謀還不明白，急忙說：「就是他，他是全連歲數最小的兵，刺殺、投彈、射擊都很厲害。」

一排長這話，原是想討好洪參謀，沒想到卻遭到頂頭上司的反感。吳發鈞截住他的話說：「老洪，今天是你大意失荊州，讓這小子鑽了空子。」

洪參謀臉色一正說:「好，吳連長，我就不客氣點名了，這個班，讓他們代表團裡參加下個月警備區的三項軍事大賽。」

聽說要代表全團參加比賽，連長吳發鈞像是撿到個新媳婦似的，喜上眉梢，心裡那些小彆扭，小疙瘩全被趕進了儲藏室。當場宣佈：梁海生擔任班裡的軍事小教員，協助正副班長開展訓練，力爭在大賽中拿到好成績。

梁海生突然間被另眼相看，頓時覺得混身的熱血在沸騰。有誰會拒絕別人的認可呢？

晚飯後，趙凱找到他，劈頭就問：「聽說你把警備區的刺殺冠軍撂倒了？」看到海生點頭，又問：「還要叫你當小教員？」

海生賣了個關子說：「好像有這麼回事。」

趙凱看他那副得意地樣子，就想臭他：「你別高興太早了，那是吳發鈞需要你，用完了就讓你靠邊了。」

「管不了那麼多。」海生又使出了他的招牌語言，接著又說：「我發現，當年大比武的冠軍，也沒什麼可怕。」

「這些農村兵哪比得上我們，不是我吹的，叫他們來跟我比射擊，不一定比得過我。」趙凱說這話，當然有本錢，他是全連的射擊標兵。

說到農村兵，海生想起了中山陵 8 號的王幹事，郭班長都是農村的，他至少還不敢拿自己跟他們比，但他也不想和趙凱爭，話題一轉問：「聽說你要去團宣傳隊？」

「下個星期去報到。我們三個就剩你一個了。」趙凱原想安慰海生，突然想起他們班要去參加比賽，說：「我忘了你們要去參加比賽，到時候伙食肯定比連隊好，在這裡每天鹹菜、醃菜、捲心菜，怎麼受得了。」

人生苦旅中，任何一點改善都是幸福的。從這天起，海生就一直記著趙凱的話，盼著軍訓大賽開始，可以天天吃到大魚大肉。

經過一個月的苦練，盼望中的軍訓大賽為期開始了，但它卻讓梁海生的胃大失所望。因為比賽就在本團營區進行，外單位來參加比賽的，集中在一起，吃的是比賽伙食，頓頓三菜一湯，唯有二連二班，每天都是回連隊用餐，住宿。海生口水不知道咽了多少壇，卻盼來這麼個結果，真是倒楣透了。然而，比這更不幸的事，還在後面等著二班呢。

比賽到了最後一天是鋼板射擊。這時二班已經拿到了投彈的個人第一和集體第一，刺殺的個人第二和集體第三，射擊項目只剩下鋼板射擊，只要順利完成射擊全部比賽就能坐二望一。所謂鋼板射擊，又叫抵近射擊，就是電影裡常看到的一邊跑一邊射擊那種。這種比賽不講究環數，只要求在規定時間內把子彈打完，然後統計有多少中靶。靶子也不是紙板靶，而是人形的鋼板。

比賽開始，二班第一個出場，順利完成後，高高興興換去報靶。報靶的靶壕就在那個當年槍斃反革命分子的靶台下面。靶壕長 30 米，高 1.6 米，壕內有 10 個貓兒洞，是專供報靶員藏身的。和往常一樣，每次進到靶壕裡，海生就覺得背後陰森森的，好像那年被槍斃的陰魂依舊藏身在靶壕某處。他早早把身子縮在貓兒洞裡，不是擔心子彈打到他，而是為莫名的擔心而擔心。這時隔壁洞裡的王銅高聲地問他，我們射擊拿第一，應該沒問題吧？海生沒接他的話茬，這種狀況下，向來口無遮攔的他，反而不願多說話，班長邵群則在另一邊催促：快隱蔽好，射擊就要開始了。

遠處傳來「預備」的口令，一聲「開始」頓時槍聲大作，子彈打在頭頂前方的鋼板上，發生清脆的當當聲，並濺起火星四竄，令人毛骨悚然。突然，海生從激烈的槍聲中隱約聽到有人「哎喲」叫了一聲，他心頭頓時升起不祥的感覺。等到槍聲平息，他探頭一看，不好！剛才還在大聲說話的王銅，此刻一半身子歪倒在靶壕裡。

「出事了！」他失聲驚叫著，一步竄出貓兒洞，抱起王銅一看，他的軍帽上有個洞，血正從那裡滲出，人已然雙目緊閉，一點氣息也沒有了。

聞聲跑來的邵群臉色煞白地說了句什麼，一把摘下王銅的帽子，額頭上一個凹口清清楚楚，血和著腦漿浸在發叢裡，扭曲的臉恐怖萬分。海生對著驚愕中的邵群和其他人大聲說：「快通知指揮台，出人命。」

眾人隨即清醒過來，紛紛爬上靶壕，朝著對面拼命喊叫，海生和邵群一前一後把王銅抬出來靶壕，跌跌撞撞地往司令台跑，半道上被匆匆趕來的值班醫生攔下，他壓了壓王銅的頸動脈，又翻了翻眼皮，然後站起來對身後趕來的一群軍官說：「完了，已經死了。」

「怎麼可能？」負責指揮射擊的洪參謀瞪大了眼說。因為兩人交過手，海生對他挺有好感，他注意到洪參謀說話時眼眶裡閃動著淚光，心裡也跟著一酸。

在場的人包括有幾十年兵齡的首長在內，誰都沒見過報靶被打死的事，他們把班長邵群叫去查問，剩下的人都呆呆地站在靶臺上，班裡還有兩個王銅的浙江老鄉，蹲在那不停地抹眼淚。和死神擦肩而過的海生，此時已經忘記了恐懼，在腦子裡一遍又一遍地模擬著王銅中彈時的情景。按常理，鋼板和貓洞裡的人構不成直角，子彈即使反彈也傷不到人，只有一種解釋，是王銅自己沒有隱藏好。一般的射擊，報靶員即使站在靶壕裡，也不會有危險，因為那靶子是木質的，子彈不會反彈，而鋼板射擊，人就必須隱藏好，子彈打在鋼板上，向任何直線角度反射都有可能。偏偏王銅在這一刻忘記了常識，而死神也偏偏找上了他。莫非他那時在等自己回答他的問話？他想起槍響之前王銅還在隔壁得意地問他，我們能得第幾？現在卻已經被蒙上了白布，直挺挺地躺在擔架上。

躺著王銅的擔架，被簇擁著向救護車移動，一陣風從背後吹過，吹起白布一角，露出了凝結血塊的額頭，周圍的人開哭泣，尤其是班副，哭得最響。你就裝吧！海生很反感班副的哭聲，王銅活著的時候，兩人是死對頭，什麼事都要抬杠，一個河南人，一個浙江人，永遠尿不到一個壺裡。海生沒哭，不僅因為班副的哭聲令他反感，還因為他無法找回自己的心，它不知什麼時候出走，但是，他知道他出走的理由。

一個星期後的追悼會上，全班人當著王銅父母的面又哭了一回，他還是擠不出眼淚，他暗地裡埋怨自己怎麼假哭也不會。在王銅追悼會前一天，連隊總算從上面爭取到一個「烈士」稱號。此刻，會場上所有文字中都盡可能出現「烈士」兩個字。想到一個「烈士」稱號能給他家人，給連隊領導帶來的種種好處，海生甚至想笑，他抬頭望著放得很大的王銅遺像，那遺像分明也在笑，還笑得很邪乎，和去年野營拉練路上，那個冬日的晚上，他侵犯自己時，笑得一模一樣。從那晚之後，他始終心裡回避著，不再去想件事，現在，笑的人成了烈士，他卻仿佛得到了解脫。

說實話，他從來沒在心裡恨過他，所以也不存在原諒他。那隻是在自己心裡留下了一個結。一個人在長大的路上能留多少個結，這些結又借誰的手種下，就像一棵樹能長多少樹枝一樣無法也無需去確定，但是，樹枝一定會有的。人生的無常，就在於無法複製我們的經歷。

（十六）

1972年的春天，梁海生又見到了許伯伯，只是見的方式有些怪。那天早上，二連突然接到團值班室通知，火速調幾個整理內務的高手，去「好八連」疊被子。海生立即被副連長叫去了。在諸如李一帆、趙凱的眼裡疊被子是羞於啟齒的小事。偏偏梁海生就像專門為這些小屁事生的似的，他疊的被子如果在連隊排第二，就沒人敢排第一，尤其奇怪的是，再拎巴的被子到了他手上，保證給你弄得方方正正。

話說回來，何事要去天下聞名的「好八連」疊被子呢？原來，今天10時30分，柬埔寨國王西哈努克親王偕夫人要來參觀「南京路上好八連」。這時的「好八連」雖然名揚萬裡，但在團裡，論軍事比不上六連，論佇列比不上四連，論內務比不上二連，這些都是不算秘密的秘密。

梁海生幾個人跟著副連長到了八連，走進宿舍一看，他傻呵呵的毛病又犯了，那被子疊得還不如新兵疊得好。

等他們幾個七手八腳把12個班的內務收拾好，外面已經是鑼鼓喧天，外賓馬上就要到了，整個營區都被封鎖，不許隨便走動，副連長只好帶著他們站到夾道歡迎的隊伍裡。

這時，在歡迎人群最前方，響起了嘹亮的口號聲，眼尖的海生一眼就認出來賓中有個他極熟悉的身影，難道許伯伯他來了？他的心開始顛狂。待那些大人物再走近些，果然不錯，笑容可鞠的西哈努克身旁陪著的真是依舊虎虎生威的許世友。

自從韓東林在信裡告訴他，許老頭在南京大開殺戒，槍斃了20個知青後，這個許伯伯在他心裡的地位就大不如從前了。可今天乍然出現在眼前，還是令他興奮無比。

望著越走越近的人群，他一邊跟著鼓掌喊口號，一邊止不住想笑。這兩個人走在一起，猶如一對黑白雙熊：一般的胖矮身材，一般的圓臉，不同的是，一個黑臉，一個白臉，一個威風凜凜，一個笑容燦然，一個腳穿草鞋、軍服裹身，一個足蹬皮鞋，西裝革履。他倆要是上了戲臺，堪稱絕配！

跟著出現在視線裡的人，令他的興奮又提升了一級。他看到大郭叔叔不徐不疾地走在賓客中。一別兩年，少年時的偶像出現在這種場合，怎能不令他激動，只是他無法叫出口，他多希望大郭叔叔一轉頭，和他對視一下，然而奇跡並沒有出現。大郭叔叔全神貫注地盯著他的保護對象身上。很快，一行人在「熱烈歡迎」的口號中從他面前走了過去，直到他們進入「好八連」事蹟紀念館，他還怔怔地那裡發呆，憧憬著郭叔叔拍著他的頭說「小三子，長高了。」而許伯伯則虎臉說：「小三子，出來打兩槍給我看看。」他會驕傲地回答，我現在是神槍手了。

在回去的路上，班副在列隊裡問：那個和西哈努克走在一起的是誰？

「許世友。」心還在高興顫抖的海生脫口答道。

「你認識？」

班副的口氣明顯是說，你又在逞能。但此刻的梁海生哪有心思聽他的話音，不容置疑地回答：「當然認識，走在他身後的大個子就是他的保衛幹事。」

「既然認識你，怎麼也不向你打招乎？只怕你認識他，他不認識你。」

前後的人聽了，一個個偷偷地在笑，海生這會才醒過神來，他不再吭聲，只是微微抬起了下巴，向天空送去不屑地一笑。在軍隊裡，這是下級蔑視上級的明顯標誌，文化不高，心眼不少的班副豈能不知，他心裡哼道：擺什麼擺，別忘了你這個幹部子弟還做過小偷呢。

「鐵打的軍營，流水的兵，」這句話誰都知道，正因為來自五湖四海，任何一個人要想在軍隊裡生存，第一條就是靠老鄉。鄉風，鄉音，鄉裡話，足夠讓地疏人生的你找到安慰，如果你的老鄉中有個混了一官半職的，你的日子就更好過。海生的班副，身上一無所長，即不懂文，也不會武，能混到班副，全因為排長是他老鄉。雖然「班副」這個官小得不能再小，什麼人當都行，當得好壞也全沒關係。只是他當上了梁海生的班副，就和我們的書扯上了關係。

這個班副，最忧的就是怕別人看不起他，王銅活著的時候，就常常嗆得他下不了臺。通常，有權沒本事的男人，和他人抗衡的辦法，就是記仇。這算不算是小人，暫且不去管他。反正班副也不在乎自己是不是小人，即使小人，照樣容不得別人看不起，小人也有尊嚴嘛。先記仇，後報復，是他屢敗屢戰的法寶，但是惡人做多了免不了遭報應，沒過多久，他被梁海生弄得不僅臉色煞白，還差一點到了口吐白沫的地步。

就在見到許伯伯和郭叔叔之後不久，連隊被調進某軍用機場執勤。所謂執勤，也就是站崗放哨。有一天中午午睡時，梁海生突然覺得尿急，爬起來去上廁所，還沒走到跟前，就聽到廁所裡傳來女人的笑聲和說話聲。這機場的公廁和營區裡的公廁不一樣，營區裡的廁所難得見到女人進出，機場的廁所就多了一道風景。海生走進男廁，往小便池上一站，正準備操作時，習慣地回頭一看，不覺大驚失色！

身後是一排長長地供大便用的糞溝，中間用半人高的矮牆隔開後，就成了數個蹲位，糞溝很長，一直沿伸到隔壁女廁所裡，海生聽到的女人的聲音，就是從那邊傳來的。這會，她們的聲音比之前更清晰了，其中還夾著女人排尿的聲音。如果僅僅是這些能讓海生大驚失色，那也太小瞧他的定力了，出現在他眼前的是班副，他正蹲在緊挨著男女廁所隔壁牆的那個蹲位上，蹶著白花花的腚，頭幾乎埋進了糞道裡，拼命向隔壁窺望。聽到動靜，趕緊抬起身，和梁海生望了個正著，臉頓時就變成了豬肝色。海生趕緊裝作不當回事地辦完自己的事，又若無其事地出了廁所的門。一出門，便三步並作兩步跑回了宿舍，人往床上一躺，不停地大口喘氣。

不一會，他聽到班副回來的聲音，聽到他上床躺下去……。

他居然還能睡下去，不可思議！另一張床上的海生此時心裡笑得幾乎樂開了花。真沒想到上廁所，也能碰到這種糗事，真正是狗屎運啊！他越想越興奮，好不容易捱到起床，副班長一聲不吭，第一個整理好床鋪，早早離開了宿舍。看著他的背影，海生立即發佈了重大新聞。

「喂，聽好了，重大新聞噢。」他環顧一周急盼的神色，得意洋洋地把午睡時廁所驚魂一幕，繪聲繪色地講了一遍。

這一下，班裡算是炸開了鍋，不停地有人問：隔壁是些什麼人，他們有沒有發現班副？長得好不好看？這種帶色的新聞在軍營裡是最走俏的，就連班副的鐵杆老鄉，曾以刮門牙出名的胡連營，也咧著大嘴，跟著嘿嘿亂笑。

幾分鐘後，這事就傳遍了全排，梁海生儼然成了新聞發言人，不斷有人來求證或是打聽細節，最後一個來找他的是一臉嚴肅的排長。他把海生叫到僻靜處，叫他從頭到尾，一點不漏地再講一遍。待他說完，排長告訴他，班副已經說了，你進去的時候，他正在看他的痔瘡。

「這種事，不能憑自己的想像到處亂說，這是件很嚴肅的事，關係到一個同志的政治生命，你負得起責任嗎？」排長越說口氣越嚴厲。

這個年代，一提到政治生命，就會讓人害怕，梁海生聽了心裡一驚，但依然咬著牙說：「我看得千真萬確，我不怕負責任。」

對付大院子弟，最忌用「嚇唬」，這一招只對農村來的兵管用。排長看他說得斬釘截鐵的樣子，只好讓他先回去。

從排長的語氣裡，海生意識到有人要編織謊言，其實，在他心裡，這件事也就是個笑料，說出來就是要讓班副出醜，自己小時候，不也偷偷看過女孩子洗澡嗎。他打小信奉一人做事一人當的古訓，面對如此醜行還要耍賴的人，他心裡看不起到了極點。

但在班副心裡，這件事關係可還真關係到他的政治生命，幾天前，排長剛剛對他透露，這個月，黨支部要討論他的入黨申請，如

果偷窺的事一旦屬實，黨票還不雞飛蛋打，他能不急嗎。何況，他當時只是想看，實際什麼也沒看到。

「我保證我是在看痔瘡，」海生回到宿舍時，班副正漲紅著臉向其它人解釋，一看到他進來，立即不吭聲了。

「副班長，這種事你還想抵賴，你還算人嗎？」正在氣頭上的海生當即指著他的鼻子說。

「我怎麼不算人了？」班副頭都沒抬回了一句。

「我問你，你說你看痔瘡，為什麼不在宿舍裡看，為什麼不在廁所其他位置看，偏偏跑到最後一排位置看？我再問你，你蹲在那，頭那麼低，腚撅得那麼高，你怎麼看得見你的痔瘡？」

「腚」正是河南方言，這會從梁海生嘴裡脫口而出，把全班人都逗樂了。唯有副班長被他嗆得臉色發白，幾乎到了口吐白沫的地步。

「我不和你說，我去連部彙報去。」一看在班裡待不下去，班副像是打架打輸了的孩子回家找娘似的跌跌撞撞出了門。

全班 10 個人，一大半都瞧不起班副，用一句北方話形容他：慫人！可是呢，誰又不願意當面和他過不去，這不僅因為排長是他老鄉，更主要的是，在中國人的習慣裡，慫人自有能人治，誰都不想犯小人。就說班長邵群，和班副共同負責班裡的工作，但兩人在工作之外，從不多說一句話。邵群是江蘇武進人，來自富庶的江南，班副是河南驟河人，來自窮鄉僻壤，邵群是老三屆，正宗的高中學歷，班副只有小學文化，兩個人想尿到一個壺裡都難。梁海生此一番淋漓責問，雖然他聽得過癮，但凡事都得考慮後果，衝著班副的背影，他趕緊出面制止。

「算了，你也不要得理不饒人，他現在跑到連部去，對你也沒好處。」

中國歷來是個領導說了算的國家，軍隊裡更是這樣，喜歡還是不喜歡找領導，自然就成了人群分類的標誌。大多數人不願意去跨那個門檻，並且稱那些喜歡找領導的人是「賤骨頭」或「骨頭輕」，以顯示自己是有骨頭的，好像一找領導，骨頭就沒了。這只能證明大多數人夠蠢，因為，有沒有骨頭無所謂，找領導能找出好處來，那才是硬道理。

此刻，自以為有骨頭的梁海生，聽了邵群的話，無動於衷地說：「就是把團長找來也不能把黑的說成白的。」

這會，全班人少有的齊齊地窩在宿舍裡，誰都想知道班副去連部的結果。左等右等，等來了連部通訊員，他通知海生到連部去一趟。心裡早已猴急的海生跳起來就走，到門口時，他很想像往常一樣，開個玩笑，然後笑著走出去，但一看全班人都在默默地盯著他，只好把到嘴邊的笑話又咽回了肚裡。

沒那麼嚴重吧，他的心開始忐忑了。到了連部，喊了聲報告，跨進去一看，除了出去學習的副指導員，三個連首長都在。指導員指著對面的椅子說：「來，小梁，坐下。」

海生當兵兩年多，上一次和那麼多連隊幹部談話，還是「偷錢」那年。他敬了個禮，屁股在大腦一片混亂中捱到了椅子上。

「今天找你來，隨便聊聊。」指導員似乎看出了他心裡的緊張，笑著又問：「你今年 18 歲了吧？」

「還有六個月到 18 歲。」

「你父親也是軍人，應該是我們的老前輩了。」海生聽著舒服，指導員顯然知道他最柔軟的部位。

「你父親是什麼級別？」給首長當過警衛員的吳發鈞很專業地問。

在梁海生的檔案裡，父親職業一欄填的是革命軍人，具體什麼級別是看不到的，海生又是從不喜歡吹噓父母的人，就是趙凱和李一帆，也不知道他老爸是個什麼官。當然，那是他們沒有問，他們若是問，海生不會不說。但是幹部子弟之間，很少有人直接了當問的，問了，別人告訴你了，再反問你爸的級別，一說，比他的老爸官小，那多沒面子。

被連長一問，海生也不知如何回答，因為從小老爸老媽一直告誡他不要在外面吹噓父親的官銜，他猛然想起連隊的駐地旁，是巨大的飛機庫，什麼殲六，強五，轟二都在裡面，就順口說道：「好像是倉庫主任。」

「倉庫主任是什麼級別？」指導員煞有介事地問身旁兩個搭檔。

「營級。」副連長不敢肯定地說。

「不，是團級，也有副團級的。」連長肯定地說。

從對面的語氣中，海生感到他們的話裡有了不以為然的味道。

結束了開場白，指導員把話轉到了正題上，他笑著說：「小梁，你今天犯了個錯誤。」說到這，他停下來，看梁海生臉上顯出惶恐的神色，得意地往下說：「雖然是個小錯誤，卻造成了不好的影響。我說的事，就是你今天中午在廁所裡看見的，這事的經過，我們已經聽二副班長彙報過了，你們倆鬧了誤會。」

海生被說懵了，按指導員的意思，偷窺已經成了鐵板上定釘的誤會。他一步不讓地說：「我敢發誓他當時就是在往隔壁看。」

「小梁，」連長打斷他的話說：「我們沒有說你看到的不是真事實，但你只看到了表面，產生誤解。你的錯是把誤解當成了事實，並且到處亂說，造成了很壞的影響。」

「既然是事實，怎麼又會變成誤解。」海生搞不明白連長在說什麼，他覺得任何一個人在當時情景下，都會和他一樣想。

副連長看他還想爭辯，搶先一步說：「小梁，這種事有時候沒辦法說清楚，如果二班副今天是趴爬在隔牆上往隔壁看，那就什麼都別說了，連裡直接就處分他了。」海生聽到這，自己先笑了，他想到班副賊頭賊腦爬到牆上的畫面，不能不笑，這一笑，便把憋心裡的氣笑沒了。副連長繼續說：「現在這件事，沒有第三人證明，你們倆個公說公有理，婆說婆有理，把全連弄得雞犬不寧，所以連裡找你談話，是希望你在這件事上要以團結為重，要維護尖刀班的榮譽，你明白嗎？」

副連長平時是負責尖刀班訓練的，對海生的印象不錯，海生也聽出他這番話的弦外這音，是希望自己為連裡分憂解難，主動息事寧人。梁海生最大的軟肋，就是喜歡英勇壯烈，再說剛才一笑，心裡的氣已經洩了，於是，他乾脆地說：「那你們要我怎麼做？」

指導員一看，趁勢說到：「回去以後，排長會組織全班開會，希望你當著全班人的面，承認這件事是你沒看清楚，造成了誤會。」

海生聽了，怎麼都覺得自己這個英雄做得很傻，他還是胸脯一挺地說：「行！不就認個錯嗎。」

班務會開始，班長剛把會議內容說完，梁海生不由分說就舉手發言，他一上來就宣佈自己要承認個錯誤，什麼錯誤呢？就是錯把副班長在廁所裡看痔瘡的事，當作是偷窺，究其根源，是用自己的陰暗面去揣測別人的行為，結果造成了以訛傳訛的嚴重後果。

最後他說：「在此，我鄭重收回自己下午說的話，並向副班長道歉。」

海生說完，全班沒人吭聲，稍為聰明一點的都聽出，他的認錯，是七分帶氣，三分喊冤。邵群幾次動員大家發言，沒人接茬。督陣的排長遞給「扒牙胡」一個眼色，胡連營心領神會，咧嘴一笑，開口竟問：「偷窺是什麼意思？」

他這一問，在場的除了班副都被逗樂了。這個胡連營，只知道排長暗示他發言，卻沒想好該說什麼，一下午滿腦子都在聽別人說「偷窺」，自己不知道這兩個字的意思，這會一急，就順嘴說了出來，他這一說，把個很嚴肅的會全攪了。

「『偷』就是小偷的偷，『窺』就是『穴』字頭，下面加個規距的『規』，偷窺就是偷看的意思。」邵群不愧是老三屆。

見別人笑話他，「扒牙胡」心氣不順地又說：「那就說偷看好了。」結果，眾人笑得更歡了。

排長一看，這會沒法開了，他擔心再開下去越描越黑，清了清嗓子說：「這個誤會已經說清楚了，梁海生也向副班長做了道歉，整個事情到此為止，大家不要再議論，班副也不要背思想包袱，全班同志要把勁往一塊使，共同完成好上級交給我們的工作。」

「偷窺」事件就這樣草草了結了。但全連誰都知道是梁海生替別人背了黑鍋，所以私底下，人們各種非議不斷。半個月後，在討論班副入黨一事上，竟有一半黨小組未通過。連隊黨支部怕事態進一步擴大，只好取消了在黨員大會上討論他的入黨申請。

不是黨員的梁海生全然不知道，還是從團宣傳隊回來的趙凱先得到了消息。趙凱來找梁海生時，他正和一群人在象棋盤上肉博，一看是趙凱來了，連忙找個人來代他下，臨走時還不忘叮囑那人：別忘了，先將軍，然後馬踩雙車。

「你這傢伙還是正經事不做，歪門邪道的事瞎起勁。」

「賭香煙呢，我讓他一個車贏一盤兩支煙。」海生興致勃勃地又說：「你什麼時候回來的，不去了？」

「回來拿東西，明天就走。」

兩人爬到雙杠上，一人在一根杠上坐好，趙凱從口袋裡摸出一把大白兔奶糖說：「這是慰問你的。」

「宣傳隊還管發糖？」海生一邊把糖裝進口袋，一邊不忘貧嘴。

「你做夢吧，這是特地從團小賣部買來的。」趙凱說著又掏了一把給他。

接過糖，海生的眼睛都濕了：「說實話，你們倆個不在，我連個聊天的人都找不到。」

「宣傳隊這陣也夠忙的，要演出了，天天 6 個小時排練。哎，你聽說了嗎？你們班副的入黨申請書沒通過。」

一聽這消息，海生樂得差點從雙杠上掉下去。大叫：「太好了，這才是惡有惡報呢，我說這個混蛋這兩天臉像霜打似的。」

趙凱連忙扶住他，一語雙關地說：「你先自己小心點吧。我覺得你們排長是個笑面虎，表面上對你很客氣，是因為尖刀班需要你。」

「一點不錯，他剛來時，見誰都很客氣，現在才知道那是他心虛。因為他的軍事技術爛得一塌糊塗，生怕說話沒人聽。這次班副的事，你都聽說了吧，還不是他在背後替老鄉說話，才把屎盆子扣在我頭上。」要不是嘴裡嚼著糖，海生說著就想罵人。

「不是我說你，你這傢伙就是缺心眼，有些事不要和他們硬幹，平時多說些好話，多施些小恩小惠，憑你的軍事技術，好好幹年底肯定能入黨。」

當了兩年多兵，理論上已經是個老兵的梁海生，人確實長大了，腦子卻沒見長。趙凱說到的基本生存手段，他硬是學不會。在別人眼裡，說兩句好聽的，拍拍馬屁，多簡單的事啊，說了又不會死人，可到了他這，寧死都不開口。無它，只因說了會自己看不起自己。他是個把理想和現實混為一談的人，總是用理想的目光去看待現實，結果在不斷露出凶相的現實中處處碰壁，他自己反到朝著社會對立人群——對現實不滿的人，步步靠攏。

「算了，少跟我灌迷魂湯，還是跟我說說你們宣傳隊的事吧，聽說你們在排《沙家濱》，你在裡面演什麼？」

「你猜猜？」

海生受不了趙凱賣關子的模樣，可勁地損他：「該不是「十八棵青鬆」之一吧？」

「呵呵，就我趙凱怎麼會演這種跑龍套的角色。」

「別賣關子了，快說，到底演誰？」

「刁小三。」

「就那個『我還搶你的人呢』的刁副官？」

「沒錯。」趙凱眼見海生就要爆炸的表情，趕緊神色一整：「怎麼了？」

海生終於憋不住笑了，這一次是真的從雙杠上掉了下去，坐在沙坑上他放聲大笑。

「你有完沒完，」好不容易等到海生笑聲漸止，趙凱見怪不怪地說：「就刁小三這個角色，還是花了很大力氣爭來的。」

刁小三是《沙家濱》裡的丑角，三角眼，吊眉毛，一出場就痞味十足，趙凱演他，海生焉能不笑。趙凱看無法不讓他笑下去，只好另起話頭:「我跟你說，上星期我們去85醫院演出，見到馮佳了。」

「是嗎？和她說話了嗎？」海生一聽，果然止住了笑。

「我告訴她我們三個在一個連，她還讓我代問你好。」

海生記得馮佳的樣子，瘦瘦的，有些弱不禁風的，但長得很好看。「再遇到她，代我問聲好。對了，你們宣傳隊有女的嗎？」海生真羡慕趙凱現在能見到女人的處境。

「當然有啊，阿慶嫂啊，是從上海京劇二院請來的，人長得挺漂亮，宣傳隊幾個頭頭，天天圍著她轉。」趙凱正說著，發現梁海生鼓著肋幫，嘴裡正含著一塊糖發呆，便問：「嗨，跟你說話呢，你發什麼呆？」

「不好意思，我突然想到瞿中倫，」海生回過神來，笑了笑說：「你知道他怎麼吃大白兔嗎？我每次給他，他都把它放在杯子裡，用水化開了當牛奶喝。」

「你和他還有聯繫嗎？」

「今年初我給他寫了封信，沒收到他的回信，你說他還記得我們嗎？」

趙凱聳了聳肩說：「應該吧。」

海生隨手抄起一把沙子，順風揚去，「但願他能聽到這兒有兩人說起他。」

＊9.13 事件後，所有的機場都有陸軍進駐。

（十七）

和趙凱分手後，海生回到了宿舍，差點撞上神色焦慮的班長，邵群顧不上理他，急著往外走，走了兩步，又回來問他，你有沒有看到今天有人來翻過胡連營的東西。海生回答說沒有。邵群聽了，又滿腹心事地走了。莫名其妙的海生進了宿舍一問才知道，就在他和趙凱神聊那會，胡連營匆匆找到了班長，說自己的皮夾子裡少了10塊錢。邵群一聽，大驚失色，班裡每個人問下來，依然毫無頭緒，只能去向排長彙報，才有了和他相撞那一幕。

錢當然不會自己長腿跑了，而胡連營口口聲聲說，皮夾子就放在床墊下面，昨天自己拿出來看時，錢還在裡面。一貫自認找東西天下第一的海生，像大偵探福爾摩斯似的，把昨天到今天的全班活動時間都排了一遍，再把這個時間表內每個人的行動，包括其他班排人員進出也梳理了一遍，結果找不到一個人單獨在房內的機會。被他盤問得目瞪口呆的班裡人，最後從這個破案高手嘴裡得的答案是：只有一種可能，錢被人拿了。但是誰拿的，不知道。

此後的幾天裡，丟錢的事一直懸在那，邵群說，連裡不許張揚。但是怎擋得住暗地裡愈演愈烈的懷疑氣氛，全班被弄得人心惶惶。只有梁海生例外，一副沒心沒肺的樣子，見誰還是傻傻地一笑，李一帆最喜歡取笑他這副傻乎乎的樣子。未來大作家的評論他雖然很看重，但天性如此，想改也難。有人說他聰明，他一臉高興，有人說他蠢，他一笑了之。

又到了週末，海生又和往常一樣，在宿舍外的走廊上與戰友們在棋盤上廝殺，沒一會，口袋裡已經贏了半包煙。這小子不抽煙，贏來的煙到時候還是散發出去，包括那些輸了棋的人，他自己也就圖個開心。輪到 10 班副，一個山東老兵和他下棋時，不小心被海生吃掉一個馬，嚷著要回棋重走，海生不同意。「講好的，我讓你一個炮，你不准回棋，你怎麼能耍賴呢。」

十班副被他嗆得下不了臺，張口就說：「我耍什麼賴，偷人家錢不承認的才耍賴呢。」

海生一聽，火冒三丈，兩眼一瞪：「你說誰呢？」

在一旁看棋的五班長高龍飛，趕緊上去把他倆分開。十班副臨走時，嘴裡還在不停地嘟嚕：「家賊難防，放在床底下的錢不會自己長翅膀飛的。」

海生一聽，又要發作，硬是被高龍飛拖著往沒人的方向走。高龍飛是上海金山人，老三屆又是連隊的籃球隊長，兩人一塊打球一塊玩，處得不錯。走到操場上，他對海生說：「儂老促氣的，跟這種人爭什麼。」

「下不過人家，就揭別人的短，算什麼東西！」

「你還蒙在鼓裡呢，他說的不是兩年前的事，現在到處在說，是你拿了胡連營的十塊錢。」

「什麼？」海生這下可急了，「憑什麼懷疑我，就憑兩年前我偷錢的事？」

「儂傻啊，這件事全連都在傳，據說營裡也知道，不找個懷疑對象出來，他們交不了差。」

「那也不能隨便懷疑人啊。」深感不妙的海生，還是不太相信，一個黨支部會如此草率。

「儂勿要肉骨頭敲鼓——昏冬冬。現在想整你的人太多了，記住，這段時間儘量低調，少說話，少惹事。」高龍飛愛惜地說。

海生被五班長一番話說得六神無主，他相信高龍飛，他是班長，又黨小組長，所說肯定不是無中生有。他腦中列出班副，排長，連長……等一張張不屑、譏笑和陰險的嘴臉，面對他們，他並不害怕，而是茫然，他無法看到害怕的盡頭，就只能等待，正所謂「伸頭一刀，縮頭也是一刀。」

這個世界上有不少人，在他喜歡的領域裡，或者說與自己基因相配的專長裡，非常聰明，如魚得水，但在專長之外，卻顯得笨拙茫然，無能為力。在政治決定一切的時代，這種人很難有立錐之地。更可悲的是，誰也無法不讓他們出生。他們的存在，仿佛是整個社會對不識時務者的懲罰。海生就是帶有這種基因的人，一個天生不會，後天也學不會爾虞我詐的人，他驚詫人與人之間為什麼要用欺騙，虛偽，巴結，獻媚等下作的手段相處。在他心裡，從小就藏有一個對外星人的猜想，他認為外星人一定嗤笑地球人相互間的勾心鬥角，掠奪和殺戮。既然外星人比人類聰明，他當然恥於用這些手段，更不願運用身邊強大的人脈關係去疏通自己必須穿行其中的關係網。

記得一年前，團裡組織各連隊的宣傳隊匯演，二連得了匯演第一，梁海生當時也是連隊宣傳隊員之一，在大禮堂舉行頒獎儀式那天，前任好八連指導員，現任團政治處汪主任，專門把他叫到身邊聊了一會，說是在軍區「兩會」（四好連隊，五好戰士代表大會）上，見到了他父親，受梁袤書之托瞭解他的學習，生活情況。這個汪主任，因為在「兩會」上被軍區胡政委看中，招為准女婿，回來後由指導員一步升為政治處主任，可算團裡炙手可熱的人物。而海生被召見之後，就把如此重要的人和關係都拋到了腦後，再也沒想過如何去延續這個關係，梁袤書的一番苦心，也被這個兒子給廢了。

果然如高龍飛所說，兩天後，連隊召開了軍人大會，由營裡的副教導員來上課，專講紀律問題，其中關鍵一段，是不點名地批評了某個人。副教導員據說是上過朝鮮戰場的老兵，慷慨激昂地說：「我們二連，有個別人，出生于革命家庭，生活在大城市，家裡經濟條件很好，他本人卻有小偷小摸的壞習慣。大家都聽說了，最近連隊又發生了丟錢的事，我奉勸這樣的人立即懸崖勒馬，深刻反省主動坦白，不要一錯再錯下去……」

這段話說完，海生第一個感覺就是所有的目光都在瞄著自己，而他最熟悉的感覺是自己又一次成為眾矢之的的人。

課後的討論會上，前五分鐘沒有一個人發言，丟錢的胡連營和班副擺出一副看你怎麼說的架式。等著梁海生接招，其餘的人更不願在這種時候說話。雖然海生在暗箭難防的世界裡總是處於被動的地位，但到了這種時候，反而特別冷靜了，腦子飛速轉了幾圈後，他立即理清了局面，選擇了一個別人意想不到的方式表態。就在大家快沉不住氣時，他冷靜地舉手要求發言。

「大家都知道，我曾經偷過別人的錢，我不忌諱別人翻這些舊賬。」海生的開場白，說得坦坦蕩蕩，反到讓有些人坐立不安了。他接著說：「因為這畢竟是自己的錯，正所謂前者不忘，後者之師，今天聽了副教導員的課，深深地覺得領導的教誨非常及時，我會在今後的路上，時常用過去的錯誤提醒敲打自己，不再犯相同的錯誤，完了。」

「完了？」拿著本子剛想做點記錄的排長，深感意外地問。

更感意外的是在一旁磨拳擦掌的胡連營和班副，梁海生很坦誠地翻出自己的舊賬，同時又隻字不沾眼下發生的「丟錢」事件，讓他們的計畫全落了空。他們原以為在副教導員不點名的點名後，梁海生已經無路可退，要不是死不承認，要不是喊冤叫屈，無論走哪條路，他們都準備好了批判的方案。別看他們都是農村兵，經過「支左」的戰鬥洗禮，批判一個人的本事，都練到了爐火純青的地步。然而他們沒想到梁海生用四兩撥千斤的辦法，就將自己置身事外。這會，他們只能眼巴巴地望著排長，希望他能說些什麼。

排長此時也沒了主意，這個梁海生，好像說了什麼，又好像什麼都沒說，副教導員不是點名的點名，畢竟不是指名道姓，黨支部

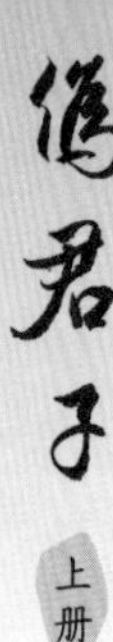

也沒有任何證據可以證明錢是梁海生偷的，他們只是希望用敲山震虎的方法讓他自己承認。

邵群一看排長窘迫的樣子，當即說道：「我覺得梁海生主動聯繫思想實際，聯繫自己曾經摔過的跟頭，去理解教導員上課的精神，給我們開了很好的頭，下面希望大家聯繫實際踴躍發言。」

在討論之前，排長把黨支部的意思告訴邵群，希望在教導員敲山震虎的講話之後，班裡再給梁海生一些壓力，但是，邵群從一開始就不相信這事是梁海生幹的，他私下和五班長高龍飛交換過看法，他倆甚至有另一個大膽的猜測。因此，梁海生的發言，正好讓他就驢下坡，把討論推到自己所希望的方向上。

自從批判成了政治利器之後，從城市到農村，從地方到軍隊，批判或自我批判如同家常便飯，七億男女老少鮮有不會使用的，如果你見到個沒了牙的老太登臺做大批判演講，一點都不奇怪。批判和自我批判之間，總是批判別人難，批判自己容易，因此，邵群這麼一說，大多數人紛紛聯繫自己實際發言，排長見討論轉到了另一個方向上，只能怏怏地離開了。

海生雖然在討論會上贏了一分，但副教導員那番講話，那是以領導的標籤印在了每個人心上，之後的一段時間裡，他明顯地感到自己被這個群體疏遠了。好在他從小就有壞小子的歷練，被誤解的滋味，相比當年不給吃飯的滋味，要遜色的多。在一片寒冷的圍困中，他用更寒冷的傲慢來回擊，真理被一個人握住的感覺，有時真能帶來無窮的力量。這些天，他沒有向任何一個人訴苦，把頭抬得高高的，牙咬得緊緊的，從不主動和任何一個從他身邊走過的人打招呼。

「嗨，你不會目中無人到如此地步吧。」偏偏有人很不知趣地來拍他的肩膀。

站在他面前的是趙凱，海生臉上一下子飄起了笑容。

「讓我看看，瘦了，那單純的目光也一去不回了。」吃了兩天文藝飯的趙凱拿腔拿調地說。

海生終於經不住他的調侃，從心裡笑了起來，「你都聽說了？」

「還是李一帆告訴我的。」

「這就叫做好事不出門，壞事行千裡。」

「去你的，才分手幾天，就學得一溜一溜的。」

「走吧，別站在宿舍前，讓別人當靶子瞄。」

兩個人找了個角落，趙凱繼續說：「我和李一帆絕對相信這事不是你幹的。」

「謝謝。」海生被他說得眼眶濕濕的。

「你不想個辦法讓他們還你一個清白。」

「什麼辦法，我自己跑到連部去質問他們？他們兩手一攤對你說，我們沒說是你偷的錢啊，請你不要對號入座。這一套你還不懂嗎？」

「這幫人夠混蛋的，這一招叫溫水煮青蛙，慢慢整死你。」

「愛整不整，我非要看看他們最後給我定個什麼罪，大不了我就跟他們耗上了。」

「真沒想到一個月前，你還是訓練標兵，一夜之間就成了反面人物，我聽我們班長說，原來下半年黨員發展計畫裡有你，最近把你拿掉了。」

「那好啊，把你換上去正好。」和死黨在一起，海生的胡說八道又回來了。

「恐怕來不及了。」

「這話什麼意思，你要調回去？」因為上個月田朝陽剛剛調回南京，所以海生立即想到那上面去了。

「我哪有辦法調啊，年底退伍，我拿定主意了。」

「什麼事急著要退伍？南京有女孩子等著你了？」海生繼續他的胡說八道。

還真給你說對了。」趙凱朝他神秘一笑。

海生沒想到自己順口一說，還真說中了，開心地問：「你什麼時候跑出來個女朋友？」

「你忘了，上次還和你說起她。」

「你是說馮佳？」看著趙凱得意的神情，海生一拳就杵了過去。

「這麼快就搞上了。」

「什麼叫搞上了？你說話別這麼難聽，我們這是談戀愛，你不懂。」

「真是酸死人了，搞得像情場老手似的。」

「想不想看我給馮佳寫的詩。」趙凱美滋滋地從口袋裡拿出一張折好的紙。

海生不容分說一把搶過來說：「你也寫詩了，你們軍院的是不是人人會寫詩。」打開折得仔細的紙，上面工工整整地寫著一首詩：

倘若分離是相思的床，
那就讓我們在床上擁抱。
倘若記憶是愛情的河，
那就讓我們在河水中暢遊。
倘若希望是青春的錨地，
那就讓我們即刻揚起航。
倘若歲月是首真誠的歌，
那就讓我們唱著它永不停歇。

「寫得太好了，我可以朗讀嗎？」海生懇切地說，求得趙凱同意，他又亮著嗓子朗讀了一遍。

趙凱是想了一晚上才拼出來這四句詩，害怕馮佳會笑話他，所以先給梁海生看，見對方喜孜孜的神態，不免得意起來，問道：「喜歡哪一句？」

「都不錯，和李一帆有的一比。我最喜歡第三句，倘若希望是青春的錨地，那就讓我們立即揚帆起航。太有感覺了。」海生說到這想起了自己的處境，恨不得立即有一艘船載著自己駛向遙遠的地方。

他把趙凱的情書折好還給他，突然想起了什麼，說：「對了，你記得前年拉練時，李一帆是怎麼說馮佳的嗎？」他小心地省去了「破鞋」二字。

「早跟你說了，那是他吃不到葡萄嫌葡萄酸。」

「那麼，你是鐵了心要走了？」

「我們倆說好了，年底一起打報告退伍。」趙凱一副眉飛色舞的樣子。

海生太羨慕他了，這麼快就有了情投意合的人，而自己惦唸的那個人，此刻不知在天涯何處。「看來二連就將剩下我一個了，真沒勁。」他喪氣地說。他最怕失去朋友，因為他都是用心去交朋友，朋友走了，心也沒了。

「我看你跟我們一塊退伍得了，待在這個破連隊一點意思都沒有，你看你，給他們爭了那麼多榮譽，他們還一心要整你，再待下去，不是自個兒找抽啊。」趙凱說著，看了看腕上的手錶，「我要走了，我只請了半天的假，晚飯前要歸隊。」

「看到馮佳，向她問好。」海生嘴上說著，心裡卻在妒忌，你小子，一談戀愛，手錶也戴上了。

趙凱拍拍屁股剛想走，又對他說：「對了，你就沒把這事寫信告訴家裡？」

「寫了，」海生答完又問：「什麼時候再回來？」

「下個月要巡迴演出，會很忙，爭取吧。」趙凱已經從馮佳那兒得知海生老爸的官位，特地又加了一句：「這種情況下，求老爸總比坐以待斃的好。」

見到趙凱，海生的心情好多了，這些天的壓抑掃去了一大半。晚上睡覺，作了個特別綺麗的夢。他夢到丁蕾在他面前淺淺地一笑，扭身就消失在前面一片山林裡，他提步追過去，穿過了許多稀奇古怪的草木才攆上她，好不容易握住她柔美的小手，體內已經情不自禁地往外噴湧著歡暢的液體。她羞羞地回過頭來，竟然是馮佳寬容的笑臉。他一下就醒了，怔怔地躺了一會，等那道勁全過了，趕緊脫下褲衩，用手紙將下身擦乾淨了，至於淌到床單上的，只能認了，明早上起來，一整理床鋪，所有的人都看到了，人贓俱獲，這才是抓了個現行呢。

他在心裡默數曾在夢裡出現的女孩，最多的是丁蕾，其次是顧紅，麗娜，甚至有李寧，而馮佳則是第一次。他衝著黑暗對趙凱說：哥們，別怪我，全是你自己惹的禍。然後又昏昏睡去。

（十八）

第二天，是全排戰術訓練日，也就是那種和土地零距離接觸，在地上趴、爬、滾的訓練。這個專案絕對需要硬功夫，當你在快速跑動中，聽到「趴下」的口令，不管腳下是水是泥還是石頭，都必須以最快的速度臥倒，就這一「趴」，等於是硬生生地摔下去，痛得你呲牙咧嘴，你慢慢地趴下吧，真打起仗來，子彈早在你身穿了無數窟窿。趴下後，還要爬行，軍事術語中叫「匍匐前進」，如同蛇行，練到正常人行走的速度，才算練成。這套功夫，不磨破一層皮，磨壞幾套軍裝，休想成功。

訓練開始時，排長站在佇列前，大聲叫道：「梁海生，出列！」海生應聲跨出佇列。

「我們先看一下戰術動作演示。」排長一臉嚴肅地說。

海生心裡明白，在硬梆梆的場地上練戰術明擺著是想刁難自己。他不在乎，因為摔下去是有竅門的，掌握了竅門就不會摔痛。

「聽口令，目標正前方 30 米處的旗幟，跑步前進！」

海生提著槍，貓著腰，飛快地向目標跑去，耳邊傳來排長的口令：臥倒！口令剛入耳，人已經「刷」地一下趴在煤碴地上，並架好了槍準備射擊。眼慢的人幾乎看不清他是怎麼臥倒的。排長再下令：「匍匐前進！」海生收槍側身，快速爬行，很快就到了目標下。

就在這時，連部通訊員跑來報告：「一排長，指導員請你立即去連部開會。」排長一聽，把訓練交給邵群指揮，匆匆跟著通訊員去了。

排長一走，邵群就喊到：「梁海生，起立，歸隊。」然後宣佈全排原地活動。海生爬起來，拍拍身上的塵土，擦了擦了鼻樑上的汗，回到隊伍裡，正聽見班副背對著他神叨叨地向　班副說：

「我的見通訊員對排長說，從警備區下來一個調查組。」一班副問：「調查什麼？」「八成是調查丟錢的事吧。」一班副抬頭正好看到回來的梁海生，忙朝著班副努努嘴，阻止他說下去。海生從飄進耳朵裡的隻字片言就猜出他們在說什麼，只是現在的他沉穩得很，別說警備區來人，就是中央軍委來人，他也不會慌張，他到真希望看到自己是如何被大卸八塊的。

連部的會，一直開到午飯過後還沒結束，午休時，通訊員又來把班長叫走了。這更證明班副的猜測是對的，直到午休結束後，班長和排長才出現在宿舍，邵群對焦急等待的全班人說：「大家過來開會。」然後對海生說：「你到連部去一下，警備區崔幹事找你談話。」

梁海生的腳還沒踏上連部的臺階，就看到一個陌生的幹部站在連部外面。

「你是小梁吧？」對方微笑地問他。

「報告首長，我是梁海生。」穿著白襯衣的梁海生腳跟一碰，算是行禮，心裡想這就人就是崔幹事了吧。

果然，對方自我介紹是警備區政治部群工處的崔幹事。「來，我們就在外面走走，邊走邊談，你看行嗎？」崔幹事客氣地說。

「行。」海生心裡有受寵的感覺。

初秋機場一隅，午後格外的安靜，長長的林蔭道下，連個人影都沒有，只有樹上的知了，不知疲倦地唱著生命的歌。倆人走在樹蔭下，倒顯得突兀。

「警備區的張副政委，你認識吧？」崔幹事首先打破了沉默。

「認識。」海生還是像士兵回答問題那般答道，但心立刻明白了，給家裡寫的信起作用了。

「首長讓我來瞭解一下發生在你們連丟錢的事，這件事發生在你們班，對嗎？」看到梁海生點頭，他繼續說：「現在瞭解下來，這件事你們連隊幹部，包括個別營裡幹部確實有些主觀武斷，不應該在還沒有調查清楚的情況下就在全連大會上亂下結論。找你來，是希望你不要背思想包袱，相信組織，相信領導會對這件事做妥善解決。怎麼樣，你有什麼想法？」

崔幹事的話都說到這個份上，再傻的人也聽明白了，只是幾分鐘前，海生還是個背著罪名的人，現在又像所有的東西突然消失掉了，似乎從來沒發生過，如此的心裡落差，根本無法讓他細想，他只能搖了搖頭說：「沒有想法。」

「好，是個很善解人意的子弟兵，」崔幹事開了個玩笑，「聽說你是個訓練尖子，這很好啊，部隊就需要這樣的人才，希望你好好幹，為父輩爭光，為幹部子弟爭氣。」

聽到這，海生知道這場談話就要結束了，心裡鬆了口氣，從小到大他聽到這類教誨，都可以堆成一座山了。不過他還是感謝崔幹事讓他心裡的一塊石頭落了地。

「請轉告張伯伯，我很感謝他的關心，我不會辜負他的期望的。」說著，他心頭一酸，竟然落下兩滴淚水來。

「我不會辜負期望」的話，他這一輩子也不知說了多少次，但是他從來沒想過自己的努力和別人的希望，根本就是兩回事。

「堅強些，小梁，一個真正的戰士，要能夠接受各種考驗。」崔幹事拍著他的肩膀動情地說。

海生喜歡這種拍肩膀的感覺，他記得李秘書、林參謀、郭班長，他們都拍過他的肩膀，還有槍走火時，那個王處長，現在的王團長，也拍過他的肩膀，在他心裡，他們能拍自己的肩膀，證明他們對自己的賞識。

崔幹事一行當天就回去了。在他倆談話時，班裡開了個會，副連長、排長都參加了，副連長在會上批評班副和胡連營，在事情還沒搞清楚前，隨便懷疑人，造成很壞的影響。晚上，在全連點名大會上，指導員當場作了清除謠言的講話。

至此，海生以為事情總算告一段落了，未曾想，幾天後的軍人大會上，一直沉默的連長吳發鈞利用講課的機會，酸溜溜地說：「我們有些戰士，意志很薄弱，承受不了一點點壓力，吃不了一點虧，一點小事就通過關係走上層路線，我奉告這種人，靠父母只能靠一陣子，靠自己才能靠一輩子。」

海生徹底的笑了，這些話，換一個環境說出來，或許有些教育意義，此時此地，活像一個下棋輸給他的人所說的話。

再說說被梁海生稱為「塘灣十二號」的南京家裡發生的事吧。梁袤書，劉延平一收到兒子的信，就明白老三這次被冤枉了。俗話說，知子莫如父，海生雖然天大的事都敢做，但只要做了，從來就沒有不敢承擔的。他們相信這孩子經歷上一次偷錢的事，再也不會做這種事了。尤其是劉延平，孩子受到委屈，比自己受到委屈還難受。自從當年從北平逃到晉察冀邊區參加八路軍後，就一直把軍隊當作自己的老家的她，看到兒子在老家受委屈，直讓她吃不香，睡不著。她想到抗戰時期就和梁袤書在一起同生死，共戰鬥的警備區張副政委，便三番五次磨梁袤書，叫他找一下張副政委。歷來清高的梁袤書，怎麼也不同意為這種事找老戰友。這年代，國家的高級幹部都是從戰火中倖存下來的功臣，在封建廢墟上新建的國家，並沒有為他們制定一套公僕規範，只憑他們個人的黨性與道德理念，處理個人和權力的關係。為孩子的事找老戰友，梁袤書又如何開得了這個口。另外，從一個成熟男人角度看，這個世界上委屈和冤枉是家常便飯，對孩子也是一種磨煉，只是他沒把這個想法和劉延平說，說了，只怕她火氣更大。

「你不打，我打！」劉延平恨不得踢這個自命清高的丈夫一腳，作為從北平跑出來的女學生，她也是個很要面子的人呀。

「你要打，好好和老張說，免得人家覺得我們是在袒護孩子。」

「這個我比你懂！」劉延平看穿了他樂得她出面，自己則躲在後面。

電話的結果，就是崔幹事奉命去二連瞭解實情。二連的幹部此時才知道，梁海生的父親根本不是什麼倉庫主任，現在這件事反弄得他們自己吃不了兜著走了。雖然沒有真憑實據就給人扣帽子的事，在時下的中國太普遍了，但也要看你這一棍子打在誰的身上，打錯了，就很可能把自己打趴下了。所以二連黨支部在崔幹事的點撥下，當即調轉了口風。

對於撥開烏雲見到太陽的梁海生來說，心情自然煥然一新，早先那些躲在陰側處的議論，突然就消失了，同期而至的是大家示好的表情，最沒出息的還是沒心沒肺的他自己，一覺醒來就把不久前眾人的指責和髒水，統統忘了。

這一天，全連在飛機跑道旁邊寬闊的草地上進行投彈訓練，休息時，久沒露面的五班長高龍飛和邵群，梁海生一起聊天，突然草地裡有一隻野兔子竄出來，急速往跑道另一邊跑去，海生撿起一塊石頭就扔了過去，把那兔子嚇得又跑又跳，消失在另一邊的草叢裡。高龍飛跟著興致高昂地對梁海生說：「你能把手榴彈從跑道這邊投到跑道那邊嗎？」海生聽了，拿起一個手榴彈就想試。

「等等，先別急投！」邵群急著攔住他，對五班長說：「來，賭一下，投到跑道那邊怎麼樣？沒投到又怎麼樣？」

「行啊，先讓我目測一下。」眼看周圍的人跟著起哄，五班長有些心虛，經過正兒八經的目測之後，對海生說：「跑道寬 65 米，你敢賭嗎？」

「賭就賭，輸了怎麼辦？」海生一聽，心裡有了把握。

糖、餅乾、汽水……，大夥在一旁亂嚷嚷，反正誰輸了，見者都有份。

「誰輸，誰買一斤大白兔。」邵群也不問二人同意與否。

「先讓我投一個試試。」海生說著去挑幾個順手的手榴彈。

「不准試，試了你又不賭，那不是耍賴嗎？」高龍飛也不是省油的燈。

已經自動當上裁判的邵群說：「投三顆，只要有一顆投過去，就算贏。」

這時周圍已經圍了一圈的人，誰都知道梁海生投的遠，但要從如此寬的跑道這邊扔到那邊也絕非易事。海生量好步幅，甩了甩胳膊，開始助跑，最後一步大喝一聲，手榴彈急速從手中飛出，在跑道上空翻滾著，遠遠地落在跑道那邊的草叢裡，人群中頓時騷動起來，有的說，我看有七十米，有的說比我扔得遠一倍。二班長迫不及待地宣佈比賽結果：梁海生贏。

下午訓練結束後，高龍飛找到海生，硬拉著他去機場小賣部買糖。

「你還當真去買啊？」海生反倒不好意思了。

「願賭服輸，我要是耍賴，還不給你們班長從初一罵到十五。」

兩人從小賣部出來，高龍飛二話不說，把鼓鼓的一包糖塞到梁海生手裡，「說實話，我估計你能扔到那邊。」

「那你還跟我打賭。」

「這包糖是為了慶祝你脫離苦海。」

海生一聽，傻了，心裡一下湧起了無數的感慨：「是嗎？你沒必要這樣。」

「好了，吃了糖還要賣乖。」高龍飛臉一板，容不得他再說。

兩人一邊嚼著糖，一邊在夕陽下溜達著，高龍飛此時打開了話匣子：「你知道吧，丟錢的事，背後可能還隱藏著另一個秘密。」

「什麼秘密？」海生吃驚地望著他。

「我和你們班長一直認為，胡連營根本沒丟那十塊錢。」

「什麼？」海生不禁楞住了，他從來沒有往這條路上想過，現在高龍飛一說，心裡豁然一亮。他迫不及待等著對方說下去。

「當時你們班長和我算過一筆帳，胡連營每月津貼 10 塊，他每月固定存 7 塊錢，事發前，他剛剛在銀行裡存進 7 塊錢，事發時，邵群檢查過他的皮夾裡面有一張 2 塊，兩張 1 塊。你想想，他如果還有 10 塊錢，為什麼不一起存進去？誰都知道河南兵摳門，胡連營又是其中最摳的，多存錢多得利息，他能不懂嗎？其次，他在丟錢的具體時間上，說法前後矛盾。他對邵群說，早上起來還看到錢在皮夾子裡，連裡問他時，他又說前一天晚上看見錢還在皮夾子裡。」

「那麼他為什麼要欺騙連裡說自己丟了錢？」動機！海生最想知道胡連營的動機。

「你想想，上次偷窺的事，最後找你出來做了個檢查，連豬都知道你是替別人背了黑鍋，後來，你們班副的入黨申請被延遲，沒多久就出現了丟錢的事。你再想想，如果丟錢的事是件無頭案，唯一能懷疑的不就是以前有偷竊行為的人嗎？」

高龍飛一口氣把憋在肚子裡許多天的猜疑說出來後，心裡輕鬆無比，梁海生卻聽出了一身冷汗。「這麼說，丟錢的事是專門設計好陷害我的。」他恍然地說。

高龍飛只是微微一笑，算是回答了。

「這件事，我們排長參與了嗎？」海生嘴上如此問，心裡卻在抱怨，既然邵群早就懷疑，為什麼不提醒自己呢？但又礙于高龍飛和邵群的密切關係，問不出口。

「估計你們班副沒這個膽把底牌告訴他，很可能暗示過什麼。至於你們排長怎麼想，是坐觀其成，還是被牽著鼻子走，就不得而知了。」

海生明白了，其實很多人都在一旁看出了門道，只是各自的利益下，都奉行「沉默是金」的座右銘。他多少猜到了班長邵群含蓄的態度背後，因為他是連隊培養的幹部苗子，這年頭，一個農村兵能在部隊提幹，就算一輩子吃上官飯了，這是比天都大的事，他當然不會和排裡、連裡過不去。再說，今天五班長這番話，說不定就是邵群托他轉告的。至於高龍飛拖到雲開霧散才講這些事，一定也有他自己的苦衷。想到這，他不禁長舒一口氣，所有的事情都在腦子裡貫通了，想不到這一百多人的軍隊底層，一件事竟也會有這麼多的糾纏，再加上還沒有浮出水面的……，他不敢再往下想，卻想到了成語小詞典上有四個字「如履薄冰」。

想通了的他衝著高龍飛「嘿嘿」一笑，所有的陰謀、仇恨、猜忌都在這一笑中散去。

「說儂惹（sha）氣，儂就惹（sha）氣，架大的事體還笑得出來。」

「哈哈，我不笑還哭嗎。」海生又恢復往昔的嬉皮笑臉的樣了。

此刻，秋日的落日餘暉，正把一望無際的天邊染得五彩斑斕，火紅的夕陽在大地遙遠的盡頭演繹著宏大的生命樂章。在它的光環下，營房、林蔭道，梁海生和高龍飛，一切都是如此的渺小。

這時，飛機跑道一般筆直的林蔭道上出現了一個身影，行色匆匆的樣子，海生猜道：「這個人好像是衝我們來的。」兩個人不由地加快了腳步，走近一看，正是邵群，海生趕緊把手裡的糖遞過去說：「來，吃糖。」

「你們倆跑哪去了，連部的人到處找你。」邵群風風火火地說。

海生一臉疑惑地問：「找我？」

「當然是找你，你還不知道吧，你的調令下午就到連部了。」

「調令，調到哪兒去？」海生更疑惑了。

「不知道，你快去連部吧。」

海生一溜快跑回到宿舍，把糖往桌上一放，喊了聲快來吃糖，扭頭就往連部跑。

海生調動的事，當然是家裡一手安排的。自從劉延平給上警的老張打過電話後，梁袤書日益感到孩子身處的那個環境，已經對他的成長非常不利。此時，軍隊高層盛行一種風氣，把當了幾年兵的子女，紛紛調回身邊或者自己能庇護的環境裡，比如老田家的老三朝陽，三個月前就調回了南京。梁袤書雖然清高，但既然家家都這麼做，清高也就無趣了。自從希望孩子們能上大學，有一份很好的職業的心願落空後，他就始終覺得虧欠了他們，現在把海生調換個環境，能順順利利的入黨提幹，也算盡了自己做父親的責任。

說回海生，突然要告別給了自己無數酸甜苦辣的連隊，心裡自然有許多惆悵，這個曾有他一席之地的「家」，對他並不友好，但是它留在自己心裡的痕跡是永遠磨不去的。

第二天，收拾好行裝，和大家一一告別後，正欲離去，排長迎面來了，海生本想不去和他告別的，因為他在自己心裡的形象實在糟糕，沒想到他自己來了，正猶豫要不要給他敬個禮，排長先舉手給他敬了個禮，他立即就不好意思了，暗暗責備自己如此小器。這一內疚，從前的種種不快，立即煙消去散，他趕緊挺直身子，給排長恭恭敬敬地敬了個禮，然後握著排長的手，說了許多感謝他對自己如何關心的好話。

當海生背著背包，拎著行李到團軍務股辦理調動手續時，在團司令部裡又遇見一個熟人，就是那個很賞識他的王團長，他吃驚地說：「嗨，小鬼，你這是去哪？」

海生敬了個禮說：「報告團長，我調走了。」

匆忙之際，團長沒空多說，和他握了握了手便轉身離去，背影裡，聽見他對身邊的人說：「唉，多好的苗子，調走了，真可惜。」

這是最讓他感動的評價，有團長這番感慨，自己在這個軍營度過的日子都值了。他悵然地拖著行李，走出團部，走出營區的大門，一拐彎，消失在大路上。

當了三年兵，他長到了 18 歲。18 歲，正是咬在嘴裡嘎嘣響的年齡，這個年齡本該是選擇高考志願，躊躑滿志，規化人生大業的年齡，他卻花了三年時間學習做一個真正的士兵。三年中，他唯一沒學會的是聽話，如果他學會了聽話，他就是一個完美的士兵。然而，完美的軍人如果曾經是他的夢想，這個夢想如今已經老去，他固然不知道未來在哪，但絕不會是身後那座日本人留下的軍營。

第四部　不會游泳的魚

（一）

一路向北，當火車駛過鐘山的北麓，海生有些迫不及待了，那個有著自己家的城市，越來越近。隨著一聲長鳴之後，車廂裡的人開始忙碌起來，然後是高高的月臺出現在車窗前，龐大的車廂終於在最後一次剎車後停止了晃動。以軍人模樣在公眾場合行動的他，儘管懷揣著興奮，卻要裝著很耐心地等著周圍的人都走完了，才起身收拾好行李，邁著穩健的步伐，有板有眼地跨出了車廂。

順著往外的人流，他剛走了幾步，就聽到有人在喊：「海生！」聲音又脆又響地貫入耳中。他快速地在人群中搜索，總算找到小燕的身影，她正逆著人流衝過來。快三年沒看見她，眼前的小燕和記憶裡的小女孩，有了脫胎換骨的變化，原來紅撲撲的小臉，已透著青春的秀氣和自信，兩支粗粗的辮子，整齊地梳在胸前，完全是個高年級女生的模樣，只有那額頭上的劉海，還和從前一樣。

小燕衝到他面前，一下子站住，興奮地說：「我很遠就認出你來了。」

「怎麼樣，像不像一個當兵的？」海生彷彿又回到了當年他們話別的那一刻。

「像，和電影裡訓練有素的軍人一模一樣。」在小燕眼裡，海生已經完全不是三年前喜歡縮著脖子，自顧自走在馬路邊沿上，猥瑣瘦小的三哥了，他沉穩地站在人流中，威武而自信。

「沒想到你長這麼高了，我差一點認不出來你。」三年了，開心莫過於此刻，海生的興奮一點不比小燕少。

這時，小燕的身後出現一個軍人，上來就把海生兩隻手解放了。他提著行李說：「你就是海生？」

小燕趕緊介紹：「這是老爸的駕駛員小何。」

海生略感意外地問：「你們把車開來了？」

「這可是經過老爸同意的，我和他說，你肯定有很多行李，他就同意了。」

「跟我走，從軟席候車室出去，車就停在那邊。」小何熱情又老練地在前面帶路。

三人逆著下車的人流，很快走進了空曠又清潔的軟席候車室，和骯髒嘈雜的月臺比起來，這一塊方寸之地完全是另一個世界。穿過一道門，就是車站廣場，一輛掛著軍牌的小車，醒目地停在門口。雖然離開了這種生活數年，海生絲毫沒有陌生感，反而充滿了喜悅。在高幹子弟中，海生肯定不屬於那種不炫耀就混身難受的人，可他也絕不是拒絕享受生活的人。

上了車，海生一邊和小燕聊著，一邊尋找著熟悉的街景，玄武湖，明城牆，紛亂的中央門過後是整齊的林蔭大道，一一勾起他深藏的記憶。

突然小燕指著穿外說：「記得那個院子嗎？」

一片灰色的院牆裡有一幢黃色小樓顯得很醒目。「記得，我有個衛崗小學同學姓孟，他家就住這個院子裡，他妹妹和你同班。」

「對了，這裡現在是顧紅的家。」

海生聞聲，又回頭看了一眼。

「不僅顧紅他們家搬走了，麗娜他們家也搬走了，9.13 林彪事件後，麗娜的老爸調到了軍區後勤部去當副政委了。」

「誰搬到我們小院來了？」朝陽家搬走的事，海生早已從朝陽的信裡知道了，他想知道，是什麼人搬進了那兩幢小樓裡。

「一個從舟山要塞調來的副政委，一個是從 27 軍調來的政治主任。」

「呵呵，我們家被政治工作者包圍了。」海生有些賣弄地說。

「就是，老媽不知道跟我講了多少遍了，不要亂說話，我每天要說成百上千的話，誰知道什麼話屬於亂說話，再說，我又不和他們來往，有什麼好擔心的。」

小車一拐彎，進了久別的大院，迎面是無時無刻不在腦子裡的大鐘樓，它高高地矗立在裙樓之中，像是個展開雙臂的巨人，迎接歸來的兒女。海生驚奇地發現那個記憶中從來不走的大鐘，開始走了。他立即把自己的發現告訴了小燕。

「我也不知道，忽然有一天它就開始走了，還走得忒准。」

「京腔啊！」海生又有一個驚奇的發現，小燕和別的幹部子女一樣，說話帶京腔了。

「和姑姑的女兒方妍學的，她來南京當兵，在家裡住了一段時間。」

記憶裡的人搬走了，從來不走的大鐘開始走了，小燕也成了會拿腔拿調的大女孩，藏在心底的大院，在他不在的日子，活得似乎比他滋潤。

（二）

幾乎所有的青梅竹馬的故事，都是人們杜撰出來的，為的是給自己的人生塗上美麗的彩霞。這是人類共有的謊言，誰也無法阻止它世代相傳。

落葉，隨著秋風飄到她的腳下，眷戀著，又被拋棄在身後。她氣閑神定地踩著那些落葉，仿佛覺得踩在了無數隱藏的眼睛上。從家裡騎車到大院，只需三分鐘，但她寧可花十幾分鐘走到大院。她今天這身衣服若不穿街走巷，豈不是浪費。年輕的她，至少已經學會如何走在別人的視線裡，女人，當然是做作的好。

她穿的是母年輕時穿的短大衣，這是件米色，帶著淺咖啡色寬邊，大開領式樣的俄羅斯短大衣，腰上還有一條裝飾腰帶，輕輕一扣，就能把女人的線條凸現出來。雖然它在衣櫥裡藏了十來年，在今天唯有綠、藍、灰的世界裡，依然格外顯眼。

她是顧紅，那個當年與海生被旁人湊成一對的女孩，如今已經出落的風姿綽約。她和姐姐顧青曾被美譽為大院裡的「二喬」，姐妹倆的美貌，完全得益于父母的遺傳，顧鬆林是大院首長中長得最帥的，七分威武，三分英俊，正是那種最讓女人心動的男人。而譚阿姨，這個來自美麗的青島的中德混血兒，很像她那個時代紅極一時的英格麗·褒曼。大院裡所有的妻子們，在她面前只有一個詞可以形容：相形見絀。

海生打小就喜歡這一對叔叔阿姨，在所有到家裡來的叔叔阿姨中，他們的聲音最讓他興奮，凡是他們的教訓，他也最聽得進，那並不是因為他們的教訓有多動聽，僅僅是因為他喜歡他們。這世上，還真有人是在喜歡與不喜歡中渡過一生的。

與從前天天進出這個大院相比，顧紅感覺有很長時間沒進來了，兩年前的冬季，老爸還困在清查「5·16」的學習班裡，一天，大院的管理處長來到他們家，說是奉黨委的旨示，這幢小樓要騰出來給新來的一位副政委住，請他們全家搬到大院外的機關招待所去，那是一間座落在院牆角落的小平房。對方說得非常客氣，全家卻沒法不生氣。尤其是顧紅的哥哥顧斌，當場指著處長的鼻子子說：「你們這幫小人，我父親問題還沒定性，就急著把我們掃地出門，還有沒有良心！告訴你背後的那些人，我們就是不搬！」

顧斌 1976 年和梁津生一塊去當兵，因為父親的問題剛剛從部隊復員回來，心裡一直憋了一股氣找不到到地方發洩，那天正好給他逮著了機會，一番話把那個處長的臉噎的紅一陣白一陣，只能不停地解釋，這是黨委的決定，他只是來傳達指示。發火，原是雄性特徵之一，但在博大的中國文化裡，發火是無能的符號，是玩不轉的表現，也解決不了任何問題，還是譚阿姨好歹勸住了兒子，全家灰溜溜地搬出了大院。

儘管顧家灰頭鼠臉搬出了大院，當日受辱的處長和聽處長彙報的首長，還是要出那口惡氣的。此後，每當顧家的人要進大院，都會被大門口崗哨攔住不讓進，說要經過請示才能放行。顧斌乾脆聲稱永不進這個大院，而顧紅的做法是，你不讓我進，我偏要進！哨兵們對一個年輕女孩也不知該怎麼好，只能任憑她去。

有一次，碰到一個新兵站崗，硬攔著顧紅不給進，挎著的衝鋒槍槍口都快頂到顧紅的胸脯，凶巴巴地說：「上級有命令，不允許你們家的人隨便進出大院，必須經批准後才能進。」顧紅一扭身闖進值班室，拿起電話接通了梁副司令家，正好那天梁袞書在家，她在電話上就哭開了：「梁叔叔，我媽媽讓我來看看你，大門口不許進，站崗的拿著槍械威脅我。」

梁袞書一聽就火了，當時就在電話裡訓斥值班參謀：「父母親的事，怎麼能和孩子連繫到一起，我們是共產黨，不是封建王朝！」

林彪摔死後，什麼也沒查出的顧鬆林從學習班出來了。官復原職的他怎麼也不願回到大院任職，軍區黨委只能給他安排了其他的位置。顧家也從小平房裡搬出來，住進了一個獨門獨院的小樓裡，電話、小車、勤務兵又重新配齊，顧紅進出這個大院也沒人攔了。當然，除了找小燕，否則她才不來呢。

早兩天，小燕在電話裡跟她說，海生從上海回來了，還為小燕帶了幾斤開司米毛線。顧紅聽了，咯咯地笑著問：「他懂怎麼買毛線嗎？」在她的記憶裡，海生永遠是強頭強腦的樣子。小燕在電話那一頭說：「他呀，開司米是什麼根本沒聽說過，是我告訴他買什麼樣的毛線，什麼顏色，他才會去買的。我覺得足夠打兩件毛衣，所以叫你來拿一半回去。」兩人於是在電話裡約好，今天在梁家碰頭。

顧紅輕快地走進熟悉的院中院，隱藏在樹梢裡的紅瓦頂舊居，首先跳進眼裡，秋日的陽光下，它似乎更老了，更舊了。她找到了自己那間屋子的窗戶，心裡有說不出的落寞。

當年，由於父親被審查，她不僅沒當上兵，還攤上了去農村插隊落戶的倒楣事。插隊的地方倒不遠，過了長江，再往北一個多小時車程就到了。如花似玉、千嬌萬寵，剛滿 16 歲的她，落戶在一個五保戶家裡，家裡只有一對老夫妻，他們唯一的兒子，在朝鮮戰場上犧牲了，老倆口成了烈屬，現在住的房子，是村裡照顧他們給蓋的。三間土坯房，屋頂是灰瓦鋪的，這年頭，瓦房在村裡算是不錯的了。整間屋子只有那頂蚊帳下的空間，是顧紅願意待的地方。每當黑夜降臨，她就把門閂頂得死死的，點起昏暗的油燈，倦縮在床上，等待睡意來臨。

萬幸的是，顧紅不用做飯，無論她什麼時候回到小屋，大媽總會給她弄碗熱騰騰的面，緣由是她每次從省城回來，都給老倆口背些白麵。這白麵在農村可是精貴的東西，她能吃上口熱飯，也全是這點白麵換來的。久而久之，村裡上上下下都知道這女娃的父親是個大官，於是，從生產隊到公社常有幹部托她在省城辦事，她呢，得到了可以待在城裡，不用去住土房，去下田勞動的實惠。炎涼的世態教給她的第一課，居然是什麼叫交換。

從上海開始，顧紅就是出了名的「洋囡囡」，「嗲妹妹」，到了豆蔻年華，尋常人家的孩子，她都很少來往，即使見了海生，也總是挑剔地說：你看你，弄得這麼髒。海生常常被她講得只剩下了自卑心。如今，她從千金的地位一下跌落到知青的身份後，再爬起來，已經和那些穿上軍裝的髮小們差了不止一個臺階。過早飽嘗了世態炎涼的顧紅，變得非常現實，她年輕的頭腦裡存進了一個古老又堅定的念頭：這世界對女人來說，再沒什麼比「靠山」更重要了。

早在大院裡的孩子們開始相互配對時，大家就把顧紅和海生配在了一起。海生當兵走了之後，她參加了大院裡的「毛澤東思想宣傳隊」，宣傳隊排演的是《智取威虎山》，她在裡面演「小常寶」，有一次，宣傳隊去大個秦浩當兵的部隊演出，那裡有幾十個從大院裡去當兵的男男女女，演出結束後顧紅和他們聚在一起聊天，大個等人還不忘拿她和梁海生開玩笑，惹得她當眾發嗲：「你們別瞎猜，沒那回事。」

其實，她一早就知道海生喜歡自己，在老爸沒倒楣之前，她小小的心裡就知道周圍有不少男孩子青睞他，其中有她看上得上的，也有她看不上的，海生在自己的心裡的位置是中間偏下，這個級別還要拜他們是鄰居所賜，他在顧紅面前出現的頻率太高，心裡自然就有了他的影子，如果不是這個因素，這個常常被大人指著後脊樑的「梁老三」實在難成女孩子心儀的對象。但是，經過老爸從隔離審查到東山再起的變遷，在她心裡排第一位的已經非梁老三莫屬，因為在她們家落難時，海生的父母是為數不多敢站出來保護她們的人。在這個冷酷無情的時代，她認定梁家是她可以託付幸福的地方。

所以，顧紅今天來梁家與其說是看小燕，不如說是專門為海生而來的，雖然迄今為止，她還說不清自己是否真的喜歡上了海生，那又怎麼樣呢，她自信海生不會拒絕自己，如何讓海生喜歡自己，才是最重要的。

來到梁家的小樓前，她亮開嗓子喊到：「小燕！

這種叫門方法，是她們自幼就沿用的，自幼的習慣總是親切的，何況喊聲也是為了讓另一個人聽到。

二樓的陽臺上響起了劈裡啪啦的門響，隨即小燕可愛的臉龐出現在陽臺上，一聲「你等一下」，又消失了，接著是咚咚的下樓聲，隨後大門開了。看見打扮的與眾不同的顧紅，小燕一臉羨慕地說：「從哪買的這麼有派頭的衣服，穿著像個貴婦人似的。」

「得了吧，這是我老媽的，還是當年蘇聯專家的太太送的，老的要死了。」顧紅嘴裡蹦著謙虛的詞，臉上卻露出得意的笑意。

這兩年，大院昔日的小姐妹幾乎全進了解放軍這所大學校，只剩下她們兩個，一個因父親的問題穿不上軍裝，一個因父母不希望她走當兵這條路。此時的中國，中學又恢復了高中，梁袤書和劉延平要小燕順勢讀下去，為這事，一向是乖孩子的小燕沒少和她們吵，結果還是擰不過他們。

於是，這兩人成了一對難姐難妹，顧紅遇到不順心的事就到小燕這倒苦水，苦水倒完了，心自然也舒暢了。小燕呢，也是繼承了梁家的秉性，甘為朋友兩臂插刀，她甚至在顧紅最低落時，到她插隊落戶的那間簡陋的土房陪她住了一陣。文革雖然把人性摧殘到了極端，在革不到命的旮旯裡，殘餘的人性反倒成了最珍貴的東西。

兩人嘰嘰喳喳地從門口說到了樓梯上，再從樓梯說到二樓的走廊上，又甜又脆的聲音早已驚動了另一個人，他就是剛從上海回來的海生。

貓在自己房間裡看書的海生，聽到外面有人叫小燕時，心就禁不住地一跳，那聲音是他熟悉已久的。等到說話聲上了樓，他迫不及待地把耳朵貼在門上，確定和小燕說話的就是顧紅後，心都快跳到了嗓子眼上，他衝動地去開門，卻在轉動門把的最後一刻又猶豫了，因為他無法讓自己的心平靜下來，成年後的虛榮提醒他，這樣衝出去很不得體。他停在門後，心裡不停地複誦：冷靜，冷靜。直到心裡平靜的差不多了，才毅然擰開門走出去。

他按事先設想的，假裝要去另一個房間，意外發現了站在走廊上和小燕聊天的顧紅，然後裝出很吃驚的樣子……

這點小把戲，在很多人那兒根本不算回事，可對不喜好交際，靦腆的海生來說，如果不是當了三年兵，就這伎倆也不會耍。

就在他裝著很吃驚的樣子時，顧紅臉上洋溢著重逢的笑容招呼他：「你好，海生。」眼前的海生著實令她眼睛一亮，他不再是記憶中沒頭沒腦的小男孩，寬寬的肩膀，厚厚的胸膛，像個男子漢了。

海生卻很矜持地說：「是你啊，顧紅。」一副軍人做派，不冷不熱。

顧紅對學會了矜持的海生並不反感，但也用不著在自己面前裝矜持呀，還裝得不像，忒彆扭，純粹是愛理不理人嘛。她心裡一陣慌亂，小臉漲得通紅地說：「你回來了。」

其實，海生心裡比顧紅還要慌亂，眼前的她已然是個亭亭玉立的大姑娘了，尤其是那件米色短大衣，配上她橢圓的臉龐，真像這個時代的大眾情人——冬妮亞。他剛回答她「是的」，就覺得一秒鐘也不能在她面前待下去，急忙給她一個假笑，轉身進了老爸的書房。

兩人之間等了近三年的見面就這樣結束了，罪魁禍首竟然是長大造出的煩惱。如果海生當時就像昔日一樣，一下子就衝出房間，然後大大咧咧地說：「嗨，顧紅，我在房間裡就聽到你的聲音了。」而不是先裝作沒看見，跟著還要懶洋洋的來一句，是你啊。或許他倆真能續一段青梅竹馬的故事。

可惜那是如果。

站在一旁的小燕一看這情形，趕緊把顧紅拉進了自己房間。

海生急著逃進房間裡，另有一個永遠無法啟齒的原因。每個男孩子在長大過程中都會遇到夢遺，也就是《紅樓夢》裡所說的，從那裡流出來的東西。而顧紅正是海生在夢遺中頻繁出現的女人，當年她那含苞待放的胴體，常常令他在睡夢裡膨脹，興奮，噴泄，然後醒來，難為情地對著午夜遙想。剛才一見到顧紅，他的身體開始膨脹，他沒想到自己會有如此下流的反應，哪還有心思和她說話，慌不擇路地躲進了房間。

任憑顧紅心思縝密，也無法猜到海生躲著她的真正原因，她心裡空空地跟著小燕進了她的房間。小燕生怕剛才的尷尬傷到了顧紅，趕緊拿出海生帶回來的開司米毛線給她看。

「你看，又細又柔，與一般的毛線不一樣，據說穿在身上既保暖，透氣性又好。」

接過小燕遞過來的毛線，顧紅有口無心地說了一些應付的話，怏怏地離開了梁家。

落葉還在午後的陽光下慵懶地躺著，看不出一絲淒涼，反倒是踏在它們身上的人兒，心情無比慘然。這些年來，儘管由於生活的跌宕，她不再像過去那般高傲，但在心底裡，她一直認為海生是她已經捏在手心裡的一張保底的牌，來梁家的路上，她給自己編織了許多憧憬，沒想到一見面，居然是這樣的結局。

她為自己的自作多情害臊，一古腦兒地把氣全撒到了海生身上：「你就是個勢利眼！」她狠狠地踩著腳下那些吱吱作響的樹葉說：「你放心，我再不會來找你了！」

如果她夠勇氣找機會再見海生，這傻小子一定還是她的囊中之物。可惜，這些只能是寫在小說裡的事，幾乎所有的青梅竹馬，都是被杜撰出來的，有些被杜撰在書上，更多的被杜撰在心裡，從古到今，青梅竹馬這個詞已經被無辜又無害地用到氾濫。被權利和金錢玩弄得精疲力盡的人類，總想在「髮小」，「光屁股朋友」，「兩小無猜」類純真的詞裡，找到另類的安慰，這似乎很愚蠢，然而誰又能否認愚蠢也是人性呢。

就在兩小無猜變成兩小瞎猜的時候，旁邊還有一個摸不到頭腦的人，那就是小燕。關於顧紅和海生的傳聞，她早就聽到一些，心裡當然盼望兩人會在自己眼前上演一場愛的大戲，這既是親上加親的事，也一定夠刺激。她不知道他們倆之間有過什麼，也不懂得撮合，她只知道顧紅一定想知道海生回來的消息，所以她把顧紅約來，讓兩人見上一面，沒想到自己製造的機會，竟是個不歡而散的局面。

她怏怏地走進書房，海生正在老爸的書櫥前翻書，一看是她，像沒事人似地問：「顧紅走了？」其實他剛才一直在窗戶裡望著顧紅的背影消失的樹蔭裡。

「走了，我把你帶來的毛線給了她一半。」

小燕正想再說些什麼，身旁的電話突然響了，她拿起一聽，說了聲：「請等一下，」然後對海生說：「大門值班室的，說有人找你。」

海生接過電話聽畢，連聲說道：「讓他進來吧。」

「誰呀？」小燕看他興奮的樣子好奇地問。

「韓東林，中學同學，臉白白的那個，你記得吧，他給我送書來了。」

海生回來後，第一時間找到了東林，三年不見，東林早已不是當年人見人罵的「東洋崽子」了。他先是去姐姐插墜落和戶的地方住了一陣，後來關押在勞改農場的父母受惠于落實知識份子政策，結束審查，回到大學參加大學重新開學的籌備工作，尤其是父親，作為全國知名的化學家，還參加了教育部教材編寫工作。一夜之間，全家又搬回了南園那幢小樓，於此同時，他個子也一下竄到了一米八，再配上俊朗的外貌，讓他重新找回了自信。

不一會，梁家的小樓外有人扯起嗓子喊人，海生像小燕一樣先衝到陽臺上，頭一伸說：「我來了，你小子騎得這麼快，我正想去接你呢。」

門前的韓東林屁股粘在自行車座墊上，一隻腳神氣地支撐在地上，兩隻胳膊架在車把上，肩膀優雅地聳起，這副樣子就是70年代最有型的青春標誌。

海生出來看見東林還端著架子站在那，樂不可支地說：「你擺什麼擺，這裡又沒人看你。」

東林輕鬆地將另一條腿放下，鎖好車子，然後才正臉對海生說：「重大新聞，你猜，我剛才在門口看到誰了？」

「誰？」海生反問他。

東林神秘地一笑：「你那個親愛的紅。我叫她，她看了我一眼，理也不理就走了。

「這算什麼新聞，她剛剛離開這。」海生話裡的意思，顧紅剛才是和他在一起，雖然他與她只是很尷尬地面對面幾秒鐘。

「怪不得她穿得很時髦，原來是來看老相好的，你是不是欺負人家了，她臉色可很不好看啊。」

「沒有的事，我像個欺負女孩子的人嗎。」海生硬撐著說。當了三年大頭兵，一說到女人就會臉紅的他，內心還是很得意別人把他和顧紅扯到一起。

東林可不信他的辯解，說：「沒欺負她，你臉紅什麼？」說完，也不由他解釋，從掛在肩上的書包裡拿出兩本裹著紅色塑膠封面，上面寫著《毛澤東選集》的書遞給他說：「哥們，你要的書給你弄來了。」

海生打開塑膠封面，裡面的書名是《安娜．卡列妮娜》，興奮地說：「太好了！」拉著東林就往樓上走。

幾年沒見，東林完全變成了另一個人，自信和涵養取代了原來的幽怨和萎頓，再加上交往的又都是一幫知識份子家庭的孩子，談吐舉止都不一樣，與他一比，海生覺得自己就像個土鱉。

他領著東林進了自己的房間，把兩本「毛選」藏在床墊下，一屁股坐在桌子上說:「想不到這麼快就搞到了，說吧，怎麼懲罰你？」

「老規矩唄，上莫斯科餐廳喝咖啡。」東林順手拿起茶几上的一本邱吉爾的《戰爭回憶錄》邊翻邊問：「內部發行的，好看嗎？」

「別急，先說說那套《約翰．克利斯朵夫》，你幫我排上隊了嗎？」

原來，兩天前他去東林家裡，在他房間裡發現了這套書，興奮地差一點就要跳樓，當時就把它強行揣進了懷裡，這下倒好，他沒跳樓，弄得東林差一點給他下跪。

這個年代，好書全在私下裡傳閱。東林三個月前就跟蹤上了這套書了，當他從朋友手裡接過這套書時，對方說好，三天必還，因為後面已經排了一串人，現在海生要把它拿走，他能不跪嗎？最後好說歹說，還是東林答應先給他弄一套《安娜·卡列妮娜》，才算把書留下。

「你小子真是好運道。你知道吧，想看這本書的人太多了，只怕從鼓樓排到了新街口，我一開口，對方就說要到明年。我沒辦法，就把你家老爺子抬出來，沒想到書的主人早先被發配到煤礦去，是你老爸給他們這批人解決了戶口回省城的事。他一聽說你是梁袤書的兒子要看，馬上就把你擠到了第5個。」

幾年當兵下來，海生最討厭別人一提起他，就說他是XXX的兒子，如今為了能看到本好書，也管不了那麼多了。他半信半疑地看著東林說：「就一本書，也會有如此離奇的故事？」

「騙你是小狗！」東林和朝陽不一樣，發誓時會臉紅，不由人不信。

海生從桌上滑下來，把有的窗戶關好，窗簾拉上，然後神秘地說:「給你看樣東西，算是獎勵。」跟著把桌上蓋著的一塊臺布揭開，原來是台手搖唱機。

這下輪到東林大眼瞪小眼了。「你從哪兒搞到這個寶貝的？」他像是打量稀世珍寶一般，圍著它左看看，右摸摸。

海生在一旁得意地說：「一直有啊，文革那陣，說是四舊，我老媽就把它藏到了閣樓的夾牆裡，一藏就是6年，這次回來我才把它找出來，還有不少唱片呢。」

「太好了，讓我看看都有什麼好唱片。」東林雀躍般地說。

海生小心翼翼地從桌子後面拎出個帆布書包，東林猴急地將它抱在懷裡，坐回沙發，打開書包，慢慢地抽出第一張。

「《船歌》，《阿拉木罕》，《在遙遠的地方》，還都是中央樂團的男聲小合唱，經典啊。」他很專業地對海生說。當他抽出第二張時，突然大叫一聲：「哇，有《鴿子》，還有《三套車》、《莫斯科郊外的晚上》！我要昏過去了。」再拿一張，全是舞曲，華爾滋，探戈，吉特巴，應有盡有，東林在半瘋狂中狂呼：「太棒了！」跟著拿出的一張，他幾乎不敢相信自己的眼睛：「這是什麼？」看著唱片中央的字，他一字一聲地念道：「《天鵝湖》，還是莫斯科芭蕾劇院演奏的，天哪！」

「看你美得，還有一張你最中意的，在最裡面。」

東林一聽，急忙抽出最後一張，盯著它，口中喃喃地說：

「我的天啊，《梁祝小提琴協奏曲》，中央音樂學院演奏，馬思聰編曲。」他的手為之顫抖，央求地看著海生：「趕快放給我聽。」

東林小時候是學小提琴的，文革後，琴雖然還可以學，絕大多數曲目都被禁了。此刻，他眼巴巴地看著海生放好唱片，搖起手柄，然後放上磁頭，隨著片頭沙沙聲結束，悠揚的弦樂輕柔地飄出，他閉上眼，敞開心扉，任琴聲一節一節地注入心的深處。一曲終了，他還陷在繞梁的餘音中無法脫身，良久，他抹了抹眼角說：「不過癮，我還要聽十遍。」

「和音樂家在一起聽，感覺就是不一樣。」海生一邊搖著手柄，一邊調侃他。在中學時，海生、曉軍等人常戲稱東林是音樂家。

第二遍結束後，東林眼巴巴地求海生：「我能借回去聽嗎？」

「不行！這可不是開玩笑的事，萬一被人發現，舉報上去，你我都要倒楣。」海生說完，拉開窗簾，打開窗戶，清涼的秋風頓時撲面而來，日光灑在東林身上，他依然是呆呆地坐著，臉上殘留的淚跡晶亮可見。海生不忍心地說：「任何時候，你想聽就來。」

雖然文革破四舊的風暴早已遠去，但是除了紅色音樂外，所有音樂依然還是靡靡之音，蓋著「封、資、修」的烙印。連膾炙人口的紅歌《洪湖水浪打浪》，都因「歌頌反動軍閥」的罪名被禁唱。在以階級鬥爭為綱的時代，聽靡靡之音，足以叫你鋃鐺入獄。剛剛經歷了狂風暴雨，可以喘口氣的世人，一個個聞「音」喪膽，也只有這幫高幹子女，能躲在紅色幃幕裡，悄悄享受他人不敢奢望的東西。包括私下傳閱違禁書籍的遊戲，玩得最瘋狂的也是這幫「皇親國戚」，手裡拿一本違禁書在女孩子面前露露，是紈絝子弟們最得意的事。

不過，話說回來，正是這幫背後被人們不齒的「皇親國戚」，最先在銅牆鐵壁上鑿開了縫隙。

（三）

送走東林，海生急忙拿出床墊下的「毛選」窩在沙發上，幾秒鐘後，就進入了「安娜」的世界裡。

18 歲的大頭兵梁海生，想也沒想就跑著投入了看禁書，聽糜糜之音的行列。三年的軍旅生活，只是稍稍地收斂了他的秉性，一旦把他從籠子裡放出來，那藏在內心深處的渴望，適逢叛逆的年代，如同乾枯的田園迎來了開閘的渠水，盡情地享受著滋潤的快意。

其實，換誰出生在「高幹」的家庭裡，都會像海生這些人一樣做相同的事。無法想像人類可以用一種理論去抵制「特權」的誘惑。公正地說，把他們這一代新貴，放進數千裡的文明裡，只能算是最貧窮的特權者。

正當海生在托爾斯泰的故事裡神遊時，門突然開了，進來的居然是老爸。平時老爸一回家，海生就能憑腳步聲判斷出來，今天真是看書著了迷，竟會什麼都沒聽到，他慌忙合上書，從沙發裡跳起來，筆直地站好。

「爸爸」兩個字還沒喊出口，梁袤書已經先開口：「你在家，為什麼叫你不答應？」

「我沒聽到。」

梁袤書對兒子的回答似乎不滿意，用懷疑的目光，把房間掃了一遍，然後說：「你整理一下，明天跟我回老家。」

「是！」海生腳跟一靠，以標準的軍人方式回答道。直到老爸離開了，才反應過來他剛才講了什麼。從上海回來那天，老爸就在飯桌上提起，要海生陪他回趟老家，去見見從沒見過的奶奶。此後，他幾次問老爸什麼時候走，老爸說要等順道的飛機，有飛機坐當然是件開心的事，他就耐心等著，哪想得到說走就走。

這次回來，海生覺得老爸的頭髮白了許多，在家的時間也多了。背地裡他聽老媽說，那個豈圖改變北煤南運的偉大工程並不順利，老爸幾次申請不做那個挖煤的總指揮，最近總算同意了，但許老頭還是耿耿于懷，當著梁袞書的面，說他是「逃兵」，梁袞書心裡自然不舒服，就打了個休假報告，要求回家看看十多年沒見面的老娘。

挖煤這個「偉大工程」，原來就是許老頭腦子一熱定下來的糊塗工程。江南本無煤，是經過勘探後的科學論斷，所以到了後來，煤沒挖出來，社會上卻已怨聲載道。這次回到省城，海城的耳朵裡也灌進不少牢騷怪話，連駕駛員小何都在說，你爸爸最辛苦，卻替人背了黑鍋。只是他從小養成了習慣，老爸的事，從不敢問，問也白問。

晚上，他和老媽一道整理老爸的行李時，有意無意地破解了一個藏在心中許久的猜測，他趁整理時，把老爸放在櫥櫃裡的幾本老像冊重新翻了一遍，發現原來放著老爸和林彪、許世友合影的那個位置，已經什麼也沒有了。老爸這幾本老像冊，海生從小就喜歡翻，還喜歡對號入座，把照片上的人和記憶裡的叔叔阿姨對在一起。他記得很小的時候，像冊裡有一面貼得全是老爸和彭德懷在一起的照片，有一天，這些照片突然全消失了，至今那一面還空在那裡。

他指著那個空出的位置問老媽：「這張照片怎麼沒了？」

這延平看了一眼反問道：「你問它幹什麼？」

「那張照片是在中山陵 8 號拍的，那天正好我也在那。」

「這種照片還能留嗎？被別人發現，那還了得。」

「不就是一張照片嗎？燒了多可惜。」海生心裡不無遺憾，覺得老爸老媽的膽子也太小了。

「行了，那個不用你操心。」劉延平話題一轉，叮嚀著他：「回到老家，小心你那個叔叔，家裡的事，別在他面前多講。」

海生這次回家後的另一個感覺，就是老爸老媽不再把他當小孩看了。尤其是老媽，時不時和他說些心裡話，儘管是些擔憂、抱怨或者雞毛蒜皮的小事，但能做她訴苦的對象，感覺也不錯。可是，為什麼要防著叔叔呢？

他應了句：「沒問題，」跟著又問：「為什麼？」

「他總是來信抱怨我們給老家的錢太少，說我把咱家變成了劉家大院。這次你爸回去，我給了他 100 塊，是給你奶奶的，你叔叔要是嫌少什麼的，你別理會。」

海生過去難得從老媽嘴裡聽到這些事，他只知道他們這個也算有頭有臉的家，是個月月光的家。兄妹幾個從來不問家裡要錢，因為想要也沒有。此刻聽到老媽一說，自然覺得這個叔叔有些過份，說道：「他憑什麼嫌少，給他寄就不錯了，他又不是沒有工作。」

「你看，這個月還不到一半呢，錢就花完了。光是給你爸買煙，就花了 200 多。」劉延平說著，將一條中華煙放進老爸的箱子裡，另外又拿了兩盒交海生說：「這兩盒放在你這，預防著，萬一他把煙都送完了，自己撈不到煙抽時，你再給他。還有啊，這次你爸回去，不帶任何人，你就是勤務兵，可要好好侍候他。」

「這可不敢打保票，萬一他發起火來，把牙一咬，我躲還來及呢。」海生邊說邊學老爸咬牙切齒的樣子。

海生是兄弟三個中最像老爸的，所以模仿起來像極了梁袤書，劉延平見了禁不住笑得停不下來。她這一笑，驚動了隔壁書房裡的梁袤書，過來問他們：「什麼事那麼好笑？」

「在說你呢，海生擔心路上照顧不好你。」

「當了三年兵，這點事都做不好，還算個兵嗎。」梁袤書笑著數落完兒子，轉身欲走，又回過頭來說：「快點整理完了，過來陪我下棋。」

「去吧，陪你爸爸下棋去。」劉延平自然能察覺到梁袤書這段時間的落寞。

第二天上午，父子倆坐車到了機場，這次乘得不是五年前的直升飛機，而是一架三叉戟飛機。海生提著箱子，跟著老爸身後上了飛機，機組人員的眼都不好使，這麼像的一對父子，卻把兩個口袋的海生當作警衛人員，安排他坐在後面勤務人員的機倉裡。沒見過這種場面的海生，乖乖地由他們調遣。這樣也好，他正好借此弄清了狀況。原來這是架專機，常年擔負送總部領導到各大軍區，空機回京時，總會順帶捎一些去京城的高級將領和機要人員。海生聽了恍然，原來坐飛機，裡面還有不少竅門。令他更恍然的是：林彪當年外逃摔死在溫都爾汗，坐的就是同一型號的飛機。恍然之後，他仔細把四周打量了一遍，光滑的艙頂，漂亮的機窗，比起顛簸的直升飛機，像是坐在豪華的屋裡，他自我調侃地說：「看上去像是永遠不會墜落似的。」坐在他對面的一名機組人員說：「當然，這是目前我國航線上安全性最好的飛機，林彪坐的那架，是沒油了才墜落的。」「噢。」海生不動聲色地應著，而在他心裡，曾和大多數人一樣，相信他是被打下來的，原來，竟是沒了油掉下去的，做為副統帥，這種死法豈不是太幽默。

飛機到了北京南苑機場，父子倆換乘一輛藍色的伏爾加牌小轎車，直接上了回家鄉的路，一心想到北京玩玩的海生，連北京的樣子都沒看到。車過八達嶺時，停了一分鐘，不是上長城，而是為了方便。他只能乘上廁所之際，草草望瞭望殘缺斑駁，蜿延而去的長城。還好老爸答應他，回來的時候爬長城。

暮色時分，車到了老家——河北某縣縣城。說是老家，其實並不是梁袤書小時候住的地方，海生的爺爺在抗戰時，把所有的家產都捐給了八路軍，被晉察冀邊區政府授為「光榮鄉紳」，再加上梁袤書革命有功，解放後，爺爺奶奶跟著海生的叔叔住進了縣城，所以現在這個老家，是解放後的家，而不是鄉下那個梁家大院。

進了門，院裡，屋裡都是靜靜的，只有正房的坑上坐著一個白髮老太，走在前面的老爸快步上去，恭恭敬敬地喊了聲：「媽！」海生意識到，她就是此行要見的重要人物——奶奶。

可是，坑上的奶奶並不知道是誰來了，兩年前，她患上了老年性白內障，失明了，此刻以為叫「媽」的是小兒子佑書，直到老爸對她說：「媽，我是袤書。」才知道是當了大官的兒子回來了。她揚起手，一巴掌重重地打在兒子身上，「你回來了，你還知道回來看我！」隨後拽著老爸的胳膊就哭上了。

跟在後面的海生反而一樂，原來也有人可以這樣教訓老爸。

老爸扶著他的老媽安慰了一陣後說：「媽，我帶著您的孫子，小三子回來了。」

「在哪？」奶奶張開胳膊說。

海生坐上坑沿，叫了聲：「奶奶。」

看不見他的奶奶，雙手細細地撫摸著他的臉，肩膀，胳膊，最後拿起他的雙手，合在自己的手掌裡，久久地摩挲著，淳厚的溫暖通過那雙柔軟的手傳到海生的肌膚裡。「叫什麼？」「海生。」「多大了？」「18 歲。」問完了，奶奶感慨地說：「多好啊。」

在海生的記憶裡，從來沒有誰這樣溫暖地待他，眼前這個第一次見面的老人，臉上已經是褶子連著褶子，這些藏了無數風霜的摺子，就像灰暗的樹皮，雖然粗糙，卻不會讓人嫌棄，蒼老本來並不是件沮喪的事。

不一會，老家其它的成員一個個回來了，從他們興奮的臉上，海生可猜測到，他們都是以最快的速度衝回來的，有喊哥的，有喊大伯的，有下跪的，也有哽咽的。屋裡的主角換成了老爸，之後又換成了他。他最怕這種場合，整個腦子一片空白，只能機械地逐一吐著類似「你好」的字眼。

再過一會，縣裡的領導集體而至，「梁司令，」「梁老」的尊稱此起彼伏，令站在老爸身邊的海生大有騰雲駕霧的感覺。他看看老爸，老爸倒是很有大官風度，一本正經地追問記憶中的故人和往事，還不忘詢問家鄉的近況。一輪問候結束，縣委書記不失時機請老爸移步至縣委招待的用餐。

這種熱情是無法讓人推卻的，梁袤書架不住七八個父母官熱情邀請，只好拿著好話哄著被撂在一旁的奶奶：「媽，我明天回來吃飯，吃您親手做的油麥面。」

「去吧，別管我。」奶奶很高興的樣子，混濁的眼睛閃著光亮。

縣裡主要領導都擠在北京來的小轎車裡走了，海生陪著老媽所說的親叔叔梁佑書，以及沒有擠進小車的領導步行前往。一路上，叔叔緊緊地拉著他不停地說，這個縣出的最大的幹部，就是你爸，抗戰時，他就在這兒領導八路軍和群眾打鬼子，那時，他是軍區分區副司令，沒聽他們說嗎，地委書記明天還要來，當年他是你爸爸手下的武工隊長，能不來看你爸爸嗎……。叔叔越說越興奮，海生的胳膊也被越捏越疼。

當家史能和歷史扯到一起時，總是件津津有味的事。看著叔叔因興奮而漲得通紅的臉，海生心裡有些水土不服，他不習慣在大街上大肆吹噓自己家人如何了不起，就算是真的，他喜歡關起門小心地說。他突然覺得老爸回家，最高興的人變成了身旁的叔叔，而不是坐在坑上那個瞎眼奶奶。他似乎明白了，為什麼老媽要他小心點這個親叔叔。

接下來的時間裡，都是些類似的無聊活動，海生慶倖自己懷裡還揣著兩本「毛選」。有安娜和渥淪斯基的愛情糾纏，當他混在家鄉的塵土中時，心總能溜到紙做的莫斯科徜徉。

最讓他得意的是那天地委書記宴請老爸時，帶來了他兩個寶貝女兒，兩個女兒年齡和他相仿，當她們跟著父親一塊走進來時，眼尖的妹妹看見了海生忙不迭地把紅彤彤的「毛選」塞進軍用挎包裡。到了飯桌上，她借著問當兵生活的話題，很羡慕地說：「像你這樣好學上進的幹部子弟很少見，出門在外都不忘學習毛主席著作。」

雖然海生是個肚裡藏不住話的人，但這件事，就是借他個膽，也不敢捅破。只好憋在肚裡，結果面對姐妹倆一本正經的臉，他越憋越想笑，實在憋不住了，便一個人跑到廁所裡，笑到蹲下去站不起來。

然而有一天，這套「毛選」還是露了餡。父子倆返回北京後，老爸去辦公事，海生就拿張地圖逛名勝古跡。那天逛頤和園回來晚了，到賓館時，天已漆黑，早已吃過晚的老爸正在看他的「毛選」。一見大勢不妙，他立刻特親熱地叫了聲：「爸爸。」老爸放下老花鏡說：「這就是你看的毛選？」

原來，梁袤書飯後沒了香煙，便到兒子的包裡找煙，意外發現了這個寶貝。海生此時一顆心懸到天上，生怕老爸把書沒收了，吞吞吐吐地答道：「是一個朋友借給我的。」

「什麼狐朋狗友，借這種書給你看，還用毛選包著，亂彈琴。」

「這是世界名著。」海生小聲辯解著，他本能還想加一句：「我邊看邊批判。」但是沒膽說出來。要是換了滬生，張口就說了，說完了准得挨一頓臭罵。那一對父子之間，一個嘴貧，一個看見貧嘴的，氣就不打一處來。

梁袤書把書還給兒子說：「你現在是戰士，這種書看多了不好，更不要到處亂借。我的書櫥裡有一套《魯迅全集》，你還是先從它看起。」

自 9．13 事件之後，在中國的大城市裡從上到下都進入了對個人崇拜的冷卻和反思時期。從極端回到反思，結果必然是否定。地下書籍能一紙風行，就是最好的注釋。而梁袤書這類高級幹部，心裡跟明鏡似的，嘴上卻什麼都不能說，他讀了一輩子書，對兒子讀這些書並不感冒，只是對年輕人的地下活動擔憂，所以才推薦兒子看《魯迅全集》，又保險，又有內涵。

海生被老爸一頓數落後，懸著的心反而放下了。老爸不僅沒有沒收他的書，也沒有不許他看，只是輕描淡寫地說了句：「看多了不好。」他高高興興拿起書正準備走，梁袤書又叫住了他：「北京回去後，你趕緊去軍務處報到，早點到部隊去，不要在家裡胡混了。」

「是！」海生身子一挺，又回到了士兵的狀態。

「還有，可能讓你先到司令部組織的軍體集訓隊。軍訓處看中了你的軍事技術，叫你去參加明年 1 月份軍區第三屆運動會的比賽。」這些話，本不該由梁袤書來說，可他看到兒子標準的軍人架式，心裡一高興就說了出來。

雖然短短的半個月休假生活已經令海生看不起三年裡學的軍事技術，但是，能到軍區運動會上較量一下，還是很刺激的事。他飄浮的心，一下又有了目標。

（四）

體訓隊設在軍區的華東教練場內，這個教練場是當年民國政府時期黃埔軍校的訓練場，雖然它在城裡，空曠無際如同在野外。海生從南找到北，好不容易在角落裡找到了自己要找的營地。

進了隊部，見到了隊長，一看就是個退役運動員的樣子，雖已發福，但仍感健碩。隊長客氣地介紹了集訓隊的情況，然後告訴他未來參加比賽的項目是軍事三項：射擊、投彈、障礙。並提出要先測試一下他的水準，海生感覺那意思，如果自己水準不行，還不一定能代表隊裡參賽。

穿過一個標準的田徑場，有一片長滿雜草的荒地，障礙訓練場地就設在這，遠遠地能看到七八個人正在場地上訓練，一看他們訓練的架式，海生就掂出了他們的水準。隊長衝著他們大吼一聲，隊員們立即聚攏過來。

走在前面的高個子笑著對海生說：「你是梁海生，梁老三。」

「你是周建國。」海生立即想起這張而孔是誰了。周建國和大哥津生同歲，在家裡排行老二，故大院人稱周老二。他父親是大院的一號首長，前不久升任為軍區副司令，海生記得老爸每年大年初一出去拜年，周家是必去的。由於年齡上的差距，海生在大院的時候，只能算是認識他，根本說不上，沒想到兩人在這碰上了。

「我走的時候，你才這麼高，很長時間沒見到梁叔叔了，他還好嗎？」周建國連說帶比劃。

這時，其他人都圍了上來，隊長順勢對周建國說：「建國，既然你們這麼熟悉，就給大家介紹介紹吧。」

「好啊，早聽說梁副司令的三公子是受過正規訓練的，來吧，跑一下給大家看看。」

周建國的語氣令海生想像不到的舒服，絲毫沒有原來的連隊裡事事嚴肅無比的味道，看來這個集訓隊裡，周老二是個人物。他爽快地從旁人手上接過一支槍，站在起跑線上，深吸一口氣，甩開步子疾跑，跨過水坑，躍過矮牆，直到一個鷂子翻身從高牆上掠下，毫無半點拖遝的衝到終點。

「好！」一旁觀看的隊員齊聲叫好，周建國更是笑呵呵地對隊長說：「多來幾個梁海生這樣的，我保證障礙跑能拿前三名。」他又對走回來的海生說：「你那飛過矮牆和一步翻上高牆的動作，一定要讓組裡的人都學會。」

「沒問題！」海生體內的荷爾蒙正因得意的表演狂飆，自然不會拒絕周建國的要求，何況，他已經視周建國為自己在新環境裡的依靠。

當天晚上，熄燈哨吹過後，周建國把海生叫到自己的單間裡。一進門，滿屋的香味撲鼻而來，只見屋子的中央架了個電爐絲爐子，爐子上置著一個熏得猶如唐朝出土文物一般漆黑的砂鍋，鍋裡正冒著熱氣，香味就是從那散發出來的。建國拿出一瓶大麯，兩個小酒杯，說道：「坐下，嘗嘗我土制的砂鍋，也算給你接風了。」

海生眼裡，建國始終是個大哥級人物，他有些拘緊地坐下，心裡卻在竊喜，他想像不到，軍隊裡還有這種生活方式。

建國揭開鍋蓋說：「你看，有雞有肉，肉是中午的紅燒肉，雞是晚飯時間食堂要的，我加了些大白菜，蘿蔔和辣椒，夠豐富了吧。」

據說，砂鍋的一大特點是透氣性好，透氣對砂鍋中之物有何益處，海生不懂，但透氣營造的滿屋飄香，海生的鼻子很懂，而且造成腮幫裡的口水直往外冒，他非常實在地說了句：「真香啊。」

「來，天冷了，喝些酒可以禦寒。蘇聯軍隊到了冬天，人人懷裡都揣著一瓶酒。」兩人喝完了一杯酒，建國繼續說：「這個集訓隊，你是來對了，別看是個小單位，不起眼，但沒人管束，自由得很。伙食是按運動員級別，頓頓有大葷，週末還可以回家，像你這樣技術好的，更是如魚得水。」

建國這番點播迷津的話，使海生頓時明白，堂堂的周公子，為什麼樂於貓在這麼個不起眼的單位閑混著，原來這裡藏著這麼多的好。他從心底裡大大的佩服對方，可這一切又有多大的意義呢？他的心裡還有另一個疑慮：周建國是集訓隊的教練，按道理應該是個四個兜的幹部，怎麼和自己一樣，穿兩個口袋的戰士服呢？他張口就問他，也不管是不是犯忌。這種一竿子見底的方式，常人會覺得很唐突，但在幹部子弟中，卻習以為常，這幫在中國大地上很拉風的新貴們，繼承的就是直來直去的風格。周建國倒不忌諱，告訴他自己的提幹報告早就上去了，但是9·13之後，軍隊提幹全部凍結了，至今還沒解凍。

「耐心等待吧。」周建國朝他無奈地一笑。

軍事三項另兩項是射擊和投彈。射擊比賽指定用衝鋒槍（即人們常說的AK47）200米射程，臥、跪、立三種姿勢，還是打點射（既連發，扣一次板機要打兩發子彈）。這是所有射擊中最難的，尤其是立姿，海生只能做到第一發上靶，第二發全憑運氣了。好在組裡沒人比他打得好，據說連專業運動員都沒這個把握。另一個曾令海生很得意的投彈項目，也遇到了新麻煩。此次運動會上比的不是誰投得遠，而是比誰投得准，類似實戰中的定點投彈，要求選手把彈投到40米處一個寬80公分，長2米的方格內，投進一個為20分，方格外還有一個大一倍的外框，投進外框內為10分，共投10個，累計分高為勝者。

建國看了海生的投彈後，不無遺憾地說：「原來這個項目比的是投遠，後來改成了投准，否則你可以在單項中得高分。」

投准對海生來說並不是難事，他站在原地不動，一揮臂就是40米，沒幾天，他就掌握了投准的技巧。另外，一星期後，組裡其他人在他的指導下，人人學會了他的「梁式飛躍」。他沒來之前，組裡的成員在過1米多高的矮牆時，是按教材演示先用一手一腳將身體撐上矮牆，再跳下通過，而他的跳法是助跑加速，採用剪式跳高的技術一躍而過，時間上少說縮短了三秒。其實，他這種跳法早在64年大比武時就用了，算不上自創，只是這兒的人閉塞而已。

就在他為「梁式飛躍」得意之時，發生了件節外生枝的事。那是個雨後的訓練日，天氣又陰又冷，做好準備活動後，他第一個開始障礙跑，當他用自己的「梁式飛躍」飛向矮牆時，腳底一滑，膝蓋碰到了矮牆，連人帶槍摔下去，著地一剎那，他用單手撐向地面，結果造成手腕嚴重挫傷。集訓隊只有一個衛生員和簡單的藥品，沒辦法對付他那腫得可怕的手腕，還是周建國自告奮勇把他送到了隔一條馬路的軍區總醫院治療。

軍隊醫院醫術如何不重要，重要的是那兒有女兵，這是最讓人注目的。進了總醫院，建國就像進了自己的家一樣，從掛號視窗到門診科室，一路招呼打到底，幾乎沒有不認識的。醫生最後診斷結果是急性挫傷，需住院治療。後面這五個字，當然是靠周建國的人脈寫上去的。給他辦好了住院手續，建國詭異地笑著說：「小老弟，你安心住院吧，享受享受傷兵的待遇，如果看中了哪個女孩子，告訴我，千萬別不好意思。」

海生這輩子還是第一次住院，他明白，這點小傷能住院，全憑周公子的關係。小時候看別人住院，心裡羨慕的不得了，住院多好啊，有人心疼你，還有好吃的，尤其是醫院裡四處迷漫的那股味，甜甜的，聞著就舒服，成語叫什麼來著？沁入心脾。還是在大別山時，他就喜歡這股味道。

正當他躺在潔靜的病床上，心裡美滋滋地胡思亂想時，一個脆脆的聲音在耳畔響起：「7床。」他睜眼一看，一個戴著大白口罩，頭頂白帽的護士站在病床的另一頭，他立刻明白，自己現在是「7床」了，於是客氣地問：「有事嗎？」

「起來，跟我去換藥。」對方冷冰冰地說。

海生只能看見她那雙暴露在帽沿和口罩之間的黑眼睛，那是雙十分年輕的眼眸，清澈而單純，他很想知道她摘掉口罩的樣子，但眼下，他得聽她使喚。他乖乖地下了床，跟著她往外走，換藥的地方，就在病房的斜對面，走進治療室時，走廊裡的穿堂風令他縮起了脖子，順手就想去關門。

「不許關門！」聽到小護士毫不客氣的聲音，他趕緊把關了一半的門重新打開，這情景一下使他響起了曾幾何時，也有一扇不能關的門，裡面也有一雙少女的眼眸。

「坐下吧，把手放在桌子上。」小護士一邊打開櫥門，一邊說。

海生立即把手放在桌子上，然後抬起頭，不看人，只是東張西望，為的是放鬆一下。對面的牆上有一排護理員值班表，表下有6張照片，照片下寫著各人的名字，他迅速掃了一眼，不敢久視，生怕被別人視作是邪念之徒。就這一眼，已經在心裡記下了一張臉和她的名字。那是張可愛清純的臉，關鍵是有幾分像丁蕾。名字一欄寫著兩個字：王玲。他瞄了一眼被口罩捂得嚴嚴實實的小護士，和牆上的王玲有幾分相像，至少眼神很像，於是，一顆心就被這個謎拴住了。

小護士很小心地把原來貼在他手腕上的膏藥撕掉，就這樣，海生還是因為汗毛被連根拔起，嘴裡不停地發出「嘶、嘶」聲。「你噓什麼噓。」對方很不高興地說。

撕掉了膏藥後，她又用酒精棉球清洗淤腫處，再倒了些紅花油之類的在掌心裡，然後在他的手腕上慢慢地揉著。

海生何曾有過般待遇，那被揉的感覺，就像過電一樣，攝入心的深處。

「你怕不怕針灸？」小護士突然問他。

「怕！」自小最怕打針的海生打著冷顫，用最快的速度回答她。

「像你這樣的傷，針灸會好的快。」小護士很有經驗地說。

天生耳朵根子軟的海生，聽了她的話，心又被一陣暖風掠過，莫名地感動起來，生怕自己的拒絕會傷害了對方一番好意，立即改變主意說：「是嗎？那就試試。」

「走吧，我帶你去門診部的針灸室，那兒有個老醫生，針灸可好了。」小護士說話的語氣，突然間可愛了許多。

兩人走出病區，又順著長廊走進門診大樓，穿著病號服的海生，一步不落地跟在她身後，活像她抓到的俘虜。進了針灸室，來到一個老軍醫面前，她摘下口罩甜甜地說：「張醫生，這個病人你幫忙看看。」

海生滿臉堆笑的同時，又在心裡萬分得意。因為他沒猜錯，她就是名單上的王玲。

張醫生將他的手腕研究了一會，果斷地打開一個針灸盒，裡面插滿了各式各樣長短不一的銀針。一秒鐘前還在瞎激動的海生，熱情立即消失了。看著那些針，頭皮都跟著發麻。「會很痛嗎？」他用變了調的聲音問。

「哎喲，你們男兵還怕疼啊，真沒用，你看我。」王玲拿起一根長長的針，三下兩下就紮進了自己的手臂裡。

海生只能無語，看著狠心的張醫生在他淤腫的手腕前後左右紮了六七針，然後挨個撚動，邊撚邊說：「放鬆，放鬆。」可那滋味又如何能放鬆得了，直到離開門診部，海生的眼角還殘留著一滴淚珠。

王玲見了，取笑地說：「沒那麼嚴重吧，連眼淚都出來了。」

海生無話可說，只能咧嘴一笑，擦掉了那滴殘淚，然後傻傻地看著她靈巧地一轉手腕，把口罩重新戴上，那姿式真是好看，他的心裡突然就有了想讓她牽走的欲望。

18 歲的海生，和陌生姑娘交往還處在非常膽怯的階段。他敢冒出欲望，是因為兩人一來一回走了一趟，王玲對他的態度發生了180 度轉變，從冷淡一下子變得關切有加。起先，王玲把梁海生歸在那些傲慢張狂的高幹子弟中，接觸之後，發現他像個害羞的大男孩，說話唯唯諾諾，沒有自命不凡的神氣，在他面前自己毫無屈就的感覺，先前的討厭自然就去除了，16 歲少女的單純天真一點點釋放出來。

回到病房，王玲幫他找來了吃飯和盥洗的用品，海生正忙不迭地道謝呢，進來一個不帶口罩的護士，滿面春風地對他說：「你是梁海生吧，這是周建國剛送來的你的盥洗用品和換洗衣服。」

「他來過？」海生被她的熱情逼得有些窘迫。

「他來的時候，你正好去做治療，就把東西交給了我。」聽口氣，她和周建國認識。

海生又一次說了一堆謝謝的話，他還來不及學會怎樣討女人歡心，會說的也就是這幾個字，他本能地感到夾在兩個同齡女孩中，既緊張，又刺激。

「不用謝，你需要什麼就跟我說，我叫王寧，不是鈴鐺的鈴，是南京的簡稱『寧』。王寧的皮膚略黑，瘦長的臉上有一雙大眼睛，和她的削肩倒挺般配。

海生總算發現一些有趣的話題了，衝著退到一旁的王玲說：「這麼巧，你們倆都叫王玲（寧），只是你的玲是玲瓏的玲。」他的發現就是王寧錯把玲瓏的玲，當成了鈴鐺的鈴。

「我是大王寧，她是小王玲，我是護士，她是護理，你不要搞錯噢。」王寧生怕他把兩個人搞混了，可惜 18 歲的大男孩聽了個似懂非懂。

打小喜歡生活在自己的世界裡的海生，不喜歡到台前，也不習慣被別人伺候，在那種位置上，他會束手無策，現在面對大王寧的殷勤，小王玲的體貼，不知是捧著好，還是放下好，心裡滿是驚惶。

到了晚上，不習慣的事愈演愈烈。轟轟烈烈來了一堆人，老爸、老媽、小燕，後面還跟著駕駛員小何，那情景，像是來慰問中蘇邊境或者是越南戰場上的傷兵。

老爸一來，又驚動了值班醫生和護士，把病房擠得滿滿的。中國人訪親探友喜歡興師動眾，比如拜年，婚喪什麼的，人越多越好。這種喜好能在千錘百煉的東方文明裡流傳下來，一定是特別貼近中國人的基因。可惜，梁海生是個見到人多就抱頭鼠竄的另類，他覺得自己像個小丑，一點不領情地說：「我沒什麼，只是手腕扭了一下，過幾天就會好。」

「什麼沒什麼，從那麼高的牆上摔下來多危險，你看看，都腫成這樣了。」劉延平也弄不清兒子從什麼地方摔下來，只是憑兒子腫得像發糕的手腕想像。

「拍過片子了嗎？」梁袞書衝著海生問，當然一旁的醫生也聽得見。

值班醫生趕緊說：「拍過了，今天一進來就拍過了，沒傷到骨頭。」

「好好服從醫生的治療，不要麻痺大意，弄不好會落下病根。」老爸的話總是十分精闢。

劉延平突然想起什麼來，說：「家裡還有一些麝香，聽說對傷筋動骨很管用，要不要拿一些過來？」

「千萬別拿來，我過兩天就好了。」海生幾乎是懇求地說。

醫生也認為，海生的傷用不到如此珍貴的藥，劉延平這才甘休。

梁袞書覺得兒子的傷，比想像的要輕得多，便催促著家人說：

「好了，我們抓緊時間去看老田，晚了，他要休息了。」

原來，梁袞書不光是來看兒子的，主要是來看老戰友田振清。

海生聽了，立即從床上到了地上，連珠炮似的地說：「田叔叔也住院了，什麼病啊，我也要去看他。」

「你這樣子怎麼行？」梁袞書上下打量穿著病號服的兒子。

海生立即在病號服外面披了件棉大衣，挺著胸說：「我有好幾年沒見到田叔叔了。」

一家人又浩浩蕩蕩衝進了高幹病區。進了田叔叔的單人病房，海生意外地發現田麗娜也在。他問候完田叔叔，趕緊去和麗娜打招呼。雖然麗娜和顧紅同為髮小，但她在海生的心裡從沒有過多的想法。

「沒想到你也在這，穿個白大褂，還真像個醫生。」海生還是用小時候不加思索的方式和她說話。

正和小燕說著話的麗娜，也不客氣，瞪著鳳眼說：「什麼啊，我本來就在這上班。」

連小燕也取笑消息閉塞的海生：「你還不知道啊，麗娜就是高幹區的護士。」

海生一伸舌頭說：「那不正好，你可以侍候你老爸。」

「你要死啊，盼我老爸來住院！」麗娜咬牙切齒地說。但不管用，海生從小習慣了她凶巴巴的樣子，幾年不見，麗娜的說話舉止都沒變，海生也自然由著性子耍嘴皮。

麗娜這時發現海生大衣裡面穿的是病號服，便問道：「你這個從不生病的，怎麼也穿上病號服了？」

「受傷了。」海生從大衣袖裡伸出手給她看。

「就這點傷，也值得住醫院，是來泡病號的吧？」麗娜不懷好意地看著他。

麗娜口中的「泡病號」是近年高幹子弟中流行的新玩意，一是可以逃避軍隊基層生活的艱苦，二是可以借此獵豔。這幾年，門當戶對的幹部子女都擠到部隊的醫院來當兵來了，軍隊醫院自然就成了最好的選美之地。說到根子上，這股風氣的始作俑者，就是那個摔死在外蒙的副統帥的家庭，如今已成了孤魂野鬼的林公子，當年就曾在南京軍區轄下的各軍隊醫院裡大肆選妃，准妃子就是南京一個軍隊家庭的女孩。

「向毛主席保證，不是我要來的，是隊裡怕耽誤比賽，硬把我送來的。」海生隨即把參加體訓隊的事說了一遍，才逃過了麗娜的奚落。

「對了，朝陽來過了嗎？」看到麗娜，海生自然要問起朝陽。

「還沒有，這個週末會來。」麗娜一邊和小燕嘰嘰喳喳地說話，一邊心不在焉地回答他。

這個年代，有身價的女孩，或自感有身價的女孩，全學了這個德性，在公共場合和男孩子說話，絕不正眼視之，因為眼對眼地說話，別人會誤以為兩人之間有什麼不尋常的關係。

「一定要叫他來看我。」海生才不管麗娜心裡想什麼，緊盯著她說。

麗娜也不管海生如何老裡老氣，裝作不耐煩地說：「忘不了。」說完又沒好氣地加了一句：「你們兩個難兄難弟，一樣的臭德性。」

（五）

喧鬧的一天總算結束了，此時已經是午夜，憑生第一次住進醫院的梁海生，躺在鬆軟的病床上怎麼也睡不著。這一天碰到的新鮮人和新鮮事，比在連隊當一年兵碰到的都多。這些人和事在腦子裡穿來穿去，攪得他睡意全無。尤其是那個和丁蕾長得有幾分相似的王玲，思緒稍有停頓，她就會似無似有地站在自己面前，儘管在氣質和美貌上，王玲都比不上丁蕾，但她的單純和體貼，能帶給人一種輕鬆，無拘束的溫暖。

回頭一算，不知不覺丁蕾去皖南插隊已有兩年了，兩年來，記憶的腦溝裡憑空多出的那些雜物，掩蓋了她的身影，然而，她刻在自己心底的痕跡，在理去雜物之後，依然清晰可見。他幾乎可以記得兩人每一次遇見的場景，包括地點時間，她的表情和不多的對話，還有那紅色風暴之夜她臨去時的一瞥，如今想起，仍然心悸，仍然酸楚。他幻想著能去皖南，在崇山峻嶺中，在茅屋下，溪水旁見到她，哪怕還是不理睬自己，他只想看看她生活的好不好，自己能為她做些什麼……

骨子裡很在乎朋友的海生，此時還沒有把好朋友和異性朋友分開對待，因為他還沒有一個真正稱得上異性關係的朋友，只好把異性朋友依舊放在好朋友的籃子裡。這樣的籃子，看上去更充實些，何況，一旦把它們分開了，也就無法聚攏在一塊。

海生明白，把丁蕾放進自己的籃子裡，完全是一廂情願。在她那兒，自己早已是一堆臭狗屎，但是他堅持對自己說，既然兩人曾經是朋友，那就能放進籃子裡。心的另一面告訴他，這想法有些耍賴，但他無所謂，就像善意地說謊一樣，這世上也有善意的耍賴。重要的是，他可以從心裡對這個世界說，他曾有一個令人羡慕的異性朋友。也許有一天，籃子裡的朋友多了，他又不在乎了。

成為病號後的幾天裡，來探視海生的絡繹不絕。先是麗娜和朝陽的隆重登場，人還沒出現，海生已經聽到麗娜那女高音般的嗓音在整個病區蕩漾：「小三子，你老姐來看你了。」隨著她愉悅的笑聲出現的還有朝陽，他濃重的喉音，像是沒打足氣的皮球發出的聲音：「哥們，讓我看看你的手，呸！就這點紅腫也能混進軍區總醫院住，我以為你斷胳膊斷腿了呢。」海生被他說急了，氣憤地說：「喂，怎麼說話的，好歹也是傷，還是公傷，有你這樣慰問人的嗎？再說，我這是因禍得福，否則，我怎麼能見到田公子和田大夫。」麗娜聽了，假裝生氣地說：「去，去，去！你們倆狐朋狗黨互掐，別把我扯進來。」她轉身摟著身後的王寧說：「大王寧，這是我弟弟，你可得多擔一些。」王寧大方地答道：「沒問題，就不知道他好不好伺候。」「他呀，最好伺候，一塊地瓜，就能讓他乖乖地跟你去。」麗娜一句話，把周圍知道和不知道典故的都說樂了。

另一個死黨東林來時，費了好大的周折，大門口死活不放他進來。他費盡口舌才允許他打電話到病區，正好被王玲接到，去門口把他領了進來。事後海生是對她千謝萬謝，謝的她都不好意思了。

她哪裡知道內裡乾坤，原來東林是給海生送「紅寶書」來了。他進了病房，竟然和朝陽一個口吻說話:「你這也算病，我真服了你了。」海生只能大呼冤枉：「你們誰都來挖苦我，難道我住個醫院就成了地、富、反、壞、右了？」「誰叫你從來不生病。」東林把「紅寶書」塞入他的枕頭下又說：「書給你拿來了，只有五天時間，第五天我來拿。」海生趕緊又從枕頭下拿出來，翻開偽裝，封面上赫然寫著：約翰・克裡斯托夫。「太好了！」他放肆地大叫一聲，還好周圍的病友早已習慣了 7 號床的噪音。

最讓海生誠惶誠恐的是陳院長的出現，他一來，連外科主任等一幫大夫都跟了過來。陳院長用顫抖的手摸著他的頭說：「小三子，你把我忘了吧？」這一摸，頓時讓海生又回到了大別山的日子。五年沒見，陳叔叔頭上的白髮又多了許多，他有些動情地說：「陳叔叔，我本來不想打擾您的，就沒去看您，沒想到您卻來了。」說完，還像五年前那樣傻傻地一笑。

「我可沒忘了你當年吃了一盆蒸蛋趴在地上起不來的樣子。」顯然，看到海生，令一向寡言的對象陳院長都開起了玩笑。

無論是被長輩當開心果也好，被死黨當挖苦對象也罷。大兵梁海生一下就成了病區裡的知名人物，這令性格內向的他混身不舒服。他喜歡死黨式的交友方式。他平生第一個死黨是妹妹小燕，被整個大院譏為「梁老三」的那些日子裡，小燕是唯一相信他的人，那時候，無論他做了可恨的事，還是可愛的事，小燕總是毫無保留地站在他這一邊。在那個隨時要和父母妻兒劃清界線的年代，作為一個壞孩子的海生，離「壞人」恐怕只有半步之遙，而小燕常常是他最後一個「死黨」，她似乎永遠對海生抱著善良的理解，這種理解的背後是滿滿的情義，也正是海生對「死黨」的定義。在兄弟姐妹忒多的中國家庭裡，並不是人人都這樣。

海生喜歡這種風雨不散的私密關係，他堅定地認為，是朋友，就應該是死黨，這種幼年就已建立的擇友方式，影響了他一輩子。

幸運的是，他在這兒有了個新的死黨，她就是和小燕同齡的王玲。王玲每天帶著他去做針灸，做紅外線理療，用紅花油為他消腫，沒幾天，兩人就成了很默契的朋友，有什麼事，王玲只要一個眼神，海生就知道她要幹什麼，而自己該做什麼。兩人無瑕，就變得越走越近了。

「哎，你還真有兩下，連陳院長都來看你。」在理療室裡，王玲把白帽子揣在白大褂的口袋裡，又把口罩摘下，邊整理著頭髮邊說。

海生最怵別人誇他，他總結出對付好話的辦法，就是貶低自己，於是客氣地說：「其實我小時名聲很臭的，大院裡人人都知道有個專幹壞事的梁老三。」

「你不知道，陳院長是個大知識份子，業務全院第一，想不到從來不奉承人的他會來看你。」

海生只好老老實實把文革初期他們一同在大別山避難的經歷，向她講述了一遍。王玲聽了，更是一臉的羨慕。

12 月 26 日那天，海生找主任請了半天假回家過生日，直到晚上九點才回到病房。看上去已經候他多時的王玲，用一個眼神把他叫到了護理室，毫無表情地說：「你今天還沒做紅外線治療，現在給你補上。」

所謂紅外線治療，就是用一個紅外線燈，烘他的受傷部位，海生對它的效果一直持懷疑，既然是王玲叫做的，就算此刻給他針灸，他也樂意。

王玲把他安頓好，從抽屜裡拿出一包西瓜子說：「你一邊照一邊嗑瓜子吧，我還要到病房去轉一圈。」

海生打小就不會嗑西瓜子，他的方法是把它們放進嘴裡嚼爛後，或吞下或吐出。今晚這個情景，吐出是不可能了，給王玲看見，那多坍台啊，只能選擇吞下。

再說王玲，出去轉一圈的目的，是看看各病房的情景，她不希望有什麼人來打擾兩人私下裡的活動。待她回到護理室，一看海生那個吃相，掩嘴一笑：「哪有你這樣吃瓜子的，算了吧，我來剝給你吃。」她搬了個椅子，在海生身邊坐下，將他沒治療的手放在自己的膝蓋上，嗑開一個，往他手心裡放一個，等攢了十來個瓜子仁，海生就一把放進嘴裡，嚼起來滿嘴香味，吃下肚還不禁連說「過癮，過癮。」然後，再把手放回王玲的膝蓋上，像個孩子似的，等待大人把好吃的拿給他。

剛才還說個不停的王玲，這會一聲不響地只顧嗑瓜子，房間裡突然變得靜靜的，只有瓜子被嗑開的聲音，在空氣中脆脆地響著。不知什麼時候，王玲的肩膀已經輕輕地依在海生的身上，海生緊張的能聽見自己的心跳，一種異樣的能量操縱著自己，它在體內燃燒、震顫，從心臟湧向全身。他回眸望去正好迎上王玲深情的一瞥，那目光緊緊地勾懾著他的靈魂。他趕緊抬起掌心說：「你吃。」王玲揀了一粒放進嘴裡，又揀了一粒往海生嘴裡放，海生一下子把她細長的手指咬在齒間，王玲紅著臉抽出了手指，身子卻已跌入了海生的懷中。

此時，兩人的靈魂都已出竅，他們臉貼著臉，緊緊相依著，彼此的見對方「怦」、「怦」的心跳聲。許久，兩人身體分開後，海生暈暈地說：「我聽到了你的心跳。」「我也是。」兩人的話無可救藥地柔軟，柔軟地讓他們再次倒進彼此的懷裡，任憑情欲在他們青春的肉體內縱情馳騁。

海生那隻治療的手，這會離開了紅外線的燈光，不安分地伸進了她的衣服裡，它穿過外套，穿過毛衣，貼在薄薄的內衣上，開始輕輕地撫摸。他能聽見王玲的呼吸越來越沉重，他興奮地向上撫摸，當手指觸摸到突出的乳房時，王玲拼命地把他的手壓了回去，海生感到她的拒絕是堅決的，只好乖乖地抽回了手。王玲看到了他眼中的失望，生怕他有什麼不快，捧起他的臉不停地吻著，直到兩人的舌尖，盡情地吮吸在一起……。

愛河，曾經是遙遠的夢，曾經是他人的幸福，突如其來地自己就墜落其中，那巨大的歡悅像洪流裹挾著他，旋轉著他，而他是如此地心甘情願，他甚至希望自己被肢解了，讓每一個細胞從裡到外都沐浴在幸福的愛河裡。

兩人幾次掙扎著想分開，又情不自禁地擁抱在一起，直到走廊裡傳來一陣腳步聲，才迅速分開。雖然事先誰也沒談及萬一有人來該如何掩飾，兩人卻非常默契地一個端坐在紅外線下，一個背朝著門，整理櫥子裡的器械。

門開了，進來的是大王寧，她用敏感的語氣問：「小梁，你們沒事吧？」

「沒事啊。」海生裝作聽不懂她的話。

「那你的臉為什麼這麼紅？」王寧顯然看出了端倪。

「大概是這燈烘的，」海生轉身去問王玲：「小王，我的時間到了吧？」

王玲看看桌上的鐘說：「差不多了，可以結束了。」說完，她關上照燈，對王寧說：「我去病房看看。」隨即離開了房間。

王寧一路用眼神將她送出房間，取笑地說：「你看她，就像個丫環似的，一點氣質都沒有。」

緩過神的海生覺得這話是在諷刺自己，內心不覺一緊。在中國文化裡，青年男女自由發展出來的初戀，幾乎都被印上罪惡的標誌，不管是帝制朝代，還是帝制崩塌後的今時。此情之下的海生，比做了賊還心虛，即要面臨被人識破戀情的風險，還得忍受他人的取笑和諷刺，他二話不說，夾著尾巴就往外走。

「小梁，聽說你今天過生日啊？」王寧在門口攔住了他。

海生聽到王寧把話題轉向它處，心裡自然是一鬆，堆著笑臉說：「是的。」

「你看你有多福氣啊，跟毛主席同一天生。」

「千萬別提這個，這是大忌。」海生一臉的假笑變成了苦笑，側身往外走，王寧見留不住，只能挪開倚在門口的身子。

（六）

1966年的文革，開啟了全面禁欲的年代，愛也好，情也罷，在此時的中國都已換了標籤，叫無產階級愛情觀。愛情的性的屬性已被抹去，也就是說，一男一女要想對上眼，必須建立在崇高的，革命的愛情觀上，這才是正統的，被認可的愛情，其他對上眼的路數，皆是腐朽的，墮落的。比如一個工人看上一個資本家的女兒，一個好學上進的男生戀上一個花枝招展的女生等等，統統是異端，其中最可怕的武器是「生活作風問題」，它可以通殺所有的人和事。

但是，性欲這玩意，仗著與身俱來的資格，偏偏不買無產階級的帳。你不讓我上檯面，我就在台下大行其道。結果，在無數少男少女眼中，性和肉體的神秘，反而成了他們不顧一切的追求。

就像海生這會兒，那裡還顧及無產階級愛情觀的約束，一旦觸及到癡迷的愛，瘋狂的性，生命那美好的一頁就在他們面前打開了。他曾經長久地徘徊在愛的大門之外，傾聽古今中西文人騷客讚不絕口的歌頌，眼巴巴地看著無數先行者得意地閃入，現在，他終於混了進來，誰還能阻止他品嘗禁果。他快樂地躺在床上，無論睜著眼，還是閉著眼，都是王玲，都是幸福，心裡反反覆覆念叨的只有那句千古吟唱：「金風玉露一相逢，便勝卻人間無數！」

直到第二天醒來，昨夜那美妙的一刻還緊緊地纏繞在思緒裡，他一會兒懷疑自己算不算正式掉進愛河裡了，一會兒又在擔心王玲把兩人的戀情告訴了別人。

上午查房時，他看到大王寧、小王玲都跟在值班大夫身後，兩人面無表情地從他面前走過，他也面無表情地目送她們離去，大家都裝得很逼真，唯有海生心裡清楚自己的目光，此刻正貪婪地穿過王玲的身體。「它已經是我的了，」他很願意這樣想，因為就在昨晚，他得到了愛的許可。

查房結束後沒多久，脫下白大褂，下了班的王玲進來了，手裡拿著一個本子，不露聲色地說：「這個本子還給你。」說完，放下手中的本子就走了，竟然連個「謝」字都沒說。人在心虛的時候，總是把不該藏著的東西藏了起來。

這是海生私人的「手跡」本，這時的青年男女，流行摘錄名人名言，包括詩詞、文章等等。當然，毛主席語錄不包括在內。由於能看的好書都是過眼雲煙，所以，文藝青年或者像海生這樣妄圖擠進文藝青年隊伍的，人人都有自製的「手跡」本，連小燕都有個貼得花花綠綠的手跡本。海生的本子上抄得最多的是莎士比亞的十四行詩和普希金的詩。被王玲發現後，如獲至寶，急急忙忙要去轉抄了。

他打開本子，很容易就在裡面找到了一張紙條，上面有一行稚嫩的字：晚上八點，在大門外右手第三根電線杆下等我。

剛過7點鐘，海生換上軍裝走出了醫院大門，儘管屋裡屋外的溫差在10度以上，他還是寧願站在寒風裡，等著8點鐘的到來，在屋裡，他沒辦法讓自己安靜下來。出了醫院大門，往右走，走過第三根電線杆時，他迅速又細緻地打量了一下這個摻合進自己生活裡的傢伙，漆黑而粗壯的杆身，與其它的別無二樣。他找了個路燈照不到的陰影裡，用一隻腳蹬在身後的牆上，另一隻腳支撐在地上，很悠然地看著大街上的人來車往。

這條大街叫中山東路，是南京的主要馬路之一，也是南京人引以為豪的馬路。它寬闊而整齊，分別有快車道，慢車道和人行道，僅人行道就有4米寬，最值得稱道的是三道之間有四排巨大的梧桐樹相隔，據說，這條路當年是為了孫中山風光大葬專門修築的。四十多年前的中國，馬路修成這樣，肯定是頭一次。

暮色中，寬大的街道上人車稀少，只有不遠處醫院的大門口不斷有人進出。進出的人誰也不知道此刻正有一雙眼睛得意地盯著他們。忽然，有一群女兵在昏暗的燈下魚貫而出，走出大門後，幾個人圍攏在一起，然後手挽著手，排成一排在慢車道上悠閒地向他這邊走來。海生挨個數過去，一共五人，中間最顯眼的那個女兵他住院那天見過，周建國告訴他，她是林家千挑萬選的100個美女之一，他當時像是見大明星似的，很崇拜地在遠處打量了她一番。人確實很標緻，卻給人一種「木兮兮」的感覺。五個人中，還有兩個他熟悉的，一個是大王寧，一個是小王玲。

五個女兵相互簇擁著走到第三個路燈不到一點，又一起轉身往回走。海生發現她們有一個相同的動作，都把手插在褲子口袋裡，將原本肥大的軍褲撐的更寬大，從背後看過去，無法找到一點女性的曲線，還有那斜扣在後腦勺上的八角帽，更把最後的美豔，遮掩的無處可尋。唯有中間那個落選妃子，將帽子拿在手中，有意無意地讓秀髮散落在肩上，她的軍褲也是經過修改的，將下半身的曲線凹凸有致地顯現出來，正好給那些追蹤的眼神留下無限地遐想。

走在美女身邊的是大王寧，兩人談論正歡，其他人則翹首傾聽，走在最外邊的是埋著頭的小王玲，她個子最矮，邊上是合適的位置，她還須不時地讓著擦身而過的自行車，承受著騎車者的斜視或急促的車鈴聲，然後又快步回到並排的隊伍裡。

望著她的背影，海生明白了她走在邊上的理由，王玲的父親只是個副團級幹部，在高幹子女一抓一大把的軍區總醫院，也只有邊上的位置適合她。

想到這，海生的心裡生出些許忸怩的味道來。他仿佛看到許多熟悉的面孔在嘲笑他：梁老三，你太沒品味了，竟然會喜歡這樣一個要長相沒長相，要品味沒品位，要家世沒家世的女孩。他換了另一條腿支撐著身體，在心裡使勁哼道：你們愛怎麼笑就怎麼笑吧，我寧可喜歡王玲，也不會喜歡那些高幹子女的。其實，他的不喜歡裡有一半是自卑，他一看到那些咄咄逼人，裝腔作勢的高幹子女，只想離得遠遠的，如何生得出勇氣去愛他們。再說，他心裡已經有了丁蕾這樣的女孩為標竿，她身上那份優雅和聰慧又豈是高幹家庭能調教出來的。

消化結束後的女兵們，又一個個消失在大門內。寒風開始肆意起來，海生看了看手錶，就快8點了，他已經有些迫不及待，將縮起的脖子往外伸了伸，沒有看到自己要等的人，又把脖子縮了回來。與此同時，聽到有人朝他喊了聲：「嗨！」他順著聲音找去，一個男兵衝著他走來，再定神一看，那幾分嫵媚的臉蛋分明就是王玲。原來，她把長髮塞進帽子裡，再把帽檐往下拉到男兵的位置，昏暗的路燈下，很難辨出是男是女。

「差一點沒認出你。」海生站直了身子說。

王玲一臉俏皮地說：「我早就看到你了，當時人多，我沒敢叫你。」

「怪有本事的，這麼黑的地方你都能看清。」

「看不清，不過我只要看那個姿式，就知道是你。」

海生聽得滿心歡喜，一把就將她摟進懷裡，王玲使勁地掙扎出來說：「你要死啊，別人會看見的。」

她這番掙脫，很讓海生掃興，怏怏地說：「你們總醫院的，個個都是夜光眼啊。」

王玲也不搭話，拉著他橫穿馬路，過了慢車道再過快車道，然後還要過慢車道，路太寬有時也很討厭，直到走進對面人行道的陰影裡，王玲左看右顧後急急地把手伸進海生的衣服裡，細聲細氣地說：「我的手冷死了，給我捂一捂。」

海生一顆心在她的撫摸下又開始顫抖起來，他緊緊地將王玲摟在懷裡，享受著從她身上散發出來的女人香味。

兩人依偎著，不知過了多長時間，王玲突然問他：「昨晚我走後，大王寧說了什麼？」

「沒說什麼。」海生不習慣搬弄別人說的話，何況兩人確實沒說什麼。

「你小心點，這個人很喜歡背後說別人。」

海生原想說：我才不怕呢。轉念一想，把話留在了肚子裡，只是反問道：「是嗎？」

要在以往，他習慣用那句話來回答人，現在在王玲面前，他突然不想用那麼衝的語言。他找到她的唇，用自己的唇輕輕摩挲著，而她用柔軟的舌尖迎合著他，她細小的舌尖，傳遞著一種不可思議的觸摸，美妙的能把人融化了。從小到大，海生積累了許多最舒心的體驗，比如咬一口剛出鍋的熱氣騰騰的饅頭，用一根小竹竿釣到一條大魚，夏日裡滿頭大汗地將一瓶冰鎮汽水灌進肚子裡後，打著愉快的嗝，那些都比不上此刻的美妙感受。

不遠處有人走過，海生趕緊背朝外，用身體遮住王玲，直到腳步聲遠去，他逗著她說：「你們醫院的人不會有散步到馬路對面的習慣吧？」

伏在心上人的懷裡的王玲也不答話，只是在他厚厚的背肌上擰了一下，隨後，四片乾澀的嘴唇又濕潤在一起。

真正的愛，就是兩人一起墜入愛河。

自從人類文明和愛糾纏在一起後，性欲就從赤裸變成了私密，也正是因為它不再赤裸，它失去了大自然賦預的崇高地位，淪落成每一個道貌岸然人物肆意玩弄與欺淩的對象。眼下這對青春期男女，他們註定只能偷偷地約會，偷偷地傾訴，偷偷地逃避著一切監視。相反，任何一個人都可以衝著黑暗中的他們大喝一聲，然後很得意地斥責他們，甚至把他們扭送 XX 專政機構，如果再聯想到他們的身份，他倆不僅是膽大，更是情膽包天，因為他們身上的軍裝，還賦預了更多的禁制。

（七）

甜蜜總是短暫的，就在海生沉浸在地下愛河裡時，這天，周建國來了。

「老三，你的手腕怎麼樣了？」

「基本上可以訓練了。」海生將手腕轉動給他看。

「體訓隊要搬家了，我們住的營房要騰出來給軍區運動會籌備處用。」

「是嗎，什麼時候搬，搬到哪兒？」海生一骨腦地問了幾個問題。

「去鎮江，小衣莊基地，明天就走，你收拾一下，我去給你辦出院手續。」

海生一下子回到了士兵狀態，迅速條理地收拾著東西，直到和周建國一道走出病區，才想起還沒有王玲道別，他回頭望瞭望外科病房大樓，腳步不由躊躇。

「住了十來天醫院，還挺眷戀的啊。」建國話裡有話地說。

「嘿嘿，沒有。」海生不知道如何回答，只能以傻笑應付。

「是不是看上誰了，告訴我，我找人去搞定。不會是看上那個落選妃子吧？她可是搶手貨，有好幾個人都在追她。」建國一連報了幾個人的名字，都是響噹噹的人物的兒子。

海生又是露怯地一笑，他從沒有把那個女孩放進自己的籃子裡，以他的性格，很難有勇氣去追一個公眾女孩，即使像丁蕾這樣，能令他的腎上腺素飆上天的，也是因為有那頑皮的一笑在先。

「我對她沒什麼感覺。」海生說完臉上一紅，臉紅是因為這句話有些托大，同時，他也擔心建國會嘲笑自己品味太低。走出醫院大門時，他回頭死死看了一眼，之前走了無數趟，居然都沒記住門牌號碼。

隨體訓隊到新的訓練基地後，海生做的第一件事，就是給王玲寫信。進入青春期後，他一直視情書為人生最聖潔的事物，可惜在此之前，他從沒寫過，也沒人給他寫過。這會，他恨不得把腦子裡所有的，也是可憐的優美文字統統搬入第一封情書裡。他用最懇切的詞語解釋了突然離去的原因，又用最纏綿的句子敘述了對她的思念之情。信發出後，就眼巴巴地等待著她回信。

漫長的等待之後，總算有一天通訊員拿著一疊信走進宿舍叫道：「梁海生，有你的信。」他不動聲色接過來一看，寄信地址是套紅的印刷體：南京軍區後勤部。再看「梁海生收」那幾個字，便知道是王玲的筆跡，他把信生兜裡一揣，等到晚上夜深人靜時，才在被子裡舒舒服服地把信展開，用手電筒照著細細地品嘗。很小的時候，海生就有了這個習慣，把最好的留到最後，比如吃飯，最後一口總是碗裡最香的那塊肉。

……海生，你走了，我難過了好幾天，恨你為什麼不聲不響就走了。那天我看著空空的床，以為你就這樣消失了，只想哭，卻又不敢哭。我無法相信，我們的相逢只是一場夢，直到收到你的信，心裡才好受些，你不在，我的心每天都是空空蕩蕩的，一點勁都沒有。乘午休時間，我把自己關在房間裡給你寫信，外面的天陰冷陰冷的，像是要下雪的樣子，才寫好你的名字，眼淚就下來了，太想再見到你了，讓自己躲進你懷抱裡直到永遠……

海生一連看了好幾遍，心裡面半是失落，半是思戀，一會兒淒涼，一會兒溫暖，他喜歡這種被反覆折磨的感覺，這可是神聖的愛的折磨啊，它令自己充實，亦令自己有了寄託。

有件事，打小就令梁老三糾結。每年剛過完生日，就忽然大了兩歲。因為他的生日在年底，過完生日，沒幾天新年到了，連滾帶爬地又長了一歲，就像現在，18 歲生日剛過，1973 年就來了，快得連從容照鏡子的時間都沒有就已經 19 歲了，一塊連滾帶爬的還有兩件事：一是收拾在心底的愛，另一個是即將開始的比賽。

軍區運動會於 1 月底開始，海生隨著代表隊又回到了省城，還居然住進了令人垂涎羨慕的軍區招待所，這可把海生和代表隊全體人員高興壞了。他人高興是為了豪華的住所和豐腴的大餐，而海生高興的是從招待所走到總醫院後門只需十分鐘，若騎自行車，只需一分鐘就能到。運動會開始的頭兩天沒有比賽任務，家住省城的，晚飯後都可以回家。吃過晚飯，海生請好假，戴上一個大口罩，跳上借來的自行車，飛快地騎回總醫院後門。早在上午，他就在電話裡給了王玲一個特大喜訊：晚上見面！離後門很遠時，就能看到王玲若無其事地在門對面的人行道上踱著碎步，他悄無聲息地滑行到她身後，壓低嗓門：「嗨！」了一聲，驚得王玲芳容盡失，待認出是誰後，她又不便發作，順勢坐在車後座上，等離得醫院遠了，才把手伸進海生的腰間使勁擰了一下說：「你嚇死我了。」

「說吧，到哪去？」被擰得混身舒服的海生得意地問。

王玲把身子貼在海生的背上，感覺滿滿地說：「隨便。」

一輛車，兩個人，再多任何一點都是奢侈，漫無目的的在大街小巷穿梭著，不停說著只有在戀愛季節才有趣味的無聊話題。這個四面被厚厚的城牆圍住的城市，大街小巷也建滿了圍牆，圍牆外的冬夜，人跡渺茫，樹影深重，反倒成了愛侶的天堂。

軍事三項的比賽日到了，第一天是射擊，比賽的結果，海生擠進了前 16 名。第二天投彈，是他的拿手項目，發揮得不錯，10 顆彈，有 7 顆投進了 20 分的框裡，兩項成績相加並列第 6。同隊參加軍事三項的夥伴，只剩下他一個還有拿獎牌的機會。第三天是最後一項：障礙賽。一大早，天空就飄起了雪花，輪到他上場前，當裁判的周建國特地從裁判席上跑下來說：「海生，好消息，排在你前面的選手有好幾個從獨木橋上掉下來，成績都下去了，你只要跑出正常水準就能進前三名，加油啊！」

海生壓根兒就沒想到進前三，能並列第六，就已經很得意了。他看過其他代表隊的障礙跑練習，有不少速度和動作很優秀的選手，他自認比不上他們，現在被建國一說，小心臟竟然興奮地一顫一顫。發令槍一響，四個選手如風一般地衝出去，跑在第二條線上的海生，直到上獨木橋前，都在領先位置。他一口氣衝上獨木橋，按正常節奏，在這裡要先穩住身形，再小跑通過，他省掉了這0.3秒瞬間，竟然停也不停就發力跑，跑到離橋頭還有三步時，終因身形太偏，從橋上掉了下去。他來不及懊惱，立即回到獨木橋前，重新衝上去，穩穩當當衝過了橋，過終點時，他發現還有選手落在他後面，心裡略好過些，總算不是最後。

眼看到手的名次飛了，他低著頭回到隊裡，隊領導和同伴絲毫也沒怪他，只是替他惋惜。過一會，所有比賽結束了，建國很得意回來了，他把海生拉到一邊說：「告訴你個好消息，我們三個裁判，有一個沒有記下你的時間，來問我，我說是41秒，他就按我說的記了，結果三個，兩個是41秒，一個是51秒，按兩個人記的為准，你的成績變成了41秒了。」

「不可能吧？」海生怎麼也不相信，41秒幾乎是訓練時的最好的成績了。

「明天看放榜吧。」建國拍了拍他的肩膀，笑呵呵地走了。

第二天，排名榜上，軍事三項的比賽結果出來了，梁海生的名字真的排在第三。隊裡的人紛紛向他祝賀，他把內裡乾坤向大夥一講，卻沒有一個人在乎他的擔心。隊長則是興衝衝地過來對他說：「別管那些，這也是我們全隊的榮譽。你準備好，下午上臺領獎。」

海生望著隊長身後向他不停地眨眼的建國，多少知道了隊裡的意思，也就不再去想榮譽和道德的是非，坦然地離開了放榜牆。

下午頒獎大會上，臨到他上臺領獎時，海生心裡又開始忐忑不安，恰好給他頒獎的是建國的老爸，海生一高興，衝他就喊了聲：「周伯伯好。」喊完了才想起不合時宜，幸好周伯伯也不講究，把獎牌套在他脖子上，樂呵呵地說：「好，小三子，給你老爸爭氣了。」然後把手伸到他頭上，於是，海生的頭又被亂揉一氣。

運動會結束後，體訓隊就地解散。隊長把海生叫到辦公室對他說：「這次運動會上你表現很好，本來要給你請功授獎的，但體訓隊是個臨時單位，沒有批報權利，我們把你的表現做一份鑒定，將來你去了新單位，會對你的進步有幫助。」海生接過隊長給他的鑒定，回到房間打開一看，全是漂亮的詞彙，把自己說得像個模範人物似的，尤其在最後，說梁海生是黨支部的考察培養對象，希望新單位繼續對他的考察培養。看得海生既得意又羞愧，沒有人會對讚美不高興，只是有些受之有愧。

（八）

1973 年春節對梁家來說，是個難得的團圓的日子，三個在外當兵的兒子都要回來過節。自從 1967 年津生去當兵後，全家第一次一個不漏地聚在一起。

滬生是第一個回到家的，當海生背著行李從體訓隊回來時，滬生正一批一批往外送自己的狐朋狗友。兄弟倆見了面，滬生開口就問他，組織問題解決了沒有？當海生腆著臉告訴他沒有時，他很瞧不起地說：「當了三年兵，連個黨票都沒混到，怎麼混的，趕緊吧。」其實，他自己幾個月前才剛剛混進黨內。

小年夜那天，駕駛員小何開車去安徽把在蕪湖當兵的方妍接了回來。這幾乎讓滬生、海生有些嫉妒。專門開車跑幾百裡接她回來過年，這個待遇他們從沒享受過，以至於車到樓下時，海生跟在小燕後面，有目的地迎接這個傳說中的北京表妹。

兩人衝出家門，正好方妍從車裡貓身出來，她用手將秀髮輕輕一捋，對著他們大方地一笑，海生不由得心裡一聲贊吧：有品味！這年代的女孩子在這種場合會笑的還真不多，大多數都是不敢正眼看人羞羞地一笑，也有咧著嘴亂笑的，還有一些不僅不笑，還斜眼看人。方妍雖然沒有丁蕾身上那份令人惶然的優雅，卻另有一番能沉進人心裡的韻味。一身肥大的軍裝難掩她勻稱的身段，清秀的臉蛋上天然生有一抹羞波，安靜柔和的眼神裡，全然沒有北京女孩的張揚，海生立刻對她有了好感。

小燕也顧不上給兩人介紹，上去挽起方妍的胳膊就不停地說開了，海生只得跟上前說：「你好，我是海生。」

「你好，一直聽小燕說起你，她說三個哥哥中，和你最好。」方妍正宗京腔真好聽，她對海生的誇獎更讓人舒服。

話說梁袤書年少時，生活在一個大家族裡，他是同輩中的老大，下面弟妹，表弟妹有十幾個，七七事變後，其中一大半先後跟他參加了抗日。方妍的母親是年齡最小的表妹，從小信基督教，梁袤書在家時一直特別照顧她，到了抗戰後期，她也跟著大表哥參加了邊區革命政府的工作。所以，對方妍，梁袤書比對親生兒女還好，逢年過節一定要接她回來。

最後一個回來的是津生。他在電話中說年三十中午到南京，結果到了吃年夜飯的時間人還沒到。梁家第一饞貓梁老二少不了埋怨地說：「在福建當的好好的兵，非要調到成都去，坐趟車頭髮都會變白，你說他不是腦子有病嗎？」

直到晚上八點，津生才到家。手上大包小包拎了一堆不說，身後還跟了個叫楊蘋的成都女孩。長得高挑漂亮，一副文靜慧秀的模樣，見了她，海生立刻想起一句老話，一百個女人就有一百樣的美。

楊蘋一進門就很合老爸老媽的眼緣，圍著她不停地問長問短。楊蘋的父親也是軍隊幹部，她哥哥和津生在一個連隊當兵，兩人自然就結成了「死黨」，津生在他那看到楊蘋的照片，立刻就喜歡上了。去年春節，兩個死黨一塊去成都過年，見到了楊蘋，津生就此把心留在了成都。靠楊蘋家裡的活動，他現在已經調到了成都軍區空軍司令部裡工作，做上門女婿去了。

梁袤書把她父親在戰爭年代屬於哪個山頭的底細問得一清二楚，而劉延平則因為她的名字裡也有同音字，憑空多了一份喜歡，從年齡、身高、體重、到喜歡吃什麼幾乎問了個遍。

等到大家該問得都問完了，海生冷不丁地問了個讓人摸不到頭腦的問題：「你的名字是 Pin 還是 Ping ？」

「是沒有舌根音的。」楊蘋見問得認真，便也仔細地告訴他。

「那一定是記得小蘋初見的蘋！」見楊蘋點頭，海生高興地有些失態：「給我猜到了！」

滬生一看他放肆的樣子，尖刻地說：「哎喲，算你會唸幾句詩了，酸得要死。」

海生被他一說，方覺有些失態，臉上漲得通紅，心裡卻不以為然。

方妍見不得海生難堪的樣子，接著那個「蘋」字往下說：「我這裡也有一句，千帆過盡皆不是，斜暉脈脈水悠悠，腸斷白蘋州。宋詞裡帶蘋的詩，我以為這首最好。」

「而且還特淒涼，一點酸味都沒有。」海生一見有同黨，立即向滬生回擊。

「好了，你們倆個才子佳人慢慢聊，我肚子餓死了。」滬生調頭去問老媽：「可以開飯了吧？」

年夜飯上，老爸頭一回拿出兩瓶茅台酒，並且宣佈：今晚所有的人都可以喝一點。坐在下首的津生，遵從老爸的吩咐，給每個人杯裡都斟了酒，包括警衛員，駕駛員和老阿姨。梁家這些年聚少離多，當年幾個兒子出去時，都還沒成年，今天總算都平安回來，雖說不上衣錦還鄉，總是闔家團圓的喜事，做父母的又豈能不開心。

正當大家舉杯慶祝時，劉延平捧著一個瓷罐走進飯廳，好得意地說：「喂，都別光顧著喝酒，還有好東西呢。」小輩們七嘴八舌問她是什麼好東西，她笑咪咪地說：「這東西啊，你們誰也沒吃過。從昨天下午就開始用小火隔水蒸了一夜，今天又煨了一天。」劉延平說著把蓋子打開，果然香味撲鼻，望過去，瓷罐內玲瓏剔透的兩團肉，如琥珀一般，一幫年輕人無一能叫得出名氣來，只在那胡猜一氣。

「這個啊，是你爸爸在東北的老戰友讓鐵路上捎來的熊掌。」劉延平衝著鼻子就快伸進罐裡的滬生說到。她話音一落，一桌人就嚷嚷開了，什麼魚與熊掌不能兼得，自古山珍海味，乃熊掌魚翅為極品等等。不過嚷歸嚷，卻沒人動筷子，皆因老爸沒嘗，誰也不敢下手。

津生此時想起一個人來，問老爸：「這熊掌是不是哈爾濱的朱叔叔送的？」他想起文革初期，朱叔叔被打倒，他女兒到南京避難，在家裡住了一陣，她和自己同歲，是個酷愛讀書的女孩。

「就是你朱叔叔，上個月才解放出來，官復原職。這熊掌是他專門托林業部門到山裡買來的，可珍貴了。」梁袞書邊說邊將熊掌分成若干小塊，放進津生遞來的小碟子裡，津生再傳給各人。

已經被稱為「革命家庭」的梁家，還保留著一些老習慣，都是些不許孩子放肆的習慣，沒有一個允許孩子放肆的習慣，這也不能怪梁家，偉大的中華文明裡沒有一個遺產是允許孩子享受自己空間的。除了飯桌上的這些習慣，又比如大年初一早上，晚輩是不能睡懶覺的，要挨個給老爸老媽拜年。按劉延平的說法，這算是便宜了你們，在老家，初一早上孩子們要給長輩磕頭行禮。

當一幫年人給老爸老媽拜完年坐上餐桌吃早飯時，梁袞書匆匆上了小車，他要趕去給一些重要領導拜年。出門前，他關照津生，上午要代表他去幾個人家裡拜年，這些人都是文革初期被打倒，至今還沒解放的。其中有海生知道的王平，惠裕宇。這兩人曾經都是南京響噹噹的人物，一個是上將，一個是省長。文革前，每到春節，梁袞書必去拜年，現今的政治氣候下，他只能讓孩子代表他去。讓長子登門代父拜年，也算是老規矩，這個冀北出身的老將軍，只能以此表示自己的敬意。

吃罷早飯，海生獨自走到二樓的陽臺上，冬日的陽光是吝嗇的，似有似無地灑在院裡，昨夜的雪覆蓋了枯草、雜物和裸露的土地，一件白袍就讓大變得格外聖潔，這大約就是世人喜歡雪的理由。望著雪景，海生記起小時候每逢過年，就扒在二樓陽臺上，使勁望著小院外的馬路，一看到路上的人拐到進小院的路上，就跑去通報，XXX 叔叔阿姨來拜年了。他還想起離家前的那次大院過年，他和曉軍，朝陽在大院裡滾了個大雪球，然後把雪球滾進自家的院子，滾到老桑樹下，做了個大雪人，再然後看著雪人一天天化去，春節也就過完了。想到這，那些過年時嬉笑打鬧的聲音彷彿就在耳邊。

隨著樓下大門一陣響聲，路上出現了兩個背影，那是津生和楊蘋，兩人胳膊挽在一起，悠然地遠去。他們大約是給老爸說的那些人去拜年去吧。海生從他倆的親密勁裡想到了王玲，甜蜜由然而生。他知道自己無法把她冠冕堂皇地帶回家，他也不敢有那個念頭，畢竟 18 歲的戀愛屬於早戀，早戀是一種近似違法亂紀行為。老爸昨晚在飯桌上說的話，其中有一段令他汗顏。「……從現在起，你們都是大人了，做任何事情都要用腦子思考，可不能像小孩那樣，只想著玩啊，開心啊，尤其是海生……」

這算是批評，還是提醒？在全家人面前，還是大年三十。老爸的話重到讓人都無法忘懷。

自從回到南京後，老爸從沒和他談起三年連隊生活那些事，但海生只要面對老爸，這三年的種種劣跡，就會在內心若隱若現。

一個人，不管以何種方式長大，懂得慚愧絕對是其中一種方式。

天空不知何時起又開始飄起細小的雪花，落地即無，只有少許雪花僥倖落在護欄一角的殘雪上，尚能看清它晶潔的體形，無奈殘雪瞬間就吞噬了它們，海生心裡不喜歡，找來掃帚將殘雪統統掃落。

「大年初一的，跑這來掃雪啊。」說話的是方妍，她慵懶地站在陽臺的門楣處，一副沒睡夠的神態。

「沒有，我在等幾個朋友。」海生放下掃帚問她：「今天不出去玩玩？」

雖然兩人認識還不到 48 小時，海生早已視她為家人一般。再者，兩人又都喜好詩文一類，昨天，海生不等她開口，就把正在看的《娜娜》塞給了她。方妍自然是萬分高興，她在安徽那種偏僻處當兵，哪能看到這些書，當下就盯住了海生求他以後想辦法給自己寄一些去。最喜歡被朋友求的海生二話不說就答應了。

「我在南京哪有朋友，每次回來就是拼命睡覺，再加上有這麼多好吃的，我已經心滿意足了。」方妍的口氣，也早已把這兒當自己的家了。

「你也要值夜班嗎？」海生問。住了趟醫院，他多少懂了點。

「是啊，不僅要在病房值班，有時還要去急診值班。我們醫院是當地最大的醫院，有很多農村裡的人來看病，晚上急診部特別忙。」

聽了方妍的訴苦，海生的思緒一下子飛到了正在總醫院值班的王玲身上，正等著海生往下說的方妍，怎料他突然間就不說話了，反倒有了三分窘迫。

還好，這時通向小院的路上走來一幫人，吵吵嚷嚷的，一下子破壞了原有的寧靜。其中最刺耳的是田朝陽重重的喉音，海生急忙對方妍說了聲「抱歉」，一陣風似的下了樓。

來的是朝陽、東林、大個。三人晃著吵著來到梁家門口時，海生早已站在臺階上不懷好意地看著他們。「大年初一爭什麼呢？隔著幾里路就能聽到你們的聲音。」說完，上去就和三年沒見面的大個來了個熊抱。

大個正想一本正經地寒暄兩句，還沒容他開口，就被朝陽搶去了話頭：「韓東林同學一大早就在散佈反動言論，說今年大學要正式開始招生了。」

「真的？」海生聽了，瞳孔直接放大十倍。

「騙你小狗！」東林似乎還在激動中，耿耿於懷地說。

「趕緊進去吧，有話到裡面說。」海生領著3人到孩子們會客的房間，這裡本來就是他們小時候玩耍的地方，也用不著招呼，各自找了個位置坐下，大個總算有了說話的機會，卻說了句大煞風景的話：「有煙嗎？從早上憋到現在沒抽上煙。」

「喂，三年沒見，怎麼就成了煙鬼了呢。」海生最煩別人抽煙，恨恨地說。

「別提了，每天三班倒，待在屁大的機房裡，一坐就是8小時，不抽煙會死人的。」

「嘿嘿，這可是你選擇要留在南京郊區當通訊兵的，怨誰啊。還說有女兵，現在好了，女朋友沒混上，氣管炎先得上了。」海生說最後一句話時，人已經得意地飛出了房間，他可不給大個反臭自己的機會。

他從老爸書房裡摸了半包中華煙，回來時，順便叫上了方妍，「一塊來聽聽重大新聞，大學要招生了。」說著也不管她願不願意，拉著她就進了房間，他自認為，凡喜歡讀書的，不會對這件事無動說衷。

「介紹一下，這是我表妹方妍。」然後，海生將死黨們挨個介紹給方妍。

「誰說大學要招生啊，這事靠譜嗎？」方妍一點也不怯地問，尤其她那地道的京腔，頓時讓幾個南京哥們打起了精神。

東林一改懶散的腔調，認真地說：「靠譜。我父親前幾天才從北京回來，他是教育部大學教材編寫組成員，據他說，去年開始北大，清華試點招生，效果不錯，不久就要向全國推廣，今年全國高校招生大綱已經擬定了。」

海生聽罷，荷爾蒙再次飆升，興奮地來回走動。「總算等到這一天了。」他說道。

「聽說是單位推薦，不用考試，對嗎？」方妍似乎也早有耳聞。

「不考試就能上大學，那我也能去囉。」大個不怕丟人的說。

朝陽趕緊堵著他說：「你算了吧，你去上大學，大學還不成了識字班。」

東林則有板有眼地說：「據說是單位推薦和考試相結合，叫做在政治條件合格的基礎上，進行文化考查。」

「文化考查都考查些什麼？數學，語文，外語？」在一群急性子中，方妍慢悠悠地問。

「具體還不清楚，反正政治、語文、數學肯定要考。」東林已經變身為發言人了。

已經躍躍欲試的海生問：「上哪能搞到複習資料？」

「你搞得像是明天就要考試的樣子，不存在！」最見不得別人急吼吼的朝陽搬出南話來掐他，直噎得他一時無語。

東林則乘機說：「就是，誰有興趣大年初一跑這跟你討論這事啊，我們可是來聽唱片的。」

「沒問題，我去搬，你們等著。」海生高興時，興奮點切換地飛快，歡天喜地出去了。

等他把唱機抱回來，方妍已經不在了，他心裡多少有些失落。

「喂，你表妹人長得不錯噢。她和你不僅僅是表妹關係吧？」朝陽嘴裡吐著煙圈說。

這時的人們，不齒於說漂亮一類的字眼，「不錯」一詞就是很高的評價了。

「別瞎說，正兒八經地表妹，我姑姑的女兒，在安徽當兵。」海生並不在意朝陽瞎掰，反倒是他不瞎掰，就真的不正常了。把唱機弄好後他問：「要聽什麼？」

「天鵝湖。」東林搶先說。

大個立即把他否決了。「那個太高雅了，沒耐心聽，聽說你有《莫斯科郊外的晚上》？」

「好，今天你是稀客，照顧你。」海生挑出大個點的歌，放在唱盤上，打開開關，再輕輕放在磁頭，一陣沙沙聲後，動人的音樂隨之滑出，屋裡的人立即被帶入它的音律裡。一遍放完，大個不過癮，還要聽，第二遍，幾個人隨之樂曲輕聲和著，直到結束後，好一會沒人說話。有種音樂是催情素，比如這首《莫斯科郊外的晚上》，唱著它，無法不讓人想到與心上人坐在小河旁的如果是自己……

沉默中，海生突然想起一個人：「也不知道曉軍怎麼樣，我想他了。」

一句話把其它三人都喚醒了，朝陽幽幽地說：「這小子也真是的，一點音訊也不給我們，也不知道他在四川哪座山裡躲著呢。」

「如果有他的地址，再遠我都會去看他。」大個動情地說。

「這還用你說嗎？」東林、朝陽和海生異口同聲地說。

（九）

大年初二，海生原計劃去拜訪周建國，剛剛準備出門，一輛小車停在了家門口，車上下來一老一少，身穿戎裝兩個人。原想縮回門裡的海生一見，親熱地迎了上去。來者原來是顧鬆林和他的女兒顧青。

「顧叔叔好。」海生一副地道的晚輩見長輩的恭敬樣子，其實，映進他眼底的盡是顧青的身影。

「小三子，長成大人了，爸爸在嗎？」顧鬆林話音剛落，梁袤書已經出現在門口。

「老顧，我說我去看你，你倒先來了。」梁袤書雙手作揖，客氣地說。

一陣寒暄後，兩個將軍並肩上了樓，海生乘機去招呼招呼顧青。三年未見，他幾乎不敢認她了，當年大院的第一美女，如今美豔更加逼人，以至於海生覺得在她面前自形慚愧。顧青則大方地把手伸給他，就在這輕輕一握之間，海生已經有電擊感，只是他沒膽說「你越長越漂亮」之類的恭維話，只好以舊事重提來掩飾：「你還記的李寧嗎，當年真虧了你，否則我還蒙在鼓裡呢。」

「那個李寧呀，當時我一看，就覺得她像騙子，幹部子女中哪有像她這樣亂吹牛的女孩。」顧青還是從前快人快語的樣子，反倒是海生經她一說，臉上有些難看，這麼容易識破的騙子，自己居然還對她萌生一些綺思。

兩人在門口的臺階上正聊著，小燕從樓上飛一樣地衝下來，她大聲一叫，立即把顧青摟得緊緊的。「你怎麼來了？」「專門來看你呀。」「你穿上軍裝真神氣啊。」「你也變了。」「是不是越變越醜啊？」「不是，是越變越漂亮。」兩人的話越說越快，頓時沒海生什麼事了。他跟著兩人上了樓，看著她倆進了小燕的房間，轉身去拿了個果盤，裡面盛有顧青小時候喜歡吃的鬆子糖，交切片，花生糖，話梅之類的，敲門送了進去。顧青見了，高興地道了個謝，繼續和小燕聊她們的私房話。眼見自己是個多餘的人，他只能怏怏地退了出來。

海生早有耳聞，在大院一幫當兵的子女中，顧青是表現最好的，她當兵第二年就入了黨，還立過三等功，是醫院裡的先進人物，而自己不僅從來沒先進過，還一直是個後進人物，「誰叫你不努力呢，」他在心裡對自己歎了口氣，和顧青的髮小時光也由此埋進了記憶裡。

顧叔叔和顧青離開時，他沒有加入送行的行列，倚在自己的視窗，聽著人聲，車聲消失後，頓了頓神，正欲下樓離去，勤務兵叫住了他。說大門口值班室來電話，有個名叫趙凱的找他。海生一聽，撒腿往樓下衝，等勤務兵聽到「謝謝」兩個字，人已經出了家門，跳上了自行車，急馳而去。

海生是 18 歲的青年，18 歲的人腦子會發熱，他根本不去思考趙凱怎麼會出現在這，只要出現的是趙凱，就足以讓他瘋一下。騎到大門口，遠遠看見趙凱站在門樓下，還是那張方方的國字臉，不一樣的是軍裝、軍帽全沒了，弄了一套中山裝在身，脖子上圍了條圍巾，腳上蹬一雙錚亮的「將校皮鞋。」

海生見了，驚喜交加地問：「喂，你小子怎麼換了這副行頭？」

「呵呵，沒想到吧。」趙凱話音剛落，沒料到值班室內倩影一閃，走出個美人兒，令海生更是吃驚。

「你是馮佳！」他斷然猜到。

「還行，總算沒把我這個姐姐忘掉。」馮佳說著嫣然一笑。

海生至少四年沒見過馮佳了，那時她還是個又黃又瘦的初中女生，現在女大十八變，出落的亭亭玉立。她上身著一件剪裁得體的對襟棉襖，脖子上也圍了條粉紅色的圍巾，和白皙的脖子很配，醬紅色的燈芯絨褲下，同樣是雙短靴，全身上下顯出幾分高貴的氣質。

「你們倆這身裝束，不是告訴我要辦喜事了吧？」

「給你說著了，很有這個意思。」趙凱說著轉頭問馮佳：「你說呢？」

馮佳聽了，笑得幾乎彎了腰。「別聽他貧嘴。他是來看你這個狐朋狗友的，我是來看你爸爸媽媽，當年在你們家避難，他們對我的好，一輩子也忘不了。」

在往梁家的路上，趙凱又告訴海生一個驚人的消息：「他和馮佳都退伍了。」

「什麼？你們真的退伍了？」海生的眼珠幾乎要崩出眼眶，當初他以為趙凱只說說而已，想不到他們還真把軍裝脫了，不由他不太驚小怪。

「那還會有假，連李一帆都退伍了。」

「等等，」海生拉著趙凱問：「你的意思，就是李一帆也回南京了。」

「當然，半個月前我們坐一輛火車回來的。這傢伙，一回來就像換一個人似的。我去找他，他愛理不理的，每天弄了一幫男女在家裡胡天黑地。他老爸調到外地去了，那麼大的房子就他一個人，還不隨他胡來。」

回到家，急於想知道二連近況的海生，把馮佳往老媽那兒一塞，就把趙凱領進了自己的房間，說道：「來，吹吹連隊的情況。」

「那個破連隊有什麼好說的。」趙凱說著，四下看了一圈說：「煙呢，過年也不弄點煙招待招待。」

海生想起趙凱也是個煙鬼，只能去找了煙來給他。趙凱點上煙，深吸了一口說：「還是中華夠勁啊。」

「好了，快說說連隊的事吧，看起來你有一肚氣。」

「不是我有一肚子氣，是連隊領導有一肚子氣。你一個調令走了，他們混身難受，動不動拿幹部子弟說事，最慘的是李一帆，被他們找藉口卡著不給去團報導組。我反正是不想幹了，第一個打報告退伍，李一帆本來還想混四個兜的，一看這架式，也要求退伍了。送老兵的聚餐會上，我們倆當著大家的面把吳發鈞狠狠數落了一通，氣得這傢伙從頭到尾坐在那，一句話都不說。」

海生想像得出吳發鈞的表情，開心地說：「太爽了，這傢伙大概從來沒被別人這樣教訓過。」

雖然這個二連他待得並不如意，但畢竟和它有三年的糾葛，想起來，多少人和事恍如昨日，他千方百計從趙凱嘴裡掏了些料，看對方不起勁，也就作罷了。這時，馮佳帶著一臉笑意回來了。

「看上去和老太太聊得挺投緣的。」趙凱急忙掐滅手中的煙說。

馮佳眉頭一皺說：「你說了不抽煙的怎麼回事？」

「大過年的，破一次例，而且還是中華，你也來一支？」趙凱連哄帶求地說。

馮佳也不理他，對海生說：「我們要回去了。」

「我和你們一起走。」海生跳起來說。

回到軍院宿舍大院，趙凱和馮佳身邊多了一個梁海生，他跟著他們一塊來，是急著要見一見李一帆。兩人把他帶到 26 號樓第二單元門口就止步了，趙凱告訴他，三樓左手就是李一帆家，你敲門好了，他肯定還在睡覺。說完，用眼示意了一下身後的馮佳，雙方就此道別。

海生明白，馮佳不願意去李一帆家，當年他們三個大頭兵種菜時，李一帆對馮佳的那番評價，他記得一清二楚。

逕自上了三樓，樓道的右手清潔整齊，左側則是一塌糊塗。他看了暗笑，掂起腳小心跨過地上的垃圾雜物，用手叨了叨大門，沒人應聲，索性連拍帶喊李一帆的大名，總算聽到裡面有了動靜，一陣踢踏聲，門開了，李一帆揉著眼衝著他問：「誰呀？」

「你睜沒睜開眼啊，是我，梁海生。」海生一字一頓地對他說。

李一帆總算清醒了幾分，一把將他拽屋裡說：「不好意思，昨晚喝多了。」

「乖乖隆的咚，你這哪像是家呀，簡直是狗窩。」海生邊往裡走，邊用南京腔說。

「求你了，千萬別講南京話，我聽了要吐。」李一帆披上件軍大衣，舉起雙手作投降狀，誇張地說。

見他這副德性，活像個大熊，海生兀自笑得前仰後合，他一點也不在乎李一帆的感受，當年三人在二連時，每次相互攻擊，少不了用不地道的南京話互貶。

笑完了，他說道：「你在上警不是前程遠大嗎？怎麼也回來了？」

「誰要當那個兵呀，浪費青春！」李一帆特別痛恨地說完，整理出沙發一角，讓他坐下。

那一角剛夠海生放個屁股，他小心地坐下，衝著進了衛生間的李一帆大聲地說：「告訴你個好消息，大學要開始招生了。」從昨天到今天，他是見一個人就要把這個好消息傳播一次。

李一帆從衛生間伸出滿嘴牙膏沫的臉，問了聲：「是嗎？」又縮了回去，等盥洗結束，他擦著臉出來說：「我連個單位還沒落實，還談什麼上大學。」

「不是城市兵退伍由國家統一安置嗎？」

「安排了，兩個單位讓我挑，一個是化工廠，一個是船廠，叫我當工人，我才不去。」

李一帆說得不錯，以他的才氣，到工廠當工人，真是大材小用。問題在於他老爸調到了外地，沒人為他從內部斡旋，大材只能小用了。

李一帆的窩雖然找不到一絲當了三年兵的痕跡，梁海生還是很羨慕他一個人獨佔這麼大的房子，他對著又不見了身影的李一帆說：「我可以參觀一下你家嗎？」

李一帆的話音是從廚房裡傳出來的：「可以，你隨便看，我在燒開水，渴死了。」

從海生進門到現在，李一帆就沒面對面和他好好聊過，不知道他在忙什麼。

海生一個一個房間數過去，共四間，好像每間都有人住過，全部亂糟糟的，他不勝惋惜地說：「你這是開旅館啊。」

「朋友來吹牛，晚了就找間房子睡覺唄。」李一帆總算露了面，可話音裡大有少見多怪的味道。

不過海生卻對他講述的那種隨心所欲地吹牛，吹累了就地睡一覺的生活極有興趣，禁不住說：「哪天我也來這，聽你們吹牛，晚了就住在這。」

「嘿嘿，你來啊，什麼時候都歡迎。」李一帆話是這麼說，腔調並不熱情，他拿起沙發上的大衣，往身上一裹，說道：「但是今晚不行，我和朋友約好了去他那。」

從進門到現在，李一帆從沒坐下和他好好聊聊，問問分開後這幾個月自己的情況，海生再傻也感到他在敷衍自己，他以為是自己來的不是時候。這時，他正好一眼瞥見剛才大衣覆蓋的地方，露出一把小提琴模樣的東西，沒話找話地說：「你什麼時候開始拉小提琴了。」

「哈哈，這是吉他！你真土，的連吉他和小提琴都分不清啊。」李一帆拖長了音說。

海生被他嘲笑得滿臉通紅，辯解著說：「吉他不是很大的嗎？」

「這是墨西哥吉它，二哥。」李一帆也回敬他一句南京話，只是語氣輕蔑之極。

海生根本記不清如何離開李一帆家的，滿腦子只有那把讓他洋相盡出的墨西哥吉他和李一帆不屑的表情，內心無趣透了。他一直以為，這些年同甘共苦的大兵生活，高傲的李一帆已經把他視為朋友，今日見面，才知道自己在他心裡什麼都不是，被一個視為朋友的人如此輕蔑，著實讓海生記住了朋友並不是個簡單的詞。

其實，李一帆當年在二連能和他走的近，完全是在沒有朋友選擇的狀態下的無奈之舉。如今他回到南京，舊友新朋盡是才子佳人，胸無點墨的梁海生自然就被他晾在了一邊。至於海生如何消化被晾的感覺，那就看他自己的悟性了。

好在今天晚上，還有另一個人在等著他，這個人足以掃除他心中的陰霾，並把甜蜜和溫暖帶給他。

初二晚上七時半，坐落在長江路上的人民大會堂前，燈火輝煌，車水馬龍。1949 年以前，它的名字叫「國民大會堂」，當時中國的統治者，民國政府的大選，就是在這裡舉行。如今雖然時過境遷，沒有了當年的光彩，但每到春節，依然盛況似錦。49 年後，新政府的種種禁制，以及當權者與都市文化之間的分割，達官貴人幾乎都隱藏在重重內幕之後，也只有一年一度在這裡舉辦的春節聯歡晚會，高官們攜妻帶子，算是在公眾面前露了個相。今晚熱鬧的大會堂可謂一票難求，因為能持票入場的，都是有來頭的，晚會的門票從不出售，全是內部分發，只發到師、局級，按職務大小順序安排座位的優劣。平日裡趾高氣揚的師，局級領導，也只能在後排或邊上就座。

在大會堂最後面的位置上，有一對戴著口罩來看演出的青年男女，昏暗的燈光下，兩人的手緊緊地纏繞在一起，不時耳語著，然後眼裡露出會心地一笑，他們是海生和王玲。他倆入場後，用手上前排的好票，和一對母女換來了這個位置。

正當兩人沉侵在手指交流的快感中時，海生忽然用胳膊肘捅了捅王玲，輕聲地在她耳邊說：「快看，誰來了。」

熙熙攘攘的通道上，出現了兩個熟悉的身影，周建國與落選妃子。兩人一副熱戀中的情景，挽著手，醒目地走在人流中，一直走到最前面的某一排裡，拐進去後還不停地和周圍點頭示意。

「他倆什麼時候成一對了？」海生和王玲同時用露在口罩外的眼睛問對方。

記得當初建國向海生介紹這位「落選妃子」時，還在嘲笑她的落選和那些追她的人，這才幾天啊，兩人就手挽上了手，這也算談戀愛嗎？這讓以壞孩子著稱的海生有些頭大，至少他從來不在別人面前譏笑王玲。可是，談戀愛有一樣的嗎？這個能把成語字典倒背的大男孩，卻是一點不懂「玩世不恭」這四個字是很多人的生存法則。

坐在旁邊的王玲，此時和他的想法相去十萬八千裡。她由衷地羨慕「落選妃子」能在眾目睽睽之下和心上人走在一起。要知道，在這種場合走一趟，等於宣佈她是周家的准兒媳了。接下來，上學、提幹、當醫生……所有的都解決了。雖然她才滿 16 歲，和海生只能是「地下戀情」，但這都不能阻止一個少女發酵幻想的熱情。她把身子往坐著筆直的海生肩膀上一靠，順勢把他的手放進懷裡，找回了又酥又麻的感覺。

7 時 45 分，專供大人物出入的側門開了，隨著一串高官魚貫而出，全場掌聲雷動，走在第一個的是本地的一號人物，身兼江蘇省革命委員會主任和南京軍區司令員的許世友。這種場合下，他依舊虎著臉，背著手，旁若無人地走到前排中央坐下。海生的記憶中，只見過兩次許世友拍手，上一次在好八連，他一邊拍手，一邊走過歡迎隊伍，那是因為身邊有個國王西哈努克。還有一次，是從記錄片中看到的，他走在毛主席身後，接見軍隊幹部，毛主席邊走邊拍手，他能不拍嗎？在他以第一身份出場時，他從不擺拍手那個花架子。

海生突然有些明白，自己為什麼會喜歡這位凶巴巴，惡狠狠的老頭子了，因為他和他一樣在這個世界裡是個異數。如果他和老頭子沒有年齡的差距。保不准他們會成為「死黨」。

他貼著王玲的耳朵說：「你知道走在第一個的是誰嗎？」

「許世友，誰不認識啊。」王玲怪嗔地說。

他原想告訴她，自己以前可以隨意進出中山陵 8 號，話到嘴邊覺得那樣太「擺」了，於是改了口，沒想還是說錯了話，趕緊舔著臉說：「我以為你不知道呢？」

「怎麼沒見到你老爸？」王玲問，她想知道的是這個。

「沒他，他不夠資格，但是有周建國老爸。」海生很直率地說。

大會堂的頂燈忽然全熄了，演出開始了，兩個人乘機摘下口罩，長長地呼了一口氣，相互對視著，然後悠然一笑。緊緊地靠在一起。

神秘，總是更能撩拔我們的腎上腺素。

（十）

初五前後，津生、楊蘋、滬生和方妍相繼回去了，滿滿一桌人吃飯的景象不再，還沒有熱鬧夠的海生心裡不免涼涼的。這是他首次以成人的身份回家，回到大院，回到省城過年，青春的大門忽然就敞開了，曾經無數的嚮往不再遙遠。

他嚮往上學，嚮往愛情，嚮往自由自在的生活，而所有的嚮往都是聚集在省城，所以，當他意識到離開家的日子越來越近時，鄭重地對老媽說：「不想再當兵了。」

老媽當即就否定了：「部隊多好啊，你看小燕，為當不上兵的事，現在還和我們生氣呢。你退伍回來能幹什麼？去工廠當一輩子工人？你呀，就和你老爸一樣，踏踏實實穿一輩子軍裝吧。」

海生承認這三年如果不是在部隊，而是在地方上混，自己肯定是小流氓一個。可是，自己現在已經長大了，有了明確的生活目標，繼續留在苦燥無味的部隊，是一種荒廢。只不過，長大了的梁老三，心氣再高，也無法違背老爸的意願，一個強勢的父親既是孩子們的福氣，也是他們心中的神，神是無法逾越的。他連續幾天掙扎著想和老爸談一次，但站在他面前，海生開口的勇氣盡失，因為他知道那是個什麼結果，並且他無法扭轉那個結果。

而這些天忙著接手上海鋼鐵基地工作的梁袤書，見到他只有一句話：「什麼時候到新連隊報到。」

捱到初十，他無奈地背上背包，去某團報到。這個團的駐地在南京郊區，坐兩小時公車就到了。這是他提出來的，希望離家裡近一點，實際上，他是想離省城的一切都近一些，老爸還是成全了他這個看似孝順的要求。

他被分到一營三連，新連隊的條件比上海連隊的條件差遠了，營房建在兩座小山丘之間，很簡易的磚房，也不是一個班一間房，而是一個排 30 多人睡在一間大房裡，揭開屋頂的瓦，就能窺見屋內所有的軍事秘密。連長指導員向他介紹連裡的情況時說，暫時克服一下，就要蓋新房了。他聽了，又感動，又不自在，自己不就是個兵嗎？直接打發到班裡去就行了，怎麼又成了依附他人的角色。指導員甚至明確地對他說：「你是訓練尖子，到班裡當戰士是臨時過渡一下，等有了班幹部空缺，就要讓你發揮更大的作用。」

隨後，他被安排到一排一班，一路被人簇擁下去，到了班裡，連床鋪都有人鋪好了。這反而更讓他難受，他太知道這種抬舉的背後是什麼，他寧可還像從前一樣，沒人把他當回事，逞能也好，挨剋也罷，不會有人拿你的老爸說事，最多被人來一句：幹部子弟就這德性。世上的幹部子弟多了去了。他才不在乎這樣的指責。而現在，稍有不慎別人會說，梁袤書的兒子如何如何，這滋味可不好受啊。

一班長叫沈絮，江蘇泰州人，海生對這地方的兵有好感。憑著幾年大兵生活積累的經驗，海生把泰州兵的文化素質排在各地兵源中的第一級，同在這一級的還有宜興，紹興等地的兵。視為第一級的兵，傳統上處事有分寸，做人有規矩，比如海生的前任班長邵群，就是紹興上虞人。

海生有個怪癖，只和自己看順眼的人說話，這些年成長的經驗告訴他，在人堆裡生存最簡單的辦法，就是不和看不順眼的人囉嗦，因為他說話從不設防，這不設防的人和看不順眼的人永遠說不到一起。第一次和沈絮聊天時，沈絮正在床頭攤了一堆紙寫東西，而他則端了一杯茶站在一旁玩味對方的名字。

「我猜你的上一輩一定是讀書人。」他說。

「何以見得？」沈絮抬起頭望著他，想聽聽這個紈綺子弟嘴裡能吐出什麼東西。

「這個絮字起的多好啊，它可以是隨風飄絮的絮，充滿了浪漫，也可以是絮絮叨叨的絮，有娓娓動聽的意境，還有啊，絮通序，做事有序乃是文人的守則。」

沈絮沒想到這個大大咧咧的高幹子弟肚裡不全是稻草，便放下手中的筆說：我的名字是我爺爺起的，他的父親曾是泰州有名的棉花商人，到了他接手家業時，由於戰事連綿，生意做不下去，便去做了中學老師。這個絮字是棉絮的意思，算是懷念祖上傳下的棉花生意吧。

其實海生急於討好沈絮另有一層原因，沈絮會畫油畫，還有過一鳴驚人的光輝。海生最初聽指導員介紹一班情況時說道，沈絮剛入伍時畫了一幅「革命委員會好」的油畫，在全軍美術展上獲得了一等獎。這幅畫當年可是風靡了整個紅色中國，沒想到給他在這碰到了畫的作者，對小學沒上完的梁海生來說，豈能不去討好他。

沈絮是老高三，俗稱「老三屆」中年級最大的一撥，比津生還大兩歲，海生完全以一個小弟的語氣對他說：「我能看看你寫的文章嗎？」

「可以。」沈絮大大方方地把攤著的稿件遞給他。

文章是連隊「批林批孔」的總結，海生掃一兩眼便沒了興趣，吸引他的是沈絮的字，飄逸俊朗非常好看，他懇切地說：「你的字真漂亮。」

「嘿嘿，和這個人的字比起來，我差遠了。」沈絮笑著抽出一份稿件給他看。

海生接到手，立刻驚呆了。他第一次看到如此工整清秀的鋼筆字。他曾經為了買一本鋼筆字帖，跑遍了上海所有的大小新華書店，結果還是沒有買到，此刻他愣愣地盯著眼前的字說：「這真是得來全不費功夫啊。」

沈絜的字是那種明顯帶有個人痕跡的草體字，就像老爸的字，好看，但沒法學，而眼前這字，讓人看了，恨不得馬上照著去練，以調皮搗蛋聞名的梁老三，自從穿上軍裝混入革命隊伍後，神經就短路了，開始有模有樣要讀書了。在中國，字是讀書人的標誌，鮮有讀書人的字寫得像狗爬一樣。為了自己的字能從狗爬行列中爬出來，海生在上海時每次去新華書店，都忘不了問有沒有鋼筆字帖，從聞名全國的福州路到駐地的大場小鎮，回答都是「沒有」。

海生臉上一副如獲至寶的樣子問：「這是誰的字？」

「他就在這間房子裡，」沈絜指著在房間另一個角落埋頭寫字的人說：「是三班新來的上海兵，叫戴國良。」

海生恨不得立即去見這個叫戴國良的上海兵，又不好意思冒然搭訕，好不容易捱到晚飯後，大家陸陸續續從食堂裡出來，海生瞅到戴國良的身影，迎面走過去，兩人面對面客氣地一笑，算是打了招呼。身為上海人，戴國良生著國字臉，絡腮鬍子，一點也沒有上海小白臉的痕跡。他那一笑，甚是卑微，顯然早已知道眼前這個人的來頭。

「你好，你是上海的？」海生很客氣地說。

在軍隊裡，老兵對新兵的客氣，就是新兵的福氣，戴國良縱然是滿腹經綸，眼下卻是個新兵，他臉上堆著笑答道：「是的。」

「你的字寫得真好。」海生用他慣有的單刀直入的口吻說。

戴國良不習慣被莫名其妙的恭維，愣了一下說：「哪裡，哪裡。」

「別客氣，真的很好，就像字帖一樣，我從來沒見過誰的字寫的這麼漂亮。」海生這輩子的確沒見過這麼好的字，然而，他的這一輩子又能算個什麼呢？

接著他又好奇地問：「你是怎麼練的？」

恭維和崇拜，戴國良自然分得清，海生的純真一下子就抹去了他腦子裡對高幹子弟的防範，坦率地說：「我四歲就開始練毛筆字，每天兩小時，時間不到不准出去玩，一直練到 17 歲下鄉去農場。」

「寫毛筆字和寫鋼筆字有什麼不同嗎？」海生邊問邊想，自己小時候也被逼著每天練字，怎麼就寫得一塌糊塗呢。他忘了自己練字是打兩天魚，曬三天網。

「有區別，毛筆字寫好了，鋼筆字很容易寫好，反之，你鋼筆字寫得好，不一定能把毛筆字寫好。」

「有空，你教我學寫字好嗎？」海生得寸進尺地說。

戴國良被對方蠢蠢欲動的樣子逗樂了，說：「行，你有空就來找我，反正我們住在一個大房間裡。」

海生打小學東西就是虎頭蛇尾，然而這次不一樣，一是和成熟有關，二來他發現戴國良不僅字寫得漂亮，肚裡還藏著許多寶貝，篆刻，古文，古詩，歷史，幾乎無所不通，談起西方名著，也頭頭是道，這令肚子裡剛剛有了些皮毛的海生相見恨晚。此後，兩人有空就躲在一起論字談詩說文章。

很多人在青春期都會萌發文學情，讀名著，聽名曲，背誦些什麼，寫些什麼，然後就憂愁起來。在一個統治極嚴格的社會裡，青春期無窮的興趣只能在縫隙裡發芽，那些不能在縫隙裡發芽的興趣，只能被埋葬。而一人一本書的方式，正好適合縫隙裡生長的環境，所以進了青春期的海生，對文學發情的方式，是熱情追蹤不公開的書籍，到手即讀，讀完再去追，讀得雜亂無序，毫無眉目，自然不能和功底深厚的戴國良比，所以，兩人的交談總是一個口若懸河，另一個大眼瞪小眼。

論性格，這兩人很難有相似之處，一個天真爛漫，一個少年老成。梁海生內心質樸純然，對事物的思考直來直去，從不拐彎，不是他不會拐彎，而是用不著拐彎。用這種方法思考的人，在中國當屬異類，是被羨慕嫉妒的異類。戴國良則知書達理，外斂內剛，慢條斯理，脾氣裡沒一點火性。有給死黨起外號的惡習的海生，和他認識沒幾天，就送給他一個外號，「戴夫子」。

兩人的特質也決定了各自喜好的名人名著不同。海生喜歡普希金，萊蒙托夫，羅曼．羅蘭一類，僅僅是那些浮在紙面上的唯美醉人的文字，就能令他激動不已。戴夫子則喜歡托爾斯泰，賽凡提斯和莎士比亞，他尤其推崇莎翁的四大悲劇，四大喜劇，而海生則喜歡老莎十四行詩。戴夫子還喜歡名字念起來特別拗口的陀思陀也夫斯基，海生只讀過他的《白夜》，還是在《魯迅全集》裡讀的。

「他的書生澀，難懂。」海生說道。

戴國良卻老道地說：「你最好去看看他的《罪與罰》、《被侮辱與被損壞的人》，那不是魯迅翻譯的。」

海生記下了書名，同時更有興趣他話中的其它含意，問：「你的意思是魯迅翻譯的不好？」

「五四前後，中國分直譯和意譯兩大派，魯迅是堅持直譯的。」戴國良含蓄的說。

但海生還是聽出了褒貶，直接就說：「怨不得讀起來硬梆梆的。」

戴夫子這些奇談怪論當然不是他自己發明的。他當兵前，下鄉到上海郊區的某農場裡，那裡有一批上海文壇的牛鬼蛇神，戴國良成天和他們泡在一起，聽了一肚子奇談怪論，現在倒在海生面前，彷彿在說隔壁鄰裡的雞零狗碎那般輕鬆。而進了海生的耳朵裡，則充滿新奇，常常令他興奮的要死。

後來，海生千方百計找到了《罪與罰》，讀下來果真不一樣，但是他心裡仍然不承認陀氏的巨作好過普希金的詩。

海生到新連隊時，包裡帶了套《水滸》，它是內部印刷品，供批判用，只發到省軍級以上。他趁老爸不在家，往包裡在一塞，就悄悄帶了出來。由於不能大明大擺地拿出來看，只能套個紅封面，趁人不注意時偷看。這天，營裡新來的王教導員給全連上課，坐在下面的海生一看，認出他曾經是周建國老爸的秘書。課間休息時，王教導員腆著個肚子，徑直向海生走來。海生一看，心裡想又來了，趕緊在叔叔和教導員之間做了個選擇，結果恭恭敬敬地叫了後一個稱呼。

「小三子，看什麼書呢？」王教導員說著伸出手，看樣子他上課時就注意到海生的舉止了，海生只能把藏在筆記本底的書遞了過去。

「呵呵，《水滸》，」王教導員打開書，發現了內裡乾坤，笑著說：「我考考你，你最喜歡書中的哪一個人物？」

海生想說林衝，他從小就喜歡林衝，但轉念一想，現在輿論正批林衝是投降派，就轉口說了聲不知道。

王教導員聽了，毫不客氣地挖苦他：「你看了半天，竟然不知道喜歡哪一個，你這算看什麼書啊。」他如此尖刻，當然是借挖苦梁公子向身後連隊幹部炫耀。

被譏為不會看書的海生，當場羞得滿臉通紅。他本以為王教導員過來只是敘敘舊，沒曾想被劈頭蓋臉說了一遍，一時間自尊心慘遭踩躪。已滿 18 歲的他，心裡最怕別人說他沒知識，他已經來到了知識的群山下，看到了最近的山峰，他不會像他人一樣繞著走，他會往上爬，正當他往上爬時，卻被爬得比他高的人嘲笑，心裡的滋味可想而知。

晚飯後，海生與戴國良在營區的碎石路上溜達，他耿耿於懷地把白天的事向老夫子敘述了一遍，把當時心裡想反駁而不敢反駁的話都倒了出來。「你相不相信，我要是說我喜歡林衝，他等著我的話更多。」

海生天生一張孩子臉，18 歲了還一臉稚氣，稚氣的臉生氣時，特別逗人。戴夫子見了，先笑開了。白天那一幕，他也在遠處看見了，於是說：「他是用嘲笑你的方式顯示自己的能力。你是大有來頭的梁老三，嘲笑誰也沒有嘲笑你更能讓他顯得與眾不同。你就是拿一本《毛選》，他也有辦法刁難你。」

「我看也是。」海生心猶不甘地接受了老夫子的分析，順手撿起一塊碎石，向遠處正在覓食的鳥兒扔去，只差一點就打中，驚得它一掠，叼著食消失在暮靄裡。

見海生為自己的準頭露出輕鬆的笑容，戴國良轉了個話題說：「聽說沈絜要提幹了，到營裡當書記。」

「是嗎？那太好了，他去那個位置正合適。」沈絜和周建國一樣，早就在等待提幹命令了，被林彪事件耽擱至今。

國良見他沒明白自己的意思，挑明瞭說：「他走了，一班長就是你了。」

「不可能！」海生急忙舉一堆理由來否認，「我不是黨員，也不是副班長，剛到連隊兩個月，怎麼可能。」其實，國良的話使他想起下連隊那天，指導員對他說的話。

戴國良還有更多的內幕的消息告訴他：「聽說你們黨小組已經開會通過你的入黨申請了。」

一排的黨小組長是沈絮，國良天天和他泡在一起寫材料，出黑板報，自然知道一些內幕消息。凡內幕，內裡總有一些敏感人物或敏感消息，沒有哪個內幕會圍著沒名堂的人物。在一連，梁海生就是敏感人物，同樣，縱然是戴國良這樣有檔次的人，也無法不說兩句內幕。反倒是處在內幕之中的海生什麼都不知道，他在判斷老夫子所說不虛的同時，帶著些許驚訝。

「你們一班剛被列為今年軍事標兵班，就因為有你這樣的軍事尖子，這班長你不當誰當。」戴國良樂得用蓋棺定論的口氣給他吃個定心丸。

入黨，當班長，這些對一個戰士來說，都是夢寐以求的事，從15歲跨進軍隊的門檻，海生就成天被這類消息刺激著，並和周圍的人一起為之奮鬥。這些曾是他人生第一個夢想，現在，臨近夢醒時分，它們卻要來了，他沒有理由不高興。放眼全連100多名戰士，只有一個人可以不為所動，他就是對面的戴國良。

戴國良當兵之前被下放到郊縣的農場，雖然與那些下放到黑龍江、雲南、新疆的知青比起來，他算是幸運，離家並不遠，但那並不是他要的生活，從小他就追崇上知天文地理，下懂雞毛蒜皮的大智之人，他喜愛古籍、古詩文、古字畫，古董到了入迷的地步。小時，因為父親的關係，認識了這些門類裡的許多前輩，如何滿子，黃若舟，周慧珺等名人。然而，自幼家裡飽受反右和文革的劫難，令他對身處的社會有步步驚心的恐懼，因此，他的夢想就是回家，在自己生活的上海灘上找一個可以做自己喜歡做而不問天下事的地方。

發配到農場後，毫無權勢的他要想完成回家的理想，只有一條路，去當兵。國家規定，當兵退伍後可以回原籍。用迂回的辦法，借國家的政策，完成回上海的夢想之旅，於是他和農場幾十名知青一道穿上了軍裝。到了軍隊，別人求的他不求，他求的是別人不求的東西——完成兵役回上海。

至於半道上出現的梁海生，他當然不會拒絕這樣的朋友，雖然彼此不是一個層面上的人，但是身邊有這麼個樂於聆聽的高幹子弟，絕對是件妙事。

更絕妙的是，我們的男方角梁海生偏偏是個不在乎別人看不起他的人。這個一無所長的新貴，卻有著男人最寶貴的優點：豁達。不得不承認，好的品質真是天生的。他有種別人沒有的本能：如果這個人比自己有本事，因此而看不起自己是應該的，他真心希望從別人那學到自己不懂的東西，而不是裝模作樣地告訴別人，你說的東西我都懂。

「對了，明天要出新壁報，關於批林批孔的，你來幫我一塊出，我和沈絮說一下。」國良詢問他。

「好啊，但是我這兩個字行嗎？」出壁報歷來是連裡的高檔的事，還不用外出訓練，海生當然願意，只是自己的字實在上不了檯面。

「沒關係，你能幫我改稿件，抄不好，一開始抄慢一些。」

「文書會同意嗎？這個人可是有些怪怪的。」海生說別人怪，自己卻也是在不該扭捏的時候扭捏。

戴夫子當然曉得他說文書怪怪的是什麼意思，一個月前他剛從新兵連分到三連時，正趕上全團黑板報比賽，連隊領導從新兵連瞭解到戴國良的才華，就把黑板報比賽的任務交給了他，結果他小試牛刀，就為連隊拔得頭籌，頓時名聲大震。而原來負責編壁報，黑板報的文書，從此成了協助，為此文書心有不甘，常常硬擠進國良和海生聊天圈子裡，帶著酸味的說些不著邊際的高談闊論。

「不管他，他不高興他來弄好了，你知道嗎，我沒來時，全是沈絮幫他弄的，他自己連個稿件也寫不好。」

「真奇怪，這種人怎麼會當上文書的。」海生說著大搖其頭。

第二天上午，兩人正在食堂的飯桌上抄寫壁報，文書肖廣斌晃悠悠地進來了。他走路喜歡拖著步子，腳與地面總有較長的摩擦聲，所以，兩人頭也不抬就知道誰來了。

「嗨，梁公子也來幫忙了，真是不亦樂乎啊。」他裝著大大咧咧的樣子，實際上是在暗示自己才是這兒的主事者。

「你領導不來，我只好來出出洋相。」對不值得尊敬的人，海生立馬換了副面孔。

戴國良停下手裡的毛筆說：「你來了正好，就缺你的批判文章了。」

「寫好了，只是沒來得急謄寫。」肖廣斌從褲兜裡摸出幾張紙遞給戴國良。

老夫子看一下說：「太亂了，還有幾個地方連不起來，你趕緊謄寫一遍，或者你自己抄在壁報上，邊抄邊改。」

「副連長還要我寫個訓練計畫，實在沒空，你幫我改改吧。」

「那麼，梁海生，麻煩你把他的稿子改一下，然後直接抄上去。」戴夫子說著就把稿子交給了海生。

肖廣斌和海生是同年入伍，雖然投胎不一，好歹也是老三屆，父親也是地方上的小官吏，算是個城鎮裡的人。他自認文筆再差也比眼前這個不學無術的高幹子弟強，怎能甘心自己的稿子交給他修改，他想拿回來，又怕惹惱這個爺，正犯愁呢，海生已經唸開了。

文章的標題叫「決不能容忍林彪開『克已複禮』的倒車」。草草唸完，讓人感覺整篇文章是從各種報刊和學習村条上東拼西湊出來的。其實，這也不奇怪，連年不斷的大批判到了這會兒，從北京到全國每一個角落，批判文章早已大同小異，活在不同層面上的7億人，已經習慣北京出個論調，下面就開始圍著它堆砌文字。每天出現在全國各地報刊上的批判文章，可以用十萬，百萬來計算，除了東拼西湊，牽強附會，很難再翻出新花樣來。長期處在政治高壓下的人們，思維早已萎縮和麻木，因為高壓本身的強烈心理暗示，阻止了人們去冒反省的風險。

所以，這年代是小文人層出不窮的年代。小文人的脾氣是，無論什麼樣的文章，不寫不快。東拼西湊又怎麼樣，天下文章一大抄嘛。拼得好也是一種本事，也是革命的需要。肖廣斌待海生念完，臉不變色地說：「這可是我昨晚熬夜寫出來的。」

「你要是不放心，還是你自己來改吧。」海生說完就要把稿子還給他。

「我還能不放心你嗎，費心了。」痛苦的決擇之後，肖廣斌拖著步子走了。

「你發現了沒有，他的文章其中有一段是從上星期四的《光明日報》上抄下來的。」等文書走遠了，戴夫子說。

海生順著他的指點找到那一段，看完後說：「我說這一段怎麼這麼順溜，他還吹是自己熬夜寫出來的，真是夠厚顏的啊。」

「這種人，本來只有半瓶子水，晃蕩不夠了，只好拿別人的東西冒充自己的。」

海生聽了，連想到自己，突然地問道：「你說，這半瓶子水，是晃蕩好還是不晃蕩好？」

老夫子沒想到他有這一問，反倒被問住了，想了想說：「你這個問題倒不好回答，看似簡單，卻大有學問。」

海生只是心念一動，隨口一問，高深在哪亦不清楚，一看能讓老夫子沉吟，自然得意，饒有興趣地問：「有什麼學問？」

「學問之一：在這個世界上，半瓶子水的人占了大多數，你無法讓大多數人不晃蕩；學問之二：半餅子而不晃蕩者，看似有自知之明，實則有虛偽之嫌；學問之三：「晃者」亦各不相同，如果是你在晃，則晃得坦蕩，晃一次進一步，而文書這樣的人在晃，則是賣弄，屬於真正的半瓶子晃蕩一類。」

戴夫子這番高論，雖然酸了些，卻讓人有人茅塞頓開之感，海生佩服的像似混身打了雞血一般，他死死地盯著國良的腦門，直接幻想用一根魔管把他腦子裡的東西，輸入到自己的腦袋裡。

（十一）

跟著戴國良天馬行空的日子裡，還有一種雞血在他體內膨脹著。它日甚一日地折磨，糾纏著他，令他焦慮並無法解脫，官方語言稱它為性煩惱，往俗裡說，就是對王玲的欲念。在封閉的國度裡，沒人向他傳遞解決焦慮的知識，也不許公開談論「性」，數千年的東方文明對性煩惱的答案是：自解！

一個多無能的文明啊！

自從和王玲有了親密接觸後，海生體內的性饑餓便愈發強烈，每當夜深人靜，他縮在 80 公分寬的床上，獨自品味思戀的甜蜜時，他就渴望擁抱她，融入她，得到她。他心裡珍藏著一個女性肉體的樣本，是四年前窺見的顧紅一絲不掛的胴體。那白皙的身體，渾圓的胸部，以及小腹下被迷人的毛髮覆蓋的凹處，常常是他深夜裡排解寂寞的最好籍慰。女人的身體已經被他視為世界上最美麗的事物，也是他最想去的地方。儘管外界的倫理教誨他這樣的迷戀是下流的，骯髒的，但是它們卻無法阻隔在他身上奔流不息的性欲的河。理智無法替代性欲，也無法解決性欲，海生嘗試著用手安撫性器，品嘗到高潮後，只能更激起他對異性的渴望。迄今為止，他和王玲也只是簡單地撫摸和接吻，他曾經想索取更多，但是王玲連胸部都不許他碰，這反倒讓他覺得自己很流氓。他不知道周圍的同齡男人是如何解決這個問題的，他也從不參與周圍的人，不管是士兵還是光著屁股一塊長大的髮小們，他們對女人的談論。他害怕別人說自己下流，因為他愛女人們。

在這個國家裡，性的遊戲被稱為「操」，大部分人是在「操」中品嘗性的快樂，也在「操」的語境中分享性的經驗。他不喜歡用如此低俗的語言談論女人，褻瀆心中的神明。每當人們談論這些，他只能默默地走開，他知道假如自己和他們爭論「性」，不是「操」，而是愛情，必然會被他們取笑，以至於中斷了他們「操」的興致。

還有一件事，一直隱藏在他心裡。從小到大，他時常會做一個綺麗的夢，夢裡自己和一個赤身裸體的女人睡在一起，或者說，他依偎的是一具光滑白嫩，很有彈性的肉體，沒有臉，也看不到手和腳，十分的纏綿和自然。後來，偶而聽老媽說起，自己一歲多的時候，她為了去完成大學的學業，就請了個少婦帶了他一年。由此，他一直偷偷地猜那少婦肯定是光著身體摟著他睡覺的，致使他落下迷戀女人身體的病根。

這段時間，他雖然無法和王玲在一起，但頻繁的書信往來，使他終於有機會盡情地對一個愛戀者傾訴盤纏在心中的情素，可以在信裡對一個女孩說「吻你」，是件多美妙的事啊。

春天結束，夏天又來了，他的心就像這季節，分外地明媚歡悅，每當寄出一封情書，他就開始數著日子，計算哪一天王玲可以收到他的信，哪一天她會給他寫回信，哪一天愛人的信能到他的手裡。每到收信的日子臨近，他就開始興奮不安，當信如期到了，他會滿心歡喜，當信姍姍來遲，他會焦慮難眠。歡喜也好，焦慮也罷，這種體驗太讓人瘋狂了，像蜜，像酒，更像春天沁人的氣息。

就在他偷著樂的時候，一個令很多中國人終身難忘的日子向他走來了。這天，他和他的入黨申請被一起拿到了連隊的支部大會上討論。首先由他談入黨認識，然後他所在的黨小組和入黨介紹人談培養經過，跟著是各黨小組發言。有個黨小組提出，梁海生才到連隊兩個月，對他的考驗時間還不夠。支部副書記、連長解釋道，梁海生在前一個單位，既體訓隊就是黨支部培養的對象，在體訓隊的鑒定上明確做了說明，其次，他在軍區運動會上取得了優異成績，就憑這，他具備了被組織吸收的條件。最後舉手表決時，竟然全票通過。

但是，令梁海生終身難忘的並不是入黨這檔事，接下來出現的一個插曲，才是令他終身難忘的。

支部大會結束後，指導員代表黨支部和他談話，他知道這是組織程式，安然地坐在那聽領導講大道理。沒想到，大道理講到一半，指導員話峰一轉，笑著說：「小梁啊，有件事我要提醒你注意，你年級還小，要把精力放在革命工作上，不要急著談戀愛，再說，部隊有規定，戰士服役期間談戀愛要經過組織批准，如果私下談戀愛，會影響你的進步。」

指導員的話沒說完，海生的臉已經漲得通紅。他明白自己和王玲的事已經東窗事發，他沒想否認，只是窘得無話可辯，一個勁地說：「知道了，知道了。」待他退出連部，才發現渾身都汗濕了。此刻，他覺得自己的血管都要爆了，心在怦怦地跳，腦子在高速運轉，他意識到問題出在信件上，一定是王玲寫來的信，被連裡領導偷偷拆開了。他感到自己被侮辱了，沒有一個人會甘願被侮辱，除非他意識不到自己被侮辱。但是，侮辱他的是天一樣大的組織，他們掌控著世間的錯與對，是與非，他縱然比常人優越，也只能忍氣吞聲地接受被他們剝個精光。

軍隊紀律規定，只有超期服役的戰士才能談戀愛，還必須由上級批准，不許私自談戀愛。這意思是戀愛必須坦白，不是私情。海生和王玲，一個18歲，一個16歲，戀愛不可能公開，只能是地下情。為了遮掩，兩人早已想好了應付的方法，雙方的信都是放在公家的信封裡郵出的，王玲用的是印有「南京軍區後勤部」七個紅字的牛皮紙信封，海生用的是「南京軍區 XXX 部隊」的信封。本以為這樣就可以瞞天過海了，哪知道這種小兒科手段被連裡領導一眼就識破了。尤其是那來頭很大的南京軍區後勤部信封上，分明是個女孩子的筆跡，豈能瞞過組織的火眼金睛。

比組織更讓海生恐懼的，他擔心這件事是否家裡也插手了。他能感到指導員是用一種私人談話的方式提醒他——小心為妙。這種方式，令他稍感輕鬆。但是，在沒證實家裡是否知道之前，他的心將一直懸著。雖然已經離開家三年，這個世界上能讓他立足的地方，還是這個家，它讓他站在比普通人更高的地方，他畏懼它，是因為他享受它。

心裡憋著氣的海生，當晚就把這事講給了戴國良聽，戴夫子一聽大驚失色，說：「他們連你的信都敢拆，那別人寫給我的信，豈不是給他們一一拆過了。」說罷，掏出手帕擦著沒汗的腦門。

海生見了，想笑又笑不出來，只是說：「你又沒和誰談戀愛，你緊張什麼。」

戴夫子苦笑道：「不是為了談戀愛，而是有些朋友經常在信裡發牢騷，我怕被他們拿去向上面彙報。」

「現在又不是1966年，有誰不發騷。」接著，海生恨意沒盡地說：「這些人真不是玩意，他們有什麼權利拆別人的信。」

「哎，你可別來硬的，這段時間千萬別給那個王玲寫信了，等你的入黨申請正式批准了再說。」國良擔心，海生的牛脾氣要是犯了，出了門就會闖禍。

其實，就是他不提醒，經過風雨見過世面的梁老三，也不敢在這個關鍵時候給王玲寫信了。只是這一來，可苦了另一頭的王玲。

一個月後，海生的黨員被批下來的同時，宣佈他擔任一班的新班長。老班長沈絮果然如戴夫子所說，到營部當書記。緊接著，為了參加團裡，師裡的軍訓比賽，海生的精力全耗在訓練場上，只有每天熄燈後，在黑暗裡悄悄地想他親愛的人。無論是醒著，還是在夢裡，王玲一直以一副孤立無援的樣子出現在面前，憐惜與擔憂不斷地折磨他，寫信不行，打電話更不行，電話機在連部，每個字別人都聽得清清楚楚。

好不容易熬到八一建軍節，他向連裡請假回家，連長大手一揮，給了他三天假。連長緊接說：「我可是有條件的，參加軍訓比賽，你得給拿第一回來。」

回到省城，海生第一時間給心上人打電話。早已被思戀和失望折磨的心灰意冷的王玲，沒有絲毫地興奮。海生告訴她今晚來見她，約她准在醫院後門老地方見面。她只是淡淡地回了句：「好吧。」他還說了些很內疚的解釋，她一句也沒聽進去，毫不領情地就打斷了他。「我這裡很忙，」說完就掛上了電話，然後，對著電話發楞。

從第一次兩人在護理室偷偷親吻開始，王玲就陷入了玫瑰般的雲裡，興奮，憧憬，思念，無時不刻地圍繞著她，她甚至都沒好好想過，這件事為什麼會發生，就已經掉入了情網裡。青春的故事，很多很多都是糊裡糊塗開始的，它們延續著童年的習慣，選擇好一個玩伴，遊戲就開始了。當王玲看到傻傻的，害羞的，壯壯的海生時，一個中意的對象就出現了。他是高幹子弟，卻不囂張，雖然有時喜形於色，但這沒什麼不好。至於愛情的結果，她來不及認真去想，對一個16歲的女孩來說，嫁到一個高幹家庭的夢太遙遠了，能和一個高幹子弟談情說愛，足以讓自己心滿意足，最起碼贏了王寧。

經過77天的了無音訊之後，最初的熱情已經在她心裡冷卻了。她受不了這種突然消失的玩法。你以為你是高幹子弟，就可以這樣玩弄人嗎？諾大的總醫院裡，有的是被高幹子弟拋棄的女孩，她眼見這些女孩被別人戳著背脊嘲笑挖苦，無論如何也不會讓自己成為她們其中的一個。77天的沉寂，足以讓一個少女的心固化，尤其在缺少營養的時代裡。所以，海生的電話彷彿一陣風吹在硬硬的石壁上，沒有任何愛的漣漪。

被稱為四大火爐的南京，夏天的晚上，熱烘烘，黏糊糊，當穿著短袖女衫，身材玲瓏的王玲出現在後門時，海生早已等在馬路過面了，一看見她，便按響了自行車鈴鐺，四目對接後，王玲低著頭移步過去。

「嗨，你穿短袖真好看。」海生嬉皮笑臉地打著招呼。

王玲似乎料到他會要貧嘴，眼都沒抬，沒好氣地說：「說吧，什麼事？」

海生一看她不給自己臺階，慌亂地說：「對不起，你寫給我的信，被連隊偷偷拆開看了。當時正好在討論我入黨的事，指導員代表黨支部找我談話時說，你年紀太小，不適合談戀愛，嚇得我信也不敢寫了。你說這些混蛋的連隊幹部，憑什麼拆別人的信。」

聽了他連解釋帶發洩的話，王玲臉色並沒有好看一些，繼續冷漠地說：「他們怎麼知道是我寫的？」

「你那兩個字，一看就是女孩子寫的，他們見信來的頻繁，自然會懷疑，你不信，我可以向毛主席發誓。」

「這樣也好，以後我們就少來往好了，免得影響你進步。」

王玲的話越說越難聽，這可把海生急壞了，從坐上長途汽車起，他就一直在盤算如何和她約會，見面時如何向她解釋，他非常篤信王玲會原諒他，他甚至奢望今晚的約會會有更多一些讓人心醉的身體接觸。到了家，吃完飯，老阿姨切好的西瓜還沒端上桌，他就騎上車走了。滿頭大汗到了這裡，左顧右盼才見到王玲，卻被她噎得找不到北，滿腔的熱情一下掉進了冰窟窿裡，只好一個勁地陪著笑臉說：「實在對不起，你看我不是專門請假回來看你了嗎？」

王玲卻是越看他這樣，越想生氣。兩個半月的相思煎熬，堆積起來的幽怨，豈能三兩句話，就能打發，想到這些，她眼裡竟然氣出些許不爭氣的淚珠來，海生見了，急忙樓住她，想說些安慰話，卻被她一擰身閃開了。

「我是特地找了藉口出來的，我還要回去上班，以後，你也別來找我了。」王玲背對著他說完，頭也不回地走了。

看著王玲匆匆離去的背影，海生萬念俱焚，直到她走進醫院，消失在小路的盡頭，她都沒回頭看一眼身後，熱戀中的他像個棄兒，茫然地杵在昏暗的路燈下，不知道如何是好，任憑痛苦的荷爾蒙一絲一絲地鋸開自己的心。

垂頭喪氣回到家，海生也不理旁人，迅速鑽進衛生間，打開浴缸裡的水籠頭，脫了衣服躺在浴缸裡，楞楞地什麼都不想，唯有皮膚與水的接觸告訴大腦，清涼的水，正一點點漫過小腿，淹沒了肚臍和毫無意義的乳頭，直到冷水抵達下齶，他用腳趾關上籠頭，然後把頭埋進了水裡，換氣，再下去，直到五臟六腑裡的燥熱全都散去，才緩過勁來。

慢慢地，今晚高興而去，敗興而歸的情景，一點一點又回到眼前，他總算整明白一件事，自己失戀了。

半年來一直哆哆嗦嗦捧在心頭的初戀，就像王玲的背影，突然就消失在黑夜裡。他心裡沒有絲毫的委屈，只是茫然，從丁蕾到王玲，是不是女孩子天生擁有生氣的權力，而男人只有受氣的份。

不過，他始終認為王玲不是丁蕾，她不像丁蕾，讓人不敢有非份之想，她是個小女人，或者說是可以大膽摟進懷裡的女人。他無論如何也揮之不去兩人的親熱時光以及王玲留給他的種種挑逗。浸在冷水裡的他果斷地做了個決定，明天給王玲再寫封信，他記得王玲總是說，你的信比你的話好聽得多。

做完了決定，心情好多了，他欣賞著浸在水裡的身體：厚實的胸肌與排列整齊的腹肌，他把腿抬出水面，緊繃起足尖，大腿上的腱子肉堅實地隆起，他一直很欣賞自己的身體，雖然比朝陽和東林矮了點，但勻稱健碩。他渴望它被女人喜歡，也幻想能把它獻給自己喜歡的女人。

他想起了熱擁中的王玲，想起了她柔軟的叉唇和銷魂的舌尖，想起兩人緊緊相抵時從身體深處迸發出的顫抖。隨之，大腿的盡頭開始騷動，騷動直接傳導他去撫摸自己的性器，此刻的它早已高高地挺起，血紅的頭部恰好翹出水面，從根部傳來的律動，帶著它在水上劃出了一個一個漪瀾，所有的血脈隨它一起瘋狂起來，他迷戀這種瘋狂，那是一種從宇宙無盡的深處傳來的旋律，這旋律令他飄飄欲醉，並把他送入另一個世界，一個只有自我，只有性愛，拋棄了一切世俗的空靈之地。如果世人斥責這是墮落，他甘願墮落其中而不願自拔，全身心去等待最後的噴發到來。

爬出浴缸後，在鏡子前又欣賞了一會健壯的身體，穿好衣服，下了樓，去到院子裡，全家都在這乘涼。

小燕和北京來的小客人婷婷正躺在竹床上聊天，看見海生走來，急忙叫住他：「冰箱裡給你留個半個西瓜，很甜的，趕快去吃。」他聽了，一陣快意掠過心頭，它提醒自己，任何時候，這個聲音都是最親切的。

他正欲轉身回屋，躺在涼椅上聽收音機的老爸叫住了他：「聽說你當了班長，你這個這班長，別人聽你的嗎？」

「還好吧。」海生機械地答道。這次回家，有一點可以讓他放心，老爸老媽沒提起他和王玲的事。

「你現在是黨員了，要和戰士們搞好團結。你們這些幹部子弟啊。總是喜歡小看人。」海生沒想到老爸也會說電影裡的臺詞，不禁咧嘴一笑，也算對在一旁發生驚詫一叫的小燕的回答。

「哇！你入黨了。」

「對呀，五・一節時入的黨。」海生本想說「混入」的，猛想起老爸在，就改了口。

劉延平邊搖著扇子邊說：「小燕也不錯啊，已經是學校裡的紅衛兵團長了。」

和小燕擠在一起的婷婷，誇張地抬起妙目，盯著她說：「我好高興噢，和團長睡一張床。」婷婷是方妍的妹妹，乘暑假來南京玩的。圓圓的臉，配上微胖的身體，說話帶著懶洋洋的腔調，一舉一動讓人想起一種喜歡吃竹子的國寶。

小燕朝她一笑，顧不上接她的話，因為她想起一件重要的事要對海生說：「對了，我們明天去中山陵玩，你去不去？」

凡小燕說的事，海生沒有不答應的，更何況去玩，毫不猶豫地說：「去！」接著，他又轉身問老爸老媽去不去。

他之所以這樣問，是因為一直以來，去中山陵是全家的保留節目，家裡的相冊上僅有的幾張全家照，幾乎都是中山陵拍的。那些年，每到夏天最熱的日子，只要老爸在家，常會讓司機開車載著全家人和納涼必備的西瓜，到中山陵前面的音樂台或陵園飯店，邊吃西瓜邊納涼。在海生的記憶裡，這是全家人最開心，最放鬆的一刻。

「我們都要上班，你們自己去。」老爸說完又加了一句：「叫小何帶你們去。」

八月一日是軍人的節日，老媽在省級機關上班，和八月一日沾不上邊，老爸自從去了上海的鋼鐵基地上班，也按地方的工作時間作息，全家一塊重溫舊夢是不可能了。但是三個年輕人還是歡喜得很，因為不需要擠公車了。小燕一戳身旁的婷婷，說道：「這下我們沾你的光了。」

「那好啊，以後我每年都來，每次都讓你們沾光。」婷婷慢悠悠地還沒說完，海生和小燕早笑開了。她讓海生想起了方妍，姐妹兩個，一個安靜，一個貧嘴，一個文雅識趣，一個伶牙俐齒，差異真不是一點點。

（十二）

第二天早上，為了避開三伏天的酷熱，七點半，三人就下了樓，司機小何早已起動了車子，打開空調等著他們。這是輛今年剛推出的上海牌驕車，式樣新穎，是 1949 年以來，第二款國產轎車。第一款是紅旗牌轎車，中央委員以上的才有資格坐，所以這款上海牌一出來，坐不上紅旗牌的各級領導可謂趨之若鶩。只是車廠一個月才生產二三十部，根本無法滿足。

海生坐進車，首先拍了小何一個馬屁：「你這輛車全南京城不會超過十輛吧？」

小何和海生同年，能開車陪幾個年齡相仿的高幹子女郊遊，心裡自然很得意，邊開邊介紹：「這輛車是馬天水特批的，我去上海開回來的。你們不知道，工廠門口都是全國各地來提車的人，新車剛落地，立刻就被人提走了，連入庫的時間都沒有，我開著它出來時，門口等車的人羨慕死了。」

小燕不僅享用過新車，還偷偷地駕駛過，這會得意地問海生：「怎麼樣，比北京吉普舒服的多了吧？」

婷婷在一旁搶過去說：「那還用說，這是轎車，那是吉普車，是打仗鑽山溝用的。」

出了大院，車子開始加速，沒有抖動，果然非常舒服，最爽的是有空調，車裡車外，簡直冰火兩重天。

「小何，我們從許世友小道去，從中山門回來，怎麼樣？」海生提議。

「好，那正好從我們學校走。」小燕拍手贊同。

沿寬敞的北京東路向東駛，很快到了小燕的學校，它是南京最有名氣中學，光是占地面積，就比一般中學大了幾倍，遠遠地就能看到它的圍牆。聽著小燕的介紹，婷婷煞有介事地說：「在這麼大的學校當團長，一定很神氣吧？」

「對呀，人家服你管嗎？」海生也好奇地問。他有些不相信從前有一直跟在自己身後的小燕，能鎮得住上千個少男少女。

「我也不知道他們服不服，反正沒人跟我吵架。」小燕悠悠地說。

這話海生相信，等到有人要找小燕吵架時，他一定是與所有的人都吵過了。

車過太平門，沿高大的城牆向右一拐，就上了神秘的許世友小道，這條小道隱藏在連綿的鬆樹中，從前是一條碎石路，自從許世友入住中山陵 8 號後，就鋪上了柏油路面。他每天沿這條路進城，只要一過太平門，就是軍區司令部後門，又快又安全。由於越南戰場上出了條著名的胡志明小道，南京人就把這條路戲稱為許世友小道。海生津津有味地向身後兩位女生解釋。

「三哥，看不出你還知道的不少呢。」見海生得意的樣子，婷婷故作驚訝地說。

「你不知道，他曾經跟許老頭在大別山待過一陣，後來經常去許老頭的家中山陵 8 號玩，所以對這裡忒熟。」小燕不無驕傲地說。

一會兒功夫，車到了明孝陵，這個要過飯的皇帝的陵宮，大門永遠都是緊閉的，好像生怕人要找他算帳似的。* 再往前，就能看到藏在灰色院牆中的 8 號了。小何減緩車速，對婷婷說：「這就是 8 號。」

婷婷把鼻子抵在車窗上說：「看上去很一般，不就是個藏在林子裡的房子嗎。」

的確，許公館看上去很一般，比起不遠處宮殿一般的「美齡宮」，它就像個文人的書宅。此刻，它肯定不知道有個熟人正凝視著它。那普通的不能再普通的門，和門前的草木都與從前一樣。海生突然問小何：「老爸最近還來 8 號嗎？」

「自從去了鋼鐵基地，就再沒來過。」

早在去年冬天從上海回寧，海生就聽到風言風語，說老爸因挖煤的事，替許老頭背了黑鍋，卸職後閑賦在家。海生沒問過老爸，但從他陪老爸回河北看奶奶一事中，基本可以證實所傳不虛。

也就在這個時候，正逢上海的馬天水需要有個合適的人主持中央特批的南京鋼鐵基地工作，他的老戰友，熟悉上海，江蘇兩地及軍隊的梁袤書自然是最佳人選，他出面向南京軍區黨委借走了梁袤書。

這個上海鋼鐵基地，是此時上海最大的鋼鐵企業，前期的基礎建設，工程浩大，梁袤書去了如魚得水，一門心思去做他的鋼鐵將軍去了。

海生不知老爸怎麼想的，反正他是不會像從前那樣滿懷熱情來敲這個門了。首先，這個城市的人民開始厭惡他，而他把挖煤失敗的責任推給自己老爸，足以讓年輕的海生看不起他。

很快，中山陵到了，「天下為公」赫然就在眼前，早晨的涼風在碑樓前打著旋迎接他們。四個人興衝衝地踏上了登頂的臺階。一路上最忙的就是小燕，她最近玩照相機玩上了癮，碰上今天這麼個好日子，怎麼也要炫弄一下手上的鏡頭。她和婷婷一看到別致的景色，就叫道：「海生過來幫我們拍一張，從這個角度拍，要把那棵樹拍進來，記得多留一些白……」。弄得海生不停地上竄下跳，400多級如階，至少多走了一倍。一點看不出他剛被失戀打蒙，一夜未眠的樣子。

海生從小到大都不會向別人展示自己的軟弱，這決不是因為他堅強，而是他從不把悲傷煩惱之事當作痛苦之事。他是那種天塌下來都不在乎，反倒會興高采烈去看天塌的人。這樣的性格，硬是夠硬，怕只怕常常硬過了頭。

「玩中山陵，必去靈谷寺，」從中山陵下來，海生極力向婷婷推薦，「在靈谷寺，你肯定找到中山陵所沒有的味道。」

然而，當車過水榭時，他卻突然叫小何把車停下，不顧別人地說：「我在水榭等你們，回來時按喇叭叫我。」說完，逕自跳下車走了。

下了路基，一湖綠水鋪滿了眼底，湖的那一邊，山林之下，水面之上，一座翠白相間的亭榭依水而立，兩側垂柳相擁，像綠牆，更似羅杉，遠遠望去，如同一幅將天下的美集於一身的圖畫，令人歎由心生。

剛才在車上，海生一見到兀立在靜靜地山林中的它，就被它迷住了，所以不顧一切地跳下來，非近距離見它一面不可。從昨夜到今晨，先是亢奮，後是失望，最後是茫然中徹夜不眠，儘管剛才在中山陵玩得夠瘋，但心始終是被囚禁的，直到見了名不見經傳的水榭，囚禁的心一下就被它帶走了。它的離世的美，仿佛抽走了他的靈魂。

沿著湖邊彎彎的小路徐行，雙腿完全是不由自主地向前，因為心早已醉了，迷失在人間仙境裡。這裡，水草淒淒，微波漣漪，人聲遠循，天地空靈，而那悠然兀立的水榭，正像他夢裡的天國。自從15歲那年，他迫不及待地穿上軍裝，著急去見識外面的世界以來，失望就成了他所見一切的回答。他心裡藏著無盡的愛，卻無法去愛這個世界，他想把愛傾注給自己所愛的人，卻沒有世俗的本領讓她們轉身。

走出湖堤，面前出現一大片整齊的草坪，一直延伸到水榭的大理石臺階下，他悄悄地在青草上坐下，夏日燦爛的陽光，正靜靜地散落在翠盈盈的琉璃瓦上，微風蕩開細細的柳條，像是有生命穿過柳蔭，進入了水榭裡。他不想冒然走進水榭，生怕自己粗俗的身體褻瀆了住在這裡的精靈。

忽然，水榭的一角有人影閃動，側目望去，臨水的欄杆已被大大小小六七個人體遮掩，看情景，那是一家老少，海生只能歎息地起身。

這些人，明明看不明白這湖水，偏偏還想去看個明白，他離去時怏怏地想到。

正好，此刻大路上響起汽車喇叭聲，海生收回了靈魂，飛快地回到車裡。

「怎麼樣，靈谷寺好玩吧？」海生抹去腦門上沁出的汗珠問婷婷。

「還不錯，幽幽的，待長了，保不准也想出家當尼姑。」婷婷語氣中突然有了方妍的惆悵。

「去你的，哪有你這麼小的尼姑。」小燕用拳頭捶著她的肩膀說。

小何抓著方向盤問海生：「現在去哪？」

海生一看錶，不不到11點，說：「回去吧，沿陵園路走中山門，到新街口的莫斯科餐廳，我請你們吃西餐。」

「好啊，我還是吃沙拉和豬排。」小燕迫不及待地說。

婷婷還沒開口，胖胖的身體已經因美食的誘惑開始扭動，最後還是以客人的矜持說：「南京的莫斯科餐廳，和北京的老莫一樣嗎？」

「名字一樣，氣派比北京的差遠了，不過，也是幹部子女聚集的地方。」去年夏天，小燕暑假上北京，婷婷就帶她去老莫吃過西餐。在北京，幹部子女沒去過「老莫」，說話都不敢喘氣。

陵園路長約五公裡，兩側高大的法國梧桐連綿不盡，梧桐之外，仍是密密麻麻的山林，它們將整條馬路包裹在綠蔭叢中，使它恍若綠海裡的生命通道，通道盡頭的世界任你想像。

「見過這條林蔭道，世界上所有的林蔭道都成了小巫見大巫。」海生得意地對婷婷說。見她又伸舌頭又咂嘴，海生更樂得賣弄：「這些樹全是孫中山大葬時種的，從中山陵一直到下關火車站，你猜猜一共種了多少法國梧桐？」

「不知道。」婷婷一猜謎就會頭痛，轉頭去問小燕，小燕也搖頭。

「一共一萬八千棵。」

新街口是南京的地標，其中最熱鬧的地方是中央商場，莫斯科餐廳就在它旁邊。海生叫小何先把車開回去，自己帶了兩個小饞嘴進了店。

店堂的樓下是賣冷飲的地方，大熱天裡熙熙攘攘地擠滿了人。樓上是吃西餐的地方，因為來得早，空空的沒坐幾個人，三人興高采烈地找了個臨窗的桌子。

剛坐下，小燕便急吼吼地說：「熱死了，我要先來一份赤豆刨冰。」從空調車裡換到熱烘烘的店堂，巨大的反差，任誰也吃不消，還沒坐穩的海生聽了，邊起身邊看著婷婷。

「別看我呀，一人一份，越快越好！」

海生屁顛顛地下了樓，站進排隊的人群裡，買了兩大杯刨冰，一瓶冰鎮麥精露（一種發酵後的飲料），緊趕著給樓上的女孩子們送過去。剛走上樓梯發現有些不妙，他老遠就能聽到婷婷那字正腔圓的北京話，這會全沒了那懶散的味兒，音頻高的讓人想起紅衛兵造反那陣子大辯論的嗓音。

「你算哪根蔥啊，在這裡吆三喝四的，瞧你那德性，瘦得混身

上下刮不下二兩肉來，還想和我們交朋友，你要不是得了白內障就是兩眼給石灰抹上了。你告你，有多遠你給我滾多遠。」

「就是，有多遠死多遠！」這後一句是小燕的聲音。北京話叫人「滾遠一點」，南京話則叫人「死遠一點」。

上了樓來，海生看到婷婷正叉著腰，秀目怒視對面三個男青年，只是對面那三個既沒有「滾」的意思，更沒有「死」的念頭。三個人都穿著軍裝，又都沒有領章帽徽，看來是幾個「軍痞」。其中一個壯一點的站到那個瘦前面說：「小妞，別以為你能說幾句北京話就了不起了，我告訴你，和你交朋友是抬舉你們。」

那個剛剛被婷婷嗆得灰溜溜的瘦子緩過了神，厚皮賴臉地說：「就是，交個朋友嘛，何必發那麼大的火。」

「臭不要臉的，你也不撒泡尿照照自己，誰和你這病癆交朋友。」婷婷語速極快地呵斥著，反映慢一點的，還沒聽明白，她已經罵完了，正喘著氣休息呢。

幾個軍痞聽了這話，自然下不了臺，其中一個歲數小一點的，一挺胸站到婷婷面前說：「小丫頭，你休要敬酒不吃，吃罰酒。」

海生聽到這，心裡的火豈止冒了三丈，數尺之外，沉聲喝道：「是誰說吃罰酒的！」

小燕一看救兵到了，鐵青著臉說：「就是他們，我們坐在這等你，他們上來搭訕，要和我們拼桌。我們說有人了，他們不聽，那邊有那麼多空位不去，偏要坐這，還說要和我們交朋友，真不要臉！」

海生把手裡的東西重重往桌上一放，再把那瓶 750 毫升麥精露攥在手裡，指著對方說：「你們是哪個大院的，跑到這裡來耍流氓，有膽量的把名字報出來。」海生每逢打架，腦子就轉得特快。面對以一抵三局面，毫無勝算，再說，自己現在是軍人，又是黨員，打架鬥毆不到萬不得已還是不走這一步為好，所以先開口問對方是哪個大院的。因為上這兒來的多數是軍隊幹部子女，聽了他這麼一問，對面三人，包括樓上坐在的其他桌子上的就知道他也是大院子弟，即使這三個真是社會上的小痞子，動起手來，四周坐著的大院子弟絕不會袖手旁觀。

「你管我們哪個大院的。」瘦子看見海生拿著酒瓶衝著自己指指點點，心裡發怵，嘴上卻不甘示弱。

遠處的桌子上，有人接過了話：「胡平家的二公子，別躲呀。」話音一落，笑聲四起。那瘦子紅著臉往後退了半步，海生仔細打量他，依稀想起了這張臉，他叫胡小平，老爸是軍區政委胡平，在今日之省城，是一人之下，他人之上的人物。胡小平當年在衛崗小學時，和滬生一個班，外號叫「二癩子」，好逞嘴皮，惡跡斑斑，還忒喜歡耍賴，打架又特別菜，是個欺軟怕硬的貨色。記得有一次吃晚飯時，他把從身上搓下來的老垢趁人不備丟進一個下午剛罵過他的同學的碗裡，結果被發現了，遭對方揪住就是一頓拳腳，打得他倒在地上鬼哭狼嚎，全食堂都聽的見他的哭聲，直到把食堂管理員哭了出來，才躲過了後面的拳腳。

胡小平此時也認出了海生，假惺惺地問：「你是梁滬生的弟弟？」

「是又怎樣？」海生鄙視地反問。

「我和你哥哥是同學，大家都是衛崗小學的，誤會，誤會。」他見海生不給面子，怏怏地對其餘二人說：「走吧，我們換張桌子。」三個人灰溜溜地走了。

婷婷得勢不饒人，衝著他們的背影繼續說：「有本事別走啊，姑奶奶才不管你是哪家的……」。直到她回頭一看，小燕和海生已經坐下各自品味自己的冷飲，這才坐下來自我解嘲地說：「把我的腸子也氣斷了。」

小燕把刨冰放到她面前說：「累了吧，趕緊吃點刨冰，解解渴，別和這些人一般見識。」

接過杯子的婷婷，剛把嘴唇貼上去，聽小燕一勸，又來勁了，說道：「沒見過這麼不要臉的，真給幹部子女丟人。」

剛才還火冒三丈的海生，此刻早已被她的腔調和架式弄得樂不可支，衝她一笑，又看看四周，壓低了嗓門說：「小姑奶奶，早知道你這麼厲害，我剛才也不必生氣了。我估計整個南京城也找不到

一個吵架吵得過你的。」

「那不行，你不舉著酒瓶，我罵人多沒勁啊。」刨冰下肚後，婷婷又恢復了平日慢悠悠的腔調。

回到家，兩個女孩子丟下使用完的海生，繼續嘰嘰喳喳女孩永恆的話題去了。獨自一人的海生，又想起了王玲，他始終想不通她為什麼還不能原諒自己，以至於自己空作了一場夢。他拿出筆給她寫信，寫了一行又劃掉，沮喪地望著信紙發呆。他哪裡懂得女孩子視愛為「繭」的思維，繭是她們的領地，她們在繭內可以由著性子為所欲為，而在繭外，她們通常要做給別人看，證明自己是個不為性欲所動的好女人。如果昨晚海生夠勇敢（或夠狡猾）追上王玲，用更委婉的方法去哄她，她焉能不給他臺階下。

所以，世人總說女人愛使小性子，作繭自縛之下，性子如何能大的了。

海生沒頭沒腦地瞎愁了一陣，索然無味，提起電話打給東林，人不在，是他老媽接的，說他回知青點去了。日本老太太在電話裡誠心誠意叫他有空去玩，他聽了，心裡一暖，和她一陣客氣後，又打給了朝陽，這小子果然在家，「大過節的，在家多沒勁啊，過來吹牛。」

「這麼熱的天哪也不去，除非你請我去莫斯科餐廳吃冰飲。」朝陽不懷好意地說。

「我呸！你不早說啊，我剛從那回來。」

「和誰去的？為什麼不叫上我。」聽口氣，朝陽在那一頭一定很痛苦。

「一個北京女孩。」海生有意隱去了小燕，這點虛榮心，他還是要的。

「哥們，不簡單啊，北京女孩都泡上了，對過嘴沒有？」朝陽又開始胡謅起來。

「我今天算是領教了北京女孩的厲害，訓人就像訓孫子一樣，你知道被她教訓的是誰嗎？」海生在電話裡繪聲繪色說了一遍。

「胡小平這傢伙，從小就欠揍，要是我在場，先揍他一頓再說。」朝陽耍完嘴皮子又說：「你要是對那個婷婷沒興趣，把她介紹給我，我就喜歡辣一點的。」

「我勸你趁早省了這份心思。反正我是不會找北京女孩的，發起脾氣來，能把你活吞了。」

兩人瞎聊了一會，就把電話掛了，海生待在電話旁，半晌未動。他發現和這些昔日的夥伴共同語言越來越少了。最沒勁的是和他們談論女人。他不明白他們是裝著對女人不在乎呢，還是根本不把女人當回事，除輕蔑和詆毀，就是拿她們取笑作樂，為什麼不能認真討論女人，從心裡發出一聲讚美呢？雖然在孩童時代，他也劃過三八線，也欺負過女生，但《紅樓夢》裡一句「女人是水做的」完全顛覆了他，使他在異性身上寄託了太多的愛憐，太多的嚮往。這些愛憐和嚮往讓他無法接受對女性的詆毀與輕蔑。

不過呢，話又得說回來，當你需要有個人排遣自己的心情時，有個老朋友在耳邊叨叨，比什麼都好。

＊文革期間，明孝陵一直停止對外開放。

（十三）

三天假期結束後，當他返回連隊時，初戀變成了失戀，曾經塞滿歡樂，興奮的心，這會填滿了惆悵，迷茫。奇怪的是，它們反而讓自己的思維變得很忙碌，他喜歡腦子裡有東西在轉，既使它盛滿了痛苦，也比空空的好。

一回到軍營，面對他的就是繁忙的訓練，半個月後，海生的班以優異的成績代表團裡參加全師的班進攻大賽。除了射擊，投彈，班戰術三項基本軍事技術外，還有武裝囚渡和夜間襲擊。前三項，各參賽隊伍難分上下。武裝囚渡是在長江的叉江上舉行，每人背二十多斤的槍支彈藥，橫渡 1000 多米的江面，這是一場比體力與耐力的比賽，海生在上海二連時，就是連隊的游泳小教員，有一套訓練旱鴨子的方法，所以比賽開始後，率領全班從始到終都游在最前面。這令觀摩比賽的多級指揮員驚奇不已，沒想到這個高幹子弟能

帶著全班奪得比賽中強度最高項目的第一。

梁海生全然不知道別人怎麼議論他，除了帶隊的副營長過來表揚了幾句，那一大群考官始終一臉嚴肅的樣子。

當天夜裡，熄燈號吹過不久，就響起了緊急集合哨。集合完畢，每個參賽的班由一個考官帶著，穿大路，走田埂，跑出去 20 多里地，然後各班自己返回集合地，先到者為勝。海生從頭到尾都沒看隨身的指南針，絲毫不差地把全班第一個帶回了營房。讀書人有過目不忘的本事，這小子有過路不忘的歪才，一般人走過一個地方只會在腦子裡留下一條路，而他留在腦子裡的是一張圖，方位，距離，地形，景象全部攝入腦中，大到一幢建築的特徵，小到路邊一塊石頭的形狀，都能絲毫不差地印在那張地圖上。如果這個世界上真有天生的軍人，梁海生還真是其中一個。

全部賽程結束，誰也沒想到一個 18 歲的高幹子弟帶著一個班拿了全師第一。副師長發獎時對海生說：「好你個梁老三，給你爸爭氣了。」隨後，他又對身後一眾軍官說：「這麼好的苗子，立刻調到師教導隊來當教練。」

於是，海生糊裡糊塗就被借調到師教導隊當上了臨時教員。

臨行前的晚上，戴國良和海生一人一條長凳，躺在星空下做徹夜長聊。

「臨時教員離提幹只有一步這遙，就等辦手續了。」國良首先恭喜他。

「我才不想當什麼教員呢，我現在只想去上大學。」海生一邊往胳膊腿上抹防蚊油一邊說。

「有人適合讀書，有人適合習武，你天生就是帶兵打仗的人。」

「拜託了，這個兵有什麼好當的，人都當傻了。」海生自然知道他是在寬慰自己，並沒有認真去聽，兩眼正緊盯著頭頂的銀河裡，那裡正有一顆流星正飛快地劃過，國良似乎也在注視著它，待它消失後才說：「你不想當，只怕你父親不同意。」做為一個旁觀者，他太清楚海生今後的路了。

海生偏偏最不喜歡自己的命運掌握在別人手裡，開口就說：「誰稀罕啊。」

「聽說過皇親國戚嗎？」國良被他一本正經地賭氣逗樂了，笑著說：「你們現在就是皇親國戚，就是中華人民共和國的貴族，你們的路都是安排好的，你只要按著這條路走下去就行了。」

海生還是第一次聽說中華人民共和國貴族這個詞，很是新鮮地坐起來問：「就我這樣，也能算貴族？」

貴族這個詞，在 1949 年之後就成了反動名詞，但是，到了後文革時期，許多反動的詞語在年輕人心中成了時尚的東西，比如貴族，在海生的心裡可是個值得尊重的詞。

「這個嘛，也算也不算。」國良又開始按自己的思維方式說話：「按地位，你們這樣的家庭自然是貴族了，按照老的說法，一個真正的貴族要經三代人才能產生。」

「為什麼要三代？」

「你看啊，第一代是打江山的，他們把江山打下了，給後代創造了富裕的家業，但是這代人是從底層站出來的，沒什麼文化修養，故而他的後代要想成為真正的貴族，還缺少從小的修為和開拓視野。」

國良與海生對高幹子弟的議論不計其數，兩人的看法又頗為接近，所以也不忌諱在海生面前奚落那些自恃的「八旗子弟（70 年代，中國的普通百姓稱高幹子女為八旗子弟）」。而海生聽了，大有茅塞頓開之感，高興地恨不得去擁抱一下老夫子，一陣手舞足蹈後衝著他說：「老夫子，你太偉大了！」國良被他當面一贊，反而有些不好意思了。上海灘鮮有這樣直接誇獎人的，通常的讚揚方式是同意，比如：對咯，我有一個朋友貴族氣質老好個伊拉爺爺曾經是資本家。如此誇獎既不顯得大驚小怪，也不失身價。

為了對海生的狂喜表示回應，國良一起身從長條凳下拿出一隻蓋得嚴嚴實實的大茶缸，又把海生的杯中水倒掉，將茶缸內之物倒了一半給他，最後還要仔細看看，確定正好一人一半，方才遞給海生說：「來，喝一口。」

海生接過杯子一聞，乃大喜：「哈哈，又是封缸酒，我喜歡。」

說罷，兩人一碰杯。

一口酒下肚後，戴夫子想起另一件事，說道：「我給你做的印章，已經叫家裡把雞血石料寄過來，我刻好了給你送去。」

自從戴國良在部隊裡小有名氣之後，凡是能和他套近乎的，上至營、連領導，下至班長、黨員，都來問他討個印章，唯有海生沒開過口，不是他不想要，而是隱約感到不該摻合進去。雖然國良只比自己大了兩歲，他卻把他當師長對待，湊這個熱鬧，似乎給他填了麻煩。反倒是前不久，國良主動問他為什麼別人都找他刻章，偏偏你不要。他聽了海生解釋後，心裡一暖，說道：「別人可以不給他們刻，你，我是一定要送一個，我用珍藏的雞血石為你刻一枚。」

這會聽國良重提，海生好生感謝，同時不忘告訴他：「你要的《紅樓夢詩抄》，我叫我妹妹直接寄給你。你知道吧，我把你抄給我的你自己做的幾首古詩詞拿給她看，她再給同學看，都說你的字和字帖一樣。」

戴夫子聽了嘿嘿一笑，看上去他對女孩子們的讚賞挺受用的，拿起茶缸，悠悠地呷了一口說：「我想起文革初期寫大字報的一件趣事。聽說過啟功嗎？」

「聽過，字寫得很好。」

「對，尤其他的行書，堪稱當今天下第一。文革初期，他被打成牛鬼蛇神，被強制去打掃校園。學校裡的造反派要找人抄大字報，便把他叫來說：你不是會寫字嗎，把大字報抄好了貼出去。寫字總比掃地好，啟功便負責抄大字報。結果，白天貼出去的大字報，到了晚上就被人撕了，造反派以為有人破壞，趕緊去查，一查才發現撕大字報的什麼人都有，甚至還有幾個造反派的頭頭，大家把撕下的大字報都當作墨寶藏起來了。」

海生聽到這兒，兩隻大眼睛在夜色下閃著光，他太羨慕那些造反派了，追著問：「真的還是假的？」

「應該是真的，是我在幹校時，聽那些老傢伙們說的。」

海生拿起杯子就是一大口，待酒氣竄出喉嚨，又問：「啟功是人先出名還是字先出名？」

海生這樣問，全拜跟戴子夫認識半年，耳聞目濡所致。戴子夫曾私下裡對他大膽地說過魯迅，包括偉大的領袖在內，他們的字是沾了他們名氣的光，才被叫好。不過他倆的字，是絕對可以登大雅之堂的。這是海生第一次聽到有人如此堂堂正正的評論兩位偉人，就像是在他的眼前多開了一扇窗，世界一下子就變得真實了。

「他是字先出了名，人才出名，算是字出名在先。」

這邊戴夫子說的搖頭晃腦，那邊海生卻沒了聲音，沈靜了一會，海生突然發問：「你說，為什麼性愛在我們這裡叫做生理需求呢？」

自忖上知天文地理，下懂雞毛蒜皮的戴夫子沒料到他會有此一問，定神看去，此刻的海生正平靜的仰望星空，一個6億人被禁言的話題剛剛從這張平靜的臉上說出來。

「因為這是一個被故意隱藏卻又不得不說的話題，所以找了一個貌似專業又不太敏感的專用詞。」

見國良說的如此認真，海生似乎找回了勇氣，他起身衝著他說：「你這屬於半官方解釋。生理需要，多別扭的代名詞！

把性愛說成豬狗都有的繁殖本能，是不是太過分了，那些翻譯的西方名著和三四十年代中國文人都是用性愛的。」

「呵呵，知道上海人為什麼不喜歡北京人嗎？因為北京不喜歡鴛鴦蝴蝶派的情調。」

「你說的是張恨水之類？」

「對的，你讀過？」

「你別小看人！」

是夜，他倆一直聊到遠處的公雞打鳴，才鑽回各自的蚊帳裡睡覺。

此後，海生常常會想起國良關於「非三代不能產生一個貴族」的精僻見解，他骨子裡本就是一直崇拜西方文學的高貴氣味，喜歡莎士比亞，大仲馬，普希金，歌德，羅曼·羅蘭那些貴族化名家，如今，國良一下子把他的崇拜給貫通了。他自忖：自己的爺爺是地主，到自己正好是第三代，正好符合一個貴族要三代才能產生的條件，能不能成為貴族，就看自己了。

師教導隊，在師部的營區內，營區緊挨著一個鄉鎮，有南北和東西兩條大道在這裡匯合，於是，嘈雜與熱鬧也在這裡交集。教員宿舍在西南角上，兩人一間，沒有嚴格的起居規定，晚上可以在燈下讀書至深夜，太符合海生習慣了。教員宿舍前有條小馬路，隔著馬路不遠，是師部的家屬區，孩子的嬉鬧，女人的進出，間夾著大人小孩的吆喝，不時進入眼簾耳畔，也常常會把海生帶回自己的童年時光。

到教導隊，他又給王玲寫了封信。他始終不敢相信那個曾經和他深情相擁的戀人，說分手就分手了，她是如何能放下那段珍貴的情呢？而他現在是多麼需要她的隻字片言來救贖。他已經無法揮去她柔軟的身體姿意地倒在自己懷裡時產生的美妙感覺，還有兩人緊緊相擁時，性欲膨脹的瘋狂。每當他想起那些纏綿的時光，性的源頭就會傳來不可抗拒的欲動，那隱藏在羞澀之下的欲動，令他亢奮和浮想，他是如此墮落地幻想著女人赤裸的身體，尤其是藏在粉潤的大腿內神秘誘人的性器。他曾經窺視過麗娜和顧紅的裸體，但根本無法見識她們的性器，就在不久前，他還興奮地肯定，王玲會是他揭開最後秘密的天使，然而，她撥動了他的情弦後，便莫名其妙消失了。面對氾濫的情欲，他無法收拾，只能像個偽君子，把所有荒唐的念頭藏在五星帽徽之下。

和連隊一板一眼的緊張生活比起來，教導隊的生活是鬆散的，尤其是這段沒有學員的日子裡，衣服上沒有汗漬，鞋子上見不到泥土，沒人早晚管著你，也用不去管別人，成天開會學習討論國家大事。在這種日復一日，年復一年的學習模式下，每個人都練成了一套耍嘴皮的功夫。三年前，他還是「新兵蛋子」時，見到「大學校」人人口若懸河，心裡佩服的要死，但是三年後的今天，只剩下不屑和可憐。在私人時間裡，海生就縮在房間裡看書練字，尤其是他看得那些書都是見不得人的，因此，甚少見他拋頭露面。有時看書累了，就到小鎮上溜達一圈，高興時打打牙祭，小日子倒也輕鬆，只是久了，也無聊得很。

（十四）

沒多久，國慶日到了，他照例請了假回家。這趟回家，多少有些洋洋得意，因為政委已經暗示，他被列入了下一批提幹名單裡。他才 19 歲，這個年頭，19 歲能當上軍官的人少之又少。軍官和地方那些造反升官的工人、農民不同，那些人既使當上革命委員會主任，其身份還是工人，農民，要想進入國家幹部編制，還得等待，而軍隊幹部，則是響噹噹的國家幹部編制。

儘管此時的海生早已窺破幹部誰都能當的內裡乾坤，但是年輕軍官在這個社會裡受寵的熱度，還是令他有些志得意滿。

過節還是老一套，打打牙祭解解饞，會會朋友，享受一下小院香徑裡與世不同的滋味。就在假期的最後一天，吃罷午飯，老爸在客廳裡一邊削著肥碩的碭山梨，一邊不緊不慢地說：「今晚許世友請客，全家人都去。」

這突如其來的消息，無疑讓在場的另外三個人：老媽、小燕、海生都驚奇不已。小燕對傳說中的「中山陵 8 號」早已聽的耳朵裡起了繭，興奮地說：「我總算可以見到他的廬山真面了。」而劉延平則另有一番想法，她問梁袤書：「哎，今晚是很多人都去，還是就我們一家？」

「跟你講了，就我們一家嘛，」梁袤書很不以為然地說。

梁袤書跟了許世友十幾年，老頭子還是第一次以私人宴會形式請他和家人吃飯，如此重要的飯局，劉延平考慮的是穿什麼衣服赴宴。當年在上海居住和上學期間，她已經學會如何赴各種宴會了。那時，梁袤書負責接待蘇聯專家，她常常跟著出席宴會、舞會，怎麼打扮自然是出門前第一大事，到了文革後，穿衣服直接和革命立場堅定不堅定掛鉤，她只能穿灰、藍兩種顏色的衣服。今晚這麼重要的宴請，自然要斟酌一下著裝打扮。

曾經是 8 號常客的海生，當然和她們一樣高興，雖然如今的「8 號」在他心裡的地位已經難比往昔。但是，它依然有一個位置，因為穿過它，是那些清晰而又親切的大別山歲月。

黃昏時分，一家人到了中山陵 8 號，車進大門，駛及樓前，李秘書已經在臺階上迎候。他先和梁袞書寒暄了幾句，又和劉延平相互介紹了一番，然後衝著小燕說了些讚美的話，最後才轉向等得幾乎要洩氣的海生。

「小三子，長大成人了，還真像個軍人呢。」

海生畢恭畢敬地向他行了個標準的軍禮，出自肺腑地說了聲：「李叔叔好！」從對方和藹可親的臉上，他找到了藏在心中已久的溫情。

之後，李秘書一邊把他們往裡面引，一邊對梁袞書說：「梁副司令，你先上樓，首長正等著你喝酒呢。」

劉延平聽了，在後面悄悄地對海生和小燕說：「完了，你爸爸今晚又要被灌醉了。」

進了一樓大廳，梁袞書獨自上樓拜見許老頭，剩下他們三個在客廳裡等候。劉延平今天穿了件燙得平平整整，米色無領的短袖府綢襯衣，配上才修剪過的短髮，往那一坐，自有一番優雅的味兒，海生禁不住誇道：「老媽，你變得年輕多了。」劉延平怪嗔地說：「行了，老都老了，還能變回去嗎？」

海生耐著性子陪著老媽和小燕坐了一會，心裡急著想見大郭叔叔，便熟門熟路自行走出大廳。大廳在東面，勤雜人員生活區在西邊，他從東廊穿到西廊，正好和郭叔叔碰了個正著，海生衝著他喊了聲郭叔叔好，又行了個軍禮。郭克明本是要去大廳裡看他，見他自己來了，便高高興興地將他領進了自己的房間。

海生一坐下就迫不及待地告訴他：「去年你陪老頭子去好八連，我當時就在歡迎隊伍裡。」

「是嗎，那你為什麼不來找我們？」

「哪敢啊，你在執行任務。沒有西哈努克，也許我會的。」

提到西哈努克，郭克明也不由地笑了。笑完了又說：「聽說你現在是投彈冠軍了，能投多遠啊？」

「還可以吧，六、七十米。」海生沒想到他有這一問，靦腆地說。

「行啊，比我投得還遠。到了戰場上，你的手榴彈比機關槍還管用呢。還記得當年在大別山嗎，你和老二為了兩個月餅打架的事嗎，你手裡拿了塊磚要和他拼命。」

「當然記得。」

「哈哈，再用磚頭時可要事先想一想，弄不好，真把別人腦袋砸開花。」看著海生扭捏的樣子，郭克明不禁開懷大笑。

海生咧著嘴陪他笑了會說：「我想去警衛排看看。」

「行啊。不過我告訴你，當年排裡的人都不在了。」

警衛排的宿舍還是當年那幢不起眼的平房，裡面的人果真一個也不認識了。郭幹事對著圍攏過來的警衛們說：「來，介紹一下，這可是我們警衛排的老兵了。當年在大別山，他才 13 歲，就參加保衛許司令的行動了。」

警衛排這一茬兵全是上一茬帶出來的，上一茬兵最自豪的故事就是當年如何隨老頭子上大別山，差點和造反派兵戎相見。滿屋子人一聽眼前這個同齡人也是大別山的人物之一，圍著他問了一堆問題。有的問當年不准老頭子回棋的是不是你，有的猜當年吃蒸蛋脹得爬不起來的就是你吧。反正海生那點醜事這些人全知道，估計那些老兵的嘴都沒閑著。

海生走到當年和郭克明擠在一起睡覺的床鋪邊，床還是那張床，只是感覺小了許多，他不加思索地說：「郭叔叔，這麼小的床，當年我們倆怎麼睡得下呀？」

「你那時還沒槍高呢，睡下去往牆角一縮，動都不動，比貓還乖呢。」

海生被他一說，開心地撓了撓頭，又想起了一件事，指著一扇朝著院子的窗戶說：「那年我就是躲在那扇窗下看見林彪的。」

郭幹事一聽，趕緊打斷他說：「我們走吧，他們一定在等著你吃飯呢。」

出了警衛排，郭克明笑著責怪他：「你真是沒腦子，怎麼能在這些戰士面前提林彪的事，記住，這種事絕對不能亂說。」

林彪雖然早已死了，但軍隊高層的清查還沒結束，在錯綜複雜的高層矛盾裡。拿林彪說事的大有人在。海生安能不懂，剛才只是一高興說漏了嘴，他腆著臉，衝著郭叔叔一伸舌頭，算是認錯了。

兩人回到客廳，透過半掩的門，看到老媽正和一個阿姨在說話，郭克明說：「那是田阿姨，快去問聲好。」

海生按吩咐走了進去，見田阿姨抬頭望來，急忙身子挺直了說：「田阿姨好。」

劉延平忙向對方介紹，這是老三。

這個田阿姨正是許伯伯的夫人田普，見了海生笑著伸出手說：「你就是小三子啊，當年在大別山出了名的就是你呀。」

海生趕緊上去握住她的手說：「是我。」說完，又紅著臉退了回去。

作為晚宴的女主人，田普來見客，原本是禮節性的。沒想到劉延平一聲田部長好，倒讓她坐下和劉延平聊上了。

原來，許世友當上了江蘇省革命委員會主任後，田普就當上了省委組織部長。此時中國政界的潮流，凡政治局委員的夫人，都會安排一個職務。她這個部長，和許多夫人一樣，只是擺個樣子而已，自然是不可能認識劉延平。反之，劉延平在組織部署下的部門工作，今晚來 8 號，必定會見到頂頭上司，所以把自己精心拾綴了一番。

這時，李秘書進來說：「田部長，劉處長，快請吧，首長那邊已經喝上了。」

幾個人魚貫進入餐廳，許老頭和梁袤書已經入座。兩人之間放了兩瓶茅台酒。在他們身邊還坐著兩個海生認識的人，一個是胡高參，一個是高主任。一看他們進來，梁袤書趕緊起身說：「田部長，你來評評理，我這二兩酒的人，怎麼能喝一瓶。」

「喝酒的事我管不了。」田普淡淡地一說，招呼著劉延平等人坐下。

她說得沒錯，許世友喝酒，天下幾乎沒人能管得住。酒桌上，也休想找到說理的人。走在後面的海生和小燕分別道了聲許伯伯好，許老頭還是當年那副看人的樣子，歪著脖子瞅著他倆說：「小三子，不錯，像個兵樣。丫頭叫什麼？小燕，當兵了嗎？」

「沒有。」許老頭這句話顯然問到小燕心裡去了，她略帶抱怨的說。

許老頭轉身就對梁袤書說：「為什麼不讓她當兵，你這是舊思想，罰酒。」

這一下，兩人酒戰重開。亂哄哄中，海生趕緊去問候胡高參和高主任，待他回來坐下，卻發現小燕身旁多了個女孩子，年齡和他們相仿。他在大別山見過許伯伯的一個女兒，長得和她爸爸一樣，五大三粗，而眼前這個卻是眉清目秀，只是生就一副不願搭理人的樣子。

兩家人，再加上胡高參、高部長和李秘書，正好 10 個人一桌。頭道菜，是滿滿一大盤油炸麻雀，這是許老頭宴客必上的菜，剔淨羽毛的麻雀，油裡炸得酥酥的，又香又脆。放進嘴裡一嚼，連骨頭帶肉全進了肚裡。他的家宴，歷來是以他獵獲的戰利品為主，野雞、野兔、野鴨等，包括端上來的魚，也是老頭子用漁網從院子裡的池塘中捕撈出來的。

正當每個人專心對付盤裡的麻雀時，老頭子虎威一展說：「今晚所有的人都要喝酒。」他目光掃過小燕，用手一指又說：「除了小燕。」

海生聽了心想，那個不愛說話的女孩也得喝了。果然，李秘書一個個倒過來，連一向不沾酒的老媽面前也倒了一杯，輪到那女孩時，她主動拿起酒杯，讓李秘書斟滿。

這邊李秘書酒還沒倒完，那邊許老頭和梁袤書已經對上了。許老頭喝酒，一手拿杯子，一手抓著酒瓶，那架勢人見人怕。勉強陪他喝了幾杯後，梁袤書已經不勝酒力，海生見了，趕緊去給許伯伯敬酒。許老頭一看小三子過來，把酒杯往桌上一扣說：「不喝！」李秘書連忙點撥海生：「許伯伯的規矩，敬酒的須先喝三杯。」海生也不問原委，爽爽快快地喝了三杯。老頭子一看，也不欺小，自己斟滿了一杯一口灌進肚裡。

就在這時，廚師老王出現在餐廳門口，梁袤書見了，趕緊說：「老王頭，快來陪首長喝一杯。」

老王笑咪咪地搖了搖手說：「我來看看小三子。」

海生這時早已走到老王師傅面前，一副傻乎乎地樣子，邊笑邊問候他。老頭子見他倆如此親熱，立即發話：「老王頭，和小三子乾三杯。」

老王師傅給老頭子燒了許多年飯菜，在許家的地位，就像老阿姨在梁家一樣，算得上長輩。既然老頭子發話，他也不客氣，拿起酒杯對海生說：「小三子，不行就喝一杯吧。」

這話被許老頭聽到了，隔著桌子說：「不行，他當年下棋就不許別人賴，喝酒也不能賴，說好了三杯就三杯。」

一桌子人都被他逗樂了，六年前下棋的事，沒想到他記著呢。海生更是哭笑不得，因為這三杯的數量，根本就是老頭子信口說的，誰也沒同意，怎麼就說好了呢。其實，海生還得感謝老頭子，如果他說八杯、十杯，還不照樣得喝。

從許老頭喝到王老頭，後面又有胡高參、高主任、李秘書，海生一口氣喝了十來杯酒，饒是他年輕力壯，也已經兩頰微紅。

這時，一旁的劉延平瞅著機會拿起只有半杯酒的杯子，起身說：「許司令，我敬你一杯。」

從打鬼子到現在，參加革命30年，劉延平從不喝酒。即使逢年過節，也只是用嘴唇沾一下。她感覺那東西和毒藥差不離。今天在許老頭這兒，親眼見識了他喝酒的凶相，生怕兒子喝醉了，才拼了命去敬他一杯。

「好，好。」老頭子儘管酒品不好，但對女人敬酒，則是額外大度，也不管別人杯裡有沒有酒，自己一仰脖子就是一杯。

接下來，由胡高參、高主任、李秘書輪番給老頭子和梁袤書敬酒，這一輪是和氣酒，大家都喝得和和氣氣。這時，一直坐在那不怎麼說話的女孩子，也是一手拿著酒杯，一手拿著酒瓶來到梁袤書身旁說：「梁叔叔，我敬你一杯。」說完，先把梁袤書杯裡的酒斟滿，然後自己一抬頭喝完了杯中酒。

梁袤書一邊說：「經建啊，梁叔叔今天已經喝了四兩酒了，再喝就要醉了。」一邊還是把酒喝了。

海生這才知道她就是許世友的掌上明珠，最小的女兒，許經建。

梁袤書說給經建的那句話，也是暗示其他人，尤其是老頭子，自己已經不勝酒力了。偏偏這許老頭喝酒，滿桌沒有一個人醉，就不算喝到爽。眼見那些客氣酒都喝完了，立即說：「老梁，這些年你功勞不小，這杯酒是敬你的。」說完，也不管對方和還是不喝，咕嘟一口，就把就倒了肚裡。

酒喝到這會，才正式進入主題。今個兒許老頭宴請梁袤書及他全家，還把大別山共患難的心腹部下都找來，就是要親自把梁袤書這一年來的鬱悶給抹平了。自從梁袤書去了鋼鐵基地，就幾乎在他面前消失了，這種消失令他難受。許老頭雖以行事乖張魯莽著稱，骨子裡卻自有精明之處。他自知蘇南挖煤失敗，浪費了大量人力物力，這一仗沒打好，和自己有關。原想不聲不響把各處的挖煤兵馬撤了，這事就算了結了。但是，幾萬人馬的爛攤子，豈能說撤就撤，再加上全省黨、政、軍各部門當年一律把挖煤作為頭等大事，如今煤沒挖出來，自然是怨聲載道。但是誰又敢指責堂堂的許司令呢。於是，軍區、省委的高層有人明裡暗裡把責任推到了他的洋拐杖——梁袤書頭上。那段時間，正和蘇南大大小小的山頭生悶氣的許世友，哪有心思站出來為梁袤書說話。

累死累活幹了三年挖煤總指揮的梁袤書，活生生成了替罪羊。從不與小人一般見識的梁袤書，面對那幫只會找茬，不幹實事的人，心裡自是有氣。因此他找了個眼不見為淨的地方，用工作解悶去了。而在那些官場上混得八面玲瓏的人眼裡，你梁袤書也是個子，雖然大紅大紫風光一時，到頭來官沒升上，還惹了一身臊。

再說老頭子，他向別人認錯的方式，就是把他找來喝酒。酒過三巡，一句話，天大的事就算揭過去了。梁袤書豈能不懂，所以杯中酒不敢不喝，也是一仰脖子把酒乾了。自然，這酒品在他的嘴裡，則是苦澀多餘香醇。

放下了酒杯，許老頭早已有話在等著他了，說道：「8 月 1 日建軍節，在華東飯店喝酒，別人都來了，就你沒來。」

「地方上 8 月 1 號不休息，我來不了。」梁袤書急忙申辯。

「那也不行，罰酒！」許老頭說著，另一隻手裡緊緊攥著的酒瓶，對著梁衮書的杯子就倒下去。

梁衮書料想今天是逃不過倒下這一關，心裡一橫，拿起杯子就要喝。

海生急了，也不管輩分大小，有沒有資格說話，站起來就說：「爸爸，這杯酒我代你喝。」

一旁的高主任也知道，梁襄書這杯酒下去，離倒下就不遠了。接口說道：「好啊，兒子代老子喝酒，理所應當。」

許老頭一時找不到不許代的理由，只得又耍起老花招：「代喝要喝三杯嘍。」

海生這下不乾了，拿出了當年小三子的倔勁說：「這不公平，我剛才喝過三杯了，這次我喝三杯，你也要喝三杯。」

天下敢和許老頭較勁的人，真還沒幾個，海生的話一出口，就遭來老爸的訓斥：「怎麼能對你許伯伯說這樣的話。」

許老頭卻毫不在意，他平日裡對屬下很凶，唯有酒桌上不分大小。他嘟嚕著嘴說：「三杯就三杯。」叫人找來6只杯子，一一倒滿。

海生沒料到老頭子真要和自己喝三杯，反而有些不知所措了。

原來老頭子又耍了個滑頭，他見酒都已倒好了，便說：「你梁衮書有兒子代喝，我也有。經建，來，和他乾了！」

眾人全被他的頑皮逗樂了。劉延平擔心地說：「經建呀，別喝那麼多。」

暗曉經建酒量的胡高參則起勁地說：「好啊，巾幗不讓鬚眉，他們倆有的一拼。」

經建過來二話不說，一口氣三杯酒全喝了，然後抿了抿嘴說：「該你了。」

兩人第一次語言交流，竟然像一對較勁的對手。海生傻傻地一笑，一個「好」字才說完，三杯酒利索地下了肚，再看對方索性站在她父親身後，敢情要做個代父喝酒的花木蘭。

在回家的路上，梁衮書酒氣熏天地坐在車裡，還忘不了數落海生：「你呀，今後說話可要小心些，你在連隊裡對領導是不是也這樣說話？」

劉延平這次反倒站在海生這邊，氣呼呼地說：「沒見過像許世友這樣喝酒的，今天要不是海生，還不知你醉成什麼樣子呢。」

年少輕狂，乃是真性情的流露。一個人在年少時沒有輕狂過，是很悲哀的。然而眼下的中國，又有幾個人敢在年少時輕狂呢？輕狂成了另類，它的另一個名字就是高幹子弟。海生則是另類中的另類，天性不羈的他，在讀了大量西方名著和許多人物傳記後，內心對大人物的認知，儼然與主流社會，漸行漸遠。

（十五）

假期結束回到教導大隊後，同宿舍的教員回去探親尚未歸隊，一個人清靜到了冷靜的地步。這天午休時間，他一個人伏在桌前寫教案，窗外忽然傳來大隊部通訊員的叫喊：「梁教員。」他頭都沒抬地：「嗯」了一聲，忙著把筆下一行字寫完。耳邊卻又響起另一個人的聲音：「梁教員，這個稱呼很愜意啊。」

一聽這聲音，海生的心就湧上無數的快意，他幾乎是跳著從椅子上彈起，快轉180度，果然站在門口的是戴國良。他一臉欣喜地問：「你怎麼會來的？」

「來師裡開會，順便看看你。」戴國良一邊說，一邊把小屋子打量了一番。海生的床頭上貼了用排筆寫的仿宋體《鋼鐵是怎樣煉成的》裡面那段著名格言：「人生最寶貴的東西是生命……」，桌面上整齊地放著一排書。在軍隊裡，能有一張桌子，桌子上還有一排書，那絕對是另一個世界的感覺。一排書後面的牆上還貼著半張紙，是海生用鋼筆抄寫的李清照的《聲聲慢》。

國良不禁脫口贊道：「好！真像大學裡的宿舍，只是這《聲聲慢》略有些淒涼。」

「這可是你說的，既然是大學宿舍，缺得就是你戴夫子的一幅字了。」

國良愣了一下才明白，自己被自己的話套牢了，落在海生早已預謀的圈套裡，只好答應他回去給他寫一幅寄來。

兩人坐下後，海生衝好一杯茶端給他問：「還沒告訴我來師部開什麼會，不是給你提幹吧？」

「瞎說，哪有沒入黨就提幹的。」國良接過茶杯說：「上個月，團裡參加了長江防汛行動，我們營三連有個戰士在江堤決口時，去搶救江堤上的防汛物資，來不及撤退，和幾百米江堤一同捲進江裡淹死了。師裡決定追認他為『抗洪英雄』，《人民前線報》報社和師裡、團裡聯合成立了寫作組，歌頌他的英雄事蹟，我也被臨時派到寫作組來了。」

「這個事我們這也宣傳過，沒想到動靜搞得這麼大。這下可好了，我們可以天天見面了，今晚你就別走了，這兒正好有個空床，我們又可以徹夜長談。」

海生一有機會就有許多美好的願望蹦出腦子，他一下用了幾個完成式句子表述著。然而，國良掃興地說：「今天不行，我是抽午休時間來看你的。下午報導組就要去三連蹲點，等下次回來吧。」

海生聽了，興奮頓時變成了失望。「教導大隊真沒勁，連個說話的人都沒有，找不到一個談得來的。」

「能成為朋友的人總是可遇不可求的，慢慢來，說不定就碰上了。對了，你妹妹寄來的《紅樓夢詩抄》我收到了，代我好好感謝她。」

兩人聊了一會，國良匆匆告辭走了。

送走好朋友，海生回到宿舍，趕緊打開日記本，把戴夫子那句「好朋友可遇而不可求」當作金玉良言記在日記裡，然後繼續擺弄教案。

正是秋高氣爽的季節，他把門窗都開得大大的，享受著習習秋風穿堂而過的愜意。這時，門外的室外過道上響起了窸窸窣窣的腳步聲，接著幾個小腦袋從門框外伸進來探望著。海生一見，高興地對他們招招手，幾個孩子嬉笑地溜進房裡。

他們是路對面家屬區的孩子，常常結隊跑到宿舍來，一個房門一個房門視察著，看到有人，就好奇地打量你一番，然後再去下一個門打探。這幾個孩子，大的 5、6 歲，小得 2、3 歲，時間一長，互相熟悉了。海生每次會抓一把糖，一人分一塊。三來兩去，孩子們就認定這個叔叔最好，常常會來找他。有時關著門，他們也會敲門，海生打開門，頓時一轟而散，隨即又聚攏在他面前癡癡地笑著，等著他發糖。

海生拿出糖盒，讓他們各自拿了一塊，幾個人得了獎賞，越發放肆起來，年紀稍大的一個，把頭伸到桌前，稀奇地看著玻璃抬板下的照片，指著其中一張說，天安門，天安門，其他幾個孩子聽了，紛紛圍上來尋找天安門，剩下一個年紀最小，紮著兩小辮，穿著粉色鑲邊小襯衣和大紅開襠褲的小女孩，趴著桌沿，踮起腳還看不到桌上的照片，她舉著雙手，求海生「抱抱」。海生把她抱起，讓她站在自己腿上，雙隻小胳膊支在桌上，這樣就能看到整個玻璃抬板下的照片了。

可是這樣一來，她撅起的小屁股，正好對著海生的臉，那小小的性器，因為開襠褲的緣故，毫無遮掩地袒露著，海生不經意地一瞥，竟然撩起了情欲。他下意識地避開那紅潤的器物，心卻像被魔力牽住一般，禁不住又偷偷地去窺視。突然他站起來，抱著女孩對其他孩子說：「好了，都出去吧。」

孩子們一個跟一個走出去，海生走到最後，到了門口，問抱在手上的女孩：「還要糖嗎？」

「還要。」女孩天真地攤開小手。

海生把門關上，再插上插銷，坐回椅子上給女孩拿了一塊糖。趁她慢慢剝糖紙的時間，用手撥開她那粉嫩的性器，想觀察那縫隙深處。這時，女孩感到了疼痛，邊掙扎邊叫起來，海生一慌，急忙放下她，開了門讓她出去。門外的孩子們正驚惶地愣在那，看到女孩哭著出來，趕緊帶著她跑回家屬區。

關上門，海生感到渾身所有的毛孔都在瘋狂的呼吸，所有的血管都在爆裂，五臟六腑都在不停地顫抖。他在房子裡來回走著，整個大腦空間都被那揮之不去的粉紅性器佔有著。而在大腦深處，他意識到自己闖了大禍，但是他無法控制超常的興奮。他無法把自己關在屋裡，只能走出去，走出營區，一直走到小鎮上，看著來往的

人和車，許久，心才慢慢地平靜下來。

但是，越鎮靜心裡越發冷。他感到了自己已經身懸空中，腳底是萬丈深淵。小時候把別人的頭打破後，支左那年偷了張老師的錢後，心裡都有冰冷的感覺。只是這一次，有掉入萬劫不復的冰窟裡的感覺。他沒有去譴責自己，因為譴責已經毫無意義。他甚至想笑，那種慘然而痛徹地大笑，自己的內心竟然住著個自己無法控制的魔鬼！一個從不言敗的人，被自己徹底打敗了，甚至連補救，連找回顏面的機會都沒有。

他心裡一片絕望地走回營房，路過家屬區時，那幾排紅磚灰瓦的平房在暮色裡恍如巨大的海浪壓在自己的頭頂。他硬撐著走進宿舍，掙扎著想了無數個方案來對付可能出現的局面，但都無法告訴自己該怎麼辦。窗外的日光徹底消失後，黑暗裹挾了一切。讓自己從赤裸的光明中消失不啻是個很好的選擇，它可以讓自己永遠逃避即將來臨的，顏面盡失的審判、譴責、嘲笑和憤怒。可他不會選擇自己結束自己的方式，他才 19 歲，前面還有無盡的路，而路上還有看不完的風景。

他打開燈，拿起一本書翻著，卻一個字也看不進，滿心無奈地等著什麼時候有人來找他。果然，通訊員如期出現了，在門外叫他：「梁教員，大隊長叫你到隊部去。」

該來的真的來了，他茫然地跟在通訊員身後到了大隊部。果真，隊部會議室燈火通明，下午那幾個在他那玩耍的孩子都坐在裡面，包括那個被他傷害的女孩。此刻，她正緊緊地依偎在一個軍官身旁。

他根本不敢和那軍官對視，假裝什麼也沒發生的樣子走進去，坐在另一側的大隊長也假裝什麼事都不知道的樣子說：「小梁，這裡有一份步兵訓練的教學預案，你拿去看看，然後寫一份意見和建議給我。」

「好的。」海生接過預案，迅速離開了會議室。

直覺告訴他，這些孩子是來指證的，那本不該殘存卻又不肯離去的僥倖被徹底撕碎了。他獨自在心裡慘然一笑，一種任人發落的心情油然而生。隨即，喜歡把事情往好處想的習慣，又讓他幻想自己的行為或許算不上很嚴重的錯誤，或許他們會因為他的背景放他一馬……。

想到這，他獨自在夜色裡冷冷地笑了兩聲，對自己說道：你不是不屑依靠父母的行為嗎？這種時候倒想起來讓別人放你一馬，有本事自己做的事，自己擔當。他掙扎著抬起頭，四周無數的燈光在夜空裡時隱時現。他猛然驚醒，到了明天，它們就是無數嘲笑的眼睛。而蒙羞的不僅是他，還有整個家庭。

再膽大妄為的人，都有自己的軟肋。梁海生天不怕地不怕，就怕給父母親臉上抹黑。家，是他為之驕傲的山脈和天空，因為家，他活著比別人幸福高貴，因為家，他受到別人的尊敬。他可以不在乎自己的榮譽，但絕不允許自己去傷害家庭的榮譽。如今，卻讓自己一手毀了家的榮譽。他不敢想像給家裡帶來的傷害有多大，那簡直太可怕了，他拒絕去想，卻無法拒絕冰冷的汗水從心靈的深處往外滲出。

他害怕那些燈光，急避著回到屋裡，往床上一躺，呆呆地望著天花板，腦子延續那些燈光演變成的畫面，時而是大院，時而是父親，時而是家，時而是母親，還有丁蕾、王玲、小燕、顧紅、戴國良、韓東林……，全是他不想見的物和人，每個畫面，都讓他感到被羞辱。不停地羞辱下，他抬起雙手，一左一右，自己扇自己耳光，越扇越氣，越氣扇得越重。直到兩眼被扇得直冒金花才罷手。

原來打自己的臉也不過如此。打完了，他放了一大盆水，把頭和臉都放進去，在水中憋了片刻，擦乾了，重新在桌前坐下，去看大隊長給他的教案，自然是一個字看不進去，滿腦子是大隊長那不動聲色的臉。他忽然想到，此刻大隊領導們肯定在討論他的事，對一個原來如此醜陋的自己，那幫人做何議論呢？腦子飛速地轉了一圈後，又一個欲望產生了：應該去大隊部聽聽那些人是怎麼議論他的，他太想知道別人是怎麼將他置死地而後快的。

這又是一個想到就做的念頭，但這是經過掂量的念頭，和下午心智失控的行為不一樣。他在心裡選擇好潛入和隱藏的路線和位置，換上球鞋，穿上軍裝，戴好帽子。出了門，先往與大隊部相反的方向走，然後兜了一個大圈子，從另一個方向溜到大隊部側面，確定走廊上沒人後，大模大樣走上去。他拿定主意，如果有人出現，他就說來領一些紙張，僥倖的是正好沒人，他按計劃走到了離會議室不遠處，迅速潛入房前一排冬青樹叢中，然後躡手躡腳走到離窗口最近的位置。此時，裡面依舊燈火通明，仔細一聽窗戶裡傳來的說話聲，果然在討論他的事。

正在說話的是副大隊長，他是湖北人，嗓門也挺響，聽他說道：「如果情況屬實，我建議先把事情和處理意見報告給梁副司令，然後再上報師政治部。」副政委接過來說：「我認為梁副司令現在已經不管部隊工作了，沒有必要先通知他。何況，梁海生的錯誤非常嚴重，不能因為家庭的關係，影響對他的處理。」躲在樹叢後的梁海生，聽了心裡怦怦亂跳。隨後說話的是大隊長，他說：「這件事還是先找他談了之後，根據他本人認識的態度，再確定如何處理。」一直沒吭聲的政委此時開口說：「小梁是臨時借調來的，他的編制還在原單位。我建議把事情先和原單位通個氣。至於梁副司令那一邊，我先問了師裡再說吧。另外……」政委說到這壓低了嗓門說：「這件事只限於我們黨委成員知道，不要外傳，等……。」政委的聲音越來越小，海生一看該聽的也聽到了，立即離開了樹叢，順原路溜回了宿舍。

所謂膽大的人，在關鍵的時候，總是和常人的行為相反。這一趟看似冒險，卻將前面惡劣的心情擱置了起來，心裡舒坦了許多。他沒有去想如何設法不承認，也沒去想是否先找領導坦白，一切等著明天領導來找自己談話吧。

也許很多人會說，這個呆子，事情都到了這個地步，趕緊自己去承認吧。主動坦白，深刻檢查，甚至來個痛哭流涕，好歹能在敗局中占個先機。

海生心裡何曾沒有想過這樣做，只是念頭一閃，就被他打消了。其中最讓他為難的是這事太丟人了，難以啟齒。從小到大，錯事無數，他很少主動認錯。皆因「認錯」這個過程心理壓力太大，開不了口，既然遲早有人找上門，到時候開口承認就是了。

有人把人生視為一盤棋，有人把人生當作一場戲，也有人把人生看作一場夢，看作一場夢的人又豈會把人生當作一盤棋來下。儘管在中國象棋上，梁海生能算一個好手，喜歡做夢的他卻不會把人生當作棋局來解讀。

這一夜，輾轉反側，徹夜未眠，相信換誰都睡不著。天亮後，他一直待在屋裡沒出去，直到大喇叭裡響起早飯的號聲，才不得已出了門，徑直走向飯堂。第一個迎面碰上的就是副政委，昨晚上就屬他的話在腦子裡印象最深。他儘量地表現像以前一樣，帶著微笑客氣地敬了個禮，說副政委好，對方也煞有介事地和他閒聊了幾句。他用餘光瞄過去，幾個大隊領導都在，他走到自己中隊的飯桌坐下，在座的招呼他的表情已經變了一樣，他沒有像要找個地縫鑽下去的感覺，卻想起了那句「好事不出門，壞事行千裡」的老話，心裡麻木地一笑。

一上午，風平浪靜，沒人來找他，門前靜得像突然斷了蟬鳴的秋日，讓人不適應。午休後，終於聽到他想聽到，或遲早要聽到的腳步聲，那是大隊通訊員的腳步，隨後窗外又響起他的聲音：「梁教員，政委請你去一下。」

這聲音，還是像以前那樣的稚氣，不過今天聽來，卻格外的親切。因為中午的飯堂吃飯時，所有和他打招呼的人，聲音都變了質，變質的聲音令他感覺到前所未有的孤獨。現在這個不知道發生了什麼的通訊員，依舊熱情地招呼他，無意給了他些許的安慰。

還是大隊部，還是會議室，坐在裡面的卻不是大隊領導，而是那個奚落他看了《水滸》不知道喜歡哪一個的王教導員和自己連隊的指導員。毫無防備的海生一愣，乾笑著和他們打招呼。王教導員不冷不熱地說：「小梁，你坐下。今天我代表營黨委和你談話，希望你能把自己做的事老實坦白出來。」

指導員看著漲紅了臉的梁海生，用緩和的口氣說：「這樣吧，你先把昨天發生的事從頭到尾講一下。」

梁海生扭捏了一下，紅著臉把整個事情吞吞吐吐地說了一遍，說到最後他特意強調，自己只是因為好奇，才那樣做的。為了表示

自己真的不是惡意，這個擠不出眼淚的紈絝子弟，竟然擠出了靦腆一笑。

不料王教導員見了，面孔一板，用手重重地拍了一下桌子喝道：「小梁，你糊塗！到現在你還不知道自己的錯誤有多嚴重，你這是猥褻幼女，是觸犯黨紀國法，虧你還笑得出來。換一個人，我早就把他關起來了！」

海生被他一頓喝斥，嚇得心驚肉跳，他還是第一次清楚地知道自己犯了「猥褻幼女罪」。在這之前，他以為自己做了件有辱黨員稱號、有辱革命軍人榮譽的很恥辱的事，現在一聽自己犯了罪，猶如五雷轟頂，臉色頓時煞白。

指導員一看，趁機進一步問道：「小梁，你敢保證你只是用手摸了陰部，而沒有用生殖器嗎？」海生被這一問羞得滿臉通紅，著急地說：「絕對沒有，我保證。我只是想看看女孩子那裡是什麼樣的，絕對沒有要傷害她。她一哭，我就讓她走了。」這時的海生，恨不得找個地縫鑽進去！

指導員聽他這麼說，原來吊著的心總算是放下了。梁海生的說法和醫院檢查的結果基本吻合，如果梁海生是用那活兒侵犯了女孩，事情變成強姦幼女性質，恐怕就要真像教導員所說的，把他關起來了。

王教導員這時接著說：「小梁，再和你談話之前，我已經和梁副司令通過電話了，他說，這件事一定要嚴肅處理，決不能遷就，還要我轉告你，深刻檢討自己的錯誤根源，誠懇接受組織上的批判和處理。今天，我要代表你父親好好教育你，周建國你認識的，我一樣教訓過他。你們這些幹部子弟，最大的毛病就是什麼都滿不在乎，為所欲為，這樣能不摔跟頭嗎！聽說你喜歡讀書，你的書都讀到哪裡去了，這就是你讀書的結果嗎？」教導員說到這，生氣地端起杯子，整個會議室只有他的喝水聲，海生筆直地坐在那，一動不敢動，連呼吸都是悄悄地吸進去。潤完了喉嚨，教導員繼續訓斥：「我們天天嘴上說，階級敵人是把自己的幸福建立在別人的痛苦之上，你這樣做，和他們有什麼區別，你讓人家一個小女孩，將來怎麼做人！」

教導員結尾這句話，震撼到了海生的心底。事發後，他從未想過對女孩心理上的傷害，包括對方父母的感受，直到此刻才被罵醒。他鼓起勇氣對兩位領導說：「我願意當面向女孩的父母認錯道歉，並願意接受組織上的批判教育和任何處分。」

「你先回去吧，待在宿舍裡不要出去，自己再反省反省。」教導員最後說。

回到宿舍，海生疲倦地躺下，腦子裡迷茫一片，他不知道前路在何方，只希望周圍的一切，熟悉的或不熟悉的都離他遠去，或者去找一個沒有人跡的地方自生自滅。

他起身，在桌前坐下，拿起筆紙，想認真尋找自己的犯錯根源，可寫在紙上的僅有七個字：「一失足成千古恨」，這七個字寫滿了一整張紙。他想了許多句子，如：深受資產階級思想毒害，對黨紀、軍紀、國法的漠視，幹部子弟自以為是、為所欲為的潛移默化等等。可他還是不明白，在那一刻，這些壞東西是如何驅使自己的。

生在紅色時代的海生，只能和他同輩中的很多人一樣，強迫自己認為自己是個從思想深處腐爛的流氓。或許，很多年後的中國人，看到這種思維方式，會覺得很可笑，相信那時的人們已經懂得用性心理輔導或諮詢的手段，使男孩子們在碰到梁海生當時的情景，知道如何處置性衝動。不過，後代們的命運並不在我們的故事裡。眼下，在一個禁錮和懲罰代替一切的國度裡，一心想成為一個貴族的夢想破滅的梁老三，能做的就是先給自己扣上無數頂罪人的帽子，來顯示自己的認識深刻。

這時，門外又傳來了呼喚，叫他的不再是通訊員，而是自己的指導員。他打開房門，指導員站在門口說：「小梁，把東西收拾一下，跟我回連隊去。」

海生明白，他的臨時借調生活就此結束。當初來的時候，誰都知道這個臨時借調是個向上的跳板，沒想到成了人生的滑鐵盧。他迅速打好行裝，把書和零碎的用品放進了行李包裡，臨出門，又回來把牆上自己手書的紙片撕下，揉成一團丟進了紙簍裡，然後，鼓起勇氣跟在指導員身後，走出這間成了護住臉面的最後堡壘。

屋外，秋日的斜陽刺著眼睛，而刺進心裡的是斜陽下的那片宿舍區，他如同行屍走肉般，頭也不抬離開了大隊。

三天後，一連黨支部開了個特別的支部大會。批評和幫助犯了猥褻幼女的錯誤的梁海生。當著 30 多名黨員，梁海生再次被剝個精光。每個黨小組出一名代表，從各個角度批判他的醜行，並且幫助他挖思想根源。尤其是那個曾經被他盡情挖苦過的文書，現在的四班長肖廣斌，在發言中聲色俱厲地說：「梁海生這種行為是禽獸行為，是喪心病狂的行為，極大地敗壞了我黨、我軍的榮譽，是給我們光榮的人民軍隊臉上抹黑！為了純潔革命隊伍，我們強烈要求把這樣的敗類從黨組織中清除出去！」

坐在下面的梁海生，臉上沒有任何表情。早已體無完膚的他，又豈在乎別人往他身上多潑些糞與尿。任憑別人戳也好，割也好，潑也好，都不在乎。他默默地看著滴血的心，真心希望流出來的血能挽救自己墮落的靈魂。

此後的日子很黑暗，這個昔日的公子，如今成了被別人戳脊樑的反面典型，更成了大夥的笑柄。雖然他還在一班當班長，但是一班早已另有一個班長，他只是掛個名而已。他知道，要不是家庭的關係，他很可能被扒了軍裝，中途退伍回家了。其實，他心裡早就萌生了退伍的念頭，真希望就此脫了這身軍裝，然而事與願違，沒多久，一紙調令，他又被調走了。

有些人就是怪，別人給他做主時，他受不了四平八穩的生活，總想自己做主，一旦自己做了主，總是自己碰得鼻青臉腫，結果繞了一圈，還是乖乖的由別人作主。

（十六）

海生被告知調動後，第二天就收拾好行裝，不聲不響地離開了連隊。他按吩咐到營部去辦自己的調動手續。書記沈絮早已給他辦好了一切，看見梁海生來了，沒有半點怠慢，連招呼他坐下。在他心裡，梁海生還是那個活潑可愛的幹部子弟。只是一時犯迷糊，做錯了事而已。其實，當梁海生猥褻幼女的事傳到營部時，他也和周圍的人一起痛快的譏笑過海生，誰叫他幹出了這種糗的不得了的事呢，在幹部子女獨步天下的時代，他們身上任何一件糗事都會引起發酵，中國的平民百姓歷來是用這種方式發洩的。這到底是百姓不正常，還是世道不正常，亦或是這些不正常早已變成了正常，對沈絮來說都不重要，重要的是他並不反感梁海生。譏笑過後，他依然為他可惜。

「這是你的調令和調動手續，你拿著這些就可以去新單位報到。這個是你的檔案，都封好了，交給新單位的軍務部門就行。」沈絮一樣一樣給他交待清楚，再一樣一樣地給他放進挎包裡。

海生在沈絮這裡找到了久違的溫暖，幽幽地說道：「你覺得我還有當這個兵的必要嗎？」

「你不要太悲觀，每個人都有摔跟頭的時候，你才 19 歲，我和戴國良前幾天還說起你的事，他和我的看法一樣，都覺得你的本質是好的，和那些目中無人的高幹子弟完全不一樣。這次是個意外，我們都希望你很快能走出困境。」

一直被無助包圍的海生，被他這麼一說，眼眶立即濕潤了，趕緊叉開了話題，問：「戴國良來過了？」

「他還在報導組，上個星期回來的，是到三連繼續為抗洪英雄組稿，住了一晚就回師裡去了，他還不知道你走的事呢。」

兩人正聊著，王教導員來了，一進門就說：「小三子，你爸爸叫你順道回家看看，然後再去新單位報到。」他又改回了在大院時對海生的稱呼。

「噢。」海生麻木地回答。自從出事後，他就沒回過家，也沒給家裡打過電話，只給老爸老媽寫了五張紙的檢查，而他們回了封叫他好好改造的信。

他坐上長途汽車到了南京後，並沒有回家，而是從長途汽車站直接轉車去了安徽蕪湖。雖然事情已經過了一個多月，他依然心灰意懶，面對從小長大的城市，失去了跨進去的勇氣。他不想回家，也不想走進大院，不想見到裡面任何一個人。

新的團部在蕪湖郊區，這是個完全陌生的地方，陌生能使他的心情好了許多，完全不需要見一個人就想起自己的罪孽。他按門上的牌子找到了軍務部門，辦好手續，對方安排他到團部招待所先住下，等確定他去哪個連隊後再通知他，這又讓他覺得自己是個沒人願意要的人。他放下東西，信步走到營區的馬路上溜達，迎面有人走過，互不認識使他緊裹的心漸漸地放開。沿著碎石路走上一塊高地，極目望去，一條浩渺的大江蜿蜒在天地之間，空濛的江面上，巨輪與帆影交錯，散落至蒼茫的盡頭。

「你是梁海生嗎？」風中傳來一聲問訊，他很不情願地回到現實，又似乎等待這個聲音已久。轉身望去，站在他面前的是個比他還年輕的戰士。

「我是。」他送給對方一個笑容，問道：「你是？」

「我是團部通訊員，團長讓我來找你。」對方秀氣的臉上帶著客氣的笑容。

海生也不問團長是誰和找他的原由，他習慣了這種情景，也知道自己還處在老爸的權力範圍內。反倒是對這個年齡相仿，透著聰明勁的通訊員產生了好感。他跟隨著對方的腳步問：「那條江是長江嗎？」

「對，就是長江。」對方好奇地看了他一眼。

「有個採石磯，離這裡遠嗎？」

「不遠，在蕪湖去南京的路上，你想去玩？」

「據說李白當年就是在那掉到江裡淹死的，所以想去看看。」

「沒什麼好看的，只剩下個太白樓，據說原來還有些文物，後來全給造反派毀了。」通訊員邊說，邊領著他進了團部小院。

正聽得出神的海生，對眼前一片小平房沒興趣，繼續問他：「你去過？」

「前不久和團長路過，專門去看了看。」

「你們團長對李白也有興趣？」海生好奇地問。在他看來，很少有軍事幹部會對一千多年前的李白感興趣。

「我們團長可有學問了，上知天文地理，下懂雞毛蒜皮。」

兩個人自顧自聊著，全然沒注意有個人站在團部前面的綠化叢中，那人接口說道：「小傢伙，什麼叫雞毛蒜皮啊？」

順著聲音望去，兩人都大吃了一驚。小通訊員因為背後議論的人此刻就站在面前而漲紅了臉，說了聲「團長」，就不知如何往下說。海生這一望，更是又驚又喜，他幾乎是撲著衝過去，興奮地說：「林叔叔，原來你當團長了！」

此人正是海生小時候最要好的大朋友——林志航。掐指一算，兩個人已有三年多沒見面了。海生只知道他去執行保密任務，沒想到在這裡碰上他。

整個事情還要從不久前林志航去拜訪老首長梁袤書說起。在消失了三年之後，林志航突然回到了大院。三年前，他從機關下到某工兵團任副參謀長，上任不久，該團即被秘密調往越南戰場，負責修建赫赫有名的胡志明小道。這使得道路橋樑專業畢業的林志航有了用武之地。三年後，部隊完成任務會來，他被任命為某工程建築團團長。新官上任，少不了先到老領導家拜訪，梁副司令家是他第一站。在來梁家之前，他已經從大院同仁那知道，小三子闖了大禍，因此，在向梁袤書彙報了越戰的情況後，有意無意把話題引到了小三子身上。

儘管梁袤書身經百戰，兒子的事，還是令他很煩心。他長長地歎了口氣說：「唉，這孩子真是亂彈琴，本來人家準備把他提起來的，結果自己犯渾，背了個處分回連隊去了。」

林志航心裡早已有了計畫，乘機說道：「我把他調過來吧，我瞭解他，就是有些任性，讓我好好管教他，您不用再擔心。」

海生的醜行雖然令梁家蒙羞，但是梁袤書和劉延平卻不希望這個逆子脫了軍裝退伍回來。要回來，怎麼也要等提了幹再回來，這是時下中國最好的出路。提不了幹回來，只能到工廠當工人，讓兒子在那個環境裡混一輩子，那還有什麼出息。只有成了國家幹部，才能踩上國家運行的節拍。以海生目前的處境，繼續待下去不僅很尷尬，並且很難提拔，唯有換個環境，去新的單位裡好好努力，才有機會完成「提幹」這個人生的飛躍。

因此，林志航的話正好說到了一旁坐著的劉延平心裡，她高興地說：「由你管，我們當然放心，他從小就最聽你的話。」

梁襄書卻有點遲疑地說：「他可是個愣頭青，盡給人闖禍，到你那會添麻煩的。」

跟了梁袤書多年，林志航知道老首長已經動心了，當即說道：「您放心，他的事，我都瞭解過了。年紀小，還不懂事，心血來潮才犯了錯，他的本質並不壞，我想他會接受教訓的。」

林志航這些話，算是說到梁袤書心裡去了，看情形，小林子已經把事情都安排好了。他寬心地說：「行啊，那就讓他到你那去吧。」

所以說呢，海生這一次逃離苦海，全是林志航一手操辦的。

「呵呵，小三子，長高了，也長大了，很結實，越來越像你父親。」林志航借著暮色仔細打量著海生。海生很享受這種被寵的感覺。童年美好的記憶仿佛又依附在體內，此前壓在心頭的陰霾一掃而光，開心地說：「林叔叔，這幾年你跑到哪去了？我找也找不到你。」

林志航拉起他往屋裡走，並對一旁的通訊員說：「小姚，快沏茶去。」海生這才知道這個長得有幾分秀氣的通訊員姓姚。

一團之長的房間很簡單，裡外兩間，外面辦公兼會客，裡面是臥室。待海生坐定，林志航才告訴他，這三年自己去了越南和老撾。「聽說過胡志明小道嗎？」

原來林叔叔上了前線，海生羨慕的要死，拼命點頭。「聽說過，舉世聞名。」

「胡志明小道從北方經過老撾才進入南方。從北方到老撾境內，全是我們修的。」林志航臉上放著光說。有過三年槍林彈雨下的艱苦卓絕工作經歷，值得每一個軍人驕傲。

「怨不得美國人無法炸毀胡志明小道，原來是通過老撾進入南方的。」海生像是發現新大陸般狂喜，然後又連珠炮地問：「那裡很危險嗎？是不是子彈天天在頭上飛？見過美國兵嗎？」

「美國兵沒看到，美國飛機倒是天天見，也不是子彈天天在頭上飛，而是每天都有飛機轟炸，所以我們都是晚上修路，白天睡覺。」

「什麼時候再去，把我也帶上。」海生越聽越起勁，雖然他當兵當膩了，但這和上前線打仗是兩碼事，上前線是種神聖的呼喚，除了男兒須擔當的大義，他更想證明自己的勇敢與才智。

「只要你好好繼承你父親的事業，將來總會有機會的。」林志航說到這，話題一轉，問道：「小三子，我問你，為什麼不回家呢？」

海生聽出林叔叔要把話往另一個放向引，立即坐正了身子，窘迫地說：「回家也沒什麼事，就沒回去。」

「你爸爸可是等著你回去好好談談呢。你的事，我都聽說了。」海生被他一提臉色漲得通紅，林志航很熟悉這種表情，沒有推諉、假裝和狡辯，從小的樣子沒變，一種真心又樸實的懊悔。他便語重心長地說：「犯了錯改了就好，最重要的是知道自己錯在哪兒。你今年多大？ 19 歲，後面的路還長著呢，要勇於面對，不再走彎路。你知道嗎？你爸爸非常擔心你從此一蹶不振。」

同樣是說教，從林志航嘴裡說出來，比從父母、領導嘴裡說出來的話，大大的不同，海生一下就覺得找到了勇氣，從來不願意拍胸脯的他，胸脯一挺，說道：「我向毛主席發誓，我決不會讓你失望！」

林志航莞爾一笑說：「到了我這裡，可不能再闖紕漏，我可是在你爸爸面前拍了胸脯的。作為你的大朋友，今天我和你約定，你，小三子，今後做任何事，不許頭腦發熱，憑感情辦事。」

聽了這番話，海生心裡雪亮。他現在猶如一堆臭狗屎，根本沒人想沾手，林叔叔把他調來，得擔多少非議和風險啊。他強忍住往外湧的淚水，發誓道：「你放心，我決不會給你抹黑的。」

別小看了海生這個誓言簡單，世上多少大庭廣眾下的發誓承諾，也比不上一個單純誓約更可靠。

海生發完了誓，又有了悔意，說道：「可是，我不想當兵了。」

「不想當兵你想幹麻？」

「我想讀書，想退伍後上大學去。」

「不一定只有退伍後才能上大學，部隊裡也有大學名額。你想上大學的打算很好，當務之急是好好複習基礎課，先把底子打好，不要等機會來了，自己卻沒有準備。告訴我最近都在看什麼書？」

「《形式邏輯》，《魯迅全集》，還有一套《崔可夫回憶錄》。」

「《崔可夫回憶錄》不要帶到連隊去，讓人覺得幹部子弟有特

殊化。先留在我這，什麼時候回家時，來問我要。」林志航說完，眼裡露出狡黠地一笑。那是當年大朋友和小朋友之間常有的默契眼神。

林志航雖然貴為一團之長，但是此書是「內供」給高級幹部看的，他還不夠資格。想看看不到的東西，這種心情人皆有之。心領神會的海生，飛快地跑回招待所，取了書來給他。

晚飯，林志航留下海生一塊用餐。兩人從大別山往事聊到越南戰場，再聊到團裡基本情況。在來報到之前，海生就聽沈紮說過，這個團不是步兵團，而是很特別的建築工程團，專門打坑道，築路架橋。

「你爸爸希望你學點技術，團裡準備安排你去修理連，就在外面的馬路邊上，有意見嗎？」林志航邊擦著嘴邊問。

「你不是說二營在黃山附近施工嗎？我想去那。」剛才林志航向海生介紹團裡情況時，他留心記下了有個營在黃山附近施工，天下第一奇山對他的誘惑太大了。而且，自從出事後，他一心想找個杳無人煙的地方，過與世隔絕的生活。

「那兒是涇縣，離黃山還很遠。」林志航頓了頓又說：「也好，待在團部太扎眼，你就去二營機械連吧。在越南戰場上，我深深地體會到，現代戰爭中道路機械太重要了，一點也不比步兵差。」

「謝謝團長！」海生站起來，頑皮地給林志航行了軍禮。

第五部　漂泊在山裡的船

（一）

在蕪湖的南郊，有一條寬約百米，水清見底的大河緩緩流過，靜靜地注入長江。因為有了長江，很多時候人們都忘了它的存在，它就是皖南第一大江——青弋江。每到汛期，山洪傾瀉，青弋江水位高漲，深山裡伐下的巨大林木順流而下，浩浩蕩蕩，擠滿了江面，直達安徽第一大水道蕪湖，再從那分向全國。千百年來，青弋江就是如此把群山裡的居民和中華文明牢牢地拴在一起。

去涇縣的路，倚青弋江而築。此刻，一輛敞篷軍用大卡車沿著空無一人的路疾馳，梁海生站在車上，捂著一隻大口罩，任初冬的冷風吹進脖子，冰涼著胸膛，他像一隻回歸大自然的鳥兒，愉快地打量著身邊掠過的風景。或許是當年大別山留給他的印記太深，他一看到遠處白雲繚繞的大山，就仿佛走進了一個屬於自己的世界。

很遠很遠，就能看到群山巍峨的身姿，重重疊疊的山峰把天的一角都遮住了，那氣勢絕對比兒時看到的大別山還要壯觀。由於是枯水期，青弋江原有的河床上只剩下細細的水流。細水時而分成若干支流，繞過袒露在河床上形態各異的巨石，磕磕碰碰地衝向遠方，時而溢出形成一片清水潭，如同一面面天然的鏡子，遠近的一切，在水裡清晰可見。

到了涇縣縣城，卡車大聲吼叫著開進了縣城最大的涇縣賓館吃午飯。看駕駛員熟門熟路地四處張羅午飯，一定對這裡很熟悉，待對方坐定，海生開口問他，涇縣有個桃花潭在什麼地方？駕駛員

上冊

似乎連聽都沒聽過，很輕蔑地就把在他心裡轉了無數圈的問題打發了。在軍隊裡，駕駛員通常比一般戰士高人一等，眼前這位正是那一類人。海生見話不投機，又換了個問題。請教他什麼時候能到駐地？對方埋頭吃喝要緊，頭也不抬地從油嘴裡吐出四個字：天黑之前。一看這架勢，海生肚裡還有許多問題自然就不方便問了。他有個怪毛病，凡到了個陌生的地方，碰到什麼新鮮事，總是會生出許多好奇來，這些好奇，在大部分人眼裡都可笑至極，他卻傻乎乎地非在心裡弄明白了才甘休。

午飯後，駕駛員把車開到集市上。同車的給養員買了些豬肉和蔬菜，海生幫著一塊弄上車，到了下一個岔路口，又接了兩個年輕的女人，看情景，她們早已等在那了。兩人一邊和坐在駕駛室裡的駕駛員、給養員說笑著，一邊熟練地爬上了車廂。上了車，兩人衝海生一笑，見他一副不苟言笑的樣子，就自顧自聊著。海生雖然一臉正經，耳朵卻不正經，風裡風外地聽了個清清楚楚。一個臉上皮膚黝黑的，帶著濃重的鄉音，另一個長得有幾分嫵媚的，操一口上海普通話，海生斷斷續續地聽著，忽然有個發現。說普通話的姑娘反倒不停地奉承對方，按常理，無論長相和氣質，都應該對方奉承她才對。

車離開了縣城，繼續向南，此時公路兩邊已是山巒起伏，再也看不到開闊的天和地。大卡車吃力地爬上一個大坡，又飛快地衝下去，然後再爬……，也不知翻過多少座山，剛看到一塊稍為平坦的盆地，車往右一拐，駛上了一條坑坑窪窪更難走的山路，車開得愈加慢了，一會兒左，一會兒右，像是在扭秧歌，不停地躲閃著坑窪。扭著扭著總算看到了一塊界碑，上面寫著「黃田」二字，那個說普通話的姑娘看他在注意界碑，似乎猜中他是初來乍到，對他說：「快到了。」海生感謝地笑了笑，還是一言不發。他剛打完防異性的抗生素，此刻注意力，全被美麗的山色吸引了。

顛簸了 20 多分鐘後，卡車總算駛到了路的盡頭，這裡有一片被蒼翠的群山環抱的盆地，周圍四散著許多農舍，盆地的中央，有個巨大的院落，院落中間是個上下兩層的大屋子。從屋頂的裝飾物看，少說也有幾百年的歷史。

聽到汽車的喇叭聲，有軍人從院落裡走到前面的場地上，看來，這就是機二連的駐地，海生怎麼也沒料到自己的連隊不僅駐紮在秀麗的群山中，還住進了古色古香的樓宇裡，他興奮地背起背包，跳下車，一隻手提著行李，另一隻手和給養員一塊提著一筐蔬菜，走上通向大屋子的石板路上。

這幢藏在深山裡的巨型建築，四面被山上流下來的溪水環繞，人未至可先聞溪水潺潺的低吟。院落前的青石板橋是進入院子的唯一通道，踏上青石板橋，可見遠遠繞來的溪水，從水底光滑的石塊上歡快地滑過，又隱入覆蓋在溝渠上的野藤之中，最後跌入橋下的水潭裡，早已有些小魚兒在那迎著溪水歡快地遊弋。海生見了，人還沒走進院子，心已經醉了，呆呆地立在石板橋的中央，直到後面的給養員隔著竹筐催他，才戀戀不捨地過了橋。

給養員見他稀罕的樣子，便講起了故事：「明朝時，黃田這裡出了個宰相之類的大官，大官的母親從沒出過遠門，也沒見過船的樣子。為了孝順母親，他特地造了這個外形像船一樣的大屋給母親住。這船屋上下兩層，共 101 間房間，房間多的像迷宮一樣。」

聽說叫船屋，海生迫不及待前後打量著，站在牆根之下，無法看見大宅的全貌，只能見到院門前向南的一面。這一面的場地兩側，支了兩個籃球架，成了連隊的籃球場。古時候，富貴人家院門外的場子，是個擺排場的地方，場地越大，排場越大。從佈局上看，這兒應是船屋的船尾，它的寬度正好和屋體一樣寬，可想而知，這船屋的寬度，超過了一個籃球場的長度，場面可算大氣。

跨進院門，是鋪滿青石板的前院，前院兩側有廂房，右手的一側屋頂架著起煙囪，顯然已當作廚房了。左右廂房有回廊通向後面，前院的中間是第二道牆和中門。沿著石階走上中門，裡面是個小花園，稀稀落落地殘留著幾棵小樹，兩側是一般模樣的廂房，順著居中的石板路，一共走了四進，才到了最後一進，也就是船頭，連部就設在這裡。

海生踏上中廳，正準備喊報告，偏門一響，走出一個壯實的高個子，身穿運動衣褲，懷抱一個籃球。海生一見他的年級，自覺地腳跟一併，敬了個禮說：「報告首長，我叫梁海生，從團裡來報到的。」那人也不搭話，伸出手臂接過海生遞過來的調令和黨組織關係介紹信，看了一眼，又踱到了另一邊門口，一亮嗓子叫道：「老袁，那個小梁到了。」

海生迅速在心裡揣摩這個有點像鄭發鈞的幹部，應該是連長之類的，而且對他的到來很不以為然。

聽到聲音出來的老袁是個齙牙，他看見海生立刻堆起了笑容說：「小梁，你好，你好。」海生急忙再行軍禮，緊握他伸過來的熱情的手。對方自我介紹說：「我是指導員袁洪清，這是連長楊正群。」他叫住一隻腳已經跨出中廳的連長，「老楊，你先別走，這小梁去哪個班，還是由你決定吧。」

楊正群邊往外走邊說：「就按先前說的，讓他去二排六班。」

他的冷漠很在理，一個受了處分的高幹子弟塞到自己的連隊，絕不是什麼好事，被晾的海生心裡很理解楊連長，儘管他的態度令自己無地自容。

袁洪清只能一邊派人去找二排長，一邊和他說著客套話：「早上剛接到電話說你要來，這麼快就到了。」海生聽了暗笑，這算什麼話，我總不能在外面過一夜吧。

二排長董芳林，人略有些清瘦，典型的江南水鄉長大的，兩人一攀談，果然他是江蘇宜興人，海生對他的感覺頓時有了加分。董芳林把他領到六班，召集全班人員介紹了一下，海生就算到了個新家了。六班原有個班長，加上樑海生，變成了一個班兩個班長，他這個班長顯然是多餘的，好在他對這種事不在乎，他甚至覺得自己在這個社會都是多餘的。等大家熟了，覺得這個高幹子弟不難相處，也就沒了芥蒂。

在當年看押空四軍林彪餘黨時，海生背誦的成語詞典裡，有一句叫「如影隨形」，住進船屋沒幾天，他就嘗到了這句成語的厲害。他發現，自己只要一出船屋這個院落，總會有人不離不即得跟隨他，他再一次感到自己是個被監視的對象。一天黃昏，排長董芳林約他和 6 班另一個班長苗軍一道在船屋周圍的村中小路上閒逛。說說笑笑中，最靠近船屋的農舍裡走出一個相貌嬌美的姑娘，收拾著屋前竹竿上曬著的衣物。雖然臉沒朝他們看，卻很誘人地撩了一下額前的秀髮，三個人都看在眼裡，又都相同地猜測，那一撩給是給何人看的。董芳林衝著海生神秘地一笑說：「這是地雷一號。」

海生還是第一次聽到「地雷」的說法，莫名其妙地望了望即將走回屋裡的村姑的背影，再問身邊兩個人：「她是『地雷一號』，誰是『地雷二號』？」

「走吧，我們帶你去一個一個數一遍。」排長一臉壞笑地說。

順著溪邊小路，走到船屋的船頭，半坡上有座和船屋風格一樣的小白屋。從高處看下去，就像是大船前領航的小舢板。小白屋的煙囪此刻正冒著陣陣炊煙，門前曬衣服的竹竿上，掛著各種色彩的衣服，它們和本地人自紡的青布衣裳全然不同，其中還夾雜著幾件令男人注目的小內衣。排長和苗軍在通往小屋去的岔路前停住了腳步，苗軍告訴他：「這裡是 2 號、3 號、4 號地雷。」

「這三個人都是上海知青，按漂亮和不漂亮排位。」董芳林補充道。

海生這時才恍然，原來為了防止住在居民之中的戰士違反紀律，連裡把凡有潛在勾引力的女青年，都稱之為「地雷」，並編上了號碼。

一圈走下來，共數了 17 顆「地雷」，其中第 12 號，還是個剛生了孩子的母親。路過她家時，她正坐在門檻上奶孩子，紅潤的圓臉上透著少婦豐秀的氣息，看見他們就招呼：「排長，班長，來坐坐啊。」聲音和人一樣美，毫無山裡人的土氣。

山村裡好一點的居民，屋子都是用大圓木、大石塊建成的，院門自然也高大，3 人走上去，倚著高大的門牆就和她聊上了。她一側的乳房全坦呈著，雪白又豐腴，孩子的小嘴緊緊地叼著乳頭，閉著眼呼哧呼哧地吸吮著。海生從來沒有這麼近觀察過女性的乳房，而且還是如此美麗的乳房，看得他怦然心動，他用眼角掃過兩個同伴，他們嘴裡說著閒話，眼睛都沒閑著，緊盯著年輕母親的胸脯。

若是一個人，海生絕沒有勇氣在這站下去的，既然有兩個領路的在，他也就厚顏無恥的跟著飽眼福。他相信這女人此刻也感受到男人們貪婪的目光，她一點也不扭捏地迎著他們的目光說笑著。

離開她的家，海生裝作很懂的樣子問：「她已經生過孩子了，還算地雷嗎？」

「你不知道，連隊剛來時，還沒住進船屋，全住在村民家裡，6班就住在她家，她和她丈夫都是黃田小學的教師，剛結婚，還沒懷孕，那時她是村裡的美女，人大方又熱情，我們那時可緊張了，天天提心吊膽的，生怕發生什麼意外。」董芳林興致勃勃地講給他聽。

海生聽了，心裡禁不住一笑，第一個讓人提心吊膽的，該是他們自己。

夜深人靜後，習慣晚睡的海生在黑暗裡重播黃昏數雷那一幕。想著想著，腦子突然一亮，原來排長帶自己去數雷，是繞著彎子給自己打預防針呢。他是生怕自己再做出什麼荒唐事來，但是明裡又不便講，就借數地雷來提醒自己。想到這，他的心不免又被刺痛，不過，他還是挺感謝對方的良苦用心。並沒有直接告誡自己，什麼不該做，而是用委婉友好的方式暗示自己，證明他相信自己是個明白人，這或許就是江南世風下長大的人讓他喜歡的地方。

顯然，這裡的人都知道自己受處分的事，他躺在黑暗中無奈地苦笑，雖然已經混到了裡外不是人的地步，暗地裡苦笑一下的勇氣還有。

在部隊裡，籃球是一個連隊兵強馬壯的標誌，籃球打得好不好，常常關係到連隊的臉面。貓在深山裡的機二連，恰巧在這遇到了個籃球冤家，黃田中學的校隊。楊正群帶著球隊幾次和他們交手，總是差一口氣贏不了他們，心裡好不甘心。海生來的第二天，就在球場上露了一手，遠射近投都有兩把刷子。同場打球的楊正群當時什麼都沒說，心裡卻想著有機會能找黃田中學報仇了。

軍隊的基層，是個雄性荷爾蒙氾濫的世界，男人之間，就是憑實力說話。

在此後不久的冬季軍訓中，楊正群真正改變了對梁海生的看法。

那天是手榴彈實彈考核。作為工程部隊，機二連沒時間安排日常訓練，只是在實彈考核前講了講投彈要領和場地安全紀律，就開始考核了。

考核場地設在一片割了稻子的稻田裡，這片十來畝大小的稻田，用來做實彈投擲現場的確小了點，可它是附近最大的空地了，找不到比它更好的。輪到海生投彈時，他沿著臉對掩體裡指揮的連長說：「再給我一個吧？」

「不行，一人只能投一顆。」

「我不是要投兩顆，而是兩個放在一起投。」

「胡鬧，哪有這樣投彈的。」楊正群毫不客氣地批評他，心想，幹部子弟就是幹部子弟，投彈也會出花頭。

海生小心地道出了原委：「我擔心我投出去的手榴彈會在空中爆炸，這片場地太小了，萬一……。」

手榴彈的爆炸時間是拉開導火索後 5 至 6 秒鐘，而手榴彈在空中的平均飛行速度是每秒 15 米左右，再加上它的飛行不是直線，而是弧線，因此，當它飛到 50 米後還沒落地，就有可能在空中爆炸。地上爆炸，彈片向側上飛出，殺傷半徑 30 米左右，空中爆炸，彈片四散，殺傷半徑遠遠超過地上爆炸。要在戰場上，空中爆炸威力肯定大，不過眼下，則是危險更大。

楊正群當了十年兵，自然知道其中的厲害，忙問他：「你能投多遠？」

「六、七十米吧。」

「你就吹吧。」楊正群怎麼也不相信這個身高只有一米七的城市兵，能投那麼遠。他叫通訊員拿來了一顆教練彈，說道：「你能把它投到 60 米外，我就同意你兩個一塊投。」海生接過教練彈，看著前方，一個墊步，揮臂甩出，教練彈遠遠落在最後一道 50 米白石灰線外。楊正群這才相信這小子不是在吹牛，他二話不說，拿了兩顆真彈給他。

「你有把握不會出事嗎？」第一次遇到這種事的連長最後一刻還是不放心。

「放心吧，我以前投過。」梁海生把兩顆真彈在手裡攥好，用小拇指扣上兩個拉環，使勁一甩，兩顆彈均落在 40 米處。

隨著一聲爆炸，楊正群和全連 100 多人算是領教了梁海生的厲害。

建築工程部隊，顧名思義不是戰鬥部隊，是穿著軍裝的工人。他們的對手是山洞、道路和橋樑，而機械連的工作則是與挖土機、推土機、發電機、鏟車、汽車等打交道，一年 365 天，和槍打交道只有冬訓這一次，所以，海生一生的軍事本領在這毫無作用。他要想成為有用的人，一切必須從頭學起，而他對那些龐大的鐵疙瘩幾乎沒有興趣，在新的家，他延續著背上了處分後的沉默與索然，儘管他的心還是一如既往地開放，卻只是對著默默無言的青山、白雲。

這個看上去成熟了許多的梁老三，內心的迷惘反而越來越多，只是教訓告誡了他，許多事不能做，而現實又點撥他，許多話不能說。如果說，這些也算成熟，充其量是生存上的成熟。無奈的是，在這個時代裡，生存上的成熟遠比思想上成熟重要。

（二）

相比遍佈的地雷來說，海生更感興趣的是船屋。由於寒冬，部隊停止了施工，他稍有空閒就在船屋裡四處亂轉，從磚上刻的字到窗上的木雕，從圓柱下的石墩到滿地的青石，他都要琢磨一番，滿心希望能找到什麼被人遺忘的物事。結果，唯一的發現是無法找到第 101 間房間。這個有 500 年歷史的兩層樓建築，正好是樓下 50 間，樓上 50 間。由於年代久遠，二樓的樓板多處已經朽爛，全連人員都住在樓下，樓上不住人，也不許隨意上樓走動。

海生從小就是沉湎於尋物的怪人，他曾因滬生隨口說一句：家裡可能藏有國民黨逃跑之前留下的反動文件，就悄悄地把三層樓每個角落都翻了個底朝天，連放水箱的天花板上面，都爬上去找了無數遍，雖然連個黃紙片都沒發現，卻依然樂此不疲。

為了找到船屋最後一間屋，他一個人多次溜到樓上，躡手躡腳地行走在樓板之間的格檔上，從小爬牆、爬樹、爬房頂，他練就了絕頂的貓步，憑著貓步，他小心翼翼地查看了所有的房間，這第101間始終無法找到。就在他失去信心時，一次胡思亂想令他心念一動，踩著貓步他便上了樓。

二樓所有的房間都是空的，只有最裡面的一間，也是連部頭頂上的那間廳堂裡，擺放著一幅帶底座的巨幅領袖像，像上佈滿了灰塵，看情景，有幾年沒人動它了。狂熱的領袖熱後，全中國留下了許多領袖像無法處理，燒毀和遺棄都會被定罪，只能收藏在某個地方，一放就是數年，其實那和遺棄沒什麼區別。由此看來這船屋，也是當年貧下中農向領袖獻忠心的地方。

上面這一段，正是海生胡思亂想的內容，而令他心念一動的也正是那幅巨大的領袖像。他悄無聲息地來到連部頭頂上的廳堂裡，慢慢挪開描金的木底座，果然在牆上找到一扇木門。推開木門，裡面是一間只有三面牆的房間，門對面的牆沒有了，只剩下一個夾角。他記得古建築都是四面牆，從沒見過三面牆的，圓形的他見過，大院裡那幢標誌性大樓頂部的鐘樓內部，牆是圓形的，頂也是圓的。

他好奇地走進去，數尺空間裡什麼都沒有。夾角的兩側各有一排窗戶，他用手去推，有木閂扣牢了，移開木閂，一層重重的灰從打開的窗戶上落下，他略退一步，避開紛揚的灰塵，再湊近時，不禁心神一凜，窗外竟是一片婀娜的紫竹林。紫色的節竿，碧綠的葉子，細細地腰身由著山風搖曳，寂靜的天地間，只有它們忽有忽無地沙沙聲，他腦子裡不由地掠過東坡先生那蒼老的一聲吟：「可使食無肉，不可居無竹。」

紫竹林並不高，正好長及窗沿之下，從搖曳的竹梢上看出去，兩側群山由近及遠，逶迤壯麗，在正中相匯之處，像是被劈開似的，形成了一個巨大的豁口，豁口的底部正好被紫竹林遮掩，豁口之上是蔚藍的天空，原來這三角屋就是船屋的船頭，前方那一片天空就是大海，置身窗前，就能盡享揚帆起航的意境。

為自己的發現得意欣喜之後，海生不禁懷疑，如此處心積慮的設計，當年那滿頭白髮，屁股下坐著紅木椅子的大官之母，能從這窗前品出什麼味來嗎？抑或這壓根只是擺個樣子給別人看的，告訴周圍的鄉親，大官之母如何與眾不同。

窺破了船屋最要緊的奧妙，海生興奮地流連忘返。最後索性端來一盆水，將窗子擦乾淨，再找來一個凳子放置窗前，手執一本書坐下，裝模做樣地享受了一陣，才戀戀不捨地離去。從此，這兒就成了他的聖地。

從船頭唯一能看到的居民，是左前方那間住著三個女知青的小白屋。在黛色的坡草和雜樹中它就像一塊白玉，儘管那白牆早已被風雨煙霧侵蝕的不忍細看，但依然格外顯眼。讓海生關心的，當然是住在裡面的人，僅憑「上海知青」這幾個字元，就能激起他無數聯想。比如她們如何應付沒有電，沒有自來水，沒有胭脂店的生活，如何用白嫩的手拾柴燒飯，赤著腳在水田裡幹活。

他在窗前莫名其妙地杞人憂天，多半是為了那個一直藏在心底的上海女孩幽發的，他清楚地記得，當年丁蕾也是到皖南插隊。

這三個女孩，一個很胖，不是肥胖，而是高高大大的那種，一望就有種做事總不能讓人放心的樣子。另一個又瘦又弱，瘦弱的身體就像一條死胡同。這兩人讓他想起戴夫子的一句經典：世上最好看的、最醜的女人都在上海。

還有一個，海生和她有一面之緣，就是那個同他一道站在卡車上，從縣城到黃田，說著上海普通話的女孩。她說話有些像丁蕾，嗲嗲的，人也長得有幾分姿色，應該就是「地雷 2 號」吧，至於誰是 3 號，誰是 4 號，他無法確定，也沒興趣。

黃田這兒，每年都有大雪封山的日子，大雪一來，世界就像凝固了似的，開門是雪，抬腳是雪，舉目是雪，犄角旮旯都是雪，連漂亮的紫竹林都被大雪壓得服服帖帖的，目光所及，處處是白茫茫的天地，彷彿和塵世斷了來往似的。這可把城裡長大的海生魂都勾了去。天剛放晴，趁大家窩在屋裡打牌下棋，他深一腳、淺一腳地出了船屋。

過了石板橋，跟著別人留在雪地裡的腳印往前走，路旁數米寬的溝渠，幾乎全被大雪覆蓋，只剩一條湍急的細流從中流過。路過知青屋前，正巧看見「地雷 2 號」和那胖女孩蹲在溪水邊的大石塊上洗衣服，茫茫天地裡，3 人 6 眼對了個正著。「你們好。」海生裝作和路人很有禮貌打招呼那樣問候了一聲。「2 號」顯然還記得他，用「原來是你」的口氣應了聲。

她這一應，忽然給了海生想和她們攀談的勇氣：「大雪天還洗衣服，不怕冷嗎？」

「2號」並沒有不理不睬他，而是略略抬了一下頭說：「沒辦法，趁天晴了洗好趕緊曬出去。」

海生得寸進尺地踩著她們的腳印，小心翼翼地順著石階往下走了幾步，走到用不著大聲說話的距離問：「聽說你們都是上海人。」

「是啊。」那胖胖的女孩搶先回答，說完卻被「2號」斜了一眼，像是怪她多嘴。

不過，在海生看來，那一眼是異性面前的怪嗔，當年在明光中學的紅衛兵團裡，他見過，於是趁機說：「我小時候生在上海，算是半個上海人。」

「你住在哪個區？」2 號一邊揉著手中的衣服一邊問。

「小時候，我們家住在永嘉路，離文化廣場老近了，叫什麼白露登公寓。」海生嘴裡居然也蹦出了半生不熟的上海腔。

那胖女孩一聽來勁了，用上海話說：「哎呀，依拉家就住在復興路襄陽路這塊，離永嘉路只有兩分鐘。」2 號聽了，掄起濕漉漉的衣服甩在胖女孩的手背上，對方也不躲，癡癡地亂笑。2 號再轉過來問海生：「那你們家為什麼要搬走呢？」

見她總算是面對面和自己說話了，海生趕緊答道：「因為我爸爸調到南京工作，所以全家就搬到了南京。」

「聽說南京老好玩的，有中山陵，還有玄武湖。」胖女孩這次學乖了，臉衝著 2 號說話，當然一旁的解放軍也聽得到。

「是嗎，我沒去過。」2 號不緊不慢地回應著。

「春節快到了，你們不回去過年嗎？」海生另起了一個話題。

「我要回去的，阿拉媽老想我的。」胖女孩望著湍急的溪水呆呆地說。

「你不回去？」海生這話是衝著2號一個人問的。

「沒想好，回去一趟挺累的，要坐一天的車，每次我都要暈車，我最怕了，再說，最後還是得回到這裡。」2號說完了，朝他無奈地一笑。

儘管心裡覺得還有許多話想問，海生又怕第一次接觸問得多了，太唐突，於是說了聲：「你們忙吧。」轉身往上走。

身後傳來胖女孩的聲音：「喂，怎麼稱呼你？以後有事好找你。」

「我姓梁，叫我小梁好了。」

春節是中國人的傳統節日，傳了多少年？不知道。估計祖宗的祖宗編出年曆那會，就已經有了這一年之始的節日。後來的祖宗們就不斷地往它頭上腳下增加熱鬧的節目。到了1949年後，春節期間又多了一個喜慶的節目，叫「擁軍愛民」。每到春節，擁軍愛民活動可用一個詞來形容，叫做「鋪天蓋地」。全國凡縣團級以上單位都要組織大型聯歡活動，縣團級以下呢，從公社到連隊，除了幹部之間吃一頓外，雙方還要出動人員互相服務一下，這叫做把工作落實到實處。年復一年，到了1974年春節，在涇縣黃田這麼個山溝的山溝裡，軍民雙方依樣花了一個葫蘆。過年前，公社婦委會組織了一幫小媳婦大姑娘來幫子弟兵洗被子、衣服。

一大早，連隊事先組織了戰士們站在船屋的門裡門外夾道歡迎，配上喧天的鑼鼓聲，引得附近的村民都跑來看熱鬧。由於機二連初來時在民舍裡暫住過，和村民都很熟悉，女人們進了船屋，就被熟悉的班排接了去。人群中，海生意外地發現2號也跟著進了船屋。

「你好，你也來湊熱鬧啊。」他迎上去說，雖然他至今叫不出對方的名字，但他很願意在公眾場合展示兩人熟絡的交情。

「沒辦法，一大清早，她們就來敲門了。」本來有些尷尬的2號朝他抿嘴一笑。

其實道理很簡單，難得這麼熱鬧一回，裡面夾進一個漂亮的城裡姑娘，更能給那些小媳婦大姑娘們長臉。

「小倪，你好，怎麼把你這個上海姑娘也請來了。」說話的是從海生背後冒出來的董芳林，他這才知道，原來她姓倪，一個擱在心裡已久的謎總算解開了。

「擁軍愛民，人人有責嘛。」

海生發現小倪在排長面前說話變了腔調，似乎有點油。

「好吧，這是6班長小梁，你跟他去，張老師她們也在6班。」排長安排好就匆匆走了，海生頭一回碰上這種事，把自己的衣服交給毫不相干的女人去洗，實在有些不好意思，正不知該如何是好，反倒是小倪在一旁催他：「走啊，小梁班長。」

張老師就是12號地雷，那個坐在門檻上奶孩子的漂亮村姑。此刻正和幾個小媳婦在屋裡忙著拆戰士們的被子，看見他們進來就說：「小倪，你來得正好，這裡還有一床被子，交給你了。」

海生一見那是自己的被子，紅著臉說：「這被子才洗過，不用洗了。」

「小梁班長，別不好意思啊，讓小倪洗你的被子，是你修來的福分。」張老師一句話，把全屋的人都逗樂了。海生只好讓小倪上手拆被子，自己在一旁做下手。

手腳麻利的女人們很快就洗好了她們抱走的衣物，連部讓每個班用背包帶在球場上拉一道晾衣物的繩，洗好的被套、床單等就晾在上面，女人們還用細竹子從內裡把被套撐開，讓風吹進去，這樣就幹得快一些，由此一來，整個球場變成了綠色的池塘，站在裡面忙的和站在外面看的，心裡都樂悠悠的。

小倪是最後一個提著洗衣籃出現在場地上的女人，眾目睽睽之下，她想大方也大方不起來，匆匆找到6班的晾衣繩和小梁班長，兩人一塊把被套抖開後，小倪脫口問道：「你的被子上從哪弄了幾塊油漬，洗也洗不掉。」

儘管她問得細聲細語，還是被旁人聽到並迅速傳到所有人的耳中，引起了一陣瘋狂地笑聲，把他倆個都笑成了一樣的大紅臉。小倪莫名其妙，但她意識到自己肯定說錯了什麼，因此而臉紅。海生當然清楚「油漬」的來歷，難堪的不行，又不好意思走開，男人嘛，這種時候溜號，豈不像個逃兵，只好紅著臉陪大家笑。

這個春節，海生沒回家，他持續著沉默，連信也沒寫。以前，他的通信人多達十幾個，現在除了戴國良，還剩下一個方妍。國良是主動給他來信的，拿到他的信，心裡溫暖的直想哭。和方妍的信，以前是有一搭、沒一搭的，進了山裡，反而頻繁了起來。只因他心裡存一份僥倖：她或許並不知道自己的醜行。所以，她就成了一個留給自己可以透透氣的小孔。

大年三十晚上，全連會餐。營裡的劉副營長來參加會餐時，特地轉告海生，林團長讓他一定給家裡打個電話。吃罷年夜飯，他給家裡打了個電話，是小燕接的，聽得出那邊很熱鬧，小燕要去叫老爸，海生攔住了她，叫她在電話裡講講那邊熱鬧的情景，小燕給他報了一串人名和一串菜單，還直可惜他不能回來。放下電話，他獨自回味著小燕的話，每想到一個人，心裡便苦笑一聲。許多事他都能做到不想，但卻無法忘記。自囚也好，無顏也罷，或者裝作喜歡深山的避世者，總也無法去掉心裡那個死結。

不過，他還是很開心，電話幫他逃避了許多無法面對的東西，而「家」，有時候只要在心裡，就足夠了。

（三）

早春三月，煙雨黃山。幾場春雨過後，周圍山上的茶場裡，茶樹都爆出了新芽。多少年來，茶葉就是黃田村生生不息的經濟支柱，隨著清明臨近，黃田一年最忙碌的季節開始了。為了要趕在清明前收下頭茶，村裡下至 10 來歲的孩子，上到能動彈的老人都上了山，駐紮在黃田的機二連，也在週末抽出時間，上山幫村裡採茶。

成天跟機械、山洞打交通，突然有一天要換個新鮮事，上山採茶去，別人什麼感覺不知道，海生心裡卻是雀躍不已。在船屋周圍的山上，隨處可見高低遠近的茶田，經過精心修整後，大的像絨毯，小的像翡翠，順著山勢，一直點綴到千米之上的峰頂。多少次，海生盼望能走近它們，和它們一道呼吸高山雲海的靈氣。現在得知第二天就要上山採茶，他哼了一個晚上《採茶舞曲》，把全班人都哼煩了。

黃田的茶又名雲霧茶，必須在水露晨霧中採摘，才能保有與眾不同的清香。因此，天還沒亮，船屋裡就響起了集合號。在大隊支書的帶領下，聽著遠處公雞的晨啼，全連在小路上拉開了長長的隊伍。

以前在山下看茶田，似乎並不遙遠，今天實打實走一遭，才知道並不是那麼回事，沿著彎彎曲曲的小路，走了一個多小時，直到海生累得再也哼不響《採茶舞曲》，才到了茶田。此刻天已露出白光，穿透了紗一般的薄霧，茶田裡已是人頭攢動。原來，村裡的老少鄉親們早就忙開了。全連以班為單位，每班分三個組，然後大隊支書亮開公雞嗓子，衝著連綿朦朧的茶田一陣吆喝，雲霧中走出數十個採茶女。這一行，全憑一雙靈巧的手，所以女人永遠是這個行當裡的師傅。

站在海生身邊的苗軍，用胳膊捅了捅他說：「17 個地雷全到齊了。」

「是嗎？你最喜歡誰？」海生難得開玩笑地問他。

「我覺得 1、2 號不錯，你呢？」

「你不是喜歡張老師嗎？」海生記得他曾是那麼專注地盯著她的乳房。

「那是因為熟悉，不是因為喜歡。」苗軍居然能說出如此哲理的話，令海生也專注地看了他一眼。

這時，長著大齙牙的支書對一幫大姑娘小媳婦說：「來，一個人帶一個組去，負責教解放軍摘茶，教得不好，沒得工分哦。」說完，咧嘴一笑，黃黃的齙牙在煙灰色的面孔下倒是暴露的一清二楚。見一幫女人站著不動，他抓了抓亂蓬蓬的頭髮又說：「這樣，我叫誰，誰站出來聽我安排。」當他叫到「倪珍珍」這個名字時，站出來的果然是小倪。海生弄清了小倪的全名，心裡反而有些失落。本來這個「倪」姓很有些韻味，後面跟了個「珍珍」則詩意全無了。

說來也巧，來領 6 班的就是三個形影不離的上海知青。苗軍又捅了捅海生，小聲地說：「你的菜來了。」海生假裝沒聽懂，反問他：「誰是 3 號，誰是 4 號？」苗軍搶在三人到來之前飛快地說：「胖的是 3 號，瘦的是 4 號。」

3 號丹田氣十足地說：「兩個班長，跟我們走吧。」

全班人跟在三個女知青身後，離開了茶田，走上了另一條陡峭的山路。前面一段已經走得腿肚子酸痛的海生，開口就問：「我們去哪兒啊？」

「跟著走唄，到了就知道了。」排名第 4 號的瘦女孩似乎不喜歡貧嘴。

其實海生這話本就不是說給她聽得。可是會錯意的還不止她一個，3 號扭動著身軀說：「才走幾步就走不動了，打起仗來怎麼辦呀。」

繞過山腰，又一片茶田展現在眾人面前，走在前面的小倪停住腳步說：「就是這了，這片茶田長在半陽處，日照晚一些，現在採摘正合適。」

採茶，看起來容易，上手卻是件非常小心的工作，要求摘的時候不能傷到葉面，更不能掐斷或折損葉面，所以不能扯，也不能掰，只能用手指從芽根嫩處輕盈地將茶葉掐下來。這活最適合女人做，讓手指一個比一個粗的年輕戰士們做，真有些勉為其難。難而這種愛民活動，是政治任務，擺得是架子，走得是形式，好比眼下，3 個女知青領著 10 個大兵，熱鬧大於實際，至於一個早上能摘多少，誰也不在乎。

在茶田的盡頭，濃霧彌漫，隱約有幾株特別的茶樹，看上去滄桑的不行，海生心生好奇，就想去那摘，剛移步，正在教別的戰士摘茶的小倪在身後叫住了他：「小心，梁班長，那邊有懸崖。」她快步走過來說：「跟著我吧。」

山裡的晨霧，時疾時徐，時濃時淡，尤其在山口處，濃時整個人都被裹在霧裡，連一步都跨不出，只有等風小了、霧淡了，才能看清腳下虛實。

「我總算領教什麼是騰雲駕霧了。」走在濃霧裡，海生又開始貧嘴。

很少笑的小倪，聽罷咯咯一笑，說：「這幾棵茶樹，是這片茶田裡最老的，據說有上百年樹齡，炒出來的茶葉，也比其他樹上的香。」

海生跟在她身後說：「沒想到同一座山上的茶葉差別這麼大。」

倪珍珍很有一套地說：「這片茶田裡的茶是一級雲霧茶，山腳下摘得茶葉，只能算普通綠茶。」

海生見她樂意解釋，就繼續問：「為什麼差別那麼大？」

「氣溫唄，高山上的溫差大，茶葉的品質就好。」

「你懂得真多，就和專家一樣。」聽到他的奉承，小倪莞爾一笑。海生見了，趁機問了一個與採茶毫不相干的問題：「你是哪一屆的？」小倪毫不在意告訴他是 70 屆。

「這麼巧，我們倆是同屆，你是哪個中學的？」

「紅星中學。你問這個幹嘛？」小倪有些奇怪地反問。海生自顧自地再問道：「明光中學你知道嗎？」「知道啊，在黃浦區。」「當年你是從彭浦火車站上的車，對嗎？」小倪被他一連串發問問得沒了方向，困惑地答道：「是呀。」

「我有一個朋友是明光中學的，那天和你們坐同一列火車到皖南插隊落戶。從那以後，我就和他失去了聯繫。」

倪珍珍見這個同是 70 屆的半個老鄉問得挺認真的，便熱心地說：「我認識的知青中，沒有明光中學的，要不我幫你打聽打聽，男的女的，叫什麼名字？」

「女的，叫丁蕾。」

一聽是女的，倪珍珍頓時好奇心大氣，問道：「你和她什麼關係啊？好像不一般哦。」

海生略有些口拙地說：「沒什麼特殊關係，只想知道她生活的怎麼樣。」

他一句話，反倒勾起了倪珍珍的心事，幽幽地說：「知青，還能怎麼樣。」

她正想有件事問面前的小梁班長，另一個6班長苗軍走了過來，搭訕地說：「你們倆站在霧裡，想成仙得道呀？」海生肚裡明白他來的目的，熱情地招呼他：「來看看，這裡有幾棵百年老茶樹。」自己卻抽身離開了。

船屋裡的戰士們和村裡的鄉親雖然只有一牆之隔，卻很少見面。偏偏這天傍晚時分，海生又見到了倪珍珍。

原來，在船屋的前院，一側廂房是機二連的伙房，另一側是茶房，專供炒茶用的。裡面有兩隻大鐵鍋，每年村裡採下來的茶，都在這裡殺青。早上摘的茶葉，下午晾乾了，馬上就送到茶房來炒，否則過了時辰，茶葉就變成了草。

從黃昏開始，船屋裡飄滿了茶香，連隊用自備的發電機在院裡院外點亮了碘鎢燈，當地人稱它為「小太陽」，它能把夜晚照得如同白晝。人們不斷地把晾乾的茶葉一擔一擔挑進來，茶房裡裡外外熱鬧的如同過年一般，船屋裡的戰士們也趁機擁到茶房裡湊熱鬧、拉家常。海生對閒聊沒興趣，他站在鐵鍋旁，專注地看著師傅如何炒茶。炒茶又叫殺青，不用工具，全憑師傅一雙肉掌作鏟在鍋內上下翻炒，為的是不傷到茶葉。師傅的手掌和鍋底之間隔著厚厚的茶葉，感覺上，滾燙的鍋底傷不到手掌似的。一旁看得手癢的海生，忍不住袖子一卷，征得師傅同意，走上去試兩下，沒想到碧綠的茶葉上帶著滾燙的火氣，灼的手受不了，一不小心手掌又炒到鍋底上，燙得他呲牙咧嘴，趕緊把手浸入一旁的水池裡，旁邊看的人都被他狼狽樣逗笑了。

海生聽見笑聲裡有個自己想聽的聲音，回頭尋去，果真，小倪在人群中，正開心地朝他笑著，那是一種會心的笑，笑得人心頭一蕩。他用濕布包著手，走過去說：「你來了。」

「來送茶葉。」倪珍珍看著他的手又問：「有沒有燙傷了手？」

海生那開了濕布，手背上有一塊明顯的紅印，嘴上卻說：「沒事，沒起泡。」

「那兒有肥皂，用它把燙傷的地方抹一抹，會好一些。」小倪說著就要拉他過去，海生可不敢讓她拉，趕緊自己過去，抹了肥皂後，手背上果然有涼氣泌入，舒服多了。再看小倪，她正和炒茶的師傅說著什麼。

海生很想過去向她說聲謝謝，又擔心自己的行為太過了。畢竟自己還是個被人關照的人物，這麼一想，索性退出了茶房。到今天以前，他對小倪從沒有想入非非，說直白些，還沒將她列入性幻想的對象，只是因為他心底裡那個抹不去的人也是知青的緣故，才對她多了一份關注和親近。然而，今天兩人的頻繁接觸中，他突然覺得這個平常不苟言笑的上海姑娘，正向他傳遞某種信號，那是種很私密的暗示，當年王玲的眼神裡也有它。

他開始想入非非，在這香飄十里，春風沉醉的夜晚，能非分的想一個女人，自然是十分美妙的事。但是，他不能不走開，他深知眼前這顆「地雷」不能碰。在這個年代裡，誰願意拿自己的政治生命開玩笑呢，何況，他是個已經開過一次玩笑，並且嘗到了苦果，有了「前科」的人。

倪珍珍將筐子裡的嫩茶交給師傅時，盯著他把茶葉放進一個小鍋裡單炒，再回頭去找小梁班長，哪還有他的人影，心裡滿是失望。從早上到現在，她一直有話想對他說，不是覺得開不了口，就是沒有機會。到了這會下決心開口時，對方卻不見了。一路尋出去，院子裡有許多和他穿一樣衣服的人，其中不少人熱情地和她打招呼，她一邊周旋，一邊尋找，一直走到船屋外面，也沒有他的人影，只好又回到茶房。

炒茶是比採茶還細的活，一口鍋放進十斤嫩茶，經過幾個小時焙炒，到取出來時，只有 2 斤，1 斤茶葉才賣幾塊錢。天下喝茶的，又有幾個知道其中的艱辛。

到了午夜時分，茶房裡的人大都已散去。這時，小鍋裡的茶葉也炒好了，師傅把茶葉用毛邊紙包好，交給疲倦不堪的倪珍珍，小倪給了他五塊錢，打著哈欠往船屋外走去，出了門，意外地發現小梁班長就站在外面，不禁精神一爽。

「小梁班長，你還沒睡啊？」

「沒呢，在值班。」

值班確有其事。這兩天，船屋的前院成了市場，誰都可以進去，連裡擔心出亂子，規定黨員班長夜間輪流值班。今晚本該輪到苗軍值班，結果早上採茶時受了些風寒，海生就頂了他班。再說，晚間離開茶房後，內心反覆被倪珍珍的眼神折磨，心想，等她的茶炒好，怎麼也要到半夜。所以，他幫苗軍值班，還戴著別樣的欲望。他一直沒再進茶房，也是因為怕連隊其他人起疑，反正她遲早會出來，還不如就守在門外，雖然守得很苦。

倪珍珍見左右無人，站定了說：「我正好有件事想找你幫忙。」

此刻的海生恨不得把她所有的事都包了，爽快地說：「什麼事？你說吧。」

「上海的三線工廠馬上要開始招工了，公社分到5個名額，我也報了名，但是，想去的人太多了，我又沒有後門，想著給大隊支書送點禮物，請他幫忙爭取一個名額。」

海生腦海裡出現那個滿口黃牙，嘴比臉還大的支書，他對這個人沒一點好印象，問她：「他只是個大隊支書，名額在公社手裡，他能給你弄到嗎？」

「你不知道，他弟弟原是公社書記，現在是縣裡領導，否則他怎麼當得上這個書記。」

「你想送他什麼呢？」

小倪把視線定格在他的手腕上說：「我想送他一塊上海牌手錶，但家裡人說，上海買這個要憑票，他們搞不到票，聽人說你有辦法，就想到請你幫個忙，不知道會不會給你添麻煩。」

到此海生方才明白，她今天那怪異的眼神，原來是為了這件事，立刻很慘然的在心裡笑自己自作多情。同時又想，她是怎麼知道自己有這個能力的，而最後說出口的又是另一句話：「我也不敢打保票，只能先答應你，最後能不能買到也不一定。」

「這件事對我太重要了，你一定要幫幫我。」倪珍珍說著把手上的那包茶葉送到海生手裡，一步不鬆地說：「這就是今天從那幾棵老茶樹上摘下來的茶葉，炒出來只有半斤多，送給你嘗嘗新鮮。

買手錶的錢，我明天就給你。」

海生頓時有些不知所措，這半斤茶，可說是極品，他怎麼能接受，忙不迭地說：「不行，不行，部隊有紀律的，不能收你們的東西。」

「這點茶葉算什麼，你們連隊領導每年都要到大隊買很多茶葉進貢上面。」

「那我給你錢。」已經斷了邪念的海生，被手中還有餘溫的茶葉弄得左右為難。

「你這麼見外，是不是看不起人啊。」小倪說著，眼裡傾出了淚水。

海生最見不得掉眼淚的，見她這樣，腎上腺素又開始飆升，不僅收下了茶葉，還立即摘下腕上的錶，遞給她說：「這塊上海牌手錶買了沒多久，和新的差不多，錶帶也是新的，你不嫌棄的話就先拿去送人，別耽誤了事情。」這是海生第一塊錶，平時都藏得嚴嚴的捨不得戴，今天是為了炫耀才戴上的。

小倪一見，喜出望外。其實她在茶房時就注意到他手上戴著閃亮的上海牌手錶，當時就想，能不能求他賣給自己，但是憑交情，自己和他一點關係都沒有，讓人家從手上摘下來給她，這話實在說不出口，現在他要主動給她，天大的事一下子就解決了。她接過手錶激動地說：「可是我拿走了，你用什麼啊？」

「呵呵，這有什麼關係，我又不是一定要用手錶。」

「那太謝謝了，明天我給你送錢來。」倪珍珍說罷，歡天喜地走了。

皖南，是上海的腹地，60、70 年代，在皖南的崇山峻嶺裡，建設了一批從上海遷來的工礦企業，包括醫院、學校、公安、商店、交通，五臟俱全，就差沒建火葬場了，外稱「小三線」。這些企業全歸上海管轄，甚至三線廠的人員犯法作案，被當地公安抓了，也得交給上海市公安局下屬的三線公安局去辦。三線所有從上海遷來的職工戶口仍留在上海，他們的工作、生活在工廠內部，與外界分離，連生活日用品都從上海運來。機二連每星期都會去附近的三線廠洗澡，那裡面說的是上海話，賣的是上海貨，連空氣裡都帶一股上海味，就跟到了上海似的。

作為徵用土地的補貼和人手短缺，三線工廠每年會在附近招一些有一定文化程度的工人。一旦進入三線廠工作，就成了吃商品糧的城鎮戶口，對世代被限制在山溝裡的農民來說，這可是山雞變家雞的千載難逢之機遇，而對倪珍珍這些上海知青來說，若能進自家的工廠，無疑是跳出苦海，回到上海的天賜良機，所以，無論是誰，都會盡其所能，想方設法，削尖了腦袋去爭取。

此後的一段日子裡，海生很少能見到小倪，再往後，她幾乎在自己的視線裡消失了，可他心裡一直惦記著她進三線廠的事，偶爾有幾次，他從船頭的三角小屋裡，望見她進出家門的身影，還是那副漠然的樣子，無喜也無悲。

（四）

山裡的生活，是跟著季節走的，尤其到了春天，群山恢復了綠裝，每天都會給你一個驚喜，只要有休息的空擋，海生一定會徜徉在工地附近的林裡與溪邊，他沒有倪珍珍她們的憂愁，卻有著精力過盛的煩惱，恰好，大自然扮演了他的夢中情人的角色。

收完早茶的那段日子，世界彷彿泡進了水裡，不是細雨霏霏，就是薄霧綿綿，令春意無處不在。腳下的泥土中長出了許多新奇的小草，矮小的灌木叢裡爆出許多怪異的新葉，濕濕的空氣中，濃濃的清新味兒化都化不開。他下到岩底，想和清澈的溪水做親密的接觸，卻驚訝地發現，不久前還是裸露的溝渠，已經被高處匯集而來的溪水淹沒了，只剩下大一點的石塊，孤單地兀立在水中。在平緩處，小溪變成了河床，積滿了四處匯來的水流，海生用手捧了些吸進口中，甜甜的水裡帶著草木和岩石的味道。

在溪水的那一邊，緊挨著山腳，並排長著兩棵高大的喬木，枝頭綻滿了碩大而雪白的花朵，就像亭亭玉立的兩位仙女，不經意地來到人跡杳然的荒野，卻被他這個凡夫俗子撞見。他的心為它們狂跳不已，踩著溪澗上的石塊，一蹦一跳地到了對面，然後深一腳淺一腳奔過鬆軟的草地，一直跑到兩棵花樹下，才敢肯定它們就是自己最喜愛的白玉蘭。他原以為白玉蘭是人工栽培，長在城裡的樹，因為它看上去高貴嬌嫩，卻沒想到在這深山裡能見到它。

城裡的白玉蘭通常只有 3~4 米高，而這兩棵野生白玉蘭，足有 7~8 米高。白玉蘭的別致之處就是先開花後長葉，所以，當它開花時，入眼盡是怒放的花朵，潔白碩大，佈滿了枝頭，豐腴又厚重的花瓣看得人心都醉了。此刻，世上所能列舉的一切歡樂，都無法比得上眼前夢幻般的美景，海生癡癡地佇立在玉蘭樹下，讓靈魂一點點渡過去，與它們融為一體。

此後的日子裡，他天天來這裡，或凝視著純潔的花蕾，把心中的詩念給它們聽，或站在枯萎的花瓣裡，唱著憂傷的歌。

白玉蘭之後，綻放的是無處不在的杜鵑花，暮春季節，它四處盛開著，常常一不小心就會在溪邊的石縫裡，路旁的草叢中，被它怒放的身姿，驚出滿心的喜悅來。杜鵑花又叫映山紅，在大樹被伐盡得山坡上，這種矮小的灌木長得格外茂盛，大紅的、粉紅的、紫紅的，紅紅火火地鋪滿了山坡，讓人覺得它們是伐去的大樹的血澆灌出來的。除了紅色，還有白色、黃色等，雖不如紅花開得火爆，卻總能給你驚喜，當你在紅地毯般的花叢中漫步時，突然冒出一叢白杜鵑花，恍如天上的神仙將一串珍珠遺落在綠毯上，讓人嘘籲不已。只是每當海生讚歎這些美景時，又陷入身邊沒有一個知己的憂傷中。

在百分之九十以上的人的眼裡，山中的生活，無聊又閉塞，和他們不同，海生則愛上了這裡安詳又神奇的氣息，這裡不存在統治和被統治的邪惡，萬物自生自滅，沒有仇恨，沒有陰謀，更沒有小人。偶而，他收到一封滬生的來信，他現在已經是一名軍事院校的大學生，信裡很不客氣地說，你待在山溝裡有什麼出息。這才讓海生認真考慮外面的世界。看來，滬生現在混得不錯，記得一年前，海生在家裡的風頭蓋過了他，一跤摔下來後，他已經沒心思去和別人比什麼高低了，如今，他只想做一個任別人嘲笑，唯獨自己喜歡的山裡人。

在沒到黃田之前，海生從來不知道這世界上有個叫黃田的地方，到了黃田，才知道這兒藏了許多歷史的印記。

歷史就像一座山，你沒看到並不能證明它不存在。

在船屋的南面，逶迤而下的山勢，正好將其一角嵌入視野裡。繞過山角，有個秀麗的山谷，谷中有幾排與民舍不同的房子依山勢而築。房前的路旁有一圈低低的院牆，居中有扇大門，門旁掛著一塊牌子，上面有四個斑駁的字：「黃田中學」。海生第一次和這個掛在大山裡的校牌有幸照面，是因為和學校的籃球比賽。

一進校門，就是學校的籃球場兼操場，球場後面是依山而建、逐排向上的校舍，共四排。前兩排是教室，後兩排是宿舍，其中尤其顯眼的是第四排，在房前長長的晾衣繩上晾著紅紅綠綠讓人心動的女生內衣。看來這還是個寄宿學校，想不到在這麼偏僻的山溝裡會有一個寄宿學校，海生有些納悶，更多的是欣喜，當兵前學校在他心裡沒有一絲地位，現在任何一座學校都會引起他充滿羨慕的亂想。

機二連的籃球領軍人物是連長楊正群，他是當了兵後才知道摸籃球的。雖然打起球來勇猛無比，但球技卻很一般，他帶著球隊和黃田中學幾番交手，總是差一口氣不能贏對方。海生來了後，多了個能投、能防、能控球的生力軍，楊正群自然躍躍欲試。因此，沒多久就向學校下了戰書。

黃田中學的球隊，清一色由教師組成。他們一出場練球，海生就破解了他們屢戰屢勝的秘密，同時，這個秘密亦讓他吃驚不小。

破解的方法很簡單，就是這些老師竟然用上海話交流。在中國，城市越大，籃球的普及程度越高，面對一批上海籍老師，自己連隊輸球理所當然，真正令海生吃驚的是，他怎麼也想不到在這個極其封閉的山溝裡，居然會有一群上海老師！從年齡上看，這些老師沒有 40，也有 30 好幾了。

趁雙方賽前寒暄時，海生請教了校方的領隊朱老師，才知道這個黃田中學原來大有來頭。早在三十年代，這個中學就存在了，當時叫皖南師範，國民政府曾授預它模範學校的稱號，自然是有些名氣。解放後，皖南師範仍然保留了下來，按新政府規定，既是師範學校，老師就由全國統分，管你是北京人還是上海人，分你來這，你就得來。60年代，皖南師範的名號取消了，改為黃田中學。之前分來的老師只能繼續留校教書。因此，若論師資，這個藏在深山裡的學校，在整個宣城地區都是數一數二的，遺憾的是，這年頭師資已經沒用了。

或許正是師資沒用了，這幾個上海老師待人很隨和，只一會，海生就和他們攀談熟了。每一個故意和別人套近乎的人，都懷有潛在的目的。平日很少和人套近乎的海生，此時當然懷有目的，只是他的目的非常人能想到。他很唐突地向剛認識的朱老師提出個怪異要求——借書。直覺告訴他，這些五、六十年代的大學生，一定藏有不少好看的書。讀書是他此時最大的貪噬，因此他才有勇氣厚著臉皮去求人。這個唐突的請求也令年長他十幾歲的朱老師驚詫不已，但他還是滿口答應球賽結束後，帶他去自己的宿舍，看中哪本就拿去看。

球賽開始後，多了個梁海生的機二連果然鳥槍換炮，兩個隊打得難分難解。扣人心弦的比分把學校裡的學生都吸引出來觀戰，有的站在操場上，更多的站在宿舍前的空地上，一排排宿舍前站著一排排的人，由下至上，就像天然的看臺，球場上每一個人的動作都能一覽無遺。這時，拿到了前場球後的海生，急轉身做了個跳投，球直落網中。正當他得意時，從最高的看臺傳來了一陣空靈般的掌聲。那應該是對手的陣營啊，怎麼可能給他鼓掌？他好奇地望去，在那掛著許多小內衣的晾衣繩下，站著一排少女。他一下就找到了拍手的女孩，她身穿一套白色的運動服，連腳上的鞋子都是白色的，站在人群中顯得尤為突出。一排十來個女生，只有她在拍手，而且拍手的姿勢也特別好看，不像別的那樣大開大合。而是兩隻胳膊夾在胸前，雙手一張一合地拍著，同時一雙眼睛緊緊盯著海生看，神態非常誘人。

一瞥之餘，海生竟然看得走了神，被隊友傳來的球狠狠地砸在臉上，惹得全場一陣轟笑。

有美女助陣，海生的手特別順。隨著他投進個壓哨球，比賽結束了，機二連小勝黃田中學。楊正群自然是高興的不得了，聽說梁海生要去朱老師那借書，一揮手就同意了。海生再抬頭找那位女生，早已芳影全無，只剩下幾件內衣隨風飄動。

他悵悵地跟在朱老師身後拾級而上，接近最高那排宿舍時，朱老師向左一拐，去了第三排宿舍，腦子裡一片空白的海生突然瞧見另有一排石階通向廁所，和朱老師招呼了一聲，便三步並作兩步匆匆往廁所跑。除了想上廁所，他的心被一種尋找支配著，哪怕只有幾秒的機會。

恰恰在廁所前，迎面碰到了那個「人面不知何處去」的白衣少女。她正好從女廁所出來，兩手還在腰間整理衣衫，兩人面對面就這樣停下了。白衣女生楞楞地看著他，雙手也忘記了放下，秀氣的臉上吃驚地半張著小嘴，海生則語無倫次地說：「不好意思，我在找洗手池。」

同時，他面對面地把對方看了個清楚：小小的鵝蛋形臉上，果真有一雙大眼睛忽閃忽閃地，很招人喜歡，完全不像個山村姑娘。

「洗手池在那，我帶你去。」她放下雙手，爽快地一笑，頭也不回地把海生領到了一間水房裡。

水房的中央放著兩個巨大的木桶，各有一個水槽從後窗接進來，水通過水槽流進兩個木桶裡，滿了後從出口直接淌到水泥地面上。這兩個大木桶，一個是飲用水，一個用來洗手洗臉洗衣服。海生按她的指點，先洗了洗手，再拿起另一個桶上掛著的葫蘆瓢，勺了半瓢水，美美地灌了個飽，然後衝著白衫少女說：「這水怎麼這麼甜？」

「你放心，這水是山上接來的泉水，很乾淨的。」她盯著他很認真地說。

在道了聲謝謝後，心跳不已的海生不知道再怎樣和她交談下去，希望她能開口說些什麼，殊不知那女孩此刻正等待他繼續說下去，雙方就這樣在互相的遲疑中，竟一步一回頭地分了手。

海生木然地找到朱老師宿舍，朱老師已經準備好了一摞書在等他。雖然兩人才相識，而且還是球場上的對手，但在朱老師眼裡，這個年輕的軍人更像一個好學的學生，令他有惺惺相惜的欲望。海生饒有興趣地挑了一遍，只選中了一本蘇聯人寫的《邏輯學》，其餘的是一些文革前的小說和西方名著，他早已看過。他有些不滿足地問:「朱老師，有沒有西方的哲學或宗教書籍，比如黑格爾、盧俊、伏爾泰等人的。」

「哈哈，小梁，看不出你讀的書還真不一般。」朱老師說完，從床墊下摸出一本《論人類不平等的起源》遞給他。海生一看書名，瞳孔直接變綠，興奮地說：「太好了，我早就聽說這本書，一直找不到，沒想到在這兒找到了它。」

海生興衝衝地回到球場，那白衫少女此時已不再困惑他了，楊正群見他一臉興奮的樣子，有心問他：「借了什麼書？」

「蘇聯的《邏輯學》。」海生早防著這一招，乖乖地把拿在手上的書遞給他。

「蘇聯的書，不會是修正主義的東西吧？」

「這本書是五十年代的教科書，當時蘇聯還沒修呢。」

贏了球的楊正群額外大度地把書還給了海生，何況他也知道，在讀書方面，自己不如這個高幹子弟。前兩天，梁海生給全連上批林批孔課，深入淺出，貫通古今，說得頭頭是道，戰士們的評價比連隊幹部講得好，而連隊幹部背地裡對他評價，歸為八個字：「高幹子弟，見多識廣。」言下之意，海生又沾了家庭的光。

但是，能把沾了的光亮起來，也不是人人都能做到的，比如這本《邏輯學》，全連又有誰能啃得動。

有了籃球，有了書，海生去黃田中學的機會自然多了起來，可惜的是，幸運之神不知躲哪喝酒睡覺去了，去了幾次，都沒看到那個已經映印在心底的白衫少女。

（五）

四月底的一天午後，海生帶著幾個戰士正在給一台推土機做保養。相距不遠的道路上，令人驚訝地出現了一輛北京吉普，它開著開著突然停了下來，海生和幾個弟兄正在瞎猜呢，車上下來兩個女的，遠遠地衝著他們大喊：「梁海生！」海生立即聽出了其中一個是小燕的聲音，興奮地扯開嗓子答道：「我在這。」然後跳下推土機，帶著滿手滿臉的油污，飛一般地跨過數道田埂，用最快的速度跑過去。和小燕站在一起的是方妍，兩人看見飛奔過來的海生，高興地又蹦又跳。

衝到車前，海生喘著氣又驚又喜地問：「你們怎麼來了？」

「來看你啊。今天早上從蕪湖出發的，剛才到了前面的工地，他們說你在這保養機械，我們就順著路找過來，一看到推土機，小何就猜到你在這。」小燕一口氣把經過說了一遍，海生趕緊向車上下來的小何舉了舉油污的手，算是打了招呼。

方妍打趣地說：「嗨，你看上去挺像個樣子的。」她脫了軍裝，穿了件質地挺括，淡雪青色的短袖衫，烏黑的長髮散落在肩上，在這大山溝裡，簡直有些過分優雅。

他倆因為一直有書信來往，所以沒什麼生疏，海生指著髒兮兮的工作服自嘲地說：「就這，還挺像樣子？」

小燕則迫不及待地告訴他：「現在最重要的問題是，我們這次要去黃山玩，特地來叫你一塊去，你趕快想辦法向連裡請個假吧，老爸只給了我們四天時間，去掉路上來回兩天，我們只能在黃山玩兩天，所以今晚一定要趕到黃山的。」

海生沒想到她們還帶了那麼好玩的節目，立即說道：「走吧，開車回連隊去。」

一行人上了車，海生坐在前面給小何指路，小燕和方妍在後面討論著什麼。突然，小燕把頭伸到前座來問：「聽說林志航現在是你們的團長？」聽到海生肯定的回答，她又回到座位上劈劈啪啪把海生和他團長的關係全倒給方妍，方妍聽了即說：「既然有這層關係，連裡應該會批的。」之前，她倆一直擔心海生請不到假，海生不去，就她們自己上黃山，那多沒勁啊，一路上倆人沒少為這件事擔心，現在心裡總算有了些底氣。只是女人在這種關口，血液流速總比男人快，所以倆人的心還吊在嗓子眼上。

到了船屋，海生讓她們在門口走馬觀燈地看看，自己則直接去連部請假。還好，平日裡不好說話的連長不在，指導員在，他不僅爽快地批了他的假，還特意走到門口，招呼遠道而來的女客人。海生乘機去洗了一把，換上乾淨的軍裝，走出船屋時，發現小燕手上多了一包茶葉，不停地向指導員說著道謝的話，猛地想起一直小心收藏的小倪送的茶葉，又趕緊回去取了出來。

北京吉普又出現在顛簸的山路上，只是車上多了個放出籠子的海生。一路上他總算從三個人嘴裡弄明白，這個塊餡餅是如何從天上掉下來的。

事情還要從方妍所在第 86 野戰醫院說起。陸軍第 86 野戰醫院，駐紮在距南京 100 多公裡的皖南當塗，大詩人李白就是在當塗的採石磯溺水身亡的。很少和醫院來往的梁袤書，今年突然選擇了這家醫院做體檢和療養。放著南京這麼多大醫院不去，偏偏到當塗這個小地方的野戰醫院做療養，其中必有梁袤書自己的考慮。就在許老頭宴請梁袤書及全家後沒多久，北京中南海突然來了個大動作，對調八大軍區司令，許世友被調到廣州軍區。曾經傳得紛紛揚揚有關梁袤書要晉升的傳說，也一風吹散。雖然梁袤書並不看重官銜和地位，但晉升畢竟是對這些年自己工作的肯定，誰不希望自己的才智和辛苦能得到認同呢？許離開後的風向，標誌著晉升徹底沒戲，多少令他意興束然。自從去了上海鋼鐵基地，他很少在南京軍界露面，即使大院裡開黨委會，他都很少去參加。沉浮在動盪不定的官場，他暗暗打定主意，幹完鋼鐵基地這件事就退休。

人過了六十，心變得越來越柔軟，對子女的掛念亦越來越濃烈，他打算在自己退下來之前，將子女的前途都安排好，當然，也包括方妍在內。方妍的母親是同輩中最小的，也最聽他的話，才滿 14 歲就跟他參加了抗日。在老家同宗平輩裡，梁袤書過去、現在都是大哥，對他來說，安排好方妍，比安排好自己的孩子都重要。

正好，前不久去軍區後勤部當副政委的老戰友田松林打電話給他，說 86 醫院要蓋新的住院大樓，缺少鋼材，請他給批一些。這年頭，全國都缺鋼材，唯獨梁袤書不缺。他滿口答應了老田，並讓他轉告醫院，拿著手續來找他。所謂手續，就是醫院蓋樓申請購買鋼材的指標。醫院雖然有了指標卻提不到貨，鋼材部門告訴醫院要等半年以後，把醫院的頭頭們急得團團轉，結果到了梁袤書這，當場就給他們批了 100 噸鋼材，院長拿著批條千謝萬謝。梁袤書時機恰好地向他問起方妍在醫院的表現，院長在弄清了梁袤書就是方妍的舅舅後，拍著胸脯走了。

這種套路，梁襄書原是不屑的，但是形勢比人強，現在的人越來越勢力，你不用這一套就解不了問題。他心裡很明白，這些已經失去了上學的機會的孩子們，提幹、吃官糧是唯一的出路。

所以，梁袤書這次選擇 86 醫院體檢，自然是要看看醫院拍了胸脯後的行動。好在方妍這孩子很爭氣，各方面都不錯，院長向他彙報，下一批提幹名單就有她，並在夏天時，送她去醫學院深造。院長還向他大訴苦水，全院有 100 多個幹部子女，其中大部分是本軍區各級領導的孩子，都排著隊等著提幹呢。那意思是能把方妍安排進下一批，實屬不易。而對梁袤書來說，不管易還是不易，眼看方妍的前程有了著落，心裡自然高興。

至於小燕是如何參合進來的，她的理由既簡單又明確：「方妍在那兒！」到了醫院後，跟在老爸後面吃香喝辣的小燕，悄悄地和方妍商量，乘著老爸的車空著，開車去天下第一名山黃山去玩。她倆給上黃山找了個很好的理由，這個理由夠有說服力，就是去看海生。這是駕駛員小何獻的計，他說海生目前的位置正好在黃山邊上。去看看躲在深山裡不出來的海生，老爸一定會同意，剩下順道去黃山的請求，也就十拿九穩了。

兩個女孩把看海生的計畫說給梁袤書聽，果真打動了他。自從海生出事後，就一直刻意不回家，雖然聽專程來醫院看望他的林志航說他表現不錯，但心裡還是免不了惦記。兒子不回家，他身為首長又不能專門跑到下面去看望，改由小燕她們去，憑兄妹情解開海生倔強的心結，再好不過。因此，他就順水推舟，成全了她們的黃山之行。

如今，這四個年輕人，一個學生三個兵，忽然間擺脫了一切束縛，佔領著一輛令世人嫉妒的吉普車，縱情馳騁著，目的地——千年名山。

四個人中，有三個都是生活在一個封閉的環境裡，另一個看似自由自在的小燕，也逃不脫國度的封閉。青年人無法在這個時代扮演精彩，若想讓自己活得精彩，特權是唯一的通道，你想認識封閉模式以外的世界，唯有特權能幫助你擴大視野。和大眾比起來，有特權的人是有福的。但是，相對外面的世界，他們依然是可憐的。比如眼前這座被古人讚頌千年的黃山，在他們已知的世界裡卻是如此陌生。

黃田離文人騷客筆下的黃山，還有兩小時車程，但是沿線的風景已經逐漸入畫。或青山側伴，或綠水迎風，或良田深許，所過之處，總是令人留連。當吉普車從一個大坡上衝入坡底，山腳竟轉出一大片青蔥的梯田，嫵媚的如同畫境。梯田的一角，幾間零落的村舍旁，矗立著一座古塔，無數白色的大鳥棲落在塔上，歌唱著，嬉鬧著。

小燕興奮地問：「這是什麼鳥？」

「是白鷺。」見方妍也在好奇，海生得意地答道：「兩個黃鸝鳴翠柳，一行白鷺上青天。歐陽修詩裡所說的白鷺就是它們，在我們住的船屋附近，也有很多。」

「怨不得你不想回家呢，有白鷺和船屋作伴，真算得上『樂不思蜀』。」方妍瞧他說起來眉飛色舞的樣子，美美地誇了他一句。

海生被她誇得舒服，回頭就給她一個憨笑，猛然注意到她身上那件淡雪青的短袖衫十分可人，脫口便說：「你這件衣服真好看。」

方妍心想，你現在才看到啊，正欲開口，小燕搶著說：「你才看到啊，這是今年最流行的『滌綸』料子，我買的，和方妍一人做了一件，怎麼樣，好看吧，還給你做了一件米黃的。」小燕說著從座位旁的包裡拿出件米黃色短袖衫給他。

海生拿在手裡，果然手感很舒服。小何一邊開車，一邊歪著頭說：「不錯，穿上試試。」他成年後第一次穿上軍隊白襯衣以外的襯衫，肥瘦長短正好，感覺大爽，立即對小燕說：「太好了，以後每年幫我做一件。」

車過蔡家橋後，轉上了去雀嶺的盤山路。此路有 18 道彎，每道彎都是 180 度向上盤旋，山路異常狹窄，常常讓人覺得車輪是貼著懸崖行駛。剛才還有說有笑的幾個人，這會緊張的連氣都不敢出，一個個緊緊地抓住扶手，生怕一說話，一晃動，車子就會翻下去似的。好不容易盤到山頂，見得有「雀嶺」二字，再一抬頭，無數峻美的山峰迎面排來，相互簇擁在黃昏的光芒裡，仿佛是一群傳說中的諸神，威武地站在天河邊上。剛從驚險中緩過氣來的四個人，立刻被眼前的神奇驚呆了。

「那是黃山嗎？」小燕首先說了心裡的疑惑。

「肯定是的。」男孩子總是習慣肯定句型回答，回答完了，海生再說：「地圖上標著，過了雀嶺，就是黃山主峰。」

「這麼美的山，一定是黃山。」方妍帶著少有的興奮說：「我們在這裡停一下好嗎？」

車停下，四人齊齊站在路邊的護欄前，比肩對面千姿百態的群山。腳下是高山深谷，一片空靈，空谷中傳來數聲驚惶地鳥鳴，更幽發了他們身臨仙境之惑，海生對著群山虔誠地唸道：「前不見古人，後不見來者，唸天地之悠悠，獨愴然而涕下。」

「用不著那麼悲傷吧。」小燕一邊拿著相機選景，一邊嘲笑他恭恭敬敬的樣子。

小何似乎什麼都不在乎，雙手做喇叭狀，衝著高聳的群山一聲長嘯，空谷裡果然傳來深邃的回音。四人中唯有方妍一聲不吭地對著群山發呆，小燕碰碰她問：「想什麼呢？」

方妍像是被碰醒了，長長地吐出一口氣，忘情地說：「黃山，終於見到你了，你比想像中的美。」

「就是，明天就能看到迎客鬆了，我好激動哦。」小燕也被方妍感染了。

「方妍，你那麼喜歡古詩，也來唸一首吧。叫作此時不吟，更待何時。」海生慫恿著，小燕也不失時機地說：「對啊，平時沒少見你讀書，你倆一人一首嘛。」

「好吧，我唸一首宋人李覯的詩。」方妍清了清嗓子，張口誦來：「人言日落是天涯，望極天涯不見家。已恨碧山相阻隔，碧山還被暮雲遮。」

「好一句『碧山還被暮雲遮』，此情此景再合適不過。」海生邊鼓掌邊說。

「你們倆倒像一對才子佳人，可惜都太傷感了。」小燕毫無顧忌地評道。

海生被她說的心裡一動，一看方妍，似乎還沉浸在落日碧山裡。

小何在一旁則無聊極了，連連催他們：「我們走吧，否則天黑了不好走。」

到黃山賓館時，已是暮色蒼茫。辦好住房手續，幾個人著急去賓館的飯廳找飯吃。剛點好菜，去停車的小何回來了，他坐下後對海生說：「我在停車場看到了一輛卡車，掛得是你們團的牌照。」

海生馬上起了好奇心，撂下筷子，拉起小何就往外走。小何是老駕駛員了，對識別部隊的汽車牌號很有一套，他說的肯定不錯。兩人走到賓館前面的空地上，那裡總共有四、五輛車，其中一輛大卡車，很扎眼地趴在那，走近了一看，海生更是大吃一驚，那輛大卡車分明是自己連隊的，他第一次到連隊，就是這輛車帶他去的。那個臉色很難看的駕駛員叫蔣斌，浙江蘭溪人，據說家是縣城裡的，全連沒幾個人他能看得上。當然，在知道了海生的來頭後，再也沒敢給他臉色看。

兩人圍著車子轉了一圈，很想發現什麼，結果什麼也沒發現，心裡留了個大大的問號回到飯桌上。方妍和小燕正把玩黃山風景介紹圖，見他們回來，同聲問道：「你們倆幹嘛去了，等你們吃飯呢。」

「出怪事了，我們連的卡車跑到黃山來了。」

唯一沒穿過軍裝的小燕說道：「這有什麼奇怪的，你不是也來了。」

「小何，你的太陽鏡呢，借給我用一天。」海生沒接小燕的話，轉身問小何去借太陽鏡。接過小何的墨鏡，他往鼻上一架，四周環顧著，惹得方妍噗哧一笑：「怎麼覺得你像特務一樣。」

「不會吧，再差勁也是羅金寶吧。」海生挺著胸脯說。

「算了吧，羅金寶像你這樣就完了。」小燕怪他不回答自己的問題，趕緊挖苦道。挖苦完了，不依不饒地問：「為什麼你們連隊的卡車不能來？」

「連隊的車是不能隨便往外開的，出一趟車，必須事先上報營裡、團裡，經批准後才能外出。這輛車出現在這，十有八九沒經過批准。」小何替海生解釋道。

第二天，按約定時間，四人早早起來，趁女孩們梳妝打扮，海生先到賓館廣場前，一看，卡車還在，他馬上把墨鏡戴好，回到大廳找了個角落倚著，審視著每個進出的人。結果要等得人沒出現，倒是小燕、方妍整裝待發地走下樓來，海生失望地和他們匯合在一起。今天是登山最累的一天，從前山爬到北海，據說要 10 個小時，其中還有迎客松、天都峰、西海等一大串必到的風景，「破案」的事，只能遺憾地放棄了。

一個時辰後，四人爬到了玉屏樓，除了海生，其餘的已經是一步一喘氣了。不過迎客松就在眼前，如果它那如畫般的身姿不能將你的疲勞一掃而光，你實在不夠資格來爬黃山。看到了世人嚮往的迎客松，幾個人都忘了腰酸背痛，圍著它整整拍了一卷膠帶，才算結束了對它的頂禮膜拜。

就在他們準備去征服天都峰時，海生突然看到在去天都峰的山路上，走下兩個人，兩個他都認識的人。一個正是蔣斌，還有一個竟然是倪珍珍。他本能地身形往後一撤，藏在了三人後面，低聲地說：「我找的人來了。」

蔣斌和倪珍珍壓根兒想不到會在這兒碰到熟人，再加上海生穿著便衣，戴著墨鏡，根本沒引起他們在意。兩人就這樣旁若無人手拉著手，有說有笑地走了過去，蔣斌甚至還向盯著他們倆看的小燕投來一笑。

直至兩人走到聽不到他們說話的距離，小燕立馬開口：「女的長得還算漂亮，那男的是你們連隊的嗎？笑起來真難看。」

「是的，他叫蔣斌，是駕駛員。」海生盯著兩人的背影說。

「那是他老婆吧，看上去像是一對。」小何也盯著倆人的背影說。

「那個女的就住在船屋旁邊，是個上海知青。」

「莫非是一對野鴛鴦。」方妍嘴裡也能蹦出這樣的詞，海生衝她頑皮地一笑。

同是駕駛員的小何，也不得不感歎：「你們連裡這個蔣斌膽子太大了。私自開車到黃山不算，還帶了個女知青。」

「這樣看來，這個姓蔣的不是好東西，要不要告訴你們領導啊？」小燕生平第一次面對壞人，渾身來勁。

海生沒空把她的建議放進腦子裡，這會他滿腦子想的是，好一個倪珍珍，自己曾經被她花得暈乎乎的，沒想到她竟然是這樣的女人。當他把記憶裡的倪珍珍和剛才的她合併到同一個身影上時，又一次從心底裡湧出慘然一笑。

這時，方妍和小何已經走到前面去了，小燕催著他快些走。海生追上他們後，心思還吊在那兩人身上，不時回頭望著。他想起賓館的人說過，從賓館到玉屏樓這一段，上來容易，下去難，一般都是選擇沿著這條路線一直到北海，然後從後山回來，為什麼他們選擇相反的方向呢？

他把想法和三個人一說，方妍立即回道：「他們一定是從天都峰下來，直接回賓館去。」

「對呀！」他恍然地說：「也就是說，他們只有一天的時間，沒辦法去北海，只能玩了天都峰就打道回府了。我怎麼沒想到呢？」

海生本是那種沒事喜歡瞎琢磨的人，碰上曲折的事不琢磨透決不甘休。只可惜眼前這事攤在倪珍珍身上，他琢磨的本事大打折扣，完全迷惘在那個曾經令他憐惜的女人的身影裡。

方妍看在眼裡說：「你是不是和那女的挺熟的？」

「她是地雷2號。」海生為了防止方妍把事情往那種關係上想，把地雷的秘密逐一說給他們聽。

幾個人聽得入迷，不知不覺就到了天都峰下。

黃山諸峰，數天都峰最險。遊人要是登上峰頂，必須手拉鐵索才能攀上去。其中最危險的一段，是長約十幾米，寬不足一米的石脊，人稱「鯽魚背」。站在鯽魚背山上，兩側是萬丈深淵，耳邊山風呼嘯，仿佛稍有差錯，人就會墜落下去。兩個女孩子站在鯽魚背前，面面相覷，誰也不敢過，走在前面的海生，故意把腳向石脊外邁出半步做騰空狀，嘴裡還喊了聲：「哎喲。」嚇得小燕尖叫道：「海生，快把腳拿回來！」

而方妍則把眼睛閉得緊緊的，過了好一會才睜開，海生已經到了那一邊。這時，小何在身後催她們：「快走呀，後面已經有人排隊了。」兩人無法，只好蹲下身子，一步一步地挪動。海生見了，笑得半死，說道：「要不要我來背你們啊？」

正在緊要關頭的她們，聽了此話，都把牙咬得緊緊的，就是不開口，好不容易挪到盡頭，方妍直起腰來恨恨地說：「梁海生，剛才你要是掉下去，還沒到老天收你的時候，你不就成了孤魂野鬼。」

海生一聽，這話夠損的，有點她妹妹的風格，趕緊抱歉地伸了伸舌頭，可嘴裡還是死撐地說：「做個沒人管的遊魂，也比做個天天被人管的活屍好。」

下了天都峰，餘下的路線雖沒有剛才險峻，小燕和方妍腿上的力氣也用完了，另一個大兵小何，說是農家子弟，這些年在城裡養得不會走路了，嘴上還一個勁地解釋，我們家是平地，不像這，一會兒上一會兒下。

於是，海生身上的東西逐漸多起來，所有的水壺、包一件件從別人身上轉移到他身上。到最後，兩個姑娘索性用傘柄鉤住海生的腰帶，讓他拉著走。拉了一段，海生也走不動了，只好集體坐下休息。

而西海到北海，也確實沒有太多吸引人的景點，看了一天奇峰怪石和松林，各人已覺身心疲憊，補充了一些食物和水後，誰都沒有站起來走得意思，正當小燕和方妍相互訴說腿上的酸痛時，只聽得海生大叫一聲：「蛇！」嚇得兩人花容盡失，跳著躲到海生背後，海生則笑得直不起腰來，氣得兩人掄起粉拳朝他一陣暴打。打累了，小燕往地上一坐說：「我不走了。」

小何趕緊給海生解圍道：「還有兩個小時天就黑了，天黑之前，我們要趕到北海賓館。」

「我走不動。」小燕還在生氣。

方妍在一旁不解氣地說：「這就是害人害己的結果。」

因一時得意招來她們憤怒的海生，只能自我解圍地說：「你們知道蛇的天敵是誰？」

「誰呀？」小燕氣歸氣，問還是要問的。

「是老鷹？」方妍不敢肯定地說。

「想不到吧，告訴你們，是黃——鼠——狼。」海生賣了個關子繼續說：「當黃鼠狼發現蛇後，不是衝上去咬它，而是繞著蛇走一圈。一圈走完，蛇就乖乖地待在中間不動了，過幾分鐘圈裡的蛇就奄奄一息，這時黃鼠狼大搖大擺上去美餐一頓。」

「真的假的，那不是和孫悟空一樣，用金箍棒劃個圈，妖魔鬼怪都進不去了。」小燕懷疑海生又在騙她。

「奧妙就在它轉那一圈同時，留下了特殊的氣味，蛇一聞到這氣味就被制服了。」

「應該是真的，在我們家，黃鼠狼偷雞也是先放個屁把雞熏昏了。」小何附和道。

海生站起來乞求地說：「這下可以走了吧，不看我的面子，又要看在這麼好的故事的面子上。」

一分鐘後，兩把傘柄又掛到了他的腰帶上。

（六）

兩天後，北京吉普把梁老三送回了黃田，在離船屋還有一個彎口時，海生叫小何把車停下去，依依不捨地和三人道別後，高高興興地回到船屋繼續當他的大兵。

和離開時所不同的是，心裡多了個秘密。他沒有去彙報那一對野鴛鴦的事，他不認為這種事有什麼十惡不赦，雖然心有醋意，可是為此去戳穿他倆，豈不是太下作。他只是從側面打聽道，蔣斌的車那天去屯溪倉庫裝潤滑油，結果車在屯溪時壞了，原來跟車的油料員，跟了另一輛車先回了連隊，而蔣斌則留在屯溪等車修好了才回來。

以後的日子裡，有幾次在出工的路上碰到小倪，她總是低著頭閃身而去。海生遞過去的眼神，她連看也不看，弄得海生總懷疑那天在黃山她是不是認出了自己。

一天，在知青小屋旁那片溪石上，他看見那個胖女孩獨自在洗衣服，便停下來和她聊起三線廠招工的事。

「早結束了，我們大隊一個都沒錄取。」胖女孩一提到這個話題，就滿臉仇恨，看來她也是送過禮、燒過香的。

離開水溪，海生為倪珍珍長長歎了一口氣，看來那塊上海牌手錶是肉包子打狗了，而之前對她的恨意居然也不在了。

從黃山回來後，有一天連隊組織全連上山砍柴。一聽說要進山，海生又興奮了。砍柴在他眼裡，不就是練練臂力嗎，能進深山轉悠轉悠，看看各種野趣，才是令人開心的事。他想的沒錯，砍柴並不難，但他沒想到要把柴從十幾裡外的山中挑回船屋，才是件難事。老祖宗的字形檔案裡早有明示，他們把砍柴人稱為「樵夫」，「樵」字下面有四點，代表他們腳力過人。海生哪懂個深淺，砍了八十多斤柴，信心滿滿地往山下走，才走了二里路，就不行了，明明是平平的扁擔，在他肩膀上如同個錐子，刺著他無法忍受。他走幾步停一停，停一停再走幾步。眼見大部隊沒了蹤影，只剩他一個人，就摔掉些柴再走，約摸又走了二里路，已經不是在挑柴了，而是用手托著扁擔往山下走，用這個方式走了百來步又崩潰了，他只好停下再丟掉一些柴，兩次丟的加起來有一多半。就這樣，剩下的一半往肩上一放，還是痛得他齜牙咧嘴，他索性找了塊大石頭坐下不走了，心想反正是最後一個了，不和別人爭這口氣。

正當他揉著腫痛的肩膀時，山路上傳來了腳步聲，難道還有人落在自己身後，他高興地想著，回頭一看，竟然不敢相信自己的眼睛，山路上走來的是自己幾番尋覓的白衣少女！她依舊是一襲白衣，正輕盈地沿山路走來，兩人在枝葉扶疏間打了個照面，不約而同地招呼起對方。

「你好，真巧呀，在這裡碰到你。」海生的臉上和語音裡帶著明顯的歡快，只有在沒人的地方，他才會如此輕鬆地說話。而她也驚喜地看著他，又看看他身邊的兩小捆柴，掩嘴笑著說：「走不動了吧？你們平原上的人，走山路就是不行。」

海生本急著想告訴她幾次去學校都沒到她，話到嘴邊又覺不妥，改口順著她的話說：「不是走不動，是肩膀疼。」

「那還不一樣嗎，我來幫你挑吧。」少女說著把手中一個小布包往海生手裡一放，站到扁擔下，整理好高低，挑起來就走。海生怎麼好意思讓他挑，卻又擔心她走了又不知什麼時候才能見面，只能狼狽地跟在她身後揀起好聽的話說。

跟著她走了一段，才想起還不知道她的名字，快步走到她身邊問：「你叫什麼名字？」

「陳六斤，你呢？」

「梁海生。」海生對「六斤」這個名字很好奇，又問她：「為什麼叫六斤？」

「我生下來時只有六斤，從小到大，家裡都這樣叫我。」

「那麼生下時七斤，是不是就叫七斤了呢？」他這一問，令六斤笑個不停，笑完了說：「六斤比較特別吧，太小了。」

海生哪搞得清六斤算小算大，此時他的心已被腎上腺素攪亂了，厚著臉皮問：「我可以叫你六斤嗎？」

「可以啊，從家裡人到學校同學都這麼叫我的。」

還別說，六斤挑著那兩小捆柴，走起來不僅不費力，還一扭一扭地韻味十足，海生跟在她後面很有些被寵的感覺，話也跟著多了。他知道這條路沿路沒有住家，走到山頂是公社林場，便問：「你怎麼會從山上下來？」

「我舅舅是山上林場的場長，我去看他，給他送點東西。」

「你的家在黃田嗎？」

「不在，在旌德縣城裡，我們那沒有高中，所以才到這讀書。」

接近山腳，路漸漸平緩起來。出了林子，路邊的坡下有一片盛開的薔薇覆蓋在溪水之上，明淨的溪水落滿了薔薇花瓣，逍遙地向前滑動，那一份自在，羨慕死了海生，對前面的六斤說：「我們歇一歇吧，我要洗洗手。」

「好啊。」六斤答應道。前面就是岔路口，也是兩人的分手處，她也有心停一停。

海生率先跳到澗水中央的大石塊上，沒想到藤曼之下是另一番野趣。美麗的薔薇藤越溪而過，在頂上搭了個花棚，順著巨石走進去，薔薇之下，有清澈的溪水淙淙流過，仿佛進入童話裡的仙洞一般。

他回頭一看，六斤也跟了進來，忙指給她看：「你看，這裡有魚，有魚。」說著就用手去撈，這一撈，不僅沒撈到，人也差一點滑入水中，幸好六斤在後面拽住了他。

只聽她笑著說：「你怎麼和我弟弟一樣，看見魚就不要命了。」

「你弟弟多大？」

「9歲。」

「我沒這麼小吧。」感到吃了虧的海生頑皮地向六斤做了個鬼臉，此刻她正盯著海生看，一見他抬起頭，又趕緊垂眉去看水裡的魚，沒想到卻把手遺忘在海生的肘彎裡。

海生忘情地握起她的手，裝模作樣地研究了一番說：「沒想到你的手這麼細小。」

六斤紅著臉把手掙開，卻沒收回，依舊擱在他的肘彎裡說：「你還沒告訴我，你家在哪裡。」

「在江蘇南京，聽說過嗎？」

「聽說過，是個很大的城市，還有個中山陵，孫中山就埋在那，對嗎？」

「對啊。不過孫中山早已不在那了，在臺灣。中山陵很大也很好玩，有機會我帶你去玩。」

「你說的哦，不許騙我。」六斤認真地說完，去把那個小布包拿來，打開布包，裡面竟是許多野果子，圓圓的，有雞蛋大小，表皮是褐色的，還長了一層茸毛，很是可愛。海生挑了一個在手裡把玩著問：「這是什麼？」

「楊桃，野生的，林場裡多的是，學名叫獼猴桃，學校老師很喜歡的。」六斤說著，挑了幾個軟一些的，在溪水裡洗淨了，用細細的手指將表皮剝開，裡面是碧綠的瓤，然後對著海生說：「張嘴。」隨即把楊桃塞進他的嘴裡。

這果子入嘴一咬，酸甜酸甜的，還帶有深山幽林的清香，再加上由女孩的手指送入，更添了一份醉意。海生厚著臉皮說：「好吃，還要。」六斤早已將另一個剝好，且等他將嘴裡的吃完，就把另一顆餵他。海生豁然想起當年王玲也是這樣餵他的，所以他還用當年的方法，將六斤的手指輕輕咬住不放，直到六斤「哎喲」叫了一聲，方才鬆開，一邊大嚼楊桃，一邊得意地笑著。

「你是屬狗的啊。」六斤掄起粉拳就往他胳膊上、胸脯上捶，這哪叫打人啊，分明是肢體接觸，早已心猿意馬的海生順勢就把她摟進了懷裡。

那天在黃田中學，六斤直勾勾地看著他的眼神，就已燃起了他內心的情欲，今日兩人意外相逢，雙方心裡的渴望一塊迸發了出來。半年前受過處分懲戒的海生，此刻怎攔得住青春的狂野，更何況六斤從神情到肉體滿是不設防的信號，她雙目緊閉，全身酥軟地躺在海生火熱的懷裡，等待著他的縱情和入侵，當海生的手指觸摸到她的嘴唇時，她幾乎是虔誠地等待著神的賜預。

海生撩開她帶著野草香的長髮，對著她的耳朵輕輕地說：「我問你，那天在籃球場，你盯著看的是我嗎？」

六斤睜開眼，嗔笑著說：「不是你，我看的是１２號。」海生腦子轉了一圈才想起自己的球衣就是１２號，忿忿地在她的耳垂上輕輕咬一下，這一咬，令六斤從頭酥到腳尖，隨即將手指伸進他的嘴裡任他去咬。

海生咬著她的手指繼續說：「那麼多人，你為什麼只盯著我？」

「你的打球動作好看唄。」六斤見他不信，又說：「周圍的同學都這麼說。」

「動作好看你就喜歡上了，比我動作好看的多了去了，你喜歡的過來嗎？」

六斤輕輕地在他的手背上掐了一下說：「誰叫你是第一個呢。」

海生俯下身子，用舌尖舔著她的雙唇，然後頂開雙唇，再頂開牙齒，找到她的舌頭，綿綿地舔著，待她將舌頭送進自己的嘴裡，又將它咬住……。

就在此刻，有呼叫聲從遠處傳來，海生雖然聽不清什麼，卻斷定是來找他的。因為那不是本地人的口音，他急忙對六斤說：「有人來了。」

似醉非醉的六斤渾然不知地問：「在哪？」

「來找我的，一定是看我遲遲不回去，懷疑我呢。」海生整了整衣衫又說：「我先出去，等我離開了你再走。」六斤怎捨得他離開，攔腰將他抱住，海生感到她柔軟的胸脯在自己背上起伏，心裡從一數到三，趕緊拍了拍她的臉蛋，說了聲再見，挑起擔子離開了水澗。

走出沒多久，果然在岔路口迎上了來找他的苗軍和另一個戰士。苗軍討好地說：「梁班長，全連就剩下你一個還沒歸隊，連長擔心你出什麼意外，叫我們來找你。」他說著，眼睛卻瞟向海生身後的山路。

海生若無其事地答道：「實在走不動了，休息一會。」心裡卻在叫：「好險！」

有風險的愛情才有刺激，有刺激的愛才夠刻苦銘心，才值得此生炫耀，才符合愛的原旨。千百年來，人類的性愛之所以離動物的本能越來越遠，正是因為性的刺激與被刺激越來越比生殖的苟合重要。

如果說海生與王玲的愛情是懵懂的，那麼他和六斤的愛情更是純粹的性別勾引。在這禁欲的年代，或許只有瘋狂才能找到真實。無論從哪個角度看，這場發生在深山裡的性的勾引，僅僅是場小小的愛情遊戲，他們誰都不知盡頭在哪，但是這場遊戲還是別無選擇地開始了。從這一天起，海生的心裡又裝進了一個大秘密，有秘密的日子真好！

自從薔薇藤下分手之後，雖然兩人無法再見面，但彼此都知道，在山腳的那一邊，有一個讓自己朝思暮想的人。思戀，是一首歌，也像一扇門，它的每一個音符，每一縷情愫，無論是悲，是喜，是肉欲，是幽怨，還是夢想，都開啟了人們心中唯美的世界，它讓情欲的絢爛永駐每一個人的心底。

貓在深山裡的機二連有一項福利，每月團裡的放映隊都會來放一次電影。到了放映日這一天，船屋必然熱鬧無比。能讓船屋變得無比熱鬧的，不是住在船屋裡的 130 名軍人，而是周圍方圓數十里的鄉親們。從放映車開進黃田，放映員在船屋的球場上拉起天幕，村裡人就一傳十、十傳百地把消息傳到了能傳到的地方，連海拔一千多米高的林場裡的工人，也舉著火把下山來看電影。

天還沒黑，球場邊上，船屋周邊的路上，數不清的鄉親已經三五成群，嘰嘰喳喳地開始聊天等待，等到船屋裡的戰士排著整齊的隊伍出來，在場地中間整齊地坐下，四周的男女老少「轟」地一下就把子弟兵團團圍住了，誰要想再出去可就難了。

再等到燈一關，開始放映，那些平日裡和部隊熟悉的鄉親們，趁著黑，屁股一撅，就坐到了戰士們坐的長凳上，其中不乏小媳婦、大姑娘。此刻她們都以能擠到一個座位為榮耀，誰還在乎其他的。

海生的六班，坐在隊伍的中間。電影一開始，竟然也被鄉親們蠶食了進來。先是有一個女人，趁熄燈瞬間一片漆黑時往他身邊一站，等到後面被擋的人一聲吆喝：「坐下來！」她用腰一頂，半個屁股就坐到了凳子上，海生只能讓出一段給她坐。那女人坐穩了後，更加放肆起來，竟來捏他的胳膊，窘得他躲也不方便，不躲又難堪。正在這時，耳邊傳來一縷氣息：「我是六斤。」他才鬆了口氣瞪大了眼睛，使勁瞅了一會，確定是六斤不假，才放心地讓腎上腺素在心中蕩起，歡快地捏住了她的手。

過了會兒，六斤抓起他的手，毫無顧忌地放進自己的胸衣裡，直接把它壓在柔軟的乳房上。海生心裡一陣狂野，盼了很久的一刻終於來到了。他忘記了周圍的存在，沉醉在無邊的情欲裡，那對小巧的肉球和中央堅硬的乳頭，通過他的手，電擊自己所有的神經末梢，他已經不知道自己身在何處，也不在乎身邊有多少風險，抬著頭，挺著胸脯坐著，遠遠地看過去，就像一個永遠不動的傀儡，肩膀之下卻快活地忙碌著。

但是，當螢幕上打出「劇終」二字時，他還是趕緊把手抽回來，六斤也識趣地離開了座位。緊接著，操場上的「小太陽」燈亮起，那些還坐著沒走的小媳婦大姑娘，一下子被無數雙眼睛逮個正著，一時間笑聲四起，連船屋裡的人也跟著一塊起哄，海生慶倖自己閃得快，一點痕跡都沒留下。

（七）

轉眼到了秋天，火紅的楓葉給寧靜的山裡披上了絢麗的色彩。20 歲的海生突然長起了智齒，連續幾天的疼痛令他生不如死。再後來，止痛片已經毫不管用，半邊臉都腫了起來。最痛的那個晚上，他擔心自己的呻吟聲影響別人睡覺，將被子塞入口中，緊緊地咬著它，減輕那痛不欲生的折磨。第二天一看，被子都被他咬爛了。從小到大，他從沒有遭這麼大的罪，只好哭喪著臉去請假到團衛生隊治療。到了衛生隊，醫生說他那個智齒不是往上長，而是往前長，頂住了前面的牙齒，必須去醫院拔除。離團部最近的醫院是方妍所在的 86 醫院，海生只好在團部住下，明天去 86 醫院。

那個智齒也怪了，離開了深山，換了個環境，它反而不痛了，也許它知道自己命在旦夕，不敢囂張。海生躺在團招待所的床上，想著明天可以見到方妍，權當把看牙當作是一次與她愉快的會面吧。

黃山之旅，和方妍的關係越來越熟絡了，這種熟絡表現在兩人書信來往中，用詞語氣多了些私密性的味兒，這讓海生常常會有一些異想。這種異想也算是一種淡淡的思戀吧，完全不像他和六斤，純粹是火星撞地球的那種。也許這種淡淡的情愫，哪一天遇到某個契機，也會變成熊熊烈火，但至少現在還不可能。而且，很多時候，他喜歡這種淡淡的交流，它給自己溫馨與寧靜。他不知道世人眼裡的紅顏知己是個什麼關係，但他已經悄悄地把這個有些憂傷，喜歡讀書的表妹，放在了紅顏知己的籃子裡。

想著想著，居然美美地睡了一覺。醒來，天完全黑了，一看鐘已經 7 點半，肚子裡響起饑餓的「咕咕」聲。他找到了食堂，早已黑燈瞎火，再去小賣部，也是鐵將軍把門。他想起還有一個地方可以填飽肚子，信步走去，到了跟前一看，房間的燈如願地亮著，可自己的腳卻有些軟了，拿不定主意，是敲門還是不敲門。

這是林志航的宿舍，自從報到時在這和林志航見過一面後，再也沒有機會見到他。有幾次林志航到機二連檢查工作，海生心裡盼著能和他見一面，說幾句話，但總是落空。他感到林叔叔是有意回避兩人的關係，也懂得他這麼做，是為自己好。因此，衝到了林志航門前，他又開始猶豫起來。就在他心裡編著敲門後的臺詞時，通訊員小姚一手拎著一個熱水瓶來了，一看是他，熱情地招呼著他。

被人看見自己傻傻地站在這扇門前，感覺很沒面子，海生只能強裝一笑。

「是來看團長的吧，我帶你進去。」小姚跟著在林志航門口喊了聲報告，推開門說：「團長，梁班長來了。」海生趕緊跟進去，見林志航正坐在辦公桌前看文件，他舉手敬了個禮說：「團長好。」

林志航一看是海生，忙放下手中的文件招呼他坐下，問明瞭他來團部的目的。聽說他還餓著肚子，立即吩咐小姚，叫炊事班做兩碗麵來。

不一會，小姚端來了兩碗熱氣騰騰的面，林志航拉著海生到了小餐桌前坐下，一看面上面還蓋著一層肉絲，得意地說：「我也算沾你的光，乘機打打牙祭。記得以前在大院時嗎，逢年過節你媽媽一定要叫我去吃餃子，今天我算還債。」

兩人邊吃邊敘著舊，林志航又問了些連隊機械保障的狀況，海生盡其所知地說給他聽，聽完了林志航誇道：「不錯，你肚子裡有一本賬了，告訴我，你現在學會了幾種機械駕駛與操作。」

「挖土機，堆土機，壓路機，鏟車，有6、7種吧。」

「一開始你說你不喜歡機械，你看現在，不都學會了嗎。」

海生嘻嘻一笑，算是回答，心裡卻想，學會它們太容易了，喜歡它們則很難。

吃完麵後，正用熱毛巾擦著嘴的林志航突然說：「小三子，你去南京看牙吧，順便回家住幾天，就算是正常探親假吧，一個星期夠了嗎？」

「夠了。」海生高興地說。自從小燕和方妍來看過他後，心裡那個自卑的結已經解開，他不再害怕回家。現在，林志航給了他這份意外的假期，一下就燃起了他回家的熱情。

第二天，從蕪湖坐長途汽車到中華門，再換上電車到玄武門下，急急走進大院，一切還停留在昨日，擎天的鐘樓，高大的雪松，還有正在落葉的梧桐，包括腳底下的水泥路都沒一點改變，哪兒有一道裂縫，哪兒有一塊凸凹，都出現在該出現的地方，令他一下又回到了一個留在內心深處的世界。這兒有童話，有恣意地享樂，有遠離塵世的寧靜。

在得意中推開了家門，從一樓爬到三樓沒見到一個人影，最後還是在廚房裡找到了老阿姨。老阿姨見到突然冒出來的海生，開心地臉上的皺紋全疊在了一起。說了一大堆體貼的費話，諸如：瘦了，黑了，吃了沒有，想吃什麼。說到最後，她突然想起了什麼，表情鄭重地說：「你不知道吧？朝陽的爸爸過世了，今天開追悼會，全家都去了。」

海生一聽就急了，也不問在哪開追悼會，慌慌張張地衝出去，跨上自行車就往外騎，才騎出院子，就差點和迎面開來的一輛轎車撞上，還好他反應開，車把一擰，轉了個90度，直接衝上了路沿，才避免和轎車親密接觸。

轎車也是一個急剎車停下，只聽車裡有人喊：「海生！」

飛進耳朵裡的是小燕的聲音，他定下神來一看，不僅小燕，老爸老媽都在車裡，尤其是老媽，緊張地伸出頭來問：「沒事吧，海生。你嚇死我了。」

很長時間沒聽到老媽熟悉的關切加埋怨的口氣，此刻一句問候，調皮兒子的感覺全回來了，連忙對著他們亂笑一氣。接著把車子挪開，讓小何先開進去，自己屁顛顛地跟在後面又回到了家。

在家門口，已經下了車的老爸，對著他第一句話就說：「有你這樣騎車的嗎？頭也不抬。」還沒容海生回答，第二句又來了：「你怎麼跑回來了，請假了嗎？」其實他根本就沒把海生當作沒請假就回來的逃兵，只是他一貫對孩子們就是用這種半真半假的腔調說話。海生也習慣了他的口吻，大大咧咧地回道：「我有那個膽子不請假就回來嗎。」

隨後下車的劉延平也幫著兒子說話：「海生都是老兵了，這點還不懂嗎。」

小燕也在一旁幫腔，說了聲：「就是麼。」梁袤書一見她們都幫海生說話，只好嘿嘿一笑，招呼大家上樓去。躲了一年沒敢回家的海生，順利地過了見面這一關，心裡輕鬆了許多。

不過，今天註定不是輕鬆的日子，走在樓梯上的老爸繼續問海生：「你剛才急急忙忙往外跑什麼？」

「我才到家就聽說田叔叔過世了，急著去參加追悼會，沒想到你們已經回來了。」

海生一提田振明，又引來梁袤書的一聲歎息：「你田叔叔可是好人，太可惜了。」

自幼的印象裡，田叔叔就是老爸的好朋友。每逢過年，梁、田兩家總要湊在一起吃頓飯。那一天也總是海生開心的日子，因為兩家的孩子可以無拘無束地玩個盡興。平日裡兩家有什麼好東西總是要互相贈送，小時候印象最深的是三年自然災害時，蘇聯專家送給梁袤書兩大桶黃油，老爸送了一桶給田叔叔。過了半年，他在田家玩時，意外發現了那桶黃油，裡面都長了綠毛，沒有人吃，他問朝陽，說是吃不慣，海生後來一直在為那桶黃油可惜，因為他太喜歡在饅頭上抹黃油了。

他無法想像田叔叔會和死亡搭界，問道：「田叔叔得的是什麼病啊？」

走在前面的老媽歎了口氣說：「白血病，不治之症。」

上了樓，梁袤書又叫住正欲離開的小何，說道：「你還要辛苦一趟，等會去田政委家，把全家接過來吃飯。」跟著又問劉延平：「晚飯準備好了嗎？」

「行了，你別管了，老阿姨一直在準備呢。」她的話使海生記起老媽一直討厭老爸過問廚房的事，還會背著老爸在他們面前說：「哼，假惺惺的。」

他發現，一回到這棟樓裡，記憶就像被打開的閘門，往事接踵而來，帶著濃濃的家味，濃濃的親情，人也一下子就變得柔柔地。

坐定之後梁袤書才想起問兒子：「回南京幹什麼？多少天？」

「回來拔牙。本來是到方妍醫院去拔的，後來團長叫我回南京拔，給了我一個星期假。對了，林叔叔還向你們問好。」

劉延平一聽就急了：「牙出了什麼問題？不要隨便拔，會引起牙床鬆動。」

於是，對話的形式又回到父母拷問兒子的老路上，海生不耐煩地回答完，急著問一旁顯得無聊的小燕：「朝陽回來了嗎？」

「能不回來嗎，一個都不少，連他同父異母的大哥大姐都來了。」

小燕這邊剛說完，老爸在那邊又發問：「小林在你們那當團長，威信高不高啊？」

「威信很高，他是大學生，又精通業務，下面的幹部很服他。」海生答完，站起來說：「我回房子看看。」得到老爸首肯，他立刻離開了書房，小燕也跟著他溜了出來。

一進他的房間，小燕趕緊神秘兮兮地說：「知道嗎？滬生和麗娜談上了。」

「真的！」海生大叫一聲，一屁股坐在沙發上說：「那不是鮮花插在牛糞上。」

「去你的，有你這麼說話的嗎。」

「快說，他們什麼時候談上的？」在關係密切的人面前，海生永遠是口無遮攔。

「你知道滬生今年春天到南京軍事工程學院上學的事嗎？」

「知道啊，他還給我寫了封信。」

「就是那時候，田叔叔被查出得了白血病。他陪老爸老媽去看田叔叔，在醫院遇到了麗娜，回來後就求老媽去和麗娜的老媽王阿姨提親。他自己呢，一到休息日就去醫院看田叔叔，大概就這樣把麗娜感動了。我們最後一次去看田叔叔那天，老爸當著兩人的面對田叔叔說，我們支持孩子們在一起。」

「這兩個人能配成一對嗎？」海生不相信地說。在他眼中，麗娜雖然不如丁蕾、方妍那般細膩，卻是活潑開朗的女孩，又有一身文藝細胞，除了醫生這個頭銜外，她還是後勤部文藝宣傳隊的骨幹，主持、朗誦、跳舞、唱歌樣樣都行。這樣的女孩和老夫子般的梁滬生放在一個愛情的籃子裡，能開花嗎？

「管他呢，只要對我們家好就行。」小燕從小和麗娜在一起玩，關係鐵得如同姐妹，麗娜能進梁家的門，她舉雙手雙腳同意。

晚飯前，海生還是老習慣，待在廚房裡幫老阿姨搗鼓鍋碗瓢盆，聞聞各種菜肴的美味，光陰就隨之倒流了。到了吃飯的點，田家的人接來了。王阿姨很懂高幹家庭該有的分寸，她不會來得太早，那樣即會讓人緊張，也會出現等飯吃的難堪，當然也不能來得太晚，晚了讓主人等更沒禮貌。這邊一切都拾掇好了，他們全家也到了。

同樣，坐梁副司令派去的車，也是必須的。按規定，高級幹部過世，家裡配置的勤務人員和小車，一兩個月內不會撤銷，但是梁袤書派自己的車去接他們，足見他對田家的一番心意，王阿姨自然要領這份情，不會坐自家的車來。

聽到車喇叭一響，海生就衝出了門，恭恭敬敬地給王阿姨打開車門，深深地對她鞠了一躬，道了聲好。

王阿姨雖然表情肅穆，看到海生，還是露出意外笑容：「小三子，你也在啊？」

「今天下午剛到家，沒趕上給田叔叔送行，實在對不起。」

「沒事，孩子，你的心意阿姨領了。」王阿姨拿起海生的手，輕輕拍了拍說。

海生又依次去和田家幾個哥哥姐姐握手致意，最後走到朝陽面前，兩人使勁地擁抱著，一句話也沒說，只顧把各自的淚水憋回去。

這時，梁袞書已經到了門口，隔了七、八步遠，就把手伸了出去，直到和王阿姨的手緊緊地握在一起，兩人不停地說著互相安慰的話，一步一客氣地進了屋。

海生和朝陽落在最後，他問：「麗娜呢？」

「車坐不下，她和滬生兩個人騎車過來。」

海生聽了對方的語氣，確定他的情緒還不錯，才提起今天最敏感的話題：「你怎麼樣？還好吧。」

「還好。」朝陽坦然地說：「一個月前就報病危了，全家都有思想準備，只是剛才一看到你，鼻子就酸了。」海生真佩服朝陽的坦然，不由地在他的腰上捅了一下說：「聽說你也上軍校了？」朝陽毫不在意地答道：「是啊，和滬生同校不同專業。」海生用羨慕地口氣說：「我們幾個當中，你是第一個上大學的。」

朝陽當然明白「我們幾個」指的是大個、東林，還有一個曉軍和他倆，苦笑地答道：「這種大學也就是混混，學不到什麼東西，你也趕緊讓你老爸運作一下，來上學吧，躲在山溝裡幹麻呢？」

海生勉強地笑了笑，沒有正面回答他。他相信朝陽知道他的醜事，所以用不著向他解釋貓在山裡的原因。他猛然發現兩人多日不見，竟然都以苦笑開場，一個年輕喪父，一個自罰深山，從前那種無憂無慮的歲月似乎就以這種方式告別了。

暮色裡，他換了個話題問朝陽：「有大個和東林的消息嗎？」

「大個提幹了，當上了小排長，東林嘛，難得見上一面。雖然他老爸被選上了四屆全國人大代表，他的戶口還在農村調不回來。」

兩人正聊著，身後傳來一串輕脆的車鈴聲，間中還夾雜著脆脆的嗓音：「你們倆站在臺階上幹麻呢，天都黑了。」說話的是從自行車後座上跳下的麗娜，騎車的自然是梁滬生。

「正說你們呢，你們就到了。」海生衝他們不懷好意地一笑。

麗娜用南京腔回擊他：「哎喲，一年不見，變得口齒伶俐了嘛。」

「好了，別瞎聊了，趕緊進去吧。」滬生擺開主人的架子，把他們往家裡趕。

晚餐之後，兩家人又轉移到樓上說話，海生則把朝陽拉進了自己的房間，兩人關上門，腿往沙發扶手上一翹，開始了不用大腦思考的閒聊。

「喂，聽說王玲的事了嗎？」已經離不開煙的朝陽點上一支煙說。

「哪個王玲？」海生被他問得一愣。

「別裝，還能有幾個，就是你喜歡的那個。」

海生心想，這事瞞過了不少人，他怎麼會知道，估計是詐，便硬著頭皮說：「別瞎掰了，我認識的王玲有一打。」

「好，好，你不承認是吧，總醫院外科的小護理員，人稱小蘇州的王玲，你不會不認識吧？」

「她呀，認識又怎麼樣？」海生死撐著不承認有那層關係。

「沒怎麼樣，她出事了。」朝陽曾從麗娜嘴裡得知，海生在總醫院住院時和小王玲關係密切，密切到什麼程度，誰也不知道，也是他想知道的。

自從下過一次地獄後，海生已經把一切事情都放下了。但王玲畢竟是過往的歲月裡給他留下過酸甜苦辣的人，她若出事，不可能不惹起牽掛，脫口便問：「她出什麼事了？」

「她和化驗科一個男護士談上了，結果兩人躲在化驗室正在親密時，被人發現了。」

海生聽後，心裡「嘎巴」一聲，像是有什麼在裡面斷了似的，那「親密」二字，把他對王玲最後一點懷戀全折斷了。他強裝沒事地問：「發現了又怎麼樣？」

「露餡了吧。」朝陽得意洋洋地盯著他說：「被人彙報上去了唄，據說兩人年底都將復員回家。」

聽到王玲的下場，海生眼前浮現出她那雙露在口罩外的大大的眼睛，有冷漠，也有纏綿和依戀。面對退伍回家的前景，她會很無助，她身後沒有任何靠山，只能任人處置。這個世界冷酷的手段之一，就是讓人萬念俱焚。

見海生沉默不語，朝陽像是很關心地說：「傷心了？算了吧，長得太一般，犯不著為她傷心。」

「去你的，胡扯什麼。」海生動氣了，他知道不打斷朝陽，他那張嘴不把別人說得體無完膚，是不會甘休的。

這時，門「哐」得一聲開了，進來的是麗娜，手裡拿著一盆切好的水果，大模大樣地說：「兩個小阿弟，吃我削的蘋果。」

一個女人進男人房間不敲門，唯有沾親帶故才會這樣，所以海生開口就說：「哎喲，二嫂，太謝謝你這麼想著我們。」海生這一聲「二嫂」，叫得雙重意思，因為滬生是老二，稱她「二嫂」自然是調侃二人的熱戀，再有呢，南京人稱從農村來的女人為「二嫂」，海生剛被朝陽挖苦的一肚子氣，他嘴裡這「二嫂」自是作賤她呢。

在那邊客廳裡裝正經裝夠了的麗娜，本來想進來參與瞎聊的，被他一聲「二嫂」噎得紅了臉，恨恨地說：「小心別讓人把你的嘴撕了。」說完，扭頭出了房間。

看著她的身體消失在門後，海生開心地說：「喂，這兩人能成對嗎？」

「不知道，反正我老爸老媽，你老爸老媽都很積極，應該沒問題吧。」朝陽再次把腿擱在沙發扶手上，吸了口煙，懶懶地說。

海生想起小時候兩人惡作劇，一起偷看麗娜洗澡，一晃，許多年過去了。他瞟了一眼朝陽，那傢伙正瞇著眼透過煙霧斜視著自己，八成他心裡想的和自己想的是同一件事。那年麗娜16歲，現在想來，那可是令天下男人垂涎三尺的胴體啊。反觀滬生，從小就以黑皮著稱，黑到演《赤道戰鼓》不用化妝的地步，這兩人若在一起，完全是鮮花和牛糞的絕配。

第二天，他又大大咧咧地出現在麗娜面前，雖然她早已忘了昨晚的氣惱，但凶一下還是必須的，「上班時間，你來幹麻？」

「來看你啊。」

「我不信。」她竟然對他的直白有化學反應，一抹羞波掠起。

海生看著她套在臂上的黑紗，噗哧一聲笑著說：「不開玩笑了，來求你趕緊找個好的牙醫，把我這萬惡的智齒給拔了。」

「你若再敢說出什麼噁心人的話來，看我找人把你的牙都拔光。」麗娜凶歸凶，還是拿起了電話，要通了牙科，幫海生約好了醫生。

看著海生得意地走了，麗娜的心才放鬆下來。從來是伶牙俐齒的麗娜，自從和滬生談上了，見了彼此周圍的人，或者被別人提起這件事，都會臉紅心跳，這和幸福無關，而是千百年來，中國文化視男歡女愛為下流之事，至今還深深地印在人們的道德理念中，即使是正常的戀情，在禁欲的陽光下，愛著的人們也會小心翼翼地思考，自己是不是成了個下流的人，他們太需要一個聲音在光天化日之下大聲地告訴他們：「你們不是下流的人！」

正大光明談戀愛的尚且如此，被性欲的魔鬼糾纏的遍體鱗傷的海生，更是羞於大白天昂首挺胸出現在大院裡。雖然回歸了家庭，但是他大多數時間躲在家裡看書和享受久沒聽到的美妙的音樂。即使出門，大口罩成了他必備的武器，回來三天，他只是去看了一趟趙凱。他和馮佳一起分配進了一家軍工廠，每天同進同出，雖然沒什麼政治前途，小日子卻過得紅紅火火，兩人商定了春節結婚，然後生兒育女。

（八）

如今的梁家，最活耀的人物反倒是以前最安靜的小燕，每天都有一大堆活動，眼見的她進進出出比誰都忙。這天，她總算想起回來度假的海生了，拿了一張電影票給他。「這是羅馬尼亞的電影，你肯定沒看過。」她那很認真的神情，真把海生當山裡人了。

黃昏時分，他戴上口罩騎上車出了大院。電影院在新街口，途中要經過高高的鼓樓廣場，從鼓樓廣場到新街口是個一公裡長的大下坡，對騎車的來說，不用踩，只要放開剎車，就能一路溜到新街口。海生衝在車流最前面的一群人中，這群人都嫌自行車的慣性還不夠快，還要使勁地踩，恨不得飛起來。飛速行駛中，海生索性雙手放開車把，昂著頭，叉著腰，得意地飆過一輛又一輛車。衝到一個路口，正好是紅燈，看看左右沒車也沒人，他和幾個騎得最快的，絲毫不停地闖了過去。過路口時，他似乎看到有人站在暮色裡朝他們揮手，瞬間就消失在身後。直到爽夠了，他才扶住車把，讓車子自己慢慢地溜著。

就在這時，他聽到有人在身後喊：「當兵的，停下來！」回頭一看，有個員警騎車追了上來，他沒停，反問道：「為什麼要我停下？」

「你剛才在紅燈面前沒停是嗎？」員警說著漸漸追了上來。

「沒停的又不是我一個，為什麼只找我。」海生察覺他的意圖，也開始加速，那員警由於是提前加速，很快就追上了海生。嘴裡嚷著：「找得就是你這個當兵的！」伸手就抓住了海生的肩膀。他那知一句話惹火了要找的人，海生猛地一抖肩膀，同時把車子向外拉出個大大的弧度，那員警沒抓住人，一下失去了平衡，連人帶車衝進了安全島上的冬青樹叢裡，待他爬起來時，還不忘那個當兵的，卻只剩了個綠影在車流裡。

看完了羅馬尼亞的電影出來，海生腦子裡多了許多莫名其妙的「尼亞」，與「羅馬」則更是風馬牛不相及。他隨著人流走到停車場，卻橫豎找不到自己自行車了。鑰匙明明在手上，車怎麼會不翼而飛呢？等到人都散光了，他在空蕩蕩的停車棚轉了三趟，還是找不到，只能去問管車的大爺，那大爺反倒問他：「你那車是不是男式的，黑顏色，天津飛鴿牌？」

「對呀。」海生看到了希望。

「你的車被員警拖走了，叫你到市交警大隊去領。」

這傢伙還不依不饒了。海生洩氣地離開影院，邊走邊琢磨他是怎樣找到他的車子的，明明看見他跌進樹叢裡，又從哪鑽出來？

這段小插曲在生活中太常見了，要緊的是它牽出了一個人，此人後來成了海生的死黨。

哭喪著臉回到家，小燕從房間裡出來，也不琢磨他的臉色，迎面便問電影好不好看？海生哪還有心事談電影，把丟車的事從頭到尾說了一遍，小燕聽了，自然也氣憤不行，秀目一轉，說道：「不要緊，我有個同學老爸是市公安局的頭頭，我找她去幫你要回來。」

當晚小燕就把她的同學找來了，同學叫張蘇，圓圓的臉，圓圓的身子，剪了個短髮，雖不是軍隊家庭的，也是地方幹部家庭的，想事情的思路都差不多，快人快語，幾句話就知道該怎麼辦了。

第二天晚飯前，張蘇就把車給騎回來了，輕鬆地往海生面前一放，開始描述她的拿車經歷：「我找到交警大隊的大隊長，大隊長把那個交警找來，那人額頭上還貼了一塊紗布，一開始就是不同意還車，一定要你去一趟。我說，人家是回來探親的，已經回部隊了，部隊在皖南山溝裡，你怎麼叫他回來。那人不相信，我說向毛主席發誓，再加上大隊長也幫我說話，他只好同意我把車子取走了。」張蘇說到後面，聲音越說越大。

海生聽了心裡只想笑，她如此大的喉嚨，光是聲音也把別人壓倒了。送上一串感謝詞後，他還是不忘問她：「你有沒有問他怎麼會從幾千輛車中找到我的車的？」

講得興高采烈的張蘇一拍腦袋說：「哎喲，忘了告訴你了，他摔了個大跟頭，頭上、胳膊上都碰破了，哪還會放過你呀，他喊了一個過路的人，騎車去追你，一直追到電影院，記下了你的車子，再回去告訴了他。」

這才是現實版的道高一尺，魔高一丈，海生聽完興奮地用不地道的南京話說：「乖乖，我還不知道有人跟蹤我。」結果把她倆說得咯咯亂笑。

從此，海生就把張蘇劃入了死黨的圈子裡。

三天後，海生再一次出現在麗娜面前，麗娜見了恨恨地說：「你這傢伙，不回你的山溝去，成天來醫院混什麼，是不是和周建國一樣，得了泡妞病了。」

麗娜是海生唯一可以說話放肆一些的同齡異性，於是口無遮攔地說：「有這個意思，但據說總醫院漂亮的女孩都名花有主了。」

「我看有個人挺適合你。」麗娜不懷好意地說：「聽說過張寧嗎？」

「聽說過，不就是那個正選妃子嗎？」

「就是她，回南京了，脫了軍裝，分到博物館工作去了。要不要介紹給你呀？」

「去你的，她比我大三、四歲呢，我要這麼大的女人幹麻。」

「女大三，抱金磚嘛。」

「不行，最多只能大一歲。」海生一本正經地說，倒是麗娜聽了紅霞又起。

「好了，快說幹麻來了，後面看病的都排上隊了。」

「我們團裡要我做一份體格檢查表。」

「什麼體格檢查？」麗娜略顯不耐煩地問。

「提幹吧。」海生有些不好意思地說。

「是嗎？」麗娜一高興，差點就喊出來:「恭喜你啊，要提幹了，怎麼不早說呢？」

其實，海生也是早上剛剛知道，當時他還賴在床上沒起來，勤務兵來敲他的門，說有電話，他一接，才知道是團裡的幹部股長找他，吩咐他去醫院做一份提幹檢查表，回來時交給他。

「走吧，我帶你走一圈就搞定了。」麗娜說完，也不顧門外排隊的人，領著他風風火火地到各科室轉了一圈。田大夫果然人緣不錯，三下五除二就搞定了。

離開醫院時，他有些遺憾沒能見到王玲。在外科檢查時，他看到了大王寧，沒看到她。以海生的性格，原本是不見最好，生怕見了面不知道如何開口。自從朝陽把王玲的境遇一說，反倒有了想看她一眼的欲望。可惜從進去到出來那幾分鐘裡，始終沒見到她。

騎上車，帶著淡淡地迷惘，徑直去了玄武湖，找到曾經和王玲一塊徜徉的那一段湖堤，正是深秋，他茫然望著被落葉弄髒了的湖水，久久地沉浸在說不清的憂傷裡。

在這個城市裡，將來還能記住王玲的，也許只有他一個人

（九）

山裡的天，冷得早。海生回到連隊時，清晨船屋的瓦上，已能

見到厚厚的白霜。就在寒冬降臨時，他的提幹命令下來了。冬至那天，他第一次參加了黨支部會議。支委會開的有些特別，營裡的教導員也到場，他鄭重宣佈營黨委同意補選梁海生為支部委員。見這架式，海生心裡有安慰、受寵，也有自嘲。

但是這些得意來得略早了些，接下來的兩件事，令他的得意一掃而光。教導員接著宣佈，原二排長董芳林提升為副指導員，原三排排長到二排當排長，而梁海生則被任命為三排長。這個調動讓海生完全摸不到頭腦，因為二排是道路機械排，三排是運輸修理排，業務上完全不一樣，就在他一頭霧水時，教導員說的第三件事，幾乎驚呆了他。

帶著濃重的山東口音的教導員一字一頓地說：「機二連最近出了件非常嚴重的事件，經查實，三排九班長，共產黨員蔣斌，和當地一個女青年有不正當的男女關係，並且，把人家肚子都搞大了，要不是當地群眾反映到部隊裡，我們黨支部、營黨委還蒙在鼓裡！」

教導員站起來用手比劃道：「都懷孕八個月了，肚子都那麼大了，藏都藏不住了，我們才知道，你們黨支部是怎麼做工作的！據說，個別支部委員早就知道了，不僅不彙報，還包庇蔣斌。」

已經大吃一驚的海生聽到這，心裡更像揣進個兔子似的七上八下，心想這事莫非和倪珍珍有關，如果和她有關，這個知情不報的人是不是在說我呢？他抬頭看去，所有的目光都偷偷地聚集在原三排長身上，這才恍然大悟教導員所指是誰，而他去三排當排長的謎，也不解自破。

不過即使這樣，他還是心有餘悸。要說知情不報，他也算一個，若是被別人知道，恐怕這次又提不成幹了。

支委會散會後，教導員、指導員和連長留下他專門談話，佈置如何看管蔣斌和清除此事造成的惡劣影響。直到此刻他才確定，女青年就是倪珍珍，而蔣斌已被臨時隔離禁閉。

第一天上任就遇到這麼件棘手的事，換誰都會壓力重重。梁海生卻例外，這個沒吃過多少苦，荷爾蒙又異常旺盛的高幹子弟，生性喜歡做有挑戰的事，挑戰性越強，他越有興趣。何況如此枯燥的軍人生活中，突然掉下一件令人想入非非的事，多刺激啊。

蔣斌被關在船屋最裡面一間小屋裡，沒有玻璃窗，只有一個老式的窗洞。海生推開門時，他正仰面躺在床上，雙目緊閉。聽見門響，睜開眼見了來人，懶洋洋地站起來說：「排長你來了。」

看來他已經知道梁海生現在的身份。前面說過，這個蔣斌大小也算個城市兵，知道了海生的身份後，兩人關係一直不錯，又都是連隊籃球隊的，也算有些共同語言。所以，海生讓他坐著，自己則站著和他說話。

「在幹麻呢？」他問。

「閉目思過唄。」蔣斌擺了付死豬不怕開水燙的樣子。

「好，只要不是閉目養神就好。」海生調侃著，順手拿起桌上蔣斌寫的檢查，大略一看，盡是些避重就輕地敘述。心想，你這傢伙，都到這地步了，還在糊弄人，於是臉色一整，說道：「蔣斌，你知道和女知青發生不正當的關係，後果有多嚴重嗎？」

「開除黨籍、軍籍，還能嚴重到哪去。」

「看來你早有思想準備啊。」海生雖然不知道連裡有多少人知道自己曾經受過處分，但他也不是個會裝的人，當即坦誠地說：「每個人都會犯錯，比如我，曾經也受過處分。我的看法，既然錯了，就不要遮遮掩掩，該交待的都交待清楚，不要等組織上查出來，你再承認，這樣對處理你非常不利，我想你是聰明人。」

「事到如今，還會有誰會相信我嗎？」蔣斌欲言又止地說。

「你沒說，怎麼就知道我不相信。」

「如果我說，我和她不是亂搞男女關係，我是真心喜歡小倪，你相信嗎？」

「我信。」海生沒想到這句承諾竟然會讓心裡有一絲酸意。

蔣斌也沒想到海生會相信他，用懷疑的眼光看著他說：「可是連裡、營裡會信嗎？只有我們排長是好人，小倪懷孕三、四個月時，我對他說了這件事，他勸我們去打胎，可是這種事怎麼能公開呢，於是他到深山裡挖中草藥，親自煮好了，叫我拿去給小倪喝，還是沒成功，只能眼睜睜地看著她的肚子一天天大起來。實在沒辦法，小倪叫我踩她的肚子，想把孩子踩掉，結果還是沒用。為了這個孩子，小倪吃盡了苦頭。」

蔣斌說到這，眼淚一粒一粒地往下落，落得海生心裡也跟著發酸。蔣斌擦了把眼淚繼續說：「雖然她是上海人，家裡已經支離破碎了。她父親在66年時自殺了，母親因不願意和她爸爸劃清界限，現在還在幹校的牛棚裡接受改造，家裡只剩一個80歲的奶奶帶著個16歲的弟弟相依為命。今年三線廠招工，她為了能進工廠，東拼西湊了40塊錢，買了塊上海牌手錶送給大隊書記。結果工廠沒進成，40塊錢也搭進去了。一個女孩，命真TM苦啊。」蔣斌哽咽著再也說不下去。

手錶的事，海生太清楚了，看來倪珍珍並沒有告訴蔣斌她從誰那兒買的表，這點小小的隱藏，讓他心裡舒服了不少。他突然問了蔣斌一個問題：「你們是什麼時候好上的？」他非常想知道，倪珍珍來找自己幫忙時，是否已經和蔣斌好上了。

已經走投無路的蔣斌相信這個大城市長大的高幹子弟，比那些農村幹部開放。於是，索性把肚裡藏的東西都倒了出來。「我很早就喜歡上她了，也暗示過她，但是她一直沒答應。你清楚，上海女孩怎麼會喜歡上我們小地方的人，直到今年四月下旬，她突然同意了。有一天，我告訴她我要出車去屯溪，她說想搭我的車去玩，就是那次倆人好上了。」

蔣斌最後那句話，海生聽了很不舒服，他忿忿地想，這兩個人怎麼連個戀愛過程都沒有就「好上了」，這完全不像自己心裡的那個倪珍珍的行為，於是脫口就問：「就是你們上黃山的那天？」

「你怎麼知道我們上了黃山？」蔣斌驚慌地看著面前這個比自己年齡還小的新排長，摸不清他，或者他們究竟還掌握了多少自己的秘密。

海生立即捕捉到了他的慌張，他很清楚問話的竅門。這種時候賣關子是必須的，別說你手上只有一隻籌碼，哪怕什麼籌碼都沒有，關子也是要賣的。幾年兵當下來，他站在一旁看也看明白了。他拿起桌上的檢查對蔣斌說：「不要低估黨支部的能力，好好把事情交待清楚，我唯一能說得是，有時候態度能影響一件事的結果。」

海生說完，轉身欲走，蔣斌卻叫住了他，膽怯又滿臉期待地問：「小倪還好吧。」

倪珍珍好不好，海生也很想知道，他第一時間回到連部，正好，結束了去村裡走訪的董芳林也回來了，教導員立即召集了碰頭會。海生被指定第一個發言：「據蔣斌交待，他和倪珍珍第一次發生關係是在今年的四月下旬，他出車去屯溪時，捎了倪珍珍一道去，然後製造了一個點火系統故障，把車留在了屯溪，當晚背著連隊和倪珍珍結伴上了黃山，兩人在黃山發生的關係。」海生在講「發生關係」這幾個字時，總有些口吃，惹得一桌子人眼神裡盡是會意的偷笑。海生只能一本正經地說完：「……四月到現在正好八個月，在時間上正好相符。」

連長楊正群聽了忍不住說：「呵呵，選了這麼個好地方，還真准，一炮就中。」

屋裡的人只有教導沒笑出聲，他是主持人，不能笑，但是能說話：「小梁那邊進展不錯，第一次出擊就有這麼多收穫。村裡怎麼樣？」

董芳林打開筆記本慢條斯理地說：「我這兒也有意想不到的收穫。首先，我問了知青小黃，就是地雷 3 號，胖胖的那個，據她說，和倪珍珍發生關係的不止蔣斌一個人。」

這消息無疑是個炸彈，把在場所有的人都掀翻了。

指導員瞪著眼說：「什麼！那不是整件事從頭就錯了。」

「也就是說，倪珍珍是個破鞋。」連長說的時候，一臉幸災樂禍的樣子。

而海生的心像是被女人手裡的繡花針輕輕地紮了一下，這一紮，把一個楚楚動人的上海姑娘和破鞋拴在了一起。這年代，「破鞋」兩個字是生不如死的符號，背上這種符號的女人，遠比伊斯蘭教被亂石砸死，印度教被火燒死的女人還慘。

「她有沒有說其他男人是誰？」教導員問。

「大隊支部書記和公社革委會的平副主任。」董芳林平靜有餘地說出這兩個人。

如果說前一個消息是顆炸彈，那麼後一個消息就是八級地震，恍如山崩地裂，令在座的一個個待若木雞。

海生更無法把大隊書記那張又臭又扁的大嘴和那沾了千年鐵銹的齙牙啃在小倪身體上的幻象，從眼前趕走。他的胃開始抽搐，最後不得不衝進廁所，把肚裡的東西吐得乾乾淨淨，胃才安靜下來。回到會議室，對著表情異樣的諸位，沒事一般地笑道：「大約是受了風寒，現在好多了。」

「有證據嗎？」教導員繼續說。

「沒有。不過我又去了附近幾家走訪，他們說得有鼻子有眼，還有人看到倪珍珍提著褲子送大隊支書出去。」

海生又想吐，趕緊喝了口熱茶把胃液壓下去，補充著說：「據蔣斌說，倪珍珍為了能進三線廠，今年三月份曾送給大隊書記一塊上海牌手錶。」

他寧可相信自己沒出賣誰，因為錶的事，即使自己不說，蔣斌在檢查裡也會寫上的。

指導員接著他的話說：「這就對上號了，為了能進三線廠，轉為上海戶口，先是送禮，再出賣肉體。」

可是，不惜把自己身體也搭進去的倪珍珍，還是竹籃打水一場空啊，海生明白了那段時間，她為什麼總是躲著自己。她一生做了一次最重要的賭博，卻輸得這麼慘。他眼前浮現出她落寂的身影，忍不住說：「會不會有人借機敲詐倪珍珍呢？」

「你是說倪珍珍很可能被逼的，如果真是這樣，那麼整個事情的性質就變了。蔣斌可能只是個配角，很可能他只是倪找得替死鬼。」教導員很認可海生的想法，因為真的如此，這個破壞知識青年上山下鄉的政治事件就不用部隊承擔了。

經教導員一點撥，楊正群像是明白了，一拍桌子說：「也就是說她肚子裡的孩子不一定是蔣斌的！」

真相一旦浮出水面，總是那麼清晰無比。但是一想到蔣斌癡情的淚眼，海生試圖為倪珍珍解脫的想法又崩潰了，因為她畢竟把髒水潑到了另一個人身上。「倪珍珍現在在哪？能和她本人談一談嗎？」海生總算把憋在心裡許久的疑惑，在最恰當的時機提出來。

「她在縣醫院，因為胎心不穩，隨時可能早產，必須留院觀察。」董芳林答道。

其實，讓倪珍珍去住院，是連裡和黃田大隊共同商定的。總不能讓倪珍珍挺著大肚子，成天在村民眼前晃來晃去，讓他們不停地想起，又不停地討論，解放軍是如何把她的肚子搞大的。

教導員當即對董芳林和梁海生說：「你們兩個明天就去一趟縣醫院，找她談一談，證實我們所掌握的情況是否屬實，這事非常重要。」

這一夜，梁海生註定要失眠。腦子裡的映像不停地從小倪跳到大隊支書，再跳到蔣斌，又跳回小倪。被證實的「醜陋」和猜測中的「醜陋」交織在一起，給人噁心感的同時，又有著強大的誘惑。尤其是小倪與蔣斌一波三折的戀情，幾乎讓他的想像力崩潰。他假設如果小倪找的是自己，他能不和她有「關係」嗎？「關係」二字太誘人了，它代表一個女人的肉體，而他是多麼渴望得到啊！他慶倖小倪沒有找自己做替代品，讓他有機會在漆黑的夜裡為她歎息：小倪啊小倪，你拼著命下了一盤棋，卻是一盤很臭的棋，可謂連底褲也輸掉了。

第二天，在去縣醫院的路上，海生從董芳林的嘴裡得到了另一些內幕新聞。先是他找了個已破解的話題問董：「為什麼要調自己去三排當排長？」董芳林雖是江蘇宜興人，找了個女朋友卻是上海到宜興插隊的知青，這層關係使他和海生的私交不錯，他當排長時，也算對海生照顧有加。聽了海生的詢問，神秘地一笑說：「倪珍珍的肚子是被部隊的人搞大的消息剛傳到連隊時，第一個懷疑對象你知道是誰嗎？」海生心裡雪亮，臉上卻裝作很茫然的樣子。董芳林點破了說：「是你。那時我們排查對象，平時你和她走得近一些，而且又是高幹子弟，當然會懷疑你。後來查明是蔣斌，大家反而覺得你能掌握分寸，正好三排長這次幫老鄉幫過了頭，你就成了接替他的最好人選。」海生聽了這番話，連心都要泌出汗來。倪珍珍若是稍不留神選了他，這會關在禁閉室的豈不是自己。

在婦科病房的一個角落裡，海生看到了臉色蒼白，雙目緊閉，躺在白漆油過的病床裡的倪珍珍。周圍每一張床都很熱鬧，床頭櫃上堆滿了碗盆和果物，唯有這張床冷冷清清，床頭櫃上空無一物，地上的熱水瓶和將乾未乾的水漬告訴你，這裡還有一個人。

「小倪。」董芳林很有耐心地喚道。被喚的人心裡一定很生氣，海生在一旁如此想。數遍之後，小倪睜開了眼，用討厭的眼神看了一眼明亮的世界，眼前這兩個不速之客，讓她感到來者不善，又重新閉上了眼。

副指導員從挎包裡掏出剛剛在醫院門口買的幾個水果放在床頭櫃上，繼續做著讓倪珍珍睜開眼睛的工作。梁海生則一句話都沒說，他覺得這種場合下，任何一句話都是費話。他從床頭櫃裡找到一個大碗，將蘋果拿到盥洗處洗乾淨了。

客氣話雖然是費話，卻也有效，倪珍珍受不了軟言軟語地糾纏，更擔心周圍的目光，一掀被子，坐起來說：「有什麼到外面去說。」說罷挺著大肚子往外走。

初冬的陽光，無力地照在病房的外牆上，也柔軟地裹在三人身上。陽光下，倪珍珍也不再陰沉，首先開口：「上一次，公社的武裝部長和你們指導員找過我，我該說的都說了，還有什麼好問的。」

「有件事要問你，我說了你別生氣。據村裡的群眾反映，和你發生關係的不止蔣斌一個。」董芳林比海生大5歲，還沒有結婚，海生真佩服他能把這句話平穩地說出口。面對一個女性，叫她承認那種關係，那得需要多大的心臟啊。

倪珍珍被問得紅霞滿天，當即臉色一整反問道：「這是誰說的？一定是黃胖子，這個死東西！」她本已變形的臉，這一氣，變得更離譜了。她斬釘截鐵地說：「我聲明這是造謠誣衊！」

形勢急轉直下，接下來，任憑董芳林如何開導，她就是不說一句話。說累了的董芳林向海生遞了個眼神，這個求助的眼神讓他無法置身事外。他不得不合上筆記本，端詳著那張浮腫的臉，問了個為自己，也是為公事的問題：「小倪，你真喜歡蔣斌嗎？」

倪珍珍沒想到小梁班長冷不丁地問了這麼個問題，倉促地答道：「喜歡。」

海生很少對別人鄭重其事地說什麼，此刻卻 12 分誠懇地說：「好，據我所知，蔣斌也真心喜歡你。希望你的任何選擇不要傷害了你所喜歡的人。也不要讓喜歡你的人成為別人的替罪羊。」

真誠的聲音總是能打動心靈的，因為這世上真誠的聲音越來越少。倪珍珍抬頭深深地瞥了他一眼，看清了他臉上真誠地關切。少許，當她再抬起頭時，眼裡竟噙滿了淚水，她輕輕地說：「對不起，我只想跟小梁一個人說。」

海生聽了，面頰一紅，就像他倆有什麼悄悄話要說似的，挺難為情的。反倒是副指導員知趣地說：「沒問題。」說完退到了病房大門處溜噠著。

倪珍珍找了個破舊的長椅坐下，歎了口氣說：「沒想到你也來了。」

「我現在是蔣斌的排長。」海生做了個苦笑的表情。

「呵呵，升官了。」對方跟著一聲苦笑，接著又問：「蔣斌現在怎麼樣？」

「關禁閉。」

「結果會怎麼樣？」

「這要看你了，如果這件事還有其他的情節，或許對他的處理會輕一些。」

「你知道，一開始我並沒有喜歡上他。」這句話令海生五味雜陳，尤其是「你知道」三個字背後的含義，他用「嗯」回答了她，期待她往下講。「可是，當我發現我懷孕後，慌了手腳。我需要有個依靠。你知道，我們在這裡無依無靠，碰到緊要關口，多麼需要一個依靠啊。我知道他喜歡我，我只能把自己交給他了。」

任何一個懂得聯想的人，此刻都會理解「依靠」對一個身在窮鄉僻壤的外地女人是多麼的重要。在生存與滅亡二者之間，選擇讓自己生存下去的「依靠」，是無可厚非的。

「我懂。」海生不無同情地說。

「那個老混蛋，早就對我心懷鬼胎，常以關心的藉口來知青屋，那副厚顏無恥的樣子，誰都知道他想幹什麼。可是你不能不讓他來，他是大隊書記，我們只能裝糊塗。這次招工，你知道的。」海生記不清她說了多少個「你知道」，好像她的事，他都知道似的，只能繼續用「嗯」回答。「如果能進三線廠，就可以轉回上海戶口，將來可以回上海，這麼好的機會，誰不想爭取啊。我把手錶給他後，他像瞅到了機會，三天兩頭往知青屋跑，如果旁邊沒人，他就摸摸手，摸摸頭髮。我知道自己這個身子不給了他，他是不會甘休，也不會幫忙的。想想能回上海，什麼樣的委屈我都能忍受。於是，我眼睛一閉就把自己的身體給了他。後來，他說公社管招工的平副主任要找我談話，我去了一看，兩人原是一路貨色，事情到了這個地步，我退都沒辦法退了，只好又遂了那個畜牲的意，一個月後，招工名單公佈，根本沒有我，五個人全是他們的親戚子女。你還記得我們第一次在卡車上見面時有一個本地女孩嗎？她就是姓平的女兒，也在名單之中，我這才明白，自己被這幫畜牲騙了。」

倪珍珍說到這，已是聲淚俱下，不停地用髒兮兮的衣袖擦拭著。昔日的清新女人，如今和農婦一般模樣，海生實在看不下去，掏出塊疊得整整齊齊的手絹遞給她，她說了聲謝謝繼續說：「更可怕的是，本該來的例期不來了，這下我真的沒辦法了。你知道未婚先孕的下場，我天天躲在屋裡不敢和別人說話，也不敢去醫院檢查，我沒勇氣去死，否則真想一死了之。後來我想，先找個人吧，萬一真懷上了，好歹也給肚子裡的孩子找個父親。」

這的確是個荒唐的主意，也是個卑鄙的主意。可是，她還有其他的路嗎？面對被摧殘，被侮辱的她，海生心裡曾有的漠然和鄙視，此刻統統化為烏有。

「沒想到害的蔣斌跟著倒楣。都是我害了他，等孩子生下來，如果他願意做孩子的父親，我願意一輩子為他做牛做馬。」

她最後的話，很有些擔當的意思。但是，未來從來都是迷惘的，如果再加上沉重二字，還是不想為妙。

海生遠沒能力參透這一點，也想不到這麼遠，他問還在抹著眼淚的倪珍珍：「他沒有懷疑過嗎？」

「沒有，你們男人都是很粗心的。」她說著，淚眼迷蒙的臉上，突然嫵媚一現，似乎想起了自己曾有的魅力。

感到倪珍珍的情緒在好轉，海生長吐了一口氣說：「好吧，非常感謝你提供的情況。我想你說的這些，會對蔣斌有幫助的。」

「是嗎？那樣最好。」倪珍珍仿佛從對面這個人身上看到了希望。她艱難地從椅子上站起來，用上海話說：「還有一件事，夏天的時候，我去參加地區的先進知青代表大會，這算是領導對我獻身的償賜吧。我打聽到了你的丁蕾，沒想到，她還是知名人物呢。曾經是地區廣播電臺的播音員，後來又保送到省城去上大學了。」

海生聽了，喜形於色，頓時換了一副表情，不停地說：「謝謝，謝謝。」

這表情，年初在茶山時她見過，於是莞爾一笑：「這有什麼好謝的，也沒見到本人，我真想看看誰能讓梁公子如此惦記呢。」

（十）

一場不輕鬆的談話，以一個輕鬆的結尾結束了。當副指導員用奉承帶嫉妒的口吻誇獎他時，他還在回味倪珍珍最後的調皮。

回到船屋，又是不停地開會。在紀律超嚴的軍隊裡，這樣的事無論給哪個連隊攤上，都得草木皆兵，不僅要檢討、還要整頓、排查隱患，對海生來說這些都是扯淡。他滿腦子想的是要揭露那個大隊書記。在人人都做乖孩子的世界裡，這個掌管著上千人，代表黨和國家最低一級權力的狗官，實在是豬狗不如。但是，他的提議被不經意地遺忘了，沒人提起它，他覺得自己又一次成了政治技巧中的笨蛋。

在煙霧騰騰的屋裡坐了一晚，回到自己的小屋，清新的空氣一下子就把他帶回了屬於自己的世界。自從當上了排長後，他就有了這間小屋，把臉上、頭髮上所有的烏煙瘴氣清洗後，他安靜地躺下，專心致志地去想一會小倪提到的她。四年了，丁蕾在他心裡需要翻一翻才能清楚。

每當他有閒暇去想女人時，第一個身影依然是她。一根筋的人，想女人時，也是一根筋。沒有誰比她更能撥動那根筋了。當然，還有一個一提起名字就能挑起性欲的六斤，但六斤不合適品味，她適合瘋狂，是另一種方式的主角。

今天在醫院，倪珍珍突然提到了她，讓海生重新拾起了心裡的思戀。在他成長的歲月裡，丁蕾幾乎是匆匆而過的人，但他始終忘不了兩個人結識的每一個場景，每當他孤獨月下時，總會找出來細細品味，這種品味，一旦陶醉進去，孤獨也跟著變成了有幸福感的孤獨。他美美地盤算著如何根據小倪提供的線索，去地區廣播電臺打聽她去哪所大學上學了，然後去她就讀的大學找她。他幻想當自己突然出現在她面前時，她的種種表情，是驚訝、高興，還是冷漠？她會不會裝作不認識呢？也許她已經有了男朋友呢？如果自己的出現能讓她有些高興，他亦很滿足了。

突然，海生的腦子裡蹦進一個近乎可怕的念頭，剛才的種種幻想，就像開了閘的蓄水，一下子消失了。沒有任何背景的她，僅憑一口標準的普通話，就能進地區廣播電臺做播音員？做了播音員後又被送去上大學，這背後會不會和倪珍珍一樣，有什麼交易呢？

一根筋的海生想到這，幾乎毫不猶豫地就被自己新的推測說服了——丁蕾太可能是另一個倪珍珍了，因為，他同時想起了一個小時候的故事。

那是大院裡一個年輕的叔叔結婚的事。本來，大人結婚和小孩子沒什麼關係，但是，有結婚就有喜糖，海生、朝陽還有曉軍，加起來就是偷喜糖的組合。在小孩子眼裡，「偷喜糖」是個有情節的事，何況偷來的糖吃的更甜。每逢大人結婚，他們總是到舉辦儀式的現場渾水摸魚去。曉軍放哨，朝陽掩護，主犯當然是海生。那天幾個人從窗戶爬進辦喜事的大廳裡，趁人不備，把靠窗幾張桌子上的喜糖全倒進了口袋裡，然後溜之大吉。海生剛爬到窗外，新娘子走過來了，用上海話講，怎麼剛剛放好的喜糖就沒了。他在黑暗中想，這個新娘子還是上海人，特地望了一眼，記住了她的模樣。文革的時候，那個叔叔被查出有海外關係隱瞞不報，被隔離審查，上海新娘上門來找梁袤書，海生憑著當年那一眼的好奇認出了她，便躲在門外偷聽。原來，她要部隊裡批准她和有海外關係的丈夫離婚。上海新娘走後，梁袤書對劉延平說了句讓海生年齡越大、印象越深刻的話：上海女人啊，就是勢利眼！在此之前，海生從沒聽過老爸如此議論過女人。

此刻，他腦子裡飄過的正是這句話，這句話令他手腳冰涼，因為它此刻正在戳穿海生曾經奉為金句的那句話「女人是水做的。」

相比醜陋不堪的男人們，女人終究還是水做的。他掙扎著為曹雪芹開脫。

這個紈絝子弟至少蒙到了曹雪芹的另一個含義，如果值得青春瘋狂的是愛情，那麼被愛的無論怎樣都是水做的！

想到這裡，要去找丁蕾的宏偉計畫立即成了浮雲。與此同時，性欲卻被挑動了。他無可救藥地被吸引進丁蕾和別人肉體交易的幻想裡，想到她可能的表情，想到她如何羞答答的寬衣解帶，等到她赤身袒露在自己的幻覺裡時，她又變成了另一個可以任他胡思亂想的女人——六斤。

自從和六斤在放映場分手後，對她的思戀就成了他的性生活，他喜歡對六斤身體幻想時，性器瘋狂膨脹的快感。那小小的乳房，毫不設防的腰際，腰下柔軟的腹部，以及腹之下最迷人的淺草深徑，它們組成了夜晚最美妙的幻想曲，也是他自慰的序曲。他的自慰，像是場隆重的儀式，有序曲，有主旋律，最後有高潮。他喜歡慢慢地，一點一點讓自己興奮起來，讓陰莖的每一個變化，完全地、百分百地在大腦裡掃描。他會挑選今夜最中意的性伴侶來參加自慰儀式，「她」曾經是顧紅，是王玲，現在是六斤，他在幻想中撫摸著她，那是一種連一寸皮膚都不會遺漏的撫摸，當它和自慰一起共舞時，被刺激的性器會令他整個身體一塊顫抖、跳動，直至所有的神經貫注在一點上去迎接高潮的到來。只有這樣，才能品味到每一次抽搐中，身體升天的滋味。

當一切都落下後，他依然一動不動地躺著，等著遙遠的意念一點點回到自己的軀殼裡。雖然迄今他都不知道真正的男歡女愛是什麼感受，但是他已經從自慰中找到了無上的歡樂。

幾天後，倪珍珍生了，生了個八斤半的大胖小子。

當海生和董芳林奉命再去探望她回來後，一連串的問號，正在連部會議室等著他們。

指導員劈頭就問：「母子平安嗎？」

「平安，八斤半的男孩又白又胖，很健康，母親也很好。」

「都踩成那樣，還會健康，不簡單啊。」連長帶著佩服的口氣說。

「和醫院談過了？」指導員又問。

「談過了，醫院答應讓小倪在醫院多住兩天觀察一下。」

副指導員在回答時，站在他身後的海生總想笑，被指導員察覺了，問道：「三排長，你笑什麼？」

「我覺得這個倪珍珍都快成軍嫂了。」幾個人聽了，覺得有理，一齊笑了。

笑完了，指導員招呼大家坐下，說道：「還是商量商量怎麼辦吧，上海知青被部隊班長肚子搞大了，生下個男孩，這事在方圓幾十里都傳得紛紛揚揚。我早上去工地，路上碰到幾個二隊婦女，還笑著恭喜我，偏偏這娃的父親，還是個怨大頭。」

指導員此話一出，大夥憋不住想笑，他跟著又說：「我們黨支部也跟著出名，不是什麼好名聲，是灰頭鼠臉的名聲。那孩子若是和他媽回到外面那座小屋裡，我都不知道我們機二連的臉往哪擱。」

那座小屋，原來是和船屋一同建造的，它象徵著這座大船的錨，它們本身就有割不斷的聯繫。因果的巧合刺激著海生表達的欲望，話到嘴邊，想想說出來不討好，又硬生生咽了回去。

四九年後，偌大的中國，私生子和娼妓一樣幾乎絕跡，這一絕就是 20 多年。好傢伙，現在女知青和部隊戰士弄出個私生子，過兩年長大了，一搖一晃地到處跑，這情景僅僅在腦子裡過一下，就足以讓該生氣的氣壞了肚子，該竊笑的笑壞了肚子。不過，這次喜歡笑得海生並沒有笑，他說了個心裡構思已久，大膽的想法。

「依我看，乾脆讓兩人結婚吧。」

剛穿上四個兜的海生，輕鬆說出「結婚」二字，在座的一下都蒙了。楊正群第一個反感地說：「結婚？你腦子沒糊塗吧。」

官場上說話的規矩要擬好腹稿，想好了開場白再開口，這一套哪怕在最底層的黨支部也不能沒有，畢竟大家心裡還有個往上爬的夢。偏偏梁海生最討厭這種腔調，他一看眾人的面相，只好對他們做了個怪臉說：「不好意思，我的意思是讓蔣斌把倪珍珍娶回去。」

「說說看。」指導員品味到了海生話裡的意思，有些心動了。

「首先，國家政策規定，知識青年如果和他人結婚，可以到對方戶口所在地落戶，倪珍珍如果和蔣斌結婚，就可以去蔣斌的老家落戶，蔣斌是浙江蘭溪縣城裡的人，到那總比待在這山溝裡好，我想她會同意的，而我們也可以甩掉個大包袱。其次，也是最難辦的，我們給蔣斌報的處分決定，是開除黨籍，開除軍籍，押送回家。他回去後，就成了被當地看管的壞分子，倪珍珍即使願意離開這裡，也不一定願意嫁給個壞分子，這可是一輩子，甚至兩代人的大事。因此我建議只開除蔣斌的黨籍，不開除軍籍，辦個中途退伍手續，作為退伍軍人安置。這樣，倪珍珍就沒了後顧之憂。」

「這個辦法不錯。」副指導員董芳林率先支持。其實，兩人在醫院回來的路上，海生就和他商量過，只是董芳林不敢說，鼓動梁海生去說，自己在後面支持。指導員沒表態，他看著連長，想聽聽對方的意見。這種情況下，不表態就是變相地默認，楊正群當然明白，說道：「想法不錯，可是這樣一來上面會不會說我們辦事沒有原則呢？」他把球又踢了回來。另一個支部委員，原先的三排長，現在的二排長，也加入了支持的行列。自打他被牽進此案後，支部會上從不吭聲，今天算是破例，他感謝梁海生能在一邊倒的形勢下，還敢提出合情合理的建議，再說，這至少也能讓他減輕責任。

就在這時，通訊員進來報告，營長和團長來了。一群人趕緊起身去迎接，剛走出會議室，就碰上了走進最後一進門檻的林志航和營長。

「你們機二連的門檻重重啊。」林志航一句玩笑話，讓氣氛輕鬆了許多。

連長敬了個禮說：「報告團長，機二連黨支部正在開會，請團長指示。」

進了會議室，林志航坐下說：「聽說機二連黨支部最近很忙，說說看，忙得怎麼樣了。」

指導員端了杯茶，恭恭敬敬遞過去說：「團長，你來也不事先通知一下，我們好有個準備。」

「本來是看一下工地就走的，眼看大雪就要封山了，來看看你們為戰士過冬的準備工作做得怎麼樣。」

營長插進來說：「什麼也別準備，聽說廚房後面的屋簷下掛著半隻狗，那就夠了。」

林志航一聽，笑著說：「你都偵察好了。」

「在我們老家，狗肉不叫狗肉，叫十里香，不用偵察，帶個鼻子就能聞到。」

一陣笑聲後，指導員乘機把蔣斌案情的進展和支委會正在討論的新方案彙報了一遍，中間還不忘無意中道出這是梁海生的建議。一來呢，萬一團長怪罪下來，主意不是他出的，二來，全團上下都知道團長與梁海生的關係，說不準團長會同意這個方案呢。

「這件事本來就是地方上拋來的燙山芋，公社現在也很被動，大隊書記和一個副主任都被撤了，估計會法辦他們。小梁這個方案不錯，既可以平息事情引起的負面影響，也可以緩解軍地雙方的被動局面。」營長一下就站到了支持的一方。很明顯，用這個方案一切都化解了。

林志航笑著盯著海生說：「小三子，你腦袋裡的鬼點子還不少呢。」海生被他一說，愛臉紅的毛病又犯了。林志航轉向連隊幹部說：「我看這個退一步進兩步的方案可以考慮。我們也要為女方想一想，人家一個女知青插隊落戶到山裡來，好事卻變成了壞事，20 來歲就背了個這麼大個包袱，將來怎麼做人。這樣吧，支部重寫個處分報告，記住，報告內容不能偏離政治大方向。」

事後，海生笑著對董芳林說：「這事，是三個和上海有關係的

人，救了一個上海姑娘。」

「這話怎麼說？」

「你的未婚妻是上海的，我是生在上海，而團長是地道的上海人。」

不久，那個曾經的小倪走了，頭也沒回，去找她下一個落腳的地方。海生忽然發現，原來這世上很多人連落腳的地方都沒有，相比之下，自己至少是幸運的，從來不須為生存擔憂。

沒多久，船屋的日子也突然結束了。上級來了緊急調令，調二營去新的工地施工，海生拿上從朱老師處借的書，請了個假，匆匆趕去黃田中學。

朱老師不在，朱老師宿舍上面那一排屋子，也都是大門緊鎖。只有那間蓄水的水房敞開著，兩隻大木桶依舊緩緩地往外淌著水。他按照六斤教他的步驟，在第一隻大木桶前洗了洗手，又在另一個木桶裡勺了半瓢水，喝了少許。曾有的甜滋滋的味道，蕩然無存。

他失望地走出去，站在六斤那天看球的位置。舉目望去，整個校園如死一般的沉寂，只有往事在沉寂中穿梭。來到空蕩蕩的球場上，陰冷的山風驟然卷過，殘葉隨著它掙扎了兩下，又跌入了塵埃裡。半年前，這個民國時期的模範學校，曾經慷慨地送給了他一個美夢，正當他下流地堅信，只要兩人再見面，就能徹底揭開性愛的面紗，得到夢寐以求的幸福時，一轉眼，一切又結束了，如同開始那麼突然。

他走到校門口時，剛才空無一人的門衛室裡這會站著一個老人，裹著灰色的棉衣，帶著灰色的帽子，一問才知道學校正值寒假，人都走了。他把書交給看門人，並附了張留言給朱老師，快快地離去。

一路上，他滿腦子都在複誦看門人的話：「農村裡，寒假放得早。」

新的施工工地就在黃田的隔壁，旌德縣地域裡，六斤的家就在縣城，這讓海生一直心繫於她。一有機會他就跟車去縣城轉一趟，時間一長，幾乎成了固定模式，周圍的人只當是這個少爺兵嫌山裡太悶氣，要去縣城透透氣。

旌德是個小縣城，有店鋪的馬路只有一條，十分鐘就能走個來回，還能捎帶把街上每個少女都瞄一遍，海生希望能從她們中間蹦出一個六斤來，就像當初上山砍柴，兩人意外重逢那樣。然而這一次幸運之神不再眷顧他，每次都是失望而歸。只是那青春的愛撫太刺激了，久久地在血液裡燃燒著，他為此羞恥，在羞恥中掙扎，掙扎之後卻是更多的狂想，很久以後，那個白色的身影才漸漸淡去，只是每當薔薇花開時，他還會迷惘。

或許許多年後，他還會想起穿著一身白運動服的皖南少女，但那已經不是思戀，而是歲月的留痕，或許他唯一慶倖的是幸運之神為他選擇了分離。

（十一）

當然我們的主人公老得沒那麼快。有一句神仙們喜歡說的話，叫「洞中一日，世上一年。」當海生所在的部隊把兩千多米的山洞鑿穿築畢，時間已經到了 1977 年大地回春的日子。

春暖花開的季節，大山裡來了一支與眾不同的部隊。這支部隊人不多，三五十人，與眾不同的是一半以上由年輕漂亮的女兵組成。他們是上級為施工部隊慶功，特地從南京派來的文藝宣傳隊。昨天，當載著宣傳隊的大卡車開進營區，那些女兵一個個像可愛的小鹿從車上跳下來時，所有的眼睛就盯上了她們。

「聽說了嗎？」剛從營裡開完會的副指導員，一踏進連部，就衝著海生和董芳林說：「宣傳隊昨天剛到團裡，就被許多人圍上了，其中有個膽大的戰士，拿了一本手抄本《少女的心》給一個女兵。這事報到了團裡，林團長氣壞了，當即指示給預那個吃了豹子膽的戰士警告處分，並要所有的連隊以此為戒，徹底清查手抄本。」

說話的副指導員不是別人，正是當年林志航的警衛員姚廣明，兩年前下到機二連當排長，上個月剛剛提升為副指導員。而如今的機二連亦已面目全非，當家人是指導員董芳林，副連長梁海生，沒有連長。小道消息團裡已經把梁海生提升連長的報告送到上一級部門報批。海生對開展清查手抄本沒興趣，他感興趣的是那個女兵有沒有收下手抄本。

「收下了，也沒有上交。事情是宣傳隊裡另一個女兵捅出來的。」

「呵呵，女兵也要看《少女之心》啊。」海生的話裡大有原來如此的意味。

「我們連安排在星期幾看演出？」董芳林問。

「第一場，就在今晚。」

「那麼開個全連大會，宣佈看演出的紀律，並安排好留守人員。」董芳林跟著說。

「你們倆誰也別爭，我看家，你們帶隊去。」海生手一揮說。

董和姚早已習慣了海生的做法，每次看電影，都是他留守，還不允許他們倆說客套話，一客氣，他反而不高興。董芳林只能笑著說：「那天李雙江來，我看你留不留守。」

全連誰都知道海生喜歡李雙江的歌，有時哼上兩句，還挺有點那個味。此刻，他忽然不認帳了，故意抬杠地說：「照樣留守，除非鄧麗君來。」

「鄧麗君是誰？」姚廣明一頭霧水地問。對他來說，海生嘴裡蹦出來的新鮮詞，一個字也不能放過。

「不知道了吧，呵呵，她人在臺灣呢。」海生衝他狡頡地一笑。

在董、姚的眼裡，臺灣和臺灣人屬於敵方和敵人。敢如此說話的，也只有海生這類人，就他倆人，借了膽子給他們也不敢說。但是，聽了會覺得刺激。他們哪裡知道，海生的枕頭裡就藏有一本油印的《鄧麗君歌曲集》，是今春上海最流行的地下刊物，戴夫子才從上海寄來。嚴格地說，它也算團裡要查收的手抄本。

當晚七時，全連上下興高采烈地看演出去了，只剩海生帶幾個兵看家。他巡視了一遍，回到連部，給自己泡了杯當地有名的猴魁綠茶，在桌前放了兩把椅子，一把給屁股用，一把用來翹腿，弄得舒舒服服後，才捧上一本劉大年的《中國文學史》，它也是戴國良寄來的。老夫子寄來的書，更值得在如此安靜，無人打擾的夜晚拜讀。

正讀著，耳邊傳來北京吉普在門外的煞車聲。奇了怪了，什麼人會坐著小車在這個時候到連裡？還沒容他細想，風風火火地衝進一個人。

「副連長，團長叫你去看演出。」進來的是姚廣明，他見海生腿還翹在椅子上，抽走了椅子催道：「快去吧，團長把小車都派來了。」

坐著團長的車趕到會場，演出早已開始，他貓著腰走到林志航身邊，規規矩矩地敬了個禮，正和身邊的人說話的林志航見他來了，說道：「小三子，看看誰在上面報幕。」

海生進場時只顧找團長了，根本顧不上看戲臺上的人，經林志航一說，抬頭望去，剛巧幕布拉開，跚跚地走上身穿長裙的報幕員。海生一看，驚得心臟差點不跳了，那人竟是想當他姐姐還不過癮，又想當他嫂子的田麗娜。

海生壓根兒也沒想會在這見到麗娜，衝著臺上的她使勁揮了揮手。面對上千觀眾，麗娜哪能看到他。這時，林志航把身邊坐著的宣傳隊領導，軍區後勤部政治部宣傳處的張副處長介紹給他，他趕緊又敬了個禮。張副處長打趣地說：「她急著找你這個小舅子呢，快到後臺去吧。」

他鄉遇故人，海生如何還坐得住，征得團長同意，一溜煙直奔後臺。

事情還得從今晚的招待宴會上說起。

官場上有個亙古不變的事是必須做的，迎來送往。宣傳隊到了，團裡總要宴請一下，歡迎宴會上，林志航代表全團官兵說了足以成堆的感謝詞，話剛說完，就有一個漂亮的女軍官端著酒杯跚跚走來說：「林團長，我代表女兵隊16名隊員敬你一杯。」兩人酒下了肚，對方依舊笑咪咪地盯著他，看著對方有些眼熟，林志航問道：「怎麼稱呼你？」

「你不認識我了，林團長，我是田振清的二女兒，田麗娜。」

林志航在大院時，田振清是大院的副政委，那時田麗娜還是個黃毛丫頭，自然和眼前這個亭亭玉立的女軍官相差甚遠。林志航連忙把她安排到身邊坐下，說了一大堆對已故老首長恭維的話，直說的麗娜眼淚在眼眶裡打轉，才住了口。

一旁坐著的宣傳隊領隊張副處長插進來說：「林團長，小田的對象是梁衷書的老二。」

略感驚喜的林志航去問麗娜，她羞澀地點了點頭，然而，心裡卻如刀割一般。

原來，就在一個月前，滬生和她攤牌，提出要分手，雖然梁叔叔和劉阿姨堅決不同意滬生這麼做，並把他狠狠地訓了一頓，分手的事暫時沒了下文，但她心裡明白，那是遲早的事。

不知內情的林志航端起酒杯說：「沒想到兩個老首長成了親家，來，這一杯酒祝你們早結良緣。」儘管是苦酒，麗娜也只能陪著笑臉一口悶下。喝完了杯中酒，林志航又問：「梁海生知道你來嗎？」

「他不知道，我正想去看他呢。」麗娜莞爾一笑地說。

林志航立即告訴她：「正好，你們第一場演出就在他們營，今晚你就能見到他。」

就在他們兩人交談這會，團長身邊漂亮的女軍官是梁副司令未來兒媳的消息，在宴會上不經而走。不一會，端著酒杯來和麗娜喝酒的人已經排成了隊，其中竟有人把她當成梁海生的對象，麗娜完全被這熱情的場面顛覆了。來皖南時，一路上揣滿了傷感和惆悵，此刻，又是一肚子荒唐和尷尬，面對種種不如意，她將門虎女的豪爽勁上了頭，索性來者不拒，一杯接一杯地往肚裡灌。

傾刻間，十來杯酒下了肚，把一幫敬酒的和看熱鬧的都震住了。在酒桌上，這種喝法叫拼命，是直奔不醉不休那條道上去的。張副處長和林志航趕緊出來圓場，一個說：「小田，你不能喝了，晚上還有演出任務。」另一個說：「田大夫喝上了頭，你們誰負責。」

一班沒敬上酒的，一看領導發話了，也就散了。即使這樣，麗娜的臉已經像一個紅透的蘋果，她不甘心地放下酒杯，底氣十足地說：「等演出完了，我們再喝！」

飯後，從團部去二營的駐地，汽車顛了一路，麗娜吐了一路，嘴裡還不停地念叨她的小舅子：「梁海生在哪，我要見他！你們不知道他小時候有多傻，下大雨時，別人都往家跑，就他往雨裡跑……。」

大夥都斷定她上不了台了，急得要死，因為她一人身兼三職：報幕、小品和獨唱，她要是趴下，整台演出也就黃了。

謝天謝地，演出開始前，她又活過來了，並神奇地登上了舞臺，雖然酒氣衝天，臺詞卻一句沒忘。頭頂是星空，腳下是大地，沒人聞到她身上的酒氣，也沒有人知道她心裡的痛。

當麗娜報完幕回到後臺，終於見到了那個她一路上唸叨的人，那個她可以在他肩上盡情地哭一場的人。她提著裙子，跑著、叫著衝過通道，在眾人驚愕的目光下，撲進了海生的懷裡。今晚，她所有的堅強，都是為了等待這一刻的崩潰。

「你怎麼才來，我不行了，喝得太多了，胃疼得要死……。」她伏在他胸前語無倫次地說。

海生哪敢當眾去抱她，卻又擔心她摔倒，只能用單臂扶著她的背，挺著胸膛，一動不動地站著，一直等到她從激動中平息下來，才扶著她慢慢坐下。

「怎麼樣，為什麼喝那麼多的酒。」海生盯著她蒼白的臉，關切地說。

麗娜靠在椅背上慘然地說：「你們團裡的幹部聽說我和你認識，都來敬酒。」

一旁看熱鬧的無不竊笑這對未來的小叔子和嫂子之間的親昵，這些人或許也有兩小無猜的童年，但他們永遠無法理解大院裡那種類似族群般的、血脈相通的青梅竹馬關係。

這時，舞臺監督傳來了話：「田大夫，準備報幕。」

她一離開，海生也走了。他跑去演出所在地：六連連部，討了些麥乳精，桔子粉，沖了一熱水瓶，回到後臺，遞給正著急找他的麗娜說：「喝了，這是暖胃解酒的。」

「還是梁連長想得周到。」麗娜轉嗔為笑。她是那種典型的刀子嘴豆腐心，還喜歡講些哥們義氣的大院女孩。由於文革，她們失去了教育的蛻化，過多地繼承了革命家庭的印記，在婚戀上基本傾向于按成分劃分的門當戶對。當年，麗娜答應滬生的追求，就因為他們是同一類家庭，再加上父輩間的生死之交與兩家多年的情誼。在一個什麼都不允許的年代，這麼多的理由，足以讓一個女人滿足了。這世上，女人嫁得不是男人，而是男人身後的世界。

而滬生了結這段戀情的理由很簡單：兩人在一起沒勁。他天生不是那種能創造生活的人，但這不妨礙他幻想有人來點亮他的生活，為他帶來生活的精彩。何況，他有這個本錢去選擇一個能讓他生活亮起來的女人。所以，他在選擇了麗娜後，又選擇了與她分手。

麗娜並不在乎和滬生分手，他曾經給她帶來憧憬和榮譽，但他從來沒有真正點燃她心中的愛火，那種欲生欲死的激情。兩年中，他給預她的冷酷，遠多於給預她的愛。她在乎的是滬生背後的家庭，在父親過世後，她在梁家得以延續享受高幹家庭的生活，而且未來的公公婆婆很寵她。天下哪一個女人不夢想一個無所不有，又無拘無束的婆家呢。

於是，當滬生粉碎了她的夢想後，她想到了海生。雖然梁老三有些臭名昭著，但她並不反感他，甚至對他有一種與滬生不同的親密感，這種親密感給了她能夠駕馭他的信心，憑他倆之間從小就有的青梅竹馬關係，她嚮往能打開通向梁家的另一扇門。當宣傳隊要來海生的團裡慰問演出時，她暗暗給自己編織了一個玫瑰之夢。

一杯滾熱的麥乳精下肚，胃果然舒服多了，而更多的舒服來自心靈，看著海生寫滿關切的眼神，麗娜幾乎快關不住情感的閘門，嬌弱地對他說：「還是你對我最好。」

關於麗娜和滬生分手的事，海生從小燕的來信裡多少知道了些，他和小燕立場一致，都站在麗娜一邊，所以心裡總希望能做些什麼來彌補滬生對她的傷害，可是，他突然覺得麗娜是不是誤會了他的心意。

於是，他換了個話題：「你們後勤部的宣傳隊，怎麼會到我們團演出？」

「你們打的這條坑道，是後勤的戰時儲備庫，上次部裡來驗收很滿意，特地派我們來慰問，怎麼，不歡迎我們來？」

「怎麼會呢，你來了我歡迎還來不及，只是太意外了。」他和麗娜鬥嘴總是以投降結束。

說實話，剛才麗娜衝進他的懷裡時，他真有一種異樣的衝動，只是這種衝動註定是要被壓抑的。性，真是個難以捉摸的巫師，有時它在該張狂時躲閃，有時它在該躲閃時張狂，所以，當人類的智慧無法控制它時，就使用了自殘的招數——禁欲。

「對了，你不想回南京了，現在所有人都在往回調呢。」她說的所有人，自然是指幹部子女人群，在她心裡海生只有回到南京，她才能編織起自己的夢。

海生只當她是在關心自己，說：「還沒計畫呢，我還是想去上大學，當兵太沒勁了。」

這時，舞臺監督又出現了，客氣地說：「田大夫，下一個節目是你的壓軸獨唱。」

「想聽我唱歌嗎？」麗娜朝他嫵媚一笑，見他點點頭，更嫵媚地說：「從小到大還沒聽我唱一首完整的歌吧？今晚這首歌專門唱給你聽，你點一首。」

海生油然想起當年和朝陽偷看她洗澡時她唱的歌，說道：「《長征組歌》裡的《情深意長》。」

「沒問題，這首歌我從小唱到大。」麗娜一整衣衫，得意地登臺去了。

少傾，前臺響起麗娜清澈婉轉的歌聲，歌聲劃破了夜空，在整個山谷悠然地流淌著。記的滬生說過，他就是聽到麗娜的歌聲，才開始追她的。

麗娜連唱了三支歌，台下的戰士和村民才放過她。演出現場的熱烈氣氛顯然改變了她情緒。回去的路上，由於一路顛簸，她緊緊地攬著海生的胳膊不放，卻又不和他說話，起勁地和一幫女兵絮叨著，說累了，就把頭靠在海生的肩上養神，一旦想到什麼有興趣的事，又亮開嗓門大肆講述著，到了後來，竟在海生的肩上沉沉睡去。

給她當靠墊的海生，則好生為難。麗娜最初勾住他的胳膊時，以為是她醉意未消，他清楚那些女兵們明裡暗裡不時瞟他們一眼，曾想用換個姿式的辦法輕巧地脫離她緊挨著的身體，卻發現她在沉睡中依然緊拽他不放。他不會讓麗娜不高興的，但是事到如今，他幾乎可以確信，麗娜在向他做那種暗示。陪麗娜回到團部，安頓好她，海生自己在招待所找到一張鋪疲倦地躺下。躺在不是自己的床上，憂如躺在失眠的搖籃裡，他翻來覆去考慮著一個問題：如果麗娜提出來做自己的女朋友，他該怎麼辦？

隨著對自己混跡的高幹子弟群體愈來愈鄙視，海生已經確定這輩子不找同一群體的女孩子，他太瞭解她們了，不僅這些人的脾氣他侍候不了，他也不知道如何和那些沒什麼頭腦，感覺卻好到了極點的大小姐們建立共同語言，他需要一個精神上富有的性伴侶。但是，還沒學會拒絕的他，眼下則為如何拒絕麗娜大傷腦筋。他十分同情他，生怕因為自己拒絕她，會再次傷害她。他們之間有許多割不斷的東西，在意的人稱之為情感，不在意的人笑言為藕絲。

再如果，她找來了老爸老媽來說服自己，豈不是讓他走投無路。

果然，麗娜走後，連著給他寫了幾封信，雖然沒有直接捅破那層紙，但字裡行間噓寒問暖，儼然和親人一般。尤其是一向不讀書的她，也在信裡和他大談黑格爾，伏爾泰和尼采，真讓他有些啼笑皆非。他就事論事回了幾封信後，靜靜地等待著那一天到來。誰知，忽然之間她又沒了音訊。

（待續）

國家圖書館出版品預行編目資料

偽君子(上冊)/達歌著.--初版.--臺北市:博客思出版事業網,2024.02
冊; 公分
ISBN978-986-0762-72-3(全套:平裝)
857.7　112020086

現代小說9

偽君子（上冊）

作　　者：達歌
主　　編：盧瑞容
編　　輯：陳勁宏、楊容容
美　　編：陳勁宏
校　　對：楊容容、古佳雯
出　　版：博客思出版事業網
地　　址：臺北市中正區重慶南路1段121號8樓之14
電　　話：（02）2331-1675或（02）2331-1691
傳　　真：（02）2382-6225
E-MAIL　：books5w@gmail.com或books5w@yahoo.com.tw
網路書店：http://bookstv.com.tw
https://www.pcstore.com.tw/yesbooks/
https://shopee.tw/books5w
博客來網路書店、博客思網路書店
三民書局、金石堂書店
經　　銷：聯合發行股份有限公司
電　　話：（02）2917-8022　　傳真：（02）2915-7212
劃撥戶名：蘭臺出版社　　帳號：18995335
香港代理：香港聯合零售有限公司
電　　話：（852）2150-2100　　傳真：（852）2356-0735
出版日期：2024年2月初版
定　　價：新臺幣 300 元整（平裝）
ISBN：978-986-0762-72-3

偽君子

達歌 著

下冊

上冊目錄

下冊目錄

這年代，百分之九十九的書都是垃圾，我僅希望諸位看完了，再將它丟進垃圾桶。

——自序

「……人生是殘酷的，一個有著熱烈的、慷慨的，天生多情的人，也許容易受他的比較聰明同伴之愚。那些天生慷慨的人，常因慷慨而錯了主意，常常因對付仇敵過於寬大，或對於朋友過於信任，而走了失著。慷慨的人有時會感到幻滅，因而跑回家中寫出一首悲苦的詩。」

——林語堂

第六部　貧窮的貴族

（一）

在海生棲身山中的日子裡，中國發生了許多事，有的給後來的社會帶了巨大影響，其中包括被上上下下不厭其煩嘮叨的 1976 年。然而，1976 充其量是對 1966 以前的一個不完美的回歸，無論是「四・五」運動，還是「金秋十月」，百分之九十九的中國人不過是個旁觀者。歷史上，旁觀者的責任就是吹噓旁觀到的事情，並加上自己的想像力，以期後來者把他當作勇士。

我們不妨礙把歷史再往前推一些。

1789 年 7 月 14 日，法國巴黎暴動的民眾，用大炮轟斷了吊橋鐵鍊後，衝進了巴士底監獄。

但是他們發現，監獄裡既沒有如願以償的政治犯，也沒有找到傳說中殘暴貪婪的看守。當時巴士底監獄裡總共只有 8 個人！其中 4 個假證件販子，2 個精神病患者，以及一個性變態者。此人的性傾向使他的父母不得不把他交給監獄唯一的看守——監獄長看管。可憐的巴士底啊，連個獄卒都沒有！

當暴亂者衝進來時，監獄長正在替那個精神病患者擦口水，他轉過身示意這些暴動者不要大聲喧嘩，以免刺激到病人。然而很快，監獄長就被這群興奮到極點的人團團圍住了，人們從四面八方對他拳腳相加，在飽受毆打之後，監獄長不小心撞到了一個廚子身上。

這個廚子做好飯出門散步時，恰好遇到人們攻打巴士底監獄，就跟在後面想看看發生了什麼事，這一跟，就跟到監獄裡。這時立刻有人建議讓這個被撞的廚子去割斷監獄長的喉嚨。這個廚子在大家的鼓動下，當真相信了這是一種革命行動。於是，他懷著神聖的心情，用別人遞過來的一把刀，開始割這位監獄長的脖子。但是，這把刀有些鈍了，割不動，他從自己口袋裡掏出一把割肉的黑柄小刀，以他嫻熟的廚藝，俐落地割斷了監獄長的喉嚨。

許多年後，7 月 14 日這一天，變成一個婦女站在吊橋上，揮手召喚手持武器的平民們，冒著槍林彈雨，衝進巴士底監獄，救出了無數革命志士，推翻了舊制度，建立了世界上第一個真正的人民政府——巴黎公社。

其實，改變歷史進程的，是每個人心中的「躁動」，和「偉大」相去甚遠。

一直在山裡作著大學夢的海生，也曾和戴國良交換過《紅都女皇》和「我哭豺狼笑」之類的東西，好歹也混上了歷史旁觀者的資格，只是他倆既成不了政治戲子，也不會做狂熱的鼓噪者，只會在通信中作冷笑狀。不過，戴夫子把冷漠延續得更遠，無論部隊如何挽留，都無法改變他退伍回上海的初衷，最後部隊拿出殺手鐧，說：「你要退伍就不讓你入黨。」說這話時，他的入黨表格都已填好，只等支部大會上舉手通過。這年代，黨票何其珍貴，但他寧可不要黨票。結果，當了三年兵，做了兩年半不是黨員的文書的戴夫子。在 1976 年寒冷的的 1 月回到了上海。此舉讓信誓旦旦要脫掉軍裝的海生很是氣餒，他毫無方向地混在機二連 100 多人的人堆裡，從排長混到了小連副，並且只等著扶正，活像一隻被熱水慢慢煮著的青蛙。

1977 年夏末秋初，二營突然奉命調去南京施工，連隊一下從深山溝搬進了城市。再回家門，海生已然是一個拿腔拿調的小領導了，過往的無知也好，醜行也罷，都被臉面上的風光一掃而光。他的命運，也因此揭開了新的一頁。

連隊的新營房在紫金山天文臺下的琵琶湖畔，緊挨著有 600 多年歷史的明城牆。站在牆根下，便能一覽湖光山色。

連隊到達琵琶湖的第一天，海生幾乎忙斷了腰，直到晚上，安頓好 100 多人的吃住。他向營裡請了假，出門一拐彎，踏上了那條任何時候踏上去都會令他興奮的許世友小道。在他心裡，沒有一條路能比它更親切了，它留給他所有的回憶都是愉快的，從幼時和同學一道爬紫金山，到後來單車少年風風火火去中山陵 8 號，它都印著自己的足跡，記錄著從前無憂無慮的歲月。

到家時，正是萬家燈火的時辰，很遠就能看到從自己家裡透出的燈光。

家，永遠還是大門不鎖的狀態，他沒有驚動任何人進了家門，又輕手輕腳上了樓，客廳的門也是開的，諾大的客廳裡只有老媽一個人倦縮在沙發裡看電視。他喜歡那種出人意料之外地出現在親朋友好友面前的感覺，看著對方驚喜地神色，心裡別提有多得意了。

當劉延平聽到有人喊媽媽時，才發現小三子不知什麼時候站在面前了，她用手捂著胸口說：「你像個幽靈似的，把我嚇死了，回來怎麼也不事先通知一聲。」

海生得意地走到老媽身邊坐下說：「連隊調到南京施工，今天中午才到，一直忙到現在才有空回來看你們。」

「這麼說，要在南京待上一段時間了？」劉延平端詳著已經相貌堂堂的兒子說。

「是的，怎麼就你一個人在家？老爸呢？」沒有把驚喜帶給老爸，海生有些洩氣。

「你爸爸去了湯山療養院，小燕在農場，三個兒子在外面當兵，還不就我一個在家嗎。」

湯山在南京東郊，以溫泉著稱，民國政府曾在那建了個療養院，現在成了軍隊的療養院。海生一聽老爸去了那，忙問：「老爸生病了？」

「沒病，名義上是療養，實際上是參加學習班。」

「都什麼年頭了，還辦學習班？」海生現在是一聽到文革詞彙，就會出言不遜。

「有人說他和馬天水走得很近，軍區黨委要他講講清楚。」

「笑話，老爸會有什麼問題，這十年南京軍區有幾個像他這樣拼命工作的！最恨這些什麼事都不幹，只會嫉妒的人。」

「我們相信你爸爸不會有問題，但不代表別人也相信他。」劉延平心裡十二萬分贊同兒子的話，但嘴上只能開導他。

在自己家裡說話沒什麼好怕的，海生繼續恨恨地說：「這些人吃飽了就知道整人，除了整人屁本事也沒有，一定還是那幾個人，當年在戰場上怎麼沒把他們打死。」海生接著說了一串名字。劉延平一聽，趕緊制止他：「你這話可不能出去說，會惹出大麻煩的。」

「你放心，我是老黨員了，這點分寸還不懂嗎。」海生衝著老媽扮了個怪相。

話說「四人幫」倒臺不久，軍區黨委召開高級幹部會議，清查「四人幫」在軍區的餘黨，那些曾向「四人幫」獻過忠心的高級幹部，一個個被點了名，成了新的批判對象，排在第一個的就是當年與許世友對調到南京當司令的丁盛。

點完了名後，新來的軍區黨委負責人在講話中突然問道：「梁袤書來了沒？」

梁袤書起身應道。其實，對方之前已經好幾次目光從他臉上掃過。

「聽說你和上海的馬天水走得很近啊？」這個據說來頭很大的負責人，把個「啊」字拖得很長，接著又說：「上海鋼鐵基地的工作，還是讓地方去管，軍隊的人員撤回來，並好好檢討一下有沒有站錯隊，跟錯人的大事大非問題。」

他當著 100 多個三軍高級將領的面，把話說到這個份上，明擺著是把梁袤書劃到另一邊去了。

梁袤書第一次挨整，是延安整風後期的搶救運動，因為是大地主的兒子，靠邊站了近兩年，直到遼沈戰役前才重新工作。此後，他養成了諸多謹慎小心的習慣，其中一個是：凡事堅持個人記錄。

就在會議結束的當天晚上，梁袤書給軍區黨委寫了一份報告，把自己參加上海鋼鐵基地工作的來龍去脈，以及每次去上海的詳細活動，包括某日某時與某人談話，有誰一道參加，談話的內容等一件不落地寫在彙報裡。

彙報送上去後，梁袤書又專程去了趟上海，和上海市政府辦理撤離的交接手續，其中最重要的是向中央派到上海接管工作的大員——彭衝彙報軍區黨委要他撤出鋼鐵基地的意見。

彭衝來上海之前，一直是江蘇省的主要負責人，「四人幫」倒臺後，又身兼南京軍區第一政委，自然和梁袤書十分熟絡。梁袤書來見他，明裡是彙報工作，私下裡要討一個上面對他的說法。聽了梁袤書的擔憂後，彭衝當即說：「老梁，這麼多年你在江蘇地方建設中做的貢獻有目共睹，要相信中央，把事情說清楚，那些流言菲語不攻自破。」

雖然彭沖在那兒吃了定心丸，回到南京沒多久，梁袤書還是被請去療養，當然也沒限制他的行動，高幹的待遇一樣沒少，週末可以回家。和文革的做法不一樣了，許多事情換了一種方法在進行。比如，海生的團裡把海生提升連長的報告送上去幾個月了，沒有任何批復，這就是對他老爸審查還沒結束的信號。

然而，此時的中國，已經是西風漸入，百廢待興，中國的民心正在向新時代彙集，宛如遠方的大川，正濤濤而來，這一次，誰也無法阻止它的洪流。

回到省城的海生，一邊忙著工地進展和營區整理，一邊不忘聯繫眾多的死黨，宣告一下：胡漢三又回來了。

沒想到電話打出去，第二天就有人上門了。

當時海生正在指揮修豬圈，哨兵報告說：「有個老百姓要見你。」

什麼人腿這麼快？他心裡嘀咕著走到營區門口，遠遠看去，茂密的樹林下站著個燙了個卷髮，穿著喇叭褲的青年，朝著他一甩一甩地走過來，到了面前才認出是東林，海生一把抓住他的胳膊，樂不可支地說：「哎呦我的媽呀，你怎麼弄成這副樣子？」

東林跟著一笑說：「梁連長，你果真有本事，占了這麼塊風水寶地。這麼隱蔽的地方，怎麼給你找到的？」

「紫金山下有三湖，前湖，紫霞湖，琵琶湖，記得小時候，一到夏天就來游泳，沒到這三湖遊過泳的都算不上南京人，這算什麼隱蔽啊？」

從營區門口到連部也就幾十米，兩人徐徐走來，全連上下像是看怪物似地盯著東林看，東林全不當回事，因為那些目光裡無論是吃驚，竊笑，還是待想，骨子全是怯怯的土氣，作為土八路的頭，海生此刻完全是投降派，一副既得意又討好的嘴臉。

東林不像大院子弟，把死黨關係看得比天還大，他急著要見海生，是因為海生手裡有他最想要的東西——黑膠木的交誼舞曲唱片。尤其是一張探戈名曲，是時下的寶貝。

被文革軟禁了十年的中國人，此時最渴望的是在一個開放的環境裡放鬆心情，政治上的是是非非迅速被他們拋棄，於是，娛樂解禁成了新時代潮流的最早的決口，昔日被視為下流玩意的交際舞，又成為最時髦的東西。從小就受西方音樂薰陶的東林，自然就成了最先的舞者。

此時舞會還處於半地下狀態，多數是私人組織的家庭舞會，或少數文藝團體以教學為名義組織的內部舞會，跳得好的多半是些年過半百的，年輕的幾乎是鳳毛麟角，東林便是其中的佼佼者之一。省城哪兒有舞會，他都會去蹭一下，那些只會跳三步，四步的女孩子，全被他優美的舞步迷倒，沒多久，他就成了舞會上小有名氣的王子。此時，好的舞曲成了稀缺資源，通常舞會上放的只有一兩首由中國音樂改編的曲目，比如《送你一束玫瑰花》什麼的，世界名曲如同稀世珍寶，而大兵梁海生卻把它們放在閣樓裡睡大覺，在東林看來，實屬暴殄天物，所以一接到海生的電話就直接衝來了。

聽完東林說明來意，海生心裡多少有些原來如此的澀味，嘴上卻還是立即答應了他：「沒問題，等我安排一下，就陪你回去。」

在去車站的路上，東林一點不掩飾地說：「哥們，你身上這身草綠色能不能換一換？」

死黨之間說話，總是一個尖刻，一個不計較，海生通常是扮演那個不計較的角色，這絕不能證明他是個不計較的人，只是他始終認為，既然是死黨，還有什麼好計較的。所以，他毫不在意地反問：「怎麼了，是不是坍你的台了？」

「還有這個三節頭皮鞋，看上去像個熊掌，要多土有多土。」東林的挑剔大有滔滔不絕之勢。

「呵呵，不致於你說的這麼慘吧。」海生說完，左右看了看出門前才擦得亮亮的皮鞋。

小時候，東林總是屁顛顛地跟在他後面，現在，兩個人正好調了個位置，輪到他跟在東林後面了。其實當年東林落魄時，海生心裡還是視他為才子，能和他在一起，自己也算沾了些才氣。如今朋友能揚眉吐氣，他的高興不亞于東林，又豈會在意他的刻薄。

兩人到了海生家，東林往臺階上一坐，說道：「我不上去了，就在這等你，記得多拿幾張，凡是舞曲的我都要。」

海生三步兩步衝上樓，進了自己的房間，從櫥頂上拿下放唱片的盒子，找出那幾張唱片，用一件厚衣服包好，再放入挎包裡，下樓交給東林，東林打開一看，正是自己要的那幾張，從臺階上一躍而起，狂喜道：「謝謝，謝謝。」

「別謝，記住了，不能損壞，不能轉借。」

「你放心，這麼重要的東西，我能不善待嗎。」東林說罷，誇張地給他一個熊抱。

兩人邊說邊往外走，正在廚房裡做飯的老阿姨，聽的「咚咚」腳步聲上去又下來，鬧不明白是怎麼回事，追出來一看，是海生的背影，她扯起嗓子喊：「小三子，吃了飯再走。」

「我不吃了，再見。」海生揚了揚手，頭也沒回就消失了。

老阿姨自個待立了一會，又邁著小腳回去做飯了。十年前這種場景下，她只要一說有好吃的，小三子准跑回來。

＊（電影臺詞，文革時期的流行語之一）

（二）

海生沒想到，盯上這和張黑膠木唱片的，不止韓東林一個人，還有一個與黑膠木唱片有血緣關係的人，也盯上了它們，那人就是滬生。老夫子滬生這幾年在南京軍事院校讀書，身前身後都是高幹子女，少不了跟著沾了些附庸風雅的習氣，昔日毫無音樂細胞的他，也迷上了三步、四步，時不是地在音樂中擺動笨拙的身體。

海生前一天離開家，滬生第二天就回到家翻箱倒櫃找唱片。這個週末，周建國約了滬生去參加周家的舞會，這個舞會對滬生來說太重要了，因為周建國要在舞會上給他介紹一個上海來的女孩子，據周建國說，人不僅長得漂亮，而且家世不凡。

「趕緊把你的鴨子步好好改一改。還有，記得把你家那幾張絕版舞曲唱片帶來。」周建國在電話裡如是說。

滬生是天生平足，跳起舞來四平八穩的樣子，活像鴨子走路，雖然可笑，也不乏可愛。他一聽周建國的介紹，像打了雞血似的，急著想見見那個上海女孩子。鴨子步一時半會是改不好了，沒想到唱片也在關鍵的時候失蹤了，急得他結巴的毛病也犯了。

他急全家也跟著急，最後還是老阿姨說，海生昨天回來過，不到三分鐘就走了。他一個電話轉了三個總機，才掛到海生的連隊，開口就問他是否拿了那幾張唱片。

滬生一驚一乍的口氣，讓海生很不以為然，故意悠悠地說：「我借給一個朋友了，怎麼了？」

「你借給誰了？趕緊要回來，我要用。」話筒裡傳來滬生氣急敗壞的聲音。

家裡的老唱片雖然一直由海生收藏，但其中有一部分是當年滬生參加抄家時偷偷拿回來的。所以說到根上，滬生也是它們的主。

「好吧，我儘快要回來。」海生依舊不緊不慢地說。

「不行，我今晚就要用，你現在就去要回來。」

兄弟兩個此刻一個在火裡，一個在水裡。海生回了一句：「今天沒空，明天是星期天，我去拿。」就把電話掛了。

不到一分鐘，滬生的電話又來了，別看他平時慢條斯理，急起來比猴還急，只聽他在電話裡結結巴巴地說：「你把你朋……友家的地址告訴我，我自……己去拿。」

「好吧，他叫韓東林，你見過的，家在北京東路的南園，從鼓樓方向過去，拐過雞鳴寺那個紅綠燈，左手第一條小馬路進去，接著再往左拐，走到底就是南園，門口有個傳達室，你說找韓東林，他會告訴你怎麼走。」

海生以為自己說得清清楚楚，電話裡的滬生卻聽得糊裡糊塗，兩人交流了半天，滬生才罵罵咧咧地掛上了電話。

等掛上電話，海生才想起東林家是有電話的，猶豫了一秒鐘後，他放棄了給滬生回電，他能想像東林面對滬生時，那難看的臉色。

晚飯後，五彩繽紛的雲霞簇擁在城牆的垛口上方，映入靜靜的琵琶湖，把整個湖面染的火紅。機二連的兄弟們有的在湖邊的生產地上給蔬菜澆水，有的蹲在半坡上聊天，海生正帶著一群小夥子在連部門前的籃球場上打球。

這時，一輛掛著軍區司令部牌照的小轎車駛進了營區，琵琶湖營區本來就很小，小轎車直接就開到了球場上，打球的，看球的，包括他們神通廣大的副連長在內都很納悶。車停後，第一個從車上下來的是滬生，跟著下來的是幾年沒見的周建國，海生邊迎上去邊想，坐著周副司令的車來，動靜也太大了吧。

滬生也不管楞在四周看熱鬧的兵們，氣急敗壞地說：「你那個小白臉同學的家找也找不到，你趕緊陪我們去一趟吧。」

海生來不及搭理他，先和沒穿軍裝的周建國打了個招呼。

周建國笑容滿面地說：「呵呵，海生都當連長了。」

海生趕緊解釋：「副連長，副連長。」又反問他：「你怎麼不穿軍裝了？」

「我已經轉業了，在省電視臺做導演。」周建國不無得意地說。

這話飛進了生性敏感的海生耳裡，冒出了一身冷汗來，看看人家是怎麼活的！他深為自己這個什麼也不是的小連副羞愧，發自內心地說：「你真有本事，怎麼會到電視臺當導演的？」他本想說：你怎麼混到……，這是大院子弟的口頭禪，但周建國畢竟比自己要大了許多，不好意思損他，反倒是周建國自己說了出來。

「混進去的。我去八一電影製片廠導演班學了兩年，回來後電視臺正好要人，我就轉業進了電視臺。」

「你們倆別聊了吧，我們趕緊找去找人。」當著周建國的面，滬生強忍著說。

「別急，總要請個假什麼的。」周建國調頭又對海生說：「順便和我們一起去跳舞？」

「跳舞我不會，我幫你們找到唱片就行了。」

「今晚可是美女如雲噢，比起當年總醫院那些女孩子漂亮多了。」周建國說著，有意無意地朝他眨了眨眼。

「算了，我連一套便裝都沒有。」海生嘴上拒絕，心裡卻有些動心，迄今為止，他還沒進過舞場呢。

「今晚男的就我一個人不是軍人。」

如此盛情，海生只能答應了。他這一答應，可急壞了一旁的滬生，為了應對今晚的舞會，他心裡一直好緊張，現在半道又多出個海生，不是添亂嗎。但他又無法在主人面前制止海生參加，只好怏怏地說：「你快去準備一下吧。」

三人驅車到了東林家，圍著圍裙的東林媽媽說他還在睡覺，讓他們等一會，自己進去把兒子叫起來。海生小聲地告訴另外二人：「她是日本人，大學教授，還是省政協常委。」

正說著，東林揉著眼出現在門口，一看燈光下站著海生，滬生和另外一個人，連忙畢恭畢敬地說：「二哥，你來了，進來坐坐吧。」

「不坐了，我們還有事。」一慣看不起海生的狐朋狗友的滬生，剛聽說圍裙老太有那麼多頭銜，自然對東林客氣了幾分。

海生可是不顧忌，張口就說：「沒見過睡到天黑還不起來的。」

「昨晚去跳舞，一直跳到早上四點，累死我了，睡到現在。對了，找我有事嗎？」

「當然有事，那幾張唱片呢？我們晚上要去周公館跳舞，等著用它呢。」海生說著把周建國介紹給他。

東林早已習慣海生的身邊隨時會蹦出一個大官的兒子來，忙把吐到嘴邊的呵欠憋回去說：「等一下，我去拿。」

離開東林家後，滬生總算把憋了一下午的悶氣吐了出去，車子開到巷子口，他不緊不慢地說：「原來就這條巷子啊，剛才我們路過這裡，誰也沒在意這裡有個南園。」

「南園很有名的，裡面住的全是東林他爸爸大學裡的教授，只要問南園，周圍沒有不知道的。」海生的話裡透著弟弟對哥哥的輕蔑。

「這個東林挺上鏡的。」坐在前面的建國轉身說。

「他是中日混血兒，父親是中國人，母親是日本人。這小子舞跳得可好了，出了名氣舞會王子，到處有人請他去跳舞。」

「是嗎，下次把他叫出來，也給我們男人長長臉。」

海生這才想起問他：「今晚的舞會都是誰呀？」

「都是自己人，」建國朝他神秘地笑了笑又說：「今晚是給滬生介紹女朋友，你去正好給你哥哥當當參謀。」

「他懂什麼，」滬生不以為然地說，然後又告誡海生：「去了後守著點規矩，不該說的不要說，不該打聽的別打聽。」

建國聽了呵呵一笑，轉回了身子。他明白滬生是怕海生把他的醜事都抖落出來，誰的屁股上沒有屎呢。

海生則沒把滬生的刻薄當回事，打小起兩人的對話就是這樣的。他和滬生之間從來沒有心裡話，梁家四兄妹，他只和津生、小燕說心裡話，津生不在，他有什麼都和小燕說，小燕不在，心裡話也沒了。至於滬生和誰說心裡話，他不知道，也沒想過。此刻他心裡想的是那個被滬生拋棄了的麗娜。

（三）

周家住在著名的頤和路花園洋房區。上世紀 20 年代，民國政府定都南京後，這一帶蓋起了無數幢花園洋房，供給外國使館和達官貴人居住，十幾條馬路縱橫相連，其中以頤和路最寬，又處在中樞位置。49 年後，這裡自然成了新貴們的棲身之處，所以，在南京，只要說家住頤和路，別人就明白了你的身份，就像上海人說家住康平路，青島人說家住八大關。所不同的是，康平路不足以影響上海，八大關也和青島格格不入，頤和路卻影響著它的城市。

周家是個獨門獨院大宅，車子駛進院裡後，可見藏在樹叢後的樓房的底層早已燈火通明，音樂正透過落地紗窗傳過來，看來裡面的人已經迫不及待了。

兄弟倆跟著建國走進客廳，一下子就被燈光和音樂弄得沒了方向，空氣中擠滿了醉人的旋律，彷彿已經容不下他們。其實，此時寬敞的客廳裡只有一對老少在美妙的慢四舞曲中輕巧地滑動著，其餘的人全散落在四周的沙發裡欣賞他倆的舞姿。那老者是建國的老爸，軍區周副司令，年少的則是一位絕色少女。

出於尊敬，兄弟倆在進門處駐足觀賞。海生早聽老媽說過，大院幾個首長，就屬周伯伯的舞跳得最好，今日一見，果然如此，然而更加讓他心惶惶的，是他看見了一位絕世佳人！

她就是正和周伯伯跳舞的姑娘。在她身上有一種絕世的光亮，無論是老人，孩子，男人或女人，都會被她的美豔癡迷，這種極致的美，曾經出現在舞臺和影幕上，雖然也會震撼他的靈魂，卻因為遙遠，也就無意去幻想，而現在，那極致的美近在咫尺，每一次跨步，每一個旋轉，每一個笑臉，都彷彿牽著他的魂。她的身姿如水一般輕柔，舞步輕盈的幾乎不沾地，當她雋美的笑容偶爾轉向了門口，海生的心就隨之顫慄起來，一曲終了，他心裡只剩下一句拜倫的詩：美豔在她每一縷髮絲間湧動。

這一刻，生命彷彿不再重要，如果她對他說，你會為我去死嗎？

他會毫不猶豫地為她去死，只是他有這個福氣嗎？

在眾人一片掌聲中周副司令滿面春風地退下場來，他見兄弟二人怯生生地站在牆角，便說：「來，你們年青人來跳，我要休息了。」

已經呆若木雞的海生，呆若木雞地跟著滬生和客廳裡的人打招呼，十足一個沒見過世面的大兵模樣，這些年躲在山林間暗自揣摸的風度，在絕世的美人和靡麗的旋律面前，消失殆盡。

這些人中，有一半他認識，一半他不認識。認識的都是周家的兄弟姐妹，由於他們都比自己大，也只限於認識為止，並不熟絡。不認識的人中，有一個一經介紹便令海生傾慕不已的女人，她是周家老大的妻子，在南京地面大大有名，曾經是空政文工團的舞蹈演員，十六歲時就進過中南海，和偉大領袖跳過舞，她的名氣就是從她可以自由進入中南海的傳說中流傳開來的。今日一見，雖已徐娘半老，風韻一點不減，舉手投足間，盡顯著美人的范兒。

和她在一起的，是她的妹妹，對海生來說，也是個姐姐級的美人兒。一經介紹，原來又是個熟得不得了的人家的媳婦，她嫁的是上海警備區張副政委的兒子，張副政委和老爸是抗戰時期的老戰友，當年海生在上海當兵，沒少麻煩張伯伯，對張家幾個孩子當然也知根底。所以互相一聊起來，談及的人物也都是認識的，既使有不熟的，也要裝著很熟的樣子，如此幾句話一說，大家也都熟絡了。

原來，張家的媳婦這次從上海來，是專門陪身邊一位大美女來找對象的，此女名叫陸敏，也曾是部隊文工團的舞蹈演員，長得無可挑剔，標準的瓜子臉上，有兩個淺淺的酒窩，一笑一顰之間給人恰到好處的美感，一開口，柔柔的上海腔裡帶著幾分矜持。再一聽介紹，她爺爺當年在世時，曾是全國政協副主席，海生一聽，頓時興致大減，只剩下了好奇。

海生最怵三種女人：名門閨秀的規矩，高幹子女的無知，北京女孩的尖刻。第一種讓人誠惶誠恐，第二種人讓人哭笑不得，第三種人讓人忘了東西南北。所以，他和陸敏打了個招呼便退到了邊上，看著滬生如何與她攀談。

這時，周家的大兒媳，那個曾經自由進出中南海的女人問周建國：「于蘭蘭呢？」

「送老頭子上樓去了。」

「瞧蘭蘭這馬屁拍得，還沒過門，就知道哄老頭子開心了，快去叫來。」接著又對在場的各位說：「來呀，別冷場，跳起來。」

音樂再起時，滬生立即去邀請陸敏，客廳裡的人也都成雙成對地跳起來，唯有海生坐在一旁裝作一本正經在欣賞的樣子。說老實話，他連男左女右都鬧不清，上去只能去出洋相，於其出洋相，還不如坐在這裝瀟灑。他有些驚訝的是滬生的鴨子步雖然能醜到上新河，三步中也有兩步能跳到節拍上，再加上有專業出生的陸敏帶著他，居然還能在舞場上混混。

正當他胡亂品味時，建國出現了，「海生，來，給你介紹一下，我的女朋友于蘭蘭。」

海生聞聲一看，驚愕的不知所以，等他回過神來，已經和于蘭蘭握過了手。原來，于蘭蘭就是剛才和周伯伯跳舞的女孩。

從進門第一眼見到她就丟了魂的海生，此刻和她面對著面，臉刷地一下就紅到了脖子，一點可憐的自信，全被潮湧般的腎上腺素淹沒了。不知是詞窮，還是想賣弄，暈得連僅有的幾句京腔也跟了出來。「你好，我是梁海生，你剛才的舞跳的忒棒。」

于蘭蘭朝他嫣然一笑，說道：「你好，怎麼不跳舞啊？」

被她笑得心裡又是一蕩的海生靦腆地說：「我不會跳。」

「沒關係，上場跳兩次就會了。」建國在一旁慫勇他。

海生哪懂得跳交際舞的規矩是男方邀請女方，所以對建國的暗示一點都不懂，傻傻地說：「你們跳吧，我坐著看看就行了。」

「來吧，我教你怎麼跳。」于蘭蘭說著大方地把手伸給他。從沒跳過舞的海生，窘得不知如何是好，跌跌撞撞地跟著她進了舞場。

中國人的非物質文明遺產裡，跳舞通常是女人的事，男的不跳，只管看，看的多了，心思和花頭也多了。男人不跳舞的原因大致有二：一是中國的舞蹈多是陰柔之技；二來舞蹈者入不了上流，既然入不了上流，就會被挑出許多可侮可貶之處。比如在南京，男的舞者常會被譏為「二尾（Yi）子」，所以，男人從事舞蹈，歷來是沒人看得起的。海生很喜歡看跳舞，但那畢竟是看，今晚毫無準備地跟著美人下到舞場裡，其狼狽像可想而知。

此時，站在他對面的于蘭蘭，腳上是一雙半高跟的米色短靴，這雙靴子在市面上根本見不到，是周建國到新疆去采風時，專門給她買的，再往上，是一條紫色薄絨布做的喇嘛褲，窄窄的褲腰，十分性感，上身著一件淺色的秋衣，前胸高挺，往海生面一站，人比他還高。于蘭蘭一開口氣息幾乎洇入他的毛孔裡，她聲音脆脆的，恍如童話電影裡的公主在說話。

「這是一段慢三舞曲，最適合初學者跳。我先當男的，你當女的，跟著我走，一、二、三，一、二、三，對了，腿放鬆，別害怕，前進的時候，腳踩進我的兩腿之間。」

她話音剛落，海生就一腳踩到了她漂亮的皮靴上，生怕出洋相的時候，總是最容出洋相，海生嘴上連說對不起，腳下的步子已經不成體統，幸好于蘭蘭兩隻手前推後拉才把他穩住。

一曲結束，海生出了一頭汗，跟著于蘭蘭往座位上走時，還在一個勁地說：「真不好意思，第一次跳舞，就把你的腳踩了。」

于蘭蘭歪著頭衝他一笑說：「沒事，第一次跳舞都會踩腳，還有摔跤的呢。」

張副政委家的兒媳扭著腰身，走過來說：「海生，你落伍了，到現在連跳舞都沒學會。」

周建國則在一旁說：「你可別小看他，海生可是幹部子弟中的實幹家，一直在基層從班長幹到連長。」

他話音沒落，大嫂已在另一邊喊到：「建國，滬生，你們去拿的唱片呢，快拿來放，今晚不跳探戈，只怕是活不下去了。」

滬生自打見到陸敏，就魂不守舍了，全忘了累得半死才找到的那幾張唱片，一經提醒，趕緊給她送去。

「來啊，各位親愛的，瘋狂的時候到了，跳起來吧。」大嫂說這無，挽起丈夫率無走到客廳中央，第二對是周建國和于蘭蘭，第三對是周家的女婿和陸敏。

滬生不會跳探戈，只能眼巴巴地看著陸敏和別人跳，同樣靠邊坐的海生豎著耳朵從別人的隻字片言裡知曉，原來于蘭蘭也是學舞蹈出生，不僅是正經科班，還在專業團裡做過領舞。凡能當上領舞的，不僅舞要跳得好，身材，臉蛋，姿色都必須是一流的，往舞臺上一站就能勾魂。這樣的女孩就像一個公主，身邊愛慕者不盡其數。海生打心裡佩服建國，能從無數的追求者中贏得她的芳心。

第一曲探戈跳完，大嫂餘興未盡地說：「蘭蘭，這些男人沒一個跳得好的，來，我們倆跳一隻專業的給他們看看。」

于蘭蘭不無歡喜地上了場。探戈是交際舞中的王者，它華麗的曲風，張揚的舞姿，最能煽動人的情緒。兩人雙手一搭上，一個旋轉跟著一個旋轉舞動起來，在坐的人全被她倆的眼花繚亂的舞步吸引住了。海生摒著呼吸對身旁的建國說：「沒想到交際舞也能跳得這麼美。」

周建國不無得意地問他：「怎麼樣，小老弟，我這個女朋友？」

「宛若天仙。」

海生曾經和建國有過一段說胡話的軍旅生活，故而脫口說出了這四個字，沒想到旁邊幾個自我感覺一個比一個好的女賓聽了，竟都對他側目而視，他一見，慌忙之下，趕緊換了個話題問：「你那個落選妃子呢？」

這一問，更是犯了大忌，周圍聽得懂的，無不抿嘴偷笑。周建國的老妹小聲對張家的媳婦說：「別看他傻，什麼都知道。」

唯有周建國滿不在乎地說：「小老弟，你躲在深山老林裡，還不忘收集情報，我的老底全讓你探聽去了。」

在恰當的地方說了錯誤的話，是最要不得的失誤。周建國見海生羞意猶存，便說：「我們倆四年未見，今天怎麼也得給你個禮物，你跟我來。」

趁著場上曲終掌聲響起，兩人悄悄地溜了出去。

周公館海生來過幾次，建國的房間他還是第一次進，進了房間一打量，不禁羡慕地說：「你的房間太棒了，還帶衛生間，我一直想有這麼一間。」

這間房足有海生那間兩個大，中間放了一張大床，床罩覆蓋之下，隱約可見兩個枕頭並放著，海生見了，別有一番滋味地記在了心頭，再待周建國打開衣櫥，裡面大部分空間被五顏六色的女裝佔據著，心裡更明白了。

建國拿出一件立領，藍白相間的條子襯衫說：「這是我去新疆采風時，在喀什買的，這叫哥薩克襯衫，尤其適合你這寬肩窄腰，胸肌發達的小夥子穿。」

向來沒人送東西給海生，難得建國一番心意，他自是千謝萬謝。

這當兒，于蘭蘭風風火火地衝進來，穿過房間，直衝衛生間，途中丟下一句話：「你們在這啊，」想是急了，進了衛生間，門也沒關嚴，只聽得廁板一陣響聲後，就是女人撒尿的聲音。原來美人如廁，也和常人一般，海生臉上有些尷尬，心裡卻是浮想連翩。

「哎，他們在找你們呢，快去吧。」坐在馬桶上的于蘭蘭沒有忘記提醒他倆。

出了房間，海生說道：「我要回去了，明天工地上有8小時的混凝土澆灌任務，一大早就得上工地，」說著又向客廳努了努嘴：「我不進去打招呼了。」

建國知道他靦腆，不善言辭，便道：「隨你的便，下次有空我們再聚。」

頤和路一帶有一班環城的3路公共汽車，上了車，坐兩站就到了大院，海生回家取出自行車，一陣狂騎。一路上，大腦隨著車速飛快地回閃今晚在周公館的每一個場景，越想越後悔自己這些年把大好時光都荒廢了，那個于蘭蘭令他已往生命中的一切暗淡無光，不過還好，今晚他總算感到了生命的光芒。

他一口氣騎出了太平門，上了許世友小道，兩側高大的樹木下，小道尤如漆黑的隧道，他使勁蹬上坡頂後，一隻腳踩上路面，喘了一口氣，此時，車輪之下是黑暗無光的世界，他知道，只要車輪一滾，接踵而來的是一個 30 度的大下坡與一個近 180 度的急彎，這兒曾經出過許多車禍，常有騎車人失控後撞在路旁的大樹上丟了性命。

黑洞洞的路，冰冷地等待著他，這正是他要的！他深深地吸了口氣，一衝而下。

一瞬間，人就像墜落在時光隧道裡，強悍的風吹脹了身體，恐怖與清醒同時主宰著靈魂，人完全憑第六感飛馳過那道急轉彎，然後一甩車身，優雅地停在去琵琶湖中央的小道上。他盡情瞥了眼身後漆黑的世界，似乎又找回了自信。

（四）

回到琵琶湖已是 9 點 30 分，董芳林還沒睡，衣冠整齊地坐在桌前寫東西，看情形是在等他。海生先向營裡銷了假，然後問他:「有事嗎？」

「我要走了。」董芳林開口說道。

海生這才意識到事情挺大的，「調走？調哪兒，你走了誰來當指導員？」

「團部宣傳股，指導員嘛，暫時沒人。」董芳林衝他莞爾一笑。

海生生怕他是開玩笑，說：「你騙我，怎麼會沒人接班，那姚副指導員呢？」

「沒騙你，他還是副指導員。」

「沒見過一個連隊，只有副職沒有正職的。」海生說，仰著脖子把一杯涼茶灌進肚裡，一轉念問道：「你這次去宣傳股，是當股長吧。」

「正式命令這兩天到營裡。」董芳林婉轉地說。海生聽了，高興地就像他自己升遷似的，一貓腰從床底下拉出個紙箱來，董芳林見了趕緊說：「今晚不能喝，明天還有重要任務呢。」

海生和董芳林在一起滾了四年，雖然兩人背景不一樣，卻很投合。海生喜歡他對高幹子弟沒有偏見，也不搞奉承拍馬那一套。尤其是當海生動作太大時，他總會像大哥似地及時提醒他，而不像有些人盼著他出乖露醜。而對董芳林來說，梁海生雖說有些高幹子弟作派，卻從不咄咄逼人，為人處事純淨如初，心裡明亮的沒有雜質，他自己不媚上，也不許下面的人拍馬屁，整個連隊因為有他，鮮有人敢做上不了檯面的事。董芳林還有一個私底下的佩服，這小子就像另外長了雙能看又能聽的眼睛似的，全連 130 多人，誰從連部門前走過，他不用看，僅憑腳步聲就能知道是誰，好幾次和他打賭，結果都是把酒灌進自己的肚子裡。

這時，海生把拿出來的洋河大麯又放了回去，他知道，如果自己堅持要喝，董芳林一定不會反對，但明天確實是個重要的日子，這一周的工作全是為明天準備的，容不得有半點閃失。

倆人盥洗後各自上了床，從當年船屋相識開始，你一件，我一件，把往事都抖落了一遍，直到後半夜才睡了。

睡夢裡，海生又回到了船屋，腳下依舊是鋪滿青石條的地，依舊有戰友們的聲音從各個房間傳出來。回頭一瞥，仿佛有個倩影在炒茶的西廂房裡一晃，追過去，卻空無一人，正當他四處搜尋，那倩影竟又和他並排坐在一起，低著頭不說話，他喚了聲「六斤」，對方把頭抬起，卻是美豔絕倫的于蘭蘭，正當他想把她攬入懷裡時，卻聽見董芳林的吆喝聲：「小心地雷！」

他一驚，起身一看，原來是南柯一夢，那有于蘭蘭的身影，站在面前倒真是個董芳林，他雙眼惺忪著埋怨道：「大清早的，說什麼小心地雷。」

董芳林笑著說：「我說我去工地，你在做夢吧。我想乘工地這會沒人，帶電工再去檢查一下電路，你吃過早飯把一排帶上來，我們在工地上碰頭。」

對工程建築部隊來說，混凝土澆灌絕對就是打仗，現場恍如戰場，數十道工序同一時間在幾百甚至上千平方米場地展開，各司其職，環環相扣，不能有絲毫差錯，每逢這一天，大家神經都繃得緊緊的。

七點鐘，隨著機二連 6 台混凝土攪拌機啟動，澆灌正式開始。海生戴上安全帽，穿上高筒水靴，守在了最混亂的混凝土搗固現場。這裡數十個戰士手中的振動棒，全由機二連提供和保障，這玩意最嬌嫩，動不動就會出故障，出了故障必須立即換掉，否則耽誤了搗固，會造成混凝土內部凝固不均勻，那可是重大事故。

近中午時分，一排長爬上來對他說，攪拌機內壁積留了大量的水泥造成負荷太重，必須停機清除。海生一聽，緊隨他到了攪拌機現場，果然，攪拌機轉速明顯下降，這樣下去，不但會燒壞機器，轉速不夠還會影響攪拌品質。工程才進行到一半，就出現這種狀況讓他始料未及，通常只有澆灌快結束時才會有這種狀況。他叫停一台機，爬進去一看，情況比想像還壞，內壁積了厚厚的水泥，不停機清除，一旦凝固，機器都要報廢。

他立即和現場指揮的副營長及兩個工程連長商量，給他十分鐘停機清除，這期間讓施工人員先做其他工作。副營長也急了，跟在他後面問原委，海生來不及多解釋，命令機器全停下，每台三個人，輪流爬進去用手鎬和工兵鏟清除內壁上的水泥。直到叮叮咚咚的敲打聲響起，才對副營長說，按保養制度，每次澆灌結束，都會清潔內壁，然後在內壁上抹一層黃油，這樣下一次攪拌時，混凝土就不容易結積在內壁上，結了也容易清除，今天這種情況很少見。

「什麼原因造成的，再積了怎麼辦？」副營長焦急地問。

「原因只有一個，水泥的標號不對。辦法嘛，只有一個，開五停一，錯時清除。」

正說著，一個戰士從滾筒裡伸出腦袋說：「副連長，太硬，敲不掉。」

海生二話不說，拉起一根水管走過去，說道：「你出來，我進去。」

滾筒很小，人在裡面只能跪在積滿水的筒底幹活，海生一試，鐵鎬無法用力，效果很差。對著坑坑窪窪的內壁，他楞了五秒鐘，腦子轉了一圈，對站在外面的一排長說：「快去六連借些鏨子和短把錘子來。」

副營長立即明白了他的意思，還沒等一排長轉身，就大聲喊到：「六連長，快叫人送鏨子和錘子過來。」

鏨子和錘子送來時，後面又跟來了一批人，其中一個人在高聲喊：「他奶奶的，機器為什麼停了！」

副營長一看，說了聲：「糟糕，副團長來了。」說完，人急忙迎了過去。

海生順著他的後腦勺望過去，果然是副團長，身後還跟著董芳林等營連幹部，他低聲吆喝自己的戰士：「幹活去！」自己一縮脖子鑽回攪拌機裡。他很討厭這個副團長，喜歡吹噓，還喜歡喝酒。有一次，機二連在皖南修一條進山的路，喝得臉紅紅的他硬要操作挖土機，結果挖土機被他開進了溝裡弄翻了，差點釀成大禍。從此，海生見了他總是能躲則躲。

用上鏨子，果然容易許多。海生正幹得起勁，董芳林伸頭進來說：「快出來，副團長叫你過去呢。」

海生磨磨蹭蹭地爬出攪拌機，整了整濕漉漉的軍裝，走到副團長面前敬了個禮。對方說道：「小梁，我看你能躲哪去。」見海生咧嘴一笑，心裡更不舒服，板著臉問：「是你說的攪拌機不能正常工作是水泥的標號不對？」

「是的。」海生胸脯一挺答道，他看見站在副團長旁邊的副營長臉上毫無表情。

「扯蛋！六連長，今天用的水泥標號是多少？」副團長顯然事先已經瞭解過了。

「和以前一樣，都是三號水泥。」

「你看看，自己機械沒保養好，卻怪水泥的標號不對，你這不是推卸責任嗎？」副團長越說喉嚨越響，大有要摸老虎屁股的架式。而海生則是越聽火氣越大，估計他昨晚發酵的荷爾蒙至今還殘留在血液裡，揚起脖子就要和他理論，幸好董芳林在他身後把他兩隻手捏得緊緊的。

「我一定要和他解釋清楚。」海生沉聲對董芳林說，此時，他臉色煞白，脖子上的筋飛快的顫抖，他是個典型的眼睛裡揉不得沙子的人，如果是自己的錯，他二話不說就承擔下來，如果不是他的錯，誰說他也不認帳。

在場的幹部都看見梁海生眼裡在冒火，包括副團長，他一轉身，裝作什麼也沒看見，走開了去。董芳林一直等到副團長走遠了才鬆開手說：「你嚇死我了，這種時候，你解釋的清楚嗎。」

海生還是不服氣，把副營長拉到攪拌機旁，拿起一隻空水泥袋子給他看。

「這個破牌子的水泥是第一次用，以前我們一直用南京龍潭紅旗水泥廠生產的水泥，這兩個牌子，標號雖然一樣，品質肯定不一樣。」

副營長誰也不願意得罪，說：「算了吧，梁副連長，還是想想今天怎麼平平安安地度過。施工結束後，你寫個報告，我負責給你送團部。」

這時清除已經結束，海生也沒心事事爭個誰對誰錯，一聲令下，六台機器重新啟動，龐大的工地立即重新運轉起來。他一看錶，正好十分鐘，心情立馬又好了。趕緊把沾滿混凝土的手套脫下摔得遠遠的，用水管使勁地衝洗雙手。水泥對皮膚的傷害是可怕的，他見過那些搗固混凝土戰士的手，個個都裂口脫皮，慘不能睹，他可不想自己的手也變成那樣。

董芳林拿了一大杯大麥茶過來遞給他說：「你這傢伙，幹部子弟的臭脾氣什麼時候能改掉，正在升職的關鍵時刻，哪怕有一千一萬個理由，也犯不著和領導頂撞。」

「誰稀罕當個破連長。」海生指了指身上又髒又臭又濕的衣服，嘴上不依不饒地說：「有他這樣的嗎，逮著誰就訓，除了訓人，他還有什麼本事。」

說完，看著眉頭緊鎖的董芳林，「噗哧」一聲又笑了起來。「好啦，算我不對，我這脾氣改不了的，你這一走，就沒人能管得住我了。」

太陽快下山時，澆灌也接近了尾聲，海生的開五停一的辦法，既沒有耽誤施工，也沒出機械故障。他和老董打了個招呼，自己先行回營區去了。

連裡那些沒上工地的小饞貓們，早就把眼睛盯上了他，見海生匆匆回到連部，換了套衣服進了廚房，便四下傳開了：副連長進廚房了。

在機二連，梁海生進廚房和紅燒肉上桌幾乎是同一概念。自從他管理連隊後，每週必有加餐，碰到今天這樣強度的施工，也必定犒勞大夥。他還有個怪癖，每逢加餐，都要自己掌勺，他喜歡看戰士們津津有味吃自己炒出來的菜。

進了廚房一看，家裡只有豬肉和雞蛋，對給養員說：「騎上我的車，去最近的板倉鎮上買兩隻雞，兩條魚，四斤滷菜回來。對了，再買兩斤油爆蝦。」

這兩斤油爆蝦，是專門給董芳林買的，宜興人，最喜歡吃蝦。

原來，就在他剛才進連部時，姚副指導員告訴他，老董當宣傳股長的任命已經到了營裡，週一就要去團部報到。他掐指一算。大後天就是週一，擇日不如撞日，乾脆和今晚加餐並在一起，也算全連集體給指導員送行。

當晚，全連用餐結束後，連部席開兩桌，每桌八個菜，酒水兩種，是董芳林喜歡的洋河大麴和封缸酒。白酒代表軍人，甜酒象徵友誼。

生活不可枯燥，而當兵的只能與枯燥為伴。於是，找個理由搓一頓，是他們最開心的事。自古以來，再崇高的理想，也不能阻止士兵們大碗喝酒，大塊吃肉。

在說完了一番廢話後，海生發出了進攻令，說道：「在座的，別讓我們的『不倒翁』閑著，考驗你們的時候到了！」

董芳林的酒量遠近聞名，這個不起眼的宜興漢子，瘦弱的骨架卻得了個「不倒翁」的雅號。因此，海生的話音一落，兩張桌子上從連排幹部到戰士代表，一起把董芳林圍上了。

酒過三巡，有電話找海生，他一接，是小燕打來的。酒興正濃的他高興地扯著嗓子對話筒喊道：「你不是在農場嗎，怎麼回來了？」

「今天剛到家。告訴你一個好消息。」電話那一頭的小燕似乎比他還高興。「老爸回來了！」她接著壓低嗓門說：「我告訴你，你先別說出去，老爸要到上海工作了。」

「哇！這可是重大新聞啊。」海生差一點就要跳起來，立即又問：「脫不脫軍裝？」

「不脫。老媽說了，這是我們家的底線。老爸掛職上海警備區，人在地方工作。」

「太好了，我們家又要打回上海了。」一想到能回上海，海生興奮地混身不自在。

「對呀，所以我趕緊給你打電話，你抽空快回來吧。」聽得出，小燕急於找個人分享喜悅。

掛了電話，回到酒桌上，心情大好的他一看，自己組織的進攻早已潰不成軍，醉的醉，躲的躲，只有董芳林悠然自得地往喉嚨裡灌著熱茶。

「什麼意思，投降的這麼快，你們太沒用了。」

姚廣明醉醺醺地說：「我們已經把前沿陣地清除乾淨了，就等著你去插紅旗呢。」

海生嘴裡嘟嚕著，滿桌子找來酒瓶和杯子，董芳林見了，放下茶杯說：「我們倆從來都是一邊的，怎麼好窩裡鬥呢。」

海生二話不說，先上去把他的茶杯繳械了，這杯子可是董芳林的秘密武器，每次喝酒，他總是手端一杯熱茶，按他的說法，滾熱的茶水一下肚，酒勁全化解了。海生跟他學過，一點也不管用，只能嫉妒這傢伙的胃與眾不同。

被繳了械的董芳林給激怒了，拿了兩個杯子往面前一放，說：「好啊，今晚我們倆把後半輩子的酒都喝了。」

一瓶白酒，嘩啦啦倒進兩隻茶杯裡，轉眼又進了兩人的肚皮，然後一個大塊吃肉，一個大口喝茶，再然後，兩瓶封缸酒一人一瓶，對著瓶口喝，喝完了倒轉瓶口，不許有一滴滴出，周圍看得人，這時酒全醒了。

這麼多酒下肚，話自然多了，海生一抹嘴巴說：「還記得去年春節在皖南，我們倆去公社喝酒的醜事嗎？」

「怎麼不記得。」董芳林放下手中的茶杯說。

副連長與指導員那天的醜事，在座的有的聽說過，有的什麼都不知道，原版的只有他們倆自己知道，這會大夥都伸直了脖子，等著他倆自己把故事講全了。

「去年春節前，公社主任親自來求我們給他們推一條通向水庫的路，副連長帶了一台推土機，一台壓路機過去，原準備一個月的工程，三天就給他們修好了。七班長，你當時開的推土機，對不對？」坐在另一張桌子上的七班長頭一揚說：「是的，一共三里路，連頭帶尾花了三天時間。」董芳林繼續說：「大年初二，公社來人請我們去吃飯，那天雪下得特別大，路上的雪都埋到了小腿肚子，我們都不願去，結果公社書記找上門來，我們只好去了。到了公社一看，一桌子頭頭腦腦特地等著和我們喝酒呢。」

董芳林正說著，一股酒氣衝上來壹住了嗓子，忙著去喝他們的救命茶，海生接過他的話往下說：「那一桌子人，雖然人多勢眾，能喝的沒幾個，酒過三巡，個個都喝紅了臉，最後剩下一個武裝部長，被我們一人一杯就灌趴下了。就在我們得意時，進來個半老徐娘的婦女主任，幾句客氣話一說，端起碗就要和我們拼酒。我從來沒和女人拼過酒，不知道老董有沒有經驗？」董芳林苦笑著說：「我哪有啊？」

海生猛地想起一個人來，在中山陵 8 號見過的許經建，她可以算他見過的能喝的女人。他沒把她搬出來說給人家聽，雖然此刻胃在翻騰，腦子發脹，這點清醒還是有的。他往下說道，當時我們倆被她拿話套住了，不好意思輪番和她拼，三個人每人喝了三碗60度的地瓜燒，喝完了她居然一點事都沒有，我們呢，雖然還能說話，還能坐的直直的，但舌頭已經硬了，還好公社的電影晚會開始了，酒就沒有再喝下去。電影才放了個頭，我們藉口部隊有事先告辭了，一直到走出公社大院，我們都把胸脯挺得直直的，但半道上就不行了，先是互相攙扶著，後來扶也扶不住了，一齊摔倒在雪地裡，我是使了吃奶的力氣都站不起來，他是一站起來就摔倒，實在沒辦法，倆人只好雪地裡往回爬，爬到營房的山坡下實在爬不動了，便扯著嗓子喊哨兵，不知喊了多長時間，才看到有人心驚膽顫地走過來，我再也撐不住，一低頭就昏睡過去了。

那晚的哨兵，現在的三班副，此刻正好在。他站起來眉飛色舞地說：「當時我聽見喊聲，便下去，看到雪地裡躺著兩個白乎乎的大傢伙，好像還在動，嚇壞了，使勁拉槍機也不見有反應，只好跑回連部叫了幾個人一塊硬著頭皮走過去，才發現是連長指導員。」

此時，滿屋子已是話聲一片，有的說:「還好你的槍裡沒子彈。」有的說：「笨蛋，你不是有電筒嗎？為什麼不照一照。」有人接過去說：「他呀，一定是嚇得尿褲子了。」衛生員則說：「我下去拖副連長時，他還不讓我拖，說好白的床呀，我要在這裡睡覺。」聽到這，海生忍不住咯咯亂笑。董芳林卻一本正經地說：「我們沒在公社趴下，也算給機二連爭光了，換你們去試試。」他越正經海生是笑得越起勁，只好問道：「你是不是喝醉了？」

海生用手撐住椅背，站穩了說：「你放心，我不會醉的。」隨即叫道：「通訊員，把我的自行車拿來。」說完便踉踉鏘鏘往外走，剛出門，就啪嘰一聲，摔到了地上，倒下後還忒乖，趴在地上也不知起來，嘴裡喃喃地說：「這兒真舒服。」

正當大夥七手八腳去抬副連長時，後面又是一聲巨響，這次連人帶椅一塊倒下的是「不倒翁」。

（五）

梁袤書在湯山療養院，一待就是六個月，起初還有人來問這問那，三個月後，沒人來問了，看書散步泡溫泉，和高幹病房幾個老傢伙下棋，就是一天的生活，也沒什麼限制，週末可以回家，但晚上須回醫院睡覺，家裡的人隨時可以來醫院看他，唯一的限制是離開醫院須報告去向。

此刻，他正在離開醫院坐車去軍區大院的路上，昨天，軍區黨委辦公室突然通知他，軍區領導要和他談話。

梁袤書這一代人，歷來生活簡單，回不回家無所謂，過不過夫妻生活也無所謂，關鍵要有工作幹。工作是他的精神支柱，這泡療養院的生活，對他來說簡直是活受罪，他幾次向軍區黨委討說法，都沒有下文，聯繫了一些軍區和總部的領導，總是安慰他要有耐心，要相信黨委。對黨內運動，他有足夠的心理準備，1946 年底發生的搶救運動，他被停職，帶著剛剛結婚的妻子劉延平下放到基層，比現在苦多了，一樣挺過來了。但是，如火如荼的解放戰爭，他只參加了後半程，直到遼沈戰役才重新回到工作崗位。30 年後，他又面臨同樣的境遇，眼看大批被整的老傢伙重新回到工作前沿，國家又處在百廢待興的關鍵時刻，自己卻袖手旁觀，無所事事，實在是一種精神折磨。這倒不是因為他是個知識份子，對工作的渴望比別人強，像他這類身居高位的人，在領導者的位置上施展身手，才是最有吸引力的。

進了黨辦，那些主任，秘書又迎上來和他打招呼，好像不久前避之不見的舉止從沒他們身上發生過，梁袤書見了心裡難免有幾聲冷笑。和他談話的是胡政委，一臉笑容地祝賀他審查結束，軍區黨委的結論是，梁袤書在上海鋼鐵基地工作期間，能堅定地貫徹黨中央和軍區黨委的正確路線，抓革命，促生產，經受住了第十次路線鬥爭考驗，很好地完成了革命與生產任務。

最後，胡政委又向他宣佈了總政治部的調令，調他到上海警備區任職，具體工作接受上海市委安排。

從黨辦出來，梁袤書心情大好。他明白調他去上海工作，是彭衝背後斡旋的結果，在中國，給你一個新的位置，就表示對你的信任，表示信任，就要對審查做一個好的結論，過往所有的懷疑都在這個結論後面莫名其妙消失了，官場沉浮的詭秘由此可一斑。

新中國成立後，梁袤書工作上最愉快的十年，就是 50 年到 59 年這十年，他帶著部隊在上海完成了一個又一個當地建設，他熟悉上海，那是全國最有秩序，也是最講究工作能力的城市，絕不像江蘇，人浮於事，鼠目寸光。

梁袤書完好無損回到大院，令久以冷落的梁家門前又熱鬧了起來。興衝衝趕回來的海生，還沒撈到和老爸話說，就要先應付幾個他意想不到的客人。當他推開客廳的門，看到的是一個依稀面熟，滿頭白髮的婦人，身邊坐著三個衣著寒酸，也是似曾相識的年青人，直到老爸說：「快叫曾阿姨好。」他才反應過來，滿頭白髮的婦人是曉軍的媽媽，另外三個，是羅曉軍的三個哥哥。一番禮儀之後，他迫不及待地問起曉軍，這一問，竟問出許多淚水。

「死了。」曾阿姨才說了兩個字，就已泣不成聲。

老大紅軍說：「曉軍回到老家後，受不了如此大的變故，精神出了問題，成天躲在家裡，也不和人說話，72 年冬天，他乘家裡人不注意，一個人跑出去，幾天後才在長江邊上發現了他的屍體。」

海生鄂然無語，他無法接受一個讓他牽掛了近十年的人，重新聽到他的名字時，竟然早已不在這個世界上了。72 年，那年他才 18 歲啊。他意欲再問些什麼，看著紅軍臉上的悲情，他無法開得了口。這個當年大院子弟中的一號硬漢，曾經是他的偶像，如今已被歲月的蒼桑折磨的灰頭鼠臉。

回到房間，海生頹然坐下，和曉軍最後在一起的情景，一點一點地，又一點不漏地浮現在眼前。那是他陪曉軍從學農基地回城，他清晰地記著，因連日的腹瀉，曉軍清秀的臉龐顯出病懨懨的糜態，頭靠在自己的肩上，還不忘自己打嘴仗，打嘴仗的內容，竟然還是政治，太可笑了，那時他們才 15 歲。

那天分手時，未分出勝負的他對曉軍說了聲：「去你的！」而曉軍則朝他苦笑了一下，隨後消失在家門裡。這些年，那苦楚的一瞥，一直搖曳在記憶的海面上，沒想到，它竟成為一個生命，一個髮小的最後符號。

當他突然意識到，這個世上，能把曉軍留在記憶裡的，恐怕沒有幾個人時，歎息的淚水更止不住地往外湧，他緊緊地閉上眼睛，竭力阻止淚水，卻看見一座墳丘，孤立在滔滔的江水邊。

他打了個電話給朝陽，把曉軍的死訊告訴了他。小時候，他們三人就像一個組合，衝在最前面的永遠是海生，讓他停一停的總是曉軍，因為曉軍的話，他聽得進，出鬼點子，推波助瀾的非朝陽莫屬。朝陽在電話那頭沉默了良久才問：「什麼時候？」「1972 年」。「怎麼死的？」「落入長江淹死的。」「不可能，他 12 歲時就能橫渡長江了。」他們三人，曉軍水性最好，朝陽其次，海生最笨，直到十三歲才敢進深水區游泳，那時他倆常為此嘲笑他，他不在乎，還陪他們一起笑。此時，他無法再笑，緩慢地對朝陽說：「還記得那年學農嗎？我就覺得他的精神不太正常了。」又是長段的沉默，朝陽像是哭了，他沒問，也沒掛，然後聽見朝陽說：「我再也不喜歡長江了。」

「我也是，再也不想見到它了。」

晚飯的桌上，海生從老爸的口中得知，軍區已經給曉軍的老爸平反了，全家重新遷回南京，按軍級幹部的遺屬安置住房和子女的工作。

「平反有什麼用，好好的一個家被弄得家破人亡。」劉延平聽後，忿忿地說。

一直沒吭生的海生，突然用不容置疑地語氣說：「政治本來就是骯髒的！」

梁衷書聽後，心裡很有些不適，家裡的孩子，極少用這種口氣在他面前說話，尤其事關政治。他一陣乾笑後，無可奈何地說：「不是糾正了嗎？」

1976 年 10 月之後，大道理迅速成了社會的笑話，尤其在梁家，政治審查的陰霾剛散去，正是小道理一統天下的局面，梁袞書作為大道理的代表，自然有口難辯。

就在這時，外面瘋了一天的小燕風風火火地回來了，後面還跟著死黨張蘇。兩人自然是餓了，可是推開飯廳的門，一看老爸還在飯桌上，說了兩句話欲上樓去，梁袞書知趣地站起來說：「我吃好了，你們坐下來吃吧。」

他一走，飯廳就成了年輕人的天下。海生從張蘇嘴裡知道，她和小燕在同一個農場，正因為她先到了農場，小燕才要求去的，論環境，農場當然比不上城裡，但重要的是，那兒有好朋友。

自從張蘇上次幫海生拿回了自行車，海生見了她就特殷勤，生怕冷落了她。劉延平在一旁見兩人無拘無束的樣子，生怕兒子對張蘇動了心思，插進來說：「忘了告訴你們一件事，麗娜元旦要結婚了。」

正在狼吞虎嚥的小燕聽了，差一點被噎著，好不容易才從牙縫裡擠出一句話：「和誰結婚？」

「後勤部王副部長的兒子。」

「這也太快了吧。」作為麗娜的好朋友，小燕卻毫不知情，不免怏怏地說：「我說她最近怎麼沒動靜了。」

其實聽到這個消息最尷尬的是海生，他雖然沒吭聲，心裡卻恨不得狠狠地扇上自己一個巴掌。可是，他還是不甘心地想證實一些自己也說不清的東西。他問老媽：「她現在還來我們家嗎？」

他相信自己和麗娜之前的曖昧關係（如果有的話），除了他倆，誰都不知道，他甚至敢肯定，麗娜永遠都不會承認。至於飯桌上的人，當然也不明白他問的意圖。

老媽說：「和滬生不談之後還經常來，來了嘴裡還叫爸爸媽媽。你爸爸去療養後，就不太來了。結婚的事，還是你王阿姨昨天在電話裡說的。」

「王阿姨沒說倆人什麼時候談上的？」有個老妹真好，小燕把海生想問的話搶先問了。

「沒說，聽總醫院的人說，滬生和麗娜這邊關係一斷，那邊相親的人就沒停過。她人長得好看，又是醫生，還能唱會跳，喜歡她的人多著呢，偏偏滬生像中了邪似的，這麼好的姑娘看不上。」

「人就長得一般吧。」小燕拉著長音說。

海生突然想到一件事，說道：「老爸去上海工作，最高興的人應該是滬生。」他說到這賣了個關子，一看她們三個都等著他往下說，便得意地宣佈：「滬生這幾天正在談一個上海女孩，她比麗娜漂亮多了，曾經是部隊文工團的。」

這個消息無疑是個重磅炸彈，連與已無關的張蘇，都瞪起了大眼，飯桌上三個女人，誰都想知道這個比麗娜漂亮的女人是誰。

「她叫陸敏，出身上海灘名門世家，據說爺爺還當過全國政協副主席。」海生說完就後悔了，滬生和陸敏才見了一面，雖然滬生喜歡陸敏顯而易見，卻不知道對方喜不喜歡他呢，自己這麼快就嚷嚷出來，算不算犯賤呢。

果然，老媽立馬就問他：「你怎麼知道的，你見過她了？」

「前兩天我和他一塊去周建國家跳舞，周家大兒媳的妹妹，也就是上海警備區張副政委的兒媳，專門把她從上海帶來介紹給滬生，滬生見到她後對周建國說了三個字：就是她。我這輩子還沒聽他說過如此爽快的話。」

「他倒有先見之明，猜到老爸要去上海工作了，就立刻找了個上海對象。」小燕開心地調侃完又問海生：「陸敏長什麼樣子？」

「很標緻的那種，身材又好，身高有1米67、68，很有教養，一看就是大戶人家出生。」雖然陸敏在海生眼裡，不像于蘭蘭令他有臉紅心跳的感覺，但人長得美卻是不爭的事實。」

「我給他打電話，趕快叫他帶回來看看。」小燕嫌海生介紹的不過癮。

張蘇在一旁打趣地說：「你趕緊求神拜佛，早點搬到上海，不就可以天天見了。」

海生聽了問她：「你喜歡上海嗎？」

「喜歡」張蘇很乾脆地說。在她心裡，僅憑上海兩字裡有個「海」字，就會喜歡。

「她呀，比我還喜歡。上半年，我們倆去上海，在南京路上來回走了四趟，我都累死了，她還沒逛夠。」

一說到上海，三個年輕人滿頭是勁，嘰嘰喳喳把肚子裡對上海的那點崇拜全報了一遍，說到興奮處，海生忽然鄭重地對老媽說：「我提議，這次打回上海，你勸勸老爸，再也別住在大院裡了，找個獨門獨院住，又安靜，又太平。你看人家朝陽和周建國家，住在外面多自由，在大院裡，一舉一動都被別人盯著。」

「對，我贊成，住在大院裡，我帶一個人進來還要查半天。」小燕說完，往張蘇的碗裡夾了一塊魚。

住在大院的諸多不便，劉延平當然清楚，這幾年，能搬出去的都搬出去了，頤和路一帶隨便哪幢小樓都比這好。特別是這兩天，大院裡的人聽說梁袤書到上海上任，還將帶一批幹部過去，家裡的門檻都快被踩爛了。她曾經幾次和梁袤書商量搬出大院的事，都不了了之。她心裡明白，梁袤書是希望保持好的群眾印象，丈夫的肩膀上除了扛著一家人外，還扛著家庭出身不好和知識份子兩塊黑招牌，一舉一動都得小心翼翼，搬出去住獨門獨院，少不了很多人說你搞特殊，脫離群眾。但是，海生說的也有道理，住在大院裡，別人的眼睛都盯著你，說難聽些，殺隻雞都被人四處傳話。

她對兩個孩子說：「我沒意見，住在大院裡，天天有人找我解決家屬安置問題，我都快成大院專配的人事幹部了。」

老媽一句話，把幾個人都逗樂了，海生乘熱打鐵地說：「老爸都 65 歲了，也不可能往上爬了，總不能退休後還住在大院裡吧。」

「就是，海生的話太有道理了。」小燕追加了一句。

「行啊，你們有本事去把他說服了。」劉延平用手指了指天花板。

（六）

梁袞書走馬上任後沒多久，梁海生的連長任命也下來了。用一句大實話來形容，叫做「一切都和真的一樣。」

他這個連長，雖然在大多數人眼裡，可謂「來路不明」，偏偏上面還要給他這個來路不明的連長多加了個頭銜，由於指導員位置空缺，他又兼任了機二連的黨支部書記。再加上全連現在的幹部，幾乎都是他推薦提拔的，所以，在機二連這一畝三分地上，他不費力氣就經營的井井有條。

在他心裡，這個連長當的真是好笑甚于得意，每當他抖起這點小小的威風，總會有大大的憂愁隨之而來，回頭一看，不知不覺這憂愁已經伴了他四、五年了。他沒有一天不渴望能上大學，而這幾年自己只能窩在小小的連隊裡，任憑青春在指間一點點逝去。只要一想起光陰的流失，他就會心痛，就會無比的彷徨，他清楚地知道自己和知識的世界之間，存在一個巨大的斷層，跨過這個斷層的唯一途徑就是坐進課堂。否則自己一生將只能做一個匍匐在塵土裡的螻蟻，永遠對著天空歎息。這不是他要的人生，他要的人生是遨遊在知識的天空裡，自由地探索所有令他迷惑的未知。

為此，他恨文革，恨那些讓他失學的製造者，也恨自己至今還在無知的世界裡徘徊。

然而，在現實裡，偏偏人人都羡慕他如此年輕，就成了「半個皇上。」

就像這個冬日的早晨，太陽剛剛照在高高的城垛上，「半個皇上」成了城牆根下最威風，最忙碌的指揮者。

他帶著連隊出操回來，喊了聲解散，剛鬆開腰間的武裝帶，姚廣明就匆匆迎上來，那張嬰兒臉此刻緊張無比，說道：「出事了，連長。」

海生平日裡和他隨便慣了，笑嘻嘻地盯著他說：「什麼事啊？看你一本正經的。」

「一排一班丟了一支槍。」

海生當兵七年，還是頭一回聽到丟槍的事，腎上腺素一下就升到極限，兩眼放著光說：「不會吧，鎖在槍室裡的槍怎麼會丟呢？」

姚廣明匆匆把掌握的情況說了一遍。

每天晚上，機二連在營區內放兩個崗哨，一個守大門，一個是巡邏崗。今天凌晨最後一班的巡邏哨兵是一班副，這小子上崗後轉了一圈，回去後把槍往床邊一放，偷偷上床睡覺去了。天亮後他才發現槍沒了，他也沒吱聲，趁連隊出操之際，翻遍了宿舍，也沒見到槍的影子，這才報告給了值班的姚廣明。

聽完事情經過，海生心裡大致有數，這事十有八九是家賊所為。他吩咐姚廣明去組織一排把全排宿舍裡裡外外搜一遍，同時命令一班副跑步到連部來。

一分鐘後，一班副臉色煞白地出現在連部門口。

「進來吧，坐下，把事情從頭到尾說一遍。」海生冷冷地說道。口氣和表情與六，七年前教訓他的連隊幹部沒什麼兩樣。

機二連上上下下都知道，這個高幹子弟連長很少訓人，一旦發起火來，能把人的膽嚇破。一班副順從地坐下，兩腿在桌下不停地發抖，這個平日裡很喜歡逞能的山東漢子，看著連長深沉的臉，心裡直發毛。

然而，眼下的海生卻是一點火氣都沒有，他是個每逢大事都很冷靜的人，這並不是他的修養有多好，而是他從小就是個很專注的人，凡專注的人，當一件事值得他專注時，他就會格外的冷靜，所有的注意都聚焦在事情的方方面面，哪兒還有閒心去發火。

「行了，我問你，你回答我。」海生看他那慫樣，連訓他的胃口都沒有。

「你幾點回到床上睡覺？」「四點不到。」「槍放在什麼位置」「放在我的床靠過道一邊。」「在你躺下睡著之前，宿舍裡有人起夜嗎？」「沒有。」「在你巡邏時聽到什麼異常的響聲或發生什麼異常的動靜嗎？」「沒有。」「今天早上班裡的人有誰表現不正常嗎？」「沒發現。」

一班副前腳剛離開，沮喪的姚廣明後腳就回來了。海生從他的表情上已經猜到了結果。「沒道理啊，應該在營區裡，」他嘟嚕著抓起電話的搖柄，姚廣明知道他的意圖，勸說道：「是不是晚點打，再找找。」

這個電話，找到槍打和沒找到槍打，結局大不一樣，海生自然明白，他對姚廣明說：「從發現丟槍到現在已經一小時，萬一槍是被外面的人偷走的，出了事怎麼辦？」說罷，他搖通了營裡的電話，向營長彙報了情況。

放下電話，他招呼姚廣明一塊去了現場。

在營區的西南角，是城牆的拐角，那裡有一片樹林，也是營區唯一不設防的地方，因為要想從那裡進入營區，只有一個辦法，從二十米高的城牆上下來。萬一有人從那裡下來偷走了槍，那他絕不是一般的人，後果絕對可怕，海生最擔心的，就是這個「萬一」。

「都聽清楚了，從宿舍邊上開始，全排散開成『一』字隊形，穿過樹林，一直搜到城牆根下，不要放過任何地方，包括樹上樹下，落葉底下，聽到沒有！」海生狠狠地問。聽到戰士們響亮的回答後，他喊了聲：「開始」。

望著散開的隊形，他對身邊的姚廣明說：「再找不到，只怕要下湖裡去找了。」

此時的琵琶湖水在晨暉下凌波蕩漾，安詳地向遠處舒展著。

視線稍停之後，海生又說：「量他也沒這個膽子，他要是敢把槍丟到湖裡，我就敢定他反革命罪。」

姚廣明聽了個糊裡糊塗，不知道他嘴裡的「他」是誰。

一圈找下來，依然是一無所獲，真叫是一個人藏的東西，100個人也找不到。海生對身上沾著枯葉亂草的眾人說：「其它人解散，一排長，一班長到連部開會。」

等在連部門口的副連長見他回來了，小心地問：「是不是先開飯，大夥餓壞了。」

「行，開飯前你宣佈一下，現在開始一排的宿舍實行清場，誰也不准去。」

幾個人在連部坐下後，海生單刀直入地問：「班裡誰和班副有過節？」

一班長和一排長點了三個人的名字，都是南方兵。這個一班副是山東兵，喜歡和老鄉抱團，還喜歡抬杠。這三個人的名字在梁海生腦子裡一過，他就有數了。頭一個，心直口快，常常會得罪人，但來得快，去的也快，不會記仇。第二個是老實巴交的浙西山裡的兵，經常被班副奚落，但從藏槍報復的構思細節上看，他還沒那個本事。這第三個叫趙長啟，江西兵，高中生，有些文化，愛耍小聰明……。

心裡有譜的海生把目光轉向副連長，副指導員說：「你們談談，下一步怎麼辦？」

副連長是剛提上來的，習慣地說：「聽你的安排吧。」姚廣明自告奮勇地說：「我去一班做政治思想動員，爭取藏槍的人能認識到錯誤的嚴重性，主動交待。」

這麼多年來，梁海生一聽到講大道理，心裡就不以為然，記得去年幹部部門考察他由副提正時，曾問他願不願意改行做政工幹部，就是當指導員。因為上下一致反映他理論水準高，說話戰士們愛聽，他當時一口就拒絕了。眼下丟槍的事，只是一個單純的事件，用不著上綱上線。可是姚廣明既然提出來了，又不能不給面子，他想了個各行其是的辦法。

「也好，你去一班召開班務會，發動大家提線索、談危害、找教訓，這叫敲山震虎，我呢找他們個別談話。」

正說著，營長行色匆匆地來了，屋裡的人刷地一下全站了起來。他劈頭就問：「槍找到了。」

營長姓劉、名字很時髦——永貴。不過，他被叫這個名字時，大寨的永貴還是黨外少年呢。他是江蘇泰州人，也是個不好鑽營，性情耿直的漢子。他接過遞來的熱茶，一屁股坐在椅子上，聽完海生的彙報說：「就按你們的計畫進行，我，坐在這等結果。」機二連住在城牆外面，翻過這座 600 年歷史的城牆，裡面就是華東三省一市的軍事首腦機關一南京軍區司令部大院。現在牆外發生了丟槍事件，他當營長的哪裡還坐得住，接了電話就直奔機二連，看樣子，找不到槍，他的屁股就釘在這了。

在海生的心裡，營長是個不須提防的人，佈置好各人該做的事，衝著劉永貴一笑：「那我就開始了。」

劉永貴看了看腕錶，不知可否地「嗯」了一聲。

一班一共 10 個兵去掉正副班長和三個剛才討論到的人，剩下五個，海生請一排長逐一把他們叫進連部詢問。問的要點是兩個：一是淩晨 4：30 前後，有沒有發現誰起來過，二是丟槍的事發生後，誰有什麼不正常的舉止。

一輪問話結束後，海生面前的本子上的疑點看似雜亂無章，卻都隱藏著一個人的名字，他深深地吐了一口氣，對一排長說：「去把趙長啟叫來。」

從進門那刻起，趙長啟就被屋裡的氣氛震攝住了，靜靜的屋裡只有連長凜然的目光和連頭都沒抬只顧看報紙的營首長，無論是誰，見了這個場面，心裡都會發慌。他強作鎮定在連長指定的位置上坐下，臉上還能擠出巴結笑容。

「說吧，今天早上淩晨四點不到，你起來後做了些什麼？」

趙長啟囁嚅著想說些什麼，一抬頭和連長的目光碰了個正著，到嘴邊的話又咽回了肚子裡。他低下頭，卻感到那目光依然鎖定在自己的腦門上，就在這一瞬間，他放棄了之前設想的種種說詞，怯懦地朝著那目光說：「我只有一個要求，我說了，請求連裡不要處分我。」

他的話一出口，海生懸著的心就落了地，當一件事有了著落時，通常會心軟，海生沒好氣的地對他說：「你先把事情說清楚，處不處分不是我一個人說了算。」

「我早上起來上廁所，看到班副的槍放在床邊，人躺在床上睡覺，就輕手輕腳把他的搶拿去藏了起來。」

事情說穿了，其實很簡單。

「槍藏在什麼地方？」找了一個早上的一排長迫不及待地問。

「燒熱水的爐子裡。」

在宿舍和小樹林之間的城牆下，連隊砌了個冬天燒熱水給大家洗臉洗腳的爐子，剛才搜查時，一排長專門去看過，於是，他肯定地說：騙人，我看過，那裡什麼也沒有。

「我放在爐膛裡了。」

一排長聽了臉一紅，誰會去查又黑又髒的爐膛啊，當著連長營長的面，他火又發不出來，海生見他樣子難堪，便吩咐他去把槍拿回來。

當一排長把槍找回來時，連部裡的問話也結束了，營長劉永貴從他手裡接過裹滿煙灰的槍說：「它也算經過風雨見過世面了。」

海生讓一排長把趙長啟帶回去寫檢查，又叫來槍械員把槍拿去保養。這時姚廣明匆匆回來了，進門就問：「槍找到了？真是趙長啟幹的？怎麼找到的？」

海生看他猴急的樣子，關上門，不無得意地做了個鬼臉說：「問出來的唄。」

劉永貴也被他的怪樣逗樂了，看了看錶說：「我是7點缺5分進門的，現在7點35分，正好40分鐘，說說看，怎麼認定是他的。」

「首先，從前5個人的談話裡，我們確定有人在4點之前起來過，雖然沒人看到那人是誰，但有人說了起夜人的位置，在那個位置共睡了3個人，一個是班副的老鄉，一個是新兵，還有一個是趙長啟，其實，早上開飯時，有人看見趙長啟是最後一個打飯的，根據我平日觀察，他是一個到打飯時就衝在最前面的人，今天早飯又推遲了半小時，按他的饑餓習慣，他一定會衝在最前面，是什麼讓他改變了呢？」

說到這，海生客氣地朝營長一笑，他擔心對方會覺得自己在炫耀。

「分析的不錯，說心裡話，開始我還想你是不是在嚇唬他，看來你心裡已經有譜了，不錯，我看你很合適去做刑警。」

海生一見營長如此高興，進一步說道：我建議連隊利用丟槍事件，開展一次紀律教育，從連到排到班，一直到每個人，來一次現場教育，該檢查的檢查，該糾正的糾正，他看到營長不住地點頭，乘機把最後的想法也端了出來：關於趙長啟，我希望以批評教育為主，看他在這次紀律教育中檢查和認識的深度如何，先不急給他處分，你看行不行。

劉永貴心裡雪亮，他兜了這麼大個圈子，就是為了最後要討自己這一句話。便笑著問：「你小子和趙長啟有什麼其他關係吧？」

海生臉色一整，說道：「我和他既不沾親，也不帶故，他給我的印象也不算好，我只是覺得輕易不要給處分，他才 20 歲，那玩意放進檔案裡影響他一輩子。」

海生是個揹過處分的人，那個壓力有多大，他自己有數。所以這番話說得格外感人，劉永貴被他說得心裡一軟，開口道：「想不到你這個高幹子弟還挺有良心的，這樣吧，給不給處分，決定權在黨支部，你們可以根據他對錯誤的認識程度和今後的表現再作決定，營裡不給你們壓力。」

「太感謝領導了！」梁海生咧著嘴誇張地說，一個早上累積在身上的壓力，一風散吹。

「別謝我，謝你自己，如果你在 8 點鐘還沒找到槍，我就要向軍區戰備值班室報告。一旦上面知道了此事，這個處分就跑不掉了，說不定不還止處分一個人。劉永貴閃爍其詞地說完，起身往外走。」

海生這才想起肚子很餓，趕緊追出去說：營長，吃完早飯再走吧？

「你把好酒留著，過幾天我來喝。」營長擺擺手，頭也不回地走了。

營長如釋重負地走了，可故事還沒完。

這個趙長啟因過度驚慌，一夜之間竟發起了高燒，一時間，這個剛給連隊抹了黑的人物，又成了大夥譏笑的對象。

機二連自梁海生執政以來就有個規矩，病號一律開小灶，小灶絕不是熬一碗粥，下一碗麵如此簡單，在聽了衛生員彙報了趙長啟的病情後，海生當即說：按老規矩，叫炊事班殺一隻雞，給他補養身體。

當炊事班長把連雞帶湯的盆子端到趙長啟的床頭時，這個江西老表哭得一塌糊塗，哽咽地說：「我真不是人！」弄的周圍的人跟著他噓籲不已。

說來也怪，海生對戰士近乎偏袒的愛護，全都是當年他跌了無數個跟頭，以及無數的受虐體驗中自然形成的，沒有一絲做秀的意味，所以，他對別人感恩，也全不在乎。

此刻，他最在乎的是另一件牽動他和他的同代人的大事——恢復高考了！

（七）

第一個把恢復高考消息傳給海生的，當然是東林。

那天午後，冬日暖暖地照在琵琶湖畔，世界也正和它一起變得懶散。

東林是騎著車來的，後座上馱著個長髮姑娘，姑娘身上還揹著一把吉他。兩人突然出現在連隊的操場上，紅男綠女，好不惹人注意。

海生臉上放著光彩迎上去說：「才子佳人，怎麼想起光顧犄角旮旯裡的蘆葦灘了。」

「我們去廖墓玩，順便給你送好消息了。」東林攬著女孩的腰、得意地說。

「該不會是請我喝喜酒吧？」海生環顧兩人的親密狀，故作驚訝地說。

「瞧你，動不動就想到喜酒，多俗氣啊，怨不得女孩子不喜歡你。」

東林贏得了口舌之爭，才把身邊叫做小蓉的女孩介紹了一番。那女孩一副小鳥依人的樣子，令海生馬上想起一襲白衫的六斤，楞了一會才回地神來問：「你帶來的這個消息，與我這個俗人相干嗎？」

「當然有關，知道嗎？大學就要公開招生了。」

「你這話當真！」海生一聽，血管又要爆了。

文革開始後，大學先是停止招生，之後又來了個單位保送，送進去的人中，有不少連小數，分都都不懂，A、B、C、D 也認不全的革命接班人，照東林老爸的話說，大學教授改當小學老師了。前後十多年，多少求學青年的嚮往被淹沒在大革命的錯亂裡，仿佛把人丟進了羅布泊，生命之路一下就從眼前消失了。如今，大學恢復公開考試招生，也算給千百萬身陷沙漠的羔羊，開啟了光明的大門。

「誰騙你，誰是小狗的孫子。」東林眼裡興奮的目光，不由海生不信。他「哇」地一聲跳在空中，朝著東林就撲了過去，兩人結結實實地摟在了一起。

「我操！終於等到這一天。」

「怎麼樣，這消息能抵上一車美女吧。」

男人高興到極點時，是一定要罵人的，就如同女人喜極而泣一般，被撇在一旁的美女小蓉看不懂，好奇地問她的白馬王子：「解放軍連長也可以罵人嗎？」

幾天後，報上登了全國恢復高考的通知，整個國家都沸騰了，從老三屆到應屆畢業生，加起來有上億人口可以報考，就算 5 個人中有一個去考，也是兩、三千萬啊。對困惑了十幾年的這群人來說，不啻是一次大赦令。

那邊，小燕也打電話來了，她的興奮更甚，因為她的境遇比不上海生，自然更嚮往改變自己的身份，而且她和幾個好朋友，一直在堅持自學外語，這次高考開閘，就像是特地為她們準備的。「趕緊叫你的韓東林去搞些複習大綱來。」已經在他人面前變得很淑女的小燕，在她的小哥哥面前還是喜歡口無遮攔。

而海生遇到的最大障礙，是基礎太差。這個小學還沒畢業的文革青年，身上現有的知識是極端畸形的。東林給他弄來了一大堆複習資料，他卻不知從哪下手，白天還得管理 100 多人的連隊，只有晚上才是他自己的時間，東林給他送複習資料，順帶還給了他一瓶外國進口的咖啡。第一次喝洋咖啡，可以令他捧著書讀到凌晨 3 點，兩眼還是瞪得大大的。

但三天下來就洩氣了，端著洋咖啡，還是擋不住上眼皮和下眼皮死嗑。他向營裡，團裡申請假期複習，答覆沒有先例，請他自己擠時間複習。他的大後臺，林志航，不早不晚，上個月剛剛高升，調到另一個師當副師長去了。他找到東林沮喪地說：「我這次完了，怎麼也啃不完那麼多複習資料，尤其是數學，才啃到初二的教材。」

東林從前面堆起的書本裡抬起他那張英俊的臉說：「我媽媽想辦個數學補習班，專門為你們這些沒基礎的人開設的，你願不願意來？」

剛才還耷拉著腦袋的海生，一下子竄了起來說：「那還用說，我第一個報名，你媽媽在家嗎？我現在就去和她說。」

「哎，看你急的，這事還得經學校同意，萬一不允許，就辦不成了。」

海生一聽，又跌落在沙發裡，說道：「你老人家不要把話分兩次說好不好。」

1978 年來臨時，中國人很忙碌。這種忙碌不像從前由上至下號召式的忙碌，而是老百姓自己在忙碌，沒有了上面的聲音，忙碌變得不再麻木和茫然。

海生周圍的人，好像個個都有一身的事，除了高考之外，大家說的最多的一個詞是「結婚」。刮進耳朵裡的不是誰和誰結婚了，就是誰已經走在結婚的路上了。

選擇新年第一天結婚的是麗娜。梁家像是嫁自己女兒似的，專門宴請了雙方上上下下。新娘和海生見面時，笑得像一朵燦爛的花。

那笑容似乎從小延續到現在，從來沒有變化過。本來對兩人的見面心存緊張的海生，跟著她燦爛的臉，就把一切都翻過去了，兩人各歸原位，什麼都沒發生過。

果真如此的話，心裡的痕跡又是什麼呢？

到了春節時，顧家來了，帶來了新姑爺。姑爺是武漢軍區副政委的兒子，不到30歲，已經爬到團級幹部了。光憑這個級別，就壓得海生透不過氣來。

海生心中的另一個夢中女神一顧青，就這樣被別人牽走了。看到她嫵媚的樣子走在丈夫身邊，一陣淒涼掠過心底，儘管他知道顧青、麗娜、方妍，包括括丁蕾，都不會和他成為愛情男女，但是，心裡卻希望她們不屬於任何人。

專有啊，你是如此的愚昧，卻又那麼令人嚮往。在東方，每一次的呼吸，都混有專制的空氣，那怕你痛恨專制。

顧青好不容易從長輩叢中鑽出來，海生和小燕正在自己的空間裡等著她。

小燕的問題是：做新娘開心嗎？海生則繼續他的大實話：「怎麼覺得我們現在是兩類人了。」

看到他們，顧青的眼角堆滿了笑意，她拿起小燕的衣襟，那是件平絨面猩紅色的中式棉襖，她用手輕輕地撫摩光滑的絨面，說了些不著邊際的話，才想起回答他們的問題：「沒什麼開心的，在他們家裡，話都不敢說。」

海生心裡說：「你要是在我們家，想怎麼說，就怎麼說。」

「聽說武漢的高幹都住東湖風景區一帶，你公公家也在那嗎？」顧青聽了點點頭，小燕得到她肯定的答覆，高興地說：「等考上了大學、我就有暑假了，去武漢看你。」

「沒問題，就住在我婆婆家裡。」顧青說完，忽然想到了什麼，亮起一雙美瞳問海生：「對了，我記得小時候你和大個是好朋友？」

「對呀，同班同學兼死黨，他們家不是前年搬到北京去了嗎？」

「告訴你們，顧紅和大個談戀愛了。」

小燕聽了，立即發出一聲尖叫，那叫聲估計能傳到幾裡外。「什麼時候的事！我怎麼不知道？」

「幾個月前，大個回南京辦事，兩人正巧碰到了，相互留了個地址，然後就北京、南京書信不斷，春節前，顧紅去了北京，住在大個家裡，」顧青把他倆的情況一路道來，海生的心也跟著一步步沉下去，當他聽到最後顧紅乾脆住進了大個的家裡，心「嘎巴」一聲就碎了。

記得最後一次見到顧紅，是當兵三年後回到大院，兩人一見面竟然導致自己勃起而尷尬地逃走。此後兩人 5 年沒見，期間又因猥褻幼女弄得沒臉見人，躲進深山老林裡達四年之久，這四年，他幾乎掐斷了一切聯繫，更無顏面對幼時的故人，只有偶而在寂靜的夜中，獨自拾起顧紅的身影。想不到，她居然和大個好上了。僅僅在幾個月前，應當是連隊駐紮在琵琶湖之後，這倆人在馬路上碰到，就手攙上手了，那麼簡單，真像個故事，卻一點也不浪漫。

他原以為早已放下了顧紅，沒想到心裡還如此在乎她，甚至還有一絲地責怪大個，動了他的女人。他討厭自己的耿耿於懷，極力說服自己要像個貴族一樣，去衷心地祝福他們，但那怏怏地醋意，總是像鬼魅一般，出現在夜深人靜時分，直到滬生帶著陸敏回來，好一番的熱鬧之後，才算掀過了這頁。

（八）

在各家忙著嫁女娶媳婦時，滬生好歹也給梁家爭了些面子，帶回來一個相貌出眾的上海准兒媳。由於老爸在上海已經見過陸敏和陸家的人，回來過節這幾天，多次說到陸敏，都讚不絕口。所以，陸敏一進梁家，規格超過了女朋友的標準，連全家最挑剔的老媽，背後也說，滬生這次眼光不錯。小燕就更誇張了，豎起大拇指就表揚滬生：「你真有本事，把上海灘的大明星找回來了。」

春風得意的滬生一回家，就張羅著開舞會。經過這幾個月上海女人的薰陶，他雖然鴨子步依舊，卻學會了賣弄時尚的派頭。這兄弟倆正好走了兩個極端，滬生骨子裡非常保守，卻害怕有人說他土，海生骨子裡最奔放，卻在異性面前靦腆的如同沒進過城的鄉下人。

不過兄弟倆在舞會這件事上，卻異常的同心協力。滬生張羅，辦事跑腿的全是海生。他又是給家裡客廳打蠟，又去借最流行的鄧麗君錄音帶，還不顧一切地把東林從複習的紙堆裡拎出來。他看著東林不情願的樣子說：「誰叫你是舞會王子呢，作為東道主，總要有個人在舞會上撐門面吧，那天晚上，你就是老梁家的台柱，負責和每個女賓跳一曲。」

「你把我當跳樑小丑啊。」東林雖然無奈，卻不免要咬牙切齒一下。

「告訴你，那天可是美女如雲，全是明星級的，到時候別叫我幫你托下巴。」

舞會這天，海生把客廳佈置的漂漂亮亮的，剩下接人的事，由滬生出馬，老爸特批今晚可以用他的車，滬生像模像樣地挽起陸敏，坐上小車去接人。

東林雖也是請來的，但享受不到這個待遇。他在滬生眼裡屬於「小朋友」，小朋友只能自己騎兩個輪子來。他第一個到，一進門就被小燕，張蘇逮個正著。

「快來，東林，聽說你跳舞好的一塌糊塗，趕緊現教教我們。」小燕高興地說。

東林被她倆領進裝飾一新的客廳，裡面只有海生和勤務兵在佈置現場。他衝著海生就嚷嚷：「喂，誰說美女如雲的，美女呢？」

沒容海生回答，一旁的小燕已經撅起了嘴，恨恨地說：「什麼意思，我們不是美女啊。」

東林自知失言，趕緊說：「你們是已知美女，我想看看未知美女。」

「你複習數學昏頭了吧，美女有分已知和未知的嗎？罰你今天不教會我們跳舞不許回家。」張蘇在一旁不依不饒地說。

「這個主意好，我贊成。」小燕開心地直拍手。其實她心裡何嘗不知道，論漂亮，自己趕不上顧青和陸敏，只是尋開心而已。

角落裡的海生一邊奚落東林，一邊打開錄音機問他：「有鄧麗君的，想放哪一首？」他知道東林最近也迷上了鄧麗君。

「來一首她的《海韻》。東林說完，連脖子上的圍巾都沒有摘，先拉上小燕走到客廳中央，一曲《海韻》飄出，讓人立即陶醉其中。」

樓上的劉延平一直在注意樓下的動靜，一聽到音樂聲，趕緊下了樓，進了客廳一看，全是自家人，便問:「就你們幾個開舞會啊？」

小燕一見老媽來了，拉著她說：「光聽你說過會跳，從來沒見過你跳，今天一定要看你跳一支。」

「誰說沒見過，你們小時候跳『忠字舞』，我不是和你們一起跳的嗎？」劉延平一邊風趣地說，一邊接受了東林的邀請。

海生趕緊關上答錄機，打開唱機，挑了一支悠揚的《藍色多瑙河》，兩人一曲跳完，小輩們亂拍巴掌，劉延平則對東林讚不絕口：「他帶得好，我快 20 年沒跳了，他一帶，我都想起來了。」

這時院子裡傳來汽車聲，滬生和陸敏把周建國和于蘭蘭接來了。一進門，嘴甜的周建國就把氣場帶了進來，所有的人都被他問候了一遍，包括東林，雖然兩人只在黑夜裡打了個照面，建國還記得他，握手時不忘叮囑他:「小韓，這麼好的形象，去考表演專業吧，我給你推薦。」

可惜這會，東林的魂早已被對方身後正和海生媽說著話的兩個美女勾引去了，草草說了句感謝周導，就退到海生身邊，貼著耳根一吐心聲：「果真是美女啊。」

「哪一個啊？」海生不無得意地反問。

「兩個都是美女，鵝蛋臉形的氣質很好，臉盤稍瘦的特別性感，我更喜歡。」東林塌著一邊的肩膀，斜靠在壁爐邊上，一雙長腿優雅地撐起身子，對著海生的耳朵，一個字一個字的吐過去。

「可惜啊，都是名花有主了，你只有淌口水的份。」海生看他這副派頭，就忍不住要捉弄他。

周建國一圈問候下來，沒看到梁家的主兒，便問：「劉阿姨，梁叔叔呢。」

「他對跳舞沒興趣，在書房裡看書。」劉延平說完，自己也要上樓，周建國趕緊跟在她身後說：「我陪你上去，順便和梁叔叔問個好。」

海生由衷地佩服周建國這套處世待人的本事，因為他實在是學不會。

劉延平臨上樓時又對滬生說：「記得去把麗娜他們接來，她可喜歡跳舞了。」

滬生一楞，對他來說，這可不是好差事，瞬間想了個藉口：「他們不一定在家吧？」

「我和她們打過電話了，都在家等著呢，你王阿姨也要來，你一塊都接來。」

跟在劉延平身後的建國，朝滬生做了個假裝同情的鬼臉。滬生這會恨死老媽了，還有田麗娜，這不是存心讓自己難堪嗎。

這事換了誰，肯定都不會高興，劉延平當然不是故意為難他，但哪個兒子能使喚他做什麼，她心裡有數。滬生嘛，恨歸恨，去還是會去的，這就是他會做人的地方。他給自己找了個安慰的理由：是我不要她的，在她面前，自己好歹也是個勝利者。他把陸敏拉上說：「走，去看看我的老情人。」

其實，劉延平心中還有另一層意思，自打見了陸敏之後，心裡便有了讓別人也見識見識未來兒媳的念頭。尤其是要讓田家的人，雖然兩家是世交，但女人之爭，總是在親近者中最先展開的，老革命亦不例外。

滬生一隻腳正欲上車，小燕飛快地跑出來追著他說：「別忘了先接顧青，她在家等著呢。」說完又回到客廳衝著于蘭蘭說：「好了，就剩我們了。聽說你是舞蹈科班出身，我們這有個舞會王子，隆重介紹給你，你們肯定一拍即合。」

于蘭蘭明亮的眸子一掃海生身邊的東林，又停在海生的臉上，大方地問：「是他嗎？」

「總不會是我吧。」海生也不知道自己怎會用這種語氣接她的話，笑著把東林介紹給他。此時東林早已站直了身子，海生想不到他也有拘謹的時候，只見他畢恭畢敬地做了個邀請的手勢說：「我是跳著玩的，你是專業的，請多多關照。」

「等等，我們要看倫巴，對不對？」小燕衝著張蘇說，後者不停地笑著點頭。

海生煞有介事地找了一陣，他根本分不清哪支舞曲是倫巴，於是大叫道：「我找不到！」

于蘭蘭快步走過來說：「讓我看看。」她緊挨著海生，一眼發現有鄧麗君的卡帶，就問：「有她的《尋夢》嗎？」

「有。」海生迅速答道，此刻，他又一次感到她的氣息拂過了他的臉。

噢，那瞬間的漣漪……

「就放它。」于蘭蘭把卡帶放入海生掌中，搖曳著身姿回到客廳中央。

在交際舞中，倫巴是舞蹈技巧很高的一類，要求舞者對肢體和樂感的掌控力拿捏得很准，才能演繹出倫巴激蕩的情緒。音樂響起，東林和于蘭蘭從靜到動，各自施展身手，一個有專業的舞姿，一個有嫻熟的技巧，時而糾纏，時而鬥奇，看得幾個人眼花繚亂，大呼過癮。

直至曲終時，大家才發現客廳門口多了一個人。她是顧青，來了有一會，她見裡面這麼熱鬧，就靜靜地站著，沒上前打擾，當然，她也被兩人的舞姿迷住了。小燕一見，立馬把她拉進來，問道：「怎麼就你一個，你那個團政委呢？」

「別提了，他對跳舞沒興趣，也不准我來，害得我和他吵了一架，一個人來了。」

聽口氣，顧青心裡的氣還未消。她和小燕、海生、東林等大多數年青人是一類，好不容易碰上國門開了一道縫，縫隙裡擠進些過了時的時尚，就這些東西，還有人攔著不許你碰，能不生氣嗎？

小燕聽了，立即為朋友叫冤道：「不帶這樣的，跳舞都不讓跳，什麼破規矩。」幫朋友出完了氣，又把顧青隆重介紹給于蘭蘭、東林和張蘇。

顧青見了亭亭玉立的于蘭蘭，開口就贊道：「好漂亮啊，你一定是文工團的吧？」

自古美女最在意美女的讚揚，于蘭蘭被她一誇，當即也說了一段奉承的話：「早就聽建國說，你是大院第一美女，果然名不虛傳。」

她倆站在一起，一個端莊中透著西方古典的美豔，一個嫵媚中蕩漾著青春的誘惑，自是讓一旁的東林又是一待，這傢伙天生就是個情種，並且是那種自視很高的情種，此時禁不住對海生長歎：「今晚金陵城中的美女盡在塘灣 12 號中。」

這時，上樓請安的周建國回來了，見了顧青，不覺一楞。

事緣當年顧青老爸被打成「5・16 分子」時，建國的老爸正是大院的第一把手，顧家前後遭了許多罪，建國的老爸就算不是策劃者，也有睜隻眼閉隻眼之嫌，兩家為此斷了來往。

處事圓滑的建國一楞之後，當即滿臉堆笑地說：「這是顧青吧，幾年不見，都不敢認了，真是美豔逼人啊，呵呵。」

「你好建國，謝謝你還記得我。」顧青看出了對方有來邀請自己跳舞的企圖，臉一扭，對站在一旁的東林說：「剛才見你的舞跳得很好，能教教我嗎？我可是一點也不會。」

不明究裡的東林自然不會放過這麼好的美差，爽快地應道：「我來教你。」

晚了半步的建國只好轉而去邀請小燕，小燕巴不得有人請她跳舞，臨上場時又關照海生：「你和張蘇跳一個。」

海生兩手一攤問張蘇：「你會跳嗎？我可一點不會，你帶我啊？」

張蘇急得亂搖手說：「我也一點都不會。」

還好于蘭蘭過來解了圍，她老練地對張蘇說：「我來帶你。」

倆人高高興興地上了場，海生則在後面鬆了口氣，要不是于蘭蘭援手，自己又得出洋相了。在大一統的中國，天下只有三種人，一種人不出格，一種人不出錯，一種人不出洋相。不出格的自然膽小如鼠，其生活的寬度也就一個鼠穴之大；不出錯的雖然聰明許多，卻玩弄小心眼換得生存空間，最終亦是鼠輩；不出洋相的這一類人，通常聰明透頂，間中有些雄才大略的人物，可惜他們太顧及自己的面子，終究逃不脫老祖宗創造的面子文化控制，而出格、出錯，又常出洋相的海生，命裡註定是不入冊的另類，但另類亦怕出洋相。

老祖宗的東西真不是一般的厲害。

視線回到舞會上，一曲沒終了，倒是滬生和陸敏接著麗娜夫婦，還有王阿姨來了。看上去，滬生和麗娜臉上一片祥和，裝飾得不露痕跡，海生趕緊安頓他們坐下，又衝上樓通報老媽，王阿姨來了。

待劉延平下得樓來，正好一曲結束。小輩們紛紛向兩個老太問候。這幾家人原本在一個大院生活多年，後來相繼遷出，只剩梁家，如今又聚在一起，自有說不完的話。兩個老太光是瞅著于蘭蘭和陸敏，甜嘴的話就說了一大堆，待到顧青上來問候，王阿姨就像看到仙女似的，高興地說：「哎呀，老劉，還是我們自家的閨女漂亮，你瞧瞧顧青，比電影裡的角兒還美呢。」

海生對付沒興趣的事的方法就是逃避，他早早退出人群，去安慰遺棄在一旁的東林和張蘇。張蘇雖然沒有份擠在人群中湊熱鬧，但從神情中看得出，她對這種高幹家庭的聚會興趣十足，唯有東林落寂地問他：「怎麼沒看到朝陽。」

「忘了告訴你，朝陽寒假去了湛江，那邊有人給他介紹了個女朋友，父親是南海艦隊的副參謀長。」

東林聽了，朝海生怪怪地一笑，海生立刻聲明：「你別衝我笑，我絕不會找軍隊高幹子女的，我可伺候不了這些姑奶奶。」

張蘇聽了他的話，心裡特受用，因為海生未把地方幹部子女劃進去，可她嘴上還盯著他不放：「這可不敢打保票，像顧青這麼漂亮的，你會不談嗎？」

海生被她噎得一時無語，只能搪塞到：「另當別論，另當別論。」

王阿姨過足了嘴癮，抬手一哄眾人：「好了，跳舞去吧，別耽誤了你們的興致。」

看著一群人散開，心裡早就憋著壞的海生，站在唱機邊上說：「這支舞不許原配一塊跳，每個人重新找對象。」

第一個回應的是建國，這次他沒讓顧青躲開，第一時間邀請到了她，陸敏則比海生還狡猾，徑真走到他面前說：「來，我們跳一個。」

當著這麼多美女的面，海生生怕自己的笨拙被她們譏笑，忙說：「我不會，你和東林跳吧。」

陸敏早知道未來的小叔子並不是不給自己面子，是害羞，一伸手扣住他的手腕說：「別怕，我來教你。」她笑盈盈地像抓俘虜似的把海生拖到場中央，教他如何勾肩搭背，出腿跨步。

他倆這一站，不曾想卻惹惱了另一位佳人，她就是麗娜。剛才滬生去接她們，田家母女見了陸敏，心裡都堵了一下。到了梁家後，麗娜早已盯牢海生，要與他跳一支舞，以顯示自己再怎麼樣，在梁家還是很受寵的。不料又給陸敏拔了頭籌，能不氣結嗎，她大聲地叫東林：「你站著幹麻，快來請我跳舞啊！」

剩下的滬生和于蘭蘭組成了對，小燕和張蘇一起在場邊模仿別人的舞步，唯有麗娜的兵哥哥，一個人陪著兩個老的嘮叨。

（九）

春節過後，南京下了一場大雪。大雪在夜裡突降，悄無聲息的，待天明海生推開向坡的窗戶，後山早已被白雪覆蓋。無論是大樹還是小草，都被厚厚的雪壓彎了腰。海生喜歡雪，看見一夜之間雪滿枝頭，推開窗，衝著外面亂唱一氣。A 型血的人，只要喜歡一樣東西，就非得欣喜若狂不可。

不過片刻之後，他心裡想的卻是另一件事。他把通訊員叫來說：

「通知各排，吃過早飯全體人員出去掃雪。」多年來，軍隊為民服務的事，早已附體，碰上這種事，用不著上面指示。

吃罷早飯，全連一百多號人，拿著各種工具散在約兩公裡長的道路上清掃著。前面說過，許世友小道在琵琶湖這一段正好有個大坡加急彎，常有事故發生，下了雪後就更加危險，所以要及時清理。一個小時候不到，整個坡道的積雪被清掃完畢，海生讓滿身大汗的戰士們靠邊休息，同時命令上下兩端放行車輛。

不一會，第一輛車上來了，這是一輛北京吉普，之前在下面等的時候，就一直不停地按喇叭，這會一路繼續按著喇叭駛來，當車開到彎道，迎面飛來一個雪球，正好落在引擎蓋上。原來有幾個戰士扔雪球玩，不小心扔到了車上。這下可惹火了開小車的司機，下了車衝著扔雪球的戰士們喊：「是誰砸了我的車？」

幾個戰士一看他那架式，都嚇得不敢吭聲。司機一看沒人承認，火氣更大了，大聲喊到：「誰是帶隊的，把你們的幹部叫來！」

那邊早有人把消息傳給了海生，他正朝這邊走來，絲毫沒有行色匆匆樣子。這輛北京吉普剛才一路狂按喇叭急吼吼的樣子，就已經令他不爽。整條馬路就你一輛車，你衝誰按喇叭呢？擺明瞭是對掃雪的戰士們。

他不緊不慢地走到那司機面前說：「有什麼事，你對我說。」

小車司機一看，管事的來了，瞪起眼睛說：「你的兵用雪球砸了我的車，你知不知道？」

海生一看這貨的德性，就知道是平日裡蠻橫慣的，硬梆梆地說了句：「他們不是有意的。」

小車司機是個年輕人，一看眼前這個芝麻官不買他的帳，火氣更大了，說道：「無意也不行，砸壞了車，你們賠得起嗎？」

海生懶得理會他，回了句：「不是還沒壞嗎。」然後一轉身，對身後的戰士們說：「走吧，你們都回去歸隊。」

那司機一看，海生領著一群兵欲走，當即就下不來台了，衝上去，一把從背後搶走了海生頭頂上的軍帽，得意地對還沒回過神的海生說：「你不把扔雪球的人找出來賠禮道歉，就別想把帽子拿回去。」

天下人都知道，當兵的不許打人，當了連長的海生自然清楚，他壓著心裡的怒火說：「請把軍帽還給我。」海生吐出的這個「請」字，自然冷過了四周的冰雪。

那小車司機身高馬大，比海生高半個頭，根本不在乎對方眼裡的殺氣，高傲地把手往後一背，用鼻子哼道：「不給。」

「再說一遍，你還不還帽子。」海生忽然變得非常平靜地說。

雖然自從當兵之後，他就再也沒和人打過架，但動手前的習慣一點沒改。

對方雖感覺他的話有些刺耳，依舊得意地說：「不給，除非你……。」

古書上的說法叫「說時遲，那時快！」海生突然間就啟動了，身體像風一般掠了上去，他抓住對方的衣領，橫向裡一甩，就把那大塊頭拽到了路旁的排水溝裡。對方哪裡料到一個當兵的敢修理他，等他轉過筋來，人已被甩進寬不過一尺，超過膝蓋深的排水溝裡動彈不得，何況衣領攥在別人手裡，一下就落了下風。

早已憋了一口忍氣的戰士們，一看連長動了手，一哄而上，把那傢伙圍了個密不透風，有罵的，有捋袖子的，有操傢伙的。

海生一看，自己反倒清醒了，手一鬆喝到：「誰都不准動手，站到一邊去。」這事要是演變成當兵的群毆老百姓，就成了政治事件，海生心裡還留著一份清醒。但是，對那個落在溝裡的傢伙，不把帽子還出來，是不會放他走的。他叉著腰站在路基上，只要那傢伙往上跨，他就一腳飛過去，嚇得對方又乖乖地回到水溝裡。幾次三番較量下來，海生早已沒了火氣，像是在耍猴玩，那傢伙也終於洩了氣，把手中的帽子遠遠地丟到雪地裡，有戰士趕緊過去撿回來，海生便也放他從溝裡爬出來，看著他一路罵罵咧咧地上了車。

在戰士們的哄笑中，偉大的吉普車一顛一顛地消失了。

掃完了雪，海生帶著連隊回到營地，正是雪後初晴的上午，冬日的陽光擠滿了城牆腳下，營房一隅。辛苦了一個早晨後，大夥都把濕漉漉的外套和鞋子脫了，坐在陽光下享受著溫暖。在離海生不遠處的蘆葦叢中，歇著一隻尖嘴紅色水鳥，一動不動地注視著湖面，像是只標本。

原以為最得意是自己，想不到這還躲著一個比自己更優哉的。

海生正想著，路口處有個軍人推著自行車在哨兵的陪同下走來。海生瞅了一眼，覺得不對勁，再仔細看看，確定自己沒看錯，急忙一整軍容跑了過去。他一把抱住對方伸過來的手臂，激動萬分地說：「郭叔叔，你好！」

「哈哈，小三子，還記得我，聽說你當連長了。」

來的正是當年許老頭的保衛幹事，海生的忘年交：郭克明。許世友去廣州軍區上任時，按中央規定，淨身出戶，沒帶一個隨行，郭克林也就留在了軍區黨委辦公室工作。

一看到他，海生又回到了晚輩狀態，興奮地不行，問道：「你怎麼知道我在這兒？」

「我可是神通廣大啊，你在什麼地方我都能查到。」郭克明笑咪咪地說。數年不見，他發福了不少，從前那個健碩的山東大漢，如今像座塔。

海生把他讓進連部，招呼著通訊員端茶倒水，自己則忙著打聽中山陵 8 號裡一班大朋友的去向。等到一圈問下來，才發現郭叔叔看他的眼神裡有些別的東西，便說：「我猜，你來不光是看我，還有其他事。」

「嘿嘿」郭克明笑著呷了一口熱茶，潤了潤喉嚨才說：「你們連今天早晨是不是掃雪去了？」

海生聽了，心裡一沉，原來他是為這件事來的，回道：「是的。」

「有沒有和地方上一輛小車發生矛盾？」

「你怎麼知道？」

郭克明依舊嘿嘿一笑：「說說吧，怎麼回事？」

海生把事情經過一五一十地告訴了他，郭克明聽完，臉上沒了笑容，說道：「小三子，這次你闖得禍不小啊，你知道那車是誰的嗎？」

原來，昨夜今晨郭克林在黨辦值班，9 點不到，接到軍區胡政委的秘書打來的電話，要值班室立即查一下今晨 7:30，是哪支部隊在許世友小道上擔負掃雪。秘書在電話裡說，掃雪部隊把植物園的小車司機打了。植物園的黨委書記在紅軍時期就是胡政委的老部下，直接把狀告到了胡政委那兒，胡政委非常生氣，指示要立即查處，並把結果給他。

郭克林一路查下去，查到駐紮在許世友小道旁的是建築工程二團的機械二連，這個連組織了今晨在許世友小道上掃雪的活動。他再一查，機二連的連長竟然和梁袤書的小兒子梁海生同名同姓，頓時產生了要去看看的念頭，一是因為這個連長攤上了大事，二是萬一他就是小三子呢，這讓他放心不下，沒想到，他還真是來對了。

他把小車司機的背景對海生一說，說得海生直吐舌頭，不過這小子吐完了舌頭還是死犟，說：「是他先動手搶我的帽子，如果有人搶了你的帽子，你能不生氣嗎？再說，我又沒有動手打他，我只是扯住他，叫他還帽子。」

海生想博得郭叔叔的同情，可惜這事當叔叔的做不了主。他安慰海生：「還好你沒有真正動手，這件事，你必須真正做好準備。」

這時，電話響了，海生拿起一聽，是營長打來的，劈頭就問早上掃雪的事，他把前後經過又重複了一遍。

劉永貴和郭叔叔一個腔調地說：「你小子，惹禍了，從現在起，你哪也不能去，等著團裡通知。」

放下電話，劉永貴近乎氣急敗壞的聲音還在耳畔嗡嗡直響，他朝郭克林慘然一笑：「這下可慘了，營裡、團裡都嚇壞了。」

「你呢，立即寫一封檢查，內容兩個方面，一是事情經過，既要實事求是，也不要為自己辯護，二是你自己的檢查。然後儘快送到司令部值研室，請他們轉交給我。」郭克明說完，站起來戴上帽子，邊往外走邊說：「我也要趕回去寫情況彙報。」

臨跨上車，郭克明又回頭向跟在身後的海生說：「記住，要明確寫上你願意主動道歉，這是爭取主動。」

海生一直把郭叔叔送出營區，目送他的自行車消失在樹林後，然後心惶惶地回到連部。寫檢查，他才不緊張。這年代的官員，無論大小，最拿手的本事是寫檢查，那個痛心疾首的詞用的，領導看了保證大氣全消不說，還要寫成一篇美文，能讓領導細細品味，暗自稱讚，說不定輪他自個兒寫檢查時，又成了他的範本。所以，檢查成了敲門磚的事，也司空見慣。這全是大批判、鬥私批修、聯繫思想思際，狠鬥「私」字一閃念等偉大運動結下的果實。

海生的心之所以惶惶，是因為所有的人都說他惹了大禍，說得他心裡沒了底。本來，他並不覺得這事有多嚴重，相反還為自己能一招制勝那傢伙洋洋得意，現在卻一點也不得意了。從小到大他見過不少大官，其中最大的是許老頭，老頭子發火雖然可怕，劈頭蓋臉罵一通也就完了。這個印象裡毫無表情的胡政委，看來更較真。官場遊戲，怕的就是這種不該較真的事他跟你較真，該較真的時候他又一言不發的人。

胡思亂想之際，姚廣明進來了，問他剛才那個首長是誰？他把倆人的關係一說，姚廣明又被震到了，權力的光環再次在他這個農村兵眼前閃耀，令他那雙小眼睛跟著興奮不已。他為梁海生慶倖，說道：「還好這事落在你郭叔叔手上，換個人來查辦，還不知結果如何呢。」他這話倒真令海生腦門一亮，的確，郭叔叔早不來，晚不來，正好在自己倒楣的時候出現，這證明自己還是挺福氣的。

就在梁海生縮在荒蕪的城牆下寫檢查，在城牆的那一邊的軍區大院裡，有人同時忙著寫彙報時，還有一輛四個輪子的小車在不停地奔波，午休時，這四個輪子終於「嘎」地一聲，重重地停在琵琶湖畔，正在城牆的磚縫上摳啄幾百年粘合物的鴿子們，被它驚得四散而去，海生出來一看，是劉永貴陪著團政委到了。

海生畢恭畢敬地給他們敬個禮，政委沒還禮，眼角瞟了他一眼，雙腳剛沾到地，說了句：「跟我上車。」又坐回了車裡。

忐忑不安的海生坐進車後，只等政委發落，政委卻只對司機說了四個字：「去植物園。」政委是個參加過淮海戰役的老兵，為人和善，不好大道理，也很少訓人，車子開出去很遠，他說：「一會兒到了植物園，你要好好做個檢查，當面向人家道歉，懂嗎？」

「我懂。」海生一看眉頭緊鎖的政委，就動了真情。他最怕的就是讓一個好人，好領導為自己的過失操心。

植物園緊挨著朱元璋的墳，民國時代遺留下來的國家林園，據說裡面的樹種，是全國各地植物園最多的。

穿過了各種奇形怪狀的樹後，海生總算看到了那個打電話給胡政委的老紅軍。他頭髮花白，腰板筆直，臉上泛著紅光，還真有點又老又紅的樣子。

政委的檢討才說了一半，老紅軍就聲音宏亮地打斷了他，說起自己和胡政委的交情，從古代說到現代，一直說到如今每年過年，他必去胡政委家拜年，胡政委也一定要留他吃飯，一屋子人被他說得肅然起敬。

最後，他說累了，目光轉到海生臉上問：「你就是那個和小王鬧的年青人？」海生立即站起來向他敬了個禮，把心裡早編好的檢查嘩啦啦說了一遍，尤其是最後的道歉，誠懇得一塌糊塗，對方聽得都有些坐立不安了。劉永貴趁熱打鐵地說：「這樣吧，兩個年青人握個手，都是一家人，不計前嫌嘛。」

要叫海生自己主動去和那個叫小王的握手，他還沒那麼賤，劉永貴猜中海生心裡那點臭架子，一招順水推舟，逼的海生只能客客氣氣地和坐在老紅軍身旁的小王握手道歉，這一來，所有的前嫌煙消雲散。

回來的路上，政委的心情好多了，說了一堆有關政策和紀律的教誨，海生默默地聽著，心裡則憋了一肚子氣，臨下車時，再也憋不住了，對政委說道：「要不是為了你，為了這身軍裝，我才不會向那傢伙道歉呢，下次，碰到有人搶軍帽，我還是會不客氣！」

望著紅著眼離開的海生，政委什麼話都沒說，他又能說什麼呢？

從小打架，不管打輸打贏，海生從不告狀，也不找大人幫忙。這不是他倔，而是男孩子的德性本就該如此，只有女孩子才動不動抹著眼淚回家哭訴。在中國，這種男性的氣質伴著你踏進社會之門時，就嘎然而止了，成人的世界裡，不需要雄性激素，雄性意味著頭破血流，只有海生這一號人，能夠堅持雄性特徵而不擔心頭破血流，所以，在他的理念裡，孬種就是孬種，註定不該是勝利者，然而事實是：孬種成了今天的勝利者，他心裡當然堵得要多難受有多難受，所有的怨氣都聚集為一個念頭：趕緊脫下這身軍裝！

（十）

1978 年的春天來的時候，它手裡攥著能改變許多人命運的車票。

首先是東林，考上了南京名牌大學。上了他心儀的化學專業。其後，小燕也收到了她最想去的大學，上海外語學院的入學通知書，成了全家第一個和老爸在上海會師的人，從今以後，她將去做一個上海女孩子了。同她一道報考上外的張蘇，雖然沒能如願，但也和東林進了同一所大學。唯有海生考得一塌糊塗，由於他堅持要學理工，數學考得爛透了，只有 40 來分，用不著等待不可能的結局，一考完，他就給自己發了落榜通知書。

「早就叫你不要考理工，你偏要考，就你那點數學和理化基礎，不是拿著雞蛋往石頭上碰嗎？」東林和海生並肩坐在琵琶湖邊的小堤上，嘴裡嚼著翠白的蘆根說。

「當初報名時，誰料到一點複習時間都沒有，我要是像你們那樣閉門複習兩個月，說不定也能考上了。」海生不服氣地抱怨。小時候，他的數學挺好的，要不是被荒廢了學業，他能連大學也考不上嗎？他把手裡的吉它亂拔了一陣，又塞回了東林的懷裡，說：「都是他媽的文革，否則我們現在都畢業了。」

「你還不算慘，最慘的是曉軍，連人都沒了。如果他還活著，會和我們一塊去考大學。」

一提起曉軍，兩人都不知說什麼好，只能齊齊地望著湖水發呆。東林操起琴，邊彈邊唱起《深深的海洋》，那帶著濃濃地憂鬱的歌聲，貼在湖面上四散出去，天生就有憂鬱情結的海生，不禁深深地醉在其中，他喜歡那揪心的感覺，能讓你真切地觸摸到靈魂。

一曲終了，海生跟著一聲長歎：「在宿命中尋找夢想，夢想給你的依然是宿命。」

東林笑著回了一句：「在空虛中追尋愛情，愛情依然讓你空虛。別歎氣了，夏天再考。」

海生聽了，莞爾一笑，找了一塊瓦片，在靜靜的湖水上打出一個漂亮的水漂，看著瓦片劃出一長串漣漪，他心情好多了。

「我有沒有和你說過，大個和顧紅談上了。」

「不會吧，他應該不是搶別人女人的人。」東林在確定了海生的表情後說。

「去你的，他倆可是兩情相悅。」

「心酸嗎？」

「酸，但不是醋意，是酸痛，為我們的青春酸痛，回頭看看，我們浪費了多少大好時光，從中學時代算起，已經整整十年，什麼事都沒做成，做什麼事又都沒意思。」

「你啊，是自找。平時看你挺行的，一碰到女人智商就降到零，身邊有那麼多優秀漂亮的女人，一個也沒抓到手。」說到這，東林突然瞪著眼問海生：「你該不會到現在還是處男吧？」

「嘿嘿。」海生不置可否地一笑，東林當然明白了。

青春期的男人們在一起，少不了談女人，但是海生很少和夥伴們聊女人，他不喜歡世人談女人的方式，所有的談論方式，都是在褻瀆。女人，在他的心裡是性愛的象徵體，而性愛與遙遠的星星，深深的海洋，神秘的天地一同在他心裡佔有崇高的位置。

如果本書記載屬實，海生的確還是個處男。到目前為止，海生和女性最親密的接觸，就是和六斤的邂逅，六斤讓他第一次觸摸到女性迷死人的肉體，他把那種撫摸視為性愛，因為那已經讓他瘋狂。

他十分憧憬男女之間最後的媾和，他沒病，身體強壯，思念女人，卻不能成為性愛中的男人，他無法確定自己的憧憬是正常還是不正常，他每次自慰之後，內心深處都會有一聲歎息，歎息自己在畸形的性愛裡越陷越深。

就在東林得意洋洋走進大學校門後，海生在這個城市發現了一片能充實自己的沃土，學名叫圖書館，對於現代隱士來說，圖書館是他們大隱隱於市的理由之一。而對海生來說，它是改變閱讀和年齡不成比例的提速器。

為了夏天的高考，他瞄上了南圖。據說這個圖書館的藏書在全國排第三，僅次於北圖和上圖。辦證的告訴他，這裡只對省級機關的幹部開放，不對當兵的開放。他納了悶了，這圖書館還不是人人可以進的，後來聽老媽一番解釋，他才知道，文革的時候，圖書館來了一批軍人支左，把一塊好端端的清靜地，弄得雞飛狗跳，還以破四舊的名義，毀壞了不少珍貴藏書，因此南圖上下都對當兵的不滿，就是不給他們辦證。

不過呢，這事難不倒海生，他拿了老媽的工作證和省委組織部開的證明，一路綠燈辦完了手續，辦證的客客氣氣地告訴他，半個月後來領證。

半個月後，他興致勃勃地來到南圖，領了證，直奔借書大廳，往長長的借書隊伍裡一站，那感覺，真像自己已經是個很有學問的人。這種念頭在別人的眼裡定會被視為淺薄，然而有學識的人，有誰不曾淺薄過。

排到他時，他把填好的書單和借書證往櫃檯上一遞，櫃檯裡端坐著一個已經發福的中年女人，收下證件後看看他，再看看那張貼了他的照片的借書證，突然問道：「你是叫劉延平嗎？」

「是啊。」海生被對方問得臉上一紅。

「不對呀，省委組織部哪有你這麼年青的幹部，再說，這名字也是女人的名字。」對方不僅滿臉疑惑，還帶著不屑的口氣問。

海生哪裡料到在小小的借書櫃台裡，還端坐著一個福爾摩斯的女弟子，一下就讓他穿幫了。他窘在櫃檯外，半晌說不出話來。這事，如果死撐著自己就是劉延平，對方一個電話，就能給自己帶來更大的麻煩，承認冒充吧，借書這事恐怕就得泡湯。

就在他擔心櫃檯裡的厲害女人去拿電話核查時，裡面的門簾一掀，有個美人兒走了出來，和他四目相對，對方愉快地叫了聲：「海生，你好啊。」

這下海生的臉更紅了，這次不是因為名字被穿幫而臉紅，而是他看到了任何時候都會令他臉紅的人——于蘭蘭！

海生又是臉紅，又是驚奇，又是開心地說：「嗨，于蘭蘭，你怎麼會在這？」

「我在這上班呀。」于蘭蘭很逗地看著面前既害羞，又稚嫩的大男孩，問道：「你來借書？」

海生「嗯」了一聲，不便解釋，只是拿眼神示意了一下坐在那的令人生畏的女人，于蘭蘭立刻明白了，轉身說道：「丁老師，這是我的朋友，我來給他辦吧。」她手臂很優雅地在空中劃了個弧線，接過了丁老師遞過來的證件，親熱地向海生一揮手說：「到這邊來。」

海生屁顛顛地跟著她到了旁邊一個特殊的櫃檯，小聲地對她說：「我用我媽媽的名字辦了張借書證，被丁老師識破了，幸好你來了，否則這個洋相出大了。」

那個丁老師不僅眼神好，耳朵也夠靈，隔空發聲道：「蘭蘭，告訴你朋友，丁老師什麼樣的人都見過，誰也逃不過我這雙眼睛。」

于蘭蘭像似看了場好戲，兀自一個人咯咯地笑了起來，一時間，大廳裡滿是她銀鈴般地笑聲，排隊的，翻書卡的，這下都找到了看美女的藉口，視線全卯住了他倆。表面形色羞怯的海生，心裡別提多得意了，繼續小聲地說：「要不是碰到你，我恐怕連出門的路都找不到了。」

一男一女兩人若是小聲說話，即使不是情侶，也與情侶的關係不遠了。海生雖然不明白這個道理，但直覺暗示他，神秘是讓他跟隨美女一道閃耀的最佳方式。

兩人聊了一會，于蘭蘭叫他等一下，她要去幫他查一下所借的書，說完一轉身又進了門簾裡。看著她那婀娜的背影與搖曳的臺步，海生的心依舊掛在半空中不願回落。長得漂亮的女人，並不一定會讓男人失魂，只有讓所有的美能從漂亮中演化出來的女人，才能令男人神魂顛倒。

于蘭蘭再次出來，懷裡抱著一摞書，往櫃檯上一放，說：「你要的書都是熱門書，一本都沒有了。我給你找了些其它的，你看看哪本喜歡，先借去看看。一會兒你把想借的書都寫下來，等到別人還回來了，我給你留下。」

海生一聽來勁了，悄悄地問她：「你能借到內部書嗎？」

內部書籍，通常指被批判的、反動的、黃色的、港臺出版的書籍，這年代，能借到內部書籍的人，在別人眼裡就是能人。

「我知道你要借什麼書了，《查泰萊夫人的情人》？」

海生只聽說過這是本著名的黃色書籍，黃到什麼程度，只有看了才知道，但是，面對于蘭蘭，他如何能點頭，只能搖了搖頭。

找于蘭蘭借這本書的人多了去了，她早已見怪不怪，所以才有這一問，看他臉紅了，也不想讓他為難，說道：「那是《射雕英雄傳》？」

「有嗎？」海生一聽書名，眼裡頓時放出了光。

「早就排到一年以後了，這還是圖書館內部才能借，根本不往外借。」

「那《懺悔錄》有嗎？還有《彌賽爾》……」海生寫了一串書名交給她。

出了圖書館，是湛藍藍的天，春日的陽光正溫馨地等著他。把書在自行車後座上夾好，他風一樣地穿街走巷，當騎上了空無一人的許世友小道，他更開心了，仿佛進入他一個人的世界裡，不久前這條路留給他的陰霾，早已甩到了九霄雲外。

毋庸置疑，他喜歡于蘭蘭，但他從沒想過要從周建國手裡把于蘭蘭搶過來，那不是他做人的方式，他讀過許多英雄奪美的故事，他自恃做不了那樣的英雄，愛是兩情相悅的事，「奪」這個字太粗魯了，毫無紳士風度。雖然君子不奪朋友之愛，卻並不妨礙他和她來往。和于蘭蘭一塊說說話，甚至見個面，都能使腎上腺素愉快地飆升，那是一種本能地享受，足以讓他滿足了。

*《南斯拉夫民歌》，文革時民間的流行曲之一。

（十一）

在南京以東100里外，有一座小城叫鎮江。這座與南京歷史差不多悠久的古城，確實又小又破，要不是滬寧線通過這裡，幾乎很少有人想起它。當然，它還有個自認為享譽中華的東西——鎮江香醋，可惜，凡是對醋獨有情鐘的人，總是和破、窮兩個字離的不太遠。不破不窮，哪來的醋意呢。

于光輝是這個城市的黨的幹部之一，只是他這個幹部和這個城市一樣，前面也要加個「小」字，鎮江市某鐵器廠的黨支部書記，相當於正科級。

于光輝雖然官小，但老婆的肚子很爭氣，給他生了對雙胞胎女兒。早一分鐘出來的叫蓓蓓，晚一分鐘出來的叫蘭蘭。蓓蓓和蘭蘭長到10歲時，迷上了跳舞，此時正值文革狂潮，全國各地，從學校到街道、工廠、鄉村到處組建宣傳隊，失學的姐妹倆被宣傳隊相中，成天在舞臺上表演，倒也開心快樂，跳革命舞蹈不難，難的是雙胞胎姐妹同台演出，就憑這個吸引力，她倆成了遠近有名的姊妹花。于光輝的名氣由此響亮了不少，常常走在大街上碰到不認識的，也會開口叫于爸爸好。

1971年，南京藝術學院到鎮江招舞蹈生，姐妹倆一起去報名，卻走上了不同的命運之路。考試時，蓓蓓意外地從舞臺上摔到台下，造成腳踝粉碎性骨折，躺了半年，好是好了，卻再也不能上臺跳舞了，蘭蘭隻身一人去了省城。

跳舞的人，身材是第一要素，因為悟性是可以修練的，身材卻無法改變，于蘭蘭 13 歲時，就長到了 1 米 6，長到 1 米 68 時，再也不長了。不長的時機掌握的恰如其分，再多長幾公分，就不適合做舞蹈演員了。

文革有個很畸形的現象（當然，文革時畸形的事多了去了），它令許多許多生性開放，喜歡熱鬧，有表演欲望的人，失去了自由自在展示自我的機會，只能用同一個思想思考，同一種聲音說話，這種現象後來被稱為「萬馬齊諳」。幾乎所有能出風頭的途徑都被掐斷了，唯有舞臺還在，那是個唯一可以借革命來展現個人魅力的地方，所以能上舞臺表演甭說你是唱戲還是跳舞，在社會上特別受寵。

于蘭蘭是 14 歲差 45 天來例假的，她去求助生活老師，老師高興地告訴她，從現在起，你就是個真正的女人了。你長得這麼漂亮，再好好培養氣質，將來不知道會迷倒多少男人。

她記得老爸來看她時，也說過類似的話：「娃兒，老爸這一輩子最大的遺憾就是沒當上大官，將來你一定要嫁到一個大官家裡。」

于蘭蘭從學校分到省歌舞團之初，非常興奮，畢竟這是省城的一線演出團體，來看演出的也不是原來小城那些土裡土氣的觀眾，台下常常坐著省城裡有頭有臉的人物。然而，跳舞這個行當，看似風光，卻是一件枯燥的職業，除非你十分喜愛它，否則你得到的不過是虛榮。虛榮雖然在這個世界越來越受寵，但對一個人來說，虛榮過分了，又何嘗不是一種負擔。

有漂亮底子的于蘭蘭，和大多數曾經有過漂亮底子的女人有一個共同點：不勤奮。她在團裡是一流的胚子，三流的功夫，剛到團裡時，準備培養她做領舞，半年後就因她的疏懶放棄了。不過呢，她還有一個與漂亮女人的不同之處，不好爭風吃醋，她永遠不會為一個角色去爭得頭破血流。

除了排練和演出外，團裡人素來喜歡嚼舌頭根，于蘭蘭每天都能聽到前輩們津津有味地說起團裡往昔的風流韻事和爭風吃醋的故事，比如誰曾經和某大官有一腿，誰和誰為了爭寵，不惜大打出手。

至於團裡內部的男女關係，是外界不可想像的過分，在這種環境裡長大的人，要求她出自花叢而不染，恐怕沒人會信，就算有誰真想清高，也架不住眾人往你身人抹泥。

于蘭蘭才不屑和團裡那些大男孩交往，她的心思在外面，這裡一切都是過眼浮雲，而找個像靠山一般的男人，才是既實惠又風光的。

世界上的女人分三種：小女人、大女人、不大不小的女人。活得最滋潤的當屬小女人，眼皮底下那片天地經營好了，足夠她快快活活地過一輩子。同樣，找到這樣的女人過日子，是男人的福氣。其次是大女人，雖然此類人活得很累，但累也是一種活法，對精力充沛的人來說，累是一種釋放，釋放是一種快感，這恰恰是大女人所需要的。這類女人強勢，但也還算專一，而許多男人正是喜歡女人來安排自己的人生。最尷尬的是不大不小的女人，高不成，低不就，這山望著那山高，比如眼下風光得意的幹部子女們，她們不斷編織著夢想，卻總把夢想寄託在男人身上。有時，她們也會衝在前面，卻總是讓男人給她們擦屁股。找這種女人過日子的男人，嘿嘿，用一句上海話說：「眼珠子瞎塌！」

于蘭蘭本性是個小女人，可是天生麗質的女人，總有許多不確定。她的第一個男朋友的父親，是軍隊裡的師級幹部，那小子一見到她，就靈魂出竅了，有一點像眼下的梁海生。話說回來，有哪個男人見了她靈魂會不出竅呢？無非是有人不加掩飾，有人會裝而已。

于蘭蘭抱著好奇和他談了一段時間，感覺到了高幹子弟和他們的家庭是怎麼回事。來往多了，男的要和她確定關係，平日裡見面，還動不動想牽她的手，牽手這事太小了，在團裡合練時，每天不知道要被男生托舉多少次。於是，于蘭蘭給了他一個答覆，把她從歌舞團調出來，當然是調到省級機關，還要是幹部編制。那一位自己還不是幹部呢，如何給她辦啊，他和他家折騰了半天，也沒把這事給辦成。這時，正好周建國假借挑選演員之名，來團裡給自己找女朋友，一眼就相中了她。

于蘭蘭去問她的那些大姐姐級的朋友，軍區副司令是多大的官？有的說和省長一樣大，有的說比省長還大。沒多久，她就和那個師級幹部子弟拜拜了。她倒不是這山望著那山高，而是她原本和他沒多少感情，她的目標是嫁給高幹家庭，當然是越高越好，好像張寧，差點成了皇親國戚。

在一個貧瘠的國度裡，想把愛情當回事的人，翅膀遲早會被折斷，一個安安穩穩的家是人們唯一的選擇，不把這種選擇當回事的人，這塊土地也不會讓他蛻變出飛翔的翅膀。只有像梁海生這類既天真，又有閑的人，才會追尋普希金，萊蒙托夫的足印，編織浪漫卻不合國情的故事。

于蘭蘭眼裡的周建國，其貌非但不揚，看上去，似乎離青春很遠，不到 30 歲的人，身體已經開始發福，鼻樑上架一副近視眼鏡，聲音嘶啞，毫無磁性，看上去像個大叔，大街上隨便抓一把男人都比他強。但是，你在街上抓一百個男人，也不可能抓到一個背後有個當大官的老爸。

和周公子談上後，沒多久她就如願以償地離開了歌舞團，進了南圖，軍區副司令的能量確實不一般。其實，周建國又怎能放心她繼續在歌舞團這種地方待下去。

中國絕對是個缺少美女的國家，她一進南圖，就成了招蜂引蝶的人物，也不知引來了多少癡迷男人。有的目光淫蕩，死皮賴臉的要和她交朋友，有的在遠遠的角落裡窺視，尋找時機，上前搭訕，也有的像梁海生，見了她就臉紅，連話都不會說了。

有過多年舞臺歷練的于蘭蘭，早已學會非常冷漠地看著那些色咪咪的男人在眼前出現或消失。當梁海生抱著書離開後，她心裡沒有一點漣漪，相反，她好想笑，因為海生的背影又一次令她想起了當年生活老師的教誨。

一旁的丁老師突然發聲：「又來了個情種，你說你這個丫頭，節目怎麼這麼多，一出一出的。」

「這個不算，他是周建國的朋友，當兵的沒見過世面。」于蘭蘭裝作老道地說。

「哈哈」，丁老師知道于蘭蘭說的是面子上的話，所以會意地一笑後，又說：「我看這個可以備用。」

于蘭蘭聽了，不做答，只是咯咯地笑個不停。她已經習慣在這個巨大的空間裡笑得花枝亂顫，因為，她是唯一有資格的。

正笑著，丁老師低聲說道：「正主兒來了。」

于蘭蘭一回頭，周建國正笑咪咪地站在櫃檯前。「什麼事這麼好笑？」他溫雅地問完，又和丁老師打了個招呼。

「你不知道，梁海生來借書，用他媽媽的名字辦了個借書證，被丁老師識破了，狼狽的要死。對了，你有沒有對他說過，我在這兒上班？」

「沒有啊，他從沒問過我。」

于蘭蘭問這句話的目的，是想證實梁海生是有意來找她，還是無意間碰到她。隨即，她拉開了櫃檯邊上的矮門，放周建國進來，然後領著他往書庫裡走。書庫和前臺之間有一條長長的通道，前後門一關，就剩下他倆，倆人會意地一笑，急切地擁抱在一起。

好一會，于蘭蘭把雙唇從他嘴上挪開問道：「今天晚上有什麼活動？」

「想不想來電視臺看內部片？」

「怎麼又要看，昨天不是才看過嗎？」于蘭蘭撒著嬌說。

「軍區胡政委家的小兒子說了幾次要帶他的女朋友來看內部片，今天正好有人從廣州帶來幾盤錄影帶。」

聽說有新片子，于蘭蘭像一隻鳥兒歡快地說道：「那好啊，你先去裡面看書，等我下班一塊走。」

有大樹庇蔭的鳥兒，總是開心的。

晚飯過後，于蘭蘭蹬著周建國才給她買的綠色的小輪自行車，兩人一塊騎車去電視臺。她很喜歡這輛小輪車，它漂亮，稀有，正好襯托自己。

時下的中國，看內部電影也是身份的象徵。有一種內部電影是在內部的電影院裡放的，門票由內部發行，一般人等看不到，專供國家幹部或領導批判審查，當然，領導的家屬也可以來一邊批判，一邊吸收營養。此外，還有一種更小範圍的內部錄影，通常是幾個人關起門來看的，看完了還不能出去瞎嚷嚷。這些片子是有專門的管道，以內部批判名義進來的，因為過分敏感，連內部放映都不行，只能被少數人掌握，成為另一種時尚娛樂，以周建國的身份和背景，正好成了內部管道的最後操作者。

在周大導演專屬的放片間裡，于蘭蘭見到了本城另一個赫赫有名的大官的兒子，胡小平以及他的女朋友莊小平。

如果說周公子顯得老氣橫秋，這個胡公子看上去則是賊眉鼠眼。三角形的臉上長了一對三角眼，怎麼看怎麼不舒服，說話尖細尖細，一點男子氣都沒有，如果沒人介紹，于蘭蘭怎麼也不會相信，他有個做中央委員的老爸。

這位仁兄，就是當年在莫斯科餐廳，被梁海生一個酒瓶嚇得落荒而逃的尋釁者，也是不久前，小連長梁海生得罪過的胡政委膝下的二公子。此人既厚顏又無恥，這會兒，與其說于蘭蘭見到了他，還不如說于蘭蘭被他看見了，他三角眼裡放著光，赤裸裸地盯著于美人不放。

于蘭蘭對這種事早已見怪不怪，反正她天天要被別人盯著看，有橫看、豎看、遠看、近看的，什麼樣的目光都有，碰到一些小痞子，還會專門走到你面前攔下你看，出身卑微的她，不會像北京妞方婷那樣，容不得別人挑釁自己。卑微的人的野心，通常是成為一個高貴者，在他們心裡，羽毛並不重要。好比于蘭蘭，知道許多人視她為女神，可她呢，高興歸高興，卻從不認同，她知道自己內心俗得一塌糊塗，也不會忘記自己曾有過連一條漂亮的底褲都買不起的日子。當年在歌舞團時，一個大姐送給她一藍一紅兩條尼綸面料的三角內褲，這是去國外演出帶回來的，稀罕的不得了，穿這種底褲跳舞時，特別舒服，她像對待寶貝似地，穿了三年，破了縫好，再破再縫。所以，當別人拿她當女神時，她只是感到好玩好笑。

動了淫心的胡小平，聽說她在南圖上班，馬上死氣白賴地求她辦借書證，對於這等人物，于蘭蘭樂得送個順水人情，當然她還得答應胡小平身邊那位白白淨淨，臉盤子姣好，卻有些「木兮兮」的女朋友辦一張。

（十二）

六月，連隊要送一批機械去上海大修，海生假公濟私去了趟上海。如今，梁家在南京只剩老媽和他，除了遠在成都的津生，老爸、小燕和滬生都已先後到了上海，所以，海生把此行視為家庭匯合。

在上海工作了大半年，梁袤書還沒有安家，暫住在延安飯店裡。位於延安路上的延安飯店，乃是滬上赫赫有名的高級賓館之一，全國軍隊高層來往上海，都下榻在這裡，團級以下的軍官，想住這還不夠資格。小連長梁海生，卻能憑老爸的牌子，堂而皇之地住進這座常年車水馬龍，風頭十足的賓館裡。

他到上海的這天晚上，小燕、滬生和陸敏一起聚集到了延安飯店，梁袤書破例點了六個菜，算是給孩子們改善生活。吃得差不多時，招待員把帳單遞上來，梁袤書看後心疼地說：「延安飯店的菜太貴了，這一頓要 40 多元，吃掉我一個星期的菜金。」接著，他也不忌諱陸敏在場，對倆兄弟說：「除了小燕，你們兩個都得留點飯錢下來補貼我這裡。」

海生立即把皮夾子拿了出來，他來上海出差，身上帶的錢當然多，他把其中一大半，少說也有兩百多塊交給了老爸。小燕看著厚厚一遝子鈔票，咽著口水說：「哇，老爸，你發財了。」

滬生此時還在一門心思對付碗裡的一隻鴨腿，陸敏見了，也不問他，直接把他的皮夾子掏出來，挑出了所有的整錢放在老爸面前。

她雖然還沒過門，卻早已融入了梁家在上海的生活裡，梁袞書也已視她為兒媳一般。因此連陸敏的父母都知道，梁老頭子在延安飯店的開銷很大，每到週末，陸敏的媽媽都要做一桌好吃，把梁袞書請來打個牙祭。

梁袞書叫來勤務兵，詼諧地說：「這些都是份子錢，記在伙食帳上，他們現在可都是土豪啊。」

海生還是第一次給老爸錢，心裡很是得意。他總算明白最近老媽老是抱怨老爸不給家裡錢的原因。原來，上海是個大窟窿，老爸住在延安飯店雖然不要錢，但吃飯得自己掏腰包，這裡的菜，比外面的館子裡都貴，僅吃飯、抽煙、喝茶這幾項，300 元的將軍工資都不夠應付，怨不得他看見老爸的房間放著大前門香煙，抽慣中華煙的老爸，被迫給自己降低檔次。

收到這麼多份子錢，梁袞書心情大好，對著飯桌前的一幫孩子們說：「吃過飯，還有節目，跟我看房子去。」

幾個人聽了，高興的手舞足蹈，恨不得立馬就走。自從老爸到上海工作後，全家上下就盼著上海方面給他分房子，只有搬進屬於自己的房子，才算正式在上海安家落戶，開始真正上海人的生活。尤其是準備結婚的滬生和陸敏，早已是萬事俱備，只欠房子了。

丟下飯碗，四個人一起擠進老爸的車的後排裡，由梁袞書領著，先到了淮海西路上一座高牆深院的大宅裡。幾個人下來後，都被巨大的花園驚呆了，梁袞書說道：「海生，你這個當連長的目測一下園子有多大。」海生站在主樓的陽臺前，面對昏暗的院子目測了一下說：「差不多 4000 平米，6~7 畝地吧。」幾個人聽了都在嘖嘴。在上海，除了市郊虹橋路還有一些占地頗大的花園洋房，在市中心如此大的獨幢洋房真可謂屈指可數。

此時的中國，最不值錢的是豪宅，最值錢的也是豪宅。因為住進來的人，不需花一分錢，而這不花一分錢的人，又必定是地位顯赫的人。他們的權力，遠比金錢價值要高。

豪宅分主樓和附樓，主樓三層，附樓兩層，兩幢建築之間由一個過街樓連接。主宅正面有個拱型門廊，小車可以直抵門廊下，門廊和兩側巨大的拱型窗戶相呼應，給人一種古典宏大的氣派，陡峭的屋頂上砌有兩扇老虎窗，與壁爐的煙囱差落有致地挺立在夜空中，張顯出建築的美感。

老爸從口袋裡悉悉落落摸出一串鑰匙，打開了前廳的大門，領著一家人走進屋裡，站在空蕩蕩的大廳中央，小燕有些膽怯地說：「這房子是不是有些太大了？」

「可大了，光主樓面積就有 600 多平方米，有我們南京的家兩個大。」梁袞書似乎也同意小燕說的「太大」的意思。

「我覺得比周建國他們家的房子還大。」參觀完三層樓，海生也擔憂地說。

周副司令的官階比梁袞書高，梁家若住進比上司還大的房子裡，自然不妥。唯有滬生不考慮這些，說道：「管他呢，先搬進來再說。」

梁袞書也不和他們討論，對駕駛員小石說：「走，我們去看第二幢。」

第二棟房子緊靠著復興路，這一帶過去是法租界，全是花園洋房，車子開進一條小馬路，巨大的法國梧桐遮住了整條馬路，路的兩側是一色的高牆，車到盡頭，方能看見一幢小樓毫無聲息地隱於夜空中。

「就是它嗎？」眼尖的小燕第一個發現了它。

海生一見裡面有隱約的燈光，說道：「還住著人家呢？」

駕駛員小石搶先去把大門打開，弄出一番響聲後，再讓梁袞書走進院子，然後對海生他們說：「這裡面住著三位團級幹部，還沒搬走。」

這也是一幢三層樓的洋房，房子的體積和花園的面積都比前一個要小，但院內大樹參天，樓前有一大片草坪，城市的塵囂至此悄然遠去，唯有小樓靜靜地臥在綠茵叢中。因為裡面有住家，一群人沒進去，只是站在草坪上打量著小樓的外貌。

小樓的立面左側是磚柱式門廊，門廊上方是內置式的陽臺，陽臺的女兒牆，由瓶柱式的欄杆砌成，在昏暗的光線裡，像一群姣美的女體，惘然空對月夜。立面右側的牆呈圓弧形，一直延伸至三樓，將直線與弧線放在同一個立面上，用簡單的畫面差別，就達到很強的視覺衝擊力，不能不讓人暗歎西式建築藝術中的大氣風格。

正當他們對著房子評頭論足，正門打開了，走出一個人朝他們說：「梁司令，你好啊，又來看房子？進來坐坐吧？」

「不進去了，老袁，我們看一下就走。」梁袞書說完，示意孩子們：「我們走吧，別打擾人家休息。」那老袁卻是下級送上級的樣子，下了臺階，陪著梁袞書邊走邊說：「梁司令，您要住這房子，我們一點意見都沒有，您催催警備區那邊，有合適的房子，我們立即就搬走。」

走在最後的海生，乘著間隙，跳上門廊，打量了一下屋內的狀況。正門裡原是個巨大的客廳，現在又擺桌子又放床，還有許多雜物，看上去一片零亂。但是，柳桉木條拼成的塊形地板，高高的柚木護牆，深藍色細瓷磚貼面的壁爐和精緻的外框都完好無損，顯露出曾有的豪華氣派。

一家人坐進車子駛離後，梁袞書才開口說：「你們覺得哪一個好？」

不等眾人開口，他又說：「第一幢房子，現在就可以搬，但是太大，我擔心住進去要不了幾年就要搬。」梁袞書所說的要不了幾年就要搬的意思，是說自己一旦退下來，公家也不會讓他一直住在豪宅裡，到時候再搬，誰還會給一個離休老傢伙張羅這事，隨便一處房子就把你打發了，他這意思兄妹幾個當然懂。他接著說：「第二幢環境位置都好，大小也合適，但是要等到裡面的人都搬了，我們才能住進來，我怕你們等不及。」

梁袞書最後一句話是說給滬生、陸敏聽的，他倆只等老爸的房子分好，就辦喜事，滬生聽了，著急地問：「那要等多長時間？」

「至少半年到一年。」

「他們不是願意搬嗎？」小燕小聲地說。

「哼，別聽他們說得好聽，」梁袤書從鼻子裡哼道：「現在是請神容易送神難，不把他們安置好，他們才不願意搬呢。」

梁袤書話中透著許多的無奈，儘管他是個指揮千軍萬馬的將軍，對這種事，也毫無辦法，只能耐心等待。

海生的心裡是只要老爸喜歡，他就贊同，於是他說：「我看了裡面，牆上的護木，地板還有壁爐都很漂亮，院子也很好，鬧中取靜，我們就等著吧。」

一直沒怎麼說話的陸敏也看出公公喜歡這兒，順著他的心思說：「我也覺得這裡好，再說，結婚可以去南京結啊，我也挺喜歡南京的家的。」她這一說，全家人都沒意見了。梁袤書尤其高興，老二的婚事一直牽掛著他，女方的家曾經是上海灘的名門望族，婚事自然要辦得像模像樣，現在陸敏表示喜事可以在南京辦，他心裡自然輕鬆了許多，不需要在結婚與搬家兩件事上左右為難。

梁袤書清楚地知道，上海是他為國家工作的最後一站，他將在這裡退休並終老，所以，他第一次，也可能最後一次為自己挑選住所。他們這一代人曾經不屑於為自己謀利，因為他們是戰爭中活下來的倖存者，也是頭頂有光環的尊者，但是，老之將至，英雄暮年，誰能不為自己老有所依著想。尤其在經過十年文革的折騰之後，安渡晚年的念頭越來越多地盤桓在他的心裡。記得 1976 年 10 月初，軍區召開軍以上幹部會議，傳達黨中央抓捕「四人幫」一事，他和顧松林坐在一起，兩人聽完了傳達，都沒有大快人心的興奮，各自從內心發出一絲苦笑，一場災難總算結束了，這場災難是如何造成的，兩人心裡都明白。會後，顧松林一定要拉他去自家喝慶功酒，他到顧家小院一看，滿園花木，正趕上菊兒黃，桂花香的季節，看上去真像個苗圃，已經半退休的老顧，領著他看這看那，那悠然的情景，一直記在他心裡。

上海這幢房子，是他看了許多幢後才看中的，他最喜歡它的安靜，小馬路進來，只此一家，老來修身養性再適合不過。今天特地帶孩子們來看，就是向他們展示自己的選擇。

第二天，海生專門借了輛自行車，繞著人民廣場、大世界、明光中學等故地兜了一圈，他甚至一念之下去了丁蕾的家，還居然讓他從一排排石庫門弄堂中，找到了丁蕾家的那條弄堂。他當然沒有進去，他連車都沒下，一隻腳踩在腳踏上，一隻腳站在對面馬路的街沿上。懷念就是一種私有，一種專屬，它用不著和誰去分享，他相信即使這一刻丁蕾從裡面出來，十有八九，也認不出他是誰了。

他沒有說百分之百，是因為他還給自己留下了十分之一二的幻想。懷念裡如果沒有幻想，懷念早就不成為人類的思維方式了。

隨後，他又騎車去看望老夫子戴國良，國良現在已經搖身一變，成了堂堂的出版社編輯。在凡人梁海生眼裡，編輯可是大知識份子才能做的工作，所以他到上海，于情於理都要見見大知識份子的工作是啥樣的。

在出版社門口，心裡揣揣好奇的海生，對著同樣對他好奇的看門人說，找戴國良。看門人好奇，是因為甚少有當兵的進這個老古董出版社，他很認真地把電話打進去，不一會，果真從裡面走出個鮮活鮮活的戴大編輯。

一見到他，剛才還矜持站立的海生，立刻大院子弟的本性畢露，高聲說道：「呦，你還真當上了編輯。」

「那還能有假嗎。」戴國良被他一逼，也用相同的口吻回答。

眼前的戴國良和四、五年前沒兩樣，因為那時的他就沒個兵樣，像是個穿了軍裝的學究，現在不過是實至名歸罷了。海生屁顛顛地跟在他後面進了滿是油墨香的出版社小樓，再跟著他從一樓爬上三樓，一路上滿眼盡是書，零散的、成捆的，隨意丟在走道上，拐角處，這太讓海生興奮了，他心裡的出版社，就該連立足的地方都是書。

進了辦公室，地上也堆著書，國良要去找把椅子，海生攔住他，一屁股坐在一摞沒有拆封的書上說：「這兒挺好。」國良也知道梁公子的隨性，便也不客氣，說道：「我們出版社連個放書的倉庫都沒有，工廠印好的書送來沒地方放，只好先堆在房間裡，你看我對面的桌子，是何滿子先生的，一樣堆滿了書。」

海生一聽何滿子大名，頓時肅然起敬。何先生早在三、四十年代就是上海灘著名的才子，年紀輕輕就以文筆尖銳，文風別具一格出了名，海生曾讀過他當年寫的文章，很喜歡他的風格。只是 49 年後，老先生就從文壇上銷聲匿跡了，沒想到竟然和戴國良坐了個面對面上班。

海生毫不客氣地就滑進了何先生坐的椅子裡，不要渾身像打了激素似的，坐在那好一陣激動，覺得手腳都不是自己的了。他從心底裡佩服國良放棄黨票、提幹，毅然回來的決定，由衷地讚嘆道：「你太偉大了，說回上海就回上海，說進出版社就進出版社，幹上了自己喜歡的事不算，還和名人坐了面對面。」

儘管被海生一個勁地誇獎，戴夫子不敢有絲毫不敬。「你開玩笑，我怎麼能和何老師平起平坐。我只是給他跑跑腿，處理一些雜事，算是他的半個弟子。」

海生從何滿子這幾十年的遭遇開始提問，一直把出版社裡一切能讓他有興趣的事都問了一遍，問完才明白，原來戴國良這個編輯全稱應該叫編輯室工作人員，老夫子 76 年初分到出版社工作，才兩年多，在這兒算是個新人，幹的全是文字校對工作。當然一個好的校對的文字功底，不會比編輯差，但那得慢慢來。

「你為什麼不去考大學？」在窺破了編輯的內裡乾坤後，海生有些可惜地說，因為憑老夫子的功底，考大學尤如囊中探物。

「沒有，能做何老師的弟子，我已經滿足了，超過了任何大學。」

這年頭，還沒聽說有誰不想上大學的，這話也只有戴國良有這個底氣說，看看滿世界的人，誰不是正走在上大學的路上呢，包括梁海生。

（十三）

海生從上海一回來，就加緊忙著夏季高考複習，他無法容忍自己浪費一點時間，國良就像一座山，壓得他不敢有絲毫怠懈，他把湖邊一個廢棄的水泵房打掃乾淨，正好能放進一張桌子，一把椅子，就成天鑽在裡面不出來了。連隊的事，全交給了姚廣明。姚副指導員的「副」此時字已經拿掉，還接過了黨支部書記一職，即使如此他還是梁海生的崇拜者，他明白海生正在關鍵時候，義不容辭地把工作全攬下了。

一星期後，海生需要去圖書館找些複習資料，陡然發現在上海背回來的包裡，還有答應給于蘭蘭帶的東西。

進了借書大廳，一眼就能看到櫃檯裡永遠都不消失的丁老師。海生每次來，最怕見到她，可是每次都躲不開她，尤其是她那捉狎的目光，幾乎能看透了他似的。

「你來了，找于蘭蘭嗎？」

「嗯。」他滿臉堆笑地說了一個字。他要找的複習資料，並不在普通借書處，需要于蘭蘭帶他去分類圖書室才能借到。他不指望這個丁老師會帶自己去，就算她發善心帶自己去，僅這個過程也會讓他的心臟受不了。

「她今天不上班，你去宿舍找她吧，她現在肯定還在睡懶覺。」

海生問清了宿舍的位置，趕緊溜了。

圖書館的宿舍在館區外面，是幢灰磚的二層樓，一看就是民國時期的建築，一副敗落的樣子矗在那。樓中央是門廊加樓梯，海生正想按丁老師的指示上二樓，一抬頭看見緊挨著樓梯的牆上醒目地寫著：「女同志宿舍，男同志非請莫入。」字寫得工整漂亮，讓人覺得真有這麼回事，海生趕緊收回了已經踩在樓梯上的一隻腳，退到了屋外，站在樓前仰頭打量著，他想大聲喊叫，又擔心一排窗戶裡伸出許多個腦袋，或身後的馬路上會有原本一輩子都不會照面的人駐足，笑看哪一個癩蛤蟆在此追美女。

害羞的人原本就是想法多多。

他在門口憋了半天，就是沒有勇氣喊出「于蘭蘭」三個字，就在這時，樓梯上走下一個閑神定氣的女孩，胳膊裡還夾著個畫板，雖然趕不上于蘭蘭美豔動人，卻自有一番高雅的韻味，從穿著打扮到舉止神態，都透著濃濃的文藝女孩的氣質。

海生在心裡一聲讚歎之後，顧不得會唐突了對方，一步跨過去問道：「請問，于蘭蘭住在這嗎？」

「你找她？」對方很有禮貌地停下反問。

海生從她的話音裡聽出她認識于蘭蘭，可能還很熟絡，立即說道：「是的，但是樓梯的牆上貼著告示，我不方便上去，能不能請你幫忙叫一下？」

那女孩覺得眼前這個大兵雖然在巴結自己，卻巴結的不油不膩，便說：「你跟我來吧。」海生聽了一陣竅喜，本以為對方是個不好說話的女孩，只是碰碰運氣看，想不到她還帶自己上樓去，心裡高興的像什麼似的。

兩人上得樓來，女孩問清了他的名字後，叫他等一等，自己掏出鑰匙打開了身後的門，側著身子進了房間。裡面一陣含糊不清的對話後，門又開了，于蘭蘭披頭散髮，裹著一件猩紅色睡袍，睡眼朦朧地說：「是你呀，你等一下，我洗把臉。」

發覺自己來得不是時候，海生急忙說：「算了，我改日再來借書，這個給你。」海生從挎包裡拿出兩個紙袋遞給于蘭蘭。

「這是什麼呀？」于蘭蘭一臉迷茫地問。

海生很喜歡她迷茫時一副天真的神態，說道：「你要的大白兔奶糖呀，不好意思，天氣熱，糖有些軟了。」

于蘭蘭恍然地說：「對了。」隨即轉身喊道：「葉琴，你的大白兔來了。」

原來那個文藝女孩叫葉琴，她聞聲一路踩著碎步走來對于蘭蘭說：「你那個去上海的朋友就是他呀。」轉過身，她又對海生說：「太謝謝了，多少錢？我去給你拿。」

這年頭，去上海可是稀罕事，周圍少不了要帶東西的，別的地方買不到的東西，上海都有。海生臨走之前來還書時，問于蘭蘭要什麼東西，她自己什麼都不要，卻想到了葉琴最喜歡吃大白兔奶糖，就托他帶兩斤。眼下海生一見葉琴要給錢，忙著說：「千萬別給錢，說好是送的。再說，糖放在包裡一個星期，都有些化了。」瞧他那傻樣，生怕別人不知道他的粗心似的。

葉琴見他語無論次的樣子，知道這個錢他不會收下，便說：「這樣吧，你要借什麼書，我帶你去借。」

于蘭蘭一聽可樂了：「對呀，有你大畫家出馬，還有什麼書借不到。」

葉琴接過海生遞給她的書單，一看全是複習書，便明白了，說道：「你也在准備考大學，這可不能耽誤，跟我走吧。」

一路聊下來，葉琴原來是上海人，當年和于蘭蘭上的是同一所藝術學院，一個學舞蹈，一個學美術，畢業後，葉琴分到了南圖，在美術組上班，去年于蘭蘭調到南圖後，兩人又睡同一宿舍。葉琴為人大氣，處事幹練，遇上什麼事于蘭蘭喜歡聽她的，而葉琴則喜歡于蘭蘭集光豔照人又沒心沒肺於一身的特殊氣質，所以，兩人成了南圖最死的死黨。

海生跟在葉琴身後，如入無人之地搬穿梭在各借書處，不一會就找齊了他要的書，葉琴還幫他找了些書單上沒有的高考複習書，加起來有一摞子，海生感激的不知說什麼是好。

「別謝我，要謝就謝你那些快要化的大白兔奶糖。」葉琴說著，朝他嫣然一笑。

這真是要命的笑，令海生心懷鬼胎地問：「這次你也要參加高考嗎？」

「呵呵，不是我要考，我是工農兵大學生，76 年就畢業了，是我的男朋友要考。」

海生聽了，如同一桶涼水澆下來，心想，這世界上的好女孩怎麼都讓別人捷足先登了。

1978年，夏季高考和春季高考之間只隔了幾個月，二月份進來的大學生，板凳還沒坐熱，夏季新生又來了，其中就有梁海生。他考進了東林和張蘇上的大學，這次他接受了教訓，改考文科，果然如願以償。

「嘿嘿，現在我是學長，你是學弟。」東林陪著拿到入學通知書的海生在學校邊轉悠邊得意地說。曾經的「東洋鬼子」，現在身上頭銜多多，其中最重要的一個是學校裡的學生會主席。

「喂，我說你有何德何能，別人選你做學生會主席？」

海生說得沒錯，東林這個學生會主席跟揀來的沒兩樣。開學典禮那天，校團委要找個新生代表上臺發言，見東林長得斯文白淨，很有學生味，就挑中了他。後來選學生會時，他因此被推選為系代表，投票選主席時，大多數代表相互不認識，只見過他在大會上講話，印象還不錯，他就成了得票最高者。

「你知道抗戰時期，你們老韓家也出了個韓主席，後來國民黨懷疑他通日本人，就把他幹掉了。」

「你小子，考了個破歷史系，就抖起來了。」東林比海生高半個頭，他用兩隻手掐住海生的脖子，咬牙切齒地說。

「喂，光天化日之下掐人脖子，有損主席光輝形象啊。」被掐住脖子的海生，假裝痛苦地說。

歷史是大學裡最沒學頭的科目之一，但是，把文科所有的課目倒在桌上，恐怕找不到一個海生有興趣的。哲學、法律、政治經濟學、中文……這些他更不敢恭維，所以，他挑了歷史系。

開學的第一天選班長，他和東林一樣，被一個不是理由的理由選為班長，因為全班只有他一個是帶薪上學的，他是堂堂正正的國家21級幹部，月薪70元。此時中國的飯店裡，一塊錢能吃到一盤糖醋小排，兩塊錢能買一盤清炒蝦仁，70元錢，能點多少菜啊，就憑這個理由，他被選上了班長。當了班長，你就得請客，大夥們蹭一頓吃的機會總是有的。

他這個班長沒當幾天，韓主席就給他派了任務。晚自習結束後，兩人坐在校門口最乾淨的那間小麵館裡，一人點了一份滷肉麵，邊吃東林邊說：「學生會為了讓新生更快地融進大學生活，要組織一個迎新生交際舞晚會，你鼓動一下，請系裡和班裡的同學來參加，可以嗎？」

「這事我可不敢保證，我自己整個一個舞盲，你忘了春節在我家跳舞，你說我混身硬得像個樹樁，再說我們班上的女生，沒有一個有文藝細胞，我可以給你鼓動，有沒有人去可說不準。」海生的毛病就是做不到的事絕不拍胸脯。

東林稀裡嘩啦吃完碗裡的麵，騰出嘴巴說：「沒關係，又不是上戰場，誰也沒叫你保證。」他揩幹油嘴繼續說：「還有一個特別要求，那天你能不能把于蘭蘭請來？」

「你想她了？」海生盯著他的臉說。他知道東林自從見到于蘭蘭後，就常常提到她。

「去你的，你知道嗎，會跳舞的女生太少了，常常冷場，舞會上最怕出現這種狀況，她來了能活躍氣氛。」

這個理由還算湊合，想像著于蘭蘭往舞臺中間一站，排隊請她跳舞的人一長串的景象，海生一口答應了，他沒去想于蘭蘭會不會答應，只覺得請美女是個美差，等到和東林分了手才想起，萬一她不答應怎麼辦？

海生見到于蘭蘭時，正好看見她和葉琴隔著半人高的櫃檯，一個俯在櫃檯外，一個伸著脖子竊竊私語，直到他走至葉琴身後，她才警覺地抬起身子，一撇嘴說：「你幹麻？想偷聽我們說話。」

本想惡作劇嚇唬她倆一下的海生，被她說的真像有那麼回事似的，一臉陪笑地說：「我哪敢偷聽你們說話，是你們自己太投入。」說完他轉身向于蘭蘭求救。

今天的于蘭蘭臉上沒有往日一慣掛著的燦爛笑容，接過他遞過來的書，向身後的還書筐裡一丟，又從櫃檯下摸出一套《三個火槍手》，往他面前一放說：「一直給你留著，看完趕緊還回來，後面還有人排隊。」

「謝謝，你生病了？」他遲疑地問。他本想說出自己的請求，一看她的臉，嘴裡蹦出了另一句話。

「沒有啊。」于蘭蘭勉強咧了咧嘴，似笑非笑地說。見她懶得說話的樣子，海生只好再次把準備好的話咽回了肚裡。

這一咽，可就再難開口，從來沒揣摸過語言交流藝術的海生，此刻真傻到了家。還好旁邊有個葉琴，見他欲言又止的樣子，說道：「我是不是妨礙你們說話呀？」

「沒有沒有。」海生臉一紅，肚裡的話全滾了出來：「我想請你們吃飯。」

葉琴聽了一拍手說：「沒聽錯吧？今天早上躺在床上我還在想，最近怎麼沒人請吃飯了。」于蘭蘭被葉琴的話逗樂了，拿起手邊的扇子，輕敲她的手背。葉琴沒理會她，繼續說道：「不會吃飯那麼簡單吧，還有什麼事，一塊說出來。」她一看到海生和女生說話像犯了錯的學生和老師說話的樣子，就忍不住要捉弄他。

「嘿嘿，我拿到入學通知書了，想感謝你們幫忙，另外還有一件事，請你們參加舞會。」海生原想用很紳士的語言邀請她們，被葉琴一逼，稀裡嘩啦全交待了。

于蘭蘭見海生鄭重其事的樣子，不禁問道：「什麼舞會？」

「大學裡組織的迎新生交誼舞晚會。你記得上次在我們家裡跳舞時見到的韓東林嗎，他現在是學生會主席，負責籌辦這次舞會，特地讓我來請你去，他說你往臺上一站，肯定會熱鬧起來。」不會說話的海生，說著說著就把別人推到了前面，錯過了自己獻殷勤的機會。

「哪天？」葉琴問。

「後天晚上，我們先去吃飯，然後去參加舞會。」

「別看我啊，我沒意見，蘭蘭去我就去。」

海生剛才見到她們時，就感到于蘭蘭氣色不對，以為她生病了，一擔心，腦子像斷了線似的，把準備好的說詞全忘了，現在，該說的都說了，中不中聽也晚了，他只能等著對方答覆。

于蘭蘭早就猜到海生有事找他，因為他往日借書還書，總是拿了書就走人，不會像今天這樣，粘在這兒。雖然這兩天自己心情不好，憑兩人的私交，這點面子總是要給的，於是，一口就答應了他：「好啊，去看看大學裡的舞會是什麼樣子。」

「太好了！」海生高興地能從城牆上往下跳。「後天我們怎麼碰頭？」他想也不想地問。

「我們去哪吃飯？」她倆異口同聲反問。

海生意識到自己又說錯了話，厚著臉皮一笑：「隨你們選，老莫？」

「不去！」于蘭蘭一口就拒絕了。葉琴補了一句：「現在誰還去那吃飯。」

「那麼我們去大三元，吃廣東菜。」見兩人沒意見，海生跟著說：「那就定了，于蘭蘭，你記得通知周建國一塊來，葉琴，還有你的男朋友，別藏著，我還沒見過真人呢。」

葉琴聽了，抬腳就做踢人狀，海生故作驚慌地跳了開去。

「你們倆演戲啊。」于蘭蘭總算咯咯地笑了起來。

（十四）

大三元是南京最有名的粵菜館，當然也在新街口。

于蘭蘭，葉琴還有她的男朋友才上了二樓，就看見海生在臨街的桌前朝他們大揮手。葉琴的男友叫陳天誠，海生聽完介紹就說：「這個名字好，渾然天成，不染紅塵。」

「去你的，人家是誠實的誠，取義天生誠實。」于蘭蘭儼然一副領袖的樣子說道。她閉口不談周建國，海生也沒問，如果他沒猜錯，于蘭蘭最近心情不好，一定和周公子有關。再說，周公子不來，四個人正好湊成兩對。

陳天誠長得結結實實，還有一臉絡腮鬍，雖然刮過了，青色的鬍根在面頰兩側留下英武的印記。海生原以為葉琴的男友應該是個搞藝術的，互相一聊，原來也是個大院子弟，在省級機關上班，正兒八經的國家幹部。

陳天誠的話比海生還少，不過一開口，准能讓人一樂。原因是他能一臉嚴肅地講一段笑話，另外一個絕活是說話時臉上兩個酒窩會顫抖，這樣的表情說笑話，周圍的人想不笑都不行。海生一下就喜歡上他了。他喜歡人從來不加思索，只要對胃口就好，不對胃口，此生也不會喜歡。

東林張羅的舞會就設在學校主教學樓前面的廣場上，圍了一圈的椅子，幾支架好的大燈一亮，便是舞場，遠遠就能聽到音箱巨大的共鳴，四人到場時，舞會已經開始。會場四周站滿了紅男綠女，擠進去一看，跳舞的只有兩、三對，反倒有無數的蚊蟲在燈光下群魔亂舞。

一看到他們，正發愁的東林趕緊過來打招呼，相互客套之後，他一邊請于蘭蘭上場，一邊對音控台高聲說：「換一曲探戈。」

這時，交誼舞才進高校不久，大家只會跳三步、四步，探戈之類都是老一輩舞迷炫耀舞技的。所以音樂一起，場上的人都退了下去，只剩下他倆。兩人展開身姿，跨步、滑步、旋轉，優美的舞姿一個跟一個，看得人眼花繚亂，一曲終了，引來掌聲無數，于蘭蘭還沒來得及坐下，來請她跳舞的人就排成了隊。請不到她的又不甘心尷尬地退場，便去請另外的女生，連坐在場下的葉琴，同時都有好幾個男生來請，一時間舞場上人頭攢動，氣氛一下就活躍了。

音樂響起，只剩下海生和陳天誠坐在場邊，兩人無奈地相視一笑，同時開口問：「你不去跳？」海生示弱地說：「我不會跳，不敢去請。」陳天誠跟著說：「我也是，每次去舞會，負責拿衣服，看包。」

海生自以為比周圍的人都內向，猛地殺出個比自己還內向，突然變得很健談，他好奇地問：「你們倆是怎麼認識的？」

「一年前，我們系統要搞一次大型展覽，找不到布展方面的專業美工，聽人介紹南圖常辦展覽，有幾個專業搞布展的，我拿著介紹信到南圖，他們把葉琴推薦給我，兩人就認識了。」

認識就談上了，海生心想，你小子運氣真好啊，我認識不少女孩，一個也沒談上，怎麼看葉琴都不是一個輕易被追上的女孩，他刨根問底地追問：「追葉琴一定化了不少力氣吧？」

「力氣也說不上，說實話，我第一次見她就看中她了，直到展覽會結束才鼓足勇氣對她說，想和她交朋友，她說讓她考慮一下，一個星期後她同意了。」陳天誠說完臉都紅了。

海生見了心想，他當時對葉琴開口時，臉不知紅成什麼樣子。

兩個正聊得起勁，又一個人物來了，那人是從黑暗中跳出來的，朝著他大喝一聲：「海生，你在這啊，我找了你半天。」

來的是張蘇，本來今天大三元聚會，海生也約了她，但是她早已約好今晚去教授家補習第二外語，只能作罷。

見了她，海生忙起身說：「就等你了，怎麼現在才到？」

海生說著把身邊的陳天誠介紹給她，張蘇則從黑暗中拖出一個美人來，說道：「給你介紹介紹，這是洪欣，是我們外語系洪教授的女兒。」

海生還沒看清對方相貌，已經把手伸出去說：「你好，我叫梁海生，一年級新生。」

對方矜持地握住他伸出的手，淺淺地說了聲：「你好。」

此時，洪欣整個人走入了光影之中，海生這才看清她的相貌，心裡一驚，仿佛有一道光突然照亮了心底。高挑的身材，美麗的臉龐，白皙的肌膚，她全身無處不透著高貴的氣質，單是那維納斯般的鼻樑，就能令無數中國女孩羨慕與自卑。她和那些處心積慮讓自己顯得高貴的女人不一樣，在她身上，高貴只是一種依附，看到她，你就了然高貴是什麼。或許丁蕾的氣質和她有些接近，只是洪欣雙眸裡隱藏的憂鬱比丁蕾還深。

「你是上海人？」在斷片了一秒後海生突然問對方。

「你怎麼猜到的？她還真是和你一樣，生在上海。」張蘇快人快語地替人回答。

海生回了她一個得意的笑容，南京各大高校裡，有不少上海籍的老師，這些上海家庭走出來的女孩，氣質明顯比本地女孩要高一截，只是這話不能當著張蘇的面講，那樣會傷害到她。他繼續對洪欣說：「我和你不一樣，我只是生在上海罷了，父母都是北方人。」

原本有些羞怯的洪欣，忽然突兀地說：「聽說你們又要搬回上海去了？」

海生被她問了個措手不及，坦率地應道：「是的。」心裡卻在想：糟糕，這個張蘇，怎麼把家底都抖了出去。

一直沒說話的陳天誠這時冷不丁地說了句：「你們倆個上海人跳個舞吧。」

海生臉一紅說：「我不會跳。」

洪欣則主動地說：「這支曲很簡單，慢四步，我來帶你。」

沒想到一分鐘前還很矜持的洪欣，一下子變得很熱情，海生又興奮又得意讓她領著走進舞場，臨去前，他瞥了陳天誠一眼，這小子正衝著他扯動著酒窩。

剛才他還在嫉妒陳天誠的狗屎運，現在，運氣輪到他頭上了。

洪欣的舞跳得一般，卻很認真地教他，不像于蘭蘭、陸敏她們，隨便指點幾下就把他打發了，令他自行慚愧，再也沒有勇氣和她們跳舞了。

一支舞跳下來，海生不僅舞步小有長進，還和洪欣聊得挺投機。她大他一歲，原來在省民樂團彈琵琶，當然也彈的一手好吉它，現在在省電視臺做音樂編輯。海生聽了一樂，怎麼又和周建國搭上些關係。

這時，東林和于蘭蘭乘換曲間隙有說有笑地走回來，兩人見海生正和一個美女聊得起勁，不約而同地有些驚訝，東林率先說：「連長同志，你會變戲法啊，我們才轉了一圈回來，這裡又變出一個美女來。」

海生無暇和他鬥嘴，忙著把洪欣引見給他們，還特別告訴于蘭蘭，洪欣也在省電視臺工作。洪欣一見于蘭蘭如此美豔，自然生出幾分喜愛，也不客套，開口就說：「你也是省台的？」問得于蘭蘭直擺手說自己不是。海生發現，洪欣雖然害羞，說起話來卻是直來直去的，他接下她的話答道：「不是她，是她的男朋友在你們省台做導演。」洪欣聽了周建國的大名，一點如雷貫耳的感覺都沒有，只是隨口說道，噢，是周導。

于蘭蘭似乎也不想提周建國，她對著傻坐著的陳天誠說：「喂，你們家葉琴是不是被人拐跑了。」

「是被人拐跑了，結果又跑回來了。」葉琴姍姍地走進人群說。

聽了海生的介紹，葉琴拉著洪欣的手好一陣打量，然後很專業地說：「你的臉型和五官太完美了，和雕塑一樣。」

旁邊的東林擔心她再把黃金分割線什麼的搬出來，著急地說：「你們能不能改日再聊，現在還是先上場吧。」

舞會結束後，洪欣的倩影已經在海生的腦子裡揮之不去。他想過找周建國瞭解洪欣的情況，但最終沒去。自從五年前做出了那件醜事後，他極少主動和那些大院有關的人聯繫，看到他們，他自然會有一種自卑感。再加上這些年在山裡，他已經習慣把思戀藏在心裡細細品嘗帶給他的醉意。

凡事有巧合，國慶日，滬生和陸敏要在南京舉辦婚禮，節前，滬生從上海打電話給他，說是陸敏的媽媽年青時的閨蜜，在他讀的大學裡教書，叫他去邀請對方屆時來參加他們的婚禮。沒想到此人正是洪欣的母親，叫潘安琪。

海生以滬生和陸敏的名義寫了封請柬，再叫上張蘇一塊壯膽，直接敲開了洪家的門。開門的正好是洪欣，見到他倆，自然開心得很，聽海生說明了來意，立即去叫來了母親。

無論是身高還是長相，潘安琪都和女兒像極了，除了留在臉上的歲月痕跡和老師對學生的矜持。她先客客氣氣把兩人讓進與過道連在一起的小客廳裡坐下，叫洪欣端茶倒水，聆聽完海生說明來意，才仔仔細細把不到 20 個字的請柬看了一遍。

「真想不到，小敏找的是海生的哥哥。」洪欣一邊倒水一邊向母親顯示和海生的熟絡。

「你叫梁海生？你是今年考進我們大學的？這上面的字是你寫的？」潘安琪放下老花鏡，一連問了三個問題，海生一連回答了三個「是，」心卻被越問越懸。

「嗯，字寫得不錯。為什麼考歷史系，不來我們外語系？」

海生這才恍然，對面的老太太早已通過女兒知道了梁海生這個人，她提的問題，不僅古怪，出自一個長輩口中，還有些突兀，他一時被問傻了，腦子轉了一圈才說：「我的外語基礎太差。」

「歷史有什麼用，將來外語才是最有用的。」

「對，對，對……。」海生也不知道自己一口氣說了多少個「對」字。他在惶恐中至少明白了一點，這是個在家還不忘老師身份的母親，儘管如此，海生還是改口稱潘安琪為「潘姨」，中間省去了一個「阿」字，以顯示一種世交之間，子弟對長輩特有的尊敬之意。

潘姨直到和海生談的差不多了，才去裡面叫出洪欣的老爸，學校的泰斗級人物，洪教授。洪教授身材瘦小，一身深灰色中山裝，令整個人更加暗淡無光。他和洪欣站在一起，無法讓人相信這是一對父女。

張蘇見了他，畢恭畢敬起身叫了聲「洪老」。海生聽張蘇說過，洪教授精通七國外語，是從印尼回來的華僑，其家庭在印尼地位顯赫，1951 年，他懷揣一腔熱血，回到大陸為新中國教書，結果把自己教成了右派，文革時又把自己教成了特務。

潘姨把海生的來意對他說了一遍，他從第一句開始就不停地說：「好，好，好。」一直到最後，對海生和張蘇還是那個「好」字。

「好吧，你們談吧。」然後他又回到了自己的天地裡。

洪老當年追潘姨時會是什麼樣呢？海生儘量發揮自己的想像力，直到離開洪家也想不出個頭緒。

（十五）

滬生和陸敏的婚事，是梁家的大事，梁袞書特地把當年給許老頭做菜的小王師傅請到家裡來做菜，他們這一代人是不可能去外面的飯店裡張羅這種事的。小王師傅現在是軍區第一招待所的一級廚師，人也比在大別山時整整胖了一圈。他一來，在梁家做了二十年保姆的老阿姨，也只能扭著小腳給他做下手。

大喜之日選在國慶之夜，這是梁袞書定的，每年這一天，南京要放煙火，飯後可以帶著親家去玄武湖畔的軍區科研大樓屋頂上看焰火助興。這是以前每逢國慶日梁家的保留節目，海生還在幼稚園時，就被大人攙著小手，走到大樓平臺上，看著美麗的焰火在頭頂的天空和腳下的碧波裡閃耀，也是在這，他學會了此生第一句成語，叫作「近水樓臺」。

到了國慶日這一天，梁家一大早就忙開了，海生騎著車進進出出幾十趟忙著採購，最後把自行車的鏈條都踩斷了。午後，當滬生、陸敏陪著女方家人到達時，他身上繫了條圍裙，正在屋前的露臺上修理自行車，結果，別人和客人一一握手時，唯有他傻呵呵地一邊用棉紗擦著手，一邊不住地點頭哈腰，氣得滬生直皺眉頭，卻又發作不得。

的確，誰又能容忍在歡迎新娘的隊伍裡出現這麼個人，然而在海生看來，那些衣冠楚楚，一本正經的迎新娘的人的表情與姿態，才是真正可笑的，因為這時的他們，每個人都像換了個人似的。可是，不管他心裡如何為自己開脫，有關他的形象的話題，一直延續到了婚宴上。

所謂婚宴，也就兩桌，長輩與新人一桌，小輩們一桌，女方的來賓是洪欣一家四人，梁家請的更少，只有從安徽趕來的方妍和田家的王阿姨與田朝陽。坐在主桌上的還有一個外人，就是陸敏和滬生的牽線人，周建國。

婚宴開始時，幾家人已經聊得很熟絡了，包括最是靦腆的洪欣，也因為和海生以及陸敏一家都認識的緣故，毫無生份地和眾人說著話。上了酒席，她坐在陸敏的姐姐陸匀和海生之間，陸匀去貴州插隊8年，興許是辣椒吃多了，性情極爽，她頭碰頭地對洪欣說：「你沒見到，我剛下車時，見他在那兒修自行車，穿了件髒兮兮的圍裙，我還以為是下人呢，後來聽小敏介紹是小叔子，我差一點笑破了肚子。」

說完，兩人咯咯地笑個不停，引得滿桌人都急著打聽她倆笑什麼。「算了，大喜的日子，別出人家洋相。」陸匀歪著頭看著海生說。

「沒事，他打小就喜歡別人拿他尋開心。」多日沒機會攻擊自己死黨的朝陽乘機說。

於是，喜歡鬧場的陸匀添油加醋地把故事又說了一遍，還沒說完，陸敏的嫂子插進來說：「真是這樣的，我從來沒看過這種打扮迎客的，索性你就躲起來好了，偏偏還要出來湊熱鬧。」她這番說是用上海話講的，那做作的味兒把滿桌的人都逗樂了。

海生倒也無所謂，跟著眾人一道傻笑，沒來得及合上嘴，一個惡搞的念頭飛進了腦子裡，他一刻不停地將它說了出來：「田朝陽，我看你和陸匀挺臭味什麼的，配成一對正好。」

小燕聽了，一拍桌子說：「對，這事我看就這麼定了。」

海生這招亂點鴛鴦，令桌上的人轟得一下全亂了套。有說好的，有說不合適的，說好的竟占了大多數，連甚少說笑的方妍都說：「女的比男的大兩歲正好，吵起架來，姐姐捨不得欺負弟弟。」眼看這事被大夥越說越當真，陸家的大哥大嫂更是笑得成了一雙淚人，直到主桌上的劉延平起身干涉，大家才住了口，此時的朝陽，已經恨不得撲過去咬海生一口。

「我說兩句，今天是滬生和小敏的大喜日子……」劉延平煞有介事地說了一通賀詞，年青人煞有介事地聽了一遍，到她說到：「讓我們舉杯祝他們白頭偕老」時，這邊小輩們端著酒杯轟隆隆就衝了過去。

海生乘機湊到周建國身邊問：「于美人怎麼沒來？」

自從上次舞會之後，他就沒見到于蘭蘭，原以來她一定會出現在今晚的宴會上。

周建國苦笑著說：「我現在見她的次數，還不如你見她多。」

「去你的，她是你的人，和我有什麼關係。」

「算了，不說她了。我要去向陸敏的老爸敬一杯，他是上海灘名門之後，肚子裡的貨一定很多。」周建國顯然不願在此多談于蘭蘭。

陸敏的老爸曾是上海灘的豪門子弟，49 年後，陸敏的爺爺，陸老爺子把產業都交給了國家，當上了全國政協副主席，儘管文革初期也被抄家批鬥，但很快就得到了保護，陸敏的老爸是老爺子和原配夫人所生的長子，一輩子沒做過什麼正經事，一直在市工商聯裡掛個閒職，老爺子去世後，自動被選進了全國政協。平日裡就喜歡讀書，約三五知己海闊天空，大約因為見廣識多，人很開通，沒什麼脾氣，這倒讓陸敏的媽媽省心了，沒花什麼心思，就把他管得服服貼貼。

他和洪欣的老爸，還有梁袤書，可謂把三、四十年代中國讀書人的幾種形式都代表到了。梁袤書是上了大學後又加入了共產黨，算是那個時代的青年先鋒。陸敏的老爸是上海聖約翰大學畢業，這所大學當年是上海有名的教會大學，有不少富家子弟就讀於此，而洪教授則是自幼被家裡送到英國讀書，接受的是一套嚴格的英式教育。此刻這 3 個人坐在一塊，各自說著當年讀書的事，頗有些海吹的架式，倒也不擔心冷了場。

等到了最後一道菜螃蟹上來，宴會氣氛達到了高潮。上海人吃大閘蟹是論隻，一隻一隻的買，一隻一隻的吃，梁家的螃蟹是從高郵湖部隊農場一蒲包一蒲包送來的，那一包少說二十斤，所以螃蟹上桌也是用最大號的菜盆盛得滿滿的，像小山一樣，供客人盡情海吃。陸家、洪家哪見過這樣吃螃蟹的，尤其是女賓們，全樂壞了。

吃螃蟹，是女人們可數的幾件在餐桌上讓男人們甘拜下風的事。比如今晚的主人梁袤書，他吃螃蟹時，把蟹殼兩下一掰，左邊一口，右邊一口將蟹黃吃掉，然後往小燕面前一放，再去進攻下一個。平日裡俐落潑辣的小燕，唯有吃螃蟹的時候忒像個女孩，一個人坐在那可以等到面前的蟹殼堆成了山，才擦擦嘴，拍拍手，這時，一直坐在旁邊陪著她的海生會把心裡憋了很久的話說出來。

「吃完了？」

「吃完了。」這一刻，小燕的臉上總是最幸福的。

話說回來，婚宴上吃螃蟹，總有些怪怪的，好在這是家宴，幹了大半輩子革命的主人不在乎，被革了命的資本家和臭老九當然一點想法都沒有。最開心的還是年青人那一桌，上了四大盤螃蟹，居然吃得光光的。吃得興起的陸勻最後提議：今晚不去睡賓館了，就在梁叔叔家裡集體打地鋪，吹個通宵。這種點子也只有在知青農場幹了 8 年的她能想得出，而對年青的人們來說，刺激的節目總是最好的節目，可以讓青春的血脈膨脹到極限，也只有在那個境界裡，才能領略為什麼青春是不可戰勝的。

一陣歡呼後，陸勻拿出大姐的架式說：「講好了，誰也不能走。」

朝陽是唯一一個打退堂鼓的，他央求地說：「我就算了吧，我要陪我老媽回去。」

「不行！」海生立馬就否決了他，又衝著主桌大喊：「王阿姨，朝陽今晚就住我們家了，你同不同意啊？」

「同意，這事我做得了主。」王阿姨樂哈哈地說。

她才說完，有人接上了，卻是和她唱反調的。說話的是潘姨：「我們洪欣不能留下來。」洪欣一聽，急得不知說什麼是好，眼圈立刻紅了。

潘姨見她那模樣接著說：「看完焰火，跳完舞，已經是半夜了，你明天還要上班。」

先前的賓客介紹時，周建國已經知道洪欣也是在電視臺工作的小師妹，順口就說：「這事簡單，我晚一些給台裡打個電話，幫她請個假。」

「不行，」潘姨很不給面子地說：「我們小欣有這份工作很不容易，是北京打招呼下來，才把她調到電視臺的。我們從來不允許她上班請假。」

潘姨說的很認真，不知是想證明他們是很講究規矩的家庭呢，還是想證明他們也是個有背景的家庭。在眾人面前被駁了面子的周建國，只能很不自然地賠笑著。

一旁的劉延平見了，出面說：「你們別耽誤了洪欣上班，讓她回去吧。」

如此一來，有一個人的心徹底涼了，他就是海生。前面陸勻的提議一出，他非常高興，所以，當朝陽想開溜時，他立刻就把他堵在那，生怕同城的洪欣也會走，那樣，再好的節目也沒意思了。

只是，他無法堵住洪欣老媽的嘴，潘姨一開口就粉碎了他的美夢。好在中國的孩子個個都已習慣自己的喜悅被大人粉碎，他一轉身又去安慰滿臉失落的洪欣：「沒事，記得明天上班時編兩首好聽的曲子，在電視上放給我們聽。」

他這一句沒心沒肺的話，說得洪欣「噗哧」一笑。

看完煙火回來，大家都被秋夜的風吹得有些倦意，舞會開始後，沒跳幾支，就因洪教授一家告辭而結束。

這時，海生早已把三樓那間最大的房間打掃乾淨，他將滬生的舅子、姨子們一起引上樓來說：「都收拾好了，你們怎麼睡？」

走在後面的朝陽靠在門框上說：「怎麼睡，男的一排，女的一排唄。」

「我看就睡通鋪，以陸林和嫂子為界，男的睡在陸林那一邊，女的睡在嫂子這一邊。」陸林就是陸家的大哥。陸勻見自己的主意沒人反對，一下就成了鋪地鋪的指揮者。正張羅著，陸敏拉著滬生進來了。

她一進來就說：「我們要加入這裡，這裡有說有笑，有吃有喝，我們那冷冷清清的。」

「嗨，還沒見過入了洞房又跑出來的。」方妍半真半假地說。

共產黨革命成功後，結婚就沒了拜天地這些規矩，也沒了穿婚紗、西服的儀式，既然這些都沒了，最後入洞房也不再隆重莊嚴，儘管這樣，從洞房裡跑出來，還真是有些新意。

「怎麼樣，我早說他們要誤會吧。」滬生看著眾人的表情說。

「那你一個人回去，我在這。」陸敏笑著用手指頂在滬生的前額上說。

「算了，來了都來了，還管那麼多。」說話的是大嫂。

不說話在動的是海生，他急忙從沙發裡站起來，讓他倆坐下，又去桌上切了兩塊蛋糕送過來。

「還是小叔子好。」陸勻見了，突然感慨多多地說。

獨自窩在一張大籐椅裡的朝陽說道：「你們來了正好，忙到現在，也沒聽你們倆介紹戀愛經過呢。」

新郎新娘還沒開口，旁邊的陸勻則哈哈大笑起來：「解放軍同志，你是不是還要查祖宗三代啊。」

陸勻這一笑一嗆真夠厲害，這話要是擱給海生，一準鬧個大紅臉，當然，海生也不會問如此老土問題。

朝陽雖然兵味太濃，但沒海生那麼講究面子，所以，當海生挖苦他「這下你老土了吧」時，他不慍不火地說：「我這不是找個話題嗎，那你們找個高尚些的。」

「各位，我有一個重要發現。」陸勻神秘兮兮地打量著每一個人說：「我覺得今晚的婚宴上，有兩個人不太對頭。」

「誰呀？」方妍用難以聽到的京腔，悠悠地問道。

「還有誰啊，不就是她和朝陽嗎。」海生生怕陸勻說到自己頭上，先下手為強地說。

眾人聽了，沒有不樂地。

「去你的」，陸勻嘴一撇說：「你別拉別人來當擋箭牌；我說的是你和洪欣。」

她如此一說，吸引了在坐的所有人的關注，其中最吃驚的是小燕，她尖叫了一聲，然後看看強作鎮定的海生和得意洋洋的陸勻，說：「我怎麼沒看出來。」

陸敏揪了一下滬生的耳朵說：「我們早看出來了，好像倆人都有些意思。」

陸家大哥則一本正經地說：「我記得洪欣比海生大一歲。」

朝陽可逮著機會了，接著大哥的話說：「這傢伙剛才還說別人喜歡大一點的，其實他自己才好這一口，以前他就說過喜歡顧青。」

死黨，真是把人往死裡整啊。

大哥大嫂一旁聽了，忙著打聽誰是顧青，滬生和朝陽就你一句我一句解釋梁家和顧家的淵源，在另一邊，小燕則忙著應付一群姐姐的盤問。

事到如今，海生只能鼓起勇氣說：「我覺得她人不錯呀，懂音樂，有家教，人長得也漂亮。」他把漂亮放在最後，因為有陸敏在場，他有把握洪欣在音樂和修養上比陸敏強，但他沒把握讓別人跟著同意洪欣比陸敏漂亮。

「我看洪欣人挺好的，又漂亮，像個混血兒。」方妍首先開口支持海生。由於她和海生表兄妹的關係，成了越不過去的坎兒，她便斷了多餘的念頭，但在她心裡，如果有什麼需要，她恐怕都會毫不猶豫地支援海生。

「我覺得她一下子滔滔不絕地說話，一下子又一句話不說，不說話時，人像是在走神。」小燕說了些自己也摸不著頭腦的話。

「我看，她那個媽媽，潘姨，人有些厲害。」滬生總算還記得為自己弟弟提個醒。

「我去問問老媽，她對洪家的老底最清楚。」陸勻說到做到，起身下了樓。

過了一會，樓梯上腳步聲又起，聽聲音，上樓的是兩個人，果然進來的還有陸敏的老媽，陸敏的媽媽叫段淑貞，海生他們尊稱她段姨。

段姨走到已經坐四個人的三人沙發中間，拿手一揮，滬生等忙不迭地給她讓座，她碩大的臀部坐下去，可憐的沙發幾乎被壓到了地板上。

「海生啊，你坐到這邊來，不是阿姨多管閒事，你和洪欣的事，可要考慮仔細了。」她隨即道出了一個天大的秘密。

民國時，段淑貞家境比潘安琪家富裕，但她不得不常常巴結潘安琪，因為潘安琪的父親是上海灘演藝界的大師級人物，連家喻戶曉的大明星趙丹都是他的學生。有了這層關係，段淑貞可以常常跟著潘安琪去劇院看話劇，去片場看拍電影，在那兒，能圓她們少女的夢，見到許多大明星。

17 歲那年，潘安琪突然愛上了一個白俄舞男，兩人私奔去了香港，就此沒了音訊，四年後，即 49 年後，潘安琪又出現了，和她一起回來的早已不是當年那個舞男，而是現在的洪教授，一個南洋富商的兒子。

潘姨的父親 30 年代參加了左翼作家聯盟，49 年後隨同周揚進了京城，在文化部謀到個司局長的位置，再加上他的名人身份，新政府分給他一座很漂亮的四合院。段淑貞記得潘安琪當時很得意地宣稱，要舉家喬遷北京，就在這時，老爺子大病一場，結果魂歸九天。潘安琪新貴的夢沒實現，只能隨丈夫到南京教書。但不管怎麼樣，老爺子的人脈關係還在，二十多年後，洪欣電視臺這份工作，據說還是周揚親自過問才安排進去的。

段姨說到這，端起面前的茶杯長長地喝了一口，又長長地歎了口氣說:「有件事，本不該和你們說的，可是看海生現在癡迷的樣子，不說將來是對親家的不負責任。」本來就已聽得入迷的眾人，聽說還有更神秘的故事，全都迫不及待地等著段姨把它講出來。

「洪欣這孩子，命可真是苦。文革起來時，洪家夫婦兩人全被打成牛鬼蛇神，關起來隔離審查，後來，洪欣的哥哥去了蘇北插隊落戶，家裡只剩下她一個女孩子，我接到潘安琪的信後，曾到南京來看過她，那時她才 16 歲。很冷的天，家裡什麼吃得都沒有，她一個人在家還堅持練琴，我想讓她去上海住，她不願意，說要等爸爸媽媽回來。後來，她被街道分到餐館去端盤子。」段姨說到這，問海生：「你們南京有個餐館叫『大三元』，是嗎？」

「是的。」不久前才去那吃過飯的海生，太熟悉這個名字了。

「她就在那上班。因為她長得漂亮，一進『大三元』就出了名，許多人都為了她慕名而來。70 年 5 月的一個晚上，10 點半，她在回家的路上，被三個一直尾隨著她的小流氓輪奸了。」

段姨說到這，摘下眼鏡，掏出手絹，抹著眼角。屋子裡的人全都摒住了呼吸，朝陽偷偷地望了一眼海生，此刻的海生臉色慘白，喉頭不停地滾動，兩眼死死盯著段姨面前的那隻茶杯，努力不讓自己的震驚流露出來。

戴上眼鏡，段姨繼續說：「這孩子回到家，連個哭訴的對象都沒有，據說自己躺在床上每日以淚洗面，三個月後，她去醫院檢查，發現自己有了身孕，當時整個人就崩潰了，醫生說什麼都聽不進，一個人臉對著牆不說話，只是默默地流淚，醫院的人勸她回家，她連回家的路都不認識了，醫院只好通知大學保衛處把她領回去，學校革委會這才把在農場勞動審查的潘姨放回來。等到把孩子打掉，洪欣卻落下另一個病根——精神憂鬱症。」

「看上去她很正常啊？」小燕於其是自己問，還不如說是替海生在問。

「在精神病裡，憂鬱症算是輕的，不犯的時候和正常人一樣。」已經是軍醫的方妍很專業地對身邊的小燕說，雖然聲音很輕，相信屋裡的人都聽得到。

「能治好嗎？」朝陽一改對什麼都無所謂的腔調，認真地問方妍。

「各人不一樣，有治好的，但觀察期很長，要十年以上。」

段淑貞體貼地對著身旁發呆的海生說：「孩子啊，阿姨可不是故意攔著你，你要仔細想想，這個病會遺傳的，你們在一起，萬一將來傳到孩子身上怎麼辦？」

「就是，媽媽說得對，這一步你萬萬走不得。」滬生直接就把冷水澆下去。

做為主角的海生，表情呆滯地看著那些說話的人，他看見他們嘴在動、聲音卻彷彿來自遙遠的地方，一句也沒有聽進去。此刻，他腦袋裡所有的功能都喪失了，僅剩下一幅抹不去的圖像：一個本該得到人們精心呵護的美麗生命，在罪惡的黑夜裡，被幾個獸性發作的人渣摧殘蹂躪之後，無助地倒在星空下，在痛苦中一點點枯萎。其實，段姨的故事還沒說完，一個決定幾乎已經在他心底形成了，不管它是因為愛，還是因為憐憫而誕生的決定，別人已經無法動搖，他自己亦無法剔除。那是種來自思想之外，遊走在血脈之中的衝動，思想在它面前只是破碎的瓦礫，根本無法支撐理智的廟宇。

大多數中國人是不會有這種衝動的，因為所有的衝動在這個社會都是否定式，也只有梁海生這種氣質的人和他生長的環境碰到了一起，才會讓莽撞變成行動。

段姨說了半天，見海生一直傻楞著，也不知他聽進去了多少，起身欲走時，又關照在坐的所有人：「這件事，雖然學校的人都知道了，但洪家對外怎麼都不承認，這畢竟關係到女兒的名聲和疾病，所以，你們誰都不許對外說。」說罷，她搖著發福的身體，晃悠悠地走下樓去。

幾天後，海生找到了正在校圖書館晚自習的張蘇，很局促地從書包裡拿出一封信說：「我給洪欣寫了一封信，你能幫我交給她嗎？」

張蘇一看他那不顧一切的眼神，就全明白了。明白之後，她的臉色比海生還局促，幸好有夜色遮掩，她毫不遲疑地從他手裡接過了那封沒有封口的信，同時，她感到心裡那扇一直為某人敞開的門，被一陣狂風掃過，永久地關上了。

海生沒有選擇郵寄，是擔心這封信落到潘姨手上，很可能就永遠消失了，而且洪欣若有什麼話不方便說，張蘇可以充當他們之間最好的傳話人。在焦急地等待中，張蘇終於給海生帶來一個口信，說洪欣的媽媽，潘姨要找他談談。

海生想不到信還是落在潘姨手上，他不顧張蘇的感受問道：「你把信交給洪欣本人了嗎？」

「當然！我親手把信放在她手上的。」張蘇委屈地差一點眼淚湧出來。

在等待的時間裡，海生想了很多結果，他希望洪欣會選擇和他見面，但最有可能的是同樣回一封信，信裡含蓄地接受他的求愛，當然，他也準備好被拒絕，他會用更火熱的語言回復她的拒絕。他渴望被她接受，幻想著她羞答答地答應和他約會⋯⋯。唯一沒想到是潘姨會出面見他。

他忐忑不安地到了洪家，開門的是潘姨，客廳裡只有她一個人，通向裡面的門是關上的，他無法知道自己想見的人在不在裡面。

潘姨請他坐下，親手給他煮了杯咖啡，當他端起咖啡時，潘姨從上衣口袋裡拿出那封他平生第一次寫的求愛信。

「這封信我看了，寫得很好，不愧是學文科的。但是，你犯了個很大的錯誤。」

海生愕然了，惶恐的神色替代了進門時強裝的鎮靜。

「你不該讓張蘇帶這封信，你知道嗎，她很喜歡你，常在我們面前提到你，她把這封信交給小欣時，臉色很難看，誰都能看出來。你這樣做，太傷一個女孩子的心了。」

海生想解釋，卻又不知道從何說起，他承認潘姨確實說得對，自己沒考慮張蘇的感受，可這和他與洪欣之間的事有關係嗎？他覺得自己被繞進了一堆亂麻裡，張了幾次口，卻說不出一個字來。

而潘姨則是越說越來勁，她接著說：「從這件事上，看出你還不是很成熟，尤其是你身上有你們高幹子弟想當然的脾氣，最讓人受不了。你們做事從來不考慮別人的感受，我們洪欣和你在一起，一定會受氣的，所以，你和洪欣的事，我們不能同意。」

海生記不得是如何離開洪家的，幾分鐘之前遭遇的是件令人羞愧，永遠不想回憶的糗事。當時本能告訴他，潘姨的言辭已經在下逐客令，再坐下去就是死皮賴臉了。他記得自己走時腰挺得很直，嘴裡在不慌不忙地說著告辭語，但在對方眼裡，他一定是，也確實是灰溜溜地離開了洪家。隨著背後的門「怦」得一聲關上（其實是輕輕地扣上，但在他聽來就是一聲巨響），來時懷揣的夢想和幸福全碎了，變成了鬼魅般的影子，擠滿了陰暗的樓道，放肆地嘲笑他。

他明白潘姨做得很過份，很不給自己面子，但他無法生氣，甚至沒有一點責怪她的意思，反倒是有一種癩蛤蟆想吃天鵝肉沒吃成後，那種痛快淋漓地自嘲在胸間不停地膨脹。他騎上車，蹬出了學校家屬大院，衝著朗朗夜空狂笑不止。

這些天堆積起來的天一般大的愛，剎那間灰飛煙滅。唯一令他糾結的是，看了他的信的洪欣是如何想的。他分明能感到，在夜空的某一處，洪欣正眼巴巴地望著他，但他們卻被一種荒唐的方式隔開了。

（十六）

他逃回了琵琶湖。這裡一切照舊，上級還沒有任命新連長，他的床鋪也還整整齊齊地擺在姚廣明對面。見他回來了，姚廣明也不問他大學裡的生活，反正人回來了，就還過當兵的生活，兩人關起門喝酒，聊連隊裡的雞毛蒜皮。

簡單，有時也是一種很愜意地生活。

第二天，他去了以前常走的林中小路。正是一年山林紅黃綠紫之時，濃濃的秋意令他緊揪的心一點點鬆懈下來。躺在一片柔軟的和自己同一時代的秋草上，面朝朗朗的晴空和飄逸的白雲，他終於可以面對失敗了。那是一種可笑無奈的失敗，別人失戀，至少還能看到愛人拒絕的面孔，他卻什麼都沒感覺到就已經失戀了。他鼓起全身心的勇氣，被人不屑一顧地拋進了陰溝洞裡，連個泡泡都看不到，太讓人氣餒了。他不得不再次自省自己，一直以來，他生怕別人視他為紈絝子弟，尤其是犯了那件難以彌補的大錯之後，他更不敢有絲毫的張揚，沒想到即使這樣，還是在愛的追求路上碰得灰頭土臉。他甚至懷疑這一切的一切是否真的發生過，仿佛他根本沒有遇見過洪欣，一切只是一場夢，這些天堆積起來的愛只是自作多情的氾濫。

他拔起一根長長的狗尾巴草，將嫩嫩的草根放入口中嚼著，少許的澀與酸混合出來的草香一直沁入喉嚨深處。身邊有青草，四周有大樹，在秋日的陽光下，它們才是生命真正的含義，即使這世上找不到愛，他愛它們就已足矣。他收拾起失意的心情，從草地上站起，秋草被壓得伏倒在泥土上直不起腰來，他有些歉意地望著被糟蹋的草叢，正欲離去，通訊員急衝衝地從山下趕上來，到了他面前喘著氣說：「連長，有個軍區通訊兵部的田參謀打來電話，有要事找你，叫你跑步去接。」

「什麼狗屁參謀，嚇唬誰啦，你田朝陽還有什麼要事。」海生邊走邊罵。

通訊員緊緊地跟著他說：.「還有一個你家裡的電話，說是有一個姑娘來找你，叫你打個電話回去。」

「你說我好不容易回來一趟，怎麼會有這麼多事。」他有口無心地問身後的通訊員。

軍中有戲言，參謀無大小。

他說歸說，腳下卻不敢怠慢，誰叫他天生是個不能讓朋友等的人。到了連部，抓起電話，劈頭蓋臉罵過去：「你小子當了個破參謀還擺架子，叫我跑步接電話，瞧你能的。」

電話那頭的朝陽出奇平靜地說：「你別嚷嚷了，出事了。」

從小到大，海生就沒聽過他拿這種腔調說過話，他一下就安靜了下來，問道：「什麼事？」

「東林死了。」

「這不可能？」

「他姐姐今天早上打電話給我的。」

「你吹牛，他姐姐怎麼會有你的電話？」

「在他的遺物裡發現的，也有你的，打到你家裡，你不在，再打給我。」

「怎麼死的，什麼時候？」海生這下相信了，他在電話裡聽到朝陽哽咽的聲音。

上次歡迎新生舞會之後，海生很少能見到東林，他去化學系找過他，對方每次都是行色匆匆的，感覺像有什麼事瞞著他。

其實，也正是那次舞會之後，東林開始瘋狂地追求于蘭蘭，他沒有海生那麼多顧慮，喜歡她還礙著一個世交周建國。在他眼裡，于蘭蘭和周建國即便不是鮮花和牛糞的關係，他也一定要把她俘虜。自從第一次在海生家裡見到于蘭蘭，東林就無法把她從心裡移走，她舉手投足間每一個動作都印在了自己的記憶裡，並無時無刻地撥動著心裡的愛弦。東林交往過不少女人，從來沒有一個能讓他如此動心的，所以，第二次在大學舞會上見面時，他迫不及待地向于蘭蘭索取聯繫的方式。

「你到南圖來找我好嘞，我就在借書大廳上班。」于蘭蘭爽快地對他說，她早已從東林的眼神裡讀懂了他的心思。與以前交往的男性不同，這次于蘭蘭也有些心動了，因為東林的條件太好了，他就是那種讓所有的青春少女都會找藉口和他見面的王子，他高大英俊，溫文爾雅，臉上還帶著青春期男孩些許羞澀，又是集高材生與名門子弟於一身，他幾乎就是那種讓女孩子一直在等待的男人。她特別喜歡東林戴上眼鏡時，那種學者氣質呼之欲出的感覺。雖然斯文到底是什麼她也說不清，但真斯文和裝出來的斯文，她還是能分辨出的。這樣的男人如果帶回家，全家上下，親朋好友對他的美譽一定會超過假裝斯文，頭頂已現地中海的周建國。

舞會之後沒過幾天，東林就來圖書館找她，他剛走進借書大廳的門，就被于蘭蘭發現了，笑著朝他揮了揮手。坐在于蘭蘭身邊的丁老師看了一眼瀟灑走來的東林，急促地說：「丫頭，你要死啊，找個白馬王子回來。」

于蘭蘭朝她撇嘴一笑，然後對已經走到櫃檯前的東林說：「歡迎啊，高材生。」

東林喜形於色地對她說：「這裡上班真讓人羨慕，天天坐著就會變成大學者。」

「你來坐坐看，保證不出三天你就逃走了。」于蘭蘭用稔熟的口氣對他說。

東林聽了，扮了個怪臉說道：「明天下午在丁山賓館有個招待外國專家學者的舞會，想不想去？」

「有好吃的，我就去。」于蘭蘭算是有條件地答應了他。

「有免費茶點供應。」

「行，你來接我哦。」

「沒問題。對了，這事別讓梁海生知道。」東林終於把心裡最彆扭的話說了出來。

「你放心，我才不會對他說呢。」于蘭蘭生怕他擔心自己和海生有什麼關係，乾脆地答道。

其實，東林清楚海生和于蘭蘭沒什麼，正因為沒什麼，才令他有些心虛。

舞會上，于蘭蘭和東林不僅又一次大出風頭，她還摸清了東林的父母除了是大學教授外，還有著學部委員，全國人大代表，全國政協常委等一串耀眼的身份。舞會結束，兩人已經雙臂緊勾，走在初秋的林蔭大道上了。

此後的一段時間裡，南京凡有些名氣的舞會上，常常可見他倆翩翩起舞的身影，帥男靚女，一時間慕煞了多少人。

做為「學部委員」，「全國政協常委」的兒子，韓東林所有的風光也就寫在臉面上：相貌英俊，胸前有個算得上名牌的大學校徽，除此之外，凡是別人要用相像去推斷的東西，都是想像不到的寒酸。

據說學部委員和政協常委這兩個頭銜都享受部級待遇，但是，這類徒有虛名的頭銜，只能是徒有虛名。有一次韓委員預先申請了一輛小車，去火車站接一位專程來寧看望他的海外學者，結果派車單位臨時變了卦，預約的車來不了，急得老先生團團轉。還好兒子有個髮小叫梁海生，電話一打過去，馬上給他找來一輛小車，甭管是軍車還是民車，沒耽誤事就是好車。

更慘的是文革期間，韓教授夫婦被打成日本漢奸特務，這個罪名在當時可謂「罪大惡極」，背上這個罪名的結果就是不斷被批鬥、抄家。先是紅衛兵第一個踢開了家門，凡是順眼的和不順眼都成了戰利品，後來是造反派進來抄家，最後連周圍的住戶，只要往手臂上套一個紅袖章，就能進來走一圈，逮著個罎罎罐罐都能往自家搬。如今文革是結束了，可當年被抄走的物品一樣也沒還回來。

所以，當兩人的關係到了如膠似漆的地步，于蘭蘭開口問東林要一個當下最時髦的手提式四喇叭立體聲日本產的收錄機時，東林雖然一口就答應了，實際上卻根本沒那玩意，全市的商店裡也甭想買到，唯一的辦法是托人從廣東汕頭一帶去買走私貨。就算有這個關係，最便宜也在 1000 元上下！連工資都沒有的東林，怎麼好意思開口問父母要，這可讓熱戀中的王子寢食難安。

在東林能想到的人當中，只有一直把他當兒子養的姑姑家裡，有一台今年夏天兩個老人去日本探親時帶回來的健伍牌收錄機，或許東林在答應于蘭蘭時，心裡已經想到了它，只是他心裡一直不知道該如何開口向老人說這件事。

「東林，我要的四喇叭收錄機，你什麼時候給我啊？」在一個長長的吻結束後，于蘭蘭伏在他懷裡，盯著他的眼睛說。

這是她第三次提起它，她心裡並沒有生氣，而是有些急。因為她的計畫中，下一個週末要回一趟小城老家，到時候手上提著一台人人都羨慕的進口四喇叭機，放著流行音樂，和蓓蓓還有兩個弟弟並排在大街上走過……，那太有光彩了。在南京，于蘭蘭並不是很有信心，但在老家，她絕不允許自己風頭旁落。

或許是同卵同胞的原因，她歷來很在意蓓蓓的想法。所以，她此行還要打消孿生姐姐的疑慮：為什麼放著一個大權在握的軍區副司令的兒不要，偏偏看上一個小白臉？

東林從她的眼神裡讀懂了焦慮，以及藏在焦慮後的不信任，於是他不再猶豫，第二天就去了姑姑家。他身上有姑姑家的鑰匙，進去時，老倆口都不在家，或許他心裡早已知道，二老此時不會在家。

收錄機就放在五斗櫥上，身上蓋著一塊白色的編織臺布，他把它放入隨身帶來的包裡，出門的時候心裡在想，兩人若是問起來，就說拿去用一段時間。

于蘭蘭終於實現了自己的計畫，帶著姐姐和弟弟們，像傳說中的廣州、上海、北京的時尚青年那般，拎著四喇叭，初秋時節，在小城最熱鬧的街上，很是風光地逛了一圈。蓓蓓看到這可愛的洋玩意，飯也不吃，覺也不睡，愛不釋手地玩了一整天，對那個小白臉的存疑，自然不提了。

就在于蘭蘭在小城神氣十足時，東林這兒出事了。他姑姑姑父回家發現珍貴的收錄機沒了，以為是家裡進了賊，一急之下就把這事報到了派出所。他們根本沒往東林身上想，因為從小到大，這孩子就沒亂拿過家裡的東西。

派出所一聽是大學教授家裡進了賊，就很認真地立了案，並報到了局裡。78 年的政治風向和 66 年正好調了個方向，臭老九又成了香餑餑，局裡也不敢拖遝，立即派了偵察員來察案，一看，家好好的，門沒破，窗沒壞，其它東西一樣沒少，唯獨少了一個答錄機，第一時間就想到了家賊。兩個老人膝下無子，只有一個侄子叫韓東林，倒是常來常往，還有家裡的鑰匙。

員警到了學校，先去了保衛處，和保衛處幹部一同找到正在教室裡上課的韓東林，然後一前一後把他從教學樓帶出來，穿過操場，進了辦公樓，東林是校園裡的知名人物，僅這一趟穿堂過室，學生會主席出事的消息立即傳開了，唯獨正在自己的相思河畔喝了忘情水的海生什麼都沒聽到。

再說員警把東林帶進辦公室，三下五除二就把案子給破了，只是東林不承認是偷，而是拿。他申辯自己從小就生活在姑姑家，如同親生兒子，想拿什麼就拿什麼，根本不需要偷。但公安不睬他的辯詞，你說不是偷，為什麼事前不和老人商量一下，事後不及時通知他們，哪怕留個紙條也好啊，該做的事你不做，就是做賊心虛。先把他帶回局裡關進了看守所。

聽說是寶貝侄兒拿了收錄機，姑姑姑父這才後悔去報案，趕緊去公安那兒解釋，把能說的話都說了，可是，人抓了，想放可沒那那麼容易，再說涉案金額1000元，算是重大盜竊案。折騰了三天後，他們才把東林領出來。公安的結論是：念其初犯，又和受害人是親屬關係，免於刑事處理。但是，小偷這個頭銜算是按到了東林的頭上。回到家，父母親對他非常冷淡，他們無法相像自己的兒子會做出這樣的事來。回到學校，管學生會的老師通知他不要參與學生會的工作了，沒有公開宣佈把他撤了，還是因為老師和他私交不錯。

從小在家是乖孩子，在學校是優秀生的東林，幾天前還在幸福的雲端遨遊呢，一下就掉進了地獄裡，名譽與恥辱，責備與內疚從所有的方向壓向他，令他喘不過氣來，只剩下一個信念在支撐他，那就是他和蘭蘭的愛情。所有的恥辱，此時都抵不上他和蘭蘭的愛。

他拖著滿身的傷痕去尋找安慰，見到了于蘭蘭後，卻發現一個更大的災難降臨在自己身上。于蘭蘭面若冰霜地把他帶到一個偏僻處說：「你為什麼騙我，把偷來的東西拿來送我。」

其實，她根本沒問過東林收錄機的來歷。她從小城回來的第二天，公安就到圖書館找她查尋贓物的下落。此時她方知東林是把姑姑家的收錄機偷來送給了她。一個年青威武的員警半是恫嚇，半是折磨地對她說：「你知道嗎？幫人收藏贓物是要負刑事責任的。」

于蘭蘭被嚇到手腳冰涼，趕緊把收錄機交給了他們。氣人的員警臨走時叫她當天下午4時去局裡做份筆錄，于蘭蘭只能叫葉琴陪著她，去了趟從沒去過的公安局。在那的感覺恐怖極了，所有的目光都是不懷好意的，有人用不懷好意的目光盯著她的身體，有人用不懷好意的目光和她套近乎，有的人用不懷好意的目光懷疑她是風塵女子。

再甜蜜的愛情，如此一折騰，都會斷了氣的。

憋著一肚子氣的于蘭蘭毫不客氣地打斷了東林的解釋，一字一頓地說：「請你從此以後不要再來找我！」

「你別走，」聽了她的話，瀕臨崩潰的東林抓住她的手，哀求地說：「蘭蘭，別人不原諒我，難道你也不原諒我，我所做的一切都是為了你啊。」

他實在無法相信，他們之間轟轟烈烈的愛，說散就散了。

于蘭蘭聽得出那哀求有多沉重，也明白它為誰而發，她無法推開他的手，也沒有說話，只是轉過身，默默地背對著他。

東林從背後輕輕地吻著她嫩滑的脖子，他曾經吻遍了與它共生的所有肌膚，此刻的輕吻，仿佛讓絕望的心靈找到了歸宿。他用和著淚水的聲音癡癡的地說：「你忘了你說過我們是世界上最完美的一對，你忘了我們在一起製造出的所有的與眾不同的愛嗎，你忘得了那些幸福時光嗎？」

于蘭蘭感到自己的肌膚在他的親吻下一點點被喚醒。幾天前，她還很享受這種感覺，此刻卻像受驚的含羞草，下意識地把自己包得緊緊的。她掙脫東林的雙臂，整理了一下頭髮和心緒，鼓足了勁對他說：「你走吧，以後不要來找我了。」然後，迅速回到了借書大廳。

東林一個人癡癡地站在原地，他不相信曾經熾熱如火的愛轉眼即逝，也無法接受柔情似水的蘭蘭變得如此冷酷無情。一個人，當他意識到傾心追逐的不過是剎那間絢麗，隨之而來的黑暗才是付出的回報時，這一刻無疑是最悲哀，最無助的，因為他已經明白自己成了黑暗的囚徒。

他兀立著，遲遲不願意離開。這裡離他心裡的愛最近，而別處，無論是冷漠的家門，還是譏笑的校園，都成了他心裡的禁忌。躊躇了許久，直到疲倦和饑餓推著他雙腳離去。

第二天，他一大早就來到圖書館，站在曾經他像鳥兒一樣飛進飛出的宿舍樓下，動也不動地等著。直到 8 點半，上班時間到了，才見到于蘭蘭不緊不慢地走下來。

「我叫你不要來的，怎麼又來了，有什麼事快說，我要遲到了。」

其實，一早就有人告訴她，韓東林在樓下等她，她在房間裡拖到最後一分鐘，實在拖不下去了，才下了樓。

一夜無眠，東林已經萎靡的像個乞丐，他用絮叨的語氣說：「蘭蘭，我求你原諒我，你知道我不是小偷，對吧。我所做的還不是為了你嗎，為了你，我現在已經身敗名裂，我求求你，不要離開我。」

于蘭蘭躲在樓上時，想過東林見了她會說些什麼，果然，他說的話都在自己猜測之內，現在再說這些有什麼用呢，她感到自己從心裡已經變得厭惡他了，冷漠地答道：「說完了吧，請你走吧，我要上班了。」然後毫不猶豫地拋下他，快步走進了圖書館大樓。

之後的幾天，東林每天都來，有時呆呆地站在圖書館門口，有時依靠在借書大廳外面的廊道上喃喃自語。碰到于蘭蘭的同事，他都會拉住對方說自己如何喜歡于蘭蘭，一旦于蘭蘭出現，他就像個小綿羊似的乖乖地跟著她，直到于蘭蘭大吼一聲：「你跟著我幹什麼！」他又一聲不吭地躲在一邊。

誰都看出來了，東林的腦子出差錯了，葉琴叫于蘭蘭去把梁海生找來，于蘭蘭恰恰因為和東林熱戀的時候瞞了海生，現在沒法對他開口。

「隨他去，過兩天就會好的。」于蘭蘭沒好氣地說。在女人的世界裡，她們總認為男人無論遇到什麼事，都應該有辦法解決。而女人解決問題的方法，通常是換掉一個沒本事的男人，再找一個有本事的男人。尤其是像于蘭蘭這種身邊男人一抓一把的女人。

只是她們不知道，這個年代的中國男人，自身如同女人一樣貧乏、脆弱。

（十七）

週末的晚上，也就是梁海生被潘姨叫去的那個晚上，葉琴把蘭蘭拉到了陳天誠那，玩撲克牌一直玩到半夜，當晚兩人就住在誠誠家裡，一覺睡到第二天下午才起來，回到圖書館時已是黃昏，秋日的晚霞染紅了半個天空，沒有了韓東林的糾纏，于蘭蘭心情大好，和葉琴並著肩騎車，一路有說有笑到了宿舍。當從心愛的小輪車上下來，正要進大門，一眼就瞅見院內站著那個不想看到的身影，她在心裡哼了聲「討厭」，假裝沒看見他，鎖了車，正欲上樓，耳畔傳來東林清楚的叫聲：「你別走，蘭蘭。」

于蘭蘭聞聲只好停下，她明顯覺得東林語氣與前幾天大有不同，再仔細一看，整個人也拾綴得乾乾淨淨，以前那高材生的斯文模樣彷彿又回到了他身上，尤其是他那看人的眼神，變得沉靜而內斂。

「我先上樓去了。」葉琴拍了拍于蘭蘭的肩膀欲走，于蘭蘭立即叫住了她：「你別走，我不想單獨和他說話。」于蘭蘭很怕單獨和東林面對面，聽他說那些自己不想聽的話。

「蘭蘭，這幾天都是我不對，是我攪亂了你的生活，但是請你相信，我所做的一切都是害怕失去你，我求你再給我一次機會，我會讓你為我自豪，讓你看到韓東林是個受世人尊敬的好男人。」

說完，東林不顧腳下的泥土，「撲通」一下就跪在了蘭蘭面前，就像電影裡那樣，伸出雙手說：「蘭蘭，你回來吧！」

葉琴實在不忍心看下去，把頭扭到了一邊。當她想到韓東林一定是從太陽升起就開始等在這，一直等到太陽下山，不由得淚水濕潤了眼眶。

如果愛情能夠賜於，那該多好啊！可惜愛情不是請客吃飯，和它一起端上桌的是你的全部，是好感與夢想合成的甜品。

早已對東林失去好感的蘭蘭，見他這個舉止，不禁失聲笑了起來：「我們倆已經不可能了，你還不清楚嗎，你再求我也不會同意的。」

東林被她笑得混身一顫，緩緩地站起來，聲色一變，痛心地說：「蘭蘭，你的心太狠了，你把我的一切都毀了。」

于蘭蘭恨不得早點結束這場談話，雙眉一揚說：「既然我毀了你的生活，你還來找我幹吧，你走吧，離我越遠不是越好。」她天生不會吵架，只會生氣。

東林沒走，他楞楞地看著令他心愛又心碎的蘭蘭，慢慢地從口袋裡拿出一樣東西，它帶著體溫，體溫又是那樣地炙熱，那是一把折疊式小刀，打開後，他一聲不響對著蘭蘭就刺了過去。

于蘭蘭見他手持刀子戳了過來，嚇壞了，想逃，雙腿早已不聽使喚，本能地伸出雙手去擋，手怎麼能擋住鋒利的刀刃？東林第一刀就穿過了蘭蘭的手指，戳到了她的臉上。

于蘭蘭尖叫著捂著臉，血迅速從手指縫裡淌出來。看見了血，東林徹底迷失了，瘋狂地喊著：「你把我毀了，你也逃不掉的！」手裡的刀隨著瘋狂的喊叫不停地刺向于蘭蘭。

葉琴見狀，魂魄失落了一地，尖叫著跑到街上去喊人。很快就有人圍了上來，一看眼前的慘狀，誰還敢上。

東林第二刀戳在于蘭蘭的前胸，血一下就跟刀湧了出來，感到刺痛的于蘭蘭用手去護住胸前，東林再戳……，一直到他的蘭蘭渾身是血地倒了下去。

看著倒在暮色裡呻吟的心上人，他反手就用小刀去割自己腕上的動脈。大概刀口已經用鈍了，或許他想到了即將來臨的死亡，割了許多刀才有濃濃的血湧出來。他丟下刀，緩緩地坐下，看著如黑的血從身體裡噴湧到地上，混合著身下的塵土，慢慢地流向遠處，嘴裡喃喃地重複著：「你把我毀了，你把我毀了。」

圍觀的人中早已有人去報了警，派出所離圖書館不遠，幾分鐘後，公安就趕到了，隨即，救護車也到了，很快把倒在血泊裡的于蘭蘭送走了。這時，公安已從葉琴的嘴裡大致問清了案情，他們給失血很多，但神志依然清醒的東林做了傷口包紮，然後將他押上分局來的警車，送回局裡審理。

從員警到現場起，東林就沒開過口，不管對方問什麼，就是不說話，他望著救護車把倒地的于蘭蘭抬上車送走，冷冷地看著有人把手腕的血止住，直到把他拽上車，依然一聲不吭。車輪動了，他默默地透過後車門上的小窗，看著熟悉的街道從眼前一一滑過。

警車開著開著突然減慢了速度，東林猛地站起，打開後車門，在幾個公安目瞪口呆中跳下了車，他踉蹌著從地上爬起來，迎著對面馬路開來的大卡車衝了上去，被卡車撞倒後，他感覺自己還活著，又奮力摟住了急吼吼撲來的巨大的滾軸，這次，他再也沒有醒來，飛速扭動的滾軸，撞散了他全身的骨頭。

在意識消失前，他瞥見了天邊最後一抹紅霞，那是他最後的記憶，也是他將要去的地方。

（十八）

在東林家裡，海生一句話也不想說，出來時，卻有無數的話要說。

他和朝陽第一時間趕到了韓府，那幢屋子裡太壓抑了，他們沒見到東林的父母，只見到了那個曾經在海生眼裡美若天仙的姐姐。她用沙啞到極點的嗓音感謝他們來為東林送行，並且再三解釋父母因悲傷過度正臥床休息，不便出來見客。

他倆人對禮節無所謂，他們只是要找個合適的地方祭奠自己的朋友，而這兒是離他最近的地方。在客廳的一角，海生看到了東林的姑姑、姑父，兩個老人竭力想承認自己是悲劇的製造者，卻無法找到合適的懺悔詞，一看到過來安慰的海生，就不停地說：「是我們害了他，是我們害了他⋯⋯。」

海生憋了一肚子話離開了韓府，先開口的卻是朝陽：「你說這傢伙是不是個豬，看上去比誰都聰明，做出來的事卻比誰都傻。」

兩人在珍珠河旁架好自行車，走到護欄旁倚好身體，海生說：「我看見他的照片就想抽他，你知道嗎，我真希望一巴掌過去能實實在在抽在他臉上，如果真能抽到，那該多好啊！還有他那個姐姐，我真想去抱住她，我覺得東林的靈魂就在她身上。」說到這，海生已經淚如泉湧。

朝陽小心地拍了拍海生的肩膀，對方索性伏在他肩上嚎啕大哭起來。

珍珠河雖然細小，卻沿襲了古城「水邊綠柳必成行」的傳統，長長的柳條下，兩個男人撕去了偽裝，任憑淚灑兩頰。

許久，朝陽先鎮定下來，他問道：「他姐姐說的于蘭蘭，就是周建國那個女朋友嗎？」

海生拭乾了淚水，把東林如何認識于蘭蘭的故事大致說了一遍：「學校的舞會是九月初的事，到現在還不到兩個月，誰想到他們之間發生了那麼多的事。」

「我聽麗娜說，她被列為金陵城裡的八大美女之一，這麼漂亮的女人，誰見了都會動心，只是他不該那麼認真，女人嘛……。」朝陽沒再往下說，海生明白他的意思，在女人問題上，朝陽和大多數男人想法差不多。

海生抬起頭說：「你想，他那麼清高的人，好不容易看中一個人，卻被她甩了，還為她背上了一個小偷的名聲，弄得裡外不是人，他怎麼承受得了。」

「記得小時候，他天天被人家指著鼻子喊『東洋鬼子』，都快流浪街頭了，不也活下來了嗎，如今反倒是這點小事都邁不過去。」朝陽說著，扯下一把柳葉，撒落在水流上，看著它們慢慢消失在橋洞裡。

「他一定是太投入了，你沒看到他見了于蘭蘭，整個人變得一副魂不守舍的樣子。」

倆人聊了一會如何張羅東林的後事，海生匆匆告辭朝陽，趕著回家了。

他著急回來是為了弄清誰在今天早上到大院地來找他，他隱約覺得這個女人和于蘭蘭有關係。進了家，連樓都沒上，第一時間在廚房裡找到了老阿姨，開口就問是誰來找他的。

「我不知道她是誰，戴了個大口罩，是門口站崗的班長帶她來的，看上去很像老二的媳婦，很漂亮，我說你不在，就著急走了。」老阿姨的眼裡，陸敏是她見過長得最漂亮的姑娘，她誇一個人長得漂亮，就說長得和陸敏一樣。

海生太瞭解她了，也顧不上和她絮叨，重新騎上車，直奔圖書館。在東林家時，他聽東林姐姐說，于蘭蘭沒有生命危險，但沒說送到哪家醫院。他知道有一個人肯定曉得于蘭蘭的下落，而且這個人很可能就是來大院找他的人，她就是葉琴。

他根本沒時間去思考自己為什麼會在這個時候還對于蘭蘭如此關心，說到底，她畢竟是東林之死的元兇之一（如果還有其他原凶），然而，他就是那種喜歡為朋友瞎操心的人，一見朋友有難，腎上腺素分泌就會加快的人，越是這種時候，人越亢奮。

到了圖書館，宿舍和上班的地方都沒有葉琴的人影，他又騎上車去找陳天誠，總算在誠誠一隻腳跨出門之前，把他堵在了辦公室裡。

「你總算出現了，」陳天誠的口氣比他還急，「葉琴給我下了死命令，今天無論如何要找到你。」

「于蘭蘭怎麼樣了？」海生邊問邊拿起對方的大茶缸，狠狠地灌了一口涼茶。

「人沒問題，在區中心醫院躺著，被你那朋友戳了 14 刀，居然還活著。」

經他一提醒，海生才想起這 14 刀都是東林戳的。一對情侶，一個是一塊光屁股長大的髮小，一個是傾慕已久的紅顏佳人，如今卻自相殘害，落個一死一傷的結局。他不禁長歎一聲：「太慘了。」

「還好刀子很小，傷口不深，有一刀從肋骨之間刺進去，最深，離心臟只有兩公分。」陳天誠起勁地比劃著，只是一起勁，臉上的酒窩又開始抖動。

「你見到她了？」

「沒有，全是葉琴告訴我的。我去了，門口有兩個公安把門，不給進。」

「葉琴怎麼進去的？」

海生覺得自己問了個夠傻的問題，接著又問：「葉琴叫你找我什麼意思？還有今天早上去我家找我的是她嗎？」

「今天早上找你的應該不是她，她叫我找你，說是于蘭蘭的意思，蘭蘭希望你能去醫院見她一次。」陳天誠在回答他同時用很狡黠的目光看著他。

「你看我幹麻，」海生意識到他腦子裡想的什麼，說道：「這麼多事，你還拿我開心。」

「你是不是亂想我不知道，但擋不住別人怎麼想的。」

「別費話了，你跟不跟我一起去吧？」

「我不陪你，昨天晚上我在醫院的走廊上一直坐到天亮，今天又上了一天的班，實在太累了。」

海生自個騎車衝到區中心醫院，打聽到了于蘭蘭在外科重症監護室，走到監護室外，果然有兩個員警坐在那兒聊天。穿著軍裝的海生沒理會，徑直往裡走，立馬就被他們攔下了。

「同志，這裡不許進。」其中一個年長幾歲地說。

「我進去看病人。」

「那也不行，沒看到我們守在這嗎。」

海生從對方的口氣裡估摸著他也是個大院子弟，轉口說道：「哥們，通融一下嘛，裡面是我一個好朋友。」

「那也不行，你知道今天來了多少人看她嗎？比你派頭大的多得是，都說是她的好朋友，一個也沒讓進。」

「她又不是犯人，幹麻看著她？」海生看硬闖不行，便放緩了口氣問。

「她要是犯人，早就不在這了，是怕她再出事。」另一個年青一點的說。

就在這時門開了，葉琴從裡面出來，她是聽到海生的聲音出來的。

「嗨，她怎麼樣了？」海生丟下員警，迎上去關切地問。

「睡著了，一直在發燒。」葉琴把他拉到一邊的長椅上說：「不找關係，他們不會讓你進的。今天早上，她起來說要去找你，我拗不過她，混身的傷口還在滲血呢，換了我的衣服就溜出去了，員警發現後急壞了，幸好一個小時後她又回來了。」

海生萬萬沒想到跑到大院裡找他的是于蘭蘭，而且身上還帶著14處刀傷，一時心裡塞滿了被信任的暖意。他問葉琴：「聽說當時你在現場，他們倆到底怎麼回事？」

「唉，別提了，」葉琴疲憊地靠在長椅上，過了一會才開口說：「真不願回想當時的情景。」她說不想講，還是從收錄機事件講起，一直講到昨晚血腥的一幕，這個要強的女人，說到東林的瘋狂時，渾身還在顫慄。

海生想像得出東林殺紅眼的猙獰面目，但他不想責怪他，責怪只是說給別人聽的假話，他想的是東林內心裡那頭找不到出路的野獸，那頭野獸自己心裡也有，沒想到溫文爾雅的東林也有，如此看來世人亦有，他嘆惜地說了句憋了很久的話：「事情鬧到了那個地步，為什麼他們一個也不來找我呢。」

葉琴亦有同感地說：「我曾對蘭蘭說過，讓她去找你，如果當時有一個人去找你，悲劇就不會發生了。」

可是，那還是悲劇嗎？

一直到離開，海生都沒問葉琴，于蘭蘭找他有什麼事，他潛意識裡相信于蘭蘭要和他談的是一種私事，也就有意無意在心裡阻止了去問葉琴的欲望。

離開醫院，已是滿天星斗，他又衝回學校去找張蘇。

「晚上10點鐘以後衝進自習室找我的，天下只怕就你一個。」張蘇半是得意，半是埋怨地說。兩人到了僻靜處，她繼續問：「說吧，什麼事？」

「出大事了！」海生把昨夜今日一連串的事一古腦兒講給她聽。

「天哪，怎麼會這樣？」張蘇聽了，半晌也合不上嘴，她不敢相信這種事會發生在自己認識的人身上。

海生顧不上她心裡的感受，問她：「能不能想什麼辦法，把我弄進病房。」

「東林的死全怨她，你還去看她幹麻！」張蘇是第一個明確反對他去看于蘭蘭的人，因為她是女人，又對東林甚有好感。

海生眼裡的張蘇什麼都好，就是有些小市民。

「你想她混身是傷跑來找我，一定有什麼事求我，我若不管，還算是朋友嗎？如果你是她，你會怎麼想？」

「去你的，我會把事情弄到這個地步嗎？」張蘇嗔怪著反問他。

「那就算了，給你添麻煩了，我再想其他辦法吧。」海生怏怏地轉身就走。

張蘇只給了他一秒鐘的失望，立即叫住了他：「你回來！」

海生聽了頓時喜形於色，張蘇又恨又氣地說：「今天太晚了，明天早上我陪你去。」

海生一看錶，確實快 11 點了，這才想起到現在還沒吃晚飯，嬉皮笑臉地對張蘇說：「我們到門口吃碗小餛飩吧，我請客，我都餓死了。」

第二天早上，海生和張蘇約好了 8 點鐘見面，他 7 點半就到了外語系女生宿舍樓下。8 點一到，張蘇準時出現在樓梯口，見海生正不停地看手錶，笑著問：「你是不是早就到了？」

「還好。」海生含糊其詞地答道。

「我看你辦自己的事，從來沒有這麼起勁。」

「我們是先去分局，還是先去醫院？」海生可沒空和她鬥嘴。

「當然直接去醫院。」張蘇推出自己的自行車說。

「你不找個熟人帶我們去？」海生小心地提醒她。

「你傻啊，我去了還找什麼熟人。」海生被她一說才覺悟過來，公安局長的千金到了，他們能不買帳嗎。

在中國，官到了一定的位置，都有自己的一畝二分地，海生又一次切身感受了自己不喜歡，卻又很實用的玩意的存在。

兩人來勢洶洶地趕到了醫院，進了病區，連個公安的人影都沒有，正疑惑呢，葉琴提著幾個裝衣物的塑膠袋從病房出來。「你們來晚了，蘭蘭剛走，是她爸爸媽媽來把她接走的。」

「回小城了？」海生聽于蘭蘭說起過自己的家，接著又問：「她父母怎麼知道她出事了？」

「圖書館通知的唄。你走了沒多久，她父母親就趕到了，一看女兒傷成這樣，心疼得不得了，尤其是她的父親，聽門口兩個公安說了一些情況，逼著于蘭蘭說清楚她和死了的東林是什麼關係，于蘭蘭始終不承認韓東林是自己的男朋友，和他只是認識而已，並且說自己已經有了男朋友，她爸爸似乎不相信，吵著要把她接回去，醫生拗不過他，說行啊，反正都是外傷，定期到附近的醫院換藥就行，三人就這樣走了。」

海生透過半開的門，看見那張凌亂的床，遺憾地問：「她沒留下什麼話嗎？」

「沒有，有什麼話你問她呀，我怎麼知道。」葉琴是真不知道，她和一般閨蜜不同，不喜歡打聽對方的隱私，也不喜歡嚼舌頭，但是，她一定能猜到什麼。

出了醫院，海生對張蘇說了聲謝謝，騎上車欲走，張蘇在他身後問：「你不會去火車站吧？」

海生也不避諱，說：「我想她還沒這麼快上火車。」

「你小心點！」張蘇看著匆匆欲去的海生，知道說什麼都沒用，心裡歎著氣地喊到。

世界上許多事，都是自己找出來的。海生這一去，真是生出許多故事來。

（十九）

海生先騎車到了公共汽車站，正好趕上去火車站的班車進站，當他疾步走進火車候車大廳，眼前是茫茫人海，從茫茫人海裡找一個人，對他來說是小菜一碟，他從當班往上海方向出發的長龍裡，一下就找到了坐在候車長椅最前端的于蘭蘭。她雖然戴著口罩，但那欣長挺直的身姿，不會再有第二個。此刻的她正了無生氣地坐在那發呆，與身前身後一片亂哄哄的景象毫不搭調。

海生並沒過去，而是走入她發呆的視線所及處，遠遠地伸起胳膊向她搖晃著，果然她在他的招呼中站起身，四目相接後，她立即對父母指了指遠處一身戎裝的海生，接著快步向他走來。

看見她臉上帶著驚喜，帶著慶倖，帶著倦鳥歸林的歡欣姍姍而來，海生一下想起了已在天國的東林，心裡不知是怨，是恨，還是憐憫，遲疑地向走近的她問道：「你還好吧？」

于蘭蘭察覺出他的矜持，眼裡當即浸滿了淚水：「我沒想到東林會做出這樣的事，我只是叫他不要和我來往了，他聽不進去，還是天天來找我……。」

找了個僻靜處，海生還是不忘問她：「你們，為什麼一個也不來找我呢？」他心裡始終解不開這個結，因為它本來是個很容易解的結。

「誰想到他會走極端啊，平時看上去挺懂道理的。」于蘭蘭的解釋中帶著明顯地推卸，把責任推給男人是女人的天性，因為她把一切都給了你。

「算了，不說那些了，」海生撇開數不盡的遺憾問道：「你急著找我幹麻？」

海生用了「幹麻」這個詞來問于蘭蘭，多少讓于蘭蘭有些不舒服，但是，當剛才她看到海生神奇般地出現在候車大廳時，她就確定選擇把自己交付給他是個多麼偉大的決定。在那個最黑暗的夜裡，她給了自己很多理由，選擇了梁海生來救自己逃出面臨的滅頂之災，她認定海生一定會接受自己，所以她冒險從醫院跑出去找他。眼看她的努力和夢想將要白費的時候，他來了，他在最後一刻的出現，令處在絕望中的她，一下子就跳上了幸福的彼岸。

人在這種狀況下還會挑剔小事嗎？

她撒著嬌說：「我求你一件事，你能冒充我的男朋友嗎？」

海生聽了，人一下就傻掉了，原來她帶著一身刀傷去找自己，只是為了這個近似荒唐的遊戲。

「你先聽我解釋，我父母親聽說東林自殺的事，非常不高興，逼著我說清楚和他是什麼關係，我說是一般朋友關係，他們不相信，要我說出誰是我的男朋友，我一急就說是你。」于蘭蘭停下，雙眸緊緊盯著海生又說：「真的只是要你冒充一下，否則他們不相信我說的。」

其實，于蘭蘭還在別個一些人面前信誓旦旦地說過，韓東林不是她的男朋友，那些人就是公安局的。出事當晚，公安就來醫院找她錄口供，她死不承認東林是她的男朋友，公安走後，她預感到他們還會來，於是第二天一早，就帶一身刀傷去找海生，求他冒充一下自己的男朋友。只要有了這個冒牌的男友，不僅員警那可以交待了，周圍的風風雨雨自然也會平息了。

這會，當著海生的面，她把其它的用意都給隱藏了，只把父母扛出來博得海生同情。這個理由卻留下了一個很大的破綻，即她的父母是在她去大院找海生之後才到南京的。

一慣在這方面聰明的海生卻沒想到這個破綻，很久以後，他才意識到這是個美麗的謊言，那時一切已經不重要了。此刻的他正在心裡為一句該不該說的話糾結，這句話就是：你要我這樣做，我如何對得起死去的東林。

糾結的結果，說出來的卻是另一句話：「你要我怎麼做吧？」

他實在不忍傷她的心，也實在無法抵擋她哀求的眼神。當美麗陷入悲傷時，整個世界都會暗淡。

「等會你能不能跟我一塊去和我父母親見個面，什麼都不要你說，打個招呼就行。」

「好的，你的傷怎麼樣？」做完了決定，海生才想起問候她。

于蘭蘭摘下口罩，露出一塊小小的紗布貼在左邊面頰上。「臉上的傷口不深，醫生查了，一共 14 個傷口，脖子上和胸前各有一刀，兩隻手上被戳了 11 刀。」她舉起包著嚴嚴實實的雙手給他看，那神情，極像受了傷害的乖女孩。

紗布上滲有殷紅的血跡，海生見了，不禁想起此刻已躺在冰冷

的太平間裡的東林，眼眶一下就紅了。「你們倆，何苦呢……。」他哽咽地說不下去。

望著真情流露的海生，于蘭蘭沒有勇氣說一句話。自從她披上了美麗的光環後，所有的責任都是由男人來擔負的，對東林的死，她也習慣地歸於東林自己，但海生的悲慟，還是劃破了她包裹嚴實的外殼。

「原諒我，我真沒想到他會走到那一步，我當時只想擺脫他。」于蘭蘭無法用手，但她可以用手背去輕觸海生的手臂，這是他倆在舞場之外第一次有肢體接觸，于蘭蘭並沒有其他用意，因為她早已確定了唯一的用意。

海生感到了她的跨界，可他現在腦子裡裝了滿滿的東西，無暇去想有一根繩子正悄悄地拴住了他的心。

這時，廣播裡響起了于蘭蘭所乘的火車開始檢票的通知，海生陪著她走到兩個長輩面前，畢恭畢敬地叫了聲叔叔阿姨好。老倆口看著眼睛紅紅的一對人兒，再也不懷疑女兒的話了。

海生客客氣氣把三個人送到月臺上，臨別前，于蘭蘭悄悄地說：「事情還沒完，你這個冒牌男朋友還得做下去。」

「還沒完？」本以為已經卸了重負的海生迷惑地問：「怎麼做呢？」

于蘭蘭見他的呆樣是真傻，不是裝傻，便舉起包著紗布的手說：「來看我啊。」

（二十）

東林頭七那天，海生和朝陽約好了為他守夜。兩人買了些果品和東林生前喜歡喝的白蘭地，先去了當年大家相識的中學。黑夜裡，校門敞開著，他倆騎車進去，看門的連頭都沒抬一下，找到了當年上課的教室，它一點都沒變，陰森森地矗立在角落裡，給人的感覺這裡從不會有人光顧似的。倆人就在教室門口的臺階上放了些水果和一束花，點起一支蠟燭，又灑了些白蘭地，對著黑幽幽的教室拜了幾拜，就倉皇地離去。

接著他倆騎車到了大學裡，在學校大草坪的中央點燃了蠟燭，放上花和祭果，酌好酒，席地而坐。

此是正值仲秋，明亮的夜空繁星點點，不時能看到流星拖著長長的尾巴掠過，四周一片寂靜。

「也不知道他去了哪顆星星？」一輪沉默之後，海生喃喃地說。

「記得嗎？當年我們認識他的時候，也是這個季節，別人管他叫『東洋鬼子』，這會他一定飄洋過海去了。」朝陽幽幽地一默，此時此景倒用得不鹹不淡。

「那時還有曉軍、大個。沒想到我們 5 個，竟有兩人走得這麼早。」

朝陽就著草地躺下，兩手托著腦袋，仰望著星空說：「也許他倆此刻在天上遇見了，正在聊我們的事呢。」

「這傢伙，一輩子沒過幾天好日子，壞事全讓他攤上了，文革抄家時，他才 12 歲，就被掃地出門，差點流落街頭，然後又去插隊落戶，好不容易考上大學，突然又用最殘忍的方式結束了生命，連聲『再見』都沒說。」海生說完，重重地歎了口氣。

「哎，別忘了，說好了不傷心的。」朝陽坐起來對他說。

兩人行前說好，今夜不許說傷心話。

周圍路過的同學，陸續有人走進草坪，好奇地打聽，聽說是祭韓東林，不少人也上來意思一下，更多的是一旁指指點點，耳朵裡飄進來最多的議論是有關他的殉情方式。很快草坪上就圍了一堆人，一貫反感拋頭露面的海生，不得不站在人群前，很得體的地感謝前來追思東林的校友們。

「沒想到你小子關鍵的時候還能派上用處。」朝陽忙裡偷閒地來了這麼一句。

他的話音才落，學校夜間巡邏員來了。自從恢復高考之後，大學裡的言論自由寬鬆多了，常常有社團在大草坪上集合活動，但在草坪上弄祭奠儀式，還是第一回，兩個值夜班的見了，慣性發作：此地豈能讓爾等胡來！

偏偏他們今晚碰上的是全中國萬分之一都不到的從不低頭分子，雙方兩句話一說，就硬頂上了。

海生問：「學校哪一條規則寫了不准在校園裡悼念同學？」

這小子一旦橫下心和別人鬧彆扭，梁老三的原始凶性又回來了。

「不管有沒有規定，關鍵是你這樣做不像話。」戴著紅袖章的執勤者用權力來壓他倆。

「你說說我們有什麼地方不像話了，說了什麼不像話的話了嗎？幹了什麼不像話的事了嗎？」海生把「不像話」三個字硬套在對方的脖子上，越勒越緊。

另一個戴袖章的見自己的同伴講不過海生，開口說道：「這個韓東林是個小偷，公安都有案底，你們悼念他，是不是想證明和他是一夥的。」

他本來想用小偷這個名稱來壓一壓對方，並向圍觀的證明他們管得正確，沒想到這下可激怒了一直抱著雙手站在海生旁邊沒吭氣的朝陽，他連話都沒說，一伸手就揪住了那人的衣領，緊緊地卡著對方的脖子。

直到那人被卡得臉變了形，他才一字一頓地說：「你再說一遍，誰是小偷！」

周圍看熱鬧的，莫不乘機嚷嚷：「揍他，揍他！」當然也有好事的，一溜小跑去通風報信。

海生一看朝陽火氣上來，自己反倒冷靜下來，上去把朝陽的手掰開說：「算了，你也不怕弄髒了你的手。」

海生的冷靜只是從紅臉轉為白臉而已，說出來的話依是嗆人嗆得要命。

從鉗子一般的五指下逃脫開的巡邏員氣急敗壞地說：「你叫什麼名字，哪個系的，你和我一塊去派出所去！」

「嘿嘿，就憑你也有資格知道我的名字。」朝陽一邊轉動手腕，一邊說，那副狂樣，全然一副昔年軍痞的架式。

兩個戴袖章的哪懂什麼叫軍痞，更看不懂軍痞的架式，在他們眼裡，這兩人的腔調、架式就是流氓。

「你們這叫聚眾鬧事，還抗拒執法，是要送去法辦的！」

圍觀的人聽得此言，「轟」得一下就嚷嚷開了。78 年後進大學的學生，有不少都是當年造過反的紅衛兵，最忌別人說他們聚眾鬧事，這會，教訓的、譏諷責罵的，所有難聽的話一古腦兒淹沒了「執法者」，海生和朝陽反倒像是看戲的人。

「毛主席他老人家怎麼說來著，得道多助、失道寡助，現在懂了吧。」海生恨不得在火上再添兩把油。

雖然海生和朝陽，一個嘴上占了便宜，一個手上給了顏色，但守夜是無法再守下去了。兩人懶得和戴袖章的再理論下去，收拾了東西離開了草坪。

「你小子，夠凶的，多少年沒動過手了？」

「當兵後就再也沒和人打過架，你呢？」

「我也是。」

此時，夜已深，正是露濕芳草。

第七部　小城車站

（一）

列車廣播裡播到，下一站就是小城。減速之後，小城的容貌慢慢進入眼簾，這裡的天際是灰色的，沿線的房屋灰暗再加破舊，車站更是灰的一塌糊塗。不會有人喜歡這，卻不妨礙有人住在這。

小城是滬寧線上的重鎮，車站卻像是得了重症的龐然大物，陳舊不堪，跨上月臺，海生方從沉思中甦醒，想起此行為什麼而來。自從在省城火車站候車大廳追上了于蘭蘭之後，他就給自己套上了繩索，成了等待別人來拽他走的人，他不清楚前方有什麼，但他知道一定有他心裡想要的東西。他不會主動往那個方向走，但是，當別人來拽他時，他就可以逃避內心的猶豫與責難。

20 歲前後的男人，就是感覺的動物，因為他們的欲望太多。

于蘭蘭不是一個人來的，和她一起來的是雙胞胎姐姐于蓓蓓。妹妹要讓姐姐見識一下自己的連長兼大學生的男朋友，姐姐也樂得滿懷喜悅看妹妹的炫耀。孿生姐妹是不會相互嫉妒的。

海生初見她倆，好奇取代了一切。一對美麗的雙胞胎出現在破爛的月臺上，那強烈的反差延伸出的美感。

雖然姐妹倆穿著一樣的天藍色短外套，海生還是遠遠的就區別出了誰是姐姐，誰是妹妹。于蘭蘭比姐姐更嫵媚，她過來挽起海生的胳膊，裝作很親熱的樣子，把海生介紹給于蓓蓓。

這就算好戲開場了，海生感覺良好地想。

其實跟一個學表演的人在一起演戲，擔心是多餘的。

于蘭蘭的家在喧鬧的市中心旁一條小街上，小街很窄，街的名字很怪，叫大爸爸街，與它相鄰的街叫小爸爸街，小爸爸街反而比大爸爸街寬了許多。

小街通常很髒，大爸爸街亦是如此，從它與大街的結合部那段滿是泥土的路面一望即知，路中間的車道由碎石鋪成，兩側的硬土就是人行道，沒有街沿，也沒有排水溝，槐樹、楊樹、榆樹等各種雜樹東倒西歪地長在路旁。

于家卻住在街上唯一的一幢嶄新的宿舍樓裡。這是小城工業局專門給離休幹部蓋的，共 6 層，每層兩戶，每戶都是 3 室 2 廳。于光輝是局裡資格最老的幹部，離休前任局黨委書記，於是三樓朝南最好的那套自然姓了于。

一路上，姐妹倆用語速極快地家鄉話聊著女人世界裡的那些事，海生在一旁傻傻地跟著。他傻歸傻，耳朵沒閑著，眼睛也沒閑著，不僅小城的風土人情被他一一收入懷中，同時他還發現了于蓓蓓一個秘密。她走路時，一條腿有點跛，為了不露出破綻，她總是把于蘭蘭勾得緊緊的，這樣既能顯示兩人的親密，又隱藏了腿疾。但是上樓時，那條跛腿就無法隱藏了。等見過了于蘭蘭的老爸老媽，兩人關上門說話時，海生終於有機會問：「你姐姐的腿怎麼回事？」

「我不是跟你說過，小時候跳舞摔壞了，否則她跟我一塊去上藝術學院了。」

海生從沒聽于蘭蘭說過，所以嘴上說太可惜了，心裡卻在想，莫不是張冠李戴，和東林或者周建國說過。

「用不著你擔心，她現在有人疼了。」于蘭蘭笑著把剝好的桔子掰開往他嘴裡送，海生連忙伸手接下了，同時瞥見了她小巧的手上那些扎眼，新愈的傷痕，關心地問：「你的傷都好了嗎？」

于蘭蘭把手伸到海生眼睛下面，她不在乎展示東林留下的傷痕，相反，她希望這些傷痕能引起海生的關注。海生小心翼翼地捏住她的手指，正過來反過去仔細地察看每一條傷痕。這十一處刀傷大多數是劃傷，都已癒合，只有左手中指與無名指的指溝之間，有一條貫穿的傷痕還沒有完全癒合。它讓他想到了鋒利的刀尖，拿刀的手以及那張燦爛的面孔。

于蘭蘭從他拿捏的動作感到他完全是禮儀式的，沒有傳遞任何其他資訊，她對他的彬彬有禮多少有些失望，但至少有一點，他已經捏住了自己的手指，他一定會接住自己拋過去的更多的東西。

韓東林是她的一次冒險，這個白馬王子曾經煽動起她的情欲，那是一段被他綁在身上，與他一起瘋狂，一起燃燒的日子，沒想到結局如此慘烈，她立即縮回了舊有的窠臼裡。在她的心裡，談戀愛就是給自己找一個可以依靠的人，眼下，這個人就是梁海生。她不知道海生什麼時候會接受她，但她可以等待，而且她有把握這個等待很快會有回報，這個把握，從那天海生最後一刻出現在候車大廳就確立了。

有一種女人，壓根就不會轟轟烈烈去喜歡一個人，卻不拒絕別人轟轟烈烈地喜歡自己，因為接受遠比給預活得輕鬆，也因為人越來越像接受的物種。

海生原以為戳在于蘭蘭臉上的那一刀，會毀了她的容貌，現在看上去，只有一個小小的嫩紅的傷痕，再過一段時間，嫩紅色變得和皮膚顏色一樣，就很難看出來了，美人依然豔麗，他終於可以把心裡的擔心吐了出去。在他心裡，于蘭蘭的面孔是美的傑作，任何破損都會是大大的遺憾。

當他的視線離開那粉紅色的小疤，卻和于蘭蘭的目光糾纏在了一起，之前兩人的目光從沒有如此近的交織過，此刻，于蘭蘭的目光十分專注，專注到有些勾人魂魄，他依稀記得曾在丁蕾、王玲、倪珍珍，還有六斤的眼裡見過這種目光。

他想起兩人的約定，收起心神，莞爾一笑說：「還好，看不出來。」

于蘭蘭下意識地梳理著耳畔的秀髮，用它們遮住傷痕，然後朝他嫣然一笑，起身出去給他端了一碗蓮子羹來，甜甜地命令道：「老媽說，天涼，喝了補身體。」

「你爸爸媽媽，還有你姐姐，他們沒有懷疑我吧？」海生像是做了什麼壞事似地邊喝邊問。

「你放心，他們就信任部隊上的，一看你穿著軍裝，高興還來不及呢。」

海生聽了恍然，為什麼于蘭蘭要在信上關照自己，一定要穿著軍裝來。

于家為他準備的午餐太豐盛，5 個人吃了 8 個菜，魚、蝦、雞、蟹，樣樣齊全，兩個老的，一個為他夾菜，一個陪他喝酒，寵得他混身難受。吃罷，倆人去了小城著名的風景點：一座屹立在長江邊上的小山。一路上，倆人手挽著手，旁若無人地在小城中心街道招搖而過，這種親密在省城，在上海再平常不過，可在小城則很難看到這種派頭十足的親昵，引得路人紛紛側目而視。

自從下了火車被于蘭蘭一把勾住後，海生已經開始習慣兩人間這個小親密。他心裡甚至有幾分得意，大庭廣眾之下，挽著一個大美人，不是一般男人能有這個福氣的，普世之中，有幾個人能抗拒這樣的機會呢。

初冬的長江邊，北來的江風並不凜冽，小山也許是被古往今來的人踐踏已久，連一株像樣的大樹都沒有，能讓它名揚天下的，大約就是永不停息的江水拍打它的波濤聲，以及不遠的江水中矗立的那塊石頭，石頭上，有一個自以為是的皇帝塗了四個字「水不揚波」。

小山臨江的一邊是陡峭的懸崖，海生讓于蘭蘭留在山頂裡的亭子裡，自己沿著山徑下到江邊。從小至今他都喜歡流動的水，它們和自己這種物種不同，是一種不在乎存在與否的生命體。

江水平緩地推過來，又平緩地退去，他想起把魂魄留在長江裡的曉軍，他不會忘記自己曾為曉軍發誓：從此不看長江！而面對望不到邊的江水，他明白自己無法不見它，因為自己在它面前實在是太渺小，對它的仇恨只能讓自己變得愚蠢。正如此刻，他的思緒正被浩蕩的江水引領著向前飛翔，他看見了曉軍，看見了東林，也看見了一片迷蒙的未來。

念舊始終是海生的毛病，他討厭長大後的現實世界，歲月的痕跡令原本無憂無慮的他，竟有了太多的憂傷。自己一事無成地活著，朋友們一個個離他遠逝，現實卻又讓他窒息。眼下，困擾他的還有山上亭子裡坐著的于蘭蘭，他感覺到自己和她越來越近，同時也愈加迷茫，他知道這與東林無關，他迷茫是因為原來的距離令他更輕鬆，儘管那樣有些曖昧。

水擊聲中突然夾雜著于蘭蘭的呼叫聲，且叫聲越來越近，他擔心陡峭的山路帶給她危險，趕緊迎了上去。果然，她已經開始手腳並用往下走。

「你別動，我上來了。」他喝住她的身形，急忙上去扶著她回到亭子裡。

「下面有什麼好玩的，待了那麼長時間？」她埋怨道。

「沒什麼，只是看看江水。」

「你要乘的火車快到了，你確定今天回去嗎？」

「是的，明天一早班上有個討論會，老師不來，要我主持。」

小城距離南京只有一個多小時的車程，海生來時就打算好坐下午從上海開來的快車回寧。

日暮時分，他倆上了去火車站的公共汽車，小城的公車，車窗不是敞開的，就是碎了的，汽車呼啦啦往前開，寒風呼啦啦往裡灌。

「我最怕冬天了。」于蘭蘭勾住他的胳膊，緊縮在他強壯的身軀下說。

到了車站，候車室冷冰冰的長椅上，她依然緊緊地勾住他說：「你下次什麼時候來？」

「我這個冒牌貨可以完成使命了吧？」海生半真半假地問。

「不行！」于蘭蘭鬆開手，眼睛眨都不眨地盯著他，盯著盯著，一顆淚水就盈出了眼眶。

海生一見就沒轍了，趕緊陪著笑臉說：「你看你，我又沒說不來，下個月我來，可以吧？」

「不行，半個月來一次。」于蘭蘭發嗲時，小小的翹鼻子尤其性感。

「好，好，半個月。」

看著海生討饒的樣子，于蘭蘭才破涕為笑。她的眼淚不是擠出來的，現在的她是真擔心失去海生。前兩天，她打電話回圖書館，問什麼時候能回去上班？借書部的主任一改以往說說笑笑的口吻，正兒巴經地叫她暫時不要來上班，在家休息等通知。東林之死的風暴顯然還沒結束，因此，她把自己的前途全栓在海生身上，按她的計畫，今天是要把海生留在家裡過夜的，可是這個木頭大兵執意要走，她又不能死乞白賴地逼著他留下，一路上心裡積滿了酸楚，經海生一激，這心就碎了，化成了淚水。

蘭蘭把海生送上火車，等到火車動了，才依依不捨地離去。她那倩麗的身姿走在充滿鐵屑味的破舊的月臺上，是如此的不協調，如此的令人不捨。望著她越來越小的身影，海生突然覺得美豔的她是這般的脆弱和無助，就像皖南大山裡的白玉蘭，行將凋謝時，花瓣搖搖欲墜，稍有風吹過便灑落一地，雪白的花瓣落到了地上，很快就變成了褐色……。

回到省城不久，他就收到于蘭蘭寫來的信：……你走了，剩下我一個人上了四面透風的公車，空蕩的車廂，只有冬天和我，還有寒風粗暴地對我咆哮。我多麼希望你還在我身邊，暖一暖我冰冷的手和冰冷的心。但我只能用期盼去抵禦寒冷。……信的結尾她說：我一直希望你叫我蘭蘭，我討厭你叫我全名。

就在海生準備再次去小城時，又一件天大的事發生了。

（二）

那天午後，課上到一半，姚廣明出乎意料之外地出現在教室門口。

「你怎麼來了？」他驚奇地問。

「連隊要開拔了。全團接到一級戰備命令，隨時就走，我是來和你告別的。」

「去哪？」

「中越邊境。」

「真打啊！」海生楞住了。

軍裝穿到第九個年頭，海生早已是一個對戰爭有著獨立看法的軍人，他非常不屑用戰爭來解決人類爭執的野蠻行為，也無法理解活在現代社會的人們，會無視戰爭的殘酷與傷害。但是，剛滿 24 歲的他，是個典型的古典男人，有著英雄情結和血氣方剛的氣質，何況他身上流淌著父輩的熱血，真到衝鋒號吹響那一刻，他一定是衝在最前面的人。

他騎上車一刻不停地衝到營部，劉永貴雙手一攤對他說：「你現在是編制外人員，不能和部隊一道行動。」

「你給團裡反映一下，全連 135 個人上前線，我不去，能放心嗎？」

「新連長已經任命，這兩天就到，再說，學校也不會同意你走的。」

海生見說不通，又專門跑了一趟在市郊的團部，還是碰了一鼻子灰。四處央求無果後，他只能回到琵琶湖幫助連隊做開拔前的準備。

恰逢團裡的戰備檢查組下來檢查，帶隊的正是老指導員董芳林，老搭檔見面少不了酒水侍候。一桌子人唯有他上不了前線，那酒喝得是一點味道都沒有，誰都知道梁海生是個軍事全能，好不容易碰上真刀真槍幹一場，卻無法上前線去證實自己，簡直窩囊透頂。

「你當時考上大學時，我們多羨慕你，這回你也該羨慕我們一回了。便宜不能讓你占了。」董芳林衝著他的苦臉得意地說。

三天後，天還沒亮，全連靜靜地開拔了，臨行前，他和每個戰士都握了手，最後一個握手的是姚廣明：「記住，要一個不缺地把大家帶回來。」

黎明來臨之前，兩人各行了個軍禮，依依惜別。

一百多號人，一下子走得光光的，只剩下一間間了無生氣的營房在原地趴著，海生一個挨一個地看了一遍，面對空蕩蕩的床鋪，空蕩蕩的槍架，他猛然感到自己一直想離開的軍營生活，卻以別他而去的方式結束了，不免落寂萬千。

比于蘭蘭約定的日子晚了一個星期後，海生又坐上火車去了小城。他在信上給她解釋了推遲的原因，戰爭，這世上還有什麼能比它重要呢。

已是嚴冬季節，還沒下車，他就看到全身用圍巾、口罩、手套、大衣裹得嚴嚴實實的蘭蘭站在人群中左顧右盼，那模樣就像一隻可愛的熊寶寶。海生下車後兜了個大圈子，從她身後走近，壓低嗓子喊了聲：「蘭蘭。」

于蘭蘭一回頭，驚喜地發現他已經到了，一把摟住他，撒著嬌說：「你嚇死我了。」

經過 20 多天苦苦等待的日子，終於等來了海生，于蘭蘭臉上綻放著幸福，歡樂，她輕盈地挽起海生的胳膊，昂首挺胸地往外走，腳下那雙經典的俄羅斯皮靴，踩在車站破舊的水泥道上，清脆的讓所有的人耳畔一熱。

「你們連隊已經走了嗎？」于蘭蘭小鳥依人的說話架式令四周的人耳熱之後眼熱。

「都走了，就剩個連長溜到這來了。」

「去你的。」這三個字，她說得舒坦之極。

「你知道嗎，你前一封信說有可能上前線，我都擔心死了，又不敢勸你不要去，你們男的，一說到上戰場，攔都攔不住。最搞笑的是連我爸媽都為你爭論不休，我媽媽說，既然已經上了學，還去幹麻，我爸爸說，你們這個部隊不會上第一線，沒有危險，還說國家有難，男兒有責，兩人還真把你當女婿了。」

海生聽了，朝她一笑，什麼都沒說，這個表情和于蘭蘭心裡想要的差得很遠，還好有他剛才躲在自己身後時叫的那聲「蘭蘭」，能略補心中的失望。

出了破舊的車站，又坐上了四面進風的公主汽車，為了給美女擋風，海生坐得很直，這讓他無法避開那緊捱著他的柔軟的身體，和身體裡溢出的女人香。那迷人的香氣在他全身遊走著、擴散著，他感到自己已經無路可退。

「你看我的手呀。」蘭蘭摘下手套，向他展示生滿凍瘡的雙手。

「怎麼會這樣？你在家什麼事也不做還會生凍瘡。」目睹幾乎變了形的手，海生心疼地說。

「這幾天一天到晚陪老爸老媽打麻將，就生了，我還戴著半截手套呢，都這樣。」

海生小心地將她的手放在自己火熱的掌心裡，輕輕地磨挲那幾根又紅又腫的手指，由於腫的原因，手指上的刀傷也變得很大，很猙獰。

「別擔心，每年都這樣，今年還算好的，住在家裡不用洗衣服，一個人在南京時，一到冬天，洗衣服是最難受的事。」

海生無法想像這雙手在冬天是如何擔負洗臉和洗衣物的，要不是有密切的交往，有誰會相信一個光彩耀人的大美人會有一雙如此不堪的手呢。他眼前浮現出一個溫暖的小屋，裡面住著美麗的蘭蘭，陽光透過樹林折在她的身上，五彩斑斕，而自己正快活地為她洗衣端水⋯⋯。隨即，他又想到眼下兩人說不清道不明的關係，不禁咧嘴一笑。

于蘭蘭見他兀自傻笑，仰起美麗的下巴問道：「你笑什麼？」

對方搖頭未答。她並不知道小小的凍瘡在愛情中的附加值有多大，她只是希望自己所做的一切，能使兩人的關係更密切，未曾想愛的燃點就是這小小的凍瘡！海生的愛憐此刻徹底爆發了，這個上不了戰場，當不了英雄的連長，另一種男人的情懷在心中飆升，將之前橫亙在心中的顧慮與擔憂一掃而光，對一個深受《希臘的神話與傳說》、《悲慘世界》、《簡・愛》等無數西方名著影響的人來說，對美的呵護和奉獻是件何等神聖的使命啊。他迎著寒風挺了挺身子，就在他把脖子伸得直直的同時，寒風從領口狠狠地灌了進去，灌得他直打冷顫。他並不習慣在冷風中伸直脖子，從小到大，他都是縮著脖子過冬的，他現在這副裝模作樣的架式，若是給朝陽等一班髮小們看到，准會笑壞了肚子。

于蘭蘭忙著要解圍巾給他，他趕緊阻止道：「這點風不礙事，我習慣了。」

兩人爭執的結果，索性在寒風中緊緊地依偎。依偎的好處就是讓一切盡在不言中，讓一切慢慢地變得精緻。

一個貴族是不是需要三代才能產生，沒有依據，有閑階層是不是都活得很精緻，也無法考證，但是精緻的人總是和貴族和有閑分不開的。眼前這個 24 歲，穿著軍官制服，掛著大學校徽，嚮往做一個貴族的老處男，正是看上去很粗糙，內心情感非常精緻的怪物。這種雙向的行為特徵，不是他自身的缺陷，而是他生活在一個視精緻為國家敵人的國度裡，精緻在這裡被嘲笑，批判，直至剷除，所以，喜歡它的人就只能把它隱藏起來，讓它悄悄在心裡流淌。

此刻的海生，正懷揣著精緻的感覺，坐在破爛的公車上，任由心儀的女人領著他駛向埋在心裡已久的那片海洋。

「你今天不許回去。」蘭蘭依在他肩膀上說。

「為什麼？」其實他心裡正等著這句話。

「蓓蓓和她的男朋友今晚在市委招待處的賓館舉行訂婚儀式，你要陪我去。」這是一個很硬的理由，也是一個絕好的理由。

海生幾乎是踮著腳走過化凍時分的大爸爸街，一進整潔乾淨的于家，心裡就充滿了暖意。看得出蘭蘭的媽媽是個很會拾掇家的主婦，和兩個老人寒暄了幾分鐘，蘭蘭生怕他在他們面前局促不安，趕緊就把海生領進了自己的小屋。

這間小屋實際上是蓓蓓的閨房，只有 6 個平方米大小，屋內陳設很簡單，一個五斗櫥，一張單人床，一個小床頭櫃再加一個單人的紅色人造革沙發。蘭蘭每次回來，姐妹倆必會擠在單人床上，摟在一起聊，聊到累極了，就依偎著睡到天明。

海生一眼就把屋裡的陳設看完了，陳了五斗櫥上擺著幾張姐妹倆的照片外，沒有任何他想看到的叫做書的東西。

于蘭蘭給他端來了一碗熱乎乎的水潽蛋說：「今晚你就睡這間。」水潽蛋是上海人迎客的禮數，還是在上海當兵時，海生去過一次林志航家，招待他的就是水潽蛋。在這江南小城也能享受到他，令喜歡精緻的他頓感受寵，他有些過意不去地問：「那你們睡哪？」

「我和蓓蓓去隔壁大間睡。」

海生參觀過那個大間，有一張大床，蘭蘭的兩個弟弟，一個 17 歲，一個 14 歲，就住在那個大間裡。他當即說：「四個人睡一張床怎麼行，我睡客廳的沙發上就行了。」他倒不是假客氣，他最怕給別人添麻煩，那會令他坐立不安。

「你不要搞得像個真的似的，按我說的辦就行了。」她笑容裡帶著不容置疑的口吻說。這是美女專有的口吻，蘭蘭在床沿坐下，又用那種專用的口吻說：「你幫我把皮靴脫了，我脫不下來。」說完就把腿擱在海生的膝蓋上。

海生依命打開皮靴的拉鍊，果然蘭蘭所說不虛，他費了很大的勁才把它從重重疊疊的襪子，褲腳上褪下，他奇怪地問：「你是怎麼穿上去的？」

「你傻啊，穿得時候是往裡蹬，好使勁唄。」蘭蘭說著，乘他在脫左邊那隻靴子時，抬起右腳，繃緊了足弓，從這個傻得可愛的大男孩臉上輕輕劃過。海生趕緊一扭頭，回轉來，臉漲得紅紅的，那不是害羞，而是荷爾蒙上臉，在他心裡，蘭蘭這優美的一劃，劃開了他欲望的閘門。此刻，欲望已經毫無顧忌地衝擊每一個細胞。

蘭蘭繼續戲弄著他，說道：「你幫我揉揉腳吧，走了半天，酸死了。」她依然緊繃足弓，優雅地從海生的膝蓋上往前伸，足尖就快挑開了他的衣服，望著近在咫尺的足尖，海生的臉燒得通紅，眼裡噴著沸騰的火花，他輕輕地握起讓靈魂出竅的玉足，這一刻，天地之間只有一個聲音在呼喚：「去吧，去融化在愛裡！」

他不再猶豫，抬起頭，一個字一個字地說給蘭蘭聽：「我想吻你。」

話一出口，房間裡的一切，包括空氣仿佛都凝固了，蘭蘭也停止了嬉笑，眼神深情地注視著他，海生在確定她眼裡流淌的是默許的神情後，他莊重地起身，用儀式般的姿態在她身邊坐下，捧起她的臉，深深地吻下去，隨著一個個的吻落下，世間的一切都退到了天地的盡頭。

（三）

等待了一生的愛終於來了，恍如轟然開閘的洪水，瞬間淹沒了一切，只剩下愛的靈魂在沐浴著，歡唱著。

「你哭了？」

在幾乎停不下來的接吻中，蘭蘭的舌尖沾著鹹鹹的淚水。

「我不知道。」

她停止了吻，欲起身，海生亦隨著她站起來，嘴唇依舊貪婪地落在她的面頰，頸項，秀髮上，蘭蘭板起他的臉，果然有淚痕殘留在稚氣尚存的臉上。

她盯著他迷蒙的大眼問：「好好的，幹麻哭？」

海生不好意思地破涕一笑，繼續用嘴唇在蘭蘭的嘴唇上探尋著。

海生的眼淚完全來自於一種負重已久後的突然迸發，來自于蘭蘭一個未知的世界。那是在 14 歲時偷窺少女洗澡，16 歲時單戀一個女生，18 歲時和一個女兵偷吻，19 歲時做出猥褻的罪孽，20 歲時在深山裡違反軍紀和一個女孩有越軌行為，他所有的情史幾乎都是上不了檯面的，他期盼著從陰暗中走出來，去堂堂正正地展示自己藏在內心的愛，所以，當愛又一次走來時，他怎能不喜極而泣。他瘋狂地享受每一個吻帶來的心靈的悸動，他才不在乎身外的世界將會怎樣，只希望自己陷進愛的海洋裡永遠不要醒來。

當他情猶未盡地離開她的臉龐，未乾的淚跡還在眼角閃爍，但他不再膽怯，向她說了番藏在心中已久的話。

「你知道嗎，從我第一眼見到你，我的靈魂就被你帶走了，不僅僅是因為你的美麗，而是你身上那種能讓男人瘋狂的魔力，你讓我見識到了男人們窮其一生都夢想擁有的意境，那就是什麼叫『沉魚落雁』。」

蘭蘭聽了，嘟嚕起小嘴弱弱地說了聲「去你的。」這是她第一次聽到海生用朗誦的語調講話，反倒被他的真心流露弄得有些不自然了，其實她內心一直擔心海生的眼淚是為了東林，那才是她心裡最柔軟的地方。

海生親了親她那挺直略翹的鼻子繼續說：「你知道嗎？我心裡一直稱呼它『小翹鼻子』，那時我很羨慕周建國，每次看到你們親熱的樣子，我的心都有一種異樣的顫抖，你的每一句話，每一聲笑，每一個舞姿都會讓我犯癡。」

「犯癡」兩個字令蘭蘭「噗哧」一聲笑了起來。

「你不信，我說的是真的。」海生一急，又有一顆淚水滾出眼眶，蘭蘭趕緊幫他抹去，用極坦白的口吻說：「那你為什麼不追我？」

「追朋友的女朋友，這種事我絕對不會做的。」海生認真加天真地說。

他哪裡曉得，這世上大部分人不把他的認真當回事。

說罷，他心疼地捉起蘭蘭那雙傷痕累累的手，輕輕地吻著紅腫發亮的凍瘡，用舌尖一遍一遍舔著那些細細地刀疤，如果舔能讓這些傷痕消失，他甘願每天，每年，一輩子這樣舔下去。

他的方法雖然老土，卻令蘭蘭既舒服又感動，她從他懷裡坐起來，撩起重重衣衫，露出瑩白的肌膚說：「這裡的傷口還在癢，你幫我舔舔。」

傷口就在乳罩邊上，痂剛剛脫落，鮮紅的，比手上最大的傷疤還大，它就是傳說中的那致命一刀。海生去舔它，可是無論從哪個角度，都會舔到那塊布上，蘭蘭往背後一伸手，鬆開了乳罩。

渾圓的乳房半隱半現地袒露在傷口的上方，海生儘量不看它，但舔著、舔著，就舔到了渾圓的乳房上。

其實，到了這個地步，用不著裝模作樣，直奔主題就行，但眼前的蘭蘭是他的女神，不是當年的王玲和六斤，他虔誠地，不敢有任何唐突地，一點一點地吻上了夢寐以求的乳峰。沒想到他如此淺嘗慢品，正好讓蘭蘭舒服無比，她酥軟地倒在了床上，任憑海生在自己的胸脯上享受著愛的大餐。

在 1970 年代的中國，從城市到鄉村有無數的性饑餓者，凡第一次見到女人又圓又硬的乳頭時，沒有不驚奇的，因為他們大都是性盲，正如此刻的海生，他驚奇地發現了這一變化，開心的像個孩子似的，先去吮吸左邊的，再去吮吸右邊的，結果兩個乳頭越來越硬。

「好玩。」他趴在蘭蘭的耳邊輕輕地對她說。

沉浸在享受中的蘭蘭十隻手指一起抓住海生烏黑頭髮，找到他的嘴唇，狂熱地吻著。一番熱吻之後，對著他的耳朵，口吐蘭馨：「把你的衣服脫了。」海生覺得她口中的氣息輕拂過耳廓，很奇妙地傳導到全身的神經末稍。

兩人脫得只剩下內衣，蘭蘭拉過一床被子一裹，兩人就在被子裡緊緊地摟在了一起，此番親昵，有別前番纏綿，肢體與肢體緊緊相抵，包括那些敏感部位的擠壓，雙雙陷入了狂野之中。

多年的等待，終嘗愛果的海生如此瘋狂一點也不奇怪，反倒是經驗豐富的蘭蘭，被這個笨手笨腳的大男孩一起帶入了一個稚氣可愛的遊戲中。在她眼裡，這個大笨蛋什麼都不懂，兩人已經到了難分難解的地步，可他還是規規矩矩地不敢碰她最神秘的部位，反倒讓她有一種被欲火焚身的感覺。她第一次像個大姐姐領著小弟弟，引導著海生一步步深入，這樣一來，她心裡特別放鬆，不需要迎合，也不需要做作，人徹底地放鬆下來。

她將海生的手放入小腹下的三角地帶，然後細細品嘗他在自己私密處的摸索，這時，在極樂園玩得忘乎所以的海生突然停下，一臉神秘地湊到她耳邊問：「那裡怎麼有那麼多的水？」

蘭蘭聽了，恨不得把整棟樓都笑塌了，使勁地捏著他的鼻子說：「你笨啊！」她把手伸進海生的腹下，握住那早已昂首挺胸的大傢伙說：「你看看，你這兒不也濕了。」

海生被她一摸一弄，早已說不出話來，混身直打顫兒，全身所有的神經都聚集到了那個敏感部位上，隨著蘭蘭的撫摸，整個人就像躺在了雲彩裡，上下漂浮著。

「你摸要比我自己摸舒服 100 倍。」一向不說淫話的他放肆地說。

又是一句讓蘭蘭忍不住要狂笑的傻話，她輕輕地在海生可愛的耳垂上咬了一下，問他：「你這裡從來沒有被別人摸過？」

「沒有。」海生答完才想起，它曾經被一個男人摸過。那個應該不算，他從不去想那次經歷，何況那個人早已死了，不在這個世界上了。

蘭蘭覺得這段情越來越有意思了，沒想到自己找回來一個什麼都不懂，什麼都是第一次，偏偏又傻得可愛的童子雞。她再問道：「那麼你以前和女孩子接過吻嗎？」

「吻過。」他此刻正沉浸在手掌與細柔的胴體接觸的享受中。

「她是誰？」

「你問得是第一個？」

「好啊，你還有好幾個。」蘭蘭使勁地在他的胳膊上擰了一下說：「說出來聽聽。」

就在海生疼得疵牙咧嘴時，門上響起了敲門聲。

敲門的是蘭蘭的老媽，她在門外提醒他倆：「你們快準備一下，我們要去吃飯了。」

黃昏時，一家人走上了大爸爸街，兩個老的走在前面，蘭蘭的兩個弟弟則圍在海生和蘭蘭左右，不停地問東問西。在落日餘暉的相伴下，四人信步走在又髒又冷的街的中央，沒法不讓人駐足觀望。不時有人用羨慕的口氣，和走在前面的二老搭腔，倆人的應答中總透著驕傲和喜悅的聲音。

「又在說你們呢。」大弟立民示意海生。

「你怎麼知道？」小弟立中反問道。這兄弟倆有事沒事都要拌兩句嘴。

「這你都看不出來，他們說話的時候不停地往我們這邊看唄。」

熱戀的人走在一起是很容易看出來的，剛從興奮的交融中走出來的蘭蘭和海生正是這樣，臉上殘留著紅暈，眉間溢滿了被中國人稱之為「曖昧」的神情。

蓓蓓的男朋友在市外辦的接待處工作，訂婚宴就設在外賓專用的大廳裡，這是小城最好的宴會廳了，雕樑畫棟，燈火如織，上的都是城裡最好的菜肴，連見慣大場面的海生也悄悄地對蘭蘭說：「你這叫小強的姐夫還真行，訂個婚都這麼氣派。」

「那自然嘍，他父親和老爸是戰友，離休前是市委副書記。他本人曾經被派到歐洲的大使館去了兩年，才回來，很能幹的。」蘭蘭自豪地說。

海生一聽男主角被外派過，立刻肅然起敬，仔仔細細把遠處的小強打量了一番。人長得英俊就不用說了，長得醜能派出去嗎，他穿了件黑色的燕尾服，配上黑領結和烏黑錚亮的大包頭，用接待外賓的派頭笑容可掬地和每一個來賓打著招呼。僅這番架式，海生就自愧不如，他興奮地說：「沒想到這小城裡還藏龍臥虎呢。」

「不是小虎，是小強。」因嘈雜，蘭蘭聽不清他在講什麼，眼見蓓蓓和小強走了過來，叮囑他不要說錯了名字。

兩人見面，幾句話一說，便熟絡了。小強是那種陽光樂觀的大男孩，既沒有小地方的猥瑣，也沒有小官員的裝模作樣，是海生喜歡的那種人，因此，平時不愛搭理人的海生，和他聊得津津有味。

在多數人面前，海生的心是封閉的，只有熟人，而且是談得來的熟人，他才變得健談。在旁人眼裡，以為他是擺高幹子弟架子，其實在他心裡，有一個緊閉的私人世界，這個世界可以吸收外部世界的營養，卻不被外部世界支配，他的世界很簡單，就是一汪清水，一見到底，正是這一汪清水，才和混濁的外界格格不入。

小強的大名叫宋惠強，海生對他有興趣的另一個原因，是希望從他那裡多瞭解一些國外的資訊。這個時代，外國的任何東西都能引起年青人的興趣，連帶著凡出過國的人，自然也讓別人尊敬三分。小強去的是匈牙利，不是那些富裕發達的西方國家，但是，僅布達佩斯、多瑙河、納吉，就足以讓海生提一大堆問題。

兩人談得投機，一旁高興的是蓓蓓和蘭蘭，包括于家其他的人。兩個未來的女婿，一文一武，今晚可算給于家掙足了面子。

主人開始敬酒時，蓓蓓將手勾在小強的胳膊上，兩人另外兩隻手各執一個酒杯，蓓蓓的腿疾被掩飾的天衣無縫，海生見了忘形地對蘭蘭說：「你姐姐還真有本事，腿不好還能找到這麼好的男人，要是腿好，還不知找個什麼人回來。」

話音剛落，就被蘭蘭從桌底伸過來的手狠狠地掐了一下。「有你這麼說話的嗎？」

「蓓蓓要是腿好，從中南海找一個回來也不一定。」蘭蘭說這話時，兩人已經回到大爸爸街于家那間今晚屬於海生的小房間裡。

「你知道小強為什麼回來嗎？」蘭蘭一邊卸妝一邊說：「是因為這裡有個男孩追蓓蓓追得要死，那男孩是副市長的兒子，從小就和我們一起玩，蓓蓓也不好拒絕他。小強的父母看他們倆出雙入對，急死了，心急火燎地把小強招回來，否則，他還要在國外待幾年。」

「他們家就這麼喜歡蓓蓓？」

「你不知道，蓓蓓從小就被他們家相中了，再加上她嘴特別甜，心又好，小強不在的時候，他家裡的事全由她包了，看個病，買個東西都是她出馬，老頭老太離不開她。」

「那麼你小時候被哪家相中了？」海生不懷好意地問。

蘭蘭抽出捂在他身體裡的手，捋了捋他凌亂的頭髮說：「就是後來追蓓蓓這個男孩家，兩家都是老爸的戰友，當時說好一家抱一個。」

「這麼說差點就沒我的份了。」海生繼續扮演貧嘴。

正在痛說革命家史的蘭蘭，被他的插科打渾徹底激怒了，照著他的大耳垂就是一口，痛得他亂哼哼。海生突然發現貧嘴是件很開心的事，尤其當你懷抱愛人時。

蘭蘭抬腕看了看錶說：「快十一點了，你睡吧，我要過去了。」

海生攔腰將她抱住，堵著她的耳朵說：「你陪我睡。」

「不行，我老爸老媽不允許我們在一起過夜。」蘭蘭當然知道他要什麼，只是最後的被動者應該是女人。

「那你再陪我一會兒。」海生一臉憨態地求她。

「你先跟我到衛生間洗臉洗腳。」蘭蘭沒正面答應他，領他到衛生間，拎來了熱水讓他盥洗，自己則去收拾床鋪。要擱在平時，這些她全不用做，老媽一手包辦了。等海生回來，床鋪得好好的，他脫了衣服，往被子裡一鑽，還不忘抓著蘭蘭的手。蘭蘭像命令孩子似地說：「快到被子裡去！」然後幫他掖好被角，在他臉上親了一下又說：「我去洗一下就來。」

有一種情形叫不能自拔，生活中，人們往往會嘲笑不能自拔的人，然而愛情中，你如果沒有嘗過不能自拔的狀態，那你幾乎就是個廢物。更有一種人，他們嚮往那種不能自拔的狀態，因為只有深深地陷入，才能享受愛的至高無上的刺激。可悲的是，這種追求在這個古老又道貌岸然的文明裡，被斥為下流或墮落。

今晚，身在小城的海生，正陷入這種不能自拔的瘋狂中，他的靈魂已經出竅，肉體裡所有被稱為感覺的東西，此刻都跟在性欲這個上帝後面蠢蠢欲動。相比地球上其他生物、人類的高明就是能從性欲中找到精神的源泉。

蘭蘭進來時，手上抱著一堆衣物，身上只穿著貼身的內衣，她把手上的衣服往沙發上一抛，「哧溜」一下就滑進了海生的被窩裡。

「太好了，我的大熱水袋。」她緊緊地抱著海生說。

海生是那種在盼望時就一心一意盼望的人，他壓根沒想過蘭蘭會留下他一個人過夜，他篤信她一定會來，只是沒想到她會用如此親密的方式到來。

蘭蘭的手腳，包括胳膊、腿果然都是冰涼的，海生萬般疼愛地將她摟在懷裡，恨不得把體內的熱量全部傳到她身上，蘭蘭則貪婪地伏在海生的胸大肌之間，享受著每一次心跳帶給她的震憾。此刻的小屋裡，就像那個自以為是的皇帝在江邊留下「水不揚波」四個字，瘋狂在寧靜中潛行，兩顆不同性別的心臟，在黑暗中悄悄地撞擊著，一顆猶如水滴般輕柔動聽，一顆猶如驚濤般氣拔山河。

把性愛作為化學反應享受的人，是不配談愛情的，那隻是牲口。情欲是博大的，充滿了宇宙神秘力量，從最初的吸引，兩情的思戀，到接吻撫摸，直至最後共赴巫山，每一段都有奇妙的享受，恍若天神附體，它用神力打開了你生命另一扇門。

作為一個舞蹈演員，蘭蘭的身體纖瘦而富有彈性，海生幾乎只需兩隻手臂，就能把她每一寸肌膚攬在懷裡。當他的兩隻手在她的背上游走時，不時碰到她胸衣的帶子，他很想解開它，但腦子裡還殘留著蘭蘭父母不許他們一起過夜的告示，這話既然傳到了他的耳裡，就意味多了個承諾，他壓根沒想到那是蘭蘭調他的胃口隨意編的。就在他猶豫不決時，蘭蘭用最柔情的命令說：「把我後面的扣子解開。」此時的她正伏在那山一般的胸膛上，心變得格外地輕，一點負擔都沒有，所有的風塵往事，都已被寬厚的胸膛阻隔到千裡之外，她只等待著最後的歡樂降臨。

海生摸索著去解胸衣後面的搭扣，連試了幾次都沒解開。

「笨死了你。」蘭蘭壞壞地一笑，自己起身，一伸手解開了它，順手一丟，又鑽回了海生的懷裡。

習慣了穿衣服的人類，也習慣了收斂腎上腺素，直等到肌膚相親這一刻才徹底釋放出來，所以這種釋放是瘋狂的、忘形的。而那些衰老的失去了腎上腺素的先賢們，面對青春的忘形，竟會斥責性愛是萬惡之源，更可惡的是把先賢奉為神明的世俗社會，很得意地把那些老殘們的話縫到了文明的旗幟上。

然而，任何一種道貌岸然的訓誡，都無法阻止今晚在大爸爸街這間小屋裡發生的事情。

當蘭蘭伏下身子，那對溫涼柔軟的乳房，正好貼在了海生的臉上，他幸福地忘記了一切，全身的細胞都摒住了呼吸，只剩下肉體的摩挲在獨舞，仿佛深夜裡的六弦琴聲，令萬物禁音。他迫不及待和蘭蘭換了個位置，讓她舒舒服服地躺下，一邊快活地伺候那對又圓又可愛的乳房，一邊試探著把手伸向她小腹下迷人的三角地，蘭蘭沒有任何阻止的意思，這令他膽子大了許多。下午，蘭蘭把他引向那兒後，他的魂就留在了那，從離開小屋到回到小屋這段時間裡，儘管有大餐穿插伺候，沒了魂的他，就像一件擺設，混跡於宴會的喧鬧中。

海生用手輕撫蘭蘭的私處，那兒正泉水叮咚，順著濕濕的溪口，將手指慢慢地滑入內裡探索著，而蘭蘭的身體則跟著他的深入一起顫動著，當他的手指觸摸到陰道最深處時，她發出了短促的呻吟，遊動在海生身上的手指，深深地陷入了他的肌膚裡，海生抬頭去吻她那半開半合的雙唇，她一下就把舌尖伸進了他的齒間，尋找到他的舌尖，用皓齒咬住。糾纏了一會，海生用喘息般的聲音說：「我要吻那兒。」

處在癡狂中的蘭蘭聽了，心裡又掠起一股要咬他一口的恨意。「這種事還要請示嗎！」說完，她一挺腰，把自己的內褲褪了下來。

刹那間，女人身體最誘人的那一段，完全袒露在海生面前。他曾經悄悄地窺視過許多女孩這一段，有顧家姐妹、丁蕾、王玲……，包括蘭蘭，儘管它們都在衣服的包裹中，但那迷人的輪廓，仍能勾起他壞壞地遐想，此刻，他虔誠地俯下身子，從柔軟的腹部開始吻起，一個吻挨著一個吻，活像去布達拉宮朝聖的聖徒。

大腿是人體最優美的部分，舞者的大腿更是完美無缺，分開蘭蘭大腿的根部，嫩紅的私處開放在他的眼前，他盡情地去舔著、抿著、咬著那些令人魂斷的肉瓣，他看過女人私處的圖片，知道在陰唇中間有一顆花蕾，他用舌尖探尋著，吮吸著，這是世間最美的探索，蘭蘭被他舔得混身又麻又癢，每當他的舌尖探到花蕊時，便用雙手死死地按住他的頭顱，三番五次，她再也吃不消海生的唇在大腿根部裡裡外外的深舔淺嘗，三下五除二地扒下海生的內褲，伸手握住他雄壯鮮活的陰莖，來回摩擦自己的私處，那尤物不時地在摩擦中跳動著，而她的陰部亦跟著它的跳動翕張著。

蘭蘭不見海生有進一步的行動，雙手捧起他的臉，兩人凝目互視，所見早已不是對方的容貌，而是性的意念，意念中的性器。

「你想放進去嗎？」她熱切地問。

「想。」海生回答時，陽物正緊緊抵著春潮氾濫的溪口胡亂揉動。

「我剛才讓蓓蓓算過，今天是安全期，你放進來吧。」

得了大赦令的海生，卻像個孩子似地俯在她身上難為情地說：「我不知道怎麼放進去，你幫我放嘛。」

已經意亂情迷地蘭蘭這才想起，這個呆瓜今晚是大姑娘上花轎——頭一回，她心裡一樂，握起那碩壯的陽物，插入等待已久的陰道裡。當那長長的寶貝推至體內深處，她的臀部跟著它的抽搐和膨脹一塊彈跳著，她全身一軟，打了個冷顫，那寶貝從裡面滑了出來。正沉浸在無盡的歡悅中的海生急壞了，哀求道：「它掉出來了。」她衝他燦燦地一笑，一挺腰，就把寶貝吸回了潤滑的洞穴裡，接著用雙手扶住他的臀部，引導他來回抽送，才送了幾下，海生就喚道：「不行了，我要射出來了！」

說時遲，那時快，話音剛落火箭就發射了，蘭蘭如同被緊緊地綁在火箭上的生命之花，不停地被推向一個又一個雲端，兩個生命體所有的能量都在這瞬間的狂歡中爆發了出來。良久，海生長長地籲出一口氣，翻身倒在一邊，說了句：「我快活地要死了。」

第二天，小城車站上又出現了他倆的身影，檢票口檢票的胖阿姨似乎已經認識了他們，格外客氣地用本地話跟蘭蘭搭訕，海生很知趣地先走出幾步，再一轉身，等著蘭蘭蹣跚走來，跟著兩人會心地一笑，又相擁在一起，情意綿綿地說著，吻著。

月臺上等車的人不多，幾乎所有的目光都聚集在這一對旁若無人的情侶身上。在小城，碰到有人在大庭廣眾之下親嘴，人們通常會投去鄙夷的目光，而此刻此景，眾人的目光裡唯有傾慕，不是他們把鄙夷的目光藏在了心裡，而是他們心裡無法生出鄙視，這一對兒太與眾不同了，一個軍人，一個美女，吻得如此優雅纏綿，從容不迫，恍若與周圍的世界沒絲毫的關聯，又仿佛令周圍的一切都沾上了說不出的溫馨。

（四）

離別雖然依依不捨，但坐在歸去的車廂裡，海生的心裡塞滿了幸福，望著車窗外光禿的樹木，赤裸的田野和破舊的農舍，荒涼的冬景似乎變成了美麗的圖畫。

24 歲才初試雲雨的他，愛情在他心裡格外地珍貴，珍貴的令他無法消受，他簡直不知把愛情歸於何處，也不知道從哪一端去品味它的甜蜜。可有一點是確定的，他終於有了個值得自己付出一切的愛人。從前，他幻想女人裸體的同時，還伴有齷齪和罪惡感，現在，他可以光明正大的把蘭蘭美麗的胴體盡情地展現在腦子裡，那誘人的乳峰，玉一般的肌膚，迷死人的三角區，還有永遠留在嗅覺裡的體香，無時無刻不映現在腦海裡。

他感到下體又開始蠢蠢欲動，從昨日到今晨，它一直在躁動中，他抬了抬身子，讓那個部位變得舒服一點，隨後，繼續沉緬在剛剛收穫的性體驗中遐想。

很難確定海生算不算淫徒，在這個大多數人飯還吃不飽的年代裡，他絕對是衣食無憂一族，也只有這一類人，當他們墮入溫柔鄉時，可以肆意地駕起情欲的戰車，對接世上最瘋狂的遊戲。

回到省城，恍若隔世，馬路上所有的一切都變得異常陌生，愛情奇妙地隔斷了他和世俗世界的連結，直到他吹著口哨走進大院，才猛然想起，自己和蘭蘭的事，能不能過家裡這一關，還很難說。

自從老爸，小燕去了上海，家變得冷清多了。勤務員、駕駛員都撤了，只剩下老媽、老阿姨和他三人。不過有一點沒變，從不上鎖的家門，還是一推就開，一樓沒人，二樓也沒人，但他明明看見老媽的自行車停在院子裡，他叫了聲「媽媽」，才有人在三樓答應了他。上了三樓，見老媽正在儲物間整理東西，櫥櫃的門，箱子蓋全敞開著，滿屋充斥著瘴腦丸的味道。

「你總算回來了，到處找你找不到。」見了兒子，劉延平埋怨地說。

「怎麼就你一個人，老阿姨呢？」

「回家了，她兒子來把她接走了，不回來了。」

「怎麼回事，你們吵架了？」海生印象裡，老媽和老阿姨好像從沒爭執過，但他又想不出別的能讓老阿姨離開的理由。

「別瞎說，過了春節，這房子就住不成了，你爸爸不在南京工作，按規定這房子要收回去。」

「這麼大個家，往哪兒搬？」

「大院東面的 306 號樓 1 號門 2 單元，一共 3 間房。」劉延平歎了口氣說：「沒辦法安置老阿姨，她也想回家帶孫子，我給了她些錢，讓她回去了。」

這幾年老阿姨的確老了，做事手腳也慢了，只是沒想到不經意間就離開了。她是小燕 2 歲時來梁家的，一做就做了二十多年，全家上下早已把她當作自家人，這一走，海生心裡自然有說不出的滋味。少年時圍在灶旁，等著她把熱氣騰騰的大饅頭放入手裡的景象，一下就湧在眼前。

海生一邊幫著老媽整理東西，一邊假惺惺地問她：「你什麼時候去上海過春節？」為何說他是假惺惺？因為他心裡藏了個秘密，這個秘密大到足以讓他每說一句話都不再是信口開河。

「坐小年夜下午的火車去，你不和我一塊走？」

「我和班上幾個留校過年的同學約好一塊過年三十，然後初一到上海。」

「哦。」劉延平應道，忽然又想起了什麼，說：「你知道為什麼到處找你嗎，秦浩昨天來了，他到南京開會，住在二所。」

海生一聽，屁股就坐不住了，拍了拍手站起來說：「我去看他去。」他壓根就沒存心要幫老媽整理東西，只是猛然間覺得藏在心裡的幸福需要家人分享，才坐下來陪她說會兒話，現在一有事，立刻就把陪她的念頭撂到一邊。

「你去吧。」劉延平寬容地說。兒子小的時候，她見了他就不順眼，現在大了，想和他說些什麼，兒子卻全不把她放在心裡，聽著兒子彈性十足的腳步聲在樓梯上逐漸消失，心裡說不出是什麼滋味。

秦浩就是大個，自從調到北京後，就鮮有聯繫，後來他和顧紅好上，就斷了音訊，去年他們結婚，都沒通知他。不過，怨歸怨，海生對朋友總是十二分的好，除非你騙了他，坑了他。他明白大個不和他聯繫，是因為尷尬，他只能讓時間去化解，所以，一聽到大個要找他，多年的情誼一下就燃燒起來，急得他二話不說就去見他。

軍區第二招待所在薩家灣，離大院很近，海生蹬上車，一溜煙就到了。門衛問他找誰？「找王所長。」他順口就說。這個王所長就是當年讓海生佩服的不得了，許老頭的保衛幹事，現在是這兒的所長。海生報出他的名頭，是為了省去登記、查證，等人來領一大堆手續。門衛一聽找所長，一個敬禮就放他進去了。

他在大堂的櫃檯查到秦浩住的房間，徑直去敲門。

「誰呀？」正是午休的大個睡眼惺忪地打開門，沒想到門外站著是海生。

「嘿！海生，我到處找了，都找不到你。」驚喜的大個，上來就給他個熊抱。

倆人寒暄著進了房，大個讓海生坐定，給他沏上茶，然後從箱子裡拿出一包東西給他。「這是什麼？」海生美滋滋地問，想來定是什麼好東西。

「你最喜歡吃的酒心巧克力。」大個在另一張沙發上坐下得意地說。

海生迫不及待地打開，挑了一塊自己喜歡的威士忌味道的，剝開錫紙，痛快地放進嘴裡，只一嚼，滿嘴香氣四溢。

「好吃，太好吃了。」跟著又問大個：「就你一個人來，顧紅沒來。」

他的嘴快和嘴饞一樣，依然停留在少年時代，想到什麼就說什麼，口無遮攔，恐怕用 100 顆酒心巧克力也封不住。這不能怨他，雖然他 15 歲就進了大學校，但沒人教他說話的禮儀，只有人教他「最高指示」。

大個原來不想提顧紅的，兩人心照不宣，混過去就算了，沒想到這傢伙哪壺不開提哪壺，弄得自己挺尷尬，只能硬挺著說：「她沒來。」然後端起茶杯，抿了一口茶，一本正經地說：「不好意思，我們的事也沒通知你。」

其實，大個如果像從前在大院時一樣，每當海生損他，上去就給他一拳，或者胳肢他，因為他最怕癢，然後兩人一陣大笑，心裡的芥蒂全沒了，偏偏他學會了矜持，事情就不好玩了。長大，實在是件不好玩的事。

海生一看他惶恐的樣子，樂得差點把嘴裡的酒氣噴到他臉上，繼續調侃地說：「對了，我還沒有恭喜你們倆呢，不過，這不怪我，怪你自己心裡想得太多了，也不想想我們倆什麼有關係。甭說我和顧紅本來就沒什麼，就是有什麼，只要你發個聲，我也會走得遠遠的。」

海生這一番半真半假的話，大個聽了，眼淚都快飆出來了，趕緊一聲咳嗽，假裝吐痰進了衛生間，擦乾了潮濕的眼睛才出來。

「你別美啊，顧紅的小姐脾氣可不好侍候。」

「嘿嘿，還好吧，反正家裡的事都由她拿主意。」

海生從一堆糖裡挑出一塊白蘭地酒心巧克力，問大個：「你記得誰最喜歡吃這個嗎？」見大個搖頭，他說：「韓東林，有一年我表妹從北京帶來了一包和你這一模一樣的，他把白蘭地的全挑走了。」

「說到東林，我正好要問你，昨天朝陽來時，我和他約好，明天一塊去看東林，你去嗎？」

「這還用問嗎。」

東林葬在城南的菊花台，出了中華門，過了雨花臺就是菊花台。幾十年前，菊花台和雨花臺都是墓地，49 年後，雨花臺上建了個烈士紀念碑，成了全市男女老幼的政治教育基地，菊花台就從公眾視野裡消失了。小時候，海生來過雨花臺無數次，卻從沒聽說過旁邊有個菊花台，直到東林下葬那天，才見識了菊花台。

所謂「台」，就是平地上的小丘。漢語幾千年燦爛下來，「丘」就變成了「台」，高雅是高雅了，卻無法阻止後人將它砸個稀爛。文革時，菊花台與大場公墓的命運一樣，被造反派當作「封、資、修」的玩意搗毀過。文革結束後，做了簡單的修繕，然而，冬日的寒風伴著老樹枯藤，立身其中，仍有掩不住的荒涼。

東林的墓就是一塊碑，碑前有一塊基石，東林的骨灰就在那下面。此刻與他面對面的是三位昔日的好友，他們默默地站著，一聲不吭，良久，朝陽對大個說：「既然來了，就和東林說兩句吧。」

「東林，我們三個來看你，不對，是我們四個又在一起了，從前的日子也一起回來了，還記得你書包被幾個小痞子拉壞，包中的書本、鉛筆散落一地，你蹲在地上，一邊撿，一邊抹眼淚的情景嗎？這麼多年來，只要想起你，看見你，這個情形總是同時跳進我的腦海裡，雖然我們已經天各一方，我還是忘不了那一天的你。」

「我記得那天第一個和他說話的是曉軍，可是他也走了。」朝陽跟著說。

「曉軍走的時候是 18 歲，東林走的時候 24 歲，他們都太可惜了。」海生也動情地說。

等海生說完，大個忍不住問他：「聽說那女的是你介紹給東林的？」

「不是我介紹，是通過我他倆認識的。」海生隨即把大致情況對他說了一遍。

「還聽說，那女的在南京高幹子弟中名聲很臭，還被封為金陵八美之一。」

「不是很臭，而是圍著她轉的饞貓太多，自然招人非議。」海生不想，也無法向大個解釋很多。

「反正東林是被她害的，紅顏禍水。」大個有些越說越激動。

海生可不想與他爭執，笑著說：「嘿嘿，你現在可是與紅顏相伴，說話別閃了自己舌頭。」說完，又笑著往朝陽看了一眼。

朝陽明白，海生這一笑實際上是在怪他。大個得到的這些資訊，全是從他嘴裡說出來的，好好一個美女，被醜化成了毒蛇，海生能不像看長舌婦一樣看他嗎。他只好說：「算了，男人都一個樣，明明是禍水，還要往裡面跳，我看下一個就是海生了。」

「什麼意思，好像你不是男人似的。」海生樂得跟著他的話題往下說。

「我才不會結婚呢，看見女人我就煩。」

大個一下又和海生站在同一條戰壕裡，他推了一把朝陽說：「這話可是你說的，到時候別自食其言。」

離開東林時，海生一步一回頭，先走一步已經把煙點上的他倆停下疑惑地等他。

海生說：「看見我們獻的那束花了嗎，那麼可愛，卻兀立寒風中，要不了多久就會凋謝、枯萎。」

「你真他媽的枉自多情，你能阻止它不枯萎嗎？」朝陽就不喜歡海生多愁善感的腔調，尤其是還要表現出來。

走在前面的在大個回身說：「這個墓地太荒涼了吧，把東林放在這真有些憋屈。」

「我覺得荒涼才好，可以遠離塵囂，看人間潮起潮落。」

「又來了，你不酸會死人啊！」朝陽恨恨地說。

大個也附合他：「這個人是鐵了心要把酸進行到底了。」他雖無恨意，但也不待見海生動不動就咬文嚼字的味道。

海生被他倆說得只有投降的份，在他心裡，朝陽、大個和他是血脈相通的摯友，一段時間沒見，就會惦念他們，想他們都在做什麼，但他也知道，他和他倆之間的距離越來越大，不像東林和他，倆人可以酸在一個罎子裡。

離開菊花台，大個作東，三個人一塊去吃了頓又麻又辣的四川菜才分手。回到家，他迫不及待地攤開信紙，給遠方的愛人寫信。小城並不遠，但他此刻希望它遠得如同天邊一樣，仿佛只有足夠遙遠，愛才能足夠偉大。在他心裡，寫情書是件甜蜜的，令人亢奮的事情，它能令體內分泌出特殊的情愫。

蘭蘭：

自從離開你以後，始終有一間小屋在我眼前浮現，它時而出現在心的一隅，微小而堅定的聳立著，時而又佔據了整個腦海，我看見了你進進出出的身影和你呼喚家人的聲音，我甚至見到你回頭衝我一笑。那是我等待了許多年的笑容，從小到大，我一直等待這樣的笑容照耀我的心靈，如果那是你的誘惑，我感謝你的引誘，如果那是你的心術，我甘願被你欺騙一萬遍。我只想把自己融進你的笑容裡，關閉在你的笑容裡，永遠不出來。

今天我和朝陽，還有大個去看東林了，面對他，我不知道說什麼好。如果愛上你是個錯誤，我希望永遠地錯下去，永遠地愧疚下去，因為只有愛上你，我才知道什麼是愛的瘋狂，才理解東林為什麼會做蠢事。感謝你用你那絕代的肉體，為我打開了另一扇心門，我的心一下就穿越了整個世界，擁抱上了生命的真諦。

親愛的，因為你，我思戀小城的一切，無論是破舊斑駁的火車站，還是泥濘骯髒的大爸爸街。我祈禱能儘快看到你，讓時光不再空逝，充滿幸福。最新的好消息，我製造了一個在南京可以和你見面的機會，大年三十只有我一個人在家，我期待你能來，到那天，整座樓只有你和我，我們讓它充滿愛，只有愛！

吻你，直到永遠！

海生把信寄出後，就開始等待蘭蘭的回信，他早已算過，早上把信寄出，第二天下午蘭蘭就能收到，第三天她回信，最晚第五天他就能收到回信，他耐著性子等了三天，第四天時，大院傳達室的來信黑板上沒有出現他的名字，第五天還是沒有，他急了，摘了口罩，露出真面目，進了傳達室裡面去問。

梁老三自從當兵之後，就很少在大院裡露面，他一進去，反倒讓傳達室的職工有些吃驚，但是他要的信，還是沒有。

出了傳達室，他開始胡思亂想起來，從傳達室到家這段路，平時只要踩自行車腳踏 21 下就能到，這會卻足足蹬了 100 下，一路上他胡思亂想了一千個理由：為什麼沒收到蘭蘭的信，所有的理由都圍繞著一個擔心，就是他傾盡生命去換取的愛，會不會失去？回到家，沮喪地跌落在沙發裡，心亂如麻，他甚至後悔自己沒有像放假前那樣，讓她把信寄到學校的地址。想到這，他突然從沙發上跳起來，衝出家門，騎上車直奔學校。

他猜，蘭蘭會不會按老習慣，把信寄到了學校去了呢。

因為放寒假，學校的大門緊閉，只有一扇邊門開著，傳達室緊捱著邊門，牆上的來信黑板上一個名字也沒有。他透過窗戶玻璃又招手，又假笑，好不容易才把坐在爐子旁睡眼惺忪的老師傅請了起來。

「師傅，我想看看有沒有我的信，黑板上沒寫，只好打擾您幫忙查一查。」海生非常小心地說，生怕一句話說錯，對方不理他了。

「哪個系的？」聲音從頭戴一頂老式帖帽，嘴角已經下垂的面孔發出來。

海生忽然覺得那頂灰不溜瞅的帖帽十分可愛，忙說：「歷史系的。」

「叫什麼名字？」對方一邊問，一邊從桌子上放信的紙箱裡拿出一摞信。

「梁海生。」海生急切地等待著他從中抽出一封遞給自己。

「沒有。」那摞信又被丟回了紙箱裡，也把他剛燃起的希望丟進了冰水裡。

帶著滿腹疑問，垂頭喪氣回到家時，家裡那隻老貓正在前廊上趴著，見他來了，弓起背伸了個懶腰，走上前來圍著他磨蹭著，擱在往日，他會俯下身子擼兩下，直到它發出舒服的叫聲才離去，這會，他理也不理它，自個兒進了家門，只剩下老貓在他身後傻乎乎地盯著他，指望他回來做些什麼。

進了門，正準備上樓，聽得後面廚房有動靜，空中還飄著陣陣肉香，轉身走進廚房一瞧，原來是老媽正在裡面忙碌著。

受了味覺刺激的他開心地說：「老媽，你今天這麼早就下班了。」

「我沒去上班，上了一趟街，買了些東西，明天帶去上海，順便給你做幾個菜，你每天回來只要熱一下就能吃了。」

海生打開鍋蓋一看，滿滿一鍋金燦燦，香噴噴的紅燒肉，他迅速抓起一塊丟掉嘴裡，引得正在弄魚的老媽說：「還沒爛呢，你急什麼。」

「好吃。」他像偷到腥的貓，滿意地說：「有它就行了，別的不要做了。」

劉延平忽然想起了什麼，對轉身欲走的海生說：「我包裡有兩封寄給你的信，你自己去拿。」

鬧了半天，信被老媽取走了，害得自己瞎緊張。他急忙去翻老媽掛在牆上的包，果然有兩封信，一封是蘭蘭的字跡，另一封是軍郵，看字跡是姚廣明寫來的。他把蘭蘭的信放進了衣兜裡，為它懸了兩天的心總算放下了。先拆開了姚廣明的信。

「誰得信？」劉延平有口無心地問。

「連隊的信，從廣西前線寄來的。」

「你們連隊不錯啊，上了前線還給你寫信。」

「那當然。」提起自己的連隊，海生總有些自豪，打開信，才看了幾行字，臉色一下變了，失聲說道：「完了。」

劉延平被他說得心裡一緊，手上的刀差點拿不住，問道：「什麼完了？」

姚廣明在信的開頭給他介紹了一些基本情況，告訴他全連 136 個人毫髮無損。然後寫道：「……有個非常不幸的消息要告訴你，前天團裡組織機關人員上前線來慰問，中途遇到越方冷炮的襲擊，有一發炮彈正好落在董芳林乘的大卡車邊上，一塊彈片擊中了他的頭部，當時就不行了……。」

海生喃喃地對老媽說：「我們連隊的前任指導員被炸死了。」

抗日時期參加八路軍的劉延平，雖然離開戰爭幾十年，對戰場上的事還是很敏感，海生剛說了聲「完了」，她就知道死人了，果然被她猜中。

「結婚了嗎？」她問。

「結了，老婆是上海知青，還有個 3 歲的孩子。我們倆在一起四年，他當排長時我是班長，他當副指導員，我是排長，他當指導員，我是副連長。」海生細數著兩人的關係。

「唉，這母子倆太可憐了。」劉延平憐惜地說。在她眼裡，戰場上死人實屬正常，死者的親屬才是最悲慘的。

海生此時內心裡情感洶湧，無法和老媽交流下去，幽幽地說了句：「我上樓去了。」便獨自離開了。

董芳林的死，一下子令他感慨萬千，大量往事碎片般湧上心頭，記得一個月前，連隊臨上前線，兩人還在一起談笑風生，舉杯暢懷，如今那一幕卻成了永別。他從客廳裡找出半包中華，點上一支，邊抽邊發呆，想起那年和董芳林一起數「地雷」的青春歲月，還有倆人在雪地裡爬回營地的狼狽情景，想笑卻再也笑不出來。

劉延平進來開了燈，見兒子一個人楞楞地坐著，心疼地說：「先去吃飯，一會兒飯涼了。」

飯桌上，海生和老媽聊了些當年和董芳林在一起的故事，心情竟然好了許多，見兒子心情好轉，劉延平把一件一直放在心裡的事順勢說給他聽。

「隔壁王副政委的老婆，邢阿姨前兩天碰到我，問你有沒有女朋友，還主動說起她當醫生的女兒，比你小一歲，我看她有那個意思。」

老媽這麼一說，倒提醒了海生。前不久，他騎車回家的路上，正好碰到邢阿姨，他下車叫了聲阿姨好，並和她且行且聊了兩句。兩家雖是鄰居，關係遠不如當年顧家和田家那麼熟絡，在海生的記憶裡，這次「狹路相逢」是他和邢阿姨說話最多的一次，估計給她留下了不錯的印象。

「你現在可以考慮自己的事了。」劉延平往海生的碗裡夾了塊鮮美的魚肉說。她曾經一直擔心兒子把握不住自己，現在反倒為他著急了。

「沒時間，等大學畢業了再說。」

「畢業時你已經28歲了，太晚了。」一見兒子根本沒有把自己的話聽進去，劉延平著急地說。

心裡已經被蘭蘭裝得滿滿的海生，一點不在乎老媽的心情。「這個事我自己解決，你們別瞎操心。對了，有一條，高幹子女我不談。」

這樣的話，海生說過好幾回，問他為什麼？他反問：「我找個老婆回來天天和我吵架，你們受得了嗎？」

劉延平被他堵得氣不過，說道：「別一竿子打翻一船人，高幹子女中還是有好的。」

「好人有，好脾氣的沒有。」

劉延平不得不承認兒子這話有道理。

（五）

海生打開蘭蘭來信時，已是午夜鑽進被窩的那一刻，從小到大，好東西最後吃的習慣始終貫徹他的生活，所以，蘭蘭的信只有在夜深人靜的時候念誦，才能百分之百享受到情書的催情激素。

親愛的：

收到你的信，我就去火車站買好了年三十下午去南京的火車票，3點12分到，我在7號車廂，記得接我，是在新火車站哦。想到很快能和你見面，心裡特別開心，總想著年三十快點到。老爸老媽不明白，說哪有年三十不回家，往外跑的，我說去你們家過年，他們也不清楚是和你一個人，還是和你們全家過年，只好隨我的便了。

親愛的，我們這昨天下了場大雪，地上屋頂都積了很厚的雪，去買票時，冷死我了。我真想立刻鑽進你的懷裡，用你這個大熱水袋焐著我，把這討厭的冬天趕得遠遠的。吻你！

你的蘭蘭

擁有一個美麗的女人，能令一個男人感到高人一等。對大多數人來說，高分值的虛榮，幾乎就是生命的全部。好像海生，擁有了蘭蘭後，心就飄在了天空中，大約是從來沒有嘗過飄起來的滋味吧，一個愛就把他的小心臟撐得滿滿的，無論是現實世界，還是閒雜人等，再也進不到他的心裡，他的心如今只為一個人跳動。

面對愛情，每個人的化學反映都不一樣，其中最高一級的，稱之為瘋狂，如果這瘋狂的愛恰恰落在了既不食人間煙火，又靦腆倔強的人身上，那人的名字就只能叫梁海生。看完了信，他仿效書上看來的情節，把信放在貼身的內衣裡，雙手護著，在幸福的胡思亂想中進入夢鄉。

面向玄武湖，毗鄰紫金山，南京新站依山傍水的地理位置，恐怕在全國也是數一數二的。當年海生參軍時，新站剛剛落成，他就是從這裡出發，開始了自己的人生。十年風雨，新站早已不新，他卻依舊喜歡到這迎客送人，他喜歡聽「林場開出進一道」的廣播聲，喜歡站在月臺上，眺望南來的列車沿著美麗的紫金山麓，徐徐地進站，幻想著每一個搭乘者，背後都有一個不一樣的故事。

昨天，他剛來過，把老媽送上了去上海的火車，這會，他等著上海開來的火車，把心愛的人送進自己的懷裡。

終於，蘭蘭坐的那趟火車進站了，他卯住7號車廂，守在離車門正面幾步遠的地方，瞄著每一個下車的人。不一會，蘭蘭阿娜的身姿出現在走道和車門對接的轉彎處，兩人以最快的速度對上了眼，甜蜜地一笑，海生等她將要下車時，才一個箭步跨到門前，蘭蘭則心有靈犀地將最後一步懸在半空中，然後整個身子向他倒下，海生就在半擁半抱之間接住了她，深深地一吻之後，蘭蘭的雙腳才落到地上。

一切都是如此的優雅、經典，正是海生想要的。

他拿過蘭蘭的肩包，往自己的脖子上一掛，勾起她就往外走，蘭蘭想把包拿回來，說道：「男人背女人的包，多難看。」

「我不怕難看，誰願意說就說唄。」海生把她的小手攥得緊緊地說。

兩人出了車站，海生沒帶她去坐車，而是把她帶到了玄武湖邊，跳上了湖區的遊船。

這是海生精心設計的路線，他很久以前就夢想著有一天，能和心愛的人走在這條路線上。

蘭蘭也不問，一來她是路盲，二來她此行僅是為了海生，不為其他，能和心上人在一起，就以足矣。

今天是年三十，這一天別說是玄武湖，全中國的公園都是門可羅雀，整條遊船連開船的不過四、五個人。兩人找了個最舒服的位置坐下，蘭蘭迫不及待地把兩隻手都塞進了海生熱乎的身體裡。

遊船的終點叫梁州，座落在湖區中央，此時雖是冬季，梁州上依然一片蔥郁，間中紅樓翠宇點綴，四周碧波微漣環繞，再有紫金山屹立在天水之間，遊船的終點仿佛是人間的仙境。

望著越來越近的綠洲，蘭蘭滿足地讚歎：「真好看！」

「好看吧，」海生吻了吻她的眼睛繼續賣弄：「玄武湖的湖光山色既有別于人為景色太多的西湖，也不像太湖蒼涼無邊，它有一種不動聲色的韻味，令你在不知不覺中入迷。」

「看不出，你還挺能編的，搞得像個大學者似的。」蘭蘭伸出手指在他鼻子上使勁刮了一下，心裡卻透著高興。她沒有理由不高興，找個肚裡有學問的高幹子弟，總比找一個一肚子草的高幹子弟更風光，這個道理是女人都懂。

海生繼續發酵肚裡的酸味：「你再看，由於它東面的紫金山龐大的身軀壓抑了它，玄武湖像個害羞的少年，所以我給它起了個名字，叫『害羞者的湖』，相信所有害羞的人來到這，都會有同感。」

看著他越說越狂的樣子，蘭蘭忍不住用剛剛焐熱的手在他肚子上狠狠地掐了一下，海生乘機扯著嗓子喊了聲：「哎喲！」當船上的人齊齊向這邊望時，他又裝作沒事的樣子在蘭蘭耳邊絮叨他的「害羞者湖」，被捉弄的蘭蘭第一次看到海生裝模作樣的熊樣，恨得牙癢癢的。

到了梁州，棄船步行，周圍的景色亦為之一變，三五步之間，總能看到些平日見不到的稀罕景物和散落在綠蔭中古色古香的樓宇，自然會將你引入千年前的時空裡。

步出梁州，沿環湖路南行，身旁寬廣的湖水直抵遠處高大的城牆下，有幾隻水禽時而嬉弄著殘荷，時而又高高地飛起，沿著長長的城牆盤旋，直至消失在鉛灰色的天際。臨水一側，垂柳成行，海生很小的時候，這些柳樹就很大了，近 20 年過去，它們幾乎沒什麼變化，他得意地告訴蘭蘭，哪棵樹上有個樹洞，哪棵樹哪一年被大風吹倒過，他都能記得。

「你看傘狀的柳條像什麼？」

蘭蘭煞有介事的看後，一片迷茫地問他：「像什麼？」

海生朝她壞壞地一笑說：「最像女人鬆開的長髮，美麗而誘人，男人什麼時候能見到女人長髮散落呢，只有寬衣解帶，卿卿我我那一刻，所以說，自古柳枝最深情。」

海生這一番胡說八道，聽在不是讀書人的蘭蘭耳裡，只當他動了壞心思，嘴一撇說：「去你的，不許把柳枝和寬衣解帶聯繫在一起。還有，告訴我，從前和誰一起來過。」

蘭蘭吃醋時，撇著小嘴的樣子太討人喜歡了，她明明知道沒哪個女人爭的過她，還要裝得十分在乎。海生連忙討好地說：「向毛主席發誓，除了你，沒有和任何一個女的來過。」發完誓，又想起自己虛度了多少青春歲月，不禁幽幽地說：「我經常一個人來，坐在湖邊看碧波與柳浪同舞，有一次，天上下著小雨，整個玄武湖被雨霧籠罩著，只有翠綠的柳樹時隱時現，我在雨裡待坐了兩個多小時，心裡只想哭，為什麼屬於我的那個她，遲遲不出現。」

蘭蘭似乎明白了海生為什麼要帶她來玄武湖的原因，收起了嬉弄他的心情，將小嘴貼到他的唇邊，給了他一個深情的吻。

他們身後，綠葉落盡的水柳，正隨著湖風，樹影婆娑。

（六）

直到天邊最後一道晚霞褪去，兩人才相擁著走進海生的大院。到家的最後幾步，蘭蘭幾乎是吊在海生身上走完的，一進門，她就往客廳的沙發上倒下，海生說：「不行，樓下沒爐子，必須上樓。」

「那你抱我上去。」她賴著不動地說，海生二話不說，抱著她就上了樓。

南京是個夏天很熱，冬天很冷的城市。它地處江南，按國家淮河以南不集中供暖的規定，北方人梁袞書也只能和常人一樣，到了冬天，在家升個爐子取暖，梁家的爐子可不是一般的爐子，樣子像個鍋爐，燒旺了整個二樓都能感到它的溫暖，愛動手的梁海生從小就和它打交道，燒爐子的本事算得上爐火純青。去接蘭蘭時，他已經在爐子上壓好煤，關好風口，這樣五、六個小時火都不會熄，回家後，只要打開風口，在煤塊上方捅一個風眼，不消一會，屋子裡的溫度就會升到 20 度以上。

「這是你的房間？」蘭蘭沒上過二樓，疑惑地問。

「這是老爸的書房加客廳，」海生說看拉開中間的隔門，「裡面這間是我老爸老媽的臥室，今晚就是我們的家。」

臥室的中央擺著一張雙人席夢思大床，這年頭，席夢思本身就是件奢侈品，它足以誘發許多幻想。

蘭蘭換下靴子，脫掉重重的外套，裡面是件貼身的湖藍色羊毛衫，在它的包裹下，凹凸有致的身材盡顯出來。她站在穿衣鏡前理了理頭髮，舒展了一下身軀，感覺鏡子裡正有一雙眼睛在盯著自己，回身看去，是海生正窩在沙發裡注視著她，他的姿勢雖然優哉，眼裡卻透著饑餓。蘭蘭熟悉也喜歡男人用這樣的眼神盯著自己，她扭起腰身走過去，輕盈地在他的腿上坐下，海生的手迫不及待地在她身上游走起來。

從那晚在大爸爸街那間小屋裡，海生初嘗性愛全景大戲，到今天整整十天。這十天裡，他的魂幾乎拴在了蘭蘭身上，無時無地不在思戀她。這種思念與發生性愛前的思念大不一樣，盡是赤裸裸的情色重播，蘭蘭身上一切能挑起他性欲的部位，毫無遮掩地，無數次地出現在他眼前，他努力克制自己不去自慰，那樣會令他不安，他認為只有等到兩人相互為對方袒呈時，獻出自己的高潮，才算是真正的愛。

他把手伸到蘭蘭背後，這一次他很俐落地解開了她的乳罩，然後把頭埋進她的衣服裡，大力吮吸著令他寢食難安的乳房，被吻得興奮難掩的蘭蘭抱著他的頭，不忘調侃地說：「什麼時候學得聰明了？」

這種時候說這種話，只能使海生的腎上腺素飆得更快更高，他在不停地舔著硬硬的乳頭時，把手伸到了蘭蘭的小腹之下，這下，蘭蘭不說話了，兩個肉體開始相互刺激，在刺激中一步一步走向更迷幻，更瘋狂那一刻。

海生湊到蘭蘭的耳邊說：「我抱你上床。」

「不要，」蘭蘭在沙發上伸直了身子，勾著他的脖子說：「就在這裡。」

此刻，爐火正紅，隔著幾米遠的沙發被烤得熱烘烘的，兩人迅速脫光了衣服，一對青春的胴體瘋狂地糾纏一起。

當性愛展示所有的密碼時，一切穿衣的文明只能躲得遠遠地害羞，儘管它們如何指責裸體的淫蕩，但它們從來無法和古老的性愛做面對面的交鋒。

沙發，真是性愛遊戲的好道具，兩人在沙發上變換著各種性愛的姿式，就像3、4歲的孩子在草地上變著花樣。翻跟頭一般，最後，蘭蘭趴在沙發的靠背上，高高地翹起臀部，讓海生將他的寶貝從後面插入，女人做這種姿式時，陰唇最是好看，可惜很多男人一輩子沒這個福氣，海生想起在皖南時，山裡有一種紫玉蘭，與白玉蘭屬同類，都是先開花後長葉。紫玉蘭含苞欲放時，那碩大的，紫裡帶紅的花蕾掛在枝頭上，像極了眼前肥美紅潤的陰唇，他愛不釋手地親了又親，吻了又吻，才將急得抖動不停地陽物徐徐送進。待到陽物全部進去後，他感到了前所未有的深入，包括寶貝的根部，都能感到陰唇的吮吸，當他來回抽送時，整個陰莖都被陰道緊緊地包裹著，隨著陰陽二物的磨合，蘭蘭整個臀部顛狂地搖晃起來，嘴裡不停地喊叫著：「不要停！不要停！」

海生原已收住動作，只求慢慢地咀嚼陰道每一次收縮產生的穿心愜意，此刻被她一催，發起飆了，直抵花蕊，兩件性器在最深處的碰撞令蘭蘭快活地呻吟著，把整個陰莖箍得緊緊的，僅十來個抽送，海生就爆發了，隨著他一聲長嘯，粗壯的陰莖如同在蘭蘭的體內炸開一般，不住地膨脹著，噴射著，當海生的膨脹和蘭蘭的收縮合為同一個節奏時，兩人的身體同時羽化在天邊的欲望裡。

倆人分開時，渾身濕淋淋的，隨即去整理著對方被汗水沾在臉上，額頭上的頭髮，對視著露出甜蜜地微笑，迅即又抱在了一起。

蘭蘭將嘴唇上的汗珠抹在海生隆起的胸大肌上，說道：「去打點水來，小連長，我要清潔一下。」

她自己清潔之後，又像管孩子似地把海生全身擦了一遍，乖乖任她擺佈的海生突然想起了什麼，說道：「你餓嗎？廚房裡有燒好的熏魚、紅燒肉、素什錦。」

「不餓，我先去睡一會，睡醒了再吃。」

海生百般疼愛地將她抱上床，蓋好被子，然後像個男僕似地問道:「我尊敬的公主，現在是為您服務的時間，想吃什麼，想要什麼，隨時聽您吩咐。」

蘭蘭翹起小鼻子說：「我想喝排骨湯，你家有嗎？」

「冰箱裡有排骨，你知道怎麼做嗎？」這個男僕顯然不專業，別看他在連隊裡給戰士們炒過菜，弄起家常菜來，卻是外行。

「笨死了。」蘭蘭有她的口頭禪損他。「排骨放進冷水鍋裡，再放薑、蔥、料酒、鹽什麼的，水開了改小火，等睡醒正好喝它。」

海生不找高幹子女的第一個理由，是怕她們動不動出口傷人，卻偏偏喜歡蘭蘭時不時地傷害自己一下，聽到她說他，損他，他就會感到興奮，就會搖頭擺尾，換了其他女孩損他，除了無動於衷，就是拔腿走開。當然，沒有男人會討厭蘭蘭的嗔怪，僅憑她怡人心肺的一顰一笑，就足以迷暈天下男人。難怪有權勢的紈綺子弟都要找文藝界的女孩子，這舞臺上的功底，舞臺下一樣管用。

於是，被蘭蘭損了一通的海生像是得了獎似的，輕輕地拍了拍她的臉，高高興興地去做他的排骨湯。這正是他嚮往已久的兩人世界，不管外面的世界如何喧鬧，兩個相親相愛的人過自己的日子，傾自己的所有，溫暖著對方，呵護著對方。只是這種教科書上的幸福，人們常常不把它當回事。

蘭蘭一覺醒來，鼻息裡洋溢著排骨湯的香味，才想起身在何處，她四處張望沒見到海生，下了床一看，他正倦縮在沙發上打盹，她心疼地過去捏住他的鼻子說：「別睡在這，上床去睡。」海生眼也沒睜，伸出手來就要摸她，她笑著一扭身，去打開了放在爐子上的瓦罐，香味頓時撲鼻而來，仔細觀察後，她吃吃地笑起來：「呆子，你燒湯怎麼連沫子也不撇。」說話間，海生已經到了她身後，攔腰抱著她說：「我怎麼知道還要撇沫，你又沒教我。」蘭蘭一扭頭，見他正色咪咪地等著自己，便把雙唇送過去，兩個牙不刷，臉不洗，又糾纏在一起。

少頃，他對她說：「去把衣服穿上，我給你盛湯。」

等他把湯盛好，卻不見了蘭蘭的身影，進去一看，她又鑽進了被窩。「我要在床上吃。」她坐在那像個孩子似地說，說完還衝他做了個鬼臉。

海生將湯盛好放入託盤裡，再放了一個小碟，碟子裡有一塊熏魚，還有素什錦襯底，端到她面前，叫了聲：「老佛爺有請。」蘭蘭支起身子欲去拿湯碗，海生又說：「別動。」他自己端過碗，舀了一勺，吹了吹，嘗了嘗，才送到蘭蘭的嘴裡，蘭蘭乖乖地由他喂著，眼見碗底空了，說道：「你不吃一點？」

海生眼裡放著綠光說：「我不吃，我等著吃你。」

他收拾好碗盤，又拿來熱毛巾給蘭蘭擦臉，裡裡外外地忙乎著，用南京話來形容，叫「忙得屁顛顛的。」他這一輩子從來沒有如此精心服侍過一個人，不是他以前不願服侍人，而是沒機會展示。一個從小就侍候著小貓小狗小兔子的人，相信服侍人也不會差。

把一切安頓好，他趕緊爬上席夢思大床，窩在床中央的蘭蘭抱怨地說：「你慢死了，我的腳冰涼冰涼的。」他伸手一摸，果然冰涼的冷玉，不禁憫惜地說：「你不會是冷血動物吧，這房子都快 20 度了，腳還這麼冰。」蘭蘭雙腿一屈，把腳擱在他胸脯上說：「這兒暖和。」跟著又問：「親愛的，現在幾點？」捂腳的差事也是平生第一次，雖不愜意，但對海生來說，付出亦是幸福。他看了看床頭櫃上的鐘說：「差五分鐘就是新年了。」說完就伸手去摸她身上令人嚮往的地方。

蘭蘭還沒進入狀況，半推半就地說：「你還沒有把湯拿下來，會燒乾的。」

「你放心，我把爐子封好了，放到早上都不會幹，再說，你什麼時候喊餓，都保證你有熱湯喝。」海生說完，一翻身俯在她身上，厚皮地說：「還有什麼吩咐，沒有的話，我要開始吃你了。」蘭蘭見他猴急的樣子，憋不住放聲大笑起來，笑聲穿過四壁，在午夜裡的小樓迴響著。

清晨，遠處的炮仗聲時而密集，時而稀疏，讓人想起今天是大年初一，春節彷彿是個遙遠的，與小樓毫不相干節日。海生在半夢半醒中看了看錶，才過 7 點，再看看身旁的蘭蘭，趴在那睡的正香。細巧光亮的胳膊下，裸露著半邊乳房，裸露的乳房被擠壓得脹鼓鼓的，和乳房相映的是世上最完美的藝術品——半圓的，富有彈性的，充滿肉感的裸臀，他輕輕地把手放上去，用最細柔的摩挲撫摸著，然後沿著股溝，悄悄地侵入蘭蘭的性器。

晨光透過窗簾半明半暗地照進屋子，屋內飄著淡淡的肉湯香，與香味一同進入腦海的還有清脆的秒鐘聲，一種從沒有的寧靜伴著心醉的性欲，四散在每個細胞裡。他感謝蘭蘭允許他去愛她的肉體，她讓他嘗到了人生的幸福，並讓幸福深深地滲入到血液裡，他由此充實而歡欣。

突然，外間的電話鈴響了，他趕緊衝過去抓起話筒，電話是小燕從上海打來的，問他年三十過得好不好。

「很好，和一幫留校的同學玩到半夜才回家，你們呢？」他一邊反問，一邊留心地看著裡間，生怕吵醒了睡得正香的蘭蘭。

「我們全體到陸敏家吃的年夜飯，段阿姨做了一大桌菜，中西合璧，色香味美，我看延安飯店的大廚都比不上她，你沒來太可惜了。對了，老爸問你什麼時候到上海？」

「中午 11:20 的火車，傍晚到。」

「到時候我去接你。」

這邊小燕的電話才放下，桌上另一部電話又響了。梁家有兩部電話，一部是軍內的，一部是地方的，這次響的是地方的，他拿起話筒，還沒說話，對方就問：「梁司令在家嗎？」他回道：「不在，他在上海。」對方說：「我是 XXX，請轉告他，我給他拜年了，也祝你們全家新年快樂。」

放下電話，他才覺醒，今天是另一種意義上的大年初一，每年這一天，拜年的電話和上門拜年的人絡繹不絕，他猛然生出一種不妙的預感。

「一大早，誰的電話？」蘭蘭不知什麼時候已經靠在中門的門框旁，頭髮凌亂地望著他問。

「小燕，還有拜年的。上帝保佑不要有人上門來拜年，那樣我就完蛋了。」海生說歸說，還是從櫥櫃裡找出各種年貨，分別裝在幾個果盤裡。見他手忙腳亂的樣子，蘭蘭不禁笑道：「我們還有一個多小時就去車站了，你還擺什麼糖果啊。」

「我把這些果盤放到樓下客廳去，萬一有人來呢。」

蘭蘭聽了，也不敢怠慢地說：「給我五分鐘，我弄一下，弄好就走。」進了衛生間，她又大聲地說：「別忘了，我要去宿舍拿一些東西。」

海生在客廳裡擺上了糖果、香煙什麼的，又回到樓上捅滅了爐子，整理好房間，真是萬幸，直到兩人逃出門，一個客人都沒來。蘭蘭見客廳擺了一堆好吃的，又跑回去從每個果盤裡挑了幾樣放進手袋裡，突然，客廳的電話就響了，把她嚇得連跑帶跳的竄出門，對著海生大喊：「電話來了，快去接。」海生無動於衷地跨在車上說：「快上車吧。」蘭蘭坐上後座後，電話還在想，急得她又問：「你不接？」海生馱著她邊騎邊說：「不接，天塌不下來。你信不信，今天電話要響一天。」蘭蘭坐在後面不吭聲了，只是用摟著他的手臂，緊緊地掐了一下。

圖書館門前的街上冷冷清清的，只有幾個匆忙趕著去拜年的行人，破舊的宿舍樓死氣沉沉的矗在那，見了它，海生和蘭蘭同時意識到，他們來了個不該來的地方，數月前的那一幕慘劇，不可抑制地滾現在眼前，尤其是蘭蘭，四周每一個熟悉的物體，仿佛都是那個恐怖的黃昏的證明與回憶。

海生緊緊摟著蘭蘭，倆人迅速進了宿舍的樓道，小跑著上了樓。從蘭蘭開門進去拿東西到離開，總共不到兩分鐘，他們像逃亡似地，頭也不回地走了。

一路上，海生無論看什麼東西，都會出現東林那雙聰慧可愛的大眼睛，有兒時的，長大的，開心的，憂傷的，在許許多多的眼睛背後，遠遠地飄忽著一個黑色的小木盒。

海生向來不信鬼神，今天要是換了朝陽，大個同行，他早就亂嚷嚷「我看到東林了！」可眼下坐在身後的是蘭蘭，他一句話都沒說。而蘭蘭則一直僵硬地摟著他，僅憑這個動作，就知道兩人想的是同一個人。他唯一能做的是把車騎得快快的，一口氣蹬到了火車站。

到了車站，蘭蘭才開口問他：「你去上海，自行車怎麼辦？」

海生直接把車騎到候車室一牆之隔的車站派出所門前，叫她在外面等一下，蘭蘭還沒有完全擺脫記憶的陰影，也不問他，兀自憂傷地站在自行車旁。派出所門口歷來是魚龍混雜的地方，進進出出的人一看有個美女站在這，什麼眼光看她的都有，甚至玻璃門裡面的人，也時不時來回晃著，好多瞅幾眼窗外的美人。見慣了這種場面的蘭蘭毫不在意，她不是那種因為漂亮，就自以為高人一等，很難接受被別人觀賞的女人。這或許就是小城市裡長大的女孩的好，也或許是讓海生放膽去愛的緣由。

終於，蘭蘭看到海生和一個穿警服的從裡面走出來，海生指著車子說：「就是這輛，兄弟。」又一順手把鑰匙摔給了止步在門口的員警，對方接下鑰匙，還不忘衝蘭蘭一笑。

進了候車室，蘭蘭才問他：「那人是誰？」

「你知道大個嗎？」

「知道，不是你的髮小嗎？」蘭蘭邊說邊看了看他的頭髮。

「他是大個的弟弟，叫小個，在這當民警。」

倆人坐下後，蘭蘭貼著他的耳朵問：「那麼小個的弟弟叫什麼？」

蘭蘭的氣息噴在耳畔真有說不出的舒暢，享受著腎上腺素上升的海生心不在焉地說：「小個沒有弟弟。」說完就發現蘭蘭正衝著自己偷笑，這才明白自己上當了。他想用一個親吻懲罰她，卻被她笑著推開了。

至此，之前在圖書館的陰影，才在倆人心裡化去。

海生去上海，蘭蘭順道回家，是倆人早已商量好的，前幾次都是海生一個人坐車去看蘭蘭，這次兩人一同坐車，像是結伴去旅行，充滿了兩個世界的甜蜜。蘭蘭拿出從海生家裡搜刮來的糖果，放在掌心裡讓他挑喜歡的，他挑了一塊剝開放入蘭蘭嘴裡，見她嚼得滋滋有味，便問道：「你餓嗎？」

「不餓。」蘭蘭像個小女生似地回答。

海生又想起了什麼，從口袋裡掏出皮夾子，拿出 100 元給蘭蘭，開玩笑地說：「這是給你的壓歲錢。」蘭蘭收起笑容，很堅決地推開他的手說：「我不要。」

這年頭，100塊錢是個大數目，要抵一般人兩、三個月的工資。海生拿得是軍隊21級幹部工資，每個月70塊，即使算不上全校學生的首富，也肯定是全班首富，班上的同學嘴饞沒錢的時候，就會說：「連長，我們今天上哪兒打打牙祭啊。」

「為什麼不要？」海生不甘休，還想塞給她。

「不要就是不要，沒什麼為什麼。」習慣了打情罵俏的蘭蘭，此刻皺著眉頭說。

給蘭蘭錢，是因為他想到過年了，蘭蘭的花銷肯定少不了，他又不能陪她，這錢代表他的心意。另外，他心裡還有一個一閃而沒有「過」的念頭，想試試蘭蘭對錢的喜好程度。他沒有深想這個念頭是否上得了抬面，在他所受的教育裡，習慣了所有的手段都是為目標服務的思維方式。當然，內心的本能提醒他，這樣的試探似有不妥，所以蘭蘭一拒絕，他就不再堅持了，反而在心裡責怪自己，怎麼會如此小心眼。

蘭蘭真的不願意接受他的錢嗎？恐怕未必。由於是第一次，她還不習慣接受海生的錢，不僅是她，大概所有的女人都是如此吧，但是海生不懂，如果他再堅持一下，或者想個更好的理由，也許她就不會堅持了。至于蘭蘭自己，還有一個很特別的想法，她認為男人比錢重要，只要抓住了男人，錢在誰的口袋裡都一樣。若是換了一個上海女人這樣想，會被身邊的閨蜜笑死。

倆人坐得是南京到上海的快車，上了車還沒聊多句，小城就到了，海生把心上人送下車，依依不捨地對她說：「今年暑假我們一塊去旅遊，痛痛快快地玩一個夏天。」看著他認真的樣子，蘭蘭嫣然一笑：「我要去北京，我還沒去過呢。」去過一次北京的海生挺著胸脯說：「沒問題。」

說話間，月臺上的鈴聲響了，火車要開了，「你快上去吧。」蘭蘭說著依進他的懷裡。

「記住，我初八從上海回來，你來接我。」

倆人旁若無人地長久地吻著，直到列車員催促，海生才回到車上。車廂裡的人看他的眼神都是怪怪的，還好他沒把軍裝穿上，如果再把一身軍裝穿上，他們的眼神裡不定會爬出什麼怪物來呢。沉浸在幸福裡的海生無法不喜歡旁人這種眼神，無論它們是羨慕、嫉妒還是鄙視，都是因為一個美麗的愛而生，而這愛是屬於他的。

（七）

春節過後，梁家的頭等大事就是搬家，春暖花開的一個週末，滬生、小燕都從上海回來了，海生又帶來一個班的戰士，只花了一天的時間，就把三層樓的家塞進了三間房子的新家裡。

當最後一件家俱搬走後，兄妹三人像完成一件大工程似的，疲憊地坐在客廳的地板上，曾經的家此刻只剩下一個空殼，明天這房子將不再屬於他們的了，每個人都為此塞滿了回憶和惆悵。三個人聊了些童年往事後，滬生突然提出：今晚不去住新房子，要在老房子裡打地鋪為它守夜。海生和小燕立刻為這個主意叫好，海生真沒想到，對任何事都無動於衷的滬生，也會有如此感性的提議。

當晚，兄妹三人分別在曾經是自己的房間打地鋪休息，地鋪鋪在各自的房門口，門敞開著，不管誰開口，聲音穿過走廊，每個人都能聽到。夜深了，關上了燈，窗外微明的夜色透進來，屋子裡魅影重重，正是說夜話的好時光。

「我們家住在這幢樓裡到底多少年了？」小燕趴在自己的門口問另外兩個躺在門口的哥哥。

「1959 年夏天搬進來的，再過幾個月就 20 年了。我記得剛搬來時這裡的蚊子比上海多十倍還不止，我每天要塗無數次花露水。」滬生說得有板有眼，不由海生、小燕不信。

海生把手枕在頭下望著半黑半明的天花板說：「記得嗎，小時候我們養過許多小動物，有小貓、小狗、小雞、小鴨子還有鴿子，那條小土狗叫『來來』，養了人半年，被津生的同學殺了吃掉了。」

「對了，你還在後院裡養了很多金魚，你去當兵時都給了我，我又沒有魚食給它們吃，後來統統被老貓吃了。」小燕跟著說。

「我記得有一次，家裡一個大人都沒有，就我們三個。」躺著說話的滬生，竟然不結巴了。「大院的禮堂放一部鬼電影，叫什麼名字我忘了。」

「《鬼魂西行》。」小燕和海生異口同聲地說。

「對，就是它。看完電影回來，家裡一個人也沒有，奇怪的是正好一樓的樓梯電燈也壞了，我們三個誰也不敢上樓，後來，還是我走在最前面。」

「不對，是我走在最前面，」海生坐起來打斷滬生：「你說你要在後面保護小燕，結果我剛走到樓梯的拐彎口，你在後面說聽見廚房的走道上有腳步聲，嚇得小燕在我後面說：鬼來了！我本來就心驚膽戰的，被嚇得大叫一聲，手腳並用往樓上跑，還沒到樓上，發現有一樣東西從我頭頂上『呼』地一下飛了過去，我混身的汗毛都豎了起來，小燕跟在我後面一邊哭一邊爬，到了二樓，才發現滬生已經上了樓，原來，從我頭飛過去的是你的腿。」

滬生聽罷，笑得原形畢露，結結巴巴地說：「我……怎麼記不得了。」

「沒錯，我當時也覺得有東西壓在我手上，我以為是鬼，嚇得我直哭，我們三個上了樓，擠在一起看著樓梯口，等著有什麼東西出現，結果什麼也沒有，我當時以為是開了燈，鬼不敢上來了，現在才搞清楚，當時是你的腳踩在我的手上。」

聽著小燕一本正經地解開藏在心裡十幾年的謎團，海生早已笑得靠在門上喘不過氣來，滬生更是眼淚都飆了出來，因為他們同時想到了一件不可思議的事，一個平腳板，鴨子步的人，居然能從猴一般敏捷的海生頭上飛過去。

好不容易三個人止住了笑，原本躺著的小燕此刻已經坐在枕頭上，她說：「從現在起，每個人講一個這個屋子留給你印象最深的故事。」

海生覺得這個主意不錯，腦子飛快一轉，便轉出許多故事來，說道：「印象深得太多了，十個，二十個都有。」

「不行，只能講一個，講十個天都亮了。」小燕反對道。

「那好吧，年齡大的先講。」從不喜歡爭先的海生對滬生說。

懶得動腦子的滬生剛才是靈光一現，想起了一件陳年趣事，現在叫他講，一時又想不出了，於是說：「我剛才不是講了吧。」

「那個不算，要從現在開始。」小燕一絲不苟地說。

「好吧，那我就講老爸拿饅頭砸我們的故事。」小燕一聽，立即叫停了他。「不行，這個故事你們三人講了一百遍也不止了。」

「那我沒了。」滬生乾脆耍賴了。

「那我來講。」海生立刻接著說。

要說他心裡最深刻的故事，就是前不久和蘭蘭在這裡翻雲覆雨的那一夜，只是這個故事他永遠不會說，他腦子裡突然蹦進的是另一個故事。

「這是件很特別的事，發生在 1969 年夏末，哥哥從部隊回來探親。」海生剛開始說，就被小燕叫停：「又是他把打你的大兵趕跑的事，聽過無數次了。」

「不是，是另外一件事，你們肯定沒聽過。」海生繼續說：「有一天，我從外面回來，聽到三樓有人說話，仔細一聽，是哥哥和他的好朋友鐘明，中間還夾著哭聲。鐘明你們都知道，父親是省委的，從衛崗小學到中學一直和梁津生是同學，個子特別高，有 1 米 9，文革開始時，他們都是南京市第一批紅衛兵，以後又是學校裡『思想兵』* 的發起人。他父親被打倒後，他又成了走資派子女。去了蘇北插隊。鐘明對我挺好的，有一次我一個人和大院西大樓的一幫孩子打架，我先撂倒了兩個後，就拼命往回跑，跑回家躲著不出來，那幫人就站在門口叫陣，正好鐘明在我們家，他出去往門前一站，眼皮都沒抬說：『你們幹什麼？』那些人一見他個子這麼高，嚇得全跑了。」

聽到這，小燕先沒耐心了，催促道：「快說，他們為什麼哭？」

「好吧。我輕手輕腳走到三樓，倆人說話聲聽得一清二楚，鐘明一邊哭一邊說，記得我們那時躲在學校放體育用品的倉庫裡寫大字報，半夜裡悄悄地貼出去，第二天轟動了全校，結果我倆被找去談話，說要開除我們團籍，那時我們沒半點害怕，恨不得把自己的生命交給無產階級司令部。後來批判當權派，我們又第一個和父母親劃清界線，南京武鬥最瘋狂的那陣，我們老紅衛兵有幾個參加了？大家都知道那樣不對。現在倒好，看我們沒用了，就一腳把我們踢到農村去了。你知道蘇北那地方嗎，到了冬天連糧食也吃不上，隔壁勞改農場的犯人，吃得都比我們好。我不明白北京那些人，文革之初不是我們這些老紅衛兵死心塌地地為他們賣命，會這麼轟轟烈烈嗎？他們也太冷酷無情了。鐘明說到這，哭得稀裡嘩啦，哥哥想安慰他，結果自己也哭了，我聽他哭著說，我們這些人全上當了，被他們當工具使。我聽了嚇壞了，心想，這不是反革命言論嗎。」

看到海生停下了，小燕追問：「後來呢？」

「鐘明最後說了一句話，我一直記到現在。」

「什麼話？」

「政治是骯髒的。」

「這個故事不精彩。」被吊足胃口的小燕不滿意地說。

「現在也許不精彩了，當時他倆說的可都是反動言論，許多年裡，一想起來就覺得很震撼，直到林彪摔死後，才慢慢明白鐘明和哥哥當時說『政治是骯髒的』，是千真萬確的，我真佩服他們這麼早就看透了。」

「你這麼遲才明白，我早就明白了。」滬生在自己的門口哼哼道。他是四個孩子中最世故的，早在文革第三年就不問政治了，選擇了在老爸這顆大樹下舒舒服服過一輩子的人生之路。

小燕接過他的話說：「對了，我們這還有老紅衛兵呢，我以為你睡著了。」

她的話要在走廊上轉個彎才能傳到滬生的耳朵裡，因為看不到他的臉，小燕可以盡情地挖苦他。

「瞎七搭八。」滬生用憋腳的上海話回道。

海生則繼續自顧自地說：「我們那時還小，什麼都不懂，後來看穿了，學業已經荒廢了，我最恨不過的就是該讀書的年齡，我們被剝奪了讀書的權利，到現在連個專業都沒有，要不是文革，我們現在都在做自己喜歡的專業了。」

「就是，現在越來越覺得自己在許多方面都是傻子。」小燕附合道。

按照先賢的指示，不管你身處什麼樣的環境，只要你努力，終會學有所成。可憐海生和他的兄妹都不是成大器的料子，他們除了投胎幸運，與生活在各個角落裡的大眾沒二樣，都是在盼望光明降臨時，想辦法讓自己的生命沾上些光亮。

海生一個沉重的故事，令三人談興全無，沒幾，小樓進入了睡眠模式。這要怪海生，他的確是個不在乎什麼場合說什麼話的人，但是，這絲毫不影響他的記憶裡多了一個值得回味的夜。他第一次如此清晰地感到他們三個是不可分割的整體，他喜歡這種被血脈緊緊綁在一起的感覺，這令他對生命又多了幾分尊敬。

＊1967年，最初的紅衛兵組織，開始分化為「激進」和「保守」兩派，許多幹部子女傾向于老幹部不是「走資派」，而是犯了錯誤的「老革命」，所以成立了「毛澤東思想紅衛兵」等組織，以顯示他們與別的造反組織不同。

（八）

海生和蘭蘭的愛情，跟著他每兩個星期去一次小城的節奏延續著，期間還有頻繁的信件點綴。海生極力想把他倆的愛弄的與書上的愛有幾份相似，只是在蘭蘭方面遇到一個麻煩，她幾次和館裡提出要回去上班，館裡總是叫她耐心等待，原因是上次的事還沒結案。

「結不結案，和你上不上班有什麼關係？」海生納悶地問。

「管他呢，反正每個月的工資一分錢不少，還不用上班，我巴不得呢。到了夏天，我們出去旅遊都不用請假。」

見她說得如此輕鬆，海生也沒往心裡去。

其實，蘭蘭這麼說，是她習慣了不在別人面前示弱，包括喜歡她的人和她喜歡的人。被擱在家裡大半年不許上班，因為她是一件兇殺與自殺案的當事者，這麼大的事，她的日子能輕鬆嗎？然而，十年臺上風光得意的超人感覺，已經浸淫到她處世為人的習慣裡。不僅僅是她，許多臺上的人，不都是把生活當做戲來演繹嗎？

而遠離塵世的海生，又怎麼揣摸得到他心愛的女人的脾性呢，再說，他倆的關係目前還是半地下，雖然兩人在小城招搖過市，風頭無限，可在省城，沒人知道他們如火的熱戀。海生要的就是想怎麼愛就怎麼愛，不願旁人來干擾的兩人世界。另一方面，如何讓家裡來接受蘭蘭，他還沒準備好，或者說，根本沒準備。戀愛的季節就去戀愛，愛才夠味。這一點，蘭蘭和他想的一樣，有海生的愛，單位這點麻煩又算什麼。

話說回來，海生找葉琴借內部書籍時，還是順便問了一下蘭蘭不能回來上班的事。

葉琴把他領到內部閱覽室的角落裡，小聲地說：「聽說這事很複雜，韓東林的父母一直不放過蘭蘭，他們兩個一個是全國人大代表、省人大常委，一個是政協委員，幾次找市裡和省裡的公安部門，咬定蘭蘭是壞女人，勾引了他們的兒子，還到圖書館來找過麻煩，圖書館領導都是膽小鬼，不敢讓蘭蘭回來上班，擔心她回來，會鬧出什麼麻煩。」

知道了原委，海生反而覺得左右為難，他視東林的父母為長輩，自是不便說什麼，只能說：「東林的事，蘭蘭也有責任，但怎麼也夠不上定罪吧。」

「寶貝兒子突然沒了，情緒崩潰了唄。」葉琴不認識東林的家人，不需要忌諱。雖然蘭蘭在給她的信裡也隻字沒提上不了班的煩惱，但憑她的細膩和對蘭蘭的瞭解，她知道蘭蘭只是不說而已。她用詭秘的目光盯著海生說：「據說你常去看她？」

「嗯，有這麼回事。」海生被問得臉一熱，勉強笑著回答。

「既然你們是好朋友，你們家又有那麼多關係，你何不找人疏通疏通。」

「找誰，公安？」

「圖書館領導呀，讓她回來上班，否則一個人待在家多沒勁。」

「我看她待在家挺開心的。」

「你懂個X！」葉琴終於沒把第四個字說出來，「就你這樣子，還有資格談戀愛！」

挨了罵的海生笑了：「還好沒和你談戀愛，否則一天不知要給你罵多少回。」他終於可以在葉琴面前皮厚一次了。葉琴聽罷，雙手抓起桌上的書做猛擊狀。

有一句南京話叫「犯嫌」，海生去找朝陽時，才說了兩句，就被他劈頭說了句：「你這個人真犯嫌！」海生一聽，又樂了。一向用大院子弟腔調說話的朝陽，嘴裡若是蹦出這兩個字，就是男人撒嬌的信號，再凶也是凶在臉上，他雙手一攤說：「兄弟，你別跟我說你沒談過戀愛吧，談戀愛的人總是犯嫌的，你說吧，幫還是不幫？」

「你們什麼時候弄到一起的？」朝陽還是有些不甘休地問。

「有幾個月了吧。」海生含含糊糊地答道。

「跟什麼人談不好，偏偏跟她談，說吧，她有什麼事要幫忙？」

海生把蘭蘭的處境描述了一遍，接著說：「你老媽原來不是在省文化廳上班嗎，圖書館歸文化廳管，能不能找人說說，讓于蘭蘭回來上班。」

「我們家老太對你比對我還好，你直接跟她說不就得了。」

「別忘了，你老媽在我們家見過于蘭蘭，我去說，她馬上就會猜到我和于蘭蘭的關係，要不了三天，我媽就知道了。」

「我去說，她就不懷疑了？」

「你發誓賭咒呀，一口咬定受朋友之托，她不會懷疑的。」

「哼，你小子，所有的結果都想好了，我還有什麼好說的，有言在先，這事不打包票，你不要抱太大希望。」

海生的確想得太簡單了。當初東林的死鬧得滿城風雨，金陵城裡有些檔次的人家，飯後茶餘鮮有不拿它做話題的，誰願意摻合到這種事來，保不准被世人一塊編進笑料裡。

涉世不深又不願深入涉世的海生，把事兒交給了朝陽，自己轉身去忙著制定暑假與蘭蘭一塊去旅遊的計畫，這才是他有興趣的。

這是上大學後的第一個暑假，不光是他，全班同學都在忙著出行，甚至還有女生來約他結伴旅遊。班上近視 600 度的女夫子，帶了同系另外兩個眼鏡女生來找他。

「我們三個約好了去桂林，黃果樹和石林，你能陪我們一起去嗎？連長。」女夫子是班裡的課代表，知道他好說話，一點也不避諱地求他。

「真不好意思，我已經安排好了去北方玩的計畫。」

「改一下路線嘛，你看我們三個人，加起來 2000 度近視，出那麼遠的門，多危險。」

海生一眼望去，6 只沉甸甸的鏡片壓著他幾乎無法拒絕，最後他總算想到個推辭的方法，「這樣吧，去桂林的火車票肯定很難買，我幫你們解決。」

三個女生怏怏而去，望著她們的背影，海生暗自鬆了口氣。這時，女夫子又回來了，叫了聲：「連長。」

海生被她叫得一哆嗦，問：「還有什麼事？」

「外面有個當兵的找你。」

她話音剛落，朝陽出現在教室門口。

「你總算出現了。」海生一臉巴結的神色迎上去。

朝陽依舊是一副不死不活的樣子，這傢伙從小到大都這副德性，對付他最好的辦法，就是讓他自己開口。果然，看教室裡人來人往的，他說道：「我們出去找個安靜的地方說話。」

教學樓後面有一條通向教師辦公室的小徑，兩側簇擁著修剪整齊的冬青，沿著翠綠的冬青望去，有一片高高的紫藤架在小徑中央，紫藤下有一小塊休息區，倆人就在那止步。朝陽似乎很滿意這兒的談話環境，他摸出香煙點上一支，深深地吸了一口，他越裝深沉，越讓站在一側的海生有種不祥之感。

朝陽終於開口了：「于蘭蘭的事很難辦，我媽媽找了兩個從文化廳調過去的館領導，沒有一個敢做主。有個館領導還把于蘭蘭的老底都說給她聽了，一直說到周建國家裡一些事，這些事恐怕連你都不知道，我媽回來一個勁埋怨我，怎麼給這樣的人幫忙。」

海生被他說得越發不自然起來。他從來沒有問過蘭蘭，她過去的戀情，包括她和周建國的關係，他知道她心裡一定藏了許多事，可他不想問，也從不去打聽有關蘭蘭的是是非非，他愛的是眼前的她。但是，此刻從朝陽的眼神裡可以感到，他手裡肯定握有自己所不知道的事，他又如何能鎮定。

「有件事，我不知道該不該說。」朝陽沒看他，而是向前方吐了一口煙。

「有什麼不好說的。」天大的事，在好奇心大於一切的海生面前但說無妨。

「也不一定是真的。」朝陽似乎有些後悔。

海生卻感到自己的脖子離絞束越來越近。「說出來讓我聽聽。」

「你知道于蘭蘭早已和周建國同居了，是吧？但你肯定不知道他們倆什麼原因吹了。」朝陽頓了一下，看海生盯著他不搭話，繼續說：「不是因為東林，是因為周建國老爸。據說這個老傢伙有一次趁周建國不在家，把于蘭蘭幹了。」

海生聽到這，全身的血液嗡地一下湧到了頭上，脖子以上的部份，能發紅的都漲紅了。腦中一刻不停地浮現在周家舞會上的那一幕：建國的老爸摟著蘭蘭跳舞，那慈祥的笑變成了色咪咪地笑，他毫不猶豫地在心裡肯定朝陽所說不錯。公公扒灰的事，早在小時候偷讀《紅樓夢》時，就已曉得，而把「于蘭蘭幹了」的「幹」字，又是大院子弟語錄中最下賤的字。轉瞬間，最可怕的事實與世間最羞恥的行徑，最下賤的字眼，一古腦兒灌滿了他的腦海，人雖然還立著，但眼前夏日的明朗全消失了，仿佛一失足跌進了荒涼昏暗的地獄裡，周圍旋著澈骨的冷風，腳下沒有大地，前方沒有路。

朝陽從他茫然的神色中猜到他已亂了方寸，問道：「海生，你還行吧？」

他們私下若以名字稱呼，則說明是在談非同尋常的事了，海生慘然一笑問他：「你說的靠譜嗎？」

「聽說于蘭蘭當時沒鬧，結果建國的老媽葛阿姨發現不對頭，盤問了于蘭蘭，她才承認有這麼回事，你知道的，葛阿姨年青時也在文藝圈混過，見多識廣，她沒像王近山＊的老婆，到處去鬧，只是叫于蘭蘭捲舖蓋走人，從此不要進周家的門。正好東林當時被于蘭蘭迷住了，」朝陽說到這，海生的身子不自然地扭動了一下，他見了改口說道：「好吧，就算東林迷上了于蘭蘭，誰也沒在意他倆分手是因為周家的醜聞。等到東林的慘劇轟動了全城，于蘭蘭成了焦點人物，周家的醜聞才一點點傳了開來。所以，你親愛的蘭蘭，如今可是個敏感人物，想置她於死地的恐怕還不止東林一家。」

在朝陽眼裡，海生此刻雖已成了鬥敗的公雞，他還不忘要挖苦一下，誰叫你假扮英雄救美去呢，現在惹上一身騷氣不是。

＊王近山，49 年後曾任北京軍區副司令，中將。因婚外情，他夫人把告他到了中央，此事以兩人離婚，王近山降級結束。

（九）

三天後，是暑假開始的第一天，也是海生和蘭蘭約好見面的日子，海生又上了去小城的列車。

這三天，他不知道是怎麼渡過的，從來處事果斷的他，憑生第一次被一件事折磨的只能在原地打轉，不知道下一步該往哪走。他找了許多可能性，企圖推翻朝陽留給他那該死的故事的真實性，結果發現所有的可能都是自己的一廂情願。他清楚地記得，在學校舉行舞會之前，也是東林追蘭蘭之前，蘭蘭就已經不願談論周家了，當時自己的奇怪，此刻成了有力的證明。

一天一天的，他覺得蘭蘭的背影離自己越來越遠，卻又無法割捨心裡對她的深愛，在荒蕪的世界裡，愛與被愛是他的唯一。而愛的背後是他的承諾與擔當，是一個男人活著的意義。

昨天，他被自己逼急了，騎上車就去了電視臺，他想找周建國問問清楚，到底有沒有那回事，可見到周建國的第一秒，他就打消了念頭。

「這麼巧，我剛從雲南拍外景回來，早一天你都見不到我。」周建國還是那副永遠熱情的臉，他倒了一杯即溶咖啡給海生：「來，小老弟，嘗嘗我這的洋貨。」

周建國的辦公室裡，擺的最多的就是錄影帶，櫥子裡、桌上、地下都是錄影帶，海生聞了聞噴香的咖啡，心裡立即想好了如何回答周的問話。

周大導果然一分鐘也不耽擱地問：「說吧，找我有什麼事？」

「放假了，在家閑得無聊，想問你借一些內部錄影看看。」

「呵呵，我猜你就是來借錄影帶的。」周建國順手把身後的櫥櫃下半部分櫥門拉開說：「喜歡看什麼，自己挑。」

原來只是臨時的藉口，現在一見這麼多時下流行的的內部錄影，海生頓時被吸引住了。「哇！你這有《豺狼的日子》、《007》、《東方快車謀殺案》，太好了。」他伸手欲拿，又縮回來問：「真的能帶走？」

「當然」，周建國見他那傻樣，心裡一樂，暗笑他改不了的老實樣，說道：「我的朋友中，你是最後一個來借的，別擔心。有一條，到你為止，不能外借。」

等海生挑完帶子，周建國關上櫥門後問他：「聽說你對洪欣有意思？」

海生被他問了個措手不及，想起了在洪欣家那尷尬的一幕，遙遠的像是上一輩子的事，反問他：「你怎麼知道的？一定是滬生說的。」見建國笑而不答，也不追問，如實告訴他：「她媽媽不同意，把我找去談了一通，連洪欣的面都不讓見。」

「嘿嘿，她那老媽可不是一般女流之輩，17 歲就離家出走，和別人私奔，這種女人年青時花樣多多，老了又最固執。」建國的口氣似乎吃透了洪欣的老媽。

海生離開的時候，胳肢窩裡多了個黑包，其它一無所獲。他和周建國聊了半天，倆人連蘭蘭的名字都沒提到。走出電視臺後，他突然意識到，自己不提蘭蘭是自然的，周建國也不提，似乎不符合他的性格，畢竟蘭蘭是他的前女友，在她和東林之間又發生了驚天動地的事情，而他又是個不把談情說愛看得很神秘的人，隻字不提蘭蘭，是不是背後藏有更大的醜聞呢？

轉了一圈回來，那個解不開的疙瘩依舊解不開，直到上了火車，他都不知道該如何面對蘭蘭。他在心裡細細一算，不知不覺，自己已經是第 15 次去小城，不知什麼時候起，他對小城的印象變了，當初那個又髒又亂的城市，不再可憎了，相反對它產生了一種濃濃的眷念，無論是充滿酸腐味的車站，破敗的公共汽車，還是骯髒的大爸爸街，都被圈進了愛的光環裡，它們成了愛的一部分，沒有它們，愛的故事就無法說起。尤其是蘭蘭的家，已經印在心的深處，想起它，溫馨隨之湧上心頭。他喜歡它的簡單普通，喜歡蘭蘭的媽媽在裡面烹製的美味小菜，更喜歡在這裡受到的貴賓待遇，他甚至已經萌生了對它的依賴。

一聲長鳴之後，火車開始重重地剎著自己龐大的身軀，小城車站到了。

經過夏日雷雨的衝洗，綠色的車站顯得有些嫵媚（自從戀愛後，嫵媚就成了他心裡最喜歡的字眼），唯有空氣中重重的鐵屑酸腐味是不變的。他忽然想起，自己從來沒有對蘭蘭說起這酸腐的鐵屑味。

實際上，他倆之間有許許多多的事兒都沒聊過，因為它們和這鐵屑味一樣，談起來會讓人不舒服，然而，究竟能不能一生都不去碰它們呢？至少到目前為止，他瘋狂地來往于省城與小城之間，完全是被一種強大的念頭吸引，這念頭說穿了，就是一種欲望，一種需求。

一個人在饑餓狀態下享受美食時，一定是忘乎所以的，食如此，性亦如此。

海生不僅是個性饑餓者，也是一個唯美主義者。他的唯美不是訓練出來的，而是與身俱來的，這一類唯美者，不夠底氣十足和光鮮奪目，卻異常地固執，會為心中認定的美拋棄一切。此前頻繁的小城之旅，他已經用癡迷證明了自己，然而此刻，固執不再是堅不可摧的基石。

下了車，他一下就找到了退在人流後，翹首已久的蘭蘭，她的位置是月臺上一個凹處，她站在中間，打一把紅色遮陽傘，左右有一些喬木簇擁，記不得從何時起，那兒成了蘭蘭每次接他的逗留處。人在綠影中，那身心也只為他一人停留，他記得曾多次問她等了多久，她從來不告訴他多久，只是淡淡地說：「不長。」想到這，他心疼頓生，甩開腿，幾步便到了她面前。

互吻之後，蘭蘭將削瘦的身子靠在海生的肩膀上，海生從她手上接過紅紅的遮陽傘，往外側一擋，兩人逍遙而去。

穿過廣場，到了公共汽車站，車還沒來，兩人迫不及待熱吻起來，隨後，蘭蘭摘下他的軍帽往自己頭上一戴，胸脯一挺問：「好看嗎？」

「好看，你要去演女兵，肯定會很神氣，不知會有多少人被你迷倒。」

蘭蘭聽了，嫣然一笑，勾住他的脖子問：「那你怎麼辦？」

「我，涼拌唄。」海生裝著被拋棄的樣子，惹得蘭蘭嘟起小嘴不停地在他臉上啄著。

到了蘭蘭家，兩個老人早已等在那，海生擦了一把臉，就趕緊坐下陪他們砌長城。早在開春時節，他來小城，蘭蘭說老爸老媽沒人陪打麻將，硬把他拉上桌，教他學會了打麻將。此後，每次來小城他都陪老人打四圈。

四圈麻將搓下來，已經紅日西沉，晚霞滿天。海生得空在陽臺上觀賞天色，心裡卻亂麻一團，到現在他都無法理清是問蘭蘭，還是不問那件難以啟齒的事。這個「難以啟齒」既有說不出口的意思，也擔心一旦說了，結果將無可挽救。然而，這些天，他心裡駐進了一個聲音，一個寢食難安的聲音，他無法也無力驅走它，它不停地對自己唸叨：「要問問清楚，要問問清楚。」

他口袋裡揣著兩張去北京的火車票，這是兩人夢想已久的愛之旅，他冀望她能撥開心裡的迷霧，將一切謠言澄清，兩人高高興興地去北京，上長城，讓那這些名勝見證他們的愛。

「吃飯了，海生。」蘭蘭來了，愛意綿綿地勾起他往屋裡走。

以往每次來小城，他最期待的就是夜幕降臨的兩人世界，但今天，他卻忐忑不安地看著步步鄰近的夜色。

夜，又回到了它黑暗的本色。

晚飯後，蘭蘭兩個弟弟邀他去聽他們談吉他，兩人才學不久，正是最想露一手的時候，他們把客廳通向陽臺的門全部拉開，讓海生和蘭蘭坐在客廳的涼椅上，拌著涼臺上吹來的晚風，觀賞的兩人的小型演唱會。這兩個弟弟喜歡爭執，彈著彈著就開始爭論誰彈的不對。海生想起了東林，便說：「你們可不可以自彈自唱，一人來一首比誰的好。」兄弟倆人對這個未來的姐夫有一種莫名的崇拜，便照他說得做。唱功自是小弟好，嗓子又厚又沙沙的，很有些流行味，聽了一會，蘭蘭暗中一扯他，留下兩兄弟自娛自樂，兩人躲進了蘭蘭的小房間裡。

「快把衣服脫了，熱死了。」蘭蘭一邊用大蒲扇為他扇風一邊說。

海生非常受用蘭蘭對他照顧，那是不講價錢的，非常實沉的關愛。不像那些幹部子女，她們也會照顧人，但她們的照顧是有潛臺詞的：我照顧你那麼好，你就不能依著我，或讓著我什麼的。

海生脫得只剩下短褲背心，又灌了一大口涼茶，連說：「舒服，舒服。」拿過蘭蘭手裡的扇子，使勁為她扇著，蘭蘭往他懷裡一靠說：「幫我把胸罩摘了，熱死了。」她的乳房屬於偏小的一類，所以用了加厚的胸罩，看上去挺豐滿，卻挺受罪的，海生把手伸進她的連衣裙裡，邊解邊說：「誰叫你愛打扮啊，這叫做美人多受罪。」蘭蘭聽了，一刻不停地在他嘴唇上咬了一下，早已心猿意馬的海生，旋即貼住了她的紅唇。

屋外，兩個兄弟在繼續他們的彈奏，悠揚又深邃的吉它聲，像是心的旋律，輕輕迴響在意念所及的任何時光裡。

海生想到了東林。之前也有這種時候，但他卻能輕易地將東林摒除出去，今晚他做不到，因為有了吉他，東林始終站在心靈的某個點上，不即不離地看著他。

此時，他的陽物早已勃起，並在兩個身體的摟抱中顫抖著，急待一場酣暢淋漓的大戰開啟。可今晚，他的身體卻被一個更堅定的意念控制著，他不願在懷疑或假裝中去完成他奉為至高無上的原始行為。

「你在想什麼？」蘭蘭察覺出他心不在焉。

「我在聽他們彈琴。」

「有什麼好聽的，彈得一點都不好。」

海生聽了不置可否地一笑。來之前，在省城的那幾個不眠之夜，他反覆想過如何開口問她，問了後會是個什麼結果，也想過用什麼方式問她，方能避免她的不高興。想到最後，他心裡只留下一個否定的答案：這事根本不能問！但是，他又無法讓自己從容地把這件事撇在腦後。為了心愛的蘭蘭，也為了迷人的性愛，他已經撇開了東林，撇開了父母，甚至做好撇開前途的準備。可是，這件事，它死死地堵在自己的心口上，令他無法跨越。對一個男人來說，最無能的狀況不是沒有錢財，而是無計可施。

蘭蘭坐起來，用毛巾揩了揩海生額頭上的汗問：「我們幾號去北京，你安排好了嗎？」她壓根不知道海生心裡想什麼，這大半年來，與其說在享受放長假，還不如說被撂在一邊沒人理睬，這種日子越長，她的擔憂越沉重，只有海生是她唯一的寄託，用文革的流行語說，是她唯一的救命稻草。他來的日子，就是她最開心的日子，既可以安撫父母的猜疑和不安，也可以令自己乾澀的面子與裡子都得到滋潤。

早在她施展魅力擒下海生之前，就已將他放入了自己的備選之中。憑她與男人周旋的練曆和女人的天性，她把海生歸於好男人一類，不僅是人好，還容易掌控，這半年來的一切，證明自己沒有選錯人。他的愛裡沒有假意虛情，也不是玩弄感情，他的心透明的如同一潭清泉，水裡哪怕有一片腐葉都看得清清楚楚。她從沒遇到過一個傻得如此可愛的人，她寧可他壞一點，世俗一點，然而，他心裡只有性愛，除了性愛，就是對性愛的渴望，是個虔誠的性愛至上主義者。蘭蘭理所當然地相信，他的癡迷，源於自己的魅力，只要能把他的癡迷持續下去，他們攜手步入婚姻殿堂的日子就不會太遠。

「後天下午我們坐火車先去南京，記得小個嗎？車站的員警，他安排我們坐晚上從上海開來的 22 次快車去北京，天亮到北京。」

「正好，蓉蓉和小強明天要給他們的新房買家俱，我們一塊去幫忙，順便帶你去看看他們的新房。」蘭蘭用手指按著他鐵疙瘩般的肌肉甜甜地說。

不知什麼時候，陽臺上的吉他聲停止了，夜靜的能聽得見五斗櫥上鬧鐘的「滴答」聲。已經快 11 點了，蘭蘭感覺緊緊頂著自己身體的寶貝，早已軟得不知去向，她第一次發現海生有這種現象，她熟練地找到了它，稍加撫摸之後，它便又昂然挺起，粗壯結實的如同海生身上的肌肉那般。

她感到它在自己手中顫抖，顫抖一直傳導到自己身上，這本該是愛的高潮之始，然而它的主人似乎有些心不在焉。

她有些失望地看著他說：「你怎麼了？要不先休息吧。」她不想勉強他，因為讓他勉強來做這件事，只能證明自己的魅力不夠了，她的自信不允許她掉價。

她起身欲離去，有一會沒說話的海生突然開口了：「蘭蘭，有件事，我想問問？」

「什麼事？」在她的記憶裡，海生很少有這麼吞吞吐吐的說話。

「我不知道該不該問，說了你別生氣。」海生說話時臉上帶著笑容，但在蘭蘭看來，那是百分百的假笑。她立即醒悟過來，原來他今夜的反常是因為心裡有事，而且這事與自己有關，她感到了嚴重性，從容地說：「你問吧。」

兩人的話語裡已經沒有一點性的氣氛。

靠在床上的海生，此時已是一臉的痛苦，他把蘭蘭攬在懷裡，生怕她會消失似地說：「我聽說……」，才說了三個字，他就說不下去了。

「你說呀！」蘭蘭心急如焚地問。

「我聽說，周建國的爸爸曾經佔有過你。」海生終於說出了這句要他命的話，這句話現在成了要蘭蘭命的話！

蘭蘭沒有他預想的那樣激動，但她柔軟的身子在他的懷裡一點點變硬。當她奮力推開海生的胳膊坐起來時，眼裡早已噙滿了淚水，海生抱住她的雙肩想安慰她，未曾想自己的眼淚也成串地落了下來。他見不得她落淚，更無法找到一個字來安慰她，只能陪她一同落淚。

往昔情色斑斕的小屋，此刻沉默的令人窒息，兩人肩靠肩坐著，誰也沒開口，隨著時間的推移，兩肩之間縫隙越來越大，猛地，流乾了淚的蘭蘭先站了起來，她無法忍受可怕的無聲，冷冷地丟下一句：「你先睡吧。」轉身欲走，海生跟著站起來，抱著她不讓她走，只是口中仍然說出一句話來。自從那句要命的話說出口後，他的大腦袋就像脫了線一般，眼前盡是一場風花雪月的殘片斷章，輪換著撕扯自己的心。

希望從他嘴裡聽到些什麼的蘭蘭徹底失望了，毫不猶豫地甩開他的手走了出去。她沒有重重地摔門，但在深沉的夜裡，房門輕輕扣上的聲音，清脆的猶如法官手裡的錘子，可怕又絕情地敲在海生的心上。

他獨自楞在小屋中央，許久沒有動彈，眼見他倆一同製造的這段傳奇愛情，瞬間就支離破碎，不由得心如刀割。

其實他本該想到，只要那句話一出口，愛就結束了。沒有哪個女人面對這樣的追問還會留在他身邊。這世上，和愛一塊行走的有許多東西，但它們並不專屬愛情，比如幸福，比如年齡，又比如嫉妒。但有一樣東西是與愛密不可分的，它叫偽裝，如果想讓愛永遠幸福，就千萬不要脫下它的偽裝。

且不管海生能否悟出什麼，眼下的他，再也無法在這間存放了太多記憶的房間裡待下去，門再次打開時，走出去的是海生，接著他又打開大門，輕輕地跨出去，默默地回頭看了一眼，關上門，下樓，消失在充滿濁氣的大爸爸街上。

（十）

他並沒去火車站，凌晨2點，小城一切交通都停止了，何況此刻，去哪兒對他並不重要。他漫無目的走著，沿著這條路，可以一直走到江邊，他曾經在春風沉醉的夜晚，多少次與蘭蘭一塊散步到江邊，遠望港口的燈火，閑聽江水的拍擊。

沒有了蘭蘭，小城的江堤顯得破破爛爛，他記得曾經在此信誓旦旦對她說，要帶她去上海外灘，品嘗堪稱世界之最的情人牆的甜蜜。有誰不想成為上海女人呢？那晚蘭蘭情緒特別好，問了許多有關情人牆和上海灘的事，回家上床後，還額外加了許多前戲。想到這，他身體的那部分不知好歹地蠢蠢欲動起來。他討厭自己的身體，竟然在這種時候還有欲望。該死的荷爾蒙，該死的腎上腺素，他不知該咒罵哪一個。

後半夜的江邊，起了寒意，遠處最後幾個納涼人，收起家什回去了，只剩下他一人坐在江堤上，身旁孤零零地放著原準備與愛人一塊北上的旅行包，往事隨著江水來了又去，一件又一件地湧上心頭。正如岸邊的礁石一樣，記憶中總有些始終屹立的標誌，每當打開記憶之門，它們總在那。在海生記憶之門裡出現最多的，是令他難堪的猥褻幼女那件事，那是他人生的一條分割線，自那以後，他的內心多了重無法抹去的自卑。學識上的自卑可以抹去，而它則是一道抹不去的傷痕，正是這道傷痕在他愛上蘭蘭時，可以不顧一切。

這時，他陡然想起，猥褻幼女的醜行，蘭蘭應該知道，當年這件事在大院裡傳遍了，周建國一定知道，他也一定會當作笑料講給蘭蘭聽⋯⋯，再想下去，他覺得混身燥熱，因為，知道自己醜行的蘭蘭，從來沒有問過他的半個字，相反，是自己的猜疑傷害了蘭蘭。

這個傷害的念頭一旦冒出，他就再也無法安寧。在此之前，他也想過自己的猜疑會傷害到蘭蘭，但在突如其來的心理衝擊下，世俗倫理的底線壓得他喘不過氣來，無法顧及對蘭蘭的傷害。如今心裡豁然明白，卻已鑄成大錯！他面對滔滔的江水，使勁煽了自己的一個耳光。

他恨自己為什麼如此糾結那件事的存在還是不存在。

正在他懊惱之際，耳邊聽得有人叫他，他懷疑是江風吹久了生出的幻覺，回頭一看，卻是蘭蘭站在他身後不遠處，再遠一點，還有她的大弟。

「你怎麼來了？」他跳下江堤欲去抱她，卻撲了個空，這才想起此時非彼時了，敢緊說：「蘭蘭，原諒我，我不是故意要傷害你的。」他哪裡想到自己又說了一句錯話，難道無意就行了嗎？

幽暗的夜色下，蘭蘭的臉色慘白冷峻，傲然的目光，讓人不敢接近。她對著他說話，眼神卻是從他的臉上穿過：「你能不能跟我回去，要走，等到天亮了再走，我不想讓我爸爸媽媽知道。」

「我跟你回去。」海生惶恐地跟在她身後，他不敢和她並排，生怕增添她的恨意。經過大弟時，兩人相視一笑，他知道自己一定笑得很狼狽，但這能讓他輕鬆一些。

回到家，蘭蘭讓大弟先去睡覺，自己和海生一塊進了小房間。進去後，她始終靠門站著，海生讓她坐在床上，她冷冷地說：「不要。」再不多說一個字。站了一會，她丟下一句：「你睡吧。」便離開了房間。

海生一夜沒睡，直到天亮還是她離開時的那個姿勢——斜靠在床上。天亮後，她又開門進來，用毫無感覺的聲音說：「起來吧，吃了早飯再走。」

早餐已在飯桌上擺好，家裡一個人也沒有，海生曉得這都是蘭蘭安排好的。她不想讓家裡人，尤其是父母尷尬。

出了于家，蘭蘭始終把手勾在他的臂彎裡，走過大爸爸街，在汽車站等車，她的手一刻也沒離開。早已失去了說話功能的海生，只能像木偶一樣任她擺佈，她和別人笑，他也跟著笑，上了汽車，兩人照舊是肩並著肩坐著，下了車，她陪海生買好車票，說了句:「我走了。」頭也不回地走下臺階，走向站前廣場，那身影依然豔麗，沒有萎頓，沒有抽泣，也沒有留給他任何衝上去乞求原諒的暗示。

他呆呆地站在臺階上看著她嬌美的背景，希望她能回頭望他一眼，給他一個原諒的眼神，然而，那曾彙集了他所有的愛，力量，仍至生命的背影越來越小，直至消失在廣場另一邊停著的四面透風的公車上。

回到省城，身心疲憊的海生本想像書上說得那樣，倒下睡個三天三夜，可是躺下去沒多久，就被一陣劈哩啪啦的開門、關門聲吵醒了。這套新搬進的三單元房，與以前住的小樓比，沒有任何隔音效果，房間外稍有些動靜，就好像有人在頭上開火車似的，不由你不醒。他躺在床上納悶：老媽去了上海，誰還有本事開門進來，別不是小偷吧？他想到這，一翻身坐起來，往光著身子上套了件背心就往外走，開門一看，有個人影在衛生間，心想這人幹麻呢，便吆喝到：「誰呀？」

那人影原來是小燕，她從火車上下來，一身汗水，正準備脫衣衝涼，被海生一叫嚇得臉色蒼白，心臟幾乎都不跳了，大聲嚷著:「你把我嚇死了，我以為家裡沒人了，你不是去北京了嗎？」

「計畫取消了，沒去。你不是去西安了嗎，怎麼也回來了？」

「我和張蘇約好一起去西安，在南京碰頭，明天一塊走。」

「你不早說啊，」海生想到自己今晨正好也在上海到南京的火車線上，要是巧的話，兩人能在火車上碰到，可這一想，又勾起了他昨夜今晨的傷心事，話說了一半，就斷了。

「什麼不早說啊？」小燕邊衝涼邊大聲地問。

「你早說，我去車站接你了。」

「不要你來接，張蘇來接我的。」

凡認識小燕和張蘇的，無人不知她倆的死黨關係比南京的城牆還堅實，海生聽了一笑：「就是的，知道你來，她恨不得昨天晚上去車站接你。對了，她人呢？」

「幫我去買鹽水鴨了，好長時間沒吃，饞死我了。」

「冰箱裡還有西瓜、酸梅汁、綠豆湯，都是你喜歡吃的，洗完澡好好享受吧。」被小燕一鬧，海生睡意全元，他乘小燕衝涼，趕緊去打掃房間，用水把地拖乾淨了，再把自己房間裡的台扇搬去小燕的睡房，忙完了，自己也出了一身汗，便在客廳的吊扇下放了張籐椅，坐下可勁地吹著。

這時，屋外過道上又傳來「蹬、蹬」的女人腳步聲，他一聽走路的頻率，就知道張蘇來了，趕緊屁顛顛地跑去給她開門。

「我說呢，誰這麼好，還沒敲門，就來開門了。我還以為小燕去上海讀了一年書，手腳也變勤快了，原來是你啊。」

張蘇一身夏裝，短袖襯衣配一條靛藍色的裙褲，給人明快清涼的感覺。

「哇，你這一身挺時髦的，可以去當微胖界的模特了。」海生跟張蘇說話自然不用在腦子裡兜圈子，一想到就說。想到就說的話，聽了不舒服也會舒服，因為有股特別的味兒。於是，張蘇聽了，朝他開心地一笑，這一笑反倒笑得他心頭一蕩。海生已經不是處男，不是處男的男人，看女人時就多了份兒狼性，還好這時小燕衝完涼出來了。

「這裙褲是我幫她買的，上海今年剛剛流行，我一口氣就買了四條，出去旅遊穿它特方便。」小燕邊說邊把頭髮上尚未擦乾的水珠甩得四處飛濺。

張蘇進了屋後，像變戲法似的從包裡一樣一樣往外拿東西。「這一包是鹽水鴨，這一包是燒鵝，這一包是牛肉鍋貼。」

「乖乖不得了，你把我喜歡吃的全買回來了。」小燕一激動，把南京話也順出來了，「我們家還有冰鎮綠豆湯、酸梅汁、冰西瓜，可以大吃一頓了。」

海生猛然想起還有一樣東西，趕緊取了過來說：「我這還有正宗的鴨肫乾。」

鹵鴨肫乾是南京女孩最喜歡吃的食品，既可以當零食，也可以當上桌的菜，兩人見了自是喜歡的不得了。小燕轉念一想，又變了卦，說道：「趕快放回冰箱裡，留著明天我們在火車上吃。」

「對了，坐在火車上邊吃邊吹牛才過癮。」張蘇立即附合道。

她倆哪裡知道，就在她們說話之間，海生的心已被狠狠地刺了一下。這些鴨肫乾他原打算和蘭蘭去北京的路上吃的，如今，美食無緣佳人，空余滿腹相思。

飯桌上，三個人正吃得津津有味，張蘇忽然說道：「放假前我去洪教授家，潘阿姨拉著我聊了半天。」

海生正欲把一隻香噴噴的牛肉鍋貼咬入口中，一聽，被迫停止了嚼動。自從他的求愛信被這個無情的潘阿姨拒絕後，洪家對他來說就成了過敏源，自然不便問，只等著張蘇往下說。

小燕一看海生的表情，便替他出面問：「你們聊什麼了？」

張蘇先前停下不說，就是要看海生願不願意聽，既然小燕接下了話，她就繼續說：「瞎聊，從學校聊到了天氣，後來她問我海生現在怎麼樣，我說很好。她問我海生有沒有找到女朋友，我說不知道，最後她叫我帶話，叫你有空去她家玩。」

張蘇看著海生半笑不笑的臉，小心地把別人托她帶的話說完，其實潘阿姨還問了她東林之死的事，她沒敢在兄妹二人面前提，不僅因為海生和東林的關係，還有小燕，她一直認為小燕在心裡喜歡過東林。雖然張蘇在梁家熟得像在自己的家，但畢竟她只是個閨蜜，不該說的話自然不會亂說。

「她什麼意思，不會又出什麼花頭了吧？」小燕早從張蘇那知道這個洪家掌門人拒絕海生的事，忿忿不平地說：「我們海生看中她女兒，是她修來的福份，現在後悔也沒用了。」

大院裡長大孩子，甭管男女，在自己的圈裡都是這類口氣，換了別的場合，小燕自然不會用這種口氣說話。這種語境算是一種發洩式的放鬆，在洪家那樣的知識份子階層眼裡，自然對此嗤之以鼻，但他們哪裡知道，這種說話方式，過後的感覺會特別的輕鬆，就像有些地方的人喜歡以罵人代話，一句話裡夾著數不清的髒字，方式雖然粗魯，但他們偏偏喜歡，因為罵人也可以令人輕鬆。

海生明白小燕是在幫自己出氣，他嘴裡嚼著香酥的燒鵝，臉上朝她報以感謝地燦爛一笑。在他心裡，洪欣的氣質和長相都是他喜愛的，帶著深深的洋味。只是這段時間和蘭蘭愛得死去活來，她在自己心中的位置像是掛在牆上的照片，每當他抬頭看她，心裡就有一道無法逾越的坎，那是洪欣她的家庭，她的階層對幹部子女的輕蔑。

第二天，海生醒來時家裡一片寂靜，一看錶還不到12點，閉上眼正想再睡一會，突然地，整個房子抖動起來，走動聲、關門聲、洗漱聲，外面亂成了一片。他心想，這兩個女人在造反呢，把枕頭往頭上一壓，想繼續睡，可是外面的人卻不放過他，隨著一陣拍門聲，小燕在外面著急地說：「海生，快出來幫忙，我們要來不及了。」

服從命令慣了的海生，二話不說從床上跳下來，出了房門便問：「幾點鐘的火車？」

正在梳頭的張蘇說：「1點零5分。」

「喂，我的姑奶奶們，你們不會早點起來嗎？」

張蘇答道：「吹牛吹過頭了，我們睡覺時天都亮了。」小燕更絕了，坐在衛生間的馬桶上高喊：「幫我們下碗麵，打兩個水潽蛋。」

女人真是多事，海生邊想邊說：「你們還有心思吃麵，火車上隨便吃一點吧。」

小燕堅決地說：「不行，火車上的東西不乾淨。」

那邊張蘇插進來說：「我說上海人，水潽蛋的潽（pu）怎麼寫？我想了半天想不出。」小燕恨恨地說：「討厭，你還有空挑字眼。」

兩人打嘴仗的功夫，海生已經開始下麵，等她們梳洗打扮完畢，兩碗面已經擺上了桌，這時正好 12 點半。張蘇又開始韶了：「我看是趕不上火車了，還有 35 分鐘，我們吃完麵，走到汽車站要花 10 分鐘，就算 1 分鐘也不耽擱，上了汽車坐 20 分鐘到火車站，只剩 5 分鐘，衝到月臺根本來不及。」

小燕用口吹著滾燙的麵沉著地說：「沒關係，上海來的火車通常會晚點。」

海生知道，這個寶貝妹妹從來都是最後一個上火車的人，他替她們想了個辦法，說道：「我有辦法趕上火車。」

「什麼辦法？」兩人異口同聲地問。

「騎車去。你們倆人一個騎車，一個由我帶著，騎快點，十七、八分鐘可以到火車站，省去了等公共汽車的時間，還能趕上。」

「我騎車，你帶張蘇，她騎得慢死了。」

小燕騎車完全可以在海生面前驕傲的，她 8 歲時就掂著腳騎上街了，那時海生還只敢在大院裡溜車呢。因為他第一次學車，跨腿上車的時候摔了個大跟頭，膝蓋也摔破了，痛得他兩年都不敢跨上去騎，只敢一隻腳踩著腳踏，一隻腳蹬地「溜車」。

「正好，我也不想騎，大熱天騎出一身汗來。」張蘇雖然被貶，好歹還要掩飾一下。

乘她倆吃麵，海生趕緊去檢查自行車，再把兩人的行李在小燕的車後座上綁好。張蘇先出來，對他說：「幸好你在，否則今天肯定走不了。」

海生是不會允許在自己身上出現這種事的，他問張蘇：「如果誤了火車，你們怎麼辦？」

「走不了就不走唄。」在張蘇眼裡，只要和小燕在一起就行，或者說，小燕做的一切她都附合。

小燕最後一個大步走出來，海生叮囑她檢查一下有什麼東西忘了帶，「不要騎到半路上再回來拿。」在他的記憶裡，小燕不是沒有這樣的先例。

看慣了小燕行事的張蘇拍著手說：「小燕，你找對象怎麼也得找一個像海生這樣能照顧你的。」

「算了吧，我一年也就管她一次，要是天天管，我早就逃走了。」

三人兩輛車，騎到火車站時，正好聽到喇叭裡廣播：上海到西安的火車進站了，請旅客們排隊上車。

海生拎著兩人的大包小包飛奔著，她倆空著手都追不上他，他也不走候車大廳，直接竄進旁邊一個邊門，對著門口的說：「我們是秦勇的朋友，不好意思趕火車，從這裡過一下。」那看門的也不攔他，眼睛只管往別處看。海生說了聲謝謝，率領她倆就衝了進去。進了門就是1號月臺，上海去西安的火車正趴在那喘氣呢。三人三顆心總算落了地。最慘的要數張蘇，臉色蒼白，一幅換不上氣的樣子。

「你太有本事了。」小燕還唸唸不忘剛才穿小門的那一幕，興奮地問：「秦勇是誰？」

「大個的弟弟小個，你忘了，你們還是幼稚園的同學，現在是車站派出所的副所長。好了，別囉嗦了，快上車吧。」

車輪開始滾動時，倆人才上了車，小燕隔著管車門的列車員，扯著嗓子對他說：「海生，洪欣老媽如果找你，你別理她，你的事，陸敏說她包了。」

最後幾個字說出口，車門已經關上了，聲音像是一個封閉的物體裡傳來的，海生朝她倆揮了揮手，眨眼間，載著她們的車消失的無影無蹤，獨立月臺上，海生又變得悵然孤獨。記得昨天從這裡出來，大腦是關閉的，他像個只會走路的機器，現在的心情算是好多了，小燕的突然出現，卸去了他心裡許多的憂傷，親人就是親人，儘管她臨上車的關照，令人有些啼笑皆非的感覺。

第八部　無情最是

（一）

田朝陽大學畢業後，就調進了令人羨慕的軍區機關工作，雖然這個年代高幹子女人人都穿上了軍裝，但能到大機關工作的並不多，畢竟這幫紈絝子弟總給人成事不足，敗事有餘的感覺。此外，他們的父輩都知道把孩子調進機關，是件敏感的事，擔心讓別人議論。田朝陽能進，因為他沾了「高級幹部遺孤」的邊，用這個理由調他進來，別人想反對也說不出口。

快下班時，朝陽坐在辦公桌前對著一堆文檔發呆。大學生（儘管前面要加上「工農兵」三個字），大機關工作，現實和前景好的無法再好，可對他來說，日子過得無聊透了。這幫子弟們都有個怪毛病，幾乎沒人對子承父業有興趣。

不過，有時候疲遝的生活裡還會有令人驚喜的小插曲，比如下面這個電話。

朝陽最怕電話鈴響，因為這間辦公室裡他的軍齡最短，其中最老的參謀若論起輩份來，他得叫人家叔叔，所以，接電話當然由他這個小年青包了。他拿起電話畢恭畢敬地說：「請問，找誰？」

「找你，田大參謀。」

「你出現了？」

「我又沒失蹤。」

「我以為你會失蹤一段時間。接了一天的電話，總算有一個可以用自己的語境說話的機會。」

「別貧嘴，下了班哪也別去，等著我過來。」能和朝陽如此說話的，天底下恐怕只有梁海生一個。

「哎，你別急著往這跑，今天可沒東西可以提供。」朝陽不敢在電話上說錄影帶，別人聽了太敏感。

「我有《豺狼的日子》、《東方快車謀殺案》，怎麼樣？」

「聽上去激動人心。」朝陽當然識貨，這些都是近期背地裡最流行的帶子。

「老規矩，你去食堂裡打幾個好菜，我帶啤酒。」

「別掛，路過鼓樓，買兩塊大冰磚過來，我惦記著它呢。記住要用大毛巾包好，別化了！」他還沒說完就聽電話那頭「喀嚓」一聲，掛上了。

年初，部裡新進了一套日本產的錄影放像設備，供教研使用。懂點高科技的朝陽絞盡腦汁搞到了操作和保管權，這套設備可是個寶貝，能放映資料是假，豐富業餘生活才是真。他第一時間把海生叫來一塊享受，名義上是好東西與朋友一道分享，實際上是炫耀自己的能耐，海生立即把看錄影定為他們的娛樂節目。

下班後，人散樓空，穿著一身軍服的海生出現了，朝陽把他領進了小會議室，拉上窗簾，只開了一個檯燈，兩人才放心地進入自己的談話空間。

海生把包裡的東西一樣一樣取出來：錄影帶、啤酒和毛巾包得嚴嚴實實的大冰磚。

「我真擔心你沒聽到我提醒你帶大毛巾。」

「用得著你提醒嗎，這活我幹了那麼多年，能忘嗎。」

在他們這些大院孩子的記憶裡，有三個地方是不會忘記的，山西路吃夜宵的品芳甜品，鼓樓食品商店的冷飲服務部，還有新街口的莫斯科餐廳。這些在別人記憶裡毫無意義的東西，卻是他們長大的印證。

「你知道嗎？這大冰磚漲價了，去年還是一塊二一個，今年已經漲到一塊五了。」

「這有什麼大驚小怪的，南京飯店的清炒蝦仁春節還是一塊錢一盤，現在已經是兩塊錢一盤了，還有，中華煙黑市已經漲到兩塊一包，翻了一倍還買不到，你知道誰告訴我的吧？趙凱。他辭職了，你聽說了嗎？」

「是嗎？不做工人階級了？」

「他現在就在倒賣香煙，前兩天還來找過我，問我有沒有內供煙管道，還說只要弄到就和我對半分，我哪有這種路子，我叫他去找你，你老爺子不是在上海嗎，中華，前門，牡丹，鳳凰都是上海生產的。」

「去你的，我連煙都不碰。」說是這麼說，海生心裡還是一震，想不到趙凱衝在他前面了。

朝陽找來盛器，放入冰淇淋，兩人坐在那愜意地吃起來。

「你記得當兵第一年，我們在上海支左，你來格致中學找我，我請你吃冰淇淋。」

「記得，那是我落難的時候，怎麼會忘記。」

「這次也是你落難的日子吧？」朝陽意味深長地說。

海生來這，就是為了找個人說話的，所以也不怕他不懷好意。「我前天去她那兒了，問了她你說的那件事，她聽了後非常生氣，沒說一句話，眼神裡盡是怨恨和冷漠，我敢保證東林當時碰到的也是這個神情，第二天，我就灰溜溜地回來了。」

「虧你問得出口，這種事誰會承認啊，你該不會缺根經吧？」

海生咧了咧嘴，看似漫不經心地轉了個話題說：「你猜我剛才買冰磚看到誰了？」

「不會是于蘭蘭吧？」大概坐辦公室的眼睛都會變小，朝陽瞇著眼問。

「還記得滬生結婚時來喝喜酒的洪教授一家嗎？我碰到了他女兒。」

「就是被某個大人物推薦到省電視臺的『病西施』，你的另一個夢中情人。」

「你說話能不能不刻薄。」海生隔空對他踢了個連環腿，以示氣憤。

朝陽只聽過那晚滬生的丈母娘講的洪欣的悲劇，並不知道後來海生寫情書給洪欣被她媽媽斥責的慘劇。不過呢，乘機往這傢伙身上多戳幾刀是件開心的事，繼續說：「你小子豔福不淺啊，前面一個還難以割捨呢，就已經有人後繼了。」

海生毫不感冒地說：「我也納悶，我去買冰磚，人很多，一直排到門口，我跟在隊伍後面，突然前面有人叫我，一看是她，你說隔著好幾個人，她後面又沒長眼睛，怎麼知道的？再說，昨天小燕、張蘇我們三個在家裡吃飯時，張蘇正好提到她，今天就給我遇上了，你說怪不怪？她還約我過兩天去電視臺看內部錄影。」

說到這，海生從記憶中調出了冷飲店兩人巧遇的畫面，再次證實洪欣的表情是非常自然的，白皙的臉龐上那雙黑色的大眼睛清澈無比，沒有了矜持，也沒有做作，雙手提著小冰桶，拘謹且笑著站在自己面前。

「這是天意，老天讓你快些離開于蘭蘭，所以在你身邊安排了另一個女人。不過話說回來，你小子身邊的女人怎麼盡是怪怪的。」

海生沒吭聲，他承認朝陽的話和道理搭一點邊，洪欣的出現的確打開了心裡另外一扇窗戶，從那兒透進來的亮光，把佔據在心裡的惆悵、自責、牽掛，包括難以忘懷的另一個女人的肉體都趕到了一邊。

「你說，我怎麼一看洪欣的眼神，就像從萬念俱焚中活過來了？」

朝陽沒回答，他想起另一個人，「那個北京的方研怎麼樣了？」這次，他忘記了在後面加上定語：你的第三個夢中情人。

嘿嘿，「忘記」這個詞又叫故意忽視，海生本能地從對方的忘記中找到了利器。「好長時間沒看到她了，怎麼，你看上她了。當初我說給你們撮合，你還擺架子，現在晚了，人家名花有主了，也是北京的高幹子弟，據說對她很好，兩家父母都見過面了，正準備結婚呢。」

海生嘴上不放過挖苦朝陽的機會，心裡竟也跟著生出許多失落來。方妍在他心裡和顧青、麗娜、張蘇一般，雖不能成為戀人，卻是心裡惦念的人。如今，她也要嫁人了，而自己卻走進了愛情的迷途。

曾幾何時，海生認為自己對蘭蘭的一往情深是舉世無雙的，的確，沒有足夠的勇氣是無法去愛這樣的女孩。然而勇氣的屬性裡還有一種匹夫之勇，這種勇氣很可能來的快，去的也快。從小城之傷到邂逅洪欣，七十二小時都不到，海生馬上就換了種心情，從彷徨失落一下跌入新的憧憬之中。他無法理解自己為什麼會把蘭蘭忘得這麼快。

事實上，這場轟轟烈烈的愛早已在小城最後一夜中倒坍了，他的任何悲傷都僅僅是滯後的情緒慣性而已，所以，正如朝陽說的，他應該感謝上蒼眷顧，讓他迅速脫離了悲傷的苦海。

等到了和洪欣見面的那天，蘭蘭在他心裡幾乎只剩下她最後離去的背影，彷彿是副經典的畫面，無論多大的浪花卷過，它都屹立在心的岬角上。

海生從沒想過，也不會去問，為什麼洪欣的家裡，準確地說是她老媽，怎麼又改變了主意。他天生是個行動派，已經過去的事，何必多此一舉，或許將來有一天會問，那是將來的事。眼下，他戴了一副墨鏡，穿了件白色的短袖襯衣，下身是一條褐色的府綢褲子，腳上蹬一雙剛流行前露腳趾後露跟的咖啡色皮涼鞋，如果再加一頂禮帽，就和電影裡的漢奸相去不遠了。最扎眼的是穿皮涼鞋的腳上還穿了一雙白襪子，白短袖襯衣也沒紮進褲帶裡。

這身打扮站在電視臺的大樓下，顯然是做了功課的，至少洪欣從他面前走過就沒認出他。

她穿了一身工作裝，上身是一件尖領繡著小花的白襯衫，下著一條深藍的長褲，顯得身材更加修長，她若是換上小燕穿的裙褲，不知會迷住多少人。就在海生分神之際，洪欣從他面前走了過去。

「洪欣。」他趕緊叫住了她。

「你在這兒。」洪欣驚喜地說，臉上綻放著天真的笑容，像是做完了功課的小朋友，大人同意他出去玩那般開心不已的樣子。

的確，能和海生見面，是洪欣人生中值得高興，期待和張揚的事。自從出了那件事後，她一直是家裡重點照看的對象，除了上班，參加其他任何活動，不是老媽，就是由哥哥陪著。即使是上班那點事，每天回到家還要被老媽盤根問底。一有什麼他們覺得不對勁的地方，全家草木皆兵。當初海生的信就讓全家好是緊張，嫁入豪門本是潘姨給女兒設計的路，但海生的求愛方式錯了，這事理應由梁家的長輩來撮合，所以潘姨把海生訓斥了一頓。

以前在飯館上班時，洪欣也收到過情書，那時雖已成了黑鬼子，但別人在情書上管她叫公主，她還偷偷地驕傲過。突然間，一切都毀了，隨同蕩然無存的驕傲，情書再也沒有出現過。她喜歡海生寫給自己的情書，也許是她原已喜歡上他，也許是它給自己找回了驕傲。總之，它就像天外飛來的雲歌，聽著聽著心靈就被帶走了，帶入一片寧靜的，屬於她的港灣，那裡沒有塵囂，只有白帆在一灣海水上搖曳，那正是她期待已久的家園。

她和海生一樣，不明白當初一個勁反對他倆交往的老媽，為什麼忽然又同意了。她一聽老媽鬆了口，就像領了大赦令一般，什麼都不問了，成日裡把未來編織著。老天也算是照顧這個 26 歲才被允許談朋友的苦命的女孩，讓她那天在冷飲櫃前一轉身遇到一身戎裝的海生，當時她高興地差一點撲進他的懷裡。回到家，她第一時間就把自己的奇遇分享給老媽和哥哥洪源，他倆都說這是天意，唯獨沒人去想梁老三有沒有女朋友。

「走吧，帶你去看錄影。」她不由分說地領著他往大樓裡去。

海生印象裡，洪欣一直都是文雅安靜的，還第一次見她如此急迫，只好隨著她邊往裡走邊問：「什麼好錄影？」

「《豺狼的日子》，名著改編，據說很好看。」

海生一聽就笑了，說道：「前兩天才看過，片子還是周建國借給我的。」

他只是這麼一說，絲毫沒有不想看的意思，反正也不是為了電影而來的，倒是洪欣經他一說，立即改變了主意。她本意是想和海生見面，真要是擠在放映廳裡，在別人注視之下，兩人說話反而不方便。

「正好我也不想看，不如我們去其他地方吧。」她說。

海生想不到洪欣骨子裡倒是個爽快的女人，這正合他的脾性，他立即挑了個離電視臺最近的好去處：「我們去解放門，從那上城牆，近看玄武湖，遠眺紫金山，觀賞聊天兩相宜。」

兩人一拍即合，轉身就往外走。電視臺在鼓樓往東的半坡上，往下走一站路就是雞鳴寺，這兒是市中心著名的景點，大樹參天，綠蔭環繞，市委機關的紅牆綠瓦亦隱藏於此。沿著牆邊有一條上千年的小徑，小徑幾經蜿蜒後，一個龐然大物突然阻斷了前路，它就是古城的城門之一——解放門。

海生在門前的小賣部買了兩瓶汽水，老闆卻不允許他帶走，只許當場喝，因為每少一個瓶子，廠家要向他收兩毛錢瓶子錢，海生只得付上押金，每瓶汽水，一下從三毛變成了五毛，洪欣在一旁連呼太貴了。

「不貴。」海生拎著費盡口舌才到手的汽水說：「等會上了城牆，口渴沒水喝，那才敗興呢。」

（二）

南京長大的男孩子，幾乎沒有沒爬過城牆的，海生小時候爬遍了南京城，知道解放門旁的城牆最好上，有以前殘留的臺階，用不著手腳並用，但在洪欣的眼裡，那些破爛不堪的臺階，還是足以讓她心驚膽戰，沒走兩步就叫道：「我害怕！」已經快踏上城頭的海生只好回來拉著她一塊走。男女之間，甭管什麼狀態下，手一旦牽上了，關係就變了，以後想不牽手都費力。

洪欣跟著海生上了城牆，眼前果然是山水一色，美不勝收，她開心地說：「想不到玄武湖有這麼大，還有，這城牆頂上這麼寬，都可以開汽車了吧？」

她俯身到城垛口向下探望，湖水幾乎連到了牆根下，彷彿身臨懸崖峭壁，她趕緊抓住海生的胳膊說：「我的媽媽，這麼高，嚇死我了。」

海生擺開男子漢的架式，往垛口上一坐說：「看到緊挨著城牆那棵大樹了嗎？小時候我們就順著它爬下城牆，免費進出玄武湖。」

站在20米高的城牆上就挺害怕了，再從上面爬下去，在女生的心裡是不可想像的事，洪欣對著那棵樹身被磨得光溜溜的大樹做了個怪臉說：「萬一掉下去怎麼辦？」

「從來沒想過，不過現在叫我爬，我肯定不敢。」

在城牆的內側，長著許多榆樹、槐樹，由於地勢較高，樹梢高高地蓋在城頭上，好似天然的涼棚，躲在樹下，可以盡情享受著高處快意的涼風與如畫的風景。

「你知道嗎，據說我們腳下這段城牆，就是當年的台城。」海生總算找到了學有所用的機會。

「就是韋莊的『無情最是台城柳，依舊煙籠十里堤』的台城嗎？」

「應該是吧」，海生有段時間對古詩詞入迷，很是背了不少，這會聽她唸了一句，頓時來了興趣，問道：「你也喜歡古詩？」

「我父親喜歡，小時候常教我們，現在都忘得差不多了。」洪欣的生活圈子就是家那點大的地方，從來沒在他人面前談詩說詞，剛才因為高興，一時說露了嘴，被海生一問，反倒羞怯了。

「對了，聽說你父親是用英文翻譯唐詩宋詞的大家，這麼說來，你的古詩基礎一定很好。古代詩人中，你最喜歡誰的詩？」海生一句緊似一句地追問。

這個問題對洪欣來說並不難，她毫不猶豫地說：「當然是我們女人的代表，李清照的詞了。」

「我也喜歡她，不讀她的詩，就沒資格說宋詞。你最喜歡哪一首。」

「每首都喜歡，按我爸爸的說法，沒有不喜歡的。」

海生承認洪教授說的有禮，李清照的詞，字字珠璣，意深情長。但是，他還是想和洪欣印證一下，便說：「唸一首你最心儀的，行嗎？」

洪欣見推不過，想了想說：「有一首我偏愛的，念出來不准你笑我。」

「這樣吧，你唸一首，我唸一首，算是切磋。」見她一臉的小女生神態，海生生怕為難了她。

「暗淡輕黃體性柔，情疏跡遠只留香。何須淺碧深紅色，自是花中第一流。梅定妒，菊應羞。畫欄開處冠中秋。騷人可煞無情思，何事當年不見收。」

「選得好，這是她的《鷓鴣天・詠桂花》，你選它，最合適不過。」

洪欣聽得悅耳，嫣然一笑說：「輪到你了，歷史系高材生。」

海生低頭一忖，說道：「就是它了。」然後清咳一聲，作亮嗓子狀，一旁的洪欣哪受得了他如此裝模作樣，不禁笑出了聲。

「蹴罷秋韆，起來慵整纖纖手。露濃花瘦，薄汗輕透。見客入來，襪劃金釵溜。和羞走，倚門回首，卻把青梅嗅。」

洪欣聽罷，嘴一撅說：「不行，你這是借機整人，要罰。」

「沒有啊，我就是喜歡她的那句『倚門回首，卻把青梅嗅』。把女孩子寫得多可愛啊。」海生心裡憋著壞，臉上裝出一副無辜的樣子。

洪欣是何等敏感的女孩子，早從他的眼神裡看出了蛛絲馬跡，不倚不饒地說：「就是這句要罰，罰你下去再買兩瓶汽水上來。」

「我下去一趟沒什麼了不起，你在上面萬一有什麼閃失怎麼辦？」

洪欣不和他理論，伸出一隻青蔥般的手指，搖了搖，再做了個

「請走吧」的動作，海生只能往下走，走了兩步，終是洪欣忍不住笑出了聲：「回來吧，罰完了。」

迎著雀躍回來的海生，她說：「這首《點絳唇》我也很喜歡，只是今個兒容不得你唸它。」原來，她是生怕海生將她比作嗅青梅的少女。

海生知道自己的伎倆被她識破，心裡不禁佩服她的慧聰。他曾經跟在戴夫子的後面，聽他解釋不少古詩，自然知道談論古詩，須得講究語境，最忌俗人俗語，敗了興致。因此，一聽洪欣的談吐，知道是對上了胃口，於是拿出了一副專業的架勢說：「你談古詩時，用語都變了，吐字時字正腔圓，京味十足，很有些范兒，看得出受你父親影響很深。再考你一個問題，李易安作詞用蘇州話，還是南京話？」

洪欣認真想了一下說：「她是安陽長大的，應該用安陽話。」

「好！你是塊學歷史的料子。」

「為什麼？」洪欣被他哄得像真的一樣。

「我第一天上歷史課時問老師，唐詩宋詞是用西安話念，還是用洛陽話念，老師聽罷就說我是學歷史的料子。語言是文章的祖宗，中國有幾百種方言，大多數成不了文章，你知道為什麼嗎？就是因為不好聽，不信你用南京話念李清照的詞試試。」

洪欣聽了，果真用南京話念起了《點絳唇》，才唸了「蹴罷秋韆」，兩人就笑得前仰後合。

「你知道嗎，明朝以前，南京城說的是吳語，也就是蘇州話，朱元璋當了皇帝後，大批大批的淮民跟著他住進了京城，淮河土話就成了南京官話。」

洪欣整了整兩鬢說：「小時候，媽媽不許我們說南京話，說了就會被打手心，我們大學的宿舍大院裡幾千人，都不說南京話。」

1949 年後，南京是除了上海、北京以外，大學最多的城市。大學裡的教書匠們幾乎都不是本地人，這些外來者和他們的家庭一概排斥本地話，但和外界溝通又不能說自己家鄉話，所以，一律就說普通話。在南京，還有一群特定人群不說南京話，他們就是南京軍地兩界的幹部子女，有意思的是，知識份子子女和幹部子女，本是兩個對立的群體，卻因為都不說南京話，產生了微妙的惺惺相惜的共鳴，比如認同，比如通婚。

「你媽媽太有遠見了。」海生把馬屁一直拍到她媽媽那。「有一個很有名的出生在中國的洋人說過，南京話是中國最難聽的方言。」

「他是誰？」洪欣第一次聽到這個典故，兩隻眼睛瞪得大大的問。

「美國駐中華民國大使司徒雷登，司徒雷登生在杭州……。」

海生很少幹「掉書袋」的事，既不是因為看不起，也不是因為品質謙虛，而是他天生木訥，不好這一口。今日卻例外，在洪欣面前引經據點，大大地賣弄了一通。再靦腆的人，一旦說上癮來，也有收不住的時候，直到洪欣抬腕看了看錶，他才意識到自己說過了頭。

「不好意思，扯得太遠了，都是些沒用的東西。」回過神來的海生，又還其笨嘴笨舌的原形。

「沒關係，挺有意思的。只是今天我還要趕在下班之前回台裡辦點事。」洪欣生怕他誤會，趕緊向他解釋。

兩人順原路下城牆，感覺比上來時還危險，破爛不堪的臺階根本無法踩實，洪欣只好讓海生攙著自己，直至走上正路，倆人的手還是牢牢地握在一起。第一次和別人約會的洪欣覺得有些難為情，卻又捨不得放開，海生似乎明白她的心思，很紳士地把臂彎伸給她，洪欣所有的拘緊頓時化為欣喜。

「你有多高？」和洪欣走在一起，總擺脫不了壓迫感，海生終於憋不住問她。

「光了腳 1 米 69，你呢？」

「還好，我比你高 3 公分。」看了看穿平底鞋的她，海生說：「我怎麼覺得你比我高呢？」

洪欣甩了甩過肩的長髮，頑皮地說：「這要問它嘞。」

海生突然想起另一個人對他說過，你再高 10 公分就好了。那是在一間小屋裡，說話人伏在他身上，用下巴頂著他胸脯，也是頑皮的樣子，不知她現在怎麼樣，是強顏歡笑應付家人，還是待在小屋裡獨自長睡。她曾經說過，生氣的時候就睡覺，睡到不生氣了才起來。

洪欣見他突然不說話了，還以為他擔心自己的身高，撒嬌地說：「你要是擔心，以後我和你見面一直穿平底鞋好了，反正我也不喜歡穿高跟鞋，走路腳痛。」對她來說，這是她頭一次對家人以外的人撒嬌，第一次約會就這樣，似乎快了點，但在她心裡，早已把海生劃入可以肆意的人。

心在遠處的海生立即意識到洪欣親昵地暗示，用胳膊扯了她一下說：「別擔心，男人 30 歲前還會長呢。」

洪欣被他一拽，有一種要飄起來的感覺，整個人倚在他的肩膀上，越發調皮地說：「那好啊，到時候你不長，就不要怪我比你高。」

電視臺前的馬路是南京著名的景觀道，兩旁種著高大的雪松，密密的松針把馬路兩側的人行道遮得嚴嚴實實。兩人走到電視臺對面的路沿上，海生識趣地說：「我不送你過馬路了，你自己小心。」

洪欣點頭欲去，突然又回到他面前，雙手背在身後，飛快地在他臉上落下一個吻，這才開心地離去。當她快步穿過馬路時，她那披肩的長髮甩在修長的身段上，給人風情萬種的遐想。海生對著她的背影呆立了良久。幾天前，他在一個背影裡遺失了愛，今天似乎在另一個背影裡又找到了愛，感覺像大白天作夢，卻又有剛剛的吻別作證。他實在不敢相信洪欣和自己的關係一下子變得如此親近，他第一次遇到洪欣，就把她定格在好女生一類裡。他從小就敬畏被老師捧為好學生的女生，遇到好女生和他說話，他一定會臉紅，只因為他是壞孩子，有哪個好女生看得起壞男生呢。所以，他此前對洪欣的喜歡一直摻合著敬畏。儘管那時心裡有她，卻不敢放膽去追她，直到知道了她遭遇後，才有了追求她的勇氣。

另外，在他內心深處，很久以來一直有個古怪的想法，他希望有個優雅的女人來改變自己，洪欣身上那種不食人間煙火的氣質正好吻合。沒想到今天的洪欣卻是如此的頑皮、率性，令自己有想褪下她衣服的欲望。還好，她和蘭蘭不同，蘭蘭是那個在愛情上牽著他走的人，是能令他瘋狂的女神，而洪欣是需要他呵護的愛人，如何背負呵護去享受愛，他似乎還沒準備好。

（三）

第二天，還在睡夢裡，海生被一陣急促的電話鈴聲吵醒，他眼也不睜，踢踢踏踏地走到外間，窩進沙發裡拿起電話問對方是誰。

「我是洪欣，你不會還沒起床吧？」

「給你說對了，昨晚和學校裡一個圍棋高手下棋，輸得一塌糊塗，回來怎麼也睡不著，複盤到天亮才躺下。現在幾點了？」

其實電話機旁就有鐘，他懶得睜眼看。

「十一點了，太陽都照到屁股了。」洪欣原想說句玩笑話，拉近兩人的距離，卻脫口說了句近乎粗魯的話，說完了，自個兒在電話那一邊伸了伸舌頭竊笑。

海生被她一說，眼睛倒是睜開了一條縫，因為他想確定這話是從一個外表優雅美麗的女人嘴裡說出來的，接著他問：「說吧，有什麼安排？」

「我媽媽讓你晚上來我們家吃飯，她說要和你談談。」

聽完她的話，仿佛有一聲夏日驚雷剛剛從頭上滾過，海生徹底睜開了眼。一愣之後，他發現自己無法不同意，打了個呵欠說：「好吧，我們怎麼碰頭？」

放下電話後，他愣愣地望著頭頂的天花板，足足有五分鐘縮在沙發裡沒動，直到看見一隻吃得飽飽的蚊子趴在天花板上，才回過神來，摸起腳邊一隻拖鞋，將其擺成水準狀，屏住了呼吸，一使勁，底朝上的拖鞋穩穩地飛起，砸到了天花板後，又落回了他的手裡，房頂上只剩一灘血跡。「吸我血者，誅！」他揚眉吐氣說完，把拖鞋往腳上一套，起身衝涼去了。

梁老三此生最怕的就是見長輩，不僅要叫叔叔阿姨，伯伯伯母，還通常被他們問得汗流夾背。世上的事偏偏是怕什麼就來什麼，今晚，他要見的是最讓他發怵的老太太。他非常心儀洪欣，唯一的心病，就是怕她的老媽，上次在洪家被她訓斥的難堪始終令他不安，沒想到老太太點名又要見他。

當海生忐忑不安地被洪欣領進家門時，事情並沒有他想像的那麼可怕，洪欣的老媽潘阿姨只是露了個面就退回廚房做菜去了，反倒是洪教授和他聊了許多學校裡的事，還送給他一本自己編譯的英漢對照《唐宋詞選》。洪教授從頭到尾沒有一次提及洪欣，好像面前這個人與自己的女兒沒有任何關係似的。海生則感到在家庭這塊畫布上，這一對夫妻，男性的理智和女性的想像力，就像黑與白，反差如此大，卻又誰也離不開誰。

懂六、七種外語的洪教授，說起唐詩宋詞有一種濃濃的醉意，以至於光亮的腦門上因為興奮，泌出了細細的汗珠。海生假裝專注地聽著，心裡卻總止不住要去想那些細細的汗珠會串在一起跌落下來嗎？可惜它們還沒成串，就被一隻枯黃雞皮的手抹去了。從這只手，他又轉向那張雖蒼老卻是百分之百的中國人特徵的臉，不由地令他想起外界所傳洪欣是混血的謠言。

海生天生就不是個很專注的人，尤其在聽別人講話時，他必定會瞎想，而且還是那種海闊天空般地瞎想，直到兩人上了飯桌，還是一個談興未盡，一個專注地瞎想。潘阿姨毫不客氣地打斷了洪教授的興致，作為她登場的引子，這一下又讓海生想起了藏在心裡的擔心。

「海生，嘗嘗我做的醃篤鮮。」潘安琪說著給他盛了一大碗，海生連著說了一串「謝謝」，要不是洪欣在旁邊止住了他，他還要謝下去。

「這湯裡我放了火腿，你看顏色這麼白，都是火腿熬出來的。

上海人燒湯一定放火腿，開洋和干貝的。」

海生立馬想起潘姨是出生上海的大小姐，還喜歡以藝術家自居，想必這湯一定鮮美可口，不由地恭恭敬敬地喝了一口。

海生的味覺絕對超過一般人，十種食物調在一起做出來的菜肴，一般人也就說出個四、五種，而他至少能說出七、八種來。此刻一口湯滑過舌頭，他立即領略到了一種與眾不同的味道，忙說：「好香，好香。」又從碗裡各挑出筍、瘦肉、火腿絲、豆腐衣放入口中，一陣亂嚼之後，確定了那「香味」是從那種食材上生出來的。

他抬頭看桌上的人，猜誰會先把那異味說出來。結果，洪教授、洪欣、潘姨都在安靜地喝湯，毫無異樣地反應。

這時，洪欣的哥哥洪源下班回來了，一看海生也在，很客氣地和他打招呼。看他那從容的樣子，似乎早已知道了海生和洪欣的事。洪源比洪欣大兩歲，從農村返城後，分到工廠裡當工人，幹得是三班倒的話，平常很難見到他。他在自己的位置坐下後，照例和別人一樣先盛了碗湯，剛喝了兩口，便皺起眉頭說：「這湯怎麼有哈味。」接著又說：「一定是放了那個哈了的火腿，我說要把它扔掉，你們為什麼還留著它。」

洪欣的哥哥在農村吃了許多的苦，是家裡唯一一個敢和潘安琪頂撞的人，他口裡的那個複數「你們」，指的就是老媽。海生聽了，臉上不露一點表情，心裡卻在想，總算有個人喝出味了。

潘安琪則趕緊喝了一口，咂了咂嘴說：「還好嗎，我覺得沒什麼哈味，海生，你覺得呢？」

「還好吧，火腿我很少吃，應該就是這個味吧。」他雖然不善於撒謊，裝傻卻是高手，邊說還邊夾起幾根火腿絲放進嘴裡。

真是天見可憐，裝傻也不是容易的事，海生憋屈地想，會不會潘姨故意給他吃哈了的火腿，為了給自己一個下馬威，這不能怪他多心，因為他領教過潘姨不近人情的斥責，自然就會往不近人情的路子上想。

還好，事情沒有海生想像的那麼嚴重，「醃篤鮮」之後，再也沒有什麼令人擔心的菜端上來。一頓飯有驚無險地吃完了，看洪欣在收拾碗盤，海生主動要幫著她洗碗，潘姨過來攔下他，並話裡有話地說：「平常洗碗都是洪欣包的，今天你是客人，讓她陪你，碗筷交給我了。」

兩人一副很領情的樣子回到客廳，洪欣把他安頓好後說：「想不想聽我彈吉他。」海生當然願意，在他心裡，吉他是世上最具人性的琴。洪欣拿出吉他坐在海生身邊的小凳上，少頃，悠揚的琴聲從她的指間流出。她的吉他造詣要比東林深多了，雖然她後來在劇團裡彈的是琵琶，小時候學的卻是吉他，只因文革開始，吉他成了反動的東西，只好去當琵琶手。

此刻，六弦琴在她懷裡，全然一幅美女抱琴圖，美得讓人癡迷，恰恰洪欣指間流淌出來的正是低吟深邃的《愛情羅曼史》，每一個音符都能讓人沉醉進去，頃刻間，六弦琴聲成了唯一存在的東西，直到曲終，海生還深陷那撼人的聲音裡。待醒來，他輕輕說了兩個字：「真好。」洪欣朝他莞爾一笑，海生又問：「你會彈《星星索》嗎？」她點點頭。他頑皮地衝她一笑說：「要邊彈邊唱噢。」她還是點點頭。

這是首南洋民歌改編彈唱歌曲，海生記得東林常常彈唱它，難度不大，卻非常動聽。洪欣深受西方音樂薰陶，嗓音很有磁性，特別合適吉他彈唱，她是用一種淒美聲音來演繹這首歌，低沉的和絃配著深邃的歌聲，仿佛把你帶入一個只有美麗的山水和情人的港灣，海生的心跟著它一下湧出了太多太多的東西，有憂傷，有死亡，有盡頭，還有孤獨的愛等待著他。聽著聽著，眼裡竟泛起了淚光，就在這時，潘姨走來了。

她毫不客氣地打斷了琴聲，對洪欣說：「你剛才有個音彈錯了，你知道嗎？」

「我知道。」洪欣低下頭，表情僵硬地答道。

當著海生的面，潘姨一點不給女兒面子，十分生氣地說：「你的琴要好好練練，否則都荒廢了。」繼而她又轉向海生說：「你跟我來，我有事要跟你談談。」

該來的總是要來了，海生乖乖地跟著潘姨身後，還不忘對受了委屈的洪欣做了個鬼臉。她太可憐了，海生心疼地想。

「坐吧。」潘姨把他領進了她和洪教授的臥室後說。

臥室不大，卻很精緻，尤其是靠門處那隻紅木櫥子，一下就顯出主人的身價來。海生在房間裡唯一一張紅木椅子上坐下，心裡卻很緊張，不知道老太太今天出什麼招，他想放鬆一下心情，將胳膊往扶手上一搭，忽然意識到這個動作在長輩面前會引起不良刺激，趕緊又放下。對面的潘姨則輕鬆地半坐半靠在席夢思上，交叉著雙腿，雪白的一對玉足在繡花拖鞋裡半隱半現。

「聽說你們約會談得不錯，你還帶著洪欣爬到城牆上去了？」

潘姨看著他說，他則盯著她的腳在聽，聽完了，點頭承認。潘姨這話，前半段聽著有些褒意，後半句明顯有不滿之意，叫他無法開口。

果然，潘姨語帶不滿地說：「你怎麼能帶一個女孩去爬城牆呢，多危險啊，這麼不懂愛惜女人可不行。」

「那兒原來就有臺階，只是有些破損，我們是延著臺階走上去的。」永遠不識時務的海生紅著臉解釋。

潘姨不理他的解釋，繼續按自己的思路說：「聽說你們還接吻了。第一次約會就吻女孩子，太魯莽了。你們高幹子弟就喜歡想怎麼樣，就怎麼樣，聽說還是在電視臺門口，這怎麼可以，你們膽子也太大了。給洪欣的同事看到影響多不好。我們洪欣在電視臺口碑很好的，將來是要接班做導演的。小梁，我提醒你，我同意你們談戀愛，並不是同意你們可以胡來，像這樣，我會停止你們談下去的。」

潘姨的語調越說越快，待她指責他們接吻時，海生已經無法正常接收她在說什麼，她嘴裡蹦出的每個字，恍如兒時放的連響炮仗，在耳朵裡炸成一團。他窘得根本沒心思考慮如何得體地回答她，完全陷入了隱私被別人揭露後的羞愧和不安中。這太讓他丟人了，雖然文革已經過去，人們又可以為愛情歡歌，但當面被別人揭穿你和一個姑娘接吻，還是無法讓人淡定。

潘姨見他坐著一聲不吭的樣子，心裡頗為滿足，該出的氣也出了，於是換了個話題說：「小梁，你來，我給你看些東西。」

她把海生招呼到紅木櫥櫃前，拿出掛在腰中的鑰匙，打開櫥門，拉出一個抽屜，抽屜的表層蓋著紫色的天鵝絨布，揭開絨布，裡面安靜地躺著 10 來塊手錶。她說：「這兒全是世界名錶，是我父親留下的，你們結婚，我一人送你們一塊。」接著，她又拉開另外一個抽屜，裡面有幾個精美小巧的盒子，她打開其中一個，盒裡整齊地擺著兩對亮晶晶的戒指，她拿出一對放在手心給海生看。「你們結婚那天，就戴這對鑽石戒指，那一副是給洪源留著的。」

海生這輩子還沒見過真的鑽石戒指，多年前，趙凱撿到的那個，由於出自墓地，蒙頭垢面的，不知是真是假。於是，很稀罕地看了兩眼，第一眼看的是潘姨手中這副，另一眼看的是躺在盒子裡的那副，憑他粗陋的目光，只看出盒子裡的比潘姨手中的鑽石要大。

潘姨把戒指放好後說：「我們洪欣，很多人家都來提過親，我都沒同意。我的女兒是一定要嫁給高幹子弟的。你不曉得，洪欣的外公曾經在北京當過司長，也是高級幹部，我們家也算是高幹家庭，洪欣素質那麼好，怎麼能嫁個一般家庭呢。」

海生雖然天生一個倔脾氣，但他畢竟逃不過中國長大的背景，中國長大的孩子統一都怕父母，怕到什麼程度呢？這麼說吧，直至他們長大成人，很多人在長輩面前都不知道如何理直氣壯地說話。中國的老祖宗，不僅要孩子們怕父母，還將怕建成了規矩，並給規矩起了個好名字，叫做禮儀，以為懂了禮儀的孩子們，便不知道如何不怕長輩了，所以，這個當了連長的晚輩，此刻只能唯唯諾諾地聽她喋喋不休。

潘姨見他一副乖樣，問道：「你有沒有把你和洪欣的事告訴你家裡？」

「還沒有。」海生答畢，等著她開口，他已經開始習慣聽她指揮。

「這不行，你怎麼能瞞著你父母呢？」潘姨臉現驚恐狀，又說：「這樣吧，在你沒得到家裡同意之前，你們倆個暫時不能往來。」

海生原想解釋父母都去了上海，等他們回來會告訴他們，但又覺得眼前這個老太已經霸道到無法交流的地步。很明顯，她把女兒當作玩偶牢牢地操縱在手心裡，連一丁點隱私都不允許有，現在又想來控制他。面對頭髮花白，背已駝起的潘姨，他生不出任何恨意，只能歎息人性的醜惡，也為洪欣悲哀。不可想像一個外表光鮮豔麗的女孩，竟然生活在如此齷齪的環境裡，他暗生心念，一定要把洪欣從這兒解救出來，還她一個與她優雅美麗相配的生活。

（四）

他做的第一件事，是向家裡攤牌，他和洪欣談戀愛了。其實向家裡攤牌，就是向老媽一個人攤牌，只要她同意，老爸那不會有什麼異議，在城裡，子女婚姻把關的大都是母親。

開學前幾天，劉延平從上海回來了。她這次去上海，是去解決她與梁袤書夫妻兩地分居的事。這話聽起來好笑，但是小燕在電話裡就是這樣說給海生聽的，作為梁袤書的妻子，劉延平的調動自有上海市委辦公室出面協調，她只是去表個態，在為她推薦的單位中任選一個就行了。她沒有挑選和原工作對口的市委組織部，而是選了某新建大學黨委副書記一職。機關繁忙的瑣事和複雜的人事關係令她生厭，她是個精力旺盛的人，希望去個有挑戰性，又能做些實事的單位工作，尤其在大學重新受寵的年代，成為一個大學的領導，很有點那個什麼。

海生趕在老媽回來的前一天，把家裡好好清潔一下。之前，水池裡的碗盤堆了有三、四天，水池下的垃圾桶裡的垃圾都發出了腐臭味，反正所有不乾淨的地方都因老媽的歸來享受了被清潔的待遇。劉延平進了家門見兒子把屋子收拾得這麼乾淨，高興地把他誇獎了一通，但是，當海生小心翼翼地說出他的人生大事時，前一天的努力幾乎都白費了。

他先是從冰箱裡抱出半個西瓜為老媽消暑，還特地從中間挖了最好的一塊瓜瓤盛給老媽。幹了二十多年組織人事工作的劉延平，立即察覺出兒子的舉止反常，按說兒子給母親盛碗西瓜很正常，只是這個平日裡大大咧咧的兒子，今個兒如此小心翼翼，八成是有什麼難事了。

她咬了口西瓜，說了聲好甜，然後看著兒子說：「說吧，有什麼事？」

海生在她對面坐下，扭捏地說：「我和洪欣談朋友了。」

「誰？」劉延平吃了一驚，她當然知道洪欣是誰，可還是問了一聲。

「洪欣你忘了？就是我們學校洪教授的女兒，滬生結婚時，還來我們家跳過舞。」

劉延平將嘴裡的西瓜籽吐出來，不緊不慢地問：「你們什麼時候開始的？」她心裡在想，如何告訴兒子自己的意見。

一看老媽臉上沒有任何表情，海生有些慌，迫不及待把他巧遇洪欣，一直到洪家請他去吃飯大略說了一遍。

劉延平吃完既解渴，又解暑的西瓜，人往沙發上一靠說：「原來你暑假沒去旅遊就是為了她呀。」

和蘭蘭的戀情，海生從一開始就沒準備告訴家裡，所以做足了保密工作，上上下下沒人知道，現在聽了老媽自以為是的推測，只能在心裡苦笑，他著急地催老媽：「你快說，同意還是不同意。」

通常人們在催別人「同意還是不同意」時，自己早已拿好了主意，這句話往往是在逼對方按自己的意思辦。劉延平被兒子一逼，血壓就升上去了，說：「這事家裡不同意。」她本來是想說自己不同意的，臨開口時覺得份量不夠，便改口家裡不同意。的確，有哪個家庭會同意兒子和一個經歷了輪奸、懷孕，並患上了抑鬱症的女孩談朋友啊，這太離譜了！

「為什麼不同意？」海生懊惱地問。

「你忘了陸敏媽媽說的洪欣的事嗎？」劉延平真想劈頭蓋臉把兒子罵一通，但一想到兒子的掘脾氣，只能壓著火氣說。

「記得，那又怎麼樣，我不在乎。」

劉延平哪裡曉得正是洪欣淒慘的遭遇，令海生無法抑制對她的愛憐，這本是人的原始本能中最美好的東西，可惜，如今成了愚蠢的行為。

「你怎麼這麼糊塗，就算你同情她，可你也要為將來想想，精神病是很難治好的，犯病了你怎麼辦？而且還會遺傳，這些你考慮過了嗎？」

「她是抑鬱症，還沒到精神病，而且很長時間不犯了。再說，我們只是開始交往，又不是結婚。」

「那也不行，這件事可不是鬧著玩的，你趕緊打消念頭吧。」在劉延平的概念裡，男女之間公開談朋友，就和結婚差不多了。反之，倆人若吹了，也和離婚似的，會引起許多議論和麻煩，眼底下就有滬生和麗娜的例子。

作為職業革命者的劉延平，育孩教子原本就缺少傳承，這年代，傳統的，外來的，都成了垃圾，而理想的又無法照亮現實，所以，父母和子女的溝通藝術，只是一種累積的認知力，它談不上教育，只能算是一種約束，這也正是海生為什麼一定要找個書香門第的女孩的原因之一，他可不希望自己的孩子將來成長在這種環境裡。

海生一看毫無商量的餘地，氣呼呼地說：「早就知道你會反對，蠻好不跟你說的。」說完，忿忿地走回自己的房間，重重地關上門。

以前是她在兒子面前摔門，現在是兒子在她面前摔門。劉延平雖然滿肚子不高興，卻坐在那沒動，不一會，隔壁又傳來乒乒乓乓摔東西的聲音，她歎了口氣，拿起吃剩的西瓜，躲進廚房去了。

平心而論，小三子這幾年做事穩重多了，沒讓她操什麼心。尤其在談女朋友方面，比她還挑剔。前前後後給他介紹了不下一打，沒一個看中的，她知道兒子不喜歡幹部子女，心裡也同意他的想法，找一個教養，有學識的媳婦當然好。可萬萬沒想到，一直聲明要自己找的兒子，卻找了一個經歷如此坎坷的人，這是她無論如何也接受不了的。作為革命者，她信奉婚姻自由，反對父母包辦，她自忖自己不是個封建家長，只是這一次的事，她無法接受。

晚飯，她做了幾個好菜，去叫了兒子幾次，他就是不出來吃飯。在旁人眼裡，不吃就不吃好了，又餓不死的，偏偏在當媽的心裡，卻是比自己餓著還難受，結果，兒子不吃，她也吃不下，一桌菜沒一個人吃。

恰好這時，屋外有人敲開，開門一看，原來是離開梁家幾個月的老阿姨來了。劉延平趕緊請她進來，問她這一陣在哪裡，怎麼也不來看看？其實，老阿姨一直沒有離開南京，就在離這不遠的另一個大院找了個人家做事。劉延平不知道她的下落，她卻全知道梁家的動靜。

「聽說你去了上海，我擔心沒人做飯給小三子吃，就來看看，正巧你回來了。」老阿姨說這話時，臉上有些不自然，儘管她臉上的皺褶多的數不清，劉延平還是察覺到了。她見老阿姨手上還拿著離開梁家時的那個小包袱，明白了她現在是個什麼狀況，就說：「你先住下吧，這兒和家一樣，正好有一間空房。」老阿姨本不知該如何開口，經她這麼一說，心裡鬆了口氣，千謝萬謝的，放下手中包袱就要去做事，一看飯桌上擺了幾個菜沒動過，便問劉延平，是不是在等小三子？

「他在裡面睡覺呢，和我生氣，不願出來吃飯。」

劉延平把海生生氣的事大致對老阿姨說了一遍，當然，那女孩的身世，她一字未提。要擱在往常，她不會把這種事講給老阿姨聽的，只因這會想找個人往外倒當母親的苦水，也就顧不了那麼多了。

老阿姨也年青過，也結過婚有個兒子，兒子交女朋友，結婚成家，她沒操過一份心，兩人還不是過的好好的。她雖是下人，聽劉同志對自己說了這許多，總是要說些寬心的話給她。

「我說劉同志啊，孩子們都大了，你管不了的。就像那會滬生和麗娜，你們想叫他們在一起，他們偏不在一起，這種事孩子們都和父母過不去。說不定過兩天，他們自己就不談了。」

老阿姨說了一圈，也沒敢把心裡真正想說的話說出來，她心裡想的是：男女交朋友，兒子都不會吃虧的。

不過，她的話卻提醒了劉延平，她現在硬不准，海生會恨自己一輩子，還不如讓他自己撞在南牆上自己回頭。再說她馬上就要去上海工作了，兒子的事她也管不到了。

老阿姨見劉同志不吭氣，就自告奮勇地敲海生的門。躲在屋裡絕食的海生見是老阿姨敲門，只好把門打開，客客氣氣和她打招呼。

「快吃飯吧，都 8 點鐘了。」老阿姨心疼地說。

「你們吃吧，我不餓。」海生雖然拒絕吃飯，但又不能讓老阿姨下不了臺，所以，只是淡淡地說了一句。

劉延平一看他轉身又要回房間，快快地叫住了他。「你回來！」見兒子回身，又說：「坐下。」海生的表情是回來就回來，坐下就坐下，然後耷拉著腦袋，誰都不看，用南京話形容，這叫「死相」。

果然，劉延平開口就說：「看你個死相。你聽著，你的事我不管了，你們願意怎樣就怎樣，將來有什麼事也別來找我。」

本來已經對老媽絕望的海生，如同得了大赦一般，立刻換了副笑臉說：「本來就不要你管。」然後高高興興地拉著老阿姨說：「我們吃飯去。」

劉延平笑不出來，不過，她居然感到如釋重負。

第二天，海生第一時間打電話到電視臺，告訴洪欣，老媽從上海回來，並且同意他們交往了。這些天一直飯吃不好，覺睡不著的洪欣，高興地一整天在辦公室裡見誰都笑。回家後她立即把消息告訴潘安琪，潘姨很得意地對女兒說：「男人啊，在這個時候是最饞的，你叫他做什麼，他就做什麼，用不著我們去求梁家。」

洪欣眼巴巴地望著老媽說：「他讓我週末去他家，我可以去嗎？」

「去吧，為什麼不去，打扮得漂漂亮亮的去。」

洪欣還是第一次看到母親那麼乾脆答應她的要求，歡歡喜喜地回了房。潘安琪滿意地看著女兒輕盈的背影，又顧影自憐地站在鏡子前思考著，下一次就輪到自己出場了。

（五）

秋天，是穿什麼衣服都適宜的季節。洪欣偏愛淡藍色，就像窗外淡淡的秋色，令人心曠神怡。為了去梁家，她選了一件淡藍色的無袖長裙，腰間繫一條白色的飾帶，配上一雙輕便鞋和小巧的白色肩包，看上去大方清純。從十來歲起，周圍的人就說她長得像好萊塢的嘉寶，而那場從天而降的災難，正是天生麗質帶來的。據後來公安審訊的口供所錄，那三個小流氓曾經和鼓樓的另一撥小痞子打賭，看誰有本事先把她弄到手。他們幾次在飯館和洪欣搭訕被拒後，就在她下班的路上下手輪奸了她。為此，她長達七年躲在家人身後，深居簡出，常常以淚洗面，還飽受各種流言的騷擾和猜疑的糾纏。平日裡出門，衣著是越土越舊越好，更不敢描眉抹口紅，今天，她終於可以揚眉吐氣了。

一大早，潘安琪就用各種工具給女兒做了個四十年代嘉寶的標誌性髮型，她年青時就喜歡這種長波浪式的髮型，雖然已過了三十多年，好在這三十年裡，中國女人的髮式倒退了五十年，她當年的最愛依然時髦。望著女兒在鏡子面前束手無策的樣子，她又臨時教她如何展現一種心高氣傲的形體。論表演，洪欣遠不及于蘭蘭，好在與身俱來的優雅氣質，令她舉手投足間自有一種別人沒有的魅力。

九時正，洪家的門鈴如約響起，洪欣興高采烈地跑去開門，果然是海生，他穿了身便裝，氣定神閑地笑著，身後仿佛跟著一個燦爛的世界。

當家門在他們身後「怦」地一聲關上，洪欣立即挽住了海生，她像只快樂的小鳥，依在情郎的臂彎裡，向他幸福地一笑，正好與海生讚美的目光交織在一起，臉上不禁抹過許些羞波，格外的動人。

出了樓門，海生見她有些緊張，便逗她：「我猜你媽媽准在樓上的窗戶裡看著我們呢。」洪欣聽了心裡一緊張，想把手鬆開，卻被海生勾得牢牢的，鬆脫不得，再看他捉弄人的眼神，方知上了當，她也不惱，只是嫣然地一笑。

洪欣不會騎車，秋日也正是攜手漫步的好時光，兩人的家亦相距不遠，一個在鼓樓，一個在玄武門，走走也就二十分鐘，然而在起點和終點上，兩人的漫步並不輕鬆。

起點是大學的教工宿舍大院，院裡住著兩、三千教工和家屬，今天又恰逢週末，院內的道路上比往常多了幾倍的人，他倆手挽著手一路走出去，不知被多少人盯住了看，更無法去猜窗戶後面還有多少雙眼睛。平日裡洪欣出門都是低著頭，不理任何人來去匆匆，也從來不穿醒目的衣服，今天，她心裡記牢了老媽的囑咐，大著膽子，兩眼平視，容光煥發地往外走。

既然是端著笑容，見了熟人就不能不打招呼，對那些半生不熟的人，好歹也要點頭示意。幸好有海生在身邊壯膽，他不慌不忙的神氣經過肌膚傳導到她心裡，才使她裝作從容不迫的樣子走出了院門。

「累死我了，這條路平時我 2 分鐘就走完了，今天走了 10 分鐘也不止。」到了外面的馬路上，洪欣拍著心口，吐著長氣說。

「嗨，我發現你拍心口的樣子很好看。」

聽海生這麼一說，她跟著就問：「怎麼好看？」

「與眾不同唄。」

洪欣這才聽出他又是在逗自己呢，她沒想去反擊他，反倒是一副很受用的樣子，她喜歡心愛的人和自己說笑話，這樣的話，她一生中聽到的太少了。

終點是海生住的大院，以前梁家沒搬時，大院門口有一條專用車道直通梁家的小院，現在搬去了宿舍區，回家的路就要經過連片的宿舍樓。這番輪到海生不自在了。梁老三自小就臭名在外，大院無人不知，再加上猥褻幼女的醜聞，對他自是惡評如潮，今天突然帶了個如花似玉的女孩，洋洋灑灑地從眾人眼裡走過，自然會讓許多人的神經吃不消。有原先站在門前的，看清從遠處走來的一對人兒是誰後，立即回屋裡高喊:「快看，梁老三帶了一個女的回來了！」還有些大媽小媳婦們索性站在自個兒屋簷下盯著他倆看。

洪欣感到空氣中有些與已不利的分子在聚集，便問海生：「他們在說什麼？」

「他們說梁老三拐騙了一個良家少女回來了。」她聽了只差笑出了聲，趕緊一抿嘴。

部隊大院自然不像大學的家屬大院動輒講究高雅。前面一個大院的人看熱鬧決不會跑到外面指指點點，那樣反倒讓別人看了自己的熱鬧，最多也就是躲在窗幔後窺視，或者說兩句非要深思才能聽得懂的話。而眼下這個大院裡的人，是恨不得借機放聲說兩句自以為高明的話，讓左鄰右舍都聽了去，以證明自己的與眾不同。有一個敞開的窗子裡的議論，海生聽得特別清楚，那是兩個男人的聲音，一個說：「那女的臉盤子長得挺漂亮的像個演員，梁老三站在她旁邊，風度全沒了。」另一個說：「這也能算漂亮嗎，太一般了，就是身材還可以，梁老三的審美也太差了。」

海生記起說話的是兄弟倆，小時候被他征服過，後來還曾跟在他屁股後面混過，現在聽了兩人的高聲議論，知道是在故意損他，心裡不禁滑過一陣冷笑。其實，剛才看到周圍的架式，他也有些心虛，後來聽了隨風刮進耳裡的這些議論，內心反倒坦然起來，這個院子裡的人，是越來越讓他看不起了。

進了家門，一切塵囂都關在了身後，倆人剛想放鬆一下，老阿姨從廚房裡竄了出來，一看海生帶了個如此漂亮的女孩回來，高興地嘴也合不攏，邁著兩隻小腳不停地從廚房到客廳來回給他們端茶倒水，直到海生露出不耐煩的表情，才一搖一擺地進廚房做飯去了。唯有洪欣盯著她的小腳看得入迷。

「喂，有什麼好看的，早生幾十年，你也是小腳老太。」海生見她那副表情，就起了要捉弄她的念頭，偏偏洪欣是那種對別人的挖苦諷刺置若罔聞的女孩，她繼續專注在自己的思路裡，說：「你有沒有見過她光腳丫的時候？」

「見過，全縮在一起，難看死了。哎，不准說了，再說我要吐了。」

「噯呀，要是能拍張照片就好了。」她意猶未盡地說完，見海生正衝著自己呲牙咧嘴，趕緊嘻嘻一笑，舉起雙手做投降狀。隨後又拎起裙子，在他面前轉了一圈說：「我今天這身打扮你喜歡嗎？」

「喜歡，藍色是我最喜歡的顏色。」

「哦，我贏了」。洪欣高興地在他身邊坐下說：「我和洪源打賭，他說你肯定不喜歡我這身打扮。」

「你們賭什麼？」海生好奇地問。

「賭刮鼻子，贏的刮輸的 10 個鼻子，從小到大都是這樣的。」

在海生的記憶裡，這種遊戲只在大院的男孩裡流行過，沒想到她也玩這種遊戲，於是說：「這樣的話，我應該說我不喜歡的。」

洪欣沒反應過來，問他：「為什麼？」

「你的鼻樑這麼高，天生就是給別人刮得嘛。」

洪欣聽了，衝他一笑，乘他不備，飛快地在他的鼻子上刮了一下。海生想反擊，洪欣卻死死地抓住他的手不讓他動彈，最後累了，就俯在海生懷裡喘著氣笑，笑著，笑著，竟有些不爭氣的淚花在眼眶裡閃亮。

海生忙扶起她問：「怎麼了？」

她幽幽地吐訴著：「那幾天，我以為你再也不來了呢，每天晚上都躲在房間裡哭。」說完，她又破涕一笑。

這個在別人面前矜持孤僻的女人，又是一個一身名譽被毀的薄命人，這麼多年來，內心的熱火和歡樂找不到一片宣洩之地，覓不到一個可傾訴的知己，刮鼻子或許就是她能做的最出格的事。一想到她此生的境遇，海生就覺得心被陣陣刺痛，他萬般憐惜地將洪欣摟進懷裡，替她拭去眼角的淚，一遍遍輕撫她那烏黑的長髮，直到她的抽泣平息下來。

平息下來的洪欣開始像一隻小貓似地輕吻海生的面頰，耳朵和脖子，海生就像一隻老貓，間中不時地回她一個吻，每次都忘不了吻那高挺的鼻子。倆人親昵地試探著，正想有進一步動作時，傳來了廚房門打開的聲音，兩人趕緊做好。這時，老阿姨手上端著兩碗銀耳羹走進客廳，海生起身過去接下她手裡的碗，生怕她開口囉嗦，硬把她堵回了廚房。

海生回過身，洪欣正調皮地朝他笑著，臉上紅霞依舊在，一時萬千嬌媚齊聚在美麗的臉龐上，只看得海生心頭一蕩。她見了冰涼澈心的銀耳羹，自是欣喜不已，不一會喝完了，還連說：「好喝，好喝。」海生把另一碗也遞給她，她死活不要。「這是你的，你喝。」海生便用調羹舀著，自己喝一口，再餵她一口，洪欣也不再反對，乖乖地讓他喂，餵到最後一口，她張開櫻桃小口等著，海生卻又將調羹移開去，來回捉弄了她幾回，直到她氣得跺腳，才徐徐送入她口中。作為賠罪，海生用手指為她輕輕擦乾淨紅唇上的水漬，輕得就像在撩撥她，洪欣也不避，紅著臉，閉上眼，任他擺佈。海生見了，再也把持不住心念，癡癡地對她說：「去我的房間吧？」洪欣早已羞得說不出話來，只是依偎在他胸前不住地點頭。

進了海生的房間，倆人急急地擁抱在一起，此番不再是貓兒般地輕撫，四片嘴唇放肆地貼在一起。羞恥一旦對情欲失去了約束，世界就開始瘋狂。此刻，徹底擺脫了羈絆的他們，在熱吻的刺激下，不停地撫摸著對方的身體，找尋情欲地歡樂。隨後，海生抱起迷失在性欲裡的洪欣，輕輕地放在床上，一件一件地解除她身上的對象，到了還剩下最後一件內褲時，她才緊緊地按著他的手，張開羞色的眼睛求他住手。

洪欣的裸體，晶白裡透著粉紅，和于蘭蘭比起來更豐腴些，尤其是胸部和腹部、臀部，那些展現性徵的凹凸之處，很容易讓人想起《側睡的女人》那副著名的西洋畫。從額頭直到足尖，洪欣的曲線幾乎是完美無缺的，海生貪婪的從她的眼睛一直吻到足弓，一路下來，或吻、或咬、或舔，洪欣被他吻得失去了最後的控制力，她覺得自己變成了漂浮在海洋中的一個生物，聽憑肌膚刺激帶來的快感，一次次把自己拋向浪尖，又墜入深淵。她不知道海生何時褪去了她大腿根部那塊遮羞布，只有當他的手指電擊般地觸及到陰道深處，令她快活地呻吟時，才知道自己已經是一絲不掛。海生的手指讓她徹底崩潰了，盆腔裡聚集了所有的知覺，連心都掉進了注滿液體的陰道裡。突然，她感到有個更大的神器進入了下體，它沒有手指靈活，卻堅定地一點一點向裡推進、推進，整個盆腔在為它顫慄、抽搐，她彷彿被推上一個巨大的發射臺上，一次強大的發射正逐漸裹住了身體。

這時，她意識深處有一種恐懼在甦醒，睜開眼，她看見海生那漲得通紅而碩大的陽物，正在自己腹部下面慢慢消失，而臉色也是通紅的海生正癡癡地望著她，見她睜開眼，用手輕輕地拍了拍她的臉，兩人同時露出赤裸地一笑，然而，這些無法阻止她內心的恐懼在逐步放大，海生每次抽動，都會令她的恐懼放大一倍，但是，她所有的肌體都癱瘓了，瘋狂的性欲控制著身體內每一個神經元，她甚至無法開口說話，只有無助的淚水慢慢溢出緊閉的眼眶。

正在品嘗性的瘋狂的海生，一見此景，慌了手腳，急忙結束了遊戲，俯到她臉前問：「怎麼了，寶貝？」

洪欣見他慌張的樣子，於心不忍，指著紅通通的陰莖，掙扎地一笑：「我害怕它在我的身體裡。」

海生至少聽懂了她的意思，可他正處在欲火焚身之際，怎能控制住自己的寶貝，對誘人的胴體客客氣氣地說聲再見。磨蹭了一會，他不甘心地說：「讓我放一會吧，保證不射在裡面，你看它多可憐呀。」

迷亂中海生再一次進來了，曾經被傷害時留下的痛此刻又刺痛了她的心，洪欣緊閉著眼，屈起雙腿尖聲地叫道：「不行，不許它進來！」海生見狀，哪裡還敢逞強，只能左吻右撫地安慰著她。待她再次睜開眼，赤身裸體的海生又令她心兒蕩漾起來，她一伸手，握住了他的寶貝，愛不釋手地把玩了一陣，撒著嬌說：「不許你用它，我喜歡你用嘴。」

男人要想掌握女人什麼話是真情，什麼話是假意，還真是件折磨人的事。傻男人卻有一樣好，女人怎麼說，他就怎麼做，用不著化心思去猜，往好聽裡說，這叫做以不變應萬變。海生果真依著她，盤腿坐下，在腿上放一隻枕頭，再將她的臀部放在枕頭上，掰開她的雙腿掛在自己肩上。至此，她身體的最美妙部分完全敞開在他的面前。

和她的膚色一般，隱藏在毛髮下的陰唇，也是粉色的，粉紅是紅色之初，總是讓人聯想到初始，青春、旺盛這些個鮮活的詞，海生沒想到她的私處是這般粉嫩，自是喜歡至極，遂將整個陰唇含進嘴裡，舔著、吻著、吮吸著那裡噴出的愛液。隨著他的深舔淺嘗，洪欣不停地抖動著、呻吟著，拼命地按著他的頭，欲罷不能地去迎合他的舌頭，直到最後，整個人兒如一灘爛泥似地躺下。

兩人小歇之後，整好衣容，洪欣伏進海生的懷裡弱弱地說：「我累死了。」之後，就一動也不動了。

這些年，她一直活在恐懼的陰影裡，只要一接觸與性有關的話題或事情，她便很敏感地把自己包起來，不敢想，也害怕接觸。可是，哪一個少女不懷春呢，終於，海生出現了，第一次在校園裡見到他，就對這個熱情、真誠、無憂無慮的大男孩產生了好感，她默默地盼望他能走進自己的心裡，由他來解開自己身上的枷鎖。當她終於被允許和這個人談情說愛時，她急不可待地把自己的一切都託付給了他。今天，他果真解除了自己身上所有的羈絆，並讓她感到了性愛的美妙。這會，她就像一隻終於找到了母乳的羊羔，乖乖地趴在情人的懷裡，沒有思維，沒有靈魂，只有永恆。

海生非常愛憐地望著懷裡的洪欣，曾幾何時，他把她比做憂鬱女神維納斯，如今女神在懷，他不禁志滿意得。他不知道她內心的創傷到底有多深，但從今往後，自己就是她的保護神，他要讓她永遠幸福，包括遠離她那女巫般的母親。

懷裡的洪欣忽然一動，大膽地摸了摸他那兒，頑皮地說：「你沒有滿足吧？」

海生拿過她那隻越軌的手說：「你放心，只要你不同意，我保證不會為難你。」

「那就用嘴，我喜歡你用嘴。」她越說越放肆，從心裡講，海生很有些喜歡她有時不像淑女的狂野。

這時，他突然想起有一件東西要送給她，起身去客廳拿了個精美的盒子回來。「這是我媽媽送給你的。」洪欣打開一看，裡面是一隻精美的玉兔，混身晶瑩剔透，很乖地伏在那，她見了，高興地像個孩子似的。

原來，為了安排洪欣到家裡來和老媽見面，海生可算是動了番腦筋。他到舊貨店淘了塊老玉雕成的兔形掛件。玉兔的眼睛裡藏著驚恐的神情，讓他一下就想到了洪欣，時常也是用這種眼神打量周圍的世界。

他見洪欣喜歡，便說，這是家傳的老貨，是老媽拿出來送她的。洪欣聽了，更是愛不釋手。海生自是不敢請老媽親手給洪欣，因為她已經說了對他們的事不管不問，現在讓她假惺惺地送東西給洪欣，肯定連門都沒有。再說，他領洪欣來家裡，事先都沒告訴老媽，他一大早塞給老阿姨 10 塊錢，叫她上街買些好吃的，到時候他帶洪欣回來，對老媽說是坐一下就走，然後由老阿姨出面留洪欣吃飯，兩下一努力，不由老媽不給面子。

午飯前，劉延平回來了，見到洪欣，心裡自然一楞，這種場面是萬萬不能拉下面孔的，她只能順其自然地坐下和洪欣閒聊，洪欣感謝她送的白玉掛件，她也只能權當有那麼回事地應承著，海生一見心花怒放地去唆使老阿姨出場。老阿姨擦著油手從廚房出來，招呼著洪欣在家裡吃飯，已經被推著走的劉延平更無法反對了，待她在飯桌前坐下後，見老阿姨端上一桌子菜，方明白這事原是他倆串通好的，不禁把心裡的氣全撒到了老阿姨身上。

這一切，局外人洪欣是根本不知道的，她覺得自己今天過得很開心。本來，她很怕見海生的老媽，她怕的不是劉延平本人，而是這種見面形式。由於從小在嚴母的管束下，她對世界上所有的母親，都有一種恐懼心理，再加上她今天的身份是來考試的，心裡更緊張。沒想到海生媽媽對自己很客氣，絲毫沒有大幹部太太審查兒媳的難堪場面，尤其是老阿姨，一個勁地誇她長得漂亮，誇海生的福氣好，不停地給自己夾菜、盛湯，令她很有些受寵的感覺，暗自以為自己初考這一關算是通過了。

她若是知道劉延平心裡真正的想法，恐怕又得暗自落淚了。劉延平今天只是不得已而為之，何況她內心也很可憐洪欣的遭遇，不願讓她在自己這再受到任何委屈。但是有一個人今天做得太過份了，令劉延平很不開心，她就是老阿姨。洪欣並不是她心中合適的兒媳人選，老阿姨卻說了許多讓她倒胃口的話。她原本有想法把老阿姨帶去上海，今天這頓飯，令她打消了念頭。

（六）

洪欣回到家裡，免不了被潘安琪拷問一番，從她和海生做的那些極瘋狂、極秘密的事，到海生媽媽對她的一言一行，都被老媽刨根問底地挖了出來。這種拷問在母女之間已經成了很正常的事，不拷問倒反而不正常了。就像中國的皇帝，從千萬庶民身上刮錢很正常，而中國的老百姓不給皇帝進貢，反倒挺沒面子。

幾天後，海生去洪欣家，又被潘阿姨叫進了她的房間單獨談話。海生只是熟悉了她乖戾的行事方式，還沒有習慣到被她拷問的地步，所以表面的恭恭敬敬只是掩蓋了他內心的厭惡。潘安琪先是講了些客氣話，說是哪天要去梁家當面謝謝劉延平，感謝她對自己的女兒這麼好，然後話鋒一轉，一刀就插進了海生心裡。

「我說小梁啊。」

海生一聽就知道不是什麼好話了，她但凡改口叫「小梁」時，准不是好事。

「你怎麼能對洪欣那麼粗暴呢，對女孩子一定要學會呵護，不能擺大男人的架子。尤其你們高幹子弟，從來不會想到別人的感受，只知道滿足自己的需求。你和洪欣做那種事，為什麼事先不做好準備呢？弄不好懷孕了，你負得起責任嗎！你有沒有想過那會給一個姑娘帶來多大的災難！」

此時的海生被她訓得恨不得找個地洞鑽下去。一個人被扒光了衣服，赤身裸體的站在大庭廣眾之下的感覺，就是他現在的感覺。當他想到自己和洪欣的性愛遊戲的細節全裝進了眼前這個為人母，為人師的老太太的腦袋裡，就等同一顆手雷放進了自己的胸膛裡，炸得他魂飛魄散！將他一輩子的羞恥，從全身毛孔中轟了出來。他的臉紅得超過猴子屁股 100 倍，手心腳心都往外冒著虛汗。他曾經有過被剝光的經歷，那是在猥褻案之後的批判會上，所不同的是，那次他從懵懂走向清醒，而此刻，他卻從清醒走回懵懂，對面這個頭髮蓬亂的老女人，令他想到惡魔兩個字。她並沒有一口吞掉他，而是讓他感到自己的身體正一點點被她嚼碎，只留下靈魂在羞恥與難堪的深淵裡掙扎。

他驚詫洪欣竟然會一點也不考慮自己的感受，就出賣了兩人的私密，當然，他一點也不想怨恨已經非常可憐的她。何況，當一個人被剝光後，一切都失去了意義。

他說：「放心吧，潘姨，我已經向洪欣保證過，以後再不會發生這樣的事了。」他還是像以前那樣，像個犯了錯的孩子，在大人面前保證，為的是混過眼前這一關。

潘安琪意猶未盡地說：「怎麼你媽媽也不懂這種事。你知道嗎，這幾天我一直沒睡好，擔心不要出什麼事，你們年青人啊，太過分了。」

她不見海生有什麼反應，自以為已經鎮住了他，一個人說話似乎也無趣地很，便開門放他出去。海生等的就是這一刻，儘管她很不禮貌地把自己老媽給扯了進來，他絲毫也不想和她理論。吻別了送他出來的洪欣，對著清澈的夜空，他狠狠地吐出了一口惡氣。

他無法用自己的閱歷來定義那個不可理喻的潘姨，卻非常窩囊地感到，自己好像不是和洪欣談戀愛，而是和她背後那個老太在談戀愛。他現在每做一件事，考慮的不是洪欣的感受，而是她媽媽的感受。他開始懷疑，洪欣的抑鬱症，起因不是那場悲劇，而是遺傳。

海生沒有按潘姨的暗示去買避孕套，他認為自己既然對洪欣做了保證，就不會做讓她不高興的事。這個男人的可愛之處就是太實在。其實洪欣倒是真心希望他用那玩意，結果，一個保證就成了一道尷尬的牆。

當然，海生心裡還有一個不為人知的的障礙，他沒有勇氣去商店裡對服務員說買那玩意。

十一月初，劉延平連人帶戶口遷去了上海。兩天後，老阿姨挎著她的藍布包，邁著小腳也離開了梁家。這個曾經的大院裡的風雲人家，就這樣銷聲匿跡了，這正是海生需要的，他喜歡不露痕跡的生活形式。靦腆的人就有這個好處，他讓這世界又多了個安靜的生命。在他日趨成熟的世界觀裡，眼前這個世界幾乎沒什麼值得他去追求，他厭惡自己長大的環境，那不僅是個謊言包裝的時代，更讓他的青春虛耗，包括大學，這個曾經寄託著理想的聖地，在褪去了新鮮感後，所學之物，照舊空泛的可怕，怨不得戴夫子不為它所動呢。他周圍的同學，不是在尋找愛情，就是正在熱戀，談情說愛成了這一代大學生的正業。所幸世界還剩了個戀愛可供青春幻想，否則它將和生命其他時光一樣，味同嚼蠟，暗淡無光。

月底，寒潮早早侵襲了這座城市，週末無法去郊遊，海生便約了洪欣去看晚場電影。電影院離洪欣家不遠，走路一會就到，在路上洪欣問他：「怎麼不給我寫信了？」自從那次兩人同遊台城後，海生就開始給她寫情書，短則兩、三天，長則一周，洪欣總能收到他洋溢著生命的熱情的信。人看書多了，總喜歡寫些什麼，所以情書這東西，終是為自己寫的。但在收信人眼裡，那上面每個字都是為她所書，洪欣就是這樣，幾天沒收到他的信，便起了無數的猜疑。

海生無法告訴她不寫信的原因，只能說學校裡正舉行各系之間的籃球賽，自己是系裡的主力後衛，天天忙著訓練比賽，實在太累。洪欣對海生的話自是十二分的相信，也就信了他。其實每天打球對健壯如牛的海生來說，不過是放鬆一下，他不寫情書的真正原因，是他一提起筆來，就會想到這封信將要落在洪欣背後那個人手上，這信又如何寫得下去。

電影院今晚放映的是印度電影，電影開始後沒多久，洪欣就被女主角的悲慘命運弄哭了。一開始還是暗自流淚，還知道在黑暗中朝海生抱歉地一笑，到後來，隨著電影情節展開，就一路不停地狂哭下去，海生像做了賊式的不停地用黑箱操作的手法安慰她，好在四周抹眼淚的，抽鼻子的不在少數，沒人注意他們。散場時，等到電影院的人走的差不多了，海生才扶著哽咽不止的洪欣離開。

出了影院，冷風一吹，洪欣的哭泣總算停止了，卻又依偎在海生肩上說頭昏。影院旁邊有一條小路，是直通洪欣家的近路，小路沒有路燈，夜色下尚能看清路面，海生便攙扶著她往回走。就在他倆走到小路中間時，猛地從路旁的院子裡傳出兇狠地狗吠，把昏沉沉的洪欣嚇得一下跳進了海生的懷裡。

她睜開眼一看，卻更加驚恐了，扯著海生的衣領，聲嘶力竭地說：「我不要在這裡！我不要在這裡！」海生被她驚駭的表情嚇壞了，不管三七二十一，抱起她一路狂奔，一口氣跑到坡頂上，直到站在燈火通明的大街上才將她放下。

這時的洪欣似乎又恢復了平靜，一句話不說，乖乖地跟在他身旁。海生回頭看看那條沉沒在夜色裡的小路，心裡滿是疑惑。他哪裡知道，這條小路上曾經沒有狗吠，但是七年前，一個月黑風高的晚上，這條長 100 多米的小路上，卻發生了一件可怕的事，它帶給了洪欣一輩子的夢魘。從那以後，她再也沒有走過這條路，即使是大白天從大街上路過它，她的情緒也會明顯的變差。

剛才，海生帶她走上這條路時，昏沉沉的她根本沒在意，直到被冷不丁的狗吠嚇醒，她一看前後左右，腦子裡立刻蹦著一個恐怖的場景：也是一個漆黑的夜晚，就在這兒，幾個黑影從黑暗裡跳出來把她圍住，把自己推倒在地上，扯下她的衣服……，所以，她本能地狂叫起來，直到看見了亮亮的路燈，才停止了呼叫。

她發現了身邊的海生，似乎想起先前和他在一起，小心翼翼地把手伸給他說：「我剛才是不是嚇到你了？」

海生微笑地搖搖頭，洪欣見他不說話，自己也不說話了。兩人默默地依偎著回到洪家，洪欣站在門口，卻沒有開門進去的意思，海生見狀提醒她：「你的鑰匙呢？」她才想起從包裡取鑰匙，然後往海生手裡一放說：「你開。」海生接過鑰匙，打開門，推她進去，她才肯進。平時洪欣回家，進了門必會叫一聲：「我回來了。」今晚也不叫了，呆呆地站在門裡像是等著海生發指示。裡間聽到動靜的潘姨出來了，她立即感到女兒的眼神不對，忙問海生怎麼回事？

海生從頭到尾把事情講了一遍，潘姨聽了直埋怨他：「你怎麼能帶她走那條路呢，你們膽子也太大了。」海生聽了一頭霧水，心想：怎麼就不能走那條路呢？嘴上卻問：「要不要帶她去醫院看看？」潘姨馬上對他說：「不用，沒什麼事，休息一會就好了。你回去吧。」海生送洪欣上樓時就擔心這個老太太要找自己的碴，一見她讓自己走，心裡求之不得，把鑰匙放回洪欣的手裡對她說：「好好休息，我走了。」洪欣跟著他身後想送他，潘安琪立即叫住了她，已經走出去的海生看見洪欣站在那可憐的樣子，在她的面頰上輕輕地吻了一下說：「乖，聽你媽媽的話，早點睡覺，明天我來看你。」

走出洪家的宿舍樓，他站在樓外的小路上，等待洪欣出現在窗口和自己揮手道別，這是他們一直使用的道別方法。近十分鐘過去，亮著的窗口始終沒有出現她的身影，他只能騎上車悵然離去。

（七）

回到家，海生一夜沒睡安穩，第二天起來後，先打了個電話到電視臺，對方告訴他，洪欣今天沒來上班，由此他確定洪欣病得確實不輕。他沒急著立即出門，而是坐下來思考自己去洪欣家要先做哪些功課。以他的脾氣，遇上這種事，蹬上自行車就直衝對方家門，自從出現個潘姨後，他就變得小心了，凡事先想好再去，免得總是出乖露醜。

根據昨晚躺在床上的推測，洪欣的病狀一定和她的抑鬱症有關，從一件事上他可以支持自己的推測，昨晚在洪家時，潘姨始終是支支吾吾的，無非是想掩蓋洪欣的病情。她肯定認為自己不知道洪欣的病與因，而海生非常強烈地覺得，自己該去洪家把這事和潘姨挑明瞭，他坦然又真誠地認為，自己的參與對洪欣的治療和恢復會有一定的幫助，既然自己愛上了洪欣，理當一生一世保護好她，他甚至認為這就是老天讓他到這個世界上該做的事情。

他鼓足勇氣來到洪家，開門的是潘姨，屋子裡靜悄悄的，初冬的陽光正照進來，灑在桌椅和地板上，將它們一起定格在柔柔的暖意中。潘姨看上去很疲倦，她給海生倒了一杯茶，告訴他，洪欣吃了藥，正在睡覺。

海生在沙發上坐下，他記得一年前，也是坐在這個位置，聽對面這個人上課，講述她為什麼不同意女兒和他談朋友。而這一年發生了太多的事情，經歷了生離死別後的他，今天坐在這，身上竟有了太多的人生滄桑。他調整了一下呼吸，沉穩地開口：「潘姨，關於洪欣的事，我都知道了。我今天來，是想和您說，請允許我與你們一塊幫助洪欣，讓她早日恢復健康。對我來說，是盡一份愛的責任，我想，洪欣也希望我在她身邊。」

面對著架著老花鏡的臉，他是鼓足了勇氣說了這番話，但對方的臉並沒有因為他的勇氣給出善意的信號。

果然，他一說完，潘姨就變了臉。她板著臉質問他：「你在外面聽到了什麼？」

換了其他人，見對方這副樣子，一定會趕緊打個馬虎眼，自己找個臺階，息事寧人算了，這樣還有迴旋的餘地，偏偏梁海生是個「一根筋」的人，在他眼裡，洪欣的健康遠比洪家的面子重要，何況作為她未來的丈夫，他不應該成為一個不知情的人，於是，他毫不猶豫地說出了如下的話。

「我聽說七年前，她被幾個小流氓侮辱過，為此，她患了抑鬱症。」

這句話進了潘安琪的耳朵裡，不啻是個炸彈，她當即跳起來說：「這是造謠！我可以保證我們的洪欣是清白的，從來沒有發生過你所說的事，也沒有抑鬱症！」她急躁地在房間裡來回走著，然後停下來對海生說：「小梁，你是她的男朋友，怎麼能輕信這些流言蜚語，你這個人連常識都不懂，太沒有判斷力了。」

潘安琪越說越激動，前些年她沒少為這件事闢謠，當時不管外面如何議論，她就是死不承認，好不容易這兩年平靜下來，耳朵聽不到傳言了，想不到這個傻乎乎的高幹子弟，一開口就把所有的事情都捅破了，這不是把自己往絕路上逼嗎！她不容海生再做解釋，立即對他宣佈：「從今以後，你不要和洪欣來往了，我們家也不歡迎你來。」然後拉開家門，請他立即出去。

海生在無奈中灰溜溜地離開了洪家，他何嘗想到自己一腔熱情，換來的卻是斷絕令。其實，他是可以想到的。

同樣，關上門後，潘安琪也沮喪地跌落在沙發裡。本來，梁海生是她給洪欣找的最合適人選。當然，不是因為他的人品有多好，也不是因為兩人互相有些感覺，在一個久經風霜的老太眼裡，這些都不能算什麼，當然也不是因為海生的高幹背景，如果僅僅因為這個，她早在第一次海生托張蘇帶信給洪欣時就同意了，像梁家老爺子這樣的官，南京城裡多的是，她一直等到梁家確定搬去上海，離開這個玷污了女兒清白的城市後才決定，只有這樣，洪欣才能徹底擺脫心裡的夢魘，過上正常的幸福生活。沒想到，計畫進行到一半，海生把整個事情毀了。

不行！她絕不允許洪欣未來的丈夫知道那件事，她不相信一個男人在知道這種事後，還會一心一意地愛這個女人。男人在熱戀中的任何誓言都是昏話，相知相守一輩子是靠日月的積澱，而守著個巨大的傷疤天天過日子是非常可怕的。她只能選擇把海生趕走，即使洪欣會痛苦，也比將來的痛苦要好。

被人家趕出來的海生，回到家一頭紮進床上，像個失魂落魄的僵屍，一動不動地趴在那。他無法接受僅憑當媽的一句話，就能把兩個相愛的人拆開的事實，這簡直太不可思議了。可所有的事實告訴他，洪欣是無法抗拒她老媽的，他拼命搜尋一個又一個搶救愛情的方法：去電視臺單獨約會洪欣，在她回家的路上等她，可是，就算見到了她，下一步怎麼辦呢？他甚至想去和那個從不發表意見的洪教授談一次，難道他對女兒的愛情被蠻橫地斷送，也是無動於衷嗎？

直到昏昏睡去，他都沒想到一個讓自己看到光明的辦法。

不知何時，他聽到有人在敲門，起身一看錶，已是晚上八點了，打開門，門外站著洪源。海生很友好地請他進來，他說不用了，就在門口把一包東西交給他。「這是我媽媽讓我交給你的。」他說話的表情，純粹就是個與己無關的郵差。

「洪欣還好嗎？」海生接過東西問。

「還好。」對方遲疑了一下又說：「有句話，我爸爸叫我轉告你，他說，如果你愛洪欣，就讓她安靜地生活。」

說完，他走了，連個手都沒握，平常他們見面都會熱情地握握手。

屋子又歸於沉寂，如死一般的沉寂，海生每一個動作，都會引起巨大的迴響，他打開那包東西時，不小心將桌上一隻筆碰到了地上，那落地的聲響彷彿一隻瓷盤打碎時，發出的駭人響聲。包裡是些他送給洪欣的物品，包括他冒充老媽名義送給她的玉兔。拿起它，似乎還有些溫熱，一下就讓他想起洪欣憂傷的眼神，還有她那玉一般的肌膚，這二者曾是他的最愛，如今卻再也不能擁有。

洪教授讓兒子轉告他的話，令他驟然清醒：他，再也挽救不回來她的，或者是他們的愛情了。他明白，他的存在已經傷害到了洪家，因此，自己的任何挽救行為都可能傷害到洪欣。只要對洪欣有益，他願意默默地走開。只是他怎麼也沒想到。愛的死亡來的如此之快，昨天它還是甜蜜的甘露，今天就成了鋒利的刀刃，他不在乎自己的胸膛被劃開，他的痛苦源於，他再也無法將滿腔的愛送給所愛的人。

在這個無人的夜裡，他只想哭，像一個遺失的孩子尋找大人那樣哭，像一個少年被他人冤枉時那樣哭。他對這個世界別無他求，只求能給自己一個小小的愛，簡單的愛，一個不需去占別人便宜的愛，但是他卻無法得到。

淚水終於隨著澈心的痛苦湧出，落下，帶著沉重的絕望與冷酷。

他蕭然而起，騎上車，迎著冬夜凜冽的風，穿街過巷，到了他想去的地方。快 11 點了，那扇窗內的燈還亮著。窗裡的人是否知道曾經屬於兩人的愛已經不復存在，她是否正和自己一樣痛苦，或者已被一個新的謊言征服，正詛咒棄她而去的人。他從沒聽她說過髒字，她不會罵人，這個城市裡不會罵人的女人實在太少，她唯一能做的是將一切化為憂傷，然後在心裡死命嚼著憂傷的苦澀，而這，比什麼都可怕。

有人走到窗前，伸手拉上了窗簾。那一定不是她，如果是她，一定會朝著他站著的位置張望的，哪怕是一秒鐘。又過了一會，燈也熄了，窗戶變得比夜色還要黑暗，像是一個墓穴，裡面埋葬著一個叫做「愛情」的屍體。

（八）

又是一年的冬夜，山西路圜形廣場邊的甜品店前，有一對青年男女正騎車慢悠悠地路過，男的穿著一身警服，他往甜品店裡瞟了一眼，突然叫住了女的，停車朝店裡呶了呶嘴。

燈火通明的甜品店只有一個吃客，危襟正坐地享受一碗滾熱香甜的酒釀圓子。

在確定了那人是誰後，員警同志把車子推到街沿上鎖好，和女朋友一塊走進店裡，在那位仁兄面前坐下。

在中國人仰慕的琴棋書畫中，有一種古老又深不可測的黑白玩意，叫做圍棋。象棋和它比起來，淺簿的就像高山下的丘嶺，當中國人喊著口號，跑步進入 80 年代時，在某大學的圍棋角，梁海生成了黑白子的信徒，除了上課，其餘的時間他都用來打譜、下棋。僅僅一年時間，他就爬到了業餘初段。一塊學圍棋的幾個同學都恭維他聰明，他卻說了句令他們摸不到頭腦的格言：「如果你把自己當作行屍走肉，就一定會變得聰明。」

當然，在時間的冷笑面前，做一個行屍走肉也並非易事，每當他壓抑不住心裡的鬱悶時，就會在深夜裡竄出家門，去山西路圓形廣場那家從小就光顧的甜品店，要一碗熱呼呼的酒釀圓子或冰涼的凍酒釀。那醇厚的甜味與酒香能讓他忘記一切，只剩下年少時的殘夢在血液裡遊走。

他喜歡無憂無慮，而這樣的時刻總是無憂無慮的，他常常會把從前和自己一塊來吃甜品的小夥伴一個個翻出來，輕鬆地找出每一次誰吃了什麼是誰付的錢，是夏日裡游泳之後，大口吞下刨冰的日子，還是寒冬裡跺著腳，等待熱呼呼甜羹的某天。

數完了曾經的兄弟姐妹，再輕鬆地傷感他們一個個都去了哪兒，心境跟著就輕鬆了許多。

這會，他正一個人品味著酒釀圓子，忽然有兩個人在自己對面坐下，其中一個穿著警服的正衝著他笑，海生定神一看，原來是小個。

「這麼巧，我正在想怎麼一個熟人都看不到了。」

「我從窗外就看見你了，又不敢肯定，進來一看，果真是你。介紹一下，這是我女朋友陳芳。」

那是張嬌媚中略帶做作的臉，看她眉目間的神情就知道也是個大院裡長大的女孩，兩人互相問候後，陳芳說：「你不認識我了？我們曾經還是同學呢。」

「是嗎？」海生有些難堪地說：「你瞧我這記性。」

「哈哈，是幼稚園時的同學，你上大班時，我剛進小班，那時我才四歲。」見海生被她捉弄了一下，陳芳得意地笑道。

「你怎麼一個人坐在這，那個電影明星女朋友呢？」小個關心地問。他曾經在車站見過蘭蘭，至今對她記憶猶新。

「嘿嘿，分手了。」海生強裝一笑。有時候，真是哭比笑好。

海生和小個之間，不像和大個之間那麼隨便，平時也不會刻意找機會湊在一起，但是碰上了，依舊是無話不說的那種朋友。

「多可惜啊，那天我們辦公室裡的人都以為來了個大明星，你們一走，全圍著我打聽是誰。」

陳芳一聽，頓時來勁了，瞪著眼睛問小個：「有多漂亮？」

「論長相，至少萬里挑一，我覺得比劉曉慶漂亮。」

「她是萬里挑一，那我呢？」

在小個說「萬里挑一」時，海生就預見到陳芳有話要問了，果不其然，她一開口，海生便笑了。

「你是百里挑一。」小個也不怕得罪她，直不隆咚就說了出來，剛說完，一隻耳朵就懸上了半天空。

告別了小個，海生回到家，換上一杯新茶，又危襟正坐在沙發上，開始打譜。這一年，他幾乎天天晚上要打譜才能入睡，但是今天晚上就是打不下去，心裡好像被許多事纏繞著，纏在最外面的就是這個陳芳。

那是幼稚園的事，至今快有20年了，突然被陳芳勾起，沒想到還如此清晰地封存在記憶裡。幼年的幼稚園是寄宿的，大班的孩子就是小朋友中的老大了，小班的同學最小，是新生。大班的男孩子們常做的一件壞事，就是用兩塊餅乾之類的東西，把新來的小女孩騙到偏僻處，命令她脫褲子檢查。不知道這個陳芳當年是否也被他們檢查過。

人的記憶真是個怪東西，陳芳一說和他是幼稚園的同學，他腦子裡蹦出來的竟是如此上不了檯面的記憶，連想到十多年後猥褻幼女的醜事。海生腦子裡忽然有一種被貫通的電光閃過，正是這道光令他無法入睡，他突然嚴重地意識到，自己很可能是個嚴重的性變態者。回想和蘭蘭的相戀，對洪欣的愛情，他越發覺得自己這個清醒的貫通沒錯！一個正常的人，會去和一個將自己的好朋友逼入死地的女人有曖昧關係嗎？並在享受了性愛的瘋狂後，無恥地給自己找了個逃跑的藉口，這個藉口美麗的足以讓全世界的人原諒他。之後，他又急吼吼地用愛的轉移來逃避對蘭蘭的內疚，把自己打扮成一個英雄，去救贖洪欣，卻製造了另一場無法收拾的愛情悲劇。

如果不是性變態，又如何解釋自己為了畸形的愛，去瘋狂，去不顧一切呢？

「變態」在中國的精神領域裡恐怕是最醜陋、最妖魔化，最讓人噁心的字眼了。在一個規矩氾濫的國度裡，對喜歡裝B，追求臉面的國人來說，「變態」離正常不是一點點遠。任何賦於「變態」的行為，在這個古老的文明裡不容置疑地被歸於罪惡，所以，一向自卑的海生，根據祖宗的習慣，躲在黑暗裡先給自己戴上了「變態」的帽子，看它適合不適合自己，或者說自己適合不適合它。

不得不恭喜此時的梁海生，已經擠入了慣於自省的知識份子行列。這種在陰暗裡揣摸的行為，是中國讀書人成長的看家本領。可惜，所有想躋身讀書人行列的國人，從來不去想他們背後的精神支柱本身，是否「變態」呢？

好在海生頭腦裡始終有些西方的毒素在作怪，無論怎樣「自貶」，他總忘不了薔薇之下，碧水之上，六斤充滿欲望的眼神，忘不了蘭蘭妖媚豔麗的胴體如何鼓起他生命的風帆，更忘不了洪欣那憂傷的琴聲，讓愛情變得淒美又神聖。他永遠地記得，有一次洪欣懷抱吉他，為他唱了首鄧麗君的《尋夢》，聽完後，他真有種生命不再的念頭。如果這些都歸於變態，那麼，美和變態又相隔多遠呢？

第九部　法國梧桐

（一）

法國梧桐，是近現代中國城市人們心中最愛的樹木，僅憑樹名中有了「法國」，就讓吸進了西洋文明之風氣的城市小資對它狂愛不休。相信960萬平方公裡上，還沒有哪一種樹能比它更具有夢想與浪漫。這近百年裡，它的每個枝段的伸展，每一處斑駁，每一片綠葉，每一顆高高懸掛的果實，都被文人們用來盡情地抒發與寄託。

其實，「法國梧桐」原有個正兒八經的中文名的，叫「懸鈴木」，這個名字既形象又童趣，本是個好名，卻擋不住二十世紀中國小資們媚外的情懷，硬生生把個好端端的名字給拋棄了，冠以他國的國名，並把它當作溫馨與浪漫的象徵。

這是20世紀中國小資們最成功的顛覆行為，他們終於用自己的喜愛成功地強暴了傳統一回。這種純個人的喜好，是通過無意地，自由地傳導，逐漸匯成了無數小資們，和希望自己小資一些的人們的共同追索。於是，就有了棄「懸鈴木」不用，而偏愛「法國梧桐」的情懷。面對有數千年極權歷史的傳統，它的不易在於自由，它的不羈在於身後有足夠的現代文明。

不管法國梧桐和法國有沒有關係，人們對它的情懷早已超過了法國。

去年大學畢業後，梁海生沒有回原部隊，不是他不想回去，而是臨畢業前半年，趕上軍隊裁兵，原部隊全部解散了。他憑老爸的關係調到了駐上海的某軍隊機關工作。在他進上海之前，全家也早已搬進梁衮書當年看中的那幢花園洋房裡。如今，每天清晨他從法國梧桐樹下騎車出發，10 分鐘後，在另一排法國梧桐樹下結束了上班的路程。工作的地方是明亮寬敞的辦公室，住的是鬧中取靜的花園洋房。他不僅實現了做上海人的夢想，而且還是高檔上海人的生活。

大個和顧紅南下深圳經過上海，就小棲在這幢曾經的法租界內的花園洋房裡。

在梁家大花園的小徑上，大個羨慕地對海生說：「你小子活得太享受了，唯一遺憾的就是缺個如花似玉的妻子。」

「別勾引我，甭想把我拉進你們已婚陣營裡，再說，如花似玉的女人都被你們娶走了，我到哪去找啊。」

海生說後面一句話時，是看到了顧紅從門廳的臺階上下來，正向他們走來。所以多半是說給她聽的。據小燕說，顧紅和大個結婚後，沒斷過吵架。這麼膩心的恭維話能從他嘴裡出來，也算是送給髮小和死黨的甜言蜜語。

剛和小燕聊了些陳年往事，顧紅心情愉快地從屋裡出來，正好聽到他的話，莞爾一笑地問：「誰如花似玉啊？」

「說你呢，生完孩子身材還保持得那麼好。」海生半開玩笑，半恭維地說。

大個聽了，乘機表功道：「那還不是我侍候得好。」

「別臭美。」顧紅一點不給面子地說完，又去問海生：「你想好了沒有？」

這倆人的家庭，自結婚之始就由顧紅主導，這次夫妻雙雙去深圳創業，也是顧紅的主意。她在北京這些年結識一幫京城裡的高幹子女，深圳特區一成立，這些兄弟姐妹都去了深圳，她見狀，硬逼著大個脫了軍裝，和她一塊南下。路過上海時，專程上門來慫恿小燕和海生一塊南下。

在唆使海生一塊南下的事上他倆竟出其的一致。顧紅覺得大個成不了大事，而海生比他能幹的多，大個則幻想如果有海生同行，將來在深圳再怎麼不濟，也有個鐵哥們會撐著自己。

南下的兄弟姐妹們，海生接待過好幾撥，他不為所動當然不是因為膽小，如果他膽小，顧紅才不會拉他一道去呢。在中國，讀書讀多的人都有個怪毛病，喜歡不以為然。海生讀的書不算多，不以為然的毛病卻染上了。他的內心世界早已遠離了這些兄弟姐妹，他視這些眼睛發紅，頭腦發熱的南下大軍為烏合之眾。況且他也看不上錢財之類東西，他的下一個目標是脫掉軍裝，找個清靜的單位上班，遠離塵囂，自行其樂。結果顧紅他們鼓動再三，只能空手而去。

沒想到在送走了顧紅和大個之後，不多久，梁海生還是動了凡塵之念。只是，他沒有選擇南下，而是選擇了北上。

陽春三月，總有幾天冷峭的日子，昨天還是愜意的春日，一夜北風後，冬天像是又回來了。早上出門，他想讓自己穿得時尚些，套了件燈芯絨夾克，豈料寒風侵襲，一路瑟縮著脖子趕到了火車站。

海生這一生中的重大事情都是在南京和上海這兩點上發生的，而連接這兩座城市的，就是腳下的滬寧鐵路。稍有常識的人都知道，這是條貫穿中國最富庶地區的鐵路，乘坐這條線路，好比走在南京路就能置身發達世界，扶著金水橋欄杆就能幽發帝王之夢一般，它令人舒暢和自豪。

火車，還是和 15 歲那年去當兵時一模一樣，十幾年過去了，什麼都沒變，混濁的空氣，綠色的高背廂座，重得只有男人才能拉的動的窗戶。他應對面的中年婦女的要求，費了不少力氣才把沉重的窗戶拉到她滿意。

海生此行沒有告訴任何人，完全是一個人躲在午夜的黑暗裡策劃的。在過了三年被自己稱為行屍走肉的生活後，他突然要改變人生軌跡了。

上個月，張蘇帶著新婚的丈夫來上海蜜月旅行，令梁家又熱鬧了一陣。張蘇畢業後穿上了警服，在省公安廳的保密部門工作，丈夫叫王向東，學法律的，上大學之前就已經是員警了。一對員警夫妻在一個軍人家庭做客，正好勾勒出此時中國社會的權力的圖像。

那天在飯桌上，海生、小燕和張蘇夫婦聊天，不知怎麼就聊到了于蘭蘭身上。

「你們還記得于蘭蘭吧？」

張蘇突然一問，首先把海生嚇了一跳，見她眼裡並沒有其他意思，才鬆了一口氣。

「當然記得，韓東林就是被他害死的。」小燕飛快地說。

「她後來倒大黴了，被送去勞動教養了。」

海生一聽，全身每一個神經都僵住了，還好他有一套裝傻的功夫，其餘三個全然察覺不到，反倒是小燕起勁地問：「憑什麼？」

「還不是為了東林的事。」張蘇終究還是看了海生一眼。

海生心裡有數，當年只有張蘇知道他在事後去醫院找過于蘭蘭，連忙申明：「我一點都不清楚，自從那件事後，再也沒她的消息了。」

海生和洪欣的事，周圍的都知道，而他和于蘭蘭的一段情卻從沒人知道。並且大家都知道他和洪欣分手後，整個人就變了，雖然當著朋友的面，他依舊嘻嘻哈哈，但不再主動和別人來往，連張蘇在學校後期都很難看到他的身影。

這時，瘦而精幹的王向東終於忍不住了，乾咳了一聲，海生注意到這是他說話前的信號。果然他開口道：「這事我清楚，那時我正好在玄武分局，那個姓韓的，」這話一出口，腳上就被張蘇重重地踩了一下，他連忙改口：「那個韓東林的父母堅持要給于蘭蘭定罪，並通過省人大施壓，分局又沒辦法給于蘭蘭定罪，只好拖而不辦，拖了兩年多，最後由市政法委出面協調，給于蘭蘭定了個窩藏罪名，夠不上判刑，只能送去勞動教養，現在恐怕已經出來了。」

過了三年行屍走肉生活的海生，內心深處永遠有一幅淒美的圖片，那是 1979 年暑假，他站在小城車站的臺階上，目送蘭蘭的背景在廣場上一點點消失。從此，那段轟轟烈烈的愛，就凝固在這幅畫上。這些年他阻止記憶往前多走一步，把往事封存在心靈的黑洞裡，因為他害怕一旦揭開那封塵的故事，曾經的愛便會山呼海嘯般地把他淹沒。往事既然如煙，又何必徒添相思。

全世界的女人都恨男人裝傻，裝忘記，說得有些知識含量，叫做「故意失憶」，它能令女人咬牙切齒卻又無法發作。儘管被女人憎恨，男人們還是視忘記和裝傻為逃避自責和被責的最佳方法。就連視世俗如糞土的海生，他心底也清晰地知道，是自己用一個世俗的藉口，拋棄了倒楣無助的蘭蘭，親手葬送了那個逃避世俗掌控的愛情。

只是，他萬萬沒想到于蘭蘭被整得這麼慘。這個曾經集千萬寵愛於一身的大美人，一夕間就墜落了，落入了勞改農場的污垢裡。在中國，一個女人被勞動教養，就意味著她一輩子都是個壞女人。

是夜，所有的惦念、內疚和疼愛衝出了記憶的閘門，往事放肆地佔領著頭顱，他倆每一次的接吻，每一次的親昵，每一次的纏綿，反覆地，清晰無比地在腦海裡播放。那個纖細的背影如何承受壞女人的名聲，那個愛笑的，笑起來會迷死人的她，如今還能笑得那麼燦爛嗎？

他無法阻止一朵鮮花的枯萎，但他卻不會讓沒心沒肺卻又永遠討人喜歡的蘭蘭被遺棄。他深知自己迄今的麻木，是源於昨日的瘋狂。如果說麻木是一種墮落，那麼毋庸諱言，瘋狂是另一種墮落，如果一定要墮落，他寧可選擇瘋狂。

他翻箱倒櫃找出了自己最後一本日記本，和蘭蘭分手之初，撕心裂肺之下，他發誓再也不寫日記了。寫了十多年的日記，停止於1979年7月17日那一頁。果然大爸爸街的于家地址恭恭敬敬地寫在日記本的菲頁上，他依著地址給于蓓蓓寫了封信，告訴她自己已移居上海，近日聽人說起蘭蘭的狀況，非常惦念，很想和她見上一面，希望她能給自己一個機會。

其實，當他聽到蘭蘭被勞動教養的那一刻，一個衝動，同時也是一個決定就誕生了，信寄出後，他的心也跟著飛出了軀殼，他無法按捺對蘭蘭日甚一日的思戀，每日等待從大爸爸街飛來的信件。

他自信于蓓蓓會給自己回信，作為孿生姐妹，她一定掂得出這封信的份量。

兩個星期後，于蓓蓓的信來了。信很短，只告訴他蘭蘭已經出來了，還在省圖上班，並附上了蘭蘭的地址，讓他有事直接和她聯繫。

信中蓓蓓的口氣很冷淡，他明白，這並不是她對自己反感，而是女人的矜持，也是于家的矜持，若是反感，她就根本不會給自己回信了。他很是一廂情願地想著，並小心地給蘭蘭寫了封信，說了些關心的話，但並不過份，寫了些思戀的詞，也並不瘋狂。他不需要她回信，而是按兩人過去的方法，計算好她收信的時間，告訴她五天後，也就是週六晚上七點鐘，他會在雞鳴寺的3路公共汽車由四牌樓方向駛來的車站上等她。

途徑小城，火車停了兩分鐘，幾年不見，那個破舊荒蕪的車站消失了，一個嶄新大氣的車站取代了它，只是空氣中依然散發著酸酸的鐵屑味。

自從確定要去見于蘭蘭後，有個問題他從來沒思考過，直到看見小城，才突然在腦子裡炸開！萬一到了南京，到了3路車站，見不到蘭蘭怎麼辦？

自信是個精靈，它是瞬間的星光，卻又源自於人的綜合判斷力，優異的判斷力是日積月累出來的，但它給出的自信卻是瞬間的化學反應。

「萬一蘭蘭不來怎麼辦？」他用了不到兩分鐘來思考它，當火車離開了小城時，已經把這個問題甩在了身後。他堅信一個人被愛驅動時，是不應該考慮後果的，就像此時在他腳下喀擦喀擦滾動的車輪，一旦啟動，就休想阻止它的前進。海生崇尚這種方式的愛，就算此行看不到蘭蘭，他也一定要看到雞鳴寺才甘休。

「她可以不來，但我不能不去。」

春天的雞鳴寺下，又到了櫻花盛開的季節。傍晚，白雪似的花海銷魂般地在最後的暮色中若隱若現，勾起人們無盡的歎息與聯想。

海生早早到了3路車站，背靠著離車站不遠的石橋上的欄杆，等待著蘭蘭的出現。這地方他太熟悉了，離這不遠的小巷深處，就是東林的家，不知他的父母是否安好。南面，蘭蘭的宿舍就在那一片屋宇之中，還有，當年他和洪欣就是從這裡走上台城的……。正當他沉醉在「昔日劉郎又重來」的情景中，忽然間覺得這落腳的地方選得有些尷尬，路上來往停留的人，多半是來約會的男女，他看他們與不看他們都似不妥，最糟糕的是他們看他，倒像是在欣賞一個不搭調的怪物。一轉念，他撤進了路邊的櫻花樹林裡，進去才發現更為不妙。幽暗之中更是影影綽綽，成雙的自是相依相偎，單獨的和他一般的翹首四望，慌得他抽身想走，又一想，彼此都是夢中人，用不著藏著掖著，也就定下心來，一心去盯著車站上出現與消失的身影。

七點鐘到了，那個拴著他的心的窈窕身影始終沒有出現，林子裡不時有人出去挽上自己的心上人兒歡欣離去，唯獨沒有他的份。到了7點25分，今日劉郎的得意早已化為滿腹失望，他走出去，到了車站上，站在半明半暗的燈光下等了一會，仍然不見蘭蘭出現，看來自己的自信真是不堪一擊，從心的深處一聲長長歎息之後，他只能失望地隨著上車的人登上回家的班車。

正當他一隻腳踏上車門，猛然有人在背後叫他。那正是在夢中，在天涯海角都想聽到的聲音，一轉身，昏暗中站著的正是于蘭蘭，剛才這個位置還空無一人，怎麼突然間她就出現了呢？他沒心思去猜，激動地想去擁抱她，蘭蘭一側身躲開了他的雙臂，他只好假裝瀟灑地挽住了她的手臂。

「你躲在什麼地方，我怎麼沒看見，你再晚來一秒鐘，我就上車走了。」他興奮地說。

用的還是三年前兩人私下的說話方式，在蘭蘭面前，他說不出客套話。

「走了就走了唄，見不到最好。」蘭蘭幽幽地說。

沒收到海生的信之前，她就接到了蓓蓓的電話，說海生要找她，蓓蓓知道她心裡一直恨海生，也就沒對這件事發表意見，但不表態就是不反對的意思，蘭蘭心裡明白。這些天她一直處在見還是不見的矛盾中。當年，海生問她到底有沒有那件事，硬生生將她逼上了絕境。她知道自己即使否認，他心裡也不會相信的，因為當時周建國老媽審她時，她否認有這麼回事，結果還是被趕出了周家。所以，她只能用沉默回答海生，並且眼睜睜地看著自己化了無數心血營造的愛情，瞬間倒坍了。這段愛情不僅寄託著幸福，更是她的護身符，愛不在了，噩運傾刻降臨，她因東林的死被送去勞動教養，在一個骯髒荒涼，非人待遇的農場裡待了兩年。一想到這個奇恥大辱，她就對面前這個人充滿怨恨。

可是，在心的另一邊，偏偏有一根看不見的線拽著她往雞鳴寺車站去。到了約會前一刻鐘，她才匆匆決定去見他一面，臨到車站前，她又負氣地耍了個花槍，鑽進了櫻花樹叢裡，她才不願亂跌身價，癡癡地等在車站上呢。然而她忘了，三年前，他每次到小城，她都是癡癡地等在又髒又臭的車站上。

誰知道她一負氣，兩人都到了，卻都在空等，直到最後海生走出林子，到了車站上，蘭蘭才發現兩人不同的葫蘆裡，賣得是同樣的藥。

此刻她看著面前的海生，生出了無限的恨意。她本是那種一揮手就能把煩惱甩在腦後的人，但是這幾年，在無助之下飽受的委屈與恥辱，又豈能揮手而去，悲恨之中，淚水擋不住的落了下來。

海生一見，立刻將她摟進懷裡，一個勁地賠罪：「都是我不好，你打我罵我吧。」說罷，拿起她的手就來搧自己的臉，搧了一下不夠，再搧。蘭蘭使勁掙脫開，轉身自顧自走了。

海生追了上去，把她的胳膊挽得緊緊地說：「這一次我再也不會離開你了。我自己找一根繩子拴在你身上，你到哪我跟到哪。」

蘭蘭被他自己作踐自己的孩子氣哄得破啼一笑，說道：「少來拍馬屁。」

海生見她終於笑了，舔著臉說：「我不是拍馬屁，是拍人屁，而且還是美人屁。」

其實他倒真不是拍馬屁的人，只是喜歡說些沒大沒小的話，而且一定要在蘭蘭一個人面前說才夠味，這就是愛的宣洩。面對這樣的語言，蘭蘭根本找不到反擊的話，只能拿出殺手鐧，在他胳膊上狠狠地擰了一下，直到擰得他哇哇亂叫，才稍解心頭之恨。誰知她這招一出，一切怨恨便煙消雲散了。當年兩人熱戀時，海生常說些無厘頭的話，每當蘭蘭說不過他，或被他說得心癢癢時，就用此招來制服他，此時的海生則巴不得被她制服呢。當愛演繹到肉體遊戲之後，恨往往只是愛的另類輸入方式。對于蘭蘭來說，來都來了，面也見了，恨還有什麼意思呢？

（二）

昔日的大院，如今已經物是人非，梁袤書當政時期的單位已被撤銷，駐進了另一個軍事部門。新部門在大院地裡蓋了許多新房子，把個曾經佈局精緻的民國院府弄得不堪入目。下了火車後，海生先回了一趟大院，當時給他的感覺便是：那個優美怡然，陶冶情趣的大院被一群土包子開膛破肚了。

兩人七拐八繞才到了梁家留下的那套三居室單元。蘭蘭只去過海生以前住的洋房，沒來過這，進屋一看，倒也不錯，稱得上「麻雀雖小，五臟俱全。」

海生下午回來時，先行把屋子收拾了一遍，這會如願以償地把蘭蘭接回來，心裡好不得意。他先行在沙發上坐下，然後讓蘭蘭坐在自己的腿上。

「你還記得這個沙發嗎？」他不懷好意地問。

「記得它幹麻？」蘭蘭沒想起它的故事，卻從海生色咪咪的眼神裡猜出了大概。

「你怎麼會忘記呢？我們在上面做過那件事。」海生清楚地記得蘭蘭那晚平躺在沙發上，妖媚地對他說，我要在這做。

性欲的奇妙就在於一個有魅力的舉止比一個一絲不掛的女人更具有挑逗性，一個漂亮的女人如果懂得用舉止挑逗男人，天下男人沒有不被她降服的。蘭蘭當然是個中高手，只是這會她沒心思故伎重演，當海生讓她坐在腿上並將她摟進懷裡時，她只是很機械地選擇了服從。

她已經很長時間沒有了性欲，沒有了渴望，沒有那種追求身體熱灼、酥軟的性饑餓。

結束了不堪的勞教生活後，她依然回到了省圖上班。曾幾何時，省圖那些醋罎子裡長成人形的人，借東林之死，人前人後不知往她身上潑了多少髒水，待她進了勞改農場，館裡從上到下又一邊倒地開始同情她，為她保留了工作並照發工資。她回來上班的第一天，平日裡有來往的或是沒有來往的，爭相來看望她，請她吃飯，為她洗塵的一撥接一撥，她並不冷眼相待，也試圖強作歡顏，因為她本就是個小女人。但在她心裡，又「怎地是一個愁字了得」。她明白，任別人真心還是假意地安慰，當年光彩照人的生活再難恢復了，這才是最讓她惆悵的。

海生再次的出現，雖然勾起了她些許幻想，可是從他的舉止看，似乎僅僅是想重溫舊夢，性愛的舊夢，而她現在需要的是新夢。

此時的海生想不到那麼多，他正一根筋地想著和蘭蘭重拾舊日的瘋狂與放縱。在大街上，他沒敢去吻他，是擔心被她拒絕，弄僵了，大庭廣眾之下，不好挽回，蘭蘭冰冷的絕情，他領教過。回到家裡，只有兩個人，他自然沒了顧慮。

然而，明明情人懷抱，卻無法讓他做進一步的動作。蘭蘭了無興致，任由他擺佈的樣子，令他不敢妄動，他多少掂得出蘭蘭心裡的沉重。草草結束了兩人三年後的第一個吻，他起身為她端來了特意從上海淮海路老大昌買來的各式精美西點。蘭蘭見了，頓時一洗頹容，高興地將那些誘人的點心一個個嘗過來，這麼精緻的糕點在南京市面上休想買的到。見她高興，海生得意地一一向她介紹：圓圓的是瑞士卷，重重疊疊的是拿破崙蛋糕，鹹的是忌士蛋糕，黑的巧克力蛋糕。蘭蘭這輩子只去過一次上海，是跟著周家老爺子去的，那次只逛了人人皆知的南京路和城隍廟，並沒去逛淮海路，就算去了，沒人指點，也不會跑到老大昌吃西點。然而，但凡上海人，「紅房子」「老大昌」「凱司令」「上咖」這些西點店是必須要去坐坐的，這是生活，也是文化的方式，正是這種崇洋媚外的方式，使上海成了全中國人心裡嚮往的居住地，尤其是生活在長三角的人們，他們的眼睛不會關注紫金城，而上海灘的任何變化都會被他們津津樂道。

好比現在，蘭蘭坐在已經變成上海人的海生身邊，吃著上海點心，心情頓時好了許多。她忽然覺得，自己成為一個上海人，並不是遙遠的夢。

海生和蘭蘭的雙人模式，是以蘭蘭為主，她高興時，二人的頭頂就是一片燦爛的陽光，她生氣時，兩人世界就會暗淡無光，現在蘭蘭的心情一好，海生立刻覺得房子裡的空氣也舒暢了許多。為了討蘭蘭開心，海生把蛋糕切成許多小塊，餵給她吃，並小心地挑著兩人分手後一些不牽扯到她的趣事聊著，至於那些敏感的話題，如勞教的事，他連一個字都不提，永遠都不會提，生怕一旦提起，她在自己的心裡又成為背影。

可是他心裡又暗暗著急，因為他始終找不到蘭蘭臉上從前迷人而又挑逗的笑容，沒有了那種笑容，就彷彿沒有了可以造次的綠燈。他將手伸進了蘭蘭的衣裳裡，蘭蘭並不阻止，也不迎合，他只能知趣地又退了出來。因此，兩個人完全像一對好哥們在談天說地，沒法進入親密狀態。蘭蘭聊得累了，伸了個懶腰，起身就要回去，這下海生有些猴急了，拽著她的手求她留下。

「今天不行。」蘭蘭親了親他的臉執意要走。

「你知道嗎？這些年我一直無法忘記你。」他想告訴她，他見了無數所謂的「對象」，沒一個能取代她，話到嘴邊又覺得太俗，轉而說道：「在我的心裡，沒有任何人能替代你，我一聽到你的消息後，就無法控制想見你的欲望，我給蓓蓓寫信，從上海來見你，就是為了找回我失去的愛，這一次，我再也不會讓你從我身邊離開了，你也不要離開我，好嗎。」說到這，成串的眼淚從他粗曠的臉頰上撲簌，撲簌地往下落。

蘭蘭一看他哭成這樣，一顆心頓時受不了了，像哄孩子似地抱住他，一邊替他拭去淚水，一邊說：「好，好，我不走了。」

她心裡一點也沒準備好，原來她想兩人先見一面，回去後再做下一步的打算，沒想到最後還是妥協了，她在心裡深深地歎了口氣，思忖著，這算什麼回事呢，什麼情況還沒弄清，就睡到他床上去了。誰知道過了今夜，是不是又成了陌路人。

其實，有些事是不需要準備的。

海生見她答應了，馬上破涕為笑，摟著她的腰，將頭埋進她烏黑的長髮裡，細細地嗅著，吻著。

重新坐進沙發，他含情脈脈地望著她說：「這幾年沒有了你，我給自己起了個名字，你猜叫什麼？」蘭蘭聽了做搖頭狀，她此生最怕動腦子。

「叫『行屍走肉』。自從失去了你，人生就變得一點味道都沒有。」

「這個名字太寒磣了，」蘭蘭輕輕為他抹去眼瞼下的淚痕說：「以你現在的條件，上海的女孩任你挑選，為什麼還來找我？」

「嘿嘿，我這個人土，就喜歡南京女孩，再說，這世上已經沒有一個女孩能擠走你在我心裡的位置。」蘭蘭聽完，認真地給了他一個熱吻，海生乘機把手再次伸進她的衣裳裡，這次，蘭蘭有了反應。

「你還記得我們第一次見面的事嗎？」

「記得呀，怎麼想起它來了？」

兩人說這些話時，已經雙雙依偎著躺在了床上。海生一邊心滿意足地把玩著那雙久違的的乳峰，一邊說：「還記得那晚有一個從上海來的張副政委的兒媳婦嗎？她姐姐差點成了你的妯娌。」

蘭蘭聽出他的話裡有捉弄自己的意思，狠狠地在他大腿上擰了一下說：「怎麼了？」

「去年秋天，我陪老爸去延安飯店看許世友，正好在樓下大廳裡碰到她，她問我有沒有女朋友，我說沒有，她立即說手上有個條件很好的女孩子，外公是四十年代上海灘的大亨，解放後是工商界的名人，她本人在軍隊醫院當護士，長得很漂亮，又很文靜，說和我很配的，一定要我去見一面。」

「這麼好的條件，當然要去，說不定你還成了富人呢。」蘭蘭俯在他身邊打趣地說。

「我一時又找不到藉口推脫，心想去就去，反正談不談在我，答應了她。週末，我跟著她去了那女孩家，母女倆很熱情，又上西點，又煮咖啡。那女孩嘛，皮膚倒是蠻白的，白到了蒼白的地步，個子和你差不多高，身材還湊合，長像沒法和你比，尤其是表情，正經時顯得呆板，微笑時又很做作，我心裡想，這種人將來怎麼和她上床。」

聽到這，蘭蘭下手到他要害處一揉，海生急忙抓住她手說道：「我還沒說完呢，那當媽的一本正經地對我說，小囡原本是要嫁到美國去的，但因為是軍人，出國就放棄了，還是在上海找個可靠人家，做爺娘的也放心，不過將來一定要移居美國的。我一聽就樂了，心想，真要出國，軍人這點事算什麼，純粹是找個藉口賣關子嘛。出了那家的門，當著張家兒媳的面，我就把這事給推了，沒想到這事還有了續集。過了不久，我們部裡有個同事孩子滿月，邀了我和其他幾個人去他家喝滿月酒，正好他太太跟那女孩是一個醫院的，我順便打聽了那個女孩，這一問，問出了個大秘密，原來那女孩瞞著家裡和醫院裡一個男護士好上了，結果有了身孕，家裡人沒想到表面上文文靜靜的女孩子竟做出這種事來，便急著給她找婆家。我聽了差點沒昏過去，怎麼又被當作了替代品。」

海生沒想到這話說過了頭，蘭蘭聽了只當他話裡有話呢，心想，當年做我的替代品可是和你講清楚的，沒想著欺騙你。她也不和他爭辯，只是死命地挖苦他：「那多好啊，你和她都不用擔心沒孩子。」

海生聽了氣得上下齊手去報復她，兩人鬧了一會，海生覺得預熱的差不多了，咬著她柔軟的耳垂甜言蜜語地說：「我想進去了。」

蘭蘭沒說話，任憑他把身上最後一塊面料摘去。海生是主動方，當然禮數要周全，他俯下身子，盡情地吻著她的三角區，用舌尖一寸一寸地去搜尋自己熟悉的部位，直到溪口泉泉源源，才開始進入她的身體。

海生人還在上海時，已經開始亢奮，連著幾個晚上夢遺，這會自己的寶貝雖然已經進入了蘭蘭的體內，卻似乎有點不夠強大。而蘭蘭這些年一直被壞女人的名聲壓抑著，對性事非常冷漠，雖然海生的前戲做得很好，她還是很難進入興奮狀態。兩人玩了一會，海生那玩意竟然軟了下來，只能半途結束了遊戲。海生並沒懊惱，也沒怨蘭蘭沒有激情，今夜能和心愛的人心貼著在一起，比什麼都好。

兩人相擁著進入夢鄉，不知過了多少時間，又同時在燥熱中醒來。頭枕著海生胸脯入睡的蘭蘭，從額頭到背上香汗淋漓，秀髮散亂地貼在臉上，像是剛淋了一身大雨，海生見了一驚，趕緊用紙巾為她擦拭著。原來，兩人都是許久沒有接觸異性，剛才那一覺，使得陰陽之氣在兩人體內相互遊走，將兩人的欲火徹底勾起。蘭蘭伸手摸去，海生的胯下之物正又硬又壯地矗著，她遊過去，急急地將它含在嘴裡吮吸著，由於急了點，那寶貝幾乎頂得她順不過氣來，慌忙吐出，連咽了幾口氣才緩過神來。而此時海生體內的欲火怎忍得了片刻停頓的折磨，用雙手托起蘭蘭的臀部，將早已張開的陰唇徐徐地套住自己的陰莖，兩個尤物就像鋼筆插回了久違的筆套裡，那般的熟悉和妥貼。

舒緩的序曲之後，蘭蘭緊緊地吸住那個寶貝，令它每一次都能準確地頂上自己的花蕊，接著，顫慄像一個舞者開始登場了，它很有韻律地旋轉著、跳躍著，當舞伴的節奏越來越快，它的躍動也更歡快，終於，雙方在瘋狂的頂峰上完成了最後的交合，那是無與倫比的一刻，幸福的顫慄從盆腔傳至每一個毛孔。

這是人類肉體和靈魂最完整的歡樂，任何一種歡樂都無法和它相比。不論天下有多少偽君子們將它稱為淫蕩也好，禍害也罷，它帶給人類，尤其是青春年少的人們那種死而無撼的幸福，是無與倫比的！或許將來有一天，人類會割去自己性腺，告別原始的性欲，但誰都無法否認，性愛給人類帶來了文明，認識了自我。

天亮後，到了說再見的時候，兩人相伴走到汽車站，蘭蘭要先送海生去火車站，海生則執意先送她回宿舍，最後兩人說好，誰的班車先到，先送誰，結果，蘭蘭等的班車先進了站，海生一直把她送到雞鳴寺，又戀戀不捨地陪她下車。蘭蘭不讓他送到宿舍，那兒太容易碰到熟人了，兩人就站在櫻花樹下話別。

想起昨晚這裡春意無限，人頭攢動，海生又開始胡說了：「別人是『人約黃昏後』，才來這裡幽會，我們倆倒好，大清早來這裡告別。」

蘭蘭扯了扯他的衣袖，憂心忡忡地說：「都什麼時候了，還貧嘴，人家心裡難受死了。」

「不是說好了嗎，」海生把她攬進懷裡，一邊吻著她，一邊說：「我們把各自的證明材料準備好了，就去領結婚證，你還擔心什麼。」海生總是這樣，把事情想的太簡單。

昨夜，瘋狂之後，蘭蘭彷彿又找回了生活的軌跡，她伏在海生的懷裡，不再是褪去了生命色彩的枯萎的花朵，而像一隻初醒的小鹿，對生命充滿了渴望。

望著紅暈未消，如少女一般純真的臉，海生當即向她說出了從上海伴隨著他一路顛簸到南京的念頭：「我們結婚吧？」

說來也怪，從他聽到蘭蘭的遭遇後，這個念頭就已生成，可他並沒有很嚴重地去思考過它。他只是覺得到了該給蘭蘭一個保證的時刻了。在他最討厭的詞彙中，「深思熟慮」算一個，愛上一個人是極自然的事，愛又是一個不可能深思熟慮的事物，與愛談思考的人，不是偽君子，就是被愛遺棄的人，至少海生的心裡是這麼想的。何況，在他年青的心裡，自認為這個世界上 90% 以上的事，遇到了再去想辦法解決也來得及。

蘭蘭深信海生不是個隨便給別人打包票的人，但是，在他身後庇護著他的家庭，會不會接受一個跳舞出身，聲譽又不好的女人呢。

當年周建國也給她打過包票，結果她被趕出周家時，他連面都不敢露。毫無置疑，海生是真心愛她，她也喜歡海生，但能不能進梁家，海生說了不算。

此時的海生，似乎看透了她的心思，他不慌不忙地拈去落在她秀髮上的一片花瓣，非常肯定地說：「你放心，我們先辦結婚證，等拿到了結婚證，我再告訴家裡，如果他們不同意，我就調來南京工作，反正這裡現成有一套房子，足夠我們用了。」

海生的話，撥開了蘭蘭心頭的愁霧，她抿嘴一笑：「你不是一心要做個上海人嗎？」

「沒有你，這個上海人做的還有什麼意思。你別笑，我說得是真話。」

蘭蘭相信他說得是真話，她用插在他的夾克內的手，來回摩挲著他壯實的胸脯，以證實自己的相信。她是多想能和海生待在一起啊，一夜的歡樂，對一顆傷了許久的心來說，太短暫了，可是，多年養成的矜持不允許她流露出來，她只是幽幽地說：「你走吧，不要趕不上火車。」

海生豈能不懂她的惆悵，用最性感的嗓音輕輕在她耳邊說：「答應我，不許胡思亂想，不許愁眉苦臉，我希望到了 80 歲，在你的臉上依然找不到一條皺紋。」

蘭蘭聽了，再也無法用矜持攔住別離的淚，哽咽道：「記住，早點來看我，我想你。」

（三）

一回到上海，海生就悄悄地開始進行他的偉大計畫。軍人結婚的程式是：本人向團一級以上的軍事機關打報告申請結婚，被批准後拿著軍隊開的證明，就可以上地方的婚姻登記部門辦手續了，根本不用擔心被家裡知道。

就在海生愉快地將結婚報告送上去後，卻多了件意想不到的事。組織部門找到他，要他提供女方所在單位和位址，他們要去函調查女方的政治狀況。在黨內，這叫做政審。穿了十幾年軍裝，做過黨支部書記的海生，對政審名下所有的東西都極為討厭，討厭它是因為洞悉它。因此，他立即發現原以為一個極簡單的申請可能變得棘手。從政治上講，蘭蘭算是勞教釋放人員，按規定，兼有黨員與軍官的他是不能與這類人結婚的。

政審通不過，這婚如何結？不要緊，上有政策，下有對策。

偉大領袖曾經說過：與天鬥，與地鬥，與人鬥，都要其樂無窮。其實他老人家少說了一鬥，而且是最重要的一鬥，叫做「與政策鬥，其樂無窮」。在中國這個社會裡，要想做成一件別人做不成的事，就必須和政策鬥，這個常識，只怕三代之後，還是常識。

眼下海生要和蘭蘭結婚，就必須和政審鬥上一鬥。

第二天，遠在南京的蘭蘭突然接到海生打來的電話。借書部的丁主任叫她接電話時，嗓門很大，幾乎所有人都能聽到：「于蘭蘭，上海電話找你，是你的那個打來的。」

這個丁主任就是當年海生來借書時碰到的那位丁徐娘，現在已經當上了借書部主任。她和蘭蘭私交一直很好，用她的說法丁、于不分家，蘭蘭的工作就是她力保下來的。蘭蘭和海生的恩恩怨怨，全圖書館只有兩個人知道，一個是葉琴，另一個就是她。她聽蘭蘭講完海生跑到南京的故事，當時就高興地拍著大腿說：「你就是個富貴命，當年我就看好你們倆，你記得嗎。」

去主任室接電話時，蘭蘭的笑容比往日更燦爛，待海生在電話裡把事情一說，才知道他那兒辦證明遇到了麻煩，臉上的笑容頓時消失了，這種事，她是拿不出主意的，只能問他：「你說怎麼辦？」

「最好的辦法是你那邊找個可靠的關係把信截下來，如果你和人事部門的關係好的話，私下讓他們寫個證明，不要寫上你的勞教記錄。如果你那兒不行，我只能在這邊把你單位的回復扣下，另做一份混過去，但是失敗概率很大，我沒辦法公開去查辦公室的信件。」

按著海生的思路想了想，蘭蘭茫然的心裡透進了許些光亮，說道：「我先找人問問，你下午再打個電話來。」

蘭蘭唯一能商量的人就是丁主任。丁主任能坐上借書部主任這個位置，自然不是普通的女流之輩，聽完蘭蘭一番話，沉吟了一會，便有了主意。

「他們不是要圖書館的聯繫地址嗎，你把我們借書部的地址給他，來信的抬頭還是寫省圖書館收，這樣信就寄到我們借書部，而不是寄到館裡，我收到信給他們寫個證明，再拿到人事科蓋個章就行了。」

蘭蘭一聽，開心地抱住丁主任說：「太好了，問題解決了，我們結婚時一定請你喝喜酒。」

身軀肥大的丁主任與其說被她抱住，還不如說是她掛在了自己身上。反被她掛得喘不過氣來，直到蘭蘭鬆了手才說：「什麼意思，不幫你們的忙，就不請我喝喜酒了。」見蘭蘭衝自己一笑，她臉色一整：「告訴你的兵哥哥，那邊外調信一發出，就給你打電話，我把隨後幾天的信全收了，防止別人拿去。」

下午，海生如約打來電話，蘭蘭很得意地把丁主任的話告訴他，海生聽完大喜，把能想到的誇人的話一古腦兒都對她說了一遍，順帶把丁主任也吹捧了一遍。

得了誇獎的蘭蘭，心裡更是美得不行，不久前，她的天空還是陰沉沉的，沒有浮雲，更沒有亮光，只有捅不開的雲層壓迫著她喘不過氣來。面對一落千丈的人生，她不知道如何重新開始，心裡塞滿了惆悵，就在這時，海生出現了，還給她帶來了意想不到，而又是她最想要的禮物——結婚！轉眼間苦盡甘來，陰霾掃盡，心裡能不美嗎。

過了政審這一關，海生很快拿到了批准結婚的證明，他立即在電話裡把消息告訴了蘭蘭，蘭蘭高興地對著電話裡的他發嗲：「那你快回來吧，我想死你了。」

跌落在愛河裡的海生，被她嗲得混身舒暢，咧著嘴說：「你別急，我還要請假，批了假才能回來。」

「不是已經開了結婚證明了嗎，還請什麼假。」

「結婚證明是政工部門開的，婚假要找主管部門批，這是兩回事，我的老婆大人。」

「那好吧，」她無奈地說，一門心思要找個軍官的她，這回總算對軍隊生氣了，恨恨地說，「結了婚就把這身黃皮脫了，氣死我了。」

幾天後，海生的熱線又打到了借書部，接電話的依然是丁主任，海生知道她現在是蘭蘭的頂頭上司，一開口先恭恭敬敬地向她問好，丁主任讓他等一下，扭著肥臀走進借書大廳，照舊用她的美聲拉開嗓子喊：「于蘭蘭，上海長途。」

已經習慣這種方式的于蘭蘭，無論是碎步穿過大廳，還是一路小跑過去，總要把飄逸的身姿和燦爛的笑容留在別人的視線裡。炫耀，對女人來說，太重要了。她滿心以為海生肯定是告訴自己回來的時間，所以，沒等他開口就說：「你幾時回來，我已經把婚宴和要請的人都訂好了。」

「嘿嘿，」海生在那頭硬撐著一笑說：「親愛的，不好意思，暫時回不去了。」

原來，南京軍區要在上海臨東海的海灘上搞一次陸、海、空聯合登陸演習，這是一次帶有國際政治背景的演習，中央軍委和總部首長屆時都將到現場觀察。海生所在的部隊是這次參演單位之一，這個節骨眼上，部隊裡取消了所有的假期。因此，結婚只能推遲了。

聽完海生的解釋，白高興一場的蘭蘭只能衝著他凶巴巴地說：「就你們當兵的事最多！那要拖到什麼時候啊？」

「不會超過三個星期吧，明天起我就要住進海邊的帳蓬裡，部裡說了，演習一結束，第一個批我的假。」

掛了電話，蘭蘭把滿腹沮喪倒給了坐在對面辦公桌前的丁主任，丁主任是蘭蘭的忠實觀眾，這幾年，蘭蘭的每場戲她都看得清清楚楚，她輕鬆地一笑說：「丫頭，這就叫好事多磨。」

蘭蘭心裡可經不起折騰，隨著婚期越來越近，她心裡反而越來越焦慮。上個月，她回小城，把結婚的事早早和父母說了，也算報個喜吧，這些年盡讓他們擔憂了。于光輝聽了，樂的張口說了一句大實話：「丫頭，你命真好，天上掉餡餅的事都能讓你碰到。」

但凡能吃到天上掉下來的餡餅的人，心裡總是不踏實的。蘭蘭心裡清楚，這幾年自己沒一件事能順利走到底的，她由此變得敏感了許多，生怕這一拖，夜長夢多，中間出個意外，這婚就結不成了。她甚至生出了一種懷疑，海生根本沒有辦好結婚證明，拿個什麼胡扯的演習來搪塞她。她越想越怵，騎上車，去了葉琴那兒。

兩年前，葉琴和陳天誠終於結束了愛情長跑，結婚了。婚後，陳天誠工作的單位分給他一室一廳，葉琴就從圖書館搬了出去。此時，她正坐在客廳裡，穿著一襲真絲長裙，光著的腳下是塊伊斯蘭地毯，邊聽音樂，邊做畫。

見是蘭蘭來了，一臉壞笑地說：「你是屬貓的吧，誠誠剛從單位裡拎了兩條魚回來，你跟著就來了。」

蘭蘭常來葉琴這蹭飯，一聽說有魚吃，頓時忘了來時煩惱，玉掌一拍高興地說：「這就叫來得早不如來得巧。」

這世上蹭飯吃的朋友大致可分為兩種，一種雖是豪爽，卻吃相難看，再加上滿嘴跑火車，常常令主人為難，你拒他於門外吧，拉不下面子，你說句客氣話，歡迎再來，他還真老臉皮厚，登門不輟。蘭蘭是另一種人，雖然常來蹭飯，卻從不讓主人為難，心裡時刻揣著小心，再加上她天生麗質，吃相雅致，人又隨和，飯桌上有這麼個美人，既能養眼又能增添食欲，對主人來說，是修來的福份。

所以，葉琴見了蘭蘭，自是喜歡的不得了，待她坐定後，才發現她黛眉顰蹙，便問：「喂，新娘子，有什麼不高興的？」

蘭蘭被她一聲新娘子叫得噗哧一笑，說道：「這個死人，說得好好的，又不回來了。」

接著，她把海生那冒出狀況和自己的擔心、疑慮一古腦兒倒給了葉琴。

兩人正聊著，陳天誠端著剛燒好的魚從廚房裡出來，一見蘭蘭，笑瞇瞇地說：「你來了，可解決我的大問題了，否則葉琴要逼我到幾百米外的公用電話亭打電話請你來吃魚。」

「去你的，我才不信呢。」蘭蘭知道他在誆自己。

「你不要瞎說啊，蘭蘭正不開心呢。」葉琴在一旁護著自己的好朋友。

陳天誠陪著葉琴聽蘭蘭把自己的擔心吐完了，不加思索就說：「這還不好辦，你要是擔心夜長夢多，找一個人代替梁海生陪你先去把結婚證領了。」

兩個與男人思維方式不同的女人，被他說得一楞，然後又異口同聲地說：「不可能。」

「怎不可能，你們想想，部隊裡開的結婚證明上又不貼照片，結婚登記處的人又不知道梁海生長的什麼樣，找一個年齡和他差不多的當兵的，去冒名頂替一下就行了，反正結婚證上寫得是你倆的名字就行。」

「那還有體檢證明呢？」蘭蘭又想起去辦結婚登記需要婚前體檢證明。

「那更好辦，找一個有熟人的醫院蓋幾個章就行了。」陳天誠說話間已經擺好了吃飯的桌椅，向她倆一揮手說：「請吧。」

許多讓女人一籌莫展的困擾，在男人手上就像擺弄桌椅板凳一樣輕鬆。

是晚，海生正在三樓自己的房間裡整理第二天去演習現場的行裝，突然老爸推門進來說：「去接個電話，南京打來的長途。」

電話是從老爸書房裡的軍內線路上打來的，海生一聽，原來是久未見面的陳天誠，他喜出望外地問：「怎麼是你呀？」陳天誠也不和他交談，說：「你等著，有人和你說話。」就將電話交給了另一個人。

電話裡傳來的是蘭蘭又甜又糯的聲音：「海生，是我呀。我怕你明天就要出發，聯繫不上你，就打到你家裡來了。」他們倆有個沒挑明的默契，從來不用家裡的電話聯繫。海生猜她有什麼重要的事，但礙於坐在不遠處看電視的老爸，不好多問，只能淡淡地說了句：「你說吧。」

原來，蘭蘭被誠誠一番話說得心動，立即拉著他們倆一道去陳天誠的辦公室，蘭蘭也不知道海生家的地方電話號碼，只能從地方線路轉到軍隊線路，幾經周折才打進梁家。她把誠誠偷樑換柱的妙計說給海生聽後，海生沒半點意見，本來他正因不能如期去寧結婚而內疚，既然這個方法能讓蘭蘭開心，何樂而不為呢，儘管此法有些過分。

蘭蘭聽他沒意見，高興地叮嚀他：「千萬記著明天上班前一定要把結婚證明寄出來，還有，找誰來冒充你呢？」

「既然是誠誠出的主意，就叫他來冒充好了。」海生突然很想捉弄陳天誠。

「你等等。」蘭蘭放下聽筒，對著身邊的葉琴和誠誠說：「海生要誠誠冒充他。」

誠誠一聽，急得亂搖手，壓低了嗓門說：「我又不是當兵的，怎麼能做這種事，再說，冒充當兵是犯法的。」

海生在那頭聽得清清楚楚，等蘭蘭再和他通話時，他一口咬定：「你告訴他，我只相信他，其他人我不放心。」

掛上電話，海生欲走，正在看電視的梁袤書叫住了他。先問他誰的電話，然後話鋒一轉，就說到了演習的事上。其時這個話題，晚上飯桌上爺兒倆就討論過，梁袤書卻意猶未盡。因為這次軍演是二十多年前解放舟山群島後，在江、浙、滬沿海舉行的最大的一次演習。梁袤書如今掛職在軍內，人在地方工作，如此大規模的演習，他只坐壁上觀，其心情可想而知。

海生這次分在司令部陸、海、空三軍協調組裡，做個聯絡員的小角色，他耐著性子把三軍兵力部署方案大致說了一遍。當年解放一江山島時，梁袞書是三軍協同作戰部門的負責人之一，所以，問得特別仔細，最後還不忘關照兒子如何做好參謀工作，直到海生打起了哈欠，才放他離開。

現在的海生，腦袋和軍裝早已分了家，但是做老爸的還在幻想兒子子承父業。事實是，他和兒子之間的距離已經非常遙遠，如果他知道就在剛才，兒子當著他的面把自己的人生大事——結婚登記，都交給別人去代替他，當老子的還會有幻想嗎？

再說蘭蘭，掛上電話後，眼睛看著葉琴，玉手一攤說：「他只信誠誠，怎麼辦？」

葉琴明白蘭蘭在求她，便笑著對誠誠說：「算了，誰叫你出得餿主意，自找！再說，有機會做金陵八大美女之一的假新郎，你這輩子也值了。不過，話說回來，你若有絲毫非分之想，看我們倆如何收拾你。」

陳天誠沒想到自己信口一番話，反弄得自個雞犬不寧，只好自認倒楣地說：「軍裝呢，到哪兒弄一套軍裝來？」

蘭蘭腦子一轉，想起一個人來，說：「軍裝我找人弄，你就安心當好新郎吧。」

這話一出口，她和葉琴便笑成了一團。

蘭蘭想起的這個人，就是四年前在周建國那裡看錄影認識的胡小平。自打她從勞改農場回來後，他來找了她幾次，名義上是來借書，實際上在打她的主意。蘭蘭知道他早已結了婚，接近自己無非以為自己是個名譽不好的女人，是塊天下男人都想叮一口的臭肉。她沒冷著臉讓他碰一鼻子灰，只是因為他老爸是中央委員，南京官場上數一數二的人物，這種人圍著自己轉，多少可以抬高自己的身價，再說，或許哪天可以派上用場。

當然，像于蘭蘭這些在文藝團體裡長大的女孩子，和那些紈絝子弟周旋時，如果讓看熱鬧的人認為自己在高攀，那就是失敗。所以，當胡公子拿了一套軍裝屁顛顛地來到她面前時，她只是很客氣地說了聲謝謝，再把一套他要的書交給他，就去裡面忙自己的事去了，胡公子連個美人的笑臉都沒看到。蘭蘭深知，如果給他一個笑臉，大廳裡那麼多雙眼睛都看到，每雙眼睛下面都有一張嘴，片刻之間，于蘭蘭又在勾引另一個高幹子弟的新聞，便會傳得沸沸揚揚。現在，她把胡小平撂在一邊，別人嘴裡傳出來的話就成了：于蘭蘭在耍胡公子呢。能耍胡公子的人自然不一般，蘭蘭要得就是這種不一般。

（四）

初夏，海生回來了，黝黑的皮膚上還帶著海風的氣息。他一隻腳才踏上南京的土地，就看見了等候已久的蘭蘭，她穿了一條深紅色連衣裙，迎著月臺上微醺的南風，火一般地撲進了他的懷裡。

他們終於等到了可以毫無顧忌親昵的一天，兩人旁若無人地在人潮中擁抱、親吻，這是另一類的勝利，此刻，他們要把自己的勝利宣洩在大庭廣眾之下。

兩人往車站外走時，蘭蘭將他勾得緊緊的，生怕別人不知道他們是一對似的，一路上把自己這些天的功勞、苦勞一樁樁細數給他聽，平時只愛聽蘭蘭一個人說話的海生，自是聽的津津有味。他雖然生長在上層家庭，卻對物質的東西沒太大的興趣，因為這個國家裡的年青人想要的東西，他幾乎唾手可得。對他來說，蘭蘭就是他生命中的藍天、白雲、高山流水，她載著他所有的思戀和想往。至於其他的，他只求有一個棲身的場所，一個能收容自己的家就已足矣，既然蘭蘭把有關家的諸事都打理好了，他還有什麼不能心滿意足的。

到目前為止，作為新郎的梁海生，更像是個旁觀者。這個婚禮，除了進洞房，其他的事情都由別人替他做了。買傢俱，佈置新房，婚檢證明，甚至連領結婚證這麼嚴肅的人生大事，都和他沒半毛錢的關係。

因此，葉琴在晚上的婚宴上一見到他就說：「梁公子，你好大的派頭啊，就差開個飛機到上海去接你了。」她前兩天和蘭蘭一道買傢俱，佈置新房，累得直到現在小胳膊小手還酸著，連畫筆都拿不住。現在，海生總算出現了，不損他，如何能解心頭之恨。

好在酒席只有一桌，請的又都是蘭蘭的私密好友，丁主任夫婦、葉琴夫婦，還有蘭蘭在圖書館的另一個好朋友徐琪華和她的老公。大家相互認識都不把葉琴的數落當真，葉琴也熟知海生的脾氣，不會在乎自己的數落。

的確，海生此生最怕的，也是最討厭的就是規矩和講究。既然是朋友間聚會，就該毫無顧忌地聚在一起，哪怕這其中有一半自己都不認識。所以，他一點也不在乎葉琴的數落，反而一個勁地給她賠不是，誠懇地連第一次見面的徐琪華都看不下，說道：「蘭蘭，你真是好福氣，從哪找到個這麼好的老公？」

蘭蘭像捋小貓小狗似的捋了捋海生的頭髮說：「他有什麼好的，笨死了。」

「你看吧，將來你怎麼欺負他，他都不會生氣的。」徐琪華也是文藝團體出身，鵝蛋臉，大眼睛，笑起來一副迷不死人誓不休的樣子。

「這倒是真的，到現在為止，我還沒見過他生氣呢。」

「這世上的妻子啊，不幸福的各有各的原因，幸福的只有一種，就是老公不生氣。」丁主任的老公不失時機地插進來說。他是省文化廳的一個處長，算得上是個有文化的幹部，今晚在座的不是美女，便是高幹子弟，能不趁機「掉書包」嗎。

「去，去，去！偉人的話另找地方發揮，今晚是喝喜酒，不是做報告。」丁主任明諷暗褒的意思，大家都聽得出來。

今晚的喜酒，沒有雙方父母，也沒有雙方家人代表參加。此時，雖也進入了讓一部分人先富起來的時代，但許多事情還延續「繼續革命」時代不講究的習慣。新娘子結婚不在乎有沒有婚紗，抹個口紅就算化妝了，大多數人穿一套新衣服就算婚服了。于蘭蘭當然不會這麼土，她請原來劇團裡的服裝師做了一件白色的無袖長裙，緊胸、束腰、長長的裙擺拖至腳面，兩隻誘人的玉臂裸露著，看上去雖不及正式的婚紗隆重，卻也足夠顯現她的清純亮麗，她自己描了眉，打好粉，抹了口紅，裝上了假睫毛，葉琴給她做了個披肩的髮型，儼然是個絕代佳人，連飯店裡的經理都不停地對她獻殷勤。

酒菜上桌後，海生自己站起來說了幾句感謝的話，然後偕蘭蘭給各位敬酒。第一要敬的當然是丁主任，海生一臉感激地說：「我和蘭蘭能終成眷屬，離不開你的支持和幫忙，這第一杯酒我們先敬你們。」說罷自己一仰脖子先喝了。

丁主任沒說話，含笑抿了一口酒，待他倆一巡酒喝完回來坐下，才開始講她的故事：「小梁，還記得第一次來圖書館的事嗎？」

海生怎會忘記那天的尷尬，被她突然提起，頓時有些臉紅，桌上人見了，頓時來了興趣，尤其是葉琴，拼命慫恿丁主任把故事講出來。

「那天，他拿了張省委組織部開的介紹信來辦借書證，他也不說他認識蘭蘭，我一看名字就猜到他是個冒名頂替者，因為介紹信上的名字是女人的名字。被我揭穿後，他臉紅得像個紅蘋果，還好這時蘭蘭出來，才幫他過了我這一關。」

眾人一聽堂堂的軍官還做過這種事，紛紛取笑海生，他也不惱，陪著眾人乾笑。

丁主任接著說：「雖然你當時被我弄得下不了臺，事後我卻對蘭蘭說，這個男人你把他抓住了，他會一輩子都對你好的。不信你問蘭蘭。」

海生沒問，也不必問，丁主任這明的是誇自己，去問反而顯得自己矯情，偏偏一旁的陳天誠要問：「丁主任，憑什麼他冒名頂替就成了好男人？」

「對了，就因為這事讓我看出他是個不會騙人的人，凡是會騙人的人，一早就想好如何自圓其說，哪會像他，一被別人揭穿就臉紅。」

一直想說話的徐琪華突然打開了話匣子，她是揚州人，天生會「韶」，一有話題，嘴巴就憋不住了。

「說起冒名頂替，我這有一個笑話也和小梁有關。一周前，我和我老公一塊去他姐姐工作的醫院，幫小梁開婚前檢驗證明。去之前都商量好了，他姐姐帶我們去每個科室蓋個章就行了。可是到了化驗室，那個老主任就是不給他面子，說婚姻大事一定要認真檢查，是對雙方負責，也是對後代負責。」徐琪華說著用手指戳了戳在一旁埋頭喝湯的老公，她男人叫高新明，父母都在省級機關工作，據說父親的官也不小。

徐琪華繼續韶：「小高被他說煩了，就去做了個尿檢。沒想到尿檢報告出來是陽性，我的個乖乖，把我嚇了一跳，心想頂替還真頂替出毛病了。幸好他姐姐進了化驗室親自查問，才發現是尿檢留樣的瓶子弄錯了。是他自己去洗手時，把別人的尿樣當作自己的給了化驗室，弄得大家虛驚一場。」

喝完湯的高新明慢騰騰地說：「你們不知道，她當時急得一定要我住院檢查，還好發現弄錯了，否則這會我肯定在醫院躺著呢，哪有福氣來喝喜酒。」

高新明雖是地方幹部子弟，從根子上說，和海生也是同夥，僅憑他根本不認識自己，卻甘願為自己做常人不願做的事，海生便生出許多惺惺相惜之感。他拿起一瓶酒，走到高新明面前說：「感謝你的古道熱腸，我敬你三杯，一杯表示我的敬意，一杯為你壓驚，一杯為我們友誼天長地久。」說罷連喝了三杯。高新明長得人高馬大，當然不願意示弱，海生手中的杯子還沒放下，他也三杯酒落肚。

葉琴見了說：「海生，你這兒還欠著三杯呢，我們誠誠為你去領結婚證，心虛得像跟做賊似的，差點沒嚇出毛病來。」

蘭蘭一聽立即說：「對了，忘了和你們說了，那天我們去領證，出盡洋相。」

幾個人一聽，吵著要她講，葉琴急忙攔住：「不行，先讓新郎官把三杯酒喝了，這事全是他惹出來的。」

因為自己不喝酒而讓大家聽不成故事，這可不是海生的風格，他把誠誠倒給自己的三杯酒倒進碗裡，一仰肚子全喝了。大家又把眼睛轉向蘭蘭，等著她把故事講下去。

「還是讓誠誠自己講效果比較好。」蘭蘭吊足了眾人的胃口，就把包袱丟給了誠誠。

陳天誠扭了扭身子說：「沒什麼好笑的，主要是我從來沒穿過軍裝，第一次穿上軍裝，混身不舒服，總覺得一邊高一邊低。」

在坐的人都看得很清楚，是他自己肩膀長得一高一低，笑點低的徐琪華先就笑開了，還好其他人都能忍，聽著誠誠往下講。誠誠說好笑的事時，自己從來不笑，不僅不笑，還把臉繃得緊緊的，他這一繃不要緊，臉上兩個酒窩則變得生動起來，隨著面部神經一塊抖動著。

他繃著臉說：「蘭蘭弄來的軍裝太小，穿在身上緊緊的，她們倆還逼著我把風紀扣扣上。我脖子粗，扣上後，脖子上的青筋都爆出來了。」眾人聽到這，終於忍不住都笑了，因為此時他脖上的青筋正清清楚楚地跳動著。

乘眾人大笑時，海生問蘭蘭：「你從哪搞來的軍裝？」

「借的唄。」蘭蘭本想提胡小平，話到嘴邊想起海生曾經流露對胡家的輕蔑，便趕緊改了口。

一旁著急著聽故事的徐琪華插進來說：「你們把悄悄話留到床上說，先聽他講。」

此時的誠誠臉已被眾人笑得臉通紅，結結巴巴地說：「我們三個人進了婚姻登記處，裡面的人老是盯著我看，看得我出了一身汗，我以為被他們看出來我是假的，等我們辦好證往外走時，聽到他們在議論我們，聲音很響，像是故意說給我們聽似的。其中一個人說，這麼漂亮的女孩，怎麼會和一個邋裡邋遢的當兵結婚。另一個則說，你別小看那個當兵的，他肯定是個搞技術的軍官，聽說部隊特別照顧技術人才，都由上級出面給他們找漂亮的女孩做老婆。第三個說，對呀，看那個當兵的，一副靦腆的表情，軍裝也穿不好，據說陳景潤就是這樣。」

沒等誠誠說完，蘭蘭和葉琴已經笑得東倒西歪了，其餘的人不是被婚姻登記處那些人的超級想像力笑趴下了，就是被誠誠正兒八經的表情逗樂了，尤其是徐琪華，笑得眼淚都迸了出來。

丁主任的老公是酒席上年紀最大的，比海生大了十幾歲，夠得上叔叔級別了，他待眾人笑得差不多了，笑著說道：「小梁啊，你這個婚結得太新潮了吧，我還沒見過哪個新郎像你這樣，體檢不是你，登記的也不是你，是不是最後進洞房的也……。」

他說到這，腳上被丁主任狠狠地踩了一下，其實，他本來就沒想說後面的那幾個字。一桌子人卻個個聽得明白，剛剛止住笑的徐琪華這一次尖著嗓子大笑起來，蘭蘭抓起桌上的擦手巾，假裝生氣地扔了過去。葉琴強忍著笑說：「丁主任，你家的秀才說話也夠毒的。」

海生沒惱，也沒隨眾人嘻笑，反而煞有介事地說：「我覺得婚姻就是個形式，既然是形式，就怎麼方便怎麼來。把兩個人的愛情綁在某種形式上，是在糟蹋愛情，我認為應該讓喜歡隆重的人炫耀，讓喜歡平淡的人去相守。」

見他一本正經說起嚴肅的哲理，一桌子人都笑不下去了。這類哲理在文革後被公認是用來裝門面的。海生一見大家都不笑了，又暗自責怪自己在附庸高雅。

其實，這些個詞，早在他決定不告訴家人他要結婚時，就在心裡想好了，現場一興奮，就拿出來演練一番，沒想到掃了大家的興。

話說回來，一個人能把婚姻大事弄得全沒有結婚的味，也並不容易，全靠了于蘭蘭捨身成就了他。沒有一個女人不希望有一個熱鬧的婚禮，一個雙方親朋好友都來見證的婚禮，一個能戴上戒指炫耀愛情的婚禮，這些蘭蘭都沒有。一個曾經被眾人追捧的美人，這樣的婚禮是殘忍的，好在憋屈了很久的蘭蘭，首先需要的是舒展自己的肢體，還無瑕梳理自己的羽毛，海生用婚姻為她找回了舒展的天地與自信，她豈能不知足，她原就是容易知足的人。

三天後，兩人一同回到了小城，這裡將為他們舉辦第二次婚宴，來慶賀的全是于家的親朋好友。在小城，蘭蘭終於如願以償地風光了一回。婚宴一如既往地交由討人喜歡的小強操辦，地點是小城名頭最響的京山賓館，席開四桌，來得人跟海生沒一點關係，他只管去敬酒，不敬酒時就坐在那等別人來敬酒，雖然讓人覺得是個木訥的新郎，但他覺得比舔著臉和陌生人說那些不著邊際的話要好，反正諸事有蘭蘭擋在前面。她自然是酒席上的女王，在小城，無論是美貌，還是地位，無人能搶走她的風頭。

小城的喜慶之後，蓓蓓和小強陪著他倆回到了南京，四個人熱熱鬧鬧玩了幾天，海生要先行回上海去，留下蓓蓓他們繼續陪蘭蘭，如此安排，是海生和蓓蓓事先商量好的，免得大家一下都走了，蘭蘭受不了。海生對落下腿疾的蓓蓓有種天然的好感，他倆又有個共同的心願，就是如何照顧好蘭蘭，所以，關于蘭蘭的事，兩人許多想法都是一拍即合，臨行時，他懇求蓓蓓把一些自己不方便說的話，婉轉告訴蘭蘭。

「告訴她好好珍惜這次婚姻。」他躊躇地說。

「就這一句話？」蓓蓓非常願意轉述他的意思，只是希望他多說一些。

這句話代表了海生肚子裡所有想說卻又不便說的話。只要蘭蘭懂得珍惜二字的份量，海生做的一切都值了。

「告訴她，她是我生命中的一切！」

（五）

腦袋裡裝著滿滿的故事和打算回到上海，海生陡然覺得自己有太多的門檻要一一跨過，而今一步踏進去，卻感到了重重壓力。當他把幸福交到所愛的人的手裡後，空虛隨著荷爾蒙的回落接踵而來，他意識到該給狂熱擦屁股的時刻到了。

首先一件事，就是向老爸老媽攤牌。他手裡沒有一張可打的牌，只有從小到大的老辦法，先去和小燕商量。

梁家兄妹四人，津生遠在四川，滬生在外面有房子，只有他和小燕住在家裡。

看著海生進了自己的房間，小燕開口便問：「正要問你呢，去哪兒逛了一圈？」

「沒去哪兒，」海生神秘地笑了笑說：「晚上我請你們倆上紅房子吃西餐，有事告訴你。」

海生說得「你們」，是指小燕和她的准老公江峰，他倆早已領了證，只等著擇日舉辦婚禮。

「什麼事搞得神神秘秘的，家裡不能說嗎？」小燕一看錶，已經5點了，又問：「你訂座了嗎？」

「訂好了，邊吃邊告訴你們什麼事。也許是好事，也許不是。」海生覺得那種環境下，自己方能從容地把一切講出來。

紅房子的古往今來，上海人都知道，雖然叫房子，卻是個吃飯的會所。它是這個城市的臉面之一，這個城市的人多多少少會去那吃一頓，否則作為上海人，活著太掉價了。這個小小的法式餐館，與這個城市反差最大的是吃飯要排隊。雖然這座城市絕大多數人現如今已是囊中羞澀，但紅房子永遠不會門庭冷落。來吃大餐的人常常排隊排到門外，紅房子只好在外面的牆根下放了一排長椅，讓等候的人免去站樁之苦。

幾十年來，紅房子還保留了舊時海派的習慣，電話訂座。當小燕和江峰進來時，海生已經在訂好的座位上等候他們多時。

點完了菜，江峰向海生呵呵一笑：「有什麼重要的事，還要跑到紅房子說？」

小燕和海生一個脾氣，看不上高幹子女，江峰是浙江小地方人，兩人是外語大學的同學，畢業後又分在同一個單位工作，江峰也是個率性的人，和海生說話用不著兜圈子，所以，開口就問。

海生確定他倆坐穩了，深深地吸了口氣，終於把藏著已久的話說了出來：「我結婚了。」

「我的媽呀，這事也忒大了！」小燕聽畢，一拍大腿，連北京話都飛出來了：「你和什麼人結婚啊？」

她怎麼也沒想到海生宣佈的是這麼個消息，當場驚呆了。所以沒問他和誰結婚，而是和什麼人結婚，那意思是你糊裡糊塗找了個什麼女人啊，她幹什麼的，什麼背景，該不會是路上揀了個吧？

海生衝她詭秘地一笑說：「這個人你認識，是于蘭蘭。」

小燕不是個偏執的人，雖然對于蘭蘭沒什麼好感，尤其在東林的死上，但畢竟四、五年過去了，如今一聽是她，反而覺得有些滑稽。「就是她呀，她不是什麼……勞教了嗎？」小燕原有些顧忌江峰，一轉念還是把「勞教」兩個字說了出來。

「今年春節前出來的。」海生把江峰一同請來，就沒想瞞著他，他相信自己把整個故事說完，他們自然會明白自己為什麼要和于蘭蘭結婚。

於是，小燕、江峰開始一邊品嘗法式大餐，一邊欣賞著一個浪漫曲折的愛情故事。

海生從東林出事後，如何去做蘭蘭的假男友說起，說到後來因周建國的老爸和蘭蘭的不倫傳聞而分手，以及三年後，張蘇和王向東來上海提起蘭蘭的下落，他又如何去找她。兩人的耳朵聽得津津有味，忘記了法式大餐在嘴裡的味道。

聽完海生的故事，小燕丟下刀叉，往靠背上一靠說：「我的媽呀，沒想到這些年我身邊藏了這麼大的秘密，你太有本事了，居然瞞到現在。」

江峰則直率地說：「海生，你了不得，這世上沒幾個人會像你這樣做的，人生有這段經歷也值了。」

此話不假，這世上男人在乎活得值不值，女人則注重如何活下去，如果男女都用一種方式處世，人類文明肯定不是現在這個樣子。

海生沒等他倆調整好胃口對付面前的法式大餐，又吐了句讓人胃口全無的話：「還有一件事，我在結婚前就想好了，將來很有可能和她離婚。」

從沒聽說有人結婚之前先想好離婚的，小燕把嘴裡來不及嚼爛的牛排三下兩下嚥下去說：「那你還結什麼婚？」

「沒辦法，我去南京找她，那時她剛出來，人都萎了，沒有一點光彩。記得她從前多風光，被稱為金陵八大美女之一。我覺得我一定要給她一個家，即使將來她有負於我，也在所不辭。」

如果換一個人說這番話，小燕一定會為他鼓掌的，但坐在她對面的畢竟是她的親哥哥，關係到整個家庭，她歎了口氣問：「你準備怎麼和老爸老媽說？」

「直接和他們說，他們要是不同意，我就搬出去住集體宿舍，再想辦法調回南京，將來就在那兒生活，他們要是不反對，我就叫蘭蘭來一次，算是進了梁家的門。」

「那你要我們做什麼事？」

「首先，我不求你們支持我，但希望你們理解我。」

這事江峰不便表態，他用慫恿的目光望著小燕，小燕毫不含糊地說：「沒問題，不管你做什麼，我都支持你。」

「那好，明天中午吃飯時，我告訴他們，萬一和他們談崩了，你想辦法把我的想法告訴他們。」

第二天是週末，這一天正好出梅，盤桓在申城多日潮濕悶熱天氣驟然離去，晴朗的天空加上源源不斷的海風，令整個城市為之一爽。海生站在陽光沁人的露臺上，俯視著在潮濕中醒來的花園。

被黃梅天肆虐多日的草木們，在明燦燦的日光裡，露著笑容，快活地搖曳著身姿。自家的貓兒從長草中突然竄出，躍上了一棵棗樹，樹上兩隻正在談情說愛的白頭翁，驚叫著飛入花園另一邊高大的樟樹上，再看貓兒，還緊緊地抓住樹幹，呆呆地望著沒入綠葉中的獵物。這時，院門開了，一陣嘈雜驚得貓兒跳下樹，不見了蹤影。往大門方向看去，是滬生和陸敏抱著寶貝兒子來了。他想起馬上就要開始的午飯，無法再逍遙下去。

週末，是梁家人氣最旺的日子，吃飯的時候，園檯面坐得滿滿的，桌上也擺滿了菜。海生走進飯廳時，別人都已入座，他和滬生夫婦應酬了兩句，與小燕對視一下，然後對坐在上座的老爸說：「我有件事要對大家說。」

正在往寶貝孫子碗裡夾菜的梁袤書，見老三鄭重其事的樣子，不緊不慢地應道：「行啊，你有什麼想說的事就說吧。」

這幾年，梁袤書對兒女的事越看越淡，尤其是小三子，他原來對他抱有很大的期望，但是兩人的政治理念分歧越來越大。那一場十年鬧劇，令他們這些革命者與後代之間留下了巨大的隔閡。海生調入上海後，和老爸之間口角不斷，這些口角又大多數發生在飯桌上，小燕稱它為飯桌上的戰爭。因為只有在飯桌上，大家有機會說些各自聽到的新聞和小道消息，並加入自己的評論。這個年齡的海生總愛從各種新聞裡找碴攻擊當局，雖然很多時候梁袤書明知兒子講得不錯，卻總是被兒子不屑一顧的語氣所惱怒。畢竟他是這個政權的高官，江山是在他們手上打下來的，怎能容忍他人信口開河，妄加評論。於是，他往往要擺出威嚴訓斥兒子，海生又偏不買帳，每每要爭個對錯，再加上小燕又是海生的幫兇，她不斷地「對」，「就是」，扇得海生更加得意，兄妹倆常弄的梁袤書拂袖而去。梁家曾經最好的一對父子關係，如今變得特別彆扭。

所以，習慣了兒子口出狂言的梁袤書，此刻對海生任何出格的話，都做好了準備。

其它人中，小燕和江峰早已知道他要說什麼，出於對結果的擔憂，他們和別人一樣摒住了呼吸。

面向老爸老媽，海生非常平靜地說：「我已經結婚了。」

劉延平聽了，像是毫無防備被人從背後打了一悶棍，手中的筷子差點掉下，好不容易才捏住它們，「什麼時候結得婚，和誰結得婚？」

「就是我休假的這幾天，在南京和于蘭蘭結了婚。」

「我說呢，你為什麼要瞞著我們，原來是她呀。」這次她手中的筷子沒掉。是她重重地把它們放在桌上。

梁袤書揚了揚眉毛，繼續用筷子扒拉碟子裡的一塊魚肉，他要把刺都挑乾淨後，給抱在懷裡的孫子吃。

此刻臉部表情最誇張的當屬陸敏，她開口之前想先對小叔子笑一下，卻笑得很僵硬：「你怎麼能和她結婚，一定是被她迷住了。」

海生和許多同時代的青年一樣，成長期正碰上文革的真空期，腦子裡空空蕩蕩就走向了成年，他們的內心往往被呆傻的外表貶低。海生雖然學會了對所有的人表面上客客氣氣，卻從沒人教他如何展示自己的內心，因此會被陸敏從外表上輕蔑。當然，此刻，他不會和任何人爭論，因為他成了圓桌上的主導者，何況他已選擇了自己的路，並已經走在這條路上，世界上任何異視和非議，他都可以報以輕輕地一笑。

他原本就是個在風雨中行走的人。

「嘿嘿，也許吧。」他對陸敏輕輕一笑。

滬生沒有數落海生，他一看海生眉間的氣宇，就知道說也沒用，但是，他還是想提醒一下老爸老媽，于蘭蘭是何許人也，他們知道了她是誰，就用不著自己去教訓這個想一出是一出的阿弟了。他說道：「這個于蘭蘭就是周建國原，原……來的女朋友，到我們家來過。」

劉延平沒好氣地對結結巴巴的老二說：「知道，還用你說嗎！」

這時，所有的人都在等一句話也沒說的梁袤書，他的臉上看不到生氣的樣子，他居然沒生氣，讓大家感到意外。其實，換了海生在他的位置上碰到這種事，也不會生氣。他們爺倆一個脾性，只有面對卑鄙和愚昧才會生氣。因此，當海生宣佈結婚了時，梁袤書心裡只起了許些微瀾，隨之在心裡輕輕地哼了一聲，就放下了。反倒是因為看到滬生乘眾人議論紛紛時，迅速伸出手舀了一勺清炒蝦仁放進口中，氣得火冒三丈。他最討厭有人做那些上不了抬面的事，自己家的孩子這種行為，更讓他耿耿於懷。

等到這不愉快的一幕在心裡淡去了，他才開口說：「結婚這麼大的事，為什麼事先不和我們商量？」

「我怕和你們說了，你們不同意，然後吵得一塌糊塗。」海海冷靜地答道。

「啊哈，所以你玩了個生米煮成熟飯的把戲。」

海生早已不是從前一聲不吭的小三子了，他從容不迫地說：「我沒想逼你們，這事是我們自己選擇的，我自己負責。我想好了，你們不同意的話，我就搬出去住。」搬出去是他的殺手鐧，那意思就是和家裡斷絕往來。

「你怎麼知道我們會不同意，你不告訴我們，我們又怎麼同意。」梁袤書有些生氣了，說出來的話差點把自己繞糊塗。

「哪次不是這樣，你們找得我看不上，我找的你們又不同意。」海生用眼角瞟著老媽說。

海生不說還好，一說就讓劉延平想起洪欣來，說道：「你看看你，都找得什麼人啊。」

劉延平的埋怨裡帶有很強的暗示性，她不會直接告訴梁袤書于蘭蘭是何許人也，她不允許自己成為嚼舌頭女人，這是梁袤書最忌恨的。

梁袤書沒有按劉延平的暗示去問，繼續自己的思路說：「你們倆個，一個在南京，一個在上海，將來怎麼過？」

「我想過了，或者調回南京，或者轉業回南京，反正那兒還有三間房，夠我們住了。」

海生沒提要把于蘭蘭調到上海來，這就是梁袤書偏愛老三而不喜歡滬生的原因。因為海生若提調于蘭蘭到上海，那就擺明瞭最後一腳——調人，還是要靠他這個當老子的來完成，也就說明海生前面說的都是裝門面的話，眼前的事實是，強頭倔腦的小三子，鐵定是不會來求他的。

不過梁袤書還是快快地說：「這事是你自己做的主張，我們不干涉你，將來也別來找我們的麻煩。」說完，將碗裡的飯吃完，上樓去了。

海生覺得該說的都說了，再坐下去也無趣得很，沒幾分鐘也回自己的房間去了。

小燕這時終於開口了，她對老媽說：「算了吧，婚都結好了，你還能怎麼樣。」

「那也不行，這個糊塗蟲，被于蘭蘭騙了都不知道。」

「你怎麼知道他不瞭解于蘭蘭，他在結婚之前就準備好離婚了。」

「什麼？」不僅劉延平，連陸敏都瞪大了眼睛問。

「這事是不是你也參與了？」劉延平問小燕，她知道這兩個人什麼事都站在一邊。

「向毛主席保證，我比你知道不會早過 24 個小時。」接著小燕從昨晚海生請他們吃西餐說起，將事情的來龍去脈複述了一遍給他們。

聽完如此複雜的故事，劉延平一時間說不出話來，倒是陸敏在一旁說：「哎呀，媽媽，算了吧，倆個人好得這個樣子，你想擋也擋不住的。」

小燕亦不放過敲邊的機會：「是呀，你們就讓他自己去處理這件事好了，我相信他不會給你們添麻煩的。」

「這還不麻煩，沒結婚就想離婚，傳出去，把人家牙都笑掉了。」劉延平說完，想起身邊就有個會傳出去的陸敏，心裡更煩了。

「還有你爸爸這個老糊塗，好像根本記不起于蘭蘭是何人何事了。」

「要不要我去跟老爸把海生的故事再說一遍？」

「不用，有些事，不知道也有不知道的好處。」劉延平擔心這一老一少鬧翻了，自己更無法收拾了。然而，她不懂，梁袤書雖是個嚴父，還是個男人，男人對婚姻的看法與女人相去甚遠。

（六）

之後的一周，海生除了回去睡覺，三頓飯都吃在單位裡，他在等待老爸老媽的最後決定。

他工作的單位 1949 年前是一所教會學校，辦公室的房間很大，高大的落地門窗，又亮又氣派。這天，他正上著班，大門口傳達室的值班參謀來了，推開高大的玻璃門就喊：「梁參謀，看看誰來找你了。」

海生一抬頭，不禁大吃一驚，兩個時髦、漂亮的女子站在門口，其中一個見了他，更是欣喜地喊道：「海生！」

聽了這聲音，辦公室裡七、八個男人「轟」地一聲鬧開了。

這場面令海生想起小時候看過的《霓虹燈下的哨兵》，上面也有這麼句臺詞:「快看誰來了，」然後漂亮的春妮出場了，開口就喊:「喜子」。

他現在就是那個「喜子」，穿過兩邊笑得不懷好意的軍官們，走到兩人面前既窘迫又開心地說：「你們怎麼來了？」

兩個美人兒，一個自然是蘭蘭，另一個是葉琴。穿了件本白色鑲著紫色花邊連衣裙的蘭蘭，往他頸上一吊說：「想你了唄。」

暈啊！整個是《霓》劇臺詞照搬，一句沒變，20 年了，開放的中國不過是回到了 20 年前。

海生臨時請了假，陪著兩個美女徐徐走出去，邊走邊問：「怎麼也不事先通知我？」

「就是要給你個驚喜，」葉琴咯咯地笑著說：「你看窗戶上，到處都是眼睛，給你長臉了吧。」

海生聽罷，當真瞥了一眼，果然葉琴所說不虛，他悄悄地對蘭蘭說：「如果我們兩個在這接吻擁抱，不知道他們該如何想？」

這話說完，三人先就笑成了一團，笑夠了，蘭蘭果真就撲進了海生的懷裡，兩人大方地親吻起來，這個動作在軍營之中實屬扎眼，海生管不了那些，心愛的人大老遠來看他，一定要她心滿意足。

熱吻結束，蘭蘭接著葉琴剛才的話說：「你沒看見先前從門口陪我們進來的小軍官，一路上話多得要死，一會兒問我們是不是幹部子女，一會兒又說自己小時候在馬標＊長大的，他去南京就住在軍區某個副參謀長家，還問我們誰是你的家屬，臉皮都快趕上南京的城牆。」

蘭蘭那美人講故事的神情，令海生和葉琴笑得更歡了。海生用壞壞的眼神看著葉琴說：「此人叫張勝利，是我的哥們，估計是看上你了。」

「憑什麼？」葉琴本想一腳飛過來，可忍不住還是先問了句。

「你人長得漂亮，渾身又散發著藝術氣息，男人見了你，魂就跟著你去了。」

葉琴還是衝著使壞的海生飛出一腳，好在她玉腿飛起時，三人已出了大門。

原來，海生走了以後，蘭蘭心裡煩得要死，做什麼事都嫌沒勁，臭海生甩甩手就消失了，剩下她一個空守閨房的滋味太難受了。她每天都去葉琴或徐琪華家蹭飯吃，有時索性就留宿在她們家，葉琴戲稱她得了思夫病。其實呢，她不是生理上寂寞，而是未來的不確定令她心煩意亂。葉琴實在看不下去，便陪她來上海尋夫連帶散心。

海生領著她倆到上海咖啡館，3 人才坐定，葉琴就迫不及待地說：「人我交給你了，剩下沒我什麼事了。」

海生看看葉琴，再看蘭蘭，後者正與已無關地打量咖啡館內濃濃的歐美裝飾。他遲疑地說：「這個……。」

「你不會到現在還沒告訴家裡吧？」葉琴不客氣地擠壓著已感局促的海生。

「向毛主席保證，我和他們談過了，我在信上不是說了嗎？」海生求救似地去看蘭蘭，得到蘭蘭的點頭後，再掉頭看著葉琴。

「他們怎麼說？」葉琴很輕鬆地放棄了第一個懷疑，眼神儼然轉為對下一個回答的期待。

「他們沒說同意，也沒說不同意。」

「這是什麼意思？」問他的還是葉琴。

海生的內心是從不對女人設防的，何況，見到蘭蘭後，大量的荷爾蒙在體內分泌著，腦子完全不在狀況，「應該是不高興我事先沒和他們商量。」他如實地說。

蘭蘭這時說話了：「算了，我今晚還是住在你家吧。」這本是她和葉琴商量好的備用計畫，此刻見海生一副受審的樣子，自己先受不了了，去求葉琴。

這時，服務員過來請他們點東西，海生才有了喘息的機會。

「上咖」在上海人眼裡和「紅房子」同為海派僅存的標誌，只是 30 多年的折磨後，它少了許多香醇，只留得一個名號，就是這個名號，依舊使得許多上海灘的「老克勒」留戀於此。上咖的「雙球」是它的招牌，恰逢盛夏，海生沒理由不點它。所謂「雙球」，也就是在兩個霜淇淋球上澆點東西而已，僅這點小花頭，在上海灘乃至全國都是鳳毛鱗角的東西。

「我要上洗手間。」蘭蘭等到服務員轉身走開，立即發聲。

海生帶著她經過走道時，兩人看看四下無人，立刻狂熱地擁吻在一起。十天的別離，對肉體親密度正處在最高值的兩個人來說，簡直太久，太久。在這般狹小並卡秒計算的空間與時間裡，一個熱吻足以讓他們的愛迸發出至高無上的感覺。

兩人分開後，蘭蘭撫摸著他的臉說：「別擔心，我就住在葉琴那兒，這樣更方便。」

「嗯。」他不置可否地應道。此刻的他，正憧憬著進入她的身體裡，其他的一概聽不進。

海生先回到座位上，葉琴望著他一笑：「瞧你的臉，都成了花臉了。」

待他把臉上的唇印擦乾淨，她繼續說：「別怪我說話太尖刻，你不能讓她一個大美人獨自在南京生活，打她主意的人太多了，女人都是要寵的，美女更需要寵。」

海生一直在葉琴家盤恒到納涼的人回到屋裡時分才離開。葉琴的父親是個中層幹部，住得是單位自建的宿舍樓，在一條即不斜，也不土，名字卻叫斜土路的馬路上，地段算不上市中心區，也不算太差，家也不大不小，兩房一廳，還有獨立的廚衛，比起大多數一間房子住一家的上海人來說，算是寬敞的，廳被隔成兩個部分，其中小的部分只夠放一張雙人床，葉琴和誠誠回來時，就臨時住在這。

剛才，這小小的隔斷裡面，就成了海生和蘭蘭的溫柔鄉。

晚飯後，葉家的人都去了院子裡納涼聊天，很識趣地把這片空間讓給了這對可愛的小夫妻。在海生無數的性愛夢想裡，從沒想到居然有一幕是借他人廳堂中的昏暗角落來完成的。兩人無法做習慣的前戲，一開始就肉帛相見，陰陽玉合，沒一會海生就倉促在蘭蘭體內爆發了，之後，他顫抖著俯在蘭蘭身上輕輕地說：「憋死我了。」

海生有個習慣，每到爆發時，便會發出野獸般的嚎叫。蘭蘭聽了他的細語，想著他十分憋屈的做完了那件事，覺得十二分地搞笑，竟然發洩般地大笑起來，弄得一絲不掛的海生死命去捂住她的嘴。

性，就是生活的動力，再貧窮的生活，只要有性，就仿佛有了朝陽。

海生回到家裡已是半夜，誰也沒見，徑直上了三樓。一直在等他的劉延平聽到動靜，跟著上了三樓，敲開了他的房間。

母子倆打了個招呼，劉延平在兒子搬來的籐椅上坐下說：「我明天去南京出差，你告訴于蘭蘭，我回家裡住。」

海生一聽，這意思老媽要去南京見兒媳婦了，心裡不免有幾分高興。他壓根沒去想婆媳見面會不會有場戰爭，因為老媽從不會做這種事。反而有些可惜地說：「真不巧，蘭蘭這兩天不在，你反正有鑰匙，進去住唄。」

劉延平有些落寂地說：「你能通知她嗎？不告訴她就回去住，她會有想法的。」

「沒事，這會有什麼想法，你住你的，我來通知她。」海生總算露出昔日快人快語的本色。

劉延平沉吟了一會，突然問道：「于蘭蘭是不是在上海？」

「沒有啊。」

她離去時，顯然對兒子的答覆不相信，她一進來時就嗅到了一種不屬於兒子房間的氣味，現在她明白了，那是女人身上的香味，由此看來，于蘭蘭肯定在上海。

第二天早上，海生還在夢鄉，老爸就開始了每日一敲。梁袤書從五歲上私塾開始一直到老，從沒睡過懶覺，所以他最看不慣子女睡懶覺，每天吃完早飯，臨上班前，必定去敲海生和小燕的房門。

海生在裡面被敲得心煩意亂，只好大聲應道：「我知道了。」

梁袤書聽到兒子應答後，破例沒有離去，反而一擰門把進了兒子的房間，海生趕緊一骨碌從床上爬起來。

梁袤書單刀直入地問兒子：「我問你，小于是不是在上海？」

大部分高幹子弟和父親的關係，像是上下級關係，敬畏又疏遠。同時，在父親面前，他們又甚少說謊，因為父親對他們來說，是人格的象徵。

海生昨晚沒對老媽說實話，因為心裡還有些不情願的成份，現在被老爸一問，只能承認了。

「這樣吧，」梁袤書站在離床兩米外，對著只穿一條短褲，坐在床沿的兒子發出指示：「今晚你帶她回來吃飯，住在外面太不方便，家裡又不是沒地方。」說完，邁著領導的步子去了。不需要再做任何解釋，那些都與一個將軍的身份不符。在他手下當了一輩子兵的海生，已經理解了老爸話語裡的所有信號。

原來，昨晚劉延平從海生屋裡離開後，就把于蘭蘭可能在上海的猜疑告訴了梁袤書。梁袤書立即做了個終極決定，把于蘭蘭叫回家裡來住。他對這個突然空降的兒媳真沒什麼印象，女人嘴裡的張家長，李家短，即使進了他的耳朵裡也留不下來。最初，他因為海生的先斬後奏有些不快，後來，看這小子挺屈，心就先軟了，畢竟婚姻是兒子的事，他能拼了命去喜歡一個人，也不容易，所以前些天就和劉延平說，讓她先去南京看看于蘭蘭。

海生不知道大赦對一個犯人到底意味著什麼，反正從老爸轉身下樓，他就開始慶祝自己大赦了。他匆匆趕到單位，找處長請了個假，興高采烈地衝到葉琴家。

「你幹什麼一大清早就來騷擾我們？」葉琴頭髮蓬鬆，睡眼朦朧地打開門說。

她穿了件淺藍色的睡袍，裡面沒穿胸衣，三角內褲也依稀可見，海生將目光飄向屋裡說：「我來請你們吃飯去，吃完飯陪你們逛淮海路，晚上再請你們吃大餐。」

前兩個內容是昨晚三個人就定下的，後一項是今晨剛加上去的，姍姍而來的蘭蘭聽完海生念完節目單，抱住他就說：「來，咬一個。」

他倆人親嘴的方式特別兇狠，那架式恨不能把對方的嘴唇、舌頭都咬下來，不像葉琴和陳天誠修煉成文化人的接吻方式，一貼就散。因此，葉琴一見他倆接吻，就恨恨地說：「瞧啊，又咬上了。」時間一長，連他們自己每次親嘴時都說：「來，咬一個。」

蘭蘭咬完了，人還沒醒透，往涼椅上一坐，嘟嚕著說：「太好了！」

她穿了件剛剛能遮住屁股的粉色睡裙，裸露的長腿立刻把半隱半現的葉琴比下去了。

海生在客廳裡坐下，欣賞著兩個美女像一對蝴蝶在自己面前飛來飛去地拾掇打扮。總算有一隻蝴蝶停下來問了句：「晚上去哪兒吃大餐？」海生慢悠悠地報出了地址，蘭蘭一聽，驚叫道：「那不是你們家嗎？」她再看海生一臉得意地笑容，又喜又恨，衝上去揮出粉拳說：「為什麼不早說呢？」

作為曾經的金陵美女，大戶人家于蘭蘭也算見識過不少，但是，當她今晚要以兒媳身份進入梁家時，心裡沒來由地有些驚慌。她求葉琴陪她一起去，葉琴嬉笑的同時堅決推辭了，她可不願意在一個毫不相干的環境裡被拘束一個晚上。蘭蘭無奈，只能懷裡揣著一個兔子，臉上掛著笑容，在黃昏時分，勾著海生走進了梁家。

其實梁家的人她並不陌生，除了老爺子她都見過，對跳舞出生的她來說，本不該有那麼大的壓力，只是身上蓋有被勞教的印記，使她在最需要勇氣時，心裡多少有些脆弱。

梁家第一個出現在客廳歡迎她的是小燕和江峰，然後是廚房裡聞聲出來的劉延平，之後才是從樓上下來的梁袞書。這個流程沒人安排，只是每個人從聽到于蘭蘭走進院子，就已在心裡盤算好自己什麼時候出場，對蘭蘭來說，這樣的順序也正好讓她恰當地融入這個新環境。

首先出現的小燕，像是多年沒見過面的老朋友忽然重逢，給了她一個大大的開心的笑臉，令蘭蘭彷彿見到了自家的姐妹似的，兩人起勁地相互恭維著，什麼越來越漂亮，越來越時尚啦，然後，劉延平就進來了。

劉延平是于蘭蘭最怕見到的人，除了兒媳和婆婆的天敵關係外，她還擔心婆婆和大多數人有同樣的想法，是自己用了手段把海生騙到手。旁人做如此想她無所謂，如果婆婆這樣想，對兒媳來說，恐怖到了極點。還好，正在為晚宴在廚房裡忙得不可開交的劉延平，只是匆匆露了個臉，很客氣地招呼她坐下，然後告訴海生已經把他的房間稍稍佈置了一下，說罷又回廚房忙活去了，前後只有一分鐘，在感不到冷熱的見面裡，蘭蘭挑選了冷。

還好，梁袤書及時從樓上下來，客廳又成了長輩與晚輩的互動之地，蘭蘭最不怵的就是大官，她陪著梁袤書東扯西拉，還有海生和小燕不時地插科打渾，很有點一家人樂融融的味道。

見他們聊得熱鬧，海生乘機溜到三樓，快速視察了一下自己的房間，果然，從窗簾到床上用品全部換上了新的，床上還放了一對繡了「囍」字的被褥，雖然俗得可笑，老媽的疼愛還是撲面而來。

回到客廳，他假裝孝心地對老爸說：「叫老媽別燒那麼多菜了，隨便吃吃就行了。」

「那怎麼行，今天是家裡給你們補辦婚宴，我把延安飯店的廚師都請來了。」

正說著，滬生和陸敏趕到了，兩個兒媳相見，自然成了爭奇鬥妍的比拼，她倆的身材一般的高挑、勻稱，碰巧又都穿了一襲長裙，蘭蘭著一件在肩上有一朵裝飾花的無袖鐵銹紅長裙，陸敏則穿了件本白色鑲著寬寬的裙邊的紗裙。兩個妯娌，一個嫵媚，一個飄逸，她倆若是走在大街上，相信回頭率超過百分百。

陸敏將手裡的一個大禮盒交到蘭蘭手上說：「下午才聽說你來了，來不及準備，這是我們剛從淮海路上給你們買的全套床上用品，也不知道你們喜歡不喜歡。」

總算有人給他們送禮了，蘭蘭像小女生得到獎品似的，把禮物開心地抱在手裡。陸敏是她在梁家另一個不好惹的人，兩人都在文藝圈混過，自古文人就相輕，以「文」為藝的人，更是相輕易如反掌。所幸，陸敏並不住在家裡，蘭蘭這樣安慰自己，然而她忘了，自己住在梁家的時間更短。

幾天後，蘭蘭心滿意足地離開了上海。整個上海之行，可用「勝利」來形容，結果想像不到的完美，尤其是最後一個晚上，也就是昨晚，她和海生陪公公婆婆去看建軍節慰問演出，地點在上海展覽館華麗的大廳裡，出席的都是上海灘一時名流。來與梁袤書夫婦寒暄的人，少不了讚美她兩句，不管這些人是真心還是假意，能在如此盛大的上層聚會中露露臉，心裡自是萬般開心。

她沒有直接回省城，車到小城時，她迫不及待地下了車。13 歲那年，她從這兒出發去省城，一愰 13 年了，如今歸來，已經是從上海出發，從省城女人即將換位到上海女人。此刻，她多希望在自家的小天地裡，將幸福分發給每個親人。

在那些有檔次的媳婦眼裡，似乎會看不起蘭蘭這種高興，只是她和許多小女人相同，能高興的事就先高興起來，能開心一分鐘，絕對不會少於 60 秒，用不著裝模作樣，遮遮掩掩。反倒是那些把高興藏著掖著的人，自己病得不輕。

回頭再說梁家，蘭蘭這一來一去，似乎在這幢鬧市中的洋房裡留下了一個風洞，每個人在感到多了一點東西的同時，又覺得少了一些東西。多了的東西讓他們覺得怪怪的，而少了的東西並沒有消失，只是隱藏到了某個角落裡。最混亂的是老爸老媽，這個兒媳婦好像有了，又好像不存在。尤其是劉延平，當她聽說海生在結婚前就做了離婚準備那一刻起，腦子就是一片亂糟糟的，她無法想像剛進門的兒媳婦，明天就可能變成前兒媳婦，她真不明白兒子是結婚呢，還是結「昏」。

＊馬標，南京軍區司令部大院的地名。

（七）

不過，不管她怎麼想，兒子的婚姻之船已經啟航，海生又開始了滬寧線上來回奔波的日子。一開始，他成天掛念擔心蘭蘭，急著想調回南京去，時間一長，最初的擔憂變得淡了，再加上蘭蘭也不同意他馬上回來。

「你怎麼也要高升一級後再回來，否則，原先的努力不都白費了嗎。」蘭蘭說這段話，是伏在他懷裡像只小貓似地時候，他豈能不同意。而蘭蘭真正的想法是：兩人分居時間長了，海生的老爸自然會想辦法把她調到上海去。

轉眼冬去春來，海生也記不得自己上海、南京跑了多少趟，來回奔波的日子雖說有些熬人，但總好過沒有思戀的日子。

來年五·一的時候，他倆請了假去北京和大連玩，這段旅程，原本五年前就訂好了，結果臨行之際，他的動搖突然中止了他倆的戀情，也中斷了這段旅程。所以，這是海生的一個心結，不重啟這段旅程，不能彌補他心裡的內疚。

北京，他現在有了可落腳之地。方妍和她的老公項東生去年雙雙轉業回了北京，她在醫院當大夫，項東生在國務院部委機關上班，小日子過得紅紅火火，更重要的是，兩人還在市中心混到了兩房一廳的住房。

這個項東生居然也出生在上海，他老爸在華東軍區（南京軍區前身）工作時，和梁袞書有工作上的交集，文革前調至北京，全家才成了北京人。方妍和他結婚時，梁家視同嫁自己的閨女一般隆重，至使兩家人有喜上加親的感覺。而海生和項東生都長於軍隊大院，中間還有一個前者相憐，後者相愛的方妍，兩個人想不成好朋友都難。所以，海生和蘭蘭的北京之行，非他們家不住。

倆人到了北京後，方妍交給他們一把房門鑰匙，一張交通地圖，任憑他們天南地北地逛去。這正是海生喜歡的方式，他最害怕別人為他操心，那有一種負債感。直到他倆把北京玩得差不多了，方妍和項東生才在大柵欄的北京烤鴨店請他們吃烤鴨。席間還特地把方婷和她的男朋友也一塊叫來。方婷和海生自南京一別，雖再也沒見面，但彼此印象都挺深，方婷一坐下，立即瞪起兩隻大眼，來回看著蘭蘭。

蘭蘭是見慣了大場面的人，哪裡怕她這番亂盯，故意裝作不在意，只顧和方婷身邊那位號稱作家的男友侃著各自肚子裡文藝界名流的風流秩事。這個少年有成的作家也是將門之後，大院出身，說起話來肆無忌憚，嘴像抹了砒霜一般損毒，似乎每提到一個藝人，他都能說出那人不乾淨的老底。海生、方妍、項東生都屬於吃了烤鴨都不油嘴滑舌的人，開心地享受著大作家高談闊論帶給他們的忽然一笑，唯有耳朵裡早已聽出繭的方婷，時不時要插科打渾，彷彿不打斷他不過癮似的。

她研究完了蘭蘭後，當著眾人的面，很神秘地向海生發問：「海生哥，問你一個問題，不知你敢不敢回答？」

十年前，海生曾經親眼目睹她在南京的莫斯科餐廳 2 樓，把前來挑釁的胡小平等人罵得狗血淋頭，對方婷的厲害，自然一清二楚，也就是那次的勝仗，令他做了個膽小的決定：絕不找北京女孩做女朋友。此刻，他僅從這個古靈精怪的表妹的眼神裡，就預感到了她在耍什麼妖蛾子。只好嘴硬地說：「只要你敢問，我就敢答。」

方婷看看左右都在聽作家胡侃，張口就一刀捅向海生：「你們倆個在床上誰更主動？」她見海生一臉驚愕，以為他沒聽懂，更明確地說：「就是誰的性欲更強。」

她問完了，臉一點沒紅，倒是把海生鬧了個大紅臉，不得不假裝思考一下，等他在心裡確定自己的耳朵沒出問題，對方的腦子也沒出問題，而自己又不能不回答時，才說：「好像差不多。」

方婷似乎對他的回答不滿意，哼了一聲道：「不說實話。」

在一旁支著耳朵偷聽的方妍，只差放聲大笑了，她強忍著說：「什麼亂七八糟的問題你都問得出來。」

他們這一鬧，自是把其他幾個人也吸引過來，紛紛打聽他們說了些什麼，占了便宜的方婷一副得意洋洋的樣子笑而不答，海生更是不能說，只能胡亂拿著些話應酬著。

蘭蘭哪會這麼便宜放過他，回到方妍的家後，關了門，上了床，她立即用海生最害怕的手段——撓癢癢，威逼他。「說，她對你說了什麼？你們倆是什麼關係？」

海生生怕她有什麼猜疑，便從十年前，他和方婷、小燕如何在南京羞辱胡小平的故事講起，由於他至今不知道蘭蘭也認識胡小平，所以言語中盡是對胡小平的不屑，蘭蘭總算明白了海生對胡小平的恩怨從何而來，只是眼下，她更有興趣海生是如何回答方婷的。

聚餐上喝了些酒，臉依舊通紅的她，將微燙的臉頰貼在他涼涼的肚皮上審問：「你怎麼回答她的？」

「我說我們不分上下。」這句話說完，海生已經猜到蘭蘭下一步會做什麼，趕緊把全身肌肉繃得緊緊的。蘭蘭掐他的胳膊掐不動，掐他的大腿也掐不動，一惱之下，手伸進了他內褲裡，捏住那還沒完全堅強的寶貝。

然後，她以戰勝者的神態說：「什麼叫不分上下，不是你成天死乞白賴要個不停。」

這一鬧，誰還有興趣去爭長論短，兩人轉移到了另一場綺麗瘋狂的遊戲裡，直到海生從蘭蘭體內抽出玩耍的精疲力盡的寶貝，才雙雙癱倒在醉人的春夜裡。

輕撫中，蘭蘭已沉沉入睡，窗外月光正迷濛，斜靠在床頭，海生想起吃完烤鴨大餐後，分手之際方婷神秘兮兮地對他說：「海生哥，你膽子也忒大了。」他懶得猜方婷是在嘲笑他，還是在誇他，或者是想暗示什麼。看著俯在他懷裡一動不動的蘭蘭，「膽大」兩個字還是挺對自己胃口的，只是稍嫌單薄一點。

第二天傍晚時分，他們坐火車去瀋陽，項東生把他倆送到月臺上，一直到火車開了，才揮手別去。

瀋陽是海生計畫中的中轉站，只待一天，玩一下瀋陽故宮，就去大連，沒想到他們的浪漫之旅，在去瀋陽的火車上，還鬧出了一段笑話。

北京到瀋陽的11次列車，是夕發晨至的特別快車，一年365天，每天一班，鮮有不滿員的時候。時值暮春，更是連過道上都站滿了人。海生提前4天去買票，沒買到臥鋪，只買到兩張坐票，上了車才發現，有座位已經是非常幸運的事了。然而，就是有座位也坐不安寧。有人站累了，靠在座椅邊上時，連帶把你的肩膀也靠上了，還有人不知不覺就把半個屁股擱在座位邊上，你若不介意，那屁股就會一點一點往裡蹭。車到唐山，車廂裡擠進一個懷抱孩子的女人，海生一見，就趕緊把臉轉向車窗外，裝作什麼也沒看到。偏偏那女人就盯上了他倆，擠到他們面前就不走了，也不說話，抱著睡著的孩子在兩人面前晃著，才晃了幾下，蘭蘭就先沒了耐心。

她比對方還不好意思地站起來說：「你坐吧。」

這一來，海生自然躲不過去了，讓學了一回雷鋒的蘭蘭在他的座位坐下，自己只能按早已預知的下場，乖乖地靠邊站著。站了沒一回，蘭蘭就不忍心了，要換他，他死活不肯，蘭蘭見狀，想了個辦法，叫他坐下，自己呢，往他腿上一坐，兩人臉貼著臉說些悄悄話，還互相餵些零食，順便時不時地親上一口。

在深夜的車廂裡，兩人親昵顯然撥動了四周苦巴巴站著坐著的人們的腎上腺素，坐在過道對面的一個中年漢子先是憋不住了，斜著眼粗魯地哼道：「真不像話。」另一個站在過道上的婦女，一看有人發難了，趕緊撇著嘴說：「就是，這倆啊，一看就是一對野鴛鴦。」其它人雖然沒說話，全擺出不屑的神情。海生一看周圍的人，雖然一個個俗不可耐，卻要拿著正人君子的架式，早在心裡冷笑不止，他衝著那婦人說：「給你猜對了，我們不僅是野鴛鴦，還是離家出走，趕緊找員警叔叔去。」

那女人勉強抬頭看一眼，正碰上海生炯炯的目光，慌忙低下了頭。海生的目光裡有威嚴，有殺氣，這是他當小軍官時練就的，再加上天生的傲氣，能讓人感到窒息，連蘭蘭看了都有些害怕。她原也和海生一樣，被周圍的聲音攪得哭笑不得，心裡非常反感，這會一看，海生的眼裡往外噴火，趕緊安慰他說：「算了，別和他們一般見識。」

海生答道：「這些人若是少見識也就算了，分明是自己心裡不乾淨。」

他這話是對坐在自己腿上的蘭蘭說的，但巴掌大的空間裡誰都聽得到，那個中年女人終於忍不住了，「蹬」地一聲站起來，風風火火地往外走。

等她人影沒了，有一個老師模樣的婦女說：「小夥子，得饒人處且饒人，你一逼，事情就鬧大了。」

海生臉上客氣，嘴上卻一點也不客氣地說：「每一個人都要對自己的說話負責，她敢信口雌黃，我就敢讓她無地自容。」

那老師模樣的被他堵得沒了詞，也就不再吭聲。所有剛才看熱鬧的，這會都很沒趣地沉靜下來，依然坐在海生腿上的蘭蘭，此刻的份量，比剛才沉重多了。

過了一會，那中年女人甩動著過氣的臀部回來了，海生從蘭蘭的秀髮間瞄出去，她果真還拉來了員警。他和所有中國人面對員警時採取同樣的方法，耷拉下眼皮裝作沒看見，直到員警和他打招呼，才用眼去看他。

「就是他們，你看多不像話。」那女人很像受欺負的孩子找到了自己的家長，一副委屈受苦的樣子。

作為一個鐵路員警，自然見多識廣，他一看被指控的這兩個人，隱隱地一層笑意湧上，問道：「這就是你說的流氓行為？」

蘭蘭這時還坐在海生的腿上，只是不再依偎在海生的懷裡，而是挺直了身子，冷冷地看著那個忙著向員警點頭的女人。

「請出示一下你們的車票。」

所有員警嘴裡那個「請」字，都像是從死魚面孔上發出的，所以，海生起身拿車票的動作，也是一副不死不活的樣子。

乘警看了看海生遞來的火車票，然後又瞟了瞟另一座位上懷抱孩子，永遠昏昏欲睡的女人，顯然明白了什麼，說法語氣也緩和了許多：「有證件嗎？」

海生去拿證件時，乘警扭頭去看了看一直令他無法安神的蘭蘭，而蘭蘭此刻正用似笑非笑的眼神看著他，那眼神仿佛一下就能貫通五臟六腑似的，令他混身一熱，慌忙衝她一笑，不敢再看。

海生轉過身來，冷冷地遞給他一本大紅的薄子，封面上有燙金的三字「結婚證」，他一翻即合，說道：「不是這個。」其實他心裡和周圍的人一樣，最想看的就是這個。「我說的是身份證件。」

於是，他手裡又多了兩個小本，一個是軍官身份證，一個是工作證，他沉吟著看完，再說話時，竟然有了些巴結的意味：「我們能不能另找個地方說話。」他說著朝車門方向呶了呶嘴。

海生豈能看不出對方的變化，心想，既然你客氣，我也不為難你，跟著他到了車門處。

「這事吧有些誤會，都是那個女人弄的。看得出你們都是受過教育的人，把自己的座位都讓給別人了，我囉嗦一句，別和他們一般見識，再有什麼人為難你們，來找我好了，我在 7 號車廂。」

兩天後，倆人到了大連。海生口袋裡有一封梁袤書寫給大連市委某位副書記的信，此人是梁袤書抗戰時期的戰友，前年兒子結婚去上海，就住在梁家，現在老戰友的兒子，兒媳婦來大連，少不了熱情招待。眼下的中國，由於窮，特權階層的物質享受也很匱乏，對往來的親朋好友，也就是提供個免費住所而已。這位叔叔把他們安排進了老虎灘賓館，這兒是市委招待所，房間寬敞，設備齊全，再加上免費，把兩人樂得一會兒在席夢思上打滾，一會兒跑去聽海浪聲。

賓館房間裡配置是兩張大床，臨睡覺時，兩人決定今晚分居，一人睡一張床，蘭蘭童心大起，揮動著赤裸的手臂叫道：「聽到嗎，不許你到我的床上來。」「不去就不去，你也不准到我這來。」海生話剛說完，一個大枕頭便從天而降，砸中了他的臉。

第二天，快9點了，兩人還賴在床上不起來。

「你發現嗎，一人一張床睡得特別香。」海生支起沒徹底甦醒的頭，對著只露出一團亂髮的蘭蘭嘟嚕著。

那張床沒有任何搭理他的意思。他的腎上腺素又開始失衡，悄悄地下了床，躡手躡腳溜過去，撩開被子，蘭蘭毫不設防，一絲不掛地陳橫在床的中央，酡紅的臉，挺立的小鼻子和裸露的酥胸，圓滑的後臀，還有鬆馳的手臂怎麼就正好搭在赤裸的小腹上，海生恍如面對一堆美食不知如何下手是好。乾脆，他照著她的姿式全身貼上去，頓時柔柔的，又是滿滿的情意，從肌膚的接觸傳導到全身。乘著她熟睡，他上下其手將她摸了個遍。因為是偷偷摸摸，未經允許的，這種撫摸令海生特別癡狂。

蘭蘭早在海生的入侵中醒來，她閉著眼，任憑海生撩撥著自己的身體：乳尖、臀部、大腿內側⋯⋯，當他的手指滑入陰道，開始輕輕地摩挲著內壁，那感覺真像這靜靜的清晨，從遠處飄來一首優美的樂章，令團著的心一點一點張開，放鬆，她知道那兒已經很濕，她還是側身躺著沒動，她希望在任人擺佈的狀態下，感受最後的進入。

粗大的陰莖進入時，脹滿了陰道，感覺果然比平躺的姿式更刺激，下體終於控制不住抽搐起來。海生得到了信號，開始從背後加大了動作幅度。

就在這時，一陣急促的敲門聲傳來，緊接著就是鑰匙開門聲。

正在興奮中的海生慌忙抽出寶貝，正欲逃回自己的床上，發覺門已打開，一絲不掛的他用零點一秒的時間又鑽回了蘭蘭的被子裡，又用零點一秒時間把兩人裹得嚴嚴實實。

此時，在房間與房門的過道口出現了一個戴著帽子，口罩的女服務員。她只說了聲：「對不起，打掃房間。」就開始整理房間。

人在光著身子時，總是軟弱的，海生驚愕對方的粗魯，卻只能裝作還沒睡醒的樣子說了聲謝謝。唯有樂不可支的蘭蘭躲在被子裡四處騷擾他。

那服務員臨走時，把另一張床收拾得乾乾淨淨的，包括把海生的內衣內褲都放在床的中央，然後還問他們要不要把最後一張床也整理一下，海生只能支起光著的上身，叫她把乾淨的床單一類東西放下，他們自己換。

直到關門聲傳來，兩顆戰戰兢兢的心才放下。

海生一刻也不耽擱地跑去將門反扣上，回過身來，光著身子站在屋子中央，高舉著雙手，面對憋著一臉壞笑的蘭蘭，像傳說中的基督那樣悲涼地呼喊：「我的天，這就是大連嗎！」

隨後，兩人再也忍不住，放肆地長笑不止。

「我相信她是有意的。」海生好不容易讓自己不笑後說：「從來沒有見過如此野蠻的服務員。」

「聽說省一級的賓館現在都有針眼監視。」蘭蘭邊說邊尋找自己的內褲，最後總算在窗簾下裹成一團的睡裙裡發現了它。

已經穿上衣服的海生，盡情地盯著她移動的裸體說：「你的意思，你現在樣子，也被他們看到了。」

事實上，從昨晚入住酒店開始，他倆就被酒店裡的工作人員注意到了，今天上午交接班時，喜歡爆料的人對前來接班的一群服務員說：「你們知道吧，昨晚有一對從上海來的小夫妻住進來，那女的很像電影演員，高高的，又漂亮又神氣，走路的姿勢都和常人不一樣。」有人馬上接口說：「兩人進門時手勾著手那個親密勁，很臭美。看吧，到現在還沒起床，一定是昨晚工作辛苦了。」一陣轟笑後，有好事的說：「誰有膽量進他們房間看一看，我擔保他們一絲不掛摟在一起呢。」

人說大連女人愛逞能，還真是這樣，立馬有個結過婚，生過孩子的女人勇敢地去了。

旅遊，或許是人類所有活動中最輕鬆的方式。當你去欣賞世界時，同時也把自己交給了別人去欣賞，你會看到許多一輩子也看不到的東西，也會遇到許多一輩子難以遇到的人，從火車上的集體非難，到大連賓館裡哭笑不得的騷擾，都證實了這一點。不過這些小插曲絲毫也不影響他們愛情首旅充滿浪漫的主旋律，無論是在路上，在異鄉的床上，他們品嘗到了浪跡天涯時那種無拘無束，沒有任何羈絆，如白雲般優哉的開心。

（八）

海生回到上海沒多久，小燕和江峰也興高采烈地回來了。他們也是「五・一」出去的，只是海生和蘭蘭選擇了北上，他們選擇了西行，走得更遠，四川的九寨溝。兩人拍了數十卷膠片，看上去風景迷人，小燕極力慫恿他們下次出遊，首選九寨溝，可惜海生清楚，九寨溝不是蘭蘭的菜，凡爬山涉水，沒有洗浴的地方，她是不會去的。

當各人的生活又開始朝九晚五的方式後不久，老媽去南京出差了，這次是真的出差，回來時卻陰沉個臉，見了兒子一副沒好氣的樣子，海生絕不是事前諸葛亮，卻是地道的事後諸葛亮，他猜這副表情一定跟蘭蘭有關係，套了半天，她才說了實情。

「有個叫高新明的，是你們的什麼人。」

「他呀，」海生聽了先鬆了口氣，「他是蘭蘭好朋友的老公。」

「我可是只看到他一個人在我們家廚房裡和蘭蘭有說有笑的，很不像話。」

「你說了蘭蘭？」海生很擔心地問。

「當然要說，這樣的事被我見到了，能不說嗎。我告訴她，不要把單獨男人帶回家來，那樣影響很不好。」海生很清楚老媽說的「影響不好」的背後含義。

其實，在劉延平去南京出差的前一天，海生就在電話上告訴了蘭蘭，好讓她有個準備。蘭蘭一聽婆婆要來，自是不敢怠慢，特地上街買了一隻活雞，想給婆婆補補身子。不過，殺雞拔毛的事，她可一竅不通，就臨時抓了高新明的差。兩人正在廚房裡對付那隻雞時，劉延平到了。遠遠地，她就能聽到自家廚房裡一片歡聲笑語。海生不在，裡面笑得如此之歡，當然會引起她的不快，因為這聲音不僅她一個人能聽到。說實話，這事真很難怪蘭蘭，要怪就怪當初設計這房子的人，把個廚房設計在朝路的一邊，稍有動靜，豈不路人皆知。

總之，劉延平是人還沒進門，氣已經在頭上，後面所見的一切，自然是跟著那股氣走的。

緊跟著老媽到上海的是蘭蘭的信，她詳細解釋了那天的經過，顯然，她很擔心自己被誤解，但是，誤解已經發生了。

海生回信叫她三伏天來上海避暑，離開以火爐著稱的南京。當然，他內心是借機修補一下婆媳關係，他不覺得高新明出現在蘭蘭身邊是什麼大不了的事情，但在這世界上，男人眼裡不值一提的小事，到了女人那，卻可能成了揮之不去的心痛。好比劉延平，原來對蘭蘭就沒什麼好印象，南京之行把原先為了兒子而勉強的認可，都扔掉了。蘭蘭依言到上海後，和婆婆見面，總是蘭蘭主動打招呼，婆婆才回答，如此一而再，再而三，蘭蘭心裡的委屈越來越多。第三天是週末，兩人本說好去逛城隍廟，她卻乘大家吃早飯時，一個人悄悄離開了梁家。

等海生回到房間，才發現她不在了，小軍官當時就崩潰了。昨天晚上，蘭蘭第一次拒絕了他，問她什麼原因，她一個字不說。海生大致猜到了原因，說了一堆甜言蜜語，再加上笑話什麼的，全不管用。這種怨氣一旦有，一時半會是很難消除的，否則它就稱不上世上最難處的關係了，更想不到的是，她居然「出走」了。海生楞在那足足有兩分鐘，才想起去查她的物品，還好，衣物都在。

他急急忙忙衝出家門，在樓梯上碰到老媽，問他幹麻去，他氣呼呼地給了她一個恨忿的眼色就走了。

從家裡出來，沿著法國梧桐蔭蔽下的小馬路，只需幾分鐘就走到了淮海中路上。海生像搜查似的，一個店挨著一個店地竄進竄出，緊張地辨認人群中每一個人頭，來回忙了一個多小時，直到汗水濕透了衣衫，也沒找到蘭蘭的蹤影。正當他灰心喪氣時，突然看到蘭蘭的身影在眼前一晃就不見了。他急忙追上去，總算在前面一家賣女裝的店裡找到她。她正在悠閒地挑選一件有許多圓點的綠底連衣裙，聽到海生的叫聲，像沒事人似，朝他一轉身，將裙子擺在胸前問他：「好看嗎？」

買下衣服，兩人手挽著手走到店外，海生用只有他倆才能聽到的聲音問她：「為什麼出來連個招呼也不打？」蘭蘭聽了朝他莞而一笑：「我就是到附近幾家店裡轉轉，一會兒就回去，看你急的。」海生一看她氣消了，一直懸著的心才放下。

蘭蘭並沒有想離家出走，她只是賭氣，一個人出了家門。到了淮海路上，也就在家門口她認識的範圍內來回轉悠，等著海生來接她回去。海生一到淮海路上，她就看見了，既然是賭氣，就不可能讓他輕而易舉地找到，否則這個氣也生得太沒水準了。直等他一圈走回來，汗濕衣衫，她又心疼了，便故意在他眼前一晃，一段賭氣才告結束。

蘭蘭最喜歡海生的是他從不讓自己難堪，即使自己有什麼錯，他也不會責怪或與她爭吵，這種源自心靈上的體貼，遠比那些由上下嘴皮造出來的體貼語言更加溫暖。碰到自己發火，他總是一聲不吭就讓她下了臺階。而他扮傻的本事，總讓她毫不尷尬便忘記了自己的咄咄逼人。

回到家，衝完涼，蘭蘭特意赤身裸體站在海生面前，細細地擦乾自己的身體，如此的引誘，海生豈能不懂，兩人馬上就跳進了情欲的海洋裡，相互嬉戲著，將心裡所有的不快抹得乾乾淨淨的。

這就是小女人的好處，生氣的時候也只是使小性子，耍小脾氣，因此，很容易給自己找到臺階和回頭的路。反倒是那些不大不小的女人，生起氣來隻想著自己的臉面，往往把事情鬧到不可收拾的地步，結果想回頭時，找不到臺階，也找不到路。

而對劉延平來說，由於海生將蘭蘭出走之事遷怒於她，內心很是不安。到底她也是領導，和兒媳嘔氣總是不夠氣量，所以，蘭蘭回來後，表面上客氣了許多，但是倆人心裡都明白，橫在各自心裡的隔閡，卻始終在那。

冬天來的時候，海生和蘭蘭的小家，也就是梁家在南京最後的據點，突然被大院的新主人限令立即搬出。蘭蘭接到通知，心裡慌慌的，一點主意都沒有，立即打電話告訴海生。海生聽了，氣得差點跳到房頂上去。他知道大院裡有許多父母調走，子女依然住在原來的房子裡，憑什麼他就不能住。他當即在梁袤書面前把對方控訴了一通，梁袤書也覺得這個新搬進大院的機關太不像話，立即給該機關的一個負責人，自己以前的下屬掛了個電話，對方倒挺客氣，答應去查一下。第二天，老部下打電話給梁袤書，開口就說：「梁顧問，你們家在大院已經沒有一個戶口，按規定房子是一定要收回來的，這個規定是黨委會上的決定，我也不好開口。」

梁袤書雖然一直還擔任著地方的職務，軍隊已經把年屆70的他安排在二線位置上，別人稱他「顧問」，本不會有什麼多餘的想法，只是在自己有求于他時，對方來了句「梁顧問」，聽起來尤為刺耳，他明白自己求錯了人，放下電話，他轉而去數落老三，為什麼不早點把蘭蘭的戶口遷進大院。

海生無心和他解釋，買了張火車票就去了南京。

兩人結婚之初，海生就張羅著給蘭蘭遷戶口，當時正趕上大院新老機關交接，老的不管，新的呢，藉口暫時凍結戶口，等搬遷結束後再受理，沒想到他們耍了個花槍，凍結了一年多，突然來了個清查戶口，像蘭蘭這樣的戶口被封殺不給進。

全世界戶口問題最大的國家非中國莫屬，因為它把一個不是問題的事，弄成了問題。用戶口來封殺人的生存空間，是數千年封建皇權的慣用手法，到了現代，戶口依然是當政者穩定政局的一大利器，好在中國老祖宗留下的文化包袱裡，還有一件供老百姓專用的法寶，叫「習慣就好」，既然大家都沒了騰躍的空間，就習慣地趴下別動，若有不習慣，不舒服者，只能去動歪腦筋了，不是還有另一個法寶，叫「上有政策，下有對策」嗎。

梁家雖然在南京人緣不錯，但那多數是下屬或沒有利益交往的朋友，梁袤書素來不屑為了利益去交往，梁老三更是「青出於藍勝於藍」，視高幹子弟群體為狗屎。然而大事當前，他又不得不求人。人一到南京，便舔著臉去見張蘇。當初他和蘭蘭結婚時，沒敢通知他們夫婦，全因為他知道張蘇一直對蘭蘭有成見，現在為了戶口的事，他只能厚著臉皮去找她，誰叫她老爸是公安局長呢。

張蘇果然如他想像，絲毫沒有責怪他的意思，反而因他的出現很是高興，聽他講完戶口的事後，總算找到出氣的機會了，恨恨地說：「你活該，早和我聯繫，戶口早給你遷過去了。」

海生聽了，悔中有喜，喜的是，聽她的口氣，戶口的事她有門路，忙請教她如何解決。

原來張蘇的老公王向東現在是大院那片區域的派出所副所長，大院戶口正好在他管轄範圍內，所有的戶口進出都要經過派出所，這中間自然就有了機會。海生聽完，拍掌歡笑：「真是天無絕人之路也。」原先一直覺得其貌不揚的王向東，頓時就成了心中的救世主，他急著讓張蘇領他去見王副所長。

張蘇看他猴急的樣子，笑著說：「你以為派出所像你們大機關，有那麼多空閒，他每天一進所裡就像打仗似的，轄區地面上的雞毛蒜皮的事全要管。」

晚上，海生偕蘭蘭請張蘇夫婦在鼓樓的馬祥興羊肉館吃涮羊肉，果然正如張蘇所說，直到三個人餓得不行了王向東才出現。王向東原本在心裡想好說兩句風趣話，向各位表示一下歉意，一眼瞥見于蘭蘭，頓時漲紅了臉，也不顧一旁坐著的老婆大人，說道：「果然是絕色佳人，怨不得海生為了你要拋家棄業呢。」

張蘇習慣了自己這個法律系畢業的老公喜歡耍嘴皮，所以抿著嘴一笑，也不介意。蘭蘭則大方地起身和他握了握手，王向東更是受寵若驚的樣子，直到坐下，還在搓自己的手。張蘇這才開口說：「文革的時候，造反派上天安門和毛主席握手，回去後一年沒洗，今天你和金陵美女握了手，少說三個月不能洗吧。」

「不是的，海生是我們大哥，今天第一次見嫂夫人，我希望大家快速進入一家人狀態，所以有意渲染一下。」

像王向東這類小官吏們，常常喜歡在工作之餘，三、五好友聚在一起，無來由地耍個小嘴皮，發洩或議論一番。海生要得就是他的賣弄，就著沸騰的火鍋，他乘機把戶口的麻煩說給他聽。

王向東顯然是戶口專業人員，聽畢，抹了抹油嘴娓娓道來：「大院的戶口凍結已有兩年，只出不進。現在光在我們手上等待遷入的戶口超過 100 人，全是新機關的家屬，像你們這樣的老戶口，除了新生兒，一個也不讓進。這是新機關和我們派出所商量好的。」

張蘇聽到這，深怕他囉嗦起來海生會不耐煩，先催道：「費話少說，快說有什麼辦法。」

「辦法目前還沒有，但大院管理處管戶口的副處長跟我很熟，我明天先和他談談，然後再告訴你。」

一頓飯吃下來，海生心裡認定，王向東是到目前為止最接近解決問題的人物，自己再也沒有關係能比他更有把握，因此，他也不再去找別人幫忙，求人畢竟不是件愜意的事。

第二天，左右沒事，他像跟屁蟲似的，陪蘭蘭一塊去上班，小倆口一個在前面借書大廳上班，一個躲在後面巨大的書庫裡看書，蘭蘭到後面書庫取書時，總要到他身邊糾纏一會，惹得丁主任腎上腺素都飆上了天，恨恨地對蘭蘭說：「你們兩個晚上黏在一起還不夠，白天還捨不得分開啊。」

近中午時分，他放下手中書，溜到外面的大廳裡透透氣，讓眼睛休息休息。放眼在借書大廳掃了一圈，居然沒看到蘭蘭，又走到外面有巨型玻璃窗的過道上，才發現她正和一個人聊天。那個人他也認識，但絕對不是朋友，手上還拿著幾本書，顯然是剛從蘭蘭這借走的，面對蘭蘭，一副唯唯諾諾的樣子，噁心之極。海生沒過去，心裡的驚訝也沒流露在臉上，靜靜地等著蘭蘭和那人道別，待她轉身回來，兩人眼對上了，他才開口。

「你怎麼認識他的？」

原來，此人就是海生的冤家對頭——胡小平。蘭蘭知道海生忒看不起他，生怕他多心，就把當年在周建國那看錄影認識胡小平的經過，從頭講了一遍。海生聽罷，皺著眉頭說：「這傢伙是個無賴，南京的高幹子弟沒有一個看得起他，你少跟他來往。」難得見海生如此認真，又由於自己過往有交際太濫的軟檔，蘭蘭只能服貼地說：「你多心啦，他已經結婚了，孩子都有了。」

晚上的時候，張蘇和王向東一塊來到海生的小家，倆人還沒鎖車呢，海生已經走出來迎接他們。張蘇早已熟知海生超級反應力，故而只在黑暗裡笑著和他打了個招呼。唯王向東大驚小怪地說：「海生，憑你的反應能力，到我們公安幹刑警，一定是一流的。」

「呵呵，那必須有個前提，等到中國司法獨立之後。」

進了屋，王向東的屁股剛剛挨著鬆軟的沙發，海生就迫不及待地問：「怎麼樣，有好消息嗎？」

端著一盤切好的水果進來的蘭蘭，放下果盤，嫣然一笑地說：「看你急的，先讓人家喘口氣，吃點水果。」

王向東客氣地揀了塊蘋果放進嘴裡邊嚼邊說：「和那邊談過了，他們的答覆是，允許蘭蘭的戶口遷進來，但有個條件，這房子必須讓出一半。」

海生和蘭蘭是先熱後涼，聽了前半句，海生高興地一躍而起，等屁股回到椅子上，已是哭喪著臉。他幾乎是喊著說：「這怎麼行，遷戶口就是為了保留這套房子，他們收去一半，這房子還怎麼住。」

連一貫儀態溫柔的蘭蘭也撅起嘴說：「一套房子住兩家，我不住。」

王向東接著說：「對方還是很幫忙的，那個副處長回去專門請示了主管機關事務的副司令，據他說，那個副司令還認識你父親，因為這層關係，才定下這個折中方案。」

此時的中國，大城市裡青年們結婚，多數是擠在父母的屋簷下暫棲，無論誰有了海生他們這套房子，都足以讓人羨慕嫉妒恨。就連張蘇和王向東結婚，也只分到一大一小兩間，煤衛都是幾家合用的。因此，海生和蘭蘭眼見美好的愛巢要收走一半，怎麼也捨不得。

「有沒有辦法再和他們商量商量？」海說這句話時，自己都沒了信心。

「我覺得很難了。那個副處長說，原大院的住戶有 17 家是沒有軍隊也沒有地方戶口的，按規定房子全部收回，給你們家留一半已經是很給面子的。還有，明天有 62 個戶口要遷進大院地址，我把蘭蘭的名字也放進去了，你們記得到時帶著結婚證、戶口薄來辦手續。」

從打擊中恢復過來的蘭蘭果斷地說：「那麼你跟那個處長說說，給我們大間連煤衛，其他兩間他們收走好了，我可不和別人合用煤衛。」

原來這套房子有兩個進出的門，分開後正好各走各的門，王向東看完後立即答應去辦。

這天晚上，倆人在沮喪的心情中睡下。原已經著急上火的海生，這一夜光想著如何安慰蘭蘭了。這就是婚姻的奇妙，由於有了另一半，思路就改變了位置。可惜，他說了一簍筐寬慰的話，被她一句話噎得半死。

「有什麼好說的，睡覺！」說完，把一個生氣的背留給了他。

海生望著黑暗中的背，除了無助，什麼也說不出來。眼見婚姻中一個美好的東西被奪走了，他卻無能為力，難怪蘭蘭要對他冷淡。像他這種人，戀愛時從沒想過婚姻中還有這些煩惱，如今煩惱來了，才覺得戀愛季節每一片雲，哪怕是烏雲，都那麼值得留戀。

一夜無語，天亮後，蘭蘭儘管開口說話了，卻是很勉強。海生沒陪她去上班，他要趕去小王那辦蘭蘭的戶口，然後，傍晚返滬。

在王向東的地盤裡，一切順利。小王捎帶通知他，大院新主人同意蘭蘭的要求，留下一大間和廚衛給他們獨用。海生明白，這點要求，那個副處長就能做主，不需要大院高層批准，否則王向東不會那麼快給他答覆。他心裡苦笑萬千，臉上還是左一個謝謝，右一個謝謝才和小王告別。

蘭蘭回來送他時，他又把大院最後的決定告訴了她，她只是嗯了一聲，又問她要不要先把房間整理一下，蘭蘭沒好氣地說：「急什麼，他們總會事先通知的，到時候再說！」以往海生每次走，她都會打起十二分精神送他。唯有這次，她沒有任何力量讓自己開開心心的與他告別。直到兩人在月臺上分手時她才苦笑著說：「你放心，一間房就一間房，反正只有我一個人住。」兩人這才在無奈中分了手。

沒想到，和海生才分手幾天，這個梁家在大院最後的住所又出事了。

那天下班時，天上下著小雪，蘭蘭騎著自己的小輪車急急忙忙回去，還沒到家，就看到和自己同住一棟樓裡的一戶人家，正圍著一大堆傢俱吵吵嚷嚷，她路過時順便問了句，對方拉開嗓門告訴她，是大院新的管理部門強行把他們東西搬出來的。

「小于呀，你快回去看看吧，你們家的東西也被搬出來了。」一旁有鄰居提醒她。

即使再矜持的人，聽到這個消息也無法若無其事。她焦急地往自己家去，高跟鞋急促地踩在水泥地上，「蹬，蹬」地響著，周圍的鄰居聽慣了以往優雅的節奏，第一次聽到它響得如此急促。蘭蘭一進樓道，自家的傢俱像山一樣堆在過道上，打開家門，裡面的過道上同樣擠滿了家俱，她側著身子走進去一看，那兩間房子已經從另一面封死。早上起來還是客廳睡房帶客房的三居室，晚上回來就剩一間全功能臥室了，在野蠻與剝奪的雙重打擊下，她混身萎頓地癱倒在床上，大腦像死亡了一般，空空的什麼都沒有。從 13 歲就住集體宿舍的她，一直希望能有一個自己的家，好不容易在 26 歲時有了自己裝修、打理、生活的家，沒想到僅僅一年多，這種幸福就被無情地肢解了，對一個女人來說，不啻是打碎了她所有的生活。

就這樣昏昏沉沉躺了約摸一小時，她才回過神來，四周是越來越濃的黑暗，此刻，她是多麼需要海生在自己的身邊啊，哪怕只有一秒鐘，能讓她看見他的笑容，聽到他的聲音，她就能把一切拋得遠遠的。她掙扎地爬起來，顧不上吃飯，又騎上車，頂著越下越大的雪，衝到徐琪華和葉琴家去搬救兵。

留給蘭蘭的那個大間有20多平方米，五個人一合計，來了個乾坤大挪移，把所有的東西重新安排了一下，才勉強把蘭蘭想留下的東西都塞了進來。

「很好，有床，有沙發，你想睡哪兒，就睡哪兒，再不行，桌子上鋪個墊子也可以睡。」關鍵的時候，陳天誠的冷笑話連同他臉上的酒窩很有起死回生的妙用。

精疲力盡的趴在床上的蘭蘭聽了，「噗哧」一聲就笑了，她坐起來說：「男士們，行行好，誰願意今晚犧牲一下，把你們親愛的讓出來陪我過夜。」

正站在椅子上往廚頂上放東西的高新明回過頭說：「我怎麼聽的像是讓我們犧牲一下陪你過夜。」

蘭蘭聽了，抄起手邊一個靠枕就摔了過去。這個靠枕的飛行路線，上有吊燈，下有一堆杯盤散落在桌上，眼看就要爆出「唏哩嘩啦」巨響時，誠誠趕緊搶下了飛在空中的靠枕。只聽蘭蘭咬牙切齒地說：「要死啊，琪琪，也不管管你家老公！」

徐琪華聽了，便裝模作樣去掐自己的老公，玉手還沒到，高新明已經大呼小叫起來，連一貫淡雅的葉琴，看著都笑彎了腰。

蘭蘭是最受不了單獨過夜的人，偏偏結了婚還要空守閨房，這份滋味，遠在上海的海生很難體會得到，倒是葉琴，徐琪華已經習慣了她隔三差五把她們找來陪睡，或者蘭蘭就去她們的家裡混吃混睡，否則，這夜夜相思，夜夜空守，誰能捱。

笑夠了，葉琴對誠誠說：「你就犧牲一下，今晚我留下陪蘭蘭。」

（九）

幾天後，蘭蘭打電話給海生，問他被搬出來的家俱如何處理時，他才知道，原來家已經被肢解了。

「摔掉吧，留著也沒用。」

「不要，你還是先問問你媽媽，萬一她還要呢，到時候又惹得她不開心。」

蘭蘭說話可比以前刻薄多了，海生心裡無奈地想，嘴上還要極力討好地說：「那行，我問了後立即告訴你，你千萬別管那堆破爛，我來找人把它們拉走。」

在蘭蘭聽來，這話等於沒說，與其他在上海連絡人來搬，還不如自己找人呢。

思戀是什麼？思戀首先是一種折磨，有人從折磨中找到幸福，有人從折磨中得到痛苦，只有當我們失去思戀時，才知道思念是一種生活。對梁海生來說，他屬於喜歡被思念折磨的人，折磨的越深越能感到生活的真諦。可是，他從來沒有想過，思戀對蘭蘭來說，並不是幸福。

從這個冬天開始，或者說從那該死的房子事件開始，海生開始感覺到有一種未知的氣息在接近自己，它捉摸不定，唯一能確定的是，這氣息源自蘭蘭，倆人每次相聚，還是恩愛依舊，但是，他神經質感到她疲倦了。

春暖花開時，梁袤書要去南京軍區總醫院做每年的高幹體檢，海生自告奮勇陪他去。兒子家在南京，不管是他假借孝心，真看老婆，梁袤書都沒意見。父子倆是坐小車去的，因此梁海生除了幫老爸拎包，什麼事都沒做。

梁袤書來南京也沒有通知任何人，然而這總醫院就是南京軍隊系統各種消息的集散中心。他住進來，用不著出門，該知道的人自然會知道的。第一批來看梁袤書的是總醫院的領導，和住在他前前後後同為「高幹」的病人。這些人裡面，除了大別山的戰友兼長輩陳院長外，海生一個也不認識。一別多年，陳院長手抖的病已經發展整個頭顱也開始抖動，這位當年國民政府潰逃時與這座醫院一塊留下來的名醫，似乎早已忘記了海生，只是不經意地和他握握手。而在海生心裡，這麼多年了，始終還有一個他的位置。

有一個人，海生到了總醫院就必須得見，而且還必須在第一時間去見她，她就是田麗娜。海生乘老爸和一幫與他同樣老的老傢伙們神侃時，悄悄地溜了出去。路過外科病區時，想起了王玲，那個圓圓臉，秀氣可愛的蘇州女孩。外科病房是一幢單獨的灰瓦灰磚的建築，夾在兩座高樓之間，十幾年了，毫無變化，就像他和王玲那段戀情，永遠不會有人注意。

思緒像腳步一樣匆匆，他無法在匆匆中翻出初戀的碎片，只能讓惆悵替代自己的記憶。在內二科裡，已經當上主治醫生的田大夫正要下班，海生闖了進來，她驚喜地掄起粉拳錘在海生的胸膛上。在男女擁抱就是性的年代，幹部子女之間最親昵的動作就是粉拳相加，既然是粉拳，那就是女人的專利。

「你這個混蛋，結婚都不通知我們一聲，是不是娶了個醜媳婦，不敢見人了。」幾年沒見，麗娜變得越來越粗俗。海生見識過中年女人的粗俗，如今她竟往那條路上去了。

「你還不是一樣，孩子都三歲了，我這個當舅舅的都沒見過，是不是生了個歪瓜裂棗？」海生學著她口氣說話，接著又把帶來的禮物往她面前一放：「這是上海凱司令的栗子蛋糕，給你女兒的。」

麗娜也記不清有多長時間沒人用如此親密的口氣和她說話了，接過蛋糕時，眼淚直在眼眶裡打轉。

「再告訴你，我們家老爸也到了，住在高幹病房。」海生裝作沒看那亮晶晶的東西。

在一塊去高幹病房的路上，麗娜告訴他，朝陽也結婚了，就在今年春節。

「是我做的媒，」她不無得意地說：「也是我們醫院的護士，父親是軍區政治部的，人長得很漂亮，外號叫黑牡丹，當然，比不上你的蘭蘭。」

海生不置可否地笑了笑。他記得朝陽曾多少次在他面前說過，這輩子打光棍，不結婚。問他為什麼？他說女人太煩，伺候不了。以致於海生暗地裡以為這傢伙有怪癖，沒想到，他最終還是走上了這條路。

晚上，訪客的喧嘩逐漸消散後，海生向老爸道了晚安，讓駕駛員把自己送到了大院門口，下了車，一個人迎著黑暗高高興興往家走。

他猜想蘭蘭會因為自己的出現驚喜萬他，然後像一隻快活的小鳥撲進自己的懷裡，他會把她摟得緊緊的，與她一起分享著驚喜。誰知，當他走過最後一個彎口，能看見自家的窗戶時，心卻有點失望了，家裡所有的窗戶都是一團漆黑，廚房、衛生間、睡房。在周圍那些亮著燈的人家中，家像一個黑洞，默默地佇立在那同樣幽暗的夜空裡。

他找出鑰匙，打開家門，沒人。僅剩的一間房裡雖擺滿了家俱，卻佈置的緊緊有序，空氣中淡淡地散發著蘭蘭身上的香味，幽香觸發了他的情愫，他找了塊布，擦了擦塵封已久的自行車，關上門，騎上車去尋找自己的蘭蘭。

四月的夜晚，九點過後，晚風依舊宜人。海生和幼時一樣，飛快地穿過一條條熟悉的馬路，不消一會就到了城南。徐琪華和高新明的家在城南，在一片新建的省級機關宿舍裡。高新明的老爸是省裡老資格的廳級幹部，名正言順地在這片新樓中為兒子爭得一套兩室一廳的單元房。

給海生開門的是他們家的小保姆，從她嘴裡得知，于蘭蘭正是在這兒吃得晚餐，吃完飯，三個人穿得整整齊齊跳舞去了，到什麼地方她說不清，只知道是新街口的一家賓館。沒找到蘭蘭，他至少在這找到了蘭蘭的行蹤。小保姆認識他，讓他進來等他們回來，他可不願意一個人坐在這傻等，讓人覺得他是個來找老婆的男人。

他謝過後，出了公寓，走進了道路旁一片樹影裡傻站著。其實，他完全可以讓小保姆轉告蘭蘭他回來了，然後自己回家去等，但是他沒有選擇所有的人都會選擇的方法，而是在此守株待兔，這其中沒有道理可言，這只是他的行事方法，他就想看到蘭蘭遠遠地回來，意外地見到他。

徐琪華的家在最後一排樓的最後一個門裡，新樓的外牆幾乎和相鄰的破房子的屋簷建到了一起，破爛和嶄新在這個角落裡對峙著，宿舍樓的水泥路面，亦鋪到這嘎然而止，連接它的是坑坑窪窪的泥土路，彎曲地消失在幾間東倒西歪的屋影裡。

當一個人不想暴露自己的猜疑時，他已經在猜疑了。自從南京的房子被一分為二之後，蘭蘭的壞情緒就一直壓在海生心上，幾個月了，海生覺得這一次她生氣的時間特別長。她生氣，他跟著擔憂，不斷積累的擔憂猶如漲潮時江水，一點一點淹沒了原有的標誌，擔憂自然成了猜疑。

他沒考慮過應不應該胡思亂想，那種對感情採用冷靜、理智的思維方式，他永遠學不會。從懂事開始，他就喜歡心血來潮式的突發奇想，然後就在路上了。他是典型的荷爾蒙分泌旺盛的一類人，這類人能在瞬間釋放出許多的猜想與妙思，就像現在，當他意識到不妙時，猜想就從四周八方湧進腦海，他只能跟著一個又一個的猜疑想下去。

佇立黑暗裡，記憶就變得特別旺盛，一個多月前在徐琪華家裡發生的畫面，一個也不缺地輪現在眼前。當時他從上海回來，與以前所有的車站迎接模式一樣，倆人在月臺上擁抱、接吻，伴著旁人的豔羨，然後勾起手臂一同回到大院。但海生心裡感到，蘭蘭的熱情已經不再真實。晚飯後，蘭蘭提出去徐琪華家打麻將，他一臉欣喜地同意了，與其兩人沉悶的待在家裡，還不如出去放鬆放鬆。

徐琪華是個麻將迷，四個人一圈麻將搓下來，她讓小保姆弄了一桌夜宵，說道：「吃了夜宵繼續打，晚了你們就不要回去了，反正明天是週末。」

「行啊。」蘭蘭的牌癮不比她小，一口就答應了。

沒人問海生，他彷彿不存在，這已經成了習慣，每次回來他基本上都跟著蘭蘭轉，她說怎麼樣就怎麼樣。他也早已拿定主意，如果他們的未來是沉淪，他願意為了她沉淪，只要有愛，此生無憾。再說，他倆在朋友家過夜又不是第一次，只不過在徐琪華家裡過夜，海生還是頭一次。

想不到牌局結束後，女主人竟張羅著四人一齊睡在她那張巨大的雙人床上，這下海生呆住了。「這張床能睡四個人嗎？」他問。

「行，我這張床是訂制的，比一般的雙人床要寬 1 米。」徐琪華應答時語速飛快，讓人想起她是揚州人。

「我是說這四個人怎麼睡啊？」海生感到自己不能再妥協了。

「怎麼不可以，我和蘭蘭睡中間，你們倆男的睡兩邊。」徐琪華說話的架式，就像班長給新兵分床位。可惜，她從來沒讓海生有喜歡的感覺，要是換了葉琴，海生或許就會妥協了。

他扭捏了一會，還是挑明瞭說：「我實在不習慣，要不還是回家睡吧。」

這時，已經洗漱好準備上床的蘭蘭說：「我不回去，我困死了，我要睡床上，你們看著辦吧。」說完就倒進那張大床上。

「哎喲，你這個上海人還這麼保守，我都不擔心，你擔心什麼。」徐琪華有些不高興了，撅起嘴說。

見蘭蘭不在乎的樣子，海生當真有些動氣了，但又不能丟下她自己回去，只能說：「這樣吧，你們睡床上，我睡外面的沙發上。」

徐琪華和高新明果真給了他一床被子，並夾帶一堆好聽的話，最怕別人說好話的海生被逼得自己也說了一堆好話，好話說到最後，那意思幾乎就成了：「你們三個不睡在一起，我會生氣的。」話說到了這個份上，他倆高高興興地關了門，和蘭蘭共同睡在那張大床上。

海生哪還有心思睡覺，人倦縮在沙發裡，腦子在不停地旋轉。他實在不明白那個高新明要幹什麼，自己的話都說到了這個份上，他居然還死皮賴臉要和別人的老婆睡到一張床上。

他想像著那傢伙的髒手在夜深人靜時，越過徐琪華的身體去摸蘭蘭，血壓頓時飆到了 200 以上，他感到有熱流衝向性器，但更多的是憤怒，是束手無策，是千方百計想弄清裡屋實情的欲望。他無法容忍最寶貴的愛被玷污，然而，你越無法容忍的事，越會陰魂不散地糾纏你。他緊咬著嘴又想到，這肯定已經不是3個人第一次睡在一張大床上了，這個想法一出現，他便墮入一個更深的深淵裡。徐琪華那張臉怎麼看都不像一個中規中矩的女人，她唯一能做的，就是慫恿自己的老公把手伸過去。而蘭蘭呢，她抵制騷擾的唯一辦法就是離開那張床，既然她選擇了繼續睡在那，那麼一切都可能發生……。

他當然知道「群交遊戲」四個字，也清楚兩個女人都是向來開放的文藝界的，再加上老媽當初對蘭蘭和高新明關係的判斷，一種可怕的感覺攫住了心臟。

他摒住呼吸，透過靜靜的夜，想聽到一牆之隔的裡面的任何聲響，但是，那註定是徒勞的，他根本聽不到任何動靜，只有自己的猜測在狂奔。他在黑暗中翻了個身，正好和窗外的夜光打了個照面，他苦笑地想，自己是不是已經到了地獄。

那天快到中午，大床同眠的三個人才起來。在回家的路上，他鼓起勇氣認真地對蘭蘭說，不喜歡她睡在徐琪華家。蘭蘭當然明白他的擔心，卻依然很有理地說：「你不回來，叫我一個人怎麼辦？」海生聽了，第一次語氣很重地說：「行，我立即想辦法調回來，但你保證不再睡在他們家裡。」蘭蘭不想跟他較真，反正再過一天他又走了，於是撅著嘴答應了他。

海生深信蘭蘭還會在徐琪華家留宿，所以，今天一進家門見蘭蘭不在，就直奔這裡。

在世事洞察方面，梁老三的確是個天真的人，好比他現在守在別人的家門口，天真的不得了。他長久地在陰影裡紋絲不動地站著，豈圖做個愛情的守護者，頑強地守衛著充滿危機的愛情。

當年他就是這樣站在雪地裡三個小時，等來了林志航，那年他13歲。

將近11點鐘時，他們回來了。只有三個人，蘭蘭、徐琪華和高新明，至少沒有他擔心中的第四人。就在他們說說笑笑往樓道裡走時，他從黑暗中站了出來，用低而厚重的聲音喊道：「嗨！你們好。」

三個人回過身，一看是他，臉上同時露出驚喜之情。那瞬間的驚喜裡沒有任何虛偽，正是海生想看到的，為此，心裡多了份安慰。

「你怎麼來了？事先也不通知一聲。」蘭蘭邊說邊向他跑來，幾乎是跳進了他的懷裡。

對她善於製造歡樂氣氛早已習慣的海生，邊吻著她邊想，她這麼開心，是不是正好有什麼秘密避開了我。

徐琪華和高新明走過來請他上樓坐坐，蘭蘭主動說不去了。

「他老爸來南京檢查身體，住在總醫院，我要回去準備準備，明天好去看他。」蘭蘭語氣裡充滿自豪。

第二天，蘭蘭早早和海生趕到了總醫院。梁袞書對蘭蘭不感冒，再加上她嘴甜，和她聊天比和兒子說話開心多了。海生真想不到老爸和她能從圖書館一直扯到她家鄉小城的風土人情，談笑之中，三人講定，這兩天老爸空閒時，讓蘭蘭帶著他去看一看南圖從不對外開放的藏書樓，那裡面珍藏的古籍善本，在全國也是數一數二的。面對他們一老一少，海生沒理由懷疑蘭蘭的討好帶有別的動機，她就是純粹在討老爸開心，如果她有什麼動機，那麼討好的對象怎麼也應該是自己。想到這，已經開始搖擺的愛，似乎又回到了心的中間。

直到護士來催梁袞書去做檢查，聊天才告結束。

房間剩下他倆時，海生嘿嘿一笑，說道：「能把我老爸哄得如此開心的，全天下只有兩個人，你是其中一個。」

「還有一個呢？」正在整理秀髮的蘭蘭，得意地在他腿上坐下問。

「田麗娜，你見過的，滬生的老相好，總醫院的大夫，沒准一會你能見到她。」

自從房子風波至今，他倆之前說話都是緊繃繃的，包括昨晚愛愛時，海生感到蘭蘭只是勉強地配合了一下，從她身體裡找不到以往的激情。直到這會，兩人才恢復了往日熟悉的語境交流。

「誰像你啊，這麼笨！我要是住在你家，不出三個月，就能讓你老爸把我調到上海。」

蘭蘭的話，令他心裡掠過一個陰影，那是周建國老爸的身影。他沒讓那陰影停留，因為他曾經對自己發過誓，永遠不許那件事來干擾兩人的生活。

他捏了捏又回到自己身邊的小翹鼻子說：「那行啊，眼前就有半個月的機會，看你的本事了。」

這時，傳來了門把手轉動的聲音，蘭蘭慵懶地站了起來。門開處，進來的是田麗娜。

「這麼巧，說美人美人就到。」

田麗娜半嗔半笑地瞥了海生一眼，徑直走到蘭蘭面前說：「在金陵城的美女面前，我只是個中年婦女。」

蘭蘭拉著她的手臂說：「我哪能和田醫生比，孩子都生過了，身材還這麼好。」

田麗娜雖不及蘭蘭那般光彩豔麗，但也是個美人胚子，這麼多年受職業的薰染，養成一副雍容大氣的樣子，自有一番風韻。蘭蘭當即送了一堆奉承話給對方，然後又連著問了幾個也在總醫院工作的人名，這些人要不父輩是南京的顯赫人物，要不就是嫁進大戶人家的名女。這是女人慣用的套路，以此顯示自己認識不少大家閨秀。這一套，有些男人也用，但海生絕對不屑使用，今個兒蘭蘭用，他亦不反感，女人畢竟是女人，這是他婚後最大的醒悟之一。

麗娜聽她秀了一串名字，自然要一個個答過來，否則自己在總醫院這十幾年豈不是白混了。於是，兩個女人之間帶著大驚小怪，歡聲笑語的神侃開始了，坐在一旁的海生見她們這麼開心地說那麼無聊的事，心裡傻樂著，跟在後面也胡亂說了幾個名字。蘭蘭知道他在搗蛋，照著他的小腿就做飛腳狀，海生連忙一轉屁股，雙腿抬到半天空，得意地說：「沒踢到。」

麗娜陪著他們一笑後問：「梁叔叔呢？」

「去做體檢了。」蘭蘭答道。

「那我先去上班，一會我老媽來看梁叔叔，我再陪她來。」

「行啊，我們也要走了，蘭蘭要去上班，我去軍區大院看你那寶貝弟弟。」

說著，三人就散了。

（十）

田朝陽還在那幢樓裡上班，連辦公室都沒變。海生屈指一算，從大學畢業到現在，兩人快三年沒見面了，就因為和蘭蘭結婚，海生幾乎和所有的朋友都斷了來往，包括這個最鐵的哥們。所以，當他推開門時，心裡的感覺是怪怪的。一眼望去，沒見到朝陽，他悄悄地向靠近門口辦公的年青軍官打聽。坐在這個位置上的，通常都是資歷淺的人，也好說話。那人很友好地朝最裡面的角落喊了聲：田參謀，有人找。於是，一張遮著臉的報紙挪開了，露出朝陽熊一般的大臉。

兩人走出辦公室，門關上後，朝陽才開口說:「你總算出現了。」

「昨天就到了，陪老爸來檢查身體，明天就回去。」海生用與這靜靜的樓道相符的嗓音說。

「麗娜昨晚在電話裡告訴我老媽了，你老爸得了什麼病啊？」

「體檢加療養，總院他熟悉，信得過唄。」

朝陽在底樓找了間小會議室，進去門一關，海生往軟軟的沙發上一坐，長長地吐了口氣說：「在大機關上班，真會折壽啊。」

朝陽沒接他的話，摸出一支煙給自己點上，深深地吸了一口才說：「在這裡上班，光有人罩著還不行，還得處處小心。你知道那個胡小平吧，那年差點和你在『老莫』打起來那傢伙，經常遲到早退，三天兩頭請假，上班什麼事也不做，自以為有老爸罩著，還不照樣有人把檢舉信寫到紀委。」

「這小子本來就是垃圾，幹部子弟名聲都是給他這種人敗壞了。」海生接著他的話就說，說完了想起自己也曾敗壞過幹部子弟名聲，心裡未免有些氣餒，趕急換了個話題說：「你說我若是調到軍區機關來，手續麻不麻煩，都得經過哪些關口。」海生來之前原想好先向他道個歉，畢竟和蘭蘭結婚牽涉到他們幾個哥們之間的感情，眼下突然覺得沒必要了，就直接說了來意。

「你不是鐵了心要做上海人嗎？還殺什麼回馬槍。」朝陽記得當年海生去做上海人時那副得意洋洋的樣子，少不了乘機挖苦他一下。

「別提了，還不是為了于蘭蘭。」海生苦笑著說。

他不提蘭蘭還好，一說到于蘭蘭，朝陽心裡就冒火：「不是我說你糊塗，和這個女人結婚就已經夠冒險了，還把她一個人留在南京，等著餵狼啊。」

「我和她的事，有太多的故事，有機會慢慢說給你聽。調她去上海的事，要家裡出力，我老媽始終不能接納她，兩人弄得挺僵。家裡不出面，憑我的本事，怎麼可能把她調到上海，我又怕夜長夢多，乾脆還是自己調回南京吧。」

「不是我多嘴，你老媽和于蘭蘭的矛盾，連我們家都知道了，是她在電話裡告訴我老媽的。我老媽還替你說好話，說你真不容易，為了一個女人犧牲自己。要我說啊，你除了會犧牲自己，其他什麼本事也沒有。」

「愛情兩個字，是世界最解不清的難題。你小子當年發誓說不結婚的，現在還不是成了家，你敢說你不是為了愛情。」

這是當年東林殉情之後朝陽發的誓，當時，東林死的轟轟烈烈，朝陽的誓言同樣擲地有聲。然而世事難料，如今東林為之殉情的女人成了海生的妻子，而發誓不結婚的朝陽，同樣也拜倒在女人的裙下。

「我那是明媒正娶，哪像你呀，偷偷摸摸的。」朝陽使勁將煙屁股掐滅說。

「行，行，行。我錯還不行嗎，這樣吧，今晚我請你和新娘子吃飯，算我賠罪。」

「吃飯就免了，」朝陽又給自己點了支煙說：「這幾年調動越來越困難了，軍區機關裡的幹部子弟太多了，就說我們部，除去處級以上的領導，共有 51 人，其中軍隊和地方上的幹部子弟 23 個，占了近一半，這些人後面都有來頭，很難管。所以，現在一聽說你是高幹子弟，哪個部門都不願要。」

「嗨，打住，不是來聽你講課的，讓你想辦法呢。」

「最好的辦法是對調，想去上海的可大有人在，找一個業務差不多的，和他對調，問題是主管部門的首長願意接受你。對了，有一個人是你的老朋友，找他肯定沒問題。」

「誰？」海生瞪大了眼問。

「林志航，他現在是兵種部的部長，軍區的紅人，他如果願意要你，幹部部門不會不批。」

海生穿了十幾年軍裝，調動提拔都是別人安排的，自己從來沒跑過，現在上門去找林專航，還真有些拉不開面子。

朝陽見他不吱聲，知道他要面子，便說：「你小子不會不好意思吧，你不是自吹和他關係很鐵嗎？」

「那是以前，現在他當了部長，不知道能不能說得上話。」

要說梁海生，真是白白糟塌了自己的出生，有的是現成的關係，卻不知道如何去利用，在旁人看來，他就是個十足的傻瓜。這小子，不僅看不起高幹子弟這塊牌子，還看不起這身軍服，他早就已經不以它為榮了，雖然還沒到以它為恥的地步，但也相去不遠。面對日趨興起的出國潮，他常常會為自己還混在軍隊裡羞愧。如果不是為了婚姻，他恐怕早已脫掉了這身軍服，更不會為了調動的事去求人。

其實，按世俗的教科書，從他甘願為美人付出一切時，就不應該再持有與懷抱美人格格不入的「理想」，所謂有得必有失，乃是生活的真理。他能做的，就是經營好愛情小巢，老老實實在這片土地活著，學會求人辦事，以官保家這些起碼的生存之道，偏偏這梁公子不開竅。

兵種部辦公樓和朝陽所在的辦公樓之間隔著一大片綠草地，海生穿過草坪時，盡情地讓草葉撫摩著自己的腳踝，他希望在青草的刺激裡尋找到一種平衡，讓他能從容地想想見了林叔叔如何開口，但是青草偏讓他往別的方向胡思亂想。打小到現在，他討厭那些三天兩頭往自己家跑官，跑工作的人，此刻猛然發現他們也並不容易，或許他們後面都有一個和自己一樣焦慮的理由。

在一樓值班室，他告訴值班參謀要見林部長，對方問他有沒有約定，他說沒有。再問他有何公幹，他說是私事。對方疑惑地問他和林部長什麼關係？他說是朋友。

「你跟他是朋友？」對方聽完他的回答後，不相信地上下打量著他。

「對，朋友。20多年的朋友。」海生被問得優越感全回來了。

部長辦公室裡，林志航正在和兩個處長談事，值班參謀進來報告，有個叫梁海生的青年軍官要見他。正把茶杯端到嘴邊的林志航，猛地喝了一大口茶水說：「你把他領到我這來。」處長們見部長要見客，便告退出去，那參謀則趕緊去帶人，剛才他差一點就把自稱部長朋友的人趕走，只是話到了嘴邊，也不知怎麼就沒敢往外說。他慶倖自己沒說，看來這個小軍官果然有些來頭，因為部長一般見客，都是在會議室。

參謀把海生引進部長辦公室後，關門的一剎那，慣於偷聽的他豎起耳朵聽見那年青人管部長叫「林叔叔」，而部長則叫他小三子，心裡暗嘀咕，這小子當真不假。

房間裡，林志航和海生相見正歡，兩人五六年沒見了，有說不完的話題，林志航首先問起老首長梁袤書的近況，一聽小三子說梁袤書已經到了南京，立即說道：「今天一定抽空去看他。」

有那麼幾分鐘，兩人都是站著聊，一堆熱情話說完，林志航招呼海生在沙發上坐下，莞爾一笑說：「小三子，你是無事不登門，說吧，有什麼事？」

很久以前，他們就是以這種方式交談的，那時海生還小，每當他悄悄地出現在林志航的單身宿舍裡，林志航就會笑著問他，小三子，有什麼事嗎？然後海生就能不難堪地說：我想和你下棋，我想借本書……。而換了別人，會對他說，你來幹麻，走，走，走！

「我想調回南京來。」海生總算說出了這句在心裡走了很多遍的話。

「為什麼？」林志航略感意外地問，上海是他的故鄉，也是人人都想去的地方。

海生把他的婚姻和婚後分居兩地的狀況大致說了一遍。

聽完後，林志航直接了當地問：「你想調到兵種部來？」

「是的。」海生有些不好意思地答道，他怕林志航為難，又補充道：「如果你手下有人想調上海，對調也可以。」

其實他內心深處最擔心別人，包括林志航，認為自己不適合待在大機關裡，他太清楚自己的名聲和高幹子弟的名聲了。

「你大學裡學的是什麼？」

「歷史。」

「呵呵，你這個連長為什麼去學歷史？」

「怕考不上，我的數、理、化基礎太差。」海生坦然地說，心卻在煎熬。

「兵種部可不要學歷史的。」林志航放下手中的筆，笑著對很拘謹的海生說。

海生猜不透他笑容裡藏得是什麼，但致少可以肯定他答應了自己的請求。

「這樣吧，這件事等我見了你爸爸後再給你答覆，他肯定不知道你的計畫，對不對。」

離開軍區大院時，海生心裡踏實了許多，他直奔圖書館，鑽進書庫裡看了會書，等到蘭蘭下班，兩人一道去買了許多梁袤書喜歡的水果、堅果，回到總醫院，梁袤書早已檢查完了，一個人正坐在午後的陽光裡喝茶看書，見他們拎了一大堆東西進來，很是高興。蘭蘭找出盛具，將水果洗淨了裝盆放在茶几上，挑出些紅透晶亮的櫻桃端給梁袤書。

「爸爸，這是剛上市的櫻桃，你嘗嘗，又甜又嫩。」蘭蘭說著，挑了對並蒂紅櫻桃給他。

梁袤書伸手接下，高興地說：「我嘗嘗。」吃完了，連說好吃。

「你檢查身體的結果怎麼樣？」蘭蘭殷勤地把裝櫻桃的盤子放在他的茶杯旁問。

「醫生說了，所有指標都正常，說我的身體和四、五十歲的人一樣健康。」梁袤書得意地說。

這話本該是海生一進門時問的，結果忙著幫蘭蘭找裝水果的盛具，便給忘了。眼見得老爸高興，便把林志航要來看他的消息告訴了他，關於調動的事一個字沒提。自從沒和父母商量就結婚後，他等於給自己和父母之間設了一道玻璃牆，從不主動和他們提起自己的婚事。

兩人陪著老爸吃飯、聊天、看電視，直到晚上九點他們離去時，林志航都沒出現。

第二天一大早，海生先行返滬，把老爸留給蘭蘭照顧。來南京時，他帶著興奮與迷惘，返回時，似乎有了更多的迷茫。此時，正依靠火車急速的速率幫著他清理著腦中碎片，至於林志航，他相信一定是公事纏身才沒有如期來看老爸，這一、兩天他一定會來看老爸，也一定會和老爸談和自己調動的事。去掉了這一個擔憂，另一層擔憂又浮上了心頭。

他想起那天和朝陽聊到蘭蘭時，朝陽告訴他，有人在金陵飯店見到了蘭蘭，她坐著一輛沒有牌照的賓士進了金陵飯店，他聽了，當時臉上就有些掛不住了，問朝陽：「誰看到的，她和什麼人在一起？」「不敢保證，也許不是真的，不過我老婆好幾次在舞會上看到她。」海生記得自己當時故作輕鬆地答道：「這個我知道，她喜歡跳舞，總不能不讓她去吧，和她常常一起去舞會的一對夫婦，我也認識。」

火車減速了，映入眼簾的是小城車站，慢慢地，列車與月臺並在了一起，遠眺小城，他來過無數次了，他知道自己走下火車，去市中心一個叫大爸爸街的地方，可以有飯吃，有覺睡，但是，他卻說不清對小城熟悉還是陌生。這世界就是這麼怪，你往往從熟悉的地方，找到更多的陌生。

列車緩緩地離開了小城，隨著對小城記憶的散去，思緒又回到了眼下。且不管蘭蘭坐賓士進出金陵飯店是真是假，他必須承認，而且可以認定，今日的蘭蘭不再像以前那樣充滿熱情了，她在床上的表現告訴了他，雖然他很不甘心地承認。他唯一不能確定的是她在和自己鬧彆扭呢，還是背著自己有了新歡。

「新歡」兩個字，深深地刺痛了他。

海生這種人，本不是容易受傷的人，血性、豁達、倔強，再加上旺盛的生命力，這樣的人，傷一下又有何妨。他曾經和許多同齡人一樣，把自己視為革命和軍人的化身，把擁有偉大的政治抱負視為驕傲。文革後期，隨著紅色權力遊戲一點點公開，當年的亢奮已經煙飛灰滅，血性逐漸被感性代替，豁達變成了自憐，雖然激情還在燃燒，卻已換了個目標，轉移到愛情的世界裡，一心去做愛的化身。這是個與政治、社會不相干的，純粹是個人的追求。當他把愛化到蘭蘭和洪欣身上後，激情無可遏止的噴發出來，他終於敢示愛了，他也終於擁有了蘭蘭，擁有了自己的世界。

可惜的很，總喜歡給自己裝一個信仰的翅膀的海生，卻無法知曉一個普世的真理：如果有一個地方，愛就能代表一切，那個地方一定不叫地球。

在 1985 年初夏，他的心只能被他唯一的追求刺痛著，他無法阻止可能發生的事，就像他無法阻止這趟列車停下一樣，他只能在心裡啃著憂傷，品味著血腥，看著夕陽在車窗外墜落。

第十部　又見秋雨

（一）

梁袞書原計劃在總醫院住半個月，結果住 10 天就待不住了，提前回到上海。海生下班回家，意外發現老爸已經回來了，少不了陪他說會兒話，當然，他也急於知道林志航和老爸商量的結果。

「這次去南京，可是辛苦蘭蘭了，每天下班就來醫院陪我，照顧我，這孩子啊，做起事來可比你們幾個強。」梁袞書說這番話時，身旁不僅有海生，還有劉延平。

海生早已從電話裡聽蘭蘭說，她把老爸花到小城去了一趟，於是問道：「聽說你還去了蘭蘭的家裡？」

「是啊，我們開著車去了她家裡，她父親還是個南下幹部呢，人挺實在，她媽媽很會做菜，給我們做了許多菜。」

「叫你檢查身體，你沒事跑那去幹麻。」

「既然是親家，總要見見面嘛。」梁袞書對妻子的埋怨不以為然。

海生耐著性子陪老爸聊天，間中突然想起一個幾乎快遺忘的人來，他問道：「老爸，你這次去南京，沒有去看許世友？」

「怎麼沒去，我專門去了中山陵 8 號。許司令已經不行了，腦子糊塗，話也說不清了。」梁袞書頗為感慨地說。

海生則當新聞一般繼續問：「他還喝酒嗎？」

「喝，只是不像從前到處找人喝，沒人陪他喝，醫生也不准他喝，他一個人常常偷著喝。」

一個嗜酒如命的人喝不上酒的模樣一定挺可愛，海生有些幸災樂禍地起身要回自己的房間，老爸卻叫住了他說：「林志航和我說你想回南京？」

「是呀。」海生總算聽到他希望聽到的話，不冷不熱地說：「我們總不能一直分居兩地。」

梁袤書點上一支煙，直到刺鼻的火藥味竄進海生的鼻孔，他才說：「我看還是把蘭蘭調到上海來吧，南京那個地方沒多大意思。」

海生壓著心裡的喜悅說：「好是好，就怕一時調不過來。」

「這個事我會找人去辦，你把蘭蘭的簡歷寫一份給我。」

年過 70 的梁袤書雖然在軍隊裡已經退居二線，但他在上海市的職務還在，還管著一個數萬人的龐大部門。

3 分鐘，海生衝出去又衝進來，把寫得工工整整的簡歷交給老爸過目。一旁的劉延平顯然沒有準備梁袤書會突然做這個決定，一時也找不到反對的理由，只能叮囑海生：「這事先不要告訴蘭蘭，等有了眉目再跟她說，免得傳來傳去的。」

海生也不去猜在他離開的 3 分鐘內，老媽在老爸面前說了些什麼，反正她現在反對也沒用了，說了句：「我知道了，」便開心地離開了。

才跨出老爸的書房，身後又傳來了老爸叫他回去的聲音，抽身回到書房，梁袤書先數落他：「你急什麼，我還有事要你辦。」

原來，梁袤書離開南京前一天，顧松林夫婦來送行，還帶來一個包，說是讓小燕或海生送給住在延安飯店的顧青。梁袤書指著桌上一個不起眼的包裹說：「你顧叔叔也不知道顧青的房間號碼，你去延安飯店查一查，查到了把東西交給她。」

海生拿起包裹，裡面軟軟的，估計是些衣物，二話沒說就往外走。梁袤書追著問：「你有辦法找到她嗎？」一聲「有」，海生已經關上了書房的門。梁袤書在房間裡落寂地對劉延平說：「好像我們的房間裡有炸彈似的。」

其實他不該怪兒子的，這幫高幹子弟在父母面前，尤其是父親面前，從小到大，習慣了唯唯諾諾，無法換一種方式和他們交流，要怪，就怪他們自己和他們親手建立的社會太死板。

晚飯後，海生踩著他的座駕，直奔延安飯店。他急著想見顧青，一是因為顧青在他心裡屬於很值得一見的人，其次，他在南京時聽麗娜說起，顧青正和她老公鬧離婚，而且鬧得紛紛揚揚。據說她那當上師級幹部的老公不同意離，雙方父母也不同意，婚姻四方，有三方不同意。憑這，海生對孤軍戰鬥的顧青的同情，就放大了無數倍。自從顧青結婚時把那個很會裝的老公帶來梁家，海生心裡就深深印上了為她惋惜的痕跡，他聽完麗娜說的傳聞後，第一時間就喊：「太好了！」他才不管顧青為什麼要離婚，在感情上，他永遠都支持她。

他當然知道中國社會是「看不起感情用事」的人的。從他踏上社會的第一天起，就不斷有人告誡或訓斥他：不要感情用事！好感情用事的他，跟在社會這個導師後面，無數次像模像樣去割除「感情用事」這個割了又長，長了又割的毒瘤，結果十幾年下來，他已30有餘，感情依然旺盛，屢教永遠不改。

其實這世上，不感情用事的人，才是非常態之人，不是偽君子便是有病之人。

騎到延安飯店，他把車溜到門衛面前，腳一墊地，說了聲：「去張主任家」，又跨上車，揚長而入。

以前他進出延安飯店，必被盤查，還常常要登記、辦手續，不得已時，還要打老爸的牌子。現在不一樣了，延安飯店一把手張主任的兒子張勝利和他在一間辦公室上班，兩人私交非淺。他騎到張家小樓前，也不進去，衝著張勝利的窗戶就喊。這種鄉下人叫人的方式，他從小保持到現在。當然，也只對自己圈子裡的人如此隨便，圈子之外，他還得裝模作樣。記得當年去洪欣家，洪家老太太連他打噴嚏都會說他沒教養。

不大一會，張勝利從裡面出來。他是個執迷練身體的人，穿了件背心，寬肩粗臂，胸肌快趕上女人的乳房，就這樣，還喜歡雙手抱在胸前問他：「什麼事？打個電話不就行了。」

「這事還非得你親自出馬不行，幫我到前臺查一個人。」

「你小子，專挑戒備森嚴的日子找人，今天是華東地區的中央委員在上海開會，頂樓住的都是華東三省一市海、陸、空軍裡的中央委員。」

海生仰頭望了一眼燈火輝煌的賓館主樓，小心地問：「會不會有限制？」

張勝利一聽樂了：「只要你不找樓上的中央委員，都可以。」說罷，領著他從後門進了主樓。

到了前臺，張勝利對接待的女兵說：「幫我找個人，」然後對海生做了個手勢說：「兄弟，那人叫什麼？」

「顧青，照顧的顧，青草的青。」

張勝利從名字中嗅出了些味兒，不懷好意地說：「該不是新相好吧？」

海生一臉無辜地說：「別胡扯，我是當郵差，替她家裡送東西給她。」

前臺的女兵很快找到顧青的入住登記，告訴他倆，顧青住406房間。

出了四樓電梯，張勝利還不忘調侃他：「既然不是你的相好，敢不敢帶我進去看看？」

海生哪經得住他激，張口便說：「那有什麼不敢的。」

到了門口，張勝利又變卦了，笑著說：「跟你開玩笑呢，去辦你的事吧，有什麼需要來找我。」說完揚長而去。

海生敲了兩下門後，裡面傳來了陌生的聲音：「找誰？」他心想顧青的聲音怎麼變得怪怪的。門開了，露出一張中年婦女的臉，問道：「你找誰？」海生略帶遲疑地問：「顧青是住這嗎？」屋裡另有人接了口：「誰呀？」海生這才找到了感覺，衝著裡面說：「顧青，是我，梁海生。」

一分鐘後，收拾妥當的顧青出現在門口，她穿著軍服，沒戴帽子，濃密的秀髮自然垂落在肩上，正好襯起她那張俊俏的瓜子臉，這讓他想起東林當年對她的評價：顧青上臺演戲都不用化妝。對海生的出現，顧青沒有太多的驚訝，雖然笑著往裡請他，一副心事重重的神情卻全寫在臉上。

海生小心翼翼地問她：「那位是？」

「也是住宿的，沒關係。」

海生可不想和顧青說話時，屋裡還坐著個陌生人，便問她願不願意到大廳裡的咖啡室坐坐，顧青直接就給拒絕了：「不去，亂糟糟的，都是人。」海生打小就怕顧青用這種語氣說話，正當他沒輒的時候，屋裡那個中年婦女出來了，說是要去放映廳看錄影，這才解了他的圍。

進了屋，顧青把海生帶來的包裹打開，裡面有一封信，幾件衣物，她草草地看完信，才抬起頭說：「謝謝你了，來上海也沒去看你爸爸媽媽，他們好嗎？還有小燕，她還好嗎？」

「都很好，小燕這幾天去浙江婆家了，否則能不來看你嗎。」

海生這邊想把話題深入些，而顧青呢，卻像沒心思說話似的。她躲在延安飯店就是為了避人耳目，沒想到海生找上了門，她不知道他聽到了什麼，來看自己是不是還擔負著勸說者的角色。她神經質地防範著每一個人，無論是關心的，還是勸解的。離婚，是她自己的事，她有自己的感情歷程，她也有足夠的力量對抗所有反對她離婚的人，所以，此刻那些不痛不癢的關心只能令她心煩。

海生雖然想不到那麼多，但還是感到了顧青的冷淡，兩人不著邊際地聊了一會，他便識趣地起身告辭，到了門口，顧青也不送，止步和他告別，她越是這樣，海生心裡越是憋得難受，說完了「再見」，還是把憋在心裡的話說了出來：「顧青，不管你做什麼樣的選擇，我和小燕永遠支持你。」

回去的路上，海生的心似乎和四周的夜晚一樣憂傷。他不願，又不得不承認一個事實：自己在顧青心裡一點地位都沒有，他仰望夜空，使勁地嘲笑自己。

海生這一代幹部子弟是沒有故鄉的，或者說，故鄉就是大院。雖然大多數大院都在城市，但它們往往不屬於所在的城市，就像紫金城不屬於北京一樣。因此一個大院裡長大的孩子，相互間很有認同感。好比顧青，在他的心裡包含了童年，故鄉和一切美好的從前，他對顧青的愛幾乎是永恆的，亙古不變的。

可是顧青卻不給你面子！當他躺上了床，還在狠狠地自嘲。透過老虎窗，遙遠的星星在夜空裡經久不息地閃爍著，他突然感到了孤獨，感到這個世界並不愛他。他憂鬱地想，或許有一天，自己成了被蘭蘭遺棄的人，那怎麼辦？

「你和蘭蘭會分手嗎？」這個問題在心裡跳出過許多次，而「遺棄」這個詞，還是第一次出現，它的含義遠遠超過了分手，它意味著失敗、戴綠帽，或者對方根本不把你放在心上，他朝著星空送去一個苦笑，他拒絕去研究自己是否會被遺棄，那將使自己陷入絕境。

夏天來了，從夏天到秋天，海生和蘭蘭繼續著分居兩地的生活。盛夏時兩人去了趟青島，9 月底，蘭蘭來到上海過國慶日。生活表面上平靜而緩慢地流淌著。國慶日後，蘭蘭返回南京沒幾天，生活突然起了漣漪。

先是老爸告訴他，蘭蘭調動的事，上海方面的手續已經全部完成。80 年代要把一個人調進上海，其難度能用「工程」二字形容，既複雜又耗時，並且大部分以失敗告終。蘭蘭的調動，先由軍隊的幹部部門以解決軍人家屬夫妻分居兩地理由，向上海市人事局申請，再由上海市人事局撥出專門名額。看上去輕而易舉地一「撥」，卻是整個工程中最核心的環節。這個名額就是外地人進上海的「派司」，要搞到它，可謂難上加難，多少人為這張「派司」愁白了頭。當然，這種事對當梁袤書這個級別的官員不算難事。「派司」到手，剩下就是具體的接受單位，找個單位接受不難，問題是要找個好的接受單位，負責辦這事的人給于蘭蘭找了份家門口的工作，淮海路上某大學的圖書館，專業對口，工作輕鬆，離家又近，上下班的路上等於逛街。

「你呢，先去趟南京，和蘭蘭一塊找他們組織部門說一下情況，等你們說好了，上海方面再把調函發過去，免得調函到了他們不放人。」老爸清楚地交待他。

海生自然開心的不得了，總算盼到了這一天，此前他一直把這事壓著沒告訴蘭蘭，倒不是因為老媽告戒過他，他想給蘭蘭一個驚喜，誰叫她總是數落自己無能。

第二天，他去部裡請假，原以為很簡單的事，卻沒有批准，這可把他急死了。雖然梁袞書三個字已經過時，但海生多年養成的幹部子弟習氣卻不是那麼輕易能改的，他直接去找管這方面事務的副部長，問他為什麼不批假。在中國，這種事找上司，應該以「求」的方式，去「問」，不是擺錯了位置嗎。再加上這個副部長是新來的。最忌有人不把他當回事，表面上他對誰都客客氣氣，心裡卻另有一本賬。他從抽屜裡拿走一個本子，翻到某頁，一本正經地告訴他，梁參謀，你今年已經請了8次假，去掉了病假，僅事假就有五次，共39天。軍官條例規定：「夫妻分居兩地，每年可享受30天探親假，你超過9天，部裡已經對你非常照顧了。」

海生一看對方把軍官條例都搬出來了，那是要來真的，便強忍一口氣，裝作難為情地說：「不好意思，部長，我請假真正原因是我老婆懷孕了，要做人工流產，她家又不在南京，沒人照顧她。我不好意思寫在請假單上，都怪我沒說清楚，請領導再酌情考慮一下。」副部長知道他這話十有八、九是編出來的，馬上接著說：「行啊，你把醫院證明拿來，只要情況屬實，部裡當然會照顧你，特別情況嘛。」

海生前腳回到辦公室，張勝利後腳就過來悄悄地問他：「怎麼樣，批了嗎？」

「沒有，那傢伙跟我搬軍官條例呢。」海生把談話經過描述後，火氣很大地說：「他跟我來真的，好啊，我陪你玩。他以為我拿不出醫院證明，也不想想這種事怎麼難得到我。」

海生此話不假，這年代如果有神通廣大的人，就是這幫幹部子女了。海生一個電話打給麗娜，問她有沒有可靠的姐們在南京地方醫院上班？麗娜在那一頭說，有啊，原來也是總醫院的，剛剛轉業到鼓樓醫院，在婦產科上班。海生高興地在電話裡一拍大腿說，我找得就是婦產科。麗娜以為于蘭蘭要生孩子，便說，怎麼了，你那美若天仙的嬌妻，總算改邪歸正，要為你生兒育女了？

海生求人辦事，嘴上卻一點吃不得虧，說道：「停住，你可別毀了我們的美好生活。」接著，把事情的原委說了一遍。麗娜聽完了說：你小子也夠缺德，這種藉口你也想得出來。

這種藉口編得有些離譜，但是海生知道，部裡有人曾經為了回去和老婆團聚，編了老丈人死了的藉口去請假，比較起來，自己這是小巫見大巫。三天後，南京鼓樓醫院的證明寄來了，白紙黑字寫得清清楚楚：于蘭蘭，已懷孕，預產期明年6月。副部長這下沒輒了，說道：「你先回去上班，我和你們處長研究一下再定。」

下班之前，副部長把他叫了去說：「梁參謀，你請假的事經研究部裡同意了，但是最近處裡，部裡的工作很多，所以把你的假期放下個月。人流嘛，晚幾天做也沒關係。」

海生聽了，心裡涼了一半，趕緊說：「部長，這種事可不能拖啊。」

副部長裝模作樣地翻了翻日曆，然後說：「這樣吧，我再給你提前一點，下月2號到5號，週三至週六，再加一個週末，來回五天，這可是格外照顧你了。」

海生雖然最恨裝模作樣的人，也只能無奈地接受下來。

回家時，他覺得今天自行車格外重，半道上下來一看，原來後胎癟了，真他媽的倒楣，他推著車子走了近一站路，才發現一個修車攤子。

海生急著去南京，不僅是為了蘭蘭的調動，還有一件令他一日比一日憂心的事。也是幾天前，蘭蘭告訴他，她去拍電視劇了，只是一個小角色，一群女兵中的一個。早在夏天試鏡時，海生見過她穿軍裝試鏡的照片，絕對和當紅明星劉曉慶有的一比。他雖然不希望她去拍影視一類，可又不忍見她願望落空時的落寂，一個人獨自在南京生活的日子是很難熬的，所以，蘭蘭喜歡的事，他都不會阻攔。再說，當時只說是試鏡，還沒定用不用她，現在她真的進了攝製組，海生反倒日益不安起來。尤其是他想到一個人，蘭蘭的前男友，電視臺的大導演，也算他的朋友——周建國。他越想越覺得蘭蘭這次能去拍電視，和他有莫大的關係。他甚至搬了否定的否定，就是肯定的公式：蘭蘭要進電視劇組，除非她拍周建國手上的戲，否則，電視臺裡誰敢用她。

他一邊排隊等著修車，一邊生氣地想：等蘭蘭調到上海，我立刻打報告轉業！

（二）

在撕日曆的日子裡，時間總是過得很慢。撕到 10 月 23 日這一天，又發生了一件意料中的大事，許世友死了。

「昨天在南京去世的。」晚飯時梁袤書在飯桌上宣佈。

許司令、許老頭、老許，這一串稱呼曾是梁家經常提到的，那時候，他幾乎能左右梁家的興衰存亡，自從他去了廣州後，梁家似乎故意忘記了他。因為當時有一個盛行的說法，要不是許老頭，梁袤書早就高升了。這兩年，梁家飯桌上有關他的話題又多了，因為他已經成了歷史。

他的死訊並沒有令在坐的有太多的意外，正在往酒杯裡倒酒的滬生說：「這老頭子，一天喝一瓶茅台，能活到現在算是福氣。」劉延平則問：「什麼病？」「肝癌，肝腹水，據說死之前人漲得像個皮球。」從梁袤書的用詞裡，可以感覺到他並不悲哀，他是這張桌子上唯一可能悲哀，或者有權悲哀的人。

只和許老頭吃過一頓飯的小燕問：「肝癌死的時候是不是很痛？」

梁袤書歎了口氣說：「這個人不怕痛，只怕沒酒喝，我五月份去看他，他向我抱怨，所有的人都不許他喝酒，每天只允許他喝一小杯。」小燕聽完，掐了一下身邊的江峰：「儂曉得伐，男人都是不怕痛的，只有你最怕痛。」看著江峰齜牙咧嘴的樣子，又得意地去問海生：「你怎麼沒聲音了？他還教過你打拳呢。」

沒出聲的海生正在醞釀一個計畫，他問老爸：「你去參加追悼會嗎？」

「怎麼能不去，我看你也應該去，記得在大別山時，老頭子天一亮就教你打拳。」

海生心裡盤算的正是如何提前去南京。許老頭的追悼會是 10 月 31 日，只比部裡批給他的假期早幾天，只是他現在的心情恨不能立即見到蘭蘭，立即辦好調動手續，只有蘭蘭到了上海，這半年壓在他心裡的巨石才能卸去。

第二天上班，他先給大別山戰友郭叔叔打了個至關重要的電話，然後再找部領導請假，說是要陪老爸去南京參加許司令的追悼會。

坐在他對面的是頭髮早已白了的政委，一聽他要去參加追悼會，心想，部裡領導沒一個能去，你有什麼資格，沒門！回道：「小梁啊，你父親是你父親，你是你，治喪委員會的訃告信是發給你父親的，不是給你的，這個假不能批。」

辦公室裡張勝利見他面無表情地回來了，得意地說：「我早說過了，不是人人都有這個資格的。」

「那就不去唄。」海生認輸地坐下，實際上他早做好了不批的準備，剩下的就只能指望早上他打的那個電話了。

兩天後，部裡的收發室收到許世友治表辦公室寄給梁海生的訃告信，信上寫得清清楚楚：請於 10 月 31 日下午 1:30 分出席在南京軍區司令部大禮堂舉行的追悼大會。

又過了兩天，海生陪老爸到了南京。

海生把蘭蘭接來和老爸吃了頓晚飯。晚飯時，梁袤書順嘴就把海生瞞了許多天的消息告訴了蘭蘭：「這次回來，讓海生陪你把調動的事和你們單位說說，下個月調令就會來了。」

蘭蘭一臉茫然地問：「調那兒？」

「調上海啊。」海生趕緊告訴她大致情況，又對老爸解釋自己還沒來得及告訴她。蘭蘭聽了並沒有喜形於色，她完全可以雀躍不已，以前她是很願意這樣的，此刻，她只是矜持地「噢」了一聲。

「你們在哪拍電視劇呀？」梁袤書換了個話題問。

「現在是在攝影棚裡拍，攝影棚就在前線文工團大院裡。」

前線文工團大院，就是當年大名鼎鼎的衛崗小學舊址。

飯後，他倆很慶倖不需要陪老爸聊天，因為賓館裡住滿了和梁袤書一樣來參加追悼會的老革命。

回到大院，進了自己的小家，海生聞到一種塵封的氣味，家似乎十分沉寂，像個被遺忘的巢穴，所有的擺設，半年前是這樣，現在還是這樣，正所謂沒有移動，就沒有生命。海生幫蘭蘭換上拖鞋，再把她的皮鞋放到外面的走道上，回來時不停地用鼻子嗅著，他這副怪樣，引得蘭蘭問道：「你怎麼了，有什麼怪味嗎？」

「我希望能聞到肉香，可惜沒有。」海生做了個饞相說：「什麼味道都沒有，砧板上聞不出任何味道，你肯定許多天沒做飯了。」

「你不是不知道，我一個人從來不做飯的。」蘭蘭說著，張開雙臂，做了個抱抱的姿勢。

海生把她攬入懷中，在她那又翹又挺的小鼻子上親了又親，他沒有去佔有她抹了口紅的雙唇，要在以前，他才不管那雙唇上有沒有口紅，倆人見了面就咬，不知從何時起，倆人見面改成了輕輕地接觸，這不知算是激情消退，還是換一種遊戲方式，至少他知道自己的改變，是心裡多了些心事。

兩年多的婚姻，他知道自己為之瘋狂的蘭蘭，喜歡說謊，擅長表演，不在乎和男性走得很近，或許還有更出軌的行為，但是這一切都無法讓自己不愛她。當愛主宰了一個生命時，愛已經為它準備好了所有的藉口，好比暴君主宰世界時，世界已經為他準備好了永恆的讚美。

沒等到預想中的熱吻，蘭蘭睜開眼，明亮地雙眸裡充滿了可愛，她問：「你去那個大學看過嗎？」

蘭蘭總算露出了對調往上海的興趣，一直在等待的海生頓時答道:「去過，我還專門去了圖書館，它在一幢很漂亮的巴羅克建築裡，四周綠蔭環抱，非常安靜。裡面有借書部、閱覽室、資料室和書庫，借書和看書的人都不多，雖然比你們省圖小多了，但工作很輕鬆，如果我轉業能到這種地方工作，開心死了。」

「圖書館工作有什麼好開心的，好像你很有學問似的。」她撇著嘴說完，又問：「對了，我到上海後，我們可以不住家裡嗎？」

「為什麼，家裡有那麼多房子，不住幹麻？」海生先是被她問的一楞，便反問她，問完了，立即想到了原委，捋了捋她的秀髮說：「你放心，我老媽沒那麼可怕。」

「滬生和陸敏不是住在外面嗎？」

「那不一樣，他們結婚時，老爸在上海的房子還沒著落，滬生當時又是唯一的隨身子女，符合分房條件。」

「不說了，反正你笨死了，去幫我把電視打開。」蘭蘭離開了他的懷裡說。

海生起身去把蓋在電視上的細花布收起，打開電視後，坐回了沙發，想起一件事，問蘭蘭：「你買的大彩電呢？」

「買好了，還沒去提貨。」

夏天時，蘭蘭說有朋友給了她一個免稅進口彩電指標，她要用這個指標買一個松下 18 寸大彩電，這是時下中國最時髦的家電。海生把活期、死期所有能拿的錢都取出來，湊足 1700 元給了她，以至於夏天在青島，兩人每花一塊錢都得計算。

老式的黑白電視在跳動了多少次後，總算出現了穩定的圖像，但螢幕的顆粒很粗，還伴有討厭的「沙沙」聲。

「明天我幫你去把彩電拉回來吧，這個破電視怎麼看。」

「不要，我已經找人了。」蘭蘭生怕他會再獻殷勤，不容商量地說：「我把提貨單都給了他們了，他們會送來的。」

海生一看自己的馬屁拍到了馬腿上，一時語塞，只能悶悶地想她的「他們」是誰？兩人相依坐著，悶悶地看電視，雖說是肩靠著肩，但他能感到蘭蘭的肩是虛的，並不是實實在在地靠在自己的肩上，而他則感到了性欲在身上竄動並勃起。他化了九牛二虎之力，請了假趕回來，除了調動的事，還不是為了她的香吻和熱擁。剛才抱著她時，她溫馨的肉體令他感覺滿滿的，此刻，他反而不知如何是好。

他瞄了一眼蘭蘭，她正專注地看她的連續劇。她真是看電視嗎？無人，也無法可以回答。海生這會像個雙身人，一方面，他猜疑蘭蘭的每一個行為，另一方面，他渴望她的身體，渴望開始兩人床笫之間的遊戲。

「我累了，明天還要去攝影棚。」蘭蘭給了他一個上床的示意。如果海生沒理解錯，這並不是一個可以想入非非的示意。

他站起來說：「我給你去弄熱水。」

他們這個小家沒有浴缸，蘭蘭洗澡時將一個大木盆放在過道上，熱水倒進去後，人可以坐在盆裡泡著，雖然寒磣，也還湊合，麻煩的是洗完了澡，要把大木盆裡的水倒出去，海生不在家時，蘭蘭要分幾次先把大盆裡的水勺到鉛桶裡倒掉，然後才能搬動大木盆。對她來說，每天洗澡是件大工程，海生回來就省事多了，他連盆帶水一下就搬走了。

洗澡成了他倆性愛生活的前戲，蘭蘭每次洗完澡，總是濕淋淋地站在盆裡，叫他過去搭把手，方便她擦乾身體，這時候，海生立刻就變成了一頭餓狼，乘機手口並用，直到兩人墜入肉欲的世界裡。

所以，當蘭蘭一絲不掛地站在浴盆裡叫他時，他像上了膛的子彈，飛快地衝出去，先幫她擦乾了身子，在他的目光裡，蘭蘭的乳頭是堅硬的，這是個信號，他情不自禁地去撫摸，當她感到海生的寶貝硬梆梆地頂在她腰上時，她從輕吟中掙扎著說：「我例假來了。」

還是在戀愛之初，他倆曾在蘭蘭的例假期也有過愛愛，但在婚後，海生再沒有這樣做，因此蘭蘭一說，他心中未免大為掃興，不甘心地求她:「讓我吻吻。」蘭蘭遂將一隻光滑的玉腿翹在他的肩上，任他在自己的私處深舔淺吻。

這一夜可辛苦了海生的小弟弟，直到天明，它都昂首挺胸地佇在那。

蘭蘭像躲著它似的，一大早就起來了，她要趕著去東郊衛崗的攝製現場。半醒的海生在床上翻了個身，對著坐在鏡子前的她說：「人家前線文工團的人今天也要參加追悼會，你們還不停工？」

蘭蘭背對著他說：「前線的人去參加追悼會和我們沒關係。」

「那我們什麼時候去和你們領導談你調動的事？」

「明天吧，我請了假再說。」她說完便出了門。

隨著一陣關門、開鎖、推車子的響聲之後，屋裡屋外又歸於安靜。

（三）

海生一個人又昏沉沉地睡了一會，醒來時，已近中午，他趕緊洗洗弄弄衝到賓館和老爸碰頭，梁袤書見了他就說：「你再不來，我們就走了。」

許世友追悼會時間定於下午 3:00，為了防止耽擱，梁袤書一行人 1 點 30 分就離開了賓館。追悼會現場設在軍區大院正中央的大禮堂內，當梁袤書的車開到大院外的黃浦路與中山東路交叉路口時，已經無法前行。長長的車龍一直從大禮堂門前的停車場排到了中山東路上。這一公裡不到的路，他們磨蹭了 20 分鐘，還沒開進大院。

突然，海生看到在路旁指揮車輛的軍人中，有一個自己熟悉的身影，他連忙對老爸說：「我自己走進去。」便下了車，衝著那人走過去。

原來，此人正是海生當連長時的搭檔姚廣明。中越自衛反擊戰結束後沒多久，全團被減裁，姚廣明通過林志航的關係調到了軍區大院裡的機關事務管理局當上了車管助理員，專管車輛，是個肥差。

此刻，當他的肩膀被人扳轉180度，看清楚在最忙亂的時候，還跟自己搗蛋的何許人也時，他高興地差點跳了起來：「連長，怎麼是你！」

「我還問你呢，怎麼會在這兒？還當上指揮官了。」

以當年兩人的從屬關係，姚廣明用彙報的口吻把自己這幾年的變遷大略說了一遍，海生聽罷高興地說：「好啊，士別三日乃當刮目相看，你現在是軍區首長了。」

「什麼首長，是給首長管車輪子的。」姚廣明回到路沿，一邊指揮車輛進進出，一邊大聲地衝他說。

海生猛然想起一件事，也走到路沿問他：「你管車，可知道南京的部隊系統有幾輛『賓士』？」

「三輛，全在軍區，一個司令，兩個政委，三人每人一輛。你問這幹麻？」

「隨便問問，那麼副職配什麼車？」

「尼桑、皇冠都有，反正沒人坐吉普車了。許世友是最後一個坐吉普車的，他走了，就沒人坐了。」

海生問完，心裡久藏的疑問似乎又清晰了點。告別了姚廣明，他趕緊去大會現場。雖然他早已對軍隊生活心生厭惡，但他天性念舊，當然也不是懷念許世友，由於對文革的忌恨，他對一切高官皆有偏見，他來這是想看看當年那些大別山的叔叔阿姨們，那些當年給過他溫暖的人們。

陰鬱的天空下，灰色的大禮堂像個年邁的龐然大物，記得很小的時候，自己把所有的建築都視作會思想的怪物，尤其是灰色調的建築，它陳舊的膚色總讓人懷疑有鬼怪住在裡面。那時，他最喜歡的建築是自己住的大院裡，那幢淡黃色外牆，草綠色拱頂，中間有個大鐘樓的維多利亞式的建築。他有事沒事都喜歡在裡面遊蕩，童年的神話和幻想似乎都藏在那裡，後來，大院換了新主人，拆掉了中間的禮堂，把外牆刷成了灰色，海生曾用最難聽的語言在心底咒罵幹這事的人。

禮堂前的廣場和草坪上，已經站滿了前來悼念的人。儀式開始前的等待，正是熟人聚首的難得機會，甚至比儀式本身還忙碌，許多難得一見的熟人、故友，都能在這裡聚首相敘。海生在一簇簇人群中來回穿梭，始終沒有發現他要找的人，直到眾人相繼排隊準備進場時，他才在西南角兩棵大柏樹下的人叢中，發現了郭叔叔高大的身影。他激動地走過去，快到跟前時，又擔心自己是不是太冒失了，正猶豫著，人群中有人看見了他。

「小三子，快過來。」喊他的是當年許老頭的保健護士小徐阿姨，梁家沒有搬到上海時，她每年春節都會來拜年，所以一下就認出了他。

她一叫，把這一撥人的注意力都吸引過來，其中大多數是當年大別山許老頭落難時的隨從，除了郭叔叔，還有胡高參、高主任、王幹事、廚師老王、小王、駕駛員小夏諸人，要不是小徐阿姨引見，有幾個都認不出眼前這個年青軍官，就是當年跟在他們後面轉的梁老三。海生可全記得他們，恭恭敬敬將每個人問候一遍。

輪到老王師傅時，他一把揪住海生的耳朵說：「小三子，還記得當年吃蒸蛋的事嗎？吃得太多，坐在地上動不了，把陳院長嚇壞了。」王幹事接過來說：「還有啊，為了兩個月餅和老二打架，老頭子見了，一直罵老二不是好東西，欺負弟弟。」高主任則指著胡高參等人說：「別忘了，當年你們可都是他的手下敗將。」胡高參立即反擊說：「好像也包括你在內吧？」這麼多年了，他倆一見面就掐的習慣絲毫沒變。小徐阿姨經他們一提醒，拍著手說：「對了，你們還記得老頭子和小三子下棋吧，老頭子輸了發脾氣，急得李秘書叫來小林，把小三子騙去游泳，才天下太平，可惜老頭子現在不在了。」

「對了，李叔叔沒來？」見不到李秘書的身影，海生有些失望。

李秘書現在是瀋陽軍區副政委，自然不會出現在這幫人群裡，可是海生還是希望能見到他，畢竟當年他是這幫人的主心骨。

「別說他了，包括小林，當上了部長，也不和我們沾邊了。」小徐阿姨有些抱怨。

海生依稀記起，大別山後期時，老頭子覺得小徐阿姨和林叔叔過從甚密，讓李秘書警告林志航離小徐遠一點，只是他實在想不起這件事是以何種方式刮進自己耳朵的。

正當他胡思亂想，身邊的郭叔叔拍了拍他的肩膀說：「收到訃告信了嗎？」

海生經他一問趕緊說：「收到了，沒有你寄來的訃告信，我還來不了呢。」

眾人問他們怎麼回事，郭克林說：「老頭子過世第三天，小三子給我打電話，說是想來參加追悼會，擔心單位不批，讓我想辦法寄一封治喪委員會的訃告給他，有了這封信，單位就會批准他來。這個好辦啊，我請治喪辦公室給他寄了一張訃告信，問題就解決了。」

王幹事笑著說：「治喪辦公室沒問你這個人是誰？」

「問了，我說是許司令的隨從。」眾人一聽，哄地一聲樂開了。

這時天越來越陰沉，厚厚的雲層裡傳來隆隆的雷聲，廣場上排隊的人群開始往裡走，海生惶然地問：「我們也要排隊去嗎？」高主任儼然是這群人的總指揮，他鎮定地說：「別急，你跟著我們走，我們都屬於許司令身邊工作人員，最後進去。」

就在他們踩著哀樂走進禮堂時，四周狂風大作，豆瓣大的雨點驟然而降。

進入會場，肅穆的場景，滾滾的哀樂，立刻將人捲入沉痛的氣氛裡，海生和所有人一樣，將一朵小花別在胸前，雙手捧著軍帽，畢恭畢敬地跟著叔叔阿姨們，低頭緩緩而行，到了靈柩前，他揚起眉毛，悄悄地望過去，躺在花叢中的許世友還是一臉虎氣，威風凜凜的，和記憶中的老頭子一模一樣，永遠都是氣呼呼的，仿佛有生不完的氣。

他曾經想從心靈深處顛覆老頭子留給他的威嚴形象，也曾無數次在別人面前嘲笑他，然而此刻，面對這個已經離開人間，依然霸氣十足的漢子，心裡無法不敬畏。海生忽然覺得「反抗英雄」這四個字對許世友最貼切不過，他從一個世間最底層的農家少年，一路反一路抗，僅憑一身膽氣，成為站著讓人敬畏，躺著讓人敬仰的大英雄，這世上又有幾個人能與他爭鋒。

自古以來，人類就崇拜顛覆性的人物，因為人類自己太軟弱。

（四）

追悼會結束後，海生藉口要陪老爸，推辭了郭叔叔他們的聚餐活動，匆匆趕去賓館和老爸照了個面，然後買了許多菜趕回家，想給蘭蘭做一頓豐盛的晚餐。

等到蘭蘭到家時，他已經忙得七七八八了，一聽到她的自行車聲，迅速為她開了門。蘭蘭一進門便苦著臉說：「我累死了。」

「快去沙發上休息一會，我做了很多菜犒勞你。」

蘭蘭沒進房間，跟著他進了廚房，一看檯子上許多碗盤，高興地說：「這麼多菜啊，我現在就想吃。」

所有的男人幾乎都有一大賤，喜歡自己喜歡的人在自己面前發嗲。蘭蘭一發嗲，海生心裡的陰霾幾乎一掃而光。這頓飯，蘭蘭吃得是津津有味，不停地問他追悼會現場的事，海生乘她開心，提議吃過飯到葉琴家去玩，他實在害怕蘭蘭又要拉他去徐琪華家打牌。

「好呀，但是你要帶我，我騎不動車了。」

這個要求太合海生的意了，他巴不得蘭蘭坐在他身後抱著他，這曾是他倆愛情的經典畫面。

一進葉琴家門，蘭蘭就把調上海的事告訴了她，葉琴聽了好一番高興，怎麼說她也是上海人，再加上兩人好得如同姐妹，沒理由不高興。捎帶把海生也猛誇一通。「梁海生，都以為你沒本事，沒想到不吭不響就搞定，你總算把蘭蘭救出苦海了。」

誇完了，她猛地想起一件事，起身從牆角的畫夾裡找出一幅畫，那是張 8 開大小的素描，畫的是只穿了背心短褲的海生。這還是夏天從青島回來，海生與蘭蘭一塊到葉琴家玩時，葉琴給畫的。那天，他們四個一塊去莫愁湖划船，玩得興起，把鞋、褲子、衣服全弄濕了，回到葉琴家，誠誠找出自己的背心短褲讓他換上。兩人的身架差不多大小，可誠誠的背心穿在海生身上則繃得緊緊的，看著他光著腳，露出滿身的肌肉在客廳裡晃來晃去，葉琴對斜靠在沙發上的蘭蘭說：「喂，你家老公身材太好了，寬肩窄腰，上下比例勻稱，你看他從肩膀到胳膊，從胸脯到小腿肚子全是一塊塊肌肉，再看他的手，骨節收斂、手指修長，尤其是那雙腳，從足弓到腳趾的弧形非常完美。你別說，還真有些貴族味，你找到他真是福氣不淺。」

葉琴話才說完，蘭蘭跟著甩了一句話：「就是矮了 10 公分。」

這是蘭蘭常對海生說得口頭禪，但是，正忙著伺候兩個小姐的誠誠聽了，立即發聲：「虞美人（虞與于是諧音），你的打擊面太大了。」

海生當時也不惱，自顧自地欣賞完一雙手，再欣賞完一雙腳，他從來沒想過男人的腳還分什麼優劣，經葉琴一說，還信以為真。誠誠見兩個女人繼續自顧自聊天，不接他的話碴，便說：「葉琴，既然海生身材這麼好，你可以為他畫一幅。」

這話海生要聽，因為他們小家裡有一幅葉琴幾年前為蘭蘭畫的油畫，如果能給他也畫一幅，豈不正好。只是他一直不好意思開口，一是擔心自己長得醜陋，二是求別人做畫，總是不妥。

葉琴大致猜到海生心裡在想什麼，便說：「梁海生，你要是不擔心我把你畫成醜八怪，我就給你畫一張。」

「能讓葉大師動筆，真是三生有幸。」海生一激動，從椅子裡站起來，拽著身上的背心問：「我要把它脫了嗎？」

蘭蘭在一旁驚呼：「去你的！你一絲不掛想勾引人啊。」

誠誠則抽動著兩個酒窩，認真地說：「真要脫，你的肌肉還嫌少了些。」

葉琴此時已笑成了一團。

當天由於太晚，沒來得及完成，海生和蘭蘭就走了。今天見了海生，葉琴自然要拿給本人看看，海生不懂畫，喜孜孜地接過來，煞有介事地觀賞著，蘭蘭在一旁快速瞄了一眼，說道：「不錯，畫的比他本人好看。」

葉琴接過她的話說：「你家老公本來氣質不錯，眼睛是眼睛，鼻子是鼻子。」

海生記起了她這話的出處，抿嘴一笑，心想葉琴今天是怎麼了，也會「掉書袋」了。平日裡她從不誇男人的，即使偶而誇一下，也帶有施捨的味道，就像老師誇學生。像今天這樣誇他，還是頭一回。想到這，一個念頭飛快地掠過腦際，難道她也發現蘭蘭有什麼不對勁的地方？

回到家，剩下的節目和昨天一樣，所不同的是海生在心裡給自己安排了另一個節目。當蘭蘭坐進木盆洗澡時，海生去整理她的換洗衣物，順帶檢查了她丟進廢紙簍裡的月經紙，那上面一點血跡都沒有。

他明白自己的舉動從行為到目的很有些見不得人，但他無法抵制自己好奇的欲望，他太想印證一些推測。揭開面紗的過程總是刺激無比，至於面紗揭開後會怎麼樣，他沒想過。

然而，在看到那件穢物後，他不得不想了。

夜已深，鬧哄哄的城市又歸於寧靜。月光來了，站在窗外安撫那些不甯的心靈。床上，蘭蘭背對著海生，倦縮在他的懷裡，享受著入眠前的溫馨，就在睡意將要籠住床笫，她忽然翻了個身，問海生：「你老爸什麼時候回上海？」

「明天一早。」

「那他不等你一塊回去？」

「他碰到兩個也從上海來參加追悼會的老傢伙，說好了捎上他們，一路上講著他們的光榮歷史回上海，我要是和他們坐一輛車，還不給憋死啊。」

蘭蘭聽了一笑，趁勢把光溜溜的腿滑進了海生兩腿之間，恰好地貼住了他的小弟弟，這是蘭蘭要他的信號之一，只是很久沒用了。婚後常用的信號都是赤裸裸的，要不口吐淫詞，要不直接上手，還用什麼暗示。

海生放在她背上的手開始回應，輕輕地撫摸著她緞子般的脊背，蘭蘭沒有躲避他的撫摸，將頭埋在他的胸前，像只乖巧的小貓，自顧自歇息著。性欲的氣息開始迷漫在空中，海生嘗試著換個姿式，把腿緩緩地伸進蘭蘭的雙腿之間，正想往上移動，恰恰碰到蘭蘭私處和內褲間墊著的硬硬的月經紙，整個人恍如猛地撞上了冰冷的岩石上，先前所有的情欲嘎然而止。

他想起它是個謊言，也知道如果他乞求，蘭蘭會像從前一樣摘去它，為了他的乞求，再次施捨於他。

既然知道了真相，這事兒不僅沒了味道，甚至有些噁心。

蘭蘭感知到了他急遽的冷卻，一聲不吭地翻了個身，重新背對著他，沉沉睡去。海生馬上又默默地祈禱，但願自己的冷卻沒傷害到她的自尊和欲望。

月光不知何時消失了，或許它根本就是幻影。

這一夜，海生的思緒像噴泉一般湧個不停，一旦跨過了對那些紙的猜想，他就沒了退路，所有的思維都穿過了那噁心的東西，尋找藏在它後面的任何可能。

活的真實的人雖然很傻，亦有一個好處，用不著擔心自己有什麼把柄被別人捏住，也不用為修補自己的破綻而發愁。就好比海生，自己沒做虧心事，兩人又沒發生爭吵，蘭蘭玩得遊戲只剩下一種可能——移情別戀！他用了非常優雅的四個字來描述睡在身邊的人，儘管此時的優雅令他內心酸楚、苦澀，他始終對她沒有一絲一毫的恨意和咒意。

他曾經預想自己會被拋棄，並在結婚前就做好了離婚的準備，但當危機降臨時，他還是和一切俗氣的人一樣，陷入被拋棄的折磨中。

夜更深更靜了，世上唯一還能讓他感知的，是身邊的肉體那細細地吐納。他無法知道自己深愛的肉體，此刻是否和自己一樣，在一動不動中瘋狂地思索，他一直不相信美麗的肉體和靈魂是可以分割的，即使現在，他也無法想像一個美麗的肉體如何能安放一個格格不入的靈魂。他生活在優越的環境裡，也曾見識過這個世界的齷齪與醜陋，只是沒想到自己把人世間最高尚的愛負重于身時，這殘酷的世界一腳就將他踢入黑暗的深淵裡。

他在黑暗中凝視著她，黑夜是公平的，它抹平了美與醜的差異，讓一切在黑暗中歸於零。躲在夜色中，他把所有的可懷疑者懷疑了一遍後，又去猜測她出軌的原因，從兩地分居到老媽的排斥，再到文藝女孩的特性，最後又糾結到一個很自卑很刺人的揣摸上：是否自己在性生活上無法滿足蘭蘭！這個揣摸雖有些大膽，卻並沒有讓他汗顏，最終讓他出了一身冷汗的推測是：蘭蘭究竟有沒有真愛過他！

（五）

胡思亂想中，又一個清晨來臨了。當城市的喧鬧越來越逼近床畔時，兩人不得不裝作大夢初醒的樣子從床上爬起來。乘蘭蘭梳洗時，海生做了個簡單的早餐：泡飯、醬菜和上海帶來的糕點。心裡裝了大秘密的他同往常一樣侍候著他的愛人，他無法不關愛她，只要她還在自己的身邊，她就是自己在這個世界的全部。

蘭蘭坐下後飛快地說：「快點吃吧，吃完還要去單位呢。」她算是把早晨的問候和早餐的感謝都帶過了。

海生並沒有在意她的虛情，這次回來，蘭蘭處處表現出這種虛情。當初結婚時，海生曾在心裡發下誓，不管發生什麼事，他絕不對她生氣，迄今為止，他的確做到了。何況，海生是那種越逢大事，越冷靜的人，在心裡那大秘密沒解開之前，他不會做任何不理智的事。

蘭蘭的冷漠延續到跨進圖書館之前就消失了，一到圖書館，她就把海生的胳膊勾得緊緊的，心情愉快地和每個同事打招呼，海生則像個木偶，陪著她一起笑，笑到見了丁主任時，心情竟有了八、九分愉快。

蘭蘭把他丟給丁主任後，就去找幾天沒見面的徐琪華去了。海生和丁主任已經是無話不談的關係，他把蘭蘭調動的事，大致告訴了她。

「沒問題，人事科長跟我很熟的，文革的時候，我們一起被關在牛棚裡，是患難姐妹，我會告訴她怎麼做的。」

文革真是個好東西啊，海生在心裡讚歎著，嘴上則不忘求助她：「有一個關鍵問題，可能會影響蘭蘭的調動，是她檔案裡那份勞改的材料。」

這就是蘭蘭剛才離開的原因，她不願談那令自己尷尬的事。丁主任聽了，爽快地說：「你說吧，怎麼辦才行？」

「能不能不給他們看那份材料，你也知道，蘭蘭在這件事上完全是冤枉的。」

「你放心，圖書館上上下下都知道蘭蘭是冤枉的，我和她說說想辦法把材料抽掉。」

有了丁主任這句話，就等於吃下了定心丸，海生千謝萬謝地離開了。

「丁主任這個人真是沒說的。」見到蘭蘭，海生感慨地說。

「那自然。」蘭蘭心不在焉地一邊往臉上補妝一邊說。

高高興興的海生原本想和她一塊分享功下難題的喜悅，卻被她的冷淡噎得說不出話來。他們倆人永遠不會打嘴仗，原因很簡單，都不是吵架的人，男的不屑，女的呢，喜歡把心思藏在肚裡，讓男的去猜，去哄。只是這一次不一樣，海生無心再去哄她，早在天亮之前，他心裡就醞釀好了一個計畫，現在不管蘭蘭冷漠還是熱情，都為時已晚。海生所有的智商都開始為自己的計畫運轉。

兩人騎車路過鼓樓時，他叫住了蘭蘭說：「既然事情辦妥了，我就早點回上海，早點辦你調動的事。」按原計劃，海生還有兩天假期，現在突然提前要走，蘭蘭沒有絲毫不捨，立刻同意了。兩人將車子一拐，騎到火車票預售處，買了下午 1:00 南京往上海的車票。

從預售處出來，他們就近抄小路往家騎，海生猛然想起這條小路正是當年他和洪欣看完電影回家走的路，也是洪欣 17 歲那年，深夜下班回家被輪姦的地方。他看了眼並排騎車的蘭蘭，她應該也認識洪欣，兩人還在一起跳過舞，但不知為什麼，自己從來沒對她說過洪欣的事。

兩人騎到小路中段時，果真又響起了狗吠，嚇得蘭蘭一聲驚呼。相同的地段，相同的狗吠，那晚洪欣被嚇得舊病復發，兩人的情緣也因此嘎然而止，想不到今天鬼使神差又騎到這條路上！

到了家，兩人胡亂吃了點東西，就已經 12:00 點了。洗好碗筷，海生忙著收拾東西，蘭蘭則抱怨肚子不舒服，進了廁所。海生的東西很簡單，要不了一分鐘就整理好，然後坐在沙發裡等蘭蘭。從 7 年前海生做她的假男友開始，不論誰往返，相互間從沒斷過到車站接送，然而 5 分鐘過去了，蘭蘭還在廁所裡，他著急問她怎麼回事？

她隔著門說：「我肚子有些不舒服，要不你先走吧。」

海生終於有些生氣了，他拿起行李說了聲「再見」，便匆匆離開了家。

秋日的陽光穿過婆娑的樹影，灑在院牆內陳舊而又安靜的林蔭道上，大而美麗的梧桐葉，稀稀疏疏地落在路上，靜待生命的歸宿。這裡曾是小時候踢球、爬樹、捉知了、打雪仗的地方，每一棵斑駁的老樹，每一段陳舊的院牆，都有他熟悉的痕跡，平日里路過，他一定會去搜尋有著深刻記憶的痕跡，向那些無法感知的老朋友行注目禮，但是此刻，他行走在屬於自己的路上，竟有想哭的欲望。

到了車站，海生沒有剪票進站，而是去了退票窗口，退了票，他轉身走出車站，穿過花壇簇擁，人車嘈雜的車站廣場，走到碧波依舊的玄武湖旁，上了去梁州的遊船。這條路線是他最得意的私人訂制，萌發愛情時，他來過這裡獨自傾吐思戀，收穫愛情的季節，他曾攜愛人的手，徜徉在綠樹碧波之間，如今失戀了，這裡依然是他安撫心靈的一隅。

到了梁州，找了個面向湖水，遠離人跡的長椅坐下，整個午後，他就坐在那一動不動，也幾乎什麼都不想。當他決定把一切都弄清楚再離開南京後，思考對他來講已經不重要，重要的是等待行動的那一刻到來。他靜靜地，比湖水還靜地坐著，他不再思考蘭蘭是否背叛了他，為什麼背叛了他，他心中只有些許感慨，感慨自己熱烈的擁抱了一回世界後，又將獨自品味湖光山色。

天色暗了下來，風中有了涼意，發呆的人依然佔有著那把長椅發呆，不久，美麗的湖光山色在最後一抹晚霞的歎息中墜入黑暗，夜幕下，海生無息地離開了長椅，沿著湖堤，向著更黑的黑暗走去。

在男女交往的遊戲中，大部分男人是不動腦筋，只動情的。男人為性，女人為欲，古來如此。一旦男人動腦子，女人就要小心了。當女人的身體已經無法遮住男人的眼睛時，世界就將變得殘酷。

二十分鐘後，海生出現在大院裡，他走到自家門外，確定蘭蘭的自行車不在後，開門進去，打開房門的燈，一切和他午間離開時一模一樣，沒人收拾它們，再去察看廁所，發現抽水馬桶都沒顧得上衝。那麼急為了哪般？海生只能在心裡慘笑。他熄了燈，悄悄地退出家門，黑暗中打開自己的自行車，像個賊式地飛快騎出了大院。

他越騎心裡越毛，他沒想到蘭蘭走得比自己想像的遠得多。她歷來是被人追的，自己從不主動追別人，然而從今天下午的情景來看，她急於去投入某人的懷抱。海生殘留的自尊不想承認這個事實，還想找出其他的可能，但是，體內的荷爾蒙早已激動地發了狂。

他尋找的第一站是徐琪華家。家裡有人，因為燈是亮著的，他在樓下轉了一圈，沒看到蘭蘭的標誌物：小輪自行車。再走上樓去，一直走到徐家的單元外，貼著門偷聽，聽到裡面有徐琪華的大嗓門和高新明的應答聲，在確定沒蘭蘭的聲音後，他迅速下樓離去。

第二站是葉琴家。葉琴家在二樓，通向陽臺的落地門窗沒有拉上窗簾，只要站在陽臺外不遠的坡道上，就能看見客廳裡的動靜。他看到葉琴穿著長長的睡裙，一邊來回走著，一邊和坐在沙發裡看電視的誠誠聊著什麼，他們跟本不知道有個朋友來了又消失了。海生選擇徐葉兩家，是沒有選擇的選擇。他根本不知道蘭蘭的去向，只能先用排除法，也或許，在他心底，還存有一絲僥倖。

城南的鐵管巷，是一條碎石鋪的又細又長的古街，街上有一片市公安局的宿舍，張蘇和王向東的小家就藏在其中，在派出所工作的王向東一向下班很晚，此時已近 11 點，兩人才吃完晚飯，收拾收拾準備休息，忽然，門外響起了敲門聲，習慣了深夜有人敲門的王向東拉開門一看，竟是遠在上海的梁海生，他驚喜地向裡間喊：「張蘇，快來，看看誰來了。」張蘇穿了雙硬底拖鞋，走起路來踢踢踏踏，到了外間一看，捂著臉叫了起來：「我的乖乖，怎麼是你啊！」

張蘇的驚訝有兩層意思，第一層：你怎麼跑南京來了；第二層也是讓她最吃驚的：海生從來沒有來過他們家，這個院子裡新老樓房交錯，蓋滿了房子，又沒有門牌號碼，他是怎麼找到的？所以，她別的不問，先問他：「你是怎麼找到我們家的？這院子裡二百多戶人家，你也不怕敲錯了門。」

「這鐵管巷總不會有兩個公安局宿舍吧，我見人就問唄，找到院子就更好辦了，張局長家的千金只有一個，丁家橋派出所的王所長也不會有兩個。」海生坐下後神閒氣定地說。實際上，要不是逼急了，他才不會四處打聽，也不知騷擾了多少夜行人，才把他們家給挖出來。

王向東聽了海生恭維他們的話，心裡自然舒服，倒了杯熱茶放在他面前說：「我早說過，你來公安，肯定合適。」

「你以為人家都像你似的，幹這種沒出息的事。」海生還沒開口，張蘇就先替他回答了。

海生可不想小倆口為自己的事鬥嘴，趕緊打個岔問：「你們這套房有幾間？」

「就前後兩間，廁所、廚房都沒有，這裡原來是集體宿舍，沒配套設施，洗個碗都要跑到外面去。你看看這地面和門窗就知道了，品質一塌糊塗。」

海生四處打量了一番，果然，鐵制的門窗上，油漆早已脫落，一幅鏽跡斑斑的樣子，屋角放了一個盛滿水的大鉛桶，灰色的水泥地上到處是水漬。他開玩笑說：「局長的千金住這種地方是委屈了點，可是比起這城裡數十萬連一間房都沒有的小夫妻，也算不錯了。不過，感覺是陰森了些。」

「這是底樓，到了冬天，這房子能把人凍死。對了，你家的蘭蘭怎麼沒一塊來？」

張蘇從第一眼見到海生時，這個問題已經排隊等在嘴邊，只是這會才有空問，未曾想這一問，問出了令他們目瞪口呆的故事。

海生放下手中的茶杯，苦笑著看著他倆，然後一聲歎息：「她不見了。」

「你別嚇我，什麼叫不見了？」張蘇聽了，臉色都變了。

「別害怕，是她自己消失了。」海生衝她硬撐著一笑，然後把今天白天到晚上的經過和盤向他們端出。

「她一定是有別的人了。」王向東聽完便說，尤其是最後那個「了」字，說得十分肯定。他用不著擔心海生的感受，而張蘇則暗自替海生難受。

海生發現她用手碰了碰小王，便爽快地說：「小王說得不錯，她一定是有了外遇。」

儘管王向東已經是所長，但海生還是跟著張蘇稱他「小王」，他接著把心中相關的猜疑一一說給兩人聽。從賓士車、拍電視，徐琪華家的三人同床，直到偽裝例假期，統統倒了出來。他還是第一次如此徹底地盤點藏在心裡的疑問，以至於小王聽了直呼：「你老兄真能沉得住氣，出了這麼多事情，你也不急。」

「唉，誰想到她會走得這麼遠啊。當初和她結婚時，我對她說，過去的任何事我都不會放在心上，但是，今後你做任何事都要想著你是有家的人了。這才兩年時間，她變得也太快了。」說到這，海生強裝的從容終於從臉上消失了。

張蘇不敢想像平日高人一等的海生也有瀕臨崩潰的時候，看著他一臉疲憊，她關切地問：「你還沒有吃晚飯吧？」

「我現在哪有心思吃飯啊。」海生苦笑地答道。

張蘇連忙起身說：「家裡還有剩菜，你不嫌棄的話，我弄熱了你湊合著吃一些。」說罷，也不管他同意不同意，一邊從碗櫥裡往外搬東西，一邊叫王向東在房間中央架起一個煤油爐。點著後，張蘇放了個大砂鍋在爐上，不一會，香氣飄滿了全屋，海生饞得直咽口水。張蘇在桌上擺上了碗筷，順帶放了瓶上好的白酒，對王向東說：「批准你今晚陪海生喝一點。」

待兩個男人坐上了桌，張蘇才揭開了鍋蓋，裡面滿滿一鍋好東西，有帶皮的蹄膀肉、板栗、油豆腐和肥厚的青魚塊。

「這就是你們家的剩菜啊，也太高級點了吧。」見了這麼多好吃的，海生心情大好，正待動筷子，又覺不妥，說道：「我把你們明天的午飯給吃了，是吧？」

王向東斟上酒說：「你第一次來我們小家，沒東西招待你，已經夠不好意思了，你還客氣什麼。」

海生聽罷，心頭一熱，不再拖泥帶水，端起酒杯就和小王幹了。

酒過三巡，海生酒興大起，打開了話匣子，從東林死後，自己如何做蘭蘭的假男友說起，到他倆結婚來上海席蜜月，無意中透露出蘭蘭的遭遇後，自己如何來南京找她，直至最後瞞著家人結婚，詳詳細細說了一遍。張蘇和王向東聽得大眼瞪小眼，尤其是張蘇，因為如此精彩的故事裡有自己的身影，更是格外興奮。

她恍然地問海生：「原來當年你叫我陪你去醫院，就是因為她帶著十幾處刀傷，跑到大院去找你啊？」她原想說，這個女人太有心計了，話到嘴邊又收了回來，畢竟他倆現在還是夫妻。

她改口問道：「我問你，于蘭蘭在你們眼裡真那麼有吸引力嗎？我看你們男的一個個都被她迷得神魂顛倒的。」

「那也不見得，我覺得就是漂亮點，其他方面很一般。」王向東用聲明的口氣說。張蘇沒理會他，她要聽海生的回答，這個問題在她心裡估計是存放多年的陳年老窖了。

海生假裝優雅地摸了摸鼻子，自從幾年前看了格裡高裡在《羅馬假日》裡摸鼻子的動作，時不時地也摸一回。然後說：「論長相，蘭蘭也許還沒有顧青漂亮，但是她非常性感，性感是比美貌更能讓男人瘋狂的春藥。」

過了三更，還是這間屋子，屋裡的煤油味，還沒有散盡，只是中間原來放煤油爐的位置，換成了由四張椅子支撐的臨時床鋪，床上躺著海生。他和王向東喝罷酒已是子夜，他不想回到那被稱為「家」的地方睡覺，張、王二人便在房中擺上夏日用的竹床，鋪上厚厚的床墊，讓他將就睡一晚。

乘著酒意，他很快就睡著了，但是很快又醒了。這一醒，卻是分外清醒。和張蘇、小王聊了半宿，突然覺得許多事情在心裡明朗起來。或者說，它們原本就很明朗，只是自己被「一葉障目」了，他開始嘲笑自己的愚笨，轉而又被內心的不甘否認了，自己和自己爭執了一個時辰，得出個中性結論：愛上了一個不該愛的人。

竹床在他的輾轉不安中發出「吱吱」地響聲，鬆軟的床、寧靜的夜，徹底放鬆的身體，他終於去想那個自己最想知道同時又是最恐懼的事：此刻蘭蘭躺在誰家的床上，伏在誰的懷裡，或者，誰趴在了她的身上……。想到這，那寶貝兒硬挺挺地打了個顫兒，他用手撫摸了一下，又憤怒地埋怨它：這麼丟人的事，你也跟著瞎興奮！

遠遠地，不知誰家的雄雞在打啼，啼聲將了時，竟像死之前的哭嚎。

（六）

深秋的東郊，又是一年景色最迷人的季節，五彩的秋葉延著透迤的山麓，一直覆蓋到中山門下，小時候，在衛崗上學時，每逢往返學校，海生記憶最深的就是當校車穿過雄偉如城堡的中山門後，必要爬一個很大的坡，每當爬到一半時，龐大的校車都會停一下換檔，有時還會往後滑，這時，他總會死死盯著後面陡峭的大坡，猜想車子會不會倒滑下去，滑歪了會不會翻進路邊深深的排水溝裡，然後……。結果，從沒發生過那樣的事。

當然，他最佩服的還是那些騎著車從大坡頂上飛速衝下來的人，要知道，如此高速，車輪哪怕磕在一塊小石頭上，也很可能車毀人亡，所以大多數人把車推到平坦一些的路段才騎行。

到了坡頂上，有座坐北朝南的門樓，那就是衛崗小學的大門，現在，這裡的主人是前線文工團。午後，穿著警服，戴著大簷帽的海生，出現在離大門不遠的茶水攤上。這套行頭，自然是從王向東那兒借來的，穿著還挺像回事的。

他要了杯茶，選了個僻靜的位置坐下，神色悠然地望著前方的景色。前方有前線文工團的大門，公共汽車站和進出大門的人，車站候車的人全在他的視線裡。他坐在那一動不動地耗著，茶水攤的主人是個老大爺，見這個員警一聲不吭地坐了一個時辰，猜他一定在執行任務，便也不去打擾他。

在需要的時候，海生會變成一隻獵豹，對獵物有超強的耐心和專注，不達目的決不甘休。這時，一隻一歲大小的白貓磨磨蹭蹭地蹓躂到他身邊，不時地朝他望一下，叫一聲。哄貓是他年幼時的拿手好戲，他認真地回憶了一下，從 15 歲後，就對貓沒了興趣，再也沒哄過，逗過貓。他俯下身子，攤開掌心，小白貓以為有什麼好處給它，便依偎過來，海生乘機去捋它的脖子。小白貓很乾淨，全身通白，很是可愛，眼睛居然是藍寶石的那種，它沒有得到想吃的東西，卻也不逃，安靜地讓他撫摸。他由此想起了洪欣，聽張蘇說，她已經結婚了，嫁給了一個高幹子弟，她媽媽，潘姨的願望總算如願以償了。

「這是你養的貓？真乖。」他問攤主，對方點點頭。

隔了一會，頭髮花白的攤主很有滄桑味地說：「貓通人性，這年月人有時還不如貓呢。」

他陡然想起小時候自己虐貓的經歷，有一次，貓在他的床上撒了一泡尿，臭味自然令他抓狂，貓知道自己闖了禍，躲得不知去向，他忍著氣，拿了一小塊魚，好不容易把貓哄到手，抓著它就從三樓窗戶扔了出去，它居然沒死，外面轉了一圈回來居然還圍著他打轉。

喜歡貓的有幾個沒打過貓呢？

太陽偏西的時候，大門口和車站上的人多了起來，有放了學背著書包回家的孩子，有行色匆匆的下班族，還有疲憊地站在車站上候車的各色人等。海生身形未動，兩眼卻是緊張地盯著每個出現在視野裡的人。

蘭蘭是不是在文工團裡拍戲，什麼時候收工，他一概都不知道，但是他必須找到她，從昨天到今天，被這信念刺激起來的荷爾蒙就沒消停過。

就在這時，一輛黑色的轎車從裡面駛出，他的視線立即被吸引了過去，直到轎車從面前駛過，確定是輛尼桑後，他才鬆了一口氣。他沒坐過賓士，但是，賓士車頭上那個引人注目的標誌，他還是知道的。

不知不覺，他已經在這坐了近四小時，天色說暗就暗了下來，前方山坳裡的樹木，剛才還清晰可見，現在已是漆黑一片。不知什麼時候，公共汽車站裡多了群嘰嘰喳喳的女孩子，忽然，混雜的聲音裡有個熟悉的笑聲傳入耳中，那是蘭蘭的聲音！他一邊責備著自己的疏忽，一邊試圖從綽約的人群中找出她的身影，就在這時，公共汽車來了。混亂的上下轉換後，候車的人全上了車，他還是沒能確定蘭蘭的身影，當公車駛過他面前時，他依然無法證實蘭蘭就在車上，但那個笑聲是絕對不會錯的，他敢緊取了車，慢慢地跟了上去。

他原以為用自行車跟蹤公共汽車並不難，平常他在大街上騎車，鮮有公共汽車比他快的，可是到了今天這麼關鍵時候，事情並不像他想的如此簡單。第一個考驗他的，就是眼前的南京第一大坡。

暮色中，又長又陡的坡道如同一條灰色的帶子，沒入下面黑黝黝的樹林裡。他把大簷帽的帶子套在脖上，眼瞅著那輛公車已經開到大坡的一半，深深地吸了口氣，蹬起車往下衝。車輪很快地飛轉起來，馱著他發瘋般直衝而下，強大的氣流「嗚嗚」地從耳邊刮過，身上的警服被風撐得鼓鼓的，對自行車速來說，這算得上極速了，也稱得上騎車者的最高境界。膽小的此時若想剎車減速，總會連人帶車摔得頭破血流。

在呼嘯中，海生死盯著若明若暗的前方，穩穩地抓住車把，筆直地衝入坡底，正好趕上那輛公車，這才把一直憋在喉嚨眼的那口氣給吐出來。

這輛班車的終點站是漢府街，他緊跟它進了中山門，過了軍區總醫院，逸仙橋，一個個都是他熟得不能再熟的地標建築，可眼下，他連看一眼的心思都沒有，拼命地追著那即將消失的車燈。當他氣喘吁吁地騎到終點站，總算看到了已經下車的于蘭蘭，一塊乘車的女伴們已經各奔東西，只有她孤身一人，穿了件他在上海給她買的淡藍色皮夾克，正等著過馬路，海生一眼就把她從人群中認出來。

蘭蘭過了馬路，直接往太平路方向走，開往回家方向的 3 路汽車站，正好在這條路上，看樣子，她是要上 3 路公車，難道她是回家？海生跟在她後面邊騎邊想。果然，蘭蘭到了 3 路車站停下等車，她恐怕作夢也沒想到自己的丈夫會偷偷摸摸地跟在身後，而他也未曾想到，有一天他會用這樣的方式對付曾經發誓要保護一輩子的人。不一會，車來了，盯著那件藍色皮夾克上了車，他便先行往前騎去。

當華燈亮起時，公車停在了大院外的車站上，海生費盡力氣趕上來，幾經核實蘭蘭沒有下車，又去拼命追趕公車。此時汗水已將所有的衣服都濕透了，兩條腿早已超過了運動極限，卻絲毫感覺不到酸楚，只管拼命地去蹬車輪子，此時的他就像一條瘋狗，死咬著前方的車不放。

隨後的幾站，都沒有蘭蘭下車的身影，當他趕到寧海路終點站，公車早已到站，車上的人正在四散走開，他不敢靠得太近，生怕被蘭蘭認出，只能站在遠處的黑暗裡，逐一查證四散的乘客。車上的人走光了，還是沒有蘭蘭，他開始懷疑自己跟丟了蘭蘭，正在懊惱之際，車尾方向一男一女各自推了一輛車從黑暗裡走出來。男的看不清是誰，女的身姿告訴了他，是蘭蘭！

大多數人此生恐怕永遠體會不到心跳出來的感覺能誇張到什麼程度，但海生此時最真實地感受到了心跳到嗓子眼的滋味，它緊緊地堵住了咽喉，無法吞咽，無法喘息，血壓在飆升，身體在緊縮，大腦一片空白。

順著寧海路進去，就是令人羨慕的頤和路高幹區，這裡面縱橫數十條馬路，數百幢花園洋房，住的全是有權有勢的人物，其中以軍隊高幹最多。蘭蘭和那男的推著車，有說有笑地走在高牆林立，樹木成排，人跡稀少的馬路中間，跟著後面的海生始終猜不出那男的是誰，聽聲音，他操著南京幹部子弟腔調，卻毫無印象，只能證實他不是自己的熟人。

兩人拐了個彎，走上另一條相類似的馬路，快到下一個路口時，走進了一個院子裡。這一帶是個三角區域，處在高幹區的邊緣，原來是個獨立的軍隊家屬大院，海生幼時來過，大門不開在這邊，開在另一條馬路上。不知何時起，這個角落被割成一個單獨的院子，裡面新砌了一棟三層的公寓房，海生數了數，每層樓面不到十間房，這樣的樓絕不可能住一家人，因為太大。如果住了幾家人，要找到蘭蘭豈不是太難。海生站在牆外，只能看到二樓和三樓，所幸，2樓有一邊的窗戶突然亮了，一定是剛進去的他倆開的，他心想。接著，從一間看似廚房的窗戶裡隱約傳來蘭蘭和那個男人的說話聲，在確定無誤後，他繞到了另一條馬路上，大搖大擺走進原先和這個獨院連在一起的大院裡。這是個家屬院，沒有當兵的站崗，只有一個看門的，小時候他進來找同學，也是大搖大擺進出的，何況，今晚還穿了身警服。

進了大院，沿著一條1米多寬的水泥小道，可以直接走到這兩個院子的隔牆邊。由於水泥小道的路基很高，站在這兒連對面院子的一樓房間裡的擺設都看得清清楚楚，海生迅速把院子裡的佈局和進去的路徑在腦子裡翻拍下來。

有路的地方就有人住，這條水泥小道當然不是給圍牆修的，而是給靠牆的一排老式平房修的，就在海生踩點時，平房的一扇門開了，出來一個老者，慢騰騰地向他走來，昏暗中可以看見他穿著件老式的軍裝，老人走到近處，見海生穿著警服，便說：「哦，員警同志，有什麼事嗎？」

海生知道這個大院裡住的都是團級以下幹部，並且大多是離退休的，不用擔心突然跑出個大首長來，於是不慌不忙地問：「老同志，你知道對面院子裡住得什麼人嗎？」

老人認為員警來打聽的事，一定不會是小事，便興致勃勃地問：「你要找哪一家？」

「二樓，現在亮著燈的。」

「那是軍區胡政委家的，二樓一共有兩套，全被他兩個兒子占了。」

憑一個「占」字，海生就知道老人肚裡有怨氣，他回頭看看老人的住房，那是一排簡易的平房，每個門裡估計只有兩間房，也不會有完整的配套設施，再看老人的年齡，怎麼也是 1949 年 10 月 1 日以前參加革命的，和胡家兩個兒子的住所一比，當然有氣。便問他：「聽說胡政委家有兩個兒子，你知道亮燈的這邊住的是老大還是老二？」

「老二，叫胡小平，這個兒子會打老婆，從搬進來就沒太平過，據說正鬧離婚呢。」老人雖然身居陋室，卻不願讓人覺得孤陋寡聞。

海生重返鐵管巷時，張蘇和小王正等著呢，他一進門，兩人不約而同地問：「找到了嗎？」聽海生說找到了，知道必有精彩故事，兩人像打了興奮劑似的，一個給他端茶倒水，一個問他餓不餓。海生見他倆圍著自己團團轉，悽慘的內心為之一暖，直言不諱地說：「她和一個男的在一起。」

一個妻子不和自己的老公在一起，而和另一個男人在一起，這已經夠刺激，但也夠傷心，張蘇急於想知道更多，卻不得不小心地說：「那男的是誰？」

「胡小平。」

「胡小平是誰？」張蘇看得出，海生在說這個名字時，冷靜地可怕。

「胡小平你都不知道，胡平的兒子。」王向東顯然對高幹家譜非常熟悉。

「你是怎麼看到他們倆在一起的？」張蘇一聽是胡平的兒子，眼睛瞪得更大。

海生突然發現自己和昨晚一樣，又要開始講故事，勉強一笑後，把今天午後到傍晚這段時間裡發生的事，詳細地說了一遍。

「其實，我早就懷疑可能是他，我曾經警告過她不許和這個人來往，沒想到……。」說完海生已是滿腹的苦楚。

「這個于蘭蘭，真是身在福中不知福。」張蘇由衷地歎了口氣。

王向東則惺惺相惜地說：「你太厲害了，一個人從衛崗用自行車跟汽車，一直跟到寧海路，等於穿過整個南京市。」

海生還他一絲苦笑說：「我當時人像是瘋了，生怕跟丟了，拼了命地追，要在平時，早就放棄了。你們不知道，到現在我的衣服還是濕的。」說完，他脫下警服，向他們展示濕透的衣衫。

張蘇見了，立馬起身取了燒水壺說：「我給你燒熱水去，先洗澡再吃飯。」其實，她是頂不住就要湧出的眼淚。

海生滿是感激地看著張蘇出去，對王向東說：「小王，太感謝你們了，要不是有你們，我都不知道該怎麼辦好。」

「別說客氣話，我們還分什麼你我，這都是我們應該做的。」

小王這句話，本是世間再普通不過的客氣話，此時海生聽了，差點掉下眼淚來，他最討厭在別人面前拍胸脯，卻也激動地說了句俗的不得了俗話：「將來有什麼事，我梁海生保證隨叫隨到。」

小王搖了搖頭說：「接下來，你準備怎麼辦？」

「正想請你們幫忙。我想這事不能耽擱，今夜就去胡小平家，過了今天，也許就失去機會了。」

剛剛把水燒上，回到屋裡的張蘇聽了，面帶笑容地說：「你保證你想好了，不要事後再後悔，又和她和好，弄得我們裡外不是人。」她心裡確實有一種預感，這兩個人說不定哪一天又愛得你死我活的。

海生窘迫地答道：「你放心吧，雖然我心裡永遠不會恨她，但是從今以後，我和她不可能再做夫妻，更何況，我不會放過那個混蛋胡小平的。」

其實，在進門之前，海生已經想好今晚的行動計畫，他需要幫手，首選當然是王向東，如果不行，他就去叫朝陽。小王二話沒說就答應了，並且叫他等一下，他再去找個幫手來。

海生洗完了澡，張蘇這邊飯菜也上了桌。她正向海生抱怨王向東遲遲不回，小王回來了，還帶來一個人。此人姓馬，名裕宏，長得又黑又高，外號「黑馬」。

「小馬在市刑警隊上班，和我是多年的兄弟。」王向東把他倆相互介紹後接著說：「為什麼叫上小馬呢，有個最大的好處，他剛剛遞了辭職報告，只要市局一批，他就去深圳投奔他姐姐姐夫做生意。所以，萬一今晚有什麼事，也不會影響他的前途。」

「梁哥你放心，」馬裕宏爽快地說：「王所已經把你的事都和我說了，即使不去深圳，這個忙也會幫的。」馬裕宏也是幹部家庭出身，身上少不了那種「匪氣」。

海生趕緊借花獻佛，拿了張蘇家的酒和馬裕宏對了三杯，隨後把自己的計畫告訴各位。

「我看過了，進胡小平住的這個院子很容易，它和隔壁的大院之間只隔一道矮牆，一翻就過去了，而隔壁大院的大門沒人管，進出方便。胡小平住的這個院子只有一棟樓，三層，每層2戶，共6戶，樓下的大門也是不關的，唯一的麻煩是如何進胡小平家。這個計畫的核心是捉姦，所以要保證在沒有掌握現場證據之前，不要驚動他們。如果撬門進去，動靜太大，隔壁住的是他哥哥，弄不好惹出大麻煩。我想從2樓的陽臺進去比較容易，只需敲掉一小塊玻璃就行了。」海生拿著小酒杯比劃著說：「你們呢，就幫我在周圍站崗，

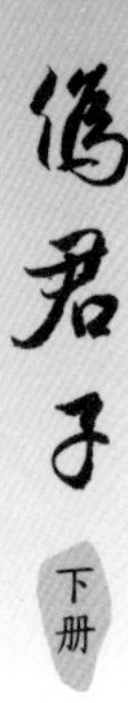

一有情況就通知我。」

張蘇打斷地說：「你一個人進去不行，萬一那傢伙有槍呢。」

「那好啊，我正好可以借機把他揍個半死。」海生今晚赴湯蹈火，多半是要動手的，他握著拳頭把胡小平從小到大諸多惡行悉數說給三人聽。

一直沒吭聲的王向東此時說：「你進去後，先把他家大門打開，小馬在外面把門，我陪你進去，否則你在裡面，我們不放心。」

「行，開了大門，撤退起來也方便。但是，別忘了于蘭蘭是認識小王的，萬一她認出來，告訴胡小平，胡家到時候找你們麻煩了，我看，小王進去後就藏在暗處，我一個人對付得了。」海生已經把蘭蘭的姓加在了她的名字前面。

「還有我呢，我也要去。」張蘇眼見的他們討論中沒提她，著急地說。

這麼精彩的大戲，誰願意錯過呢？包括海生，此刻早已把撕心裂肺的痛擱到了一邊。

（七）

午夜時分，四個人出發了。按計劃，所有人都不穿制服，海生換上件和蘭蘭一起買的褐色皮夾克，從鏡子裡看，比一身綠皮神氣多了，他臉上帶著一絲冷笑說：「胡小平，你等吧。」

到了地，整幢樓的住戶沒有一盞亮燈，只有底樓的入口還有一盞昏暗的燈在瑟瑟秋風中顫抖著。黑夜，永遠是恐懼的製造者，海生縮了縮脖子說：「說實話，沒有你們三個在身邊，我還不敢進去呢，這院子感覺陰森森的。」

「別瞎說，我被你說的汗毛都豎起來了。」張蘇說完，就往三個人中間移動。

海生讓他們夫妻倆待在原地，自己和小馬繞道進入隔壁大院，翻過矮牆，輕輕打開院門，放他倆進來。

在樓房的自行車棚裡，海生找到了蘭蘭的小輪自行車，經過十年風雨，它早已斑駁，毫不起眼地擠壓在一排車子裡，他指給三人看，證實她還在這裡。

上了二樓，海生用電筒照亮了左手的門，示意這就是胡小平的家，幹刑警的小馬用帶來的工具試了試，無奈地聳了聳肩。

四個人退到外面，確定用海生的方案。張蘇留在馬路上放哨，三個男人來到陽臺下，一看，要想上去並不難，三人爭執了一下，還是海生占了先，由身高馬大的小馬做人梯，海生踩在他的肩膀上，貼著牆壁，輕鬆就翻上了陽臺。他用電筒從玻璃外照進去，裡面果然是間客廳，玻璃門的鑰匙就插在裡面的門把上，他用膠布貼在靠近門把的玻璃上，再用手中鉗子使勁一頂，玻璃就裂開了。

打開陽臺門，一隻腳剛跨進去，海生的心忽然無法抑制地劇烈顫動起來，在他人的屋裡，靜靜地空間，他嗅到了那非常熟悉的體味，他想移動，腿卻在打哆嗦，費了好大的力氣，才走到門口，打開了門，王、馬二人早已等候在那，三人閃進了最靠門口的廚房裡，海生終於頂不住了，央求道：「快扶我一把，我不行了。」

王、馬二人趕緊把他扶住，海生此時已癱如爛泥，他倆差點架不住他，海生伏在兩人的肩上，足足過了兩分鐘才緩過神來。

「你行嗎？」兩人擔心地問他。

「現在沒事了，剛才也不知怎麼回事，緊張的無法控制自己。」

海生也算是什麼時候場面都經歷過的人，以他的膽子，原不致於那麼緊張，只是剛才一進屋，立即聞到了蘭蘭身上特有的體味，他曾在這迷人的體味裡欲生欲死，瘋狂地作愛，此刻，這體味令大腦預知他即將做出的行為，將是驚心動魄的，這超前的逆興奮，使他短暫失去了對身體的控制。

還過神的海生在黑暗裡昂起頭，他已經別無選擇，如果他今夜是一個人闖入，也許他還有機會選擇要不要去打開那扇房門，但是，當著別人的面，你無法猶豫和退卻，你必須把勇敢展示給別人。

他叮囑兩人在原地別動，自己轉身走入更黑的黑暗中。

這套房子一進門是個大廳，廳的另一側的通道兩邊各有兩間房，共四房。他躡手躡腳走過去，輕輕擰開前兩扇門，一間是書房，一間是雜物間，當他擰開了第三扇門，她的氣味撲面而來。他大著膽子將電筒對著天花板打開，從折射下來的光中看到床上只有一個人在酣睡，那人是蘭蘭！約有千分之一秒的瞬間，他閃過一個近似釋然的念頭，但立刻被否定了，因為它沒有理由存在。他退出房間，輕輕關好門，當他企圖去開第四個房門時，門從裡面反鎖上了。

退回廚房，王、馬二人察覺到他的神情有些不對，聽他說完，都不免沉吟起來。

「你們說，他們為什麼不在一間房子裡呢？」海生雖已不抱任何幻想，但剛才冒出的那個念頭，卻在心底留下了印記，幻想有時就這樣捉弄人。

「有很多夫妻是分房睡的。」小馬說。

眼前這兩個人可能嗎？海生和王向東同時想到。

夫妻能分房睡，必須要有多餘的房間，全中國 10 億人，有這種條件的人太少了，難道胡小平會是正好有這個條件，同時又有這個怪癖的人？

這時，王向東開口說道：「還有一個問題，就算他喜歡單獨睡，為什麼要把門反插上，他在防誰呢？」

三個人心裡同時想到了一個美好的故事：一個女人到一個男人家做客，夜深了，男的擔心女的回家路上有危險，便留她住宿，為了防止男女授受不清，男的便將自己的門反鎖上了。

這一次用不著躡手躡腳了，他邁著大步走進了蘭蘭睡覺的房間，伸手打開了燈，對著還在睡夢裡的蘭蘭殘酷地說：「起來了，蘭蘭！」那口氣冷得不能再冷，陌生得不能再陌生，比他當小連長時的發號施令還要堅硬。

睡得正香的蘭蘭，再也想不到叫醒自己的是海生，當她看清站在自己面前的是誰後，竟一句話也說不出來。

「起來吧。」看著床上地下凌亂的男人女人的衣物，海生再次冷冷地催促。

當蘭蘭起身穿衣服時，他走出了房間，他不想看她赤身裸體的樣子。他走到最後一間反鎖的房門，用力敲了敲門，稍傾，裡面傳來了沙啞的公雞嗓子：「誰呀？」有人應答，海生就定心了，他很威嚴地說：「是我，你給我快點滾出來！」

回到另一個房間，蘭蘭已經穿好了衣服，坐在床邊，見了他，雖然很膽怯，卻不甘心地問：「你怎麼會到這裡來的？」

「我為什麼不能來？」他一邊沒好氣地反問，一邊漫不經心地在房間裡搜尋他想要的物證。他意識到，兩個人沒有捉姦在床，如果再沒有物證，這事不好辦。他瞭解蘭蘭，做完那事從不上衛生間去清潔，總是用手紙擦拭陰道裡淌出來的穢物，然後隨手就丟在地上。果然，他在床的另一邊的地上，看到了丟棄的毛巾和衛生紙。

這時，隔壁的門開了，胡小平探出半個身子問：「你們是誰？」

海生丟下「別動」兩個字給蘭蘭，快步走出去，對只穿了件睡衣的胡小平說：「是我，梁海生。」

胡小平本來還有些乖戾，一見從天而降的梁海生，那張三角臉一下就變成了哭喪臉，結結巴巴地說：「你，你是怎麼進來的？」

「這個不重要。」平日裡說話總帶三分笑的海生，一旦板下臉來，聲音裡充滿了不容置疑的威嚴，誰聽了心裡都發毛。他一伸手揪住了胡小平的衣領，說：「重要的是我已經來了，而且還抓到了你。」

早在衛崗小學，胡小平就以賴皮出名，這些年別的本事沒學會，賴皮的本事見長。他見遠處黑洞洞的客廳裡還站著個大塊頭，摸不清家裡來了多少人，第一個反應可能要受皮肉之苦，忙不迭地開始求饒：「有話好說，有話好說。」

海生和胡小平之間的較量，于蘭蘭全聽到了，又看見他連拉帶拽把胡小平押進了書房裡，心裡害怕極了。海生雖然從沒對她發過火，但她見過他對別人發火的樣子，凶得可以把對方吃下去。所以，當海生返回房間時，她坐在床沿不敢動，也不敢吭聲，更不敢看他。

海生盯著她看了足足有十秒，突然什麼也不想問了，一揮手說：「你回去吧。」

世界上有許多事，做得出卻說不出，更問不出。

蘭蘭像死囚接到大赦令似的，拿起自己的包就往外走，路過書房時連頭都沒抬。胡小平見她的身影一晃而過，欲張口，又瞥見站在房門人高馬大的馬裕宏，嚇得又把話咽回去。蘭蘭下了樓，又轉身回來，對攔住她的小馬說：「能不能找個人陪我回去？」

見她一副怯生生的模樣，小馬對海生說：「我送她回去吧？」

兩個人離開後，王向東從黑暗裡走出來，海生小聲對他說：「你來審他，我去找找有什麼證據。」說罷進了胡小平的睡房，床上床下搜了一遍，一無所獲，還是回到蘭蘭睡覺的房間，檢起地上丟棄的毛巾、衛生紙，確定上面有交媾的排泄物後，小心包好，放入衣架上掛著的一個時髦的包裡。

忽然，他的目光停留在桌上那台大彩電上，吸引他的不是彩電本身，而是它邊上放彩電的紙盒，紙盒上醒目的松下電視標牌提醒了他，在紙盒裡一陣亂翻後，果然找到一張免稅店的發票，他斷定這就是蘭蘭拿了他所有積蓄去買的那台彩電。

把自己送給她的彩電放在偷情的男人家裡，可見她和胡小平的關係已經不是一天兩天了，更氣人的是，她居然還糊弄自己，說別人會送來！海生的心底又一次被深深地刺痛，轉身大步走進了書房。

「這傢伙怎麼樣？」他問王向東。

「滑頭的很，說他不知道于蘭蘭已經結婚了，是于蘭蘭欺騙了他。」

「你小子很會裝傻是吧。」海生放下手中的拎包，瞪著還想辯解的胡小平，一步步走過去。胡小平一看不妙，趕緊往桌後躲。

「你怕什麼怕，敢做不敢當是吧，你個濃包！」說著，海生緊緊地揪住他的衣領。

眼看他一個巴掌就要搧過來，胡小平趕緊說：「是我錯了，我知道她是你的老婆。」

王向東在海生身後說：「海生，當心把別人吵醒。」他不想阻止海生動手，只是不想動靜太大，畢竟胡家在南京也是數一數二的大官。

海生雖然激憤當頭，卻不能不顧及朋友，他知道王向東把仕途看得很重，便指著那個包說：「證據都在裡面，你先把它拿走，和他們在外面等我。」

王向東明白今夜不讓海生出這口氣是不可能的，拎起包，叮囑他小心點就離開了。

胡小平一看王向東拿著鼓鼓的包走了，縮在牆角裡著急地說：「包裡裝的是什麼，你們把我的家裡什麼東西拿走了？」

「你放心，就你家這些爛貨，送給我都不要。」奚落完了，海生喝令道：「你過來。」

胡小平哪敢過去，抖抖索索地說：「你想幹麻？」

「你是要我抓你過來，還是你自己乖乖地過來？」海生雙手叉在敞開的皮夾克裡，傲慢之極地說。

當慣孫子的胡小平深知一個人傲慢時是不會動手的，他乖乖地往前走了兩步，又像孫子一樣地望著梁海生。

「去，到那間房間去。」海生見他那熊樣，沒好氣地說。兩人進了放彩電的房間，海生盯著他那雙老鼠眼問：「這彩電是誰的？」

胡小平一看傻 B 梁海生突然對彩電有了興趣，以為有了什麼機會，原本弓著的背也挺直了，說：「我買的，是找人從外匯商店買的。」

「是從金陵飯店樓下的外匯商店買的吧？」

「對呀。」胡小平神情輕鬆地說：「你有興趣就拿去，也算我給你賠罪。」

「你放屁，這是于蘭蘭叫你幫她買的，怎麼就成了你的了。」海生說著鋼牙一咬，他剛才在書房沒動手，是因為他要把這部彩電的來歷弄清楚，真要是他想到那回事，他理所應當要拿走，畢竟這是他的所有積蓄買下的。此刻，眼見對方胡說八道的嘴臉，又聯想這兩人坐著賓士出入金陵飯店的情景，一伸手，再次逮住了對方的衣領。

胡小平頓時又熊了：「別這樣，兄弟，有話好好說。這個彩電確實是幫蘭蘭買的，是她說先放在我這的。」

他一提「蘭蘭」二字，海生心中的火就往外冒，這兩個字是自己的專屬，從這個混蛋嘴裡吐出來，簡直噁心加恥辱之極點，五指一使勁喝道：「誰他媽跟你是兄弟！」

那小子的臉立刻被勒得通紅，「撲通」一聲就跪在了海生面前，跟著還弄出一串眼淚來，不停地求他：「都是我的錯，你千萬別打我。」

面對跪在地上不起來的胡小平，海生緊攥的拳頭怎麼也揮不出去，忽然間，他對這個慫人連一點動手的欲望都沒了，轉身欲走。

胡小平見躲過了皮肉之苦，又想得寸進尺，起來拉住海生的衣襟說：「梁兄，我求你高臺貴手，千萬別去單位裡告我。」

海生猛回頭，一甩衣袖，怒目圓睜，嚇得胡小平連退三步，忙不迭的作揖求饒。

等在外面路上的三個人見他出來了，立即圍了上來，王向東第一個問：「怎麼樣，你動手了？」張蘇最擔心海生下手太重，急著問：「你沒把他打殘廢吧？」小馬則說：「就那小子，不要用拳頭，用腳使勁踹就行了，免得髒了手。」

海生被他的表情逗得一樂。跟著苦笑到：「我真沒用，一見那混蛋跪下，我就下不了手。」說罷，他一拳打在身旁的梧桐樹上，卻把自己的手打的生痛。張蘇看他嘴牙咧嘴的神態，忙問他痛不痛，兩個男人則當作什麼也沒看見。

「沒事，」海生邊揉著拳頭，邊問小馬：「于蘭蘭怎麼樣？」

「我把她送到家就回來了，她說有話要對你說，讓你一定要回去。」

「她情緒怎麼樣？」海生看三個人的表情，想必他不在時，他們已經議論過這個話題。

「不太好，一直在哭。」

「我想這種情況下你還是不要回去為好。」小王這話代表了他們三人的態度。

海生聽明白了，不自然地笑了笑，張蘇馬上就恨恨地說：「別白費勁了，他肯定會回去的。」

「你們放心，我和她不可能再在一起了，我只是不放心她。」

「還是捨不得了吧。」小馬沒有他們倆那麼在乎，笑嘻嘻地說。

張蘇和王向東當然在乎，海生和蘭蘭一旦言歸於好，將來裡外不是人的是他倆。

「說說下一步你打算怎麼辦吧？」王向東撂下那個話題又問。

海生望著他手上拎著的包說：「這個包先由你保存，我帶著不保險。我呢，明天一大早就去軍區大院，直接去告姓胡的，晚上我們碰頭。」

四人分手時，海生還是「一根筋」地堅持要去看蘭蘭，他跨上車，對他們說了句說了也白說的話:「你們先回去，我去看看就來。」

三人只能感慨地望著他的背影消失在昏暗的路燈裡。

（八）

此刻的海生，雖然自己滿身傷痛，心裡卻依然放不下蘭蘭，他怨她卻絲毫不恨她。恐怕只有用生命去愛過的人，才能體會到他現在為何還要去關心那個不在乎他的女人。這個臉上洋溢著明朗的笑容，眼裡時不時還透著稚氣的三十歲男人，從來都是把情感放在第一位，從小到大，他一直生活在他人無法感受的孤獨之中，渴望著愛與被愛，這種孤獨和粗糙的家庭生活沒有太大的聯繫，雖然他的記憶裡沒有父親的擁抱，母親的親吻，但是他知道他們一直很愛自己，只是他需要的是那種美妙入微，能接近心靈地愛撫。它可以是一首詩，也可以是一首歌，但是詩和歌都太短促和狹小，他奢望有一個像詩一樣的女人，唱著動人的歌和自己廝守每一個日出與黑夜，當他遇到蘭蘭後，日積月累的愛，終於有了噴發的機會，同時，走進他的世界的蘭蘭，又令他改變了許多，正如世人所說：當你讓他人明亮時，亦點燃了自己。

如今，明亮的世界坍塌了，可墜落的心還在自我掙扎。他始終不願承認蘭蘭會真心喜歡那個厚顏無恥的傢伙，果真那樣的話，在蘭蘭的心裡，自己所有的愛豈不是一錢不值。

推開家門前，他靜靜地對自己說：「只是安慰她兩句就走，算是仁慈義盡了。」

開門進去，通道裡面的房門是開的，能看到蘭蘭半躺半靠在床上，昏暗的檯燈下丟滿了紙巾，看情景，她不像是臨時做出來裝給自己看的，這讓他相信她此刻的抽泣不是假的，她一直在等他，她居然這麼自信他會來。

「居然」的念頭讓他略有些寬慰，在沙發上坐下後，緊張的了一天一夜的身體終於可以舒展一下。床上的蘭蘭依然不停地擦著自己的眼睛、鼻子，兩人相對，誰都不知道怎麼開口，沉默了一會，還是海生先開了口：「你叫我回來，有什麼要說的？」

「是那個小馬告訴你的？」蘭蘭見他「嗯」了一下，又說：「他人倒挺好的，以前沒見過。」

「我的朋友你沒見過的多呢。」海生從沒有用這樣的語氣和她說話，說完了，自己也不自然地伸了個懶腰。

一段僵持後，蘭蘭問道：「你不會放過他，是嗎？」

海生明白她說的「他」指的是誰，沒好氣地回答：「應該吧。」他不想去問她和那個「他」的始末，而她則等著他開口，好讓自己有個臺階可以順勢講些什麼。又一段沉默之後，海生站起來說：「沒什麼事的話，我要走了。」

「你別走，海生，我要你留下來陪我。」蘭蘭掙扎著坐直了身子哀求他。

他想拒絕，卻說不出口，在過去的生活裡，他從來沒有拒絕過她的任何要求，在心裡連續想了好幾個拒絕短語後，最終說出口的卻是：「好吧，我睡沙發上。」

沙發是多功能的，拉出來就是一張床，海生收拾收拾就在上面躺下了。

蘭蘭所說的陪她，是叫他到床上來陪她，沒想到他一伸腿睡到了沙發上。當她還沒有從羞恥和慚愧中恢復過來時，她沒有勇氣對被自己傷害的人有更多的要求。她坐在床上，看著一動不動，不言不發的他一籌莫展。她忽然覺得，這個叫做「丈夫」的人，不再屬於她的了，不再是自己可以隨心所欲支配的人了。

像許多玩火的人一樣，事後才後悔灼傷的後果。

她和胡小平真正開始交往，還是與跳舞有關。今年春天的時候，胡小平突然來圖書館求她幫忙，說是自己要去金陵飯店參加一個舞會，需要一個舞伴，請她賞臉一同去。每天過著無聊的上下班及分居生活的蘭蘭，很高興地答應了。雖然胡小平相貌猥瑣，但到金陵飯店跳舞的誘惑實在太大。那裡是省城最露臉的地方，上那跳舞的不少都是有身份地位的人，對曾經的舞會女王來說，能在那兒一展身姿，感覺自然很好。

那一晚，她在金陵飯店找回了久違的風頭，恭維和讚美接踵而來，約她跳舞的應接不暇，一切彷彿又回到了從前。自從東林死後，她就從舞池裡消失了，當年他倆可是在南京各個舞會出盡了風頭。比起大舞臺，她更喜歡小舞池，這裡，她能清楚地看到人們對她的愛慕，奉承和垂涎欲滴。

這種事，有了第一次，就會有第二次、第三次。蘭蘭心裡豈能不知胡小平在打她的主意，只是她無力叫停自己。為了避免胡小平的糾纏，她想了個辦法，每次都叫上徐琪華，一來可以利用她在自己和胡小平之間豎一個擋箭牌，二來帶上她一塊享受，能在她面前顯示自己的交際。

徐琪華雖然當年也登過台，但她是曲藝團演說唱的，臉蛋還行，舞卻跳得一般，婚後這些年，她逐漸成了個吃貨，因此，她對金陵飯店的舞池沒興趣，對舞會上的海鮮自助餐卻愛得發狂。至于蘭蘭私下叫她為自己擋著胡小平的謀劃，她不過是視作一場遊戲而已，何況，她可不願因為得罪了胡小平這個真正的主，而丟失了天上掉下來的海鮮自助餐。

算得上情場高手的于蘭蘭，和海生結婚後知道要收斂自己，她並不是個不知道輕重的人，只是分居的孤苦與梁家對她的冷漠，使她的心重新開始漂浮著，像胡小平這樣的人，開始時她應付得如魚得水，有幾次坐在他開的賓士車裡，胡小平借機要摸她的手，都被她輕易地阻止了。但是，她無法徹底斷了兩人的關係，牽起這個關係的是迷人的浮華，它像誘惑徐琪華的胃的美食一樣，誘惑著她的虛榮。當胡小平在她面前吹噓能買到日本進口大彩電時，她再次利用了這種微妙的關係，求他幫忙給自己買一台。她十分欣賞胡小平的辦事能力，不像海生清高得很，卻什麼也辦不成。

但是，別人的情不是隨便就好欠的，欠了就得還。當胡小平再一次在賓士車裡去摸她的手時，她稍稍猶豫了一下，還是掙脫開了。胡小平索性把車停下，用非常可憐的眼神望著她，她硬撐著笑容對他說：「你不要這樣。」他開始流淚，跟著是一大堆如何愛慕她的宣洩，這種聲淚俱下的場面，東林用過，海生用過，此刻胡小平還是用它，每次都讓蘭蘭覺得高高在上，而又虧欠了對方。她明白只有一樣東西可以補償，此外，任何的補償都休想過關。

自古以來，女人還債的沿習，就是用她的身體，何況一個美女的身體。

偶而用身體做交換，在許多女人的潛意識裡並不是件天大的事。當蘭蘭在虧欠和虛榮雙重驅動下，允許胡小平摸自己的手，並繼而將手伸到只有海生才能伸到的身體其它部位後，事情就無法收拾了。得手後的胡小平開始肆無忌憚，三天兩頭帶著各種節目來找她，蘭蘭無力抗拒他的火熱，一開始她和胡上床，心裡還會想到遠在上海的海生，後來，她索性關閉了這種多餘的念頭，尤其在胡小平提出和妻子離婚後，她開始盤算嫁到胡家的種種優越。

如果把于蘭蘭放到公眾的檯面上，一定有不少女同胞責備她忘恩負義。但是，私底下，又有幾個能抗拒一個排入中國前 500 名高官家庭榮華富貴的誘惑呢？

可惜，對經過了驚心動魄的一夜，此刻困坐床上的蘭蘭來說，不僅所有的美夢成了泡影，連原來還算體面的榮華都將灰飛煙滅。女人雖然有時短視，但對即將到來的災難的預知，卻非常敏感。在悔恨和羞愧漸漸消停後，沙發上的那個背影再次佔據了她的心靈。她想到了他昔日對自己千般的好，想到了自己如何重重地傷害了他。

她輕輕地喚他，他毫無反應，再喚，還是一動不動。於是，她起身過去，在他的背後貼著他睡下。深秋的涼氣襲入毛孔裡，她瑟縮著，掀起被子想鑽進去，他突然動了，伸手把被子掖進身體下不讓她進來。原來他沒睡著，在發生了如此變故的秋夜，只有不正常的人才能睡著。

海生何曾這樣對待過自己，蘭蘭本可以用一萬個報復的念頭支配自己回到床上，可眼下卻連一個報復的念頭都不敢產生。她軟弱地躺著，用赤裸的雙臂緊護著身體，自顧自憐的眼淚成串地滾出眼眶。

對著黑暗裡的脊背，她乞求著：「都是我不對，你不要不理我好不好。」

女人的天性有時候就是這樣的不濟，你做了許多不可思議的事，卻以為用一聲道歉就指望對方能原諒你，嘿嘿，借用北京爺們的話：「你早幹麻去了！」

在寒冷中，蘭蘭開始咳嗽，它和鼻涕眼淚一起製造出來的悲傷，儼如一種自殘式的乞求，海生終於心軟了，畢竟這具嬌美的肉體曾經是他的最愛。他讓她躲進溫暖的懷中，心卻依舊是冰冷的，他寧可懷裡是一個沒有靈魂的肉體。

其實，這時的蘭蘭真的失去了靈魂，她像海生白天遇到的那隻小貓，依偎著他，摩挲著他，用一個又一個熱吻向他賠罪。海生想推開她，但男人對肉體愛戀的本性，令他無力做出這樣的舉動。當蘭蘭伸手去撫摸他的陽物時，被他阻止了，她堅持要握住它，他掙扎著。爭執中，她發現它竟是軟軟的，一點也不歡迎她的到來，這下刺激了她的野性，她用一種從沒有的方式攻擊海生，最後終於佔有了它，或者說，是海生在情欲的催動下放棄的抵抗。

蘭蘭感到它在自己的掌握中變硬變粗，抬頭去看海生，卻驚駭地發現他正在流淚，她立刻俯身上去，用吻不停地舔著他的淚水，直到他長長地歎了口氣，她才停下，伏在他的胸脯上，她哽咽地說：「我以為你永遠也不會來了，當你真的回來時，我一下明白了，這世上最愛我的人還是你。不管你將來怎麼對我，我都不會怨你。」

海生前面在躺著一動不動的時候，將兩人的點滴往事重新在腦子裡排列了一遍，從共同經歷的風風雨雨，到歡樂纏綿，把臂同遊的每個畫面，以及蘭蘭用盒子收藏的，他寫給她的 64 封情書……。他實在無法想像她會輕易地就手撕了一個比天還大的愛情。此刻，蘭蘭的抱歉，像是一種呢喃，某種走向死亡的呢喃，淒美卻令他心碎。他真想問她一聲：「你愛過我嗎？」這句話在他心裡盤恒了太久，但他始終問不出口，它太傷人，也太傷自己，面對一個像在贖罪的人，他說不出口。

此刻的蘭蘭確實想贖罪，她所理解的贖罪，就是讓他盡享欲仙欲死的性趣。她褪去海生的內褲，用嘴去吮吸他的寶貝，直到它膨脹，堅挺，然後自己坐上去，讓它深深地埋入自己的身體裡，海生木然地憑她抽壓顛狂，之後木然地達到高潮，當她重新伏倒自己身上時，他觸摸到她汗水淋漓的脊背，心裡不禁喟然：「你又何苦呢，那死了的東西，焉能復活。」

不管怎麼樣，蘭蘭的心情畢竟好了許多，這就是施預的結果。當你付出後，負罪感就會減輕，在黎明到來之前，她終於枕著他的胸膛睡著了。

（九）

天亮時，外面濕成了一片，不知何時，一場秋雨又悄然而至。起來後，她居然還要去拍攝現場，海生陪著她去公共汽車站，一路上倆人都沉默著，但至少他還在陪她。分手前，她叮囑他：「晚上早些回來，我請半天假，回來給你做飯。」海生朝她笑笑算是答應了，不過他自己也覺得笑得很假。

半小時後，一身軍服的海生出現在軍區大院的西門，三天前，他來這裡參加了一個隆重的追悼會，此番再來，卻有物是人非的感慨。

他先去了姚廣明的辦公室，那天兩人分手時，他答應來找他認個門，姚廣明這會正是一張報紙一杯茶，坐在辦公桌前上班，一看海生來了，跳起來喊了聲「連長」，把海生早已忘卻的感覺全喚回來了。

「到底是軍區機關，兩人一間辦公室，還有皮沙發，氣派不小。」海生恭維他說。

「哪能和你比，你現在是上海人。」姚廣明在海生面前永遠有自卑感，儘管他現在在大城市裡的大機關上班，還娶了個省城的妻子。

海生放著皮沙發不坐，偏偏要坐在姚廣明的桌角上說話：「呵呵，現在上海人一點也不吃香了，出國才是最吃香的。對了，第一件事，先借你的電話用一下，我要打到上海延長假期。」他用不著和姚廣明客氣，因為他們曾經是兄弟，或者他曾經把對方視作兄弟。

電話接通後，他對那頭的副部長說，家裡出了大事，申請延長兩天假期，具體情況回去後再向他彙報。

得到批准後，海生滿意地掛上電話，坐在一旁的姚廣明則滿臉關注地問：「家裡出了什麼事？要不要幫忙？」

海生衝著他苦笑道：「先幫我找個人，胡小平在哪個部上班？」

姚廣明有些詫異地答道：「就在林部長手下。」他以為這些高幹子弟相互之間都是認識的，用不著來問他。

海生見他一臉茫然的樣子，歎了口氣說：「你記得有個叫于蘭蘭的嗎？」

「就是那個長得像明星的你的女朋友？」姚廣明見過海生向他炫耀的于蘭蘭的照片。

「對，兩年前我和她結婚，家裡一直不高興這件婚事，所以我們一直分居，她在南京，我在上海，誰知道她卻和胡小平搞上了。

海生算不算大嘴巴，還真不好說，如果把他放在新中國的貴族家庭裡，那是百分之百的大嘴巴。不過，這傢伙確實不在乎自報家醜，至於別人後面怎麼議論，他就更不在乎了，屬於真不要臉一類。

「你有把握嗎？」姚廣明已經不是詫異，而是驚呆了，涉及到胡平兒子的事，他輕飄飄地就說了出來。

「證據確鑿，我不會放過這個狗日的。」海生說罷就往外走，到了門口，擺了擺手說：「謝了，哥們。」

也許這件事，非得鬧個雞犬不寧方能解決，那種藏著掖著的猥瑣，又豈能擔當。

到了兵種部，值班的聽說他找部長，告訴他部長開會去了。

海生沉吟了一下，心一橫，乾脆地說：「胡小平是你們部裡的參謀，對嗎？」他見對方點頭，又說：「我來是向部裡領導彙報有關胡小平破壞軍婚的事。」

值班的一聽，這事非同小可，叫他把姓名、工作單位全寫下，屁顛顛地彙報去了。

自古官場諱莫如深，機關重重，凡說理的，告狀的，稍不留意，就把自個兒弄得粉身碎骨。就算梁海生有恃無恐，那也得按官場的規矩辦事，用這種直接了當的方式告狀，自是愚蠢之極。以官場之道來論，他應該先和林志航私下溝通了，再確定下一步怎麼走。用這種直接找上門的方式，仇人的醜事是公開了，卻也讓那些能幫忙的人為難死了。

偏偏梁海生和這個至陰至柔的官場尿不到一個壺裡，他就要那種痛快淋漓的感覺，非這樣不能把他滿腹的憋屈宣洩出來。

就在這時，隔著玻璃窗的走廊上，有人往裡張望，看見海生獨坐房間裡，急忙進來，此人正是胡小平。他舔著臉，走到海生面前說：「兄弟，我昨晚求過你，不要來我單位告我，你怎麼還是來了。」

「你是說過，可我並沒有答應你啊。」海生冷著臉戲弄他。

胡小平從早上一上班，就往值班室跑了不下十趟，怕的就是見到梁海生，一旦他出現，自己就完了。因此，也不管對方的語言有多刻薄，乞求地說：「海生，我們出去，找個地方好好談談。」說完他又一次來扯海生的衣袖。

海生鄙視地把他的手甩開，正好值班參謀這時回來了，說：「梁參謀，請跟我來。」

海生從胡小平身邊走過時，清楚地看見他眼裡已換上了歹毒的目光。

半小時後，海生從兵種部小會議室裡出來，經過值班室，胡小平早已不見了蹤影，倒是姚廣明坐在那正和別人聊天，一見到他，便起身出來。顯然，他是專門在此等候他，海生頓感一股暖流從心裡滑過。

到了外面，姚廣明心急地問：「怎麼樣，見到林部長了？」

「沒見到，他去開會了，見到一個副部長和一個處長，我把事情對他們說了。」

「林部長在就好了。」姚廣明可惜地說：「下一步你準備怎麼辦？」

海生望著遠處置身在樹影裡的一片樓宇說：「去保衛部或者軍事法院。」

「你結束了到我這來，我們一塊去司令部食堂吃飯，林部長每天都去那吃午飯。」

看著海生匆匆而去的背影，姚廣明很為他著急，他知道自己的話他聽不進去，只有林部長的話，他或許能聽得進。以姚廣明的猜測，海生往死裡整胡小平，必定與那年冬天在琵琶湖駐紮時，連隊在許世友小道上掃雪，得罪了胡平的老戰友的駕駛員，結果害得梁海生登門道歉的事有關。

其實，海生從沒想過為什麼要死咬胡小平不放，自己的老婆被一個人渣玩了，這還不把他體內的忿怒荷爾蒙頂上了天，哪有心思去想其他。

在保衛部，被許老頭的悼念活動忙得還沒緩過勁的郭克明，正坐在辦公室裡漫不經心地收拾著面前的各種文件，聽得門外一聲報告，應聲說：「進來。」門開了，走廊上竄進了一陣風，他抬頭一看，進來的是海生，開心地說：「小三子，還沒回上海呢，你爸爸呢？」

「他先走了。」海生關上門，有些怯怯地站在那。

「來，坐下。」郭克明搬走放在椅子上的文件對他說：「追悼會那天晚上，許家在中山陵8號請客，我見到你爸爸了，你為什麼不來？」

「我回家去了。」

見他臉上少了往日的憨笑，郭克明覺察到他有心事，問：「家裡出了什麼事？」

海生掙扎了一會，直接了當地問：「郭叔叔，破壞軍婚的事，你們保衛部管不管？」

「管！」郭克明一聽事態嚴重，忙問：「誰破壞軍婚？」

「軍區司令部兵種部的胡小平。」海生跟著把自己如何破案的經過如實說一遍。

當聽說是胡小平時，郭克明確實有些吃驚，隨後邊聽小三子講述，邊想起這些高幹子弟平日的作為，反倒有了想笑的感覺。他忽然覺得這事會不會是小三子引狼入室呢？因為高幹子弟之間關係錯綜複雜，今天是鐵杆死黨，明天又反目成仇，說不清錯對。所以等小三子說完了，他先問他：「你和胡小平原來是朋友嗎？」

「知道，但從不來往。」海生隨即又加了一句：「沒人願意和他這種人交朋友。」

郭克明沉吟了一會，站起來說：「這樣吧，我帶你去三處，他們管內部犯罪，讓他們先立個案，你呢，實話實說，不要亂說，尤其是不要牽扯到大人身上。」

這個「大人」，自然是指胡小平的老爸，海生明白地點點頭。

午飯時，海生跟著姚廣明身後進了司令部食堂，裡面排隊買飯的有百來人，姚廣明在前面買飯，他就四處張望，既沒看到林叔叔，也沒看到混蛋胡小平，倒是有幾個半生不熟的面孔，他也沒心思搭訕，他還想在這找另一張面孔，可惜也沒有。他不知道，胡小平被人告了的醜聞，此刻已成了午飯桌上的重要話題，反之，飯堂裡的人們也不知道跟在不起眼的姚廣明身後的人，就是新聞的製造者。

見海生東張西望，姚廣明猜他在找林志航，便說：「林部長在隔壁的小食堂吃飯，就是那間拉著窗簾的房間，那裡專供部級以上的領導用餐。」

兩人端了許多飯菜，邊說邊找了個角落坐下。姚廣明把午飯最好的幾樣菜都點了雙份，無奈海生心思不在吃上，竟把鴨腿當雞腿來啃，啃完了還不忘說好聽的話：「你們司令部伙食真不錯，雞腿真大呀。」

姚廣明聽了一楞，也不點破他，小心地拾起另一個話題說：「要是許司令還在就好了，你到他那告狀，胡小平還不給一擼到底，你記得他自己兒子外逃吧，抓回來後差點被他槍斃。」

海生苦笑道：「他在也沒用，都退下來好幾年了。」

姚廣明不同意：「你不知道，他人雖然退了，南京城上上下下沒人不敢聽他的，我們管理局最怕的首長就是他。」

海生聽了沒吭聲，他在想剛才在保衛部的情景，郭叔叔雖然很熱情，但是接待他的兩個人，一點表情也沒有。他心想不看僧面看佛面，看在郭克明面上，你們怎麼也該有個表示啊，結果沒有任何同情的表示，只是作了個記錄，並勸他以後通過本單位的保衛部門和他們聯繫比較好。郭叔叔送他出來時說的話，更令他心裡涼了半截：「小三子，你要有準備，這種事關係到首長，很可能不了了之。」

這時姚廣明轉了一圈回來了，高興地說：「我看到林部長了，他在裡面吃飯，你要見他嗎？」

海生想了一下，像是下了很大的決心似地說：「見！」才走了兩步，又回頭衝著姚廣明苦笑地說：「這是我今天第四次向別人談自己的糗事，真累。」

他最好應該記住，這絕不是最後一次。

正在吃飯的林志航看見海生並沒有驚訝，招呼他坐下後問他吃了沒有，然後話題一轉，說道：「你今天到部裡的事我知道了，部裡已經找胡小平談過，他承認和于蘭蘭有關係，但是他說他不知道于蘭蘭已經結婚了，他倆在談朋友。」

「不可能，」海生一聽便急了「他早在 7、8 年前就認識于蘭蘭了，還是通過周副司令家的老三周建國認識的，後來他經常去圖書館找于蘭蘭借書，昨天我抓住他倆時，他當面承認知道于蘭蘭是我老婆。」

「你有他承認的證據嗎？」

海生被他問得一楞，好一會才反應過來:「這事也需要證據嗎？這不是笑話，他要敢當著我的面這樣說，我一巴掌就打過去！」

胡小平是塊什麼樣料，林志航當然有數，但他還是謹慎地說：「有了證據，他就賴不了，還有，小三子，我提醒你千萬不要動手，一旦打傷了，你有理也變得沒理了。」

「我才不會對他動手，他不配。」

林志航和郭克明有個相同的看法：這些高幹子弟之間追逐女孩，戀愛結婚這些個關係，比戰爭上用來防步兵進攻的鐵絲滾網還亂，今天你看上了一個女孩，明天另一個又盯上了她，為此爭風吃醋，大打出手的事屢見不鮮，尤其是像于蘭蘭這一類文藝界漂亮的女孩，常常攪得一些高幹家庭雞犬不寧。

「依我看，你和于蘭蘭能過就過，不能過就離了算了。上海好女孩多的是，不行我給你介紹一個。」林志航說著朝海生一笑。

「那是另一回事，胡小平反正我是不會放過的。」海生聽得出林叔叔的意思，是叫他放棄告胡小平，心裡自然一萬個同意。

「好吧，我知道你現在氣在頭上，你回去後再想想。對於胡小平，部裡會批評教育他，但是要定他破壞軍婚，那要由保衛部門和軍事法院審理，你要有準備，非常難。」

「批評教育？這也太簡單了吧。」海生有些不相信地重複林志航的話。

「你先別急，這只是第一步，部裡已經停止了他的工作，叫他深刻檢查，如果經調查，你說的情況屬實，還會做進一步的處理。再說了……，」林志航原想說，也許是于蘭蘭勾引了胡小平，話到嘴邊又改口道：「總之，一個巴掌是拍不響的。聽說你去過保衛部了？」

海生「嗯」了一聲，心想保衛部兩個接待的，看上去挺冷淡，效率倒是挺高的。

「小三子，你當兵也有 15 年了吧，這件事應該先找我商量，再決定怎麼做，怎麼能想怎麼做就怎麼做呢。」

林志航一句話裡說了許多「怎麼」，海生再傻也聽出是在埋怨他，看來這個林叔叔是指望不上了，他失望地離開了拉著窗簾的小食堂。

一直等候在外面的姚廣明迎上來問他倆談得怎麼樣，海生把和林志航談話的內容悉數說給了他聽，姚廣明聽完感歎地說：「官大一級就能壓死人，林部長和胡平之間差了四、五級，他只能這樣了。」

海生並沒有埋怨林志航，只是覺得原來期望值很大的支持力量，現在幫不上忙了，心裡十分空虛。早上進這個大院時，一心想著要讓胡小平死的很慘，一個上午跑下來，除了看到些驚奇的表情和自己驚奇他人的冷漠外，他想要的效果一點沒看到。有點像自己一個上午噴出去的唾沫星子，濺是濺出去不少，卻濺不起浪花。

海生剛回到飯桌上，身後就有一個人殺到。

「你小子在司令部食堂吃飯，居然會瞞著我。」說這話的是海生趕不走，躲不開，忘不了的死黨加髮小田朝陽。

「誰說我瞞著你，從一進這個門開始，我就四處找你，生怕被你埋怨，說我沒良心，結果是你老人家自己蹦跚來遲。」海生找回了嘴上的便宜，才把他和姚廣明相互作個介紹。

一番客氣之後，兩個髮小繼續打他們的嘴仗，坐在一旁的姚廣明心想，這幫高幹子弟見面說話怎麼這個德行，他以前一直羨慕梁海生，生在一個好家庭，見過大世面，又上了大學，一肚子墨水，沒想到也會如此口無遮攔地說話。他哪裡知道粗魯是這幫子弟表達叛逆的一種方式。在他生長的農村，不存在叛逆這個遊戲，把叛逆視為遊戲，也只存在於吃飽了撐得慌的那些寵兒之中。

有些事不明白，有些事卻很明白的姚廣明，一看兩人的情景，明白自己該撤退了，說了兩句客套話便告辭了。

剩下的兩人未幾也一前一後離開了食堂。食堂前的林蔭道上，斑斕的梧桐樹葉由近及遠，併入綠油油的青草地裡，秋色美哉，卻再也沒了佳人，海生不由又悲傷起來。「出大事了！」海生終於對身邊的朝陽提起那事，一開口，就有種要哭的欲望。

朝陽聽的是海生最完整的版本，聽完後，把在心裡說了 100 遍的話丟給了他：「你老婆怎麼會和這個大流氓搞到一起的？」

質問蘭蘭的品味，如同質問自己的品味，海生只能苦笑，他現在是個完敗者，只能用苦笑證明自己還能笑的出來。

「別說那些沒用的了，想想有什麼辦法能證明胡小平早已知道蘭蘭已經結婚。」

「這個簡單，你不是說蘭蘭很內疚嗎，那就叫她幫你證明一下。」朝陽嘴裡的蘭蘭兩個字，聽了要多彆扭有多彆扭。

「我不想要脅她，何況她的證詞有關部門不認可怎麼辦？再說，事情到了這一步，我可不願還欠她什麼。」

「你這傢伙，都什麼時候了，還護著她呢。」朝陽把嘴裡轉了足足有一個小時的牙籤吐出去說：「我給你提供一個人，你去問她，她或許願意給你證明。」

「誰？」海生迫不及待地問。

「莊小平。胡小平的前妻，她現在對胡小平恨之入骨。」

「怎麼才能找到她？」同樣對胡小平恨之入骨的海生聽了，恨不得立即見到她。

「她在後勤部的門診部上班。」

海生沒了和朝陽再聊的心思，草草說了兩句就想走，才走出兩步，又回來對朝陽說：「我晚上上你家，你等著我。」等朝陽反應過來，他人早走遠了。

（十）

海生沒見過莊小平，只聽說過，一個美人兒，父親也是老紅軍。當年胡、莊大婚，選在了春節，特別隆重，連從不問世事的海生，耳朵也刮進了這事。

不認識她沒關係，海生認識她的頂頭上司。門診部的主任，正是小徐阿姨的老公楊叔叔，三天前許世友的追悼會上還見到了他。

小三子的突然出現令楊主任深感意外，待他把來意和自己悲慘的故事往桌上一攤，楊主任二話沒說，立即叫人去找莊小平。原來，今夏胡、莊離婚一事曾鬧得紛紛揚揚，門診部的人都見過莊小平被胡小平打的鼻青臉腫的模樣，自然也都為她打抱不平。然而門診部在大機關裡屬於底層，底層之聲，歷來如蚊蠅之哼哼，沒人理會。莊小平被逼離婚後，一個人帶著孩子，境遇很慘，所以，楊主任在聽了海生的來意後，很起勁地找來了莊小平，介紹兩人認識後，還特意把自己的辦公室讓給他倆談話用。

摘下了軍帽和口罩，莊小平果然是個標緻的人兒，遺憾的是氣質稍為一般，勻稱的臉龐上看不到明亮的線條，也談不上性感，面對生人，更藏著幾分防備。

兩人先聊了一陣「革命家史」，果然找到了交集的地方，同是衛崗小學的同學，莊小平比海生小一屆，雖然彼此沒有印象，但是，同校裡的老師、教室、宿舍都在彼此的心裡藏著，一說起母校，心就被接通了。海生毫無保留地把昨晚到今天上午發生的諸事統統對她講了一遍。

莊小平聽完，臉上的矜持雖然消失了，依然很謹慎地問：「你先告訴我，你是怎麼認識于蘭蘭的？」

海生把當年那段自認很轟轟烈烈的愛情故事說給她聽了，她這才徹底鬆了口氣，感慨地說：「知道我為什麼要先弄清你怎麼和于蘭蘭走到一起的嗎？其實，我早就知道了你的大名，我一直在想，能和于蘭蘭結婚的人，一定不是個好貨，沒想到你是這樣的人，可惜于蘭蘭這種人太不懂得珍惜了。另外，我再告訴你，胡小平有單獨睡覺的習慣，不僅一個人睡一張床，還要單獨睡一個房間才能睡著。」

打開了話匣子的莊小平原來是個很健談的人，從當年胡小平如何看上她，求他媽媽找人上門說媒，以及結婚時的盛況，再說到婆婆去世後自己慘遭婚變，直說得兩眼淚汪汪，令海生覺得不用肢體憐香惜玉，幾乎就無法表現自己的同情。

「你不知道，這個混蛋打人手很重的。我不同意離婚，他就把我的頭往牆上撞，你看這兒。」莊小平撩起蓋在額頭上的瀏海，露出一塊兩公分長的傷疤。

海生最恨男人打女人，見了那傷疤不禁氣憤地說：「昨晚沒揍他真是便宜了他。」

莊小平接過他的話說：「怕什麼呀，這樣的無賴玩了你老婆，你還不揍他，想等到什麼時候啊。我是女人，打不過他，但是我離婚後宣佈，誰幫我揍胡小平，我就嫁給誰。」

海生苦笑地回答她：「我最見不得別人磕頭、下跪、淌眼淚，心立即就軟了。」

「男人心要硬一些，否則做不成大事。」莊小平聽了，居然要開導他。一個女人去開導一個男人，足以證明她對那個男人有了好感。

可惜，海生最厭煩的就是世人要他做「大事」。一旦有人對他說所謂的「大事」，他就在心裡和這個人說拜拜了。面對莊小平，他只能勉強收起自己的厭煩，問道：「你既然早知道他倆有關係，能不能找到胡小平知道于蘭蘭已經結婚的證據。」

「這有什麼難的，我問你，今年夏天你們是不是去了青島，住在海軍的東海飯店裡？」

「對呀，你怎麼知道的？」

「胡家老爺子夏天也是在青島過的，他喜歡青島，幾乎每年都去。當時我們已經在鬧離婚，胡小平不准我去，但老爺子喜歡孫子，特地叫我帶上兒子一塊去。你記得八大關下面那個蔣介石住過的小石樓嗎？離東海飯店不遠，每次來青島，我們都住那兒。」

海生當然記得那幢小樓，它和東海飯店一灣相隔，在青島的日子裡，他每天都和蘭蘭去八大關散步，常常從它門前經過。只是這會，他更詫異的是莊小平嘴裡連續出現的「我們」。

「那時，我已經知道胡小平和于蘭蘭的事了。我弟弟就在你們家那個大院上班，他親眼看到他們兩人走在一起。我問胡小平，他也承認，說和我離婚就是為了于蘭蘭，我們倆沒離婚前，他們倆是在你家裡約會的。」

海生耳朵在聽，胃卻在翻騰。

「記得有一天下午，我帶著兒子陪老爺子去海水浴場游泳，胡小平稱身體不好留在家沒去。我們在海水浴場游了一會，回到沙灘上休息時，孩子吵著要玩球，我只好回來拿球，快到家時，看見一個人從小石樓裡出來，沿著大路往東海飯店走，我雖然沒看清她的臉，但從走路的樣子上，就猜到是于蘭蘭，你知道的，練舞蹈的走路姿勢和別人不一樣。」

「我回到小樓，胡小平正關著門睡覺，我進去問他，剛才是不是于蘭蘭來這了？他不承認。我火了，說你不承認，我就去找老頭子評理，他一聽就怕了，急忙承認是于蘭蘭，她和他老公住在東海飯店。我當時不認識你，心裡還在想這個男人也是夠笨的，老婆紅杏都出到青島來了，他還蒙在鼓裡。我氣呼呼地回到海邊，老爺子見我臉色難看，就問怎麼回事。胡家自從老媽過世後，也只有老爺子一個人能管管胡小平。我一氣之下就把胡小平剛才和于蘭蘭在小石樓胡混的事告訴了他。吃晚飯時，他當著隨從的面把兒子訓了一通，並告訴警衛員，再看到這個女人，就把她趕走。為此，胡小平恨得我要死，這件事胡家上上下下都知道。」

海生想起在青島時是有這麼一天，吃過午飯，兩人本來是要休息的，蘭蘭突然提出要一個人出去走走，他要陪她去，她死活不肯，弄得他摸不到頭腦，以為又有什麼地方讓她不高興了，現在才知道，竟是跟胡小平幽會去了。

「可是，她怎麼知道你當時不在小石樓呢？」他還是有些不明的地方。

「你傻啊，我是臨時確定去青島的，他們原來的偷情計畫裡沒有考慮我會去。我猜，你一定是被她拖去青島的。」

「那也不是，去年夏天在大連時，我們就確定今夏去青島。」他臉上承認自己夠傻，心裡卻固執地認為，時時去猜測自己的愛人忠與不忠誠，豈不太沒那個了。他突然想到另一個怪問題：「胡平知道于蘭蘭是誰家的兒媳嗎？」

「知道，就是那天在飯桌上問的，聽說是你們家後，什麼都沒說。」

「知道了就好，我倒要看看他到時候是替兒子說謊，還是主持公道。對了，你能把剛才你說得寫一封證明材料給我嗎？要告胡小平，你的證明必不可少。」

莊小平臉上帶著複雜的表情問：「你能保證你一定會去告他嗎？」

「你放心，我不揍他，並不代表我怕他，我會讓他嘗到我的厲害的。」海生說著站起來問她：「衛生間在哪，我去換套衣服。」

莊小平有些奇怪他的行徑，告訴了他衛生間的位置後，自己坐在那等他回來。認識不到兩小時，這個梁海生已經給了她良好的印象，高幹子弟中很難覓到像他這樣既豁達爽快，又對女人彬彬有禮的人。據說他還是恢復高考後的大學生，僅憑這一點，就讓人佩服。莊小平自忖兩人挺般配的，她也是大學畢業，儘管她是在答應嫁給胡小平後，被保送的工農兵大學生，但一點不防礙她思考兩人之間的可能性。

換了裝後走回來的梁海生，更是令她眼睛一亮，一件褐黃色的皮夾克穿在他健碩的身上，下面是條緊繃的牛仔褲，將筆直有力的雙腿和高翹的臀部完全展露出來，男人的自信毫不掩飾地在他身上流淌著。

海生健步走到她面前說：「不好意思，我還要去見一個于蘭蘭的同事，穿軍裝目標太大，還是這身衣服方便。」

兩人約好明天晚上海生到莊小平家去拿材料，便各自心滿意足地分手了。

海生要見的當然是葉琴，他換上便裝也不是擔心被別人認出來，此時，已到下班時間，他去得又是葉琴的家，穿什麼衣服都一樣，但是他不希望戴著大簷帽，穿著一身綠制服出現在葉琴面前。葉琴在他心裡是另一種位置，他希望自己每次出現在葉琴面前時，即使不能吸引她，也不能暗淡了自己。他不認為這是在勾引，而是一種尊重，是向自己喜歡的人表達美好的示意。

至於莊小平對他的感受他並不在意，她不屬於自己想去展示的一類人。哪怕順著莊小平的感受去延伸，他也清楚自己不是她的菜。她要的是「做大事」的人，他不想也不會去做什麼大事，更不會騙她自己能做什麼大事。梁老三就是這麼個怪人，別人總想著誰是不是自己的菜，而他總是想自己是不是別人的菜。

當然，只有于蘭蘭例外，那是他用生命的光和熱去愛過的人，他將自己的夢想、熱血、情欲與憐憫一道奉獻給了她，這是一種讓生命可以永恆的愛，一個人一生中有這麼一段時光，死而無憾！

海生騎著車，穿梭在下班的車流裡，熟悉的街道，熟悉的車流，熟悉的喧鬧。他曾經把所有的好和不好各自相加後，決定不喜歡這座城市，但是，他還是逃脫不了被它糾纏的命運。

到葉琴家時，她正穿著她那長長的標誌性的工作服，悠閒地在畫板前作畫。門一開，海生像風一樣地衝了進來。

「稀罕，什麼時候學會放單了。」葉琴說著向他身後看：「還有一個呢？」

「別提了。」海生等不及她請，一團身坐進了沙發裡。

「你們倆怎麼了？」葉琴似笑非笑地說。

「你知道胡小平吧？」海生緊盯著葉琴，見她點點頭，便慘然地說：「他們倆搞到一塊去了。」

海生不相信作為蘭蘭的死黨，葉琴會什麼都不知道。葉琴猜出他眼神裡的意思，用毫不示弱的目光回擊他。「你不要以為我知道這件事，我和蘭蘭雖然是好朋友，但是，凡是她不願說的事，我從來不會多問。」

葉琴的表情太強勢了，海生不得不相信她，便歎著氣把昨晚發生的事大致說了一遍。

「你活該！我早就和你說趕緊把蘭蘭調走，你不調。你讓一個男人見了就會神魂顛倒的女人獨自在這個城市裡，能不出事嗎？我告訴你，我早就預感她要出事。你也不想想，她每天要面對多少誘惑啊，你懂不懂什麼是生活！」葉琴越說氣越大，其中，一多半的氣是衝著海生剛才不信任的眼神來的。

「沒聽說經不起誘惑就可以紅杏出牆的。」海生找了個正統的理由為自己辯護。

「去你的，少打腫臉充胖子。」葉琴氣得眼淚都溢了出來，沒心思再和他爭辯，等到自己平息下來，再去問他：「你們倆準備怎麼辦吧？」

「還沒想好，不過有件事，想請你無論如何幫個忙。」

葉琴將畫板移到了牆角，脫下長大褂，然後坐下來穩穩地說：「先說說看什麼事。」

海生今天跑了一天，原想告胡小平，結果毫無頭緒不說，還憑填了許多胸悶。尤其是在莊小平那聽到許多他不知曉的蘭蘭和胡小平的姦情後，被玩弄的忿恨重新佔據了心靈，他不由不懷疑昨夜今晨她對自己所做的心靈和肉體的懺悔，都是在欺騙自己。他不想再像個傻瓜一樣，回去和她一塊吃那頓晚飯，可是他又深怕她像昨晚那樣，為了等他，連覺也不睡，他不敢看見那幅畫面：蘭蘭坐在擺滿了菜的桌前，苦苦地等待遲遲未歸的他直到深夜。為了不讓蘭蘭傷心，他想出了請葉琴代自己去陪她的辦法。在來的路上，他原編了一個理由，說自己假期已到，要趕回上海，所以請她代自己去陪陪蘭蘭，免得讓她失望。結果，見到葉琴後，他又把編好的詞收起來，如實向她說了自己的來意。

「我不想見她，一見到她我就會想到她是如何欺騙我的。還有，我最害怕我去了後，她又不讓我走，要我陪她。可是，如果我不去，我又擔心她在家裡苦苦的等我，那個情景太殘酷了，我一想到就內心不安，所以，想請你去陪陪她。」

「不行！」葉琴聽完後憤怒地說：「你怎麼隨便叫人代你去做擦屁股的事。」

海生被她訓得臉刷地一下就紅了，不過還是抱著一絲希望說：「你們倆這麼要好，這種時候，只有你去才能安慰她。」其實，他以為，憑他和葉琴的默契關係，求她幫個忙應該沒問題。

「我們倆要好和你叫我代你去安慰她是兩回事，你不能想一出是一出！」

海生是第一次看葉琴發那麼大的火，這讓他想起了洪欣的媽媽，他怏怏地站起來說：「你別生氣，這事全是我的錯，就當我沒說過，你忙吧，我有事先走了。」

看見海生失落地往門口走去，葉琴覺得自己有些過分了，換了種口氣說：「你幹麻？我又沒說不去。」

一句話，把海生從絕望中救了回來。他立刻雀躍不已地說：「阿彌陀佛，救人一命，勝造七級浮屠。」

「去你的，你們這些高幹子弟就是憑想當然辦事，我最討厭了。」葉琴雖然還在教訓他，卻帶著撒嬌的味兒。

恢復了勇氣的海生，又勇敢地去想，葉琴的說話方式簡直就是潘老太太的翻版，他歎著氣對她說：「以後你們美人生氣，事先打個招呼好不好，剛才把我的魂都嚇飛了。」

（十一）

海生按上朝陽家的門鈴時，時間已過了晚上 8 點，他隔著院牆就能聽到田朝陽的咳嗽聲，那種喉嚨裡永遠堵著一塊痰的聲音。

他隔著門就嚷嚷開了：「你小子怎麼還不得肺氣腫。」

「你想讓我得，它偏偏不得。」朝陽拉開了門說：「你小子，說晚上來，也不說幾點，害得我老媽燒了一桌好菜等你。」

海生被他這麼一說，肚裡還真咕咕亂想起來。他離開葉琴家後，就去找張蘇、王向東。張蘇還在為他昨夜趕回去陪蘭蘭的事生氣著，見了他也不給他好臉色看，他等了一會，不見王向東回來，便惶惶地告辭了。

「說真的，我還真沒吃晚飯。」

「你不會混得這麼慘吧，連飯都吃不上。」朝陽不失時機地挖苦他。

進了屋，王阿姨一看海生來了，又開心又埋怨地說：「你這孩子，說好來家吃飯的，怎麼現在才到，我可給你做了許多好菜。」然後又摘下老花鏡仔細地打量著說：「嗯，這件衣服好看，穿在身上真神氣。」

海生心想，這件衣服原是穿給葉琴看的，人家提都沒提，反倒被田家的老太太亂誇一會，真有些哭笑不得。

朝陽則在一旁說：「就這破爛玩意，看上去和黃土地一樣，還不知從哪撿來的。」

「你老土了吧，我是在淮海路上排隊搶購回來的，花了我 200 多塊呢。」

王阿姨把飯菜端上來後又問：「怎麼不叫你媳婦一塊來？」

「她去朋友家打麻將了。」海生順口編道。

「她也喜歡打麻將，哪天叫她來家裡陪我這個老太婆玩一圈。」

海生真後悔自己瞎編編進了死胡同，幸好朝陽為他解了圍。「算了，和你們這幫老太打牌，還不把人急死了。」

海生心裡一感激，便討好地問：「你家小齊呢，怎麼沒看到她？」

小齊叫齊越，朝陽的老婆。誰想這馬屁沒拍好，又拍到了馬腿上。

朝陽沉著臉說：「她回娘家去了。」

海生立刻猜到兩人鬧彆扭了，換了個話題說：「一會陪我出去拿樣東西。」

朝陽也不問個明白就說：「等我換套衣服去。」說完，踢踢踏踏上樓去了。

王阿姨總算有機會數落兒子了，說道：「兩人吃著飯就吵上了，朝陽還打了小齊一巴掌，小齊一生氣，當時就回家去了。」說到這，朝陽下來了，王阿姨立即不說了。

填飽了肚子，海生拉起朝陽出門，到了外面才告訴他，一塊去拿彩電。田家與胡小平住的院子只隔兩條馬路，兩人晃到那一看，胡小平不在家。

「去他老爸家看看，反正你今晚無論如何得把彩電拿回來，這混蛋可是什麼事都幹的出來。」一路上聽海生講了彩電的來歷，朝陽擔心地說。

胡政委家住在珞珈路上，這是條非常幽靜的小馬路，隱藏在頤和路高級住宅區的腹地，兩人到了門口，遠近連個人影都沒有，只有昏暗的路燈和蕭瑟的秋風，讓人心中頓生怯意。他兩在馬路對面站了一會，海生叫朝陽在路燈後面等著他，自己走過去按門鈴。雖然他年少時常常進出中山陵 8 號，這六、七步的路，還是讓他有些心慌。

門開了，裡面站著兩個帶槍的警衛，其中一個問他幹什麼，一番盤問後，方許他進門。門口有個值班小屋，哨兵叫他在小屋前的燈下站著，另一個哨兵則進到樓裡通報。沒一會，胡小平從樓裡出來，一臉兇狠地說：「你這傢伙還來幹麻？」

「你少和我凶，我是來拿我的彩電的。」海生一看到他，反而沒了怯意。

此時此地的胡小平真可用「此一時，非彼一時」來形容，雙手插腰，挺著小雞胸蠻橫地說：「我這兒沒有你的彩電，你少來撒野。」他接著對哨兵說：「你們給我把這個人趕出去。」

海生倒真不是嚇大的，他索性大聲地說：「你少耍威風，你今天如果不把彩電給我，你信不信我把你做的醜事都告訴你爸！」

兩個哨兵站在原地未動，一副看熱鬧的樣子。看來胡小平不僅臭名在外，也臭名在內。這時，從樓裡又走出幾個人來，其中一個秘書模樣的問海生是怎麼回事？海生只對他說了彩電的事，其他的壓根兒沒提。那人一聽這部彩電已經買回來兩個月了，還扣在胡小平手裡，便明白是他在耍賴，叫他把電視趕緊還給海生。

胡小平顯然很怕那人，怏怏地說：「我不放心他上我家，你派兩個人陪我去。」

於是兩個死敵一前一後出了門，後面還跟著兩個士兵，到了胡家，電視機已經放進了紙盒裡，捆紮得好好的。海生心想好懸！晚來一步還真不知道有沒有了。離開的時候，胡小平沒跟出來，「怦」得一聲關上了家門。兩個戰士倒不錯，幫他把彩電抬到外面的馬路上才離去。

等他們走遠了，海生才壓低了嗓子喊：「快出來吧，你還躲什麼。」果然，朝陽出現在離他不遠的梧桐樹後。

「行啊，單槍匹馬就搞定了，有些英雄本色。」他點上一支煙後才說。

「昨晚你在這就好了，我爬進他家後，人緊張的站都站不住，要不是張蘇的老公架著我，我非癱地上不可。」海生示意他搭把手，兩人一左一右抬著電視往朝陽家走。

「你活該，這麼重要的事不來叫我。」

「向毛主席發誓，第一個想到的就是你。可是你和他在一個大院裡上班，你的核保護傘又沒了，萬一他報復起你來怎麼辦。」

回到朝陽家，王阿姨一看兩人抬著個大傢伙進來，趕緊在客廳的角落裡給他們騰地方，隨後告訴他們：「剛才顧斌打電話來，問海生在不在，我告訴他，你出去了，一會兒回來，他叫你打個電話過去。」

顧斌是顧青、顧紅的哥哥，平日裡雖很少聯繫，卻是絕對信得過的朋友。顧斌在電話上告訴他，接到滬生從上海打來的長途，讓他務必通知海生立即返滬。

「你們家老二說，你的事，家裡和單位都知道了，叫你速回上海。我去了你在大院裡的小家，家裡沒人，想在田家碰碰運氣，你還真在這。」顧斌在電話裡說。

海生一邊道謝，一邊想怎麼會沒人，她難道還要往外跑？正想掛電話，顧斌在那一頭說：「別掛，我媽媽有話和你說。」跟著，電話裡傳來譚阿姨親切的聲音：「海生啊，你的事，我們都知道了，你要小心，千萬別闖出什麼亂子來。」海生像個乖孩子似的不停地答應她，譚阿姨最後又說：「你明天中午來家裡吃飯，我和你顧叔叔都不放心你。」直到海生答應，她才掛了電話。

是夜，海生就睡在朝陽家裡，與張蘇那的條件比起來，朝陽家的條件當然好多了，乾乾淨淨的客房，安安靜靜的院舍，但他卻始終無法入睡。不僅僅是煩惱，而是煩惱和興奮在腦子裡疊加。這 24 小時經歷的跌宕人生與世間冷暖，比一輩子的還多，他幾乎記不住自己去了多少地方，見了多少人。

有一種人喜歡暴風雨，喜歡高效能，喜歡一天之內就能解決所有的事情，只有在這種充滿風雨，充滿效能的時空裡，他才能嘗到生命激情四射的滋味，才算是人生的挑戰。海生正是這一類人，他一生或許都在等待這一天來臨，並甘心為它哭泣，為它興奮。過去的一夜一天，他的思緒已經捲進了來自四面八方的挑戰裡，昨夜是愛與恨的挑戰，今晨是權力與正義的暗戰，疲憊之際又收到長輩的關懷和返回上海後將面臨的種種可能。於此同時，腦子裡不斷蹦出各種各樣的繽紛人物，從軍區那些部門接待者的嘴臉到姚廣明，郭克明，林志航各自的心態，從莊小平幽怨地訴說到葉琴的勃然大怒，再有那小丑般人物胡小平一會兒乞求，一會兒兇殘的目光。思緒裡唯一卻少的是蘭蘭，他知道她在遠遠的角落裡站著，不急不躁地看著這場因她而撕殺的，男人之間的戰爭。他想起顧斌在電話裡說，去大院裡找他時，家裡沒人，「沒人」這兩個字再次刺痛了他，她難道又出什麼「么蛾子」了，在愛的邊緣上掙扎了一會，他想通了一個道理，她的戲遠沒有結束，而自己不可能再陪她演下去了。

第二天，海生騎上自行車首先去了圖書館找葉琴，不管眼前有多少事，他還是希望先解開第一個結。站在葉琴的辦公室門口，他遞了一個眼色給她，然後退到走廊上，看著她帶著固定的微笑走過來。

「她怎麼樣？」海生小心地問。

「不用擔心，好著呢，至少沒在我面前掉一滴眼淚。」

「你陪了她一個晚上？」

「那當然，不過不是在你家。你們那個房子對她來說，所有的回憶都太淒美了，我把她帶回家裡了。」

「太感謝你了。」海生如釋重負地說。心裡那塊石頭也同時落下了，只是沒落在地上，而是落在了腳上，砸得自己生疼，他使勁在心裡嘲笑自己的猜疑。

「別謝我，趕緊向誠誠賠不是，他嚷著要找你算帳，你害得他又在沙發上睡了一夜。」

海生很想知道她倆一個晚上說了些什麼，卻又問不出口，葉琴看他欲言又止的樣子，便說：「你放心，沒說你的壞話，你梁海生的口碑還是不錯的。」

兩人分手前，葉琴笑得很假地問他：「你打算怎麼辦？」

「不知道。」海生深深地歎了口氣說：「我覺得她這一輩子的戲還沒演完，還會演下去，我呢，實在不想陪她了。」

看著邁著大步離去的海生，葉琴心裡不知是什麼滋味，她明白海生是個刻意裝天真，扮幼稚的人，其實他和蘭蘭很配，其實女人就喜歡這樣的男人。

在去顧家的路上，海生臨時起意，籠頭一拐，去見了莊小平。

和昨日相比，莊小平今天顯然精心打扮過，描了眉，化了妝，披肩的長髮梳得很順溜，軍裝裡穿了件黑色的高領內衣，衣領上那段白皙的脖子令人垂涎。

「你怎麼提前來了？證明材料我還沒寫好呢。」莊小平見了他，驚訝中帶著喜悅。

「我是來告別的，單位裡來電話了，要我立即回去，你材料寫好後寄給我好了。」

其實，海生有很多方式可以通知這位才見過一面的胡家前兒媳，比如打電話，既快又省事，他偏偏選擇了見面的方式。可見這個昨天還被他否定的女人，還是在他心裡留下了痕跡，只是這個痕跡恰好落在好奇和玩味兩根神經的交接處。

海生走時，莊小平一直把他送到吵吵嚷嚷的門診大廳之外。

到了顧家，勤務兵將他引進客廳，裡面一個人也沒有，再一看，通往陽臺的門大敞著，秋日明媚的陽光鮮活地照在門楣處，一盆一盆的菊花從客廳一直排到院子裡，走出陽臺，只見頭髮花白的顧叔叔正蹲在那整理盆土。這個在他眼裡最有骨氣的長輩，此刻佝僂的背令他心中發酸。

「顧叔叔，你好。」海生幾乎是用少先隊時代的嗓音在叫他。

「哎，小三子，你來了，來看看我種的菊花好不好。」顧松林朝他慈祥地一笑。

自古將軍如美人，不教人間見白頭。心生感歎之後海生乖乖地蹲在他身旁說：「好得要死，比玄武湖菊展的花還漂亮，這都是你自己種得嗎？」

「當然嘍，這裡有 20 多個品種，你看那棵墨菊，是珍品，極少見。」顧叔叔又指著院落深處那些千姿百態的樹木說：「我這有葡萄、石榴、櫻桃和柿子，你下個月來，就能吃到大柿子了。」

海生打小就喜歡花花草草，此刻待在顧叔叔拾掇的花園裡，仿佛置身在世外桃園，這些天累積在心中的煩惱隨之退到千裡之外。

這時，繫著圍巾的譚阿姨從廚房裡出來說：「小三子，餓了吧，阿姨的飯菜馬上就好。」

海生見了，又屁顛屁顛地跟著她去廚房看她燒菜。聽譚阿姨說話，能讓人愉快，這是他很小就藏在心裡的秘密。

今年春天，梁袞書在南京檢查身體時，譚阿姨在醫院裡見過于蘭蘭，因為都是山東人，對她印象不錯，便對海生說：「跟阿姨講講，你們是怎麼回事？」

海生從不和人談起為什麼和蘭蘭結婚，除了小燕、張蘇、朝陽少數人外，周圍的人莫不以為他腦筋搭錯，娶了個放蕩的女人。事到如今，他突然有了想把事情說清楚的欲望。於是，他從東林之死講起，到蘭蘭從勞動農場回來後自己去找她，再到兩人結婚後的故事，一五一十說給譚阿姨聽了。

「蘭蘭這孩子真傻，你這麼好心地幫她，她還不懂得珍惜。」老人的話總是當你感到千真萬確時，為時已晚。

正說著，顧斌回來了，平常中午他都是在單位吃飯，今天是專門為了海生趕回來。在飯桌上，譚阿姨又不厭其煩地把海生的故事說給爺兒倆聽。

顧松林邊聽邊慢慢地喝著他的小酒。關于蘭蘭和海生的故事，他隻字不議，卻直白地對海生說：「你要告胡小平，可要做好思想準備。他父親在軍區當了 20 多年政委，雖然現在已經退居二線，軍區裡為他說話辦事的人還是很多的。」

海生聽了，又把昨天去軍區大院告狀的經歷一一說給他們聽。

「別怕，胡平有什麼了不起，正因為是他兒子，我們才告他呢。」顧斌毫無顧忌地說，他和海生一個德性，都是喜歡在飯桌上與老子唱反調的人。

「我不會放過他的，我已經找到了胡小平的前妻莊小平，她答應給我寫證明材料，回到上海，我就寫一封起訴書寄給軍事法院，紀委，告他破壞軍婚罪，再不行，我就寄到軍區黨委，告不倒他，也要讓他臭名遠揚。」

海生如此一說，不僅讓顧斌大聲叫好，飯桌上兩個老黨員也心生贊許，顧松林說：「這麼多年，你爸爸一直被胡平壓著，現在輪到你跟胡家算帳了。」

「他為什麼和我爸過不去？」海生不明白地問，他從來沒聽說過老爸和胡平有過節。

「胡平是師範畢業，你爸爸是大學生，你爸爸在學問上比他高，軍區誰都知道當年你爸爸是許世友的洋拐仗，而他這個政委很多時候只是個擺設，他心裡當然不舒服，軍區黨委幾次討論你爸爸升遷，都被他以出身不好，知識份子習氣太重等藉口攔了下來，時間一長，大家都明白是怎麼回事了。」

海生突然很想知道，老爸是怎樣看胡平的。

（十二）

梁袞書此刻在等著兒子回家。

華燈初上時，海生回到了上海，一進家門發現全家人聚齊了在等他。客廳裡的大吊燈散發著溫暖的光，燈光下滿是關切的目光，他心裡頓時溫情四溢。隨著眾人擔心放下，大家急於知道海生是如何抓到于蘭蘭和胡小平的。其中小燕和陸敏想聽其中刺激的情節，老爸、老媽想確定海生是不是有確鑿證據，滬生和江峰則什麼都想知道。

一件事在講了無數遍後，一定會變味。海生現在已經不是在講自己痛苦的經歷，而是繪聲繪色地在講一個捉姦的故事，怪不得小燕在聽完他的講述後說：「行，我看你還挺得住，像個沒事人似的。」

「你們是怎麼知道我的事的？」海生問道。

「胡平的女婿現在是上海警備區政治部主任，找人上門來說情，還有你們單位有個副部長也來過。」老媽不屑地說。

海生想起了那個好八連指導員，現在的政治部主任，長著像生了肝炎似的面孔，當年被胡平相中，成了准女婿，從指導員一下升到團政治部主任，在南京開學習毛主席著作積極分子代表大會上見到了老爸，回來後還專門找他談過一次話。

他跟著又問：「你們怎麼回答他們的？」

「你爸爸說，孩子的事，我們不管。」老媽代替老爸說。

海生接著把去軍區大院告狀的事說了一遍，全家人這才知道他在南京搞出這麼大的動靜，海生看得出老爸聽得很仔細，儘管他一直在看電視。

等到大家七嘴八舌結束，梁袤書才開口說：「明天上班後，先把事情向你們部領導好好解釋清楚，不許由著性子來。」

在中國，幾乎從孩子時代開始，每個人就明白了「不要由著性子來」的意思，那就是你得學會委屈自己，否則你將處處碰壁。偏偏已經 30 歲的梁海生，還沒學會「不要由著性子來」，尤其是當他認為自己是對的時候。

第二天上班，海生第一時間就把在南京所發生的事彙報了。他平常在部裡，工作的時候就工作，從不含糊，有什麼好處也不爭不搶，上上下下人緣挺好，如今碰到這種事，自然大家一邊倒的同情他。關於要告胡小平的事，他隻字不提，雖然他不是塊在官場上混的料，但在需要心細的時候，他的狡猾一點不遜於他人。他甚至都不和父母商量，一是不願他們干涉，其次也不想他們牽扯進來。

莊小平很快寄來了她寫的證明材料，信中還說了胡家近期的動態和她聽到的各種風聲。海生儘管有朝陽這個管道提供南京的資訊，卻還是對她的熱心回了封很哥們味的信。

同時，他把狀告胡小平破壞軍婚的材料分別寄給了軍區紀委和軍事法院。幾天後的一個早上，海生剛進辦公室，張勝利就湊過來說：「軍區紀委來人了，專門為你的事而來，正和部領導談話呢。」

他話音剛落，值班的來了，叫海生立即去會議室。進了會議室，除了幾個部領導還有一張熟悉的面孔。

「營長，你好！」海生立正向對方敬了個標準的軍禮。

「小梁，你還記得我。」

雙方的手隨即緊緊地握在了一起。此人就是海生當連長時的老營長劉永貴。他參加了自衛反擊戰回來後，當上了團參謀長，百萬大裁軍時，全團撤編，他又被調到剛成立的紀委工作，這次正好被派來調查梁海生寫給紀委的起訴材料。在來之前，紀委已經和胡小平談過話，他承認了和于蘭蘭的姦情，案情和梁海生反映的基本一致。這次來，劉永貴只是代表紀委和當事人面談。

寒暄之後，海生依著劉永貴的要求，又把早已滾瓜爛熟的故事又溜溜的說了一遍，接著，劉永貴代表紀委調查組將詳情向部黨委做了介紹，部裡幾個頭頭聽了，也都鬆了口氣。他們原來擔心梁公子會給部裡帶來什麼大麻煩，現在紀委都已證實，就沒什麼好擔心了。

劉永貴臨別時，握著海生的手說：「小梁啊，做為朋友我多一句嘴，趁早離了吧。你年紀輕輕，還怕找不到好女孩。」

這話，林叔叔也說過。

海生與老領導道別後，回到辦公室裡還在想劉永貴的臨別贈言。好像所有的人都認為自己被一個壞女人迷了心竅，不同的只是有人譏笑，有人惋惜，有多少人譏笑，他不想知道，太多，數不過來，有多少人為他惋惜呢？

正鑽牛角尖時，張勝利從身後重重地拍了一下他的肩膀：「想什麼呢？叫你都聽不見。」他衝張勝利一笑，很得意的把紀委的談話與他說了。張勝利聽了，反而數落他：「你呆呀，為什麼不去送送你的老領導，有些話在部裡不好說，沒人的地方，你方便問，他也方便說。」海生一聽，深感懊惱，再一想，也找不到什麼問題要問劉永貴的。

白天的意外驚喜還沒有消退，晚上回到家，他又見到另一個意外的客人，當他走進客廳時，沙發上赫然坐著顧紅，老媽、小燕正陪著她說話。

見到顧紅，他又是驚訝，又是高興，高興也是由驚訝引起的。前年春天，她和大個南下路過上海時，還是一身簡單的裝束，兩年後再進梁家，已然一身珠光寶氣，打扮的既入時又得體，一身奶白色的套裙時裝，據她說是正宗的日本貨，小燕拿手一摸，果然國內從沒見過這種料子，質地又厚又挺，非貴婦不能穿它。在敞開的立領之間，掛著一條鉑金的項鍊，它與豐腴迷人的脖子，細緻修飾的髮型一同呈現出一個白領麗人的完美形象。海生脫口便贊道：「顧紅，你這身打扮幾乎把我們鎮倒了。」

顧紅聽到如期的贊許，反倒有扭捏，嫣然笑道：「謝謝，我還擔心太老氣了。」

「一點不老氣，忒洋氣。」海生接著又問：「大個呢？怎麼沒和你一道？」

顧紅聽了，嘴一撅說：「別提了，我好不容易給他找了個總經理助理的職務，幹了沒半年，和老闆吵架，被辭退了，他一氣之下跑回北京去了。」

顧紅說著從包裡拿出一個漂亮的胸針和三支盒裝的寶利來領帶。胸針是送給小燕的，領帶滬生、海生、江峰一人一條。還不習慣接受禮物的小燕和海生高興得不行。劉延平見了說：「顧紅，到了上海就住家裡，不要住在外面。」顧紅本來在錦江飯店訂了房間，聽劉延平一說，正合自己的心意，便一口答應下來。

原來，就在海生離開顧家的第二天，顧紅回到了南京，她聽老媽講了海生的故事後，莫名其妙就想來上海找他。這個從小很驕傲的公主，內心其實很弱小，在大院那些歲月裡，她一直表現的和別的女孩不一樣，為的是吸引男孩子的注意，這種表現和驕傲沒有關係，或者說那是種偽裝的驕傲。海生當兵後第一次回到大院那個秋天，她興衝衝地去見青梅竹馬的他，卻被他冷落一旁，那次對她的打擊太大了，後來許多年，她都沒再踏進梁家一步，並且一氣之下，逼著海生的好友大個和自己結了婚。

那是個無知無畏的年代，在革命統治不到的地方，生氣往往成了生活的伴侶。後來，在飽嘗了生活的真諦之後，顧紅的公主脾氣磨去了許多，尤其是從大個嘴裡慢慢知道了海生與于蘭蘭婚姻的真實版本後，顧紅很有些後悔自己當年的賭氣，把一個好男人輕易讓給了別人，因此，她一聽蘭蘭出軌的事，就登上了開往上海的火車，她要做第一個來安慰他的女人。

晚飯後，海生正在三樓自己的小天地裡起草離婚報告，顧紅走上樓來，她手裡端了個碟子，碟子裡擺著兩塊巧克力蛋糕。她心裡此刻鼓滿了渴望，沒有絲毫的忐忑，見房門半敞著，愉悅地問到:「我可以進來嗎？」

「當然。」海生撂下手中的筆起身迎接她。

「嘗嘗我從錦江飯店新開的黑森林蛋糕店買來的蛋糕。」顧紅把蛋糕放在他寫字的桌子上，身子倚在桌邊說。

雖說是髮小，記憶裡很少有兩人面對面單獨在一起的光景。而如今的海生見到顧紅，也不再會有當年那樣的尷尬了。他說了聲謝謝，切了一小塊蛋糕放進嘴裡，果然有股濃烈的巧克力味，遠比上海店家做的香。他把另一塊推給顧紅，她連忙揉著腹部說:「太甜了，我不敢吃，你知道吧，我比以前胖了十幾斤。」

「大概是你做生意發了，心寬體胖。」其實海生從第一眼看到她，就覺得她胖了，只是不方便說而已。

「才沒發財呢，」顧紅一扭腰肢，嗲嗲地說：「在深圳每天都有應酬，不是上白天鵝，就是去中國大酒店，我又喜歡粵菜，清淡不膩，選料又精細，排場特別大，天天吃，能不胖嗎。」

做生意是眼下最時髦的事，海生雖不會為錢瘋狂，但時髦還是要追崇的，他立即把沙發清理乾淨讓顧紅坐下，聽她大談特談深圳那邊生意場上的人與事，顯然這是顧紅最得意的故事，她拿出自己的名片給海生，上面印著 XX 集團深圳分公司第一貿易部經理。

「我們公司總部在香港，是國務院的直屬企業，老總是 XXX

的兒子。」

海生一聽是現任國家領導人的兒子，也不禁大驚小怪起來。這倒不是他勢利，如今在深圳的弄潮兒多如牛毛，但真正在生意場上風生水起的也就幾家太子黨掌控的公司，顧紅能在他們的公司站住腳，沒兩下做生意的本事，絕對不行，至少海生自忖沒這個本事。

和顧紅一番侃侃而談，可謂吊住了海生的胃口，他躍躍欲試地說：「我一轉業，先到深圳待半年，好好學學怎麼做生意，到時候你能不能幫我找個吃口飯的地方，實在不行，不給工資我先白幹也行。」

顧紅一聽就樂了。「沒問題，保證你有吃有喝。誰叫你上次不和我們一塊走，如果當時你去了，一定混得有模有樣了，你比大個能幹的多了。」

海生經她一提，才想起來問：「深圳這麼好，大個為什麼跑回北京去？」

「別提了，剛到深圳時，我們倆在一起做，後來我做火了，到處拿訂單，他怕別人看不起他，不做了。我又給他找了個香港客戶的公司，人家看我的面子，給他的工資比我的都高，做了半年就和老闆吵崩了，逼著我和他一塊回北京去。那怎麼可能，我現在這些客戶關係，當初建立多不容易，光在酒席上吐就不知道吐了多少次，哪能說走就走，直到他走的前一天晚上，我們還在吵架。」顧紅說到後面眼圈都紅了。

海生急忙拿紙巾給她，並委婉地說：「也許是他覺得你做的比他好，心裡不平衡吧。」

「他根本就不是做事情的料子，只會使性子，還閉著眼逞能。」顧紅越說越氣，似乎有意要在海生面前貶低自己的丈夫。

其實，她的婚姻多少得怪她自己，當年是她拉郎配硬拉著大個和她結婚，現在後悔焉能怪別人。女人們這山望著那山高的本事，海生算是領教過了，不過憑心而論，顧紅在芸芸幹部子女中，可謂是另類。在跟著老爸倒楣的日子裡，她飽嘗了各種刁難和冷漠，變得現實與圓滑了，至少不再是個花瓶，否則，又如何能在魚龍混雜的特區站穩腳跟，僅憑這，不得不讓海生佩服。

從海生房間出來，顧紅心情不錯，首先是兩人聊得很開心，海生還放出了話，轉業後和她一塊去深圳混，這讓她頗為得意，並已經把他能去的公司在心裡轉了一圈。還有，她在海生的桌上意外發現他寫的離婚報告，這令她的想法更多。

第二天上班，海生將離婚報告交到了部裡，剩下就是等待批准。

作為軍官，結婚要打報告，離婚也得打報告，報告被批准後，方能得到一紙證明。拿著這張紙去民政部門，或者法院，才能辦理離婚手續。所以，軍官婚姻的生殺大權，全掌握在他們的領導手中。

當晚，海生在飯桌上宣佈，自己已經把離婚報告交上去了。劉延平聽了，長舒一口氣，這兩年憋在心裡的不快，終於吐了出去。梁袤書則簡單地說：「離了就離了，好好接受教訓。」一旁偷著開心的是在梁家作客的顧紅。

昨天晚上，海生已經感到顧紅在一步步逼進自己。由於他內心一直覺得顧紅的婚姻不如意，多少和自己有瓜葛，再加上目前這個時刻，有個異性朋友陪在身邊，心情放鬆了許多，所以並不回避她。同時，他也自認自己有這個克制力，不至於和她跨過紅線。

做為性欲的動物，任何人自誇在性欲方面的定力都是可笑的。所幸，顧紅因公司的業務，急著趕回深圳去了。

（十三）

接下來的日子，海生每天都在等部裡什麼時候批准他離婚。開頭兩天，部裡還當回事地對他說，很快就批准。後來氣氛不對了，部裡幾個頭似乎都在躲著他，他才意識到問題嚴重了。於是，他換了個方式，不提離婚證明的事，只提要請假去南京，結果當然是不准。在他們眼裡，這兩件事是換湯不換藥。

碰了壁的他只能在張勝利面前不停地罵這些人是孫子。張勝利則主張他把事情告訴他老爸，讓老子出面擺平。

「算了吧，這幫孫子敢這樣做，一定是受胡家指使，而且他們也一定想好了對付我老爸的辦法。再說，他雖然還在市裡上班，軍隊裡早已宣佈他離休了。」

還有一層原因，海生不想說，那就是他不想求老頭子。說給張勝利聽，免不了被他嘲笑一頓。

不依靠老爸的梁海生，實際上很難找到什麼辦法走通離婚之路。部裡的推諉搪塞，令他第一次親身見識了什麼叫上級耍賴，竟和街上短斤缺兩的小販，飯店裡偷工減料的廚師一般的厚顏無恥。

在忍了一個星期後，他終於忍不下去了。這天是星期五，部裡領導按慣例在下班後要開部黨委會，等到下班後，部裡領導進了會議室，他敲門走了進去。

「不好意思，打擾各位領導了。」乘這幫頭頭腦腦驚愕之際，海生冷靜地說：「我申請離婚的報告交到部裡已經半個月了，至於離婚的原因，想必各位領導都已經知道。這段時間，我問過部裡領導無數次，部裡每次答覆叫我耐心等待，要開會討論，我想不出一份離婚證明有必要拖那麼長時間不辦，今天各位領導都在，我希望你們把這事決定了，並給我個答覆。」

海生說完後，沒人開口，所有的人都看著主持會議的政委。政委是參加過解放戰爭的老革命，沒文化，卻有資歷，他先輕咳一聲，然後說：「小梁啊，我們現在開黨委會，你的事，我們專門找個時間討論，現在請你不要影響我們開會。」

海生既然走到了這一步，要叫他出去談何容易，他雙手一抱，靠在身後的門上說：「別拿黨委會來嚇唬我，我這樣做，完全是你們拖而不辦造成的，挑明瞭說，是你們受人指使，故意不開離婚證明，作為黨委委員，你們這樣做，不覺得汗顏嗎？」

有備而來的梁海生把毫無防備的黨委成員們說得面面相覷，啞口無言，負責部內事務的副部長不由得火冒三丈，朝他一拍桌子說：「梁海生！我告訴你，你說的離婚理由，只是你的一面之詞，誰知道是真的還是假的，我告訴你，在沒弄清真假之前，部裡是不會批准的！」

這位副部長本來面相就有些不正，一半臉高，一半臉低。造成一邊的眼睛眉毛是吊起來的，激動時，嘴角也跟著吊起來，整個臉歪向一邊。他來得時間不長，專喜歡找下面的碴，所以海生他們背後都叫他「歪瓜」。

海生聽他如此一說，氣得肺都要炸了，軍區紀委工作組來時，和部裡說得清清楚楚，自己反映的情況是真實的，當時副部長也在場，現在居然不認帳了，你不是混蛋嗎！他越看那張吊起來半邊的嘴臉，越像電影裡的漢奸走狗，尤其是他說完了還朝他詭秘地咧了咧嘴角，分明是告訴他，我就賴了，你又能怎樣！

海生終於冷笑了，當他對一個人冷笑時，這個人在他心裡就已經失去了人的地位！

他原本懶散的身體突然以飛一般的速度衝到了副部長面前，揮起手，只聽「劈啪」一聲脆響，副部長的臉上結結實實挨了他一巴掌。

被打懵了的副部長，站起來就想還手，幸好被委員們衝上來緊緊地抱住了。海生從當兵之後就沒動過手，面對胡小平這只癩皮狗，他也沒動手，此刻，15 年沒爆發的野性全爆發了，失去理性的他把面前的茶杯、煙缸、書本等稀裡嘩啦全摔了過去，指著躲在角落裡的副部長說：「軍區紀委來的時候你在不在場，關於我為什麼要離婚，紀委和部裡的談話記錄上白紙黑字寫得清清楚楚。你狗日的敢說不知道！我告訴你，你敢耍賴，我就敢揍你！」

罵到最後，海生憋了數天的委屈，竟全化做淚水傾瀉下來。

回家的路上，初冬的寒風痛快地灌進敞開的衣領裡，令火熱的身體十分暢爽，出手的痛快，還在刺激全身的神經，他不是沒有想過後果，只是覺得事到如今，想也沒用，既然沒用，不如不想。

快騎到家時，他遠遠地就看到家裡的勤務兵站在路口的路燈下張望著，見了他，對方好似一顆心落了地，說道：「首長叫你回來後，立即去他書房。」

海生瞧他焦急的樣子，淡定地一笑問：「他沒生氣吧？」

「沒有，剛才他自己等在這兒，等了一會沒見你來，又叫我等在這兒。」

已經沒有了任何壓力的海生，快步走進老爸的書房，梁袤書和劉延平兩個人都在，聽到老三的開門聲，梁袤書關掉電視轉身問他：「你怎麼把部長打了，不是亂彈琴嗎！」

「這幫人告起狀來倒是挺快的。」海生厚著臉一笑，然後振振有詞地把事情說一遍。

「不管你怎麼有理，動手打人就變成沒理了。你要給部裡做一份深刻的檢查。」梁袤書並不想大動干戈教訓兒子，他相信兒子什麼都懂。

「你們那個副部長也太沒水準了，紀委已查實的事，他還睜著眼瞎說。」劉延平這次倒是幫著兒子說話，她也是做黨務的，深知紀委的結論猶如法院判決。

這時，勤務兵敲門進來說：「首長，警備區政治部的副主任來了，在樓下客廳裡。」

「又是這個人，他們之間的聯繫倒是挺密切的。」劉延平一聲冷笑後說：「你別去了，我去應付他。」

海生在南京捉姦的第二天，就是這個副主任來拜訪梁家的，梁袤書心裡極不願意見這號人，但是對方能厚著臉皮上門，他卻不能抹開面子不見。於是，他站起來說：「還是我去吧。」

看著老爸下樓去的身形，想到他已經 72 歲了，還要為自己闖得禍去周旋，海生心裡突然沒了心氣。

事情演變到了這一步，胡家千方百計阻撓海生離婚的原因，想必看家都很清楚。如果海生不離婚，那一邊就能大事化小，為從輕處理胡小平找到藉口。一旦海生離了婚，做實了胡小平破壞他人婚姻的醜行，那邊就不得不處理他，這樣，不僅胡家的聲譽受損，胡小平升遷的政治前途也基本結束了。

第二天，海生很早到了辦公室，他需要在心裡組織一篇即時發言。快到上班時間，張勝利到了，海生拉著他到陽臺上，將昨晚大鬧黨委會，打了副部長耳光的事告訴了他，張勝利像聽武打小說一樣，過足了癮。然後問：「你打算怎麼辦？」

「沒什麼怎麼辦？大不了處分我。」說到這，上班鈴響了，兩人匆匆趕去會議室。

部裡每天上班第一件事，全體人員要在會議室集中開晨會。海生一看人都到齊了，趁主持的還沒說開會，搶先一步走過去關上會議室的門，對著正在交頭接耳的同事們說：「各位對不起，開會之前，我有件事想借此機會說一下，我希望大家聽完我的發言再離開。」他看著四周期待的目光說：「也許有人已經知道了，昨天晚上我打了副部長。」他話音一落，會議室裡轟地一聲就炸開了，這時，有一個已經從部領導嘴裡聽到另一個版本的參謀，想找藉口往外走，張勝利毫不客氣地叫住了他：「你什麼意思，想拍馬屁也不急這一會。」眾人跟著一陣轟笑，那人也不好意思走了。

「我之所以要說給大家聽，是擔心有人用手上的權力編出另一個故事來顛倒黑白。」接著，他從婚姻之變說起，一直到昨晚為什麼會打副部長，說完後，他看著會場唯一一個部領導，副政委說：「我說的整個過程，句句是實話，副政委昨晚也在現場，他可以證明我是否說了假話。我承認打人是我的不對，我請求組織上給我處分，但我同時要求部領導公開澄清我離婚的原因，並出具離婚證明。我希望在坐的一道與我見證這件事的發展。」

毫無疑問，海生這一招先下手為強，取得了一面倒的勝利，有誰會拿自己的家醜來編故事呢，梁海生不惜將妻子的醜行公佈於眾，公眾當然相信他說的是真的，反之，部領導的任何解釋，都無法讓人相信。

散會後，海生首先去感謝張勝利，他發自內心地說：「要不是你在關鍵時候出來幫我拉一下，說不定這個會就開不下去了。」

「這時候不幫忙，還算什麼朋友。」張勝利接著說：「對了，你不是打算把材料寄給軍區黨委嗎，我有個戰友在向司令辦公室做機要秘書，你不如直接把信寄給向司令。」

事到如今的海生已經是病急亂投醫，立即把告狀的材料複印了一份交給了張勝利。他倆早已商量好來年一塊轉業去地方，所以，張勝利也不怕此時公開站出來支持梁海生，擔心有人事後算帳。

反倒是部裡領導被梁海生豁出去的做法，弄得灰頭鼠臉。在軍隊裡，一個部門出了這種醜事，可是了不得。第三天，上級的工作組就進了部裡，責令梁海生檢查的同時，也責令副部長停職檢查。一時間部裡飛滿了小道消息和大道消息，工作組逐個談話的結果，同情梁海生的竟占了大多數。海生正希望事情這樣發展下去，他早已準備好了一份足夠深刻的檢查，還主動要求上面處分自己，工作組的人即使想整他，也沒了子彈。

（十四）

海生打部長耳光的事，很快傳到了南京，整個消息的標題還很長，叫：胡小平仗勢破壞軍婚惡行昭著，受害人離婚不成怒煽領導耳光。田朝陽在電話裡搖頭晃腦說給說生聽，海生一聽就知道是他自己編出來的，也不戳穿，問他：「你是怎麼知道的？」

「你小子這次搞大了，軍區大院已經傳得紛紛揚揚，連麗娜他們總醫院都知道了，她叮囑我千萬向你表示敬意，對了，據說向司令也收到了告胡小平的材料，責成司令部要嚴肅處理這件事。」

用一記耳光換了個處分，也就砸出這點響聲，在中國人的計算公式裡，是極不划算的。但在高幹子弟中，敢做這種事的絕不占少數，這倒不是他們慣於無法無天，而是他們沒常人那麼多顧忌。如果有朝一日中國人沒了對權力的顧忌，被打耳光的官員，一定成幾何級數增長。

最讓人忍俊不禁的是老夫子國梁，「世無完人，知道該善的時候善，該惡的時候惡，便是真君子，和你梁海生比起來我輩實在汗顏。」老夫子說完還真擦了擦冰冷的額頭，隨後又說了一句海生此生難忘的名言：君子不偽必無為，華夏之弱的根本也。

更甚的是趙凱，他深更半夜躺在地鋪上聽海生把故事說完一骨碌坐起來，敲著地板說：「這幫土鱉，永遠和他們尿不到一個壺裡，你趁早把這身皮脫了！」

說完他想起屁股下面就是梁老爺子的臥室，衝著海生伸了伸舌頭。他這二年不倒賣香煙了，開始從東南沿海倒賣走私服裝到南京等地，服裝是大件，常被攔著不許上火車，只能帶著貨做汽車到上海，從上海中轉去北方。到了上海他就在海生的房間裡打個地鋪，睡覺吹牛兩不誤。

他嘴裡的「脫皮」就是脫軍裝，高幹子弟們近年開始流行脫軍裝，重新找他們的生活位置。海生想著脫皮想了十年了也沒實現，現在，他想的是比「脫皮」更遠的事。

被打耳光的事翻山越嶺傳到了在深圳的顧紅耳裡，她匆匆忙忙趕到了上海。她認定海生這時最需要關心和愛，需要有人在他身邊幫他減壓。這招「乘虛而入」，常被戰場上的男人們自認是什麼高深的計謀，殊不知在更古老，更世俗的情場裡，它只不過是情商裡的「A、B、C、D」而已。

顧紅到了梁家一看，和自己想的完全不一樣，風平浪靜，好像什麼事也沒發生過。梁家的人都知道海生習慣自己做的事自己扛著，關心也是白關心，與其惹得他不高興，還不如不問。所以，顧紅在飯桌假裝隨意問了一句後，除了小燕陪她說了些事情經過，其他人並不熱衷這個話題。

吃完飯，顧紅照例端著從錦江飯店買來的蛋糕，先給二樓兩位長輩送去，再上三樓。海生似乎知道她要來，她剛上三樓，海生就走出來迎接她，兩人在沙發坐下後，海生先開口說：「剛才在飯桌上很抱歉，我是故意不接你的話，生怕一扯到這件事上，老媽就會問東問西，討厭死了。」

顧紅不無擔憂地問：「聽說要處分你？」

海生則滿不在乎地說：「處分就處分唄，我不在乎。」

「聽說胡家的女婿在上海警備區當政治部主任。」

「嘿嘿，你聽說的東西還真不少，還聽說了什麼？」海生笑著調侃。

「人家關心你嘛。」顧紅朝他撒了個小小的嬌，接著說：「胡平這個人心眼很小，文革的時候，我爸爸和他一道參加南京的軍管，他是軍管會主任，什麼事都和稀泥，『反許』也好，『保許』也好他都不表態，弄得下面的人沒法工作，為此老爸和他爭執過幾次。後來許世友重新掌權後，軍區黨委認為我老爸在軍管期間有反許亂軍言行，定他為『5·16分子』，隔離審查了他三年，其實他只是說過許世友脾氣暴躁，喜歡罵人，事實上許世友就是這樣的人。老爸在軍管會的言行，胡平心裡一清二楚，軍區黨委給我老爸定這個罪名，他脫不了干係。」

顧松林文革落難後，顧家的孩子跟著吃了不少苦，顧紅深知自己老爸的剛直不阿，當年得罪了那些官場裡「混腔水」的小人，現在她見海生一副天不怕，地不怕的樣子，自然也為他擔心。

海生自然是不會忘記顧叔叔倒楣的事，因為當時一起被整的還有曉軍的父親羅叔叔，羅叔叔自殺後，全家遣回原籍，幾年後，曉軍精神失常，落江而亡。

想到往事，海生不禁恨恨地說：「你別擔心，我不會放過胡小平的。反正我過幾個月就轉業了，一轉業我就去辦出國手續。」

顧紅一聽正合她心意，問道：「你確定了？」

「我討厭這個國家，除了教會你狡猾，你學不到任何東西。」

海生的堅定神情一下就顛覆了顧紅最後一點顧忌，男人的堅毅是最能讓女人動心的品質，她覺得有一股暖流從心裡湧出，兩人原是分坐在沙發兩頭聊天，她忽然就靠過去，抓住他的手緊緊地依偎著他，臉紅得好似六月裡的玫瑰。

海生沒料到她這樣，心裡一陣忐忑之後，才在她的摩挲中定下心來。他雖然早有預感兩人這樣來往下去，遲早會觸到紅線，只是沒想到來得這麼快，這麼無法逆轉，顧紅見他沒有拒絕，更放肆地靠在他身上，什麼也不說，靜靜地享受著盼望已久的一刻。

兩人一聲不響地相互依偎著，一個安寧，一個掙扎。面對被煽起的情欲，海生不知如何是好，「朋友之妻不可欺」，是他做人的底線，然而沒想到它竟然是個騙人的擺設。他打量顧紅半側的面孔，她雙眸低垂，充滿了幸福，這張曾讓他見了就臉紅的臉，現在再度讓他迷惘。他知道自己已經沒有退路，退卻將會再一次極大的傷害她，他不能也不願傷害她。

他伸出胳膊將她攬在懷裡，撩開她濃密的秀髮，從背後輕吻那白皙豐潤的頸子。在性愛上，顧紅不像蘭蘭，極富挑逗性，也不像洪欣，恨不得在你身上咬兩口，她很順從地躺在海生的懷裡，人幾乎癱成一團，隨他蹂躪輕薄，吻著吻著，他突然冒出一個念頭，她和大個在一起時，是不是也這樣？這一遲疑，致使他久久地在她的脖子上磨蹭著，過了一會才捧起她的臉。

此時的顧紅，面頰緋經，忘情地凝視著他，肉欲的唇半張半合，等待著他的親吻。少年時累積下來的無數癡迷與渴望瞬間支配了一切，他深深地吻下去。這是一個長長地吻，十幾年後才終於實現。

稍後，他把顧紅抱到床上，一件一件摘去了她的束縛。顧紅的身體是豐滿的，摸上去軟中帶有彈性，一對碩大的乳房充滿肉感，一路侵略下去，從柔軟的腹部直到神秘的穀底，豐腴的大腿將那兒緊緊地關閉，他只輕輕一探，兩隻玉柱般的守護神就為他敞開了，任他肆意把玩。此時的顧紅，心已經飛到了雲端，身體像飄浮的雲絮，享受著氣流的操縱。

然而，海生此刻卻有些遑然，他知道不能讓她失望，他用最挑逗的手感撫摸她圓滾的大腿根部，把玩著那厚實的陰唇，為進入她的身體準備，雖然不像以往那般瘋狂，但陰莖依然堅挺，在和濕濕的入口親密接觸後，它滑進了顧紅體內，並感到陰道滑潤又澀澀地迎接著它的到來，顧紅是剖腹產，所以陰道依舊很緊。這時，她開始呻吟，身體變得更軟了。海生喜歡女人在遊戲中主動一些，熱烈一些，這樣可以享受更多的性趣。所以，當他在她體內爆發時，並沒有從她的肉體傳導中享受到極度的瘋狂。當然，海生不會把這種感覺傳遞給顧紅，還是用瘋狂的衝刺結束了遊戲。

不過，顧紅還是感到了什麼，兩人並排躺下時，她問他：「你是不是有些勉強？」

海生忙說：「沒有啊，很好的。」跟著又說：「我正在想一件過去的事，你想聽嗎？」顧紅點點頭。「小時候在大院，我偷看你洗澡，你知道嗎？」

見她搖搖頭，他繼續說：「應該是69年夏天，有天晚上，朝陽帶我去他家後院，爬到衛生間的窗戶上，偷看她姐姐洗澡，後來我們又去你家後院，你們家的衛生間窗臺很高，我踩著朝陽的肩膀上去，一露頭，正好看到你在裡面，你一抬頭和我碰了個眼對眼，把我嚇壞了，使勁往下一蹲，結果朝陽在下面吃不消了，兩人一起摔到你家的菜地裡。」

顧紅聽了，不停地咯咯亂笑，海生卻急著問她：「你當時看到我了嗎？」這個謎在他心底都藏了十幾年了。

「外面那麼黑，我什麼也看不到的。」顧紅跟著問：「我當時穿衣服了嗎？」

「沒有。那時你已經開始發育了，兩個小乳頭鼓鼓的，像兩個紅草莓。這麼多年來，我一直忘不掉你當時的樣子。後來，72年秋天，我當兵回來，碰到你來找小燕，聽到你的聲音我好高興，急著出來見你，沒想到一見到你，下面就控制不住硬了起來，害得我只好躲進房間裡不敢出來。」

顧紅這才恍然，原來海生當年躲著她，並不是不想見她，而是另有難言之隱。只是這一錯，竟讓她糾結了十多年。

這時她突然想起了什麼，拿起了隨身帶的小包，從裡面翻出了一個信封遞給海生。

「這是什麼？」

「你的調令，你不是想去南方嗎。」海生打開一看，還是紅頭文件，落款更是嚇死人－國務院辦公廳。調函是發給國務院下屬某部在香港的集團公司，上面有五個人，梁海生的名字依然在目。

「你的本事真大！不過……」

「是你的福氣好，正好國務院給了一批駐港名額，我們老闆要了五個，我軟纏硬磨把你的名字加上去了，你可不要猶豫啊，來找我們老闆要名額的人數都數不清。」顧紅生怕海生端架子，她太瞭解這些幹部子弟了，天上掉個餡餅給他還裝作不在乎。

「我還穿著軍裝呢。」

「那有什麼關係，請個長病假，人先去，到時候補個轉業手續就行了。」

如此重要的人生大事在顧紅的眼裡簡直就不算事，可見她現在依附的權勢有多大。

海生一看這架勢，只好向她明說：「我已經在辦出國讀書了，申請表都寄出去了。」

顧紅抓著他的手說：「你都三十多了還辦什麼出國讀書，再說香港不等於出國了嗎。」

「你讓我再想想。」面對一臉柔情的顧紅，海生不置可否地回答。

第二天是週末，海生款待顧紅，內容是聽音樂會。文革後，高雅藝術重新在上海灘吃香，80 年代，上海音樂廳每週末都舉辦音樂會，海生是這裡的常客，有好朋友來上海，他也會請他們去聽一場。世界上自從有了音樂之後，就有一部分人的靈魂會被音樂牽著走，海生就屬於這種人，美妙的音樂能令他發癡，令他遊走在另一個世界。另外，他去聽音樂會，也是為了東林，就像他看見大河，就會想起曉軍。

顧紅聽了雀躍不已。雀躍不已當然不是為了去聽音樂會。她穿了件短裘皮大衣，一雙淺灰色的小牛皮短靴相襯，很有點貴婦的味道。輕鬆悠然地挽著海生走進了音樂廳。

星期音樂會是按歐美的套路，在白天舉行，聽眾必須衣冠整潔，提前進場，演奏期間不能有任何噪音，讓演奏家舒心地發揮自己的才藝，也讓聽眾在貴族式的氛圍裡欣賞到高水準的演奏。

這期音樂會是舞曲專場，是為即將來臨的新年特地安排的。海生買的是最搶手的第六排的票，兩人提前 15 分鐘進了音樂廳，前後左右的人雖然個個衣冠楚楚，穿著時髦的短裘皮大衣的卻沒見幾個，四周環顧下來，顧紅臉上頗為得意，海生卻最怕見這種飄飄然的神氣，趕緊找到座位請她坐下。

安安穩穩地坐下後，他突然想起了蘭蘭，想起了她在這種場合的神態。美豔而自然，讓人心悅。雖然那是訓練出來的氣質，總比顧紅毫不掩飾的得意，讓人悅目的多。虛偽，竟也有美的時候。歎息之後，他又為出現在遠處的蘭蘭歎息：可惜了，一個美人胚子。

海生自認是個聽小曲的樂迷，他非得聚焦很大的耐心，才能欣賞那些精緻到每個音符都完美無缺的交響樂，它們太繁複豪華了。對於他，只要一首優美的小曲，就能讓他領略天堂般的風情。因此，音樂會開始後，他立刻就沉浸在那些熟悉，而又百聽不厭，風格迥異的舞曲裡。其實，音樂就是供人穿越的，不管什麼類型，只要能讓你心隨樂動，對於聽者，就一定能找到生命的另一扇窗。

一曲結束後，片刻的寧靜化開了旋轉的空氣，跟著又一曲開始時，顧紅開始有些躁動，她聽到了自己熟悉的曲子，幾個音符奏過，她扯著海生的胳膊就說：「這是施特勞斯的波爾卡舞曲。」海生的臉刷地就紅到了脖子根以下，一直傳到腳趾頭。因為臺上正在演奏的是耳熟能詳的勃拉姆斯的匈牙利舞曲，顧紅的話雖是說給海生聽的，但前後左右的人想必還是能聽到的。此刻，顧紅依然得意洋洋在聽她的「波爾卡」，海生卻羞得恨不能一個筋斗翻出十萬八千裡去。他知道來聽音樂會的多數是音樂迷，其中還有不少專業人士，他們愛音樂愛得很執著，執著到臺上若有一個音符出錯，散場之後立即就成了他們表現自己的話題，所以，海生又焉能不臉紅。

除了窘迫，海生心裡還有另一層不舒服。他在顧紅身上又看到了幹部子女浮淺賣弄的惡習。當年他決心不找軍隊幹部家庭的女孩，原因就在於此。雖然淺薄有其歷史的成因，但你不能不知道自己的淺薄。他相信，他現在若是提醒她剛才說錯了，她一定會不在乎地回答：「錯了就錯了唄，有什麼要緊。」

中場休息時間一到，海生拉著顧紅就離開了。

「為什麼聽了一半就走？」顧紅被他拉得莫名其妙。

「聽半場就夠了，也算帶你見識過了。你不是說要請我吃生日大餐嗎，你不會忘記今天是 12 月 26 日吧？」

（十五）

1985 年的最後一天，部裡宣佈給預梁海生行政警告處分，同時給他的，還有離婚證明。一個早已知道的壞消息，和一個盼望已久的好消息，加起來還是好消息。

回到家，還有另一個好消息在等待他，小燕終於拿到了帶全額獎學金的美國大學的入學通知書。這一年，小燕把所有心事都花在辦理出國留學的手續上，期間寄出了許多份入學申請，不是泥牛入海無消息，就是不提供全額獎學金，時下的情況是，拿不到全額獎學金，就拿不到入美簽證。為能拿到全額獎學金，小燕沒少化力氣，總算在歲末最後一天，老天爺給了她一個大禮包。海生聽了，當然高興無比，按他們計畫，下一個就是江峰。江峰後面就是海生，如果他拿定了主意。

從那一耳光後的事態來看，恐怕他心裡已經拿定了主意。以前，他對體制內的種種弊端僅僅是反感而已，這一次的親身經歷，留給他的是永久的厭惡。當厭惡、離婚和出國大潮疊加在一起，那種對自由自在的生活的渴望，從來沒有如此強烈。

「我請客，去紅房子吃西餐。」海生在小燕他們的屋裡不停地走動著說。

海生和小燕有什麼飯局，一定是去吃西餐，這已經是搬到上海後的生活習慣之一，其他還有打網球，聽音樂會，看內部電影，他們已經是無「西」不歡。

江峰沒他們那麼激動，他是個慢性子，悠悠地說：「算了吧，今天是歲末，紅房子一定客滿。」

「沒關係，我先去排隊，你們8點鐘來，記得叫上顧紅一塊。」海生常常想一出是一出，再加上剛拿到用處分換來的離婚證明，花錢的欲望特強。

「我看也算了，別弄得急吼吼的，就在家裡吃吧，你的西餐先欠著，等我拿到簽證再去吃。再說，顧紅到機場接大個去了，大個今天從北京飛上海，晚上會住我們家。」小燕說著，朝他詭秘地一笑：「老媽說了，叫你注意一點。」

海生被她說的臉一紅，看來他和顧紅的關係，家裡都注意到了，只是裝作沒看到罷了。他也裝作沒聽明白，接著小燕的上半句說：「那就改一天吧，她接人還不知道什麼時候能回來。」

果然，大個坐的飛機晚點，兩人快9點才到家。在等他們的時候，海生一個人待在房間裡開著電視胡思亂想。自從那天和顧紅越界之後，他突然有了強烈的壓抑感，發現自己成了類似胡小平那樣的人，雖然他可以為自己找出許多的藉口，但是「第三者」這頂帽子，算是給自己戴上了。從性的欲望上，他沒有愛上顧紅，那純粹是一種撫慰，或者說，那是為了過去，為了留在記憶海洋中始終挑逗他的遺憾。在「總算」和顧紅有了肉體關係後，多少年累積下來的香醇濃郁的夢變得平淡無奇，所以，在他聽說大個要來的時候，並沒有心惶惶的感覺。他知道顧紅和大個之間已經劃上了句號，而自己和顧經，似乎也已經是句號。

不可否認，他和顧紅還是「鐵哥們」，只是他已經無法找到愛的激情了，那種為了愛瘋狂，迷失和不顧一切的激情，如果這也算是一種成熟，只能是一種無奈的成熟。

大個到了後，海生臉皮很厚地上去和他來了個熊抱。顧紅領著大個上樓問候過老爸老媽後，由海生陪他倆吃飯，外加喝兩口。三個人坐在一起看不到一絲尷尬，海生肯定大個臉上的笑容是源自內心的，因為彼此都是很念舊的人，所以，大個見了海生就兩個字「興奮」，飯桌就聽他一個人滔滔不絕。已經討厭他這種瞎侃的顧紅，因為有海生在場，並沒有讓他難堪。大個早在北京就聽說海生抓胡小平，搧部長耳光的壯舉，但是有好幾個版本，反而讓他糊塗了，此時面對真身，自然要逼著他親口講述一遍。

「原來你爬的是胡小平家，不是胡平的家。」聽完了，他才恍然。

「誰告訴你我爬的胡平家，我有那個狗膽嗎。」

「小個說的，他還見過你家蘭蘭，說一輩子能娶到這樣的女人，不枉到這個世界上走一趟。」大個說的唾沫星子四濺。

第二天是元旦，天還沒亮大個就走了，他要趕去浙江的長途汽車。顧紅把他送到了長途汽車站，回來後就溜進了海生的房間。

「外面好像很冷？」海生一邊捂著她冰冷的身子，一邊問她。

「冷死了，在街上站了十分鐘才叫到計程車。」顧紅把冰冷的手插進他身上最暖和的大腿根部，他記起來蘭蘭也喜歡這樣，那兒好像是女人的權力所在。

「我說叫我們家的駕駛員送你們，你們不幹。」

「算了，這麼冷的天。」顧紅接著又討好地說：「昨晚沒來陪你，你生氣了吧？」

海生心想怎麼會呢，嘴上還是客氣地說：「沒有。」

「我昨晚和他談了離婚的事，他死活不同意，氣得我一個晚上都沒理他。」

海生已經被她撫摸得性趣盎然，聽她一講，猛地想起蘭蘭和胡小平搞上後，也曾偽裝假期來阻止他和她作愛，看來女人的性心理真是何其相似，想到大個的處境，頓有惺惺相惜之感。

兩人結束後，顧紅一邊穿衣服一邊問：「昨天你說離婚證明開給你了，什麼時候去南京？」

「過了元旦就走。」看著她粉白的身體消失在衣服裡，海生終

於開口說：「有件事，我想和你說，在你和大個離婚之前，我們還是不要往來了。」

「為什麼？」顧紅一聽就受不了了，撅著嘴說。

海生原想好，不管她哭也好，糾纏也好，決不要心軟。結果到了這會，心又軟了。他穿上衣服在她身邊坐下，摟著她好一會都沒說話，他不想傷害她，也不會說假話，來回權衡幾次，才說道：「我和大個的關係你不是不知道，比親兄弟還好，昨天看到他，我一個晚上都在怨恨自己，我不想再去傷害他，也不想傷害你，想來想去，還是讓我們先退一步，等到你們倆分手後，我們再光明正大的交往。你知道嗎，我們倆的關係連我老媽都看出來了。」

海生這番話說得合情合理，但是聽在顧紅的耳朵裡，卻像是羞辱。她可以接受海生的建議，但是她沒有同時得到愛的承諾，那種令她溫暖、貼心的承諾。她沉默了一會，擦乾了淚痕，毅然地說：「我知道你不喜歡我。」說完，也不等他回答，起身就離開了。

過了一會，院子裡傳來大門開了又關的聲音，透過百葉窗，海生看見顧紅的身影在法國梧桐光禿的枝杈中漸漸消失，只剩下高懸的梧桐果在陰霾的天空裡搖弋。他知道自己已經無法去愛顧紅，也包括今後任何一個女人，儘管他還會善待未來的她們，但那已經不再是愛，不再是不顧一切，不惜把自己刺得遍體鱗傷也心甘情願的愛。

（十六）

終於，他和她見面了，還是那熟悉的笑容，一個笑靨如花，一個笑藏矜持，好像什麼都沒發生過，又好像一切已經過去，兩人毫無芥蒂地擁抱，親吻，像一對久別的情人。

「明天的事，你已經知道了？」他問。

「你找的那個法院院長，和我托人找的是同一個人。」她笑著點破。

「那麼說，他收了雙份禮。」他笑著想像那個院長暗自得意的模樣。

「聽院長說，你擔心我不願意簽字？」

「不是擔心你，是擔心你背後的人叫你不要簽。」

她報復地一笑說：「不談這些，你還欠我一頓飯呢。」

想起上次不辭而別，他露出天真的樣子說：「出去吃，還是我做給你吃？」

「不出去，也不要你做，我做給你吃。現在，陪我去買菜。」

他倆依舊手拉著手在菜場裡挑選食材，他隨手拿了棵大白菜，她笑著搶下說：「半棵就夠了，你還準備吃幾頓啊。」他跟著啞然失笑。

倆人挽著手穿過大院和無數晶體的透視，回到小家，他把食材整理好又欲出門。

「你去哪？」

「去個朋友家，他讓我帶些東西去上海」

「不許不回來。」她無疑是在說他上次不辭而別的事。語氣裡透著親情，卻不再有撒嬌的口吻。和許多人一樣，她從沒想過傷害別人，是因為別人的受傷於己無關，只有等到傷害連帶到了自己，才感到懊悔。於是又和許多人一樣，想著去彌補，他們以為彌補就是懺悔，如果彌補真是懺悔，那懺悔豈不是兒戲！

天黑透時他回來，一桌菜也擺好了。冷菜有豬頭肉、鹽水鴨、花生米和洋花蘿蔔，熱菜有清蒸鯿魚、咖喱雞塊，炒三鮮和排骨、大白菜，粉線，火腿一起燉的砂鍋，外加一瓶她喜歡的葡萄酒。他把手裡的一個破布袋往牆角一丟，就去抓豬頭肉。

「不行，把手洗乾淨再上桌！」這是所有女人都喜歡下的命令，她曾經和所有的妻子一樣，知道管住男人的最好方法是吊住他們的胃口，但是，她卻忘了繫好自己的褲帶。

很早很早以前，性是愛的源泉，忽然有了文明，愛成了性的許可證。很小很小的時候玩過家家，我是爸爸，你是媽媽，換了一天，他是爸爸，你還是媽媽，我成了孩子。

是夜，他們上床，只有肉體觸摸和享受，沒有任何文明的負擔，在性的感召下，他們酣暢淋漓地將這些年的美好性事統統演繹了一遍。終於躺下後，他覺得那種癡迷、依戀、憧憬的感覺又回來了，灰暗中，他毫無責任感地說：「我們去找個沒人知道的小鎮生活好嗎？或者是大山裡的小縣城，或者是某個南方小城。」

「你不離了？」她翻個身，伸手抓住他的耳朵說。

以前，她半夢半醒時總是這樣。

天亮了，開庭的時間就要到了。她化妝時，他把兩輛灰塵滿面的自行車擦得錚亮，她出來一看，翹起小下巴，用很媚很嗲的笑容說：「我不騎車，你帶我。」他假裝眉頭一皺，無奈地說：「好吧。」她在後面坐穩了說：「你皺什麼眉頭，以後想帶我也沒有機會了。」他心想，你也沒有機會坐在我後面了。

法院準時開庭，諾大的法庭只坐了四個人：拿了雙份禮的院長和他倆，外加一個書記員。書記員是個漂亮女孩，和她很熟絡，兩人嘰嘰喳喳說個不停，對他則冷冰冰的。以至於後來很長時間，他都記得這張臉，一張天真的臉，卻不懂分清虛偽和真實。

院長讀完離婚調解書，他只記住了一句話：因感情不和，兩人自願離婚。他朝她聳聳肩，我們倆感情不和嗎？

回家的路上，兩人出奇地沉默，來時的嬉笑只是一片雲，吹散之後，就看到了路的盡頭。分家的事，一分鐘就解決了。他什麼都沒要，只要了他當年寫給她的 64 封情書。剩下的是他們最後一段旅程，一塊離開大院，離開石頭城，向南，一個回小城，一個回上海。小城是她永遠的避風港，只有在那，她才能把該忘記的統統忘記。

進了候車大廳，兩人相視，露出相似的苦笑，他們發現這是個最不該來的地方。多少的往事都彙聚在這兒。當年，在這裡，手上裹著紗布，臉上貼著膠布的她在最後一分鐘看見他匆匆趕來，那一刻，改變了她和他以後的生活。

「你還記得小個嗎？」他找到了一個段子來打斷沉默。「就是當年在車站當民警的那個，現在是車站派出所的教導員了。前不久他還說，不管誰娶了你，都不枉到這世上走了一遭。」

她聽了，莞而一笑。

上了車，她是短途沒座，他到終點有座。還像過去一樣，他把兩個膝蓋併攏，她在他腿上坐下，只是沒了愛的荷爾蒙，也就沒有了昔日二人世界的寫意。

很快，小城到了，終於到了最後一刻，他扶著她下去，站在洪流般的人群中，倆人默默對視，直到月臺上鈴聲響起，各自說了聲「珍重」，之後，是吻別，

他舔了舔嘴唇，確定這是最後一個吻時，她已轉身離去。人群中，她依然和從前一樣突兀，特立，過往的人在她身邊是如此的猥瑣，而他曾經是她最親密的伴侶。

在舞臺上站過的都知道，再怎麼不濟，架子是不能倒的，架子一倒，什麼都沒了。

不錯，自己不就是喜歡她那永遠的風姿嗎，他承認自己為她所做的一切，都源自她性感，嫵媚，光鮮的誘惑。

小城在視線裡越來越小。他抬頭望瞭望行李架上的破布包，他不擔心丟失它，又破又舊的，他擔心自己無法承受的了它。

昨日這包遞給他手裡時對方說：「你數數，這是你要的兩萬元。」

「數什麼數，謝還來不及呢。」

「我用舊衣服包好了，外面摸不出來，你上車時就提著這個布袋，沒人會打它的主意，我走南闖北都是這麼做的。」

「好的，」海生投去鐵鐵的一笑。

「夠嗎？」對方很哥們地接下了他笑裡的全部含義。

「夠了，我把自己的家當算了一下，全部變賣能賣到五千多塊，現在黑市上美金1：11，加上借你的夠半年的生活費了。你呢？總不能一直走私服裝吧？」

「我準備在新街口開一家酒樓，做廣東菜，廚師都找好了，一

定比大三元做的好。」

他當然是趙凱，也只能是趙凱。

「到了國外不夠了再跟我說。」分手時，趙凱使勁地摟著他的肩膀說。

此時，他想起十六年前，也是這滬寧線上，趙凱和他開始了人生第一旅——去解放全人類！如今一個下海，一個去洋插隊。多像歌裡唱的，玩笑之後才是人生的開始。

後記

本書 2012 年動筆，2016 年完成。本來還準備寫下部，但因患腦梗，恢復後記憶大不如從前，只能作罷。初寫時還準備在大陸出版，故避開了許多顧忌，無奈變得太快，此書只能放在臺灣出版。也好，本來就對政治之類嗤之以鼻，還原時代本來的面貌才是我的目的。

在此，感謝博客思出版社的幫助，得以還了我出書的夙願。

國家圖書館出版品預行編目資料

偽君子(下冊)/達歌著.--初版.--臺北市:博客思出版事業網,2024.02

冊;　公分

ISBN978-986-0762-72-3(全套:平裝)

857.7　　112020086

現代小說9

偽君子（下冊）

作　　者：達歌
主　　編：盧瑞容
編　　輯：陳勁宏、楊容容
美　　編：陳勁宏
校　　對：楊容容、古佳雯
出　　版：博客思出版事業網
地　　址：臺北市中正區重慶南路1段121號8樓之14
電　　話：（02）2331-1675或（02）2331-1691
傳　　真：（02）2382-6225
E-MAIL　：books5w@gmail.com或books5w@yahoo.com.tw
網路書店：http://bookstv.com.tw
https://www.pcstore.com.tw/yesbooks/
https://shopee.tw/books5w
博客來網路書店、博客思網路書店
三民書局、金石堂書店
經　　銷：聯合發行股份有限公司
電　　話：（02）2917-8022　　傳真：（02）2915-7212
劃撥戶名：蘭臺出版社　　帳號：18995335
香港代理：香港聯合零售有限公司
電　　話：（852）2150-2100　傳真：（852）2356-0735
出版日期：2024年2月初版
定　　價：新臺幣300元整（平裝）
ISBN：978-986-0762-72-3